오소림
단편소설 전집

오늘의
문학사

걸인여자

정 · 1999년 11월 20일

떠있는 섬

오늘의문학사 · 2009년 05월 13일

오소림
단편소설전집

작가의 말

　인생의 즐거움은 꽃을 보고 만나는 것이라고 한다.
　대전의 서북 하기동下其洞은 도심의 언저리로 조용하다. 내가 사는 이웃의 하기초교 길은 하루가 멀게 오가는 정겨운 길이다. 학교 울타리는 측백나무가 빼곡하고, 그 밑으로 영산홍이, 그 아래는 구절초가 자라고 있다. 그런데 내 눈을 거스르는 쇠뜨기들이 있었다. 그냥 지나칠 수 없어 쇠뜨기를 뽑으며 돌보기로 마음먹고, 지나갈 때마다 보살폈다.

　어릴 적부터 나무와 꽃을 좋아해 우리 집에는 내 꽃밭이 있었다. 지금도 그 마음 그대로 우리 집 베란다와 거실에는 화분이 많다.
　가을에는 널 만나리란 그런 기다림 속에 희디흰 바람꽃이 손을 흔들어 반겨줄 것이다.
　11월이 가까워 오니 꽃보다 찬바람이 먼저 와서 낙엽을 떨구어 무리지어 쓸려가는 소리가 쓸쓸한 이별을 생각나게 한다.
　남편을 떠나보낸 지 해가 가고 계절이 바뀌었다. 고통 속에서 참 오래도 살았다. 그 처량한 말이 식기 전에 가선 그만이다.

　호랑나비 세 마리가 구절초꽃 무더기에서 숨바꼭질하듯 가을 햇살을 날개에 얹은 채 꽃을 탐하는 모습, 며칠 전에 보았던 것을 떠올리며 다시 보았으면 좋겠다.

화려한 두 날개를 접다가 펴서 날 듯한 자세로 가만히 접는 듯 하는 무심결에 놀라 풀쩍 오른다. 다른 나비를 놀라게 하여 풀쩍 오르려다 꽃에 주둥이를 처박고 죽은 듯이 있었다.

2024년이 가기 전에 오소림 단편소설전집을 한국예술복지재단의 지원금을 받아 펴내니 더없는 기쁨이다.

머리에 하늘을 두었으니 잊은 적 없는 하늘이다.
그 아래 나무, 그리고 키 작은 꽃무리 위로 나비가 날고, 그 아름다운 세상 속에 내가 있고 고마운 인정이 있으니, 추위에 혼자라도 외로움은 엷어지겠다.
해가 지면 밤하늘에 떠오를 별이 있고, 그믐이 지났으니 초승달이 불러오는 배를 자랑할 것이다.
이런 기대는 내가 쓴 세상의 이야기로 남아있기를 바래본다.

2024년 著者 小川

목차

작가의 말 • 10

1999년 단편소설집 『걸인여자』

작가의 말 ··· 16

그 여자의 사랑 ·· 17
인연의 덫 ··· 89
내가 사랑한 날들 ································· 124
걸인여자 ·· 156
장미의 하루 ·· 170
귀향 ·· 204
악몽 ·· 213
그림자 ·· 240
슬픈 질투의 미소 ································· 262

2009년 단편소설집 『떠 있는 섬』

작가의 말 ·· 291

돌아서 가는 먼 길 ··· 292
슬픈 인연 ·· 301
색깔 없는 사랑 ·· 312
떠 있는 섬 ·· 329
아버지의 공책 ··· 345
김씨의 하루 ·· 355
싸리꽃 ··· 367
때 늦은 외출 ··· 375
분녀의 고추밭 ··· 386
독한 년 ··· 399
김 사장 반세기 ·· 406
사내의 장날 ·· 413
바퀴벌레 ··· 420
나방이 된 女子 ·· 430
인생 무제(無題) ·· 436

작품 후기 ·· 449

2008~2024년 『한밭소설』 수록작품

03집, 그녀의 휴가 ······················ 456
05집, 길은 멀어도 ······················ 468
06집, 민들레 집 ·························· 475
07집, 흔들리는 청보리 ··············· 495
08집, 계절풍 ······························· 509
09집, 나방의 밀어(중편) ············ 532
10집, 돌아서 가는 길 ················ 576
11집, 원두막 ······························· 586
12집, 첫사랑 ······························· 606
13집, 닭싸움 ······························· 622
14집, 수련아씨 별똥아씨 ··········· 639
15집, 아름다운 아담과 이브 ······ 667
16집, 엄마를 닮았다 ·················· 681
17집, 저수지 ······························· 700

(01집, 02집, 04집 작품은 단편소설집에 수록되어 있습니다.)

저서 외 작품들

간병인의 일기 727
꽃이 필 때까지 739
남자가 늙는다는 것 748
바구미 787
죽은 자의 꽃 796

오소림(吳昭林) 소설가 연보 • 802

1999년 단편소설집 『걸인여자』

● 작가의 말

얼마만의 외출인가.

오랜만의 외출을 하면서 마음속에 이는 미동은 무엇인지 모르겠다.

그동안 방안에 갇혀 있다 세상 속에 나가면서 내 몸에 맞지 않는 옷을 입고 나 혼자만의 기분에 들떠 있는 게 아닌가 싶어 부끄럽기 그지없다.

소설가를 꿈꾸었던 지난날이 있었지만 그동안 참고 지내며 쏟아낸 이 이야기들이 거짓의 옷을 입고 살아온 내 이야기도 되겠고 또 당신의 이야기를 하면서 당신의 삶을 침범한 가해자였는지도 모른다.

내 삶에서 얻은 기쁨과 슬픔까지 타인이란 당신에게 결부시켜 감히 소설이라고 말하는 뻔뻔함에 침을 뱉는다 해도 나는 글쓰기가 좋아서 남루한 옷을 꿰매듯 이야기를 이어 보았다.

인간이 만들어 가는 이야기는 때로 세상을 시끄럽게 하지만 버려도 남은 이야기 속에 나와 당신의 삶과 눈물이 있다고 말하고 싶다.

> 그동안 많은 도움을 주신 대전문화사 정 사장님과 무더위 속에서 책이 나오기까지 수고하여 주신 대전문화사 직원 여러분께 감사를 드린다.
> 그리고 고인이 되신 나의 아버지 어머니께 엎드려 이 책을 바친다.
>
> 1999年 8月에

■ 그 여자의 사랑

- 1 -

사람이기에 꿈이 있어 꿈을 먹고 사는지도 모를 일이다.

태어나 십여 년 남짓 철없이 살다가 어느 날 찾아든 사춘기의 갈등, 그리고 반항과 감성의 엇갈림 속에서 세상에서 가장 불행한지도 모른다고 자책하며 세상이 싫어져 낙엽을 보면서 눈물을 철철 쏟았던 문학소녀.

입시 공부 중에 소설과 시를 탐독하며 '입시가 없는 세상, 그리고 학교는 가도 되고 안 가도 되는 세상은 없을까?', 그런 꿈길을 걷던 때가 엊그제같이 느껴진다. 하지만 이제 세상을 비스듬히 누운 채 보는 버릇이, 아니 나만의 이기로 바라보는 버릇이 생겨났다.

삶의 절반을 넘어선 중년의 나이도 아직은 살아갈 날이 많이 남았건만 가슴의 구멍은 무엇이며 인생살이를 곱씹는 버릇은 왜 생겨났단 말인가.

중년을 넘긴 황혼녘에 한 번쯤 생을 뒤돌아보아도 되련만, 중년의 문턱에 서 있는 지금 나를 앞에 놓고 바라본다는 게 처연하도록 슬펐다.

내 나이 아직 육십에 절반도 살지 못했는데 후회와 회의 속에서 비통해 한다는 건 무언가 잘못돼도 한참 잘못되었다는 계산이 나온다. 갈등의 늪에서 도피하고자 나는 술도 마셨고 담배까지 배웠다.

젊음의 광란이라기엔 너무 속된 행동이겠지만, 나는 나를 잊으려 애를 쓴 것만은 사실이다. 그러나 이것은 유치한 도피 행각에서 나온 행동만은 아니었다.

술을 마시며 즐거운 척, 담배를 피워 물고 멋있는 척, 거짓 행동을 했고 나는 그 생활 습관에 푹 젖어 있었다.

굳이 나를 버리려고 마음먹은 것도 아닌데 내 삶이 나를 그렇게 끌고 가고 있었다. 이제 내게서 더 버릴 것도 없듯이 남아 있는 것도 없다는 것은 내가 나를 내동댕이치고 있는 것인가. 하나도 아까울 것이 없다는 절망과도 같은 체념에 나 자신이 불쌍해서 견딜 수 없어 거울 앞에서 통곡하며 머리를 겪어 뜯은 적도 있었다.

이제 세상 속에서 타협하며 적당히 살아가기로 마음먹으니 한편 마음 편했다. 밤 11시 30분, 나에겐 별로 늦은 시간도 아니지만 남들은 곤하게 잠이 들었을 시간일 수도 있다.

아니 정상적인 생활을 한다는 사람이라면 그러지 않을까. 밤을 아끼고 사랑하는 직업을 가진 사람들은 동터 오는 아침을 오히려 어둠의 끝자락이라고 아쉽게 바라볼 수도 있을 게다. 그리고 보니 내 전공을 살렸더라면 지금쯤 서재에서 글을 쓰든지 아니면 책을 읽든가 할 텐데 그 생각을 하며 나는 슬프게 웃었다.

아마 내 모습을 영상화했더라면 심도 깊은 명연기가 아니었을까.

나는 또 김빠진 웃음을 흘리며 옷을 벗었다.

유명브랜드, 몇백을 넘는 옷이 벗겨져 방바닥에 후줄근하게 떨어지니 한낱 헝겊 쪼가리에 불과했다. 그리고 내 몸뚱이가 한 꺼풀이 벗겨지고 스미즈 차림이 불쌍하도록 추워 보여 나는 두 손으로, 앞가슴을 덮어 버렸다.

풍만한 앞가슴이 나를 더럽게 치졸하게 만들며 내 손아귀에서 부글거리고 있었다.

나는 홀랑 벗었다. 팬티차림 그대로, 내 몸을 보고 싶을 때가 있었듯이 나는 내 몸을 거울 속에서 바라보았다.

아직은 빨간 사과처럼 탐스럽다. 비엔나의 조각처럼 매끄럽고 날씬하면서, 거기다 불룩한 가슴이 요동을 치는 게 보였다. 그 남자는 나를 안고 게임을 하자고 했다.

"흥, 내 이 알몸이 좋다는 게지. 그래 한 번 게임을 해 보자구."

아파트 문을 들어오기 몇 분 전까지 난 술을 마시고 우아한 호텔 방에서 게임을 즐겼지. 이 몸을 걸고, 그 남자는 돈을 걸고, 그 넓은 방이 흔들리도록 우린 광란의 시간 속에서 흐느꼈지. 그는 내 몸을 핥고 나는 좋은 양 미친 척하면서….

나는 이렇게 생각을 떠올리며 볼에 차갑게 흐르는 눈물을 훔치고 있었다.

보름 전 나는 어느 산부인과 수술실에서 중절 수술을 하고 아무도 모르게 다시 불장난을 계속하고 있다.

수술하기 전 나는 흘러가는 말처럼 그 남자에게 말했다.

"인철씨 만약에 내가 임신을 한다면 어떻게 하시겠어요?"

나는 고개를 돌리고 말을 했다.

"그럴 리가 있나. 나와 넌 게임을 즐기고 있는 거야. 그런 바보 같은 일은 만들지 않겠지?"

그 남자는 발가벗은 내 속옷을 벗기고 더운 입김을 불어 넣으며 속삭이듯 말했다.

"혹시 실수라도 하면 어떡해요?"

"그건 니가 알아서 해."

그 남자는 원색적인 섹스의 황제라도 된 양 나의 몸을 가지고 소꿉놀이를 하듯, 갖은 기교를 부리며 나를 미치게 했다.

"너의 몸은 요정이야. 아니 양파를 까듯 데리고 놀면 놀수록 내게 갖은 맛을 선사하고 있어. 맵고 달고 톡 쏘고."

그 남자는 내 몸을 가지고 야금야금 베어 먹듯 하면서 실컷 가지고 놀다가 싫증이 날 때쯤, 황소처럼 헐떡이다 나가떨어지면서 수표를 손에 잡히는 대로 꺼내놓고 바쁘다며 가버린다.

밤을 함께 보낸 적이 거의 없었다. 밤이든 낮이든 그 남자는 게임이 끝나는 대로 바람처럼 사라졌다.

일 년 남짓, 그 남자를 만나고부터 나는 왕비처럼 살게 되었다. 돈이 넘쳐나니 나는 값비싼 옷을 사 입었고, 음식도 고급으로 우아하게 먹었다. 세상이 달라 보였다. 내 눈도 별수 없이 똥개에서 셰퍼드가 되고 있었다.

재작년 가을까지만 해도 난 대학 졸업반, 그리고 누구 못지않은 요조숙녀가 아니었던가.

꿈을 먹던 시절과 달리 사회를 보는 눈이 현실이라는 것에 부딪히면서 앞길이 막연하게 생각되어 취직이나 했으면 아니면 베스트셀러가 될 만한 책을 냈으면 하고 소설을 구상하고 있을 때 중소기업에서 일하시던 아버지는 IMF 여파로 실직을 했고, 이로 인해 장녀인 나는 정신적인 부담에서 빠져나올 수가 없었다. 다행히 나는 대학 4년이었으니 괜찮았지만 동생은 1학년 입학한 뒤라 1학기 끝나고 군에 지원해 입대했다. 막내 남동생은 고2로 입시를 앞두고 있던 터라 다행이라면 다행이었지만 나로서는 조금이나마 힘이 된다면 집에 도움을 주고 싶은 심정이었다.

그때 마침 선배 언니가 운영하는 커피숍에서 하루 몇 시간 일할 수 있었는데 한 달 수입이 30만 원 정도 되었다. 시간당 보수는 2천 원이었으나 특별히 나에게 3천 원을 주었다. 내 미모의 대가라고 친구인 서영이가 귓속말을 했을 때 내 곁에 앉아 있던 그 사람 신재원이 알아들었는지 눈치로 때려 맞추었는지 모르지만 안색까지 변해가지고,

"이곳이 요정이냐, 룸살롱이냐? 미모의 대가라니. 당장 집어치우는 게 좋겠어."

커피를 마시다 말고 화를 내고 있었다.

"형, 왜 그래? 촌스럽게. 우리끼리 한 말인데. 별일이야."

서영이가 파르르하여 눈을 치켜뜬다.

"왜들 그러니? 아무럼 어때. 내가 열심히 일한다는데 왜 그래? 우습게스리."

나는 바보처럼 입을 크게 벌리고 웃어 보이며 말할 수밖에 없었다.

"노동의 대가라면 몰라도 미모의 대가라니 내 귀에 거슬리잖니?"

서영이가 통통 발소리를 크게 내며 카운터에 가 앉고 나자, 신재원 그가 힘없어 보이는 눈빛으로 나를 바라보았다.

"어때 형, 우리끼리 있는데 사실 다른 사람보다 더 생각해 주는 거야. 지난달에는 40만 원 줬잖아. 그리고 경험을 한다는 차원에서 공부한다고 생각하면 되잖아. 앞으로 글 쓰는 데도 필요할 때가 있을 테고 논술 몇 시간 가르치고 난 뒤 시간 내서 하는 일이니까 아르바이트로 괜찮아. 이 어려울 때 놀면 뭐 해 안 그래."

나는 이렇게 그를 위로했지만, 짜증스러웠다. 재원이가 나를 위로해 주길 바라고 있었기 때문일 것이라는 생각이 났기 때문이었다.

"미안하다. 괜시리 짜증을 부려서 내가 도움도 못 돼 주면서."

신재원은 큰 입을 옆으로 씰룩이며 침통한 표정을 지었지만, 그것을 바라본 나는 미루나무 잎을 본 것 같아 웃음이 나도 모르게 터져 나왔다.

"아이 웃기지 마, 형은 그런 표정이 안 어울려. 크게 웃으라니까. 웃는 모습이 보기 좋아 난."

"그러니? 그럼 웃을게."

그리 크지 않은 눈과 높지는 않아도 빈약해 보이지 않는 콧대, 그리고 그 밑에 큰 입이 그를 받쳐준다고 늘 생각했지만, 그의 천진스러우리만큼 환한 웃음이 내 마음을 끌어당겼다. 대학교에 들어와 만났다. 내가 1학년 그는 3학년 같은 과라 쉽게 만날 수 있었다. 그보다 내 시선을 끈 건 큰 키, 그리고 큰 입 때문이었지만 그의 진실됨과 순수함에 신뢰감이 내 가슴에 가득 차오르고 있어 선배로서 그리고 이성으로서 눈뜨게 된 건 첫사랑 같은 짝사랑 빼놓고는 나에게 있어 첫사랑을 안겨주고 찾아온 그런 남자가 신재원, 그 사람이었다.

가까운 친구 임서영은 나더러 이조시대 여인이냐는 등 춘향이냐는 하고 놀렸지만 4년 동안 한결같이 우린 사랑하니까 만났다. 수많은 만남과 헤어짐의 시간 모두가 우리 두 사람을 위한 시간이라고 믿길 만큼 아무런 변함이 없었다.

재원씨 집이 옥천 근교 시골이라 몇 번 따라간 적도 있었지만 시골이라 불편하다든지 싫다든지 그런 생각은 나지 않았고 생각할 수도 없었다.

일에 찌든 그의 어머니, 그리고 아버지도 우리 어머니 아버지처럼 가깝게 느끼게 된 건 그 사람 신재원을 사랑하고 있음이라는 믿음이 내 마음 밑바닥에서 아무도 모르게 깔려 흐르기 때문이 아닐까.

싫다고 사양했지만, 그의 어머니는 고추를 빻아 내게 들려주었고 이듬해 가을에는 쌀도 두어 가마를 보내준 적도 있었다.

딸한테 아니면 며느리한테 주듯 그이 부모님은 정성스레 보내 주었다. IMF라 어려운 줄 알고 쌀이며 고추며 김장거리까지 보내 준 따뜻한 분이기도 했다. 여름방학 때 몇 날을 그의 시골집에서 보내면서 밤에는 그의 어머니와 잠을 잤고 낮에는 들이며 산으로 메뚜기처럼 뛰어다녔다.

나는 그가 바보처럼 생각될 때도 있었다. 사랑한다면서 좋아한다면서 손잡는 일 외에는 다른 행동은 하지 않았다.

"난 널 아끼기 때문이야. 이 세상에서 단 하나인 널 아끼기 때문에 난 널 곱게 지켜주려는 거야."

산에 올라 소나무 숲에 앉아 그는 처음으로 나를 껴안으며 속삭이듯 말했다.

"그래도, 키스는 괜찮은데."

나는 내 감정을 더 억제하지 못하고 이렇게 말하며 그의 품에 안겼다.

"여진아, 키스하면 그 다음엔 또 다른 행위를 쉽게 할 수 있는 거야. 사랑하는 사람은 가만히 곁에 있어도 행복한 거야. 내가 군에 갔다 제대하고 난 뒤 너의 마음이 변하지 않았을 때 우린 결혼하는 거야. 그리고 자식을 낳고 죽을 때까지 변함없이 사랑하면서 살아가는 거야."

"내가 변한다면 어떻게 하려고. 애들처럼 점을 찍어 놔야지."

나는 노골적으로 그가 내 정조를 무너뜨려 주길 바랬지만 그는 그 이상 나를 범하려 들지 않았다.

나는 속으로,

"바보 니가 바보다. 바보."

하며 눈을 흘겼다.

가난한 사람들, 그가 가난했고 내가 가난했지만 우린 사랑했으므로 불편할 것도, 싫은 것도 없었다.

그가 졸업했고, 입대 날을 기다리면서 집에서 장편소설을 쓴다고 학원 강사도 집어치우고 들어앉았을 때 나는 커피숍에서 학원에서 정신없이 바빴다.

가끔은 그가 연락했지만 거의 내가 먼저 전화해서 커피숍에서 끝날 때쯤 그가 나타났는데 헐렁한 바지에 점퍼 차림으로 문을 열면서 미루나무가 걸어오듯 그가 나타났다. 커다란 입이 한참을 웃고 있으면 바라만 보아도 포근해 왔다.

어느 날인가 그가 더부룩한 머리와 덥수룩한 수염을 달고 충혈된 눈으로 역시 휘적휘적 미루나무가 걷듯 내 앞에 나타났을 때, 나는 그에게서 풍기는 우수를 안을 수 있었다.

"재원씨 왜 그래? 어디 아픈 거야. 아니면 술을 마신 거야?"

나는 형이란 호칭을 빼고 그의 이름을 불렀다.
"어때, 나갈 시간이 안 된 거니?"
그는 손목의 시계를 보는 척하면서 들뜬 목소리로 물었다.
퇴근 시간이 밤 9시라는 걸 알면서 그는 재촉을 하고 있었다. 아직 밤 9시가 되려면 한 시간이나 있어야 했다.
"왜 바쁜 일이야. 아니면 커피 마시며 기다려 지금 손님이 많이 들어와 있는데."
"그래, 30분만 기다릴게."
그는 투정을 부리는 아이처럼 시무룩해지면 의자를 잡아당겨 앉는다. 그때 내 얼굴에 껌처럼 달라붙는 시선을 아까부터 느꼈던 나는 고개를 들어 그쪽을 바라보았다.
고개를 들어 왼쪽으로 돌린 나는 어떤 빛과 부딪치듯 내 눈을 찌르는 시선 앞에 당황할 수밖에 없었다.
난 그 자리에서 잠시 서 있어야 했다.
그 시선이 부드럽게 곡선을 그으면서 말 없는 미소로 변하는가 싶더니 내게 손짓을 하고 있었다.
"여진아, 저 사람 아는 사람이니?"
재원이 내 어깨에 손을 얹고 낚아채면서 물었다.
"아니 손님이니까 일단 가 봐야지. 손을 들었잖아."
난 또박또박 발소리를 될 수 있는 한 죽이며 그 미지의 남자에게 다가갔다.
누가 갖다 놓았는지 물컵을 앞에 놓고 있었다.
내가 재원이와 차를 마시며 이야기할 때 아르바이트생인 명진이가 갖다 놓았나 생각하면서.
"손님 차를 시키셨습니까?"
나는 정중하게 허리를 약간 굽히며 물었다.

"시켰습니다만, 댁한테 또 한 잔 시켜야겠습니다. 원두커피 부탁해요."
"네, 곧 갖다 드리겠습니다."
나는 또 머리를 숙이며 친절을 잃지 않으려 애썼다.
나는 돌아오며 재원이가 엉거주춤 앉아 나를 응시하는 것을 보면서 미소를 던져주었다. 그건 재원에 대한 나의 배려요, 애정의 표현이기도 했지만, 미지의 남자 손님이 내게 보낸 뜨거운 시선에 대한 반항이었다.
"미스터 박, 저 대머리 손님 무슨 차 시켰어."
"원두커피요."
"그래, 이리 줘 내가 가지고 갈게. 나더러 한 잔 더 가져오래."
"누나, 그럴 필요 없어요. 내가 한 잔 가지고 가거든 뒤따라와요."
명진은 능청스레 차를 들고 잽싸게 간다.
나는 천천히 뒤따라갔다.
"손님 저녁때 잠 오시지 않으면 어떻게 하려고 또 커피를 주문하였습니까?"
명진이가 이렇게 말하는 게 내 귀에 들렸다.
내가 가져간 커피를 마시면서 그는 이렇게 말했다.
"괜찮으시면 차 한 잔 함께 하시고 가십시오."
"죄송합니다. 방금 마셨어요. 저 친구랑 같이요. 마신 것 같이 고맙게 생각하겠습니다.
저 친구가 친구십니까?"
"네."
"그렇습니까? 난 애인이신가 했습니다. 허허허."
"실례합니다. 즐겁게 마시고 가십시오."
허여멀겋고, 시커먼 눈썹이 인상적이고 우뚝 솟은 콧대에 비해 입이 작아 보여 돈 많은 집 2세라는 인상을 주는 사나이. 좀 건방지다는 생각이 들게 하는 건 오랜 생활 습관에서 풍기는 더럽고도 치사한 돈 냄새가 아닌가 하는 생각이 들게 했다.
"저 인사는 나중에 하기로 하고 내일 일곱 시에 올 테니 좀 이야기나 합시다."
나는 대답 대신 고개를 까닥하며 인사를 했다. 재원씨가 기다리기에 나는 짧게 이야기하고 바로 자리에서 일어섰다.
"형, 오늘은 여진이 즐겁게 해 주겠지? 아니면 후회할 일이 생길 거야."
서영이 카운터에 앉은 채 큰 소리로 말했다.
"무슨 소리야? 쓸데없이."
나는 내 이름을 크게 부르는 것에 신경이 쓰이기도 했지만 저기 앉아서 우릴 훑어보고 있을 그 남자가 내 이름을 기억할까 봐 싫었다.
재원과 나는 그날 밤 많이도 걸었다. 대전 시내를 다 돌 만큼의 거리를 걷다 우린 지쳐 가로등 밑에 주저앉았다.
"여진아, 나 내달 초 입대한다. 이렇게 빨리 올 것이 올 줄이야. 지옥에 간들 이렇게 떨리진 않을 거야. 두려움이 아니야. 너와 이별의 순간이 다가오기 때문이야."
"바보, 왜 자원했어. 몇 달은 늦게 갈 수도 있잖아."
"너 날 기다릴 수 있겠니? 내 욕심이 지나쳤나."
"글쎄, 모르지 내 마음 나도 모르지, 누가 날 가만히 두지 않을 텐데. 오늘 밤 우리 함께 있자. 응?"
나는 그의 손을 잡으며 농담 삼아 말했다. 웃으면서
아직 당장 떠나지 않으니 이별의 아픔도 실감할 수 없었던 나는 그저 막연하나마 불안감이 내 앞에 다가서고 있다는 것을 감지할 뿐이었다.
"넌 내가 소중하게 생각하고 누구보다 아끼고 사랑하는 여자야. 오늘 밤 나랑 함께 밤을 밝히자. 후회하지 않는다면."
"촌스럽게 누구처럼 도장 찍는다는 식의 그런 행동은 싫어 난."
난 토라지는 말투로 그의 결심을 재촉하고 있었다.

그날 밤 우린 여관을 찾았다.
그리고 서툴지만, 뜨겁게 사랑을 불태웠다.
"미안해 널 이런 식으로 대해서."
그의 진실한 사랑도 알 수 있었고 한편으로는 후련했다.
그런데 가슴 속이 이상했다. 그 순간 왜 그 남자가 생각나는지 나는 밤을 밝히며 생각을 지우려 했다.
사나운 맹수의 눈빛에 질려버린 사슴이 가까스로 풀려난 공포의 순간을 잊을 수 없는 그런 순간인지도 모른다.
아니 독수리의 눈빛에 꼼짝할 수 없는 토끼가 그대로 받아들이는 운명 같은 것인지도 모른다고 생각하며 잠이 든 그의 얼굴을 바라보았다. 서툴지만 강렬하게 내 영혼의 전부를 꿰뚫던 그 힘이 그 사람에게는 있었다. 축축이 젖은 내 팬티가 밤을 밝히게 하는 것인지 아니면 이 어둠 속에서 내게로 다가오는 운명의 그림자에서 나를 찾아야 한다는 외침도, 다만 막연한 힘없는 부르짖음일 수도 있겠지만 나는 재원을 사랑하고 있다고 확신했다.
재원은 눈을 번쩍 뜬다. 그리고 팔을 다시 뻗어 나를 안으며,
"왜 안 자니? 미안하다. 하여튼 미안해."
그는 영혼의 소리로 나에게 용서를 비는 것처럼 생각이 들게 했다.
"아니야. 괜찮아. 난 기뻐. 마음이 후련하도록 기뻐."
이렇게 말하며 사실 그랬다. 사랑하는 사람에게 내 전부를 준 것에 대한 후련함. 그러나 나는 이렇게 말하며 눈물을 혼자 머금었다.
"그런데 왜 울고 있는 거야. 그리고 잠들지 못하고."
재원은 내 머리를 쓰다듬으며 말했다.
내 긴 생머리가 그의 손가락 사이로, 미끄러지면 소리를 냈다. 가랑잎 굴러가는 소린가 했는데 부서지는 소리처럼 들렸다.
"재원씨, 나 이 방에서는 잘 수가 없는가 봐. 우리 나가면 안 될까."
나는 그랬다. 이불도 그랬고 방도, 내 몸을 편하게 하지 못했다.

"그래 맞아. 오늘 같은 날 우리 집에 갈 걸 그랬지. 이 소중한 날 난 두고 두고 후회할 거야."

나를 다시 포용하며 재원은 이렇게 말했다.

"남자는 이러고 나면 마음이 달라진다던데 재원씨가 달라져도 원망은 하지 않겠어. 난 후회하지 않을 테니까."

나는 마지막 자존심을 세우듯 이런 말을 하면서도 왜 하는지 나도 몰랐다.

"달라진다니? 난 확실히 널 더 사랑하고 아끼겠어."

재원은 내 입술을 다시 찾으며 힘 있게 안았다.

나는 그가 말하지 않아도 다 알고 있었다. 이 순간 막연하게나마 내 자신에 대한 불안전함에 대한 두려움이 가슴에 작은 바늘로 꽂히는 아픔에 몸서리를 쳐야 했다.

아침 햇살은 여전했다. 따뜻하고 맑고 눈부신데 초가을 햇살이라 신선함마저 느끼게 하고 있었다.

자연은 영원하다. 그러나 인간의 삶은 복잡하다는 생각을 갖게 하지만 어떤 면에서는 단조롭고, 또 치졸하다는 생각이 들게 했다. 어젯밤 열두 시가 넘어서야 그와 헤어져 집으로 돌아왔을 때 아버지, 어머니 얼굴보다 막내 현석이의 얼굴을 대하게 되어 부끄러웠다.

여지껏 그런 생각을 했던 기억이 없었는데 왠지 온몸을 벗고 서 있는 그런 느낌이 들어, 내 방에 들어와서도 한참 동안 잠을 들 수가 없었다.

그러나 잠시 지워버리는 편리함에 나는 또 다른 생각에 뒤척이다 언제 잠이 들었는지 모른다. 눈을 떴을 때 창문으로 스며든 햇살 한 줄의 찬란함과 신선함에 잠시 맑은 마음으로 일어날 수 있었다.

졸업시험 준비도 해야 했고, 숙제도 내야겠기에 오랜만에 컴퓨터 앞에 앉아 보았다.

숙제라야 졸업논문 같은 것이었지만 신경을 쓰게 하는 작업이었다.

시대와 현대문학의 연관성 파악이었지만 원고지 몇 장분을 두들기기란 지금 나의 심리적인 부패로는 단 한 장을 채우기도 힘이 들었다.

나는 일어났다. 세수를 해야겠다는 생각이 들어서였다.

"인제야 일어났니? 어서 아침 먹어라. 학교는 안 가도 되냐?"

아버지는 언제 나가셨는지 어머니만이 안방에 계셨다.

"아버지는 어데 외출하셨어요?"

나는 조심스레 물어보았다.

"놀기도 지겹다며 누구 만나 본다면서 나가셨다."

보나마나 일자리 구하러 나가신 게 뻔했다.

나는 브러시로 머리를 몇 번 빗어 먼지를 털고 목욕탕으로 들어갔다. 가스 온수기를 틀어 더운물을 빼어 머리를 감았다. 기름보일러로 난방은 되어있지만 아직은 틀지 않았으니 더운물을 쓰려면 온수기를 썼다. 최소한의 절약이 몸에 밴 생활이 짜증이 났지만, 이만한 생활이란 부모님의 피나는 노력의 대가라는 것을 너무나 잘 아는 나는 어리광 비슷하게 "우리도 아파트에서 살면 좋겠다"고 말하곤 했다.

남들이 춥다고 할 때야 우리집은 기름을 땠었기 때문에 초가을에 더운물로 머리를 감고 샤워한다는 게 나로서는 고맙다는 생각보다 '이만큼의 생활 패턴이란 현실에 있어 당연한 권리가 아닐까?' 이런 잡생각에 머리를 감고 샤워를 하면서 잠시 잊었던 어젯밤 일을 떠올리며 재원의 한 부분이 내 몸 깊이 박혀있다는 생각을 하고 있었다.

떨림보다 더 강렬한 아픔 그것은 잊을 수 없는 최초의 느낌처럼 내 온몸을 저리게 한 상처로 내가 살아있는 한 기억할 수밖에 없는 영혼의 울음소리일 것이라고 기억하고 있었다.

내가 지금껏 고이 지킨 순결에 대한 배반이란 없다. 내가 주어도 아까울 것이 없는 사람에게 주었으니까. 비누를 풀어 전신을 문질러 대며 나는 이런 생각을 했다. 나를 키워준 부모님께 조금이나마 죄스러움 때문이기도 했다. 언제나 하나뿐인 딸을 고이 키우며 사랑의 눈길로 내 전신을 덮고 있어 늘 따뜻했었다.
'엄마 미안해. 그러나 후회하지 않아.'
나는 울컥 더운 눈물을 삼키고 말았다.
아무래도 난 부모 앞에서 어린 양일 수밖에 없나보다.
따듯한 물에 샤워하고 나니 한결 몸이 가벼워졌다.
"밥 먹어라."
차려놓고 기다렸는지 부엌에서 국을 퍼 놓으며 엄마가 말했다. 난 또 뜨거운 눈물이 울컥 솟아나는 걸 가까스로 참으며 식탁 앞에 앉았다.
"오늘 학교에 안 가니?"
어머니는 내 얼굴을 정면으로 바라보시며 또 이렇게 물었다.
"갈려구요. 오후에 가면 돼요."
콩나물국이 따듯했다. 그리고 시원했다.
어머니의 맛을 날마다 먹으며 지금껏 살아왔지만 오늘따라 마음이 흔들리도록 감격하고 있었다. 다 자랐다고 자부했던 나는 오늘 아침은 왠지 어리광이라도 부리며 엉엉 울고 싶었다.
많이여서인지 어딘가 더 성숙해진 나는 정신적으로 꽤 어른이라고 자부하였는데, 이제 생각하니 나는 아직도, 미숙아처럼 부모 앞에서 보호받아야 할 것만 같았고 기대고 싶었다.
"이제 가을이 완연하구나. 감이 꽤 굵어졌드라."
부엌을 나가며 어머니는 내게 또 말을 걸었다.
나는 더 대답할 말이 생각나지 않을 만큼 마음이 왠지 무거웠다.
재원의 입대 날이 정해지고 입영 통지서를 받았다는 소식 때문만은 아니었다.
인간이 원래 복잡미묘한 심리적인 갈등에서 헤매며 살아가게 돼 있어서이겠지만 어떻거나 흔들리는 마음을 쉽게 멈추지 못한 채 집을 나서고 말았다.

학원에서 아이들 지도랑 글짓기 그리고 독서지도와 틀린 말 지도와 독서 후 감상에 대한 것을 주로 가르치는 일이 내가 해야 할 공부라고 그런대로 자부하였는데 오늘만큼은 모든 게 의무에 불과한 나의 일상과도 같이 무료하기만 했다.

학교에 잠시 들러 졸업논문에 대한 구체적인 것을 지도 교수에게 들어야 겠기에 학교에 가야 했다. 버스를 기다리면서 이 생각 저 생각이 스쳐갔다. 인생의 한 모서리를 걸어가는 순간처럼 절박하지도, 그렇다고 유유자적할 수만도 없는 시점에서 마지막 차를 기다리는 나그네가 아닌가 하고 생각되는 건 빛바래 떨어져 뒹구는 낙엽 때문만은 아니었다.

버스를 타보면 기다림과 지루함 속에 인생의 삶이 채워지는 느낌과 함께, 동승한 나그네의 얼굴에서 기쁨과 슬픔의 교차가 숨어있는 것을 발견할 수 있다.

이 버스 속에 재원과 내가 함께 타고 가는 착각 속에서 순간 사방을 살폈다. 뒷좌석에 앉아 있던 청년이 웃으며 고개를 끄덕한다. 후배였다. 그 옆에는 곱살스런 여학생이 나를 바라본다.

학생으로 거의 채워진 이 버스를 그동안 얼마나 많이 타고 다녔는지 이제 남은 시간은 몇 달 뿐 정말 많지 않은 날이 남았다.

대학가는 늘 싱싱하다. 계절은 없다. 대학가에는 젊은이들로 늘 가득하며, 풋풋함으로 넘치는 곳이다.

여자 나이 24세면 풋풋한 것에서 조금은 멀어지고 있다고 믿었다. 그러나 이곳에 있으면 나는 역시 젊음이 넘치고 있었다.

"선배님은 어쩜 이리도 찬란하십니까? 내 친구 경아가요, 너무 아름다우셔서 질투가 난데요."

버스 안에서 인사했던 그 친구가 다가와서는 이렇게 장난을 건다.

"나 돈도 없는데 비행기 태우면 어떡해. 떡볶이나 사줄까?"

나도 농으로 받아들이며 모처럼 웃었다.

"우리 학교 퀸 선발에 나가시지 그랬어요? 정말 언니는 아름다우세요."
"퀸 선발에 나갔다 미끄러졌어."
나는 소리를 내고 웃으며 말했다.
"다 압니다. 미스코리아에 나가시려고 그런다는 거."
민우란 그 남학생이 농담인지 이렇게 말해 나를 웃겼다.
나는 그들과 헤어져 가며 한 손을 가볍게 들어 보였다.
지도교수실에 가니 교수님이 계시지 않아 등나무 밑으로 가 앉았다. 나도 모르게 시어를 읊고 있었다.

그대 왜 떠나시려 합니까.
바람의 탓이라고요.
어쩔 수 없이 떠나야 하는 낙엽이라고요.
아닙니다.
당신은 낙엽이 아닙니다.
내 몸 불태우고 잠시 조락하는 태양입니다.
이별의 강이 우리 앞에 놓였어요.
낮과 밤의 그 사이로,
침묵의 시간일 뿐입니다.
기다림은 만남을 위해
눈을 감고
아침을 기다려야 합니다.
그 순간의 찬란함과 떨림 같은 환희를 위해서
우린 참고 있어야 합니다.
이 가을이 가고 겨울이 가고
다시 오고 가는 겨울의 강을 다시 건너
봄을 위하여 한 송이 꽃으로 피어나야 합니다.

나는 이렇게 읊으며 재원을 생각하고 있었다. 그리고 자리에서 일어났다. 그 풋풋했던 나뭇잎들이 빛바래지며 수없이 바람에 흔들리면서 마지막 날을 위해 최선을 다하고 매달려 있었다.

- 2 -

모르는 것은 전화로라도 해서 알아야겠다는 생각에서였다. 어린 마음으로 기다린다는 건 지루해서 짜증만 날 것 같아서였다.

다시 버스에 앉아 나는 덧없이 시간만 보냈다는 아쉬움에 무심히 지나치는 차창 밖 거리를 바라보았다.

낯익은 거리의 모습이었다. 아스팔트가 탁 트였다고 하나, 차들로 인해 하나의 틈새도 없는 것처럼 답답했고 길가 보도 위로 사람들이 날마다 바쁘게 걸어가고 장승처럼 서 있는 가로수가 바람 끝에 흔들거리며 서 있는 모습이 애처롭기까지 했다. 어찌하다 도시의 거리에서 저리 소음과 매연으로 시들거리며 죽을힘을 다해 살고 있는 것일까.

새로운 것이란 도심에서는 찾기가 힘들고, 늘 살아 움직이고 있는 것 중 유일한 생명이란 바람이라는 생각이 든다.

생명이 있는 것 중에 죽어가는 건 지금 살았다고 아우성치며 살고 있는 사람이 아닌가 하는 생각을 또 한다.

글짓기 교실에 들러 아이들을 지도할 때만은 나도 살아있었다.

있는 힘을 다해 설명하고 가르쳐 주면서 아이들의 똘방거리는 눈과 마주치는 순간이야말로 나를 온몸으로 일으켜 세우는 순간이었다.

점심이라며 몇 명 안 되는 직원들이 라면을 끓여 먹고 있었다.

"문 선생님, 잡으세요. 많이 끓였어요."

평소에 명랑하고 싹싹한 미세스인 윤 선생님이 권했다.

"어서 잡수세요. 아침을 늦게 먹어서 생각이 없어요."

"미인은 밥을 잘 먹지 않나 봐요."
원장인 박 선생이 웃음 띤 얼굴로 나를 바라보며 말했다.
"미인은 무슨."
나는 작은 소리로 이렇게 말하며 돌아섰다.
"여진씨 이제 졸업하면 시간강사는 그만하시고 맡아주세요."
박 원장이 정색한 얼굴로 내게 이렇게 말했다.
"고맙습니다. 다른 일이 없는 한 그렇게 하죠."
"결혼이라도 하실 건가요?"
박 원장이 웃으며 말했다.
"아니. 그게 아니라 어떤 일을 하게 될지 아직 몰라서."
학원서 나와 다시 버스를 탔다.
그리고 시내 백화점 옆 커피숍 문을 밀면서 손목에 차고 있던 시계를 볼 수 있었다.
시곗바늘이 4시를 가리키고 있었다. 시간이란 사람에게 초조함과 긴장을 악마 같은 존재인지 시계를 보는 순간, 그때서야 배가 고픈 것을 알게 되었다.
내 시야에 안겨 오는 얼굴, 재원씨가 해바라기꽃처럼 웃으며 나를 바라보았다.
나는 웃으며 바른 손을 조금 들어 보였다.
우선 가방을 놓고 빨간 앞치마를 두르고 일할 채비를 마쳤다.
나는 물이든 컵 두어 잔을 받쳐 들고 내 앞에 들어선 손님에게 다가갔다.
"차는 조금 있다 하겠어요."
삼십 대 후반인 남자 손님이 묻지도 않았는데 말을 해오는 바람에 "네"하고 대답하고 재원씨가 앉아 있는 곳으로 향했다.
"커피 두 잔 가져와. 너 오면 마시려고 기다렸어."
나는 어제 일을 잊은 것처럼 평소의 내가 되려고 애썼다.

"많이 기다렸어요?"

나는 평소 반말을 곧잘 했지만 말끝에 '요' 자를 붙이며 얼굴이 빨갛게 달아올랐다.

"왜 그래. 여진이 너 어른스러워 평소에 하던 대로 해."

재원의 말에 난 얼굴이 더 화끈 달아올랐다.

"뭘 내가 어쨌다구 그래."

난 눈을 내리깔고 일어섰다. 차를 가져와야 했지만 너무 부끄러워 얼른 자리를 뜨고 싶었다.

차를 가져와서는 난 입을 다물었다. 아주 꼭 다물어 버렸다.

"난 어젯밤 뜬눈으로 새웠어. 너랑 헤어져 택시를 타고 집에 갔더니 두 시가 되려고 하더라. 잠을 청했지만 잘 수가 없었어. 넌 잠 잘 잤니?"

그 말 하는 것이 어찌나 순수해 보였던지 나는 눈물이 빙그르르 돌면서 뜨겁게 밀려왔다.

"여진아, 너도 나 같았었구나. 우린 마음이 같은 거야. 그렇지? 미안해. 내 평생 죽을 때까지 책임지겠어."

그는 작은 목소리로 내 귀 가까이 입김을 불어 넣으며 말했다.

"책임져주지 않아도 돼. 촌스럽게 그렇게 말하냐."

나는 눈을 흘겼다.

"촌스러운 거냐. 이렇게 말해야 도시 같은데?"

그는 웃으며 말했다. 그 모습이 천진스런 아이 같다는 생각이 일게 했다.

"이건 어디까지나 내가 한 일이니까. 재원씨가 책임진다는 건 우습잖아. 그럼 나도 책임져야 하잖아."

나는 오늘 그를 만나서 처음으로 밝게 웃으면서 말하며 커피를 마시고 일어섰다.

손님이 몇이 들어왔기 때문이었다.

"나 끝나려면 멀었는데 기다릴 거야?"

나는 고개를 돌려 다시 물었다.

"응."

재원이 고개를 끄덕인다.

문이 열리면서 또 한 사람이 들어온다.

미스터 박이 그 사람 가까이 섰다가 고개를 숙인다.

나는 흘깃 바라보았다.

그 남자였다. 강렬한 눈길을 내 얼굴에 퍼붓던 그 남자.

나는 나도 모르게 고개를 숙여 아는 체하고 말았다.

그의 시선에 압도되어 나도 모르게 취한 행동이었지만, 그런데 오늘은 미모의 여자를 데리고 왔다는 사실에 나는 왠지 모를 배신감 같은 감정을 느끼고 있었다. 이런 감정이 왜 들고 있는지 짜증이 났다.

그건 나를 자극하자는 의도가 아닌가 싶어서였기 때문이기도 했다. 그러고 보면 나도 요부가 아니면 창녀의 기질이 있는지도 모른다고 내 머리로 스치는 생각을 지웠다. 나는 물컵 두 개를 들고 그 남자가 앉은 테이블로 갔다.

나는 말없이 잠시 서 있었다.

"원두커피"

"체리 주스"

그 남자가 먼저 '원두커피' 하니까 그 여자는 뒤따라 말하며 내 얼굴을 훑어본다.

나는 뒤돌아서 걸어갔다.

"아니 웬 거만이야. 서빙 주제에."

그 여자의 말소리가 내 발을 잡아당겼지만 나는 못 들은 척 앞으로 갔다. 주문했던 것을 미스터 박에게 보내고 나도 화장실로 갔다.

볼 일이 있어서가 아니지만 내가 숨을 곳이란 이곳밖에 없었다.

나는 거울을 본다.

이 모욕감을 씻어버리고 싶어 물을 틀어 놓고 손을 씻은 다음 세수를 했다. 푸득푸득 물을 끼얹고 얼굴을 식힌 다음 수건으로 닦았다.

물이 이렇게 시원한 걸 처음으로 느낀 것 같았다. 옷이래야 까만 스웨터에 청바지 위에 앞치마. 거울 속에 비친 내 몸매는 내가 보아도 눈부셨다.

나는 어깨를 펴고 자신 있는 걸음으로 걸어서 내 자리에 서려고 마음을 먹었다. 역시 그 남자의 시선이 나를 향하고 있었다.

나는 재원씨에게 눈웃음을 건네며 다른 손님에게 갔다. 그 남자와 여자가 나갈 때까지 신경을 곤두세운 채 나도 바쁘게 돌아다녔다.

그 엿가락 같은 시선에서 해방된 나는 재원씨가 앉아서 글을 쓰는 데로 갔다.

"이제 어디쯤 쓰는 중이에요?"

나는 다정하게 물었다.

"이제 한가해. 그 쥐 끈끈이 같은 놈이 나갔으니 속이 후련하군."

"나도 그래요. 그 여자가 보니까 그 남자가 어떤 사람이라는 걸 알 것 같아. 나더러 서빙 주제라니."

나는 기분 나쁜 걸 쏟아놓았다. 재원 앞에서 나는 왜 이리 편안한 것일까. 그의 품에 또 안기고 싶어진다.

"돈 좀 있는 돈벌레 같더군."

재원씨가 혼잣말을 했다.

"잘 써져요?"

"응, 근데 제목을 뭐로 정할까. 입대하기 전 끝내야 할 텐데."

"'장미의 하루' 어때요?"

"그건 너무 짧아서 싫어."

"'사랑의 침묵', 여진인 어때?"

재원이 눈빛을 잠재우며 그윽하게 바라보며 물었다.

"글쎄요. 사랑의 침묵이라면 너무 슬픈 사랑이 아닌지 궁금해 죽겠네."

나는 왠지 불안한 생각이 스쳐 이렇게 말했다.

"사실 모 신문사 신춘문예에 응모할까 했는데 그냥 이대로 묻어놓고 가야겠어."

"왜 그래요. 나한테 맡겨요. 살펴보고 응모해 볼게요."

"그럴 테야? 아마 여진이가 손본다면 안심이지."

옆구리에 날마다 끼고 다니던 까만색 손가방을 건네며 그는 편안하게 웃었다.

"끝이 비극적인 건 싫어. 해피엔드로 끝내줘."

재원은 이 말을 다시 내게 안겼다.

"형 여진이한테 보물을 주는 거야."

아까부터 우릴 바라보고 있었는지 서영이가 참견을 하며 눈을 흘긴다.

"맞아 재원씨가 보물을 주네."

요즘 들어 신경질적인 눈빛으로 우리 사이를 끼어들고 싶어 하는 서영의 태도에 의아한 무엇이 스쳐간다.

나는 순간 서영의 얼굴이 보고 싶어서 고개를 돌렸다.

"잘해 보시라구." 이렇게 말하면서 서영이 입을 옆으로 비틀며 돈을 세려고 한다.

"별일이야. 이제 시집갈 때가 됐나 봐."

재원씨가 우리 하는 양을 보았는지 히죽이 웃으며 서영이에게 비아냥거린다.

"어떻게 그렇게 잘 맞추었지. 나 시집 좀 보내줘."

그때 문이 열리고 낯설지 않은 사람이 들어온다.

"오셨어요."

서영이가 목례를 하며 반긴다.

그 남자는 근엄한 표정으로 들어오다 서영이의 목례를 보며 약간 웃는 얼굴이더니 나를 바라보다 옆에 재원씨를 의식하여서인지 옆으로 돌려 구석진 탁자로 간다.

"언제부터 목례까지 했니?"

"얘 여진아, 큰 봉이야. 모 재벌 2세래. 며칠 전 차를 주문해 놓고 나를 불러 차를 마시게 하는 거야. 그리고 너를 물어봐 기분 나빴어."

"뭐라고 물어? 느끼하게 생겨 가지구."

재원이가 기분 나쁜 표정을 지으며 나보다 먼저 묻는다.

"그냥 학생이냐구. 그것만 묻던데."

"관심이 있는가 봐. 넌 좋겠다."

서영이가 또 이렇게 말했다.

"근데 왜 오늘에서 얘기하니?"

나는 괜히 화가 나 이렇게 말했다.

그리고 물컵을 들고 그 남자 앞으로 갔다.

"가을 날씨가 상쾌하죠."

그 남자가 먼저 말을 걸어왔다.

"글쎄요. 여기 있으니까 모르겠는데."

나는 김빠지게 말하고 싶었는데, "네." 하고 말하고 있었다. 그 남자의 자신에 찬 태도에 압도되고 만 자신이 속상하도록 싫었다.

"저녁에 시간 있으면 우리 술 한잔해요."

그 남자는 내가 빠져나가지 못하도록 틈새를 주지 않고 또 말했다.

"시간이 없는데요. 손님이 찾아왔거든요."

"그럼, 시간 날 때까지 기다리지요."

"전 술을 못하는데 어쩌지요. 서빙하는 사람이 어떻게 다 먹겠어요. 밥이나 먹으면 되죠."

나는 뼈를 쑤시듯 아프게 찌르는 말을 하고 내 만족에 취하듯 웃었다.

"아 미안해요. 내가 사과하겠소."

"대신 사과할 수 있는 가까운 사이인 모양이죠."

나는 배실거리며 이렇게 다시 말했다.

"나중에 내가 다 이야기하지요. 어제 일 사과하는 뜻으로 맛있는 거 대접하고 싶은데요."

"전 그 여자한테 사과 받겠어요. 어제는 내가 못 들은 척했지만요."

나는 쓰디쓴 표정을 그 남자에게 보내고 돌아섰다.

그 남자는 생각 외로 차만 마시고 돌아가 버렸다.

나는 다행이라고 생각했지만, 한 편엔 가시 같은 게 내 신경을 콕콕 찔러대고 그 남자 생각이 자꾸 나고 있었다.

시간은 바쁘게 나와 재원씨를 몰아넣고 있어 우린 날마다 만나 얼굴을 맞대며 다가올 이별의 날을 맞이하고 말았다.

술에 취하도록 마신 적이 없는 재원씨는 입대 전날 흠뻑 취해가지고는 이렇게 말했다.

"나 오늘은 취하지 않고는 못 배기겠더라구. 나 내일 아침이면 조치원으로 가야 하잖니. 널 두고 가는 게 이렇게 괴로울 수가 없다. 너 날 사랑하니 난 널 죽도록 사랑한다 말해줘. 날 사랑은 하는 거니?"

은행나무 가지만 앙상한 밑에서 그는 나를 보자마자 이렇게 말했다.

"다 알면서 왜 묻는 거야. 재원씨 왜 묻는 거야."

"언제 니가 날 사랑한다고 말해줬냐. 나도 이제 말했지만…. 흐흐 하하."

재원은 웃는 건지 우는 건지 모를 소리를 내면서 이렇게 말했다.

"재원씨는 마음속이 늙은이야. 사랑이란 말도 어디 했어. 나도 그래서 늙어 버린 거라구."

나는 가슴 속이 애려와 간신히 이렇게 말했다.

"그랬었구나. 하하. 우린 벌써 늙어 버렸구나. 너 날 믿고 있겠지. 난 널 믿을 거야."

재원은 내 손을 꼭 잡으며 이렇게 말하고는 다시 또 말했다.

"미안하다. 여진아. 난 널 곱게 지키려고 했는데 내가 널 더욱 아껴줄 테니 건강해야 해."

나는 그를 따라 그의 집에서 밤을 밝히고 그가 떠나는 것을 보고 쓸쓸히 돌아섰다.

그가 가고 난 거리는 내 가슴 한켠이 빈 것처럼 허전하게 만들었다. 그러나 그의 혼이 깃들인 작품을 읽으며 도시의 어느 여자의 삶에 내가 들어가 있는 착각을 하고 있었다.

돈 앞에 허물어지는 믿음과 사랑 모두가 현실을 빗댄 고소장이라는 생각을 하면서 그 작품이 완성될 때까지 나는 커피숍엔 나가지 않았다. 겨울이 깊어질 때쯤 신문사에 응모하고 말았다. 작품을 보여달라는 서영이의 성화도 물리치면서….

그러던 어느 날 뜻밖의 전화를 받고 놀라지 않을 수 없었다.

- 3 -

그 남자의 목소리였다.

"실례가 되는 줄 알면서 전화를 걸었습니다. 견딜 수가 없었습니다. 내 나이 삼십이 넘어서 이런 감정은 처음입니다. 오늘 오후 3시에 시간 좀 내주십시오. 커피숍에서 기다리겠습니다."

나는 대답도 못 하고 거절도 못하고 있었다.

보나 마나 서영이가 전화번호를 알려준 것이라고 생각을 하면서 한 번은 만나 끈끈한 엿물을 씻어야겠다는 생각에서 대답을 하였다.

재원씨가 간 지 꼭 삼십 일이 되던 날이다.

오랜만의 외출이었다.

첫눈이 내리고 두 번째 눈이 내리면서 겨울도 회색빛으로 깊어지고 있었다. 난 거리로 나서며 눈부신 날의 아침 같은 상쾌한 바람 맛을 코끝으로 느끼며 지금쯤 훈련이 거의 끝났을 것이라고 생각했다. 어딘지 모를 부대 배치를 받고 떠났든가 아니면 바쁘게 상관들의 명령을 받고 힘들어하면서 나를 생각하고 있을 것이라고 생각이 들었다. 순간 멈칫 걸음을 멈추고 잠시 하늘을 올려다보았다.

가을 하늘이 파랗고 높다면 겨울 하늘은 깊은 바다처럼 보인다.

그러기에 추운 겨울 하늘을 보노라면 슬퍼 보이도록 쓸쓸해 보이는지 모른다는 생각을 하면서 미루나무처럼 히적히적 저 앞에서 걸어오는 그를 생각해 보았다.

이제 학교생활도 며칠 남지 않았고 그 긴 시간을 어떻게 채워나가야 할지 조금은 생각해 두었지만 그것을 잘 지켜나갈지 아직은 숙제로 남았다고 생각했다.

좀 늦게 도착하길 바랬지만 시간을 보니 3시 15분이었다. 십오 분이 나의 자존심을 지탱해 주었는지는 모르나 왠지 모를 작은 쾌재를 부르며 커피숍 문을 밀었다.

"어이구 웬 일이시우. 오늘 눈이 내리려나."

서영이가 반색을 하며 반겨줘 그런대로 기분은 괜찮았다.

"눈이 내린다구 별 수 있겠니?"

맥 빠진 말을 하며 커피숍 안을 들여다보았다.

그 남자가 기다리고 있을 거라고 생각했기 때문이었지만 그 남자는 보이지 않았다.

"여진아, 재원씨한테 편지 왔니?"

"응."

나는 이렇게 대답했지만, 아직 그에게서는 편지가 오지 않았던 것이다.

"너 그 남자 만나러 왔지?"

서영이가 다시 내게 묻는다.

"너 왜 내 집 전화번호 가르쳐 주는 거니?"

나는 눈을 하얗게 홀기며 따졌다.
"응, 그건 미안해. 근데 그 사람이 하도 애걸하니 어쩔 수 없었어."
"그 대가로 돈 얼마나 받았니?" 그 소리가 나오는 걸 참는데 문이 열리며 그 남자가 들어온다.
"아, 죄송합니다. 좀 바쁜 일이 생겨서 그만."
"선생님, 여진이두요 지금 막 왔어요."
서영이가 나서고 있었다. 흔히 말하는 촉새처럼.
"아, 다행입니다. 내가 약속하고서 죄송합니다."
말과 태도가 다르게 하면서도 나로 하여금 불쾌감이 들지 않게 부드러운 음성과 따뜻한 눈빛으로 제압하고 있었다.
"저도 늦게 왔어요."
나는 이렇게 말하고 조금이나마 자존심을 세우고 있었다.
"우리 나갑시다. 차도 나가서 마시지요."
그는 이렇게 말하면서 일어서서 나간다.
"자 오늘은 전부 찻값을 내겠소."
만 원권 2장을 서영이에게 내밀고 그 남자는 만족한 듯 웃었다.
"감사합니다. 다음에 꼭 기억하겠습니다."
서영이는 돈 이만 원에 함박 웃어 보여 난 기분이 나빴다.
저 돈 때문에 내 전화번호까지 가르쳐 주었다는 생각이 나고 있었다.
"그럴 필요 있나요. 차는 여기서 마시면 되잖아요."
"자 나갑시다. 맛있는 거 먹읍시다. 서영씨도 나가시죠."
"전 일해야 되요. 다음에 사 주세요."
서영이는 내게 눈짓을 하며 이렇게 사양했다.
"같이 가자. 혼자 무슨 재미니?"
나는 불편하고 어색해 이렇게 말했다.
"내가 있잖습니까. 재미는 만들면 되고요."

그 남자는 내 손을 잡아끌었다.

나는 살짝 뿌리치며 따라나섰다.

꼭 이렇게 해야 할 이유는 없다는 생각을 하면서 나는 지남철에 끌리듯 따라나섰다. 또 다른 세상 구경을 하는 기분이 되면서 가슴이 조금씩 뛰고 있었다.

아주 근사한 집 한옥인 데다 분위기가 우아한 한정식집으로 그는 나를 데리고 가면서 기분이 좋은 듯 미소를 머금고 있었다.

예약을 했는지 아니면 잘 아는 단골집인지 사십 대 여인이 겨자색 한복 치맛자락을 끌며 반긴다.

"어서 오십시오. 회장님도 안녕하시지요?"

"네."

"언제 좀 모시고 오시지요. 제가 잘 대접하겠습니다."

나는 그 여인의 우아함과 말솜씨에 한참을 넋 나가도록 바라보아야 했다.

"언제든 한 번 오시겠지요."

그리고 보니 그 여자와 회장이라는 사람과 묘한 인연의 관계가 아닐까 하는 생각을 하게 되었다.

그 여자가 나가고 난 뒤 나는 이렇게 물어보았다.

"회장님이 누구세요? 혹시."

"우리 아버님이시죠. 여기 내려오시면 이 집에 오시곤 합니다."

나는 나름대로 추측하여 보면서 이렇게 근사한 음식점은 처음이지만 자신 있는 몸가짐으로 앉아 있어야겠다고 꼬았던 다리를 모으고 반듯하게 앉았다.

헤아릴 수도 없이 많은 음식이 차려진 상에서 한 번씩만 집어 먹었는데도 배가 불러왔다. 그리고 헛배처럼 부글거리고 있었다.

음식 앞에서 재원씨가 떠올라서였는지 음식 앞에서 주눅이 들어서였는지 왜 하필 상 앞에서 그 사람 생각이 났는지 기분이 탁 가라앉았다. 모래알을 씹는 것처럼.

"둘이 먹는 음식이 뭔 가짓수가 이렇게 많아요. 낭비가 아녜요?"

나는 별안간 아니꼬운 생각이 들어 속에서 부글거려 한마디 하고 말았다.

"난 잘 대접하고 싶어서요. 많이 들어요."

"흥, 누구 기죽일 일 있어요."

이런 말을 하고 싶었지만, 꾹 참고

"난 된장찌개에 밥이면 더 편하겠어요."

"그럼, 다음에는 그런 거 먹어요."

헤어질 때 크나큰 쇼핑백을 싫다는 내게 안겨 주면서

"받으세요. 내가 좋아서 선물하는 거예요. 첫 데이트 기념이라고 해도 좋지요."

택시를 세워 태워주면서,

"내가 바래다주고 싶은데 오늘은 혼자 가세요. 그리고 내일 커피숍에서 만나요."

"내일은 할 일이 있어요. 졸업논문도 써야 하구요."

"그래요. 그럼, 언제고 좋아요. 보고 싶으면 나 혼자 커피숍에 가서 기다리겠습니다."

그 남자는 환히 웃으며 손을 흔들어 보인다.

집에 오자마자 나는 내 방에 들어가 선물 백을 열었다. 진 회색빛의 밍크코트였다. 그리고 핸드폰까지. 나는 가슴이 떨렸다. '괜히 받아가지고 왔구나.' 하고 곧 후회했다. 쪽지까지 있었다.

"여진씨 좋아합니다. 내가 좋아하는 사람에게 선물한 것이어서 몹시 기쁘고 행복합니다. 내 이름은 김인철이요."

나는 최면에 걸리듯 꼼짝할 수 없었다. 입이 굳어 더 말할 수가 없었다.

모든 걸 뿌리치기엔 그 남자의 시선과 친절에 눌려버려 내 마음을 표현 못 한 채 가만히 있다가 돌아온 격이다. 그리고 그다음 날 나는 그에게 선물을 되돌려 주었다,

"아니 이건 무리예요. 선물이라니요. 제가 받을 만한 선물이 아니던데요."

"나는 주고 싶은 사람에게 주는 겁니다. 못 이기는 척 받아줘요. 저한테 베풀어 준다고 생각하면 되잖소."

나는 엉거주춤 서 있었다.

"나는 한 번 준 것은 받을 수 없습니다. 이거 버리든가 마음대로 하세요. 이건 여진씨 물건이니까."

나는 처음 가져보는 값비싼 옷에 감탄하면서 내숭을 떨고 있는 나 자신에게 침을 뱉고 싶었다.

그런 후로 난 그가 만나자고 하면 만났고 값비싼 보석 목걸이며 핸드백이며 선물을 받으며 즐거워했다.

그러면서도 재원이를 생각하기보다는 옛날을 잊어버리려는 듯 잊고 있다가 정신이 드는 것처럼 깜짝 놀랐다.

화장기 없는 내 얼굴에 화장을 하게 된 것도 그 남자와 만나면서부터였다. 생머리로, 그리고 파마도 하였다가 다시 풀고, 나는 한껏 모양을 내 내가 나를 보아도 화려해 보이도록 아름다웠다.

딴사람이 된 것 같은 착각을 나도 모르게 거울 앞에서 하고 있었다.

커피숍도 그만두었다. 그 남자가 그만두라고 하기 전 자연스레 한번 만날 때마다 휴지 조각 내버리듯 나에게 던져 주는 돈에 처음에는 당황해하며 사양했다.

그러나 지남철에 끌리듯 자주 끌려가며 주는 대로 받으며 나도 그 남자의 노리개가 되고 있었다.

자존심으로 버티기엔 나약한 나는 여자이기 전 화냥기가 몸에 밴 요부가

되어갔다.

그가 경주 호텔에서 내 몸을 안았을 때 나는 죽은 나로 모든 걸 체념하며 이렇게 될 날이 올 것을 짐작하고 있었다.

한 번 아니 처음이 어렵지, 우린 만나면 으레 게임을 즐겼다. 내 아름다운 육체를 던져주었고 그 남자는 짐승의 포효를 내면서 내 몸 구석구석을 야금야금 맛있게 먹으며 즐거워했다.

후회도 한 번이었고 그다음은 될 대로 되라고, 나는 내 마음을 시궁창에 던져버리고 그 남자와 낮에 만나거나 밤에 만나거나 게임을 벌였다. 그럴 때는 집이 무너지거나, 하늘이 두 쪽이 난다 해도 그와 즐기며, 그 남자의 테크닉에 따라 내 몸 전부도 구름처럼 둥둥 떠야 했다.

"여진아, 너 내가 첫 남자가 아니지? 난 알았어."

몇 달이 지나서 그 남자는 발가벗겨진 내 몸을 들여다보며 말했다.

"그러나 괜찮아. 너와 난 게임을 즐기는 거니까."

난 그 말과 그 태도에 내 몸이 얼어붙는 것 같았다.

"왜 내 말에 충격을 받았어? 아니야. 그럴 필요 없어. 난 니 몸이 좋아. 여지껏 만난 여자 중에 니가 가장 순수했어. 내가 데리고 놀아보면 난 알 수 있거든. 이제 여진이 기교도 많이 늘었어. 자, 어서 나를 녹여 줘. 어서 그래 보라니까."

그 남자는 성에 목숨을 건 것처럼 나를 데리고 놀았다.

야하고 추잡스런 성 테이프를 틀어주며 나에게 기교를 가르치고 그렇게 하라고 했다.

나는 그 무렵 임신 중절을 두 번이나 해야 했다. 한마디로 들짐승처럼 그의 성 테크닉에 나도 미쳐갈 때였다. 임신을 했다고 하니까, 그 남자는 몇천만 원을 주면서 빨리 병원에 가라고 했다.

그리고 30평 아파트도 내 명의로 사주고는 바람처럼 드나들었다.

바쁘다며 며칠에 한 번씩 들러서는 내 몸을 야금야금 베어가듯 그는 나를 맛있게 가지고 놀았다.

그런데 어느 날 화장을 하고 있는데 서영이가 전화를 했다.

만나자고 했다.

마침, 그 남자가 간 뒤라 화장을 마치고 그가 있는 커피숍에 갔다.

"오랜만이구나. 내가 전화라도 해야 만날 수 있구나."

서영이 차가운 표정 앞에 나는 굳어진 채 일그러졌다.

임서영이가 앉은 탁자로 나도 따라가 앉았다.

"나 재원씨 면회 갔었어. 왜 그랬는지 아니? 너무 가여워서야. 아니 그보다 좋아하기 때문이야. 니가 헌신짝 버리듯 버렸지만 내가 대신 새 신이 되어주고 싶어서야."

"맘대로 해. 새 신이 되어주던 유리구두가 되든 나는 관여하고 싶지 않아. 그걸 확인해 주고 싶어 날 불렀니? 괜찮아. 확인해 보일 필요까지 없어."

"그런데 그것보다 중요한 사실은 재원씨가 어제 휴가 나왔다는 사실이야. 오 분 있으면 여기 나타날 거야. 그때 좀 전에 말했던 것을 다 말해 줄 수 있겠니?"

"내가 왜 그런 대사를 또 반복해야 되는지 모르겠다."

나는 왠지 모를 비참함에 달아나고 싶었다. 그건 내가 어떤 확실성 없는 사생활을 폭로 당하고 있는 비열함에서였지만, 그의 바보같이 보일만큼의 순수함 앞에 나는 연약한 촛불이라는 생각이 들어서였다.

"확실한 태도를 보여 주어야 재원씨도 나도 안심하면서 포기하고 새롭게 시작할 수 있기 때문이야."

"맘대로 해 난 그런 자격도 없으니까. 가겠어. 잘해 보라구."

내가 돌아서 몇 발짝 걸어 나오려는데 문이 열리며 군복 차림의 재원씨가 휘적휘적 푸른 나무가 되어 걸어와 나는 발이 굳어졌고 그냥 서서 바라볼 수밖에 없었다.

"야. 여진아."

그가 멈추며 내 이름을 나직이 불렀다.

나는 말없이 재원을 다시 바라보았다.

"우리 같이 앉아서 속 시원히 말해봐요. 우리"

서영이가 이렇게 말하면서 나를 빤히 바라본다.

우아해 보이는 커피숍이 언제고 나의 부러운 일터였지만 오늘만은 왠지 허허벌판처럼 바람만이 오갔다. 나는 낙엽이 되어 떨어지려고 빙글빙글 돌다가 땅바닥으로 내팽개치듯 떨어지다 찢어지는 몰골로 서 있는 자신이 미치도록 싫었다. 나도 빈 의자에 털썩 앉았다.

"그래. 다 알고 있을 텐데 나를 만나게 한 이유가 뭔지도 말해주면 좋겠어. 아니면 이대로 가게 내버려두던지."

나는 비굴한 웃음을 뱉어내며 재원씨의 얼굴을 똑바로 쳐다보았다.

"나가자. 응? 나가서 이야기하자."

재원이 통곡하는 눈빛으로 나의 팔을 끌고 일어나길 원했다.

"왜 그래요 재원씨. 이제 뭐가 남았나요. 미련이냐구요. 나 있는 데서 속 시원하게 말해요."

서영이가 독기를 눈빛에 품어내며 가로막았다.

"웃기고 있어. 너 임서영 뭘 확인하고 싶어서니? 니 좋을 대로 하라구. 난 재원씨를 버렸어. 잘해 보시지. 왜 날 불러야 했어? 재원씨 난 지금 내 삶에 만족하고 있어요. 내가 그랬잖아요. 우린 서로에게 빚진 게 없다구."

나는 발딱 일어나 나와 버렸다.

봄 햇살이 어느새 구석구석 나비 애벌레처럼 기어다녔지만, 내가 으스스 한기를 느낀 건 흥분과 분노 때문만은 아니었다. 그리고 사랑과 애증의 사이에서 갈등도 아니었다. 난 재원을 사랑한다는 것 하나만으로 그를 택하기엔 현실이 너무 멀었다. 이쪽과 저쪽의 거리가 너무나 멀어 바라보기조차도 힘들었다.

처음에 군에 입대하고 훈련이 끝날 무렵 그의 부모와 같이 면회한 뒤로 다시 찾아가 본 적 없이 내 일에 매달렸던 것은 그 남자와의 주고받는 게임의 줄다리기에 온몸을 던지고 있어서였다.

눈물이 쏟아져 나오는 걸 이를 악물고 참으려니 한기로 으스스 떨려왔다. 그동안 두 번의 유산, 그 후유증 때문이기도 했지만 임서영의 독설에 찬물을 뒤집어쓴 그런 기분 때문이었다.

신재원. 그이 풋풋한 모습에서 그동안 깔려있던 그리움이 한꺼번에 밀려와 내 온몸에 휘감기고 있음을 느꼈다.

"여진아, 같이 가자구. 할 이야기가 있어."

군화 소리를 울리며 다가오던 그가 소리를 질렀다.

나는 택시를 잡아타려고 문을 열었다. 문을 잡으며 그가 올라탔다.

"대청호로 가 주십시오."

그가 운전사에게 말했다.

나는 눈을 감아버렸다.

차가 달리고 우린 아무런 말도 하지 않은 채였다.

신탄진을 들어서면서 전매청 뜰에 불그레 꽃망울을 살찌운 벚나무가 얼핏 내 눈에 들어온 건 그가 나를 바라보는 시선이 다가와 우측으로 눈을 돌렸을 때 잠시 스쳐간 그림과도 같았다.

오래지 않아 활짝 피겠지. 나는 다시 눈을 감으며 이런 생각을 하고 있었다.

늙은 운전자는 벙어리가 된 우리들이 이상했는지 신호를 기다리고 멈추어 섰을 때 힐끔 뒤를 돌아보며 말을 걸었다.

"두 분 싸움을 하셨나 보죠. 우리 같이요."

그가 가만히 있기가 민망한지 내키지 않는 말을 이렇게 하고 담배를 피워 문다.

나와 같이 있을 때 절대로 피지 않았던 그가 얼마나 답답했으면 피고 있을까 생각하니 가슴이 미어졌다.
  금강이 흐르고 있었다. 우리 둘 같이 말없이 있었다. 봄기운이 어디고 풍기고 있었다. 진실이란 인간에게서 보다 자연에서만이 있는 것처럼 생각되면서 나는 재원에게 정말로 미안한 감이 생겨났다. 지금, 이 순간을 모면하고픈 생각뿐 다시 내 등에서 찬물을 뿌리는 오한이 일어나고 있었다.
  우린 택시에서 내렸다. 그리고 말없이 강 쪽을 따라 걸었다. 아직 강을 낀 포도밭은 잠에서 덜 깬 듯 조용한 것 같았지만, 어디선가 움직이는 작은 소리가 들리고 있었다.
  "우리의 운명이 이렇게 갈렸다면 우리 뜻이건 타의건 할 수 없다손 치더라도 이건 너무하다는 생각이 들지 않어. 우리의 사랑이 이거밖에 되지 않았다니 배신감을 건딜 수 없다."
  그가 먼저 입을 무겁게 열었다.
  "미안해. 미안하다는 말밖에 할 수가 없는 지금 내 입장을 이해해줘."
  나는 흐느껴 울고 싶은 심정이었지만 이를 악물고 참으며 단호하게 잘라 또 한마디 했다.
  "난 이런 계집애였다구 황금알에 어쩔 수 없는, 아니 누구라도 그렇게 되고 말았을 거야. 내 잘못이라고 생각하지 말았으면 좋겠어. 시대가 아니 세상이 다 그렇게 되고 있는데 나라고 다를 게 뭐 있어. 다르다면 내가 이상하지. 임서영과 잘해 보시라구. 난 재원씨를 잊고 살 테니까."
  "너는 지금 행복한 척하고 있어 너의 모습은 처참하게 밟힌 참새같이 보인다구. 니가 내 곁에서 달아났다 해도 난 널 놓아주질 않겠어. 니가 행복하다면 그냥 이대로 아니 밤하늘 별을 바라보듯 바라보겠어. 그러나 넌 지금 가련해 보이도록 불쌍하게 떨고 있는 참새같이 보인다구. 난 너의 슬픔 불행 눈물까지도 안을 수 있어. 언제고 기다리겠어."
  어느덧 대청댐까지 바라보이는 곳에서 청주 가는 길로 접어들었다.
  "재원씨, 나 오한이 나. 추워죽겠어. 어디 따뜻한 곳에 가서 눕고 싶어."

그 소리가 떨리어 나오며 나는 두 눈에 눈물을 쏟아냈다.
"그래, 아파서 그랬니? 얼굴이 창백해 보이더니. 에이 빌어먹을 차 한 대가 없는 군바리 신세가 원망스럽다."
나는 현기증까지 나 견딜 수가 없었다. 그건 지금 마음도 몸도 한꺼번에 무너져 지탱하기엔 너무나 나약했다. 입만 살아 있는 참새인지 모른다.
마침, 빈 택시를 만나 청주 가는 도로변 모텔 하우스라는 여관을 찾을 수 있었다.
우선 따뜻한 방에서 쉬게 하는 게 좋을 것 같아서였다.
누가 보기엔 애인으로 대낮의 밀애라도 할 양으로 찾아온 것 같이 보일 테지만, 지금 우리들은 전과가 있었던 옛날의 기억에 어설픈 분위기에 휩싸여 있었다.
"병원에 가야 되는 거 아니니. 나가서 병원에 가자."
그는 내 얼굴에 슬픈 키스를 눈으로 하는 것처럼 보였다.
"그냥 이대로 한 시간만 누워있으면 괜찮을 것 같애. 지루하겠지만 소파에 앉아서 기다려 줘."
이상했다. 난 이처럼 편안한 마음은 오랜만에 가져보는 것으로 그가 군대에 가기 전 함께 있었던 지난날처럼 생각되었다.
"알았어. 두 시간이라도 기다릴 테니 한잠 자."
그는 작은 소파에 기대고 앉아 눈을 감았다.
아마 나더러 걱정하지 말고 눈을 감고 자라는 무언의 행동이라는 느낌을 나는 받았다.
열이 나기 때문에 난 곧 잠이 들 수 있었다. 눈을 떴을 때 그는 소파에 없었다. 나는 어지럼증이 있었지만 열이 내려 가볍게 일어나 그를 찾아 나섰다.
아마 기다리기 지루하니 강가를 거닐든가 하겠지, 하는 생각에서였다.
아까 느끼지 못했던 느낌이 자연에서부터 가슴을 일렁이게 하였다. 구룡산 꼭대기는 조금 검은 초록색 빛깔이 춤추며 강으로 내려오고 있었다. 봄바람이 꽃바람을 일으켜 강둑에 개나리들이 만발했고, 노오란 빛깔이 어찌나 맑은지 손으로 따서 먹고 싶은 충동마저 일어났다.

바람이 아침나절과 달리 옷깃을 여미게 했다. 아마 강바람이 불어오기 때문이라는 생각을 하며 바바리 주머니에 넣어두었던 머리끈으로 긴 머리를 동여매고 대청호 아래 강둑을 천천히 바라보았다.

그 순간 미루나무처럼 서서 강물을 내려다보는 그를 볼 수 있었다.

나는 두 눈에 눈물이 나는 애틋함과 갈증이 나는 그리움 같은 게 가슴에서부터 올라오는 걸 참을 수가 없어 그 자리 아니 강 건너 그를 바라보며 한참 동안 나를 진정시켜야 했다.

독하게 보이려고 처음에 만났을 때 독수리 눈을 떴지만, 지금은 별수 없는 앵무새의 눈으로 바라보아야 했다.

아마 나보다 더한 감정으로 이쪽에서 저쪽까지 걸어가면서 배신감에 이를 악물며 가슴을 혼자 짓이겼을 것을 상상하니 더욱 슬퍼 왔다.

언제 보았는지 그는 한 손을 높이 들어 보인다.

나는 다리를 건너며 그 밑으로 흐르는 물줄기를 바라보았다. 언제고 변함없이 흐르는 물의 순수성을 인간은 조금이라도 닮은 부분이 있을까.

세상이 변해도 인간사가 변해가도 저 강물은 말없이 흐르면서 가고 있을 것이다.

그러고 보면 어디론가 가는 것은 인간도 마찬가지다. 끝없이 흘러가는 물줄기, 그리고 사람들도 가고 있는데 우리는 왜 한길로 가면서도 다른 삶을 살아가면서 슬퍼하고 고통스러워하는지 모른다. 저 강물처럼 그대로 흘러가면 안 되는 것일까.

산 계곡물이거나 도랑물 냇물이거나 서로 강에서 만나 가고 있는데 인간은 만남은 생각의 이기로 헤어져 서로에게 상처를 주고 한평생 그리워하고 미워하면서 살아간다.

그런 생각이 가슴을 갈기갈기 찢어 놓는다.

"인제 좀 괜찮니? 응 여진아."

내 이름을 불러주는 그를 나는 황홀하게 바라보았다. 몇 달 만에 불린 내 이름에 나는 어리둥절해지기도 했다.

그 사람 김인철은 내 이름 대신 장미라고 불렀다.

그럴 때마다 난 그래 난 장미야. 활짝 핀 장미 내가 시들기 전 우린 계약적인 게임을 즐기는 거야. 시간은 언제고 가고 있듯이 장미의 계절은 오월이잖아. 그래, 오월은 일 년에 단 한 번이 아닌가. 우린 나란히 걸었다. 그러나 손을 잡지는 않았다.

우린 이미 아이가 아니듯 연인도 아니었다.

아니 서로를 갈구하듯 목마르면서도 내 마음이 용서치 않았고 그가 나를 가까이하지 않았다.

아니 격이 나도록 변해버린 내가 역겨워서인지 아니면 분노 같은 배신인지 모르나 그는 처음 만났을 때는 손이 떨리고 얼굴이 일그러진 채 나를 노려보다가 이내 세상을 원망하는 어조로 할 말이 있다고 여기까지 나를 데리고 왔으리라. 그는 내 몸뚱이가 걸레처럼 찢어진 것이 가슴 아픈 듯했다.

"내가 여기까지 널 데리고 온 건 나의 실수 같다. 그러나 내가 마지막 말이라도 여진에게 하고픈 심정이란 널 아끼고 사랑하기 때문이야."

"날 증오해 줘. 난 재원씨의 사랑을 받을 자격도 없어. 그리고 난 이대로 살다 갈 거야. 절대로 후회는 하지 않으면서 내가 택한 삶을 살 거야."

"언제고 돌아올 수 있다면 돌아와. 난 널 따뜻하게 안아주겠어. 이건 내 마음이고 사랑이다."

"그런 거짓말에 고마워할 내가 아니야. 난 옛날의 여진이가 아니야. 난 장미라고 한 시절을 살아갈 활짝 핀 장미라나. 호호호."

나는 미친 것처럼 웃어제꼈다.

교양이라든지 학벌이라든지 인간미라든지 그런 것들은 나에겐 이미 사라져 버렸다기보다 의미 없다는 생각이 들어서였지만, 그렇게 함으로써 그에게 나에 대한 정내미 같은 작은 미련도 싹 가셔주길 바래서였다.

"흥, 그동안 많이 변했구나. 일 년도 채 안 된 시간에 널 그렇게 만든 게 돈이라니. 정말이지 역겹다."

"황금이란 사람을 우아하게 만들 수도 있고 아주 천하게 만들 수 있다는 걸 알면 좋겠어. 건강해. 그리고 행복하길 빌겠어."

나는 이런 말을 숨차게 빠르게 하고는 갈림길에서 강둑을 향했다.

"난 말이야. 제대하고 널 다시 찾을 거야."

그가 따라오며 이렇게 말했다.

"어리석은 짓이야. 난 안 만나. 그리고 날 찾는 건 아무런 가치가 없는 짓이야."

"여진아, 니가 불행하면 나도 불행해. 니가 행복하다면 나는 찾지 않을 꺼야. 배고프지 않니? 같이 식사나 하고 헤어지자."

괴로워서 빨리 헤어지고 싶었지만, 마지막으로 함께 식사라도 하는 게 그를 위해서 좋을 것 같아 나도 말없이 그를 따랐다.

강가에 있는 식당이란 횟집이었다.

장어구이에 회 한 접시 놓고 마주 앉았다.

그는 소주잔을 기울이며 내 잔에도 따라 주면서,

"열이 있으니 안 먹는 게 좋겠지. 이 장어와 회만 먹어."

"한 잔은 마시겠어요. 이별주는 해야죠."

나는 쓰디쓰게 웃어 보였다. 가슴 속에서는 눈물이 흐르고 있었지만 웃어 보일 수밖에 없었다.

"한마디만 묻겠어. 왜 결혼은 안 하니? 그 남자는 안 한다니?"

"장미꽃이 결혼한다고 뭐가 달라지겠어. 열매를 맺지 못할 것이고 그냥 활짝 피었다 시들면 그만이겠지."

"그게 무슨 말이니? 그 자식이 그렇게 말하는 거야?"

그는 부들부들 떨면서 두 주먹을 불끈 쥐었다.

"아니야. 내가 그렇게 생각할 뿐이야."

"변해도 니가 그렇게 변했다고 생각 안 한다. 그 돈 많은 놈인가 그놈이 널 그렇게 만든 거지."

소주 몇 잔을 비우며 그는 분노에 어쩔 줄 몰라 했다.

"지나친 생각이야. 그 사람은 과분하게 내게 돈을 주고 난 그 대가로 몸을 던져주고, 우린 말하자면 이렇게 게임을 하는 거야."

이 말을 끝으로 나는 또 까르르 웃었다.

미친 것처럼 떠벌리다 웃어버리며 그가 화나게 했다. 그는 분노와 증오가 가득 찬 눈빛을 던지고 비틀대며 가버렸다.

택시도 어쩌다 오가는 한적한 길에서 난 한참을 기다렸다. 얼마나 가슴 아픈 순간이었는지 모른다.

강물 위로 아직 떠나지 못한 철새 몇 마리가 물 위에 떠 있었다. 철을 잊어버렸다. 저들은 아직도 이곳에 할 일이 남았나 아니면 이 강에 미련이 남아 떠나지 못하는지도 모르지. 기다리는 동안 나는 강에서 눈을 떼지 못하고 있었다.

그래 나처럼 방황하고 있을 거야.

버스가 왔다. 두 번째 버스였다. 첫 번째 버스로 그가 떠났고 난 더 기다리고 싶어서가 아닌데도 이렇게 강물에서 눈을 떼지 않고 나만의 상념에 젖어있다. 버스를 탔다. 버스를 오랜만에 탄 나는 사람이 모여 사는 세상으로 가고 있음을 실감했다.

- 4 -

내가 나를 인식하고 나를 찾는 데는 오랜 시간이 흘러야 했다. 그가 내게서 떠나간 건 군 복귀가 아니다. 내게서 아주 떠났다고 느끼던 그 이듬해 봄. 그를 만난 지 일 년이 거의 되던 이른 봄이었다. 소중한 희소식이 날아들었다.

모 신문사 신춘문예에 응모했던 재원의 원고가 당선됐으니 2월 10일 몇 시까지 와달라는 통지문이었다.

나는 그 순간 눈물이 쏟아지도록 기뻤다. 그리고 그 재원이가 그립고 보고 싶어 견딜 수가 없었다. 나는 침대에 엎드려 흐느끼고 말았다. 그러나 나는 신문사에 가지 못했다. 왠지 가슴 속에서 용납지 않는 가시가 찔러댔기 때문이었다. 그랬더니 상금과 상패가 배달되었다.

지금 내 몸속에서 숨을 쉬고 있을 원하지 않는 생명에게 나는 미안한 생각이 들었다. 그래서 울음을 그치고 병원에 가서 그 남자의 모욕 같은 한마디를 씻어내듯 이 생명을 잘라내야 한다는 생각이 일어났다.

내 몸을 애무하는 건지 야금야금 먹는 건지 그는 나를 씹어먹는 재미로 세상을 잊어버린 듯 황소가 내는 숨소리와 물을 손바닥으로 치는 소리를 내게 하면서 미치고 있었다. 내가 그를 저주하기 시작한 건 그 남자의 비웃는 말 한마디 때문만은 아니었다.

지금 난 또 임신이 되어 있었다. 세 번째 임신. 이번에는 유난히 입덧을 하는 내게 그는 야만의 눈초리보다 더 추락한 눈으로 내려다보며,

"넌 여자가 아니야. 나를 위해서만의 여자야. 애 같은 건 너와 나 사이엔 필요가 없다는 걸 잘 알고 있을 테지? 넌 순결하지 못했어. 넌 이미 더러워진 꽃잎으로 나비를 유혹하려 했기 때문에 우린 이렇게 게임을 즐기고 있는 거야."

그 남자는 내 몸을 쥐어짜듯 하면서 이렇게 잔인하게 말한 적이 있다.

"왜 대답이 없어? 넌 날 기다려 주지 않았으니 이렇게 게임을 즐기다 마는 거야. 너보다 내게 권한이 있지. 니가 싫어질 때 난 가버리면 그만이니까."

그 남자는 노골적인 말을 뱉었다.

재원씨에게 첫 순결을 준 난 후회란 없다고 이를 악물었다. 짐승 같은 성의 노예가 되면서 서로를 불태우는 건 젊음의 쾌락으로 즐길 뿐이었다.

그러다 임신이 되면 혼자서 그 악마 같은 울부짖음 속에 어린 생명의 흐느낌을 혼자 들어야 했다.

서글펐던 그 봄이 가고 무덥고 끈적거렸던 여름이 또 가고 다시 가을바람이 불 때 나는 또다시 세 번째 임신중절을 해야 했다.

"아니 여자가 자기 앞가림도 그렇게 못하나 난 임신 같은 거 원하지 않아. 우린 게임을 즐기고 있을 뿐이지."

그 남자는 입덧을 유난스레 하는 날 비웃는 눈초리로 바라보면서 이렇게 말하고는 천만 원권 수표 몇 장을 뿌리더니,

"나 이제 돌아오지 않아. 물론 너는 어리석은 짓은 하지 않겠지?"

그리곤 그 남자는 한 달이 가도 소식이 없었다.

나는 병원을 찾았다. 임신중절을 하려고. 그런데 의사가 고개를 저으며 말했다.

"요번에 수술을 하면 부인은 임신을 해도 자주 유산이 될 것입니다. 자궁이 약하시거든요. 자주 수술하면 그만큼 더 약해져 습관성 유산이 될 수 있으니까요. 웬만하면 이번만은 출산을 하시지요."

남자 의사는 심각한 목소리로 말하면서 내게 한심하다는 표정을 애써 고개를 숙이며 감추고 있었다.

나는 그 의사 앞에서 용기가 나지 않았다.

"그래도 해주세요." 하려다 내 무지를 비웃는 의사에게 왠지 미안했다. 그런 마음으로 병원을 나서면서 자꾸 지워지지 않는 생각은 뱃속에 작은 생명 나의 생명과도 같은, 또 하나의 생명에 대한 미련이었다. 생명에 대한 애착이 솟아나면서 내동댕이치듯, 때버린 두 생명이 나를 괴롭혔다.

방긋 웃는 아가의 모습이 아니라 피투성이로 죽어가는 한 생명의 절규요, 몸부림이었다.

나는 눈물이 났다. 그냥 두 눈에서 나온 눈물이 내 오장을 도려내고 짜내는 아픔의 눈물이 되어 나는 한없이 쏟고 말았다.
그동안 아무런 죄의식도 없이 해버렸던 수술이 내 특권인 양 내 마음대로 한 일이었는데 이제 여자보다 모성의 본능으로 돌아온 것인지 나는 슬펐고 무한히 부끄러웠다. 내가 원해서 태어난 것이 아니듯 이 생명도 원한 것은 아닐 것이다. 그러나 생명은 고귀하고 소중한 것인지 모른다. 지금 내 피로 응어리진 생명이 세상을 향해 원망도 바람도 모른 채 살아있어 숨을 쉴 것이다. 그런데 내가 뭐길래 이 아이의 모든 권리를 빼앗아 버려야 할 권한이 있는 것처럼 빼앗아야 한단 말인가.
안된다. 한 번 두 번 세 번 난 이제 더 이상 살인자가 될 수 없다. 누구의 자식이든 애정과 사랑을 혼돈해서 생각하기 이전 난 모정 하나로 이번만은 낳고 싶었다.
살인자의 자식이라도, 아니 탕아의 씨라도, 나는 낳고 싶은 그리고 꼬옥 안아주고 싶은 충동이 불길처럼 일어나고 있을 뿐이었다. 이런 아픔이 흘러가면서 술도 입에 대지 않았다. 물론 담배도 끊었다. 그리고 아파트가 싫어졌다.
배가 조금씩 부를 때 책을 가까이하면서 그동안 악마가 되어있던 나는 천사가 되려고 노력했다.
아니 아가와 함께 할 시간을 만들려고 노력했다.
안데르센 동화집을 사 들고 들어와 소리를 내 읽어 주었다.
그리고 아파트를 팔려고 내놓았다.
그 남자가 없어서가 아니고 찾아와 주지 않아서도 아니었다.
혼자 생활하다 보니 그렇게 편할 수가 없었다. 마음을 정하고 나니 더러운 물을 정수한 것처럼 깨끗해진 느낌. 새벽바람의 신선함에 취하듯, 난 이 배를 어루만지며 아가와 이야기를 나누었다.
"아가야 난 널 사랑하는 엄마야. 착하지. 난 널 사랑하면서 행복하게 살 거야."
 난 아름다운 노래 찾아 떠나는 새처럼 하늘을 응시하면서 자장가를 불렀다.
 계절이 짙푸른 오월의 정원처럼 싱그러워 코끝이 간지러울 때 재원이가 찾아왔다. 전화도 하지 않은 채 찾아왔다는 건 내 처지를 알고 있다는 것이었다.
 "오면서 많이 망설였다. 내가 왜 이래야 하는 건지. 너의 그 모습에서 모정이 있음은 알겠는데 다만, 니가 지금 무슨 생각으로 그래야 했지 궁금하다."
 제대를 했다는 걸 시간으로, 아니 세월로 알고 있었지만, 점퍼 차림의 그가 옛날을 떠올리게 하고 있었다.
 날마다 만나며 무턱대고 좋기만 했던 지난날이 떠오른다.
 나는 말없이 그에게 신춘문예 당선 상장과 상패와 상금을 내밀었다.
 "재원씨, 축하하긴 너무 세월이 많이 지나간 것 같지. 그렇게 생각돼 이 이상 다른 축하는 생략하겠어. 난 지금 내가 행복해. 아이를 낳아 잘 키우겠어. 다시 내 앞에 나타나지 말아 주었으면 좋겠어."
 "하긴 니 모습이 왠지 모나리자처럼 보이는데."
 재원이가 혼잣말처럼 이렇게 말하며 한숨을 길게 품어내다가 입술을 깨문다.
 그랬다. 난 생머리를 뒤로 묶고 화장도 하지 않은 얼굴로 오직 아이를 위해 시간을 보내고 있었으니까.
 "내 배가 보기 싫으니?"
 난 억지로 웃으며 그에게 커피를 권했다.
 "아니, 아주 예뻐 보인다. 모나리자 같애."
 재원이는 큰 입을 실룩거리며 웃는 듯 우는 표정을 지우며 커피를 마시려 찻잔을 입에 댄다.

"난 세상에 태어나서 지금처럼 행복했던 때가 없었던 것 같아."
"그래? 그렇다면 다행이다. 하지만 행복이라고 말하긴 아직 이르지 않을까?"
커피를 다 마시고 그는 일어나면서,
"이 상금은 내 것이 아니야. 아이에게 필요한 거 준비하는데 써주길 바래."
"재원씨가 주는 거라면 왠지 사양하고 싶지 않아. 그런데 조건이 있어 내가 쓰는 대신 나도 주고 싶은 게 있어."
나는 몇천만 원이 들어있는 저금통장을 그에게 주었다.
내 이름으로 되어 있었지만, 비밀번호와 도장까지 주었다.
"왜 이러니? 난 이 돈이 필요 없어. 더러운 돈이라서가 아니야. 돈은 니가 필요해. 난 지금 필요 없어."
그가 화를 내며 나가 버렸다.
난 그가 나간 문을 마주하고 선 채 눈물을 쏟아야 했다. 그건 내 설움의 눈물은 아니었다. 그가 내게 보여준 지순하고 맑은 마음이 내 영혼까지 흔들고 있었기 때문이었다.
그리고 한 달 안에 내겐 새로운 것일 수 있는 변화가, 아니 환경이 마련돼 있었다. 아파트도 팔렸고 그동안 물색했던 곳으로 이사를 해야 할 날이 다가오고 있었다.
대학 시절 친구 몇 명과 여름휴가로 떠나 일주일을 텐트 속에서 보냈던 곳. 강원도 평창. 그곳을 물색하던 중 산장으로 지어진 아담한 집. 아래층은 한옥으로 꾸며졌고 이층은 양옥으로, 서재로 쓰기 알맞게 지은 집. 잔디가 깔렸고 나무와 꽃나무가 적적히 심겨 있었고 빈터 오십 평이 집 뒤로 있어 심심풀이로 채소라도 심던지 아니면 산초라도 재배하고픈 욕심이 들게 했다.
어머니에게는 소설을 쓴다며 한동안 못 뵌다고 전화로만 알렸다. 내 모습을 보이기는 너무 뻔뻔할 것 같고 어쩐지 내 양심이 허락지 않았다.
 아파트 판 돈은 부모님에게 송금했다.
 집을 이억이나 주고 샀건만 아직도 내겐 평생 혼자 살기에 부족함이 없는 돈이 남아있었다.
 삼 년 남짓 해온 게임의 대가치고는 괜찮은 수입이었다. 이사를 도둑질하듯 하고 나서 정리가 끝나고 난 뒤 나는 이런 생각을 하며 그 사람을 생각하는 여유를 가졌다. 집이 큰 탓도 있었지만 혼자 살기엔 너무 적적해 사람을 두어야 했다. 이장한테 찾아가 부탁을 해서 농사도 짓고 남의 일도 하며 사는 오십 대 부부를 살게 했다.
 방 한 칸과 부엌이 있고 목욕탕까지 있는 작은 집이 따로 있었기에 잘 되었다. 집 지은 사람도 아마 집 볼 사람을 들일 양으로 지은 것이라는 생각이 들었다.
 내 방안에는 원목장과 침대와 텔레비전 받침, 그리고 전화가 놓인 탁자가 전부였다. 그러나 이층은 서재로 꾸미는 데 보름이나 걸렸다. 책장과 연결한 책상에는 컴퓨터와 프린터기가 있었고 차를 마실 수 있는 원탁과 의자 네 개 그리고 차와 찻잔을 넣는 작은 찬장, 음악을 들을 수 있게 전축과 그에 따른 것들도 준비해 놓았다.
 사방이 유리문으로, 열 수 있는 문은 마주 보이는 창문뿐이었다. 커텐은 모두 깨끗하게 흰색으로 해놓고 나는 누군가 기다리는 마음이 되었다.
 재원, 그 사람의 사진이 내 사진첩에 있어 꺼냈다. 함께 찍은 사진이 꽤 많았지만, 그의 집 마당에서 찍은 것이 더 애착이 간다.
 기다림. 내게 있어 기다림은 있을까. 몇 달 안 있어 봄이면 태어날 아이가 있겠고 또한 기다림은 그리움과 사랑의 아픔일 수도 있다. 나는 될 수 있는 한 좋은 생각을 하려고 노력했다. 산을 오르기도 하고 평창강을 찾기도 했다.
 혼자 사는 데 익숙해진 나는 책을 읽으며 지냈다. 책과 생활용품, 마실

음료와 과일 등을 사는 것이 외출의 전부였지만 배가 부르자 그것도 힘들었다.

차가 있어 그나마 불편한 건 없었다. 아이를 낳으면 어떻게 키울까. 사내아이일까, 딸아이일까. 입학하기 전 유치원은 보내어야 한다. 사회성과 타협성을 배우려면 나와 단둘이서는 곤란하다.

하루에도 몇 번이고 이런저런 생각을 하며 지냈다. 산부인과는 제천 ○○병원을 찾아 한 달에 한 번은 검진을 하고 있었다.

예정일이 3월 25일이라고 했다.

며칠 남지 않으니, 마음이 초조해 오기 시작했다. 혼자서 병원엘 간다는 생각을 하니 눈물이 왈칵 솟아난다. 하긴 한집에 사는 아주머니가 부모 나이 같으니 같이 가면 조금은 위로가 될 수 있다는 생각이었다. 제왕절개를 할 것이니 무통중인 상태에서 입원을 해야 했다. 미리 준비해 둔 아이의 옷가지며, 포대기를 가방에 넣고 있는데 아주머니가 들어오며 누가 찾아왔다고 했다. 방문을 여는 순간 재원씨가 현관에 장승처럼 서 있는 것이 아닌가.

그 아주머니가 아니었던들 나는 그에게 달려가 목을 껴안고 울고 싶은 심정이었다. 재원이 미루나무처럼 서서 나를 보고 웃었다.

"신랑이신가 보네유. 마침, 잘 오셨네유. 새댁이 지금 병원에 입원하러 가려든 참인데."

아주머니의 넉넉해 보이는 얼굴에 안도의 웃음을 흘리며 반가워하는 모습이 나를 웃게 만든다.

아주머니가 나가고 그가 들어온다.

"야, 이렇게 할 수 있니. 여기까지 찾느라 몇 달이 걸렸어."

나는 더 말하지 않아도 알만해서 잠자코 있었다.

"서영이한테 가서 물어도 모른다지. 너네 집에 가도 전화만 온다며 몹시 궁금해하시더라."

"서영이가 뭐라고 하던?"

나는 그것이 더 궁금해서 묻고 말았다.

"애기 낳을 때가 되었다고 했더니 무척 놀라더라. 그리고 나하고 결혼하지 않겠냐고 하더군."

비애 같은 그늘을 지어 보이며 그는 쓴웃음을 삼키는 걸 나는 보았다.

"왜 그러자고 하지 그랬어. 서영이는 괜찮은 애야. 야무지고 나처럼 빈 곳이란 없는 애야."

나는 진실 그대로 말하며 바바리를 걸쳤다.

"제 발에 맞는 신은 따로 있는 거야."

재원은 이렇게 말하며 내 짐보따리를 들고 나섰다.

차에 앉아 나는 짜증을 내고 말았다.

"왜 그런 쓸데없는 이야긴 하냐구. 애기 있다는 거 말이야."

"왜 안 되는 거니? 니가 좋아서 낳으면서."

운전대를 한 손으로 잡고 시동을 걸면서 백미러로 나를 바라본다. 병원까지 다 가도록 재원도 말이 없었지만 나도 안 했다. 안 했다기보다 나와 그는 말을 아끼는 대신 깊은 생각을 하고 있었다는 게 옳았다. 병원 앞에 차를 세우고 재원은 내가 앉은 문을 열면서 말을 걸었다.

"문여진. 빼놓고 온 건 없겠지?"

"응."

그는 내게 의도적인 물음으로 나와 그의 사이에 잠시 흐른 적막감은 시간을 깨보려는 것이라는 걸 나는 알고 있었다.

그동안 얼마나 생각하며 챙긴 짐보따리인데 빠진 게 있을까.

간단하게 접수가 끝난 건 그동안 수없이 다닌 데 따른 배려이겠지만 나는 간호사의 안내를 받으며 특실이라는 온돌방으로 들어갔다. 그동안 혼자서 병원을 찾았던 내가 그와 함께 왔다는 것은 내게 있어 감격이었다. 간호사 보기에도 떳떳할 것 같은 생각이 들었고 하늘로 치솟듯 자신감마저 생겨났다. 물론 그가 나의 보호자로 사인을 해주고 말없이 행동하고 있었다.

보호자 신재원. 아기가 태어나면 신애기란 이름이 붙여질 것이다.

나는 혹시나 그 남자가 알면 안 된다는 생각에서 한 말이었다. 냉정하게 떠난 사람이 서영이가 있는 커피숍에 다시 나타날 수도 있겠고 영원히 나타나지 않을 수도 있다는 반신반의였겠지만 나하고는 상관없다는 생각이 스쳤다.

그리고 이 순간만이라도 재원이 아이를 낳는 것이 아닌가 하는 생각이 들었다.

적어도 내가 그동안 살아온 삼 년이란 내 운명을 바꿔 놓은 세월일 수도 있다. 내가 원하지 않았다고 해도 내가 택했던 삶이기에 물론 태어날 아이에게도 떳떳해야 한다는 생각이 분노처럼 일면서 나는 혀를 깨물며 눈을 감았다.

도시의 광란과 열정적 몸짓 그것은 인간을 최대한 타락시킬 수 있는 이기이다. 이기는 삶의 진실보다는 살기 위한 몸부림이라는 불쌍하도록 처참한 인생의 끝으로까지 가게 하지만, 사람들은 그것이 무언지 모르고 회의와 한으로 남기며 숨을 거두고 있는지도 모를 일이다.

세상에서 도피하듯 생활했던 얼마 되지 않은 시골 생활에서 이런저런 생각을 한 것은 처음으로 가져본 마음의 평온 때문이었다. 우선 입원을 했고 간단한 진찰로 혈압 그리고 혈당을 체크했다. 다행인 건 나는 임신중독증 증세도 없었고 감기도 걸리지 않았다.

이튿날 낮 12시에 제왕절개를 했다. 아들을 낳은 것이다.

"기쁘시겠습니다."

의사가 미소를 머금은 채 첫인사를 했다.

의식이 깨어나고 처음 들은 말이었다. 나는 참을 수 없는 눈물을 쏟아내면서 감정을 억제하려고 입술을 깨물었다.

병실로 옮겨지고 재원씨가 나를 따라 들어왔다.

"축하합니다. 애기 아빠 성함도 기재해야 합니다."

앳된 간호사가 재원씨를 바라보며 하는 말이다.

"신재원"

나는 눈을 감았다. 더 이상 눈을 말똥거리며 바라볼 수가 없었다. 그는 주민등록증까지 꺼내주면서 차분하게 대처하고 있었다.

"아직 애기 이름은 없으니까 신애기라고 이름을 붙이겠어요."

"네."

그가 웃으며 씩씩하게 대답을 했다.

그 순간 나는 벼룩의 낯짝으로 눈을 똑바로 뜰 수가 없었다. 누운 채 눈을 감고 말았다. 세상에 태어나 뻔뻔한 것이 무엇인가를 처음으로 알았을 때처럼 얼굴빛이 후끈 달아올랐다가 이내 싸늘한 건 애기 낳은 후유증 때문인 것 같았다.

애기가 신생아실로 옮겨졌다고 조금 있다가 그가 내게 일러주었다. 난 입술을 달싹이다 끝내 울음을 터뜨리면서 말했다.

"미안해. 난 정말 이런 꼴로 재원씨 앞에 누워 있으려고 하지 않았는데 그러나 왠지 겁이 났고 두려워 혼자는 낳을 수가 없었어."

"너 왜 그러니? 바보같이 그 몸을 해 가지고 웃기는 거니? 화나게 하는 거니? 너와 나와는 그런 사이도 못 되는 거니? 이기적이고 타산적인 그런 생각에서 인간적인 아주 간단하면서도, 적절한 생각을 할 수는 없는 거니?"

그는 내 손을 잡고 애원을 하듯 말했다.

"쓸데없는 생각은 하지 말고 한잠 자라. 응?"

입술을 들먹이는 내게 그는 다시 한번 손에 힘을 주며 말했다.

"야, 신애기가 무척 귀엽드라. 꼭 날 닮은 것 같애."

그의 천진스런 말에 난 웃음을 터뜨릴 수밖에 없었다.

"미안해. 난 사실은 재원씨 애기를 낳고 싶었거든."

"그래, 알았어. 지금 낳았잖아. 피도 날 닮은 O형이래요."

그는 싱글거리며 내 손에 다시 힘을 주었다. 우연한 일이지만 아니 필연이겠지만 나는 A형인데 애기는 O형이란다.

그 남자가 O형이었나 보다. 통증이 하루가 가고 이튿날까지 계속되었다. 그는 내 곁에서 나의 그림자처럼 앉아서 나를 시중했고 애기 면회 시간이면 꼭꼭 챙기며 보고 와서 내게 들려주었다.

"코는 날 닮았고 피부는 널 닮았어. 그리고 자고 있었는데 자면서 내게 미소를 보내고 있었어."

그는 바보같이 보이도록 너스레를 떨고 있었다.

나는 그때는 웃어 보이려고 노력하듯 입술을 비틀었다.

삼일이 지나자 난 혼자서도 화장실을 갈 수가 있었다.

"재원씨 그동안 답답했을 텐데 시내 구경을 하든지 아니면 볼일을 보던가 해요. 내 걱정 말고 혼자서도 화장실 갈 수 있으니까."

"그럼 그렇게 해도 되겠어? 나 볼 일이 있거든."

그는 가볍게 병실을 나갔다. 그가 나가고 나니 병실이 휑하니 넓어 보인다. 아니 병실 벽이 없는 것처럼 허전했다. 나는 또 한 번 눈물을 삼켜야 했다.

그건 그에게 향한 연민도 아니요, 한 가지 왠지 모를 미안감에서 오는 변명뿐인 눈물인지도 모른다. 그가 내게 보여준 며칠간의 수발이 나를 감동시킨 것보다는 그의 아이를 낳고 있어야 될 것 같은 양심의 끄나풀이 내 마음을 동여매고 있었는지도 모르지만 난 왠지 모를 허허로운 감정이 나를 누르는 걸 밀쳐내지 못했다.

하루에 세 번뿐인 애기 면담이 하루 중의 가장 행복한 순간을 빼앗는 두려움을 떨쳐 버릴 수는 없게 했다.

"애기 아빠는 어디 가셨나 보죠?"

간호사가 애기를 보여주면서 그가 보이지 않으니 은근하게 내게 묻고 있었다.

"네, 볼일이 있어서요."

이렇게 말하며 난 부끄러움에 화끈 귀밑이 달아오르는 걸 조용히 혼자 삭여야 했다.

"아저씨는 무척 터프해요."

간호사가 활짝 웃으며 생각했던 말을 하고 있었다.

나는 입술을 벌리지 않은 채 웃어 보였다.

"앤 섹시하다고 하구선."

키가 작아 보이는 게 넓은 얼굴 탓인 것처럼 보이는 이 간호사가 김 간호사 옆구리를 쿡 찌르며 핀잔을 한다.

나는 그냥 웃어 보이며 애기를 안고 들여다보았다.

"아저씨 직업이 무엇인지 알려 주실 수 있어요?"

"소설가."

나는 거침없이 말하곤 웃었다.

그리고 왠지 모를 환희 같은 전율이 발끝까지 전해지는 순간을 맛보고 있었다.

"와, 멋있다. 어쩐지 터프하다고 생각했어."

간호사는 동료와 눈을 맞추며 감격하고 있었다.

그가 돌아온 건 밤이었다. 지쳐 보이는 얼굴에도 홍조처럼 상기 되어 가지고 이렇게 말했다.

"피곤할 텐데 푹 쉬었어? 애기도 보았겠지?"

"응, 재원 씨야말로 피곤할 텐데 이 밤중에 왜 왔어?"

나는 네모진 벽시계를 바라보면서 말했다. 시계는 아홉 시를 가리키고 있었다.

"나 오늘 어디 다녀왔는지 알아맞혀 봐."

내 곁에 털썩 앉으며 장난기로 뭉쳐진 웃음을 띠고 그가 물었다.

"재원씨 집에 다녀왔겠지. 부모님들 편안하시지?"

나는 의무적으로 묻고 있었지만, 왠지 슬프게 묻는 것처럼 생각되어 그의 시선을 피했다.

"맞았어. 그리고 여진아, 나 오늘 너네 집에 찾아갔었어."

"아니 왜 뭣 하러 재원씨가 우리집을 간 거야?"

나는 배가 땡기고 아팠지만, 물어야 했다. 그가 마른침을 꼴깍 삼키더니 다시 입을 열었다.

"니가 애기를 낳았다고 했어. 깜짝 놀라시더라. 내 애기를 낳았다고 했어. 출생신고를 하겠으니 혼인신고부터 해야 되겠다고 했어. 호적등본도 떼었어. 내일 오신다고 했어."

"왜 그 따위 짓을 한 거야. 누구 맘대로. 내가 왜 재원씨와 혼인신고를 해야 돼. 말해줘. 동정이니 아니면 적선이니 난 내 아이 내가 키워 왜 그런 적선을 받고 있어야 하니 내가 낳았으니 내가 책임진다구."

나는 일어나 베개를 붙잡고 엇비슷하니 앉아 악을 썼다. 진땀이 내 머리를 적시고 속옷을 적시도록 흥분하고 있었다.

"미안하다. 오늘은 이만하고 가만히 있어. 내 말을 들어줘. 난 널 사랑해. 누가 뭐래도 사랑하기에 아끼고 있어. 니가 만신창이가 되었더라도 난 널 사랑하기에 널 돕고 싶다. 니가 폐인이 되었더라도 난 널 위해 내 삶을 바칠 수밖에 없어. 그건 사랑하기 때문에 어쩔 수 없어."

"아니야 난 재원씨에게 그런 짐을 지게 하면서 살고 싶지 않아. 내 인생에 재원씨를 끌어들일 만큼 뻔뻔하지도 못하고 나약하지도 않아. 난 재원씨를 배반한 그 시간을 돈으로 보상받았어. 그렇다고 미안하다고 생각지는 않아. 난 내가 한 것에 책임을 질 수 있는 인격체니까. 그리고 내가 좋아서 한 짓이니까."

내가 말한 인격체라는 말이 나를 비웃고 있는 것처럼 느끼며 나는 흥분한 채 미치고 싶었다.

"모든 것이 운명이라는 확신을 갖게 되었어. 여진아, 어렵게 복잡하게 생각할 필요 뭐 있니? 우리는 한 뿌리 같은 민족이야 얼굴도 비슷하고 머리칼 몸 전체에서 한민족임을 알게 하지. 똑같은 말을 하고 음식도 똑같은 것을 먹고 풍속 문화 역사 모든 것이 같은 한민족이야. 복잡하게 생각한다는 건 이기에 불과해 난 자신 있다구. 아빠가 될 자격도 완벽하다고 믿었어. 사실 니가 배가 불러오기 전 임신한 것을 알았을 때부터 내 아이를 가진 것 같은 생각이 들었어. 처음엔 왜 저런 멍에를 짊어지려는 것인가 하고 널 원망도 한 적이 있었지만 널 이해하게 되면서 왠지 내가 보호해야 한다는 막연한 생각이 자꾸 들었어."

"듣기 싫어 날 편안하게 하려거든 그런 쓸데없는 말은 하지 말아주었으면 좋겠어."

나와 그는 힘없이 입을 다물고 각자 자기 위치에 누워 생각을 씹어 돌리며 밤이 깊도록 잠을 이루지 못했다. 그런데 그가 잠이 들었는지 가늘게 코를 골기 시작해 나도 잠을 청했다. 그러나 잠이 쉽게 오지 않았다. 시간과의 싸움이었다. 아니 새우처럼 웅크린 그의 모습에서 그의 선택이 나를 밧줄처럼 묶어대고 있는 것 같은 생각이 들어 밤이 깊도록 몸부림을 치며 벗어나려는 싸움만 되풀이할 뿐 끝이 보이지 않았다. 그뿐만은 아니었다. 잔잔한 물결 같은 어머니 얼굴이 내 앞에서 흔들리고 있었고 바위 같은 아버지 모습이 아른거려 나는 소리 없이 눈물을 찍어냈다.

그리고 흙 같은 재원의 어머니가 미소를 보내기도 했다.

"안돼, 안돼."

나는 하마터면 소리를 지를 뻔했다.

"안돼. 그럴 순 없어."

나는 몸을 비틀다 돌아누우며 신음 소리를 냈다.

"왜 그래? 아프니?"

그가 일어나 앉으며 나직이 묻는다.

코를 잠깐 곤 건 졸고 있었을 뿐으로 언뜻 그의 마음속은 나처럼 괴로울 것이리라는 생각을 하게 했다.
"안돼. 재원씨. 바보 같은 짓 그만하라구."
나는 울부짖듯 목소리가 떨려 나왔다.
"웬 걱정이 그리 많은 거야. 이건 내가 할 의무처럼, 아니 운명에 가까운 내 삶의 일부야. 난 널 그냥 내버려두고 혼자서 살 수 없어. 너의 존재란 내 삶에 있어 영혼에 가깝도록 나의 전부라니까."
"재원씨, 인간의 관계가 그렇게 간단할까? 도덕적으로나 인륜적으로나 나의 아기와 어떻게 융합될 수 있겠어. 난 나 혼자 잘 키우고 가르치며 살 수 있다구. 재원씨는 그저 지켜보며 갈 길을 가면서 재원씨 인생을 살아가 주면 되는 거야. 이건 혼란뿐이라구. 그리고 죄악이구."
"야 인마. 뭐가 죄악이구 도덕이야. 니가 원했다 해도, 넌 불쌍하도록 지금 큰 짐을 혼자 지고 천리를 걸어가려는 거야. 내 사랑으로 너의 짐을 함께 나르고 싶다 이 말이야. 넌 내 아이를 낳은 거야. 내가 하는 걸 지켜만 보아줘. 어렵게 생각할 거 없다구. 우리나라 고아들을 친자식처럼 키우고 있는 외국 사람들이 얼마나 많냐구? 우린 다른 성을 가졌다 해도 한 뿌리 한민족이야. 난 지금 가슴이 떨리도록 행복해. 너와 아기가 내 곁에 있다는 것이. 아무런 생각 말고 나 하는 대로 맡기라구. 내일이면 어른들이 모두 오실 거야. 가만히 있으면 된다구."
"재원씨 부모님에게 내 양심이 절대 허락지 않아. 그 착하고 어진 분들께 내가 왜 이래야 돼. 난 그럴 수 없어."
"손자를 안겨 주는데 뭐가 어떠니 내 자식이라구."
그는 내 손을 꼭 잡으며 애수 띤 목소리에 가깝도록 떨고 있었다. 너무나 확신에 찬 목소리였다.
"재원씨 이건 동정일 수도 없고 적선의 문제가 아니야. 그렇게 간단하지 않아 깊이 생각해야 해. 나중에 후회하게 되면 어쩌려고 그래. 난 괜찮아.

아이를 위해 살겠어. 속죄하는 자세로 살아가겠어. 재원씨가 끼어들려고 하지 마."

"그걸 몰라서니, 그 동정이니 적선이니 그 말을 왜 자주 되풀이하니. 난 널 사랑해. 이 세상 단 한 사람 널 사랑하기 때문이야."

그는 참을 수 없는지 내 어깨를 감싸 안았다. 그의 따뜻한 체온이 전해지며 그동안 잊지 않았던 그의 체온에서 표현할 수 없는 향기가 풍기고 있었다.

"재원씨 서두르지 말아요. 혼인신고라든지 그리고 출생신고 같은 거 서두르지 않는다고 약속해요. 약속해 줘요."

난 그의 품에 안기는 것도 죄가 되는 것처럼 생각 들어서 빠져나오며 이렇게 애원했다.

그는 나를 더 힘 있게 껴안으며 내 머리에 입을 문 채 흐느끼듯 말했다.

"여진아, 더 이상 말하지 말자. 모든 건 나한테 맡기고 푹 자둬. 무척 피곤해 보여."

소리 없이 흘러내리는 눈물은 내 전신을 싸고 나오는 것처럼 마음이 아팠다. 더는 말할 기력이 없었고 소리도 낼 수 없었다. 나를 천천히 눕히며 내 얼굴을 들여다보며 그가 또 말을 했다.

"울지 마. 우린 이제부터 울지 않아야 해. 우린 과거보다 현실과 미래가 더 소중하단 말이야. 아직 우린 젊은 만큼 생각도 진보적이어야 해. 나의 진실은 차차 알아도 되니까 신경 쓰지 마 알겠지. 어서 대답해."

난 쓰디쓰게 웃어 보았다. 그의 너무나 진지한 표정과 선한 눈빛에 내가 녹을 것만 같은 생각이 들었기 때문이었다.

우린 잠을 청하기 위해 전등을 껐다.

말없이 따로따로 누운 우리는 같은 생각인 것 같으면서 사실은 다른 생각으로 밤새도록 깊은 잠을 잘 수가 없었다. 그런데 그는 코를 골기 시작했다.

나는 뜬 눈으로 그의 부모님과 우리 부모님을 만나는 악몽을 꾸면서 새 날을 맞이하고 있었다.

보나 마나 그의 부모님은 기쁨에 허둥대며 찾아와 내게 각본에 써놓은 것처럼 말할 것은 뻔한 일이었다.

"진작에 알렸어야지. 미련한 놈. 아가, 니 혼자 고생했다. 미련도 하지, 지금서 알리다니 그동안 아가 니 소식 몰라 궁금하기도 했고 니 마음이 변해서 재원이랑 헤어졌는가 생각은 했다만 이렇게 금두꺼비 같은 손자를 낳아 주다니."

그리고 우리 부모님들이 황당해하며 노여워할 여러 가지 생각이 밤새도록 어른거려 악몽에 시달리는 괴로움을 겪다 보니 열이 오르고 혼수상태까지 왔다.

안정제 주사를 맞고 깨어나니 그가 내게 말해 주었다. '양가 부모님이 상면했고 결혼 날짜도 잡았다'고 했다.

아기를 면회하고 돌아온 그의 부모와 우리 부모님은 안면에 웃음꽃이 피어 있었다.

"입 큰 것 하며 코 큰 것은 애비를 닮고 흰 피부는 애미를 닮았다."

나는 그만 눈을 감을 수밖에 없었다.

더 이상 입을 열고 변명하기는 이미 때가 늦었다고 느꼈을 때 그의 부모님과 우리 아버지는 가셨고 어머니가 남아서 내 간호를 맡았다.

농번기고 보니 그의 부모님은 한시도 여유가 없었다.

이제 눈물을 흘릴 여유도 없었고 생각할 기력조차 없었다. 몸을 추스르는 것도 힘이 들었다. 차츰 안정을 취하며 죽지 않으려 몸부림을 쳐야 했다. 단둘이 어머니와 마주 있어도 우린 입을 다물고 있었다.

그는 나와 우리 엄마 틈새를 비집고 들어서려고도 안 했다. 말없이 지켜보았고 들락날락하며 초조감을 감추지 못했다. 가끔씩 내 머리를 손으로 쓸어 올려주면서 측은한 눈빛으로 바라볼 뿐이었다.

여러 날 만에 퇴원을 해도 괜찮을 무렵, 내 기분도 가벼움을 느낄 때 어머니는 내게 넌지시 물었다.

"너 바른대로 말하거라. 내가 모르는 일이 있는 게 아니니."

"이미 늦었어요. 말 한마디 한다 해도 다른 해결책은 없어요."

나는 목욕을 하고 머리를 빗어 묶으며 흩어지지 않는 목소리로 말했다.

"니가 신 서방과 동거한 게야? 그리고 아파트는 누가 샀니? 니가 돈 있어 산 건 아닐 테고 신 서방 부모님도 모르는 눈치고 세무서에서 세금 내라고 네 앞으로 지로 영수증이 날아와 알았다 너를 찾았지만 찾을 길 없어 아버지가 내셨지만, 다 니가 보내준 돈으로 내었지."

"엄마 묻지 마세요. 말하기도 싫으니까."

아기는 엄마가 안고 보따리는 그가 들고 병원을 나섰다. 오랜만에 세상 속을 걸어가듯 봄 날씨는 새로운 신비를 간직하고 있었다.

보름만의 외출인 것처럼 아니 밖의 세상을 구경하던 나는 파릇한 향기에 취하듯, 가슴이 벅차올랐다.

"어머니 죄송하지만, 이 길로 집으로 가 주세요. 집에 가면 집안일이며 아기 돌봐줄 분이 있어요. 그동안 집도 궁금하실 테고 내가 좀 그럴 이유가 있어서 그래요."

"알겠다. 난 차만 타면 갈 수 있다."

"엄마 기차를 타게 해줘요."

내 차 안에서 아기를 받아 안고 그에게 말했다.

"여진아, 왜 그러니 하루 쉬고 가시게 하지."

"아닐세. 나도 집이 궁금해 죽겠네. 이 길로 역까지 태워주게."

"엄마 나중에 다 이야기하겠어. 서운히 생각지 말아요."

"그래 알겠다."

곧장 제천역으로 향했다.

차가 마침 있어 어머니는 차에 올랐고 우린 평창으로 향했다.

"여진아, 너 냉정한 면이 있어. 어떻게 그럴 수 있니?"

그가 나를 힐책했지만 난 상관하지 않았다.

언젠가 겪지 않아야 할 것들에 대비하고픈 두려움에서였지만, 그건 아무도 모를 일이었다.

재원씨는 내가 왜 그러는 것 같애, 난 말이야 조용히 살고 싶어서야. 이 아이와 나만의 공간에서 조용히 아무도 모르게 살고 싶어.

- 5 -

세상이 시끄러워도 아니 거꾸로 돌아간다 해도 난 상관하지 않고 아이와 단둘이면 살 수 있을 것 같았다. 사소한 일거리, 우유를 먹이고 아이 잠버릇도 고쳐보면서 아기에게 모든 애정을 기울이며 하루가 어떻게 지났는지 아무런 생각도 하지 않고 어느 날 재원이 옥천 자기 집에서 일주일 만에 돌아와 심각한 표정을 지으며 말했다.

"여진아, 나 이제 네 곁에서 살겠어. 저 아이와 함께 살겠단 말이야. 사실 벌써부터 그런 마음이 있었지만 내가 짐이 되는 게 아닌가 싶어서 망설였어."

"왜 망설였는데, 재원씨가 다 정해놓고 이제는 후회한다는 거야."

나는 소리 높이지 않으면서 따지듯 이렇게 말했다.

언젠가는 후회할 것이라는 생각을 가슴 한켠에 밀어 넣고 있었던 난 냉정해질 수 있는 여유가 있었던 것이다.

"넌 그런 생각을 하고 있니? 난 금탁의 아버지야. 다만 돈이 없기 때문에 망설였을 뿐인데 이젠 자신이 생겼어. 여진아, 나 말이야. 신춘문예에 응모했던 신문사에서 그 소설 연재하기로 했고 다시 연재할 것도 계약했어. 직장은 없어도, 이만하면 남편으로, 아버지로 명목은 세울 수 있다는 자신감이 생겼다구."

이 말을 끝내고 나를 버럭 끌어안는다.

그동안 그 어떤 벽을 허물지 못하고 있던 나와 그는 다시금 따뜻한 마음으로 만나고 있었다.

"앞으로 우리 살면서 지난 일은 생각지도 말고 앞날만 보면서 살자. 응, 여진아 나 자신 있어. 아빠 노릇 남편 노릇 잘할게. 근데 한 가지 약속은 해줘. 아이들은 낳을 거라구. 딸이든 아들이든 그건 상관 안 해. 난 말이야 아이가 많았으면 좋겠어."

난 그의 틈에서 행복한 눈물을 흘리며 말을 할 수가 없었는데 그가 혼자 떠들고 있었고 나는 듣기만 했다. 우린 이날부터 한방을 썼고 오랜만에 나는 그의 품에 안겨 꿈을 꾸었다.

라일락 꽃잎이 떨어져 내리며 짙은 풀잎 향으로 사라지던 오월이 오고 금탁이 백일이라고 그의 부모님이 오시고 우리 부모님이 오셨다. 결혼 날은 국화 꽃잎이 살을 찌우기 시작하는 팔월에 하기로 했다.

팔월이 오면 포도알이 탱탱하니 세상 속으로 튕겨 나갈 달이기도 했다.

꿈같은 날을 위해 우리 인간은 기다리며 살고 있는지도 모른다. 다시 임신을 했고 그가 기뻐하는 모습과 방실거리는 금탁을 보면서 진정 행복한 미소로 웃을 수 있었다.

우유를 먹이기 때문에 바로 임신을 할 수 있었다고 하지만 나와 그에겐 그 어떤 것보다 큰 선물이 아닐 수 없었다. 결혼식을 마치고 우린 제주도로 여행을 떠났다.

금탁이는 시부모님이 데려가셨고 임신 4개월인 나는 조심하며 그의 보살핌에 제주도에서 삼일, 경주에서 사흘을 보내고 무사히 돌아왔다.

제주도가 꿈같은 풍광이었다면 경주는 역사의 순례 여행이었다. 흘러간 역사 한 자락이 강물처럼 흐르고 있었다.

나뭇잎이 시나브로 떨어져 내리는가 싶더니 어느새 눈이 내렸다. 이곳 강촌은 그림같이 조용했다. 하얗게 덮인 산이며 들이며 그리고 강물도 한

가한 오후처럼 너무도 조용했다.

　세월은 강물처럼 그렇게 흘러갔다.

　겨울이 가고 다시 봄이 오고 여름날의 싱그러운 잎새들의 춤이 어우러질 때쯤 나는 다시 출산을 했다. 예쁜 딸이었다. 그가 기뻐서 하는 것만큼 나도 기뻤다. 그는 이층 서재에서 부지런히 글을 썼고 나는 다시 세상을 사는 것처럼 행복한 나날을 보내고 있었다.

　세상과는 동떨어진 곳에 아니 하늘 끝자락 작은 섬에서 살 듯 강촌에 박혀 살고 있는 조약돌처럼 나는 그와 아이와 살고 있었다. 연년생인 두 아이 뒷바라지에 나는 즐거운 비명을 지르며 웃을 수 있었다.

　세월은 그저 말없이 흘러갔고 금탁이가 다섯 살 금란이가 네 살이 되던 해, 감꽃이 피어 하나둘 떨어져 내리는 어느 날. 나는 세 번째 아이를 가진 걸 병원에서 진찰을 받고서야 알았다.

　"당신 정말 대단한 여자야. 아니 훌륭한 아내야."

　그가 병원에서 나오며 내 손을 잡고 했던 감격에 찬 한마디를 나는 언제고 기억할 수 있으리라. 아이 둘을 놀이방에 보내고 뱃속의 아이와 보내고 있던 어느 날 아랫방 아주머니가 나를 불렀다.

　"금탁이 어머니, 손님이 찾아왔는데유."

　"그래요? 들어오시라고 해요."

　나는 거울을 습관적으로 보면서 머리를 쓸어 올렸다.

　"실례합니다."

　이 말과 함께 장승처럼 들어서는 사내.

　나는 하마터면 소리를 지를 뻔했다.

　그 사내. 김인철이었다. 나는 뒤로 한 발짝 물러나다 그 사내를 다시금 꼼꼼히 살폈다. 악몽처럼 괴롭히고도 남을 그 사내의 얼굴에 몸서리쳐졌다.

　"웬일로 찾아왔나요?"

"오, 바로 찾아왔어. 여진이, 얼마나 찾았는지 모르오."

그 남자는 신을 신은 채 현관에서 꼼짝하지 않고 감격하고 있었다.

"왜 찾으려고 했나요? 나와 당신과의 게임은 끝나지 않았나요?"

나는 한껏 부른 배를 내밀며 그를 바라보며 차갑게 말했다.

"잘못했소. 더 이상 변명은 안 하겠소."

"무슨 잘못을 했을까요? 우리 게임은 벌써 오래전에 끝나지 않았나요? 아직 게임이 남았나요? 가요. 어디라고 찾아왔어요. 당신이 내게 말했지요. 게임을 하는 거라고."

나는 악을 쓰며 그 남자를 몰아내고 있었다.

"스치듯 본 것 같은 사람이군, 그런데 내 아내에게 볼일이 있습니까? 내게 볼일이 있습니까?"

남편은 침착하니 이성을 잃지 않고 말하며 소파에 앉았다.

"죄송합니다. 저도 앉아도 되겠습니까?"

그 남자는 부진부진 신을 벗더니 남편의 맞은편에 앉는다.

"찾아오신 용건이 있으신 모양인데 말씀하시죠."

"세월이 많이 흘러갔지만, 삼 년 전부터 여진씨를 찾았소."

"왜 날 찾았는데요? 당신의 지위 그리고 돈이면 나 같은 건 다시 찾아올 가치가 없을 텐데요. 당신이 말하는 게임은 이미 끝난 지 오래잖아요? 무엇 때문에 날 찾았나요?"

나는 분노했다. 뱃속에 아이를 생각하면 그러지 않아야 했지만, 그를 보는 순간, 아니 찾아온 그 자체 하나만으로도 분노할 수밖에 없었다.

"내가 말하지 않아도 알고 있을 게 아닙니까? 여전씨는 내 아이를 낳았다는 걸 알고 있어요."

그는 능글맞다는 생각이 들 정도로 침착하게 말했다.

"여보시오. 누구 아이라구요? 건방지게…. 당신 죽고 싶어?"

"웃기지 마. 인마. 말이면 다 말이야? 언제 니가 애 낳으라고 했니? 병원에 가서 죽이라고 했잖아. 너와 난 돈을 걸고 게임을 한 거야. 내가 왜 당신 아이를 낳을까? 내가 바보니? 애비가 싫다는 아이를 낳을 이유가 있어? 당신이 내게 말했잖아. 게임을 하는 거라구. 내 앞에 나타날 이유가 없잖아. 우리의 게임은 옛날에 끝났잖아."

차갑게 그리고 싸늘하게 식어가는 주검처럼 나의 목소리와 얼굴빛이 파랗게 질리는 걸 그 사람이 바라보다 시선을 떨군다.

"여보시오. 당신이 왜 이 집에 나타나야 하는지 그 이유가 궁금하군요. 지난날은 악몽이라고 내 아내와 잊고 있는데 아니 잊으려고 기를 쓰고 있는데 왜 내 아내를 괴롭히러 온 거요?"

"아니요. 나는 삼 년 전부터 찾아보았소. 도무지 찾을 수 없었소. 지금 같은 세상에 숨어 사는 이유 한가지로 보나, 여진이 당신은 내 아이를 낳은 게 아니겠소. 자 십억이요. 이걸 줄 테니 아이를 돌려주시오."

고개를 떨군 채 그 사람은 봉투를 내밀고 있었다.

"웃기지 마. 돈, 그 더러운 돈. 당신이나 가져. 어디서 함부로 말하는 거야?"

아늑한 집안에 먼지가 쌓이듯 숨 가쁜 숨소리가 들릴 때 현관문이 열리며 앞서거니 뒤서거니 하면서 금탁이와 금란이가 들어섰다.

"아빠 엄마 다녀왔습니다."

하면서 금탁이는 아빠에게 안긴다.

"유치원에 잘 다녀왔어?"

"예."

금탁이를 무릎에 앉히며 재원이 억지로 태연한 척한다.

"아빠, 저 아저씨 누구세요?"

금탁이가 묻는다.

"응, 손님이셔."

"아빠, 인사해야 한댔어요."

금란이가 웃으며 말하자,

"안녕하세요?"

금탁이가 먼저 인사를 하고 금란이도 "안녕하세요." 한다.

"너희들 아랫방 할머니네 가서 놀다 오너라."

"우리 방에 가서 놀게요."

아이들은 미끄러지듯 들어가 버린다.

"큰 아이가 몇 살이요?"

"다섯 살이요."

"생일은?"

"봄이요. 당신이 알아서 뭣 하려고 그러시오? 또 헛소리하려고 그러시오?"

"자 어떻게 하면 되겠소. 내 이 돈을 드릴 테니 저 아이를 내게 돌려주시오."

"당신 미쳤어. 아이가 부동산인 줄 아시오? 돈으로 어쩌자는 거요? 내 자식이요. 당신은 돈 제조기로 일생을 살면 되잖소. 난 저 아이가 내 보물이요. 어디 와서 헛소리요?"

재원이가 부르르 떨며 언성을 높이자, 여진이는 아이들을 따라 들어가 버렸다.

"정말 안 되겠소. 자식은 천륜이 아니겠소. 당신은 또 낳으면 되잖소. 얼마 안 있으면 아이가 태어나겠던데 내 아이는 돌려주시오."

"누가 당신 아이라고 합디까? 당신 죽고 싶어? 돈이면 다야? 개만도 못한 인간 같으니라구. 한 번만 내 앞에 나타나 헛소리하면 죽여 버리겠어."

재원은 두 주먹을 부들부들 떨면서도 말소리만은 작으면서 칼날이 서듯이 다시 한번 야멸차게 말했다.

"그럼 이 돈이나 받아주시오. 사죄하는 의미로 이걸 놓고 가게 해 주시오."

"웃기지 마. 돈은 당신 같은 대재벌이 필요하지, 나같이 글이나 쓰는 사람은 밥만 먹으면 되고 종이와 펜만 있으면 된단 말이오."

"쉽게 이야기는 아니 타협은 되지 않으리라 예상했소. 법으로 한다면…."

그 사람은 마지막 발악을 하듯이 이렇게 중얼거리며 재원을 똑바로 쏘아본다.

"웃기지 마. 법이 윤리보다 강하다고 생각진 마시오. 이미 주사위는 던져졌지. 아니 당신 말대로 치사한 게임은 끝난 지 오래잖소. 치졸한 인간은 인간 사회에서는 없어야 된다고 믿소. 감히 어디 와서 헛소리요?"

"내가 끝까지 포기하지 않는다면 어떻게 하겠소?"

그 사람은 담배 한 개비를 다시 피워 물고는 깊은 고뇌에 허덕이는 표정을 지으며 마지막 남은 한 모금의 연기를 들이마셨다 뱉어내더니 그 자리에서 일어나 나간다.

- 6 -

인간이 사는 곳은 산처럼 깊을 수도 없고, 산처럼 말이 없을 순 없는가 보다. 그러나 모르고 살 수는 없는 게 인간 사회이면서 비밀이 많은 게 또한 인간이 사는 세상이 아닌가. 나는 그 사람이 다녀간 후로 불안해지는 마음을 어쩔 수 없었다.

"여보 재원씨 불안해 죽겠어."

"걱정하지 마. 내 자식을 누가 빼앗아, 난 절대로 뺏기지 않아."

"돈 많은 자들이란 교활하잖아요. 누가 알아요. 소송이라도 걸든가 하면…."

이런 걱정도 한 번뿐인 대화로 끝낼 수밖에 없었다. 남편 보기 민망하도록 미안한 마음에서라도 더는 입을 열지 못했다.

그해 가을이 다가왔고 나는 출산 날을 잡아 또 병원에 입원을 했다.
그땐 시어머니가 오시고 친정어머니도 오시어 한 분은 병원에서 한 분은 집을 보시며 아이들 둘 뒷바라지를 해주었다.
난 입원한 지 이틀 뒤에 제왕절개로 아들을 낳았다. 한시름을 놓았다며 친정어머니는 눈물을 찍으며 기뻐하였고 재원씨도 기뻐했다. 시어머니도 물론 기뻐했다.
"여보, 수고했소. 이 아이 이름은 금택이라고 지었소."
남편이 기쁜지 웃으며 말했다.
"금택이. 좋아요. 여보, 고마워요."
"내가 고맙지, 당신은 내 아이를 셋이나 낳아주지 않았소."
환히 웃으며 남편은 이렇게 말했다.
퇴원하고 집에서 몸조리를 하면서 뜰에 떨어지는 낙엽을 밟으며 나는 가는 세월을 만나고 있었다. 눈을 들면 바라볼 수 있는 산들이 발갛게 불을 지피고 있었고 스치는 바람도, 맑은 물처럼 상쾌함을 주고 있었다. 나는 잠시 집을 나서고 싶어 대문을 밀고 나갔다.
초가을 바람의 손짓인지 아니면 너무 행복한 나머지 불안감에서였는지 답답해져 들이라고 보면 좋은 상 싶어서였다.
메밀밭에는 메밀꽃이 흐드러졌다.
빨간 대롱이 하늘로 솟구친 그 위에 달빛 닮은 메밀꽃이 가을 햇살에 눈이 부셨다. 메밀꽃을 코에 댔다. 비릿한 향기가 코끝에 매달린다. 벌들이 마지막 꿀을 따느라 윙윙 날갯짓을 한다.
"여보, 같이 가지 왜 혼자 나왔소?"
남편이 나를 불러 세운다.
"재원씨 가을은 정말 아름다운 계절이에요, 지금쯤 대전에는 감나무에 감이 발갛게 익었을 테지요?"
나는 메밀꽃 한 송이를 기어코 꺾어 쥐고는 직성이 풀린 아이처럼 환히 웃을 수 있었다.
"왜 고향이 그럽소?"
나는 대답 대신 메밀꽃을 남편의 코밑에 들이댔다.
"향기가 있소?"
"향기보다 가을 냄새가 더 많아요. 나도 모르게 이 꽃을 꺾었어요."
"우리 강을 따라 걸읍시다."
강물은 계절을 알고 있었다. 여름의 강은 흙탕물이 반이요, 그러기에 날씨처럼 후줄근해 보였는데 가을의 강은 투명하도록 맑았다.
시원한 가을바람 같은 강물이 속삭이다 까르르 웃으며 내리뛰었다.
그 강가로 억새풀이 피어 손을 흔들고 갈대꽃이 질세라 고갯짓을 하고 있었다. 흐드러진 메밀꽃이 이리저리 기웃대는 강 언저리 도심의 숨 가쁜 거리를 씻어주는 듯, 정겨운 얼굴이 모여 있는 고향을 잠시나마 잊게 하여 주었다.
"재원씨 난 시골이 좋아요. 이리저리 둘러보아도, 늘 그리운 곳이기도 하구요."
"응, 나도 그래 나야 본래 시골서 태어났고 거기서 자라났기 때문이기도 하겠지만 당신이야 나와는 좀 다르지 않을까. 도시가 그리운 것은 아니야?"
고개까지 돌려 나를 바라보며 이렇게 말했다.
"아니에요. 난 여기가 좋아요. 자연이 만져지는 탓이기도 하겠지만 당신이 있고 아이들이 있으니까."
"물론 나도 마찬가지야. 나 혼자라면 천국이라 한들 이처럼 행복하겠소."
"여보 아이들은 어떻게 놀아요?"
"잘 놀아요. 아주머니가 돌보고 있는데 걱정은 말아요."
그해 겨울이 가고 있는데 편지 한 장이 날아들었다.
'김인철'

가슴이 떨려왔다. 봉투를 조심스레 뜯었다. 손끝이 떨렸다.
'생각 끝에 편지를 보냅니다. 나도 결혼한 지 삼 년, 딸아이를 둔 아비요, 내 이쯤 해 무얼 바라겠소. 내가 마지막으로 죗값이라 해도 좋소. 아니면 전생의 인연의 작은 자투리라고 해도 좋소. 내가 생각 끝에 얼마를 여기 이 통장과 함께 보내니 받아주시면 고맙겠소.'
편지와 작은 소포엔 재원씨 이름으로 된 통장과 도장이 있었다. 10억이었다.
남편이 돌아올 시간을 초조하게 기다렸다. 서울에 갔다. 출판을 하기 위해서였다. 모욕적인 돈이라고 생각해 보았고 그 남자의 마지막 남은 양심이라고 생각해 보았지만, 가슴 속에 응어리로 남은 시커멓게 죽은피는 쉽게 지워지지 않았고 빠지지 않은 채 아픔으로 남아 출렁거렸다.
'웃기지 마. 이제 와서 웬 추파야. 자식을 죽인 자가 무슨 할 말이 남았다고.'
나는 애써 미워하고 있었다.
저녁때 남편이 돌아왔다. 차 운전에 피곤해할 것 같아 참고 기다렸다. 아이 셋과 어우러져 남편은 피곤한 줄도 모르는지 웃고 떠들었다. 봄이면 큰아이 금탁이가 초등학교 입학을 한다.
책가방과 크레파스와 연필, 공책이 가득 들어있는 것을 내놓는다.
"아빠, 내 꺼는?"
금란이가 투정을 한다.
"우리 금란이는 엄마보고 사달래. 오빠는 학교 가니까 아빠가 사 온 거야. 넌 지금 쓰는 거 있잖아. 학교에 갈 때 오빠와 같은 거 사줄게."
금택이는 피곤한지 잠이 들었다.
"금란아, 아빠가 너도 사 준대. 오빠는 학교 간다."
금탁이는 책가방을 둘러매며 싱글거리며 동생을 달랜다.
"나는 가방이 있으면 좋은데…."

"그래, 가방 사줄게."

아이들이 있어 사주는 것도 기쁜 일인가 보다. 남편은 이렇게 말하며 웃는다. 이튿날 느지막이 일어나 아침을 먹은 남편에게 커피를 타서 주고 나는 말을 조심스럽게 꺼냈다. 화약 창고에 성냥을 그어대야 할 상황처럼 조심스럽게 말을 꺼냈다.

"여보, 이런 게 왔어요."

"뭔데? 편지 아냐?"

남편은 편지를 읽더니 표정이 굳어진다.

"이 사람 안 되겠군. 돈이면 다인 줄 아는 사람이군. 이 돈을 생각할 때마다, 나는 아니 당신도 그 사람을 떠올려야 하고 우리 아들 금탁이를 돈으로 생각하기 싫소. 돌려주겠소. 돌려줘야 하오. 내 뜻 알겠소?"

"네, 알아요. 당신 마음대로 하세요."

남편은 그길로 이층 서재에 올라가 편지를 써서 내게 내놓았다.

"당신의 뜻은 좋게 생각한 대로 충분히 알겠지만, 이 돈은 받을 수 없소. 당신한테 받을 아무런 이유가 없고 돈의 필요성도 우리에겐 하나도 없소. 과거는 흘러가 세월 속에 묻혀버리 듯, 인간의 삶도 선택한 대로, 살 수밖에 없는 게요. 다시는 이런 편지와 함께 이런 종이 한 장의 가치밖에 없는 것으로 우리 부부를 모욕하지 마시오. 나는 글 쓰는 사람으로 종이 한 장이 내겐 더 값있고 소중하단 말이요."

나는 읽어 본 후에 고개를 끄덕여 보였다.

내 생각과 같았기 때문이기도 했지만, 남편의 태도가 하얀 백지처럼 깨끗해 보였기 때문이었다. 그리고 그에게 저금통장과 도장까지도 보내고 돌아왔다.

봄이 왔다. 금탁이 입학식 날 남편과 나는 나란히 학교 운동장에 서서 입학을 축하해 주고 있었다. 어느새 학생이라니, 의젓했고 인물도 훤했다. 눈 코 입은 닮지 않았다. 아니 큰 입과 코는 남편을 많이 닮았다고 보는 이는 말하곤 했다.
　내가 보아도 그랬다. 뱃속에 있을 때부터 남편을 만나 보아왔기 때문인지 아니면 내가 사랑했던 탓인지 이상하리만큼 남편을 닮아가는 금탁이었다.
　"금탁이가 아버지를 많이 닮았네요."
　이미 신문에서 보았고 알려진 남편인지라 담임선생님인 이준영 선생도 이렇게 말했다.
　남편은 기쁜지 싱글벙글하면서,
　"그렇습니까? 닮아야지요. 허허."
　금탁이가 한 학기를 마칠 무렵, 여름방학을 며칠 앞두고 식구 모두 부산 해운대로 떠나기로 했다.
　방학이 시작되고 내일 떠나려고 준비를 하다 말고 텔레비전을 켰다. 텔레비전 자막 뉴스에 '○○그룹 둘째 아들 김인철이 비행기 사고로 사망'이라고 했다. 나는 심장이 멈추는 것처럼 호흡이 가빠져 화장대 의자에 털썩 앉아버렸다. 나는 망설이다 남편에게 이 기막힌 소식을 말해야겠다고 이층 서재로 올라갔다.
　"당신 웬일이야. 내가 보고 싶은 게요?"
　글을 쓰던 남편은 나를 보자 농담을 했다. 글 쓰는 것을 방해하고 싶지 않아서였지만 평소에는 한 번도 이층 서재에 올라가지 않았던 내가 서재에 올라가자 남편이 이런 반응을 보이는 것도 무리는 아니리라.
　"미안해요. 내가 더 참을 수 없어서."
　"어디 아프오? 안색이 좋지 않아요."
　남편은 펜을 놓고 돌아앉는다.
　"저 김인철씨가 사고로 사망했대요. 방금 텔레비전에서 보았어요."
　"뭐요? 왜 죽었소?"
　"미국으로 사업차 가다가 심장마비로."

남편이 멍하니 한참 동안 앉아 있다가,

"허망하군. 한을 품고 갔겠군."

남편의 첫마디가 비통에 젖어 절규처럼 들려온 건 내 가슴에서 나는 소리를 듣고 있었던 게 아닌가도 모른다. 이 세상에 비밀이란 비밀스런 모든 것을 갖고 가버린 것 같은 홀가분한 생각이 내 머리를 스친다.

내 이기가 꿈틀대며 독버섯으로 자라는 소리를 가슴으로 만지고 있었다.

요란스레 그릇이 깨지는 소리가 환청으로 들려와 소스라쳐 놀라며 남편을 바라보았다.

인간인 나는 수없이 살인을 할 수 있는 가능성이 남아있도록 잔인한지 어렴풋이 마음으로 무게 없는 계산을 하고 있었다. 그리고 뒷맛이 개운치 못하다는 마음속 찌꺼기를 다 씻어낸 것 같은 이 홀가분한 마음 한켠에서 그동안 썩은 물이 냄새를 풍기며 가슴 속을 뚫고 힘들게 게워 내는 통증은 무엇인가.

넋이 나간 것처럼 나는 멍한 머리를 망치로라도 때려 부쉈으면 하고 생각한다.

실오라기 같은 가냘픈 인연의 끈이 거미줄 되어 가늘게 아주 가늘게 내 가슴을 동여매려고 다가오다, 남편과 내가 불을 켜는 순간 찌지직 소리와 함께 녹아 버린다. 나는 눈물 대신 아픔을 삼키며 남편을 바라보았다.

"정말 안됐어. 당신도 가슴 아프겠지?"

"정말 허무해요. 신은 세상에 존재할까요?"

"글쎄. 인간이 추구하는 이상세계를 꿈꾸는 한 존재할 거요."

"왜, 그런지 잔인한 신만이 존재하고 있는 것 같은 생각이 드는군요."

그런데 나는 그 이상의 아픔은 자제하는, 아니 자제할 수 있는 여유 공간이 가슴에 있었다. 아마 지금 나는 너무 행복해서인지 모르지만, 언제고 그 남자의 환영을 껴안고 살아가야 했다면 될수록 멀게 그리고 희미하게 남아 있기를 원했다. 미워하지는 않으면서 그저 꿈을 꾸듯이 깨어나 지워버릴 수 있게 되기를 원하며 살았다. 그 남자가 이 세상에는 존재하지 않는다면 모든 것을 다 지워버리며 살아갈 수 있겠지 하는 기대는 하지 않았다. 그 남자가 아파하며 괴로워했던 시간이 왠지 모를 연민 같은 아픔으로 생각된 건 그 남자가 죽었다는 것을 확인하고부터였다.

"정말 운명은 악마라는 생각이 드는 순간이요. 안되었소. 그 사람은 당신에게 슬픔을 일찍이 안겨주려고 죽었는지도 모르오."

"그만 하세요. '안됐어' 한다고 죽은 사람이 알까요? 그저 명복을 빌 뿐이에요. 그건 허락해 주세요. 그리고 한 번은 울게 해 주세요."

나는 벌써부터 눈물을 흘리고 있으면서 남편에게 허락을 해 달라고 했다.

"실컷 울어 보구려. 내 어찌 그것까지 막겠소. 그리고 내일 아침에 조문객의 한사람으로 내 다녀오리다."

밤잠을 설친 건 그 사람이 마지막 가는 길에 애도의 마음으로라도 당연했겠지만, 그 사람을 잠깐이라도 저주했던 순간에 대한 부질없는 나의 핑계가 저지른 죄악이 아닐까. 나는 그 사람을 미워만 할 수 없는 애증(愛憎)으로 보내야 한다. 금탁이를 생각해서라도, 그렇게 보내야만 한다.

"다녀오리다. 저녁때는 돌아올꺼요."

남편은 내 어깨를 가볍게 안으며 이렇게 말하고 떠났다. 나는 하루 온종일 그 사람들 생각하기로 작정을 하였지만, 그건 하나의 겉모습이었지 내 내면의 일부분밖에 되지 않았다.

아이들이 시끄럽게 뛰어다니고 나도 아이들을 보살피며 금탁이를 꼬옥 껴안고 눈물을 흘렸다.

"엄마도 오빠만 좋아하면서…."

금란이가 질투를 하고 나서는 바람에 금란이를 또 안았다.

"엄마."

금택이가 와락 달려든다.

세 아이를 껴안았다. 그리고 남편이 어서 빨리 돌아왔으면 하고 바라고 있었다.

남편은 생각보다 늦게 돌아왔다. 밤 열 시가 넘어가고 있었다.

"여보 왜 이렇게 늦었어요?"

"응, 장지까지 갔었고 또 일이 있었어. 그 사람이 내 이름으로 십억을 남겼소. 나는 고아 된 아이들에게 기증해 달라고 부탁하고 왔소. 그 사람 미망인은 내 존재를 의아하게 생각하고 있었소. 아니 그밖에 그 사람 측근들이 나에 대해 궁금해하더군. 나는 친구라고만 말했소. 그 사람 아이는 딸만 하나더군."

"고마워요. 지금도 당신을 사랑하지만, 앞으로도 당신만을 사랑하겠어요."

"아니야 괜찮아. 나 혼자 당신을 짝사랑하며 살았다고 해도 난 죽어서도 후회 안 해."

남편이 와락 나를 껴안고 뜨거운 키스를 퍼부어 주었다. 아이들 셋이 방실대며 한옆에서 손뼉을 치고 있었다.

■ 인연의 덫

햇살이 한가롭게 졸고 있는 초가을. 한낮 늦더위 열기는 불 꺼진 용광로의 마지막 남은 불씨의 입김같이 바람 되어 훑고 지나갈 뿐이다.

계절은 강물처럼 흘러갈 뿐, 만져지지 않는 바람처럼 지나가면서 인생의 동반자로, 짠한 술기운처럼 그럭저럭 버리고 맞이한 애증의 산물이 아닐까.

계절은 어디고 보여 주었다. 천날만날 집 안에 앉아서 보내는 생활 속에 함께하고 있었다.

두 손바닥만 한 텃밭에 널브러진 채소 가운데 쑥갓이 동전만 한 씨방을 만들고 꼿꼿이 서 있고, 뜯어먹은 아욱 옆 가지로 새로 돋은 이파리가 제법 시퍼렇다. 여름비에 녹은 상추 대는 이 빠진 질그릇이 되어 앉아 있다.

모든 게 때가 있는 법이지만 저 보잘것없는 풀 같은 것들도 제때를 알고 있으니 김 노파는 이런 생각을 하며 텃밭을 내려다보는 것이다.

세 칸 겹집 기와집은 깊은 산사(山寺)처럼 고적한데 대문 옆으로 감나무 한 그루가 어찌나 큰지 집을 덮으려 하고 그 가지 사이로 감이 발갛게 익어 간다. 밤에는 잠이 없는데 낮엔 앉으면 졸음이 쏟아진다. 늙어가면서 뒤바뀐 습관이 몸에 배 있었다. 하기사 밤이면 기침이 폭탄처럼 터져 나오고 있으니 잠인들 달게 잘 수 있겠는가. 감질나게 자는 잠은 언제나 모자라 앉기만 하면 병든 닭 새끼처럼 졸고 있으니 마루로 기어드는 가을 햇살을 머리 위에서부터 흠뻑 뒤집어쓰고 앉아 눈길을 텃밭에 고정시키는 순간 솔솔 잠이 쏟아지는 것이다.

"에고, 이대로 죽어쁘면 편할 낀데."

김 노파는 중얼거리며 고슴도치처럼 허리를 말고 누워버린다. 바싹 마른 몸은 짚 한 단보다 가벼워 보인다. 어떻게 보면 이 집안 정경은 숨을 죽이고 있는 바람처럼 고요함이랄까, 적막함이랄까, 빈집처럼 쓸쓸하기까지 하다.

얼마의 시간이 정지된 듯싶었다. 그리곤 잠든 개가 놀라서 짖어대듯 김 노파는 기침을 해댄다. 일어나 앉아서 쪼그리고는 목을 앞으로 늘였다 뒤로 빼면서 숨이 넘어갈 듯하고 나선 가래를 휴지에 받아 싼다.

"에그, 이놈의 해소가 나를 죽인다."

헉헉 숨을 몰아쉬면서 원망하듯 하고 있다.

"콜록콜록 코르륵 클."

심한 기침이 끝날 때쯤 마지막으로 나오는 소리는 가래 끓는 소리로 이어지다 끝난다. 눈물 콧물 가래 범벅이 되고 숨넘어가는 기침병은 오랜 흡연 탓이라는 것도 알고 있지만 끊지 못하고 있다. 김 노파는 담배가 남편이요 벗이요 위로였다. 속병 속앓이를 삭이느라 흡연을 하였다가 끝내 피게 되었다. 김 노파는 허리춤에서 담배를 빼내면서 마루에 준비된 성냥 가치를 꺼내 소리가 나도록 그어댄다. 숨이 차서 헐떡이면서도 담배에 불붙이는 것하며 입에 물고 빨고 있는 모습은 익숙하다.

"휴."

길게 빨고 마서 보려 해도 호흡이 짧아 예전처럼 되지 않아도 뻑뻑 담배는 잘도 태운다. 조용한 집안 구석을 기침 소리로 흔들어 놓고 태우는 담배 맛은 김 노파밖에 모를 것이다.

뒷간 옆으로 묵은 대추나무가 김 노파 김치소리에 곁눈질을 하는 건지, 아니면 김 노파가 동그마니 말고 앉아 대추나무를 보고 있는 건지, 김 노파는 대추알을 눈여겨보는 것이었다.

"저놈의 대추나무가 올해는 와 대추알을 쪼매만 달고 있는가 모르겠다. 한 되박은 안되겠구만."

아직도 잔기침을 참아보려고 애쓰면서 혼잣말로 씨부렁댄다.

바싹 여윈 얼굴도 서러운데 굵은 못으로 사정없이 그어댄 주름 속에 세월이 덕지덕지 붙어 있다. 숨소리가 만져지듯 가까이 들리며 가래 끓는 소리는 곁에 있는 사람에게 저항감마저 심어주기에 알맞다.

김 노파는 손에 든 휴지에 담배꽁초를 싸고 주섬주섬 옷매무새를 바로잡고는 마루로 내려와 앞이 막힌 슬리퍼를 신고 휘적휘적 한 팔을 흔들며 한 팔은 굽은 허리를 받치고 뒷간으로 들어간다.

"에그 힘들다. 오줌 쌀 힘도 없는가 왜 이리 오래 싸노."

밖에서 들리도록 말을 하고는 나와서 다시 한탄을 하듯 말을 하고 서 있다.

"어서 가야 해. 죽어쁘면 편할 낀데."

기어가듯 텃밭에 가 앉아 몇 잎 남은 아욱 잎을 으적으적 소리가 나게 뜯고 씨로 앉힌 상추 대 그리고 쑥갓 대를 뽑는다.

마른 손아귀에도 힘없이 뽑힌다.

"건건이도 없는 상처럼 귀찮고, 밥하기도 귀찮은 게 인자 다 살았다. 국이나 끓이자."

아욱을 움켜쥔 채 이렇게 말하는 김 노파의 작아져 버린 눈 안에 끈적이는 물기가 애처롭다.

"푸새기 느도 좋은 시절 다 갔다. 내 시절도 다 갔지만."

아욱을 다듬으며 김 노파는 잊어버린 말을 찾아서 하듯 또 지껄인다.

뽑아 놓은 상추 대와 쑥갓 대는 신문지에 꺾어 마루 구석에 놓고 아욱을 씻으러 샘가로 간다. 밤이고 낮이고 넘치는 샘물 덕에 팔십을 넘기고도 아직 살아 있는지도 모른다는 생각을 물을 만질 때마다 하면서 아욱을 졸랑졸랑 씻고 있다.

혼자 같으면 한 끼쯤 굶어도 배고픈 줄도 모를 창자지만 박 영감을 위해서라도 삼시세끼를 꼬박 챙겨야 했다.

박 영감은 젊어서보다 밥을 더 잘 들었다. 하기사 찬이 시원치 않으니 밥이라도 많이 먹어야 배를 채울 수 있겠지만 요즘에는 잘 먹는 영감도 보기 싫고 심술이 난다.

"하기사 잘 먹는 것도 복이제. 잘 먹어야 기력도 좋을 끼고 내 먼저 죽으쁘면 눈물방울이라도 흘릴 끼구만."

이렇게 말하는 김 노파는 또 부아가 나고 속이 부글거린다.

"에그 이놈에 팔자. 무엇 때문에 가시나로 태어나 평생 밥해 먹다 죽는다."

말하기도 힘드니 날마다 혼자 뇌까리며 한탄을 해 봐도 아무 소용이 없었지만 버릇처럼 되어가는 한탄을 하고 나면 답답한 속이 시원해진다. 미리 씻어 놓은 쌀을 한 번 헹구어 전기밥솥에 앉히고 투가리에 된장을 풀어 놓고 가스에 불을 켠다. 다 죽을 때가 돼서야 신식인지 문명인지 편하게 밥 하는 전기밥솥이며 가스까지 자식들이 사 줘서 잘 쓰고 있다.

자식 오 남매 키울 때는 많은 것 같더니 지금은 흩어져 살고 있는 자식들이 가슴에서 살고 있을 뿐 먼 곳에 모두 있으니 그리운 건 마음뿐이다.

날마다 자나 깨나 마음으로 어루만지며 생각하는 자식들. 내 속으로 낳은 자식, 그러나 언제고 혹처럼 만져지는 자식 하나를 만지다 저절로 눈을 흘긴다. 안 그러려고 해도 부아통이 나면서 눈을 흘겨야만 직성이 풀리는 버릇 아니 버릇이 습관처럼 되어 있었다. 내 자식 아닌 자식으로 향한 미움이란 박 영감한테 흘기는 원망이었다.

젊어서 바람기는 끝내 다른 배에서 아들 하나를 내 호적에다 실어 놓고 말았다.

손이 짓무르도록 일을 했고 소처럼 묵묵히 살아온 삶이 두고두고 화가 치밀었다. 밥통은 쪼그라들고 심통만 커지더니 심보가 뒤틀리면서 하루도 빠짐없이 혼자 지껄이는 넋두리는 혼자 삭여 보고 달래보는 마음의 위로였다. 지난날이 새록새록 생각나면서 시시각각 변하는 마음을 김 노파는 막을 수가 없었다.

"이자 내는 인생 헛살았고 이자 죽는 일밖에 더 남았나. 사는 데까지 살다 죽을라카니 너무 지겹고만."

'죽고 사는 것' 거짓말이라고 했지만 성한 몸뚱이가 하는 거짓말일 것이다. 그런데 내 앞에 영감이 죽어야 한다는 생각을 언제고 했듯이 그 생각은 변함이 없는데 날마다 자지러지면서 해대는 기침으로 해서 죽을 날이 가까워졌다고 느꼈다. 그러나 이 상황에서 영감이 어서 내 앞에 죽어준다면 그 이튿날이고 바로 따라서 죽을 것 같은 생각이 기름기 없는 머릿속을 흔들어 대는 것이다.

"누구든 흔히 말하지 않았던가. 자식이 효자라도 영감만 못하고 마누라만 못하다. 하지만 이만큼 살았고 같이 살았으면 되았제 뭣이 원통해서 산 귀신같은 꼴로 마주보고 살 것나 말이다."

김 노파는 여기까지 생각이 미치자 고개를 설레설레 흔들며 상을 차려놓고 밥을 담아 밥통에 넣은 뒤 굽은 허리를 세워본다. 그러나 활처럼 휘어진 허리가 펴질 리 없고 기침만 오물 쏟아지듯 터져 나온다. 그리고 보면 서로를 위해 어서 갈 길로 가주길 바라는 한 가지 바람은 부부라 해도 마지막 이기가 독을 품고 꿈틀대는 것인지도 모르지만 김 노파는 언제부턴가 간절히 바라고 있었다. 젊어서 서방이고 마누라지 산 귀신이 돼 가지고 살붙이고 잠을 잘 건가, 살풋한 정이 있어 좋을 낀가, 아쉬울 때 이별해야 한 번쯤 생각도 할 게 아닌가배. 그래도 남은 건 의리 같은 믿음이 아닌가. 곰삭은 젓국 맛 같은 그런 맛이지 쪼매라도 남아 있을 때 가야항게. 이자 힘없어 가지구 병든 마누라 죽을까 벌벌대면서 기침약이다, 보약이다, 소화제다 하면서 불나게 사다 나르는 것을 보고 고맙기도 하지만 젊을 때 내를 괄시했던 그 세월을 어이 잊을꼬. 그 시절에는 늦었다는 나이 열일곱 살에 영감한테 시집와 박염감은 스무 살이었다. 시집살이 맵다 해도 남편의 천대 같은 괄시는 김 노파 가슴에 상처만 남겼고 남편인 박 영감을 그리워하던 마음은 원망만이 쌓여갔다. 외로움과 서러움에 분노만 생겨난 것이다. 젊었을 때는 바람만 피웠고 김 노파 보기를 똥자루 보듯 하구서 죽을 때 가서야 깨진 요강 위하듯 해서야 지난날 쌓이고 쌓여 굳어진 미움이 쉽게 무너지겠는가. 안동김씨로 그래도 양반 집에서 오빠 둘에 남동생 하나인 괜찮은 집 외동딸로 어려운 게 무언가를 모르고 자랐던 내가 밀양박씨라는 양반댁에 시집온 후로 남편인 박 영감한테 무시당한 걸로 치면 지금이라도 당장 박씨 가문을 나가고 싶은 심정이었다.

안동 끙끙이니, 말 본때가 없느니, 무식하다느니, 얼굴은 파리똥 싸놓은 것 같다며 가끔씩 던지는 말은 돌을 던져 면상을 까는 것보다 더 아팠다.

처음에는 얼굴이 화끈거리도록 부끄러웠고 그다음에는 하늘과 땅처럼 닿을 수 없는 거리감이 느껴졌다.
 남편은 농사일은 죽기보다 싫어해 시집와 일 년이 될까 할 때쯤 취직을 한다며 용인 산골 구석에서 서울로 훌쩍 떠나갔고 나는 메마른 갈잎을 가슴에 안고 사시사철 살았다.
 없는 살림에다 사 남매 둘째 며느리로 큰 동서 시집살이에 조카 둘, 시부모님 내외분 모시고 남편 없는 삶이란 시집살이보다 더 기막혔고 서러웠는데 명절 때 일 년에 두 번인가 얼굴을 내밀던 남편은 김 노파 존재를 무시한 채 대하면서도 조금치도 미안해하지 않았다.
 나와 남편은 인연 중에 악연이었던지 아니면 바람과 물이었던지 언제고 따로 살며 눈물은 나 혼자만의 것으로 아무도 모르게 울면서 그리움은 겨울 안개처럼 가슴에 서렸다.
 날이면 날마다 밥하고 물 긷고 빨래하고 바느질하고 틈틈이 베 짠 건 배운 게 원수라고 친정에서 배운 것을 시댁에서 써먹었다.
 "그렇구 말고제. 내가 종이었제 아니면 노예였구만."
 남편은 가뭄에 콩 나듯 어쩌다 집에 오면 이웃 친척집 사랑채에서 놀다 한 번쯤 살을 맞대고 섞고는 바람처럼 가버려 잊혀져 갈 때는 체온을 더듬고 베개를 흠뻑 적시곤 했다.
 세월은 그래도 무심히 가로만 있었다. 시집살이 이년이 넘어 삼 년이 다 되는 설날을 앞두고 나는 마음속으로 남편이 돌아올 것이라고 믿으며 날마다 기다렸다. 산촌 마을은 봄, 여름, 가을, 겨울 속을 그림처럼 바꾸어놓고 무심히 가고 또 가고 있었다.
 눈 속에 묻힌 산, 그리고 잡목들 가지들 그사이에 내 마음처럼 쓸쓸해 보였고, 싸리문을 나서면 산을 경계로 꼬불꼬불한 산길이 나무를 쪼개어 엎어놓은 것 같이 보였다. 날마다 그 길을 바라다보는 버릇은 오랜 습관처럼 이어지고 그 길은 하늘길처럼 아득하게 느껴지면서 시집올 때 밟고 왔던 길이 이제 저승길처럼 먼 길이 되고 기다림의 길로 바뀌고 말았으니 누가

1999년 단편소설집 『걸인여자』 95

내 마음을 조금이라도 알아줄런가.

명절인 설날 전날이 되니 기다림과 기대가 내 목을 바싹 조이며 목이 타들어 가는 초조감으로 두부 하려고 맷돌을 돌리면서도 허둥대는 손끝에 일이 제대로 잡힐 리 없었다.

"자네 콩을 어데다 넣고 있는 거여. 정신을 놓고 있네."

만동서가 핀잔을 주어도 하나도 마음이 쓰이지 않았으니 기다림이란 생눈알 빼는 것과도 같다는 생각이 들고 있어서였다.

"자네 서방님 기다리는가. 오시겠지. 걱정하지 말어."

안되어 보였던지 만동서가 수저를 뺏어 콩을 넣으며 위로했다.

"인자 내도 안 참으랍니더."

"안 참으면 어떡하나. 여자로 태어난 게 죄이지 서방님도 다 생각이 있겠지. 작년에도 저 아래 고추골 산 밑 밭을 사놓고 가셨잖나. 다 나중을 위해 그러시지 괜히 그러겠어."

밭을 샀다는 것도 지금 처음 듣는 이야기였다. 어쩐지 올해도 고추 농사를 지어 빨간 고추 따러 몇 번 간 적이 있었다. 그래 돈 벌어다 밭뙈기며 논이며 사놓고 고향에 돌아와 살문 내 기다린 보람도 있겠제. 하지만 살갑게 해주면 세금 붙나 아무리 생각해도 서울서 신식 여자와 살림 차렸을 게 틀림없다는 생각을 하게 했다.

짧은 해가 저녁나절로 기울자 산에 가린 산골은 금세 어두워지고 있었다.

남의 집에 간 아이가 밤이 되면 더 보채듯 내 마음은 불을 때듯 타고 있었다. 잿더미가 다 되었을 때쯤 남편은 돌아왔다. 서울 생활에 젖어 때가 벗은 남편의 신수는 훤했다. 곤색 양복을 입고 돌아온 남편은 출세하고 금의환향한 것처럼 시부모님은 입이 귀에 걸려 있었고 시숙님도 만동서도 모두 입이 벌어졌다. 조카딸과 조카도 작은 선물도 없었지만, 고깃덩이를 들여다보며 좋아했다. 나도 물론 기뻤다. 너무 기다리던 끝에 찾아온 기쁨이어서 그런지 나는 일을 하면서도 허둥댔다. 남편은 오던 날 밤에도 이웃집 당숙네 사랑방으로 가서 밤이 이슥해서야 돌아왔다.

방이 여관방처럼 느껴지는지 아니면 내가 싫어서인지 방에 들어오는 걸 꺼리는 눈치였다.

그동안 벼르고 별렀던 결심을 굳히게 하는 건 남편의 미온적이고 괄시하는 태도였다.

"물 떠와."

술을 마셨는지 남편은 물을 찾았다. 이부자리 펴놓고 기다린 새악시처럼 앉았다가 일어나 서 있는 내게 명령이었다.

나는 얼른 일어나 냉수를 떠다 바쳤다. 등잔불이 나의 얼굴빛을 감추고 있어 다행이었다.

"불 꺼."

물을 벌컥벌컥 마시고 그릇을 밀어버리고 난 남편은 윗옷과 바지를 뱀 허물처럼 벗어버리고 이불 속으로 들어가며 두 번째 명령이었다.

"말 좀 하입시더, 말 좀 예. 내가 더는 못 참겠습니더. 내를 어찌하려고 그러심니꺼."

"불 꺼."

"못 끄겠습니더. 말 좀 해 보이소. 내를 이리도 괄시하믄 어쩌라고 그러심니까. 내 그만 양잿물이라도 마시고 팍 죽어뿔까요?"

"이게 미쳤나. 오밤중에 개 짖는 소리야. 무식한 거 같으니라고."

"맞아예. 내는 무식합니다. 유식한 서울 신식 여자가 사진 찍은 거 다 보았심더."

"재수 없게 남자 호주머니에 손을 대는 거야. 작두로 잘라 버릴 테야. 한 번만 더 그랬단 봐."

남편은 일어나 앉더니 담배를 피워 물고 또 이렇게 말했다.

"널 내쫓지 않은 것만도 다행인 줄 알아. 그래 니가 나하고 대화가 돼야지. 그리고 니가 여자 맛이 있냐. 뭐 하나 마음에 드는 게 있어야지."
"하여튼 가네 이렇게는 더 못 살겠심더, 죽든가 살든가 해야지."
"나도 다 생각이 있어. 너는 호적에 실려 있는데 뭐가 걱정이냐. 남자가 바람 좀 피운다고 다 죽으면 이 세상에 남아있는 여자가 어디 있겠어. 조금만 기다려."

남편은 독하지 못한 성격이라 내가 단호하게 나오니 슬그머니 목소리를 죽이고 달래면서 내 어깨를 토닥여 주더니 갑자기 욕정이 올라왔는지 나의 몸을 불길처럼 휘감아 버리곤 나가떨어져 코를 곤다. 죽기로 작정하고 처음으로 대들었지만, 남편의 살가운 말 한마디와 살 섞은 그 순간 모든 서러움이 봄 햇살에 얼음 녹듯 스르르 풀어져 버렸으니 지금 생각해 봐도 병신 중에 산 병신이요, 등신이 아니고서야 내가 생각해도 어처구니없었다. 시집온 지 육 년 만에 첫애를 가진 건 하늘을 봐야 별을 딴다는 속담이 나한테 해당이 되었기 때문이다. 일 년에 많아야 서너 번 댕겨가는데 어느 코에 걸릴지 모르지만 음양이 맞아 불이 붙어야 무언가 이루어질 텐데 한번 일도 성의 없는 공사가 되다 보니 무엇인들 이루어지겠는가. 그것도 모르는지 시부모님은 결혼한 지 몇 년째인데 얼라가 없느냐고 한다. 맏동서는 우리 부부 일이 궁금한지 살살 캐 보는 것 같이 말하는 것이었다.

"여봐 동서, 요번에 서방님하고 사랑 좀 나눴어?"
나는 그저 김빠진 웃음을 웃어 보였다.
"이상하네! 삼신할머니가 잊었나. 왜 동서에게 선물을 안 주는 거야. 많이 잔다고 생기는 건 아니라는데."

식구들이 기다려서인지 아니면 삼신할머니가 맏동서가 하는 말을 들어서인지 초봄부터 입덧을 하고 있었다. 시부모는 좋아하시며 자기 아들이 며느리 괄시를 하는 건 아니라며 큰소리까지 하는 것이었다.

"그러면 그렇지. 다 때가 있는 거야. 제 댁을 거들떠도 안 보는 것은 아니었구먼."

어쨌거나 나는 기뻤다. 아이가 있으면 모든 게 유리할 것이라는 생각과 남편이 버리든가 내쫓지는 않을 거라는 생각, 그리고 아이를 키우는 이 집에 사는 좋을 이유가 되었다. 그동안 사는 게 재미없고 남편의 관심 밖에서 산다는 건 앞길마저 불안했던 것은 사실이었다.

저 산길을 걸어 곱동 고개를 넘어 천 리 길보다 멀게 느껴지는 친정으로 가버리면 좋겠다는 생각을 얼마나 많이 했던가. 배가 불러오고 가을이 깊어져 갈 때 시어머니가 살갑게 불렀다.

"얘야. 산달도 가까운데 친정어머니도 보고 싶을 것이고 하니 다녀오너라. 어린애 낳고 몸조리 잘하고 오면 좋지 않겠냐. 내일모래 떠나거라. 느그 시아버님과 같이 가거라."

인절미 한 말을 쪄 안반 위에 쏟아붓고 떡메로 내리치니 잔칫집 같았다. 친정집에 갈 때 가져갈 인절미였다.

"동서 친정네는 안동포가 많이 있겠지. 옷 한 벌 해 입으면 좋을 텐데."

형님은 은근히 내게 안동포 필을 가져오라는 눈치를 보였다. 시집오기 전 둘러앉아 내놓고 삼 쪼개고 잇고 하던 시절이 그리워진다.

걸어서 가고 기차를 타고 가는 것도 큰일이었다. 아침에 나선 길이 한밤중에야 들어갔으니 힘은 들어도 피붙이를 만날 수 있다는 한 가지로 참을 만했다.

아버지, 어머니, 오빠 두 분, 올케 둘이 반갑게 맞아주고 어머니는 눈물까지 흘리었다. 아버님은 사랑채에서 친정아버지와 정담을 나누고 이튿날 날이 밝자 아침을 드시고 떠날 채비를 서두르시며 나에게 한 말씀하시었다.

"편안히 쉬면서 아기 잘 낳고 몸조리 잘하거라."

아버님의 한마디가 왠지 모를 불안감에 빠트린 건 다시는 시댁 문턱을 넘을 수 없다는 암시가 아닌가 하는 예감이 스치고 있었기 때문이었다. 시아버님이 가시고 한 사흘 지났을 때 마음이 차분해지는 안위감에 행복감마저 들고 있었는데 어머니가 나를 바라보시며 말했다.

"야 야. 말 좀 해 보그라. 박 서방이 바람이 나 니를 데려다 살림을 안 차리는 게 아니가. 이자 얼라도 낳을 낀데 천날만날 떼놓고 객지에서 살긴가."

"어무이, 걱정하지 마이소. 인자 얼라 낳으면 달라질 겁니다."

"안 되겠다. 그 집 귀신 노릇 할 낀가 못 할낀가 알아봐야 쓰겠다."

"어디 가실라고 그라는데 예."

"봉사 점장이가 용하다 카드라. 한번 가 보제이. 무슨 놈의 팔자가 바람기가 그리 많노."

친정어머니는 뽀얀 쌀 한 말을 아버지 몰래 자루에 담아 이고 앞장을 서며 가고 나는 뒤를 따랐다. 낙동강변을 따라 걸으며 낯선 길을 걷는 것처럼 새롭게 느껴지는 건 시집가서 강이 없는 산촌에 묻혀 산만 바라보고 지내 그곳에 익숙해진 탓이리라. 강물은 말없이 일렁이며 내 속을 확 뚫어놓고 흐르고 있었다.

얼마나 속을 끓이셨으면 점쟁이를 다 찾아가실까 나는 그 생각이 나자 눈물이 핑 돌았다.

저 앞에 지게 진 할아버지가 오고 있었다.

"보이소, 미안스럽습니다. 혹시 봉사 점장이댁이 어딘가 아시는 기요?"

"쪼매만 가면 외딴집에 흰 깃대가 보입니다."

지게대로 하늘을 그어대듯 하며 가르쳐 준다.

산허리를 돌고 강물이 보이지 않는 곳에 초가집 하나가 납작하니 엎드려 있었다.

"어므요, 저 집이 맞는 갑네요. 깃대가 있십니더."

"그래, 맞는갑다. 니가 힘들겠다."

"괜찮으이더. 어므니 힘들겝니더."

"쌀 한 말이야 천리도 간다."

오랜만에 맛있는 음식을 먹어보듯 경상도 말로 주고받으니 좋았다. 초라한 삼간 초가집 지붕에 새로 얹힌 짚 이엉 덕에 늙은 암탉이 앉아 있다는 느낌마저 주고 있다.

"보이소, 주인 계십니꺼?"

어머니가 댓돌 위에 뜯어먹다 남은 생선 같은 짚신을 바라보며 조심스런 음성을 깔며 불렀다.

"들어오이소."

제법 카랑한 목소리는 젊다는 것처럼 들려왔다.

"문 좀 열어주이소."

어머니는 젊은 목소리가 걸렸는지 다시 말했다.

"왔다 열고 할 게 무에 있노. 잡아다니면 될 낀데."

외짝문이 벌떡 밖으로 자빠지려다 한쪽 벽을 때리고 붙는다.

"그래도 초면인데, 남녀가 유별한데 어찌 함부로 들어가겠습니까."

어머니는 문자를 다 써가며 쌀자루를 봉사 앞에 안겨주며 뒤에 한 자를 빼고 들어간다. 나도 뭉깃대며 닳아빠진 문턱에 올라섰다. 어둠침침한 방이야 문이 한 개뿐이라서 그렇다 치고 끄을림 냄새 같기도 하고 댓진 냄새 같기도 한 것이 비위를 자꾸 거슬러대는 것이었다.

"우찌 오셨습니까?"

비에 젖은 강아지처럼 왜소한 몸뚱이에 오래전에 말라버린 눈꺼풀은 이미 죽은 지 오래인 듯 눈은 조금도 동요치 않았지만 목소리만은 나이에 비해 젊디젊었다.

"편히들 앉으소."

이런 생각을 하고 있는 내 속을 여지껏 들여다보았다는 듯 책상다리로 두 다리를 꼬면서 턱을 앞으로 빼며 말했다.

"에그 봉사가 아닌갑네."

나는 놀라면서 눈치를 살폈다.

"스물셋 용띠인데 신랑은 스물다섯 소띠고 잘살 것나 봐주이소."

작은 소반에 물 한 사발이 고작이었고 쇠통을 바른손 엄지와 검지로 잡고는 쩔렁쩔렁하는 소리가 나게 흔들더니 바늘보다 두 배 정도 굵은 쇠막대기를 꺼내더니 왼손으로 꼭꼭 쥐어보고 놓았다. 다시 또 하고 흔들다가 그 짓을 몇 번이고 하더니 말문을 열었다.

"아이고, 살자니 고생이요, 죽지도 못하고 살기는 살아야 하는 운명인데 쇠빠지게 고생하겠구먼. 마음고생 많이 하겠십더."

"이별은 없다 그말인교? 참말인교? 백 년은 살겠다 그 말 아닌교?"

어머니는 침이 마르도록 묻고는 만면에 웃음을 담고 있었다.

"아짐씨요. 그렇게 살라카면 예방을 해야 한단 말입니다."

"어찌하면 좋은교? 말을 해 보소."

"내 이 부적을 써 주겠십더. 이걸 남편 속옷에 싸서 농 안에 깊이 넣어두고 지내문 저절로 정분도 붙고 정분이 나니 아들딸 낳고 살 거 아닙니껴."

봉사 점쟁이 말은 그 말이 그 말인 것 같았지만 막혔던 속을 시원하게 뚫어주고 있었다.

"그라문 다음 달이 산달인데 아들을 낳을 낀고 딸을 낳을 낀고."

"첫 번째는 딸을 낳을끼요, 두 번째는 아들 낳을 낍니다."

자신만만한 점장이 말에 기가 질려 나는 잠자코 듣기만 했다.

"처자가 구월용인 데다 초승 생일이니 고독한 팔자에 구설수가 따르니 처음에는 이별을 해도 늦게사 합이 드니 아들딸 많이 낳고 살 것이니 염려 마이소. 이 부적이나 잘 간직하이소."

푹 꺼진 눈으로 둥그렇게 원을 만드는데 모두 새를 그려서 만드는 것이었다. 그리고 한문 글씨로 무슨 뜻인지 모르게 빼곡하게 써넣었다. 눈뜬 사람도 잘 못 그릴 새와 글씨 그리고 용머리 소머리도 들어있었다.

나와 어머니는 입을 벌린 채 마주 바라보았다. 빨간 갱명 주사로 문종이에 그린 부적을 나는 소중하게 받아들고 젖가슴에 끼워 넣었다.

"그 부적은 시댁에 가 사주단자에 싸서 넣어야 된데이. 알겠나."
"염려 마이소. 그렇게 할려고 마음먹었으니"
이 부적의 존재란 신이 내려 내게 선물한 것인지도 모른다는, 그리고 평생 나의 목숨이 끊어질 때까지 간직해야 한다는 의무감에서 그 어떤 운명의 끈을 잡은 것 같은 숙연한 감마저 감지하며 안심과 기대에 찬 하루를 날마다 보내며 남편을 그리워했다.

이틀을 비실러 첫딸을 낳았다.
"참말이지 야속타. 아들을 낳았다면 얼매나 좋겠나."
죽을 고비를 넘기고 낳은 딸 앞에서 어머니는 서운한지 나를 위해서 하는 말이겠지만 한숨 섞인 말을 해서 나는 서러워 눈물을 짜며 돌아누웠다.

딸인 어머니는 여자이면서 여자를 무시하신 것은 아니겠지만 시대가 만들어 가는 대로 여자의 존재란 아무런 가치도 없는 존재란 것밖에 생각할 수 없기에 자신과 나의 신세에서 손녀의 팔자로 정해진 운명이 너무 기막혀서 쏟아낸 한숨일 것이다. 그러나 나는 내가 처한 신세에 대한 서러움보다 딸을 낳았으니 남편도 시부모님도 하나도 반기지 않을 것이 더 슬펐는지 모른다.

딸을 업고 친정아버님을 앞세운 힘에 그나마 떨어지질 않는 발을 조금이나마 가볍게 옮길 수 있었다. 예상했던 것보다는 시부모님도 반겨주셨고 형님도 반가워했다. 안동포 한 필 덕에 그나마 무사통과였는지 모르지만, 남편은 역시 없었으니 다행이라는 생각을 했다. 가슴 속에 마른풀을 쑤셔 넣은 것처럼 불안했다. 그리고 보니 겨울의 막바지인 설날이 또 가까워졌으니 남편을 만날 날도 멀지 않았다.

아직까지 이름이 없던 딸에는 반들반들 살이 올라 예뻤다. 눈이 남편을 닮아 갈색 눈동자가 시원하면서도 총명해 보였다. 거기다 사람을 알아보고 눈을 맞추며 방긋방긋 웃었다.

"난 니가 가시나라 해도 엄청 이쁘다. 하지만 니는 내처럼 살지 말그레이. 활달하게 살고 남편한테 귀염받으며 살아야 한데이."

딸을 안고 젖을 빨리며 수없이 되뇌는 말이다. 남편이 설날 이틀 앞두고 왔다. 고기며 고등어자반도 종이 뭉치 속에 들어있었다. 남편은 내게 말 한 마디 눈길 한 번 건네지 않고 방에 들어가더니 휑하고 나가 버린다.

"이제 너도 아 애비다. 살림을 나가던가 해야지."

시아버님은 말씀은 내게 없었어도 독수공방하는 며느리가 안 돼 보이던지 넌지시 말을 꺼내고 계셨다.

"서울 생활이란 게 그리 쉬운 게 아닙니다. 살림은 차릴 수 없습니다. 저 혼자도 힘들어요."

남편의 말에 모두 수긍하는지 그다음 말은 더는 없었다. 며칠을 있으면서 남편은 딸애를 한 번도 안아주지 않았고 방긋 웃는 딸아이를 힐끔 한 번 바라보면 그만이었다.

"얼라 이름은 지어 주이소. 그리고 호적에도 올려야지 예."

"이름은 무슨 이름. 간난이라고 해."

"간난이는 싫습니다. 천해 보이는 이름입니다."

"계집애를 이름 내세울 때가 어디 있다구."

"그래도 좀 좋은 이름 좀 지어 주이소. 예."

"쓸데없는 소리."

남편은 이렇게 말하고 바람처럼 가버렸다. 시아버님이 내 마음을 알고 계셨던지 아침을 드시며 내게 말했다.

"간난이는 집에서 부르고 호적에는 딴 이름으로 올렸다."

"무슨 두 가지 이름입니까? 계집애를…."

"시대도 자꾸 변한다더니 어제 아범이 이름은 지었다며 가는 길에 면사무소에 들려 올린다고 하더군."

"아버님, 이름이 무엇이라고 하등교?"

"박 소 근 이라던가."

나는 손뼉을 치고 싶도록 기뻤다. 간난이보다야 좋았다. 소자가 마음에 안 들었지만 간난이보다야 나았다.

"소근아, 박소근아. 니 이름이 소근이다. 느그 아버지가 지어주셨다."

내 방에 와서 딸애를 보고 몇 번이고 말했다. 또 나의 기다림은 이어지고 있는 가운데 딸아이의 재롱은 큰 기쁨이었고 위로였다. 두 번째 아이를 가졌을 때 나는 아들을 낳아야 한다는 생각으로 살고 있었다. 봉사 점쟁이 말로는 두 번째는 아들을 낳는다고 했지만 믿을 수만은 없었기에 간절한 바람으로 살았고 그러던 중 나는 아들을 낳았다. 삼신할머니가 정말 있는지는 잘 모르지만 고마웠다. 뜬금없이 찾아오는 남편이지만 아이를 낳게끔 하여 주는 것도 고맙게 생각되었다.

아들을 낳은 뒤 시아버지는 남편에게 처음으로 편지까지 보내는 성의를 보였다. 그리고 한 달 뒤인 초가을 남편이 돌아왔다.

딸은 제법 커 잘 돌아다니며 놀았다. 그런데 신도 없이 걷는 딸아이를 본 남편은 안되었던지 슬그머니 돈 몇 푼을 내주면서 말했다.

"소근이 신하고 옷 좀 사 입혀. 주변머리 없이 애 꼴이 저게 뭐여."

나는 돈을 집으며 감격하고 있었다. 그래도 아버지는 아버지였구나. 그러면 그렇지. 처음으로 맛보는 남편에게서의 감격이라 그 기쁨은 평생 살면서 잊지 않았던 것이다.

"말이여, 서울 가서 살 수 있겠어."

담배를 피우며 하는 말이 내게 하는 말인가 몰라 방을 둘러보았다. 아무도 없었다. 남편과 나와 우리 아이 둘뿐이었다.

"싫으면 그만두고, 나도 귀찮으니까."

"그 말 참말입니꺼."

"그 말 좀 고칠 수 없겠니? 안동 끙끙이말 말이여."

"고쳐 볼께요오."

남편은 일어나 나간다.

나는 손뼉을 힘껏 쳤다. 꿈인지 생시인지 꼬집기보다 너무 기쁘니 두 손을 맞대고 힘껏 치는 게 소리도 나고 해서 금방 느낄 수 있어서 좋았다. 남편이 부모님께 말을 했는지 남편이 가고 난 뒷날 시아버님이 짐을 싸고 계셨다. 짐이래야 이불 한 채, 아이들 이불 하나, 베개 그리고 옷 몇 가지에 숟갈 서너 개 그리고 요강, 솥단지, 냄비 대신 투가리뿐이었지만 난 너무 꿈만 같았고 구름을 타듯 가슴이 붕붕 떠 있었다.

"동서는 좋겠다. 서울 구경도 할 수 있을 테고, 고기반찬도 많이 먹을 테고, 좋은 옷도 입을 것이고…."

샘이 많고 차가운 형님이었지만 언제고 내 편에 서서 대해 주어 고맙게 생각됐다.

"형님, 고마웠어요. 좋은 옷은 형님 먼저 사 드리고 전 나중에 입을 낍니더. 고기야 제가 무얼 먹겠습니꺼. 소근이 아베 들이야지 예."

"고마워. 난 유똥 치마저고리가 입고 싶어."

노골적으로 유똥 치마 고리를 해달라는 것보다 더 무서웠다. 어느 명년에 돈을 만져 형님 옷을 해드릴 수 있을는지 까마득하기만 했는데 벌써 김칫국 먼저 마시는 형님이 밉지는 않았다. 시아버지를 따라 나는 아이들을 업고, 손잡고 서울로 이사를 갔다. 한옥집 방 한 칸을 세 얻은 방은 깨끗하게 도배가 되어 있었다.

처음엔 서울이라는 곳이 긴장하게 만들더니 차차 익숙해졌고 방에서 밖이란 언제고 낯설어 백 미터 안에서 뱅뱅 돌았다. 가겟방에서 꼭 필요한 것 외에는 살 줄도 몰랐으며 돈 쓸 줄 몰라 남편이 몇 푼 던져주는 돈은 고추장 항아리에 모여 있었다.

어쩌다 집에서 먹는 밥 반찬거리를 사는데 외에 쓰지 않았더니 남편이 궁상맞다며 하는 말이 어찌나 창피하도록 자존심을 건드렸던지 죽을 때까지 잊혀지지 않는 것 중 하나가 되었다.

"좀 변해 봐라. 서울 온 지 반년이 되었는데 맨날 촌뜨기티를 내고 구리무며 분도 사서 발라. 꼭 미친년같이 해가지고 얼굴엔 파리똥 싸놓은 것 같고 왜 그렇게 사니? 뭔가 맛이 있어 보여야지. 에이."

남편의 말은 가래가 되어 내 얼굴에 붙었다.

"정말 더러버 죽겠데이. 술집 색시처럼 하고 있으라고 그러지. 머 내사 이자는 못 참겠다."

나는 남편이 나간 뒤 혼자 이렇게 말하고 종근이를 업고 소근이를 손잡아 끌고 시장을 찾아 나섰다.

전차가 길 위를 기어다니고 사람들이 바쁘게 걷는 서울 거리는 복잡해서 그렇지 사람 사는 곳이 아닌가. 사람도 똑같은 사람이고 구두를 신고 양복 같은 옷을 입은 신식 여자가 많이 다닌다는 것이 내 눈에 제일 먼저 비쳐졌다.

구리무도 사고, 분도 사고, 아이들 옷도 샀다. 내 옷을 사려니 돈이 아까워 그만두고 돌아서는데 딸아이가 보이지 않아 얼마나 찾았는지 이리저리 뛰어다니다 보니 딸아이는 찐빵 앞에서 꼼짝 않고 침을 삼키고 있었다.

"아이구 소근아, 큰일 날 뻔 안 했나. 저 빵 사줄까?"

"아주머니, 먹고 싶어 하길래 내가 한 개 주었어요."

"그래요, 하나 더 주고 돈 얼만교?"

"아주머니, 경상도 아주머니시군요."

내 말이 우스운지 히히 입을 실룩이며 나더러 경상도 아주머니란다.

"그래요. 와 경상도 사람은 서울서 살믄 안 되는교?"

"아니요. 그런 말뜻이 아니고 말이 좀 우스워서."

"서울서 살문서 고쳐 볼라 카는데 안 돼요."

나는 화를 내다가 멋쩍게 웃고 돌아섰다. 구리무를 바르고 분도 바르고 고등어를 지지고 남편을 기다렸다. 거울을 몇 번 들여다보면서 종근이가 자고 소근이 마저 잠이 들었건만 남편은 돌아오지 않았다. 자주 집을 비우고 늦게 들어오는 날이 잦아졌던 어느 날 남편의 입에서 명령이 떨어졌다.

서울로 온 지 열한 달째 들어섰고 정확히 삼일이 되던 날이었다.
"내 직장을 옮겨야 되겠어. 자리 잡을 때까지 집에 가 있어. 내일 가라구. 짐은 내가 보낼 테니 애들이나 데리고 가."
나중에 알았지만 남편은 딴따라패에 어울려 다녔단다. 평생에 타고난 끼는 계집질에다 딴따라까지 좋아하였으니 나와 자식은 개밥에 도토리 신세일 수밖에. 밤새워 울고불고 이튿날 아이를 들쳐업고 걸리고 용인 가는 버스를 기다려 타고 밤이 늦어서야 시댁에 들어갔다. 용인서 걸어서 가려니 어린 것하고 늦을 수밖에 없었다.
저녁을 먹고 잠자리 펼 때 불쑥 기어든 우리 세 식구를 보고 모두 놀래고 있었다.
"아니 자네가 이 밤에 웬일인가?"
제일 처음에 마당에서 나를 본 형님이 깜짝 놀라고 있었다.
"형님."
나는 설움에 북받쳐 엉엉 울었다. 시부모님이 뛰쳐나오고 조카들이 보고 있었지만 나는 참을 수가 없었다. 쫓겨나오다시피 하고 찾아왔지만 아이를 업고 걸치고 몇십 리 걸어오느라 어찌 고생을 했던지 더 북받쳐 오는 설움에 통곡이 나왔다.
딸아이 소근이가 영리해서 그 먼 길을 걸으면서 칭얼대지 않았지만 그것이 더 안 되어 불쌍해서 울음이 터져 나왔다. 소근이도 내가 우니까 참았던 울음을 터트린다.
"야야 들어가자. 남부끄럽게 밖에서 이게 무슨 일이냐."
시어머니가 내 팔을 끌어들인다. 형님은 딸아이를 안고 방으로 들어온다.
"웬일이냐? 어서 말해 보거라."
시아버님의 굳은 표정이 방안을 무겁게 하고 있었다.
"직장을 바꾸게 되었다면서 집으로 들어가랩니다."

나는 울음 속에서 대답을 했다.
"그놈이 미쳤는 갑다. 이제 정신이 들었나 싶어 한시름 놓았더니 일 년도 못 돼서 쫓아보네."
"무슨 사연이 있겠지요. 직장을 바꾼다고 하잖아요."
"그래도 그렇지. 짐승도 그러지는 않겠구먼."
나는 다시 시댁에서 살라야 했지만 기다림의 세월은 서울에서나 여기나 마찬가지라. 차라리 시댁에 있는 게 편했다.
그동안 조금씩 모았던 돈으로 아이들 필요한 것을 사는 데 썼는데 형님이 심통을 부렸다.
"아니 자네 애만 귀여운가. 조카도 자식이라네. 신발이 구멍이 나 흙이며 빗물이 들어 집안을 더럽히는 게 안 보이나?"
똑같이 사주었어도 조카들은 학교 다니고 쏘다니니 금방 구멍을 내고 있었다.
"형님, 이제 이 돈이 끝이 난 겁니다. 쪼매인 돈 안 썼으니 남아있는 게지 많은 게 아닙니다. 시부모님 다 드리고 몇 푼 남은 겁니다."
"자네는 돈 벌어다 주는 서방님 있어 좋겠네."
"시숙님도 형님 드리잖능교."
처음으로 형임한테 말대답을 했다.
"아니, 이 식구 다 먹고 사는 게 뉘 덕인데 그러나?"
소 새끼도 밭뙈기도 남편이 사들여 가난을 면한 건 남편 때문이었지만 형님은 늘 우세를 하곤 했으니 남편이 곁에 없는 시집살이여서인지 더 서러웠다.
몇 달을 소식이 없던 남편이 돌아온 건 해가 바뀐 어느 봄날이었다. 초췌해 보이는 남편의 몰골이 그동안 고생했음을 짐작케 했다. 며칠을 잠만 자듯 한 남편이 갈 채비를 하면서 말했다.
"요번에 가면 다른 직장으로 간다. 아는 일본 사람이 철도에 취직시켜

주겠다고 했다."

"서울 계실 껍니껴?"

"아니야, 충청도로 간다. 너무 머니 당분간 나 혼자 가겠어."

"그럼 우리는 천날만날 여기서 살아야 합니까?"

"자리 잡으면 데리러 오겠어. 거긴 니 친정과 가까울 게야."

"친정과 가까우면 어딘데 그라십니꺼?"

"나중에 알게 돼. 아이들이나 잘 키워."

내 두 눈에서 뜨거운 눈물이 발등을 적시고 더는 무슨 말이고 할 수가 없었다. 또 기다려 보는 수밖에 도리가 없었다.

이제 기다림이 얼마나 길게 이어져 하루하루가 될 것인가에 목을 맬 수밖에 없었다. 그런데 두 달이 채 못 되는 어느 날 남편이 돌아왔다. 삼 년 동안 기다림에서 가장 빠른 귀가였으니 나는 물론 시댁 식구들 모두 놀랐다.

"내일 같이 가는 거야. 다른 짐은 필요 없어. 이불도 있으니까 옷 몇 가지만 가지고 가면 되어. 짐 있으면 나 혼자 갈 테니까 그런 줄 알아."

남편의 말은 언제나 황제의 명령이었다. 나는 꼭 필요한 것으로 챙겨 내가 아이 업고 가져갈 수 있는 한도 내에서 짐을 꾸렸다. 차차 나중에 나르기로 마음먹었다. 아이들은 아버지랑 기차를 탄다며 좋아했다. 언제 또다시 쫓아버릴까에 마음을 쓰면서도 나는 좋았다. 서울까지 와서 기차를 타고 몇 시간을 차는 달렸다. 방은 이미 남편이 얻어놓고 생활한 탓에 어설프지 않았다. 이제 기다림은 끝나는 것일까. 세 번째 아이도 아들이었고 네 번째 아이도 아들이었다. 아이가 이제 넷이다 보니 먹여 살리는데도 정신이 없었다. 일본이 전쟁에서 극도로 쇠잔해질 때 숟가락까지 뺏어가며 날마다 천황폐하에게 맹세하라고 일본말로 가르쳐주었지만 외우면서도 일본 놈들이 미워 우스개로 하고 웃었다. 물론 일본 놈 모르게 한 짓이었다.

해방과 더불어 충청북도가 남편과 나의 제2의 고향이 되었다. 철도에 취직한 남편은 천직이 되었다. 시부모님이 몇 번 쌀 말을 이고 오셨고 시숙님이 두어 번 역시 곡식을 가지고 오셨다.
 너무 멀게 떨어져 있던 관계로 일 년에 한 번 가기도 힘든 건 아이들이 커 가면서 더 어려워진 살림 때문이기도 했다.
 그래도 세상 돌아가는 것을 안 남편은 아이들 교육에 열성적이었다. 나도 무능했지만 찻값 없이 기차를 탈 수 있는 바람에 영주로 사과 사다 팔고, 풍기서 인삼 사다 팔아 보탰다. 6.25 난리를 겪고 난 후 급변하는 세대에 조금씩 깨어남 따라 다니면서 배운 것이 아이들 공부시키는 데 많은 도움이 되었다. 6.25 사변이 휴전으로 막을 내린 뒤 막내로 딸을 낳았는데 그때 남편의 평소 바람기가 발동을 했는지 과부를 보고 다닌 걸 나중에 알았다. 그리고 아들까지 낳았다니 미쳐도 한참 미쳤다고 나는 악을 쓰며 달려들었다. 남편은 처음으로 나한테 백기를 들었다.
 "그럴 마음은 아니었는데 지우지 못해 낳았다고 했다."
 "그년도 미쳤지. 자식이 없는 집도 아닌데, 누가 아들 낳아 달랬던가. 이년 그만 모가지를 비틀고 말아야지."
 신들신들하는 남편의 바람기가 결국 큰 실수로 낙인찍혔을 때쯤 큰딸은 결혼할 나이가 되어 있었다.
 이제 이 빠진 호랑이가 되어 갈 때라 남편은 내 앞에 머리를 숙였으나 6.25 사변이 끝나고 얼마 안 있어서 태어난 아이 뒷일은 즈그 애미에게 맡겨졌다. 다 큰 자식 모르게 가끔씩 다녀온 남편이 한숨을 남몰래 쉬며 자책의 후회를 했을 때는 정년퇴임하고 난 뒤였으니 이빨이 빠져버린 것은 물론 눈까지 어두운 호랑이로 남아 내 눈치와 자식들 눈치까지 보게 됐다. 다 큰 자식들 앞에서 부모로서 내세울 것이 없었고 큰소리치지 못 할 노릇이 되고 말았다. 큰딸이 시집갔고 큰아들, 작은아들들이 차례로 결혼하고 보니 며느리 보기도 그렇고 사위 보기도 민구스러웠을 것이다.
 호사다마격으로 이제 직장도 없이 집에 앉아 있어야 하는 신세이고 보니 마누라 기만 살아나고 있었다.

며느리하고 모이든지 딸 둘하고 모이면 내 흉만 보는 게 아닌가 하고 신경을 쓰는 신세가 된 지금 할 일이란 이웃집 정 영감과 산을 타며 약초를 캐고 뜯는 일밖에 없었다.

그나마 집 하나 평생 동안 장만해 놓은 거 팔아서 자식들 살림 내놓을 때 보태주고 쪼매 남은 것 가지고 시내와 뚝 떨어진 곳에 밭뙈기 백여 평 그리고 지금 사는 삼 칸 기와집이 그나마 죽을 때까지 살 수 있는 곳이 되어 다행이라면 다행이었다.

또 다행인지 두 내외 지금까지 의지하면서 살아가니 자식들의 눈치를 안 봐 천만다행이었다.

오늘도 이웃집 정 영감과 함께 치악산으로 나물과 약초를 뜯으러 간 뒤였다.

지겹게도 오래 살아온 것 같이 지나온 몇십 년, 근 육십 년 넘은 세월을 손으로 셀 수 있을 만큼의 짧은 옛날이야기로 넘길 수도 있겠지만 김 노파의 가슴 속에 쌓인 세월은 한이 되어 짧게 이야기로 떨어버리기에는 너무나 억울했다.

날마다 지난 서러움을 꺼내 되씹고 씹어도 목구멍에 가시처럼 걸리는 분함과 억울함은 목구멍으로 넘어가다가 다시 넘어오며 김 노파를 괴롭혀 더 역겨워해야 했는지도 모른다.

'오늘은 산돼지라도 잡아 올랑갑네. 해가 넘어가는데도 아직 못 오는 거 본께.'

아욱국을 끓여놓고부터 기다리다 지친 김 노파는 궁시렁댄다.

"내가 시킨다문 안 갈 끼다. 늦게 난 자식 공부시킬라 카니 꼬부라져서도 고생이지."

기다리다가 보면 미운 마음이 부글거려 담배 한 가치를 물고 태우며 그 옛날에 괄시했던 것 하며 모두 뭉쳐서 동그란 공을 만들고 두 손으로 잡고

요리조리 돌리며 가진 소리를 퍼붓고 나면 막혔던 속이 풀리는 것처럼 시원해진다.

'그 아가 지금 고등학생이라니 애비 노릇을 쪼매라도 하려나 산이고 지옥이고 다녀야지 별 수 있겠나.'

그 소리가 끝나기가 무섭게 다시 기침 폭탄이 터져 기를 쓰고 있는데 박 영감이 거렁뱅이 같은 몰골로 들어온다.

"해가 넘은 지 한참인데 왜 이리 늦은교?"

"산을 누비다 보니 늦었지. 그리고 좀 멀어야지. 오늘은 더덕하고 나물만 뜯었소."

모자를 벗어 던지고 지고 있던 망태기 자루를 마루에 털썩 내려놓는다.

"이제 그만 다니소. 얼마나 살 끼라고 그 고생을 하는교? 그 아는 즈그 애미가 밥장사라도 하니 키울 수 있을 끼 아닌교? 날마다 밥 싸기도 힘들고…."

기침을 한차례 힘들게 끝낸 뒤라 김 노파는 이것저것 심통만 부글거려 박 영감을 닦달이라도 해야 직성이 풀릴 것 같았다.

"당신이 너무 기침을 하니 요번에 약 좀 해 줄려고 그래요."

손발과 얼굴을 씻은 뒤 밥상 앞에서 박영감이 하는 말이다.

"그만 두소. 내는 더 살라고 약 안 먹심더. 이 몸 해가고 오래 살면 욕이제."

"그래도 살아 있을 때가 좋은 거요. 죽어지면 모든 게 끝이 아니요."

아욱국을 수저로 떠서 후룩후룩 소리가 나게 먹는 박 영감이 미워서 눈을 흘기며,

"나같이 살려문 죽는 게 편하지. 노예처럼 살은 것도 살았다고 좋은 기요? 젊어서 나보고 소리 나게 먹는다고 흉본 사람이 와 소리가 나게 먹는 기요?"

"거 잊어버릴 건 잊어버려요. 날마다 생각하고 있는지 잊지도 않아."

그랬다. 잊어도 되련만 젊을 때 남편이 내게 서운하게 한 건 하나도 빼놓지 않고 기억하고 있으니 그것도 문제였다.

"나는 잊지 못합니다. 당한 내가 귀신이 된다 해도 어찌 잊으라고요."

"당신 저녁이나 먹었소? 밥이나 먹읍시다."

김 노파는 그르렁대는 가래소리도 박 영감이 들을세라 십 리는 떨어져 앉아 밥도 먹었다. 젊어서부터 모든 것이 어렵게만 생각되었던 영감인지라 한 번도 한 상에서 밥 먹은 적도 없었다. 육십 년을 넘기고 여지껏 부부라는 관계로 한솥밥을 먹고 자식 오 남매를 낳고 살았으면서도 무언가 모를 거리감은 물에 기름 겉돌 듯 방바닥을 상으로 삼아 먹는 게 습관이 되어 있었다. 상을 물리기도 전 박 영감은 텔레비전을 켜 놓고 전등을 켠다.

"밥이나 묵고 트소. 시끄러버서 밥이 어디로 들어가는지 모르겠네."

"나야 다 먹었구먼. 안 먹을 듯 앉았다가 잔소리는…."

상을 번쩍 들어 김 노파 앞에다 밀어놔 주며 박 영감은 궁시렁거린다. 때마침 흘러간 노래가 시작되어 박 영감이 좋아하는 두만강이 나온다.

"두만강 부르는 김정구씨를 내가 잘 알지. 내가 가정이 아니었으면 나도 가수가 되던가 원로배우가 되어 있을 텐데. 자식과 당신 생각으로 중간에 포기했다구."

"두만강 푸른 물에 노 젖는 뱃사공…."

두 번만 생각했으면 모두 다 죽이겠다.

살면서 수없이 지껄이며 아쉬워하는 박 영감 말끝에 눈을 하얗게 흘기며 콧방귀를 끼는 김 노파였다. 하긴 딴따라도 몇 개월 따라다녔다는 걸 나중에야 알았지만 박 영감의 끼는 알고도 남았다. 남자가 되어가지고 닭 새끼 모가지도 못 비틀어 김 노파가 맡아 해서 푹 과서 주면 뜯어먹는 게 다였으니 마음은 약하면서 그놈에 바람기만 성해가지고 평생 내 가슴에 못을 박지 않았던가.

"내 그때 눈 딱 감고 배우가 되었음, 지금까지 노래나 부르며 산신처럼 살았을지도 모르지."

"지금이라도 그라소. 말리는 사람 없은게."

"당신이 그럼 나하고 여지껏 살았겠소?"

"내가 바보였제. 무얼 그리 잘난교?"

그랬다. 김 노파가 아무리 생각해 봐도 박영감이 지금 보면 잘난 구석도 없는데 젊어서는 왜 그리 잘나 보였는지 내 눈이 삐었든가 콩 껍질이 씌었던가 했던 기라. 이런 생각을 늙어가면서 하고 있었으니…."

'아이고 저놈에 할망구. 이제 내가 늙었다구 우습게 아네. 불쌍해서 거두어 주었더니 큰소리하는데 난 뭐 지금 좋아서 사는 줄 알어. 본처이니 믿는 마음이 있으니 마음이 따뜻한 이불 같아 사는 게지. 기침은 해대고 밥을 먹어도 께름칙하지만 본처이니 그 마음 저 마음 녹아버리는 게 아니겠어.'

박 영감도 마음속으로 이렇게 김 노파에게 하는 말이다. 기침을 하면서도 담배를 피우고 빈 보릿자루처럼 앉아 있는 김 노파를 흘겨보며,

"당신 담배 좀 끊어. 기침을 하면서 왜 못 끊는 거요? 나는 끊었잖소?"

박 영감은 피웠던 담배를 끊은 지 오래다. 혈압이 높은 탓이라고 했다.

"내는 하루라도 빨리 죽을라고 피웁니다. 당신이나 천년만년 사이소."

좋은 말을 해도 퉁명스레 쏘아대는 김 노파는 심술쟁이 마귀할멈처럼 무섭다고 생각하며 박 영감은 그만 입을 다문다.

"내일 읍내 병원에 갔다 와요. 나보다는 며칠이라도 좋으니 뒤에 가야 하오."

언젠가도 합장하자고 했던 박 영감이었다. 박 영감 생일날이었는데 자식 오 남매가 다 모였던 자리에서 꺼냈다가 김 노파의 완강한 반대에 어찌나 서운했던지 다시는 꺼내지 않았었는데 그 말이 또 하고 싶었다.

'그래 얼마 있으면 내 생일이다. 자식들 모인 자리에서 다시 한번 꺼내어 자식들이 내 말을 듣게 하리라.'

박 영감은 내심 이런 생각을 하고 피곤해 텔레비전을 껐다.

세월은 가고 오고 겨울이 갔다 싶으면 다시 봄이었다. 겨울이면 산이고 어디고 갈 수 없으니 더 답답한 건 박 영감이었지만 봄이 되면 갈 데가 있어 그런대로 좋았다. '이제 또 겨울을 죽지 않고 살았구나!' 하는 생각을 하는 건 김 노파지만 박영감도 똑같은 마음이다.

"세월은 참말로 빠르다. 제비 새끼가 새끼를 깔라고 집을 고치고 있다."
박 영감이 제비집을 보면서 하는 말이다.
"보이소. 이자 텃밭이라도 파고 씨앗 뿌리소. 내가 힘들어 못 하니께."
"오늘은 산이나 갔다 내일 하겠소."
"또 미루는갑네. 그만 두이소. 내가 할 깁니다."
김 노파는 마루 밑을 뒤져 괭이며 삽을 꺼내고 있다.
"고집도…. 내가 알아서 할 텐데."
"또 미루다가 늦어쁘면 장마에 먹지 못하고 녹아뿌면 소용없다 그 말 아닙니껴?"
"알았어. 내 오늘 다 해 놓겠소. 그런데 정 영감과 약속을 했는데…."
박 영감은 난처한 기색이다.
"가이소. 내 죽어도 하겠심더."
괭이를 들고 굽은 허리가 활처럼 휘어지는가 싶더니 턱 소리가 한번 난 후 기침을 해대고 있다.
"원 황소고집 하군. 그 몸에 괭이질이라니…."
박 영감은 삽을 들어 땅에 대고 한 발로 힘껏 밟는다. 순식간에 파지는데 정 영감이 찾아와 한마디 했다.
"산에 가긴 틀렸네. 나도 놉이나 삼세."
박 영감과 정 영감이 합세하여 땅을 파니 쉬이 판다. 김 노파는 잘 간수한 상추씨며 쑥갓씨며 아욱씨, 파씨까지 찾아다 내놓는다.
"하이구 영감의 기운이 젊은 사람 못지않네. 젊은 년 붙여주면 얼씨구 하고 좋다 카겠네."

김 노파는 속으로 이렇게 중얼거린다.

'저 정 영감도 홀아비 된 지 몇 년 되었지만 재혼해도 남을 기운이구만.'

김 노파는 이런 생각을 하며 씨앗을 펴 놓고 히죽이 웃는다.

흙을 고르고 차례로 씨가 뿌려진다. 김 노파는 막걸리를 두 병 사 왔다. 아직 점심때는 일러 막걸리나 마시게 해야 도리겠기에 묵은김치로 두어 쪽 부치고 안주로 내놓았더니 십상이었다.

"아주머니, 맛있습니다."

"많이 드이소."

정 영감이 가고 난 뒤 박 영감은 두 잔 술에 얼큰해지자 마루에 드는 남향 볕이 어찌나 따사로운지 잠이 솔솔 찾아들어 누워버렸다.

감은 눈 안에 햇살이 고여 나는지 붉다 못해 빨간 불길이 이글댄다.

박 영감은 오롯이 잠에 빠진다.

지옥이었다. 불지옥 불이 활활 타오르고 어디를 가고 가도 불뿐인 지옥이었다. 불길이 박 영감을 외워 싸더니 지옥으로 떨어지고 마는 것이었다.

"앗 뜨거 앗 뜨거 안돼 안돼 나는 안 갈 거야."

"왜 이래쌌노. 벌건 대낮에 왠 꿈인교?"

깜짝 놀란 김 노파가 흔들어 깨운다.

"응응. 꿈이었구면, 그래 내는 지옥에 떨어질 거야. 당신 속을 썩여 불지옥에 갈 꺼구면."

일어나 앉은 박 영감 입에서 불지옥이란다.

"와 지옥에 갔다 왔능교? 당신은 불지옥에 갈 겝니다."

"그래, 나는 불지옥 갈 거야. 당신은 꽃이 피는 천당에 갈 꺼야."

박 영감은 다시 벌렁 누워 노랫가락인가를 부른다.

『산 까마귀 들 까마귀

울지 말고 가거라.

니가 울면 나도 운다.

보리 찬밥 던져줄게. 어서 먹고 가거라.
어서어서 가거라.

산 까마귀 들 까마귀
울지 말고 가거라.
산골 할배 화난다.
산골 할매 화난다.
울지 말고 가거라.
비가 와서 안 된다.
눈이 와서 안 된다.
산 까마귀 들 까마귀
멀리멀리 가거라.
꽃 피고 잎 피면
내 알아서 가련다.
남새밭에 뿌린 씨
주워 먹고 떠나거라.』

심심하면 불러대는 노래가 청승맞게 들려 김 노파가 제일 듣기 싫어하는데도 박 영감은 심심하면 불러댄다.
"하이고 청승맞다. 죽기는 저리도 싫은가 배."
김 노파는 박 영감을 흘기며 중얼거린다.
"하기사 죽고 싶은 사람이 어디 있겠노. 아프지 않고 살문야 더 살고 싶겠제. 이리 좋은 세상, 하지만 내처럼 살아보았댔자 고생이다. 딸과 며느리는 남편들을 손안에 잡고 흔들고 사니 세상 많이 좋아졌다. 하기사 내가 병신이니 그리 살은 기지 누가 그리 살으라겠나."
"그 청승맞은 노래하지 마이소. 누가 듣기 좋다고 자꾸 불러싸요."

기어코 분통이 터져 짜증을 내었다.
"이 노래 가사가 나나 당신을 두고 하는 말이 아닌가. 뭐가 듣기 싫은가?"
"당신이나 듣기 좋은가는 모르지만 내가 듣기 싫소. 죽을 때 되면 죽는 기지 안달한다고 저승사자가 안 잡 가능교?"
"그래도 누군가 죽기 싫어 지은 노래가 아닌가."
김 노파는 누워 있는 박 영감을 향해 주먹질을 하며 눈을 하얗게 흘긴다. 그르렁 그르렁 가래 끓는 소리가 박 영감을 자극하며 가슴이 아파온다.
'내가 속을 많이 썩여 병이 든 게 틀림없다. 무어라고 해도 나는 죄인이니 할 말이 없다. 그동안 내 품에 안겼다 가버린 여자가 몇 명인지 손을 꼽아도 되었다. 모두 스쳐간 바람이었고 저 사람은 안방에 깔아놓은 이불처럼 포근하고 따뜻한 이불이 아닌가. 속죄하는 마음으로 무어라고 해도 잘해 주어야 한다.'는 생각을 하면서 박 영감은 일어난다.
"당신 미루나무밭에 가서 호박씨라도 꽂고 오겠어. 심심하니 집에 있기도 그렇구…."
밭가에 미루나무가 한그루 있어 미루밭이라고 불렀다.
"그렇게 하이소. 힘들어 풀 뽑기도 귀찮으니 호박 구뎅이나 파놓고 거름이나 넣고 하이소."
오랜만에 박 영감 하는 말이 곱게 들려 김 노파는 반가운 목소리가 절로 나온다.
박 영감이 삽과 호미 그리고 호박씨가 담긴 종이 봉지를 잠바 주머니에 넣고 나간 뒤 김 노파는 속이 시원함을 느끼며,
'그래도 영감이 제일이라고 하드라. 웬수니 악수니케도 신경지로 받아주고, 약도 사주는 건 영감밖에 없다. 자식들이 어쩌다 주는 돈 몇 푼이야 손에 묻은 밥풀이라 쓸 것도 없다. 약초 뜯고 복령 캐서 모아서 팔면 오만 원도 되고 십만 원도 받아다 몇만 원 건네주는 돈이라도 받을라치면 마음이 편하지 않았던가. 박 영감 생일도 한 열흘 남았으니 자식들이 오면 몇 푼은

내놓고 갈 것이다. 닭고기는 안 먹으니 양지 두어 근 사다 푹 끓여 박 영감 줘야 하겠다.'는 생각이 났다.

그 이튿날도 힘들 텐데도 박 영감은 산을 찾아갔다. 점심을 싸서 주면 망태기에 넣고 넝마주이 모자처럼 생긴 모자를 눌러쓰고 산에 갈 때 입는 옷을 걸치면 영락없는 거지꼴이었다. 생일 사흘 앞두고 박 영감은 달력을 눈여겨보더니,

"아이들이 다 올까 모르겠네. 모두 살기 바쁘니…."

"다들 오겠지 안 올까 봐 걱정되시는교?"

"아니, 걱정은 무슨… 보고 싶으니까 그렇지."

김 노파도 아들딸이 보고 싶고 손자 손녀도 눈에 밟힌다. 며느리야 애틋한 정이 있을 리 없지만 그래도 보고 싶다. 큰딸은 미덥고 제일 아픈 손은 새끼손가락인 막내 딸년이고 가슴 아픈 거 내 가슴에 난 혹 배다른 아들 필근이다.

'그게 무슨 죄가 있노 말하자면 어른들 잘못으로 태어난 죄밖에는 없을 텐데…. 미움은 혼자 받고 자랐으니….'

이런 마음이 들다가도 열이 뻗쳐와 박 영감을 쥐어뜯고 싶다. 날마다 미워한 세월이 시집와서 지금까지니 염라대왕 앞에 가서 심판을 받게 되면 내가 미워한 죄가 크니 지옥불에 떨어질 것이 뻔하다는 생각을 하곤 했다. 그 맘 저 맘은 금방 사그라지고 박 영감을 저주하며 지금껏 살고 있는 것이다.

"산에 갔다 일찍 오리다. 우째 몸이 찌뿌드하니 안 좋아."

"그럼 가지 말면 안 됩니까? 누가 가라고 떠미는 갑네."

"정 영감과 약속을 했으니 갔다 일찍 오리다."

박 영감이 나가고 나면 달랑 혼자서 보내는 시간은 지루하기도 했지만 한편 홀가분해서 좋았다. 건강하다면 마실도 다닌다고 하지만 수없이 해대는 기침 때문에 추잡하여 누구 만날까도 무섭다.

일찍 온다던 박 영감은 해가 넘어간 지도 한참 되었건만 오지 않는다.
"왔다매. 산돼지를 끌고 오는 갑다. 왜 이리 늦노."
기다리다 지치면 경상도 말이 더 세게 튀어나오는 습관이 있다.
"해가 이리도 길고만 그런다. 벌써 아홉 시다."
옛날부터 남편 기다리다 별의별 방정맞은 생각이 머릿속을 들락거려 더 괴로웠는데 늙어 꼬부라져서도 여전하다.
봄이라 해도 밤바람은 기름기 없는 김 노파에겐 겨울바람이었다. 기침 때문에 겨울보다 봄 계절은 더 무서웠다. 방안에 들어앉아 인기척이 나는가 싶어 신경을 모으고 있다. 더 참을 수 없는 가슴 속 불화 덕에 방문을 냅다 밀치고 밖을 내다본다.
'젊어서 그만치 눈알을 뺏으면 되았제. 또 빼고 있을 게 뭐고'
다행히 구름 속에 숨어있던 달빛이 마당을 가득 채우고 있었다.
"아줌씨요, 아줌씨요. 큰일 났습니다."
이북이 고향인 정 영감이 턱에 찬 목소리가 김 노파를 놀라게 하며 대문으로 뛰어든다.
"와 그라십니껴?"
"형님이 쓰러지셨습니다."
"와 예, 와 예."
다른 말은 나오지도 생각나지도 않아 왜 그랬냐고 묻기만 했다.
"산에서 내려와 막걸리에 감자부침하고 두어 잔 마신 형님이 그만 쓰러지는 게 아닙니까. 그래 원주 종합병원에 갔는데 왼쪽 뇌핏줄이 터져 뇌졸중이라고 합니다. 그래 병원에 형님은 계시고 나는 늦게라도 달려왔습니다."
"아이고, 내 오늘 가지 말라고 했심더. 몸이 피곤하다고 했어예."
"전화로 연락하려다 더 놀라실 것 같아서…."
"그래 어떻든가에. 목숨은 괜찮을 것 같습니까?"

김 노파의 목소리가 달빛처럼 떨렸다.

"정신이 없었는디 조금 괜찮은 거 보고 왔구만요."

"아저씨요. 우리 아들한테 전화 좀 걸어보이소."

"네. 그래잖아도 전화 걸려든 참이었습니다."

부산 큰아들, 대전 아들, 조치원 큰딸, 서울 막내딸, 춘천 아들, 사방에 흩어져 사는 자식들이 달려온 것은 밤중부터였고 새벽에는 모두 모였다. 병원으로 간 아들들이 박 영감을 모셔 온 건 다행이었다. 노인인 데다 가망이 없다는 의사의 말을 듣고 병원에서 돌아가시게 할 수는 없다는 것이었다.

밤을 꼬박 밝히며 김 노파는 마지막이 될 줄도 모르는 박 영감을 위해 집 뒤 장독대로 가서 촛불을 켜놓고 정화수 한 사발을 놓고는 빌어본다.

"부처님이시여! 산신령님이시여! 우리 대주 박 아무개 산에 가서 얻은 병 굽어살피어 말끔히 거두어 갑시데이. 할 말이 아직 남았습니데이. 내는 아직 영감한테 할 말이 남았습니다. 정신이 들게 하여 주십시에. 옥황상제님! 저승사자님! 밀양박씨 우리 대주 살려주옵시에."

아들이 오기 전 마지막으로 정성을 다해 빌고 빌고 하는데 촛불이 흔들리다 꺼지자 김 노파는 낙담을 했다.

"아이구, 이제 다 되었구먼. 촛불이 꺼지는 것 보니께."

바람에 꺼지는 촛불인데도 김 노파는 울먹이며 되돌아선다. 집으로 돌아온 박 영감은 좀체로 깨어나지 않았다.

"하이고, 이 몹쓸 병이 왜 든단 말인교? 백 살은 살 것 같드니 왜 병이 들었는교? 종근이 아부지요. 말 좀 해 보이소."

박 영감은 죽은 듯이 누워있다. 들었는지 말았는지 숨만 할딱이다 이틀 만에 숨을 거두었다.

봄비가 부슬부슬 내리고 있었다. 호상이라며 곡소리도 별로 나지 않았고 먹고 마시고 떠들어대고 있었다.

장례날이 다가오고 있었다.

김 노파는 다락에 올라가 궤짝을 열어 무엇인가 찾아서 내려온다.

"어머니, 그게 뭐예요?"

큰딸이 궁금한지 묻는다.

"느그는 알 거 없다. 이자 소용없으니 느그 아버지 가는데 보내줘야 한다."

염을 하기 전 박 영감 가슴에 찔러 넣은 건 사주단자와 부적이었다. 그렇게 미워하면서도 부적만은 없애지 않은 김 노파의 마음을 자식들도 모를 것이고 박 영감도 모를 것이다.

"이자 다 끝난 기요. 당신이 가져 가이소."

김 노파는 빈 웃음을 잇몸으로라도 물었다. 그렇게 미워하면서도 왜 진작에 버리지 못했나.

"어머니 이제 분명하게 말씀하셔야 합니다. 아버지, 어머니를 합장하실 건가 안 하실 건가 알아야 사촌 형님께 부탁해서 알아서 파놓으라고 하지요."

"맞아요, 엄마. 아버지가 그렇게 원하셨는데 합장을 해야지 않겠어요?"

큰딸도 거들고 있다.

"우짜겠노. 느그 아버지가 원하는데 그리 해라."

"엄마는 정말로 아버지를 사랑하셨어. 우린 다 알아요."

딸 둘이 감격해하고 아들들은 방긋이 웃는다. 다른 배에서 난 자식도 즈그 아버지 마지막 가는 길이라 뜨거운 눈물을 쏟고 우는 것이었다. 왜 안 그러겠나. 제 서러움에라도 원망의 눈물이 아니겠나.

김 노파는 이 없는 입술에 인자한 웃음을 건네며 손을 잡아본다.

장례날도 날씨가 맑지 못했다.

"아이구, 날씨가 좋아야 하는디. 웬 비가 자꾸 뿌려 쌌노."

김 노파는 새벽부터 일어나 들락거리며 하늘을 올려다본다. 마지막 제사가 시작으로 육 남매가 우는 것처럼 처음으로 울었다.

"에그 잘 가소. 내 뒤따라 갈 끼니 기다리던가 마던가 맘대로 하이소."

부슬거리는 빗속으로 사라져갔다. 장지는 고향인 용인이었다. 모두 따라갔고 김 노파와 정 영감과 정 영감 며느리가 남아 뒤 설거지를 해주었다.

"아이고, 비가 그쳐야 할 낀데. 웬 비가 이틀이나 오누."

장의사가 떠나고 두 시간이 못 되어 햇살이 나고 있었다.

"이자 빛이 난다. 그래도 당신이 복은 있는 갑소. 날이 개이는 걸 보니께 일하는 사람도 좋고 당신 못자리가 보송하니 좋은 게 아니겠니껴."

김 노파는 허리를 반쯤 펴 하늘을 바라보며 혼자서 이렇게 중얼거린다. 미운 정도 정이 아닌가베. 김 노파의 두 눈에 눈물이 고인다.

『산 까마귀 들 까마귀
울지 말고 가이소』

박 영감이 자주 불렀던 노래가 부르고 싶어졌다.

■ 내가 사랑한 날들

눈만 들어도 바라뵈는 산.

바라보지 않으려 해도 어느새 산은 빙그르르 돌아와 내 앞에 앉아 있다. 손바닥만 한 밭떼기는 올망졸망 머리를 맞대고 있고 질척한 논들이 푹 퍼져 앉은 곳, 이곳이 나의 고향이다.

할아버지, 할머니가 계셨고 아버지, 어머니 그리고 작은 아버님 내외분과 고모 두 분이 나의 살아있는 조상이었고 그 틈새에서 태어나 잔뼈 굵어가며 마을을 형성하고 있는 친척들의 존재로 나는 이 마을의 작은 주인이었다. 철들기도 전 내가 일곱 살 때 어머니는 지병으로 돌아가셨고, 그 후 서럽도록 외로울 때 나는 고향이기에, 그리고 피붙이가 모여 있는 곳이기에, 그곳을 위로 삼아 살 수 있었는지 모른다.

아버지는 역마살이 끼었는지 할머니가 큰아들과 고향에서 함께 살기를 원했지만 객지로 돌아다니셨다. 부산서 머리 박고 살다 이 세상 하직도 그곳에서 하였으니 고향은 아니라 해도 일생의 한을 뿌린 곳은 부산일 것이다.

내 고향은 타바지는 없고 종씨로 사촌서부터 팔촌까지 새가 둥지를 틀고 알을 품듯 끈끈한 정으로 살고 있었다. 어머니가 돌아가신 후 나는 할머니 품을 어머니에 대한 그리움으로 더듬으며 작은 아버님의 무관심과 작은 어머니의 눈칫밥으로 자라야 했기에 인간으로서의 설계 같은 것을 하고 산다거나 내 마음을 표현해 본다거나 그런 것은 꿈속에서나 꾸어볼 만한 것들이었다. 배고픔과 마음의 허기로 언제나 고독을 안고 지내야 했으며 들개가 되어 산을 혼자 헤매는 인간만이 가진 외로움과 처절함을 할머니의 사랑으로 채우며 살기엔 내 영혼까지도 미안해야 했다. 사람이면서 사람이기를 포기한 채, 밥이나 삼시 세끼 배부르게 먹었으면 하고 바라는 한 마리 원초적 짐승으로 살고 있었다.

작은 아버님 집에 얹혀살면서 작은 아버님 손과 발이 되어 논으로, 밭으로 나가 고분고분 일을 하면서 고향의 차들은 아니라도 막돌로 박힐 수 있었다.

나는 머슴, 아니 차라리 밥을 먹고 사는 한 마리 짐승이었다. 일밖에 못 하는 머슴은 산에 가서 나무도 해 와야 했고 밭일 논일을 해야 살 수 있었다. 그리고 봄부터 뜯기 시작한 온갖 산나물이며 산 열매, 독 없는 것이면 날마다 뜯어서 양식에 보탬이 되게 했다. 사내이면서 나는 고분고분했다. 할머니를 따라다니며 하는 나물 뜯기는 어렸을 때부터 해온 탓에 인이 배었다.

손톱이 닳도록 뜯어다 말렸고 나물이 없어 뜯지 못할 계절에는 신탄 무밭에서 무 뽑아 주고 얻은 시래기를 지게로 며칠 져다 엮어 집 뒤에 죽 매달았다. 매단 시래기가 마를 때면 겨울이 찾아왔다.

바람에 시래기가 실그럭실그럭 그네를 뛰며 창밖에서 흔들리는 그림자와 사각이는 소리는 귀신 발소리처럼 들려와 사촌 동생들은 무서움에 떨었다.

사촌들은 모두 열 명이었다. 둘째 여식이 홍역 하다 죽었을 뿐 딸 여덟에 아들 하나로 세 번째가 아들이었다.

딸 여덟에 할머니, 작은 어머니까지 열 명이었고 남자는 나까지 셋으로 열셋이었으니 먹어야 할 양식만 하여도 만만치 않았다. 식구라도 좀 적었으면 아니 작은어머니가 산아제한이라는 것을 하였어도, 모든 게 내 복이겠지만… 배고픔이 조금 덜하지 않았을까.

세상 잘못 만나 고생을 더 했겠지만, 일제 치하에서 태어나 6.25 사변까지 겪으면서 의식주 해결에만 내 모든 걸 걸어야 했으니 배움이란 엄두도 못 냈고 생각도 할 수가 없었다.

학교에 다니는 아이들이 부러웠지만 별천지에서 살고 있는 호강스런 아이들이 가는 곳이라고 나는 체념하고 살았다.

아버지는 젊은 나이에 상처했다. 혼자 산다는 걸 젊음에 대한 모독이라고 생각하셨던지 상처한 지 일 년도 안 되어 계집아이 딸린 후처를 얻었다. 새어머니는 키가 크신 아버지와 발을 맞추기라도 하듯 키가 작았으며 얼굴은 고왔는데 목소리가 깨진 항아리 울림처럼 투박했다.

세 어머니가 들어오는 날 작은 아버님 댁에서 조촐한 잔칫상을 차렸고 떡이며 부침이며 고기가 풍성한 음식 앞에서 내 동생 건이와 나는 그저 좋기만 했다.

"걸이와 건이 좀 보시유. 저렇게 철이 없어서야. 즈그 엄니 죽었을 때도 울지도 않더니만 새 엄니 들어오는 날도 좋아하는 눈치여."

나와 동생은 집안 아주머니의 탄식 같은 말을 들으면서도 입이 미어지도록 떡을 쑤셔 넣고 있었다.
아버지는 사업을 하신다며 할아버지가 마련해 논 땅을 팔아서 돈뭉치를 배에다 싸매고 가셨다. 그런데 여의찮아서인지 아버지는 논밭뙈기 팔아치우는 일을 한 번으로 끝내지 않았다. 작은 아버님은 한마디 불평이 없었지만, 작은어머니의 불만은 부엌에서 폭발하면서 솥뚜껑이 요란스레 닫혔고 그릇 깨지는 소리가 이웃집까지 들렸다. 하늘같은 시숙님이 하시는 대로 보아야 했던 것도 옛날이니까 가능했으리라. 할아버지가 돌아가시자 재산 처분이 장자인 아버지의 권한이었겠지만 그래도 너무 쉽게 아버지는 땅을 팔았다. 아버지가 반도 더 되게 팔아버려 식구들의 배는 더 고팠던 것이다. 아버지는 광산을 해서 금을 캔다고도 했고 사금도 캔다고 했다. 그러나 아버지는 돈 운이 없었던지 논밭만 날렸고 우리 오 남매는 관심에도 없는 듯했다. 아들 넷을 문맹자로 까막눈을 만들어놓고 짐승으로 살게 하면서 객지로만 다니며 사셨다. 집안에 가두어 기른 짐승이 아니고 제멋대로 크라며 방목해서 기르는 짐승이었다.
한 번씩 고향에 오시면 따뜻한 말 한마디 건네지 않으시는 아버지가 어렵고 낯선 사람처럼 무섭게만 느껴졌다.
작은 아버님은 조용하시고 유하셨으며 풍류를 좋아하고 일을 하기 싫어해 내가 다 하다시피 했다.
어느 날인가 산을 팔았다며 소구루마에 무엇인지 모를 물건을 싣고 오셨다.
"아니 이게 뭐유?"
작은 어머니는 작은 눈을 더 작게 만들고 걱정이 되는지 묻고 있었다.
"소창 짜는 기계라니께. 산하고 바꿨지. 산에서 쌀이 나와, 돈이 나와. 이 기계로 소창을 짜서 팔면 먹고사는 건 걱정 안 할 것이여."
옷감이 귀했던 시절이었다. 우리 식구는 소창 짜는 기계를 바라보면서 달나라쯤에서 가져온 물건처럼 소중한 것이라고 생각했다. 그때 이미 소창이라는 면으로 짠 것들이 나오고 있었지만 이렇게 만져볼 수 있을 거라고는 생각도 못 했다.

이제 큰 부자가 된 것 같은 꿈에 부풀어 대식구는 가슴까지 뿌듯했었으리라.

이웃 마을 김 첨지네는 오래전부터 소창 짜는 기계로 물건을 만들어 서울까지 대주고 재미를 본다는 소문을 내 귀로도 들은 지라 나의 기대는 한껏 부풀었다. 큰 재산인 산을 내버린 것을 알기에는 오랜 세월이 흘러간 뒤였지만 배고픔은 우선 먹을 수 있는 밥 한 그릇에 구미가 동하는 법이었다. 그 시절에는 산이란 나무나 해 때고 풋밤 몇 알, 도토리 몇 알 주어다 허기를 면할 수 있는 곳쯤으로 여겼으니, 그다음 해에 산 하나 남은 것까지 당숙네서 쌀 한 가마니와 바꿔서 다 먹어 버렸다. 그때는 많은 식구를 굶겨 죽일 수 없어 어쩔 수 없었을 것이라고 작은아버지를 이해하게 된 건 나중의 일이었다.

소창 기계도 육이오 사변과 함께 고물이 되었다. 금쪽같은 산만 날렸고 그 후에 나일론의 발명은 헐벗은 사람들에게 좋은 옷감으로 한동안 인기가 대단했다.

배고픈 사람이 나만은 아닌 듯 허기진 이들이 앞날을 위해 계획 같은 걸 세운다거나 나중을 생각한다는 것은 있을 수도 없었고 목숨 이어가기에만 급급해 있었다. 가난과 가정환경이 만들어낸 내 처지를 비관한다거나, 한탄한다거나 그런 감정 없이 한 마리 짐승으로 살면 되었다.

들일을 끝내면 틈틈이 나무를 하러 산에 올라야 했는데 그나마 우리 산은 다 없어져 나무하러 남의 산을 올라야 했다. 집안 산은 가까운 친척이니 나무를 해도 괜찮았다. 종중산도 있었으나 민둥산으로 나무하기가 힘들어 남의 산에 들어가야 했다. 어려서부터 드나들었던 산은 눈감고 더듬으면 만져지고 보이는 것처럼 훤했다. 나무 한 그루까지도 셀 수 있을 정도이었으니까 산나물이 어디에 많이 있고 고사리는 어디서 난다는 것도 알고 있었다. 이웃 마을 김 첨지네 산은 나무가 많았다. 옛날부터 부잣집이어서 이웃 백 리까지도 다 알고 있을 정도로 시골서는 꽤나 부농이었고 머슴도 많이 두고 있었다. 어째서 김 첨지라고 불렸는지 그건 잘 몰라도 놀부든지 아니면 욕심 많은 구두쇠의 이름이 아니면 별명 같은 것이 아닐까 하는 생각을 어렸을 때부터 갖게 되었다. 그건 아마 김 첨지 영감님 산에 가서 나무 좀 하려면 어찌나 감시가 심한지 놀부가 환생했는지도 모를 일이라고 생각할 정도였기 때문이었으리라.

어떤 날은 재수가 대통한 날인지 들키지 않고 나무 한 짐을 해서 지고 나는 신이 나 미끄러지듯 산에서 내려왔다. 그러나 편하게 나무하라고 내버려두지 않았다. 낮에 보다야 밤에 한번 조금 불편해서 그렇지 수월하게 할 수가 있어 사촌들과 몇이 함께 가서 나무하는 날은 마음이 푸근했다. 그러나 그것도 사촌들이 공부한다느니 가기 싫다느니 하면 나 혼자 가야 했다. 부엉이가 커다란 날개를 퍼덕이며 날기라도 하면 기절초풍했다. 그리고 산소에서 귀신이 나와 나를 바라보는 것 같은 환상이 드는 때는 귀신이 머리 풀고 앉아 노려보고 있는 것 같아 등짝이 소름이 쫙 돋아났고 그냥 앉아 이대로 죽었으면 하고 바랬던 일도 있었다. 그러나 어쨌든 달빛이 맑은 밤에는 나무하기에 좋았다.

어느 날,

이날도 달빛이 유난히 밝았다. 나는 정신없이 나뭇가지를 낫으로 치면서 귀신이든 도깨비든 나와라. 이 낫으로 찍어 줄 테니….

"이놈! 나무 도적놈, 게 섰거라."

젊디젊은 놈 목소리가 산을 온통 흔들고 있었다. 나는 한쪽 어깨에 지게를 걸치고 부지런히 도망을 치고 있었다.

"흥! 이놈도 내가 무서우니께 쫓아버리려고 고함치고 있제."

나는 도망가면서 이런 판단을 하며 여유 있게 산에서 내려가고 있었다.

피차 어두운 밤에 붙들어 보았자 젊은 놈끼리 죽어라 하고 치고받을 테니 그래야 서로 손해만 날 것이고 아예 목청이나 세워 소리나 질러 내쫓아 버리려는 속셈일 것이라고 짐작했다.

　달빛이 새어들지 못하는 소나무 숲에 이르러 나는 놀라 자빠졌다.

　"이놈! 도적놈아!"

　내 목덜미가 잡히는 순간이었는데 나는 누워 재빠른 발차기로 그놈의 가슴팍을 내질렀다.

　"어이쿠!" 소리와 함께 그놈은 쓰러지고 나는 낫만 들고 들개처럼 뛰었다. 어찌나 놀랐던지 지게는 벗어던지고 몸만 뛰었던 것이다.

　"저놈 잡아라."

　그 소리는 김 첨지 목소리인 듯한 비명 같은 고함이 한밤중 산골에 울렸다.

　한참 동안 숨 가쁘게 달려가다 뒤를 돌아다보면서 그들이 나를 포기하고 발길을 돌렸다는 걸 알았다. 나는 오뉴월 땡볕에 개보다도 여유 있게 걸으며 욕지거리로 나를 위로했다.

　"야, 이 개새끼들아! 나는 나무가 하고 싶어서 하냐? 그리구 나무 좀 해서 살겠다는데 웬 지랄이냐. 배는 고파도 방은 따뜻해야 살것다 이거여!"

　나는 이미 거칠고도 삐뚤게 솟아나는 뿔을 키우는 산양이 되어 있었는지 모르지만 세상이 더럽고 치사할 뿐이었다. 곰이 굴러오다 혼자 지껄이듯 나는 욕지거리를 섞어 한 판때기 퍼대고 낯익은 골목길로 접어들었다.

　우리 마을 집들은 잠을 자고 있었다. 귀먹은 똥개들이 달을 보고 짖어대는지 아니면 산에서 내려온 내 그림자를 보았는지 간헐적으로 울려오는 개 소리가 지금 내 꼬락서니를 비웃고 있는 것 같아 죽고 싶은 심정이 되어 세상도 싫고 나 자신도 싫었다.

　"멍 멍 머 멍"

　"저놈의 똥개!"

나는 짱돌 한 개를 주워 들고 냅다 당숙네 대문께로 던졌다. 당숙네 검둥이라는 걸 알았다. 훤히 달빛이 내려앉은 골목길은 꿈길 같았고 마음을 휘감고 흘러가는 도랑물에 손과 얼굴을 뿌득뿌득 씻고 집으로 돌아왔다. 겨울이지만 얼마나 혼쭐나게 산에서 내려왔던지 등짝에 땀이 끈적여 생각 같아서는 목욕이라도 하고 싶었다.

불빛이 꺼진 우리집은 너무 조용했다. 달빛만이 가득 채워진 마당에 지금 나무 한 지게를 냅다 맥여야 하는 건데 지게까지 버리고 왔으니 마음 구석이 허전했다.

낮을 소 외양간 나무 설강에 걸어놓고 누워있다 나를 알아보고 말없이 반기는 암소를 나는 바라보았다.

눈이 선한 소는 마음도 선하다고 생각했다. 뜨거운 입김을 훅훅 불어대며 아는 체를 했다.

"그래, 고맙다. 이 밤에 너는 나를 반겨 주는구나."

나는 손끝을 세워 소 잔등을 몇 번 긁어주었다. 얼른 방에 들어가기 싫어 마당 가운데 서서 달을 바라보았다. 돌아가신 어머니가 생각나는 밤이었다. 내 밑에 동생 때문인지 아니면 어머니가 병약해서인지 어머니 잔정도 몰랐다. 할머니 사랑에 만족해하며 자라다 덜컥 어머니가 돌아가신 뒤에도 슬프다는 게 무언지 모르던 철부지가 이제 철이 들어 어머니 생각도 났고 동생 생각도 나게 되었다. 할머니와 작은어머니는 동생 건이가 태어나는 날 멀쩡했던 황소가 죽었다고 했다.

"멀쩡한 황소가 밀기울 먹고 뻐드러진 걸 보면 저 머슴아가 복이 없이 태어난 것이지."

나는 그때 너무 어려 무슨 뜻인지 몰랐는데 어머니 돌아가시던 날 작은어머니가 동생 등짝을 후려갈기며 했던 말이 지금도 귀에 쟁쟁하다.

아버지는 조숙하였기 때문인지 연상인 어머니의 사이에 형님이 태어난 건 아버지가 열여섯 어머니는 열아홉이었을 때였다. 일찍 손자를 얻은 할

아버지, 할머니는 경사가 났다고 좋아하셨고 집안에서도 야단이었단다. 맏형을 시작으로 둘째 형, 그리고 누님 다음이 나였고 동생, 그리고 갓난이도 아들이었는데 어머니가 돌아가시고 얼마 안 되어 죽었다.

어머니 나이 서른을 겨우 넘기고 아까운 나이로 돌아가신 건 결핵 때문이었는데 산아제한 안 하고 줄줄이 여섯을 낳았으니 , 병이 깊어질 수밖에 없었으리라.

잘 먹고 치료에만 힘썼다면 어린 자식들 오물거리는 것 두고 저승으로 갔겠는가. 돌아가신 곳이 고향이 아닌 영등포였다. 급한 김에 공동묘지에 묻혔는데 아버지의 무관심과 자식들의 무관심에 어머니는 죽어서까지 남의 손에서 화장되었다. 이 사실을 나중에 알고 우리 형제는 슬퍼하면서 아버지를 다시 한번 원망했다. 도시계획에 따라 공동묘지를 개발하느라 신문이나 라디오로 공고했다는데 임자 없는 묘는 파헤쳐 모두 화장해 버렸다는 것이다. 자초지종을 알고 후회로 가슴을 뜯는 아버지는 이미 늙고 병든 이 빠진 호랑이가 되어 있었다.

아버지는 시대가 만든 부잣집 한량이었는지 아니면 방랑자로 고독을 벗 삼고 사셨는지 그것도 아니면 멋대로 한세상 인생이 무언가를 몸소 겪으면서 산 분인지 아무리 생각해 봐도 많은 생각을 하게 하는 삶이라는 생각을 하게 했다. 한 분뿐인 누님도 새엄니 손에 끌려 이북에서 살다 내려오면서 마려운 똥 덩이처럼 남의 집 뒷간에서 누고 뱃속이 시원해하듯 태연한 척 살았으니 모르긴 해도 아버지는 죄책감에 날마다 술을 드신 게 아닌가 싶기도 한데 그 누님은 어머니가 친어머니였으면 그렇게까지 하였을까.

철모르는 딸을 민며느리로 주었다니 그 누님의 한은 죽어서도 남으리라. 그 후에 삼팔선이 생겨났으니 오도 가도 못하는 곳에서 살면서 죽었는지 살았는지 지금까지 알 수가 없다. 나도 그때 고향에 있었으니 망정이지 따라갔더라면 남의 집 머슴으로 돈 얼마에 팔렸을지도 모를 일이다. 하긴 어딜 가나 머슴인 나지만 누님을 생각하면서 속으로 아버지를 원망했다. 무서워 원망의 말이라든가 불만을 털어놓지는 못하고 있었다.
　내 동생 건이는 고집도 세고 천방지축으로 날뛰는 늑대로 자라고 있어 작은아버님과 작은어머니께도 그리고 사촌들한테도 미움을 받았다.
　일찌감치 집을 뛰쳐나가 객지로 떠다니다 제멋대로 커서 기본 바탕이 돼 있지 않은 망나니가 되어 있었다. 껌팔이, 아이스케키 장사 그리고 구두닦이, 거지로, 좀도둑으로, 세상의 밑바닥을 기어다니며 술과 싸움질 그리고 공사판 막노동으로 삶을 이어갔다. 나중에 과부와 동거해 아들 하나 낳은 게 제일로 인생의 값어치 있는 일로, 아니 승리로 여길 만큼 동생 건이는 막 살았는데 술에 절어 오십까지 살다 병원에서 죽을 때까지 내 가슴을 아프게 했다.
　"형! 형은 나보다 두 살 위인데 철이 든 것 같단 말이여. 모든 걸 참고 잘 견디는 걸 보면 참 용해."
　나는 동생 줄려고 모아두었던 구슬을 내놓으며,
　"이거 너 가져야."
　"형, 나는 필요 없어. 이딴 거는 안 가지고 놀아. 거지끼리도 돈치기하거든."
　동생은 봉창에서 하얀 은돈을 꺼내 보이고 말했다. 이삼일인가 있더니 동생은 또 바람처럼 사라졌다. 그리고 동생은 소식이 없었다.
　나는 천치인지 철이 난 건지 머슴 같은 존재로 고향 귀신이 되고 있었다. 방에 들어가니 할머니가 누운 채 말을 걸었다.
　"이제 오냐! 니가 고생이다. 산은 다 팔아먹구 너만 고생시키는구나."
　"나무도 못 해왔시유. 산 임자가 지키고 있었시유."
　"그랬었구먼! 우짜면 좋을꼬. 니만 밤중까지 고생한다. 배고프자 떡 먹어라."
　"웬 떡이래유. 할머니 잡수시지유."
　"난 많이 먹었다."

나는 성냥을 그어 등잔에다 붙이고 앉아 떡을 보았다. 팥은 논 시루에 한쪽이 할머니 얼굴이 되어 나를 바라본다. 나는 할머니 얼굴을 힐끔 살폈다. 늙어 팥고물처럼 되신 할머니. 저분으로 인해 서러움을 삭이며 지금껏 살아왔던 것이다.

"이 떡 어데서 났시유? 고사떡은 벌써 다 끝난는디…."

"당숙네 저 아랫마을 큰 당숙네 근이가 선상님 되는 학교에 찰떡같이 붙었다고 떡을 했다문서 집집마다 잔치를 했다드라. 우리 걸이도 공부시켰으면 참말이지 잘 했을 낀데…."

한숨과 함께 내 마음을 흔드는 할머니 말씀에 푸실푸실한 떡 한쪽도 다 넘기기 전 목에 걸려 나는 끼룩거렸다.

"천천히 먹어라. 체한다."

할머니는 벌떡 일어나 동치미 그릇을 코앞에 들이밀며 마시게 했다.

학교란 내가 밟은 곳이 아니고 하늘에 떠 있는 구름이 다니는 곳이 아닌가 하는 막연한 생각을 하면서 지나쳐 갔을 뿐 한 번도 가본 적이 없었다.

사촌들은 나보다 다섯 살 아래로 두 살 터울이 지며 열 손가락을 꼽을 수 있도록 많아 나를 더한 식구는 열셋이었으니 운동팀을 만든다 해도 충분했다.

식구가 많은 탓에 식구 줄이기 작전으로 사촌 여동생 맏이를 중매로 부잣집으로 시집보냈고, 둘째는 방직공장에 다니다 연애해 시집을 보냈다. 이불 한 채도 제대로 못 해 보냈다. 시집간 사촌들은 까막눈만 면했지, 국민학교 졸업도 못 했다. 못 배운 게 한이 된 나는 아래 사촌동생들에게 몇 푼이라도 생기면 공책이며 연필을 사주고 한을 달래보기도 하였다. 나는 나이가 들면서 앞날을 걱정하기보다 내 처지에 대한 한탄을 하면서 환경에 순응하는 착한 짐승이 되고 있었던 것이다. 나는 만감이 교차되는 가슴 속에 떡을 밀어 넣는 것이 내키지 않았다.

"왜 먹지 남기냐? 배고플 낀데…."

"배 불러유. 잠이나 자야겠네유."

등잔 불꽃을 손으로 눌렀다. 나는 누워서 두 손을 머리 위로 바치고 생각에 젖었다. 내가 무엇 때문에 살고 있는 것인가도 생각하며 고민해 보는 순간이기도 했다.

할머니는 어둠 속에서도 내가 남긴 떡을 소리가 나도록 잡수셨다. 손자 생각해서 먹고 싶어도 남겨놓고 기다리고 계셨으리라는 것도 나는 알고 있었다. 달빛이 창을 비집고 들어오는 게 보이는 것 같아 방안이 훤했다.

평온 같은 아늑한 시절은 어머니가 계셨고 할아버지가 계셨던 그때로 기억한다.

아버지와 새엄니를 따라 인천서 일 년 남짓 살았던 시간이 아버지와 함께 한 유일한 시간으로 기억된다. 그 후로는 한 번도 아버지 곁에서 살았던 기억은 없다.

그때 내 나이 여덟 살이니까 어머니 돌아가시고 새엄니 들어온 바로 직후였다. 나만 간 게 아니고 둘째 형 그리고 내 동생 건이 이렇게 살았는데 둘째 형은 배 선주네 집으로 보내져 영원히 인천 사람으로 아니 뱃사람으로 살게 되는 계기가 되었고 동생은 그때 들개가 되는 계기가 되었다.

우리 형제는 아니 셋은 새엄니에게 정붙이고 아버지 밑에서 살기엔 모든 게 맞지 않았다.

나는 새엄니가 데리고 온 딸을 업어주고 방 닦기, 설거지하기, 물 길어오기까지 하느라 어린 손에 물 마를 날이 없었다.

그런데 어린애는 내가 업으면 불편한지 아니면 엄마인 새엄니가 좋아서인지 내가 업으면 악을 쓰고 울었다.

그날도 어린아이는 내 등짝을 알아보고 울기 시작했다.

하필 아버지가 그날따라 밖에 나가시지 않고 몸이 아프신지 집에 계실 때였다.

"저놈아 좀 보래두요. 아 보기 싫은 게 꼬집어 뜯고 서 있구만."

새엄니 목소리가 갈라지면서 아버지 마음을 긁었던지 아버지가 무서운 눈을 치켜뜨고 방에서 나오고 있었다.

"나가 뒈져. 이놈아! 나가 뒈져."

아버지는 욕설과 함께 내 머리통을 깨지도록 패대고 있었다. 그리고 얼굴에서 떡치는 소리와 함께 내 눈에서는 별빛이 번쩍이고 있었다.

나는 아버지한테 처음으로 맞았고 그렇게 많이 맞은 적도 처음이었다. 나는 맞을 일을 하지 않았다. 무서워 아버지 앞에서는 밥도 제대로 먹지 못했는데 맞을 일을 할 수도 없었다. 나는 억울하였다. 그리고 서러웠다. 가슴에서는 분함이 솟아올랐고 꼬집지도 않았는데 꼬집었다고 꼬드긴 새엄니가 미웠다. 아이들과 놀고 싶어도 그 계집아이 때문에 놀지도 못하고 날마다 업고 있는 것도 싫었다. 저 계집아이를 바닷물에 빠뜨려 울지 못하게 하면 어떨까 나는 짐승 같은 마음이 꿈틀거리는 순간도 잠시나마 갖게 되었다.

'이 아이는 엄마가 좋아서 곁에 있고 싶어서 울었던 거야. 아버지가 없는 아이. 그러고 보면 나하고 같은 아이야. 나는 엄마가 없잖아.'

나는 밖으로 쫓겨나 울면서 이런 생각을 하고 있었다. 그날 쫓겨나 갈 곳이 없어 형 찾아 인천 바닷가를 왼종일 돌아다니다 길을 잃어 밤늦도록 헤매다 보니 우리집 근처까지 오게 되었다. 집을 찾아 들어갔더니 아버지는 나를 기다리고 계셨는지 나를 보자 슬그머니 마루로 올라가셨다. 그때 조금이나마 부정을 확인하는 순간이었지만 나는 두려움과 무서움에 몸이 오므라드는 것 같았다.

그때 영영 길을 찾지 못했으면 나는 거지가 되었던가 아니면 고아원에서 자랐을 것이다.

새엄니는 내 동생 셋을 더 낳아 주었다. 아들 둘에 딸 하나, 딸은 결혼해서 몇 해 안 돼 교통사고로 죽었다. 데리고 온 딸은 어지간히 커서 집을 나가버렸다고 한다. 그 아이를 업고 새엄니 친정집까지 하루 종일 걸어가느라 얼마나 고생을 했는지…. 그리고 아버지한테 죽지 않을 만큼 맞았는데 그 아이가 집을 나간 건 우리 아버지가 무서워서였는지도 모른다고 생각했다. 그 계집아이도 나처럼 불쌍한 아이란 걸 알기에 몇 년이 더 흘러간 뒤였지만 지금도 그 아이의 소식은 묘연하다는 것이었다.

아버지는 내가 귀찮았던지 고향에다 떨어뜨리고 다시 가셨다. 배가 고파도 고향은 좋았다. 누나도 있었다. 그 후에 이북으로 가시면서 아버지와 새엄니는 무슨 생각으로 그랬는지 알 수 없지만 누나를 데리고 갔다. 아마 아이를 보게 하기 위해서였을 것이다. 그리고 누나와는 영영 이별하게 되었고 나는 이제 아버지와 새엄니의 관심 밖에서 한 마리 짐승으로 커 갔다. 이렇게 저렇게 떠밀리며 친척들 속에서 에미 없는 천덕꾸러기로, 마을에 못된 짓은 모두 내가 했다는 누명까지 쓰면서 손가락질을 받고 입질로 씹히면서 자갈밭에 무처럼 힘들게 자라고 있었다.

죄라면 배가 고파 무 뽑아 먹고 고구마 감자든 먹는 것이면 후벼파서 먹은 게 죄인데 늙은 호박에 말뚝 박은 것까지 내가 그랬다면서 따가운 눈길을 받을 때는 너무 기가 막혀 비참하기까지 했다.

나는 우리 소가 좋았다. 아니 소는 다 좋았다. 사람 말도 잘 듣고, 일도 잘 하는 소는 사람들처럼 말이 많지 않았고 거짓말도 안 했다.

나는 우리집 소 때문에 일도 잘했는지도 모른다. 소를 물고 가 풀을 뜯기고 겨울에는 여물을 쑤어 주면 잘도 먹었다. 맛있는 음식도 아닌데도 아무런 말 없이 잘 먹는 소가 좋았다.

나는 잠이 들어서까지 겨울밤 꿈을 꾸듯 지난 세월을 기억하면서 한숨을 깨물었다.

아침에 눈을 뜬 건 밖이 소란스러워서였다.

"나와 보라구 해유. 이게 이 집 지게 맞지유?"

나는 창문에 비쳐 드는 여명을 맞이하여 벌떡 일어났다. 김 첨지네 머슴 목소리가 들려왔다.

"이 집 머슴인가 누군가 빨리 나오라고 허시유. 내 가슴팍을 내질러 시방 멍이 다 들었어유."

김 첨지의 갈라진 목소리가 내 귓등을 때리며 들어왔다.

"왜 그러는디유? 이 지게는 우리 지게가 아니구먼유."

작은어머니 목소리가 아침 바람을 막으며 나직이 들려왔다.

"다 알아유. 밤이라구 못 본 줄 아나 분데유. 이 집 사람이라는 걸 다 알어유."

김 첨지 머슴의 능글맞은 목소리가 내 빈속을 헤집고 있었다. 나는 문을 박차듯 하고 나갔다. 그리고 짚신도 신지 않은 맨발로 김 첨지 앞으로 다가가 지게를 확 나꾸어 내 두 손에 거머쥐고 말했다.

"맞아유. 이 지게 내 꺼래유. 지는유 나무래도 해 와야 먹을 수 있고 살 수 있다 이거유. 호강스러운 아들이나 학교 가고 놀고먹지만유 내는 나무라도 해야 먹고 살어유."

나는 황소가 화가 나서 뿔 뜸질을 해대듯 마구 퍼부으며 대들었다.

"아저씨유 용서하세유. 이웃 간에 한 번만 용서하시유."

할머니가 나오셔서 말하는 바람에 김 첨지는 누그러졌다.

"한 번이면 내 이렇게 쫓아오지두 않았어유. 다음에는 용서 안 해유. 명심하라구 허시유."

김 첨지와 그 집 머슴 맹가 놈이 가고 나자 작은어머니는 내 옆에 와서 한마디 하셨다.

"내가 니 일 시켜 먹고 싶어서 데리고 있는 게 아니니께 당치 날 원망하지 말어야. 없는 살림 꾸리느라 내가 죽지 못해 사는 거니께."

작은어머니 말도 일리 있는 말이었다. 그때 아이가 일곱이었으니까 조카자식 한 치 걸러 두 치라고 데리고 살고 싶어 살겠는가. 할 수 없으니까 같이 살면서 일 잘하니 머슴도 필요하지 않아 좋은 게 아니겠는가. 딸을 줄줄이 많이 낳는 바람에 나를 그래도 큰아들같이 머슴같이 잘 부려먹으니 말 잘 듣는 사람 소가 필요했을 것이다. 내가 커서 처음으로 낸 뿔뚝은 사촌들에게도 효과가 나는 순간이었다.

"오빠, 세숫물 떠 놓았어."

세숫물까지 서비스받기는 처음이었다. 작은아버지는 방안에서 다 들으면서도 처음부터 나서지 않으셨던 착하고 어찌 보면 주변머리가 없는 가장이었다.

시대가 역사를 만들고 역사가 사람을 죽이고 살린다고 삼십년 대는 한마디로 우리 민족에게 암울한 시대였다. 이때 내가 태어났고 그 시대를 사노라니 내 팔자려니 하면서 묵묵히 일만 하는 소였는지도 모른다.

이런 와중에도 공부가 하고 싶어 속마음으로나마 배움을 갈망했고 그 열망 같은 바람으로 사촌동생들 공부하는 어깨너머로 한글을 깨쳤다. 쓰기는 지게 작대기나 아니면 땅에다 써 보고 아무도 모르게 '가 갸 거 겨'를 익혔다.

까막눈에서 해방되었을 때 학교 졸업장을 손에 쥔 것 같이 기뻤다. 한글도 깨우친 나는 자신이 생겨 천자문을 읽고 쓰며 한문까지 어느 정도 알게 되었고, 그즈음 기쁜 소식이 들려왔다.

문맹자들을 위한 야학당을 열었고 육촌 동생 근이가 맡아서 가르쳤다.

글 모르는 사람이 하나둘은 아니었다. 야학이 시작된 지 며칠이 지난 어느 날, 팔촌 동생 되는 맹순이도 댕기 머리 종종 따고 앉아 배우고 있을 때 맹순이 아버지가 뒷짐을 쥐고 살금살금 가더니 맹순이 댕기 머리를 끌고 나오는 것이었다. 그 자리에 있던 모든 사람이 보고 있었다.

"아부지, 왜 그러세유. 나도 배우고 싶단 말이유."

"지집아는 글 배우면 못 쓰는 기여. 집안일과 바느질만 잘 허문 되는 기여."

나는 그 광경을 보면서 가슴이 답답해 왔다. 맹순이도 얼마나 배우고 싶었으면 저러랴 싶었기 때문이었다. 맹순이는 훌쩍거리며 나갔다.

친척만 아니라면 연애도 해보고 싶도록 예쁜 맹순이었다.
내가 사는 곳은 사방으로 산이 가로막고 있었다. 이성에 눈뜬 나는 혼자서 사춘기를 보내면서 몇 번인지 안고 살았던 고독을 다시 안고 살았다. 가슴 속에 굳어버린 고독은 언제쯤 녹을 것인지 막막하고 답답했다. 낯선 처녀만 보면 가슴이 설레였고 짝사랑에 몸과 마음을 달구었다.
짝사랑은 아름다운 사랑이라고 누가 말했어도 내겐 고통이었고 잠을 이루지 못하는 밤이 많았다.
사촌들과 한집에서 친남매처럼 살면서 예쁘게 크는 동생들도 짝사랑하였고 맹순이도 짝사랑의 대상이었다. 짝사랑은 열병처럼 앓다가 어느 날 털어버릴 때의 그 허전함은 목마름이 되고 갈증을 느끼게 하여 주었다.
근이가 공부 가르치다 내가 궁금했던지 내 곁으로 와서 내가 써놓은 것을 보고 있었다.
"형, 언제 그렇게 다 배웠어? 잘 썼는데!"
학교 문 앞에도 안 간 내가 신기했던지 깜짝 놀라는 눈으로 바라보며 묻고 있었다.
"그냥 알게 되었어."
"구구단도 다 알지?"
"응, 그런디 나눗셈 좀 가르쳐 주어. 응?"
"끝나고 우리집에 와."
나는 야학이 끝나는 대로 근이 따라 당숙네로 갔다. 내가 안 되어 보였던지 열심히 가르쳐 주었다. 영어도 가르쳐 주었다. 그러던 어느 날 당숙모의 한마디가 내 가슴을 아프게 해 그만 다녔다.
"근아, 니는 피곤하겠다. 학교가 공부해야지. 야학에서 가르쳐야지. 지돈 갖고 배워 가지고 좋은 일 하기도 힘들겠다."
나는 야학에서만 배웠다.
1950년 여름이었다. 겨울의 추위보다야 여름은 나에게 활력을 주는 계절이었다. 벗어도 춥지 않아 좋았고 춘궁기를 벗어나 보리밥과 감자라도 배를 채울 수 있어 좋았다. 더위와 모기가 아무리 위협해도 나는 견뎌냈고 이 시기는 내게 '고삐 풀린 망아지가 다 자라 황소가 되는' 시기였다.

내 나이 열여덟 이제 눈치코치나 보면서 살아가기엔 너무 자라있었고, 내 인생을 어떻게 책임져야 할 것인가에 대해 고민도 하고 있을 시기였다.

내 또래가 모여 그런대로 재미있게 한여름을 보내기는 당숙네 원두막이 최고였다. 저녁을 먹은 뒤 하나둘 모이면 노래도 하고 잡담도 하고 즐거운 시간이었다.

이날도 우린 더위에 늦게 잠이 들어 곤하게 자고 있었다.

"야, 일어나거라. 어서들 일어나라니께."

잠결에 들는 목소리는 당숙모였다.

"엄니, 왜 주무시지 않고 단잠을 깨워유?"

근이가 단잠을 깨우니 부아가 나는지 통통 부은 목소리를 어둠 속에 던지고 있었다.

"야야, 지금 난리가 터졌데여. 어서 일어나 집으로 가자."

"아이 엄니두. 무신 난리가 났다구 그래싸유."

"이놈아야, 난리가 났으니께 났다구 허지. 지금 라디오에서 난리다."

"잘 말씀해 보세유. 엄니, 무슨 말인지 모르갔네유."

"삼팔선이 무너졌고 북쪽 사람들이 남쪽으로 밀고 온 데야."

나는 슬며시 일어나 앉았다. 아까 깨어 다 들었지만 무슨 일이 일어난 게 틀림없다는 생각이 들고 있었다. 이런 짐작은 궁금증을 만들면서 단잠을 깨우고 있었다.

"금시 여기까지야 무슨 일이 있을라구유."

나는 부스스 일어나 원두막을 내려오면서 이렇게 말했다. 실감이 나지 않았기 때문이었다.

"걸이야. 같이 가자구."

육촌 형님도 일어나며 나를 불렀다. 나는 문득 고모님이 생각났다. 고모님은 이북 쪽이 고향은 아니지만 이북에 미련이 많은 분이라는 생각에서였다. 그보다 지금쯤 집으로 가면 사촌들이 할머니 방을 채우고 자고 있을 게 뻔히 보이는 사실이었기에 방 하나라도 넓은 고모님을 찾아가는 게 좋을 거 같기도 했고 난리가 이 밤중에 났다니 고모님께 제일 먼저 알려드리고 싶었다. 달도 없는 밤에 개구리가 허글지게 울어대고 있었다.

고모네 방이 보이는 순간 불빛이 새어 나오고 있었다. 이렇게 이슥한 밤에 아직도 잠을 이루지 못하는 고모의 심정을 알기엔 나는 너무 순진했다. 젊은 과부의 마음도 몰랐고 밤의 고독은 더 몰랐다.

"고모, 계시유?"

보나 마나 물으나 마나 고모는 방에 계신다. 불빛이 새어 나오는 게 있다는 증거였다. 대답 없는 창살을 손끝으로 두들기며 다시 불렀다.

"고모님, 저여유."

"누구여. 이 밤중에…."

"저 걸이여유."

"왜 안 자빠져 자고 왔어?"

문을 활짝 열어 제치며 못마땅한 목소리로 미어 박는다.

"저 난리가 일어났는데유."

"뭔 소리여. 난리라니. 어느 놈이 난리를 피웠다는 기여 시방."

고모는 시비조로 내게 되물었다. 나는 조심스럽게 다시 입을 열었다.

"저 아래 당숙모가 그러시는디 삼팔선이 무너지고 북쪽에서 밀고 온데네유."

고모는 담배를 태우면서 무슨 말인지 감이 잡히지 않는 듯 밖에 서 있는 내 얼굴에 대고 담배 연기를 품어 뱉어내더니,

"그람, 지금 전쟁이 일어났다는 소리여?"

"야. 그런가 봐유."

나는 툇마루에 올라섰다. 고모가 들어오라는 말이 없으니 내가 알아서 들어가야지 그러지 않았다가는 문전박대당하기가 십상이었기 때문이었다.

"그게 정말이유? 내는 잘 모르겠지만유."

고모는 아닌 밤중에 도깨비한테라도 홀렸는가 싶은지 믿으려고 하지 않았다.

"전쟁이 났으면 삼팔선이 탁 터져 버렸겠구먼. 제발 터지고 통일이나 되었으면 좋겠는디."

"고모, 내일 아침이면 다 알게 되겠지유."

아랫목에서는 고종 동생 남매가 세상모르고 자고 있었다. 고모는 한동안 담배만 태우더니 한숨을 담배 연기에 실어 뱉어내고 있었다. 나는 고모의 얼굴을 뚫어져라 바라보았다. 흔들림 없는 등잔불에 고모 얼굴에 깔린 우수가 그늘을 만들고 있었다.

"걸이야, 어서 자빠져 자거라. 공산당인가 빨갱이인가 쳐들어왔는지 아니면 이남에서 밀고 올라갔는지 모르는 일이지만 삼팔선은 꼭 뚫려야 쓰니께."

고모는 혼잣말로 이렇게 말하고는 또다시 담배를 빨아댄다. 고모는 청춘에 혼자되어 이북 땅 개성에서 돌아오고 얼마 안 있어 삼팔선이 그어졌다. 아이 둘 데리고 사노라니 힘들어서 그런지 양반집 딸이란 말은 옛날이야기가 되었고 고모의 말투는 거칠어졌으며 억센 말 대가리처럼 쏘다니며 갖은 장사를 다 하고 있었다.

"삼팔선이 무너지면 갈 사람은 갈 것이고 내려올 사람은 내려올 것이니 원도 한도 없겠구먼. 느그 누나도 만날 수 있을지 모르잖여."

친정 피붙이라고 고모는 누나를 이북에다 떼어놓고 왔다면서 아버지와 새엄니를 원망한 분이기도 하다.

"누님 이름도 잊었시유. 얼굴도 모르겠구유."

"그럴 것이여. 나도 모르고 지나칠 거여. 코앞에 있으면 몰라도 하긴 크는 아그들을 어찌 알아보겠나. 지금은 아 애미가 되어 있을 거다. 못 본 지도 벌써 십 년도 넘었다."

누나는 나한테 죽 한 숟가락이라도 더 먹이려고 자신의 그릇에서 덜어 내게 주었던 착한 누님으로 가슴에 남아있지만 지금은 밤하늘 별 같이 아득한 곳에 있어 다시는 만날 수 없었다.

"불쌍한 인생들이여!"

고모는 혼잣말을 탄식처럼 하고 있었다. 담배 연기와 함께 토해내는 탄식은 가물거리다 사라지는 담배 연기일 수도, 아니 꿈에서 듣는 누님의 울음소리 같기도 하다는 생각이 들면서 내 가슴 속에 오래전부터 굳어버린 돌 하나가 만져져 나는 돌아누웠다.

고모는 인물이 좋았다. 예쁜 여자는 아니라도 이목구비가 또렷해 시원스러웠다. 목소리가 굵어 개성이 강인한 느낌을 주듯이 배짱도 시시한 남자 뺨쳤다. 또 언변도 좋아 고모 곁에는 사람이 많았다.

삼팔선이 생기기 전 고모는 이북에서 살면서 개성 부잣집 사내를 만났고 그 사내 덕에 개성서 제일 큰 여관을 하면서 떵떵거리며 살았는데 알고 보니 본처와 자식이 있었다. 나이가 많았던 고모부는 혈압으로 쓰러져 고생하다 죽었다. 고모는 장사 치르고 사흘도 안 돼서 본처와 자식들이 여관을 빼앗고 돈 몇 푼을 던져주면서 멀리 가서 살라고 내쫓아 결국 고향으로 돌아왔다. 고모는 그때 남매가 있었다. 본처가 아이들은 놓아두고 가라는 걸 죽기 살기로 남매를 데리고 이남으로 내려왔다고 했다.

내려와서 처음에는 당진서 살았는데 그곳에는 작은고모가 삼 남매를 데리고 과부가 되어 살고 있어 그곳에 머리를 들이밀고 간 것이었다. 그러고 보면 고모 둘도 팔자가 센 모양이다.

몇 해 살다 고향이요, 친정 가까운 데로 방 한 칸 얻어 사니 할머니의 마음도 그리 편치는 않았을 것이고 작은아버님 그리고 작은어머니도 마음고

생을 했을 거라는 건 설명하지 않아도 알만했다. 그리고 보면 작은어머니 마음도 치마폭처럼 넓었다는 생각을 해야 하겠다는 생각이 들었다.

고모는 농토는 없었어도 방안에는 오곡이 떨어지지 않았다. 장사를 했는데 옷감이며 잡화류, 새우젓까지 닥치는 대로 팔면서 곡식도 바꿔오고, 얻어온 떡이 소쿠리로 하나라는 소문이 날 정도로 수완이 좋아 먹고 사는 것은 우리 작은집보다 나았다.

나는 고모가 앉아서 무슨 생각을 하고 있는지 알 것만 같았다. 등잔 불빛 아래 고모의 얼굴은 갈잎 같은 우수가 서려 있었다.

"어서 자. 왜 뒤척여, 안자고."

"야."

나는 대답을 짧게 하고 고모 마음이 개성을 향해 줄달음치고 있을지도 모른다는 생각을 했다. 남매를 낳게 한 남편이 잠든 곳, 그 이유만으로도 그곳이 그리운 곳이었을 게다.

언제 잠이 들었는지 한잠을 자고 깨어보니 맑은 아침이었다. 고모는 밤새 한잠도 못 잤는지 핼쑥한 얼굴로 담배를 물고 있었다.

"이놈아, 니가 마음을 들쑤셔 뒤숭숭해 한잠도 못 잤다. 어서 당숙네 가서 소식 좀 듣고 오너라."

이때만 해도 여자는 아침부터 남의 집 대문은 기웃거릴 수 없었다. 나는 눈곱을 손으로 떼고 방문을 열고 나왔다. 참새 몇 마리가 아침을 먹는지 시끄럽게 조잘대며 마당에 앉아 있었다. 내 인기척에 놀라 후드득 달아난다. 세상이 시끄러운지 난리가 났는지 새들은 모르는지 여전히 바쁘다. 산 까치가 아침을 가르는 소리가 청량한 물소리같이 들려온다.

나는 한달음으로 당숙네 마당을 들어서고 있었다.

"니도 걱정이 돼서 왔냐?"

당숙이 인사하는 내게 말을 걸어왔다.

"고모님이 가서 듣고 오라구 해서유."

"고모님 오시라고 혀. 이 난리통에 새벽이면 어떠냐."
"소식 좀 알아보라구 하시는디유."
"글씨 어젯밤에 이북 빨갱이가 쳐들어왔는데 대책 없이 손 놓고 있던 국군이 밀리고 있데야. 이러다가 모두 죽는 게 아닌지 모르겠다."

나는 라디오 앞에서 잠시 듣다 당숙네서 나왔다. 유월의 푸른 하늘과 맑은 햇살이 눈부셨고 그 빛이 파라란 녹음에 앉아 윤이 흐르고 있는 찬란한 아침이었다. 햇살과 자연은 언제나 말없이 그 자리에 있는데 왜 인간은 복잡하고 욕심 많고 도전적인가. 이렇게 살기 힘든 세상에 또 전쟁을 한다면 무슨 소득이 돌아온단 말인가.

내 무식한 머리로도 그것은 판단되고도 남았다. 사상이다, 이념이다, 자유주의다, 공산당이다, 무슨 체제니 하는 유식한 단어는 몰라도 동족끼리 총칼을 겨누고 죽이고 하는 행위는 짐승만도 못하다는 생각이 들었다.

'나 같은 놈은 배나 고프지 않으면 좋겠는디….'

나는 이런 말을 어금니로 물면서 고모한테 왔다.

"그래 뭐라고 하더냐?"
"이북에서 쳐들어왔데유. 이남으로 자꾸 밀린데유. 서울도 빼앗기고 있데유."
"그람 이놈의 세상이 어찌 되는 기여. 쌀농사 못 지면 어떻게 살라고 하필 모 심어놓고 이런 일이 일어난다냐? 하긴 죽는 놈이 먹는지 걱정하면 되겠어. 다 팔자겠지. 죽고 사는 기."

고모는 담배를 빨다 말고 생각이 나는지,

"걸이야, 담배나 서너 봉 사 오느라. 담배라도 있어야지."

고모는 담배가 제일 걱정되는 모양이다.

"이래두 못살고 저래두 못사니께 통일이나 되었으면 좋겠다."

국군이 밀린다는 소문은 시골구석에서도 잘 들려왔다. 입을 통해 들려온 소문은 바람보다 빠르게 전달되었다. 동네마다 몇 대 안되는 라디오에 개미 때처럼 모여 듣는가 하면 이 집 저 집 다니며 불어난 말은 민심을 흉흉하게 만들어 놓았고 일손을 놓고 있는 이가 많았다. 삼 일째가 되는 날 모두 피난을 가라고 연락이 왔다. 밥 먹기도 힘든 우리는 싸 가지고 갈 것은 없지만 쌀 몇 되 싸고 숟갈, 그릇을 가지고 집을 나섰다.

옛날부터 신도안은 피난처로 터가 명당이라 그리 가야 산다고 해서 계룡산을 안고 돌아가 하룻밤 세웠다. 거기도 집만 못해 다시 집으로 돌아왔는데 그 새 인민군이 대전까지 밀고 왔단다. 사태가 이렇게 되자 지방 빨갱이 등쌀에 한시도 마음을 못 놓고 있었는데 아는 놈이 더 무섭다는 말이 실감나는 순간이기도 했다. 김 첨지가 부리던 머슴이 붉은 완장을 차고 인민군을 앞세우고 와 도장을 찍으라고 강요하는 바람에 집안 남자들은 숨어서 지내야 했다.

나중에 안 일이지만 이웃 마을 김 첨지는 칠십이 넘어가지고 부리던 머슴 맹가 놈한테 고자질 당해 불려 나간 뒤에 인민군에게 총살당했다고 했다.

맹가 놈은 우직하면서도 얼굴이 둥글어 순한 소 같은 인상이었지만 눈알에 선 핏기가 살인하고도 남을 것 같은 재수 없는 눈으로 살기를 느낀 지라 그 소리를 듣는 순간 등짝이 오싹했다.

"여봐, 걸이. 이제 세상이 달라졌다구. 서러운 우리 같은 인간이 잘 살 수 있는 나라가 바로 인민의 나라야. 자네 나보다 나이가 댓살 적지? 동생같이 생각하고 하는 말인데 나와 같이 일하자구."

핏기 뻗친 눈알을 굴리며 나를 바라볼 때 나는 얼른 내 발밑으로 시선을 던졌다. 가슴이 콩닥콩닥 뛰었다. 김 첨지도 저 시뻘건 눈알에 감춰진 살기가 죽였을 것이라는 생각이 들어 나는 소름이 온몸에 돋았다. 그 맹가 놈이 간 뒤 집안 어른들이 모여 회의를 비밀리에 열었다.

"이대로 있다가는 집안이 쑥밭이 되겠어. 모두 숨어 지내야 하겠어."

작은아버님이 이렇게 말하자 모두 찬성을 하였다. 산에다 굴을 파고 위장해 굴속에서 지냈다. 밤중에 한 사람씩 행동했고 밥은 날라다 먹고 며칠을 지냈다. 고생하다 인민군으로 나가 죽고 싶지도 않았고 국군으로 나가 개죽음당하기도 싫었다. 지금까지 배곯으며 이은 목숨 억울해서 죽을 수가 없었다.

맹가 놈이 찾아와 나를 찾았는데 할머니가 잘 둘러댔단다. 대전 큰 형이 어젯밤에 와서 데리고 갔다고 했단다.

"나중에 살려 달래도 어림없어. 인민을 배반하고 간 놈은 인민의 이름으로 처단해야 혀."

맹가 놈이 식식거리다 갔다고 했다.

총 한 번 못 써 보고 서울을 뺏긴 국군은 장마가 봇물 터지듯 걷잡을 수 없이 밀려나기만 했다. 소문은 흙먼지가 되어 바람에 날아다니고 있었다. 맹가 놈은 눈알을 번뜩이며 소도 끌고 갔고 닭, 돼지까지 끌고 갔다는데 바라만 보고 있었단다.

가슴에 울화가 치밀어 올랐지만 나서지 못했다. 개죽임당하기가 싫었기 때문이었다.

대전을 인민군에게 어이없이 제대로 총 한번 쏘지 못하고 내어준 건 잘못된 판단이었다.

북쪽으로 대평리 고개에서 인민군을 맞으려 했는데 인민군이 대전 남쪽인 세천과 옥천 입구로 야밤에 밀고 오는 바람에 포위망에 걸려든 아군과 미군은 전멸하다시피 했다. 시체가 산더미처럼 세천 언덕에 깔려있었고 딘 소장을 구하려고 특공대가 기관차를 앞세우고 대전으로 들어오다 인민군 총에 기관사가 순직하자 딘 소장도 구하지 못한 채 사상자만 낸 사건이 터졌다.

전쟁이 막바지로 치닫고 자꾸 밀리던 아군이 낙동강을 수호하려고 흘린 피가 낙동강 물을 벌겋게 물들였다는 소문이 들려왔다. 지금도 세천 못 가서 철도변에 고 김재현 순직비가 말없이 그때 참상을 말해주고 서 있다.

인민군 세상이 지루한 여름 장마처럼 이어가고 있을 때 우리 마을은 맹가 놈의 등쌀에 몸 둘 바를 몰랐다. 집안 두 사람이 맹가 놈 꼬임에 빠져 도장을 찍고 동조했다가 경찰서로 끌려가 고생을 했고 끝내 억울하게 사형을 당했다.

맹가 놈은 인민군을 따라 북쪽으로 가다 붙잡혀 그 자리에서 총살당했다. 동족 간의 살생으로 끝난 전쟁은 휴전으로 막을 내렸고 삼팔선은 다시 막혔다.

사상과 이념이 그렇게 무서운 것인지 밥 세 끼 먹기도 힘들 때 전쟁이란 민족의 시련을 만들어냈다. 있는 사람이건 없는 사람이건 모두가 막막한 시대였다. 입 하나 덜기가 바람이었다. 나는 계속 이어진 고생에 익숙해져 한탄도 눈물도 나오지 않았다. 전쟁통에 우리 마을로 타성바지가 들어와 얼마간 살았다. 전쟁과 함께 북쪽에서 몰래 넘어오다 아버지는 붙들려 갔고 어머니와 딸 둘 그리고 막내로 아들이 있었다. 성은 이 씨였다. 나보다 두어 살 적은 큰딸은 귀염성이 있는 동그란 얼굴형에 눈도 둥그레 정말 귀엽게 생겼다. 동생은 마른 편이었고 꽃이라면 들꽃처럼 신선했다. 나는 큰딸을 좋아했고 짝사랑했다. 그 애 이름은 이연자였다. 내 사촌들과 친구가 되어 놀러오기도 했지만 말 한마디 건네지 못하고 가슴만 태웠다. 이성으로서 처음 느껴본 사랑으로 설레임과 함께 가슴 아픔이 생겼다. 사랑에 굶주린 나는 온 정신을 사랑에 쏟고 붓고 있었다.

사랑한다는 말 한마디 건네지 못하고 가슴으로 앓고 있는데 어느 날 큰형님이 찾아와 내게 말했다.

"걸아, 너 공부해라. 나처럼 공부 못하고 후회하지 말고 야학이라도 시켜줄 테니 가자."

나는 그때 연지가 떠올랐다.

"따라가 일도 없은 게."

작은어머니는 입 하나라도 덜어야 할 때라 생각했는지 가라고 했다.

"걸이, 이자 까막눈은 면했잖여. 내 허리가 아퍼 나무도 못하겄는디."

작은아버님이 말렸다.

나는 가고 싶었지만 연자가 아른거려 가고 싶은 마음뿐 선뜻 내키지 않았다. 젊은 형수가 눈치 줄 거라는 생각이 또 들어 나는 포기하고 말았다.

"너는 후회할 끼다. 나중에 내 원망은 하지 마라."

큰형님은 내게 잘하였다. 일제 강점기에 일본군으로 끌려가 중국 목단강(牧丹江)에서 전투병 총알받이로 있다 구사일생으로 살아 돌아왔다. 해방이 되어 몇 달을 밤낮으로 걸어서 고향 대전으로 왔을 때 발이 부르트다 못해 발가락도 발바닥도 파여 무척 고생을 했던 형님이었다. 살아온 것이 기적이었다. 큰고모는 그때 이렇게 말했다.

"아이구 부처님이 돌본 기여. 아버지가 천날만날 부처님께 기도하러 절에 가서 사시다시피 하드니만…."

그래서 그런지 그 난리통에도 가까운 우리집 식구들은 손가락 하나도 다치지 않았다.

6.25 사변이 나고 몇 년 안 돼서 작은 형수님이 인천서 찾아오셨다. 나는 처음 보는 얼굴이었다. 내 나이쯤 될까 한두 살 아랠까 곱고 젊었다. 이야기인즉 혼인신고를 해야겠는데 사변 때 이북에서 살다 이모네 따라 내려와 호적이 없다는 것이었다.

작은형도 그때 선주가 되어 인천서 백령도로 오고 가고 할 때였다. 그러나 호적이 없으니 그때는 혼인신고를 할 수가 없었다. 형수는 한숨을 삼키며 돌아갔고 얼마 안 있어 작은형의 편지를 받은 작은 어머님은 서둘러 혼인신고를 했다. 그때 작은형은 여자가 둘이었다. 인천 형수 그리고 백령도 형수. 형은 인천 형수를 사랑해 혼인신고를 하고 싶었는데 이북에서 내려온 형수는 호적이 없어 할 수 없게 되자 서울이 고향인 백령도 형수와 혼인신고를 할 수밖에 없었다. 삼팔선은 한 개인에게까지 한과 아픔을 안겨 주었다. 두 형수를 거느리고 살았던 작은형은 행복했을까. 그건 내가 모르겄지만 행복했다 해도 두 여인의 가슴속 한은 누가 달래줄 것인가. 죽을 때까지 한이 된 인천 형수의 눈물은 누구도 씻어주지 못할 것이다.

백령도 형수도 진정한 사랑은 아니었기 때문에 형님에 대한 원망이 하루에 그칠 수 없는 것이었다. 그리고 미움은 누가 막아줄 것인가. 이남의 두 형수님에게서 태어난 아이들은 어떤 마음의 눈빛이었을까. 그리고 아이들의 원망은 누가 씻어줄 것인가.

형님은 화물선을 조종하다가 백령도에서 인민군에게 끌려가 근 일 년 만에 풀려나 돌아왔는데 보안법에 위반된다고 형무소 독방에서 13개월을 갇혀 조사받고 나왔으니 그 억울한 심정을 누가 알아주겠는가.

조사받고 재판받고 했던 그 아픈 세월은 우리 형님밖에 모를 것이다. 무죄로 석방되었지만 그 잊어버린 세월과 억울하게 감옥살이 한 건 누가 보상해 주겠는가.

형님을 만난 우리 형제가 물었다,

"그래 이북에 끌려가 얼마나 고생을 하였습니까?"

그러는 내게 형님은 두 손을 들면서 말했다.

"그건 더 이상 묻지도 말고 이야기도 꺼내지 말자고. 고향이 여기요, 처자식이 있고 형제가 있는 이 땅에서 나를 믿어주지 않는다면 나는 더 할 말이 없는 게 아니겠니?"

형은 의협심이 남보다 강했고 인물도 좋았다. 시대를 잘못 만나 형제가 다 잘 풀리지 못했어도 그런대로 잘살고 있었다. 이 고생 저 고생 그리고 옥살이까지 하고…. 1960년 어느 날 형님은 파도에 휩쓸려 흔적도 못 찾고 저 깊은 바다로 사라지셨다.

인천서 아는 이의 부탁을 받고 흑산도까지 새우젓 실러 가셨다 돌아오는 길에 폭풍우를 만나 새우젓을 가득 실은 낡은 철선과 함께 가라앉아 버렸단다.

사랑하는 자식들과 사랑하던 형수를 이 세상에 놓아둔 채 작은형님은 흔적도 없이 바다로 가버렸다.

어머니 사랑을 모르고 살다 사랑에 굶주려 두 여인을 사랑하고 갔을까. 한 여자의 사랑만으로 배가 고파 어머니의 사랑과 그리고 연인의 사랑을 안아보고 싶어 형님은 두 여인을 사랑했는지 모른다.

큰형이 고향엘 왔다. 나를 보러 왔다고 했다. 아니 만나러 왔다고 했다. 저녁을 물린 뒤 형이 나를 보자며 윗방으로 갔다.

"걸아, 내가 병이 들었어. 요양을 해야 한다는디…."

그러고 보니 형님 얼굴색이 그 전만 못해 보였다.

"형님, 어디가 얼마나 아프신디유?"

"나는 가슴에 병이 들었어. 말하자면 폐병이 들었다는디 직장도 잠시 그만두고 마산 병원에 입원해야 쓴다는디 니 형수와 아이 둘만 두고 갈라니 마음이 안 놓여."

형님은 이때 철도에 근무하고 있을 때였다. 직장에서 단체 진찰을 했는데 형이 폐가 나쁘다는 것을 알았다고 했다.

나는 돌아가신 어머니를 생각했다. 어머니도 그 병으로 돌아가셨기 때문이었다.

안방에서 문틈으로 엿들었는지 작은어머니가 침통해 있는 형님과 내 앞으로 오시면서 마음에 칼질을 하고 있었다.

"에그 어쩌나. 형님도 그 병으로 돌아가셨잖여. 유전이라 하더니 그런 게 아닌가 싶구면."

"그래, 니가 내가 돌아올 때까지 와서 돌보아주어야 쓰겠는디. 니 생각은 어떠냐?"

나는 가기가 싫었지만 피는 물보다 진하다고 형님이 아프다면서 부탁하는데 들어야 했다.

형님과 나는 그날로 해가 이미 서산에 넘어가고 달이 둥그렇게 나와 있는 시각에 길을 나섰다.
그때는 차도 없으니 걸어서 대전까지 갔다. 형은 돈 얼마를 내게 주면서 이렇게 말했다.
"쌀 한 가마는 구했으니까 이 돈 가지고 내가 올 때까지 견디어 봐. 튀밥 튀우는 기계를 사보던가. 장사를 해보던가 해."
형님은 마산으로 떠났다.
나는 형님 말대로 튀밥 기계를 사서 시장 모퉁이에 자리잡고 있었지만 원체 먹을 게 귀하니 그것도 잘되지 않았다. 나는 채소 장사도 했고 생선 장사도 했다. 조카들이 나를 무척 따랐다.
어느 날 동생이 불쑥 찾아왔다. 다 큰 장정이 되어 왔지만 여전히 철이 없는 아이같이 굴었다. 아무렇게 길들여진 망나니가 된 것이 아닌가 하는 생각에 가슴이 아팠다.
"형! 나는 태어날 때 소 귀신이 붙어 되는 게 없대."
"누가 그런 개소릴 하는 거여?"
나는 화를 내며 말했다.
"누가 그러긴 용한 점쟁이가 그러드라구."
"그 소가 식탐을 해서 고삐를 풀고 밀기울을 너무 먹어서 배가 불러 배탈이 나서 죽은 기여."
"그래도 그 소가 왜 하필 내가 태어날 때 죽은 거난 말이여. 그 소가 죽어 가지고 나한테 붙은 기여."
"그런 생각일랑 말어. 다 죽을 때가 돼서 죽은 기여."
"형, 나 돈 좀 주라."
동생은 맡겨놓은 돈 달라듯 손을 내민다.
나는 형이 준 돈에서 반을 뚝 잘라 주었다. 동생은 그 돈을 가지고 간 뒤 소식이 없었다. 나는 그 돈 채우느라 열심히 일했다. 형님은 내가 고마웠던 지 야학에 다니라며 돈을 주었다. 나는 중학교 고등학교 과정을 일 년 만에 검정고시로 따냈고 기뻐서 혼자 울었다. 고향에 내려갔을 때는 입영장이 날아와 있었다. 내가 짝사랑했던 연자네는 우리 마을에서 조금 떨어진 숯골로 이사 간 뒤였고 연자는 시집을 가고 없었다. 숯골서 살기 위해 평양냉면 함흥냉면 집을 차렸단다. 그 후에 숯골은 냉면집이 유명해졌다.

논산 훈련소로 떠나면서 함박꽃 같은 연자를 잊어야지 하고 다짐했다.

논산 훈련소는 내가 여지껏 살았던 고향 밖의 작은 도시로 처음으로 부닥친 사회생활이자 단체생활이었다.

그러나 이곳에서도 나의 배고픔은 이어졌다. 하루라도 먼저 들어온 사람이 어른이었다. 그리고 무식과 유식은 이곳에서 표면화되어 나타났어도 군대 밥그릇이 많은 자가 어른이요 대장이었다. 훈련받을 때 잊을 수 없는 웃지 못할 기막힌 일이 많이 벌어졌다. 군에서 훈련병을 상대로 돈벌이하는 훈련대장 이야기는 지금도 웃을 수밖에 없다.

사카린 고지. 말 그대로 사카린 고지가 있었다. 훈련병이면 누구든 사카린 고지를 탈환하는 훈련을 해야 한다. 훈련대장이 미리 마련한 사카린 봉지가 있고 물 한 양동이가 준비되어 있었다.

"저 앞산이 사카린 고지다. 단돈 십 원을 내면 사카린의 달콤한 물을 마시면서 이 나무 밑에서 우아하게 왕자가 될 것이고 십 원이 없거나 아깝다고 해서 마시지 못하는 자는 땀을 흘리며 저 높은 사카린 고지를 탈환하고 와야 한다. 알겠나?"

"네, 알겠습니다."

대답이 우렁차다.

십 원 내고 사카린 탄 물을 마시고 우아하게 왕자처럼 앉아서 쉬고 있는 행운아들이 부러웠다기보다는 찌들게 가난했던 나는 기가 막혀 콧방귀가 나왔다. 나는 스스로를 위로하며 숨 가쁘게 사카린 고지를 올라갔다 다시 돌아와야 했다. 누가 생각해 낸 아이디어인지 돈 벌 데가 없어서 훈련병한테 사카린 물을 마시게 하고 돈을 번단 말인가.

훈련대장 혼자서 낸 아이디어는 아닐 것이다. 위 상관과 연계된 돈벌이 작전일 것이다. 논산은 입대 병 훈련소로 돈산이라 불릴 만큼 돈이 많았다.
전국에서 모여드는 가족들이 쓰는 돈도 만만치 않았다. 서러운 놈은 어딜 가나 서러운지 모른다.
동생은 내가 제대하고 새 생활 할 때 찾아왔다.
"형! 난 몽달귀신 면하긴 틀렸어. 그래서 불쌍한 과부와 같이 살아. 내가 궁하니까. 그리구 그 여자는 나보다 두 살 연상인데 자식두 셋이나 있어."
나는 그때 이미 두 번째 사랑에 실패하고 방황하던 때였다. 동생은 군에 가서 특무대에 편입하고 얼마 안 돼 술집 여자에게 주었다. 처음이라 떨었던가 싶다.
"순진도 하셔라. 여자관계가 처음인가 보죠?"
그 여자는 홀랑 벗고 누워서 어쩔 줄 몰라 하는 나를 보고 웃어 제켰다. 그리고 내가 사랑한 한 여자를 만났다. 그러나 그 여자는 무일푼에다 직업도 없는 내게 실망을 한 것인지 비관해서인지 아니면 내가 싫어서인지 만난 지 일 년 만에 자살했다. 나는 그때 세상에서 가장 슬프도록 불쌍한 한 인간이 나라고 생각하고 죽고 싶었지만 죽음은 팔자요 운명인지 나는 또 다른 여자를 만났고 결혼을 했다.
동생은 그 후에 내가 결혼해 살림을 차리고 살고 있는 데로 찾아왔다가 돌아갔고 몇 년 만에 또다시 찾아와선,
"형, 나 아이가 생겼어. 그 여자가 내 아이를 낳았어."
동생은 그렇게 아들을 얻었다며 기뻐했다. 나도 그때 이미 아이가 셋이나 있었다.
사랑도 인생도 모두 개인의 것이듯 나는 나만의 삶을 살아가려고 힘들게 노력하고 살고 있는 것이 아닐까.
그동안 내가 체험한 삶도 사랑도 내가 있어 소중했고 그 사랑의 상대가 있어 행복하고 슬펐다. 그리고 그리움의 시간 속에 흐느끼며 물같이 부드럽게

흘러갈 수 있었는지도 모른다.

　내가 사랑했던 사람들로 인해 내가 사랑하며 보냈던 날들이 있어 내가 살아있는 한 기억하면서 나는 사랑하겠노라.

　당신과 그리고 당신을, 또 다른 당신이라도 사랑하겠노라.

■ 걸인여자

　도심의 언저리 한 모퉁이 주택가 겨울 풍경은 하나같이 음울하고 쓸쓸해 보는 이 마음을 무겁게 하고 있었다. 겉보기에 값이 꽤나 나감 직한 집이나 초라해 보이는 집이나 똑같이 잿빛 그늘 속에서 죽은 듯 앉아 있었다.

　한마디로 말하면 칙칙한 겨울 풍경화를 보고 있는 느낌이지만 계절 탓도 있었다.

　바람만이 맑아 투명한 유리알이 깨지며 흩어지는 듯한 소리를 내면서 이 골목 저 골목을 쓸고 있었다.

　지나간 봄과 그 여름날 따스한 햇살은 사람들의 발걸음을 가볍게 만들어 도심의 거리는 활력이 넘쳐났었는데 이제는 두터운 옷차림이 무거워 보이고 표정은 저세상에서 돌아온 사람들처럼 모두가 낯설다.

　이른 아침의 겨울 햇살은 하늘 끝에서 가물거리며 냉정한 바람 소리에 스러져 아스팔트길을 휩쓸며 배고픈 울음을 울고 있었다.

　나는 이 거리를 사랑한다. 좁은 골목도 넓은 길도 사람들이 살고 있고 보통 사람들이 걸어 다니는 이 길을 나도 걸어 다닐 수 있어서다. 그러고 보면 나는 바람인지도 모른다.

사람들은 나의 존재를 바람으로 생각하는지도 모른다는 생각을 구태여 하지 않았지만, 나를 스치며 가는 사람들 모두가 외면을 하는 것 같았고 눈길 한 번 던지지 않았으니 내 눈은 떴으되 누구하고도 눈길을 건넬 수 없어 땅을 살피든가 아니면 하늘을 올려다봐야 했다. 땅은 그런대로 내 눈높이가 맞아 편안했으며 가끔은 십 원짜리 아니 백 원짜리 동전 몇 닢도 주울 수 있는 행운도 제공했다. 하늘은 내 눈을 피하지도 않았으며 싫다고 하지 않았는데도 바라보기가 힘이 들었다. 내 눈높이에 맞지 않아서일까. 그런 것은 생각하지조차 힘들었지만 하늘을 사랑하면서 아니 좋아하면서 날마다 잊고 사는 건 바빠서인지 일이 많아서인지. 나는 푸른빛 하늘을 좋아해서 다리가 아파 걸을 수 없을 때면 아무 데나 퍼 앉아 하늘을 올려다보는데 그냥 보는 게 아니라 웃으며 바라본다.

　지나가던 사람들은 그때야 내 존재를 알아보는 듯 힐끔 눈알을 돌리며 '불쌍한 인간이 또 하나 있군'하고 조소하는 듯한 표정을 짓고 가버린다.

　나는 또 걸어야 한다. 도심의 거리가 나의 거리인지도 모른다. 나는 멈출 수 없는 바람이기에 모두 나에게 아는 체도 않으면서 외면을 하는지도 모른다.

　"여보세요. 이 거리가 어디쯤인가요?"

　그런 것은 물어볼 필요도 없기에 나는 말을 잃어버렸다.

　차들이 쌩쌩 달리는 거리도 무섭지 않았다. 횡단보도는 건널 필요 없이 날마다 걸어가면 길은 있었다. 기억상실증인지 아니면 억장이 무너져 한숨이 내 말문을 닫아버렸는지 나는 한마디도 하지 않고 살고 있다.

　나를 기억하는 사람들이 생겨났고 알아보는 사람들로 해서 현명하지만 내가 왜 이렇게까지 하면서 목숨을 이어 가는지 왜 살고 있는지 나도 몰랐다. 사람들은 한심한 표정을 던졌으며 보잘것없는 생명이 질기다며 혀를 차기도 했다. 같은 계절이 수없이 지나갔으나 몇 년째 이 거리의 주인공이 되었다고나 할까. 이렇게 추운 날이면 겨울을 나기 전 죽어버려 봄에는 안 나타나 주기를 바라는 자들이 있을 법도 했지만 나는 또 나타나 거리를 쓸고 다녀야 했다.

언젠가부터 힘이 없어 꼬여지는 발걸음. 영양부족인 데다 불기 없는 땅에 쓰러져 걸레 같은 옷에 의지해야 했으니 내 몸에 구멍이 난 건 뻔한 사실이다.

갈래갈래 찢어진 헝겊 같은 머리를 천 쪼가리로 동여맨 마른 갈잎 같은 얼굴은 어포를 연상시켰다. 그리고 무표정한 얼굴은 돌처럼 굳어 있었다. 거울을 본 것이 언젠지 그것도 내겐 필요치 않은 기억이었다.

언젠가는 '괜찮은 여자가 미쳐서 안 됐군' 했다는데 그것도 남의 일이 되었다.

나를 보며 모두 못 볼 것을 보았다는 표정으로 달아났다. 냉정한 눈빛은 길가 외로운 가로수에 대한 관심보다는 없어 보였다.

내가 과거에 가졌던 행복한 삶이 있었는지 없었는지 나는 관심이 없다. 다만 목숨을 이어가기 위한 거리의 바람이 될 수밖에. 내가 대학생이었고 사랑하는 사람도 있어 사랑을 했다는 것조차 잊혀져갈 때쯤, 나는 내가 아니어야 했고 배신과 사랑이란 단어조차 기억할 수 없는 내가 불쌍하다는 것조차 잊어야 했다.

실연의 아픔보다, 그리움이 더 가슴 아프다고 정신병원에서 울고불고하다 어머니마저 화병에 돌아가시고 나는 병원에서 나온 뒤 거리의 바람이 되었지만 어느 날 누구의 손에 끌려 야반도주한 것처럼 낯선 거리에서 사는 여자가 되었다. 그러나 얼마 되지 않아 행복하게 살아갈 수 있었던 건 지난 일을 쉽게 잊어버리는 편리함이 내게 있었기 때문이다. 덕지덕지 걸쳐야 살 수 있는 겨울을 추워서야 알았기에 나는 무거운 외투를 걸친다.

외투가 납덩이보다 무겁게 느껴지는 건 내 몸에 감당키 어려운 무게로 다가온다는 점이다.

내 몸에 붙어사는 이 벌레를 살리기 위해서인지도 모른다. 그랬다. 내 몸을 위해서 살고 있기에 내 몸에 의지한 이라도 사랑해야 하는지도…. 하지만 내가 뭐가 좋아서 남을 위해 춤을 추겠는가. 내 피를 빨아먹는 이가 떨어지라고 흔들 뿐이지.

　지난가을이었다. 은행나무가 많은 거리, 젊음의 거리를 걷고 있었는데 가을비가 우르르 바람과 함께 내리더니 노란 은행잎이 우수수 바람 소리와 함께 쏟아졌는데 나는 은행잎을 주어 입에 넣고 씹으며 고약한 벌레 냄새 같은 맛을 음미한 뒤 다시 은행잎을 줍고 있었다.

　"어머 저 미친년 좀 봐 은행잎을 먹더니 또 은행잎을 줍고 있네."

　"글쎄 별꼴이야. 은행잎을 보고 느끼는 감성이 있다는 거야. 뭐야 나를 따라 하잖아."

　젊음이 넘쳐나는 예쁜 여자가 은행잎을 주어든 채 내 몸을 팽개치는 듯한 빛으로 말하고 있었다.

　"은행잎에 얽힌 사연이 있는지도 모르지 첫사랑이라든가, 짝사랑이던가, 글쎄 짝사랑이 더 가슴 아플 거야 안 그래?"

　"웃겨 저 꼴에 감성이 있다는 게."

　화장을 곱게 한 여자가 또다시 나를 되씹는다.

　"너보다는 마음속은 더 순수해 보이는데."

　"재수 없게 누굴 누구한테 비교하는 거야?"

　"너 누구한테 질투하는 건 아닐 테지."

　젊은 남자가 재미있다는 듯, 그 여자의 옆구리를 찔러대며 약을 살살 올리고 있었다.

　"너 정말 그럴 거야. 이 시간부터 절교라구."

　"니가 팔팔 뛰는 게 재미있어. 그래 우리가 이 거리에서 저 여자 한두 번 봤냐? 나도 재수 없어."

　그 남자는 목구멍 속에 달라붙은 가래를 소리가 나도록 주룩거리며 내 얼굴을 갈기듯 가래를 뱉어낸다. 나는 그들의 말을 듣고도 감정도 없는 미물처럼 내가 지금 하고 있는 행동을 이어야 했다. 다시 은행잎을 씹었다. 딱딱했지만 내 어금니는 아직 성했기에 고기를 씹듯이 씹었다.

　은행알 껍질이 깨지는 소리가 내 몸 어느 구석을 흥분시켰는지 모르나 나는 행복한 웃음을 날리고 있었다.

　책갈피에 꽂혔던 은행잎이 떠올랐다. 한 남자가 내게 은행잎을 건네면서 진보라 빛 입술에 미소를 머금었던 생각을 하며 나는 또 허기진 웃음을 하늘에 날렸다.

　뜨겁던 솜방망이가 불에 젖어 피식 소리와 함께 꺼졌을 때 내 가슴에 스며든 매캐한 연기 냄새는 오래도록 가슴을 썩게 하면서 슬픈 노래로 남았다. 몸과 마음을 다 주었지만 허탈과 배신 사이에서 날아가 버린 새를 원망하기에는 이미 너무 지쳐있던 나는 세상을 잊고 사는 것이 유일한 바람으로 남아있을 뿐이었다.

　혼자 울었고 고민했고 세상이 싫어졌을 때, 나는 이미 내가 아니기를 바라고 있었다. 방 안에서 밖으로 기어나가고 내 의식 속에는 고민도 슬픔도 다 사라진 뒤였는데도 엄마와 오빠는 나를 병원에다 처넣고 발악하는 내게 진정제 주사를 맞히며 수면제를 먹였다. 뱉어버리면 묶어놓고 입에다 약을 처넣었다.

　몽롱한 상태로 편안하게 하늘로 오르는 꿈을 꾸기도 했고 그 남자의 품에서 아가처럼 웃기도 하였다.

　몇 달 만에 퇴원했다. 다시 끌려 병원에 갔고 다시 나왔을 때 어머니는 집에 없었다. 쓰러져 돌아가셨다고 했다. 나 때문에 속을 썩어서라고 했다.

　그리고 언제부터인가 낯선 거리의 바람이 되어 있었다.

　쇠 쪼가리 같은 목숨 이어가기는 사람들로 해서 이어졌다.

　젊은 것이 인생이 불쌍하다며 빵을 쥐어 주어 먹었고, 국밥집 할머니는 며칠에 한 번 스치듯 지나치는 바람 같은 나를 세워놓고 밥을 말아 먹게 하기도 했다.

배고픈 건 참을 수 있었다. 그런데 밤이면 거리의 숫바람들이 못살게 굴었다. 나를 여자라고 아니 암캐라고 따라다녔고 싫어도 그들에게 몇 번이고 살점을 찢어줘야 했다.

어느 날인가 오늘 같은 은행잎이 뒹구는 그런 날이었다.

비바람이 몹시 불어대는 날이었다. 쥐어뜯는 것처럼 아픈 배를 움켜쥔 채 쓰러져 뒹구는 걸 사람들은 구경이 났다며 바라보다 가버렸다. 어떤 아주머니의 신고로 못 본 체하고 지나쳤던 경찰에 의해 어느 종합병원에 끌려갔고 임자 없는 핏덩이를 긁어내는 수술을 한 후, 걸인수용소에 수감돼 생활했지만 나의 정신은 여전히 풍선이 되어 있었다.

나는 실컷 매를 맞고 내쫓겨 자유로운 거리의 바람이 되는 날 행복했다. 꿈길을 걷듯 지나온 길을 자꾸 걸으며, 되돌아갈 수 없는 길을 가며 행복해서 웃었다.

이러는 나를 보면서 사람들은 외면을 했고 불쌍하다며 혀를 끌끌 차고 가버렸다. 어떤 이는 불쌍한 인생이라며 먹을 것을 손에 쥐여 주고 가버렸다.

아늑한 집, 좋은 옷, 돈도 잊혀진 지 오래되었다. 뱃속을 채울 수 있는 밥 한 덩이에 대한 바람을 잊는 날도 많았지만 목숨은 쇠줄보다 질겨 가끔씩 허기를 느꼈고 그때마다 나는 거리를 휩쓸며 쓰레기 더미를 뒤져 냄새나는 찌꺼기를 찾아내어 정신없이 먹었다. 그리고 음식점 밖에서 마냥 서 있으면 먹을 것이 생긴다는 걸 알게 되면서 나는 배가 덜 고팠다.

"빨리 꺼져. 손님들이 도망가겠어. 젊은 년 정신은 왜 놔. 그릇이나 가지고 다녀."

양은 대접에 고깃국과 밥덩이를 말아 게 눈 감추듯 하고 그릇과 숟가락을 갖다주었더니 기겁을 한다.

"이년아, 너 가져. 그거 니 밥그릇 하란 말이야."

나는 히죽 웃어 보였다.

그릇과 숟가락이 생겼으니 나는 큰 부자가 되었다.

언제든 둘러매고 다니는 밤색 가방에다 넣고는 다시 웃었다.

"여자가 웬 광대뼈가 저렇게 많이 나왔담. 저 여자 남자 복도 되게 없게 생겼네."

말라서 보기 좋은 모습이 있을까.

"얼굴은 그래도 지성적으로 생겨 먹었어."

그때 마침 지나던 여자 둘이서 내가 웃는 것을 보며 왜 웃느냐고 시비를 하고 있었다.

돈을 한 푼도 내놓지 않아도, 관상까지 보는 데는 기가 막히다 못해 다리 힘이 쫙 빠져 털썩 주저앉았다.

단물 빠진 껌을 뱉어버리듯 내 얼굴에 달라붙어 덕지덕지 깨곰보가 되고도 남을 것 같은 말들을 구정물 토하듯 하고 가버리면 그만이었다.

이런저런 생각 중에 나 스스로를 저주하면서 기막혀 히죽거리면 그들은 미친 여자가 다시 발작을 한다고 믿으면 그만이었다. 쓰잘데기 없는 관심으로 나의 영혼까지도 갈래갈래 찢어놓고 다시 또 땜질을 하는 사람들은 나를 동짓달 짧은 햇살과 서릿발보다 무섭게 했고 긴긴밤보다 더 외롭게 했다.

나의 과거를 궁금해하는 반면, 현재 지금의 내게 무관심한 사람들의 입에서 나온 말은 내가 어느 야산에 굴을 파놓고 가마니와 짚을 깔고 지낸다는 것이었다. 하지만 그게 사실인지 아닌지도 모르면서 입에서 입으로 전해져 씹히며 거리를 굴러다녔다. 내 몸뚱이가 가는 곳마다 별의별 소문이 먼지가 되어 날아다녔지만 누구든 시비를 가려 신문 지상에 실어주지 않았고 신문에 뉴스라고 실린 건 모두 골치 아픈 이야기와 사람이길 나처럼 거부한 정치인들의 부패상이었다. 또한 부자들의 사치성과 연관된 부끄러운 이야기로 가득 차 있을 것이다. 그래서 큰 도둑은 잘 먹고 잘 살고 배고파 좀도둑질한 자들만이 좁은 방에 갇힌 채 푸른 하늘을 그리워할 것이다.

그리고 보면 나도 괜찮은 삶이 아닌가. 거리는 내 길이요. 하늘 또한 내 자유의 나라이고 도심의 밤은 나의 밤이 아닌가.

떠들썩한 도시의 하루가 식어갈 때쯤 도심을 누비고 다녔던 발길은 세균이 득시글거리는 침대에 눕는다. 살인마의 차바퀴는 죽음이 순간을 음미하면서 땟국이 흐르는 밤이슬을 맞으며 인간에 의한 숨쉬기 같은 굉음을 멈추고 서 있었다. 나는 비로소 세상 밖 소리에 귀 기울이고 그 소리에 웃어본다.

도심은 쓰레기가 널브러져 천사의 손을 기다리고 나는 그 속에 서 있어 쓰레기가 된다. 넘쳐나는 세상에서 사람들이 쓰고 버린 쓰레기 산은 '황금의 잔해'라면 지나친 미화일까.

언젠가 쓰레기 산에 묻혀 죽을 사람들, 그리고 멸망한 세상에 참새 한 마리도 남지 않을지도 모르지만 늦잠에 취한 사람들은 이른 아침 부지런한 참새들의 이야기도 듣기 싫다며 잠을 깨웠다고 불평을 늘어놓는다.

그 많던 제비들이 도심 속에 몇 마리나 둥지를 틀고 있는지조차 모르면서 나 외의 다른 것이란 있으나 마나 한 존재로 생각하는 사람들이 내 썩은 눈에도 보였다.

어느 날인가 나른한 햇살에 졸음이 쏟아져 시멘트 바닥에 엎드려 자고 있는데 누군가가 나를 깨우고 있었다. 물론 낯선 얼굴이었다.

내 팔을 끌며 무어라고 귓속에다 말을 했지만 나는 하나도 못 알아듣고 놀란 눈으로 바라보았다. 그 여자의 얼굴이 나이가 든 아주머니라는 것을 나중에 알아내었을 때 나는 승용차 뒷좌석에 앉아 있었다.

그 봄날에 나는 크나큰 행복에 몸이 날아가는 것 같았다. 교회에서 목욕을 하고 있었던 것이다.

나는 더운물을 보는 순간 너무 행복했다.

그 아주머니는 내 옷을 벗겨서 쓰레기통에 처넣고 물을 끼얹고 사정없이 비누로 내 머리며 몸을 문질러 대고 있었다.

머리를 감기고 몸을 씻긴 뒤 나에게 깨끗한 옷을 입혔고 머리는 싹둑싹둑 가위질을 해 단발머리를 만들더니 약을 뿌려주었다. 그리고 배부르도록 밥을 먹게 하고는 이렇게 말했다.

"너 내 말 잘 들어. 젊은 것이 거렁뱅이로 살다 죽지 않으려면 여기서 지내고 청소나 하면서 하나님에게 기도하라구. 알겠어?"

나도 그 말을 들으면서 그저 웃었다. 의미 없는 웃음이지만 한 가지 내가 웃을 수 있었던 이유는 배가 불러 행복했고 다른 옷을 입어 즐거웠던 것이다. 하여튼 행복한 웃음이라고 말할 수 있었다.

며칠을 그곳에서 보내면서 나는 차츰 신도로서 대우를 받았으나 나도 모르게 나오는 헤설픈 웃음은 상대방을 당황하게 했을 것이다. 나는 왠지 답답했다. 거리의 바람으로 다시 거리를 쏘다녀야 마음이 편해질 것 같았다. 갇혀 안식을 받는 일은 곤혹스러운 일이었다.

목사님이 내 머리에 손을 얹고 마귀를 쫓는다고 수없이 내게 성령을 전했을 때 나는 기절해 버렸다.

그리고 잠에 취해 자고 나면 내 머릿속에 수없이 쳐져 있던 거미줄이 뚝뚝 끊기며 소리를 내고 있었다.

그리고 그날 밤 교회는 암흑 속에서 크나큰 괴물처럼 하늘을 찌르고 있었고 나는 밖에 서서 십자가의 빨간 불을 넋을 잃고 바라보았다.

그런데 내 입이 누군가의 손에 막히고 나는 질질 끌려서 어둠침침한 지하실로 들어가고 있었다.

나는 왜 이때 정신이 또렷해졌는지, 그동안 몽롱한 꿈속에서 살다가 지금, 이 순간 긴박한 상황에서 생생한 육체의 향연에 초대된 나는 한 마리 암야생마가 되어 있었다.

그 힘 좋은 야생마를 뿌리치기엔 너무 나약한 나는 그가 이끄는 대로 깊게 얕게 숨을 헐떡이며 여자로서의 행복감에 취하면서, 언젠가 내가 사랑했던 그 남자의 품에서 행복에 겨웠던 바로 그 순간을 경험하고 있었다.

어둠 속에서 그 남자의 검은 눈썹을 똑똑하게 기억하는 나는 그다음 날 그곳을 떠나야 했다. 날이 밝기 전 그 남자를 기억하는 게 겁이 났기 때문이었다.

그 남자는 나를 외면할 것이고 또 기회가 오면 다시 나를 찾을 것이 뻔했다. 굶주린 야생마의 밤이 되기엔 한 번으로 족했다.

나는 다시 거리의 바람이 되기를 원했다.

"어머, 그 미친년 아냐? 신수가 훤해졌는데."

"미친년치고는 눈이 예쁘다."

"자기, 남자라고 여자만 보면 관심을 갖는 거야? 기가 막혀 죽겠네."

"관심은 무슨 관심, 사실을 말한 거뿐인데. 자기도 잘 보라구. 지성미가 있잖아."

"뭐라구? 저 광대뼈 나온 거 보라구. 팔자 더럽겠지."

애인 사이인 듯한 젊은 남녀가 기어코 내 얼굴을 긁어대는 말을 쏟아놓으며 살쾡이 같은 빨간 손톱을 감추고 가 버린다.

내 이름은 자꾸 늘어만 갔다.

미친년, 걸인여자, 재수 없는 여자, 광대뼈 여자, 팔자 더러운 여자로…. 길거리에서 볼 수 있는 개똥 주제에 이름은 많이도 달고 다녔다.

그 여름이 가고 가을로 접어들면서 나는 또 한 가지 이름이 붙여졌다.

똥배 여자. 그것은 마른 체격에 유독 배가 많이 나온 탓이었지만 실은 똥배가 아니었다. 나는 임신을 한 것이었다.

"아니, 저 미친년이 똥배가 아니잖아. 임신을 한 것이었어."

"그러게, 애를 뱄나본데, 별꼴이네. 누구 애를 가진 거야?"

남산만 해진 배를 감출 수 없어 뒤뚱거리는 오리걸음으로 걷고 있는데 사람들은 처음 보는 짐승을 보듯이 구름처럼 몰려들었다가 흩어져 가곤 했다.

"아이구 망칙해라. 어떤 자가 저런 여자를 건드렸을까?"

1999년 단편소설집 『걸인여자』

여자들은 입속말로 지껄이는가 하면 어떤 여자는 노골적인 말로 떠벌리고 있었다.

빵 한 조각도 주지 않는 인심이 내게 보인 관심은 결국 내 가슴을 찢어놓고 있었다.

"아니 어느 놈팽이야. 홀애비겠지. 하여튼 남자는 짐승이라니까. 늑대고."

남자들은 그런 말이 여자들 입에서 나오기가 무섭게 달아나 버린다.

"별꼴이야. 히히."

"톱 뉴스감이야. 저 꼴에 참."

젊은 남녀의 입에서 섹스 신음 소리 같은 낮은 목소리가 내 얼굴로 침이 되어 튀어왔고 나는 보따리를 가슴에 껴안고 걸어갔다.

"아니 저 보따리는 또 뭐야. 처음 보는 건데. 무슨 금은보화라도 들어 있는 거 아닌가?"

구경하는 사람들 눈동자가 빨개졌다 파래졌다 다시 보라색으로 변하면서 내 배에 쏠리더니, 내가 껴안고 있는 보따리로 쏠린다.

"아니 어디 여자가 없어서…. 원 별일이네!"

"누구 아이를 가진 거야?"

눈동자 색을 바꿔가며 궁금해서 못 살겠다던 여자들이 가버리고 다시 또 모여들고 여름날 파리 떼가 똥 덩이에 모여들 듯 자꾸 모여들었을 때 남자들은 싸잡아 늑대가 되어버렸다.

여지껏 내게 관심을 이렇게 많이 보였던 사람은 별로 없었다.

"여봐, 말해봐. 벙어리야. 널 이렇게 만든 놈팽이가 누군 줄 알아, 몰라?"

"저 여자 벙어리야. 말하는 거 한 번도 못 보았어."

"저 몸에 씨가 영글다니 생명은 모질다."

내가 가는 곳마다 똥파리 쇠파리가 모여들었다 흩어졌다. 소문은 이리저리 개똥이 되어 굴러다녔다.

"저 여자가 산부인과에 들어가는 걸 보았대."
"어느 산부인과?"
"○○산부인과"
"어머 그럼 정신은 있는갑다."
내가 미친 걸인이라도 뱃속에서 꼬물거리는 생명에 대한 애착이 아니 모 정도 없는 줄 아는지, 아니면 나 같은 인생이면 모든 것을 다 잃어버려야 한다는 것인지, 나도 기가 막힐 정도였다.
"어디 봐. 그 보따리에 무엇이 들었나."
극성이 넘쳐서 그런지 나에 대한 궁금증에 몸살이 날 것 같은지 보따리를 빼앗아 풀어보는 여자도 있었다.
그 많은 아픈 날들, 철없는 아이들이 던진 돌이 내 몸을 다 이겼을 때보다 지금 내게 보내는 관심이 더 아픈 줄도 모르는 사람들이 기어코 소중한 보따리까지 헤치고 있었다.
"어머, 아기 옷 아냐? 그리고 기저귀 하며."
돈 몇 푼이 쟁그랑 소리로 흩어져 시멘트 바닥에 떨어진다.
"그러게, 아기에게 입히려고 준비했군 그래. 가여워라."
그 아주머니가 돈 몇만 원을 내놓으며 미안해 어쩔 줄 몰라 하는 걸 보던 사람들이 모두 돈 몇 푼을 던진다.
"어머 모정이 있었다니."
화사한 화장과 멋지게 옷을 입은 여자가 껌을 씹어 돌리며 사라져 갔다.
"그러게, 아마 모정의 힘일 테지."
"그래 정말 안 되었다. 왠지 눈물이 나려고 하네."
세상은 그래서 살맛나는 게 아닐까. 나는 마지막으로 듣는 말을 가슴으로 느끼고 있었다.
"안되었어."
나는 보따리를 다시 들었다. 그리고 아기를 안 듯 꼬옥 껴안고 걸었다.

그런데 허리가 뒤틀리는 것 같더니 아랫배가 아파오는 것이었다. 통증이 멈추는 것 같아 다시 발을 옮기려고 했지만 통증은 다시 시작되었다. 아침에 몇 번 있던 통증에 겁이 나서 바쁘게 서둘렀는데 사람들의 관심 밖의 시선이 내게로 뭉쳐서 사정없이 던져지는 바람에 나는 당황하면서 아찔한 통증에 몸을 뒤틀어야 했다.

"아니 저 여자가 아이를 낳으려나 봐."

"글쎄, 멀쩡하더니 별안간 저러네."

"무엇인가 낌새가 있어 병원에 가던 중이었나 봐."

"어떻게 하지 누가 병원에 데려다주었으면 좋겠네."

모두 떠들며 법석만 떨고 있을 뿐 나를 데리고 병원에 갈 생각은 없는 것 같았다.

"그 여자 좀 일으켜 주시오."

그렇게 말하며 차 문을 열고 서 있는 사람은 택시 기사였다. 여자 둘이서 나를 끌어다 택시에 집어넣고 내가 들고 있던 보따리를 내 옆에다 놓아준다.

"고마운 사람이군."

'고마운 사람'이라는 말이 택시 문이 닫히며 잘린다.

택시가 미끄러지듯 달려 나가 버리자 옹기종기 모였던 사람들이 흩어지면서 마지막 관심을 보이고 있었다.

"사내아이를 낳을까 계집아이를 낳을까."

"어떤 애가 나올까 괜시리 궁금하네."

내가 순산하기를 바라는 말은 삼키면서 나로 인해 빼앗겼던 시간이 아쉬운 듯 하얀 손목에 찬 시계를 들여다보며 가 버린다.

도심 속을 흐르는 썩은 살냄새가 곳곳에서 풍겨나듯 이 입 저 입을 통해 나의 이야기가 계속 이어져 가고 있었다.

사내아이를 낳았는데 어느 불임녀가 데리고 갔다고도 했고, 아기가 영양

부족이어서 ○○산부인과 인큐베이터에서 자라고 있다고도 했고, 미국으로 입양될 것이라고도 했는데 나를 태우고 갔던 기사 입에서 나온 말인지 아니면 병원에서 나를 만났던 사람들 입에서 나온 말인지는 알 수가 없었다.

"미국에 입양되었으면 잘된 일이지."

사람들은 미국이라는 말에 힘을 주어 말했다. 한 핏줄로 같은 민족끼리 함께 살면서 돌보아 잘 자라게 하는 것보다 불쌍한 출생이 미국으로 보내지는 것이 그렇게 좋은지 모두 미국이라니 손뼉을 치듯 좋아했다.

한 번쯤 생각해 본다거나 남의 일도 제 일처럼 여기는 아량과 배려는 곱보다 없으면서 듣고 있던 사람들은 꾀맨 입처럼 아무런 말도 없었다.

미주알고주알 들춰내면서 여름날에 번지는 박테리아균이 살아서 옮겨다니듯 내 이야기는 한 철을 넘기고 있었다.

내가 사내아기를 낳고 정신을 차렸을 때 나는 태어난 아기를 위해 다시 살아야 했다.

사회복지의 혜택으로 병원비가 지원돼 나의 아기가 살 수 있게 배려가 되기 전 아기와 나는 영영 이별을 할 위기에 처해 있었다.

나의 몸부림은 모정 그것밖에 없었다.

내가 아기를 품에 안고 우는 걸 본 의사는 나를 위해 모든 노력을 해 주었다.

내가 난산으로 죽었다는 소문도 나돌았으나 나는 정신을 차려 다시 태어나야 했다.

세상 사람들의 관심으로라도 나는 다시 살아야 했다. 며칠 밤낮으로 떠돈 나의 소문은 뿔처럼 돋아났다. 제풀에 자지러들면서 내가 없어도 보이지 않아도 이 넓은 도심이 비었다고 누가 생각하겠는가. 보고 싶다든지 서운하다든지 그럴 리도 없겠지만 나에 대한 기억이란 비누 거품처럼 자지러들리라.

■ 장미의 하루

    내가 태어나 살고 있는 마을은 산을 마주하고 앉은 시골 마을로 면 소재지에 영입되어 있었다. 아버지는 면서기이었으며 논과 밭도 있었다. 어렸을 때 기억으로는 남부럽지 않게 살았다.
    육이오 난리가 있었는지 없었는지 기억에 없었지만 어른들이 하는 말을 듣고 알았었고 학교에 입학하고 나서 배워서 알게 되었다. 그러고 보면 나는 육이오 난리 이후에 태어났으니 다행이라면 다행이라는 생각을 했을 만큼 영리하고 이기로 가득 찬 계집이었다고 말할 수 있었다.
    어느 날 학교에서 돌아온 나는 집 밖에 가마니로 덮인 아버지를 볼 수 있었다. 동네 사람들이 모여와 밤을 밝혔고 엄마는 미친 듯 울부짖었는데 그 울음소리는 산짐승 울음소리처럼 내 가슴 속을 서늘하게도 했고 아프게도 후벼팠다.
    나중에 안 일이지만 출장을 가게 된 아버지는 친면이 있는 후배의 차를 타고 가다가 저수지로 추락하고 말았단다. 후배인 운전자는 그 당시 술에 취한 상태였다고 하였다.
    돈 벌어 놓은 것도 없이 졸지에 과부가 된 어머니는 살길이 막막했을 것이다. 몇 해 안 돼 논도 밭도 없어졌는지 그건 알 수가 없었지만 어머니는 큰 고생을 안 해서인지 힘든 일은 못 했다. 몸맵시도 좋고 얼굴도 예쁜 어머니는 많은 유혹도 받았으리라. 그런데 미군 부대에 가까이 있던 관계로 양공주라는 색시가 방을 빌려 달란다며 이웃집 곤치 어머니가 찾아와 소곤거리는 소리를 들을 수 있었다. 집 한 채가 전 재산인지라 방세라도 줘야 살 수 있었으니 엄마는 망설일 것도 없이 허락했다. 방값도 후하게 받게 되었다며 엄마는 곤치 어머니에게 고맙다고 했다.

"곤치 어머니, 고마워요."

"뭣이 고맙소. 다 이웃 정 아니겠소."

입가에 웃음을 흘리며 그런 말 마라며 손까지 젓는다. 엄마는 곤치 어머니가 가고 난 뒤 방을 치우기 시작했다. 쓸고 닦고, 도배까지 대충하니 신방처럼 깨끗했다. 이튿날 코가 크고 눈이 파란 아저씨와 먹물같이 새까만 아저씨 그리고 멋지고 예쁜 아줌마가 찾아왔다.

"아줌마 안녕하세요. 제가 신세 좀 지려고요."

그 아줌마는 서울 말씨에다 아주 상냥했다.

"어서 오세요. 누추해 살랑가 모르겠소."

"괜찮은데요. 마당도 깨끗하고 방도 깨끗하고."

얼굴이 하얀 그리고 머리가 노랗고 눈이 파란 아저씨와 새까만 아저씨가 아까부터 무슨 말인지 주고받고 웃으며 엄마를 유심히 바라보는 게 나는 싫었다. 돌멩이라도 주어서 냅다 던지고 싶었지만 무서워서 문 뒤에서 얼굴 반쪽을 내놓고 바라보았다.

"이리 와. 이리 와."

양색시한테 배웠는지 '이리 와'란 말은 잘했다. 그때 눈이 마주친 새까만 얼굴이 나에게 손짓하면서 "이리 와 이리 와" 하는 것이었다. 나는 얼른 문 뒤로 숨었고 동생 동래가 옆에서 구경하고 있다 껌 한 통 하고 드롭스 사탕 한 봉을 얻었다.

"자, 아줌마. 오십만 원이야. 다섯 달 치 선불 주는 거니까. 나는 밥은 안 해 먹어요. 부엌이 없어도 괜찮아요."

엄마는 나이 어린 양색시한테 허리까지 굽히며 돈을 받고 있었다.

육이오 사변이 난 지 수년이 흘렀건만 질서보다도 먹고사는데 눈이 벌겋게 되어 갔으니 사람 사는 게 말이 아니었다. 동생이 혼자 먹겠다며 껌과 드롭스를 들고 돌아섰다. 미국 사람들이 가고 양색시가 가고 나자 나는 쏜살같이 달려 나와 동생 손에 든 것을 빼앗았다.

"앙~ 내 꺼야. 내 꺼."
"같이 나누어 먹는 거야. 그 깜둥이 아저씨가 나더러 오라고 했잖여. 그러니 똑같이 나눠 먹으면 되잖여."
"큰 것이 더 하당께."
다른 때 같았으면 몇 대 얻어맞았을 것이지만 어머니는 돈을 세느라 한마디만 하고 말았다. 동생은 별수 없이 내가 나누는 걸 지켜보며 내가 더 가질까 봐 눈을 초롱초롱 떴다.
"와! 맛있는 거. 세상에서 제일 맛있을 꺼구먼."
나는 드롭스를 까서 입에 넣고 빨며 이렇게 말했다.
"저 몹쓸 가시나. 애미 좀 먹어보라는 소리도 없이 저만 먹는 거 보소."
"자, 어무이. 내가 주야 혀."
동생 동래가 얼른 내민다.
"어이구, 우리 아들 착하지."
나는 껌을 씹고 씹다 잘 때는 벽에 붙였다 다시 떼서 씹었다. 어렸을 때부터 나는 밉상을 받았다. 그건 아버지가 돌아가신 뒤에 어머니는 나를 미워한 것 같다는 생각이었지만.
양색시가 이튿날 이사를 왔다. 까만 검둥이가 애인인지 짚차에다 싣고 온 짐은 그리 많지는 않았다. 옷가지며 이불이 고작이었는데 통조림과 유리병이 한 짐은 되게 가지고 왔다. 나는 통조림을 먹어본 적이 있었기에 '맛있는 것을 많이도 가져왔구나.' 하고 침을 꿀꺽 삼켰다.
양색시는 어느 날부터인가 우리 엄마더러 언니라고 불렀다. 나는 듣기도 좋았지만 엄마랑 친하게 지내는 게 여간 좋은 게 아니었다. 양색시는 먹을 것도 많이 주었고 어떤 때는 고기도 주었다.
나와 동래는 엄마가 시키는 대로 이모라고 불렀다. 나는 왼종일 양색시와 검둥이 아저씨가 방안에서 히히덕거리는 소리를 들으며 궁금해야 했다. 학교 갔다 돌아오면 으레 그 방을 쳐다보며 그 어떤 미스터리를 캐내고 싶어 견딜 수 없는 충동을 느낀 적이 한두 번이 아니었다. 그러던 어느 날 집을 들어선 나는 너무 조용해 집안에 사람이라고는 없다는 생각이 들었다. 그때 아랫방에서 괴상한 소리가 흘러나오며 끊어졌다 다시 이어졌다. 그 소리는 밀 서리 할 때 밀단이 타면서 오므라드는 소리였고 간간이 바가지로 물 퍼서 던지는 소리도 났다. 하여튼 처음 듣는 소리인데 내 전신을 자극하는 기이한 소리임에 틀림없어 나는 살금살금 문 앞으로 다가섰다. 엎드려서 내 그림자가 문에 비추지 않기를 바라면서 조심조심 다가가 문과 문 사이 조금 벌어진 곳으로 왼눈을 맞추었다. 벌건 대낮인데도 불을 켜놓고 엉겨 붙은 나체가 흔들리고 있었다, 시커먼 물체 그건 바다에 떠 있는 고래 등이었다. 울부짖는 짐승의 소리만 아니었으면 꺼먼 물체는 영락없는 고래였다. 표류하는 고래는 작은 섬처럼 일어섰다 다시 엎드린 채 헤엄을 치고 있었다. 난생처음 보는 광경에 아직 털숭이였던 나는 숨이 막혀 꼼짝달싹 못 하다 몸을 비틀어 간신히 헤어났다. 나는 마루에 앉아 방금 꿈에서나 보았음 직한 그 광경을 다시 한번 생각했다. 엄니는 어데 가고 집을 비웠을까 생각을 하고 있을 때 미군 병사가 휘파람을 불며 대문을 밀고 들어섰다. 백인으로 언젠가 방 보러 함께 왔던 사람이라는 걸 나는 알아보았다.

"하이"

그는 바른 손을 들어 보이고 성큼성큼 아랫방으로 가고 있었다. 내가 본 광경은 이미 끝났으니 안심을 해도 되었기에 나는 배시시 웃으며 눈은 그를 따라갔다. 와자지껄 웃고 떠들더니 양색시인지 이모인지가 방문을 열고 나와 나는 시선을 다른 데로 돌렸다.

"애 동미야, 엄마 어디 계시니?"

"없어요."

"너 학교서 언제 왔는데?"

너 내방 들여다본 거 아니지 하면서 쏘아댔다.

"지금 막 돌아왔는디 없드랑께요."

"그래 엄마 오면 내가 찾드라고 해. 알겠지?"

나는 대답 대신 등을 돌렸다. 여지껏 이모라고 부른 게 아니꼽고 치사하다는 생각이 들었다. 엄니가 오면 절대 말 안 해 줄 거라고 맹세까지 하였다.

봄이라 벼모도 다 내었고 논에는 물이 잘름잘름 바람에 흔들리고 있었다. 올챙이가 덩어리로 뭉쳐 다녔고 개구리가 제철을 만나 이리 텀벙, 저리 텀벙하면서 뛰어다니니 동생은 들에 나가 올챙이 건지고 붕어 잡는 재미로 한나절이 기울자 들어왔다.

"동래야, 엄마 어디 갔는가 알지?"

"잔칫집이 누 집인가 모르는 디 거기 갔어라."

"니가 따라가니께 몰래 간 거구먼."

숙제를 하면서도 아까 보았던 희한한 구경이 좀처럼 지워지지 않았다.

'필시 부끄러운 짓인 것 같은디 옷을 다 벗었으니, 부끄럽게끔 웬 짓인가 엄마 오면 물어볼까도 생각했지만 그건 부끄러운 것인 게 감추어야 쓰갔디.'

나는 이렇게 생각하고 혼자 끼룩 웃었다.

엄마는 해가 저물고 한참 만에야 왔다.

부침 몇 조각 그리고 떡을 가져와 배고픈 참에 정신없이 먹었다.

"동미 숙제했겠지."

"엄마, 다 했은게 염려 노랑게."

나는 아랫방을 아까부터 힐끔거리며 바라보았다.

"언니 오셨어요. 내 방에 좀 오세요."

방문도 열지 않고 양색시는 엄마를 부르고 있었다.

"동생, 와 그라샀는가."

"글쎄 안 잡아 먹을 테니 잠깐 왔다 가요."

"엄마, 가지 마소 저 방에 가지 마시쇼."

나는 엄마 치맛자락을 꽉 붙들었다.

"야가 왜 이래샀는가 잉."

엄마는 나를 사정없이 떠다밀었다.

그리고 앞치마를 벗어놓고 아랫방을 횅하고 달려간다. 나는 불만에 찬 눈동자를 굴리면서 무슨 말을 하고 있는지 궁금했고, 검둥이 그 사람이 있을까 없을까 궁금했다. 방안에 있는 걸 알면서….

방안에서는 웃음소리만 나올 뿐 말소리는 들리지 않았다. 얼마 동안 있던 엄마는 통조림이며 설탕이며 한 보따리를 안고 나오며 상기된 얼굴빛을 감추려는 듯 내 시선을 피했다.

"엄마, 많이 얻었네. 이모가 이것 줄랑게 기다렸구만이라."

"응, 이것은 너 입으라고 이모가 주데야."

목이 파지고 등이 파진 원피스였다.

"내가 몇 살인데 이걸 입어야."

나는 한 손으로 똥 묻은 옷을 들어 올리듯 하며 중얼거렸다.

"입을 수 있당게. 이모한테는 작대야. 어서 입어 보랑께."

나는 엄마의 성화에 마지못해 입는 척하며 입을 삐죽거렸다.

끈이 달린 원피스는 아직 입어본 적이 없어 달갑지도 않았다.

"어머 이뻐야. 그 옷 입으닝께 색시 같아야."

엄마는 감격해하는 목소리로 나를 추어올렸다.

"엄니 누가 놀려먹는당게. 누가 양색시 옷 입고 다니는 거 봤어야. 난 싫당게."

"이년아, 양색시가 되고자퍼 되었는가. 이모 들으면 어쩌려고 그랬사."

"안 듣잖여 엄니."

동생 동래가 내 편을 들어주었다.

동래는 잘 생겼고 나이에 비해 의젓했다. 아버지를 닮았다고 나는 늘 그렇게 생각하며 동생을 자랑했다.

가을이었다. 들에는 오곡이 무르익어 황금빛 빛깔이 춤추는 계절이었다. 나는 여느 때처럼 책보를 허리에 차고 작은 산허리를 돌아 냇물을 건너다 돌 밑을 뒤져 고기가 놀라게끔 첨벙대 보면서 논과 밭을 따라 집으로 오고 있었다. 동생이 고추잠자리를 잡느라 제 또래와 열심히 놀고 있는 것을 발견하고 나는 불렀다.

"동래야, 동래야, 집에 가자이. 고추잠자리는 날쌔서 잘 못잡는 기여."

"한 마리만 잡아도 좋겠는디."

동생은 고추잠자리를 바라보며 좀체로 미련을 버리지 못하고 있었다.

"내가 잠자리채 만들어서 잡아 줄랑게 어서 가자. 배고파 죽겠다."

동생을 데리고 집 대문을 들어서는데 엄마 신발이 보이지 않아 집에 계시지 않은 것이라고 생각했는데 아랫방에서 엄마 말소리가 들려오는 것이었다.

"나는 이래서는 안 되는 것인데. 동네 사람들이 알면 무엇이라고 할까이."

"언니 무엇이 두려워요. 남편이 있는 것도 아닌데. 자식들 먹여 살려야지 누가 쌀 갖다줍니까. 언니가 맘에 쏙 든대요. 한 번 같이 자보고는 미치겠다구 하데요."

"동생, 부끄러버. 그런 말 말게."

"언니두 외롭지 않고 돈 벌고. 꿩 먹고 알 먹는 거 아니겠수."

나는 이런 말을 듣는 순간 언젠가 보았던 흔들림에서 나오는 괴상한 소리를 떠올리며 동생 손을 잡고 부엌으로 몰래 들어갔다. 동생이 엄니를 부를까 봐 손가락을 입에 대며 조용히 할 것을 암시했더니 동생은 잘 따라주었다. 솥단지 안에는 보리밥 한 사발이 수북이 담겨 있었다. 나와 동생은 김치를 걸어 넣으며 맛있게 먹고 밖으로 나왔다.

"동래야, 너 잠자리 잡아 달라고 했제. 내가 잡아 줄 꺼구만. 엄마가 알면 공부하라고 할 낀게 몰래 나온 거랑게."

동생은 좋아했다. 저녁나절 햇살에 빨간 고추잠자리가 더 붉어진 몸을 날려 하늘로 오르다 다리가 아픈지 날개가 무거운지 잠깐 수숫대 위에 앉아 쉬고 있는 걸 재빨리 낚아채서 잡았다. 아직 내 키가 작아서 손이 닿지 않았기 때문에 펄쩍 뛰어 낚아챘는데 잡힌 것이다.
 "자, 되았지?"
 "웅, 누나 고마워잉!"
 동생은 잠자리 날개를 접어 쥐며 좋아했다.
 가을의 노을빛은 진한 감빛을 띠우고 불꽃으로 아름답게 서산을 감싸고 있었다.
 "집에 가자, 누이야."
 "그래, 가자."
 나는 엄마가 제발 정신을 차렸으면 하고 생각을 하면서 우리 엄마는 절대로 양색시처럼 그러지 않을 거라고 고개를 저었다.
 "누이야, 왕잠자리가 앉았다."
 나는 다시 왕잠자리를 잡았다.
 집에 돌아오니 엄마는 부엌에서 밥을 하고 계셨다.
 "동미야, 니 언제 왔드노."
 "아까 왔다."
 나는 엄마 눈치를 잽싸게 살폈다.
 "왔으면 내를 불러야지. 와 도둑년처럼 밥을 먹었는가."
 "학교서 오다 물에서 놀다 동래가 있길래 같이 와서 먹었는디."
 나는 눈을 크게 뜨면서 응석 섞인 말을 하였다.
 "어서 손 씻고, 발 씻고 밥 묵자."
 저녁 반찬은 김치에 소고기 통조림을 넣은 찌개라 맛이 있었다.
 "다음부터는 집에 오문 큰 소리로 불러야 혀. 그래야 밥도 차려주고 맛있는 통조림도 주지."

엄마는 마음이 켕기는지 하지 않던 짓을 시키면서 하라고 했다. 나는 엄마의 얼굴을 재빠르게 훔쳐보며 입이 찢어지도록 밥을 쑤셔 넣었다.
"천천히 먹어. 굶겼냐?"
엄마는 눈을 하얗게 흘기며 내심 못마땅한 마음을 감추고 있었다. 나는 엄마가 그럴수록 괴이한 몸짓에 대한 관심은 더 깊어졌고 알고 싶었다. 살기가 힘들었던 시대에 자라고 있는 우리 또래는 들과 산이 낙원이요, 놀이터였다. 콩서리며 칡 캐서 씹고 밀대 꺾어 비벼 입속에 털어 넣고 씹어 먹는 맛은 끼리끼리 어울려서 하기 때문에 더 맛있고 재미가 있었다. 서리란 모두가 인정해 준 풍습으로 너나 할 것 없이 눈 감아 주었기 때문에 가능했다.
학교서 돌아오는 길에 약속이나 한 것처럼 동생 동래를 만났는데 냇가에 서였다.
"동래야!"
하고 부르면 노는데 지쳐 퀭한 눈으로 반갑게 뛰어왔다.
"동래야, 니 밥 먹었나."
언제부터 놀았는지 물어볼 필요 없이 깡통에는 개구리와 송사리 새끼가 담겨져 있었다. 반나절을 잡았을 것이라는 짐작이 가는 양이었다. 동래는 고개를 저었다. 점심은 먹었으면서도 배가 고프도록 놀았으니 안 먹은 것이 되었다.
동래의 큰 눈은 아버지를 닮았다고 생각되었다. 황소 눈을 닮았다는 생각도 하게 하였다.
"동래야, 집에 가면 엄마 부르지 말고 밖에서 기다려야 혀. 이따 잠자리 잡아 줄랑게."
"응."
나는 동래 손을 잡고 미나리 밭가를 걸어가고 있었다. 메뚜기가 펄쩍 뛰며 날아가더니 미나리 잎에 숨는다.
"누이야, 메뚜기 잡아줘야."

나도 메뚜기를 후려잡으려다 중심이 한쪽으로 쏠리는 바람에 한 발이 미나리밭에 빠져 버렸다.
"동래야, 내 집에 가서 책 두고 양말 벗어놓고 올 텐게 저 곤치랑 놀고 있어야."
"그람 잠자리 많이 잡아줘야 혀."
"그래."
나는 동생을 떼놓고 집으로 향했다. 잠시 잊었던 생각이 나면서 가슴 속이 울렁거렸다. 버스를 탄 것처럼 골이 아프고 메스껍고 기분이 이상해졌다. 엄마도 나 몰래 발가벗은 채 미국 사람과 창피한 짓을 했을지도 모른다는 생각이 자꾸 나면서 가슴이 울렁거렸다. 어른들이란 이상하다는 생각을 하면서 가끔 보았던 개들이 엉겨 붙어 떨어지지 않았던 기억이 떠올랐다. 개를 떼어 놓겠다며 돌을 던지는 머슴애들 틈에 끼어 나도 돌을 던졌었다.
나는 그때 그 기억을 생각해 내곤 엄마가 지금 그러고 있을지도 모른다는 생각을 하며 대문을 조심스레 밀었다. 삐그득 소리가 될 수 있는 한 나지 않도록 조심조심했다.
집안은 아무도 없는 것처럼 조용했다. 나는 건넌방을 유심히 살폈다. 양색시가 오고부터 생긴 버릇이기도 했지만, 언제처럼 그런 일이 또 벌어지고 있을지도 모른다는 생각이 났다.
내가 들어가서 양말 한 짝을 벗어 마루 밑에 처넣고 할 때까지 집은 조용했다.
나는 부엌으로 가서 밥을 찾아 게 눈 감추듯 하고 나오려는데 언제 오셨는지 어머니가 나를 바라보고 계셨다.
"엄마."
나는 도둑질하다 들킨 것처럼 놀라며 쪼그리고 앉았다가 벌떡 일어났다.
"동미 너 언제 왔느냐."
"지금 막 와서 배가 고파 밥 먹었는디."

나는 곱게 화장한 엄마 얼굴을 바라보면서 죄지은 것처럼 가슴이 두근거렸다.

엄마가 어느 틈새 들어왔는지 소리도 없이 나타난 것이 못내 이상하다는 생각이 지워지지 않았다.

"동래가 어디에 노는가 찾아보그라."

나를 내보내려고 서둘고 있다는 걸 나는 눈치로 알았다. 양색시가 엄마한테 손짓을 하는 걸 보았기 때문이었다. 나는 동생이 기다리는 곳으로 갔다. 그곳에는 동네 아이들이 모두 모여서 뛰고 놀았다.

돌치기, 깡치기, 제기차기, 고무줄놀이, 공기놀이…. 놀이란 놀이는 다 하면서 노느라 정신이 없었다.

"동미야, 느그 어매 바람났다고 곤치 엄마가 우리 엄마한테 꼬드기는 소리 들었다."

복순이가 내 귀에 대고 이렇게 일러바쳐 나는 얼굴이 화끈 달아올랐다.

"곤치야, 이리 와 보랑께."

나는 나보다 네 살이나 적은 곤치를 골탕을 먹이고 싶었다.

"언니야, 왜 그라는데."

유난히 얼굴이 하얀 곤치가 볼우물을 만들며 내 앞에 왔다. 나는 크게 떠벌렸다.

"모두 모여라. 곤치가 술래를 하고 우리는 모두 숨는다. 꼭꼭 숨는 사람은 내 편, 잡히는 사람은 곤치 편이다."

나는 저고리 끈을 뜯었다. 뜯은 끈을 가지고 곤치 눈을 가렸다. 절대로 풀지 못하게 될 수 있는 한 꼭 매었다.

"곤치 너는 백까지 세어야 혀."

곤치는 그때 일 학년이었는데 백까지 세는 것도 못 하는지 쉰부터는 다시 쉰에서 마흔으로 내려오다, 또 올라가는가 싶더니 도로 내려서 세고 있었다.

아이들은 킥킥거리며 수수밭 속으로 숨는가 하면 밭에 엎드리기도 했고 나무 뒤에 숨기도 하였다.

"곤치야, 찾아봐라. 용용 찾아봐라."

곤치는 처음에는 열심히 찾는다고 두 손을 저으며 이리저리 헤매는 것이었다. 나는 이때다 싶어 손뼉을 치면서 곤치를 불렀다.

"곤치야, 곤치야, 앞으로 오세요. 바로 앞에 도둑놈이 있어요."

손뼉 소리를 듣고 곤치가 내 앞으로 오는 것이었다. 아이들은 기다리다 모두 나와 내 옆에서 손뼉을 치는 것이었다. 곤치 앞에는 미나리밭이 가로 놓여 있었고 우리는 자꾸 손뼉을 쳤다.

"잘한다. 곤치야, 용용 죽겠지. 조금만 있으면 도둑놈 잡힌다."

곤치는 미나리밭에 빠지며 넘어졌다.

"엄마야, 눈 아파라. 엄마야, 눈 아파라."

곤치는 넘어지자 눈이 아프다고 마구 울었다. 꼭 동여맨 끈이 눈을 압박했던 모양이다.

나는 아이들과 함께 도망을 쳤다. 산으로 올라가 나무 뒤에서 곤치가 우는 것을 바라보며 나는 만족해서 웃었다.

"느그 엄마가 우리 엄마 흉봤은게 니가 당하는 기여."

조금 있으니 곤치 엄마가 달려오고 곤치는 제 엄마 등에 업혀 가는 게 보였다.

"동미야 곤치 엄마한테 혼나면 어찌해야 쓰간니."

"우리 엄마 욕했으니께 내는 할 말은 있는 기여."

"동미야, 나한테 들었다고 하지 말기여. 응?"

"알았어. 알았당게. 우리 엄마한테 다 일러바칠 끼여."

나는 그렇게 말하면서 괜히 분했고 화가 났다.

산에서 숨바꼭질하고 해가 저물 때쯤 집에 오니 엄마는 내 머리채를 잡고 흔들며 한 손으로 마구 때렸다.

"이 몹쓸 년에 가시나야. 왜 남헌테 욕을 얻어먹고 사냐 이 말이다. 나가 뒈져쁘그라."

"엄마야, 곤치 엄마가 엄마 흉보드라는 디 가만히 듣고 우째 있나. 엄마가 바람이 났다 하는디."

"과부가 바람 좀 나면 대순가. 맘대로 흉보라고 하그라."

엄마는 힘없이 머리채를 풀면서 별안간 통곡을 하고 있었다.

"언니, 왜 그래. 남사스럽게. 남이야 그러라고 해. 못하는 게 병신이지. 과부가 수절한다고 열녀문이라도 세워 준대요?"

어른들 세계는 알 수 없지만 엄마가 바람난 건 양색시가 이사 온 후부터라는 생각을 하면서 돌아가신 아버지가 처음으로 보고 싶었다.

저녁밥을 다 먹으니 엄마한테 매를 실컷 얻어맞고도 억울하다는 생각이 나지 않은 건 엄마이기 때문이었나 보다.

다만, 우리 엄마가 양색시처럼 그런 짓을 해야 되었는지 그게 분했다. 문틈으로 들여다본 이상한 짓거리가 날마다 생각났고 눈에 어른거렸지만 설마 우리 엄마가 미국 사람과 그랬다고는 생각하고 싶지도 않았다. 엄마가 요즘 많이 변하고 있다는 사실이 슬펐다.

어느 해 겨울이었다. 정확히 따지면 음력 정월달로 보름 전날이었는데 달빛이 유난히 밝은 밤이었다.

옛날부터 내려온 망우리 돌리기가 시대가 변해 깡통 돌리기로 바뀌었고 우리 또래에겐 신나는 일이었다.

깡통은 그때는 소중한 생활 도구로 쓰였다. 지붕까지 이어 덮었으며 우물 두레박으로도 쓰였고 곡식 담는 그릇으로도 쓰였는데, 놀이로는 깡 밟기 그리고 불장난하는데 그만이었다. 깡통에 구멍을 숭숭 뚫고 적당한 나무를 골라 불을 붙여 빙빙 끈을 잡고 돌리면 윙윙 후룩후룩 바람 소리와 불꽃과 함께 춤을 추며 잘도 타면서 푸른 달빛과 빨간 불꽃이 뒤엉켜 혼불이

되었었다. 이 마을 저 마을 모든 동네 아이가 불꽃을 돌리다가 전쟁놀이가 시작되었는데,

"와. 와. 와."

아이들 함성이 밤하늘을 깨고도 남았다.

"모두 싸우자."

나는 사내아이들보다 더 씩씩하게 소리를 질렀고 아이들은 내 소리에 바람처럼 움직였다.

손에는 깡통 망우리를 돌리며 한 손에는 돌을 주워 던지고 꼬마들은 돌을 주워 모았다. 그중에 고치도 끼었다. 돌이 날아가고 또 날아와 떨어지고 밀리고 밀고 밤늦도록 승부 없는 싸움이 계속되었다. 불꽃놀이에 불과했지만 돌에 맞아 머리통이 깨지고 울고불고 어른들이 나서야 끝이 났으니 극성은 극에 달했다. 겨울이 가고 봄이 오면 개구리며 올챙이며 뱀까지 기어 나와 아이들은 개구리 잡고 올챙이 잡는데 신이 났으며 뱀은 보기만 하면 돌로 사정없이 처죽였다. 개구리가 많으니 뱀도 득시글대었고 내 손에 죽은 것만도 수십 마리는 될 것이다.

나는 계집애였으면서 남자들 틈에 끼어 똑같은 놀이를 했으며 잠잘 때와 숙제할 때만 빼놓고는 방안에 있지 않고 밖에서 살았다.

그러는 내가 미운지, 역정인지 엄마는 악을 쓰며 불렀다. 나는 대답 대신 엄마의 얼굴을 바라보는 것으로 대신했다. 신경질을 내면서 사정없이 머리채를 잡고 매질을 일삼던 엄마가 생활이 변하면서 달라진 건 매질을 덜 한다는 것이었지만, 나와 동생에겐 두려움의 대상이었다. 엄마는 동네 사람들의 따가운 눈총에도 나와 동생을 끌어들여 신경질을 부렸고 나와 동생이 남에게 업신여김을 당하는 것도 자존심 때문인지 엉엉 소리를 내며 세상을 원망하곤 했다. 이젠 나들이에 길들여진 짐승처럼 쏘다니고 한밤중에 들어와 자는 생활이 배어 있었다.

"느그 말 안 들으면 나 혼자 내뺄 기다. 나 죽지 못해 사는 거니. 나 나쁘

다는 생각하지 말그래이. 다 느그 먹여 살리려고 발버둥치는 게니. 알겠니?"

엄마는 미안한지 부끄러운지 나와 동생 앞에서 이 말을 되풀이했다.

그해 겨울이었다. 몹시 추웠지만 추위 때문에 방안에 막혀 있을 나와 동생이 아니었다.

혜숙이 그에는 부잣집 딸이었다. 곤치보다 더 얄미운 것은 혜숙이었다. 곤치는 내 손안에 있어 내가 골탕을 먹이기도 여러 번이었지만 혜숙은 좀체로 우리와 어울리지 않았다. 혜숙이 엄마가 못 놀게 해서였다. 그해도 정월 보름을 앞두고 우린 용케도 잊지 않고 불꽃놀이에 열중하고 있었다. 그런데 혜숙이가 나타났다. 뽀얀 명주 저고리와 명주 치마를 입고 배시시 웃으며 우리 쪽으로 오고 있었다.

겨울이면 언제고 입는 그 옷은 색도 여러 가지로 분홍색, 노란색, 검정색으로 누벼서 폭삭한 게 따스해 보였다.

"나도 같이 놀자 잉."

"웬일이래. 여기까지 오고 잉."

"이 떡 줄랑게 동미야 나도 놀자."

나는 언니 소리 안 하는 혜숙이가 얄미웠다. 매일 집안에 갇혀 우리와 놀고 싶어 찾아온 것이다. 눈알이 한쪽에만 있는 원숭이 속에 끼려면 멀쩡한 한 눈을 자무가지로 찔러서라도 어울리고 싶다는 이야기가 있다.

"나두 한쪽 눈뿐이다."

혜숙이는 이렇게 자청해서 우리 곁으로 온 것이다.

혜숙이의 하얀 얼굴이 달빛에 더 희게 보였다. 나는 나뭇가지에 불을 붙여 불꽃을 없앤 다음 불씨가 남은 것을 혜숙의 볼에다 대고 꼭 눌렀다 뗐다. 그리고 시치미를 뚝 뗐다.

"아이 뜨거워. 누가 그랬어. 아파 죽겠네."

혜숙이는 울면서 돌아갔다. 나는 겁이 나 집으로 와 버렸다. 혜숙이 엄마가 금방이라도 달려올 것 같아 겁이 났다. 그런데 그 밤이 다 가도록 혜숙이 엄마는 나타나지 않았다. 나는 안심을 하고 악마의 승냥이를 마음속에서 꺼내면서 웃었다.

혜숙이는 그냥 다친 거라고 말했는지도 모른다. 우리와 어울릴 수 있으면 그것쯤은 참아야 했는지 알 수가 없고 혜숙이만 알고 있을 것이다.

다음 날 저녁에도 약속은 안 했어도 아이들이 모여들었다. 또 불꽃놀이가 시작될 것이다. 원시적인 불꽃놀이가 정월달부터 시작돼 농사철이 돼서야 끝이 나는 것이다. 그 불은 논두렁 태우기로 이어졌다.

혜숙이가 또 나타났다. 볼에는 반창고가 붙여져 있었는데 그것까지 부러웠으니 나는 철없는 악마였는지도 모른다. 오늘은 분홍색 명주 저고리에 까만 치마를 입고 있었다.

"혜숙아, 너 볼따구 안 아프냐?"

"응, 엄니가 약 발라 주었어."

나는 기회를 보고 있었다. 아이들이 전쟁놀이에 열중해 있었고 혜숙이는 모닥불 앞에서 불을 쬐고 있었다. 나는 혜숙이 치마에 불을 붙였다. 혜숙이의 비명이 내 귀를 찢고 있었다. 불은 솜 논 치마에 야금야금 타고 들었고, 혜숙이는 울부짖었다. 나는 저고리를 벗기고 치마를 벗기며 쩔쩔매었고 가슴은 콩콩 마구 뛰었다.

혜숙이가 목숨을 건진 건 옷을 벗긴 때문이었고 다리의 화상으로 혜숙이는 무척 고생을 하였다. 그리고 그의 부모의 고소로 우리는 밭도 빼앗겼다.

엄마는 밭을 빼앗기자 분하다며 죽기 살기로 대들었다.

"아들이 놀다가 난 사고제 왜 우리 아를 잡는 기야?"

그러나 내가 하는 것을 본 아이가 있었으니 그건 곤치였다.

"애미가 저 꼴이니 자식이 그 모양이지. 그러니 내가 뭐랬어. 같이 놀면 안 된다고 했잖여."

"누가 모함을 하는 기여. 내 알면 두 눈을 빼랑게."

엄마의 악다구니 같은 말을 듣는 순간 나는 다시는 남을 미워하지 않겠다고 다짐을 했다.

나로 인해 엄마는 더 손가락질을 받았고 엄마는 끝내 살던 고향집을 버리고 아무도 모르는 곳 평택에다 작은 집을 마련했다.

물론 뒷방 양공주 이모의 주선이기도 했지만, 그곳에는 미군 부대가 있었고 엄마는 미군들이 흘려내는 물품 장사를 남모르게 했다. PX 물건이면 사람들은 너도나도 좋아라 했던 시대이기도 했지만, 엄마는 돈 버는 재미로 알고 있는 것처럼 보였다. 내 눈에 더 이상 이상한 것은 보여주지 않았지만 엄마는 늘 양색시와 어울렸고 미국 사람들과도 친했다.

내가 초등학교를 마치고 모 중학교에 들어갔을 때 엄마는 형사들에게 문초를 당했고 한 달가량 집에도 오지 않았다. 나는 눈치로 알고 있었다. 엄마가 죄를 짓고 갇혀있다는 걸 알고 있었다. 나는 동생을 데리고 밥을 해 먹을 만큼 환경에 길들여져 있었다.

사실 내 머리는 좋은 편이었다. 아이큐 백삼십이었으니. 그러나 내 좋은 머리는 세상을 엿보는 데 썼다. 성에 눈을 뜨면서 잊어도 될 만큼 세월이 흘렀건만 고향집에서 보았던 그 희한한 짓거리에 관심을 갖게 되었고 나는 틈만 있으며 아랫도리에 두 손각지를 끼고 수음에 열중하고 있었다. 아마 내게도 우리 엄마의 기질이 있었는지 아니면 화냥기가 다분했던 건지, 영어 선생님을 짝사랑하면서 어떻게 하든 접근해 보려고 애를 썼다. 불행인 것은 영어 선생님은 유부남이라는 사실이었지만, 나는 찐빵이라든지, 아니면 엄마가 미군 부대에서 빼다가 파는 물건까지 훔쳐다 선생님 집을 찾아가 사모님께 선물하였다.

"이런 거 가져오면 못써."

아이를 둘이나 낳은 사모님은 인물은 없어도 점잖아 보였다. 방이 둘이었는데 하나는 안방이었고 뒷방은 선생님 방으로 책이 많이 있었다. 나는 책을 빌려다 보고 갖다준다는 핑계로 자주 드나들었다.

"선생님, 영어가 어려운데 영어 좀 가르쳐 주세요."

나는 선생님께 접근하려고 의식적으로 행동했다.

영어를 배우면서 나는 선생님과 내 머리가 가까이 닿게 하면서 어깨를 기댔다가 깜짝 놀라면서,

"어머, 내가 졸았었나 봐요."

선생님의 호흡이 빨라지는 걸 느끼면서 나는 선생님의 볼에다 입을 맞추었다. 선생님의 손이 내 가슴을 더듬었고 나는 아랫도리의 통증을 느끼며 고향집에서 엿본 흔들림의 섬을 재연하며 둥둥 띄워지고 있었다. 마침, 사모님은 큰애가 아프다며 아이들을 데리고 병원에 간 사이라 나와 선생님은 마음 놓고 뜨겁게 불을 지피고 있었다.

아랫도리의 통증은 한 번으로 치유되었는지 나는 성에 길들여진 야생마가 되어 있었다.

한 번 무너진 둑은 콸콸 사정없이 물이 쏟아지게 되어 있듯이 기회만 있으면 우린 성을 즐겼다. 선생님은 철저했다. 혹여 내가 임신이라도 할까 봐 언제고 콘돔을 사용했으며 내 몸을 주물러 터지도록 가지고 놀았다. 내가 어렸을 때 파리를 주무르듯이….

중학교를 졸업하면서 나는 한 가지에 집착했다. 고등학교는 못 가도 선생님의 애인으로 영원히 남기를 원했지만 세상은 나를 그냥 내버려두질 않았다.

엄마가 PX 물건을 상습적으로 팔며 달러 장사를 하다 단속에 적발돼 교도소에 수감되었고 나는 고등학교 이 학년을 마친 뒤 집에 들어앉았다. 학비도 없었고 동생 뒷바라지를 하기 위해서였다지만 사실은 핑계에 지나지 않았다.

자유로운 몸으로 선생님을 만날 수 있다는 것이 이유였다. 사모님이 눈치를 채고 학교에다 진정서를 낸다고 으름장을 놓는 바람에 선생님은 다른 지방으로 가 버렸고 그 후론 일체 나를 만나주지 않았다. 나는 수소문해서

선생님이 있는 곳을 알게 되었고 찾아갔을 때 선생님은 이미 이성을 잃어 버릴 만큼 나를 사랑하고 있었다.

아무도 모르게 여관방의 두 시간의 만남에서 나는 임신을 하게 되었다. 모든 게 운명이었는지 선생님은 콘돔도 쓰지 않았고, 나와 선생님은 아무런 생각 없이 본능에 충실했다.

나는 처녀 몸으로 배가 불렀고 동생은 챙피하다며 서울로 전학을 가버렸다.

동생은 아버지를 닮았는지 공부도 잘했고 성실했다. 나는 엄마가 출소하기 전 계집아이를 낳았다. 엄마는 교도소에서 나와 내가 아이를 낳은 걸 보고 기가 막힌다며 욕을 퍼붓고는,

"그놈이 누구냔 게. 말 좀 해라. 이 화냥년아."

나는 머리채를 잡히고 매를 맞으면서 벙어리가 된 양 울기만 했다.

"어서 말혀. 갖다 물에 띄워 버릴랑게."

나는 어느 날 밤 강간을 당했노라고 거짓말을 했다. 아이를 낳기 전 배가 그리 표 안 날 때 나는 입이 틀어막힌 채 어떤 놈한테 강간을 당한 적이 있었다. 그 뒤로 문단속을 철저히 하고부턴 문고리가 흔들리며 달그락대다가 멈춘 적이 몇 번 있었다. 그놈은 알만한 놈이었다.

엄마와 그렇고 그런 사이인 황팔봉, 그놈이라는 걸 알았다.

"내 죄가 크다. 다 내 죄당게."

엄마는 소리도 못 내고 울었다. 엄마는 아직 젊었다. 마흔이 조금 넘었을 뿐이었다. 밤의 외로움을 견디기엔 너무 젊다고 이해하게 된 나는 엄마가 불쌍하다는 생각도 들었다. 그러다 아이가 폐렴이 들어 백일을 앞두고 죽어버렸다. 엄마는 잘되었다고 말했다. 내 아이를 통해 모정이 어떤 것인지 알게 되면서 엄마를 이해해 보려고 노력했다. 엄마는 다시 장사를 했다. 배운 도둑질 그만둘 수 없다면서 조심스럽게 하고 있었다.

그러던 어느 날 저녁잠이 들려는데 부엌문이 삐그덕 하면서 소리를 냈

다. 엄마가 번개처럼 일어나 잠갔던 방문을 열고 힘껏 밀며 반동으로 나가는 것이 희미하게 보였다.

"누구얏. 누구구."

엄마의 한마디가 비명처럼 들렸고 나는 자리에서 일어나 밖을 내다보았다.

엄마는 마당에 널브러져 꿈틀대고 있었고 키가 장대 같은 남자와 땅땅한 남자, 그리고 왜소한 남자 셋이서 복면을 한 채 나를 힐끔 보고는 부엌으로 가는 것이었다.

"안되어. 이 잡을 놈아, 안되어."

엄마는 일어나려다 푹 꼬꾸라지며 안된다는 말만 계속하고 있었다.

"엄마, 일어나요. 어디가 아파요. 잉."

나는 울먹이며 엄마를 부축하면서 부엌에다 시선을 던졌다.

"여기야. 이쪽."

숨 가쁘게 작은 목소리가 어둠을 난도질하면서 내 귓속으로 박혔는가 싶더니 그들은 아궁이를 파는 것이었다.

"찾았다. 이거다."

그들 중에 땅땅한 사내가 감격하면서 무언가 움켜쥐고 부엌을 뛰쳐나가고 그 뒤로 키 큰 사내가 다음엔 왜소한 남자가 차례로 나가고 있었다.

"안되어. 저놈들을 붙잡어야 혀. 안되어."

나는 엄마만 붙들고 멍하니 바라만 보아야 했는데 땅땅한 놈은 내가 아는 사람처럼 생각되었다. 그랬다. 엄마와의 관계를 알면서 모른 체 해야 했던 그 사내임이 틀림없었고 어느 날 나를 겁탈한 그놈이라고 단정했다.

철저하게 복면을 했어도 전신에서 풍기는 환영 같은 느낌을 나는 알고 있었다.

"안되어. 이놈들. 내 목숨이나 마찬가지여."

엄마는 정신이 들자, 산짐승처럼 울부짖었다. 어둠 속에서 울부짖는 어머니의 목소리는 깊은 산중에서 혼자 듣는 산짐승의 울음소리였다. 아버지가 죽었을 때 냈던 그 소리를 엄마는 또 내고 있었다. 나는 가슴이 숭숭 뚫리는 아픔을 맛보면서 엄마를 부축하여 방으로 모셨다.

엄마가 말 안 해도 아궁이 속에서 캐간 것은 돈뭉치요, 금덩이라고 생각을 했다. 불 때는 아궁이가 두 군데였는데, 새 솥을 건 것과 오래된 솥을 건 아궁이에는 불을 때면서 새 솥이 걸린 아궁이는 한 번도 불을 때지 않고 있었다. 나는 새 솥단지가 그을리는 게 싫어 불을 지피지 않는 것이라고 생각을 했다.

새 솥단지는 기름을 발라 까만 솥은 언제나 윤기가 났다. 반들반들 얼굴이 보이도록 윤이 났다. 그 땅땅한 놈이 엄마에게 돈이 있을 것이라고 접근하고 기회를 엿보다가 불을 때지 않는 것이 이상하다고 생각하곤 저지른 것일 게다.

엄마는 너무나 무지해서 은행의 문턱도 드나들지 않았다. 내가 권해 보았지만 한마디로 거절했다.

"은행에 맡길 돈도 없고, 있다 혀도 누굴 믿어야. 돈은 내 손에 쥐어야 내 돈인 거라."

엄마는 돈을 모았을 것이다. 세월로 보나, 억척스럽게 장사한 걸 보나, 몸뚱이를 헌 걸레 쓰듯 했으니 돈은 확실히 모았을 것이다. 벌금도 내고 빼앗긴 돈하며 PX 물건도 많이 털렸지만 악착같이 벌었다. 꽤 되었을 텐데 눈 뜨고 도둑맞았으니 병이 나서 몸져눕고 말았다.

"아이구 어찌 살 건가. 내는 죽어야 한당게."

엄마는 식음도 전폐하면서 날마다 울다 벌떡 일어났다 누웠다 하고 좀처럼 돈을 포기할 수 없는지 앓아누웠다.

나는 지쳤다. 사랑에 지치고 세상에 지쳐 아직 젊은 나이에 무언가 일을 해야겠다는 생각했다. 평소 찾았던 미장원에서 기술이라도 익혀야겠다는 생각이 불현듯 일고 있었다.

"엄마야, 난 엄마한테 지쳤다. 이자 내도 뭔가 해야겠다. 미용 기술이라도 배우면 어쨌가?"

"이년아, 진작에 해야지. 남 밑에 가 언제 배우냐. 미용학교라도 가보그라."

엄마는 머리를 싸매고 누웠다가 벽 쪽으로 몸을 돌리며 속곳 바지에서 돈을 꺼내 휙 던진다.

"엄마도 인자 포기하시오. 그 땅땅한 놈이 도둑놈하고 작당한 긴데 누굴 원망하겠소."

"아이구. 그놈을 어디서 잡아 죽일꼬."

땅땅한 놈은 흔적도 없이 사라졌다. 장마통에 떠내려간 호박덩이처럼 찾아본들 싹도 볼 수가 없었다.

나는 밥상을 차려놓고 그길로 서울행 기차를 타고 있었다. 이왕이면 서울 가서 배워야 뭔가 될 것 같아서였다. 동생이 있는 서울이 언제고 마음속에서 둥둥 배가 되어 떠다녔기 때문이기도 하였다.

엄마는 홧김에 서방질한다고 돈뭉치를 내게 던졌는지도 모른다. 아니면 세상이 싫어서 죽을 각오로 남은 돈뭉치를 내게 주었는지도 모를 일이다. 그런 엄마를 두고 나는 냉정히 떠났다. 내가 있으므로 더 오래 누워있을 것 같아서였다.

나는 서울역에서 택시를 타고 운전수에게 미용학교로 가달라고 했다. 꽤 큰 학교겠지 생각했는데 십 층 빌딩에 중간층이었다. 나는 원장을 만나 등록을 했고 방을 얻을까 생각하다 동생을 찾아야겠다는 생각이 들었다. 동생은 생각했던 것보다 쉽게 찾을 수 있었다. 주소가 나한테 있었기 때문이었다. 냉정한 동생이라고 생각했었는데 동생은 나를 보자 반가워했고 내 뜻을 말하자 동생도 찬성이었다. 동생이 살고 있는 집으로 갔다. 방 한 칸에서 동생과 나는 살게 되었다.

밥도 해주고 빨래도 해주면서 나는 미용 기술 익히는 데 힘을 모았다.

"동래야, 엄마가 아픈 걸 남겨놓고 올라왔어."

며칠 뒤에 나는 이렇게 말했다.

"엄마 이야기는 하지 말자. 누나, 우리가 성공해서 엄마를 잘 모시면 되잖여."

"그래, 니 말이 맞는가도 몰라. 우리가 없으면 더 씩씩하게 일어나서 돌아다닐 꺼구먼."

한 달이 가고 두 달이 가고 세월은 자고 나면 하루요, 또 하루였다.

미용 기술을 다 익히고 자격증을 따고 평택에 내려갔을 때 나는 절망과도 같은 충격을 받았다.

엄마가 무당으로 거듭나고 있었다. 집 대문 안에는 대나무에 흰 깃발이 펄럭이고, 안방에는 신당이 차려져 있었는데 쌀이 담겨진 그릇에는 촛불이 꽂혔고, 열 개는 될 상 싶었는데 불꽃이 살아있어도 흔들림이 없으니 죽은 것 같아 보였다. 그건 대낮이어서 불빛의 의미도 값어치도 없는 게 아닌가 싶었다.

내가 바라보는 촛불 뒤 벽에 알 수 없는 초상화가 아니 화상이 저마다 독특한 개성이 있었는데 미소를 머금고 있었으며 나의 눈을 맞추고 있었다.

"엄마, 이게 뭐여. 미쳤나 보여. 왜 이리되었어."

"이년아, 그런 소리 말어. 천벌 받을랑게. 영험하신 천황제님 노하신 게 조심혀. 영험하신 천황님께서 그 땅땅한 놈이 칼 맞아 죽게 도왔당게."

"정말 챙피해. 정말이지 싫어. 엄마가 이러니 동래가 집에 얼씬도 안 허지."

"누가 이러고 싶어 하는감. 죽을 몸 살려준 게 고마부서라도 참아야 혀. 느그 씨알머리 이가라면, 전주이가라면 몸서리쳐져야. 조상님인지가 날 데려가려고 해서 어쩔 수 없이 받았구먼."

"흥, 정신의 문제겠지. 전주이씨는 왜 들썩이는가. 갖은 짓거리는 다 하구서나메 할 말이 없으니 조상까지 들먹이고."

"씹어 먹을 가시네야 세상 사람이 나헌테 손가락질 혀도, 너만은 그러면 안 돼야."

나는 몇 달 만에 찾은 집안에 앉아 있을 마음의 여유가 없었다. 밖으로 나와 쏘다니며 친구를 떠올려 보았지만 얼른 생각나는 친구도 없었다. 학교 친구가 있긴 해도 영어 선생님과 나의 관계로 인해 내 자존심이 뻔뻔하도록 콧대를 세울 수 없었으니 내 쪽에서 사양해야 했다.

나는 먼 산을 바라보았다. 그리고 어렸을 적 자주 올랐던 야산이 떠올랐고 함께 어울렸던 아이들이 꽃망울처럼 살아나 모여서 웃고 있었다. 때마침 불어오는 봄바람에 흔들리다 사라지곤 했다. 특히 곤치가 보고 싶었다. 그리고 혜숙이도 만나야 한다는 생각이 났다. 내가 제일 미워했고 시기했던 혜숙이와 곤치가 몹시 보고 싶다. '와, 와' 아이들이 지르는 함성이 들리고 검정콩 같은 눈알을 반짝이던 아이들이 그립다.

나는 그 옛날 어린 시절을 달콤한 추억은 아니라고 해도, 내 살점을 도려내는 아픔이 있었기에 가슴에 묻고 있는지도 모른다.

오랜만에 내 고향을 찾아가 보고 싶어 다 저녁때 기차를 탔다.

그런데 이상했다. 죽자 살자 했던 영어 선생님은 잠시 생각났을 뿐 그립다던가, 보고 싶다던가 그런 마음은 눈곱만치도 없었다. 사춘기에 겪었던 파도요, 해일이라는 생각밖에 남아있지 않았나 보다. 지금은 유년이 그립고 미워했던 곤치가 만나고 싶고, 혜숙이가 보고 싶은 따름이었다.

고향 땅에 도착한 시간은 열 시가 넘고 있었다. 고향 땅을 밟는 순간 아버지가 보고 싶어졌다. 인간은 계산하는 머리가 있다. 필요에 따라 달라지는 마음과 계산 속에서 좌우되는 마음이 있어 환경에 지배를 받으면서 거기에 따라 마음이 움직여 행동에 옮기는 것인지도 모른다. 그동안 잊다시피 한 아버지 생각이 나면서 엄마의 인생 여정이란 망초밭을 가꾸게 되었는지 모른다는 생각을 하게 되었다.

"불쌍한 엄마."

나는 잠시 서서 고향의 밤을 바라보며 이렇게 입속말로 지껄였다.

혜숙 엄마는 엄마를 멸시했고, 자식인 나와 동생까지 멸시했다. 그래서 나는 혜숙이가 미웠다. 그러면서도 찾아갈 곳은 혜숙뿐이라는 생각이 들자 애써 내 죄를 미화하려는 마음이 가슴 속에서 꿈틀대는 것을 양심으로 눌러댔다. 택시를 탔다. 밤이라 걷는다는 건 위험도 했지만 시간이 없었다.

한 번은 만나서 응어리진 가슴 속 핏덩이를 긁어내어야 한다는 일말의 양심이 고개를 쳐드는 순간이기도 했다. 밤은 모든 걸 잊혀지게 하고 있다는 생각을 하면서 동네 입구에서 내렸다. 낯선 섬에 표류하는 배라도 이렇게 쓸쓸하지는 않을 것이라는 생각을 하면서 범죄자가 한 번은 사건 장소를 찾아가는 그런 심정인지도 모른다.

어림으로라도 훤히 만져질 고향이 아닌가. 조금 더 가면 작은 다리가 나올 것이다. 그 밑으로 실개천이 밤낮으로 지절대며 흘렀고 그곳은 심심풀이 놀이터이기도 하였다.

마을에 접어들자 가슴이 콩콩 뛰는 소리가 만져진다. 뉘 집 개인지 컹컹대며 밤의 정적을 무너뜨렸지만 내 가슴에는 바람 소리를 내고 있었다.

처음부터 마음먹은 대로 곤치네 집으로 가고 있었다. 그러나 곤치네는 이사 가고 없었다. 왠지 모를 연민의 그리움이 정으로만 흐르고 있었다. 꼭 만나서 한마디라도 하여야 할 것 같은 아쉬움이 나의 마음을 목마르게 하고 있었는지 모른다.

동네에서 제일 큰 집이었고 부잣집이었던 혜숙이네 집 앞에 지금 서 있다. 지붕 꼭대기 용마루와 날개처럼 뻗은 지붕이 독수리가 날개를 펴고 나는 것 같이 보였다. 나는 초인종을 찾아 힘껏 눌렀다.

"누구세요?"

여자 목소리, 그 목소리는 혜숙의 목소리가 틀림없었다.

"너 혜숙이니? 나 동미야. 내 이름 기억하겠니?"

내 목소리가 가늘게 떨리고 있었다.

"누구라고? 동미라고?"
"응, 나 동미야."
쪽문이 열리고 혜숙이가 모습을 나타낸다.
"나를 알겠니?"
"웬일이니? 니가?"
혜숙이는 놀라고 있었다. 이 밤에 이름 하나만을 가까스로 기억하고 있을 나라는 존재가 찾아온 것이 놀라운 사건임에 틀림없었을 테니까.
"니가 보고 싶어서 이 밤에 찾아왔어."
나이로 보면 내가 언니였다. 그러나 어릴 적 그 마음으로 만나고 있을 뿐이다.
"들어가자."
잠시 나의 존재에 대해 확인하고선 들어오라고 했다.
"어머니 안녕하시지? 아버님도?"
"안 계서."
나는 마당을 지나 마루로 올라서며 너무 조용하다는 생각을 하고 있었다. 농사를 많이 지어 머슴이 둘씩이나 있었던 집이 아닌가.
"들어와. 내 방이야."
들어가 앉으며 나는 방안 분위기를 살폈다. 책장에 책이 가득했고, 아직 학생이라는 추측을 하게 했다.
"저녁 먹었니?"
숙녀가 된 혜숙이는 품위가 넘쳐났다. 나는 순간 내 몸뚱이가 부담스럽도록 몸을 비틀고 싶어졌다.
"벌써 먹었지."
나는 먹었다고 했다. 어렸을 때 뽀얀 얼굴 그대로였고 긴 머리가 어깨 위로 물결을 이루는 아름다운 모습이었는데 왼쪽 볼에 팬 흉터 자국이 선명하게 남아있어 마음이 아팠다.

"혜숙아, 미안하다. 그리고 니가 무척 보고 싶었어. 아니 보고 싶은 것보다 만나고 싶었다. 내가 왜 널 그렇게 미워했는지 후회가 되면서부터 니가 더 보고 싶었어야."

"나도 니 생각이 제일 나던데. 이 흉터 자국 때문에 잊을 수 없었나 봐."

"미안해. 용서해 줘. 내가 철이 없었고, 너도 기억할랑가 모르지만 느그 엄마가 나를 미워했잖여."

"다 지나간 일이야. 난 벌써 용서했어야. 우리 엄마도 돌아가셨어."

"뭐라구 했냐? 돌아가셨다구?"

"아버지 돌아가시구 바로 돌아가셨어. 아버지는 차 사고로 돌아가셨구 사십구재 지내러 절에 다녀오시다 미친개한테 물려 고생하시다 가셨어."

"세상에 이럴 수가 너의 엄니도 꼭 만나 뵐려고 했는디."

"그랬니? 고맙다. 날 잊지 않고 찾아와 주다니…."

"혜숙아 내가 너한테 큰 죄를 지었어. 너한테 몹쓸 짓을 한 거야. 니 치마에 불붙인 것도 나였어."

"나도 알고 있었어."

"그런데 넌 너의 엄니한테 말하지 않았니?"

"난 니가 무서웠어. 나보다 나이도 많고 기운도 세었잖어. 내가 일러서 니가 혼나면 날 죽일 것 같아서 겁이 났거든."

"그랬냐? 정말 미안해. 날 용서해 줘. 응?"

"다 지나간 일인데 뭐. 난 니 덕에 짧은 치마는 못 입어."

나와 혜숙은 날을 밝히다시피 하면서 꼬인 매듭을 풀어 놓았다.

"동미 언니, 동생 동래가 보고 싶고, 언니는 솔직히 보고 싶지 않아. 내 가슴 밑바닥에 언니를 미워하는 마음이 있었거든."

"혜숙아, 내 동생은 S대 법대에서 장학생으로 공부한다. 한 번 만나봐."

"나중에 만날 기회가 있으면 좋겠지만, 그럴 리가 없겠지. 그리고 언니 엄니는 건강하셔?"

"응."

나는 더 이상 나의 어머니에 대한 이야기는 하지 않았다.

"얘, 내가 동래 주소 적어 줄 텐게 편지라도 해보란 말이여."

나는 주소와 전화번호를 적어 주고 이튿날 아침을 먹고 나왔다. 혜숙이는 역시 대학생이었다. 외할머니와 동생 셋이 살고 있었는데 동생은 입대하였다고 했다. 그리고 마을 사람들 소식도 들었지만 나에겐 별로 관심 없었다.

마을을 한 바퀴 돌고 산에 올라보았다.

그동안 나무가 무성해졌고, 날마다 놀이터였던 장군 묘는 예전처럼 풀과 나무로 뒤덮여 잔디로 반들거렸던 그 묘가 아니었다. 바람만이 휘휘 불어 어릴 적 만났던 바람이 아닌가 하는 생각도 했다. 가슴에 안아야 할 바람이 가슴 속을 허허롭게 하면서 짧은 나의 삶을 비애가 저리도록 아프게 하는 순간이기도 했다.

집이 많이 늘어난 데다 낯선 얼굴만이 살고 있는 것 같아 고향은 마음속 고향이었다.

파아란 보리싹이 덥수룩한 머리로 돋아나는가 싶으면 어느새 웃자라 탱탱 보리알을 영글고 바람을 탈 때면 푸르른 강물이 일렁이며 흐르는 것 같았는데, 지금 보리밭을 눈어름으로 찾았지만 집 몇 채가 황토밭에 돌멩이처럼 툭 솟아난 것만을 보면서 발길을 돌려야 했다.

얼마를 걸으며 마을 벗어날 때쯤 나는 뒤를 돌아다보았다. 무의식이든 의식적이든 내 고개를 되돌리게 한 것은 내 영혼의 한 부분 같은 애리도록 아픈 한 기억이었다. 또 나의 성장과 함께 차지했을 무언의 도덕적인 몸부림이 포함돼 있었다. 아버지의 얼굴이 멀리 사라져가고 곤치의 얼굴이 가까이 다가선다. 텔레비전의 화면에 나타난 영상처럼 곱게 비쳤다 사라지더니 오색 깃발을 한 손에 또 한 손에 방울을 쥐고 춤을 덩실덩실 추면서 엄마가 내 곁으로 오고 있었다.

"오지 마. 난 싫단 말이여. 엄니의 그 옷이 싫고 그 깃발도 싫어. 그리고 그 방울 소리도 싫어. 가까이 오지 말란 말이여."

내 눈에 흐릿한 안개가 끼면서 나는 눈물을 흘렸다. 저 아래 마을에 시선을 던졌다. 그곳엔 보릿대가 웃자라 목을 세운 채 누렇게 익어가고 있었다. 나는 전설처럼 이어온 문둥이 이야기를 가슴 속에서 끄집어내고 있었다. 우리 동네 파씨 아줌마가 문둥병에 걸려 사람과 접촉을 피해 보리밭 사이로 숨어 다녔다. 아줌마는 그 흉하게 문드러진 얼굴을 감추려고 머리에 수건을 쓰고 다녔고 자식과 남편과의 이별이 서러워 짝 잃은 기러기처럼 끼룩끼룩 울던 소리가 들리는 것 같았다. 면사무소에 신고한 뒤 소록도로 끌려갔다는 불쌍한 이야기가 이럴 때 하필 생각난 건 나의 엄마, 불쌍한 엄마와 어딘가 닮은 데가 있어서일까. 나의 엄마 때문에 마음으로 전해진 전율의 흐름일 수도 있겠지만, 내가 살아있는 한 언제까지 기억할 아픔일 것이다. 어머니가 어젯밤 밤새도록 나를 기다렸을지도 모른다는 생각이 불현듯 들었다. 차창에 고정시킨 뒤 내 눈에 비친 들, 산, 그리고 세상에 대한 생각으로 꽉 찬 생각들을 털어내려고 애썼다.

집에 다시 들어갔다. 엄마는 없었다. 어떻게 집을 비우고 나갈 수 있었을까. 나는 신전을 바라보면서 이상한 생각을 하고 있었다. 무당은 남자를 멀리한다고 했는데 그런 소릴 어디서 들은 것 같은데 건넌방에 낯선 신발 두 짝은 누구 것인가. 동생 신은 아니었고 시커먼 구두가 내 시선을 끌고 있었기 때문이었다.

나는 활짝 열러 제친 방문 앞에서 신전을 바라보다가 다시 신발을 바라보면서 고향에서 일어났던 그 일을 마음속에서 난도질하며 외쳤다.

"그래, 엄니도 화냥년이고, 나도 화냥년이랑께. 피는 못 속일 꺼구먼. 세상 한 살인 게 아무렇게 살문 어떤가. 이자 내는 나대로 살겄어."

화가 나니 고향에서 써먹었던 사투리 말이 술술 술 마시듯 나오고 있었다.

나는 방안에다 구두 두 짝을 집어 있는 힘껏 내동댕이쳤다. 구두 두 짝이 신전 얼굴에 가 박치기를 하고선 세워 놓은 촛대를 쓰러뜨리고 방바닥에 널브러져 버렸다. 불이 켜진 촛대라면 화재로 이어졌을 것이지만 꺼져 있어 다행이었다. 나도 꺼면 구두를 바라보면서 출렁거렸던 흑인의 몸뚱이를 생각해 내고 끼룩거리면서 집을 나왔다. 나는 신전을 불 질러 버리고 싶은 충동을 간신히 억제한 뒤 무사히 밖으로 나왔다.

'엄니는 어젯밤 나를 기다리지 않았당게.'

나는 이런 생각을 하면서 또 끼룩거렸다. 나중에 알았지만 짐작한 대로 엄니는 사내 무당과 굿판을 쫓아다녔고 살을 섞고 살았다.

나는 미용실에 취직을 하였다. 서울서 배운 나의 기술은 인정을 받았고 단골손님을 확보해 월급도 많이 받았다. 기술이 있으니 먹고 사는 데는 자신이 있었다. 단골손님 중에 남자가 있었다. 앳된 얼굴에 말이 적은 편인 그는 나에게 차라도 마시자고 접근했다. 알고 보니 대학 졸업하고 잠시 평택 집에 내려와 있다고 했다. 나보다 세 살이나 적었고 나는 동생 같은 생각이 들어 친절하게 대했다.

"우리 이름이나 알고 지냅시다."

나는 별 감정 없이 그와 만났다.

"이름보다 누나라고 불러야 될 꺼에요."

나는 서울 말씨를 쓰며 웃었다.

"누님이라니요. 고혹적이요. 섹시한 당신이 누님이라니요."

그는 얼굴색을 바꾸면서 칭찬인지 욕인지 이렇게 말했지만 나는 즐겁지도 않고 기분도 나쁘지 않았다.

"난생처음 듣는 말이라 외국말을 듣는 것 같군요."

나는 이렇게 가벼운 말로 사양을 하면서 다른 사람으로부터 가끔 듣는 섹시란 말을 다시 곱씹고 있었다.

"그래, 난 화냥기가 있어. 다른 사람들이 바로 보고 하는 말일 수도 있다."

"내 이름은 고재일이라고 합니다."

커피를 앞에 놓고 그는 정중하게 인사했다.

"내 이름도 말해야지요. 동미라고 해요."

"특이한 이름이군요. 동미씨, 좋은데요."

"내 동생도 댁과 연령이 비슷할 거예요. 지금 서울에 있어요. 올해 졸업반이에요."

나는 될 수 있는 한 거리감을 두기 위해서 동생 이야기를 꺼냈다.

"그렇습니까? 그렇다고 날 동생 취급하지 말아요."

그는 집요하게 느낄 만큼 열정적이었다.

나는 그와 자주 어울렸다. 저녁이면 극장에 함께 앉아 있었고 카페에도 함께 앉아 와인을 마셨다. 나는 외로워 그가 따스하게 느껴졌는지도 모른다. 그는 결혼해 줄 것을 원했고 나는 사양했다.

좋아한다는 이유 하나만으로 맺어진다는 인연에 대해 나는 책임을 느껴야 할 만큼 양심이 있었는지도 모른다. 나의 삶은 인생이라는 여정 앞에 몇 번이나 쪼그라졌던지 나보다 하얀색으로 뭉쳐진 것 같은 그가 두렵다. 나는 그래서는 안된다는 도덕적인 갈등에 시달려야 했기에 언제고 선을 그어 놓고 행동하였는데도, 그는 날 사랑한다며 뜨거운 입김을 내 입속에 불어넣고 있었다.

나는 또 그한테 아직 남은 젊음을 던져주었다. 아니다. 고깃덩이를 던지듯 내 육체를 내동댕이치면서 나는 말했다.

"나는 고상하지도 못하고 깨끗하지도 못한 여자야. 당신이 나를 진정 사랑한다고 믿지도 않겠어. 우린 부담 없이 만나고 하고픈 짓을 할 뿐이라고 생각해. 그리고 떠나고 싶으면 떠나라구."

그는 몸부림이 끝났고 나는 누운 채 눈을 감고 있었다.

"당신은 내가 생각했던 것만큼 추락한 여자였어. 그러나 당신은 매력 만점의 여자야. 우린 이대로 지내는 거야."

그는 신음하듯 한마디 했고 그다음부터는 일체 다른 말로 내 가슴을 후벼 파지 않았다.

그리고 일 년 남짓 우리의 만남은 그가 떠나간 뒤 끝났다. 나는 예상했던 대로였기에 슬퍼하지도 않았다. 단, 사랑이란 무엇으로 표현할 수 없는 가벼운 색이 있는 바람이 아닐까 하는 생각을 했을 뿐이다. 그리고 얼마의 세월이 내 나이에 포개지면서 나는 아는 사람 소개로 한 남자를 알게 되었다. 그 남자는 수줍어 보이도록 순수한 사람처럼 내 눈에 비쳐졌다. 결혼은 실패했고 자식 없이 혼자 지내고 직업은 건축 일을 한다고 했다. 돈이 좀 있으니 미장원을 차려준다고 했다. 결혼식까지 마치고 그는 고작 백만 원을 내놓았고 결국 내가 모은 돈 천만 원을 가지고 가게도 얻고 개업을 할 수 있었다. 그 남자는 노름꾼이 되어 갔다. 아니 본래부터 노름꾼이었는지도 모를 일이었다. 건축을 한다고 했지만 막노동에 불과했고 한 달이면 열흘도 일을 안 했으니 남은 시간을 노름으로 허비하고 있었다. 나는 아이를 낳았다. 원수같이 쌍둥이로, 하나는 머슴애였고 하나는 계집애였다.

아이가 태어난 한동안은 잠잠하더니 노름에 다시 빠져들고 미장원에서 내가 벌어들이는 돈이 모자랄 지경까지 가고 있었다.

"뭘 먹고 살라고 밤낮으로 노름이야. 이제 더 못 살겠으니 아이들 맡아 길러 봐."

나는 악을 쓰고 덤벼들며 지랄을 떨어도 보았지만 소용이 없었다. 머리 손질해서 번 돈으로 밥 먹기도 어렵게 만들고는 남편은 어느 날 미장원을 내놓든가 아니면 집을 팔든지 해서 짜장면 집이나 내서 살아보자고 졸라대기 시작했다.

"여보, 균이 엄마. 내가 일손을 놓고 있으니 심심하고 무료해서 자꾸 노름방에 가게 된다구."

노름이란 아편과도 같은지 남편의 버릇은 그대로였다. 생각 끝에 미장원도 넘기고 오막집 같은 집도 팔고 해 짜장면집을 냈지만 남편은 주방장한테 다 맡기고 노름방에서 살았다. 주방장은 일보다 나를 탐하는 눈빛이 역력했고 나는 일 시켜 먹을라니 그 더러운 놈의 수작을 참아내야 했다.

"아줌씨도 참말 딱하시오. 고향이 같은 서남쪽인 게 안되어 하는 말인디 그 아저씨와는 안 어울린당게요."

"그라문 어쩌라고 하요. 그만 도망이라도 할까요."

"아들 때문에 그러지는 못할 끼고 내캉 연애나 합시다요."

"서방이 벌겋게 눈뜨고 있는데 그게 무신 말인감요."

나는 냉정하게 거절했다. 주방장을 그슬려서 돈을 벌어보겠다는 생각은 없었다. 사내란 정통하고 나면 딴소리 할 게 뻔하다는 생각에서였지만 그보다 더는 화냥년이 되고 싶지 않았기 때문이다.

복살머리 없는 년은 뒤로 자빠져도 코가 깨진다고 남편은 노름방에서 찌들고 불규칙한 생활 때문인지, 오랜 피곤 때문인지 간경화로 그 이듬해 죽어 버렸다. 나는 짜장면집을 내놓고 다시 미장원을 차려 아이들과 살아야겠다고 작심했다.

남편이 죽고 나니 주방장은 나한테 더 살갑게 하면서 일도 더 열심히 하는 것이었다. 나는 오래지 않아 다시 주방장 가슴팍에 안겼다.

주방장은 나한테 잘해 주면서 쌍둥이 균이와 아름이는 학대했다. 나는 애미로서 도저히 그 꼴은 못 보겠어 눈이 튀어나오도록 지랄을 하며 싸웠지만 그놈은 아이들을 때리고 눈을 바로 안 했다. 나는 모든 걸 버려도 균이와 아름이는 버릴 수 없었다.

"야, 이 잡놈아. 왜 내 아들은 때리고 지랄이야. 니놈 심보가 개백정인 줄 알았으면 너랑 살지도 않았어."

"이년아, 내가 일 년이 넘게 월급 안 받은 돈만 해도 얼만디 그랴. 니가 나가. 이 새끼들 데리고."

싸움은 날이면 날마다 대가리가 터지도록 했지만, 판결은 나지 않고 나는 지치고 있었다.
 모든 걸 버리고 균이와 아름이만 데리고 그동안 육 년이 되도록 한 번도 가지 않았던 친정집을 찾아갔다. 나는 이미 담배 골초가 되어 있었다. 습관처럼 줄담배로 내 속을 치유하기엔 아무런 도움이 안 되는 줄 알면서 담배는 나의 가슴과 눈물을 받아주었다.
 엄니는 담배 피우는 나를 물끄러미 바라보더니 담배를 찾아 불을 붙이며 입을 열었다.
 "그동안 애미 안 본다고 나가더니 아새끼만 벌었나. 니년은 시집은 가면 안 되어. 내 팔자를 닮았으니 니는 나처럼 무당이나 허야 된당게."
 "그래 자식한테 고작 무당이나 되라고야."
 "그럼 잘 살아야지 왜 왔노. 아새끼는 고아원에 맡기던가 하고 나처럼 이래야 산다."
 "더 못살면 죽어뿌면 되겠지. 오늘 하룻밤만 재워 줘. 내일이면 갈 텐게. 몸살이 났는지 몸이 쑤셔 왔은게."
 주방장한테 맞아 골병이 들었나 보다. 엄니는 내 말이 측은한지 훌쩍거리면서 균이와 아름이를 껴안는다.
 나는 이튿날 일자리를 찾아 나섰고 다시 미용실에서 일하게 되었다. 균이와 아름이는 어린이집에 맡기고 다시 가위와 빗과 면도날로 머리를 깎고 헤어드라이로 손님의 머리를 매만져야 했다.
 이제 내 인생에 또다시 남자는 만나지 않겠다고 이를 옹 물었다.

■ 귀향

　보이는 것이 모두 침침한 게 안개 낀 새벽같이 뵈는 통에 눈앞을 깜박이다 다시 굴려 본다. 여유 있게 뒷짐을 지고 산모퉁이를 돌아가니 그 옛날 까맣게 흘러가 버린 먼 시절이 저녁나절 피어오르던 연기처럼 되살아난다.
　그랴 그때가 좋았제. 철없이 클 때가 좋은 기여 이 산길을 맨날천날 걸으며 산 고개는 얼마나 넘었던가. 쌍용산이 그때는 그리 높아 보였지. 그러나 내 싼 발로 오르기는 식은 죽 먹기였제. 해주 오씨들이 콩나물처럼 살고 있지만 산을 뒤로한 채 여기저기 흩어져 살고 있는 원산면 송죽골 어둠 속 같은 산골에 태어나 보고 배운 거라곤 산이요, 밭이요, 하늘과 구름뿐인데 몇 뼘이 안 된 논은 집 앞에 한일자로 누워 있고 모두가 천수답인 열댓 마지기 땅도 몇 집이 부쳐 먹고 목숨을 이어갔다. 다행히 물둠벙에서 솟아나는 물줄기는 가뭄에도 메마르지 않아 가을이면 황금 빛깔로 너울대여 먹지 않아도 배가 불렀다.
　고향은 언제고 정다운 곳이여, 어렸을 때야 철없이 뛰놀며 우물 안 개구리가 되어 살았지. 서당에서 한문을 배우고 신식 학교에서 한글을 깨우칠 무렵, 아버님이 돌아가셨고 그것도 공부라고 나는 삼 학년을 다니다 끝마쳐야 했다. 집안일을 돌봐야 했던 나는 형님을 원망한 적도 있었다. 나보다 열세 살 위인 형님은 그때 아이가 셋이었는데 장조카 하나에 딸 둘이 있었다. 나중에 딸을 둘을 더 두어 오 남매였다.
　풍물을 좋아하였던 형님은 용인 장날이면 으레 행사처럼 외출해 노름에 기집질을 하고 다녔던 기억이 있다. 아버님 생전부터 해왔던 나무하기, 농사짓기였지만 참나무나 소나무는 장작으로 만들어 팔아서 가 용돈으로 보태곤 하였다. 쉽게 말해 나더러 아버님 하시던 일을 해야 한다고 했다.

그러나 일을 싫어했던 난 꽁지가 빠지게 서울로 내뺐다. 서울을 꿈에 그리듯 동경했던 난 서울만이 살 곳이라고 생각했다. 그런 생각이 내 운명을 바꾸어 놓았다면 놓았을 것이다. 소싯적이야 내가 한 짓이 잘한 일이라는 생각뿐이었다.

그나마 장가도 든 때였기에 내가 갈 길은 도시 생활이라고만 믿고 정 없는 여편네는 혹 떼어 버리듯 하고 혼자 무작정 서울로 왔었다.

그때 내 나이 21살 되던 해 봄이었다.

형님은 말없이 나를 보내 주었다기보다 출세한다는 동생을 말릴 이유까지는 없다고 생각하는 듯했다.

18살밖에 안 된 새색시가 남몰래 힐끔거리며 한숨을 토했을 것이지만, 난 그때 그런 것까지 생각할 마음도 정도 없었다.

서울 와서 일본 놈 밑에서 일한 건 인조견 짜는 공장에서부터였다.

그곳에는 신식 여자들이 십여 명이나 있어 내 가슴을 뛰게 했고 연민과 짝사랑에 세월이 가는지 몰랐다.

거기서 일본 여자와의 사랑을 지금껏 기억한다. 그리워하기보담 자랑스러운 젊은 날의 추억으로 친구들에게 평생 말할 수 있어 심심할 때 써먹는 나의 자랑이기도 했다. 야금야금 혼자 먹는 사탕 맛이라고 할까.

그러나 일본이 망하기 전 나는 또 직장을 바꾸어야 했다.

일본이 천국이었던 시절. 우리나라에 철도가 놓이기 시작했다. 난 철도 제복이 부러운 나머지 일본 사람 다까시 주선으로 철도원이 되었고 그 직업이 평생 직업이 되고 말았다.

쥐꼬리만 한 월급이지만 직장 같은 게 별로 없었던 시절이라 감지덕지했고 일본을 미워하면서도 한편으로 고맙게까지 생각했다. 나중에 아들을 낳은 처를 데려다 충청도로 이사와 살았던 건 지금까지 잘했던 일 중에 제일로 치고 있다. 정 없는 마누라를 이 고향 산골에다 처박아놓고 딴살림만 여지껏 했더라면 어찌 되었을지 생각하기도 싫었다. 가끔씩 산들바람 끼에

까맣게 잊고 있었던 젊은 날이 아찔하면서도 그 재미는 혼자만의 추억으로 간직하며 남모르게 꺼내는 재미도 어쩌면 덧없는 인생에 작은 위로가 되어 주었는지도 모른다. '하기사 그 옛날이니께 살 수 있었제.' 지금 세상에 누가 그 꼴을 보면서 참아 주겠는가. 지금쯤 고향에 가 있을 나를 기다리고 있는 늙은 마누라가 문득 보고 싶어진다. 아마 조상님들이 잠들은 산소를 보면서 왠지 가슴 저려옴은 마누라를 떠올리며 이제 다 살았다는 회의 때문이리라. 에그 이 곱둥 고개를 넘으면 내가 태어난 고향집이 보인다. 에라, 고향집보다 부모님 산소와 형님, 형수님 산소나 가보고 천천히 고향집으로 가야겠네.

이런 생각이 들자 발길을 되돌려 쌍용산 옆 작은 중종산을 바라보며 걸어간다.

들이고 산이고 가을이 깊어가는 길목이라 어수선하게 부는 바람 탓도 있겠지만 나뭇잎이 떨어져 뒹굴고 있어 쓸쓸하기 짝이 없다.

내가 다 늙고 힘없는 다리로 고향에 찾아온 건 철이 들어서도 아니다. 늙은 호랑이가 살던 산을 찾아가듯 나도 고향이 그리워 찾아온 것이다. 옛날 내가 어렸을 적에는 없었던 인공 저수지가 쌍용산 아래 만들어져 어머니 가슴처럼 누워있었다. 세상이 많이 변했다. 쌍용산 호랑이 눈알을 그믐밤이면 보았다고 했고 내 어렸을 때 오줌이 마려워 마루에 서서 밤중에 오줌을 깔리는데 늑대가 마당에서 어슬렁거리며 곁으로 다가오기도 했다. 나는 이웃집 고죽골 아주머니네 누렁인 줄 알았다가 늑대임을 알고 기암을 지르며 방문턱에 걸려 넘어졌고 방으로 들어와 보니 코피가 터지고 입술이 터졌던 기억을 옛날 이야기하듯 자식들에게 해준 일이 있다.

아들딸들은 까만 눈동자를 반짝이며 옛날이야기를 듣듯이 잘도 들어주었다. 그것도 자식들이 어렸을 적 일이지 이젠 늙어서는 자식들이 내 이야기를 기억하고 있는지 그것도 알 수 없는 일이다.

오씨는 산을 돌아 저수지 둑을 걸으며 저수지를 살펴본다. 물 깊이가 얼마나 되는지는 모르나 그리 넓지 않으니 그리 깊지도 않겠지 하면서도 시커먼 물속이 저승처럼 무섭게 느껴진다. 물이 있으면 고기가 있듯 여기도 고기가 있는지 낚시꾼이 십여 명이나 넘게 앉아 있고 창고처럼 지은 집에서 연기가 피어오르는 걸 보면 사람이 살고 있다는 걸 짐작으로 알게 했다.

 모두가 낯선 얼굴뿐이고 고향 사람은 하나도 없는 것 같다. 하기사 고향 사람들이 몇이나 남았을까. 나를 알아보는 사람이란 일가친척 몇 사람으로 그 자식들까지도 나를 알아보지는 못할 것이다. 나를 기억하는 사람 중에 저승으로 이사 간 사람이 더 많으니까.

 고향을 떠난 지 60년이 된 지금, 우리 한 세대를 간 사람이 더 많고 몇 명이라는 숫자는 열 손가락도 채우지 못하는데 내가 욕심도 많다. 이 저수지에 남은 낚시꾼이 나를 알아보지 못해 서운한 마음이 잠시나마 들고 있다니 오 영감은 눈시울이 뜨거워짐과 동시에 콧물이 주르르 내려오는 걸 나무등걸 같은 손등으로 닦으며 둑에 아직도 파란 빛을 띠운 잔디에 쓱쓱 문질러 닦는다.

 '잔디는 잘도 뻗었다. 우리 부모님 산소는 잔디가 없어 빨간 중대가리가 되었을 꺼구먼.'

 몇 년 전인지 까맣게 기억에서 멀어진 귀향에서 희미하게나마 생각되는 건 잔디가 잘 자라지 않았던 부모님 산소와 형님 내외분 산소가 가슴 아프게 했기 때문이다.

 흙이 나빠서인지 아니면 햇빛이 나무에 가려 잘 들지 않아서인지 두 가지 중의 하나겠지만, 마음뿐이지 여지껏 손 한번 대본 적이 없는 것이 뼈에 사무치게 했다.

 '아니 망자의 복이라고는 하지만, 이 넓은 종중산에서 하필 앞이 좁고 경사진 골에 자리를 잡으신 게여.'

 오 영감은 객지에서 살면서 다섯 번도 못 찾아 뵌 부모님 산소 앞에 서서 속마음으로 또다시 털어놓으며 아버님 생전에 잡아 놓으셨다는 이 자리에 계신 아버님 뜻을 나무라는 건 아니라도 자신에게 쏟아놓은 한탄 같은 말이었다.
맨날 좋은 터에 이장해야겠다고 마음만 먹었지 실행에 옮긴 적이 없으니 불효를 엎드려 빌어 본들 무슨 소용이 있겠는가.
이십 년쯤 전인가. 여름이 지난 뒤 어느 날 꿈에서 부모님 내외분이 진흙탕에 빠져 허우적대는 걸 보고 몇 날을 고민하다가, 고향에 내려가 산소를 찾아보니 경사진 앞이 빗물에 쓸려 허물어진 걸 알 수 있었다. 그때는 형님이 이미 돌아가신 뒤라 하나뿐인 조카와 집안사람 몇이 하루 종일 일을 마쳤다. 돌로 축대를 쌓는 일이었다. 그것이 부모에 대한 효 중에 제일 큰 것이었으니 그동안 부모에게 효도한 기억 같은 건 생각나지 않았다. 그리고 이제 내가 돌아왔다. 아마 죽음 앞에 마음이 변해서인지 모른다. 호랑이도 죽을 때는 고향을 찾는다는 말이 있다.
'아버님, 어머님. 이 못난 자식이 늙은 몸을 이끌고 왔습니다. 고향은 여전한데 사람들이 많이 없습니다. 길이 넓게 뚫렸고 버스도 하루에 다섯 번씩 들어온다는군요. 이 불효를 용서하세요. 저도 이제 곧 아버님, 어머님 곁으로 갈 것입니다.'
오 영감은 형님 산소에 가서도 엎드려 절을 했다. 그리고 여전히 잔디가 잘 살지 않은 게 마음이 아팠다. 자식인 내가 사느라고 허덕이기만 했지 이런저런 마음을 쓰지 못했다는 후회가 가슴을 저리게 했다. 돈 없고 힘없이 자식들 처지만 바라보는 입장에서 때늦은 후회란 아무 소용이 없었다.
左靑龍 右白虎가 폭 싸안은 명당이란 어디 있을꼬. 부모님과 형님 내외분은 좋지 않은 곳에 계시니 나도 맨날 요 모양 요 꼴로, 철도원으로 자식 6남매 가르치고 먹여 살리느라 고생만 했는지 모른다. 나와 마누라는 명당을 골라야 한다. 목적은 이것이었다. 귀향을 위해 나는 지금 부모님, 형님 앞에서 위선을 하고 있는 것이다. 귀향의 목적은 이것이다. 누군가 말했다. 세상은 공평하다고…. 그러나 그렇게 생각하는 사람이 이 세상에 몇 명인

지 그리고 그걸 부정하는 사람은 몇 명이나 되는 건지 모를 일이다. 객지밥은 눈물 밥이라고 반세기를 넘게 객지에서 살면서 늘 억울하게 살았다는 생각으로 숨 가쁘게 살아왔다. 세상을 너그러운 마음으로 바라본다거나, 아름답다고 생각한 적도 없이 인생을 체념하면서 한으로 뭉쳐진 것을 풀어내지 못하고 여기까지 온 것이다. 도를 깨우친 도인이라면 삶과 죽음이 별 것 아니라든지 부와 가난도 인생에 있어 아무것도 아니라는 철학이라도 지니고 고향엘 찾아왔는지 몰라도 지금 오 영감의 심정은 서글프고 한스러워 마른 눈물이 날 지경이다.

사람들의 얼굴 가운데 코란 중심에 앉아 그 사람의 자존심을 지켜주고 빈부를 가름해 준다고 생각한 적이 있었다. 누구든 사람은 코가 있고 콧구멍이 두 개다. 짐승도 콧구멍이 두 개라는 것도 알고 있지만 내가 사람이니 콧구멍이 두 개라는 걸 잊은 적이 없듯이 그걸 기억 못 하는 사람은 없을 것이다.

오 영감은 지금 이럴 때 새끼손가락을 바른쪽 콧구멍에다 쑤셔 넣고 열심히 후비면서 깊숙이 박힌 코딱지를 꺼내려고 안간힘을 쓴다. 분명 있다고 느꼈으니 콧구멍에 손가락을 찔러넣고 코딱지를 찾는데 손가락 끝에 빠르게 포착되지 않아 걷던 발길을 정지한 채 온몸의 신경을 새끼손가락 끝에 모은다.

늙으면 나오는 곳에 물기란 침이고 눈곱이고 콧구멍에 코딱지요, 오줌뿐이다. 사나이에게 필요한 물기란 정액이겠지만 팔십을 넘기고 보니 거기가 바싹 오그라들어 속 빈 탱자요. 누가 껍질인데 코딱지는 마른 딱지가 되어 콧구멍을 간지럽히기도 하면서 답답하게 만들기도 했다. 그리고 두 구멍에서 한쪽 콧구멍 그것도 바른쪽 콧구멍에만 끼는 이유를 모르겠다. 하루에 한 번 습관처럼 후비는 콧구멍에서 마른 코딱지는 손톱에 끌려 나오다 끝에는 물기 있는 코딱지가 붕어 똥처럼 매달려 나오며 손가락에 달라붙는다. 지금 휴지도 없는 산길에서 코딱지를 떼 버리는 데는 나무등걸에다 문질러 살짝 붙일 수밖에 없지만 그러자니 발을 떼고 산 가까이 다가가야 했다. 오 영감은 발밑에 밟고 선 억새풀에다 문질러 버리는 게 났다는 판단이 되자 허리를 굽혀 코딱지를 문질러 떼었다.

'이상도 하여 두 구멍이 다 내 콧구멍인데 어째서 한쪽에만 코딱지가 끼는 거냐구. 한쪽이 막혔는가? 그래서 숨이 차고 가래가 끓는 기여. 뭐여!' 세상일이 이런 원리와 이유로 공평하지 못하다고 불평을 하는 사람이 있는 건지 모른다는 생각이 들면서 왼쪽 콧구멍을 점검이라도 하듯 손가락을 넣어 후벼본다.

'에 에 취'

그 바람에 콧구멍 앞에 낀 먼지를 깊숙이 밀어 넣어서인지 재채기만 여남은 번이나 쏟아져 나와 숨이 턱에 찬다.

'참말이지, 요상한 것이여.'

코딱지 후비다가 인생까지 삶까지 꺼내게 되었으나 오 영감은 고개를 갸우뚱했고 마음을 돌려 생각하게 한 것은 오 영감의 철학으로 개똥철학이 아닐까. 이제 죽음 앞에서 내 것이란 개똥철학을 가슴에 품고 가는 일이다. 오 영감은 슬프고 비굴한 표정이 일그러지면 죽는다는 공포에 늙은 몸뚱이가 오므라들어 돋아나는 온몸의 소름에 부르르 몸을 떤다.

마음속에 품어왔던 오랜 마음을 지금 풀고 가리라 다짐을 하면서 부모님과 형님 내외분을 쌍용산에 이장한다면 저수지가 내려다보여 좋을 텐데 하고 생각했다. 발복은 틀림없을 것이구먼. 내가 부모님과 형님보다 더 높은 곳에 묻힌다는 건 안 되는 일이니 나는 이곳 말고 다른 데를 찾아봐야 한단 말이여. 포근히 양쪽 날개를 싸안은 듯 앉아 있는 쌍용산을 바라보며 여기까지 생각하다 천천히 뒤로 하면서 다시 저수지 둑을 밟으며 조카네 집으로 향했다.

내가 태어난 집이기도 했고 내가 성장한 집이다. 부모님 산소와 형님 산소가 좋지 않아서인지 아니면 너무 좋아서인지는 모르나 조카 하나가 평생

농사만 지으며 고향을 지키고 살고 있다. 천성이 착해서 가난한 농부로 살아오며 말없이 할아버지, 할머니 제사까지 지내주는 조카에게 고맙고 미안한 마음이 가슴을 짓눌렀지만, 오 영감 생전에 쓸만한 밭뙈기 이백 평을 사서 형님께 드려 지금까지 조카가 부치고 있으니 조금은 위안이 되고 있었다. 조카 집이 옛날보다 조금 다른 건 초가지붕이 양철지붕이 되었고, 부엌이 현대식으로 바뀌었다는 것이다. 대문을 들어서며 그 옛날은 싸리나무 문이었는데 나무 대문으로 바뀌었다는 걸 생각해 낸다.

조카도 딸 여섯에 아들 하나다. 자손이 귀한 건지 아들이 귀한 게 왠지 섭섭했다. 형님도 아들 하나였는데….

하기사 팔자지. 나는 아들이 넷인데 그 속에서 친손자는 딱 둘 뿐이다. 마음대로 못 하는 건 자식 농사라고 다 팔자가 아닌가. 콩 대궁을 엇갈리게 세워놓은 마당에 누렁이 암소가 눈알을 굴리며 콩대를 흩어 되씹는다.

'어, 이 소가 왜 나왔누.'

소고삐가 풀리고 외양간에서 방금 나온 모양이다. 소를 끌고 외양간에다 바싹 매고 기침을 하며 기웃거려도 집은 텅 빈 모양이다. 아마 들에 나간 모양이다.

오 영감은 별안간 허기를 느끼며 물 한 대접을 퍼서 마신다. 샘물이었던 그 옛 샘터는 물웅덩이로 버려두고 집집마다 수도시설을 해놓고 쓴다.

'세상이 변했지. 내 이리 늙어 죽을 때가 되었는데 변하지 않고 베길라구.'

가을 햇살이 유난히 따갑게 이 집 마당을 가득 채워 눈이 부실 만큼 가슴도 벅차오른다.

'나는 그동안 산소 자리나 봐 둘란다. 집 뒷산은 가까워 좋은데 그늘이 지고 어둡다. 따뜻하고 아늑하고 그런데 없을까?'

눈에 그려지는 산세지만 아무리 생각해도 얼른 떠오르지 않고 잡히지 않는다. 오 영감은 직접 산을 오른다. 잡목들이 웃자라 있어 도무지 좋은 자리를 찾을 수가 없다.

'난 말이여. 내 고향집이 뵈는 곳이 좋은디 그랴. 여기가 좋구만. 육촌 형님 아래 이 산세는 매끄럽게 산꼭대기에서부터 아래로 흘렀고 좌청룡 우백호에 저 앞 논이 평지에다 저 멀리 둘러진 구봉산이 노적가리란 말일세.'

여기까지 생각이 미치자 오 영감은 무릎을 탁 친다.

'조카한테 부탁을 해야제.'

오 영감은 조카네 논으로 재빨리 걸었다. 그러나 빠른 걸음걸이는 소걸음보다도 느렸지만 벼를 베는 조카 내외를 만나게 되었다.

"작은아버님 오셨시유."

굽은 허리를 펴며 두 내외가 인사를 하며 일손을 놓는다.

"걱정 말고 허여. 내 걱정을 말고."

"다 했어유. 이제 저녁 절인데 가야지유. 집에 가 소죽도 먹여야 해유."

소 끈이 늘어졌다는 얘기며 소를 외양간에 잘 매었다는 말을 하면서 이 바쁜 가을일을 도와주지 못한 것을 대신하고 있었다.

"금세 갔다 왔는데 그랬네유."

조카 내외의 인사를 받고 점심 겸 저녁밥을 얻어먹고 나서 오늘 귀향한 뜻을 등잔불 들이대듯 말을 조심스레 꺼냈다.

"말이다. 내 여지껏은 객지에서 살아왔다마는 죽어서는 고향에 묻히고 싶다 이 말이여. 내일 내가 일러줄 테니 니가 알아 두었다가 꼭 내 자리로 내주길 바란다."

이튿날 아침밥을 뜨자마자 오 영감은 늙은 조카를 앞세우고 갔다.

"여기 이 자리가 어떠냐. 난 이 자리가 좋은디. 하긴 내 무슨 염치로 고향에 묻히겄냐. 하지만 고향이 그리운 걸 어떡하랴. 이 자리가 아니면 또 한 군데가 있는데 거긴 여기만 못혀."

"작은아버님, 아무려면 작은아버님 작은어머님 누우실 자리 없으시겠어요. 걱정하지 마세요. 제가 알아서 하겠습니다."

조카의 확실한 대답을 듣고서야 오 영감은 안도의 숨을 길게 쉴 수 있었다.

고향에 다녀간 뒤 오 영감은 경로당에 가서 자랑을 했다. 고향 산에 묻힐 곳을 정해 두었다구. 그리고 일 년도 지나지 않아 이 세상을 하직했다.

조카한테 오 영감 아들이 연락했다.

"형님, 아버님이 돌아가셨습니다. 포크레인으로 준비 좀 해주세요. 아버님이 파 놓은 곳이 있다면서요."

그러나 말이 많았다. 객지에서 60년 동안 떠나 살았던 사람이요, 고향을 위해 무엇 하나 해놓은 것이 없다고 그러면서 고향이라고 종중산에 묻힌다는 건 안 되는 일이다. 그러나 조카의 힘으로 무난히 묻힐 수가 있었던 것이다.

"내가 고향을 지켰고 종중에 할 일은 내 꼭 했다. 작은 아버님 한자리 못 모실 내가 아니다."

이런 설득과 오 영감 아들들이 종중에 돈 백만 원 내놓고 무마가 되었지만, 오 영감의 산소 자리를 놓고 왈가왈부하는 이가 몇 명은 되었다.

이렇게 좋은 산소 자리는 1천만 원 주어도 못 마련한다느니 흙도 은빛 나는 마사 흙이라 좋은 자리라며 시샘하는 소리를 죽어서도 들어야 했다.

망자의 복이라고도 했지만, 이제 죽어서도 고향땅에 묻혀 태어나고 자라나던 집을 날마다 바라볼 수 있어 흐뭇해하리라.

■ 악몽

"저! 저 웬수 놈의 강아지 좀 보소. 똥구멍을 둘러대도 양반에 턱에다 둔다더니 저놈에 개새끼 그짝 났다."

할머니는 쉿소리로 나무라며 손을 들어 때리는 시늉과 함께 신발을 끌며 한 손에 꽃삽을 찾아들고 텃밭을 기웃기웃 들어간다. 개똥을 퍼서 담아내며 궁시렁대는 소리가 바람을 타고 내 귓등에 매어 달린다. 나는 창문 너머로 지금 늘어 논 소품 같은 모습을 바라보면서 지그시 눈을 감았다.

개는 이미 할머니의 쉿소리와 함께 꼬리를 감추고 슬금슬금 게딱지만 한 제집으로 들어가 버렸다. 몸집이 작고 털이 짧은 황갈색이 치와와 잡종이라는 생각을 하게 하는 것은 진갈색 눈빛이 그렇게 느끼게 하고 있었다.

똥개. 잡종이니 똥개임이 틀림없는데 똥개치고는 얼굴이 동글동글하니 예쁘게 생긴 암캐였다.

작년 이른 봄 정확히 내 생일날 신탄진 장에서 십만 원을 주고 샀다며 어머니는 갓난아기를 안고 들어오듯이 굳어진 얼굴로

"나무 아비 타불, 나무아비타불"

하시며 마루에 내려놨다.

"웬 개를 사 오세요?"

나는 섬찟한 전율을 가슴으로 느끼며 퉁명스레 말했다.

"눈에 띄길래 네가 심심해할까 싶어 사왔다."

마루에 내려진 강아지는 몇 발을 떼어놓고 냄새를 맡아보며 똥이 마려운지 엉덩이를 둘러대려는 듯 빙글빙글 돌았다. 나는 얼른 개의 몸뚱이를 발로 들어 올려 땅에 내려놓으려 했지만 제대로 되지 않았다.

"이 강아지 내다 버려요. 똥 싸려고 하잖아."

나는 버럭 화를 내면서 방문을 열고 들어가 쾅 하고 문을 힘껏 닫았다.

그날, 어머니는 미리 떡쌀을 담그고 가셨는지 부엌에서 부산스레 떨그럭 소리를 내며 떡쌀을 빻았다. 해가 질 때쯤 누군가 찾아와 소곤대는 소리가 간헐적으로 들렸지만 굳게 닫힌 방문 틈으로 그 내용을 알기엔 너무 멀게 들려왔다. 그런데 환청 속에서 한마디는 영혼에 전해지듯이 살아나고 있었다.

"아들은 나갔어요? 안 보이네요."

아들이라면 이 집안에 나를 두고 하는 말이다. 형은 내가 꼴 보기 싫다며 결혼하고 이년을 함께 살다 따로 나가버리고, 할머니는 막내딸이 오란다며 가시고 안 계셨다. 아버지, 초등학교 평교사로 사십 년을 끝내시고 글을 쓰신다며 어디론가 가셨는데 나만 모르는 건지, 어디에 가 계신 지 알지 못한다. 이렇게 빈집같이 조용한데 지금 집안에서 어떤 일이 일어난다고는 생각지 않았지만 확실히 보이는 것처럼 느끼고 있는 건, 알지 못할 괴괴한 분위기가 돌고 있다는 사실이었다.

"자, 안방에 차려요."

엿들으려 하지 않았는데 또렷이 내 귀로 들려오는 건 어머니가 아닌 다른 여인의 목소리였다. 그날은 나의 생일 이어서인지 알지 못할 기대 같은 것이 마음에 솟아나면서 귀를 한껏 열고 있었던 게 사실이었다.

"자, 다 되었는데 청수 한 그릇도 떠다 놓으세요."

청수란 말에 신경이 곤두서면서 피가 거꾸로 도는 것 같이 갑자기 더워짐을 느꼈다. 나는 방을 좌우로 서성이고 있었다. 침묵처럼 시간이 가는가 싶더니 별안간 징 소리가 모든 시간을 멈추게 하는 듯 내 심장까지도 멈추게 하고 있는 것 같았다.

『징 징 징 징징징 징징』

끊길 듯 끊길 듯 마지막 여운이 몇 번 계속되면서 그녀의 귀신 소리가 내 심장을 파고들었다.

"삼신(三神)할매 김씨 가문의 조상님네 이내 말 좀 들어보소. 곱고 고운 자손들 금자동아 은자동아 두루 살펴 주옵소서. 노여움일랑 구름 같이 풀어헤치시고 부정일랑 맑은 물로 씻어내어 똘똘한 자식 병신 만드시지 마시옵고 앞길 열어 주옵소서. 부정 걷어 가 주십시오. 개 삼신께 비나이다. 개 죽은 것 본 부정, 개 삶는 것 본 부정, 냄새 맡은 부정 모두 걷어 가 주사이다. 개 삼신님 차린 건 없어도 많이 잡수시고 노여움 푸사이다."

『징징징 징 징 징 징징 징징 지징 지징 징징』

삼박자로 울리다가 사박자로 제멋대로 두들기는 징 소리에, 내 모가지가 흔들리는 걸 꼿꼿이 세우고 못질을 하듯 움직일 수가 없었다. 한참을 돌처럼 앉아 꿈속에서 듣고 있듯이 멍하니 듣다 나는 화들짝 창문 가까이 다가갔다. 개를 찾았다. 마당에도 개집에도 개는 없었다.

별안간 내 몸에 으스스 한기가 들면서 소름이 돋아났다. 그리고 화들짝 방문을 열어젖히고 마루로 나아갔다. 두어 발 내딛다 나는 장승이 되어 서 있고 말았다. 몸은 후들후들 떨렸고 내 눈은 징 소리에 빨려들며 괴이한 광경에 꼼짝을 못 하고 그곳에 내 동공이 꽂힌 채 서 있어야 했다. 상에 놓여 있는 떡과 음식과 과일보다 상 앞에 새까맣게 탄 재 덩이처럼 쭈그리고 앉은 개의 모습이 한눈에 들어오면서 소름이 확 끼쳐 왔다. 겁에 잔뜩 질려 있던 개는 나를 보자 구원을 요청하듯 두어 번 낑낑거리다 내 표정을 읽었던지 엎드린 채 가만히 있었다.

더욱 놀라운 것은 어머니가 개 앞에서 몸을 반쯤 숙이고 고개를 덜군 채 주문을 외우고 있었다.

나는 상을 엎어 버리고 싶은 충동이 일어났지만 용기가 없었다. 다리가 후들후들해 지면서 주저앉아 버리고 말 것 같아 주춤 뒤로 물러났다. 그런데 징을 치는 그녀의 고개가 내게로 돌려지더니 번뜩 광채가 나면서 내 몸을 꽁꽁 동여매고 있는 것이었다. 나는 온 힘을 다해 뒷걸음을 치면서 방으로 들어와 문을 닫고는 잠가버렸다. 그녀의 눈빛이 나를 매어 달고 개 앞으로 끌어내려고 하는 것이 역력하게 보였기 때문이다.

징 소리가 내 영혼에 들어와 내 전신을 앗아가고 있는 듯 나는 머릿속이 텅 비어 물소리로 가득 채워진 것 같았다. 환청은 내 영혼의 소리인 줄도 모른다. 숨고 싶은 충동에 창문도 꼭꼭 닫고 커튼도 내린 뒤에 방안을 휘 살펴보았다. 서너 평밖에 안 될 방안에는 책상 하나와 책상이 짝을 이루고 서 있고 그 정반대 쪽에서는 침대가 놓여 있다. 그리고 14인치 TV에다 비디오,

형이 쓰다 남겨 준 오디오까지 창문 가까이 먼지를 뒤집어쓰고 있었다. 내가 숨을 곳은 이 방 어디고 있어야 했다. 침대 밑이 제일 안전하다는 생각도 들었지만 보나 마나 먼지가 쌓여 바퀴벌레 천지일 수도 있겠다는 생각이 번개처럼 스친다. 귀를 틀어막아도 피할 수 없는 이 순간이 몸서리가 쳐졌다. 밖으로 도망가지 못하고 왜 방으로 기어 왔을까 하는 후회와 함께 다락방 문이 환하게 열려 있는 것 같이 생각되어 재빠르게 다락 방문을 열었다.

'내가 왜 이곳을 잠시 잊었을까?'

다락방으로 기어오르며 속으로 중얼거렸다. 습기가 있어 곰팡이 냄새가 매케한 연기 냄새로 풍기지만 언제고 현실에서의 도피하고픈 마음일 때는 다락에 숨어들어 하루고 이틀이고 숨어있었다. 배가 고픈 것도 모르고 굶은 건 아니지만 참으며 견딜만할 때까지 참았다. 그건 중학교 때부터 빗나간 나의 생활에서의 도피요, 아니면 내가 나를 참지 못하는 분노가 가슴 밑바닥에서 몸부림을 치는데도 행동은 역시 하수구의 냄새 같은 그런 모습으로 이어져 가고 있었다.

행동은 생각과 일치한다고 했지만 나는 반대로 생각은 옳은 것을 향하려 하였지만 행동은 그렇지 못해 늘 문제 학생이라는 낙인으로 보냈었다. 싸움질, 그리고 성숙한 내 머리는 이성에 눈을 떠 몇몇과 함께 여학생을 꼬셨지. 그리고 여름날, 내 일생이 크나큰 사건으로 강가에서의 그녀와의 밤샘은 불량배의 시비로 그녀가 성폭행을 당하는 걸 혼자서 감당하지 못하면서 그 이튿날 몽땅 내가 뒤집어쓰고 형사 입건되었다. 죄명은 강제 성추행이라는 죄로 소년원에서 억울하게 2년 동안 보내야 했지만 그 여학생을 지켜주지 못한 나의 죄도 있다는 생각으로 참았다.

그녀가 바른말만 했어도 아니 꼭 해 주었더라면 하고 때론 원망도 해 보았지만 중학생이었다. 그녀, 그리고 나는 아무런 저항도 못 하고 어른들이 생각하고 판단하는 대로 내버려두었을 뿐이었다.

칼날보다 날카롭고 안정 없는 사회를 바로 잡는다는 법은 없는 죄를 만들어 올가미를 씌우면 그만이었다.

중학교도 졸업 못 하고 검정고시로 졸업하였다는 자격으로 고등학교에 입학해, 이를 악물고 공부에 전념했지만 자꾸 떨어지는 성적은 지탱할 수 없게 만들고 심리적으로 주눅 들게 하였다. 내가 이렇게 해서 고등학교에 다니면 무얼 할까 하는 회의에 빠질 때도 있었는데 똥은 똥끼리 만난다고 나와 똑같은 생각을 하는 정태가 내겐 유일한 동지로 생각되었다.

공부는 아예 뒤로 미루고 방학 때면 텐트 장만하여 산속 으슥한 곳에서 보내며 나의 도피는 외부와의 결별만이 최선인 듯 학교 결석을 밥 먹듯 했으니 어머니 속은 또 얼마나 썩었는지…. 돈이 없으면 도둑질도 서슴지 않았다. 돈이나 물건 따위가 아닌 개를 훔쳐 팔았던 것이다. 개란 잘 해주고 먹을 것을 주면 따르게 마련인데 미끼는 오징어, 큰 멸치였다. 몇 번만이면 줄래줄래 따라오는데 후미진 강가로 데려가 목줄을 매어 끌고 가 보신탕집에 팔면 되었다.

학교에서는 퇴학 처분하려고 아버지 어머니를 오라고 닦달하자 돈도 많이 썼다는 걸 안 지는 얼마 전 일이다.

그런데 정태와 나는 어느 날 개를 꼬서 강가로 데리고 갔는데 쇠줄로 목줄을 매려는 순간 개가 내 팔을 물고 늘어지고 있었다. 나는 순간 속주머니에서 과도를 꺼내 개의 목을 찔렀고 정태는 돌로 개 머리를 내려쳤다. 개는 쓰러지며 항복하는 듯 꼬리를 감추며 깨갱깨갱하며 울부짖었.

내 팔목에서 피가 붉은 꽃잎처럼 떨어져 내리며 모래 속에 묻히고 있었다. 그 순간 나의 머리에 떠올리는 살의에 가득 찬 미소가 번져 나왔다.

나는 모래를 파기 시작했다. 방금 피가 뚝뚝 떨어지고 있던 곳을 미친 듯 파고 있었다.

"재창아 뭘 하는 거야?"

정태는 의아한 표정으로 물어왔다.

"몰라서 묻니. 모래장을 하는 거다. 나를 물어뜯는 놈은 용서 못 해!"

"그거 재미있겠는걸. 나도 거들지. 그런데 죽지도 않았는데 어떻게 하냐?"

모래만이 있는 게 아니었다. 크고 작은 풀들 때문에 나는 칼로 연장을 대신하고 팠다. 정태는 나무때기를 주워다 함께 땅을 팠다.

고여 있던 물이 나오며 큰 웅덩이가 되었다. 개는 목에서 울컥울컥 피를 토해내면서 괴로워하면서도 죽지 않더니 피가 멈출 때쯤, 킁킁 끄응하며 우리들이 하는 짓거리를 붉은 눈으로 바라보고 있었다. 나는 목줄에 억지로 맨 끈을 잡아끌면서 달래는 소리를 내며 모래 웅덩이로 끌었다.

『쯔쯔쯔… 쯔쯔쯔…』

개는 불안한 눈빛을 내게 꽂으며 신음하면서 웅덩이를 훌쩍 넘고 있었다. 나는 함께 훌쩍 넘으며 계속해서 뛰며 반복했다. 열 번, 스무 번, 서른 번…, 50번, 100번… 나는 땀에 젖었고 지쳐 있었다.

"이겨라, 이겨라! 자 낚아채면 될 꺼야."

정태는 소리를 지르며 이렇게 말했다. 나는 회심의 미소를 정태에게 보내고 나서 끈을 확 낚아챘다. 개는 입을 벌리고 혀를 뺀 채 웅덩이에 푹 고꾸라지고는 나를 바라보았다.

나는 헐떡이며 개를 내려다보았다. 원망하는 눈으로 바라보는 눈빛이 서늘하게 내 등을 훑어 내리며 심장을 멈추게 하는 것 같아 소름이 확 끼쳐 풀썩 주저앉고 말았다. 개는 죽기 싫은 듯 헐떡이며 천천히 죽어가면서 나를 바라보는 것이었다. 나는 정신없이 모래를 두 손으로 퍼서 개를 덮고 있었다. 정태는 멍하니 정신이 나간 것 같더니 발로 모래를 밀어 나를 돕고 있었다.

다 묻어 버린 모랫바닥을 손으로 쓸어 표 안 나게 한 다음 떠나면서 나는 이렇게 말했었다.

"나는 이제 개는 훔치지도 않는다. 왠지 재수 없을 것 같다. 난 아마 개 때문에 재수에 옴이 붙어 다닐 거다."

개가 죽어가면서 나를 바라본 그 눈빛을 잊지 못하는 한 그런 생각은 떠날 수 없을 것 같았다.

징 소리는 계속되었고 무어라고 씨부리는 무당녀의 목소리가 소름이 끼치게 하면서 모래 속에 묻히기 전 울부짖던 개의 목소리로 귀에서 나의 머릿속을 뚫고 들어와 나를 괴롭혔다.

나는 파랗게 질리며 덜덜 나뭇가지가 어깨춤을 추다 센바람에 부러지듯 다락방 문을 잡고 쓰러지고 말았다.

넘어지면서 코를 받쳤는지 더운 피가 주르륵 흘러 땅바닥에 떨어지고 있었다. 나는 기를 쓰면서 다락방을 기어 올라갔었고 매캐한 곰팡이 냄새는 비릿한 코피로 땜질을 한 뒤였다. 어떻게 하면 저 징 소리를 듣지 않으며 무당의 귀신 낱알 까먹는 소리를 듣지 않을까 하는 바람은 다 앗아간 화마처럼 혀를 날름거리듯 내 귀를 때리고 간지럽히며 머리를 칭칭 동여매면서 괴롭히고 있었다.

"얘 재창아, 나오너라 으이? 좀 나와 보려무나 어이?"

조심스레 어머니는 나를 불렀지만 나는 귀를 막았다. 잠시 징 소리가 뚝 그치고 조용한데 갑자기 조용해진 집안이 괴괴한 분위기로 덮이면서 방문이 덜그럭대며 열리는가 싶더니 누군가 다락으로 올라오는 기척이 느껴졌다. 나는 손등으로, 손바닥으로 받은 코피를 방문에다 뿌리며 외쳤다.

"누구야? 내 허락도 없이 올라오는 것들이 썩 꺼져! 죽여 버리겠어."

"아이고 이일을 어찌 노, 부정을 어찌 노."

그 소리와 함께 날렵한 몸놀림으로 어느새 올라와 나를 내려다본다.

칙칙한 다락방 안의 빛과 그녀의 짙은 화장한 얼굴이 내 코 가까이서 둔갑한 개가 되어 마주한 것 같은 착각에 사로잡혀 나는 하마터면 주먹으로 내려칠 뻔했다. 그녀가 내게 먼저 말을 건네지만 않았어도 나는 그녀를 사정없이 내지르고 말았을 것이다.

"총각 미안해요. 조금만 참아요."

가늘게 눈웃음을 보내며 바가지와 부엌칼을 들이대더니 내 머리를 뜯는 시늉을 하며 바가지에 담으며 그녀는 수없이 주문을 외웠다.

"원통하고 절통하고 억울하게 죽은 미물 개씨요, 이제 고만 용서하고 멀리멀리 달아나 가소. 철모르고 미련한 짐승이니까 용서하고 새로 태어나 넓은 천지 날아 보소. 엄마의 뱃속에서 볼 것 못 볼 것 삼신 부정 모두 모두 걷어 가이소. 그리고 다시 찾아오지는 마소. 어이 억울하다고 안다 알아 내 아니께 차려 준 음식 먹고 물러가라. 물러가라."

그녀가 쉴 새 없이 주워 삼키는 말은 내 몸의 힘을 다 빼면서 꼼짝달싹도 할 수 없이 만들어 나는 반드시 누운 채 그녀를 황홀하게 바라보고 말았다.

그리고 그녀를 안아보고 싶은 충동과 함께 성욕이 꿈틀대고 있었다. 참을 수 없는 욕구는 나의 호흡까지도 멈추게 하며 그녀의 한쪽 다리를 부둥켜안고 쓸어내리고 그녀의 반응을 감각으로 더듬으며 애원하면서 그녀의 아랫도리를 핥은 것은 순간의 순간이었다.

그때까지도 그녀는 계속 주문을 외우며 목소리 톤을 더 높이며 아무 반응 없이 내가 하는 대로 내버려두고 있었다. 조금도 반응이 없는 태도에 나는 움찔하며 풀이 죽으려 했지만, 그러나 포기할 수 없는 건 그녀의 태도 때문이었다. 그녀에게 더욱 밀착하여 내가 배운 기교를 끈질기게 시도할 수 있었던 건 그녀의 목소리가 조금씩 떨면서 어떻게 할 수 없다는 울음과도 같다는 걸 듣고 있었다.

그리고 그녀의 한 손은 나의 심볼을 사정없이 주물러 터뜨리고 있었다. 그리고 더욱 큰 소리로 주문을 하고 있었지만 내 귀로 알아듣지 못할 정도로 횡설수설하고 있었던 것이다.

나는 이미 지금 죽는다 해도 모를 시간이 흘렀고 내 몸이 불덩이가 되어 땀으로 범벅이 된 채 널브러질 때는 그녀는 팬티를 내린 채 다시 주문을 계속하고 있었다. 다행이었던 것은 그때까지 어머니는 개 앞에서 울면서

기도 같은 주문을 외우며 애원을 하고 있었던 것이다.
 내가 다락에서 그녀가 이끄는 대로 내려와 어머니 곁에 섰을 때는 어머니는 움찔 놀라며 내게 용서 같은 애원의 눈빛으로 바라보았다.
 그 눈빛은 이랬다.
 '이 불쌍한 자식아. 내가 이렇게 하지 않고는 견딜 수가 없어. 니가 자꾸 내 속만 썩이고 무엇 한 가지 되는 일이 없으니 애미는 무슨 짓이고 너를 위해서라면 다 하겠어. 불쌍한 자식아.'
 말은 안 했지만 나는 이미 어머니의 눈빛에서 이런 말들은 듣고 있으며 고개를 끄덕였다. 가만히 죽은 듯 있던 개가 끙끙대면서 박스에서 후다닥 기어 나왔다.
 나는 순간 개를 죽이고 싶은 충동이 생기며 두 주먹을 불끈 쥐었다.
 "아서라. 이제 개는 어디고 갔다 버릴 테니 참아야 해."
 그렇게 말한 건 어머니가 아닌 그녀, 무당이었다.
 나는 순간 어머니 얼굴을 바라보았다. 개가 우는 소리같이 가냘프게 흐느끼는 어머니의 목소리가 나를 낚아채고 있었다.
 "이놈아, 이 불쌍한 녀석아. 개를 더 이상 해롭게 하여선 안 돼. 니가 징역 가고 교통사고 당한 건 다 개새끼 부정 때문이여 알겠니? 알겠어?"
 내 가슴을 때리며 어머니는 몸부림을 치고 있었다.
 나는 어이가 없었다. 그건 왜 저렇게 통곡에 가까운 울음을 터뜨리며 몸부림을 치고 할 이유가 내겐 납득이 가지 않는 것보다 개새끼 앞에서 빌고 몸을 구부리며 또 통곡까지 하는 모습이, 나를 어이없게 하고 있었다.
 나는 뛰쳐나왔다. 지금 벌어진 짓거리보다 내가 한 행동이 왠지 개 귀신이 시켜서 한 짓인 것 같다는 생각이 머리에 스치며 가슴이 답답해서 견딜 수가 없었다.
 "총각 가지 마세요. 같이 가요."
 대문을 나서는 내 등 뒤에서 그녀가 소리를 지르며 나의 등 뒤에 붙어서 달려오는 것만 같아 마구 뛰었다. 얼마를 뛰었을까. 그리 더운 날씨는 아닌 늦은 봄인데 내 몸은 땀으로 젖어 있었다. 그런데 나는 마라톤 선수처럼 잘도 뛰었다. 많은 차가 지나고 사람들이 지나가건만 나는 죽기 살기로 뛰었다. 하늘이 갑자기 흐려지면서 천둥이 치고 소나기가 쏟아졌다.

내 몸은 흥건히 젖었지만 소나기로 씻겨 내리듯 갈증까지도 빗물에 적시며 천천히 걸어가고 있었다. 그리고 왜 강까지 내달아 왔는지 나는 강가를 왔다 갔다 하면서 울고 싶어졌다. 강물은 말없이 흘렀고 10년도 더 지난 지금 없어져 버린 집터를 찾듯이 두리번대고 있었다.

『징징 징징』

해는 서산에 기울고 기우는 햇살이 유난히 밝게 강물에 쏟아붓고 있었다.

조금 전까지도 무섭게 내리던 소낙비는 언제 내렸냐는 듯 햇빛은 밝다 못해 눈을 쏘아댔다.

나는 눈을 지그시 감고 방금 들려오는 징 소리를 아직까지도 머릿속에 넣고 여기까지 왔었구나 하고 생각했다. 그런데 그 징 소리는 개의 울부짖음처럼 들려오면서 아주 가까이서 들려오는 것 같았다.

『징징징 징 지징징 지징 징』

나는 눈을 번쩍 뜨고 징 소리를 따라 몇 발짝을 떼어놓았다. 꿈을 꾸는 착각에 사로잡히며 눈을 다시 감았다.

『챙 챙 챙 챙 채챙 채챙 챙챙』

갑자기 달라진 소리에 귀를 틀어막고 그 소리를 쫓으며 발을 떼어 놓았다.

귀를 때리며 고막을 찢는 소리는 가까운 곳에서 들렸다. 늘어진 버드나무 가지 사이에서 그림자같이 어른거리는 두 물체. 꿈을 꾸고 있는 듯 잠시 몽상에 잡혔다. 나는 가슴이 터지는 흥분을 한 손으로 쓸며 그곳으로 향해 뛰었다. 내가 찾았던 집터. 그곳에서 들려오는 징 소리… 아니다. 개의 울부짖음이 들려오고 있었다. 이제 숨어버린 해는 강물을 잿빛으로 덮어버리고 두 물체는 쉴 새 없이 하늘을 긋고 있었다.

나는 죽어라고 뛰었다. 빨리 가까이 가고 싶은 바람은 가슴속을 뒤집어 놓는 것 같이 숨이 찼다. 손에 잡힐 듯한 거리, 나는 퍽하고 쓰러져 버렸다.

정신을 차렸을 때는 어둠이 강을 덮어 버리고 죽은 듯이 누워 있을 때였다. 시간이 얼마나 흘렀는지 모르나 순간의 찰나처럼 느껴지기도 했고 아주 오랜 시간이 흘러간 것도 같다는 생각이 들기도 했다.

그건 그녀와 어머니가 나를 부축하고 조용히 입을 다물고 있었기 때문이기도 했다. 내가 정신을 놓고 쓰러져 있을 때 무슨 일이 벌어졌는가보다 나의 짐작으로 집어 보면서 나는 섬찟한 생각이 머리에 스쳐 소름이 쫙 끼쳤다. 분명한 것은 내 손으로 묻어 버린 개 무덤이라는데 있었다. 다른 생각은 지나쳐 버릴 수가 있었지만 나도 못 찾았던 개 무덤을 그녀는 어떻게 찾았는지 그녀를 곁눈질로 훑으면서 그녀의 신기에 놀라움과 두려움이 한꺼번에 가슴을 뛰게 하고 있었다.

그녀의 손길이 내 팔을 잡고 닿을 때부터 두려움 같은 것이 있었는데 꼭 집어 말하기보다 그녀가 개의 혼령을 싸잡고 다니는 게 아닌가 하는 생각이 들기 때문이었다. 길옆 능수 버드나무 아래 소나타 승용차가 있었다.

그녀와 어머니의 부축으로 소나타 앞까지 오게 된 나는 또 한 번 귀신에 홀린 게 아닌가 하고 생각하며 그녀의 얼굴을 바라보았다.

어둠 속에서 그녀는 나를 바라보며 요염하게 웃었다. 그녀의 옆에 앉아 나는 담배를 피우고 싶어졌다.

그녀는 담배 한 가치를 뽑아 붙여 내게 건네주고는 자신도 한 가치 물고 라이터를 켜댄다. 익숙한 그녀의 손놀림에 나는 한 모금 들이켰던 연기를 길게 내뿜으며 한숨을 퍼 올리고 있었다.

"앞길이 구만리 같은 총각이 웬 한숨을 그리 쉬노."

두어 곰 빨고는 불을 끄며 그녀가 처음으로 내게 말을 건네고 있었다.

"이상하지요. 난 당신이 여우 아니면."

나는 이렇게 무심히 말을 해 놓고 뒷말을 끊었다.

"왜 말을 끊는 거야. 끝까지 말을 해야지."
"아녜요. 왠지 여우같다는 생각을 하다가 말을 하는 걸 보면 사람 같기도 해요."
내가 거짓말을 하는 걸 그녀는 다 알고 있었다. 사실은 개 귀신이지요? 하고 싶었던 것이다. 그녀는 운전을 하면서 키득키득 웃으며 나의 마음을 다 알아낸 것이 재미있다는 표정이다.
"너무 늦었어요. 집에 아무도 없는데."
그때까지 한마디도 안 하시던 어머니가 집 걱정을 하고 계셨다.
"왜 아무도 없어요. 똥개님이 있잖아요."
나는 백미러를 바라보며 어머니 얼굴을 찾으며 이렇게 말했다. 그러나 어둠은 모든 걸 일시적이나마 삼켜버려 어머니 얼굴이 보일 리 없었다.
"나는 왜 그리 퉁명스럽단 말이냐. 오늘로 그 개는 없다. 이제 우리 집에서는 개는 키우지 않는다."
"왜요. 안방에다 모셔 잘 봉양해야지요."
"또 왜 이래요. 총각, 어머니 은혜는 산보다 높은 거야."
그녀는 마른 손을 들어 내 어깨를 툭 치며 눈을 흘긴다.
"총각 총각 하지 마세요. 난 숫총각이 아니란 말입니다."
"오호호 아이 웃기지 마. 결혼 안 했으면 총각이지."
"저, 아주머니 먼저 집에 가시고 이 총각은 오늘 밤 꼭 내가 풀어낼 것이 남았으니 내가 함께 있어야겠어요."
"그렇게 하세요. 제발 뒤를 깨끗이 하여 주세요."
어머니는 집 앞에서 내린 뒤에도 몇 번이고 그 말을 되풀이하고 계셨다. 이상하게 들리도록 비굴한 말씨로 애원에 가까운 음성으로 말하는 것이었다. 나는 꼼짝도 하지 않고 차 안에 있었다.
거리의 네온도 많은 차들의 행렬로 지쳐있는 듯한 빛으로 초저녁부터 졸고 있었다.

그녀 하는 대로 두고 볼 심사로 아무 말도 안 했지만 번갯불에 콩 볶듯이 지나가 버린 하루가 피곤해 짜증이 나면서도 다락방에서의 본의 아닌 타의로 빚어진 피해의식과도 같은 생각을 하려고 했지만 그건 나의 바람과도 같은 엇갈린 나의 본능으로 생활의 하나가 아닐까 하면서 그녀의 옆모습을 훔쳐본다.

그녀는 진지한 표정으로 운전에만 신경을 쓰고 있었다.

"나를 데려다 어데다 쓸려고 그래요. 그만큼 했으면 끝난 게 아니냐구요."

나는 괜스레 심사가 뒤틀려 한마디하고 싶어서 견딜 수가 없었다. 로봇이 되어 여태껏 끌려다녔다는 사실을 지금에서야 알아버린 것에 심통이 나서 견딜 수 없는 그런 심정이었는지도 모른다.

그리고 그녀의 귀신같은 정체를 홀랑 벗겨 보고 싶은 충동도 있었다. 무당임에는 틀림없지만 어찌해서 나의 모든 걸 알고 있는 것일까?

그리고 그 개 무덤을 어떻게 찾아낸 것일까? 나도 잊었던 그 자리를 찾아내어 어떤 짓거리로 개의 영혼을 불러 세웠단 말인가. 가슴속에서 게욱질 같은 비릿한 냄새가 풍겨 나와 메스꺼운 분노가 빙빙 돌아 나온다.

"그렇게 잘 아시는 분이 왜 무당이 되어 개한테 빌고 절을 합니까? 그래 개가 무어라고 합디까? 내 원수를 갚는다고 합니까?"

"그래도 뒤가 켕기는가 본데 철부지 동령 정말 가여워. 어쩌자고 개 부정 아니, 그만하지. 다만 나보다 더 나은 팔자는 아니란 것이야. 나도 불쌍해 보이겠지만 총각도 마찬가지야. 우리 똑같은 인생끼리 잘해 보자구."

○○아파트 후문에서 토닥거리며 그녀가 처음으로 대꾸한 말이었다. 그리고 다시 차를 몰아 칙칙하게 나무가 서 있는 곳에 주차시키고 내가 내리기를 기다렸다. 키를 뽑고 차 문을 잠근 뒤 내린다. 언제 갈아입었는지 집에서 본 옷이 아니고 경쾌한 바지 차림에 티셔츠가 어둠 속에서도 경쾌해 보인다. 그녀는 앞장을 서고 또닥또닥 걸어간다. 나는 잠시 호흡을 진정시

키듯 숨을 들여 마시고 다시 길게 내뱉으며 아파트 건물 높이를 가늠하며 여유를 가지려 했다. 아파트라고 하면 높은 것이 당연한 게 아닌가. 불빛이 새어 나오니 사람이 사는 집이구나 하고 중얼거리며 나는 그녀가 저만큼 걸어간 뒤를 허우적대며 쫓아갔다.

"뉘 집을 가십니까?"

허둥대듯 들어가는 나를 제지하는 사람은 안경 너머로 내 얼굴에 초점을 맞추는 경비원이었다.

"예. 방금 들어간 누님 댁인데요."

"그럼 함께 오셨습니까?"

"네. 차가 이상이 생겨 손보느라고."

둘러대 보았자 아귀가 안 맞았지만 얼간이 같은 내 눈빛을 보았던지 속아 주며 빠끔히 내 얼굴을 들여다보며 고개를 끄덕이는 것이 '너는 내 눈에 박혔다고, 수작은 부리지 말라구.' 이렇게 말하는 것 같았다.

그녀를 삼켜버린 엘리베이터에 초점을 두고 나는 황망히 다가가 하나뿐인 버튼을 도장 찍어 대듯이 눌러댔다.

"아, 높군. 15층 까마득한데 내려오려면 한참 걸릴 테지."

중얼거리며 또 버튼을 눌러 보았다.

"거, 작작 눌러야지. 고장 나겠네. 산꼭대기서 살다 왔소?"

나는 경비원의 벼락같은 소리에 힐끔 놀라 뒤를 돌아서 고개를 숙였다.

한창때였으면 가만히 있을 내가 아니다. 하기사 아직도 청춘이지만 한 세대를 살아온 삶을 산 것처럼 평탄치 못했지 않은가. 이런 생각을 잠시 하는데 금속성 소리가 나면서 엘리베이터 문이 갈라진다.

"여보쇼, 705호는 알것지?"

돌멩이를 내 뒤통수에다 던지듯 경비원이 마지막 한마디를 던져준다.

나는 고개를 다시 숙여 보이고 엘리베이터에 갇힌 채 길게 숨을 몰아쉬었다.

몇몇 사람들이 함께 탔지만 등에 땀이 흥건히 밴 나는 주위에는 눈길도 주지 못했다. 깊은 늪에서 허우적대다 빠져나온 그런 기분이었지만 나 몰라라 하고 사라진 그녀가 괘씸하게 생각되었다.

"내가 너의 정체를 알아야겠다구. 여우든가 개든가 내 눈으로 보아야 해."

마음속으로 이렇게 다짐하면서 엘리베이터에서 빠져나와 마음을 다스리고 초인종을 눌렀다.

"왜 이리 늦게 오는 거니. 촌스럽긴."

문이 열리며 그녀가 눈을 곱게 흘기며 나를 맞이했다.

"아니, 이 아파트 사는 사람은 촌스럽다는 말을 많이 하는가 보죠?"

나는 퉁명스런 말을 뱉으며 신을 벗었다.

"누가 그랬어? 거봐 촌스러우니까 그런 소릴 듣지. 좀 세련돼 보라구. 하긴 그게 더 매력으로 보이지만."

조명등만 켜놓은 거실이 섬찟하면서 기분이 점점 괴괴해졌다.

"누난, 불 좀 밝은 걸로 켜요."

"왜 안 좋니? 참, 나더러 누님이라고 했어 지금?"

그녀는 밝게 불을 바꾸며 호호 웃기까지 했다.

"누님이라고 하니 통과했어요. 팔자에 없는 누님 소리를 다 해봅니다."

나는 소파에 털썩 앉으며 일부러 불만스런 말투로 그녀의 표정을 읽으며 집안을 단숨에 살피고 있었다. 하얀 커튼이 깨끗한 분위기를 더해 주었고 혼자 사는 집안이 너무 큰 게 아닌가 하면서 방안이 보고 싶어졌지만 꾹 참았다.

천천히 보아 두리라는 생각은 어느 방 하나는 그녀가 모셔 놓은 신전이 있을 거라는 생각과 기분 나쁘리만큼 괴괴한 분위기였다. 그리고 그녀가 어떻게 나의 과거 같은 것을 알았으며 그보다 강가에 묻었던 개 무덤을 어떻게 찾았나 하는 의문이었다. 그것을 아는 사람은 나와 정태, 최정태뿐이었다. 그런데 그녀는 어머니까지 데리고 와 징을 치며 굿을 하고 있었지 않은가.

"덥지? 목욕해. 나는 집에 들어오면 목욕부터 해야 돼. 아파트는 겨울에는 춥지 않고 여름에는 시원해."

그녀의 몸을 감싸고 있는 옷이 잠자리 날개 같은 것으로 보아 잠옷이 아닐까 하면서 나의 몸이 자꾸 긴장되는 걸 느끼며 목이 탔다.

"나 물 좀 주세요."

낮에 다락방의 정사는 꿈에서나 보았을 악몽과도 같은 것이 아닌가. 그녀가 물컵을 들이밀었을 때 정신이 퍼뜩 들도록 물을 마셔야겠다고 생각한 건, 차디차 보이는 냉수에다 그녀에게서 풍겨난 살냄새 때문이었다.

"목이 많이 탔나 봐. 어서 샤워하고 한잔하면서 이야기나 하자구. 동생 총각 호호 후훗."

나는 그녀가 지시한 대로 턱으로 가리키는 곳으로 비실비실 걸어갔다.

"몸과 마음을 깨끗이 씻고 오라구. 내 집이라고 생각하면서 말이야."

"내 집이라고 내 집!"

목욕탕에 채 발을 들여놓지 못한 채 그녀의 소프라노 같은 음성을 들으며 나는 잠꼬대처럼 중얼거렸다.

미리 켜 놨는지 목욕탕의 전구가 불꽃처럼 보였다. 수도꼭지를 치켜올렸다. 비틀지 않아도 쉽게 치켜올리기만 하면 되는 수도꼭지가 자만이 넘치는 이 집주인의 콧등처럼 느껴져 다시 내렸다가 다시 올렸다.

쏴아 하는 소리는 세찬 빗줄기 같아 강에서 퍼붓던 빗줄기를 떠올리게 하고 있었다. 갑자기 목욕이 하기 싫어졌다. 샤워기를 몸에 갖다 대어야 할 텐데 바닥에다 내동댕이친 채 뿜어 나오는 물소리를 들으려 했다. 그냥 세차게 틀어 놓은 채 한동안 멍하니 서서 내려다보았다. 맑은 물은 모든 생명을 위해 존재하는데 나는 누구를 위해 존재하는 것일까? 문득 그런 생각을 하는 지금, 이 순간, 살고 싶은 욕망이 자지러지면서 꼼짝도 하기 싫었다.

그런데 머리 한쪽에서 지시하는 대로 꿈틀대어야 했다.

'너는 주어진 네 삶의 일부분이니 순종하면서 받아들여야 해!'

물소리와 함께 내게 지시하는 예언과 같은 명령에 나는 주섬주섬 샤워기를 잡고 머리서부터 갖다 대고 한참을 퍼붓고는 정신을 차리고 비누질을 마구 해댔다.

목욕을 마친 나는 새로운 자신감이 생겨나면서 조금 전까지 우울했던 기분이 아침 햇살처럼 퍼지고 있었다.

"이제 끝났어? 오래도 한다. 어서 이리와 앉아. 배고프지?"

혼자 북 치고 장구 치고 하며 원탁에다 술상을 잘 차려놓고 수선을 떨고 있었다.

"배고프네요."

"그래 배고프지. 밥도 있고 고기도 볶았어. 어서 일 와 먹으면 돼."

"시원하게 맥주가 낫겠다고 생각되었어. 위스키도 있으니까 좋을 대로 골라잡아. 그리고 나와 이야기나 하자구."

나는 맥주를 단숨에 마셨다. 갈증이 났기 때문이기도 했지만 어색한 분위기를 술기운에라도 잊고 싶었기 때문이다. 그보다 하고픈 말을 쏟아내려면 덜 깬 주변머리로는 술이 약이 될 수도 있기 때문이다.

몇 잔 오갔는지 핏줄이 불거지면서 가슴에서 더운 피가 불뚝거렸다.

"우리 통성명이나 합시다. 이름도 몰라 성도 몰라서야 되겠습니까?"

"그렇지. 이름은 그 사람의 얼굴이라니까 난 김가연. 총각씨는?"

홍조 띤 볼이 잘 익은 살구처럼 보이는, 눈웃음에 꼬리를 치켜든 그녀가 둔갑한 백여우 같다고 단정하면서 퉁명스럽게 대꾸했다.

"당신과 종씨에다 재창. 이름을 돈푼께나 주고 지었다는데 계속 더러운 이름이었나 봐. 자꾸 다시 불러 세운단 말이야."

나는 평소에 생각했었던 그대로를 말하고 있었다.

"우리나라 성이 다 그렇지 않은가. 누가 만든 뿌린지는 모르지만."

나는 잠깐 입을 다물었다. 다시 내뱉듯 말하였다.

"정말 재미있군. 같은 뿌리라. 그러나 본이 틀리면 되잖아. 나는 김해, 동생은 뭐야?"

"듣기 싫어 썅!"

나는 욕설과 동시에 맥주병을 내동댕이쳤다. 그리고 비실비실 걸어 현관까지 나갔다.

"갈 수 없어, 넌. 나나 너는 똑같은 팔자를 타고났어. 알아? 이 멍청아! 날 속이려고 하지 마. 니가 살아온 삶을 나는 알고 있어. 그러기에 나는 너를 보낼 수 없어."

정신이 몽롱해 왔지만 나는 한줄기 전류에 감전이 되어 털썩 주저앉으며 신음 소리를 내고 있었다.

"으응, 뭐가 어떻다구?"

눈을 떠 잠에서 깨어난 건 한밤이 다 되어서였다. 희미한 조명등 속에서 모두가 죽어 있다 되살아나는 그런 모습으로 방안의 모든 것이 들썩거리는 것 같았다. 초록빛 장롱은 파도 되어 들썩거리고 그 앞에서 그녀가 헤엄을 치며 다가오고 있었다. 나는 안아주려고 두 팔을 내밀어 보았다. 손이 따로 놀고 있음을 알았다. 머릿속에서 방아를 찧고 있었다. 지끈지끈 아픈 게 아니라 쿵쿵 격렬하게 돌아가며 방아를 찧어 대어 벌렸던 손을 머리로 가져다 싸안았다.

목이 탔다. 지금껏 한 번도 겪어보지 않았던 갈증이었다. 지금, 이 순간은 물이 필요했다. 나는 두 손을 이용하여 일어났다. 혹시 가까이 물이 놓여 있을 거라는 생각이 스쳤다. 생각은 적중했다. 작은 주전자, 그리고 컵이 침대 머리맡에 얌전히 앉아 있었다. 주전자를 들고 컵에 물을 따랐다. 그리고 입에다 들어부었다. 내 입이 놀라 저항을 하려다 참고 받아먹는다. 씁쓸한 데다 들큰한데 무슨 맛인가는 열 시가 되어서야 다시 깨어 그녀가 호들갑을 떨어 그 맛을 알게 되었다.

"인제 일어났어. 내가 갈 때 한 번 깬 거야. 꿀물에 인삼액을 타 놓았었어. 어때 가뿐하지?"

머리가 지근지근 아팠지만 그 꿀물 덕인지 인삼 덕인지 속은 편했다. 나는 대답을 않고 고개를 끄덕거려 보았다.

"그럼 됐어. 일어나 아침 먹자."

나는 부스스 일어나 화장실로 갔다. 화장실에 들어가 문을 닫는 순간 길게 한숨을 내쉬고 있었다.

그녀의 모든 것을 캐 보려던 속에 품었던 야릇한 심리는 밤을 지새운 지금 이 순간 아무런 소득 없는 허탈감이 방금 내 품어낸 한숨 속에 있었다. 한 가지 그녀가 내게 돌덩이로 던져 버린 말이 기억 속에 생생히 떠오르고 있다는 사실이다.

『너는 갈 수 없어. 나하고 팔자가 똑같거든. 니가 살아온 삶을 나는 알 수 있어.』

'저년이 내가 죽였던 개 귀신이 둔갑한 줄도 모르지.'

마음 저 밑바닥에서 스멀거리는 생각을 떨쳐 버리려고 물을 얼굴에 끼얹고 또다시 철학적인 상념에 빠져든다.

'운명은 어느 날 갑자기 찾아오는 행운일 수도, 아니면 불행일 수도 있다. 내게 부딪혀 오는 바람을 피할 수는 없는 게 아닌가. 그러니 나는 지금의 순간을 애써 피할 필요성은 없지 않을까. 지금 나는 문명 시대의 보배가 아닌가.'

마지막 자신이 보배란 단어가 나를 웃기며 헛바람이 나게 했지만 그런 사실이라고 위로하면서 허파에 바람 드는 웃음을 혼자 웃어야 했다.

목욕탕 문을 열고 나왔다. 주방과 거실이 이어진 작은 공간에 타원형 식탁에 마련된 음식. 색색이 고운 무늬로 맛깔스럽게 보인다. 구수한 북엇국이 구미를 돋운다. 한마디 말고 없이 나는 북엇국을 홀홀 마셔 댔다.

"동생, 천천히 먹어."

나는 동생이란 말에 움찔하며 그녀를 바라보았다.

"왜? 동생이란 말이 싫어? 그럼 뭐라고 부를까? 재창씨 그럴까?"

그녀는 생글거리며 나를 바라보았다.

"이제 날 부를 일 없을 테니 맘대로 해요."

나는 수저를 놓으며 퉁명스레 말했다.

"그렇게 안 된다니까 전생에 우린 숙명적인 인연이라고 동생은 어머니 뱃속에서부터 개의 혼이 들어갔고 난 옥황상제의 딸이었는데 말을 안 들어 벌을 받고 이 세상에 내 어머니의 딸로 태어난 거야."

"둘러다 붙이긴 잘도 붙이고 있군. 하긴 그래야 돈을 뜯어내지 않겠어? 우리 어머니한테서 얼마나 뜯어냈어?"

나는 그녀를 노려보며 이렇게 말했다. 어머니의 모습을 떠올리며 말했다.

내가 자꾸 빗나갈 대로 빗나간 삶을 사는 동안 어머니는 애원에 가까운 수심에 가득한 눈빛으로 나를 바라보곤 했었다.

나는 담배를 찾아 입에 물고 불을 붙였다. 그건 오래전부터 이어온 습관과도 같았다. 중학교 1학년 때부터 피워댔으니 꼭 15년이나 되었다.

"오늘만 봐주겠어. 담배는 홀아비 냄새로 둔갑을 한다더군. 나랑 오래 살려면 조심해 줘. 나도 이제 끊어 버리겠어."

시원스레 담배를 폐 깊숙이 빨아 마시다 그녀의 자극적인 말에 나는 후 하고 내뿜지도 못하고 그녀를 바라보다 짧은 시간을 정지한 채 있었다.

"왜 놀라지? 내 말은 절대적인 예언이야. 숙명일 수도 있고."

나는 담배를 상에다 걸쳐놓은 뒤 그녀를 낚아챘었다. 상이 비껴져 소리를 내고 나는 그녀의 몸뚱이를 싸고 힘껏 껴안고 애무를 했다.

그녀는 내가 하는 대로 가만가만 나를 자극하면서 찰거머리가 되어 가고 나는 그녀를 이끌고 안방 침대까지 와서 그녀를 내동댕이치듯 침대에 뉘었다.

그리고 잘 익은 과실이 터지도록 서로를 밀착시키고 있었다. 과일이 뭉개져 끈끈한 과즙이 특유의 맛으로 뒤범벅이 되고 두 개의 씨가 부딪치는 소리는 방안을 가득 채우고도 넘치고 있었다. 이렇게 빗나간 애정행각은 날 새는 줄 모르고 얼마를 지났는지 모를 즈음 그녀는 낮이고 밤이고 드나들면서 어미 새가 먹이를 물어 날아와 새끼에게 먹이듯 내게 잘해 주었다.

그러나 나의 가슴에 헛헛한 바람이 인 건 어머니가 한 달 만에 나를 찾아오고서부터였다.

"이놈아, 이제 아주 미쳤구나. 할머니도 걱정이 이만저만이 아니서. 그리고 너의 아버지는 나보고 자식도 제대로 키우지 못했다며 날 멸시한단 말이여."

어머니는 반 울음으로 넋두리를 하였고 그녀는 한마디 독백을 하듯 하고는 나가 버렸다.

"나는 동생을 살리려고 날마다 축원했을 뿐입니다. 어서 데려가세요. 이왕 버린 자식 이렇게라도 살면 되는 게 아닙니까. 한세상 살다가는 건 마찬가진데."

그녀의 당당한 말에 나는 빤히 한 번 쳐다보다 그녀의 가시 같은 눈빛에 질려 고개를 돌렸다. 그녀가 나간 뒤 나는 어머니께 맹수가 되어 달려들었다.

"상관하지 마세요. 어머니는 나를 뱃속에서부터 부정한 자식이라는 걸 알고 계셨으면서 왜 낳았지요. 낙태를 하든가 낳아서 죽여 버리든가 했으면 내가 이렇게 살다 가지 않아도 되잖아요. 난 이렇게 살다 죽겠어요. 엄마가 나를 그렇게 믿는 한 난 절대로 달라질 수가 없어요!"

나는 미친 듯 머리를 쥐어뜯으며 포악을 부렸다.

"아니야. 이제는 다 끝났어. 이제 잘해 보란 말이야. 너는 교육자의 아들이야. 바르게 살아야 해."

"틀렸어요. 난 이미 전과자가 아닌가요. 아무렴 어때요. 나 하나 안 낳았다고 생각하세요. 형도 있고 여동생도 잘 살잖아요. 개 귀신이 내 몸에 들어왔다면 개가 아닙니까? 난 개예요."

"이제 개 귀신도 떨어졌을 꺼야. 내 정성으로 보나 네 마음에 달렸어."

"가세요. 난 이대로가 좋아요. 가요. 어서 가세요. 또 찾아오시면 아주 죽어 버리든가 멀리 가 버리겠어요."

어머니는 눈물을 줄줄이 쏟아내고는 가 버렸다.

어머니가 쫓기듯 가 버린 뒤 나는 어머니가 그녀에게 한마디 원망이라던가 나무라는 것을 볼 수가 없었다는 것을 생각해 내고 골똘히 생각해 보았다.

그러고 보면 어머니는 아버지에게 받은 상처 같은 것을 쏟아내고 가신 게 아닐까. 아니면 할머니나 형에게 받은 원망을 풀고 가셨는지도 모른다는 이기심이 나를 붙들고 있었다.

"맞아, 어머니는 내게 질린 거야. 말썽만 부리고 제대로 인간 구실도 못하는 내가 징그러운 거야."

나는 소파에 몸을 쑤셔 넣은 채 이런 생각을 하면서 눈물이 쏟아져 나왔다. 그리고 앞에 가로막고 서 있는 산을 바라보듯 지난날을 바라보며 시간을 줍고 있었다.

철없던 유년에 재롱둥이로 아니 안동 김씨의 후손으로 사랑을 듬뿍 받고 자랐다.

할아버지는 초등학교 교장이셨고 아버지도 교사. 교육자 집안으로 꽤 큰 동네에서도 이름이 나 있었고 믿음직한 형과 인물이 희멀건 나를 모두 침이 마르게 부러워하는 말, 그리고 존경하는 눈으로 바라보는 걸 나는 자랑스레 생각하고 자랐다. 그런데 빗나간 나의 학창 시절은 부모의 실망과 울분에 가슴마다 피멍을 들게 했다.

할아버지는 교통사고로 돌아가시고, 아버지는 명예퇴직을 자원하시고 글을 쓰신다면서 집을 등지기가 일쑤다. 그나마 집을 가끔씩 찾고 계신 건 아직 생존에 계신 할머니 때문인 줄도 모른다. 나 때문에 아버지, 어머니와의 작은 말다툼. 나는 그때마다 다락방에 올라가 웅크리고 앉았다가 손바닥에 묻은 엿을 핥듯이 수음을 했고 내 생일 달만 되면 술을 곤드레하게 퍼먹고는 엉뚱한 짓거리를 했었다.

싸움질 아니면 학교에도 가지 않고 만화방 아니면 극장에 들어앉아 있었고 어울릴 친구들을 모아 산이나 강에 텐트 쳐 놓고 몇 날 며칠을 지냈다.

그러다 결정적인 운명은 좋아한 회와 강변에서 별을 보며 첫사랑을 나눌 때 뜻하지 않은 사건. 불량한 놈들에게 회를 희생시키고 그녀의 부모로부터 받은 오해. 그리고 소년원에서 2년을 살고 그런 후에도 몇 번의 탈선. 그로 인해 많은 상처는 덕지덕지 꿰매도 흉터로 남아 나를 괴롭히며 사람들을 믿지 못하는 불신임은 나의 병이 되어 갔고 치유치 못한 마음의 상처는 어머니의 한숨 같은 넋두리가 되어 나를 괴롭히며 가슴 속을 후벼파고도 남았다.

"에그, 불쌍한 자식. 내 탓이여. 내가 저렇게 만든 거예요. 개새끼의 영혼이 저놈아한테 들어가 막힌 거라고."

내가 수갑을 차고 붙들려 가는 것을 보며 어머니는 통곡을 하며 푸념을 했다. 그리고 그 후에도 그런 말을 넋두리처럼 하여 나를 뒤흔들고 있었다.

또 기억하고 있는 건 그보다 더 어렸을 때 어머니는 나를 불쌍한 눈으로 바라보며 말했던 걸로 기억한다.

"에그 어쩌나. 괜찮아야 할 텐데. 너는 에미 말 잘 들어야 해. 알것냐?"

"뭔 말인데 그러냐?"

할머니가 어머니 말에 채근하자 어머니는 슬픈 얼굴로 할머니께 말했다. 나는 못 들은 척 건넌방으로 건너가 미닫이문을 비집고 어머니 말을 엿듣고 있었다.

"어머님, 재창이에게 개 혼이 들어갔대요. 뭐예요. 글쎄 저놈아 가져서 우리집 개를 머슴이 잡았지요. 아시지요? 그게 혼이 저아한테 들어갔다는

데 어쩌면 좋아요?"

"누가 그따위 소리를 허누. 별 잡귀 같은 소릴 하는구먼."

"오래되었어요. 이름 지으러 갔을 때도 들었고 신수 점치러 가서도 들었어요. 그리고 저아 가졌을 때쯤에 꿈속에서 마귀가 방해를 놓았어요. 그런 저런 것들만 보아도 짐작이 가는구만요."

어머니는 울상을 하면서 여러 가지 사투리를 섞어 가면서 말하고 있었다.

나는 그때, 어머니 입에서 처음 듣는 나에 대한 비밀이 나의 출생에 대한 비밀을 듣는 듯이 진지한 어머니의 표정과 할머니의 걱정과 그 사이에서 무서운 공포까지도 느꼈던 기억이 지금까지도 생생하니 지워지지 않고 있었다.

그때가 내가 아홉 살로 기억된다. 그런데 그걸 지금까지도 안고 살다니 중학교 때 친구 정태와 개를 묻었던 것도 우연 중 머리에 밴 개의 증오심이 었는지 모른다.

그리고 남의 집 개를 유인해 팔았던 것도 모두가 개를 증오하면서 저지른 것이 아닌가 싶다.

"왜 하필 개야. 어렸을 때 우리 집에서 길렀던 복슬이를 얼마나 예뻐했는데."

나는 담배를 찾아 라이터에 불을 붙이고 혼잣말을 중얼거리며 어렸을 때를 기억한다. 아마 여섯 살 적인 것 같은데 어머니는 개장사에게 팔아 큰 양은 대야를 사셨지 않은가. 소리 나는 것으로 사야 좋은 거라고 하셨다.

형과 내가 개 팔았다고 눈물을 펑펑 쏟으며 서운해할 때 어머니는 반질반질 윤이 나는 양은 대야를 두드리며 좋아하셨다.

"이놈 아들아. 너희들은 아직 모르지. 서운한 마음은 들겠지. 하지만 다 크면 알겠다만 개는 오래 키우면 사람 말을 알아듣고 둔갑을 한다고 했다. 내 옛날이야기 해줄까?"

어머니는 우리를 달래려고 말했지만 어린 우리는 어머니 말에 귀가 솔깃해지면서 빨리 듣고 싶어 견딜 수가 없었다.

"어머니, 빨리 들려주세요."

"엄마 빨리 해 봐 응?"

"재창아 너 '어머니 이야기해 주세요.' 해야지. 너 아버지 아시면 넌 두 손 들고 있어야 해."

"지금 아버지 없는데 뭐."

"너 아버지 학교에서 돌아오시면 일러 버릴 테야."

"내버려둬라 아직 어리니까."

어머니는 막내인 내가 귀여워서인지 언제고 나를 감싸주셨다.

어머니의 그늘에서 벗어나지 못하는 건 어머니의 과보호보다 나의 빗나간 사생활에서의 안식처란 바로 어머니 품이라고 믿고 있는 것인지도 모른다.

아버지가 날 더 미워하신 건 할아버지를 돌아가시게 했다는 누명 아닌 누명 때문이었다. 그 길로 아버지는 사표를 내신 게 틀림없는 사실이다.

나는 더 많은 자책보다 깊은 생각이란 게 세상에는 귀신이 정말 있다는 것인가 하는 것에 몰두하고 있었다. 얼마나 속을 썩였으면 막내아들인 나를 위해 점을 치고 부적을 사서 내 베개에 넣었을까. 그것도 모자라 이제 굿을 다하고. 그래서 나는 이렇게 무당과 살을 섞게 되었지 않은가. 정말 내가 부정한가. 개 귀신이 달라붙었다면 무당과 같이 삶으로서 액땜은 될 것이 아닌가. 나는 순간 몸을 부르르 떨다 진저리를 쳤다.

그녀는 날마다 낮이나 밤이나 나갔고 올 때는 돼지머리며 과일 떡이며 과자 부스러기를 싸 갖고 와서 먹으라고 했다. 한두 번이지 이제 보기도 싫고 먹기도 싫어 쳐다보지도 않았더니 한참 지난 후에 가져왔다.

"날마다 그 따위만 가져오지 말고 돈을 내놓으라구."

"왜? 돈이 필요한 거야? 얼마나 줄까? 백만 원, 이백, 삼백?"

"그게 돈이야? 일억이라면 몰라도."
나는 그녀의 심중을 떠보기 위해서 이렇게 말했다.
"어쭈, 굵게 노는대. 뭣하게?"
그녀는 담배를 휴 하고 내 품고 눈을 내리깐다.
"이왕 놀라고 작정했으면 암자라도 짓고 들어앉을까 해서."
"그래, 괜찮은 제안인데 한 번 좋은 생각을 했어. 그런데 말이야. 내가 임신을 했다면?"
그녀가 담배 가치를 비비며 말했다.
"설마 그럴 리는 없지. 무당이 임신을 했다면 신이 가만두겠어?"
나는 쿡쿡 웃었다.
"야, 무당은 사람이 아니래. 하긴 사람으로 보지는 않겠지. 미친년 맞아. 미친년."
나는 그녀를 노려보았다. 놀리는 것 같기도 했고 애 취급하는 게 밉기도 했다.
"너 보고 책임지라고 안 해. 나 정말이야. 임신을 했어. 오늘 알게 되었어. 산부인과에 들렸거든. 그렇지만 걱정하지 마. 그 대신 이제 나가줘야겠어. 내가 일억을 줄 테니까 어디 암자라도 지을 자리 구해 보란 말이야."
나는 그녀의 말만 듣고 있었다. 한마디 대꾸도 할 말이 없었기 때문이다.
나는 비실비실 일어나 그녀의 아파트를 빠져나왔다. 그대로 있기에는 가슴 속을 쇠 수세미로 쑤셔대며 긁어대는 것 같아 참을 수가 없었다.
엘리베이터에서 내리자 봄 햇살에 눈이 부시어 아찔한 현기증이 일어난다.
감방에 갇혀 있다 나온 죄수처럼 소중하리만큼 따스한 햇살이 눈을 찔러대 한참을 서 있었다. 눈을 감은 채.
몇 달을 갇힌 채 나는 그녀의 출렁거리는 몸뚱이를 안고 소중한 햇살과 시간을 내동댕이치고 보내었지 않은가. 이제 나가련다. 나가자. 갈 곳이 얼른 생각나지 않는다. 맹꽁이가 겨울을 나면 연못을 찾아가듯이 낯익은 길 따라가고 보니 어머니가 계신 집이었다.
"꿈을 깨자 꿈에서 깨어나자."

■ 그림자

장대 같은 빗줄기가 쏟아지고 있다.
초여름의 빗발치고는 너무 사납게 쏟아진다. 혜영은 유리창에 부딪치듯 쏟아붓는 빗줄기를 쫓아 화단을 바라본다. 해마다 이럴 때면 피기 시작하는 채송화꽃이 사정없이 후려치는 빗방울에 여린 꽃잎을 찢기고 있었다. 그것을 바라보는 혜영의 눈에서 눈물이 고인다. 꼭 혜영은 차가운 눈물을 흘려야만 했다.
세상에는 기막히게 억울하다고 탄식하며 사는 사람도 있겠지만 자신만큼 억울하다고 생각하며 우는 이가 또 있을까 한탄해 본다. 타의에 의한 피해라기보다 살기 위한 처절한 심정에 우는 자신이 기막히고 불쌍하다는 생각이 들었을까. 허무와 허탈감이 뼈아프게 현실로 다가오면서 죽음의 손아귀에서 빠져나오려는 발버둥이 모두 부질없는 발악이라는 걸 알았을지만 아직 죽을 수 없었다. 내가 가진 것은 아무것도 없지만 사랑하는 자식들을 두고 혼자 죽을 수 없다는 생각에 고개를 저어 본다. 생(生) 그것 하나보다 더 귀중한 것은 없다는 걸 알았지만 멸치처럼 여위어진 몸에서 생선 썩은 냄새가 풍길 것 같아 마른 몸뚱이를 거울에 비춰보기가 무서웠다. 아니 죽기보다 싫었다. 마귀보다 더 흉한 몰골로 남편을 바라보기도 미안했다.

이 마귀 같은 몸 안의 병, 언제 어떻게 몸에 자리하고 독버섯처럼 자라나고 있었을까. 배를 만져보다 쓸어보다… 꽉꽉 뒤지르고 약을 쓰며 저주하는 짓거리는 비웃는 악마의 손짓인지도 모른다.

『나는 살고 싶다 나는 죽기 싫다 나는 죽고 싶어』

죽고 싶다는 마지막 말을 함부로 하기엔 가슴 속 마음의 한구석에서 걸어 다니는 진심.
'나는 살고 싶어. 죽는다는 건 정말 싫어.'

세찬 빗줄기가 바람과 함께 더욱 세차게 내리며 창틀을 후려친다.
투명한 유리에 방울방울 맺히다 굴러떨어지는 빗방울을 바라보며 눈물에 젖은 그녀의 모습. 처참하리만큼 슬픈 지금, '누가 나에게 위로의 말을 들려준다면 조금은 위로받으며 평온을 찾을 수 있을 텐데 하는 작은 바람은 죽음의 터널에서 희미한 빛을 바라보는 순간 잠시 안을 수 있는 희망이었는지도 모른다.
아침에 나가면 저녁이나 되어 돌아오는 식구들 남편은 초등학교 교사이고 아이들은 중학교, 고등학교, 대학까지 셋이 다 바쁘다. 아들 하나에 딸 둘, 사랑하는 자식들 그리고 또 사랑하는 남편 모두 집을 나가고 나면 혼자만의 외로움 속에서 처절한 투쟁의 시간들. 일분일초 두려움 속에서 이 외로움은 악마의 손짓보다 더 무서웠다. 누가 그녀의 마음을 이해할 수 있을까.
병원에서 나온 지 한 달. 그동안 벼슬이나 한 것처럼 이 사람 저 사람의 인사와 배려 그리고 도움만 받은 그녀지만 그것도 하루 이틀이지 아직 살아있는 그녀에게 있어 실낱같은 '양심'이란 말로, 남아 있는 자존심이 꿈틀대고 있었기에 밀어내듯 사양하고 싶었던 것이다.

사랑은 마음의 사랑을 나눌 수 없다는 것을 너무나 잘 알고 있는 그녀는 죽음 또한 혼자만의 것인 줄 알았을 때 외로웠고 무서웠고, 그리고 서러웠다. 아, 그래서 아픔도 내 것이요, 죽음도 내 것이라는 냉정한 마음은 더 처절한 고독 속에 죽어 가는지 모르지만 죽지 않고 살아있어도 아무런 도움도 주지 못하는 가해자로 남아있을 것이 뻔했다.

그녀가 자신의 몸이 이상하다고 느꼈을 때, 그때 이미 피부색은 썩은 구릿빛이 되었고 비쩍 마른 후였다. 먹은 뒤 소화를 제대로 시키지 못했으며 꺽꺽 대면서 한두 번의 통증이 온몸을 쥐어짜고 난 뒤 멈추곤 했다. 온종일 진찰을 하는 지루함 속에 종합병원의 소독 냄새를 역겨워하며 파김치가 되어서야 집으로 돌아왔다. 삼 일 후에 오라는 의사의 마지막 말을 기다린다는 사실이 그렇게 지루할 수 없었다.

하루 한시가 급했다. 빨리 모든 걸 알고 싶었다. 병원에서 오라는 날을 지루하게 기다리며, 초조한 마음은 불안까지도 함께 했다. 이 두려운 마음은 그 어떤 불길한 예측을 하고 있었지만 혜영은 겉으론 태연한 척했다. 며칠이란 시간에 남편은 불안한 눈빛으로 그녀를 응시하면서 담배를 한없이 피워댔다.

전화가 걸려 왔다. 병원이었다.

"김혜영씨 댁인가요?"

"네, 제가 김혜영인데요. 어디시죠?"

혜영은 그녀의 이름을 부르는 여자의 목소리를 듣는 순간 머리털이 쭈뼛대며 곤두서는 것을 어쩔 수 없었다.

"여기 병원인데요. 오늘 오시라고 했지요. 그런데 병원 사정상 다음 주 월요일 오전 10시까지 오시라는데요."

"네, 알겠습니다."

괜히 칼을 세웠던 혜영의 목소리는 맥이 빠지는 대답을 하고 그대로 누워버렸다.

이 몸에 웬 질투. 그녀는 여자이기 전 병든 고양이라는 것을 순간 느끼면서 맥이 다 빠져버렸다.
　이렇게 수술하기 전, 끝내 결과도 자신만 모른 채 수술대에 올려져야 했지만 수술 전날 남편은 술이 곤드레만드레로 취한 채 들어와 발을 구르고 땅을 치며 울었다. 처음 보는 남편의 눈물은 분노에 가까운 몸짓이었다.
　"그래 내가 무슨 죄를 그리 많이 지었길래. 내가 이런 벌을 받아야 하는데. 그래 죄는 죄지. 당신을 이 꼴이 되도록 내버려둔 죄!"
　"여보 왜 이래요. 나를 위로하는 거예요, 나를 울리려고 그래요."
　혜영은 남편이 머리를 싸안고 흐느끼며 말했다.
　"아니야. 난 내가 미워서 그래. 당신을 이 꼴로 만들고 난 책임을 다한 줄 알았으니까."
　"수술하면 괜찮을 거예요. 위궤양이라면서요. 혹시 암이 아닌가요?"
　그녀는 떨리는 목소리로 이렇게 물었다.
　"아, 아니야. 난 당신이 너무 가여워서 그래. 우리 이제 잡시다."
　불을 끄고 자리에 누웠어도 잠이 오지 않았다. 물론 그녀의 남편도 잠이 오지 않는지 자꾸 뒤척이며 숨결을 고르지 못하게 쉬면서 한숨을 가늘게 토해 내고 있었다.
　그녀는 자는 척하면서 남편의 행동과 숨결을 듣고 있었다. 문득, 혜영은 남편과의 정사를 생각해 내고 이제 이 밤이 아니면 영원히 남편과의 육체적인 애무 같은 사랑은 없게 될지도 모른다는 생각을 하게 되었다. 아니면 한 달은 남편과 살을 맞대고 잠을 잘 수 없다는 생각을 했다.
　수술하면 한 달은 족히 병원에 누워 있어야 할 것 같아서였다. 그녀는 뒤척이는 척하면서 남편의 배에 손을 얹었다. 남편의 숨결이 순간 멈추고 있는 듯 가만히 있었다.
　남편의 배를 쓸던 그녀의 손은 점점 아래로 내려갔다. 그건 본능도 아니요, 충동도 아니었다. 그건 가련한 배려요, 서비스였는지 모른다.

병든 암고양이의 마지막 애정 표현일 수도…. 그녀는 찔끔거리며 돌아누웠다.

"여보 괜찮을 거야. 난 괜찮아. 당신만 건강할 수 있다면 얼마든지 참을 수 있다구."

남편의 마지막 말. 참을 수 있다는 건 그동안 굶주렸다는 말로 들려왔다.

"미안해요. 건강치 못해서 당신께 아무것도 해 줄 수가 없어서."

"아니야. 왜 그렇게 생각해? 당신은 내게 모든 걸 주기만 했어. 25년 동안 당신은 내게 다 주었어. 내가 미안해."

남편은 돌아누운 혜영의 등을 잡아 돌려 끌어안고 말했다.

남편 윤상준. 52세. 훤칠한 키와 둥근 얼굴이 조금 어울리지 않는 것 같으면서도 깊고 큰 눈에는 까맣게 타는 듯 이글거리며 상대를 잡아끄는 매력이 있는 남자였다. 그녀의 나이 이제 49세, 이제 인생의 맛을 느낄 나이가 아닌가. 유별난 부부는 아니라도 평범하면서도 다복한 가정을 꾸미고 아들딸 삼 남매가 착하게 커 주고 세끼 끼니 걱정 않으니 그 또한 소박한 행복이었다. 큰돈은 없는 교육 공무원이지만 자부심을 갖고 살았던 것만은 사실이다.

남편이 초등학교 교사가 된 지 얼마 안 된 봄, 학교 아이들과 보문산 공원으로 소풍을 나온 그와 유치원 보모로 역시 같은 날 유치원 원생들을 데리고 보문산을 찾게 된 그녀. 초등학교 1학년 어린이가 유치원 아이의 풍선을 빼앗아 달아났다. 우는 유치원 원생을 보고 달아난 그 아이의 담임이었던 지금의 남편이 웃으며 그녀에게 다가와 사과를 하고 자기소개를 하면서 둘의 만남은 이뤄지게 되었다.

그는 혜영에게 한눈에 호감을 느꼈고 사귀고 싶은 마음을 솔직히 전했다. 며칠 뒤 어떻게 알았는지 유치원으로 전화가 걸려 왔다. 한 번 두 번 만나면서 두 사람은 사랑을 하게 되었고 일 년간의 열애 끝에 결혼을 하게 되었다. 결혼한 지 삼 년 만에 첫딸 윤희를 낳고 이년 터울로 둘째 딸, 그리고 막내아들을 낳고 행복한 가정을 가지고 평범한 삶을 살면서 알뜰하게 살림을 꾸려 집을 장만했다.

주부이면 누구나가 대부분 다 그렇게 살겠지만 그녀는 시댁에서조차 지독하다는 말을 들으며 셋방에서부터 시작해 집을 장만하기까지 냉정한 여자라는 말을 듣기도 하고 인심도 많이 잃고 정을 멀리하면서 오로지 집 장만을 위해서만 살았었다.

그런데, 이제 그런 혜영에게 다가선 이 불행을 자신의 탓으로만 돌리려니 너무 억울했다. 하긴 자신의 탓인지도 모른다. 자기 몸을 돌아보지 않았으며 몸에 좋은 건 김치와 된장뿐인 양, 그렇게 먹으면서 악착같이 모은 돈. 여관 지을 수 있는 삼백 평의 노른자 땅까지 있었으니 얼마나 지독하게 살림을 했느냐는 두말할 필요가 없는 것이었다.

"여보, 오늘 이 밤이 당신과 나와의 마지막 밤이 될지도 모르지 않아요."

그녀는 또 한 번의 통증을 이를 악물고 참고 난 뒤 이렇게 말했다.

"왜 그런 생각을 하는 거야. 지금 시대가 어떤 시대인데. 당신을 꼭 고치고 말겠어."

뜬눈으로 날을 밝히고 입원해 수술까지 열흘이 걸리고 수술해서 집에 돌아와 지금 한 달. 그러나 통증은 여전히 사라지지 않았다. 아니, 수술하기 전보다 더 아프고 괴로웠다. 수술을 하고 병원에 있을 때 통증을 호소하며 그녀는 이렇게 말했다.

"여보, 통증이 하나도 나아지지 않았어요. 박사님께 여쭈어봐요."

"수술을 해서 그럴게요. 괜찮아질 꺼야."

남편은 혜영의 손을 꼭 잡아 주면서 떨리는 목소리로 말했고 두 딸은 돌아서서 울고 있었다. 순간, 그녀는 고칠 수 없는 병에 걸려 있음을 알았다.

칼로 도려내는 듯한 통증은 점점 더해지고 입으로 먹어 목구멍으로 넘겨야 할 음식을 점점 먹지 못하게 되면서부터 생의 본능은 눈물보다 가련했다.

그 잘나게 먹는 음식 밥 두어 숟갈과 포도 몇 알, 그리고 김 몇 장에서부터 나중에는 죽, 그리고 쌀 으깬 죽을. 그나마 그것도 나중에는 먹지를 못하게 된다니 기가 막히다 못해 억장이 무너졌다.

"내가 왜 이래야 돼! 병원은 무엇 하는 곳이야. 날 왜 이대로 두는 거야."

마르다 못해 유령처럼 되어가는 자신의 모습은 멸치보다도 못해 보였다. 하나둘 쉬어지는 머리카락은 항암 주사로 인해 자꾸 빠지고 더욱 하얗게 되어갔다. 누렇게 뜬 얼굴에는 풀 삭아버린 몰골로 100살 먹은 노인보다도 더 흉했으니까.

홍성에 사는 맏형님이 몸에 좋은 것이라면서 케일 한 상자 가지고 올라왔다.

"자네 수술할 때 이만한 덩어리를 떼어 냈다는구만. 시커먼 덩어리드라네."

그녀보다 15년 위인 맏동서는 정식 교육은 받지 못해 좀 답답한 데가 있었어도 시부모 모시는 마음씨는 그만인 여자였다.

"알아요. 그게 뭔지 아세요? 그건 암 덩어리래요."

그녀는 독기를 품으며 내뱉었다.

"아니네. 그렇지 않다네!"

"아니긴 뭐가 아녜요? 내가 가만히 있으니 바보인 줄 아세요? 난 죽을 거예요. 죽으면 어때요? 사람이 한 번 죽지 두 번 죽지는 않으니까요."

나는 왜 형님한테 성질을 내고 있는지 더 속이 상했다.

"미안허네. 난, 그냥 말했구만."

"미안하실 거 없어요. 난 내가 왜 이 꼴로 이렇게 있는지 모르겠어요. 형님, 이것 좀 보세요. 내 배 좀 보셔요. 구멍을 뚫었어요."

'침도 삼킬 수 없게 된다니. 음식은 고사하고 침도 삼킬 수 없다니. 이건 너무해, 너무하다 못해 너무 잔인하다. 그래, 이렇게 나를 철저하게 말려 죽이다니!'

목숨이 붙어 있는 게 야속했다. 깡통에 뱉어 놓은 끈적한 액체, 타액, 거품이 썩은 오물처럼 보인다.

쌀을 갈아 멀겋게 끓인 죽을 호수를 통해 주사기로 죽을 밀어 넣는 데 걸리는 시간은 몸부림치는 사투의 시간이다.

퀴퀴한 썩은 냄새가 방안을 가득 채우고 이제 그녀에게 남은 시간은 얼마나 남아 있는지도 모르나 되도록 빨리 죽었으면 이 고통은 덜한 게 아닌가.

'이 마른 배가 왜 이렇게 딱딱할까. 그래 암 덩어리야. 내가 죽어야 너도 죽겠다 이거지?'

그녀는 배를 움켜쥐고 몸부림을 쳤다. 배에 붙어 있는 기저귀 끈 같은 호스가 배에 붙어서 회충처럼 보인다. 징그럽다 못해 처연한 눈으로 쳐다본다.

남편은 하루하루 체념의 표정으로 침묵을 대신했다.

이별을 아쉬워한다거나 그녀에게 마지막 쏟는 애정의 표현도, 체념의 표정으로 앗아가 버리는 무표정한 태도에 혜영은 분노가 치밀어 머리를 쥐어뜯는다.

친구들의 문병도 그녀에겐 싫은 것 중의 하나였다.

'왜 나만 이렇게 누렇게 말라죽어야 해. 다들 건강한데. 저 유 여사의 피둥피둥한 피부 좀 봐. 다 싫어! 내 앞에서 사라져 줘!'

병문안을 와 위로를 하는 유 여사를 앞에 놓고 그녀는 마음속으로 이렇게 울부짖었다.

'유 여사 배, 배도 좀 보세요. 난 이렇게 구질구질하게 살아요. 내 입은 입이 아녜요. 말만 하는 입이에요. 입으로는 침도 삼킬 수 없어 난 깡통을 끼고 살아요. 그리고 이 기저귀 끈으로 죽을 넣어요. 내가 살기보다 암 덩이가 살게 하기 위해서지요. 내 비참한 꼴을 또 보려거든 오세요. 자꾸 오세요!'

1999년 단편소설집 『걸인여자』

친목계원인 유 여사. 혜영보다 두 살 위인 그녀는 사업을 하는 남편 덕에 돈을 물 쓰듯 하면서 만나면 서로의 우정보다는 라이벌 의식이 더 강했다. 왜 그렇게 되었는지 정확히 몰라도 그녀의 미모가 혜영 자신보다 위였고 대화 속에서는 언제고 통하다가도 끝에 가서는 서로 지지 않으려고 불꽃이 튀었다. 혜영은 교육자요 선비의 집이라는 고고함을 자랑했고 그녀는 삶은 공평하다고, 그리고 양심껏 얼마나 잘 사는 것에 비중을 두면서 세련된 옷을 철마다 입고 돈 많은 것을 과시했다.

그런데 이젠 내세울 것이 하나도 없는 것같이 생각되면서 비틀어진 몸을 가눌 수 없는 무기력에 혜영 자신이 백기를 들고 있었다.

"김 여사 용기를 가져요. 그리고 그동안 미안했어요. 난 김 여사를 존중하면서도 우린 서로 이해보다는 서로 이기려고만 했어요. 용서해 줘요."

"유 여사, 나도 미안해요. 이제 생각해 보니 다 부질없다는 것을 알았어요. 건강에 유의하세요. 세상에서 가장 소중한 건 건강임을 알았어요."

"그래요. 고마워요."

"유 여사, 난 정말 재수 없는 여자예요. 암 덩어리가 바로 식도 밑에서 자라 식도를 막고 있는 것 같아요. 침도 못 삼키니 이제 내가 살면 얼마나 살겠어요. 나는 마지막 삶을 처참하게 살고 갈 것 같아 그것이 싫어요."

혜영은 마지막 인사를 하듯 유 여사의 손을 잡으며 넋두리를 했다.

그녀에게 예전의 자존심도 없었다. 이제 다 털어 버릴 수 있는 허식, 그리고 자신을 지탱하여 주었던 도도한 자존심도 없어야 했다.

남편은 혜영이 밖을 못 나가게 했다. 그 귀신같은 모습을 누가 보는 게 싫은 지도 모른다.

남편은 하루에도 몇 번씩 소독제를 뿌리고 청소하기에 열심이었다. 하긴 병자에게서 나는 악취는 온 집을 채우고 있었다. 배를 뚫고 음식을 넣어야 했기 때문에 뚫어진 배에서 냄새가 몹시 났다. 자식들도 엄마 방에 들어오는 걸 싫어했다.

처음에는 헌신적인 간호와 마음 씀을 보이더니 저희들 방에 처박혀 있으면서 몇 번씩 불러야 겨우 마지못해 건너와서는 죽지 못해 하는 게 눈에 보였다.
침 뱉어 놓은 깡통이 그득하게 고여도 쏟으려 하지 않았다.
그리고 분쇄기에 쌀 불린 걸 갈면서도 하기 싫은 걸 억지로 하는 눈치였다.
혜영은 악을 쓰면서 분쇄기를 잡고 내동댕이쳤다.
"야, 이년아! 니가 내 딸이냐! 하기 싫음 내버려둬, 이년아! 이제부터 안 먹을란다!"
처음으로 그녀가 악에 받친 행동을 보이며 딸의 마음을 아프게 하고 말았다.
그리고 그녀는 통증에 몸을 비틀고 있었다.
아이들은 지쳐있었다. 벌써 수술한 지 열 달째가 되어 가는데도 그녀가 자식들에게 보여준 것은 추태, 그것뿐이었으니까.
딸은 깨진 분쇄기를 주섬주섬 쓸어 들고 쌀알을 모으며 울고 있었다. 말은 안 해도 이렇게 외치고 있는 것 같았다.
"엄마, 난 어떻게 하라구. 더 이상 어떻게 하라구! 난 지쳤어! 왜 다른 엄마들처럼 건강하지 못하구선. 왜 그러냐구요!"
성질만 살아 있다고, 성질만 부린다고 살아 있는 건 아닌데. 그녀가 후회할 때는 통증이 멈추고 나서였다.
혜영은 딸을 불렀다.
"윤희야, 윤희야."
목소리는 자꾸 기어들어 가고 있었다. 그녀는 목소리를 가다듬으며 목에 힘을 주기 위해 한 손을 목에다 대고 눌렀다.
"윤희야, 윤희야."
딸은 제방에서 엄마의 목소리를 듣고도 못 들은 척하는 것 같았다.

대학생 딸도 이젠 어린애는 아니다. 부모 품에서 벗어날 인격체를 갖추었다고 하나, 그녀의 눈에는 아직 어린애인데 딸애는 다 컸다고 반항을 하고 있는지도 모른다.

다시 노크를 한다.

"윤희야, 윤희야, 나 좀 봐."

이제 혜영의 목소리는 애원에 가까웠다. 사실 그런 심정이었으니까.

문이 퉁명스레 열린다.

"윤희야, 미안해. 너는 엄마 딸이니까 엄마를 이해할 수 있겠지?"

딸애는 울고 있었다.

"엄마 미안해할 것 없어요. 내가 나쁜 애니까요. 난 엄마 모습을 보기가 싫어 죽겠어. 건강했던 엄마의 모습을 이젠 볼 수 없는 거야. 엄마가 자꾸 건강해진다면 나도 신이 나겠어. 하지만 엄마는 그게 아니야. 우리 모두가 실망시키고 말았어. 엄마보다 아빠가 더 불쌍해."

"그래 맞았어. 네 말이 맞아."

혜영은 널브러지듯 마루에 누워버렸다.

밖의 날씨는 쌀쌀했어도 이른 봄이었다. 그녀는 봄이란 느낌마저도 잊은 채 죽음과 삶의 다리에서 서성이고 있었다. 이제 얼마나 더 비참해져야 할 것인가.

"엄마 미안해. 나도 엄마가 불쌍해. 하지만 나보고 어떻게 하라고. 난 이기적인 동물이라구요."

흐느끼며 말을 이렇게 말하고 있었다.

"그래 알았어. 엄마가 네 입장이라도 그랬을 거야."

그녀는 이 말을 남기며 다시 기어서 자기 방으로 갔다.

마룻바닥이 차갑게 느껴져 오한이 돌아 더 있을 수가 없어서였다.

혜영은 방에 들어가 울었다.

체념. 그건 너무 외로운 말이었다. 아이들의 무언의 체념의 눈빛은 싸늘하리만큼 그녀에게 외로움을 주었다. 또 한편 배신감에 젖어 주체할 수 없는 좌절감에서 절망의 늪에 던져진 채 혼자 허우적대며 몸부림쳐야 하는 하루하루가 죽음보다 무서웠다.

아직 살아 있으므로 그녀는 오늘도 마지막 몸부림을 치듯이 학교 가야 할 딸과 아들을 깨웠다. 그렇다고 아침 식사를 해 놓고 도시락을 싸 놓고 깨우는 건 아니었다. 너무 아프고 괴로워 잠을 설치면서 할 일이란 아이들을 깨우고 짜증부리는 것이 고작이었다.

아이들은 말은 안 해도 불만이 쌓여 가는지 퉁퉁 부어가지고 일어나 세수하고는 남편과 큰딸이 함께한 아침밥을 먹지도 않고 도시락만 달랑 들고 나가곤 했다. 그녀는 너무나 속이 상해 이렇게 말했었다.

"얘들아, 아침밥 조금씩이라도 먹고 가렴."

"엄마는 하나도 못 드시잖아요. 우린 괜찮아요."

아들 진석이가 말했다.

둘째 딸은 눈을 내리깔고 이렇게 말했다.

"엄마! 밥맛도 없지만 지금 우리집 분위기가 밥 넘어가게 되었어요."

"먹지 마. 먹기 싫음 먹지 마. 반찬이 없다 그거지. 니가 해 먹어. 나도 지겨워!"

큰딸이 이렇게 말하며 그릇들을 설거지통에다 깨질 듯이 처넣는다.

"왜들이래. 이놈들이 아침부터 버릇없이…. 지금 엄마 앞에서 이래도 되는 거야?"

남편은 버럭 화를 내고 있었다. 그 모습을 보고 있는 혜영은 울고 싶었지만 울 기운도 없어 마음으로 울었다. 모두 나가고 나면 그녀 혼자가 된다.

"따르릉! 따르릉!"

전화벨이 요란스레 울리며 그녀의 슬픔을 잠시 끊어놓았다. 혜영은 천천히 기어서 수화기를 들었다.

"여보, 나요. 학교가 끝나는 대로 가리다. 별일 없겠지?"

남편의 전화였다. 그녀의 말은 듣지 않고 매일 서너 번씩 해대는 남편의 전화가 짜증스럽다.

사랑하는 남편의 전화가 짜증스럽게 느껴진다는 건 그건 불행이었다. 남편의 전화 내용은 늘 똑같았다. 그 말들은 '나는 당신이 아직 살아 있는 걸 확인하고 싶었어.' 그렇게 들렸다.

"전화하지 마세요. 받을 기운도 없으니까. 죽어 줄 테니 염려 마세요."

그녀는 이렇게 쏘아대고는 수화기를 내동댕이쳤다. 그리고 울면서 널브러졌다.

남편이 헐레벌떡 달려왔다. 그리고 그녀를 보는 눈이 겁에 질려 있었다.

"왜 그래 여보, 아픈 거야?"

"이제 몸뿐이 아니라 마음까지도 아픈 걸 보면 또 다른 병이 들었나 봐요."

"여보, 너무 마음 아파하지 마. 누구든 다 죽어. 당신이 먼저 간다 해도 우리는 부부야. 자식들 셋이 남아있고 나와 자식들은 당신을 그리워할 거야. 제발 그러지 마. 해로워."

"미안해요. 추태만 보여서 나도 이런 모습 보이기 싫어요. 정말 내가 싫어 죽겠어요. 내가 왜 이렇게 되어 가는지."

"아니야. 나는 당신을 이해할 수 있어. 나라도 그렇게 했을 거야. 아무런 생각을 하지 마. 내 뜻은 지는 들국화가 되어 주었으면 하고 바랄 뿐이야."

"들국화, 들국화."

혜영은 남편이 방금 말한 들국화란 말을 되뇌며 생각을 했다.

그건 여러 가지의 의미로 그녀를 더욱 슬프게 하는 말이었다. 위로가 되는 말은 아니었다.

"어떤 들국화가 되어 보일까요? 제초제에 비실비실 말라 죽는 들국화가 되어 보일까요?"

"차디찬 서리에도 굽히지 않는 그런 들국화로. 어느 날 지고 난 뒤에, 가슴에 고이 기억될 그런 들국화."

남편은 엷은 미소를 입가에 띤 채 말했지만 그녀는 화가 나서 팔팔 뛰고 있었다.

"이미 난 틀렸어요. 당신이 아무리 나를 위로하려고 그 어떤 말을 해도, 난 시든 망초대가 되었으니까. 언젠가 당신과 내가 동학사 가던 길에 한여름 날 파란 잎과 파란 대를 길게 키우고 한들거리며 서서 하얀 꽃을 피운 망초대를 보면서 당신은 내게 말했어요. 꽃은 다 예쁘다고. 역시 들꽃은 매력이 있다고…. 난 그때 처음 망초대 꽃을 알았고 들꽃은 많이 피어 있어야 보기가 아름답다는 걸 알게 되었어요. 들국화는 고사하고 망초대 꽃이라도 피어 보일 수 있다면 좋겠어요."

"당신 내 앞에서 가슴 아픈 말을 하지 말아요. 당신이 어때서…. 당신이 망초대건 잡풀이건 난 당신을 사랑하오. 내가 당신의 고통을 덜어주지 못해 안타까울 따름이요."

"진석이 아빠. 왜 내가 이렇게 되었지요? 난 너무 억울해! 왜 내가 이렇게 살다 죽어야 한단 말이에요!"

"나도 안타깝소. 내가 당신에게 아무것도 해주지 못해 미안하오."

"미안해할 것도 없어요. 내가 복 없는 여자니까. 지금 심정은 한 시간이라도 빨리 죽었으면 좋겠어요. 왜 이렇게 잔인하게 나를 괴롭히고 있는 건지. 억울해, 너무 억울해."

"내가 무슨 말로 위로를 하겠소. 다만 남은 시간 마음이라도 꽃같이, 아니 들국화가 되어 주었으면 하고 바랄 뿐이오."

"웃기지 마요. 당신은 나를 바라보기가 역겨울 테지요. 그리고 내게 불만은 많을 테고. 나 역시 마찬가지야. 당신을 남기고 가는 길이 너무 외로울 것 같아 기가 막히고 화가 나고 내가 이렇게 살다 가려고 아등바등했나 생각을 하니 너무너무 기가 막혀서 그래."

"그만해. 너무 말을 많이 하면 좋지 않아. 하여튼 미안해."

"미안할 것 없다니까요. 다만 한 가지, 사람답게 살지 못하고 가는구나 하는 미련과 왜 내가 이렇게 처참하게 죽어가야 하는가 분할 뿐이에요."

또다시 통증이 밀려오면서 혜영의 온몸을 쥐어짰다. 피 한 방울, 살 한 점도 남아 있지 않은 몸뚱이 어느 곳을 더 앗아가려고 이렇게 잔인하게 아픔을 주는 것인지, 그녀는 눈을 까뒤집으며 진통제를 찾았다.

남편은 익숙하게 말라 가죽만 남은 살갗에 주삿바늘을 찔러 진통제를 놓고는 한숨을 깊게 쉬고 나가 버린다.

"그래, 나가! 이 고통은 나만의 것이니까."

정신만 카랑카랑 살아남는지 혜영은 예민한 신경질을 부리며 울고불고 했으니 당하는 식구들은 모두 질겁을 하고 도망치려고 하는 것 같았다.

다음날 남편은 술이 거나하게 취한 채 저녁때가 되어서 장미꽃 한 다발을 사 들고 왔다. 그 꽃을 방에다 꽂아놓으며 이렇게 말했다.

"당신과 여행다운 여행을 못 해보았지. 그게 아쉽군."

"맞아요. 난 여행을 좋아하면서 갈 수가 없었어요. 아이들 학교 가는 뒤치다꺼리며 당신 뒷바라지에. 아니지 돈 아끼느라고 다 못 갔어요. 아이들 다 키우고 난 뒤 당신과 나만의 삶을 살려고 했는데."

"오늘이 우린 결혼한 날이란 걸 당신은 잊었지?"

해마다 잊지 않고 기억해 내는 결혼기념일. 그리고 생일까지도 잊어버렸는지 아니면 귀찮았는지 까맣게 잊은 듯 입으로 말하지 않았다.

"오늘 학교에서 신학기 회의를 마치고 술 한잔하면서 당신과 나와의 26년째 결혼기념일이라고 말했더니 박 선생이 내게 꽃을 안겨주면서 당신에게 축하한다고 전해 달라더군."

"박 선생이라면 혼자된 박 선생 말인가요?"

누워있던 혜영은 남편이 박 선생에게 했을 말을 생각하며 장미꽃을 눈으로 세다가 차갑게 말했다. 빨간 장미꽃 스물여섯 송이가 다 예쁘다.

"그 꽃을 주세요."

혜영은 누운 채 명령하듯 남편에게 말했다.

남편은 장미꽃을 안겨주었다. 그러나 그녀는 꽃냄새를 맡아보고는 냅다 던져버렸다. 남편의 다리 밑에서 장미꽃이 널브러져 웃고 있었다.

"당신이 사 온 꽃이 아니라서 난 싫어요! 내다 버리든가 박 선생에게 도로 갖다주든가 하세요."

남편은 선 채로 그녀의 얼굴을 멍하니 바라보면서 기가 막힌다는 표정을 지었다. 그리고는 씩 웃었다. 그런 남편에게 혜영은 화가 더 났다. 웃는 남편의 웃음 속에 비웃음이 배어 나오는 걸 보았다. 그 몸에 질투라니 하는 말이 웃음 속에 있었다.

"제발 나 죽은 다음에 당신 마음대로 하세요."

혜영은 차디찬 음성으로 말하고 배를 움켜잡았다. 고통 속에서도 그녀는 기억과 생각을 잊지 않으며 마지막을 기다리는 인간만이 가질 수 있는 교활과 욕망과 질투, 자존심에 괴로워해야 했다. 박 선생이 병문안을 언젠가 오지 않았던가. 꽃을 사 들고… 그건 고마운 일인데 지금 그녀에게 떠오른 생각이란, 자신이 처참하게 죽어가는 꼴을 보러 온 것이 아니었나 하는 것이었다.

"여보, 내 인격을 그런 식으로 말하지 마. 내 무슨 정신으로 그런 생각을 하겠어. 제발 그러지 좀 마."

애써 목소리를 누르며 말하는 남편의 얼굴에서 박 선생의 건강미를 더듬고 있는 것이 보이는 것 같았다.

두어 번 본 적이 있는 박 선생은 적당히 볼륨 있는 풍만한 몸매에 너그럽게 보이는 인상이 누구에게도 호감을 주는 사람이었다. 그녀의 몸, 그 미라 같은 몸은 그런 박 선생의 몸매와는 너무 비교가 되어 그녀의 몸 어느 곳이든 질투를 하고 있어도 괜찮을 권리가 있는 것 같은 생각이 들었다.

그 이튿날 아침이었다.

"나 학교에 갔다 오리다."

남편의 목소리가 가슴에 닿는다. 축 처진 목소리가 슬퍼 보이며 그녀에게 눈물을 주고 있었다.

'그래 이래서 부부야. 미웠다가 다시 안 되어 보이고.'

그대의 어깨선 따라
흐르는 눈물 눈물!
나는 가슴 아파 가슴으로 받는다.
이만큼 함께 하려고
그만큼 미워했던가.
사랑도 미움도 사랑이었어
내 어이 그대를 두고 가리오

그리고 예쁜 내 자식들
어떻게 어떻게 두고 가리오
고은 사랑 예쁜 사랑 미운 사랑도
가슴 아파 두고두고 못 가겠네
외로운 하루하루 병마와 싸우며
원망도 한숨도 메말라가고
이제 조용히 조용히 숨을 거두며
마지막 그대의 안녕을 빌며
마지막 남은 사랑 가슴에 묻고
나 영원히 영원히 사랑하리요

남편이 훌쩍 나가고 나서 그녀는 이렇게 마음으로 울었다.

'그래, 누구든 죽을 때는 아무것도 가지고 가지 못하지. 빈손으로 간다고 하잖아. 마지막 마음의 사랑은 받으며 가야지. 그리고 내 사랑은 다 주고 가야지. 그런데 왜 이렇게 외로울까. 그리고 왜 이리도 슬플까.'

갑자기 거울이 보고 싶었다.

엉클어진 머리를 두 손으로 만지니, 겨울 풀 대밭을 쑤셔놓은 느낌이다.

'난 뭐야? 여자로서의 자격도, 매력도 다 빼앗긴 이 몸뚱이 징그러운 바퀴벌레다.'

머리칼을 움켜잡으며 혜영은 일어서려고 했다. 방에 있던 자개, 경대도 자신이 치워달라고 해서 오래전에 치워 거울은 없었다.

그녀는 세수가 하고 싶었다. 그동안 물수건으로만 씻었던 얼굴을 맑은 물을 떠놓고 뽀득뽀득 소리가 나도록 씻고 싶었다. 그리고 머리도 감고 싶었다. 마른풀대 같은 머리를 물에 적셔 샴푸와 린스로 감아 빗고 세수한 얼굴에 화장도 하고 싶었다.

일어서니, 현기증이 났다. 빙그르르 천장이 돈다. 혜영은 벽을 짚고 눈을 감으며 안간힘을 썼다. 눈을 감은 채 한 발로 뛰어넘으며 또 한발을 내밀다 어지러워 주저앉으면서 방문턱을 나왔다.

이렇게 힘이 들 수가, 이 마른 몸뚱이 하나 추스르기가 이렇게 힘들 수가. 그녀는 기어서 목욕탕으로 가고 있었다.

"엄마! 왜 나오셨어요?"

혜영은 천천히 눈을 들어 바라보았다. 학교에서 돌아온 막내아들 진석이가 엄마를 불렀다.

방안 귀신이 된 지가 꽤 오래된 어미의 행동에 놀라고 있었다.

"진석아, 이제 학교에서 오는 거야?"

그녀는 기운이 없어 입을 벌름거리며 모기소리만 하게 물었다.

"엄마, 죽으면 안 돼! 꼭 살아야 해요."

병원에서 퇴원해 오던 날, 그녀의 가슴에 얼굴을 묻고 이렇게 말했던 막내아들이었는데, 자꾸만 야위어 가는 엄마를 지켜보면서 통 말이 없던 진석이었다. 엄마를 의식적으로 피하고 있는 듯한 우울한 그 표정은 그녀의 마음을 더 아프게 했다.
"들어가세요."
"아니야. 날 목욕탕에 데려다주어."
마루에다 가방을 팽개쳐 놓고 그녀를 부축해 주는 진석이는 장정이 다 되어 있었다.
중삼, 아직 어린애로 보이는 불쌍한 막내. 아버지를 닮아 잘생겼고 똑똑한 아이인데 엄마 노릇을 못 해 주어 가슴이 아프다.
"진석아, 미안하다. 다 미안해. 엄마를 용서해. 응?"
자신을 부축해 주는 아들의 귀에다 대고 그녀는 나직이 말했다.
"엄마 난 괜찮아. 엄마는 얼마나 아프겠어요."
방에 들어앉아 있는 큰 딸년은 죽은 듯 엎드려 나오지도 않는다.
혜영은 목욕탕에 들어와 더운물을 틀었다. 맑은 물이 펑펑 쏟아지니 속이 후련해진다. 아니 마음이 후련해진다.
"엄마 괜찮으시겠어요?"
진석이는 걱정이 되는 모양이다. 불안한 표정으로 묻는다.
"조금만 씻은 뒤 나갈 테니 염려 마."
물을 받아 손을 담그고 얼굴을 씻는다. 맑고 투명한 물이 유리알처럼 부드럽게 손에 잡히며 얼굴에 닿는다. 매끄럽게 빠져 버리는 물이 먹고 싶었다. 그녀는 물을 손에 담아 입으로 가져간다. 이 좋은 물 한 컵을 마음대로 먹지 못하고 살아온 지가 얼마나 되었는지. 까마득하기만 하다. 물을 입에 담고 삼켜 본다. 바로 미끄러져 내리듯 주르르 되나오고 만다.
'내가 무슨 죄가 그리도 많아 이런 형벌을 주시나요. 제발 물 한 컵만이라도 마시고 싶습니다.'
마음속으로 탄식하며 물을 머리에 묻힌다. 그리고 샴푸 대신 빨래비누를 잡고 머리에 문질러 감았다. 그것도 일이라 멈췄다 잠시 쉬면서 하였다.

날씨가 아직 추워서 갑자기 한기가 났다. 한기 같은 건 참을 수 있겠는데 어지러워 쓰러질 것만 같아 안간힘을 쓰면서 머리를 감고 배를 내려다본다. 뱀처럼 칭칭 감긴 고무호스를 치를 떨면서 내려다본다.

'아, 내가 이렇게까지 살려고 안 한다. 정말 치사하고도 더럽다.'

고무호스를 내려다보면서 이렇게 중얼거리다 반창고로 고정시킨 곳을 하나 떼어낸다. 그리고 호스를 걷어 낸다. 냄새가 물컥물컥 기어 나온다. 위통이 얼마나 비어 있는지 모르나, 거의 암 덩이가 점령했을 위는 조금씩 흘려 넣는 죽으로 몸뚱이를 추스르기는 역부족에다 무리이다. 마지막 의학에다 인술은 이렇게까지 해서라도 목숨을 이어가기 작전을 지시하면서 인간이 얼마나 메말라 죽는가를 시험하고 있었다.

암세포가 너무 많이 퍼지고 식도를 따라 위암치고는 최악이었던 것이다. 구멍 뚫린 배를 맨날 소독했지만 그건 화장실 청소하는 것과 똑같았다.

'아, 이 호스야! 넌 이제 자유야. 나를 위해서 더 이상 있을 필요 없어!'

쓰레기통에 호스를 처넣고 난 뒤 다시 배를 들여다본다. 바싹 말라 비뚤어진 몸에 비해 배만 살이 찐 듯이 불렀다.

'그래 어디 니가 이기나 내가 이기나 해 보자고. 난 이 시간부터 먹지 않을 테니 실컷 살라고, 이 암 덩이야!'

구멍 뚫린 배를 물로 씻으며 이렇게 중얼거린다.

한없이 물을 만지고 싶으나 그녀는 거울을 보아야 했다. 욕탕에도 거울이 있었으나 큰 경대 앞에서 보고 싶었다. 그녀는 수건으로 머리를 싼 채 기어서 딸의 방문 앞으로 갔다. 혜영의 방에서 나간 경대는 딸 방에 놓여 있었기 때문이다. 문을 때렸다. 문을 쾅쾅 때렸다. 딸이 신경질적인 목소리와 함께 문이 열린다.

"누구얏!"

문을 열어 준 딸은 놀란 눈으로 엄마를 바라본다. 혜영은 방안을 기어서 들어갔다.

"엄마, 왜 그래? 왜 여길 들어오는 거야?"

"왜? 내가 들어오면 안 되니? 내 경대가 여기 있잖아."

놀라는 딸을 밀치고 그녀는 차갑게 대꾸하면서 경대 앞에 앉았다.

거울에 비친 자기 모습은 기가 막혔다. 수세미 같은 머리하며, 뼈만 앙상한 모습은 산 귀신, 바로 그것이었다. 그녀는 눈을 바로 뜨고 똑똑히 보았다. 외면하려고 했던 그전과는 정반대로 냉정하게 바라보면서 한 인간이 비참하게 죽어가는 걸 보고 있었다. 맑은 눈은 여전했지만 모습은 이미 옛 모습을 찾아볼 수 없었다.

"이런 내 몸을 사랑해야지. 아무리 죽어가는 몸이라도 사랑해야지."

문득 이런 시어로 말을 하고 있었다. 딸애는 기가 막힌 지 나가버린다. 코트를 걸치고 나가는 것을 보니 집 밖으로 나가는 모양이다.

그녀는 머리를 말리고 빗질을 하고 즐비하게 경대 앞에 있는 화장품을 골라 얼굴에 발랐다. 스킨로션, 크림, 그리고 메이크업도 했다. 입술에 빨간 루즈를 바른 뒤 휴지로 찍어내어 엷게 만들었다. 아까보다는 생기 있어 보인다. 그러나 화장한 귀신 같다.

얼굴보다 머리가 문제였다. 희끄무레하고 반은 빠져 버린 머리는 수세미보다 흉했기 때문이다. 그 젖은 머리에 헤어 오일을 발라 짝 붙이고 딸애의 모자를 눌러쓰고 일어나 그녀의 방으로 천천히 걷는 연습을 하듯 건너와서 농문을 열었다.

오랜만에 열어 본 장롱에서 칠 냄새와 옷 냄새가 확 나오며 메스꺼워진다. 그 냄새란 사랑하는 가족의 살냄새와 뒤범벅이 돼 있을지도 모른다는 생각을 하면서 옷을 갈아입었다. 방문을 밀치고 나와 마루를 지나 현관 앞에서 까만 구두를 끌면서 집을 나왔다. 오랜만에 흙을 밟아 본다. 뜰, 넓지 않은 화단은 죽은 듯 자고 있었다. 대문밖에 새하얀 엑셀 승용차가 서 있다.

'오랜만이다.'

그녀는 차를 만지며 이렇게 말하고 열쇠로 차 문을 열고 천천히 올라 앉았다. 시동을 건다. 살아있는 소리였다. 나한테는 없는 살아있는 소리가 차에서 나고 있었다. 차 시동 켜는 소리에 아들이 뛰어나온다.

"엄마, 엄마! 어딜 가려고 그러세요? 어딜 가요?"

차 문을 두드리며 아들은 엄마를 불렀다. 혜영은 웃었다. 웃으면서도 고개를 옆으로 돌려 아들을 바라보질 않았다. 그저 앞을 본채 한 번 웃었을 뿐이다.

"엄마, 엄마, 엄마!"

아들 녀석의 부르짖음도 잠시 꿈을 꾸듯, 그녀는 그렇게 듣고 있었다. 그리고 앞으로 달려 나갔다.

죽을 기운도 없지만 차는 힘 있게 그녀를 싣고 잘도 달려가고 있었다. 낯익은 동네, 그러나 왠지 낯설기만 했다. 빨리 이곳을 벗어나고 싶었다.

마지막으로 누군가 만나고 싶었다. 아니 꼭 누군가 만나고 가야만 할 것 같은 생각이 들었다.

"누굴까. 내가 꼭 만나야 할 사람이."

머릿속에 남편이 떠오르자 곧 지워 버렸다. 차를 우측으로 꺾어 간다.

갑자기 온몸에서 열이 나고 답답해져 견딜 수가 없었다.

시내를 빠져나오며 많은 사람들을 지나쳐 가면서 그녀는 이런 생각을 했다. 아는 사람들이 자신을 어떻게 기억해 줄 건지 두려웠다. 시내를 벗어나 북으로 북으로 차를 몰았다.

꼭 만나야 할 사람이 누굴까. 친구, 그랬다. 친구가 보고 싶었다. 그러나 이 꼴로 만나기는 싫었다. 아이들, 내 속으로 낳은 아이들 삼 남매도 나는 곧 고개를 저어 마음을 닫았다. 하지만 길에 내가 만나야 할 사람이 이렇게 없다니…. 친구도, 동창도, 그리고 계원도 이제는 더 이상 동행할 수 없는 먼 곳에서 살고 있는 것처럼 낯설고 멀게만 느껴질 뿐 나는 혼자 가야 한다.

눈앞에 동해의 푸른 물이 넘실대는 것 같은 착각을 한다. 오후의 햇살이 서산에 기울고 차는 원주에서 강릉으로 향해 있었다.

"어서 가야 해. 늦었어. 어서 빨리 가야 해."

그녀는 꺼지는 촛불이 되어 가물거리며 대관령 고개를 넘고 있을 때는 어둠이 짙게 깔리고 차들만이 쌩쌩 소리를 내며 달리고 있었다.

남편이 빨리 돌아오라고 손짓을 하는 상상을 하면서 차갑게 웃었다. 그리고 아들 진석이가 불러대며 달려온다. 냉정한 딸애지만 손짓을 하는 게 보인다. 둘째 딸, 입시에 시달리고 엄마에게 시달리고 꼭 합격이나 했으면. 생각은 꼬리에 꼬리를 물고 일어난다. 갑자기 그녀 앞에 남편과 아이들이 가로막고 섰다.

"비켜, 비키란 말이야."

핸들을 꺾었다.

그리고 차는 비행기가 되어 날았다. 어둠 속을 뚫고 나는 것이 기분이 좋았다. 혜영은 또 한 번 기분 좋은 웃음을 지었다. 그리고 누군가에게 꼭 하고 왔어야 할 말이 생각난다.

"이제 너무 늦었어. 내게 시간은 없어."

■ 슬픈 질투의 미소

늦은 봄.

바람이 스산스레 불고 있었다. 분명 봄바람인데 왜 이렇게 정신없이 불어야 하는 까닭이라도 있는 것인지. 지금 나의 짜증스러움은 가슴 속에 이는 분노를 참을 수 없어 실눈을 뜨고 바람 속을 헤집으며 걸어야 했다.

이 바람이 봄을 밀어내고 있는 게 아닌가 하는 생각을 한 건 햇살의 따스함 때문이었는지도 모르지만 마음과 달리 발길을 재촉하며 산길로 접어들자 나는 가냘픈 한숨을 마른침과 함께 삼켜본다.

눈앞에서 일렁이는 파란 나뭇잎이 파름한 안개빛을 바람 끝에 날려 보내는 것이 느껴진다. 어디에고 봄꽃들이 피어 웃고 있을 지금 나는 잠시나마 내 생활의 정서를 버리고 왜 이렇게 적막한 산을 오르는 질투의 화신이 돼 있을까.

나는 인간이란 탈을 쓴 이기의 독사의 이곳에 왔을 뿐 다른 것이란 내게 있어 보이지도 않으니 아무것도 아니다. 초행길은 아닌데도 산길은 혼란스럽도록 나를 주저하게 만들었고 이 산, 저 산들이 모두 똑같이 보였으며 알지 못할 두려움이 내 발목을 잡고 있어 자시 발길을 멈추고 이마에 내린 두어 가닥 머리카락을 말아 올렸다.

그러나 한 가지 내가 가슴에 도장을 찍었던 무궁화나무만 생각하며 걸어갔다. 그리고 공동묘지 빈틈없이 채워진 볼록한 묘지들 앞에는 비석도 서 있었고 아무것도 없는 묘도 많았다. 한마디로 초라하기 그지없는 공동묘지. 나는 왜 이 괴괴함이 몰고 있는 공동묘지를 찾아와야 했는가. 아카시아나무가 하늘을 찔렀고 잡목들이 쓸쓸하게 서 있는 산을 찾아와 헤매야 했다.

"그래, 찾아왔다구. 아무리 길눈이 어두운 나지만 마음이 있으면 길이 있다고 내가 여길 못 찾아오겠어?"

나는 아카시아나무를 피해 잔디가 매끄러운 비탈로 올라갔다. 그런데 내 눈으로 익힌 묘를 찾는다는 건 그리 쉬운 일이 아니었다. 이리저리 내 눈은 사방을 둘러보았고 첫 번째 찾아왔을 때 남편 몰래 적어 놓은 전주이씨고 ○○묘 밑이었고 묘 앞에 무궁화나무 한 그루만 찾으면 되는 일이었다.

그런데 높은 곳에 올라가 아무리 찾아도 얼른 찾을 수가 없었다. 바람만 휘릭휘릭 불며 나뭇가지를 흔들어대고 있었다.

나는 나뭇가지 사이를 기웃대면서 이리저리 쏘다녔다. 혼자서 괴기한 공동묘지의 고요함을 처음으로 경험하고 느끼는 순간이기도 했지만 대낮인데도 가슴이 서늘해진 것은 이승과 저승의 아득한 차이 그것만을 생각했던 나의 좁은 소견이기도 하였고 또 한 가지 분명한 사실은 남편에 대한 불신임에 대한 배신감이 나를 이곳까지 오게 했다는 사실인데도 나의 치졸한 마음을 죽은 자 앞에 보이고 있다는 생각이 내 가슴을 서늘하게 하고 있었다.

혼령이라는 귀신이 있다면 수없이 많은 묘지 속 임자들이 나를 바라보고 있을 게 뻔하지 않을까.

한식날이 벌써 지나 올 사람은 다 왔다 갔을 것이고 묘 잔디가 머리를 말끔히 깎은 듯 묘는 이발하고 앉아 있는 사람처럼 산뜻한 모습이었다.

잡풀이 들쑤시고 자라고 아카시아나무가 엉켜있는 묘는 임자가 있으되 찾아오지 않는 묘였으니 이해가 가고 나면 아예 무묘로 나무와 풀들이 땅으로 변해갈 것이다.

풀 속을 헤집고 이리 리 둘러보며 쏘다니는 발걸음은 허둥대며 미끄러지기도 했는데 나는 다시 조금 높은 산기슭으로 올라가 천천히 내려다보려고 마음을 먹고 깨끗이 손질된 묘 앞에 서 있었다. 엉겅퀴 꽃송이가 묘 앞에서 나를 맞아주었다.

"정말 곱구나. 그래 너는 꽃이라서 좋겠다."

나는 중얼거리며 패랭이꽃과 마주 선 엉겅퀴꽃을 한참 보면서 다른 묘 앞에는 없었는데 이 묘에 피어있는 까닭을 모른다는 생각이 들자 여기에 묻힌 사람은 분명 여자일 것이다. 아름다운 여자의 웃는 입은 진보라 빛 루즈를 칠한 입술이었을 것이라는 생각을 한 것은 엉겅퀴꽃 빛깔 때문이기도 했다. 꽃만 바라볼 수 없었다. 나도 꼭 찾아야 할 묘를 찾아내야 한다. 앞에 무궁화나무가 남편 키보다 크게 자라 서 있고 그 둘레에는 작은 무궁화나무 여러 개가 싹을 틔워 자라고 있는 그 묘를 찾아야 했다. 잊어버리고 못 찾고 간다면 나는 잠을 이루지 못하고 몇 날을 고민하다 다시 또 찾아와야 한다는 생각에서 다시 결심을 하면서 사방을 다시 둘러보았다.

그 생각에 맞추어 내 고개를 남쪽으로 돌렸을 때 나는 무궁화나무를 보았다.

나는 몸을 날려 그 앞에서 감사하고 있었다. 그리고 마음속으로 이야기를 했다. 듣는지 못 듣는지 그건 내겐 크게 소중한 것은 아니었다. 다만, 내가 하고픈 이야기를 한다는 게 중요했고 내가 바라던 하고 싶은 이야기였으니까 해야만 했다. 바람 소리가 났다.

내 말을 이해하고 듣다가 답해주는 말소리 같다는 생각도 하였다.

보세요. 당신과 나는 공교롭게도 동갑인데 내가 삼일 먼저 났으니 언니보다 친구가 적당하겠지. 그래서 하는 말인데 지금 나와 같이 살고 있는 사람은 내 남편이라구. 삼십오 년이나 함께 살았으니…. 그리구 앞으로 더 살아야 하니 미운 정 고운 정 모두 들었고 척 하면 삼천리라고 남편의 버릇까지도 알고 있는데 한 가지 가슴에 담고 있는 마음은 모르겠다. 그것이 나를 아프게 하고 있지만 당신과 내 남편의 짧은 만남이 나와 함께 한 내 남편과의 삶의 비중을 생각하기는 싫은데 이 시점에 와서 그걸 파헤치려는 내 생각이 어리석다고 당신은 지금 나더러 말하고 있다는 걸 나는 알아. 당신과 나의 남편이 만나서 꿈같이 달콤한 시간을 보냈다는 것도 남편에게서 들어서 아는 게 아니라 남편에게서 느낀 것이 더 기막혀. 그리고 남편의 친척들로부터 몇 마디 주워들었던 것으로 해서 당신은 나의 남편으로부터 사랑을 받았다는 걸 알고 있었지. 처음 남편을 만나기 전부터 나는 좀 께름직한 당신과 남편과의 과거로 조금은 걱정을 안 한 건 아니지만 죽은 자는 말이 없으니 이승에서 살아야 하는 우리에게 별문제는 없으리라는 생각에서 중매결혼을 하기까지 나는 당신과 똑같은 무인년 범띠 아가씨라는 것 때문에 첫사랑에 실패한 남자를 골라서 보내려는 나의 어머니는 점쟁이 말을 믿었던 나의 어머니의 큰 실수라고 말하고 싶어. 범띠가 밤에 태어난 여자는 팔자가 사나워 두 번 시집을 가게 된다고 믿었던 어머니는 장래를 걱정한 나머지 자식 없는 재혼 남자란 구하려 해도 별로 없으니 짝으로 점찍고 선을 보게 했다는 사실이야. 인연이란 우습게 얽어매도 묶이는 건지 우린 결혼을 했고 남편은 가정에 충실하려고 노력하고 있는 것 같았지. 그런데 남편은 당신의 사진을 간직하고 있었어. 얼마나 잊을 수 없는 여인이길래 결혼한 뒤에 사진을 간직하고 있으랴. 나는 이때부터 잠재웠던 질투를 부글거리며 드러내며 앙앙거렸지.

"뭐야. 당신은 왜 나랑 결혼했냐구. 그렇게 못 잊을 사람이라면 함께 따라서 죽었어야지. 그랬으면 나를 만나지 않았을 꺼 아냐."

남편은 우유부단한 태도로 나의 분노를 더 하게 만들었다. 남편은 화를 내면서 잠옷 주머니에 사진을 넣고 심각한 표정을 지어 보였다. 시동생이 심술인지 무식해서인지 상식 밖인지 건네준 사진으로 인해 나는 기분이 몹시 나빴었지.

여자의 질투란 오뉴월에도 서리를 내리게 한다고 나는 그때 이를 악물었어.

'내가 어디가 모자라서 이런 남자한테 시집와서 여자로서의 인정도 못 받고 과거 속에서 우울한 표정으로 살아가는 그런 남자와 평생을 같이 산다는 건 너무 억울하다'라는 생각이 밤낮으로 일고 있었다.

나는 남편의 품에 안겨서도 남편은 당신을 생각했는지도 모를 그 순간 나는 질투의 화신이 되어 갔어. 저 철문 같은 가슴을 허물어 버리리라. 아이가 생겨났고 우리는 세월의 흐름 속에 강산이 세 번 하고 반이 더 바뀌어 갈 때까지 살을 섞으며 살면서도 내 가슴 속 응어리로 남아있는 당신의 존재에 늘 콤플렉스를 느끼고 살고 있었어. 당신이 묻혀 있는 곳을 말해 달라고 남편에게 말했지만 모른다는 말을 시작으로 이제 찾아가도 오래되어서 못 찾을 것이라고 했어. 알면서도 모른다는 말은 나를 더 궁금하게 만들었고 내 모든 것을 동원해서라도 꼭 알고 넘어가겠다는 확고한 마음을 다지고 있었어.

그리고 나는 당신에 대한 것을 남편의 입으로부터 들은 일도 있었지만 그건 아주 작은 소수의 것으로 나를 더 궁금하게 했을 뿐이야. 말하면서 당신이 예쁘다고 하면 될 것을 남편은 그 여자는 살색이 하얗고 깨끗했다고 말을 돌렸지. 말하자면 옷을 벗으면 속살이 너무 희다던가 그런 식이었어. 얼굴은 아주 예뻤다고 말하면 그만인데 입술에 빨간 립스틱 바르기를 좋아했지. 그렇게 말하며 나에게 과장을 하기를 원했고 화장하는 법까지 가르쳐 주었으니 내 자존심이 뭉그러지면서 나는 질투를 하고 있었지.

내 피부는 하얗지는 않았고 그리 검은 편도 아닌 동양인이면 쉽게 가질 수 있는 연갈색 피부였거든.

당신이 지금 내 앞에서 보면 알겠지만 당신보다는 희지 않은 게 사실이잖아. 하지만 내 인물도 그리 빠지지 않는다고 말할 수 있어. 눈 코 입 모두 정상적이며 있을 위치에 있으면서 남에게 호감을 준다고 남들이 나를 예쁘다고 많이들 했으니까. 당신만은 못 하겠지. 잃어버린 보석이 더 아깝고 미련이 간다고 내 남편은 당신을 지금까지 어여쁜 여인으로 간직하고 있을 꺼야. 나는 늙어가면서 흉해지지만 당신을 기억하고 내 남편은 젊은 그대로 예쁜 모습 그대로 간직하면서 그리워할 테니까. 당신은 행복한 여자일 수 있다구. 누군가가 나를 가슴속에 간직하며 살고 있는 사람이 있다는 건 행복이 아니겠어?

그런 생각을 왜 하냐구 당신은 묻고 있겠지. 젊은 나이에 살아보지도 못하고 저승에서 혼자 살자니 억울하였고 나와 결혼해서 자식 낳고 사는 내 남편에게 원망했을지도 모른다.

맞아 원망을 했을 거야. 하지만 나도 행복하지만은 않았다구.

인생살이가 어디 그렇게 즐겁고 행복하기만 할 수는 없다구. 나는 지금 남편 만나 고생도 했고 속도 썩고 그러면서 살았던 거야. 당신이 귀신으로 있다면 나와 남편의 주위를 맴돌며 하나 둘 셋 모두를 알았을 게 아닌가.

이제 당신은 모든 걸 초월한 망자로서 모든 미련을 버려도 될 세월을 넘고 넘었잖아.

나는 그 세월을 보낸 지금 나는 아직 산 자의 욕망이 있고 바람이 있고 욕심이 남아있다는 걸 이해하여 주었으면 고맙겠다구.

내가 당신이 묻힌 이곳, 이 장소를 남편의 묵비권 행사로 사십 년 만에야 알게 된 것은 나의 오랜 바람이기도 했다. 하지만 당신에 대한 나의 관심이란 남편에 대한 나의 복수심으로부터 시작된 것일 수도 있지만 꼭 하고 싶은 말은 내 자식들에게까지 당신의 존재를 심어놓고 나와 남편이 늙어 죽는다면 당신은 임자 없는 묘에 묻혀버릴 것이고 이를 미리 막고 깨끗이 하면 나와 남편이 당신을 만났을 때 더 떳떳하지 않을까 하는 생각이 들었기 때문이다. 진실은 몇십 년 남편에게 속아왔던 나의 복수심이 당신의 묘를 파헤쳐 남편이 이곳을 아니 당신을 다시는 찾아오지 못하게 하고 싶었던 것이라면 당신은 나를 이해하겠는가.

오늘 두 번째 당신을 찾아온 건 당신이 잠든 묘를 잊지 않게 내 눈으로 다시 익히기 위해서였지만 한 가지 내 심중에 잡힌 남편의 행동에서 무언가 모를 예감을 느꼈기 때문이라는 걸 말해주고 싶군요.

글쎄 어제 낮이었어요. 남편이 사업차 전북 전주로 물건을 갖다주러 간다고 갔었지요.

남편이 돌아올 시간이 한 시간을 남기고 있어 나는 남편을 기다리면서 당신한테 찾아갔을 것이라고 생각하고 있었지요. 얼마 전 공주 쪽으로 할머니, 할아버지 산소에 가서 사초한 일이 있던지라 남편은 지금 당신의 묘를 손질하고 있을 것이라고 생각하는 건 무리가 아니었으니까.

남편은 당신을 만났을 것이고 당신 집을 청소하면서 많은 이야기를 나누고 가슴 아파했을 것이라고 나는 생각했지.

당신도 말은 안 해도 그렇다고 고갯짓은 내 앞에서 하리라 믿어요.

남편은 나더러 사업차 내 차로 다니다 보니 가게 되었는데 처음에는 전혀 찾을 수가 없었다며 무궁화나무 때문에 찾을 수 있었다고 말하면서 나더러 미안하다고 했지만, 난 그 말을 듣는 순간 그 어떤 배신감에 온몸의 기운이 싹 빠져나가는 그런 느낌을 받고 외쳤어.

"난 아무것도 아니었어. 삼십 년, 사십 년을 살았으면 뭣해. 껍데기하고 살았는걸. 어쩜 나를 속이고 그럴 수 있지? 배신이야."

나는 한동안 배신감에 우울하게 살았어. 남편은 안 되겠는지 아니면 미안했든지 나를 데리고 횟집으로 가서 술을 홀짝거리며 나를 달래고 있었다구.

"미안해 여보. 전혀 당신을 속일 마음은 아니었다구. 당신이 알면 기분 나쁠 것이고 또 그 여자가 가여워서 찾아간 지가 십 년째였어. 봄에 한 번 가을에 한 번 잔디를 깎아주고 돌아왔어. 내가 아니면 누가 해 주겠어. 내가 사는 날까지 그렇게 해 주면서 속죄를 하려고…."

"그래, 당신의 가슴 속에는 언제고 그 여자가 살고 있었다구. 나는 당신이 벗어 놓은 옷만 빨면서 살았고 이젠 용서 못 해. 혼자 간다는 건 더는 용납 못해. 갈려거든 나하고 같이 가는 거야."

"알았다구. 같이 가."

"정말이야? 꼭 같이 가야 해요."

"나도 그동안 당신한테 미안했다구. 내가 먼저 당신을 만났어야 하는데. 정말 미안해."

"난 당신 속에 어느 부분이야? 난 정말 화가 나. 내가 다른 사람과 결혼을 했더라면 나는 사랑받았을 텐데."

나는 응석하듯 이렇게 말했다.

"당신은 나하고 부부가 되라는 숙명과도 같은 인연이었어. 내가 당신하고 결혼 안 했으면 당신은 지금쯤 처녀로 늙었을 것이네."

남편은 농담도 하면서 나를 사랑한다고 말하고 있었지만 그걸 믿는다는 게 어리석음이라는 것을 알았을 때 화가 났다.

나는 남편에게서 그런 느낌을 받는 순간 억울했으며 '배신감에 나는 뭐 니가 좋아서 아니 잘나서 사는 줄 아니?' '나도 너보다 더 좋은 남자 만나서 살 수 있는 여자다.' 이렇게 욕하면서 눈을 흘기다 보면 어느새 그 마음은 잠깐이고 안 되었고 잘해 주고 싶은 마음이 고개를 든다. 아마 이게 부부 정이 아닌가 싶기도 하고.

내가 장황하게 이야기를 했군요.

"알고 있어요. 내가 죽었을 때 못 살겠다던 그 사람은 당신과 결혼해서 그런대로 잘살아 나는 부러워했지요."

"무엇이 부럽게 느낀 것인지 알 수 없지만 나는 어제 일로 지금 당신 앞에서 내 남편의 행적을 확인하고 싶어 지금 당신 앞에 서 있는 거요."

"알만해요. 어제 그이가 찾아와 저 저 낫으로 잔디도 깎고 풀도 베고 아카시아나무도 잘라 주어 앞이 환해지지 않았습니까. 그이가 시치미를 떼던가요?"

"예. 남편은 시치미를 딱 떼면서 갔다 왔다는 말을 하지 않더군요. 나는 그게 더 속이 상해 내 눈으로 확인하러 오늘 찾아온 거예요. 내가 너무 치졸한가요?"

"대단하시네요. 어떻게 눈치를 챘는데요? 알고 싶어요."

"흰 양말에 황 진흙이 묻었고 신에도 진흙이 묻었더라구요. 차 가지고 간 분이 신과 양말에 흙이 묻었다는 건 알 수 있는 일인데도 남편은 내가 웬 흙이냐구 해도 말을 하지 않더군요. 사랑한다고 말했다고 믿는다는 건 어리석다는 걸 아는 여자는 불쌍한 여자라는 생각이 들고 있었지요."

내가 작년에 처음으로 남편이 당신을 찾아다녔다는 걸 알았을 때 나에게 이렇게 말해 주더군요.

"그 여자는 과거 속 여자로 청춘이 불쌍해서 내가 살아있는 한 돌보아 주겠다는 생각뿐이었어. 조금이나마 그 여자를 죽게끔 한 가해자의 야심으로 속지하고 싶어서 찾아간 거야. 당신을 사랑하지 않아서 그랬다고 생각하면 그건 오해야. 난 과거보다 현실이 더 중요해. 난 결혼해 당신과 살면서 한 번도 다른 여자에게 눈길 한번 주지 않으려고 노력했어. 당신에게 미안해서 그랬던 거야."

"뭐가 미안한 건지 그게 알고 싶군요. 난 당신의 과거를 알고 당신한테 시집온 거예요. 단 말했던 거 기억하시겠지요. 나와 살면서 그 여자 이야기를 한다거나 나와 비교해서 말한다거나 그런 일은 절대로 없어야 한다고 말했지요. 당신은 그렇게 한다고 내게 확답을 주었지요. 그런데도 당신은 나를 속이면서까지 그 여자 묘를 찾아갔다는 사실과 나와 싸우든지 또 기분이 나쁘면 폭언 속에 나를 우습게 생각한다는 것을 표현한 적이 있어요. 그건 사랑하지 않으면서 자식 낳았으니 억지로 의무적으로 살고 있을 뿐이라고 말하는 것처럼 들리더군요."

남편이 아무리 아니라고 해도 나는 그렇게 듣고 느꼈으니까 나는 얼마나 비참할 수밖에 없는 불쌍한 여자인가.

무슨 말이 나올까 하는 기대로 다시 묻고 있었지만 남편은 못 들은 척하곤 목욕탕으로 들어갔지요. 그래, 그렇다면 내 눈으로 확인할 수밖에."

남편의 일로 밤에 잠을 설친 나는 이튿날 남편에게 말했다.

"여보 나 오늘 문학 모임이 있거든. 좀 늦을지도 몰라요."

"알았어. 난 오늘 좀 바쁘겠어."

나는 설거지를 끝내고 대충 청소를 하고 나서 논산행 버스를 탔다.

이래서 지금 당신 앞에 앉아서 길게 이야기하는 거요. 남편을 속이면서까지 내가 당신을 찾아온 건 무엇이라고 생각합니까? 자, 내가 사 온 맥주를 마시면서 천천히 대답 좀 해봐요.

"알지요. 댁의 질투가 여기까지 온 것이라고 생각할 수 있어요. 그러나 나도 질투가 있다구요. 죽은 자라고 질투가 없겠어요?"

"위로의 말인지 거짓말인지 하고 있더군요."

"내 말도 들어봐요. 사랑했었다면 내가 죽은 지 일 년도 안 되어 댁과 결혼할 수 있겠어요? 사랑은 바보처럼 움직이는 거예요. 지금 당신을 사랑하고 있어요. 내겐 동정을 보내는 것뿐입니다. 가엾다고요. 청춘에 자기 때문에 죽었다고 동정하고 있는 거예요."

"아닙니다. 남편은 당신을 사랑하고 있어요. 이승과 저승이 먼 곳이어서 바라볼 수밖에 없는 그 간격을 언제고 원망하며 그리워하고 있을 뿐이지만 당신을 사랑하고 있다는 건 사실입니다. 내가 당신 있는 곳을 알까 봐서 결혼한 지 사십 년이 되어서야 간신히 그것도 내 성화에 못 이겨 여기 이곳을 알려 주었는걸요."

"이제 다 지나간 일이에요. 댁의 남편이니까 걱정하지 마세요."

"그래요. 나의 남편이에요. 잘 알고 있군요. 여자의 질투란 무서운 것이라는 걸 알고 있지만 이제 다 놔 버리세요. 그리고 편안히 계세요."

"댁은 날 이대로 내버려두고 싶지 않을걸. 나는 알아요. 이승의 사람들이 얼마나 욕심이 많은지 다 알고 있어요. 죽은 자의 권리와 힘은 산자의 선택에 좌우된다는 것도 알고 있어요."

"미안해요. 나는 남편을 사랑해. 그보다 몇십 년 희로애락을 함께 하면서 살아보려고 고생도 많이 했어요. 그리고 내 작은 보람이라면 남편이 나만을 사랑하며 사랑해 주었으면 하는 것이에요."

"살아있는 사람들은 욕심이 너무 과해요. 마음은 마음인데 그걸 다 빼앗아 보려고 몸부림친다고 그게 내 것이 되나요? 마음은 어디까지나 마음인걸요. 내가 아까 말했잖아요. 사랑은 바람 같아서 자꾸 흔들리는 거라구요. 댁은 지금 남편으로부터 진실한 사랑을 받고 있지요."

"그래요. 그런데 왜 어제 당신을 찾아온 것을 속이고 있지요?"

"그건 미안해서 그랬을 거예요. 그냥 속는 척해 보세요. 속아주는 댁이 안 되어 보여 더 사랑할 거예요."

나는 그녀의 말에 부끄러움을 느꼈다. 산자의 추태를 보여준 것이.

"저 건너 묘를 보세요. 엉겅퀴꽃이 피어있는 그 묘말이에요."

"네, 아까 그곳에 가 있었어요. 엉겅퀴꽃이 무척 곱더군요."

"그 꽃이 왜 그렇게 고운 줄 아세요? 빨간색은 아니면서 은은하니 발갛고 활짝 핀 것 같으면서 꽃봉오리 같은 꽃. 그 묘안에 누운 색시는 나처럼 젊을 때 죽었대요. 꽃다운 나이로 사랑하던 낭군을 두고 누가 죽고 싶어 죽었겠어요? 몹쓸 열병에 걸려 죽었는데 그 여자 서방님이 날마다 찾아와 위로를 하고 돌아가는데 저승에 있는 그 색시는 사랑을 무엇으로 보여줄까 하고 궁리 끝에 저렇게 고운 엉겅퀴꽃으로 피어나 반기는 거라면 댁은 믿을 수 있어요?"

"믿을 수 있어요. 어찌나 고운지 꺾고 싶은 걸 간신히 참았어요."

"나도 그럴 마음이었지만 참고 있었어. 내 앞에 서 있는 무궁화나무가 언제고 나를 지켜주고 있으니 더 이상 댁의 남편에게 무엇을 바라고 내 마음을 더는 보일 수 없었습니다."

"고마워요. 악연인 우리의 인연도 슬픈 인연이 아니겠어요. 저승과 이승은 서로 다른 세상이나 갈 길은 따로따로 가야 하는 길이 아니겠어요? 이미 우리의 인연은 이것으로 다 한 것입니다. 몇십 년 부부로 살아온 세월의 강물을 누가 따라오겠어요. 잘 있어요. 또 오겠어요."

나는 으스스한 공동묘지에 둘러싸인 채 하고 싶은 말을 마음으로 전했고 그녀의 속마음도 듣고 있었다. 그건 바람 소리 같은 것이었지만 내 귀에 똑똑히 들리는 것이었다. 나는 그동안 하고 싶고 듣고 싶었던 이야기를 털어놓은 뒤 들었으니 속이 후련했다. 이 묘 저 묘에서 모두 나와 나를 둘러싸고 있는 사람들이 무어라고 손짓을 했지만 나는 알지 못하고 두 손을 흔들어 보이며 그곳을 바삐 빠져나왔다.

다닥다닥 붙은 묘들로 인해 길이 없어 묘를 밟고 타 넘고 미끄러지듯 떠났다. 솔나무가 빼곡한 길로 접어들며 나는 긴 호흡을 하고 있었다.

남편에 대한 나의 배신감이 어제오늘 일은 아니라도 어제 남편이 내게 말하지 않은 걸 나에 대한 배신이라고 분해하면서 침을 삼켰다. 마른침이요, 생각의 침이 나를 목마르게 하고 있었다. 내 입속에 모든 침을 모아서 삼켜야 했다. 버스에 앉아 집으로 가는 길에 한 가지 결심을 하면서 나의 악마 같은 근성에 스스로 소름이 끼쳤다.

'나의 질투는 몇십 년 세월과 함께 악마가 되었어.'

나는 피식 웃었다가 다시 씁쓸한 뒷맛을 느끼고 있었다.

집에 돌아온 나는 평소처럼 밥을 했고 저녁상을 차렸다. 꼭 무덤 속에 그녀가 나로 변신한 것처럼 착각을 하면서…. 그런 느낌은 무엇이었을까. 더 이상 묻지 않는 내게 남편은 의식적으로나마 눈치를 본다거나 잘 보이려고 제스처를 쓴다거나 그런 허점은 보이지 않았으니 나는 더 괘씸하고 배신감에 깊이 빠져들었다.

"당신 가슴은 철판 문을 해 달았지."

저녁을 먹은 뒤 둘이만 있을 때 나는 의미 있는 말로 남편의 가슴을 찔렀다.

"무슨 소리야? 철판이라니. 당신 앞에서는 창호지 문도 아니야. 열린 문이지."

"납덩이 문으로 빈틈도 없는 문을 꼭 닫고 있어. 내 힘으로는 어떻게 해 볼 수가 없다니까."

"한두 해 살았어? 우리가 이제 40년이 내일모렌데. 아직도 내 마음을 모른다니 당신 바보 아냐?"

나는 졸지에 바보가 되었다.

"그럼, 당신은 나한테 맹세할 수 있어요? 모든 면에 아내인 내게 속이지 않는다구."

"내가 뭘 속였다는 거야? 돈 벌어다 주었고 내가 바람을 피웠냐? 너무 잘해 주니까 저런 소리 한다니까."

"뭘 그렇게 잘했는데? 마음은 딴 데 있으면서 몸만 내 곁에 있었잖아. 언제고."

나는 마음먹은 게 있어 계속 남편의 속을 긁고 있었다.

"사랑을 말로 하냐? 평생 살면서도 날 아직 모른다니 당신은 바보야."

"그래, 바보야. 바보이기 때문에 빈 껍질만 안고 살았지. 당신은 마음은 딴 데 있는데 어제 일만 봐도 그래. 나한테 말하라고 했지. 그리고 같이 가자고 했지. 당신 혼자 가서 또 울었겠지. 사랑한다고 하면서 난 정말 기분 나빠. 살맛 안나."

산에서 그녀에게 말한 것도 진실이었는데 나는 지금 질투의 꼭두각시가 되어 있을 뿐이었다.

"미안해. 차마 이야기 못 했어."

"언제는 시치미 떼면서 몇십 년 다녔다는 걸 감추려다" 하고선 후회했었지.

평생 가슴에 꼭꼭 숨겨 두려던 자기 소유의 비밀을 가지려고 했다가 나의 유도에 말려 해마다 갔다 왔다고 실토를 하고 난 뒤 오래지 않았는데 내가 알았으니 집안이 편하자고 할 수 없이 그곳까지 나를 데리고 간 것을 몹시 후회하리라.

"미안해. 전주 갔다 오다 들러 손질하고 왔다구."

"그런데 왜 시치미 떼는 거야? 난 속일 수 없어. 내가 안 이상."

"그래, 미안해. 화장해 버릴까?"

남편은 모든 게 귀찮은지 아니면 다 들통이 났으니 더 이상 두고 속 썩을 일이 아니라는 결론을 얻은 건지 넌지시 이렇게 말했다.

"당신 진심이야? 그렇다면 화장하는 거 찬성이야. 당신과 내가 살아있을 때뿐이지 누가 찾아가서 돌보겠어? 연고될 거 뻔하지. 결심이 그렇다면 윤달이 들었잖아. 내일 모레면 윤달도 끝이야. 하려면 내일 해야 돼요."

"그럼, 소창 몇 자와 옷 한 벌 사 와."

남편은 마음의 동요도 없이 필요한 몇 가지를 사 오라고 했다.

나는 앓던 이 빠지는 기분으로 그 이튿날 아침나절 시장에 가서 사 왔다.

라면 상자에 담고 차를 몰고 갔다. 아들딸에게는 볼일이 있다고 하고서 나는 남편과 함께 공동묘지를 다시 찾아갔다.

"미안해요. 산 자의 힘이 이승에서는 제일인가 보오. 오늘 당신의 몸을 화장해서 물에 띄우게 되었어요. 용서하세요. 내 질투는 여인의 질투로 몇 십 년을 가슴 아프고 난 뒤의 눈물의 질투이니 이해하여 주시오."

미리 준비한 국화 몇 송이와 맥주를 묘 앞에 놓았다.

남편은 삽 한 자루만 가지고 파는 것이었다.

"여보, 일꾼 한 분 사요. 그러면 당신 힘 안 들잖아."

"이까짓 거 혼자 해도 돼. 그리 깊지 않을 거야."

남편은 신음하듯 말을 하면서 자꾸 파서 흙을 던지고 있었다.

쪼그리고 앉아 구경하듯 바라보는 나는 가슴에 지진이 일어나는 소리를 들으면서 안절부절못하여야 했다. 하지만 땀을 철철 흘리며 묘를 파헤치고 또 자꾸 직사각형으로 만들고 있는 남편의 얼굴과 파들어 가는 그 자리를 번갈아 바라보면서 나는 가슴의 피가 메말라가는 그런 갈증을 참아야 했다.

얼마를 파도 보이는 것은 흙, 황토 흙이었을 때는 이대로 흙만 계속 나오길 바라고 있었는데 내 눈에 40년 전에 유행하였던 '다우다'라고 하는 나일론 천 조각이 걸레처럼 보이고 있었다. 나도 입었던 천이었다.

그때 치마로 인기였다. 구김이 없다는 것과 질기다는 것이 장점이었는데 불에 약하고 통풍이 전혀 안 돼 나중에는 보자기로 많이 쓰였던 천이었다. 진 쑥빛 천조각이 몇십 년을 땅에 묻혔어도 썩지 않았다는 건 나일론이었기 때문이리라. 나는 천이 나오는 순간 숨이 막히는 것처럼 가슴이 오므라드는 것 같았다.

"이제 보이려나 보군."

"여보, 당신 이 천을 기억해요."

"집에서 이 옷을 입고 있었어. 벗겨서 덮어준 거야."

남편은 땀을 비 오듯 쏟으며 잠시 삽을 잡은 채 서 있더니 담배를 찾았다. 나는 남편이 무척이나 가여워 보였다. 내 성화만 아니었더라도 이런 아픔은 겪지 않았을 것이 아닌가. 아니 나의 극성 같은 질투가 아니었다면 남편이 마음이 이렇게 아파야 할 이유가 없었을 텐데….

나는 남편의 얼굴을 바라보며 자책하면서도 나는 이렇게 해야만 한다고 생각하고 있었다. 남편은 담배를 피워 물고 연기와 한숨을 함께 쏟아내며 혼잣말처럼 중얼거린다.

"그렇게 힘들면 도망이라도 가지 왜 죽어. 죽기는 왜 죽느냐구. 나를 골탕 먹이려고 죽은 거야 뭐야. 살기 싫으면 가면 될 거 아냐. 죽기는 왜 죽어."

남편의 말은 탄식이었다. 아니 그녀에 대한 사랑의 아픔이었고 그녀에 대한 그리움의 노래처럼 들렸다. 나는 또 질투가 찢긴 가슴 한쪽을 공허하게 하고 있었다.

"여보, 당신 너무 힘들겠다. 나는 도와주지도 못하고. 그러게 사람을 사라고 했잖아. 웬 고집이야?"

"힘들긴. 천천히 하지 뭐."

나는 그 순간 사랑의 패배자라고 자인하고 있었다. 사십 년, 오십 년을 함께 살고 자식들을 다섯이나 낳고 살았으면 무엇해. 단 일 년을 살았어도 사랑했다면 진정 사랑했다면 행복하지 않겠어. 남편의 태도는 사랑하는 그녀의 뼈라도 손수 거두어 보내겠다는 의도가 있음을 나는 알았다. 캔맥주 서너 개 사 간 것 중에 한 개는 묘를 파헤치기 전 묘에 부었고 한 개는 남편이 마셨고 나는 오렌지를 마셨다. 그리고 맥주 남은 걸 남편은 목이 마른 지 마시고 다시 삽을 들었다. 봄바람이 적당히 시원스레 불었지만 남편은 계속 땀을 흘렸다.

"이제 나오는군."

남편의 신음 소리 같은 말이 내 귀에 들렸을 때 내 가슴은 놀란 참새처럼 뛰고 있었다.

나는 눈을 감고 싶었다. 보이지 않았으면 하고 바라고 있을 때 남편은 삽을 밀쳐놓고 두 손으로 흙을 살살 밀어내고 있었다. 부드러운 손끝으로 그녀의 전신을 어루만지듯 천천히, 천천히 흙을 헤치고 있었다. 그녀를 저렇게 부드러운 손길로 애무하였을 남편을 상상하고 있었으니 나는 질투의 악마인지도 모른다.

나는 눈을 떴다. 작은 해골이 돌멩이처럼 툭 불거져 나왔다. 하늘을 바라보는 눈은 이미 없어졌지만 그 빈 구멍으로 남편을 보고 있었다. 입은 아니었지만 이빨 몇 개가 웃음소리를 갉아대고 끊어졌다 이어졌다. 바람 소리에 휩싸이고 하늘로 올라가고 있었다.

나는 처음으로 무서움에 떨어야 했다. 이미 손발은 흙이 되어 없었고 머리와 팔과 다리뿐인 가냘프고 나약하기 그지없는 뼈. 뼈만 몇 개 남은 그녀를 놓고 질투를 했다니 나는 울고 싶었다.

나는 내 어깨 너머로 수없이 많은 얼굴들이 그녀를 들여다보는 눈들을 발견하고 털썩 주저앉았다.

"아니야. 이건 아닌데."

"뭐가 아냐. 당신은 저 여자를 질투했잖아. 당신 남편이 일 년이면 두 번이나 세 번이나 찾아온 것을 질투를 했잖아. 당신의 그 슬픈 질투로 인해 여기 가여운 여자는 조용히 누울 자리도 없어졌고 그럴 자유도 권리도 박탈당하고 말았어."

"아니야. 질투만은 아니야. 나는 이 여자를 영원한 곳으로 보내기 위한 것이었어. 내 남편이 죽었다면 영영 이 묘는 돌보는 이 없이 묻힌 채 나무와 풀이 자라고 있을 게 뻔하지 않아. 난 그것을 막을 뿐이야. 남편이 나보다 먼저 가기 전 이 묘를 기억했다가 나는 오늘 남편이 한 것처럼 사람들을 사서라도 하였을 것이야. 보라구. 남편은 지금 행복한 마음으로 저 여자의 뼈를 주워 모아 소중히 싸가지고 화장터로 갈 거야. 나와 남편이 그렇게 하기로 벌써부터 계획을 했다구."

"계획이라구? 흥, 대단한 계획이군. 당신은 항상 저 여자의 존재를 눈엣가시처럼 생각한 거야. 옛사랑의 환영에서 허우적대는 남편이 미워서 그 존재를 없애 보려는 것이겠지만 어리석은 자의 생각일 뿐. 당신의 남편은 정신이 있고 살아있는 한 저 여자를 잊을 수 없을 게야. 사랑했다는 여자를 남자는 가슴 한켠에 넣고 살게 되기 때문이지. 누가 사랑을 말로 하느냐고. 가슴으로 마음으로 하는 거지."

"기억일 뿐 그리고 추억일 뿐 사랑은 이미 사라져 간 거야. 이승과 저승이 까마득히 먼 거리이듯 삶과 죽음은 함께 존재할 수 없는 시간이므로 서로는 따로따로 갈 수밖에 없다구."

나는 뼁 둘러서서 나에게 손가락질하는 그들에게 목이 터지라고 소리를 지르며 설명을 하였지만 그들은 끼룩끼룩하면서 미친 듯 머리를 흔들며 웃어 제꼈다. 나는 떨리는 목소리로 남편에게 말을 꺼냈다. 그건 도움을 청하고 있는 울음소리였다.

"여보, 무서워. 당신은 안 무서워요?"

"뭣이 무서워. 벌건 대낮인데. 조금만 기다려. 다 되어가니까."

나는 마른침을 꼴깍 삼키며 더 할 말이 없었다.

해골이 이미 드러나서 뻥 뚫린 두 눈으로 우릴 바라보고 이빨 몇 개만 달린 입이 울고 있는지 웃고 있는지 아니면 말을 하고 있는 건지 아니면 소리를 지르며 악을 쓰는 건지 나는 한동안 생각이 나지 않았지만 분명한 건 울면서 무슨 말인가를 하고 있다는 생각이 들었다.

"너무해요. 이제 속 시원한가요? 내 육신의 처참한 꼬락서니를 바라보니 속 시원해요? 죽은 자는 이렇게 가만히 잠들 수도 없나요? 강산이 네 번이나 변했을 지금 새삼 내 몸뚱이를 파헤쳐 주워 담는 이유가 뭔가요?"

"미안해요. 하지만 내가 이렇게까지 하지 않고서는 죽어도 눈을 감을 수가 없어요. 물론 여자의 질투란 썩은 칼날에서도 서기가 뻗칠 수 있을 만큼 그 힘은 초능력을 지닌 인간만이 발산할 수 있는 힘이라고 믿어요. 나는 당신으로 인해 몇십 년을 질투심을 안고 살아온 불쌍한 여인이랍니다. 내 남편은 당신을 영원히 잊지 않고 그 사랑을 간직하고 있습니다."

"천만의 말씀입니다. 당신을 더 사랑했습니다. 나는 다 알고 있었어요. 나에 대한 마음은 동정에 불과했으며 나의 죽음에 대한 가책으로 인해 늘 가슴 아파했을 뿐입니다. 물론 나도 사랑했습니다. 그걸 나는 믿고 있습니다. 그러나 이미 옛날에 있었던 일이고 이미 과거사가 아닙니까. 당신 남편인 그 사람은 양심이 있어 나를 거두었을 뿐입니다. 이승과 저승은 서로 다른 세상인데 나를 사랑하면 얼마나 사랑하겠습니까?"

"아닙니다. 남편은 언제나 당신을 가슴 속에 넣고 사셨습니다. 언젠가 내게 폭탄처럼 뱉었던 말 중에 내가 널 사랑해서 사는 줄 아니? 그 한마디를 지금껏 간직하면서 살고 있는 건 슬픔이겠지만 남편이 언제고 당신을 사랑하고 그리워했다는 증거라고 믿습니다. 이제 와서 비참하게 생각하기보다 배신감이 앞서 당신의 뼈를 화장해 버려야겠다는 결심을 하게 됐다고 말하고 싶습니다. 내가 무엇이 모자라 남편에게서 그런 대접을 받아야 하는지 분한 마음에 지금 당신을 괴롭히고 있습니다."

"괜찮습니다. 나로 인해 댁이 그토록 괴로워했는지 미처 몰랐습니다. 저분이 나를 찾아올 때는 나는 기뻐서 울었지요. 이 부근에 많은 사람들이 구경을 나오고 우리 둘의 회후를 축하해 줄 때는 나는 행복에 취하기도 하였습니다. 저승길이 얼마나 외로운 길인지 댁은 아직 모르고 계실 것입니다."

"맞아요. 나는 그저 아득하도록 먼 길이요, 세상과는 마지막으로 이별이라고 생각할 뿐이지만 내가 아직 경험하지 않았으니 무어라고 말하기는 주제넘겠습니다."

"그렇게 생각하는 게 당연하겠지요. 당신의 남편이 찾아와서 그러데요. 왜 죽었어. 내가 싫으면 다른 남자하고 살지. 도망이라도 가던가. 나는 그 말에 대답했어요. 죽고 사는 게 다 운명이라고. 나는 당신을 사랑했기에 도망도 가지 못했고 살아보았자 별 신통할 것도 없을 것 같았고 그냥 죽는지 안 죽는지 한 번 먹어 본 약이 나를 정말로 죽게 했다고."

"인연이란 말을 당신도 믿습니까. 아마 남편과 당신은 악연이 아니었을까 하고 생각해 보았나요? 그렇다고 남편과 내가 천생연분이라고 말하는 건 아닙니다. 나와 남편도 악연이라 살면서 갖은 고난과 풍파를 겪으면서 미워하고 때론 사랑하고 안 돼 보이고 눈물이 나도록 측은해 보이고 이런 게 다 정이요 사랑이 아닌가 싶은데 당신은 어떻게 생각하시는지요?"

나는 하고픈 이야기를 소리는 안 낸 채 마음으로 하면서 팔뼈 다리뼈 갈비뼈 서너 개까지 추려서 담는 걸 보고 있었다.

"맞아요. 댁의 사랑이야말로 인간이 할 수 있는 사랑이겠지요. 내가 사랑하는 건 이제 원망이요 심술뿐인 사랑이겠지요. 이승의 사랑이야 느끼고 감격하고 교감하는 짜릿한 사랑이겠지요."

"날 이해하여 주세요. 남편과 내가 마지막으로 당신에게 쏟는 관심이라고 생각하고 좋은 곳으로 가주세요. 불교에서 말하는 극락으로 가세요. 기독교에서 말하는 천당으로 가시어 하나님 말씀을 잘 듣고 편하게 지내세요."

"고마워요. 댁과 나는 전생에 어긋난 인연이었다가 세상에서 한 남자를 만나게 되었나 봅니다. 나는 짧은 인연 속에서 댁은 길고 긴 인연이었으니 고난과 슬픔과 기쁨을 함께 나누었으니 진정 부부애가 아닙니까. 댁의 시샘과 질투가 어디에 있든 어떤 시작에서 비롯된 것이라고 해도 나는 이해할 수 있어요. 이렇게 찬란한 햇빛을 보게 되어 고맙고 남은 내 육신을 깨끗이 불살라 버릴 수 있어 감사합니다."

"미안해요. 당신의 흔적을 지워버리기 위해 몇십 년 그 세월을 기다려온 것이라면 나의 질투가 너무 불쌍하다는 생각이 안 드세요?"

"글쎄요. 나는 생각이 자꾸 지워지는 빈 해골일 뿐 세상 인간사에 끼고 싶지도 않고 그저 조용히 있었으면 좋겠어요."

내가 수없이 그녀와 이야기하는 동안 남편은 뼈를 차례로 주워 담고 문

종이에 싸는 것이었다. 그리고 박스에 넣고 옥양목 천으로 폭 싸서 들고는 차에 싣고 혼잣말처럼 말하는 것이었다.

"도망이라도 갔으면 내가 이렇게 힘들지 않았을 텐데."

나 들으라고 하는 말인지 위로하려는 의도인지 남편은 나를 쳐다보며 말했다.

나는 진정인지 그런 건 더 따지고 싶지도 않았고 그런 마음의 여유도 없었다. 공동묘지가 들썩이며 귀신들이 나와서 나와 남편에게 손가락질을 하는 것 같은 생각이 환영으로 다시 바뀌자 나는 소름이 등짝에서부터 솟아나며 온몸으로 번져 바람이 피부 숨구멍으로 솔솔 새어 나오는 것처럼 한기를 느꼈다. 파헤친 묘자리는 구덩이가 생겨났고 보기가 싫게 휑해 나는 흙을 덮자고 했지만 남편은 힘을 다 써버려서인지 들은 체도 하지 않았다. 나는 가까이 있는 아카시아 가시를 따서 그 속에다 던졌다.

"이제 이 자리는 빈 곳이다. 탐내지 말고, 찾아오지 말아요. 이 가시가 찔러댈 것이니 다시는 찾아오지 마시오."

나는 왜 이런 인정머리라고는 눈곱만큼도 없는 말을 쌀쌀하게 했는지 내가 잠시 무당이 되어 지껄이고 있다는 생각이 들었다. 그리고 우린 그곳을 황급히 떠났다. 화장터를 찾아가야 했다.

도시 근교 산을 낀 쉽게 눈에 띄지 않는 곳이었다. 화장을 하고 있었다. 가족들이 슬퍼 울어대는 소리와 스님이 목탁 소리가 산의 고요를 깨우며 저승까지 울려 퍼지고 있는 듯했다.

남편이 상자를 들고 내가 뒤따랐다. 사무실 직원이 이상한 눈으로 힐끔 보더니 묻는다.

"여보세요. 어린애가 죽었소?"

작은 상자이니 어린애의 시신인 줄 아는 모양이다.

"아니요. 사십 년 전에 죽은 사람인데 이장하기보다 화장하는 게 좋을 것 같아서 왔습니다."

"그럼, 서류가 있어야지. 언제 죽었으며 이름 본적을 알아서 확인증을 가지고 와야 됩니다."

나와 남편은 벙어리처럼 마주 바라보았다.

"당신 이 여자 본적 아세요?"

"몰라. 전라도 해남이라는 것밖에는 몰라. 6.25 사변 때 인민군에 동조했다고 아버님 되시는 분은 총살당하고 모두 논산 노송까지 와서 자리잡은 거야."

"그럼 어떻게 할래요? 큰일 아네요? 본적도 모른다니."

"할 수 없어. 고향으로 가서."

남편은 이 말을 끝으로 입을 다물고 고향으로 갔지만 그곳은 군사기지가 들어섰고 고향에는 친척 한 분 없이 먼 들녘뿐이요, 뺑 둘러선 산뿐이다.

나는 남편을 믿고 아무런 말도 하지 않았다.

들에는 들풀이 움쑥 자라 있었고 산발하고 쌓아놓은 참나무 가지가 수북이 쌓여 있었다.

"됐어. 이 나무만 있으면 내 손으로 하겠어."

남편은 나무를 갖다 벽돌 쌓아 올리듯 1미터쯤 쌓고는 밑에서부터 타오르게 불을 지핀다. 마른 나무라 금방 불길이 솟아오른다.

남편은 뼈골이 들어있는 상자를 올려놓는다.

후드득 혹 후룩 탁 탁 탁. 불길은 사납게 치솟고 봄바람이 적당히 부채질을 하는 덕에 마른나무가 훨훨 불길을 싸안으며 잘도 타고 있었다. 상자 쌌던 헝겊이 타고 상자마저 타버리니 해골과 뼈가 빨간 불길 속에서 하얗게 변해가면서 불길이 너무 세차니 빨갛게 혹은 창백해진 해골이 마지막 불길로 뒹굴며 불 속으로 빠진다. 시커먼 연기는 처음에 잠시뿐으로 하얀 연기와 빨간 불길이 하늘을 오르는 용처럼 꿈틀거린다. 더운 아지랑이만 이글이글 봄볕에서 녹아내리며 그녀의 육신과 해골을 하얗게 만들어 놓고 있었다.

1999년 단편소설집 『걸인여자』

정말 인간이 아니 내가 얼마만큼 잔인한 인간인가를 시험하면서 나는 한 줌의 눈물도 흘리지 않은 걸 지금도 후회할 줄 몰랐으니 어리석은 나의 질투가 끝내 두 번을 살인한 것이다. 그걸 모르고 바라보면서 내가 할 의무라는 자의적인 생각을 골라서 하고 있었다. 불길이 산까지 번지지 않아야 할 텐데 하는 걱정을 하고 있으면서 남편이 안 됐다는 생각에 측은해 보이기까지 한 건 그 뼈를 다시 빻고 앉아 있는 모습에서였다. 나는 나의 질투가 얼마나 치졸한가 그리고 착한 남편을 오늘 하루 얼마나 힘들게 했으며 고통을 안겨 주었는가를 생각하면서 나는 우울해졌다.

남편은 돌 위에 해골과 뼈를 놓고 돌로 쳐서 곱게 빻아 보려고 있는 힘을 다했다. 나는 손도 못 대게 하면서 있는 힘껏 내리치며 빻고 있었다.

그러나 튀어 나가고 곱게 빠지지 않았다. 꺼실꺼실한 뼛가루를 비닐에 담고 다시 종이에 싼 남편은 겨드랑이에 끼고 운전을 하고 있었다. 뼛가루 일부는 돌에 묻어 있어 남편의 고향에 남았을 것이다. 남편은 신탄강에 뿌리자며 댐 밑에서 얼쩡거렸는데 식수로 쓰는 물에 뼛가루를 띄운다는 게 양심의 가책이 되었는지 망설이다가 대청호 건너 현암사까지 올라가 부처님께 인사하고 고한 뒤에 강에 뿌렸다. 남편은 탄식 같은 소리로 이렇게 말하는 것이었다.

"잘 가라. 잘 가라."

마지막으로 껴안아 본 그녀를 놓아 보내기가 아쉬워 망설인 게 아닐까? 나중에 나는 이런 생각까지 하고 있었다. 나는 물을 두 손으로 퍼부으며 잘 가라고 했다. 남편이 한참 서 있다 내게 말을 던지고 있었다.

"당신 이제 속 시원하겠소. 앓던 이 빠진 것처럼 시원하겠소."

남편의 말소리가 울리면서 내 가슴을 후려치고 있었다.

"그래요. 시원해요. 무묘로 그냥 두고 나나 당신 죽으면 속이 괜찮을까요? 나중 일을 생각해서 내린 결단인데 왜 속이 아픈 거예요."

나는 내 질투가 당신 가슴의 멍우리를 덜어주고 내가 마음 아프면서 질투해야 했던 기나긴 세월을 이제는 지워버리고 싶어서였다고 말하지 못했다.
 강물은 말없이 흐르고 있었고 뼛가루가 잘 흘러가게 하기 위해 남편은 자꾸 물을 뿌리고 있었다.
 어느새 강가에 그늘이 찾아들고 있었고 해는 서산에 걸려 오늘 세상에서 일어난 일들을 외면하려는 듯 조용히 넘어가고 있었다. 나와 남편은 강가 어느 매운탕 집에 앉았다. 이대로 집으로 기어들어 가기엔 씁쓸한 마음이 풀릴 것 같지 않을 남편의 마음을 달래어 보리라는 각오를 하고선 배가 고프다고 했더니 남편도 따라주었다.
 "송어 일 킬로하고 소주 한 병 주시오."
 남편은 앉으면서 시킨다.
 "여보, 차 있으니 술은 조금만 하세요."
 "알았어. 내가 다 알아서 먹을께. 내가 언제 사고 내는 거 봤냐구."
 남편은 시비조로 말하고 있었다.
 "알지요. 당신을 믿어요. 하지만 오늘 당신 기분도 그렇고 한데 조금만 드시면 고맙겠어요."
 "알았다니까. 당신과 나 한잔하고 싶어서 그래."
 남편은 피곤함에 지친 얼굴에 서글픔까지 보이면서 울 듯이 말했다.
 회 한 접시가 나오고 소주 한 병이 나오자 남편은 내 잔에 붓고 자기 잔에 따라서 죽 들이킨다.
 "당신은 한잔만 하라구."
 "그래요. 난 한잔만 하겠어요. 그리고 우리 솔직히 말해요. 다 털어놓고 나중에는 이렇다 저렇다 하지 마요."
 남편은 고개를 두어 번 끄덕이고는 다시 술을 붓는다.
 "내가 따를께요. 여자가 주는 술이 더 맛있다면서요."
 나는 애써 농담을 하였다. 내키지 않는 마음이 여유란 이 자리에서는 필요치 않았다.

"괜찮아. 내가 부어 먹겠어. 당신 속 시원했지?"

"당신은 마음이 아팠지요?"

"내가 먼저 물었잖아. 속 시원했잖아."

"물론 그런 면도 있었어요. 하지만 난 오늘 서글퍼요. 내가 누굴 위해서 그동안 해골을 놓고 질투는 했는가가 너무 슬퍼요. 내가 이렇게까지 하면서 당신의 사랑을 갖고 싶다는 건 아니지만요. 내 남편으로 당신은 마음을 속이면 안 돼요. 솔직한 다신 모습을 나는 바라고 있었어요. 안 그런 척하면서 당신은 내게 이중성을 보여주었고 내겐 배반감으로 인한 질투가 나를 지탱할 수 없게 하게끔 만들어 나는 다 썩은 해골을 상대로 질투를 한 꼴이 되었으니 너무 억울하고 기막히다는 것뿐이에요. 당신의 가슴까지 아프게 했으니 나의 초라한 사랑의 질투가 씻을 수 없는 실수로 몰고 갈까 두려워요. 당신의 원망이 더 무서워요."

"아니요. 당신 그렇게까지 생각할 거 없소. 잘한 일이요. 내가 얼마나 살겠다고 그 여자 묘를 손보겠소. 작은 관심이 속죄가 되는 길이 되었다면 다행이겠지만 당신에게 속인 것 같아 미안했소. 사실은 당신이 알면 기분 나쁘고 이득은 하나도 없을 것이기 때문이었소."

"내가 어리석었어요. 사랑은 누가 시킨다고 되는 게 아니듯 말린다고 안 되는 것도 사실을 잊은 거예요. 당신은 이미 내 남편이었으니 나만을 바라보고 사랑해야 한다는 그런 이기가 지금 내가 당신을 통해 저지른 끔찍한 살인 행위였다고 해도 나의 아픔을 덜고 싶어 나는 잘했다고 말하고 싶은데 당신은 어때요? 솔직히 말해줘요."

"당신이 좋으면 나도 좋은 게요. 그동안 당신 마음 아프게 해서 미안하오. 그런데 질투란 기분 좋게 취하는 마력이요. 당신이 나를 사랑하니까 질투를 한다고 믿어요."

"사랑은 영원하지 않아요. 당신도 변할 수 있듯이 나도 얼마든지 변할 수 있으니까요. 사랑은 주는 게 행복하다고 하지만 지금의 현실은 쟁취하는 거라고 합디다. 나는 당신의 사랑을 쟁취하려고 몇십 년을 싸웠어요."

"그래서 당신은 내 사랑을 얻었다고 믿는 거요?"

"아뇨. 내가 어리석었다고 지금 생각했어요. 당신의 마음은 당신 꺼니까. 나를 안고 있으면서 옛사랑을 아니 생각했노라고 누가 믿겠어요."

"당신은 나를 진정 사랑해서 질투를 한 거요? 꼭 알고 싶소."

"그건 사랑하기 때문이라고 자신 있게 말할 수 없어요. 부부란 믿음 하나로 서로를 위해 봉사하고 사랑을 주고받아야 된다고 믿어요. 마음속 간음이 큰 죄라고 하지만 나도 정신적인 간음은 많이 했거든요. 당신도 예외는 아닐 테지만요."

"뭐라구? 그러는 사람이 내 과거에 그렇게 집착을 할 수 있다니 이기요 독백이군. 나는 과거를 기억하고 있을 뿐이라구. 당신처럼 마음으로 간음한 적은 없어."

"그걸 누가 증명하고 누가 속아 주지요? 내가 그럴 거라고는 생각지 말아줘요. 당신이 내 마음을 아프게 할 때 나는 당신과 결혼한 것을 무척 후회했고 당신보다 더 멋진 남자들을 사모하고 동경도 했어요. 마음으로 간음한 게 죄라고 해도 마음은 나 자신도 어쩌지 못하는 거예요. 당신 내가 처음으로 고백하는 것에 분노를 느끼세요? 세상에는 나보다 잘나고 예쁜 여자가 많듯이 당신보다 잘난 사람, 멋진 사람이 많이 있다는 것도 염두에 두고 계셔야 해요."

"흥, 이제 살다 보니 당신의 다른 모습을 보게 되는군. 놀라워. 당신의 이기가 독으로 뭉쳐져 여러 사람들 죽이겠군."

"왜 실망하셨어요? 이제 우리 삶이 얼마 남지 않았다구요. 사십 년 살았으면 많이도 함께 살았고 이제 지겨울 때도 되었어요. 당신이 원하신다면 나는 이혼도 찬성이에요. 자식들도 다 키웠고 손자손녀가 재롱을 부려도 나의 고독은 아무도 고쳐주지 못하잖아요. 메꿔 주지도 못하고."

"미쳤군. 아주 미쳤어. 어느 놈팽이한테 미쳤어."

"당신은 나를 그렇게 몰라요? 나는 결혼해서 지금까지 당신밖에 몰라요. 다만 탐나는 사람들이 있다는 말인데 그 사람은 임자 있는 다른 여자의 남편이니 마음속으로 간음했을 뿐입니다."

"한 번쯤 바람 피워보고 싶은 여자가 있었지만 난 당신을 생각해서 포기했는데 당신은 뭐 어쩌고 어째? 간음을 했다구?"

"사람이라면 누구나 그런 마음을 갖는 게 정상이 아닌가요? 가끔은 이혼하고 싶을 때도 있는 게 당연한 거 아녜요? 난 당신이 원한다면 이혼하고 싶어요."

"기분 나쁘다. 계집의 마음은 갈대라더니 당신이 그럴 줄 몰랐다. 그래 이혼하자. 내일 당장 이혼하자."

"봐요, 당신 우리가 결혼해 사십 년을 살았으면 뭐가 가슴에 남았습니까? 당신은 과거의 여자를 가슴에 안고 살며 내 남편 노릇 하려니 피곤하긴 얼마나 피곤했겠어요. 그저 목숨 살아있으니 산 게 아닙니까? 진정 나를 사랑해서 행복해서 살은 삶은 아닌 게 분명하잖아요. 그렇게 사는 건 의미도 없고 값어치도 없으니 행복한 결혼생활이라고 말할 수 없잖아요. 우리 늦었지만 헤어져 살면서 무엇이 소중한가, 사랑이 무엇인가 생각해 봅시다. 당신의 가슴 속에 꽂힌 그 옛날 여인의 환영과 나의 모습, 당신 앞에서 늙고 초라한 모습을 비교해 봐도 좋고 그냥 한 번쯤 냉정하게 저울질해 본다 해도 좋으니 우리 이혼합시다. 자식들한테도 말하지 말고 당신은 이혼 도장 찍고 돈 가지고 나가서 다른 여자 마음에 드는 여자 만나 일 년이고 이년이고 살아보세요. 영영 이별이라고 해도 나는 원망을 않을 것이고 내가 하고 싶은 자유를 맘껏 누리며 살고 싶어요."

"이젠 내가 늙었다고 쓸모없다고 버리고 싶은 게요? 자유란 뭐요? 당신의 자유가."

"아녜요. 그동안 취미와 성격이 맞지 않아 불행하다는 생각이 서로가 똑같이 하고 있으니 마지막 기회를 잡아보자는 뜻이지 다른 의도는 아녜요.

나는 그렇다고 다른 남자에게로 간다는 건 절대로 아니에요. 당신이 자유
롭게 살 수 있길 바랄 뿐이에요."
 "웃기지 마. 귀신 씻나락 까먹는 소리야. 몇십 년 살았으면 미운 정 고운
정 다 들었지 이제 와서 헤어지자구. 웃기서. 개가 다 웃는다."
 "왜 나와 이혼하는 게 싫어요? 그러면서 몇십 년 동안 가슴에 담고 사는
여자는 뭐예요? 이제 쏟아버려요. 가끔씩 생각은 나겠지만서도 생각나면
생각하시라구요. 나한테 미안하게 생각하지 말고. 하지만 나 몰래는 안 돼
요. 꼭 나 알게 하시라구요."
 남편과 나는 큰일이라도 끝내고 만찬을 즐기고 앉아 있는 것처럼 서로를
바라보면서도 표정을 살피는 건 무슨 이유일까. 내 말 속에도 농담 같으면
서 뼈가 있었듯이 남편의 무표정에는 허탈감이 있었다.
 나는 소주 한잔을 비우면서 나 자신의 패배를 자인하며 내 어리석음을
깨닫고 부끄러워 고개를 돌려야 했다. 자식보다 가깝다는 아내인 내게 감
추고 혼자 안고 있는 그늘을 남편에게서 나는 보았다. 남편은 연거푸 소주
잔을 비우고 있었다.
 '내 무슨 힘으로 남의 가슴 속 마음까지 내 것으로 만들까' 그런 생각이
들면서 가깝게 생각되었던 남편이 타인으로 멀게 느껴졌다.
 그래 내가 졌다구. 그리고 큰 실수를 한 거다. 저 철판 같은 가슴을 뚫어
버린다는 건 무리였어.
 저 갈잎 같은 우수를 보라지 숨이 꽉 막힌다구. 오늘 얼마나 가슴이 아팠
을까. 사랑하는 여인을 또 한 번 보내면서 나 모르게 얼마나 울었을까? 앞
으로 얼마나 더 아파할지.
 '여보, 미안해요. 내가 큰 잘못을 한 게 아닌지 이 순간 몹시 후회스러워
요.' 나는 더 이상 억제하지 못하고 이런 말로 변명을 하면서 내 자신이 몹
시 비참해지는 순간을 맞았다.
 '무슨 말이요'

남편은 내 말을 정말 모르겠다는 듯 퉁명스럽다고 느낄 만큼 표정이 냉담하였다.
"괜히 사과가 하고 싶어서 그래요."
"무슨 말이 더 듣고 싶어서 그래 그동안 미안하였소. 이제 다 끝난 거요. 잊어주구려."
나는 남편의 말을 물고 늘어질 힘이 싹 빠지고 있었다. 아니 더 이상 말을 할 수가 없었다. 더 무슨 말을 하다가는 나 자신이 바보가 되고 말 것 같아서였지만 머리칼보다도 가느다란 자존심이 나를 비참하게 만들고 있었기 때문이었다. 그리고 강에서 그녀를 마지막 보내면서 내게 한 말이 돌멩이를 던지듯 내 면상을 후려쳤다는 걸 지금에야 알게 되었다니 내 꼴이 미련하도록 어리석었고, 불쌍하도록 가련하지 않았는가.
"이제 당신 속이 시원하니 앓던 이 빠진 거 같겠소."
남편의 말은 그때 통곡과도 같았는데 지금에서야 느끼다니 기분 같아서는 영영 소리라도 내서 울어도 시원치 않았다.
남편의 그 말이 물살에 묻히듯 들렸기에 나는 '맞아'하고 회심의 미소를 남편에게 보냈었다. 나는 그 순간을 떠올리며 가슴이 서늘하도록 바람이 이는 걸 남편 모르게 쓸어내렸다. 그 얼마나 뼛속을 후벼 드는 말인가 나는 비애를 안으며 남편의 얼굴을 죄인처럼 훔쳐보아야 했다. 나는 바보였어. 어리석도록 바보 천치가 되고 말았다.
'사랑은 강요도 아니요, 쟁취도 갈취도 아니라구. 사랑은 물이 흐르듯 부드럽게 흐르다가 스치는 거야. 촉촉이 가슴을 적시는 거야.'
나는 마음속 말을 내 가슴에 하면서 피곤해 보이는 남편의 얼굴을 외면한 채 혼자 울어야 했다.

2009년 단편소설집 『떠 있는 섬』

● 작가의 말

　카뮈의 신화 시지프는 인간의 노력이 절망에 가까운 운명과 맞서 포기하지도 못하고, 회피할 수도 없는 도전을 보여준다. 그래서 난 시지프가 되고 싶다. 그건 살아가야 할 이유가 되며 사람으로 태어나서 살아있음을 인정하는 것이기 때문이다. 밀어 올린 바위가 굴러떨어지면 온몸으로 받아 올리고, 또다시 반복하여 올리는 시지프의 형벌은 내게 어떤 의미를 갖는가.
　날마다 쓰고 지우는 나와의 투쟁이 바로 내가 시지프가 될 수밖에 없는 이유다. 올해가 기축년이다. 게으른 소보다는 풀이라도 뜯는 소가 되고 싶다.
　그동안 첫 소설집 『걸인여자』, 시집 『석류』, 『섬 하나 만들기』를 냈다. 책을 낸 뒤엔 부끄러움에 가슴속으로 파고드는 바람 소리를 아무도 모르게 듣지만, 부족하나마 사람들이 공감할 수 있는 이야기를 진솔하게 써보길 소원한다.

기축년에 著者

■ 돌아서 가는 먼 길

　기차를 타고 여행하는 일은 드문 일이었다. 그런데 그는 오늘 기차를 탔다. 철도 직원으로서가 아닌 손님으로 대접받으려 하기보다는 어렸을 때 철도와 인접한 마을에서 살면서 기차를 볼 수 있는 날이 많았고, 기적소리를 늘 듣고 자라면서 기차를 타보고 싶었다.
　어딘가 떠나고 싶은 충동에 떠나가는 차 뒷모습을 하염없이 바라보기도 하였다. 그런 까닭인지 그가 철도에 취직한 후 그토록 간절했던 그리움의 감성이 살아나고, 자란 고향에 대한 애틋한 정 하나를 가슴에 품었다. 돌아가신 부모님을 고향의 종중산에 모신 지도 몇 년의 세월이 흘렀다. 그는 부모님 산소는 자주 찾았으나, 그가 나고 자란 고향은 좀체 가지 못했다.
　아내에게 하루의 시간을 허락받기란 쉽지가 않은 일이란 걸 알기에 조심스럽게 입을 떼었다.
　"여보 나 제천에 다녀오겠어. 친구도 만나보고, 내가 살았던 집도 가보고, 의림지도 가볼 테야."
　아내에게 말하고 현관문을 나섰을 때, 소풍 가는 기분이었다. 아내에게 어렸을 적 일들을 가끔씩 꺼냈던 터라 아내도 척 하면 메주 떨어지는 소리로 알아들었을 것이다.

　기차에서 내렸다. 서울서 제천까지 새마을호로 한 시간 삼십 분이면 충분하니, 그가 새라면 훨훨 날아서 산을 넘고 강을 건너 들을 지나면서 날개를 접고 착지하는 그런 기분이었다.
　제천에 왔다 간 지도 그럭저럭 십 년 세월이 흘렀지만, 읍에서 시로 승격되어 집과 인구가 많이 증가했을 터였다. 철도교통의 중심지에 따른 철로는 많이 늘어져 있는 데 반해, 역사는 별로 크지도 않고 정겹게 느껴졌다.

지하도를 빠져 개찰구로 나갈 동안 낯익은 사람이 없어 그는 한번 휘둘러본 뒤 나왔다. 광장엔 택시와 버스가 서 있는 것이 시야를 잠시 막았으나 일자로 뻗은 중앙로가 차들로 인해 막혔다 뚫리기를 거듭하였다. 이르지 않은 오전의 여름날치고는 불기운이 사람을 짜증스럽게 하면서, 그 옛날 보리밭에 일던 바람을 생각나게 하였다.

옛날을 더듬으며 역전 파출소 앞을 지났다. 한 시절 호황을 누렸던 음식점과 술집들을 눈여겨보면서 술 한 잔이라도 걸치고 싶었다. 조금도 변하지 않은 유리창에 막걸리 동동주 그리고 조 껍데기 술이라는 글자가 시위를 하며 어서 들어와 목을 축이고 가라는 것 같았다. 더위에 활짝 열어젖힌 넉넉함에 이끌려 들어갔다. 늙수그레한 주인아주머니가 손님에게 거는 대화 외에 또 다른 기대는 말아야 했다.

"조 껍데기 술맛 좀 봅시다."

"예. 시원하게 냉장시켜서 맛있을 거요."

'술 이름이 영 이상 하여.'

그가 이 말을 하려다 입속으로 얼버무리며 의자를 잡아당겨 앉았다.

"이 술이 좁쌀로 만들었는데요. 안동서 만든 거래요."

"더우니 한 사발만 마실랍니다."

그가 한 사발인가, 대접 술인가를 마시고는 김치 쪽에 두부 한 조각을 싸 안주를 했다.

"동동주 맛이라요. 아줌씨! 그런데 조 껍데기가 깔깔하게 씹히네요."

강원도 말을 섞으며 농담을 하고 나왔다.

철로를 옆으로 낀 넓지 않은 길을 가다 왼쪽으로 꺾으면, 터널 두 개가 멀리서도 보이는데, 자동차와 사람들도 다닐 수 있다. 그 옆으로 흐르는 냇물이 있고, 냇물을 끼고 또 굴이 있다. 주로 사람들이 이용하는 굴이다.

굴을 바라보며 걸어가던 그는 감개무량하여 가슴에 치는 파동을 느꼈다.

이 길로, 그리고 이 굴로 얼마나 다녔는지, 어림잡아 이십오 년은 들어갔다 다시 돌아오길 반복했으니 참 오랜 세월이었다. 낮에도 어둠침침했던 굴속이었으나 무서운 줄 모르고 잘도 다녔다.

이 굴을 빠져나가면서 만나는 마을이 모란이다. 그가 태어나 자란 곳이다. 냇물이 모란 마을 동남쪽을 에워싸고 흐르는 나지막한 곳이다. 냇물이 있어 논이 있고, 농사짓고 베를 짜는 삼나무도 심었는데 키가 사람보다 컸었다. 마을 앞으로는 신작로가 있다. 그 길가엔 미루나무가 조선시대 병정처럼 일렬로 서 있고, 그 길을 따라가면 금성리고, 그리고 솔밭에서 하늘을 바라보듯 잠시 걸음을 멈추게 되는 강제리, 그리고 물 좋고 경치 좋은 정자에 가서 여유로운 시간을 시 한 수로 채울 수 있는 청풍이다.

모란을 들어가기 전에 개울을 질러 놓은 시멘트 다리가 있다. 그 다리는 일본인이 놓았다고 한다. 그 다리를 건너 올라가다 보면 철도 인이 살았던 관사가 있다. 그 크기로 보아도 큰 마을이었음을 짐작하게 한다. 일인들이 산을 깎아 만든 터라, 솔나무며 잡목들이 관사 서북쪽으로 많았고, 야산에서 볼 수 있는 산딸기나무도 많아, 그가 어릴 때 아이들과 산딸기도 따서 먹었다. 병정놀이도 하던 곳이었다.

그곳으로 자주 놀러 다녔던 이유가 있었다. 모란개울보다 배는 큰 여울이 관사 서북쪽 야산을 휘감으며 흘러가서, 깊지도 얕지도 않아 미역도 감고 물장난을 치며 송사리도 잡을 수 있기 때문이었다. 들이 있고 큰 개울이 보였다. 화산리에서 내려와 모란 냇물과 읍내에서 내려오는 물이 합치는 개울이다. 개울 건너 큰 산이 절골이라는 것도 어머니한테서 들었다.

육이오 전쟁 발발 시 모란마을 철도관사 사람들 대부분이 절골로 피난을 갔다. 오래된 작은 절이 있어 산 이름도 절골이었듯이 근접한 마을 사람들에게는 신앙의 터였다. 그의 어머니도 불공을 드리러 다녔던 곳이다. 마음 같아서는 그 절에 찾아가 보고 싶었다.

그의 집이었던 초가지붕이 함석지붕으로 바뀐 지도 세월에 녹았을까, 허리 굽은 노인같이 나지막한 추녀가 사람의 얼굴에서 턱으로 보면 콧물과 침이 흘러내릴 듯 추기가 뚝뚝 흘렀지만, 넓은 마당은 티끌도 없이 깨끗했다. 그는 사람이 살고 있음에 안도하고 낡은 삐걱 문을 붙들고 기웃이 들여다보았으나, 달라진 거 없는 집에 왠지 모를 쓸쓸함이 감돌았다.

꼭 찾아갈 곳을 마음속에 적어둔 두 번째 집, 세 번째 집, 그리고 다리를 건너 경사진 길로 두어 채 관사를 지나 안쪽으로 꼭 가봐야 할 집을 찾아 마을을 벗어나 발길을 재촉하였다.

3m 높이밖에 안 되는 다리가 어릴 적에는 꽤나 높아 보였다. 힘과 열을 삭이느라 이 다리 위에서 개울 모래로 떨어지길 반복하며 놀던 생각이 났다. 개울을 내려다보며 혼자 웃었다. 개울가에서 잊었던 기억을 꺼내었다. 아, 저쪽, 철길로 갈 수 없는 언덕에 미루나무 두 그루가 있었다. 그러나 보이지 않는 걸 보니 베어진 모양이다.

여름이면 푸르른 잎을 모아 한껏 하늘로 세우고 바람을 몰아대느라 윙으응 짐승 소리를 내어 무서웠으나, 길동무처럼 느꼈던 미루나무는 간데없이 사라졌다. 그 많던 갯버들도 사라진 개울은 물의 숨통일 뿐 그 옛날 개울은 아니었다. 마을 앞을 가로지른 신작로는 아스팔트가 깔렸다. 미루나무가 줄지어 섰던 그 길은 아니다. 가로수가 너풀거렸다.

철도관사도 밖은 성터처럼 보였으나 터가 넓은 탓인지 새로 지은 집이 들어찼다. '이럴 수가 아는 사람을 지금껏 못 만나다니.' 그의 속울음 같은 한마디가 단박에 들어가 버리게 하는 사람은 참외밭 아주머니였다. 그간에 돌아가셨을지도 모른다는 생각으로 찾아왔다.

"아주머니! 아주머니!"

그가 두 번을 불러도 못 알아듣고 상추만 뜯었다.

"아주머니, 안녕하셨어요?"

그가 허리까지 굽히며 그림자를 늘이자 고개만 들고 쳐다본다.

"안녕하셨군요. 저, 요 아래 경수예요."

"아니 모란의 김씨댁네 그 경수?"

"예. 알아보시는군요. 많이 늙으셨는데."

"그렇지 머. 팔십 늙은이인데 늙어야지. 아버지 어머니는 돌아가셨는데, 나만 살아서 안 되었네."

허리가 휘어 작아진 키를 한 손으로 지탱하며 침침한 눈 때문인가, 손등으로 비비고는 윤기 없는 눈동자를 껌벅인다. 아마도 울컥 속울음이 올라왔는지도 모를 일이지만, 그도 가슴에 한줄기 바람이 지나갔다. 잦은 비로 녹았는지 몇 잎 안 되는 상추를 바구니째 들며 발을 서둘러 나오셨다.

"들어와. 나 혼자야. 아들 내외가 아들 데리고 외가에 갔다 온다구 나갔어. 애들 외가 말이야. 사돈댁 생일이라나. 바깥양반은 진작에 죽어 저승에 갔는데 무슨 원수로 이리도 오래 사는지 몰라."

상추를 씻어 상에다 놓는다. 숟가락을 챙기고 반찬을 차리는 것을 보니 그에게 대접하려는 모양이었다. 그냥 나오고 싶었으나, 그는 밥상을 기다리는 모양새로 마루에 걸터앉아 기다렸다가 상추쌈을 맛있게 먹으며 옛날 생각을 하였다. 배고픈 시절에 보리밥 한 덩어리에 상추는 한 움큼씩 입 터지게 먹어서 배를 채우지 않았던가. 불쌍한 우리들 부모님이 더욱 생각나는 날이다.

"저, 붙들이는 잘 지내지요?"

"응. 우리 경자는 잘 살아. 지금 성남에 살지. 아들도 사 남매여. 아들 둘에 딸 둘이여, 언젠가 자네 안부를 지나가는 말로 묻고 있었어. 근데, 내가 알아야지. 올 추석에 오면 말해 주어야겠어. 얼마나 오랜 친구여. 그라고 학교도 같이 다녔고. 흐흐흐 하아."

말하는 중에 숨이 차서 그러시는지 웃음을 참느라고 그러시는지 한 손으로 입을 가리고 "흐흐흐 하아" 하고는 숨을 토한다. 커피 대접까지 받고 그는 돈 몇만 원을 손에 쥐어 드리고 나왔다.

그의 기억 속에 노오란 참외 한 개가 아까부터 아른대었다. 아니다. 참외를 방금 얻어먹고 나온 그런 심정이 되었다. 그도 기분 좋게 웃어본다. 국민학교, 지금의 초등학교 5학년이었다.

학교로 갈 수 있는 길은 두 길이었다. 굴로 빠지면 가깝고 시내로 잇닿아 복잡하나 상가 시장이 인접해 구경할 수 있어 좋았다. 말하자면 눈깔사탕 공장도 있어 눈으로라도 맛볼 수 있었다. 가끔은 시골길 같은 철도 건널목을 건너면 곧바로 보이는 들이 있었다. 꽤나 넓은 밭에는 보리밭, 밀밭 그리고 배추며 무, 콩, 옥수수, 그리고 참외밭이 있었다. 그의 어릴 적 호기심을 자극하였지만, 먹고 싶다는 그 욕망은 머리에서 떠나지 않았다. 그런 이유가 돌아서 가는 길로 고등학교를 마칠 때까지 가고 오고 했다.
　겨울을 뺀 계절을 좋아한 것은 헐벗음 때문만은 아니었다. 아버지는 장마다 찾아다니며 닥치는 대로 장사하는 장돌뱅이였다. 겨울이면 발이 얼고 귀가 얼어 고생을 많이 하시는 걸 보면서 자랐으니 썰매 타고 팽이 치는 놀이를 좋아할 수 없었다.
　며칠을 머릿속에서 떠나지 않는 참외를 꼭 따서 먹겠다는 생각으로 그날은 학교에서 다른 아이들을 떼놓고 뛰다시피 참외밭 가까이서 살펴보았다. 참외밭 모서리께로 원두막이 있었고, 그 원두막을 기점으로 옥수수 대가 병졸처럼 일렬로 서서 참외를 에워싼 채 지키고 있었다.
　그가 곁눈질로 옥수수 대 틈으로 하나 점을 찍을 때까지 아이들이 모두 돌아갔다. 잔뜩 긴장하면서 죽을힘으로 옥수수 대를 밀며 참외를 따기까지의 용기, 순간적 행동이었었다. 그러나 그 일을 평생 가슴에 품고 살아가면서, 잔잔하고 푸르른 들에 소복소복 자란 잡초의 향기 같은 비릿한 냄새를 못 잊어 어느새 파릇이 돋은 어린싹 같은 그리움이 있어, 그가 행복한 사람이었다는 생각이 떠나지 않았다.
　"이놈. 내가 널 지켜보았다. 이 도둑놈아."
　무명 윗옷을 잡는 손이 잠시 미끄러지는 틈에 그가 뿌리치고 도망을 가면서 고무신이 벗어졌다. 검정고무신 한 짝을 버리고 냅다 뛰어가서 숨을 돌린 곳은 큰 개울가 버드나무 그늘이었다.

큰일이었다. 한 손에 움켜쥔 참외 한 개의 값 치고는 비교도 안 될 것 같았다. 6학년 졸업할 때까지 신어야 한다며 아버지께서 며칠 전에 사준 신발이었다. 그때 아버지께서 또 이런 말씀도 하셨다.

"말표라 제일로 좋은 신이다. 질기니께 아껴 신으면 졸업 때까지는 잘 신는다. 잊어먹지 마라. 중학교 때나 사준다."

못 믿으시겠던 지 철사를 불에 달구어 신 등에 이름까지 새겨 주었다.

'모란 경수'

조금은 창피하다는 생각이었으나, 그렇게 이름을 새긴 것은 쉽게 볼 수 있었다. 가방에도 필통에도 실로 떠서 새겼는데 손수건에서도 볼 수 있었다.

생각할수록 걱정이었다. 곧 밝혀질 것이다. 꾸중 들을 일도 걱정이지만 신발 한 짝을 잃어버렸으니 그게 또 걱정이었다. 버드나무에 기대어 앉아 애꿎은 풀잎을 한 움큼씩 뜯어 개울물에 던지니 풀잎은 동동 잘도 떠내려간다. 그때 메뚜기가 손에 잡히어 풀잎에 섞여 떠내려가면서 헤엄을 치다가 갯버들 가지를 잡고 나오는 것을 보면서 그가 안도의 한숨을 쉬었지 않았던가.

나쁜 짓을 하여 걱정을 하지만 귀엽고 맛있게 생긴 노오란 참외를 쥐고 있었다. 이걸 도로 내밀고 용서를 빌어야지. 참외를 들여다보며 생각으로 다짐을 하면서도 입안에 도는 침은 달디 달았다.

'그래 이 참외 맛은 더 맛있어. 이 맛이야.'

유혹이었다. 한입 물어뜯었다. 맛보다 향기가 먼저 코로 들어온 것일까. 와작와작 깨물면서 단맛이 목구멍으로 들어갔다. 달큰하면서도 시원한 향기가 모든 거짓과 죄의식에서 벗어나는 단계가 아니었을까. 그가 그때를 기억하고 있는 그대로의 심정이었으니까.

혼자 아무도 모르게 훔쳐서 먹는 맛은 두고두고 못 잊는다는 사실을 그때는 몰랐다. 참외는 뱃속에 넣고 고무신 한 짝을 들고 피라미를 잡고 있으면서 걱정을 잊는가 싶었는데, 더위를 피해 모여든 아이 중에 붙들이 경자가 보였다.
 경자는 셋째로 태어난 계집아이다. 위로 둘을 홍역으로 죽인 그의 부모가 명 길어 오래 살라고 지어준 어린아이 때 이름이 붙들이고 호적에는 경자였다. 그가 경수고 붙들이가 경자여서 아이들에게 쌍둥이로 놀림도 받았다. 경자는 경수를 피하면서 다른 아이들과 놀고 있었다. 경수는 슬그머니 신발 한 짝을 들고 집으로 돌아가야 했다. 창피해 더 이상 있을 수가 없었다. 고무신에는 피라미 새끼가 고물거렸다.
 친구 재호가 물었다.
 "신발 떠내려갔니?"
 경수는 대답 없이 맨발로 먼 길로 돌아서 집으로 왔다. 풀이 죽은 경수의 눈치를 엄마도 눈치채지 못하고 저녁을 차려 주셨다. 참외 한 개를 먹었는데도 배는 고팠다. 밥 두어 숟가락을 놓고 기다렸다. 올 것이 온 것이었다.
 "여기가 경수네 맞습니까?"
 어른의 굵은 목소리였다.
 "그런데 무슨 일인가요?"
 엄마의 대답이다.
 "이 신을 주웠는데 우리 아가 같은 반 친구 아이 신이라고 갖다주고 싶다고 해 이리 왔구만요."
 "맞네요. 고마워라. 참 학생이 참하고 예쁘게 생겼습니다. 경수야 이놈아야! 신발을 잃어버리고 말도 안 하구. 멍청하지도 않으면서 웬일이냐. 어서 나와 인사해라 어서."
 엄마의 재촉에 끌려 마루까지 나와 인사하기까지는 고삐에 끌려간 도살장의 소 같은 심정이었다. 경자가 신발을 댓돌 위로 가지런히 놓으면서 생긋이 웃어 보이던 그 얼굴이 꽃처럼 예뻤다.

"김경수, 자주 놀러 오너라. 내 참외도 많이 먹게 해 줄 것이니 오너라."

신발을 돌려준 데다 그가 저지른 참외 서리까지 덮어준 경자 아버지의 아량에 그가 가슴으로 느껴 울었다. 그 가르침에 다시는 되풀이할 수 없는 교훈을 얻었다. 그에게는 인생의 큰 스승이었다.

경자도 그의 비밀을 끝까지 지켜 주었다. 쉬운 듯한 일이나 행동으로 보여준 그 어른의 배려를 그가 못 잊을 수밖에 없지만, 그가 경자를 사랑하였고 경자도 그를 사랑하였음은 둘만이 아는 사실이다. 그가 가난하여 대학에 가지 못하고 군대에 입대한 뒤 경자는 서울의 여자대학에 입학을 하였다.

대한의 씩씩한 젊은이 수고가 많으이. 젊은이의 사랑을 간섭하기는 싫으나 인연은 이것으로 끝내주게. 아마도 내 딸도 가끔은 자네를 생각하면서 잊지는 않으리라 보내만, 사랑은 언젠가는 변할 수 있는 마음의 몫이라 영원할 것이라고 믿지는 말게. 사랑보다 중요한 게 인생에는 꼭 있다고 믿네. 늘 건강하고 행운이 함께 하길 바라겠네. 인생의 선배가.

그때 그가 써 보낸 편지를 되돌려 받으면서 어르신의 편지를 함께 받고 생각한 건 한없이 부끄러웠다는 것이다. 욕설과 구타를 받은 것보다 더한 아픔에 한동안 가슴이 저린 통증으로 괴로웠다. 어릴 적 노오란 참외 빛깔 같은 사랑과 질긴 고무신, 그 칙칙한 빛깔의 검정고무신, 그 관계란 어떤 표현으로, 파헤쳐 본들 소용이 없었다. 인생과는 별 도움 없는 화학적 소재, 그리고 생물의 죽음으로 가는 순간적 변화는 곧 사라짐의 미학이듯이 모두 잊혀지는 과정이었을 것이다. 그런 해결로 그가 모든 것을 포기하는 가운데에서도 '꼭 다시 찾아가리라.' '그리고 그리워하리라.' '사랑은 버렸고 잊었다고 해도, 그리움은 그리움대로 그리워하리라.' 생각하였다.

그는 친구 영태를 의림지에서 만나기로 하고는 택시를 탔다. 술맛이 좋을 것 같은 기분이 괜찮았다. 문득 경자의 얼굴이 창밖 노점에서 보이던 참외로 떠올랐다.

집으로 돌아오는 길이 이렇게 멀었다면, 그는 아직까지 헤매었을 것이다. 전보다 아내를 더 사랑할 수 있을 것 같다는 생각이 들었다. 그는 아내가 불현듯 보고 싶었다.

■ 슬픈 인연

산은 늘 조용했고 말이 없었다. 시끄러운 세상을 외면하듯 무표정했지만 몸짓으로 보여준 계절의 흐름을 알게 하며 언제나 그 자리에 앉아 있었다. 십 년 세월이면 강산도 변한다는 긴 시간이 내 삶에서 빠져나가면서 아픔으로 각인되었다. 산을 오르내리며 마음의 먼지는 산에다 뿌리기도 했고 발길에 묻기도 했다.

인생을 논할 만한 나이도 아니었지만 인생이란 다 그렇고 그런 게 아닌가. 그저 그렇게 살다 가는 것이지, 하며 허무주의에 빠진 건 날마다 산을 바라보고 오르내리며 터득한 나의 철학인지, 아니면 습관처럼 아침에 들러 부처님께 허리를 낮추며 얻은 겸손인지는 모르나, 그동안 나를 가두었던 그리움은 원망으로 가득했고, 분노는 눈물로 쏟아내야 가슴이 후련해지는 것이었다.

동학사 큰스님이신 자경 스님의 온화한 미소와 따뜻한 언행에 승화되어 오랜만에 얻은 마음의 평화인지도 모른다. 처음부터 계룡산을 마음속에 생각하고 찾아든 건 우연이라기에는 오래전부터 생각해 온 실낱같은 추억 때문이었다.

가난 때문에 상업고등학교에 들어가야 했다. 가난을 면하기 위해 실질적인 공부는 손끝으로 익히고, 이 학년 때 가을 수학여행을 충남 계룡산으로 가서 산을 오르고 하산해 내려와 동학사에 들렀을 때 학교 측의 배려로 여스님의 강의를 들을 수 있었다.

자경 스님이라고 했는데 사십 대로 보기엔 젊었으며 고운 피부에 눈이 맑아 예지로 가득한 분이었다. 스님이 되려는 여승에게 불교 교리를 가르친다는 선생님이었는데 그때 들려준 것은 사춘기의 여성이 그릇된 길을 바로잡고, 바른길로 가는 지름길에 대한 강의였는데, 그분이 걸어온 길을 이야기하여 주었다.

지금까지 기억하는 건 그분의 첫사랑은 아무도 모르는 짝사랑으로 고등학교 일 학년 때였다며, 그 남자는 이미 결혼하였으며 아들까지 있었다고 했다. 그래 내가 물어보았다.

"그분과의 이루지 못한 사랑이 괴로워 스님이 되셨나요?"

그분은 내 질문에 미소를 머금고 이렇게 답해 주었다.

"사랑은 때론 간절하지요. 그러나 어느 날 어둠처럼 묻히더라고, 난 쉽게 변하는 마음이 더 슬퍼서 몇 날을 잠을 이루지 못하다가, 사랑은 주는 것이 아름답다는 생각을 하게 되었고, 스님이 된 건 사랑의 도피가 아니라 전생의 인연 때문에 그리된 것이지요."

그분은 생각하는 표정으로 다시 이었다.

"한 가지 더 들려줄 건, 인간이 말을 할 수 있도록 한 건, 신의 축복이든가, 아니면 조물주의 걸작이라는 생각이 들 때도 있지요. 입으로 지은 죄를 깨끗이 하라는 '수리수리 마하수리 수수리 사바하' 이 뜻은 정구업진언(淨口業眞言)이라고 하지요."

그분이 하신 말씀을 나는 지금껏 잊지 않고 있었다.

나의 도피처를 계룡산에 정하게 한 건 오랜 세월 무의식 속에 잠재한 바람 같은 의식이 나를 일으켜 세워 자경 스님을 찾아 계룡산으로 발길을 돌렸는지 모른다. 자경 스님 말씀대로 전생에 이미 정해진 인연이 있어 스님을 찾아 여기서 살고 있는지도 모른다는 생각을 하였지만, 내게는 사랑하는 그가 있어 생각할 것이 많았다.

십 년 전 고향인 서울을 떠나오면서, 내 삶의 터전은 물론이고 모든 걸 버리고 잊어버리려고 노력했지만, 추억이란 죽을 때까지 가슴에 넣고 살아야 하는 건지 잊혀지지 않았다.

그건 나와 그, 뼈와 살로 이루어진 아들 치윤이로 인해 더욱 아프게 살아 나고 있었는지 모른다. 올봄이면 치윤이가 초등학교 사 학년이다. 치윤이가 커가는 모습에서 세월은 시간의 흐름이 아니라 머물며 희비의 엇갈림의 상처를 내는 것으로, 언젠가는 단단한 씨앗을 심어 싹을 틔우게 하는 게 아닌가 하는 생각을 하게 했다.

여상을 우수한 성적으로 졸업한 덕에 은행 본점에서 일하게 되던 날 꿈을 꾸며 앞날을 설계하였고 열심히 일했다. 언제나 사람들로 북적이는 직장에서 고객으로 만난 그가 내 운명의 남자일 줄은 몰랐다. 그는 은행에 처음 와 본 것처럼 어색한 몸짓을 보여, 직원으로서 도울 수밖에 없었다.

"비밀번호를 기입하여 주십시오."

출납 전표를 되돌려 주면서 나는 나직이 말했다.

"아! 그래요. 은행은 처음이라서."

그는 어린아이처럼 웃으며 나를 바라보더니 전표에 비밀번호를 기입했다. 통장 주인 이름만으로 익히 알 수 있는 큰 고객이었다.

나를 의아하게 한 건 돈이 만드는 인간적인 거만함도 느낄 수 없는 그가 나의 관심을 끌고 있었다는 점이다. 마음 한켠에서 나쁘게 생각할 수도 있었는데, 그것은 그가 덜 익은 과일처럼, 부자 아버지를 둔 덕에 놀고먹으면서 용돈이나 타 쓰는지도 모른다는 생각이 들었다.

그렇다면 세상 물정을 모르니, 나이에 걸맞지 않은 청소년 같은 지능의 아이일 수도 있을 터였다. 그러나 눈빛은 선해 보여 소의 눈을 닮은 것 같았고, 큰 키에 허여멀건 피부, 그리고 그림에서 본 것 같은 귀밑 구레나룻과 진갈색 머리카락은 반곱슬머리여서 이마 밑으로 출렁이고 있어, 터프한 멋은 가슴을 설레게 하고도 남았다.

그러던 어느 날 그에게서 전화가 걸려 왔다. 이름을 밝히며 정중히 차를 마시고 싶다고 할 때 현기증 같은 떨림을 가슴으로 누르며 쾌히 응했다. 날마다 생각했던 그 사람이 내 앞에 앉아 있으니 황홀감에 온몸의 열이 1도는 올라간 것같이 달아올랐다.

"그 후 은행에 오시지 않으셨지요?"

그와 마주하고 앉았지만 어색한 분위기의 침묵 같은 흐름을 밀어내려고 나는 먼저 입을 열었다.

"아하! 그 돈 심부름이란 게 여간 귀찮은 게 아니더라구요. 아버님은 세상 돌아가는 것도 모르고 살 작정이냐고 하셨지만, 돈이란 밥 먹고 생활하는데 불편하지 않을 만큼만 있으면 되는 게 아닙니까? 많은 돈은 간수하기도 힘들구요. 사업에 끌어들이시려는 돈 심부름이었지요. 그동안 나는 설악산에 다녀왔습니다."

"여행을 하시는 게 취미인 모양이죠. 설악산에 가 본 지도 꽤 오래되었어요. 설악산을 마음에 담고 오셨겠네요?"

"전 시인이 아니라서 마음에 담지는 못하고, 화폭에 담아 왔지요. 하하."

그렇다면 그는 화가인 모양이다. 그랬다. 그가 풍기는 향기를 이제사 찾아낸 나비처럼 나는 그의 몸 구석까지 더듬고 있었다. 처음 은행에 왔을 때 천만 원권 수표 열 장을 세어보지도 않고 지갑에 넣으려는 것을 세어보라고 했었듯이, 그가 말하는 것과 그의 인품이 일치하고 있었다. 가난이 무언지 세상이 어떤 건지 모르는 철없는 아이 같은 마음으로 그린 그림을 무척 보고 싶었다.

"배고프지요? 무엇을 드시겠습니까?"

그는 메뉴판을 들이밀며 물었다.

"돈가스와 야채샐러드요."

"와! 돈가스를 좋아하세요?"

그가 뜻밖으로 감격해하는 목소리에 나는 어리둥절했다.

"제가 왜 감격하는지 모르시죠. 나도 돈가스를 좋아하거든요. 그냥 좋아하는 게 아니라 추억을 먹는 기분이 들거든요. 초등학교 삼 학년 때였어요. 내 생일이었는데 학교에서 돌아온 나를 데리고 간 곳이 경양식 집이었어요. 그때 돈가스를 시켰는데 처음 먹어보는 음식이라 왜 그렇게 맛이 있었는지 어머니가 반을 떼어 내 접시에 담아 주셨는데 그것도 다 먹어버렸어요. 그 맛을 지금도 기억하면서 가끔씩 먹어보지요. 어머니를 그리워하면서 말입니다."

"어머님이 돌아가셨나요?"

그의 표정이 슬퍼 보여 나도 모르게 물었다.

"아니요. 나중에 말하지요. 자, 차는 무엇으로 하시겠습니까? 돈가스 먹으면 커피가 생각나지요. 어때요. 부드러운 비엔나로 하시고 나는 블랙으로 할래요."

그는 내 모습에서 어머니 모습을 떠올리게 되어 고맙다고 했다. 무엇이 고마운지 구체적인 것을 모른 채 헤어졌지만, 그의 뒷이야기가 궁금하게 하여 잠들기 전에 자주 그의 생각을 했다. 외모에서도 그는 그늘이란 없었으며 날 당황스럽게 한 건 그의 어머니의 모습을 떠올리게 한다는 말이 가슴을 파고들었다.

'왜 하필 그의 어머니를 나에게서 찾는담.'

난 처음으로 갖는 이성의 감정인데, 처음으로 느꼈던 설레임이었는데,

그의 말을 곱씹으며 만나고 싶어 안달이 났을 때 그가 또 만나자고 했다. 칙칙한 겨울은 물러갔고 꽃이 피기 시작하는 어느 봄날이었다.

세 번째 만남이었다. 만나기가 무섭게 그가 내게 여운으로 남겨둔 그의 이야기가 듣고 싶었다.

"이문희씨, 그간 보고 싶었다면 용서하시겠습니까? 뵙고 싶었거든요."

그는 아이가 엄마에게 응석하며 털어놓듯 내가 보고 싶었단다.

"어머님이 어떤 분이셨는지 알 수 없지만 왜 내게서 어머니를 찾았다는 것인지, 아니, 어머니라는 그 말이 궁금하게 하더군요."

모든 감정을 누르며 나는 이성적인 말로 따지듯 말했다. 그가 내게 쏟아낸 말은 슬펐다.

어느 봄날 4학년 때의 일이라고 한다. 학교에서 돌아오니 어머니가 사라지고 없더란다. 손님처럼 어쩌다 찾아왔다 한 끼 식사도 안 하고 가버렸던 아버지가 기다리고 있다가 같이 가자고 했다. 싫다며 큰 소리로 울면서 '엄마 어디 갔느냐?'고 했을 때 아버지는 내 어깨를 감싸며 '네 엄마는 도망갔다. 네가 싫고 아버지가 싫다고 가 버렸으니 이제부터 나하고 살자.'고 하였다. 그는 발을 마룻바닥에 비비며 몸부림치며 울면서 "아니야 아버지가 내쫓은 거지." 하면서 아버지가 싫다고 했다.

그 후 나는 아버지를 따라갈 수밖에 없었고, 단둘이서 살다 보니 어느새 미움은 저만치 물러갔는지 잊고 살게 되었다. 고등학생이 되고 아버지와 외식을 하면서 처음으로 입을 열고 어색하게 어머니의 이야기를 꺼냈다.

"미안하다. 이건 네 엄마 이전의 이성 문제일 수도 있겠지만 부부의 문제다. 처음부터 원하지 않은 인연이었다. 어른들, 네 할아버지, 그리고 외조부님의 약속은 가난한 집안과 부잣집 간에 얽힌 이해관계로 희생된 나는 사랑했던 여인의 그림자를 그리워했으며, 네 엄마는 날아오른 닭 쳐다보듯 그렇게 1년을 살면서 네가 이듬해 태어났고, 어른들의 성화로 서울로 올라

온 어머니와 아버지는 끝내 물과 기름처럼 융합하지 못했다."

어릴 때도 난 그걸 느끼고 보면서, 어른들은 그렇게 재미없이 살다 헤어질 수도 있다는 생각을 했다. 고등학교 시절 열심히 했어야 할 공부는 뒤로한 채 회의에 빠졌다. 아버지의 부에 대한 집착은 호텔 딸이었던 여자와의 결혼이었다. 새어머니가 된 그 여자는 이혼을 두 번씩 한 자유분방한 미모의 여성이었다. 이미 아버지의 계산된 결혼이라는 걸 안 나는 아버지를 멸시했지만, 아버지를 멸시한다고 해도 아버지가 아닐 수는 없었다.

아버지는 결혼과 함께 호텔의 실질적인 경영인이 되었고, 그 덕택에 신임을 얻은 뒤에 장인이 죽자, 경주 제주도의 호텔을 소유하게 되었다. 그러고 보면 아버지는 바라던 것을 얻었다는 행복감에 만족했을 테지만, 내가 회의를 갖고 아버지를 원망하듯, 아버지 역시 행복감만 느끼며 살았다고 누가 단정하겠는가.

말 없는 나의 반항을 감당하지 못하고 고민한 끝에 아버지가 나를 끌고 간 곳은 기억에도 없는 외가댁이었다. 경상북도 상주, 그곳에는 외할아버지 그리고 외삼촌 내외분이 계셨다. 외조부는 나를 한번 훑어보시더니 대뜸 역정을 내셨다.

"이놈. 언제까지 어린애로 이 세상에 살고 있을 셈이야. 너는 네 어미와는 인연이 없어 헤어진 거야. 네 어미는 전생에 죄업이 많아 짐승으로 환생했다. 다시 사람으로 태어난 건 중생을 위해 날마다 축원을 하되 무릎이 닳도록 해야 할 팔자라 어쩔 도리 없이 스님이 되었어. 그래 지금 어쩔 셈이야. 네 인생을 팽개쳐 버릴 셈이냐. 네 어미가 바라는 바는 아닐진대, 그렇다면, 네 어머니의 정성이 모자람일 테지. 다음에는 그 꼴로 나를 찾아오지 마라."

밥 한 끼를 얻어먹은 뒤 쫓겨 오다시피 하였다. 나는 그때야 내 앞날을 바라보는 마음의 눈을 떴고 외조부의 말씀을 두 번 세 번 생각했다. 세상에 태어난 사람들은 모두 팔자라는 운명대로 살고 죽는 것인가 하는 의문이

들어 염세주의에서 간신히 헤어날 수 있었던 건 내 마음을 그릴 수 있는 화폭이 있어서였다. 나는 매일 그림을 그리고 또 그렸다.

새어머니의 권고로 유명한 서양화가 채 ○○ 선생님께 수업을 받아 고등학교 졸업 후 일 년을 쉬고 모 대학 미대에 들어갈 수 있었다. 아버지는 뒤를 이어 사업가가 되어 주길 바랐지만 나는 거들떠도 안 보고 그림에만 열중했다. 모든 고민도 그리고, 사랑의 마음도 그리고, 사물의 움직임과 자연의 미와 숨소리까지도 가까이하며 표현할 수 있어 좋았다. 알 수 없는 세상의 모든 것에 대한 반항도 그림 속에 표출한다는 게 너무 좋았다.

그의 긴 이야기가 내 가슴을 아프게 했다. 어머니에 대한 그리움을 나한테서 찾았다고 했을 때 연민은 차츰 모성 본능으로 그를 따뜻하게 감싸고 싶었다. 그는 내 가슴에 얼굴을 묻으며 기뻐했고 때론 슬픈 표정이 되어 나도 슬퍼했다. 내게 있어 그는 나의 전부였다.

그를 만난 지 2년이 다 되어 갈 때, 그를 위해 내 모든 걸 다 주었다고 느끼며 행복감에 젖어 있을 때, 그가 술이 몹시 취한 채 찾아왔는데, 소낙비를 흠뻑 맞고 후줄근히 젖은 채 그는 말했다. 실수였다고, 이것은 아니었다고, 그 말을 들으며 순간 나의 가슴에 수없는 못질 자국을 쓸어내리며 아픔을 안아야 했다. 그리고 얼마 후 여름 장마가 끝날 무렵 그에게서 편지가 날아왔다.

문희씨, 고마웠습니다. 이 말을 맨 처음 쓰고 있는 나 자신이 원망스럽습니다. 사랑은 그리움의 표적이 될 수 없고 어느 날 우연히 찾아든 나비의 날갯짓이 아니었다는 걸 알았을 때 나는 부끄러워 견딜 수가 없었습니다.

문희씨, 날 용서하세요. 나의 친구로 따스한 어머니 정을 더듬게 해준 고마운 분으로 영원히 기억하겠습니다. 내가 저지른 것으로 인해 아버지를 이해하게 되었고 용서하게 되었다는 게 슬플 따름이지만, 문희씨를 늘 생각하며 지낼 것이지만, 나를 잊어버리고 싶어 도피하는지도 모르겠습니다. 내 생에 당신은 좋은 친구요, 잊지 못할 사람으로 남으리라 확신합니다.

그럼, 내내 안녕히.

그가 떠난다는 날을 나는 알고 있었다. 다시 여름이 가고 가을이 가고 겨울이 오겠지만, 가을에 떠난 그는 소식조차 없었다. 그가 떠난 지 한 달 만에 나는 그의 아이를 임신한 것을 알게 되었다. 그리고 그 이듬해 봄 어느 날 몸담았던 직장에 사표를 내고 근 십 년의 직장 생활로 얻은 퇴직금, 그리고 연금에 적금 모두 합하니 큰돈은 아니지만 꽤나 힘이 되었다.

남동생도 직장이 있고 작은 아파트라도 어머니와 동생이 살기엔 살 만한 공간이다. 어머니에게 자리 잡고 연락하겠다고 했고, 동생에게 모든 걸 말하기가 부끄러워 시골에 땅을 사고 집을 마련하겠다고 떠나와 아이를 낳아 기르면서 자리 잡은 곳은 계룡산을 마주한 커피숍이다. 내 삶의 보금자리다.

가끔 전화로 안부를 전했다. 그리고 치윤이가 입학할 때가 되어서야 어머니를 찾았고 시골보다는 도시에서 공부를 시키는 게 낫다고 생각했기에 주민등록을 옮겨 놓았다. 반가움에 우시던 어머니가 가여워 치윤이 아버지는 공부하러 불란서로 떠나가 있다고 거짓말을 했는데, 어머니는 어느 정도 알 듯한 느낌이 드셨던지 자꾸 우시며 치윤이를 쓰다듬어 주셨다.

그리고 긴 세월 목마름 같은 갈증으로 살아온 세월이 가 버린 뒤 그의 소식이 조간신문에 났다.

'최태우 서양화가 십 년 만에 돌아와 개인전, 부인 ○○와 함께 열다.'

커피숍 두터운 유리창으로 겨울 햇빛이 찬란하리만큼 비쳐 들 때 습관처럼 펴 든 신문에 그의 소식이 있었다. 가슴이 뛰고 현기증이 일어났다. 그를 떠나보내지 않았어도 그는 냉정하게 떠나갔고, 기다리지 않았어도 그는 다시 찾아왔다. 그는 성공한 화가로 고국에 돌아왔을 뿐 다른 의미란 것은 없을 것이다. 그가 마지막으로 보낸 편지가 장롱 깊숙이 있다는 거 말고는 그를 믿을 수도 없고 기대할 아무런 의미도 없겠지만, 그가 내 살 속에 파고든 아픔 같은 치윤이가 있는 한 그는 잠시도 잊을 수 없는 절대적인 사람이었다.

그를 꼭 만나고 싶다. 한 번만이라도. 그러나 만나야 할 이유란 그에게 있어서는 의미가 없는 흘러간 기억뿐일 텐데, 이제 와서 만난다고 무슨 의미가 있겠는가. 그러나 아직도 궁금한 것이 남아 있다. 스님이 되었다는 그의 어머니는 지금 어느 절에 계실까? 이름이라도 알고 싶다는 건 인연이라는 고리가 나를 궁금하게 했고, 그동안 궁금한 가운데 자경 스님이 혹시 아닐까 하는 생각이 나게 해 그가 돌아왔다는 신문을 들고 커피숍을 빠져나왔다.

가슴이 뛰는 건 빠른 걸음 탓만은 아니었다. 오랫동안 생각했던 그 무엇에 대한 확신 같은 믿음은 여자의 직감보다 무서운 영혼의 예시 같은 것이 아닐까. 눈이 하얗게 쌓인 계룡산 꼭대기에서부터 아래로 내 시선을 떨굴 때, 나는 나도 모르게 눈물을 주르르 쏟았다. 오늘 어머니가 치윤이를 데리고 온다는 날이다. 치윤이가 보고 싶다. 그리고 그가 보고 싶다.

땀이 나도록 달려가니 자경 스님은 새벽 예불을 마치시고 경내를 산책하다 나를 보시고는 반가워하셨다.

"스님, 신문을 보고 계십니까?"

"세상을 잊고 사는 내게 신문이 필요할 리 없겠고."

주름이 깊어진 얼굴에 인자함이 가득한 미소를 건네며 말씀하셨다.

"저, 한 가지 여쭙겠습니다. 혹시 최태우란 이름을 기억하시는지요?"

"지금 무어라고 하셨소? 최태우라 하셨소?"

"네. 그분은 화가이신데 어제 파리에서 십 년 만에 돌아오셨대요."

자경 스님이 눈빛이 흐려지면서 두 눈을 감아버리는 걸 놓치지 않고 나는 주시했다.

"스님, 보세요. 여기 신문에 났어요."

나는 신문을 펴 자경 스님 앞에다 들이밀었다.
"아니요. 되었습니다."
스님은 나의 손을 밀쳐 내며 돌아서려고 했다.
"스님, 솔직하게 말씀해 보시지요. 감추고 싶다고 다 감추어지는 게 아니잖아요."
나는 스님의 장삼 자락에 매달리며 애원을 하였다.
"댁은 최태우를 어떻게 알기에 내게 와서 묻는지 먼저 말해 보시지요."
"네. 다 말씀드리겠어요. 그분이 내 아들 치윤이 아빠예요. 그는 내가 임신한 것을 모르고 떠나 십 년 만에 돌아온 거예요. 그가 들려준 건 어머니에 대한 그리움이었는데, 나한테 그 정을 느꼈다고 했어요. 그리고 어머니는 스님이 되었다는 걸 외조부님께 들었다고 했고요."
자경 스님의 감은 두 눈에 눈물이 넘쳐나고 있었다.
"인연이란 무섭다는 부처님의 말씀이 가슴에 전해지는 순간입니다. 내가 지금 죽음인들 두려워하겠소. 이미 내게는 아무도 있지 않아요. 모든 걸 버렸듯이 인연의 아픔만 알 뿐, 내가 가질 수 있는 건 하나도 없어요. 마음의 족쇄가 괴로운 나의 무덤이고 잊혀지지 않아 괴로운 것도 모든 나의 업일진대 우리 참으며 살다가 가면 안 되겠소?"
자경 스님은 이 말을 끝으로 두 손을 합장하며 솔숲 우거진 오솔길로 사라지듯 멀어졌다. 그 뒷모습을 바라보는 내 눈에 그렁그렁 눈물이 고였다. 스님을 어머니라 부르고 싶어졌다.
"어머님! 어머님!"
그러나 자경 스님은 돌아다보지 않았다. 어디서인지 까마귀 울음소리가 산을 깨우고 날아가면서 내 가슴을 도려내었다.
"어머니, 전 어떻게 하면 좋아요."
나는 속울음처럼, 이 말을 탄식처럼 쏟아 내고 한참을 서 있었다.

■ 색깔 없는 사랑

밤새 악몽을 꾸듯 괴로워하다 깨어난 내 곁이 허전하다고 느낀다. 부부가 한 십 년쯤 살다가 이혼하고 홀로 잠이 들어야 했던 첫날밤같이 가슴과 옆구리가 시리고 아픈 바람을 알기에는 내 나이가 억울하다고 생각하였다.

스물세 살의 회진이는 문득 나이를 생각하면서 왠지 억울하다는 생각이 들었다.

'정말이지 재수 더러운 기분이네. 내가 왜 이래야 되는 거야.'

소리는 내지 않고 지껄였지만 어느새 눈물이 볼 위로 흘러내렸다. 창문으로 비집고 든 햇살까지도 짜증이 난다. 어제 밤늦게 들어와 커튼을 내리지 않고 술에 취한 상태로 잠이 든 것이다.

내가 진우와 함께 이 집 투룸에서 산 날짜는 정확히 7개월하고 십칠일 되었을 때 진우는 군에 입대하였다. 그런 이유로 헤어졌지만 그 시간을 세월이라고 말하기는 왠지 실감나지 않았고 시간으로 따지기도 짜증스러웠다.

만나서 같은 침대를 쓰기 전 서로 예정된 이별이었는지도 모른다. 카페에서 만났고, 서로 눈이 맞았다고 하면 퀴퀴한 냄새가 풍기는 만남이라고 할 수 있지만 느낌이 괜찮아 서로 원했고 함께 살았다. 함께 살아보고 좋으면 계속 살되 누가 먼저 싫으면 떠나고 책임 같은 건 묻지 않는다는 조건에 합의한 뒤였다. 말하자면 계약인 셈이었다.

내가 대학에 못 간 건 돈 때문은 아니었다. 머리가 나쁜 것도 아니었다. 초등학교 오 학년이 되던 어느 여름날 방학이었다. 아버지가 돌아가신 줄만 알고 있었던 내게 엄마는 조심스레 아버지를 소개시켰다. 그 장소는 어느 레스토랑에서였다. 낯선 중년 아저씨를 아버지라고 했을 때 난 뺨을 세게 얻어맞은 것처럼 어지러움과 그리고 왠지 모를 부끄럼까지도 느끼면서 얼굴이 상기되었다. 어째서 없었던 아버지가 내 앞에 나타난 것일까. 조금도 기쁨을 느낄 수 없이, 난 그런 생각을 하며 수줍은 듯 고개를 숙였다.
"내가 잘못 생각했나 봐요. 애가 좋아할 줄 알았는데….”
엄마는 내 눈치를 보면서 무척 당황해하였다.
"희진아, 아빠를 용서해라. 그리고 엄마도 용서해야 된다. 너는 아직 세상을 모르듯 어른들의 일도 아직은 모를 거야. 아빠와 엄마는 서로 좋아하면서도 결혼은 못 하고 널 낳은 거야. 다만, 넌 아버지가 있고 널 책임지고 보살펴 주겠다고 약속하마."
난 고개를 숙인 채 눈물 한 방울을 떨구었지만, 끝내 말 한마디 못 한 채 레스토랑을 나와 동물원을 구경하였다. 꿈을 꾸며 깊은 잠을 자고 있다는 생각을 했었지만 기쁘고 즐겁다는 생각은 하지 않았다.
엄마는 말이 없이 내 눈치를 살피며 수심에 찬 얼굴로 아버지와 무언의 시선을 교환하는 걸 나는 안 봐도 알 수 있었다. 백화점에서 내 옷과 학용품을 선물로 사주시고 아버지는 내게 이별의 인사를 하였다.
"해외 출장을 떠나야 하니까 엄마 말 잘 듣고 공부 열심히 해라. 아빠가 유학까지도 보내 줄 테니까.”
"난 유학은 안 가도 좋아요. 다른 애들처럼 아빠와 한집에서 살고 싶어요. 그럴 수 없다면 다시는 오지 마세요.”
한마디 말도 안 했던 나는 인형처럼 따라다니다 이렇게 말하고 횡단보도로 뛰어 달아났다. 빨간 신호등인지 파란 신호등인지 그걸 판단하기에는 내 가슴이 미어지도록 그 어떤 분노와 배신을 감당하지 못했다.
낯익은 얼굴, 어디서 많이 본 듯한 모습, 아버지의 모습에서 가진 느낌이었다. 환영으로 떠 올린 그리움 같은 그런 모습이 아니었다. 텔레비전 화면에서 스쳐간 정치인처럼 아주 멀게 느껴졌다. 그런 아버지가 정치인이라는 것도 중학교에 들어가서야 알았다. 정치인은 너무 바빠서 집에도 못 들어가는 것이라고 생각하기에는 이미 석연치 않은 의문이 어머니의 침묵 같은 어두운 우수를 느끼며 성장한 것이었다.
　피는 물보다 진하다고 관대한 사랑으로 아버지를 용서하려는 마음이 때론 이유를 달고 내 마음속으로 기어드는 생각이란 대학생 오빠와 언니들의 대화에서 학생 데모로 인한 걱정을 하던 아버지를 보았던 기억이 있기 때문이었다. 하지만 그런 이유가 부끄러운 윤곽으로 잡히는 것을 철이 나면서 알 수 있었다. 이 모든 것이 나 혼자 간직할 비밀로 안겨지면서 남을 의식하는 버릇이 내 자존심에 상체기로 두터워지고 있었다.
　차라리 아버지가 죽었다는 사실만 믿으며, 이 세상 속에는 존재하지 않아도, 믿음만 간직하고 환영으로나마 떠 올리며, 그리움을 가슴에 안고 살아갈 수 있었을 텐데.
　그동안 내가 자라면서 맞이하고 보냈던 계절 봄, 여름, 가을, 겨울을 동심으로 바라보았던 그 속에서 동화 속 주인공이 되고, 그런대로 작은 꿈도 꿀 수 있었던 건 조용한 성격에 흐트러짐 없는 엄마의 행동을 보면서, 늘 사랑으로 가득한 엄마 눈빛을 안고 살 수 있었기 때문이었는데, 엄마가 나를 속였다는 사실과 아버지에 대한 적대감이 날 비참하게 하였다. 어느 날 갑자기 닥쳐온 믿을 수밖에 없는 사실이 봄, 여름, 가을, 겨울 그 기다림이 사라진 것 같은 믿기지 않는 변화에 어쩔 줄 모르는 식물과 동물처럼 마음이 비실비실 말라가고 있었다. 모든 걸 부정하면서 세상 밖으로 뛰쳐나가고 싶었다.
　어느 날 마른 낙엽이 내 가슴으로 들어오듯 남녀 관계란 엄마와 아빠의 내연으로 맺어질 수도 있다고 생각을 했을 시기는 고등학교를 간신히 졸업하고 대학을 포기한 채로 원서 한 장도 산 적 없이 얼마인가 방안에 틀어박혀 빈둥거리고 있을 때였다. 엄마의 한숨이 들리는 집이 싫어 집을 뛰쳐나와 취직한 곳이 어느 카페였다. 진우를 만난 곳이기도 하다. 진우는 친구가 많았다. 남자 친구, 그리고 여자들이 그의 주위를 맴돌고 있었다. 그가 부잣집 아들이라는 생각을 하게 된 동기는 술값을 그가 다 지불한다는 것이었다. 돈이 그 주위의 사람이 끊어지지 않게 한다는 생각을 하게 했지만, 그의 터프한 외모에서, 그리고 말이 없이 행동하는 것에서 호감을 갖게 되었다. 내가 그의 곁을 맴도는 여자들을 질투하면서 의도적으로 접근하려고 하지 않아도, 자연스럽게 술좌석에 앉게 된 건 어느 날 늦은 밤 혼자 찾아와 나를 찾은 까닭이었다.

"어쩐 일이세요. 혼자서 오실 수 있다는 사실이 왠지 궁금하게 하는군요."

"아하! 그렇게 보였나요. 그대의 두 번째 질문이 맘에 들어요. 고민은 고민이지요. 많이 고민했거든요."

그와 나는 와인 썬레즈 한 잔씩을 앞에 놓고 말장난을 하듯 하였다.

"무슨 고민이냐고 묻는다면 말해줄 수 있어요?"

"물론, 그 말을 들을 수 있는 사람은 희진씨뿐이니까."

그와 나의 거리는 원탁을 돌아도 빨리 다가섰다. 초침 같은 찰나, 내 호흡 속으로 빨려드는 그의 눈빛을 받아 안아야 하는 벅찬 감격에 온몸이 끓어오르듯 뜨거워졌다.

"댁은 대학생이지만 난 대학교 문에도 안 갔어요. 아니 못 갔어요."

난 그때 왜 이런 넋두리 같은 말을 했는지 곧 후회하였다.

"그게 어떻다는 거지요. 나도 가기 싫었어요. 부모님의 간절한 기도 같은 바람을 위해 그냥 가본 대학이에요."

카페 주인 석 오빠가 위스키를 갖다 놓았다.

"즐겁게 마시고 가십시오."

그동안 단골로 찾아온 그에게 인사를 하고 있었지만 말없이 내게 눈짓을 보낸 뜻은 기분 좋은 말동무가 되라는 뜻으로 받아들였다.

"문단속 걱정하지 마세요."

"희진씨, 우리는 인사도 제대로 하지 못했잖아요. 오늘은 즐거이 마시고 이야기합시다."

왜 이렇게 자조적으로 허물어지며 그의 마음을 떠 보고 있는지 조금은 들떠있는 나를 의식하면서도 어둠으로 차 있는 저세상은 밖에다 놓아두고 희미한 전등 빛 속에서 그와 나는 술을 마시며 아직도 기다려야 할 시간 속에 꽃잎이 부서지는 소리를 듣고 있었다. 시간이 흐를수록 꽃 이파리는 색깔로 되살아나는 감정의 흐름을 빠알간 장미의 행복으로 오랜만에 느끼면서 꽃잎처럼 시드는 엄마를 생각하게 되었다. 행복감에 젖을 때는 언제고 엄마가 떠오르는 것에 대한 비애감, 연민과 저주가 내 가슴에 고여 썩은 피가 되었다는 생각이 들면서 나는 허파에 들어온 바람을 힘주어 빼내듯 소리 죽이며 웃었다.

"댁도 데모를 하시겠지요. 안 할 수도 있겠군요. 난 말예요. 대학생이 아닌 것이 안타까운 적이 있어요. 그건 댁들처럼 데모를 못 해보았거든요. 독재는 물러가라! 정치인은 각성하라! 그 외침보다 젊음과 정의가 용솟음치는 그 패기가 몹시 부러워서 그래요."

"꼭 대학생만 하라는 게 어디 있어요? 함께 동참하면 되는 거죠. 난 말이지요. 데모란 뭉쳐서 소리를 낼 때 크다는 걸 알기 때문에 가끔 동참하지만요. 누구나 각성해야 할 국민성이 있어요. 의타심. 누군가 하겠지. 내가 안 해도 누군가 나서겠지. 그러면서 뒷북만 치는 행위 말예요. 친구란 놈이 그러더라구요. 넌 돈이 많은 집 외아들이니 데모 같은 건 안 해도 되겠다구. 그놈은 홀어머니와 어렵게 산다고 함부로 말하더군요. 그래서 따귀를 올려붙였어요. 그리고 곧 사과했어요. 사실 내가 한 행동을 책임질 수 있을까? 그리고 내가 나라를 진정 사랑하는가? 그런 생각이 들더라구요. 어떤 친구는 데모란 참여의식에서 나오는 방관자인지도 모른다고 하지만, 젊음이 분출한 힘이 정치인에게 작은 각성제가 될 수 있다면 의의가 있는 거죠."

그의 긴 이야기를 들으며 내게 피를 선물한 아버지를 떠 올리며, 나라를 위해 정치를 한다며 금배지를 달고 목을 세우고 지금쯤은 깊은 잠이 들었을 텐데, 호화스런 저택에서 어떤 여자를 껴안고 꿈을 꾸겠지. 다른 배에서 낳은 아들이 둘이나 있다는 것을 안 것도 몇 해 안 되었다.

"진우씨는 부자 부모님을 두셨군요. 그건 벌써 알고 있었지만 호강스런 아이들은 힘든 일은 안 한다는데, 말하자면 데모 같은 거 안 해도 되잖느냐 그런 말예요."

"누군가 다 써야 할 돈이지만, 그 돈이 내 돈은 아녜요. 얻어 쓰니까 낭비하게 되고, 돈은 쓰면 자꾸 내 손으로 들어온다고, 자꾸 쓸 데를 궁리한 끝에 희진씨와 사랑을 해야겠다고 마음먹었어요. 어때요? 우리 연애해 봅시다."

"댁은 진정한 사랑을 한 적이 없군요. 주위에 미모의 여성이 많은 것 같던데……."

"맞아요. 많은데 연예는 못 했어요. 만나서 떠들고 함께 영화 보고 술 마시고 모두 속물이 되어 지내고 있어요."

"그럼, 댁은 속물이 아니라고 생각하는 모양이죠."

"아니지요. 나도 똑같은 속물이니까. 하지만 희진씨와 내 인생의 작은 추억의 주인공이 되었으면 하는 생각이 들더라구. 어때 같이 살아보고, 떠나고 싶은 사람이 먼저 떠나가도 책임지지 않는 그런 사랑, 말하자면 계약사랑 같은 것 있잖아. 계약 결혼도 있다는 데 사랑도 있어야지. 함께 살아가는 비용은 내가 대겠어. 한 가지 누가 떠나든 절대로 매달리지 않기. 어때? 꽤나 진보적인 생각이지?"

"하긴 결혼해 가지고 헤어지는 것보다는 낫다고 생각해. 난 결혼 같은 거 안 하려고 했었어. 말하자면 우리가 동거인이 되는 거네, 같이 산다면 말이야. 좋아, 생각해 보겠어."

기분 좋게 취한 그와 나는 기분 괜찮은 때를 놓치기 싫어 합의한 그 밤에 호텔에서 잠을 갔다. 그 이후 그가 얻었다는 투룸에서 같이 생활했다. 신혼부부처럼 깨가 쏟아지는 사랑을 나누기보다, 젊음의 몸짓으로 불장난을 하였다.

어느 날 술에 취해 들어온 그가 내게 거짓 같은 진실을 말했다.
"진, 나 내일 오전 열 시까지는 용인 훈련소로 떠난다."
"그게 무슨 말이야. 훈련소라구?"
"그래. 나 졸업하기 전에 군대에 갔다 오라구 하는 부모님 성화에 따르기로 하고 석 달 전에 지원했어."
"그래? 그랬니. 약속대로 그렇게 한 거니 알았어. 잘 가. 하지만 내가 먼저 이 집을 나가겠어. 난 처음부터 그렇게 한다고 마음먹었으니까. 말하자면 나를 두고 니가 먼저 가는 건 내 자존심 앞에 용납할 수 없거든."
나는 견딜 수 없는 허탈감에 배신감마저 느끼면서 억지로 웃어 보이며 짐을 쌌다. 짐이라야 옷 몇 가지가 전부인데 진우가 사준 옷도 섞여 있었다.
짐을 싸는 손이 떨렸다.
"너 우는 거니? 진작에 말 안 한 거 미안하다. 그렇다고 니가 싫어서는 아니야. 그리고 여기서 계속 지내도 된다."
그는 장롱 서랍 밑에서 봉투를 내 앞에 던지며 보라고 했다.
"내가 왜 이런 것을 받아야 해 나도 집 있어."
"이 집은 니 이름으로 되어 있다구. 물론 내가 힘들어 번 돈은 아니야. 엄마께 미술 작업실이 필요하다며 마땅한 집이 있다고 거짓말을 했지. 우리 엄마는 날 믿어 주셨어. 그리구 돈 벌어들이는 일이 하두 바쁘셔 돈뭉치만 건네고 가보실 생각도 안 하시더군. 그런데 군 입대한다니까 돈 이야기를 하시더군. 그래 걱정하지 마시라고 제대하고 다시 써야 된다고 했어."
"웃기지 마. 나도 집 있어. 잘 가 이 나쁜 놈아."
참으려고 해도 쏟아져 나오는 눈물을 닦지 못하고 가방을 들고 욕을 해댔다. 그는 벌떡 일어나 가방을 빼앗으며 나를 껴안았다.
"내 마음 아직도 모르니? 널 사랑하고 있어. 처음에는 네 섹시한 매력에 반해 널 원했지만, 너를 사랑하게 된 건 최근이야. 입영 날짜를 받고 나서야 알았어. 그리구 졸업한 후 너랑 결혼식하고 갈 걸 하는 후회 말이야."
"잘했어. 아주 잘했어. 난 니가 싫어지려고 했거든. 근데 어떻게 나갈까 떠나갈까 고민했는데 잘 되었어."
"희진아! 미안하다. 하지만 여길 나가지 않아도 된다니까. 내가 제대하고 올 때까지 기다려 달라는 게 아니야. 이 집 네 명의로 되어 있다니까."
"왜 그렇게 했지? 위자료야 뭐야. 우리는 부부가 아니잖어. 아니면 돈이 너무 많아 아무에게나 던져 주는 거야."
"아니야. 무어라고 생각하든 괜찮아. 한 가지 바라는 건 니가 내년에는 대학생이 되어 있었으면 좋겠다. 데모하는 대학생. 그래야 미운 니 아버지에게 복수도 하게 될 테니까."

진우와 나는 그날 밤 한잠도 못 자고 날을 밝혔다. 술을 마셨고 욕을 퍼붓는 나를 달랜 건 그였지만 새벽 별을 보고 먼저 나와 버린 건 나였다. 자존심은 아니었다. 그가 떠나는 걸 차마 지켜볼 수 없었다.

그날 왼종일 거리를 쏘다니다 들어갔다. 술병들이 어지럽게 늘어진 거실, 그리고 내 호흡만 들을 수 있는 집은 너무 적요했다. 술병을 치우다 그가 내게 던진 봉투를 발견하고 주워 든 나는 봉투를 열고 꺼내 보았다.

전세도 아니었다. 이십 평. 그리고 일억 오천만 원. 이름은 임희진. 내 이름으로 되어 있었다. 그리고 서류 외에 편지가 더 들어 있었다.

[이 집은 임희진에게 준다. 부담 없이 생각하길 바란다. 살든가 팔아버리든가 주인 마음대로 할 것!]

"개 같은 놈. 아주 계획이었어. 누가 이렇게 하면 고마워할 줄 아니? 천만이야."

나는 갖은 욕을 다 퍼붓고 그를 미워하려 했지만 애증과 연민으로 다가오는 그의 그림자를 한동안 껴안고 살았다. 편지는 주겠지, 그 편지에는 그의 솔직한 마음이 쓰여 있을 거라는 생각을 하면서 무척 기다렸지만 그에게서는 편지가 없었다.

"더럽고 치사하다. 너 진우야! 그럴 수 있니?"

몇 날을 울었어도 그건 한 번으로 족해야 한다고, 다짐을 하면서도 쏟아지는 건 눈물에다 배신감이었다. 허탈감까지도 일었다.

술이란 약한 자에게 위로가 되어주는 마약이 되었다. 한 열흘쯤 마시고 나니 문득 엄마가 보고 싶어졌다. 미워하고 원망했던 엄마가 보고 싶은 건 이상한 사실이었다. 며칠째 샤워도 안 했던 기억을 하면서 느지막하게 일어나 시계를 보니 열 시였다.

물처럼 부드러운 게 이 세상에 얼마나 될까. 문득 그런 생각을 떠올리며 따뜻한 물이 고맙게 생각되는 순간에 그가 또 생각난다. 꼭 팔 개월을 같이 지냈다. 늦은 겨울에 시작했으니 늦은 가을에 이별을 한 셈이다. 낙엽처럼 떠난 것이다. 낙엽은 봄, 여름, 가을까지 품어 안고 떠나갔듯이 그도 나를 안고 간 것일까? 이런 허상 같은 생각을 하며 나는 히죽 웃었다. 따뜻한 물이 내 온몸을 감싸 안는 것처럼 포근한 느낌을 그의 체온으로 기억하며 또 젖은 눈물을 쏟았다.

"엄마가 보고 싶다."

나는 중얼거리며 물을 잠그고 수건을 찾아 머리를 감싸고 또 하나로 몸에 물기를 닦아냈다.

'외로울 때 인간은 엄마가 보고 싶은가? 짐승들도 마찬가질까?'

이런 생각을 하면서 빨리 엄마가 있는 집으로 가야겠다는 마음이 빠르게 내 행동을 지시한다. 머리를 손질하고 옷을 입고 나오려는데 벨이 울렸다. 누구냐고 묻기 전 밖에서 내 이름을 불렀다. 낯선 음성이 내 이름을 부르는 것만으로 문을 열게 하고 있었다.

"어떻게 오셨나요?"

현관에 들어서는 그 아주머니를 보는 순간 나는 엄마를 생각하고 있었다.

"진우 알지. 나 진우 에미야. 내가 찾아온 이유를 알겠지. 얼마 전 알았어. 그래서 군 입대를 권했어. 그 애가 군 입대를 편안한 마음으로 갈 수 있게 기다린 거야. 그 애가 나한테 목돈을 가져갔는데 미술 작업실을 구한다고 했어. 내가 원체 바쁘기도 했지만 그 애를 믿었기 때문에 상관도 안 했어. 그런데 그 애 여자 친구가 찾아와 알려 주더군. 그 애는 진우와 결혼 약속을 한 사이야. 그 집안과 나는 잘 알고 서로 맞는 집안이야. 이제 불장난은 꺼진 거야. 이제 돌려줄 게 있을 텐데."

"가져가세요. 나와 상관없이 내 앞으로 되어 있더군요. 그런데 진우씨가 여기서 기다려 달라고 하던데요. 진우 말대로 해 볼까 생각 중이에요"

난 부글대며 올라오는 오기를 부리면서 내 생각과는 다른 말을 하고 있었다.

"아니 무슨 계집이, 새파란 것이 도둑 배짱이네. 니가 무슨 이유로 이 많은 돈을 삼키려 하는 거야."

"전, 그런 생각은 없는데요. 가져가세요. 저 오늘 급한 볼일이 있거든요."

"그래, 그렇다면 같이 나가서 끝내지."

"다음에 연락하세요. 전 지금 이곳을 나가는 중이에요."

"행여 내 아들을 다시 붙잡지 않겠지. 그것도 약속해 줘야지."

"저는 그럴 생각은 전혀 없어요. 진우가 날 원한다면 다시 시작해야죠."

"뭐야? 안 돼. 절대 안 돼. 넌 사생아나 다름없잖아. 다 알고 있어."

"누구나 세상에 태어나는 건 사생아일 수 있어요. 품 안에 자식이라고 하는 말을 생각해 본다면 말예요. 다 떠나보내야 하잖아요."

난 내 자존심을 송두리째 밟는 진우 어머니께 말이 안 되는 억지를 부리며 대들고 있었다.

"진우를 포기한다는 약속만 지켜 준다면 내 이걸 주겠어. 이게 적은 돈은 아니니 그렇게 하지."

"난 그 돈이 내 것이라는 생각은 한 적이 없어요. 나와 진우와의 약속은 끝난 셈이니까요."

난 백을 집어 들고나왔다.

"야! 이 버릇없는 것이, 약속은 무슨 약속, 빌어먹을 약속이 밥 먹여주니?"

벌레를 씹은 기분으로 나선 도심 거리는 차들과 인간으로 차 있어도 떠도는 바람처럼 갈 곳이 없다는 생각이 들었다. 난 오랜만에 서울행 기차를 탔다. 먼 지구 밖에서 돌아가는 마음으로….

청담동 골목에서 수렁에 빠진 것처럼 앉은 우리 집은 아담하니 향나무 숲에 가려 깊은 암자색 그늘로 덮여 있었다. 벽돌색 대문 앞에서 낯선 집을 찾아오듯 머뭇거리며 한숨을 꼬리처럼 늘이며 벨을 눌렀다. 한 번 두 번 만에 낯설지 않게 들리는 대구 이모 목소리가 내 귓속으로 전해진다.

"누으고."

"이모, 희진이에요."

"아이구, 가시나 인제사 오나."

문에서 쇳소리가 떨리다가 매달리면서 문을 따 놓았다고 알린다. 정이 담뿍 고인 뜰엔 감나무 잎에 묻혀 고요히 잠든 채 흙이 내 발소리에 움찔움찔 놀라고 있는 것처럼 생각이 들면서 왠지 모를 젖은 물기가 동공을 흐려놓았다.

"이모, 언제 오셨어요?"

"한 며칠 되었다. 그래, 느그 엄마는 혼자 있고만 우째서 니는 집을 나가서 사노. 돈을 벌어도 집에서 먹고 자야제. 옛말에 먹는 거는 아무데서 먹어도 잠은 한곳에서 자야 쓴다고 했다."

"한 곳에서 잤어요."

얼떨결에 말하고 난 얼굴을 붉히며 웃었다.

"니도 여자이니께 엄마를 이해하여야 안 쓰것나. 오직 너 하나 바라보면서 살아왔는기라. 오늘 아침에 절에 갔다. 무슨 복을 받을 끼라고 내일이나 온다고 하믄서 니 걱정 많이 하드라."

이모는 하나님을 하늘처럼 믿으시는 분이다. 엄마를 찾아올 적마다 하나님을 섬겨야 한다고 입버릇처럼 일러주는 이모와 엄마는 자매의 정으로 모든 걸 감싸며 사랑하고 있었다. 나는 이모의 시선을 의식적으로 피하면서 내 방으로 들어갔다. 맨 처음 방안이 환해서 휘돌아 보았다. 서북쪽으로 향한 창문이 늦은 가을에 환하게 비춰줄 수 없는 햇살이지만 창문에 처진 커튼으로 환하다. 흰 바탕에 빨간색과 분홍색 꽃이 초록색 잎과 어우러진 코스모스 꽃이었는데 그 잎이 수초(水草)처럼 흔들리는 것처럼 보여 한결 밝고 깨끗하게 보였다.

오랫동안 비워둔 방에 혼자 있으면서 처음 보는 커튼이 내 마음을 울컥 치밀면서 더욱 눈물을 쏟게 했다. 엄마를 사랑하면서도, 그 사랑만큼 미워했는데 엄마의 마음이 어느새 내가 볼 수 없는 틈새를 비집고 나의 좁은 심장으로 들어와 온몸으로 회전하듯 뜨거운 눈물을 만들고 있었다. 나는 쓰러지듯 침대에 누웠다. 편안했다. 그리고 따뜻했다.

"진아, 니 배고프제. 밥 차렸다. 어서 묵으라. 으예."

내 대답이 나오기 전 이모는 내 방문을 열고 고개를 들이민다.

"이모, 나 조금 있다가 먹을게요."

"식기 전에 들그래이. 그리고 느그 어매 속 좀 썩이지 말거라. 니도 이제 다 컸으이 생각도 좀 해 보래이. 느그 어매 와 절에 갔겠나. 다 니 때문이다."

"그분의 안녕과 출세 때문은 아니구요. 그건 엄마의 행복이겠지요."

나는 이렇게 말하고는 곧 후회하고 있었다.

"자, 좀 보래이. 지금 무신 말을 하는 기가. 느그 어매는 오직 너뿐인 기다. 그라고 즈그 아베 아니 아버지를 그분이 다 뭐꼬. 참말이지 싹이 없데이."

"사생아가 싹이 있겠어요. 대궁뿐이겠지요. 뿌리가 썩은"

"니 그라믄 몬 쓴다. 내 그리 교회에 나가 하나님 말씀에 귀를 열고 들으라고 해싸도 말 안 듣는 까닭은 오직 니와 느그 아베를 위해 축원하는 기다. 알것나? 하루에도 천배를 한다고 하드라. 누구를 위해서 그러겄나 생각이나 하그라. 죽어서 천당 가기보다는 삐뚤게 나가는 니가, 그리고 느 아베를 위해서 목숨까지도 바칠 수 있다고 말하드라."

"그럼, 이모님은 누구를 위해 하나님께 기도 하시죠. 이혼하신 이모부를 위해서예요. 이모님을 위해서예요."

나는 상 앞에 앉으며 농담 삼아 묻고는 또 웃었다.

"내는 말이다. 용서라는 뜻을 하나님을 통해서 알았는 기라. 느그 이모부가 술 먹고 놀음하고 들어와 때려, 그 허물을 원망하고 이혼한 후로, 이모부가 1년도 못 가 죽고 난 후 하나님께 의지하고, 하나님의 말씀으로 용서같이 큰 사랑은 없다는 걸 알았는 기라. 자식 3남매 키우느라 고생을 하면서도 오직 기도 하믄서 용서하니 마음이 그리 편하드라."

"이모, 그럼 천당에 가게 해달라고는 기도 안 했어요?"

나는 미역국 냄새가 역해 비위가 상하는 걸 참으며 미역국을 한 숟가락 떠서 입에 물었다. 토할 것같이 역겨웠다. 마침 이모가 물을 떠 오려고 일어난 뒤여서 다행이다 싶었다.

"와 숟가락을 놓노."

"이모, 사실 들어올 때 돈가스를 친구와 먹고 왔어요. 그 물이나 주세요."

"뜨겁다. 조심해라."

"이모, 차가운 보리차 있지요. 시원한 게 좋을 것 같아요."

"그래, 냉장고에 있드라. 그라고 니가 물었제. 무슨 기도 하는가 하고. 내는 천당에 가서 느그 이모부도 만나고 그리고 나중에 내 자식 만나서 함께 살았으면 하고 기도하는데, 느그 어메도 같이 가게 하여 달라고도 한다."

이모는 말하고 난 뒤 까르르 웃었다.

"이모는 나는 빼놓고 정말이지 서운해요."

나는 이렇게 말하고 이모 따라 까르르 웃었다.

"느그 어메 부르는데, 와 니 이름은 부르지 않겠나."
"엄마는 극락왕생하여 달라고 하실 텐데요. 그래도 천당에 같이 가자고 하실 꺼에요."
"그래도 해야지 어쩌겠나."
나는 오랜만에 웃어보는 것처럼 웃었지만 미역국의 역겨움이 마음속을 바늘로 찌르는 것처럼 떨쳐버릴 수 없었다.
"이모. 저 나갔다 오겠어요."
"와 금시 오고 또 나가노. 느그 어메 보고 나가라. 으에."
"이모, 두어 시간이면 들어와요."
나는 백을 집어 들고 집을 나왔다. '내 몸에 이상이 생긴 게 틀림없다면' 이런 생각이 미치자 마음이 조급해졌다. 진우가 생각나는가 싶더니 '산부인과 병원이 어디 있었지.' 하고 잠시 생각하면서 이내 떠오르고 그쪽을 향해서 걸어갔다. 택시라도 탈 수 있었지만 생각을 가지런히 하고 싶어 한참을 걸었다.
진우가 곁에 있었다면 나는 의논을 하였을까? 아니면 오늘처럼 혼자 이렇게 행동하였을까? 우리 둘이서 약속한 대로 아기를 낳지 않을 테지만 그가 운전하는 차를 타고 여유 있게 갔을 것이다. 쫓기듯 이렇게 혼자 쓸쓸하고 초라하게 가지는 않았을 것이야.
도심의 빌딩숲에서 마알간 햇살을 먹을 수 있는 날은 그리 많지 않았다. 오늘은 햇살이 어찌나 따스하게 내리는지 두 손을 펴 손가락을 꼼지락거리면 햇살이 칭칭 감겨질 것처럼 생각이 들었다. 무성하니 그 많은 가로수 잎이 떨어져 발길에 밟히고 가지에 아직도 붙어있는 잎새가 바람이 부는 대로 흔들리다 온몸을 비틀고 있었다.
타박타박 내 발소리가 나를 따라오며 재촉하는 말을 가슴으로 들으며 나를 슬프게 하였다.
'너 지금 어디로 가고 있는 거야.'

내 양심에 침이라도 뱉고 싶은 증오감이 누구를 원망할 수는 없지만 무책임한 행동에 동참할 작은 생명에게 미안하였다.
절대로 아기는 낳지 않는다. 그리고 싫으면, 싫은 사람이 먼저 떠난다. 가는 사람에게 절대로 매달리지 않는다. 그랬다. 그와 동거하기 전 약속이었다. 그는 떠났다. 사랑하지만 어쩔 수 없이 간다고 했다. 한마디 말을 믿기로는 이미 다가선 이별이었다. 난 매달리지 않았고, 그는 떠나간 후 편지도 없다. 그의 부모님의 반대에 버틸 만큼 내 자존심은 철판이 아니다. 그는 생각지도 않은 큰돈을 내게 주고 떠났다.
'그 돈으로 아기를 낳아 기를까. 아니야 또 나를 만들 수는 없어. 그가 원하지 않는 아이를 낳을 수는 없어.'
진찰대의 냉기가 전신에 닭살로 나와 미열이 나게 하고는 의사의 진찰이 시작되는가 싶었다.
"자, 이 화면을 보세요. 왼쪽 초음파 말에요. 가운데 움직이는 게 있죠. 꼬물거리는 물체 말에요. 그것이 아기 심장입니다."
"왜 심장만 보이지요."
"심장이 먼저 생겨야 숨을 쉬지요."
나는 쓸데없는 것을 묻고 말았다는 생각을 하면서 싱글거리는 남의사를 외면하고 나와 버렸다. 처절한 심정이 이것이라는 생각을 하면서 갑자기 엄마가 보고 싶었다. 잠시 생각을 버린 채 멍하니 서 있다가 빈 택시를 잡아서 올라앉았다.
"어데로 모실까요."
"북한산 너머 ○○○절로 가는 길을 아세요. 그리 가 주세요."
"네. 그럽시다."
빈 택시로 한참을 배회하였는지 택시 기사는 장거리로 가는 게 기분 좋은가 보다.
"아직 미혼인가 본데 절을 찾아가시는군요."

"네. 어머니가 먼저 가셨거든요."

청와대를 지척에 두고 가면서 단풍 진 나뭇잎과 바위와 바람을 눈으로 만지면서 절에 당도하였을 때는 한나절이 기운 저녁나절이었다. 산사는 산처럼 적요했다. 은은하게 그러나 잡념을 깨어 부수듯 나무가 서로 부딪치는 소리가 깊은 적막까지 부서지게 하고 있었다.

스님들 그림자도 거두고 마는 산, 그림자가 드리워진 대웅전 뜰 앞으로 나는 조심스레 다가갔다. 정문으로 나 있는 층계를 비껴 모퉁이 작은 돌층계를 밟고 올라갔다. 어릴 적 엄마를 따라 몇 번 절에 갔을 때 엄마가 일러 준 적이 있어 그리한 것이다. 큰 문과 돌층계는 큰 스님 외는 비껴서 가야 한다는 것을 잊지 않았다.

그리고 중학교 시절 엄마에게 짜증냈던 생각도 하고 있었다. 엄마는 절에 갈 때는 회색 한복에 흰 고무신을 꼭 신고 가셨다. 그 모습이 머리만 깎으면 스님처럼 보일 것 같아서 싫어했는데 스님이 되어 날 버리고 갈 것 같은 두려움에서였다.

"엄마가 중이야. 왜 그런 옷을 입고 하얀 고무신을 신고 가는 거야. 왜?"
"희진아, 부처님 앞에 설 때는 무색이 깨끗해서 좋은 거야. 경건한 마음과 겸손함이 으뜸이니까. 이 세상에서 나를 의지하는 내 딸을 놔두고 어딜 가겠니. 내가 죄를 지었으니 너의 아버지와 가족들을 위하여 내가 할 수 있는 것이란 바로 정성으로 부처님께 축원하고 발원하는 게야."

그때는 잘 몰랐지만, 엄마의 말을 듣고 엄마의 뜻을 알았다. 그러나 엄마가 얼마나 불쌍한 여자란 것을 몰랐으며, 다 큰 지금까지도 원망하고 있었다.

'왜 날 낳았냐구! 이 세상에 떳떳하게 나설 수 없는 목숨을 왜 살게 하였느냐구!'

하지만 이 순간부터는 엄마의 무게가 내게 그 어떤 산보다 크다는 것을 깨닫게 되었다. 내 몸에서 숨을 할딱이는 생명으로 얻은 슬픈 지혜였다. 나는 하루빨리 이 아이를 죽여야 한다. 그런 결론에 미치자 나는 빠른 걸음으로 대웅전 뜰을 벗어나고 있었다.

"얘, 희진아! 희진이가 아니냐?"

엄마가 나를 알아보고 불렀다. 엉킨 실타래가 풀리듯 가슴속에 처진 거미줄이 철렁철렁 쇳소리를 내며 끊어지는 소리가 들려왔다. 나는 돌아서서 엄마를 기다렸다.

"너였구나. 니가 보였어. 글쎄 천배를 마치고 잠시 정신이 나갔는데, 니가 나를 일으켜 세우더구나."

난 엄마가 내 손을 잡으며 꿈같은 이야기를 다 할 때까지 눈물을 보이지 않으려고 돌아섰지만 나오는 눈물을 막을 수는 없었다.

"희진아, 고맙다. 내가 오늘 삼천 배를 마친 거야."

"엄마, 그러시다 정말로 쓰러지면 어떻게 하시려고 그래요. 이제 속 썩여 드리지 않을 테니까 그러시지 마세요."

"내가 할 일이란 이것뿐인데 쓰러질 때까지 해야지."

엄마는 나를 돌아다보며 말했다. 그 얼굴 표정이 어찌나 깨끗하게 보이는지 대웅전 가기 전 화단에서 보았던 개미취 꽃이 생각나면서 엄마 가슴에 안기고 싶었다.

"엄마, 날 혼자서 어떻게 키울 용기를 가지셨어요?"

나는 오랜만에 존댓말을 섞어가며 물어보았다.

"넌 나의 사랑이었으니까."

"그동안 속도 많이 썩였는데도 나를 낳아서 기른 걸 후회한 적 없어요? 진심으로 말해 주셔야 해요."

나는 엄마의 팔을 잡고 흔들며 말했다.

"단 한 번도 없어. 난 엄마니까."

집에 돌아오는 시간이 내 생각을 마무리하도록 만들어 놓지는 못했다. 확실한 건 엄마가 되고 싶다는 모정이었고, 강렬하게, 아주 힘 있게, 가슴에 사무친다는 사실이었다. 며칠을 고민해도 결론은 마찬가지였다.
'그동안 나는 엄마를 원망하였지만, 엄마는 나를 사랑하기에 낳았던 거야.'

며칠을 생각해도 아이를 낳을 수 없다고 마음으로 다짐하면서도 쉽게 결론을 내리지 못했다. 의사는 말했다. 원하지 않는 아이라면 망설이지 말라고 하였다. 간단해요. 청소기로 금방 처리하듯 간단하단다.

'남녀의 사랑이 색깔이 있다면 엄마의 사랑은 무슨 색이었을까? 그리고 나를 향한 사랑은 또 어떤 색일까?'

엄마는 나를 기르며 색깔을 보여주지 않았다.

'나와 진우와의 사랑은 어떤 색깔이었을까?'

나는 갑자기 어지럼증이 일어나서 병원 소파에 누워버렸다. 스치듯 창문 밖에서는 가을 햇살이 바람에 출렁이고 있었다. 그리고 아기의 심장 소리가 들렸다.

■ 떠 있는 섬

새벽부터 달려온 고흥반도 땅으로 들어선 일행이 도양포구에 닿았을 때는 어부들이 고깃배를 풀고 흥정을 하느라 떠들썩했다. 초라해 보이는 작은 어촌은 소록도와 마주한 채 엎드려 있었다. 구름이 흩어져 내려오듯 흰 갈매기 몇 마리가 고기 몇 첨을 얻으려고 배 주위를 배회하다 바다로 내리꽂히며 끼룩거렸다. 첫배가 소록도에 다녀왔다며 누군가 떠들고 있었다.

너무 가까운 거리가 아닌가? 멀고도 먼 섬, 그래서 외로운 사람들이 더 외로워하면서 살고 있는 곳이라는 생각을 하고 있었는데, 나병 환자들이 모여 있는 섬은 나와는 상관없이 먼 나라 이야기로 잊고 산 게 사실이었다.

대학 삼 학년 1학기를 끝내고, 새 학기를 준비하는 방학을 이용하여 여행을 떠나자는 제의가 있었다. 말하자면 문학기행을 하면서 봉사도 하는, 뜻 있는 여행에 어디가 좋으냐고 했을 때, 김현우가 소록도로 가자고 하였다. 모두 의아해하면서 모두들 거부반응을 보였다. 왜 하필 그런 데냐? 오랜만에 갖는 여유요 여행인데 그런 사람들이 모여 사는 곳으로 가느냐면서 노골적인 반대가 있었다.

"꺼림직하잖아. 안 그래, 낭만이 있는 곳으로 가자구."

"즐기는 여행이 아니라 봉사도 한다는 그런 취지인데, 낭만이 어떻구 그런 소릴 하는 거야."

"현우 형 뜻이 맞다구. 무언가 생각할 수 있는 여행이 좋아. 특별한 여행일 수도 있구. 그리고 봉사도 할 수 있다면 더 좋구."

"그래. 손미진 의견에 동감이야. 다른 곳은 누구든 찾아가는 곳이야. 소록도는 한번 갈까 말까 한 섬이야. 외로운 섬에 생활용품이라도 준비해 가면 좋잖아. 수건 같은 것이 좋을 것 같다는 생각이 드네. 머리에 쓴다든가."

현우는 내가 나서서 동의하니 내 눈을 바라보며 좋아했다.

회원 중에는 다 각기 전공이 다르다. 김현우. 그는 외과 전공 의학도다. 나는 신방과다. 현우와 나는 써클에서 만났지만, 나의 관심이 현우와의 사이를 좁히게 되었는지 모르지만, 그도 나를 좋아하는 것이라고 믿었다. 현우 고향이 충북 괴산이라는 것도 우연히 알고 있었다.

나는 서울에서 태어나고 자랐으니 괴산이 어디쯤인가도 모르고 있었다. 좋아하는 사람의 고향이라면 한 번쯤 꼭 가보고 싶다는 마음이었다. 그는 촌티가 났다. 시골에서 자랐으니 그러리라고 하면서도, 그것이 바로 현우의 매력이기도 하였다. 진실로 뭉쳐진 그의 내면과 성실까지 내 마음에 묻어 놓았던 씨알을 꺼내었다.

"현우 형, 나 말이지 형을 좋아하는 것 같은데 형은 어떻게 생각하지?"

장난스럽게 애교까지 섞어서 고백하는 내 용기에 그는 따스한 손을 내밀었다. 내 손을 꼬옥 잡는 것으로 대신했지만 그의 눈빛까지 따스하였다.

"내가 좋아하는 사람."

이런 말을 하게 해놓고, 안개 같은 우수가 서리는 눈빛을 보면서 나는 마음이 아팠다.

봉고차 두 대에 열다섯 명이 나누어 타고 달렸다. 호남평야와는 대조적으로 척박한 고흥반도는 어촌과 농촌이 함께 어울려 있었다. 거의 야산이 많았고, 소나무의 멋스런 모습이 아니라, 일본 원산 리기다소나무가 가득했다. 더벅머리 총각이 나무 짐을 진 채 걸어가는 뒷모습처럼 잡목과 소나무가 섬을 덮고 있었다.

빤히 보이는 섬, 걸어서 삼십 분이면 족히 갈 수 있는 거리를 소형 배가 물길을 가르고, 하얀 거품을 쏟으면서 가는가 싶더니, 어느새 섬에 닿았고 우리는 내렸다.

현우는 통 말도 없이 내게 눈길도 주고 있지 않았다.

"형! 왜 그래 기분이 안 좋아 보여."

나는 견디다 못해 옆에 가서 말을 걸었다.

"피곤하고 차멀미가 나서."

"촌스럽게 무슨 차멀미야. 어제 밤 잠 설쳤지. 초등학생처럼 들떠서 그렇지?"

나는 농담으로라도 그에게 시원한 바람 같은 기분을 주려고 했지만, 그는 계속 우울해 보였다.

우리 일행은 하얀 건물을 비껴서 난 길로 가고 있었다. 짓궂은 이방인의 간접적인 침해라는 것을 마음 한켠에 밀어 넣고 호기심 어린 눈빛으로 섬 구석구석 살펴보면서 걸어갔다. 그 건물은 병원이었다. 섬 깊숙이 중환자들이 입원한 병원이 또 있다는 걸 나중에야 알았다.

문둥이, 분명 사람이다. 나와 똑같은 사람이다. 병들었다는 이유만으로 격리된 채 세상을 등지고 살아가는 사람이다. 이보다 더 슬픈 삶이 또 있겠는가. 사람이면서 사람처럼 살지 못하는 사람 짐승이 이곳에 살고 있다고 하였다.

세상과는 상관없이 섬에도 봄이 찾아와 있었다. 푸르른 나뭇잎과 그 나무 밑에서 꽃을 피운 제비꽃 무더기가 여기저기 연보라 색깔로 피었다. 육지에서 본 제비꽃보다 연한 빛은 그늘 속에서 햇살을 적게 받은 탓이려니 하면서도 이 섬사람들 마음의 색깔이 아닌가 하는 생각이 들었다. 십 년 전만 해도 외지 사람들이 발길이 전혀 없었다고 한다. 고깃배가 잠시 정박해 있다든가, 어부들의 목소리와 그림자만 브아도 눈물이 났으며, 가슴이 뛰었다는 말을 나중에 들을 수 있었지만, 어쩌다 종교단체에서 찾아와 이들을 위로하고 신의 가호가 있기를 함께 빌어준다고 했다.

그것이 나중에는 유일한 기다림이 되었다고 했다. 그리고 나라를 이끄는 이들이 사오 년마다 치르는 선거 때가 되면 찾아와서 고개를 숙이고 이들의 몽당연필 같은 손을 잡아주면서 친절을 베풀었다는 것이다.

역시 세상은 서로 다른 공동체 안에서 한 시대를 살고 가는 것 같다. 생명들의 잔칫상 앞에서 배만 채우고 살다가 떠나는 나그네의 행렬들은 지루한 여행과도 같다.

행렬들 속에서 이 섬사람들을 만나지 못한 이유를 알고 비비 꼬이는 마음 보따리를 다시 싸야만 했다. 언덕에 올라서니 왼쪽으로 교회 하나가 죽은 고목처럼 서 있었다. 희망 없는 사람들에게 하느님의 은총으로 "성령의 힘을 믿습니다. 믿습니다."라고 외친 사람들은 얼마나 간절하였을까.

하나님은 가난하고 불쌍한 생명들을 구제하시고 그들의 편에 서서 기도하신다 하지 않았던가. 나는 무신론자에 가까워, 평소 자만으로 가득했었지만, 지금 누군가 위해 가슴 깊이 기도하고 싶었다.

비탈진 길로 접어드니 오른쪽에 원불교 교당이 빈집처럼 쓸쓸해 보였다.

문이 굳게 닫혀있어 그렇게 보였는지 모르지만 불심이란 혼자 얻는 깨달음으로 심은(心恩)에서 충만한 무아지경에서 찾는 부처님이 가르친 공양이 아니던가. '나'라는 크나큰 원리에 속한다는 그런 뜻이 담겨 있는 게 아니던가. 그 진리가 우주를 지탱하는 보이지 않는 원으로 남는 것이 아니던가. 나는 알 수 없는 그 무엇이 가슴에 들어왔다가 빠져나가는 감동을 만지고 있었다.

빨간 벽돌집이 내 눈에 들어왔다. 손바닥만 한 마당에는 목련나무가 흐드러지게 꽃을 피우고 있었지만 역시 사람들은 보이지 않았다. 관광객들로 인해서 방안에 갇힌 채 한숨과 눈물로 하루 한낮을 보내고 있는지도 모른다. 아니면 숲속에 숨어서 우리를 엿보며 세상을 원망하고 있는지도 모른다는 생각이 들어 사방을 휘휘 둘러보았다.

"현우 형, 아직도 우울해? 이곳에 오자고 한 사람은 형이잖아."

나는 현우 팔을 잡고 물었다.

"미진아, 한센씨 환자들에 대해서 어떤 생각을 하고 있니? 편견이라도 좋아. 말해줄 수 있겠니?"

"난 솔직히 말해서 생각해 본 적도 없었어. 이 섬에 오기 전까지도 소록도에 대한 관광 차원에서 호기심뿐이었거든. 그런데 내가 지금의 마음속에 이렇게 슬픈 삶을 살고 있는 땅이 있었구나. 우리들 앞에 나서지 못하는 사람들은 얼마나 외로울까. 그러면서도 마음 한켠으로는 지워버리고 싶어. 나와는 먼 나라 사람들의 인생이다. 모두가 다 똑같지 않듯이 삶도 다르지 않는가. 이런 자만이 가슴에서 꿈틀거리고 있어. 남과 나를 비교하고 내가 조금 낫다는 그런 자만에 찬 우월감 있잖아."

"이 세상에 진정 신이 있다면 약한 자들을 위해 존재해야 되지 않을까."

내 말끝에 현우는 겨우 이 한마디를 한숨처럼 뱉어내고 굳게 입을 다물었다.

"이 세상에 인간들이 잔인하면서도 도도하지 않을까. 그래서 뉘우치고 깨달으라고 병들고 죽고 할 때까지 적당히 고난과 함께 하라고 시련을 안겨 주는지도 몰라."

"맞는 말이야. 세상이 공평치 못하다고 아우성쳐도 알고 보면 공평한 것이 세상살이라고 누군가 말했어. 내가 만나본 적 없는 신의 가호라는 말을 모든 이들이 공유하듯 골고루 나누고 있는지도 모르지. 햇살을 공유하듯 한을 품은 마음은 신 앞에서도 원망일 수 있겠지. 저 바다에 쏟아내고 울 수 있는 마음이면 조용히 들어주고 침묵하겠지."

"현우 형, 산도 강도 듣기만 하겠지. 약속이나, 비밀스런 고백도 저버리는 건 우리야. 알고 보면."

나는 내 본연의 인생을 자랑삼아 떠드는 넋두리로 허세를 부리는 내 자신이 부끄러웠다. 어딘가에서 나를 엿보는 눈빛을 찾으려고 둘러보는 것을 게을리하지 않았다.

현우와 나는 지금 그 어떤 간격을 두고 줄을 당기는 알 수 없는 실랑이를 하였다. 숨소리마저 귀 기울이는 어리석음의 줄을 놓지 않고 있었다.

'무엇 때문에 저렇듯 민감하게 구는 것일까?'

의사가 되려고 인술과 의술을 앞에 놓고 깊이 생각하는지도 모른다고 나는 생각하였다. 사실 나병은 하늘이 내린 천벌이라고 흔히들 알고 있지 않은가. 그런 편견으로 세상이 그들을 대할 때, 그들의 상채기는 가슴까지 남아 있을 것이다. 진실로 이해할 수만 있다면, 어제 마을회관에서 잠시 만났던 사람들 앞에서 수건 몇 장과 생활용품 몇 점을 내놓고 진실을 감추고 있었다면, 그분들이 보이고 싶지 않은 몰골만 구경한 꼴이 되었다.

둘째 날은 같이 즐기자는 식으로 먹고 마시고 노래하고 떠들었다. 그 틈을 현우와 나는 자꾸 걸어 나갔다. 파도 소리를 듣고 바다가 먹구름을 깔아놓고 누운 그 수평 위로 희미한 반달이 흔들리는 것을 보면서 바다가 내려다보이는 산 위에 섰다. 육지에서 보았던 정지된 빛이 아니라 유동성 같은 선율의 노래로 흔들리는 달빛 덩어리가 둘이서 부르는 노래의 화음처럼 곱게 출렁이고 있었다.

파도 소리가 아닌 인기척이 등 뒤에서 들렸다. 지붕 처마에 맺혔다 떨어지는 낙수처럼 들렸다. 나는 현우의 팔을 더 힘주어 잡으며 뒤를 돌아다보았다. 현우는 나보다 먼저 들었는지 말을 걸고 있었다.

"누구신지요? 이리 오세요. 저희에게 하실 말씀이 있으신가요."

그분의 거리는 몇 보가 넘을 것 같지 않았는데 잠시 멈춤 같은 시간이 흐르고 있었다.

"그냥 사람이 그리워 여기까지 왔다우."

그분의 낮은 목소리는 썩어서 주저앉은 버섯처럼 힘이 없었다.

"가까이 오세요. 회관에서 뵌 분이신가요?"

현우의 말대로 회관에서 한 시간여 동안 만났던 그 할아버지라는 걸 나는 알 수 있었다. 처음 만났을 때 유독 현우에게 고정시킨 모래알 같은 눈동자를 기억하고 있었기 때문이었다.

"할아버지, 김씨 할아버지시지요?"

현우가 몇 발짝 앞으로 나가며 묻고 있었다.

"학생, 고향이 괴산이라고 했지. 이름은 뭐라고 했던가? 내 귀가 고장이 나서 잘 못 알아들었어. 나도 김가고 학생도 김가라 괜시리 고향 생각이 나서."

"할아버지 고향은 경기도 화성이라고 하셨잖아요."

"그렇다우. 그렇지만 내가 젊었을 때 고추 장사하러 괴산에 드나든 적이 있다우."

그분 목소리가 꽃잎에 스며든 미풍처럼 가느다랗게 떨고 있었다.

"젊은이, 둘이서 좋아하는 사인가 보우."

"할아버지, 그렇게 보였어요. 맞아요."

그분은 봄바람이 싫은지 아니면 추워서인지 담요 같은 천으로 머리를 감싸고 있었다.

나는 그분의 얼굴을 두 손으로 만져본 것처럼 기억하고 있었다. 눈썹이 없고 코뼈가 내려앉아 얼굴 중심이 찌그러진 모습에 뱀 허물처럼 비듬이 일 듯한 피부가 횟가루를 바른 듯 꺼칠해 보였다. 등산모로 머리를 감춘 그 모습이 소름 끼치게 하여 뛰쳐나가고 싶었던 그 순간을 억지로 자제하였다. 두 마음의 소유자 앞에 한쎈씨 환자라고 불린 것으로 문둥이니 나병이니 하는 말이 없어질 리 없지만, 한센씨란 병원균을 처음 발견한 사람의 이름을 따서 붙였을 뿐이다.

현우는 그 할아버지께 가족이 있느냐고 물었다.

"나라고 가족이 없겠소. 몇십 년 헤어져 있다 보니 생각뿐이요. 여기 살고 있는 사람들이 가족이라오."

"한 번도 찾아오지 않았나 보죠."

"찾아와도 내가 만나지 않았소. 내가 간직하고 있는 사진 한 장이 전부요."

"할아버지, 혹시 김덕만씨라고 이곳에 계신 분 중에 있나요?"

"누가 본명을 말하나. 아마 있었다고 해도 벌써 죽었을 게요."

"어떻게 단정을 하시죠?"

"보나 마나 나이가 많을 것이니 병든 몸에 명인들 길겠수?"

"형, 김덕만씨가 누군데 그런 질문을 하는 거야. 응."

"꼭 알아야 되는 분이야. 내가 왜 소록도로 왔을까? 아는 분이 이곳에 계실 것 같은 생각이 들더라구."

"학생, 한센씨 환자가 알고 보면 우리나라에 몇천 명이 될 게요. 이 섬에도 몇백 명이 있소만, 부부 인연을 맺고 살고 있는 사람도 있고, 혼자 사는 사람도 대부분이요. 자식을 낳고 싶어도, 나라에서 먹여 살려야 하는데 양성반응이 음성으로 변했다고 한들 달가울 리 없지. 산아제한을 철저히 시켜요. 어디 우리 같은 사람이 사람이겠소. 산목숨이니 죽일 수 없어 가두어 놓고 밥만 먹이는 게지."

"그런가요?"

"하긴, 죄 많은 목숨 그만한 대우도 고마워해야지."

그분은 자꾸만 우리 곁에서 떨어지려고 의식적으로 뒷걸음치면서 가야겠다고 했다. 숲속으로 멀어져가는 그분 모습을 마냥 바라보고 있던 현우가 버럭 소리를 질렀다.

"할아버지, 김덕만씨가 아니신가요?"

어둠 속에서 현우의 목소리만 메아리쳐 돌아올 뿐 그분은 말이 없었다. 그러나 환청으로 들리듯 '아니야 김덕만은 벌써 죽었어.'라는 소리가 들렸다. 난 현우에게서 알지 못할 비밀이 무섭게 내 운명 앞에 어필하는 것에 두려움을 느끼고 가만히 현우 속내를 꿰뚫어 보려고 애썼다. 그러나 더 깊이 알게 될까 봐 고개를 저었다.

"김덕만. 그분이 누군데 그러는 거야?"

이렇게 묻고 싶었지만 난 입을 다물었다.

"미진이, 궁금할 텐데 왜 묻지 않는 거야. 나도 더는 말하고 싶지 않아. 그 이름과 함께 그분은 이미 죽었을 거야."

현우의 우수가 그 이름과 관계가 있다면 더더욱 아는 것이 두려웠다. 모르고 있는 게 낫지 않은가.

대학을 마치고 현우는 인턴 과정을 하느라 계속 공부요 실습이었다. 눈코 뜰 새 없이 바빴다. 난 모 잡지사 편집일과 기자로 바빠야 했다. 그 바쁜 와중에서도 나와 현우는 시간만 있으면 만났고 소록도에서 있었던 일을 잊고 있는 듯 앞으로의 일에만 갈무리하듯 열심이었다.

어느 날, 내가 투정 비슷하게 말하였다.

"언제 끝나서 결혼하고 아이 낳아 기르지? 이러다가 늙겠어. 아마 늦둥이로 낳아 기르고 있겠어."

나는 속 있는 말을 농담처럼 재잘대며 투정을 부렸다.

"미진아, 우리가 결혼을 못 할 수도 있다면?"
"왜 마음이 변한 거야? 이유가 있겠지?"
"말하자면 그럴 수도 있다는 이야기야."

무책임하다며 난 울고불고 하지는 않았지만 비겁하다고 몰아세웠던 기억이 있었다. 바쁘다는 핑계인지, 현우에게서 그 후 연락이 없었다. 나도 너무나 서운해, 먼저 전화를 하지 않았다. 나와 현우는 보이지 않는 줄다리기를 하면서 가슴은 타고 있었다. 석연치 않은 그의 행동에 분노가 끓고 있다가 자지러들면서 원망은 그리움으로 남았다. 나도 모르게 핸드폰 숫자를 꼭꼭 눌러댔다. 꺼져 있었다. 난 포기 못 하고 그가 있는 병원으로 걸었다.

"잘 모르지만 아직 오시지 않았습니다."
"어디 가셨는데요."
"김 선생님 부친상을 당하셔서 가셨습니다."
"네?"

난 내 귀를 의심하도록 놀랐다.

이럴 수는 없었다. 나한테는 꼭 알렸어야 했다. 그 어떤 배신감이 나의 마음을 얼어붙게 하듯 난 온 전신을 떨었다. 그의 집이 괴산이라는 것만 알았지, 한 번도 가 본 적도 없었다. 내 탓이 아니라는 생각이 들면서 현우가 야속했다.

그는 시골 출신이라도 궁색하지 않다는 것을 그의 생활에서도 알 수 있었다. 공부를 잘해 장학생이기도 하였지만, 늘 여유가 있는 그의 생활에서 나는 포근하게 안기는 행복까지 갖게 되었다.

잡지사로 차를 몰고 가면서 머리통이 빠개지는 통증이 마음을 짓눌렀다. 시간, 시간, 그의 핸드폰을 눌렀지만 꺼져있다든가 받을 수 없다고 하였다.

그렇게 한 보름을 보냈을 때 병원으로 다시 걸어 확인하였더니, 그가 어제 다녀갔다는 거였다. 어디로 가셨느냐고 묻기 전에 전화가 끊겨 다행이었다. 난 엉엉 소리를 내고 포악을 부렸을지도 모를 일이었다. 눈물이 빗물처럼 볼을 타고 흘렀다.
  그의 친구를 통해 간신히 알아낸 주소를 들고 그의 집을 찾았을 때는 짧아진 가을 햇살이 붉은 노을만 깔아놓고 황홀하게 서산으로 넘어가는 시간이었다. 늙수그레한 아주머니가 맞아주는 대문에서 되돌아서기에는 가슴에 불덩이를 밀어 넣듯 콱 숨이 막히는 절망이었다.
  "이 집 도령님은 어제 그제 떠났어유."
  어디로 갔는가는 모르고 돌아가신 아버지 유품을 가방에 넣고 떠났다는 것이었다. 여러 날 걸릴 테니 잘 부탁한다고 말했단다. 현우 아버님은 교통사고로 돌아가셨다고 하였다.
  난 허탈해진 가슴을 안고 돌아와 마냥 그를 기다렸다. 그 어떤 말 못 할 사정이 있었던 게 아닌가 하는 생각도 들었지만, 내 마음은 또렷이 겨울로 접어들고 있었다. 그랬다. 자연의 이치와는 상관없이 인간의 만남은 운명이란 굴레였다. 예감보다 빗나간 확신 같은 이별을 실감하는 사랑이 운명이었다. 사람마다 견디게끔 희석되는 잊음이란 게 분명히 있을 것이었다.
  그런 내게 소록도 섬이 둥둥 떠오르고 있었다.
  '그래 그거였어. 그 섬으로 가란 말이야.'
  나에게 지시하는 번개 같은 생각이 불씨로 살아나는 순간이었다. 그 보이지 않는 속에서 현우가 손짓을 하고 있었다. 나는 잡지사에서 나오면서 남쪽으로 차를 몰았다. 질주하였다. 창문에 스치는 바람 소리가 윙윙 울었다.
  '빨리 가야지. 왜 진작 못 갔어? 그가 떠난 지 석 달이 다 되었어.'
  내 마음이 나를 몰아세웠다.
  고흥반도 땅, 꼭 삼 년 만에 다시 가는 땅이다. 그 긴 시간, 가슴에 묻었던 풀씨가 때맞춰 내린 빗물로 싹을 틔우듯 이제 서서히 고개를 들고 일어나고 있었다. 버렸던 세월 속에 변한 건 없어 보이는 그곳이 지금은 외로움에 싸여 있었다.
  선착장에서 잠시 기다리는 중에 나는 다시 현우 핸드폰 번호를 눌렀다.

역시 꺼져 있었다. 배에 내 승용차도 실었다. 그렇게 간단하게 되돌아 나올 수 없다는 생각에서였다. '아직까지 그 김 노인이 살아계신다면.' 그런 생각이 나의 전신을 후끈 달아오르게 하였다. 김 노인에게 나는 왜 집착 같은 연민을 간직하고 있는 것일까? 그 혐오스런 모습을 어째서 다시 보아야 하는 걸까. 나는 경비원에게 도움을 청하였다.

"아니 또 오셨습니까. 그때 왔던 청년도 온 지가 꽤나 오래되었습니다."

나는 그 말을 들으면서 안도의 한숨을 뱉어내었다가 다시금 들여 마셨다. 그 청년이 있는 곳으로 데려다 달라고 떼를 썼다. 그 할아버지가 입원한 병원에 있다고 하였다. 그분은 사실인즉 할아버지라고 하기에는 오십 중반을 넘겼으며 이 섬에서는 우상 같은 사람이라고 하였다. 한하운 선생님 다음으로 손꼽히는 분이라고 하였다. 남을 배려하는 마음과 봉사하는 생활을 하면서 평생을 보낸 분이라고도 하였다. 땅마지기 팔아다 불쌍한 사람들에게 나누어 준 고마운 분이라고도 하였다.

병원은 솔밭이 있고 바다가 보이는 언덕에 있었다. 죽음과 삶의 가교라는 생각이 들어 병원을 의식적으로 싫어했던 나는 우울해지는 마음을 잔잔한 물결처럼 유지하면서 병실 앞에 섰다. 그때 현우가 가로막았다.

"여기는 들어올 수 없어."

현우의 날카로운 목소리가 내 가슴을 찢었다.

"비켜! 이 나쁜 놈아!"

난 주먹으로 그의 가슴을 몇 번인가 때렸다.

"누가 왔느냐?"

조금 열린 문 사이로 얼굴이 온통 거즈로 덮인 채 마네킹처럼 누워있는 할아버지였다. 그분이 나를 불렀다.

"저! 할아버지, 삼 년 전에 뵈었던 그 여학생이에요."

"현우야, 들어오시라고 해. 누군가 꼭 만나서 내 이야기를 들려주어야 해. 그래야 난 눈을 편히 감고 갈 수 있어."

흰 붕대가 감긴 손은 알타리무를 연상케 하였다.
"아저씨, 말씀해 주세요."
그분의 모래알 같은 눈빛을 바라보며 재촉하였다. 나를 밀어내는 현우는 분노한 모습이었다.
"넌 뭐가 궁금한데? 누가 여기 오라고 했니?"
나는 대답 없이 안으로 들어갔다. 그분이 현우에게 손을 저으며 말하였다.
"현우야, 내 이야기는 나의 일기장에 있다만, 내 잘못된 과거를 알리고 싶어서야."
그분이 가쁜 숨을 몰아쉬며 이렇게 말하였다.
"난 경기도…."
가쁜 숨을 몰아쉬며 이렇게 말하였다.

난 경기도 화성에서 부농의 아들로 태어난 삼대독자였어. 할아버지는 건강이 나쁜 데다 신경통이 심해 집밖 출입을 못 하게 되었는데, 누가 고양이를 약재에 넣고 삶아서 먹으면 좋다는 말에 얼룩무늬 진 암고양이를 잡아서 약으로 썼는데 병이 낫더란다. 그리고 태어난 아들이 김덕만 씨였는데 총명하고 글공부도 뛰어나 근동에서는 신동으로 소문이 났었다. 그리고 열일곱에 양반댁 규수와 혼인하고 스물두 살 되던 해 아들을 낳았으니 부모님은 물론 조부모님 내외분도 기뻐하셨다. 그 기쁨이 채 가시기 전에 불행이 찾아왔다. 김덕만씨의 병세가 심각한 지경에 이르러 집안은 온통 근심에 싸였다.
하늘이 내린다는 문둥이가 되어갔다. 처음에는 뒤채에서 숨어 지냈고 집안 식구와도 대면조차 어려운 처지가 되었을 때는 금슬이 좋았지만, 흉측한 문둥이의 몸뚱이까지 받아들일 수가 없었는지 아내는 피골이 말이 아니더니 목을 매고 죽었다. 얼마나 견디기 힘들면 그렇게 생목숨을 끊었겠어. 조부모님도 화병으로 돌아가셨고 부모님도 돌아가시자 조모님께서 어린 증손을 안고 땅을 치시며 모든 게 고양이의 악령이 우리 집을 망하게 하는 거라며 방바닥을 치면서 울고 계셨어. 그 모습이 지금도 선연하게 내 가슴에 남아있어.

원체 택택했던 집안이라 우리 땅에서 일하고 사는 사람들이니 내 병든 것을 쉬쉬하면서 일을 하였어. 그런데 가을이었어. 밭이 넓어 고구마를 심어놓고 하루 삯일을 이십 명쯤 시켰는데 할머니와 집안 안팎을 맡아서 일보는 먼 친척 형님 되는 분과 일꾼을 부리고 있을 때여서 뒤채에 갇힌 생활이 지긋지긋해 몰래 빠져나와 나무숲에 숨어서 고구마 캐는 것을 구경하며 생으로 죽은 아내를 생각하고 있었는데 소피가 마렵다며 아낙 둘이 내가 있는 가까이 오더니 히히덕거리며 이런 말을 했다.

"글쎄 말이지. 고구마 알마다 문둥이 고것만 허대."

"뭐여! 그럼, 그 집 애기 아버지 그것 닮았다 그거여."

"그런가 보이. 몽탕한 것이 그렇다니께."

수건을 쓰고 있어 얼굴은 볼 수 없었지만 아직 새파란 아낙이었다.

"달이 어매, 문둥이는 고것도 작아지는가."

"그러니깐 손가락이 몽당연필이 되지 안남."

그때 난 치를 떠는 분노가 일었지만, 간신히 참고 이를 악물었다.

달이 어메가 누군가, 그날 할머니께 여쭈어본 건 저녁밥을 소반에 받쳐 들고 내 방문을 두드렸을 때였어. 그날그날 계산해 주는 삯을 달이 엄마라는 아낙에게는 주지 말고 집에 와서 주어야 한다고 신신당부를 해놓았을 때 할머니는 왜 그러느냐고 물으셨다. 난 꼭 한 가지 물어보아야 할 것이 있어서라고 천연스럽게 굴었어. 그리고 저녁나절이 되기를 기다렸지. 그전에 억울했던 일을 말해야 되겠어. 몇 마을과 동을 잇고 농사를 짓게 하는 저수지에 대여섯 살 먹은 사내아이가 빠져 죽었는데 문둥이가 데려가 간을 먹으려고 죽였다면서 우리 집을 지목한 건 내가 문둥이였기 때문이었지만, 그때 억울한 심정은 한으로 남았을 때였어. 그 죽은 아이 시체를 발견했고 몸뚱이가 멀쩡한 것을 확인하고 쉬쉬하고 말았지만, 난 모든 게 상채기가 되고 있었지.

그날 달이 에미라는 예쁘장한 아낙이 안방에 들어왔을 때 할머니는 슬그머니 나가셨고, 내가 방에 들어서니 그 아낙은 벌벌 떠는 것이었다. 난 문고리를 자물쇠로 덜컥 잠갔다.

"이리 오시오. 왜 사시나무 떨 듯하시오. 내 할 일이 끝나면 삯을 주겠소. 그래 문둥이 그것을 맛보았으니 잘 알고 지껄인 게 아니요?"

난 그때 이미 사람이 아니었다. 그 여자가 두 손으로 싹싹 빌고 있었지만 난 그녀의 옷을 사정없이 칼로 찢고 아랫도리를 벗기고 욕을 보였어. 그녀는 내가 너무 무서운지 온갖 저항을 했지만 날 당할 수는 없었어. 난 그녀의 모든 것을 남김없이 먹고 있으면서 회심의 미소를 지었어. 그녀는 그 후 창피했고 억울했겠지만, 말 한마디 잘못한 죄로는 너무도 큰 형벌이요 치욕을 받았지. 그녀의 서방도 억울했지만 아내의 혓바닥이 놀려댄 한마디가 잘못인 줄 알았는지 아무런 반응이 없이 한 달을 보냈을 즈음 그녀가 저수지에 빠져 죽었다.

난 내 죄가 하늘에서 내린 것이듯 내가 저지른 짓을 후회하면서 편지 한 장 남겨놓고 집을 떠났다. 내 아들 나이가 네 살이었다. 그때 너 현우는 친척의 손에 이끌려 화성을 떠나 괴산으로 갔던 게다.

김덕만씨 고백이 지난 이야기로 끝나기 전 숨을 거두고 말았다. 현우 친부라는 사실을 담담하게 받아들일 수 있는 나였지만, 당사자인 현우로서는 그렇게 될 수 없었다. 친부인 줄 알았던 먼 친척 아저씨의 사망과 그분이 유언처럼 써 놓았던 편지로 해서 모든 걸 알게 되면서 현우 가슴에 피고름처럼 고인 슬픔의 상처는 누군들 거두어 갈 수 없는 아픔만으로 끝나야 했다.

혹시 할아버지가 아닐까 하고 고민했던 아버지의 마지막 길을 지켰고, 화장해 소록도에 묻혔다는 소문을 어렸을 때 어렴풋이 들었던 터여서 그는 괴로웠다. 문둥이 자식이라는 말을 가슴에 묻고 풀리지 않는 수수께끼를 남모르게 풀려고 얼마나 고뇌에 찬 젊음의 시절을 보냈던가. 그의 마음은 하늘로 날아오른 잠자리 날개 위에 앉은 바람보다도 아주 먼 곳에 있었고, 그 바람을 바라보는 것이 힘들었던 때도 있었다.

소록도. 왠지 떠 있는 섬처럼 생각되어 나는 하루를 더 머물기조차 버거웠다. 힘겨운 싸움을 현우와 하는 게 무서웠다.

"손미진, 이런 나를 사랑한 것조차 진저리가 나겠지? 난 욕심쟁이가 아니야."

현우의 담담한 목소리에 화가 났다.

"난 그래서 생각해 볼 이유가 없었어. 널 놔주는 거야. 이렇게 포기하는데, 긴 시간이 필요치 않더군. 그리고 이제 와서 무얼 감추겠어. 니가 오기 전까지는 생부의 종말과 함께 영원히 묻히길 바랬지. 그런데 이제 재미있는 기삿거리를 너에게 넘겨주겠어. 그 기사는 한때 흥미 있는 이야깃거리가 되겠지."

난 현우의 뺨을 힘껏 갈겼다.

"나쁜 자식, 그렇게 졸렬한 인간인 줄 몰랐어. 사랑은 조건이 아니야. 이 혼돈에서 벗어나고 싶다. 이 나쁜 놈아!"

나는 그날 마지막 배로 섬을 빠져나왔다. 그리고 내 나이 사십을 넘길 때까지 두 번의 사랑은 없었다. 생활 때문에 잡지사 일은 계속했고, 내 공간의 시간은 서재에서 글을 쓰는 것이었다. 소설 창작집이 완성되어 전국 서점에 선보였을 때, 뜻밖에 현우의 전화를 받고, 눈물을 흘리며 가슴에 일고 있는 작은 미동을 혼자서 눌러야 했다.

"손미진, 축하한다. 서점에서 그대의 소설집을 보았어. 그리고 한 권 사왔어. 언제나 기도하겠어."

난 그의 기도가 무엇을 뜻하는지 알 것 같았지만, 더는 생각하지 않았다. 현우, 그와 팔 년 만에 재회하였을 때, 그는 신부가 되어 있었다.

"난 하나님 종이 되었어. 지금의 내가 산다는 것이 가장 기쁨이야. 넌 어째서 결혼 안 했어."

난 그 말에 웃을 수 있는 내가 이상하다고 생각하면서도 웃었다. 나이가 든 그의 얼굴은 더없이 편해 보였다. 짙은 눈썹, 오뚝하지도 그렇다고 낮은 것도 아닌 코, 굳게 다물면 언제까지 말 한마디 안 할 것 같은 입술, 그 아래로 파름한 수염, 한 번도 잊지 않았던 그 사람이 지금 내 앞에 있었다.

"미진이, 난 하나님 종이 되기 전 하나님께 다 고백했어. 하나님보다 먼저 사랑했던 여자가 있노라구."

나는 꿈속에서 듣는 것 같은 그의 고백에 온몸의 힘이 빠지는 것을 느꼈다. 마지막 약속을 듣고 있는 것처럼 가슴이 허전했다.

"내 마음 안에 있는 하나님은 미진이가 아닐까? 이런 생각을 한 것은 기도할 적마다 언제든지 네가 보였거든. 하나님도 날 이해하신다고 말씀하셨어."

커피숍에서 그와 헤어져 차를 몰고 오면서 혼돈에 빠진 이십 대 사랑처럼 가슴이 뛰는 걸 애서 감추었다. 어리석음이 지금껏 혼자 살아온 이유가 되고, 두 번의 사랑은 영원히 없다고 고개를 저었다. 아직까지 떠 있어 표류하는 섬처럼.

■ 아버지의 공책

아버지 공책은 역사책이었고 정치사의 기록이요, 때론 메모지 역할과 일기장이기도 했다. 일제 강점기 시절을 한탄하며 일본을 저주한 몇 마디 글과 함께.

[1896년 조선의 고종 33년 1월 5일에 의병 봉기 시작되었다. 민비를 시해한 분노와 단발령에 저항한 유생들로 시작되어 전국적으로 확산되었다.]

[1938년 우리 말 교육을 폐지하고, 일본어 사용을 제도화했는데, 신사참배 거부 확산되었다.]

[1944년 징용 실시로 만주까지 끌려갔다 돌아옴. 정신대 근무령 공포. 배가 고프다 늦게 얻은 자식 배불리 먹이지 못하고….]

아버지 공책에는 이런 내용과 함께 대한민국 초대 대통령 이승만 박사를 위시한 여덟 명의 대통령 이름도 적어 놓았다. 그리고 차례대로 이름을 줄줄 외우셨다. 참말로 그것이 무에 그리 대단하다고 잊어버리지도 않으셨다.

열일곱 동갑 나이에 만나 육십 년을 해로하고 돌아가신 지 스무 해가 되었지만, 두 분을 생각하며 아버지 공책을 들여다보는 그의 마음은 회한에 젖을 뿐이다.

[이제야 우리나라도 새 정부가 들어섰고 대통령을 뽑아 내세웠으니 떳떳한 대한민국 국민으로 살겠다. 1948년의 취임.]

[1950년 6월 25일 전쟁 발발은 김일성이 일으켰다. 전쟁은 많은 인명 사망 그리고 파괴.]

[1951년 자유당 창당. 이승만 총재 제2대 제3대로 장기 집권에서 학생 데모로 60년 4·19 하야. 하와이 망명. 1965년 서거로 독재 마감 졸.]

[1960년 8월 13일 제4대 윤보선 대통령.]

[1962년 3월 22일 박정희 제2군 부사령관 재직 중 5·16 군사쿠데타로 사임함.]

[1974년 6월 23일 문세광에 의해 육영수 여사 피살.]

[민주공화당 총재가 된 박정희. 제5대 대통령으로 1979년까지 9대 대통령. 이해 김제규 중앙정보부장에 피격 서거.]

[1979년~1980년 제10대 대통령. 최규하 대통령은 8개월의 가장 짧은 재임.]

[1980년~1981년 제11의 대통령 전두환 1981~1988년 제12대 대통령. 12·12 쿠데타로 정권 장악.]

[제13대 대통령 노태우.]

[제14대 대통령 김영삼(1992년) 당선.]

아버지 공책은 여기서 대통령 명단과 함께 이런 말로 마무리 지어져 있었다.

[난 정치는 모른다. 허나 누가 잘하고 또 옳고 그른가는 알고 있다.]

[내 아들 인권이가 자유당 이승만 정권에 대항한 데모대 주동자라니 아비로서 심히 걱정이 태산이다. 계란으로 바위를 치며 권력에 대항하다니 걱정이다.]

징용에 끌려가 죽을 고생을 하고 돌아온 아버지는 한동안 시름시름 앓아 누우셨고, 그가 태어난 것을 보신 후 늦은 나이에 얻은 아들의 기쁨이었을까, 아버지는 건강을 회복하셨다고 어머니께서 말씀하였지만, 어머니의 지극한 보살핌이란 걸 그는 안다.

외아들이라고 서울로 공부시켰더니, 운동권에 앞장섰던 지난날을 후회는 하지 않는다고 해도 부모님에게는 큰 불효였다. 손발이 터지도록 농사를 지어 대학을 보냈는데 데모대의 앞잡이 노릇으로 붙들려가 징역살이까지 하였으니, 그런 일로 그가 느낀 심중의 변화는 1년을 참지 못하고 학업을 중단한 채 고향인 옥천으로 돌아왔다. 집으로 돌아와 마음을 다스리는 와중에 정치권 모 정당에서 손을 내밀며 서울로 올라오라 했지만 그는 거절했다.

정부가 바뀌면 달라질 거라는 기대는 그의 아버지도 바랐던 것이지만, 기대는 늘 배신과 거짓으로 이어졌고, 허탈감은 울분을 못 이겨 욕지거리로 대신한 것 또한 그도 마찬가지였다.

그의 곁을 지키는 아내도 학창 시절에 만났다. 운동권에 섰던 그가 남자답고 믿음직스러워 단박에 반했다며 그를 찾아와선 돌아가지 않았다. 그가 생각해 보아도 아내가 있어 고향에 남을 수 있었고, 늙은 부모님에 대한 애증의 사랑이 목을 매게 했다. 살아생전 하신 말씀 중에 "내 마음도 날마다 들쑥날쑥 변덕인데 수많은 사람의 마음이 어찌 같겠어. 나라가 둘로 나뉜 것도 사람 마음 때문이며 내 생전에 통일되는 거 볼라나 몰러." 그는 아버지가 유언처럼 하셨던 말을 잊을 수 없었다.

군정권이 물러나고 민선 정권의 집권으로 새로운 희망을 가졌던 국민들에게 경제위기 IMF가 찾아왔다. 온 국민이 보여준 금 모으기 동참으로 무사히 넘겼으나 빈부의 격차는 여전했다. 평화적 외교라는 무조건 미소로 배고픈 아이에게 젖병 물리는 식으로 노벨평화상을 받은 대통령, 나라의 영광에서 가문의 영광으로 한 단계 내려간 것은 어떤 대통령의 한마디가 언론에 비화된 때문이었다.

"이제 노벨상도 땅에 떨어졌다."

비웃는 국민도 있을는지 모르지만, 이 말로 '가문의 영광'은 거지발싸개가 되어 버렸다.

[정치판은 역시 개판이다.]

아버지는 그때 이쪽저쪽 할 것 없이 개의 놀이라고 정의하셨다. 그 후 아버지는 마지막으로 울분을 토했던 '개판'이란 말을 자주 입에 올리셨다. 아버지는 그래도 역대 대통령 중에 유일하게 노벨상을 받은 그분을 자랑스러워하셨다. 아버지가 투표로 뽑은 그분을 마지막으로, 아버지의 투표는 끝이었다.

새로운 정권이나 대통령이나 국민의 기대는 절반도 못 미치는 상황으로 고개를 돌리면서 10년의 세월을 같은 체재 아래서 지루했던가. 10년 세월이면 산천도 변하고 고인 물도 썩는다는데, 10년의 정권과 정당에 실망한 국민의 선택은 정권 교체였다.

야당인 한나라당 이명박 대통령 후보를 당선자로 선택한 것은 새로운 희망이었다. 정당의 40.6%라는 지지를 받고 출범했으나, 정권 이양의 자리매김도 못 한 채 소고기 파동에 휩싸였다. 이유는 충분했다. 준비 없이 이루어진 계약에 따른 잘못된 외교로 빚어진 것이라고 이명박 대통령도 시인하였다.

소수의 무리가 거센 물살이 되어 밀려올 때는 다수가 공감할 이유가 있어야겠지만, 광우병이라는 치명타로 몰아대는 데는 다수가 방관자로 남아, 돌아가는 대로 바라볼 뿐이고, 불만으로 가득한 자는 무슨 일이건 불만의 표출로 정치 사회 그리고 세상에 대한 타협을 배제하였다. 자신의 목소리만 내지르는 자로 앞에 나서지 않으면서, 선동을 일삼는 자가 되어 갔다. 바로 광우병을 간접적으로 원인 제공한 미친 소였다. 광우병을 텔레비전 화면으로 보거나, 혹은 입소문으로 들어서 큰 무리로 이끌어 낸 촛불 행렬은 두 달여 동안 광화문에서 독립문으로, 혹은 인왕산 능선까지 어둠을 밝히는 불꽃 물결을 하늘에 떠 있는 별처럼 밝혔다.

이유 있는 평화적 시위는 파괴와 혼란, 나라와 나라와의 경색된 사이에서, 우방이라는 것도 무색케 하여 종당에는 이념까지 들먹이며 강대국의 권위주의를 반발하는 목소리로 들을 수 있었다. 야당 의원들은 신명에 가까운 여당 몰아세우기가 지나쳤다는 여론으로, 그래도 30개월 미만 소고기만 수입한다는 약속을 얻었다.

그도 가슴이 바싹 타고 있었다. 밤마다 이어지는 행렬 속에 그의 아들이 있었다. 그가 대학 시절 그랬듯 그의 아들이 그러는데, 그도 아버지였으니 그의 아버지가 걱정했던 것처럼 걱정하고 있었다.

병이 아닌지도 모른다. 유전인지도 모를 일이다. 그가 젊은 한때 그랬던 것처럼 피 끓는 혈기를 어쩔 수 없어 정의라고 믿어 날뛰었듯, 그의 아들도 그렇고 또 사람들도 그런 모양이다. 걱정이 앞선 나머지 밤낮으로 전화를 걸면 아들은 태연한 목소리다.

"아버지, 걱정 마셔요. 평화적이고 민주적인 촛불시위니까요. 아버지께서도 소를 키우시잖아요. 미국 소고기 들어오면 우리나라 축산업은 망한다니까요."

그는 아들의 말을 듣는 순간에도 걱정이 되었다. 그래도 아들에게 나서지 말라고 할 수는 없었다. 나라 대 나라는 무역이라는 상거래지만, 같이 죽자고 병균을 입으로 삼킬 순 없다는 생각이 들었다.

이런 날은 그의 아버지가 무척 생각났다. 아버지는 일본을 싫어하셨다. 그 반대로 미국은 우호적 감정으로 대하여 우방국이라고 하면서 은혜로운 나라라고 감사함까지 품고 사셨다. 그는 그런 아버지께 대들 듯 말한 적이 있었다.

"아버지, 그건 잘 모르시는 말씀입니다. 분단의 아픔도 실은 강대국에 의한 실리로 희생된 것입니다. 바로 우리나라입니다. 맨 처음 제공자는 일본의 야욕이고, 해방에 기여한 미국 소련의 권위적 행패로 영원히 안고 갈 역사적 불행임을 알아야 합니다."

생각이 아버지와 다르듯 아들도 그와 또 달랐다. 아들은 그보다 도덕적이지도 양심적이지도 않았으며, 매우 도전적이었고 현실적이었다. 왜 북한이나 우리나라가 핵을 가지면 안 되느냐는 식이었다. 왜 인류의 무서운 핵을 그들만 가지고 있어야 하느냐는 것이었다.

인간은 왜 전쟁을 하는가?
아니 즐기고 있는가?
끊임없는 도전인가?
소유욕인가?

본시 인류가 맨 처음 원시적 삶에서 문명으로 가는 와중에 동물적 근성인 지배욕을 걷잡을 수 없어 전쟁이 발발하였다. 상대적 적대 의식은 야성적 돌변에서 오는 자기방어로 보면 어느 정도 이해가 되었다.

그는 다시 수화기를 들었다.

"아버지, 왜 또 그러세요. 걱정 마시라니까요."

그의 아들은 짜증스러운 모양으로, 씨근덕거리는 모습이 목소리에서 보였다.

"그래. 정호야! 몸조심하거라. 아버지도 대전역에 나갈란다."

대전역 광장에서 촛불시위가 있다고 했다.

"예, 아버지 차 조심하세요. 아버지, 아버지께서는 그냥 계셔도 되는데…."

"이놈아, 반대를 위한 시위는 안 되어. 무조건 반대는 타협이 될 수 없으니 평화도 없는 거여. 알겠어?"

그의 끝말이 무서웠을까? 아들은 가만히 듣고 있었다. 그가 수화기를 놓자 아들도 끊었을 것이다.

"이장 형님! 계시유."

이웃 박씨와 아랫집 임씨가 그늘을 등지고 들어오며 그를 찾았다.

"어쩐 일이유. 해거름에."

그는 이장이라는 말에, 자신이 이장이라는 사실을 머릿속에 입력하였다. 그리고 이장이라는 책무가 늘 거북한 속앓이를 안고 살아온 것처럼 무거웠다. 삼십 호 남짓한 가구엔 노인들이 전부라고 해도 될 만큼 젊은이는 지금 찾아와 맞대고 앉은 박씨, 임씨뿐이다. 박씨는 환갑이 내년이고, 임씨는 그보다 다섯 살이 아래다.

그가 이장으로 이리 뛰고 저리 뛰면서 도와준다 한들 표시 없이 살림하는 며느리 꼴이라면 맞는 말이다.

"이장 형님, 우리도 나서야지요. 서울서는 날이면 날마다 촛불이 은하수를 이르는디, 농사짓고 소 키우는 우리가 구경만 해서야 쓰것시유?"

임씨가 소 아구리 앞에 털썩 자리를 잡고 앉으며 말을 꺼냈다. 소가 다가와선 혀를 내밀어 임씨의 목덜미를 핥았다.

"이장, 내도 생각해 보았구먼. 무는 개 뒤돌아본다는 말도 있지 않는가. 한목소리를 내야지 않는가?"

박씨도 짚을 깔고 앉으며 담배를 꺼내 불을 붙였다.

"예. 무슨 말인가 알아 겠는데유. 저도 그 옛날 데모도 해 보았지만 흐름과 시기로 보나 그럴 때가 아닌 거 같네유. 정권교체로 어수선하고 십 년 야당이 여당이 되었는데, 국민의 건강을 미끼로 반대를 위한 반대를 선동하고 있는 게 아닌가 하는 생각이 들고, 또 그 어떤 명목과 구실을 내세우기 전에 건의로서 타협을 이끌어 내야 할 의무가 있는데도, 정치적 악용을 하여 나라를 위기로 몰아간다는 것은 정치인의 자세가 아니라고 봅니다. 국회의원이 얼마나 할 일이 없으면 시위대 앞에 자리 잡고 앉아서 촛불을 흔들며 카메라를 보면서 웃고 있답니까."

그가 말을 계속하자 박씨, 임씨의 표정이 일그러졌다.

"그건 보기 싫테두 자꾸 비추더구먼. 금배지가 개판놀음 증명이나 되는가 싶어, 그놈 저놈 이놈 할 것 무에 있겠어. 다 썩었다니께."

박씨가 벌떡 자리에서 일어났다.

"그러나저러나 소값 떨어지는 건 사실이고 사룟값이나 싸다면 좋을 텐데 뭣이 남는 게 있어야지 힘이 날 꺼 아니유. 아저씨, 동생, 내 좀 참아볼까? 나서볼까? 지금 세상 흐름이 급물살인데 배 띄워봤자 전복이네."

그는 조심스럽게 말하였다.

"이장, 글쎄 나라가 어찌 될라는지 모를 것이네. 우리 집은 생각이 셋으로 갈라졌어. 난 그래도 우익인데 아들놈은 우도 좌도 아니고 무조건 불만이고, 반대고, 고등학교 다니는 손자는 완전한 좌익이라니까. 요번 선거 때 아들과 손자와 몇 차례 싸웠는지 아는가?"

이웃 박씨가 손사래까지 치면서 하는 말에 그와 임씨는 하품하듯 웃었다.

"거 함부로 말하지 말어. 우익은 단 한 사람 김구 선생님 뿐이여. 지금의 우익이라는 자들은 돈 많고 위선으로 가득한 자들로 정치판에서 늙은 자들이지. 그들은 전쟁이 일어나면 총 들고 싸울 생각은 하지 않고 외국으로 달아날 궁리나 하겠지. 총 들고 싸울 사람은 아마도 좌익이나 정부에 반대하는 열성파가 아닐까 싶으이. 내 생각으로는 그렇다고 믿네만."

그 역시 확신 없는 소리로 말하였다.

"글쎄, 그 말도 일리는 있겠네유. 세상이 변하고 인심이 변하니 저마다 생각이 달라서 그것도 개성인가 몰라도 사람들이 무섭다니까요. 인정이 없고 자기주장이 너무 강해서 그게 다 세상의 인심인가 모르지만유."

임씨가 모르겠다는 듯 고개를 갸웃하였다.

"그게 다 국론이 갈라지고 단합이 안 된다는 게 아닌가. 말하자면 나라의 분열 단면이 아닐까. 하나로 통일이 안 되어 서로가 대립하여 이쪽이 아니면 저쪽이 아닐까 사상과 이념의 통일을 이루지 못한 반대는 반대의 목적의 쾌감에 젖는 정신적 결함의 지배가 국민성이 되어버린 비극이 아닌가 싶기도 하고……."

그 역시 비감하게 말하였다.

"큰일 날 소리 그만 하세."

술상 앞에서 그들은 신명이 났다.

그들은 막걸리를 마셨다.

서울 있는 아들에게서 전화가 걸려 왔다.

"아버지, 시위대와 경찰이 충돌하고 있는데 그냥 보고 있자니 가슴속 심장이 뜁니다."

"뭐라고? 그래도 참아라. 총칼 대신에 촛불만 들고 있으면 된다. 알겠지! 촛불은 세상의 어둠을 밝히는 평화의 상징이다, 알겠지? 정호야…."

그가 큰 소리로 몇 번이고 말할 때 그의 얼굴을 바라보던 그의 처가 방안으로 들어가더니 텔레비전을 켰다.

"여보, 나 대전에 갔다 오리다."

그는 아내에게 소먹이를 부탁하였다.

"아니, 이장 갈려나. 나두 감세."

"아니 형님들, 진작에 그리하시지."

대전역 광장에서 오늘 밤 촛불시위가 있다는 걸 그들은 알고 있었다.

'세상의 모든 사람들 마음이 촛불 같다면….'

그는 속으로 이 말을 아버지 공책에 써 놓겠다고 마음먹었다.

이장이 박가의 말을 가로막을 때, 그의 부인이 어느새 술도 마신 적 없이 얼굴빛이 상기된 채

"태극기 앞에서 애국자가 되고 돌아서면 눈물이 난다는 어느 사람의 말이 생각나는구먼유"

하였다.

막걸리 잔을 들며 임씨가 심각한 얼굴을 하였다.

"맞아유. 우린 누가 뭐라 해도 대한민국 국민이지유. 애국자가 별것이유? 법 지키고 열심히 일하면 되는 거유."

"그럼 그렇구말구. 일밖에 모르는 농사꾼이 애국자여."

"그러나 오늘 대전으로 나서야 쓰겠어. 한마디 보태야 않겠어. 농촌이 잘 살아야지 도시도 잘 사는 거여. 낙농이 위태롭다고 하잖어."

"그려 평화적 건의를 한소리로 외쳐 보자구."

"그려 이제 일어나 감세."

세 사람은 앞서거니 뒤서거니 고샅길을 나섰다.

■ 김씨의 하루

봄 햇살이 머리카락 사이로 기어들며 간지럽혔다. 햇살은 여러 가지 색깔이 아니면서 누구에게든 하나같이 따스하게 하여 주지만 느낌으로 알 듯 소리가 없다. 생명이 있는 자들은 소리를 내며 기쁨과 슬픔을 표현하며 살고 있다. 찬란하리만큼 이렇게 좋은 봄날, 이런저런 생각을 할 수 있어 행복하다고 느끼는 것도 자연에 대한 고마움 때문일 것이다.

청색 체육복에 빨간 조끼, 그리고 등산용 가방을 어깨에 메고 쇠 장죽을 짚고 산을 오르는 김 노인. 그는 가방에 들어있는 도시락, 아내가 싸준 김밥 도시락이 왠지 유치원생처럼 기분이 좋다. 직장을 내놓고 백수가 된 후 갖는 여유지만 매일 놀고, 먹는 것도 지루하다. 시청 공무원으로 보낸 삼십 년이 내 삶의 전부라고 믿었지만, 막상 퇴임을 앞에 놓고 고민도 많이 했다.

"과장님 되신 거 축하드립니다."

직장 동료들의 인사를 받으면서 가슴에서는 헛헛한 바람이 지나가는 소리를 나 혼자 들어야 했다.

"이제 얼마 안 남았어."

마음으로 이렇게 외치며 축하연석에서 술 몇 잔을 마시고 일어났다.

"제가 모서다드릴까요."

자식 같은 박 계장이 웃으며 말했다.

"아니, 괜찮아요. 너무 피곤해서 그래요."

술에 취해 황황히 나왔다.

박 계장은 차도 있었다. 나는 어찌하다 차도 없지만 운전면허증도 없다. 문득 무능력한 자신이 비굴하게 살고 있는지도 모르지만, 박 계장의 신세까지 지면 안 된다는 생각이 들었다. 대학까지 나온 그가 중졸자인 나를 상사로 모신다는 건 무엇인가 잘못되어도 한참 잘못되었다. 구태여 명분을 내세운다면 직장생활 햇수가 많은 것과 나이가 많은 것일 게다.

농부의 자식으로 태어나 딸 다섯에 아들 하나였던 내가 공부를 더 못한 이유는 가난 때문이었다. 공직에 계셨던 외삼촌 덕에 공무원 말단직으로 시작하였다. 직장 덕에 장가도 일찍 갈 수 있었다.

일제 해방을 다섯 살이 되던 해에 맞이했으니 육이오 사변까지 겪었던 어린 시절은 가난을 등짝에 짊어진 부모님이었다. 육 남매나 되는 자식을 먹이기도 힘들었을 것이다. 과장 자리란 부담스럽다. 차라리 말단직에 있을 때가 마음은 편했다. 과장님 소리를 들으며 서류에 도장만 찍기에는 주변머리 없는 양심이 괴로웠다. 정보화 시대요 밀레니엄 시대라고 하면서, 젊은 인재들은 컴퓨터를 두드리는데 컴맹인 나는 왠지 모르게 부끄러웠다.

"송 과장, 잘 되시오?"

가까이서 컴퓨터를 만지는 도시계획과 송 과장에게 물었다.

"웬일로 되겠습니까. 머리도 빈 데에다, 손도 굼떠서 원 머리만 아파유."

"늙어서 좋은 거 하나도 없다구. 나도 마찬가지유. 이래가지구 창피해 어디 배겨 나겠어유."

"그러게, 이제 결심을 할까 합니다."

농담 삼아 충청도 말로 주고받던 송 과장이 나직한 목소리로 말했다. 미스 윤이 커피를 타서 공손히 놓았다.

연배가 비슷한 동료들을 만나면 그 걱정들이다. 나는 과장이 된 지 2년을 간신히 채우고 명예 퇴임을 자원했다. 송 과장도, 그리고 수의실 삼십 년을 마친 배승문씨, 그리고 다른 부서에 있는 두어 명하고 수도과 기술직에 있던 서명택씨 도합 다섯 명이었다.

나와 똑같은 마음도 있겠지만 우리를 몰아간 건 경제위기였다. IMF라는 경제 한파에 나라 경제가 말이 아니었고, 직장인의 사기를 떨어뜨려 모두 위축되어 서로 눈치를 보느니, 물러날 사람은 알아서 물러나는 게 현명하다는 생각을 하면서 과장 자리란 인사 차례로 앉혔다는 생각이 나게 했다.
 퇴임 날짜는 1998년 11월 25일이었다. 퇴임 이틀 전 송별회에서 박 계장이 내게 술을 권하며 한 말이 잊혀지지 않는다.
 "김 과장님, 서운하시죠. 전 나이는 과장님보다 많이 적지만 과장님 심정을 백번 이해합니다. 얼마나 허무하십니까? 하지만 모든 게 순리가 아닐까요. 자연의 순리 같은 그런 진리라고 생각하시고 마음 편히 계십시오."
 "옳은 말일세. 구시대는 뒤로 사라져 가야지 순리가 아닌가."
 나는 술이 그리 취하지 않았는데도 웬일인지 무너지는 몸을 가누듯 휘청댔다.
 "저 냉정하리만큼 차가운 박 계장의 시대가 온 거야. 그걸 알기에 하루라도 먼저 가는 거야."
 "아닙니다. 모든 게 순리라니까요. 어른들의 길을 따라가는 겁니다. 저희들은."
 "박 계장, 너무 계산적으로 살지 말게."
 그날의 허무, 그리고 송별주 마시면서 느껴야 하는 배신감은 무언지 모르겠다. 퇴임식장은 텅 빈 것처럼 보였다. 대형 축하 화환이 덩그러니 앞좌석에 서 있었는데도 환하다든가, 그런 느낌을 주지 못한 것은 많은 생각의 교차 때문이다.
 "그래, 순리대로 순응하는 거야. 지나간 것은 묻히고 자꾸 흘러가는 거야. 난 최선을 다했어."
 내 옆에서 한복으로 곱게 차려입은 아내가 축사를 들으며 슬퍼서인지 눈물을 두어 번 찍어내고 있었다. 배승문씨만 아내 없이 외톨이로 앉아 있는 게 보기 딱했다. 아들딸 삼 남매가 객석에 앉아 지켜보았다.
 집에 돌아오니 미리 준비했는지 교자상에 케이크가 놓여 있고 작은 꽃바구니에 카네이션이 빨갛게 그리고 분홍과 흰색 꽃이 어우러져 웃고 있었다.

"아버지, 앉으세요. 긴 세월 동안 수고하셨어요."

큰아들이 말을 하자, 작은 아들 내외와 딸 사위가 손뼉을 쳤다.

"아버지, 삼십 년 축하 파티에요. 촛불을 끄세요."

딸이 재촉하였다. 나는 촛불을 힘껏 불었다. 그리고 내 눈 안에 물기가 돌았다.

"그래, 고맙다. 이제 이 시간부터 백수로 돌아온 나를 축하해 주어 고맙다."

"아버지, 어머니랑 놀러도 다니시고 편히 쉬세요."

삼십 평 아파트를 떠들썩하게 흔들어 놓고 잠시 침묵 같은 시간이 흘렀다. 모든 것이 엊그제 같은데 이미 멀어져 간 옛날이었다. 그간 함께 퇴임한 동료를 만나 술 한 잔 마시고 한 끼 식사도 하면서 인생 이야기도 했지만, 모두 넓은 바다에 표류하는 낡은 어선처럼 초라해 보일 뿐이다.

나는 자식 삼 남매를 다 여의었지만 송 과장은 늦게 결혼해 아들 하나, 딸 둘을 하나도 결혼시키지 못해 그것이 제일 걱정이라며 부조만 한 것이 억울하다면서 마누라의 걱정이 대단하다고 했다.

부인 잃고 홀아비인 배승문씨는 며느리가 잘해 주지만 왠지 고독하다고 했다. 퇴직금이라도 있으니까 잘하는지 모른다고 우리들이 말하니, 그런지도 모르지만 한 달에 오십만 원씩 주면서 얻어먹는다고 했다.

너 나 할 것 없이 모두 걱정이 많았다. 서명택은 퇴직금 몽땅 타서 은행에 넣었다가 반을 주식에 투자했는데 거덜이 났다며 요즘 두문불출하다 주식 시세 알아보느라 날마다 증권회사에 가서 산다고 했다.

송 과장은 아들 유학비로 반은 써야 되겠다며 한숨을 쉬었다. 자식이 무엇인지 인연을 만들면 마음이 아파야 한다고 했지만 나 역시 둘째 아들 때문에 걱정이다.

건축자재상과 인테리어를 함께 했는데, 불경기로 인해 건축 붐이 사라지고 집수리도 웬만하면 그대로 살기로 작정했는지 일이 없단다. 터놓고 말은 안 해도 어려운 모양이다. 며느리가 어느 날 찾아와 슬며시 비친 말 때문에 아내와 한바탕 말다툼을 했다.

"아버님, 사글세만 나가지 않아도 살겠어요. 자그마치 백오십만 원이잖아요. 어려운 줄 알고 주인집에서 보증금 오천만 원만 올려주면 월 오십만 내면 되지 않느냐고 하더군요."

"아니, 그 애는 나 없을 때 와서 시아버지를 부추기고 있는 거야. 무슨 돈이 있다구."

"딱 잡아떼지 말고 은행에 넣어둔 것 중에 반만 떼어 줍시다. 얼마나 어려우면 그러겠소."

"안 돼요. 당신 있는 척한 거유? 난 연금으로 두었다고 했는데, 그게 어떤 돈이유. 당신 목숨과 내 목숨이 달렸다구요."

아내는 두 눈을 치켜뜨면서 길길이 뛰었다.

"나도 있다고 안 했소. 당신과 상의해야지."

"그럼요. 그 돈은 반은 내 돈이유. 알겠어유?"

"반은 내꺼니 반만 주구료. 연금 나오는 걸로 먹고 살면 되지 않소?"

아내는 입을 다문다. 들으면 병이라서 이 시간부터 아내는 마음이 편하지 못할 것이다. 아내는 늦게 취미 생활을 한다며 붓글씨를 배우는가 하면 일주일에 한 번씩 등산을 간다고 했다. 붓글씨를 쓰고 있을 때 먹을 갈아주기도 했지만 등산 가는 것은 왠지 달갑지 않다. 산악회에 들었다며 같이 가자고 해 강아지처럼 따라가던 날 하필 무릎의 통증으로 중간에서 포기하고 내려와 묵 한 접시에 동동주를 마시고 혼자서 씹는 듯한 고독감은 무엇인지 아무도 모르게 안았다.

남녀가 모인 산악회는 비슷한 연령으로 모두 건강을 위한 등산이어서 활기에 넘쳤다. 그 가운데 변호사였다는 누군가 하는 사람이 왠지 마음에 걸렸다. 건강한 체격에 나이에 비해 젊어 보였고 인물도 훤해 왠지 질투를 느끼게 했다. '혹시 아내가' 나는 잠시 떠올린 생각을 지우며 자신의 치졸함에 짜증이 나고 나의 건강에 자신이 없어져 절망하였다.

에베레스트산도 아닌 내 지방 계룡산도 넘지 못하다니, 아내는 걱정을 하면서 내 뒤를 따라오는 걸 죽으라고 말려 일행에 합류하게 해놓고 마음속에 담는 생각에도 짜증이 났다. 지금쯤 산을 넘고 갑사로 가는 길일 것이다.

언젠가 아내와 같이 가본 곳이지만 왠지 서운했다. 처음부터 초를 친 꼴이라니. 그보다 내 건강에 너무 소홀했던 것 게다. 직장에서 책상에 앉아 그동안 너무 운동도 하지 못했고 건강에도 신경을 쓰지 않았었다.

병원에서 사진도 찍고 진찰하더니 무릎관절에 이상이 있다고 한다. 말하자면 뼈 사이의 연골이 쇠해 뼈마디가 부딪쳐 통증이 있단다. 누구나 한 번쯤은 그런 증상이 오는데 맨날 쉬다가 무리한 까닭이라며 매일 걸어서 다리 운동을 하면서 약을 먹으라고 했다. 그 후 날마다 아침이면 아파트 주위를 한 바퀴 돌곤 했다. 그리고 가까운 보문산을 찾았다. 버스 한번 타면 된다. 오늘도 삼 일 만에 보문산 약수터를 지나 시루봉으로 가는 오솔길로 접어든다. 길이 좁지만 나무 그늘이 밀림 속처럼 푸른 소나무가 웃자라 있어 솔향이 바람을 타고 흐르며 가슴을 시원하게 해주어 이 길을 좋아했다.

오늘은 아내가 대구 팔공산으로 떠났다. 갓바위에 약사여래 보살상이 허공을 지붕 삼고 있는데 세 번을 찾아가서 소원을 빌면 이룰 수 있다고 말했다.

아내는 지금쯤 산을 오르고 있을까? 아니면 아직 버스를 타고 가는 걸까? 나는 느지막이 아내가 싸 놓은 김밥에다 시금칫국을 먹고 열 시가 넘어서 나왔고, 아내는 일곱 시에 출발한다고 했으니 지금쯤 산을 오르고 있을 것이다.

"안녕하세요. 선생님."

조용히 산을 건드리는 여인의 목소리에 나는 걸음을 멈추고 뒤를 돌아다보았다.

넓은 채양의 밤색 모자를 쓰고 선글라스를 쓴 여인이 웃으며 다가온다.

"나 말입니까? 안녕합니다."

뜻하지 않은 여인의 인사를 스무스하게 넘겨버린 것이 흐뭇해 나는 웃었다.

"저는 날마다 이 길을 가지요. 그런데 선생님을 몇 번 뵈었어요."

"아! 그랬군요. 난 가끔씩 오지요. 허허."

"언젠가 친구분들과 오셨지요?"

"아! 그래요. 직장 동료들이었어요. 퇴직 동료."

"왜 같이 오시지 않고 혼자 오셨어요?"

그녀는 무엇이 그리 궁금한지 집요하게 묻는다.

"놀고 있다고 볼일이 없겠어요? 약속이 없었으니 혼자 왔지요."

"혼자 오시니 외로워 보여서 묻는 거예요."

"아! 외로워 보입니까? 산은 포근해서 전혀 외롭다는 생각이 들지 않던데."

그녀의 얼굴에서 젊음의 빛을 보았던 나는 끝말에서 반으로 잘라 말했다.

"선생님을 처음 뵙는 순간 저의 아버지를 뵙는 게 아닌가 하는 생각이 들더군요."

"아버지요? 아버지라."

나는 입속말로 중얼거렸다.

"선생님의 겉모습에서 제 아버지의 이미지가 풍겨났어요. 첫째 눈이 그래요. 고독한 우수가 그래요."

그녀가 먼저 바위에 걸터앉자, 나도 그녀 곁에 엉거주춤 앉았다. 그녀의 말꼬리를 잇게 하기 위해서였지만 그녀의 하얀 웃음에 취해 머물고 있는지도 몰랐다.

"우리 아버지는 저 하늘나라에 삼 년 전에 가셨어요. 저는 아버지를 사랑하지도 않았지만 미워하지도 않았어요. 아버지는 늘 손님처럼 오셨다가 손님처럼 가셨으니까요."

나는 그녀의 이야기에 빠져 들었다.

똥 마려운 개처럼 엉거주춤 하니 앉았다가 편하게 앉았다.

어머니는 사랑을 했고, 결혼까지 생각했던 사랑은 알고 보니 유부남으로 내연의 관계가 되었으며, 그때 이미 돌아설 수 없던 이유는 이미 임신으로, 삼 개월 후에 그녀가 태어났던 시기였단다. 작은댁으로 삼 남매를 낳고 기다린 세월은 한으로 남았다. 아버지는 사랑이라는 명목을 돈으로 내밀고 손님처럼 왔다가 하루 이틀 밤 주무시고 가버렸다. 철이 들면서 아버지께 따지고 덤벼든 건 어머니가 가여워서였다. 아버지의 이중성에 분노해서였지만 어머니의 존재는 한 여성의 피해에서 만인의 여성에 대한 모욕이라는 생각이 들더라고 했다.

"나는 어머니에게도 대들며 포악을 부렸어요. 어머니는 한마디 변명도 하지 않은 채 눈물만 흘리시더군요. 눈물이라기보다 피눈물이었어요. 어머니의 눈물을 보면서 한 여자의 삶을 불쌍하게 인정하면서 이해하기로 마음먹고 아버지를 미워하지 말자고 다짐한 것도 사실은 하나님을 섬기면서부터였어요. 하나님은 누구든 미워하지 말고 사랑하라 하였어요. 그리고 돌아가신 아버지를 그리워하게 되더군요. 선생님의 그 눈이 돌아가신 아버지와 너무 닮았어요. 그늘 같은 고독이 숨어있는 그 눈이 똑같아요."

나는 그녀의 진지한 모습에서 진실이라는 걸 느꼈다. 잠시 뜨거운 피가 머리에서 발끝까지 회전하고 심장에서 식어지는 허전함에 어리둥절하고 말았다.

그리고 나와 그녀 사이에는 비를 맞은 겨울나무 같은 침묵이 흘렀다. 그녀는 두 손을 모으고 기도를 하였다. 조용히 그러나 간절하게 난 온몸에 벌레가 기어 스물거리는 가려움증에 몸을 한번 비틀었다. 그녀가 기도를 끝내고 웃었다. 석류 속 같은 하얀 치아가 햇살을 받아 반짝였다.

"제가 무슨 기도를 하였는지 아세요. '선생님의 건강과 그리고 아버지라 불러도 죄가 되지 않게 하옵소서.' 하고 기도했어요."

어린아이가 아버지께 떼를 쓰고 있는 것처럼 그녀는 어리광을 부렸다. 그 순간 내 나이와 그녀의 나이를 생각하면서 나이 차를 계산하고 있었다. 내 몸에서 무언가 빠져나가는 통증은 내게 남은 기대 같은 바람이었는데 아버지라는 호칭 때문이었다. 나는 헛헛한 웃음을 허공에 날렸다. 양심의 조각이 흩어지는 걸 간신히 제 자리로 돌아오게 하는 데는 짧은 순간이었지만 왠지 어색해 다시 걸어 나갔다.

소나무가 울창한 숲까지 와서 그녀의 기척이 없어 뒤돌아서 보았다. 그녀는 또 기도를 하는지 한 손을 가슴에 대고 그냥 그곳에 있었다.

신앙은 무엇인가, 인간에게 있어 보이지 않는 힘을 넣어주는가 보다. 지금쯤 팔공산을 오르며 수없이 부처님을 부를 아내가 떠올랐다. 인간의 본능은 본시 나약한 존재여서 누군가에게 의지하고 싶은 본능이 있어 신을 만들어 의지하는 건지 태어나면서 어머니 품에 안기길 원하듯 누구에게든 의지하고 위로받고 싶은 보상 심리가 이상세계를 꿈꾸게 하는지도 모를 일이다. 머릿속을 어지럽히며 이런저런 생각을 하며 기다렸다.

"저는 매일 산을 찾아요. 산은 늘 하나같이 반겨주고 하나님이 계신 하늘과도 가까워서 좋아요. 전 결혼에 실패하고 하나님께 의지하며 괴로움을 이겨냈어요. 대학에 다닐 때 연애해 결혼했는데 그 남자는 바람둥이였어요. 난 참을 수 없었어요. 어머니의 기다림을 보고 자랐기 때문이었어요. 다행히 결혼 6년 만에 아이도 없었으며 누굴 위해 살기보단 나를 위해 살아야겠기에 쉽게 단념이 되더군요. 어머니는 나보다 더 슬퍼하셨어요. 그게 모정이라는 것도 알았어요."

나는 그녀를 안아주고 싶었다. 그리고 아내가 곁에 있었으면 하고 생각했다. 가정을 위해 그 힘든 산행을 세 번째 하고 있을 아내는 나를 위해 축원도 했으리라. 모든 게 자신의 행복을 위한 행동이라는 생각도 이기심이 아닌가.

"저, 나는 무릎이 아파 시루봉까지는 못 오르겠는데."

나는 모든 걸 포기하고 싶은 마음을 떠올리다가 기분이 착 내려앉았다.

"그러세요. 무리하시면 안 돼요. 내일이고 언제고 아주머니와 함께 나오세요. 인사드릴래요."

나는 그녀가 소나무 사이로 사라져 가는 걸 몇 번 돌아다보며 하산을 재촉했다. 늙으면 부부는 살아도 따로따로 논다는 말이 있다. 왠지 요즘 한방에서 잠을 자거나 마주앉아 있거나 무릎과 무릎 사이에 차가운 바람이 돈다고 생각하면서 외롭다고 느낀 적도 가끔 있었다.

벌써 해가 기울었다. 어서 돌아가 아내를 기다려 주고 싶었다. 버스를 타고 창밖을 보니 수의실에 근무했던 배승문씨가 손을 흔든다. 그도 등산하고 돌아가는 듯 옷차림이 나와 같았다.

집에 돌아와 샤워를 하고 소파에 누운 채 쉬고 있다가 잠이 들었다. 아내가 문을 열쇠로 따고 들어와 깨웠다.

"잠이 들었어. 그래, 잘 갔다 오는 거요?"

"예. 당신 저녁은요?"

아내의 얼굴빛이 피곤해 보인다.

"생각도 없어. 당신 먹는다면 먹고, 아니면 그냥 자겠소."

"하루 종일 김밥만 자시고 저녁을 굶으면 되겠어요? 냉장고에 고기 재어 놓은 거 있다는 걸 깜박했어요. 얼른 익혀 드릴게요."

맛있게 저녁을 먹고 나니 아내가 오늘따라 고맙다.

"그래. 당신 나 없이 오늘 뭐 하셨수?"

아내가 샤워하고 나와 머리를 말리며 물었다. 오늘 산에서 김연주라고 이름까지 알려 준 그녀를 떠올렸다.

"보문산에 갔었고."

"다리는 괜찮아요? 오늘 나도 무릎이 아파서 무척 힘들었어요. 여지껏 그렇게 아픈 적은 없었는데."

"병원에 가서 진찰해 보구려."

"며칠 무리해서 그럴 거예요. 쉬면 괜찮을 테지요."

아내가 아프다니 가슴이 내려앉는 것 같은 양심이 머리를 든다. 산이고 무엇이고 아내를 데리고 내가 다니는 병원이나 가야지 하고 생각했다. 그동안 아내가 산악회에 들어 이 산 저 산 다니는 게 심술이 난 자신이 후회스럽다.

아내는 내 관심에 감동을 했는지 고마워했다.

"부부란 살면서 고운 정 미운 정이 버무려져, 안 되어 보이고 불쌍해 보이는 거라구. 오늘 친구가 산에서 내려오며 말하데요."

"그걸 당신은 아직 몰랐단 말이요?"

오랜만에 아내에게 등을 긁어 달라고 뒤돌아 앉았다.

"여보, 언제 당신이 말한 거 있잖아요. 둘째 오천만 원 해주라는 거 며칠 내로 줍시다. 그리고 나머지는 좀 더 있다가 큰애와 딸에게 줍시다. 오늘 생각한 끝에 내린 결정이었어요. 그놈들 자식이 무언지."

"잘 생각하였소. 그리고 나 오늘 누가 아버지가 되어 달라 하던데."

나는 어렵게 말머리를 꺼냈다.

"누가 그래요. 아들이요. 딸이에요?"

등을 박박 시원하게 긁은 뒤 살짝 꼬집으며 아내가 묻는다.

"딸이요. 하지만 당신이 싫다면 절대로 그리 안 할라오."

"고맙구료. 누군지 모르지만 헛다리 짚은 거라구요."

"이제부터는 만날 일도 없겠구료. 당신이나 나나 다리가 아프니 등산을 하지 않는 게 좋겠소."

나는 이런 말을 하면서 주름투성이의 아내 손을 잡으니 뒤숭숭한 가슴이 시원하게 뚫리는 것처럼 마음까지 가벼워졌다.

"당신, 오늘은 기분이 좋았겠네유."

전등불이 꺼진 어둠 속에서 아내가 넌지시 옆구리를 찌르며 묻는다.

"글쎄. 나빴다면 거짓말이구. 하지만 당신 앞에서는 다 털어놓고 싶어. 왜 그런지 나도 모르겠어."

"그래유. 그럼 나도 그 여자를 만나볼까 말까 궁금한데유."

아내는 농담을 하고 있는 것처럼 생각되었다.

"아니야. 그저 스쳐간 바람이었어. 그 바람은 벌써 산을 넘어 하늘까지 올라갔을 거야. 하나님을 믿는 크리스천이야."

"바람은 어디고 있어요. 그러기에 언제든 만날 수 있는 게 바람이고요."

"아니야. 신경 쓰지 말기요. 마님."

나는 농담을 섞어 말했지만 아내는 그게 아닌가 보다. 어둠을 가르듯, 아내와 나의 생각을 가르듯 전화벨이 울린다.

"아니, 늦은 시간에 누군가?"

배승문이었다.

"아니, 자네. 오늘 보문산에서 보았네. 웬 여자인가 무척 젊던데. 자네, 그러긴가. 천하에 이 홀아비를 두고 혼자만 재미를 보는 건가."

"무슨 소리야! 내 딸이었네."

전화를 끊고 이불 속으로 기어들며 아내의 눈치를 살폈다.

"거짓말도 하면 늘어요. 내 아무리 다리가 아파도 내일 보문산에 가겠어요."

"아니야, 난 안 갈 테야. 자신이 없어 솔직히 말해서."

"이제야 솔직히 말하시는군요."

아내가 곁으로 바싹 다가오며 작은 소리로 말했다. 나는 아내를 오랜만에 껴안았다.

■ 싸리꽃

당삼이는 오늘도 싸릿대 한 다발을 마당에 들여놓고 가는 걸 잊지 않았다. 마당이라야 소쿠리만 한데도 울타리는 쥐새끼도 마음대로 드나들지 못하도록 싸리나무로 촘촘하게 둘러쳤다. 집은 소쿠리에 담은 산돌처럼 흙벽돌로 가리고, 소나무를 얹은 서까래를 뼈대 삼고, 지붕은 굴피와 송판을 섞어 얹어 밧줄로 동여매어 돌로 눌러 바람에도 견디게 하였을 뿐이나, 참새도 날아들고 나비도 날아들 때가 있었다.

"아브지, 쉬엄쉬엄하래두 그러셔. 지금 싸리꽃이 필 때니 두고 보아야지, 너무 야상 바르게 꺾어대면 미안스럽지 안남유?"

당삼이는 며칠을 벼르고 하는 말이지만 아버지의 소일거리는 싸릿대라는 걸 잘 알고 있다.

"알았어. 어이 가 걱정은 말어."

남의 집 일을 하여주고 살아가는 부자지간이니 말 안 해도 알 듯하건만, 몸 불편한 아버지를 홀로 두고 십여 년이나 남의 일을 하는 당삼이로서는 마음이 늘 같을 수만은 없었다. 아버지만 아니면 벌써 집을 떠나도 한참은 되었을 것이다. 화전 밭 일구어 수수도 심고 감자도 심고 옥수수도 꽂았으나 둘이서 석 달 먹을 양식도 안 되고, 그나마 낟알 곡식은 새가 먹어대니 항상 가난은 타고난 팔자려니 하는 생각이 들었다.

어떤 때는 탄광촌이라도 들어가고 싶은 심정이 한두 번은 아니었지만 모든 걸 참는 당삼이었다.

강원도 골짜기 너른 들을 땅으로 가진 부잣집 주인장이 머슴을 구한다는 입소문을 듣고 찾아가서 일한 지 십 년이니, 당삼이 나이 열 살 때였다. 땅이 있어 부자인 주인의 이름은 구장이었다. 그들 부부 슬하엔 자식이 없었다. 식구는 부엌데기 간난이가 있고, 새벽이면 찾아가는 당삼이가 든든한 일꾼이었다. 그리고 암소 한 마리가 있었다.

오늘만은 꼭 말할 것이다. '약속을 지키지 않는 주인의 변명을 듣다가는 안 되어. 안 된다니까 말여.' 당삼이는 입술을 깨물며 십 리 산길을 넘어 주인집으로 들어가는 삽짝문을 열었다. 삽짝 옆 외양간에 어미 소가 당삼이를 알아보고 일어나려다 주저앉는다.

"웬일이여 누렁아 아픈 거 아니여?"

당삼이가 얼른 소 곁으로 다가가서 소의 등을 쓰다듬는다. 벌써 송아지의 발이 삐죽 내밀고 있었다.

"아니 새끼 낳는가베. 배 아픈 거여!"

당삼이 말을 알아듣는 듯이 큰 눈을 껌벅이며 땅바닥에 배를 대고 배를 쿨렁이며 숨을 몰아쉰다.

간난이가 여물 솥에 불을 지피다 말고 쪼르르 달려온다

"간난아, 어서 주인아저씨 깨워. 여긴 오지 말어."

"야…."

간난이는 무슨 말인가 알아들었는지 쪼르르 달려간다. 열네 살이니 제법 처녀티가 난다. 주인의 말로는 먼 친척 조카라 했고, 당삼이가 열아홉 되는 해 봄에 혼인시켜 줄 것이니 일만 잘하라고 철석같이 약속을 했던 터였다. 그러나 봄이 가고 여름이 지나고 가을이 돌아왔건만 주인어른은 한마디 언질도 없고, 언제 그랬느냐는 얼굴로 일만 하길 바랐다.

"내 그동안 얼마나 기다려 왔는지 아무도 모르지. 싸리꽃이 피고 지면 추워질 것이고, 추우면 겨울이라 혼인을 또 미룰 것이니, 내 속 타는 맘을 누가 안다 이 말이여."

밤새도록 진통을 겪은 소나, 밤새 생각으로 뒤척이던 당삼이의 심정이나, 애타는 심정은 똑같다는 생각이 들었다. 소가 가엾게 느껴져서 당삼이는 소에게 힘을 쏟아주듯 배를 쓸어주면서 말을 한다.

"누렁아, 힘 주어. 어서 주어."

주인이 속옷 바람으로 달려왔다. 그 뒤를 주인의 아주머니 비름이가 쫓아온다. 비름이란 이름은 그가 태어나기 전 그의 어머니가 하도 배가 고파 바싹 마른 풀줄기를 걷어다 삶아서 먹었는데 하도 맛있어서 겨울을 나고 자세히 살펴보니 아무도 먹지 않았던 비름이라, 아이를 낳은 뒤, 아이도 말라 아무렇게 부른 이름이 비름이 되었다고 한다. 이 말은 친정어머니라는 분이 해서서 모두 알고 있었다. 그래서였는지, 뱃속에서 못 먹은 탓인지, 주인아주머니는 몸이 약했고, 늘 약탕관을 끌어안고 산다. 그래서 수태를 못 하였는지도 모른다.

한낮이 되어서 누렁이는 송아지를 낳았다. 어젯밤 밤을 새운 누렁이는 산고 끝에 낳은 제 새끼를 핥아주고 있었다. 주인 구장이는 송아지를 바라보면서 좋아서 어쩔 줄 몰라 했다.

당삼이는 소여물까지 챙겨주고 시무룩한 얼굴로 주인집 삽짝문을 밀고 나왔다.

도저히 이런 맘으론 일이 손에 잡히지 않았다. 혼자 집에 남은 아버지 생각이 더 나는 것이었다.

'내 간난이하고 혼인한다는 희망으로 기다려 왔는데, 소도 새끼를 낳고 토끼도 새끼를 낳지 않는가.'

당삼이네는 소는 없어도 토끼는 있었다. 아버지의 심심풀이기도 한 토끼가 새끼를 낳았는데, 들고양이가 한 짓인지 들쥐의 짓인지 하룻밤 사이에 네 마리 새끼를 잡아먹고 새끼 한 마리에 어미 한 쌍만 남았다.

'송아지 한 마리 준다고 한 지가 얼마나 오래되었는가. 요번엔 꼭 줄란가 모르지….'

십 리 산길을 걸어 돌아올 때 당삼이는 꼭 싸릿대를 베어 돌아와 울타리에 세워두고, 들어가 잠자고 나오기 전 밥상은 방에다 놓고, 싸릿대는 마당에 놓고 나오는 것이다. 오늘만은 귀가도 이르고 싸릿대를 베어 어깨에 걸치니 아직 해는 산머리에서 꼼짝 않고 산그늘을 만들까 말까, 당삼이를 내려다보며 말을 건다고 느껴졌다.

싸리꽃 붉은 꽃빛이 엷은 간난이 속옷을 비집고 내비친 젖무덤 살빛으로 흔들리는 것이었다. 당삼이는 달아오르는 얼굴이 뜨거워 두 손으로 감쌌다. 10년 만에 이른 귀가는 들뜨기보다 착잡한 심정이었다. 당삼이가 제일 좋아하는 색깔로 피는 싸리꽃, 그 은은하고 지는 햇살이 가지 끝에 조롱조롱 매달리듯 종종종 피는 손톱보다 작은 그 꽃이 지고 나면 또 1년이 지난다.

그는 불쌍한 아버지를 생각한다. 어렸을 때 어머니가 돌아가셨고, 아버지는 무슨 병인지 모를 병으로 다리를 쓰지 못하게 되었으나, 첩첩산중에서 의원도 모시어 본 적 없이 앉은뱅이가 되었던 것인데, 아버지는 손으로 짚고 다니면서 밥도 하고, 싸릿대로 싸리비 소쿠리도 만들지만, 아버지가 제일 좋아하는 일은 울타리를 엮어 세우는 일이었다.

"당삼아 우짠 일로 이른 시간에 왔어?"

아버지는 처음 있는 일이어서인지, 울타리 앞에 앉아 싸릿대를 심듯 하며 정성을 쏟다가 고개까지 젖히고는 아들을 올려다보며 묻는다.

"소가 송아지를 낳았네유. 여물 주고 왔어유."

"잘 낳았어? 암송아지여? 수송아지여?"

"암송아지라나 봐유."

"그려 잘했어. 또 새끼 낳겠네. 그런디 어찌 틈이 났네."

"몸이 아파서 좀 일찍어니 왔어유."

"아니, 어디가 아프냐? 어지간히 아픈 모양이다."

십 년 세월 동안 단 한 번도 없었던 일이었다. 몸살도 참고 견뎠고 감기 배탈도 참아낸 당삼이었다. 그런 아들이 아프다면 많이 아픈 것이었다.

"이리와 머리 짚어보자, 열 있는가. 어여, 고개 숙여 보래두 그러네."

"괜찮어유. 아브지. 푹 쉬면 괜찮을끼구만유."

"그랴, 어서 들어가 쉬여."

아버지는 안다. 든든한 황소 같은 마음인 당삼이가 이런 때는 없었다. 그럴 만한 이유가 있을 터였다. 그는 봉당으로 올라서는 아들을 눈높이를 세워 바라보면서 싸리멧자리에 널린 고추를 보고 기어간다. 칡넝쿨로 엮어 매었으니 척 접으면 된다. 싸릿대는 질기면서도 잘 꺾이지만 새로 돋은 가지는 말랑말랑 휘어져 생활용품으로 만들어 쓰기에 적합하다.

당삼이는 밤새 잠에 못 들고 뒤척이다 새벽잠에 빠졌으나 마음이 아프면 몸도 따라오는가. 몸살이 났다. 아버지가 아침밥을 지어 소쿠리에 놓고 네 귀퉁이에 맨 끈을 들고 방으로 들어와선 당삼이를 깨웠다. 그러나 일어나지 않았다.

"아브지, 지가 나중에 먹을꺼래유."

그때였다. 사람의 목소리가 들렸다.

"저 당삼이 있는가. 흠흠… 흠."

가을 햇살이 산으로 먼저 찾아오는지 맑다 못해 시리도록 부신 빛을 온몸에 두르고 부잣집 구장이가 서 있다. 아까부터 열린 쪽문을 열 필요 없이 돌아앉았다가 비틀고 내어 민 팔칠이 얼굴이 나왔다.

"아니 이 주사님이 손수 여까지 찾아오시구여."

낮은 문턱을 날렵하니 두 손을 짚고 넘으며 늙은 팔칠이가 십 년은 젊은 구장이를 맞는다.

"당삼이가 아프다더니, 어떤가 싶어 왔네만."

음흉한 속내를 감추고 어림잡아 아픈 것을 내세우는 구장이는 늙은 여우였다.

"글씨 몹시 아픈가. 밥도 못 먹어. 여지껏 그런 일은 없었는가 싶은데. 송아지 새끼를 낳다문서요?"

"그 새끼는 당삼이 꺼래두요. 암놈이니 커지면 새끼도 낳을 꺼네."

구장이는 어깨까지 들썩이며 너스레를 떨었다. 당삼이가 듣게끔 목소리도 키웠다. 당삼이는 눈을 지그시 감은 채 구장이의 말을 모두 듣는다.

"주사님 올라오시유. 예?"
구장이가 방안으로 들어선다.
"당삼아, 야. 일어나 보라, 이 주사님이시다. 많이 아픈가? ~원."
"자, 웬만하면 같이 가지 않을 텐가. 어제 낳은 송아지 당삼이 꺼래두 그러네."
당삼이는 마지못해 일어나 한숨을 푹 쉬고는 한참 만에야 입을 뗀다.
"지하고 약속은 또 있잖여유. 밭떼기 이백 평. 그리구 또 있잖여유."
"아하하, 알겠어. 간난이도 주겠어."
"고맙네유, 고맙네유…."
당삼이의 코가 방바닥에 닿을 듯싶고 그의 아비 팔칠이의 고개가 떨어질 것처럼 보이는 순간이 짧았으니 망정이었다. 언제 아팠느냐 싶게 당삼이는 그 길로 구장이를 따라나섰다.
'간난이, 간난이, 송아지, 밭떼기 이백 평.'
당삼이는 머릿속으로 수없이 외워본다. 그러나 간난이가 더 귀하고 사랑스러운 맘을 어떻게 할 수 없었다. 십 년을 간난이 때문에 버티어 왔다. 온통 그 하나의 꿈이요. 희망이요. 바람이었다.
눈이 내리고 비가 내리는 날에도 하루도 빠지지 않고 길을 나설 수 있었던 세월이 힘들고 지치게 한 많은 일거리를 혼자 하면서 그 약속을 믿고 기다린 당삼이었다. 그 희망 같은 꿈이 우르르 무너지는 소리를 가슴으로 듣는 이상 그는 한 번에 쓰러질 수 있었다. 그러나 그 약속의 다짐을 십 년 만에 다시 확답으로 듣는 순간 행복했다.

혼인날을 받았다.
당삼이를 아저씨라고 부르던 간난이는 수줍어하는 양이 더 예뻤다. 싸리꽃보다 더 예뻤다. 세상에서 은은하고 보일 듯 보일 듯 푸른 숲에 숨어서 피어난 꽃이 아무리 많아도 싸리꽃에 비할까.

요즘 싸리꽃이 피어날 때면 산에 들에는 가을꽃이 여기저기 피어나는데 봄, 여름 꽃과 달리 가을꽃은 빛깔이 맑고 청초하여 물빛과 바람 하늘빛을 닮아 있다.

당삼이는 싸리꽃 한 움큼을 꺾어 나뭇짐 사이에 끼워 넣고 나뭇짐을 내리기 전 싸리꽃을 챙긴다. 오늘만은 집에 계신 아버지의 몫이 아니었다. 간난이에게 건네주고 소꼴을 넣은 뒤 송아지 등을 쓸어준다.

수수 모가지를 낫으로 베어 묶는데 그것만으로 몇 날이 걸렸고, 떨어진 조 이삭은 멍석에 널어 손과 발로 비벼서 털면 된다. 좁지 않은 마당은 조이삭과 수수목으로 그득했고, 여름 농사 옥수수는 엮어서 달고 털어서 자루나 독에 넣은 지 오래다.

내일이면 혼인인데 주인 나리가 불러 앉혔다. 다짐 비슷하나 뜻밖의 제안이었다.

"당삼이, 간난이, 너희들도 알것지만 난 자식이 없어. 너희들이 내 자식이나 마찬가지여. 그러니 혼인해서 여기서 같이 살자 이거여."

"아브지는 시방 기다리시고 계실 테고요. 저가 편케 모시고 싶은데유."

"그려, 당삼이 부친도 여서 같이 사는 거여. 한 식구가 된 거여. 이자부텀은 그려. 어르신 말씀이 맞는다고. 벌써 그런 의논을 했다니께. 여서 같이 살자구 알겠어?"

주인아주머니도 간곡하게 말했다.

"그런디유. 며칠만이라도 간난이와 송아지, 즈그집에 살다가 오면 안 되겠남유?"

"그렇게 하여도 괜찮어."

당삼이는 늘 꿈꾸어 오던 것들을 흉내라도 내보고 싶었다. 간난이와 혼인하여 오순도순 살며 송아지가 매여 있는 외양간을 들며 나며 바라보고 소를 끌고 밭을 갈고 소를 먹일 꼴을 베고 집으로 돌아올 때 소목에 달아준 워낭소리가 달랑달랑 흔들리면서 그 맑은소리는 새벽바람이 되어 하늘에서 산으로 내려와 나뭇가지든가 우물이든가 안온하니 안착하는 평화의 소리가 맨 처음 들을 수 있는 행복을 안아보고 싶었다.

이런 소박한 마음과 달리 구장이는 모든 게 아까웠고, 주기가 싫어 꾸민 검은 마음이었으나, 아내 비름이의 간곡한 말에 귀를 기울인 건 꿩 먹고 알 먹는 격이라는 생각에서였다.

'말뿐인 것이지, 소도 땅도 간난이도 다 내 손 안에 있고 일꾼 당삼이도 같이 살고 있으니, 다 내 것이여. 흐흐흐….'

초례청에 물 떠 놓고 대추 밤에 원앙 한 쌍도 없이 소박한 혼인 의식을 치르는 날, 가까운 마을 몇 사람이 구경꾼이 되어 당삼이가 이 부잣집 업이라고 추켜세웠다.

"그 말이 맞는데두. 우리 소가 업이여. 안 그러냐? 당삼아."

일부러 큰소리로 당삼이를 불러대며 구장이 껄껄 웃어 제꼈다.

"그 말도 맞지 암. 소 없이 이 강산골에서 어찌 농사를 질 거여?"

당삼이와 간난이는 혼인한 뒷날 집으로 돌아간 뒤, 정을 나누며 살고 있으면서, 당삼이만 아침저녁으로 왔다 갔다 했다.

첫 손주를 보고 기뻐하던 팔칠이 세상을 뜨자 구장이의 성화는 날마다 더해갔다.

"모두 이 집에서 같이 살지. 내 늙어 이제는 아무런 욕심도 없어."

그도 그럴 것이 그도 늙은 몸인 데다 그의 처 비름이가 오늘내일하고 죽을 날을 기다리고 있었다. 주인의 아내 비름이 죽기 전에 건넨 한마디는 당삼이를 놀라게 했다.

"아이구 내 팔자야. 내 자식새끼 못 낳고 죽는 것이 원통하고 절통하나, 내 탓이요, 내 팔자라 여겼지만, 부부가 한 이불 속에서 잠자면 저저 생기는 게 자식인가 했더니 그게 아니었다. 참말이지 내 바보 천지였어."

당삼이의 아들딸을 바라보면서 하던 말을 생각하면 짐작이 가는 게 있었다. 이주사라는 호칭의 어른 구장은 아기씨가 없는 사내였다. 말하자면 남자구실을 못 하는 사람이었다.

구장의 아내가 죽자 구장은 슬퍼했다. 그리고 모든 허물을 벗어 놓은 구렁이는 모습은 같으나 성숙하는 것일까. 그는 달라져 있었다. 며칠을 멍하니 앉아 있다가 깎아지른 산을 오르내리며 하루 종일 나뭇단을 묶어놓고는 당삼이에게 일러 소구루마에 싣고 오라고 하였다.

"내 평생 일을 하지 않고 당삼이 덕에 편히 먹었으니, 내 집 소 땅 모두 네게 주겠어."

그 말을 종이에 남겨놓고 영영 그도 갔다.

'사람이 산다는 게 뭣이여. 어찌 사는 게 한번 잘 사는 거여?'

당삼이는 그들 내외의 묘 앞에서 눈물을 떨구며 오래도록 앉아 있었다.

■ 때 늦은 외출

그녀의 가슴에 구멍이 난 것은 오래전에 시작한 병이다. 결혼과 함께 부엌에서 삼분지 일을 보냈다고 해도 십오 년이란 세월이었다.

어찌 생각하면 손때가 묻어날 만큼 정이 가는 부엌살림, 그러나 시들해질 나이니 지긋지긋하다는 표현이 나올 만하다. 그녀는 요즘 하루에 한 번은 그릇들을 자근자근 물어뜯고 바삭바삭 부숴버린다. 그녀가 몇십 년 끌어안고 살았던 그릇들이 와작와작 그녀의 마음에서 깨져 흩어지는 걸 그녀는 후련하게 지켜봐도 놀란다거나 아깝다는 생각이 들지 않았다. 이상한 현실이 그녀의 뇌 속에 박힌 게 분명했다. 젊었을 때, 아니지, 갓 결혼해서 살림을 시작한 그녀에게 그릇은 그녀의 소꿉살이처럼 아끼는 살림이었다. 접시 하나, 종자기 하나, 깨트려도 아까워 다시 사서라도 채워야 했었는데, 그녀의 마음과는 반대로 남편의 폭력은 살림살이를 때려 부수는 거였다. 비싸거나 싼 것이나 화가 났다 하면 방안 살림이건 부엌살림이건 몇 가지가 깨지고 못쓰게 되었다. 몇 대 얻어맞는 게 낫다고 그녀는 울면서 살림 깨진 걸 아까워하고 마음 아파했지만, 사람 때리는 것보다 낫다는 남편의 지론에는 어이가 없었다. 그렇다고 전혀 맞지 않는 것도 아니었다. 짐승이 날뛰듯이 반미치광이가 된 행동에서 그녀의 뺨에 불이 난 적도 한두 번이 아니었다.

그녀의 가슴에 쌓인 미움이 저주로 변할 때쯤 긴 세월이 허무하기 전에 아까워 그녀가 이를 부드득 칼을 간 것은 오래전 일이었지만, 요즘 그녀의 가슴에서 부드득 염통 터지는 소리를 내고 있었다.

그녀는 오랜 친구들과 모임이 있어 아침 설거지를 끝내고 외출 준비를 해야 했다. 언제나 그랬듯이 뒷일을 마무리하듯 점심 식사를 챙겨야 했지만 귀찮은 생각이 들었다. 무슨 인연이길래 평생 아웅다웅 고양이와 개처럼 서로 융합하지 못하는 마음으로, 운명이려니 하고 한집에서 한방을 쓰고 마주보며 살아야 한다니, 젊어서야 자식 때문에 참고 살아야 했지만 이제는 따로 남은 인생을 보내는 것이 행복하지 않을까?

언제부터 이런 생각을 하게 되었는지 남편의 생활 능력 상실에서 오는 소홀함이 아닌데도 그녀의 이기심에서 오는 거부감인지, 그녀는 요즘 부쩍 남편의 필요성을 부정하고 있었다. 더구나 살가운 정 한번 베풀 줄도 모른다는 서운함만 간직했던 그녀에게 젊음의 생리 발상도 멈춘 지 오랜 지금, 남편의 존재란 거추장스런 물건을 방에다 놓고 바라봐야 하는 심정이었으니까. 그녀의 그런 마음에서 오는 소홀함에 서운하다고 투덜댈 남편은 아니었지만, 며칠 전 사소한 언쟁에서 군자란 화분이 창밖으로 날아가 버렸다. 그녀는 어이가 없었다. 나이가 몇인가? 저 버릇이 고희까지 갈 수 있다는 걱정 아닌 걱정을 하면서 그녀는 이를 갈며 온갖 욕을 퍼붓는 것도 모자라 몽둥이로 마구 패대었다.

모든 것이 마음속의 행동이지만 그녀는 헤아릴 수 없이 남편을 때리고 죽였다. 그녀는 상을 차리면서 한마디 하였다.

"이 나이에 서로의 사생활에 간섭하며 살지 맙시다. 내가 나가면 식사 한 끼쯤은 해결하시라구요."

"알량한 밥상 차리면서 무슨 잔소리가 많아. 상을 엎어 버릴까?"

남편의 기세는 꺾이지 않았다.

"주여! 저 짐승을 구원하소서. 내 마음을 시험에 들게 하지 마옵시며 더 이상 죄를 짓지 않게 하여 주옵소서."

그녀는 남편을 미워한 것과 원수처럼 생각한 죄를 빌면서 눈 안에 축축이 고인 눈물을 닦으며 일어섰다.

대문을 나서자, 시원스런 봄바람에 가슴이 확 뚫리는 상쾌함이 밀려왔다. 그런 와중에 삼십 년 친구들이 하나둘 마음에서 살아났다. 모두 정이 든 친구였다. 오늘 만나는 날이 기다려지도록 만나고 싶었다. 그런데 첫째 언니가 병원에 입원하였다는 소식을 그저께 들었다. 혈압이 올라 뇌에 이상이 와서 중환자실에 있다고 하였다. 오늘 만나서 점심식사가 끝나는 대로 문병을 갈 것이다. 그러지 않아도 그 언니는 몇 해 전 풍을 만나 바른쪽도 불편해 왼손으로 식사를 하였는데 또 풍을 맞았으니, 모르긴 해도 증세가 심한 모양이었다.

그녀의 삶이 죽을 쑤어 마시는 하루살이처럼 비참하게 생각되는 요즘 심정이면서도, 그녀는 언니 병세 걱정과 함께 남편을 떠 올렸다. 허공에 대고 버럭버럭 소리를 질러대고 싶었다.

옛말에 정월에 들어온 머슴은 말이 없는데 칠월에 들어온 머슴이 주인마님 속곳 걱정을 한다는 말이 있다.

자신이 겪는 이 비통한 감정을 호소할 데도 찾지 못하고 팔자 한탄만 하는 주제에 친구, 아니 삼십 년 언니라고 부르던 그 언니를 걱정하는 것과 별로 다르지 않을 수도 있다는 생각이 들었다. 이미 돌아가신 어머니께서 들려주신 옛말이 생각나 피식 혼자 웃으며 봄 햇살 속으로 걸어갔다.

아홉 명이 모인 한식당은 별채에 앉아 한 달 만에 못다 한 이야기를 쏟아내었다.

그 언니는 지금 병원에서 생사를 놓고 신음을 할 것이다. 오늘 우리의 이야기는 그 언니를 놓고 인생의 허무를 알았다는 듯 진지했다. 남편의 흉이라던가 아니면 정치니 시국이니 가끔씩 떠들썩한 분위기는 한사람이 쓰러짐으로 인해 착잡한 심정으로 병원을 가고 있었다. 병실이 아닌 응급실이었다. 친구라고 하면서 객지에서 만난 인연이기에 서로의 이름을 모르는 이가 더 많았다. 모두 자식 이름을 대신하다 오랜 세월과 함께 나중에는 손자 손녀 이름을 대신하였다.

가족들이 와 있었다. 며느리가 서 있었다. 의식은 있었으나 말을 못 해 답답한 모양이었다. 일행을 보자 벙어리 소리만 내면서 눈물이 그렁그렁하였다.

'아이구 세상에, 아이구 세상에.'만 찾고 있는 우리 일행은 더 이상 말을 할 수가 없었다.

남편이 십 년쯤 먼저 간 것이 못내 아쉽다던 언니, 돈은 있어 자식들을 꽉 잡고 살았다. 이제 모든 게 다 끝난 것이라는 생각을 하면서 병원을 나왔다. 그녀가 생각했던 자신의 불행을 조금이나마 위로받는 순간인지도 몰랐다.

'그래 건강이 제일이야. 내가 없으면 내 곁에 남는 것은 하나도 없어. 살아있을 때 존재의 가치가 있는 거야.'

속을 썩고 고생을 해도 건강이 있어 행복하다고, 그녀는 별로 건강하지도 못하면서 두 발로 활동하는 지금까지가 왠지 고맙게 생각되었다. 미워서 이혼이라도 하고 혼자 살 수 있다면 무척 편할 것 같다는 생각은 이기심일 것이지만, 그녀는 혼자라는 것, 그 자유가 요즘 무척 그리웠다. 남남이 만나 한평생을 같이 산다는 것 자체가 인내라는 생각이 어찌하여 드는 것일까.

그녀가 돌아갈 곳은 그래도 집이었다. 아무리 미워도 남편이 있는 곳으로 가야 한다니, 그녀의 마음에 씁쓸한 회한 같은 삶이 더해졌다.

오후 4시였다. 친구들이 고스톱이라도 하자고 붙드는 걸 약속이 있다고 뿌리쳤다. 혼자가 된 그녀는 집을 향하면서 집안 살림 하나하나 끄집어내고 있었다. 고물 같은 살림살이에 불과했다. 오래된 농짝이며 문갑이며 그녀의 손때가 묻어 반들거렸지만 남편의 폭력에 상처가 남은 것들이었다. 폭력에서 벗어날 수는 없었지만 조금 잊을 만하면 또 폭력을 당하고, 그 폭력에서 이를 부드득 갈아 이가 다 없어질 때쯤 다시 당하고, 그녀는 이제 더 이상 당하고 살지 않겠다는 작심 중에도 혼자 살려면 돈이 필요하다는 생각을 하였다.

방 하나 얻을 돈, 그리고 먹어야 살 수 있었다. 이제 사십 년 넘게 종살이를 했으면 적어도 억이란 숫자만큼은 있어야 했다. 하지만 그녀에겐 패물 몇 점과 돈 이천만 원이 전부였다. 밥만 먹고 살아도 삼 년이면 다 써 버릴 것이다. 자식들 삼 남매를 떠올렸다. 자식들한테 얹혀산다는 것도 그녀는 머리를 저었다. 어디서 돈다발이 굴러온다면, 그녀는 가끔 매스컴에서 복권에 당첨된 사람들의 운수 대통한 사람들이 생각났다. 왜 진작 돈 좀 꼼쳐 놓지 못했을까. 하긴 자식들이 다 뜯어 갔으니 자식들한테 내놓으라고 할까. 그러나 누구 하나 줄 것 같지 않았다. 이혼한다면 그녀가 미쳤다는 소리만 들을 것이다.

그녀는 그 후 가슴이 벌렁거려서 잠을 깊이 잘 수가 없었다. 원망과 미움만 가득 고인 가슴은 늘 허전했다. 그녀가 끝내 자리를 보존하고 누운 지 보름 만에 그녀는 일어나 앉아서 걱정하는 큰딸을 앞에 놓고 결심을 말했다.

"엄마, 어디가 제일 아파요. 입원하고 진찰합시다."

그동안 몇 번인가 수없이 되풀이하는 큰딸의 말에 그녀는 헝클어진 머리를 뒤로 넘기며 단호하게 말했다.

"난 네 아버지를 안 보고 살 수 있으면 건강하게 살 수 있을 거야."

"엄마 무슨 말이야?"

"그런 이유가 있어. 네 아버지는 알 거야."

그녀는 중병에서 일어난 사람처럼, 딸이 차려다 준 깨죽을 소리도 없이 먹고 난 후 거울 앞에서 머리를 빗었다. 귀찮은 머리를 염색할 때가 지나, 귀밑과 이마 위로 하얗게 보이는 흰머리가 처량하게 보였다. 그녀는 목욕 바구니를 집어 들었다. 그 안에는 그녀가 평소 챙겨 둔 그녀의 생활용품이 빠짐없이 들어 있었다.

딸이 걱정을 하며 말렸다. 기운도 없는데 쓰러지면 어떻게 하려냐는 거였다. 그녀가 며칠을 누워 생각한 결심을 실행에 옮기려는 건 그녀의 희망이었다. 그녀가 목욕탕에서 염색까지 끝내고 집으로 돌아온 시간은 저녁 일곱 시였다.

남편은 복덕방에서 돌아와 텔레비전을 보다가 그녀를 바라보더니 이제 괜찮은 거냐고 말했다. 쇠말뚝 같은 남편이지만 그녀가 자리를 털고 일어난 것이 반가운 모양이었다.

그녀는 역시 말이 없었다. 늙으면 잠도 따로 자는 게 편한 것이다. 살 비벼댈 청춘도 아닌데, 코 고는 소리도 듣기 싫은데, 한방에서 잔다는 건 짜증스러운 일이었다.

"난 저녁 먹었어."

남편은 또다시 말을 걸었다. 며칠 전 군자란을 창밖에다 내동댕이친 것이 미안하다기보다 그때부터 자리보전한 그녀의 태도에 겁이 난 모양이었다.

그 화분이 바로, 지금 병원에 있는 그 언니가 새싹으로 나온 것을 떼어준 것이었다. 꽃 같지도 않은 것들을 지저분하게 늘어놓았다고 잔소리를 하는 남편의 말에 그녀의 비웃음 같은 말대답이 화근이었다.

"당신은 꼭 당신의 취향에 맞아야 해요? 하도 군자란이 싹도 잘 자라 얻어 왔다구요. 보잘것없어도 생명인데 잘 키워야지. 왜 내가 좋아하는 건 당신은 싫어하냐구요. 우린 취미도 다르고 맞지 않는 게 너무도 많아."

그 말이 끝나기 전에 남편은 화분을 창밖으로 던졌고 또 다른 화분이 거실 바닥에서 뒹굴었다. 그리고 남편의 말이 걸작이었다.

"그래, 하늘 같은 남편이 저 화분만도 못하다는 거야?"

그 말에 더 대꾸할 가치가 없다는 생각이 들었다. 더 이상 말했다가는 온 집안 살림이 하나도 남아나지 않을 테니 입을 봉해야 했다. 그리고 부엌에서 눈을 하얗게 흘기며 분해서 울었다. 그리고 저주를 하며 몹쓸 말을 혼자 소리 안 나게 중얼거렸다.

'귀신은 뭘 먹고 사는 거야. 저 웬수는 죽어야 해.'

그리고 이성을 차렸을 때는 자신이 퍼부었던 몹쓸 말을 후회하고 있었다. 그녀가 날 밤을 밝히고 아침이 찾아왔을 때, 그녀는 밤새 준비한 가방을 들고나왔다. 간단한 여행 가방이었지만 편지 한 통을 쓰려니 할 말이 너무 많은데 한 장을 다 채우지 못한 글을 쓰느라 사십 년 살아온 세월에 비해 허무할 뿐이었다.

'내가 이 집을 나가면서 한마디 남기지 않고 떠난다면 도망을 갔다는 말을 하겠지요. 몇 날인가 사십 년 세월을 버리고 살았다는 생각이 들게 한 당신이 원망스러워 이제 떠나고 싶어서 갑니다.

당신의 잔인성, 그 폭행에서 벗어나고 싶어요. 당신이 부숴버린 그릇들이 내 뇌리에서 아직도 소리를 내고 있어 날 아프게 합니다.

내 마지막 생을 고요히 보내다 끝내고 싶어요. 부부는 본시 전생에서 원수끼리 이승에서 만나 빚을 갚는다는 말이 있지요. 이제 내가 진 빚을 다 갚았다는 심정으로 떠납니다.'

그녀는 첫 기차라고 생각하며 호남선 열차를 탔다. 어슴푸레하지만 똑똑하게 남아있는 과거 밖으로 빠져나가듯 기차는 그렇게 떠나고 있었다.

그녀는 두 눈을 지그시 감았다. 왜 진작 이러지 못했을까. 자식들 삼 남매가 치마끈을 잡고 늘어져 꼼짝을 못 했다면 믿을 사람이 있을까. 인생은 한 번뿐이라면, '여자의 일생'의 로라처럼 용기가 필요했어. 그녀는 입술을 꼬옥 닫았다.

전주, 그곳에는 저세상에서 만났던 사람 같은 이가 살고 있다는 걸 삼년 전에 돌아가신 어머니께 들어서 알고 있는 터였다. 김기룽이라는 이름, 전주 시내에서 조금 떨어진 대족골에 똥장군으로 불리던 불쌍한 고아가 있었다. 그녀의 고향이기도 한 그 마을에서 머슴으로 일했다. 한집에서 일하는 것이 아니라 그는 백여 호 되는 마을 일을 혼자 맡아하며 지냈다. 토담에 초가집을 반지르르하니 윤이 나도록 깨끗이 해 놓고 살았다. 그러니 어른들은 입에 침이 마르도록 칭찬을 하였다.

일 싫어하는 집의 똥을 푸는 일도 마다하지 않았다. 머슴이 있어도 며칠이고 불러다 일을 시키는 집도 많았는데 그는 궂은일도 도맡아 하곤 했다.

그는 이웃 마을에서 열세 살 되던 해 홀어머니와 들어왔는데, 그 어머니가 해방되던 그 이듬해 열병으로 죽었다고 하였다. 소문으로 듣기에는 양반댁 도령이었는데 글 읽는 것보다는 그림을 잘 그려 화가가 되는 게 꿈이라고 하는 소리를 그녀의 수줍은 가슴에 담게 된 것이 고작이었지만 준수한 외모, 그리고 근면 성실하여 어른들도 침을 삼키는 이가 한둘은 아니었다는 걸 그녀도 알고 있었다. 단 혼자라는 것, 그리고 환쟁이는 별수 없다는 것이 흠이라면 흠이었다. 그녀가 짝사랑한 그 똥장군, 그 김기룽이 화가로 대성하였다는 소문은 익히 들어서 알았지만 어머니한테서 들은 이야기 그 똥장군이 그녀의 안부를 물으며 고향에 오거들랑 꼭 한번 찾아와 주었으면 하더라는 거였다. 그는 그림 외에 사회사업을 한다고 하였다.

그녀는 그 말을 들으면서, 그는 그럴 사람이라고 고개를 끄덕였다. 옛날 그 모습에다 고생을 많이 한 그가 뜻을 꺾지 않았다는 건 당연한 것이었다.

그녀가 그를 만난 시간은 열두 시가 채 지나지 않은 시간이었다. 옛날 그 모습에다 주름살과 흰머리가 세월을 말해 주었을 뿐, 그의 온화한 미소는 여전했다.

'박 여사'라고 그는 그녀에게 호칭을 붙였다. 그리고 반갑다는 말을 몇 번이고 하였는데, 그 옛날 사모하였다는 말을 해놓고 껄껄 웃었다.

그러나 그녀는 끝내 짝사랑했노라는 말은 하지 않았다. 그 짝사랑을 못 잊어 왔다는 말도 하고 싶지 않았다.

다만 한 일이 없이, 마지막 생을 마감하기엔 너무나도 삶이 부끄럽다는 생각이 들어 봉사하고 싶다고 말하였다. 인간의 이중성, 어디까지가 진실이고 거짓인가.

그는 그녀 남편의 안부를 물어왔다. 그리고 허락을 받았느냐고 채근도 하였다. 그녀는 걱정하지 말라고 하였다. 남아있는 인생, 나를 필요로 하는 이가 남편 하나로 살기에는 안 된다고 힘 있게 말했다.

그는 아내가 죽은 지 십 년째라고 하였다. 그의 아들은 목사로서 일하고, 그는 그림도 그리며 불쌍한 노인들을 오십 명이 넘게 돌보고 있었다.

그녀는 그들 속에 합류하여 눈코 뜰 새 없이 바쁘게 보냈다. 반년이 지나고 겨울이 깊어갈 때쯤 그녀는 꺼 두었던 핸드폰을 켜놓고 전화 올 것을 기다렸다.

"박 여사, 전화하세요. 궁금해하지 마시고 전화하세요."

그는 이렇게 채근하였지만 하지 않았다. 하루가 강물처럼 빠르게 지나간 건 노인들과의 하루 일과에서 너무나 바빠 다른 생각을 할 겨를이 없었다. 혼자서는 아무것도 못 하는 노인이 있는가 하면 치매인 경우는 온몸으로 따라다니며 보살펴야 했다. 그래도 정신이 맑고 활동이 자유로운 노인들은 텃밭에서 햇살을 받으면서 이야기하며 웃기도 하였다. 하긴 별사람이 다 모인 곳이니 하루 종일 바빠야 했다. 자식들이 오 남매가 있다는 정 노인은 풍으로 꼼짝 못 하자 오 남매가 상의하고 데리고 왔다는 거였는데 돈을 조금씩 보내고 있었다.

"하나님을 항상 곁에 두고 사는 사람들은 늘 기쁨이 충만하리니."

안노인은 남자 어른인데 눈만 뜨면 기도하였다. 그러면 곁에 있던 노인들은 여자건 남자이건 아멘, 아멘 하였다. 누가 원해서 태어났는가. 이 세상 산다는 게 고생이라고 누가 말했는지, 그녀는 남편을 걱정하다 그녀 자신의 마음에다 묻고 있었다.

그렇게 미워했는데, 보기 싫어했는데, 웬 걱정이냐고, 심통에 털이 난 것이냐고, 핸드폰을 켜 놓은 지 한 달이 지나도록 전화가 오지 않았다. 그녀는 무언가 허전하도록 서운하였다. 남편보다 자식들 삼 남매가 더 괘씸하게 생각되었다. 그녀는 며칠을 망설였다. 이곳에 남자 노인들을 보면서 남편 생각이 나는 건 자연스런 감정일 수도 있었다. 남편은 꼼꼼해서 혼자서도 잘 지낼 것으로 믿고 있었지만 건강은 하루아침에 모르는 것이다. 아픈 계원 언니도 궁금하였다.

그녀는 제일 친한 친구에게 전화를 걸었다. 무심한 사람이라고, 어쩌자고 그랬느냐고, 자식들이 전화하였으나 난 친구로서 아는 게 없어 황당하였노라고, 남편은 자존심에 구멍이라도 날까 봐서인지 한 번도 전화가 없었다고 했다. 난 아픈 언니에 대해 안부를 묻는 것도 잊지 않았다. 아직도 병원에 있다고 하였다. 나는 그 언니를 이곳으로 데리고 와 함께 보냈으면 하는 의사를 밝혀 두었다. 인생은 누구든 외로운데, 외로운 사람들끼리 모여 산다면 조금은 위로가 되지 않을까 하는 생각에서였다.

그러던 어느 봄날이었다. 그러고 보니 1년이 지난 것이라는 생각이 퍼뜩 들었다. 그리고 짠하게 다가서는 얼굴이 아닌 그림자가 나의 마음에 드리운 커튼처럼 어득하니 가로막는 환영, 그것은 남편이었다. 사십 년 세월을 끌어안고, 그 길고 긴 시간을 버리지 못하고 아직도 끌어안고 있었던 것은 무엇인가. 사랑은 분명 아니었다. 악연이 더 질긴 고리로 채워져, 그 고리를 벗어나려는 몸부림이 고작 비굴한 도피에 불과했지만 그녀는 후회하지 않았다.

단 자식 삼 남매가 지금쯤 어떻게 받아들이고 있는지 궁금하였다. 어느 승려가 인연의 고리를 끊으려고 승려의 길을 택하였지만 하루도 그 굴레에서 벗어난 적이 없다는 말을 어느 잡지에 실린 걸 본 적이 있듯이 그녀도 인연을 가슴 아프게 끊고 살고 있지만 하루가 행복한 시간의 흐름에 감사하고 있었다.

똥장군 김기룽의 조석을 짓고 빨래를 하고 청소를 마치고 불쌍한 사람들을 위하여 살 수 있다는 사실에 감사하며 살았다. 인연을 위하여 살고 있다는 사실에 감사한 마음, 그 마음을 기도하면서 보내는 하루하루가 감사함이었다.

어느 날 김기룽씨가 농담 반인지 진담 반인지 그녀와 차를 마시며 말했다.
"박 여사, 남편이 보고 싶지 않아? 나와 같이 만나러 가지 않겠나?"
그는 안면에 웃음을 띤 채 말했다. 그가 왜 그런 생각을 하였을까, 묻지 않아도 짐작이 되는 순간이었지만, 그녀는 차를 마시고 마주 웃는 걸로 대답을 하였다.
"박 여사가 이곳에 온 지 해를 바꾸고, 또 한 해가 저물고 있잖아. 나를 시험한 시간도 지나갔고, 난 박 여사와 한집안에서 지낸다는 걸로 만족하지만 박 여사의 남편에 대한 모욕이라는 생각이 들더라구. 아무리 우리 사이가 결백하더라도 그걸 믿어 줄 사람은 없다구. 세상은 하나님처럼 너그럽지도 않고, 사랑만 가득한 것도 아니라구. 정중히 용서를 빌고 남은 여생 홀가분하게 살아가는 게 어때?"
그녀는 말없이 듣고 있었다. 그의 말에 가시처럼 걸리는 말이 자꾸 되씹히며 넘어가지 않았다.
'용서? 용서 무슨 용서를 빌란 말인가?'
"박 여사, 왜 한마디 말이 없는 거야. 내 말을 이해할 수 없는 거요. 시간이 가면서 난 박 여사가 느끼고 깨닫길 바랬지. 박 여사의 행동은 무모한 반항이었지. 꼭 이럴 테면 정식으로 이혼을 청구했어야 했어. 박 여사의 억울하다는 삶을 백번 이해하고 있지만 몇십 년 삶에 대한 배신자라는 누명을 벗을 수 없지 않을까. 도피요? 잠시 도피한다고 벗어날 수 없는 게 인연이 아닐까. 그러니 다시 돌아갈 수 없다면 찾아가서 용서라고나 할까. 배려라고 해야 옳을까, 정식으로 사과하고 정리하라구. 아니면 오랜 외출이 아닌 여행에서 돌아온 것처럼 다시 돌아가라구."

그녀는 얼굴을 감싸고 일어났다. 왠지 부끄러웠다. 그가 한 말이 옳다고는 생각지 않았다. 아니 부정하고 싶었다. 그러나 그가 이럴 수는 없었다. 야속하도록 서운했다. 그녀는 비실거리며 일어나 창밖으로 다가서서 소리 없이 울었다. 보기 싫었던 얼굴로 날마다 그녀 앞에 나타나곤 했던 남편. 정말이지 끈질긴 악연이라고 지워버리고 싶었다. 조금이라도 더 멀리 달아나고 싶었다.

밤새워 생각한 끝에 남편을 만나야겠다는 결정을 하였다. 그래서 그녀는 아침을 드는 둥 마는 둥 하고 가방을 든 채 그에게 한마디 하고 나왔다.

"김 화백, 나 다녀올게."

그는 말없이 고개만 끄덕였다.

2년 전 집을 나올 때 마셨던 봄바람을 마시며 길을 나섰다.

■ 분녀의 고추밭

가을 햇살이 너무 맑아서 눈이 시리다. 그 맑은 빛이 식으며 산허리쯤에 모이면 짧아진 하루해가 풀썩 산을 넘어 숨어 버린다.

산 밑 고추밭 고추도 이젠 늦사리로 까치독사 대가리 맨시로 붉으디디한 것과 푸르딩딩한 것들이 햇살을 그리워하고 있다.

여름 내내 땡볕 아래서 빨간 고추를 얼마나 따다 말렸는지 고추 길이가 하도 길어 허벅지라도 찔리면 피가 뚝뚝 떨어질 것 같은 생각이 들기도 하였고 재수 좋은 년은 고추밭에 넘어져도 아들을 낳을 수 있다는 생각이 나기도 했다. 고추 골이 하도 길어 끝이 보이지 않아 지루한 때 요상한 생각이라도 하면서 피식 웃으면, 오래전 옛날에 먼저 간 남편을 떠올리며, 생각이라도 하는 건 분녀 그의 행복인지도 모른다. 그런 생각이 젊어서야 눈물을 남모르게 흘리고 한숨을 토한 그 많은 세월이 어디로 다 가다 모여 있는지, 팔십이 넘어서까지 그 한이 남아있다니 늙어 꼬부라진 키만큼 잦아들 만도 하련만, 생각과 그리움은 쌓여만 가는 이유를 모른다. 생각이 나니까 생각을 하고, 생각은 자유라고 하니까 누가 남의 생각을 나무라겠는가.

고추 모를 꽂아 꽃이 피면 꽃마다 열리는 고추가 사랑스럽다. 서리라도 한번 맞으면 오줌 누인 아기 고추마냥 후줄그레하니 따야 할 필요도 없지만 그동안은 따고, 따고, 풋고추라도 따야 한다.

분녀 할머니의 성은 전주 이씨다. 알고 보면 조선 왕조의 먼 후손으로 배가 유명한 나주에서 자라 전주로 시집왔는데, 시댁은 진사를 지냈다는 안동권씨였다.

누가 양반과 상놈을 만든 것인지 모르지만 권씨 댁으로 출가할 당시 나이는 열여섯, 그리고 신랑은 스무 살이었다. 그때는 신랑이 늙었다고 수군거릴 시대였지만 신랑은 피부색이 하얗고 야위어 앳되어 보였다. 분녀는 나이에 비해 키가 커서 나이가 엇비슷하게 보인다고들 초례청에서 수군대는 소리를 들었다.

여자가 출가하면 그 집 귀신이 되는 게 당연하다는 시대에서 나고 자랐으니, 배꽃이 흐드러지게 피는 친정 고향을 가슴으로 보듬고 살아야 했다.

젊어서는 그렇고 시집살이로 그랬지만 나중에는 일하느라 고향에 가지 못하였다. 그리고 늙어서는 기운이 없어 못 갔다.

오늘 죽어도 나이로 보면 괜찮겠지만 이 나이에도 고추 따는 일을 또 하면서 오래전 사별한 신랑을 생각하며 흐뭇해하는 자신의 심정을 혼자만 알고 있는 것이다.

얼마나 잘 생겼던가. 기억하는 건 주름진 얼굴이 아니다. 신식 양복에 나비넥타이를 하고 가죽 가방을 옆에 끼고 면서기로 출근하던 멋쟁이 신랑이었다. 그 품에 안기어 잠을 잤으며 딸 둘을 낳았다. 그러나 행복도 잠시였다. 박복한 여자라 신랑을 죽게 한 죄인이 되어 있었다.

"참말로 박복한 거지 머여. 그 잘난 신랑 죽게 하고, 이 고추 맨시롱 실한 고추 달린 아들도 낳지 못했은 게 박복한 여자여. 당신 아들이나 낳게 하고 가시면 울매나 좋겠소. 잉 그게 한으로 남으요."

고추만 보면 그런 생각이 나는 것이었다. 내가 첫딸을 낳을 때는 시집온 지 사 년이 되는 해로 스무 살이었다. 외아들인 신랑이라 시부모님은 몹시 손자를 기다리셨던 모양이었다. 머슴이 새끼줄에 솔가지와 숯덩이 그리고 고추 다섯 개를 꽂아 대문 밖에다 매달았다.

아이 낳은 지 한 이레 만에 부엌에 들어가 밥을 짓고 열 식구 빨래와 바느질을 하기란 머슴 내외가 도와도 힘이 들었다. 샘으로 물동이를 이고 나가다 금줄을 처음 본 나는 가슴에 바늘이 꽂히듯 오므라지고 황송함이 들었다. 딸을 낳으면 고추를 꽂는 법이 없었는데 금줄에 고추가 다섯 개가 꽂혀 있었기 때문이었다. 나중에 안 일이지만 시아버지께서 지시한 것이었다. 아들 손자만 내리 다섯을 낳으라고 일부러 그랬던 것이었다.

"동서, 글씨 말이여. 온 동네가 깜짝 속았당게. 자네가 아들을 낳은 줄 알았구먼."

샘에서 만난 사촌 형님의 호들갑에 아무 말 못 하고 피식 웃어 보일 수밖에 없었다.

그리고 세월은 흘러갔고 첫 아이가 세 살을 넘길 때 나는 또 임신을 한 것이었다. 그런데 시어머니도 아이를 가진 걸 나중에야 알았다. 나와 똑같이 임신을 한 것이었다. 이상할 것도 없었다. 그 시절은 일찍 결혼해 일찍 낳았으며 며느리와 함께 아이를 낳아 같이 기르는 일이 허다하였다. 시어머니는 가을에 아들을 낳았다. 시아버지는 무척 기쁘신 모양이었다. 머슴이 새끼를 꼬니까 옆에 다가가 넌지시 이르는 것이었다.

"새끼줄도 실하게 꼬게나. 그리구 고추도 실한 놈으로 꽂게나. 솔가지와 숯덩이는 세 개만 쓰게나."

하긴 남편 아래로 시누가 넷이 줄줄이 있다가 늦둥이 아들을 두었으니 기쁨일 수 있을 게다. 나는 배가 남산만 하게 불러진 배를 남모르게 쓸면서 아들을 낳았으면 하고 바랬다. 그러나 한 달 뒤 낳은 내 아기는 또 딸이었다. 풀이 죽은 내게 집안 어른들은 은근히 한마디를 하고 있었다.

"아니, 삼신이 바뀐 거여. 한 집안에 딸, 아들이 우째 똑같이 태어나겠는가."

대문에 금줄에는 솔가지와 숯덩이뿐이었는데, 그때 바라보았을 때 왜 그리 보기 싫었는지, 솔가지 솔잎도 푸르뎅뎅한데 그 이유는 시커먼 숯덩이가 옆에 있어 더 그렇게 보였을 것이다. 빨간 고추가 서너 개라도 사이사이 꽂혔다면 얼마나 보기가 좋았을꼬. 지금도 그 생각만 하면 가슴이 벌떡댄다.

기역자로 앉은 안채와 넓은 마당을 사이 한 사랑채가 양옆으로 대문을 가운데로 연결했고, 흙담으로 연한 담 위 기왓장에 이끼가 곰삭은 젓갈의 소금기로 보였다.

초가을 지나 늦은 날에 고추 널린 멍석 너댓 장에 고추가 햇살에 불꽃이 되어 있었다. 첫물 고추야 다 말려 자루에 열 근씩 해서 장에다 몇 번 내었지만 두 물 세 물도 비실비실 마르면서 불덩이가 된다. 가죽 두께는 얇아도 고추 색은 여전히 곱다.

시집살이가 제일로 힘이 든 것은 빨래도 아니요, 밥하는 것도 아니었다. 시집와 삼 일 날 부엌에 들었을 때 시어머니가 일렀다.

"여자는 말시 그 집안을 불같이 일으켜 세워야 되는 기여. 그라자면 부엌 조왕신에게 밥하기 전 부뚜막에 물 한 사발 떠 놓고 밥을 짓는 기다. 그런데 그 물은 새벽에 떠와야 한다. 다른 집에서 먼저 떠가지 못하게 하려면 제일 먼저 일어나서 샘으로 가야 하지 않겠는가. 난 여지껏 그 일을 게을리 안 했느니라. 물은 용이다. 그 용알을 남정네한테 먹이면 건강하고 장수한다는데 우째 게을리하겠느냐. 그리고 아궁이 불씨를 절대로 죽이면 안 되어. 불씨는 그 집의 기요 맥이다. 그리고 불씨는 누구도 주어서는 안 되는 기라. 알것니?"

불씨는 참나무 장작을 때면 숯불이 되고 그 불은 화로에 담아 꼭꼭 눌러 놓으면 오래가지만 잠이 모자라는 내가 남보다 일찍 일어나 샘으로 가려면 두 시나 돼서도 깨서 일어난 적도 있었고, 적당히 맞추면 네 시에는 일어나야 되었다. 잠이 모자라는 것도 죽을 노릇이지만 밤중에 샘가로 나가려면 무서워 간이 오므라들었다. 앞산 뒷산이 시커멓고 산 짐승 울음소리가 무서워 발이 떨어지지 않았다. 죽기 아니면 살기다. 샘에 가서 물 두레박을 넣을라치면 그 소리까지 머리를 쭈뼛하게 만들었다.

물동이는 깰까 봐, 양동이 함석을 들고 가, 한 두어 바가지 되게 들고 와 조왕에 떠 놓고 주전자에 차도록 부으면 되었지만 내게 그 일은 죽기보다 싫었다. 산처럼 막아선 어둠 속에서 물소리는 쇠붙이 소리가 섞인 귀신 웃음소리 같기도 했고, 용 같은 괴물이 불쑥 머리를 쳐들고 올라올 것만 같아 등짝에 식은땀이 찐득거렸다. 출렁출렁 물결의 흔들림은 마귀의 주름진 얼굴로 보이기도 했다.

이런 심적 고통은 잠도 제대로 잘 수 없는 고문이었지만 시어머니는 밥을 세 사발이나 죽이면서 물 한 동이도 못 이고 온다며 호통을 치셨다. 일이 그렇게 하기 싫으냐고 호통이었다. 그런 소리가 싫어서 물동이를 들고 새벽녘에 갔다가 무서워 긴장을 한 탓인지 돌부리에 걸려 넘어지면서 물동이를 깨고 오던 날 시어머니의 호통은 집안을 쩡쩡 울렸다. 며느리가 잘 들어와야 집안이 잘된다면서 물동이 깬 것을 보면 저 못된 것이 일부러 그랬다고 애매한 말이 억울해 눈물을 짜고 있는데, 시아버지는 아침부터 웬 소란이냐고 하시며 혀를 끌끌 차면서 나가셨다. 신랑은 내게 눈을 두지 않고 묵비권을 행사했다. 옷이 젖고 흙이 범벅이 된 내게 위로의 말을 해준 이는 머슴 안사람이었다.

"꽃님이 엄마, 어데 다친 데는 없는감요. 날이 훤하게 밝거들랑 샘에 가시소 잉. 사람 잡겄소. 참말로 웬 욕심도 그리 많을까요, 잉."

"조용히 하소. 어머니 들으면 어쪄요."

"들으시라요. 와 꼭 새댁만 물을 길어야 쓰는가요. 내도 할 수 있잖아요. 다른 집에서 먼저 떠가면 큰일 난답 디요. 그래서 잘 사시는지는 모르지만요."

나이가 사십이 넘은 아줌씨는 머슴을 아버지로 두었기에 머슴한테 시집을 와 남매를 낳았다. 우리 시댁 머슴이었던 추말복, 그의 아내로 우리 시댁의 일을 맡아서 잘해주는 충복이었다. 산퇴미댁으로 불렀다. 머슴은 대대로 머슴으로 살 수밖에 없던 시절이라 그의 아들도 어느 집 머슴이 되었고, 그 딸만은 가난한 중인의 집으로 시집을 보낸 것을 그 부모는 다행으로 여겼을 것이다.

"에그, 우리 봉팔이도 장가를 보내야 쓸긴데 누가 오겠나."

퇴미댁의 한숨은 오늘만 들은 게 아니다. 그의 아들은 신랑과 비슷한 나이로 건장한 체격이 사나이다웠다. 명절이나 생일날이면 다녀갔으며, 그의 부모 생일도 꼭꼭 챙기는 사람이었다. 나와는 말을 안 해 보았지만 어쩌다 눈이 마주칠 때는 고개를 돌리고 있었다. 신랑과 한집에서 자라며 싸우기도 했고 잘 놀기도 하였다는 이야기를 산퇴미댁이 들려주었다.

"봉팔이 아배만 정신 차렸으면 벌써 장가도 보냈고, 떡두꺼비 같은 손자도 보았을 긴데. 뼈 빠지게 일해서 받은 새경을 투전판에 날리곤 했구만요. 아들놈 머슴 보내고 나서야 정신을 차렸는디 봉팔이가 받아온 새경을 손에 쥐고 눈물깨나 쏟아 내더니 투전판에 안 갑디여."

 웬 눈물이 그리도 많은지 산퇴미댁은 넋두리와 함께 질퍽하게 쏟아낸 눈으로 측은하게 바라보면서 인간의 삶이 인생이라면 그 길은 누구든 똑같아야 하지 않을까 하는 생각을 하면서 내 설움에 나도 눈물을 글썽였다. 그리고 내심 신랑의 약한 몸이 걱정이 되었다. 보약이다. 몸에 좋은 건 시어머님이 당신 아들이니 철 따라 먹게 하는데도 늘 잔병을 싸고 있었다. 그런 덕에 각방을 쓰라고 시아버님의 명을 내린 건 둘째 딸아이를 낳고 얼마 후였다.

 늦둥이 시동생 아기와 내가 낳은 딸 덕에 고달픈 사람은 나였다. 그리고 그해 겨울은 눈이 많이 내렸다. 동짓달 긴긴밤이 캄캄한 동굴처럼 어두운 그믐께였다. 한밤중인가 싶도록 어둡기만 한데 밤하늘은 성근별만이 까막까막 졸고 있었다. 하늘을 보다가 가는 한숨을 삼키며 사랑채에서 곤히 잠들고 있을 신랑을 생각한다. 그리고 그쪽을 야속한 심정으로 보던 눈을 돌리며, 물 몇 방울을 찍어 눈곱만 떼고 물동이를 이고 샘을 찾아간다. 눈어름으로 재면 60보는 족히 될 거리지만 발걸음으로 재면 백 보는 떼어놔야 닿는 거리다.

 샘 가까이 갔는데 깜짝 놀라게 하는 하얀 물체가 웅크리고 있다가 일어난다. 가슴을 누르고 잠시 서서 바라보았다. 귀신은 아니었다. 사람이었다. 보나 마나 알음 직한 사람으로 별빛으로도 알아볼 수 있는 사촌 형님이었다. 누가 먼저 물을 길어가는 것은 나중 일로 어둠 속에서 만나니 반가웠다.

 "형님, 일찍 나오신갑네요."

 "그러네. 내 자네를 만날 요량으로 잠도 못 자고 나왔네. 자네가 이 고을에서 제일로 부지런하잖은가."

사촌 형님의 말로는 불씨가 꺼져 아침밥도 못 하게 되었다며 나더러 불씨를 부탁하러 나왔다고 했다.

"자네, 불씨 좀 담 너머로 던지게. 무슨 집안에 성냥개비 한 통도 안 사 쓰고 안사람만 볶아 싸는지 하필 새벽밥을 해서 시아버님을 잡수시게 해야 한단 말시. 오늘이 정읍 장날인데 시누이 시아버지 될 분을 만나신다지 먼가."

"알겠소. 형님. 감나무 있는 담으로 가 계시오."

"응. 고맙네. 새벽부터 시끄러우면 집안이 시끄러운 게 그라네."

그 불씨야 주면 간단했다. 그러나 그 불씨가 어느 불씨인가. 집안의 맥을 잇는 불씨라고 했지 않은가. 시어머니가 아시면 큰일 날 일이지, 예사로 여길 것이 아니었다. 나는 순간 맥이 빠지는 두려움에 가슴이 뛰었다.

"형님도 아시지요. 내 조심 있게 하겠소만 잘 될랑가 모르겠소. 잉."

밥쌀을 씻어 솥에 안치고 있을 때 산퇴미댁이 일어나 쇠죽솥에 불을 지피고 있었다. 시부모님은 추운 겨울이라 늦잠이 들 것이라고 생각하며 사랑채 쇠죽솥에 불을 때며 쌀자루만 한 엉덩이를 붙이고 불을 쬐고 있는 산퇴미댁 눈치까지 살피며 아궁이에 불씨를 꺼내어 솔잎에 싸서 호호 불었더니 뽀얀 연기가 모락모락 피더니 불꽃이 인다. 아궁이에 불이 타오르자 숯덩이 불씨를 솔잎에 싸고 조심스레 뒷문을 열고 나갔다. 좀 전에 피었던 숯덩이가 열이 났는지 연기가 나면서 때마침 바람을 탔는지 불꽃이 일어나 놀라서 감나무께 담 너머로 던진 것이 외양간 지붕 덮으려고 엮어놓은 이엉에다 불이 붙기 시작하니 걷잡을 수 없이 타들어 간다.

"어메, 어메, 무슨 일이당가."

산퇴미댁의 소란에 때맞춰 나온 시어머니의 노기가 천둥소리처럼 내 귀를 찢었다. 설상가상이라고 담 너머에서 불씨를 기다리던 형님이 고개를 들고 있는 것을 본 시어머니의 노기는 담 너머로 쩡쩡 울려 나갔다.

불은 이엉 한 줄을 태우지 못하고 껐지만 집안을 망치는 며느리라는 소리를 몇 번이고 들어야 했다. 그 후 담 사이 사촌의 거리가 산으로 막은 것보다도 더 높이 가로막혔다.

그해 겨울이 가기 전 또 하나의 사건이 터져 버렸다. 섣달 초승은 시아버님 생신 달이기도 했고 그 생일을 앞두고 일어난 사건이었다.

눈이 많이 내려온 세상이 하얀 나라여서 이른 새벽인데도 샘에 가는 길이 밝아서 좋았다. 언제나 그랬듯이 물 한 동이도 거뜬히 이고 올 수 있는 나이요, 다 자란 몸이었다. 밥을 안치고 밥이 뜸이 들 때쯤 상을 보는데 구수한 냄새가 아궁이에서 나와 내 구미를 당겼다. 이상한 예감이 스치어 남은 불씨가 밥을 눋게 하는지도 모른다는 생각이 미치자 나는 부지깽이를 손에 쥐고 아궁이에 숯덩이를 끌어내려고 휘젓다가 지글지글 끓어대는 살덩이를 보았다. 나는 순간 뱀이란 걸 알 수 있었다. 그 뱀은 뱀이 아니었고 큰 구렁이였다. 귀가 달렸음 직한 구렁이가 익어 허연 살점이 툭툭 터졌는가 하면 어느 부분은 숯덩이가 되어 있었다. 나는 소리를 지르며 뒤로 자빠져 정신을 잃었다. 시어머니가 울부짖는 아우성에 깨었다.

"아이고 이 일을 어쩔고! 이자 우리집은 망했어, 망했구먼. 구렁이를 태워 조반을 지었다니 시상에 이런 꼴은 없는 거여."

그날은 초상집이었다. 밥은 다 퍼서 거름더미에 묻고 다시 지었지만 밥한 숟가락 들지 않는 시아버지와 시어머니, 그리고 남편도 말없이 면사무소로 출근했다.

그런 일이 터지고 난 후 시부모의 냉대는 얼음장에 누운 것보다도 차갑고 가슴을 시리게 했다. 시어머니는 어느 날 외출을 하고 오시더니 나를 불렀다.

"오늘 점을 보고 왔다. 니가 복이 없어 딸만 줄줄이 낳고 대를 잇지 못한다고 하는디, 어쩌면 좋겠냐. 니가 이 집을 나가든가 아니면 작은댁 꼴을 보야 쓰것다. 니는 고양이상이라 내 집 업을 죽인 거라드라. 그것도 말시 고등어 토막 구어 놓듯이 구렁이를 죽였다고 점장이가 훤히 알드라. 불씨를 아끼라 일렀는데도 헌 짚신 던지듯 할 때 알아 보았지라."

시어머니의 분노는 이런저런 욕으로 끝이 나지 않았다. 남편도 시부모님 말에 귀를 기울였는지 내 곁에 얼씬도 안 했고 나중에 안 일이지만 기생첩을 얻어 살림을 차렸다.

소문은 이 골짜기 저 골짜기로 터졌고, 말 물어서 남의 말 좋아하는 입은 집안이 더했다. 시부모의 철저한 집안 관리에 미워한 사람들은 모이기만 하면 우리 집 이야기였다. 남의 입방아에 찍히니 있는 복도 나갈 것 같은 생각이 들었다.

"그람. 그렇구 말구라. 구렁이가 눈에 띄는 것도 아닌데 아궁이에서 태워 아침밥을 지었다면 예삿일은 아니랑게. 부잣집은 업이 있다고 허는디, 그 업을 죽인 기여. 아궁이에서 타고 그 연기가 굴뚝으로 나갔다는 그 사실이 끔찍도 허구먼."

"아이고 생각만 혀도 몸서리치게 된당게. 몇 년 전 일이 아니잖여. 저 아래 타성인 박씨네 아버지 환갑이었을 때 인절미 두어 말 쳐서 설강 위에 얹었는데 아침에 보니 구렁이가 떡 위에 걸쳐있어 환갑이고 뭐고 그만두고 무당 데려다 굿판을 떠벌려잖은가."

"암, 그랬지라우. 그란데두 그 집안은 망하지 않았남. 참말로 몸서리치는 사건이 아닌감. 아 글씨, 사촌간에 불씨 좀 주었기로 그라믄 못쓴당게. 사람 맘 고록코롬 서운케 하믄 안 되지라."

사람의 입은 간사해서 뱀의 헛바닥처럼 무서웠다. 남의 일을 가지고 떠들고 억측은 악담이 되는지도 모르고 떠돌아다녔다. 갑자기 나는 구렁이로 밥을 지은 죄인이 되었다. 집을 지켜주는 지킴이를 죽였다는 것이었고, 이제 망한다고 절망을 하며 초조해하는 시부모였다. 그것을 보는 나는 바늘방석에 앉아 있는 하루하루였다. 그때 친정집에서 연락이 왔다. 여동생이 출가를 한다는 기쁜 소식이었다. 난 내심으로 기뻐하면서 친정 갈 날을 기다리고 있었다. 그런데 시어머니는 아는지 모르는지 관심 밖의 태도로 입도 떼지 않더니 하루 전날 나를 불렀다. 오늘 중으로 친정엘 가되 오라고 할 때까지 있으라는 영이었다.

'어머님, 전 아니 갑니다.'

그 말이 하고 싶었지만 말이 나오지 않았다. 사실 나는 가고 싶었다. 친정에 간 지가 십 년이 내일모레가 되었다. 마음 붙일 곳이 없는 나는 피붙이가 그리울 수밖에 없었다. 신랑도 본체만체하니 더욱 그러했는데다 구렁이 사건으로 몹쓸 년 재수 없는 년이 되어 있어 외로웠으니 생각나는 얼굴은 친정 식구였다.

"꽃님이 어매, 가면 아주 쫓아낼 모양이지라."

산퇴미댁은 근심스레 내게 말했다. 쫓겨나는 한이 있더라도 가고 싶었다.

"아줌씨, 우리 꽃님이나 잘 건사해 주시오."

젖먹이 연님이만 업고 머슴이 앞장서 가는 길을 따라갔다. 봄기운이 돌자 쌓였던 눈이 녹아내리고 겨울을 보낸 풀싹이 파릇파릇 돋아났고 진달래가 꽃봉오리를 살찌워 붉은빛이 도는 춘삼월, 그 봄이 이렇게 마음 설레게 하는지 분녀는 둥둥 날개를 달고 새가 된 기분이 되었다. 걱정과 두려움은 나중에 하기로 하고 친정 식구를 만난다는 한 가지 기쁨에 들떠 있는 것이다. 쫓겨나도 산목숨 끊어 부모에게 불효를 저질러서는 안 된다는 생각보다 딸아이 두 목숨을 버릴 수 없을 것 같았다. 눈물을 찍으며 마음을 차돌처럼 옹 물었다.

해 거름에 친정에 도착한 뒤에 어머니를 붙잡고 울었다. 기쁨의 눈물이라고 친척집 손님들은 생각할 수 있겠지만 난 내 설움에 울었다. 친정집에 온 지 석 달이 넘도록 시댁에서는 감감무소식이더니 오뉴월 더위가 시작일 때 머슴이 헐레벌떡 숨을 몰아 찾아왔다.

"어서 가셔야 되겠습니다요. 마님께서 젖에 부종이 났는디 예사 병이 아니라고 의원이 말했당께요."

목이 타게 기다렸던 나는 이때다 싶어 그길로 시댁 대문을 들어섰다. 몇 달 만에 어미를 본 꽃님이는 얼굴을 잊었는지 뜨악하게 바라보다가 이내 내게 안긴다. 시어머니 병은 몹시 심했다. 왼쪽 유방에서 고름이 한 사발씩 나온다고 산퇴미댁이 맨 처음 내게 일러주었다. 큰 안방에 들어서니 악취가 코를 찔렀다. 시어머니 얼굴은 고통에 피골이 되어 있었고, 아픔을 견디느라 온상을 찡그렸다. 별 약을 다 써도 효험이 없었단다. 상처가 아물지 않고 날마다 피고름이 나더니, 이젠 등에까지 통증이 나서 잠도 잘 수 없게 되었다.

약초로 치료하기는 이미 늦은 것 같았다. 쑥찜의 효력도 잠시뿐 몸져누운 지 두 달 만에 시어머니는 돌아가셨다. 시어머니의 병이 나면서 돌아가실 때까지 구렁이 사건이 수군수군 사람들 입을 오르내리게 한 것은 두말할 이유가 없었다. 난 그때마다 죄인이 되었다. 늦둥이 시동생을 잘 부탁한다는 말만 남기고 시어머니는 눈을 감았다. 그런데 시아버지가 시름시름 몸져누우시더니 잘 잡수시던 조반을 통 들지 못한 지 한 달도 채 안 되어 또 돌아가셨다. 집안에 어른이 가시자, 남편은 가끔씩 들러 집안 돌아가는 꼴을 감시하는 것이었다.

"당신은 죄인이야. 그 죄를 씻으려면 고생을 해야지."

시동생에게 젖을 물리면 내 딸아이는 샘을 부리고 울었다. 그 꼴을 보면서 남편이 내게 한 말이었다.

시부모님의 삼년상이 끝나기 전 남편이 요절을 한 것이다. 기생첩 방에서 한밤중에 피를 토하고 죽었다. 폐병이라고 했는데, 소문으로는 기생의 새 사내가 때려죽였다고도 했다. 그렇지만 그걸 밝히기엔 내 능력도 힘도 맥도 다 사라진 뒤였다. 그저 내 신세를 한탄하며 서럽게 울면 그것으로 그만이었다.

며느리 들어와 삼 년이 고비라고 했지만 내가 들어오고 십 년이 안 돼 시부모 남편을 죽게 한 죄인은 나였다. 울고 있을 짬도 없이 내가 지켜야 할 목숨이 있기로 발과 손이 부르트도록 일을 해야 했다. 시누이 둘이 아직 출가 전인 데다 어린 시동생이 날더러 엄마라고 부르면서 나를 따랐다. 사람도 잃었고 재산도 잃었다. 남은 논 몇 마지기, 그리고 밭뙈기에 농사를 지어야 했다. 머슴 내외도 땅 장만해 나간 지 한참이나 되었다.

나는 복 없는 여자니 일이라도 해서 살아야 했다. 나는 어찌하여 아들도 낳지 못하고 청상과부가 되었을까. 내 눈에 살기가 넘친다고 시어머니가 언젠가 하던 말이 가슴을 친다. 이제 죽어도 괜찮지만, 아들이나 낳아 보았으면 그런 바람도 젊을 때 말이다.

시동생을 자식처럼 젖을 물리며 남모르게 통곡했던 기억이 난다. 죄인이니 권씨네 대를 이을 시동생을 장가들여 아들을 낳도록 하는 게 도리다. 내 속으로 난 딸보다도 더 소중히 키운 시동생 장가들던 날 만감이 교차하며 내 설움에 울었다. 젊어서야 동서를 며느리 부리듯 한 적도 있지만 내가 핏기 없어 이젠 구박덩이로 봄부터 가을까지 고추밭에서 살면서 붙어있는 목숨이 다할 때까지 살다 가는 것이다.

늦가을이라 고추도 다 되었고, 그동안 말린 것만 보아도 흡족하련만, 집안에 우두커니 있기보다는 고추밭에서 기며 남은 고추 몇 개라도 따야 직성이 풀린다. 농사도 거의 끝났으니, 시동생 내외는 광주에다 장만한 여관에 볼일이 있다고 아침 일찍이 나가고 없다. 세월이 변하니 산 팔고 고추 팔아 모은 돈으로 산 것이다.

'복 많은 년은 고추밭에 넘어져도 아들을 낳는다는디, 복 없는 년은 고추만 따는구나.' 노래로 흥얼대며 제법 약이 오른 늦사리 고추를 따서 입에 문다. 어지럼증에 비실비실 대다 고추 골로 쓰러진다. 정신이 가물거린다. 신랑이 손짓을 한다. 그리고 시아버지, 시어머니가 화난 얼굴로 바라본다. 그리고 구렁이가 기어오른다. 혀를 날름거리며 목을 감아 쥔다. 꽉 감는다.

"그랴, 어서 날 데려가란 말이여."

■ 독한 년

　여름내 박꽃은 수줍음을 머금고 하얗게 피어 지붕 위에서 지고 있었다. 한낮을 피해 해 질 녘 눈을 뜨고 먼 밤하늘의 별처럼 쉽게 보이기 싫은지 속내 감추고 혼자서 웃는 박꽃은 밤새워 이슬을 마시며 달빛에 온몸을 적시고 아침이면 졸음에 겨워 눈을 감았다.
　김 부잣집 대문은 새벽에 열리면 늦은 밤에 닫혔다. 그리 큰 마을은 아니지만 김 부잣집 땅을 밟으면서 살아가는 사람들이 늘상 김 부잣집 대문을 넘으며 일을 하는 집이 있었는데도, 깔잠머슴에 상머슴이 둘씩이나 있고 이 상머슴은 내자와 자식도 있었다.
　이 집 맏며느리 봉화는 박꽃이 피기 시작한 초여름에 시집을 왔다. 신랑 태수는 허여멀건 외모인 데 반해서 하는 일 없이 건달 생활로 아버지 땅을 믿고 오락가락하며 세월만 죽이고 투전판이며 기생집에 드나든다는 소문이다.
　시조모에 시부모님 그리고 시동생 둘은 공부를 한다고 서울에서 지내고 명절 때나 찾아들고 시누이가 막내로 봉화보다 댓살이 어렸다.
　바로 아래 시동생은 경기도 어느 읍 소재지에 면서기로 취직되어 연애결혼을 할 것이라 했다.
　말이 있듯 촌 부잣집 며느리는 일에 묻히어 살다 죽는다고 봉화는 들일은 안 해도 부엌에서 살고 있었다. 말이 양반의 탯줄인 그녀의 친정은 넉넉지 못해 배불리 먹을 수 있는 부잣집의 혼처에 기꺼이 딸을 주었다. 머슴의 처까지 들에 나가면 봉화의 하루는 부엌에서 시작되고 부엌에서 끝났다. 삼시 세끼 말고도 새참에 손님 상 차리기는 늘상 술이 있어야 했으니 시어머니가 알려준 대로 열흘이 멀게 술도 담가야 했다.

봉화 나이 열일곱에 입 하나라도 줄인다는 뜻에 따라왔을 때 늙은 신랑 태수 나이는 스물 하고도 여섯이었으니 봉화로서는 무서웠고 두려움 그 자체였다. 나중에 알게 된 사실은 나이뿐 아니라 혼인하여 오 년을 살아도 아이를 못 낳았다는 이유로 쫓겨났다는 사실을 머슴의 처인 강원도 댁의 귀띔으로 알게 됐다.

봉화는 시집온 날로 밤이 공포 그 자체여서 바느질을 한다는 핑계로 태수를 피하려 한 이유로 서방을 무시하는 년은 소박을 맞아야 한다는 말을 소름 끼치게 들은 적도 있었다.

어느 여름이었다. 시집온 지 사 년이니 봉화는 무르익은 석류가 되어 있었다. 아이를 가져 날 달이 된 것이었다. 시 어른들의 기대는 떡두꺼비 같은 손자 타령이었고 서방 태수는 싱글벙글하였다. 웬일로, 밖으로 나다니던 태수도 늦지 않게 귀가하며 봉화에게 정을 주고자 애쓰는 것이 보였다. 아이를 낳으려고 비슬거리며 큰 머슴 강원도댁이 귀띔으로 혼잣말처럼 난리가 났다고 했다.

첫아이가 돼서 진통이 심하여 그 말을 귓등으로 들으면서 새벽닭 울음소리를 들었다.

'설마 오늘 새벽은 샘물을 이고 오지 않아도 되겠지.'

그 생각이 꿈처럼 떠올랐다.

꼭 사 년을 비가 오나 눈이 오나 바람이 불거나 꼭두새벽이면 동이를 이고는 산 밑 아래 우물에서 물을 길어다 조왕신에 떠 놓고 아침밥을 지어야 했다.

맏며느리가 괜스레 맏며느리더냐. 한 집 살림을 떠맡고 정지간의 주인이니 조왕신을 위해 식구들이 무병하고 살림이 늘어 잘 살게 되느니. 마당 한쪽으로 우물이 있는데도 밖에서 길어다 떠 놓는 것은 마을 뒷산 마태산(馬太山)에서 품은 물은 산의 정기와 기를 받아 용이 알을 품은 형상이라 제일 먼저 떠 오는 집이 복을 받고 번창할 수 있다는 소문 때문이었다. 그러나 첫새벽에 산짐승이 울어대는 어둠을 뚫고 산 밑 우물을 갔다가 돌아온다는 것은 죽기보다 무서웠다.

고생 끝에 낳은 딸이었다. 어쨌거나 오랜만에 얻은 손주라며 시아버님이 손수 금줄을 매었는데 아들 손주 금줄이라며 강원도댁이 끼룩끼룩 웃으며 말했다.

"전쟁이 났다더라. 전쟁이든지 난리든지 이리 큰 집을 버리고 어디로 가겠느냐. 니도 아이를 낳은 지 하루냐 이틀이냐."

"어머니 무슨 난리가 났대유."

"태수가 라디온가 무엇인가 거기서 들었다네. 잘 알아본다구 나갔다. 그런데 한차례라도 지나야 니 물 길러 간다 알것지? 부정 탈까 그런다. 알것지?"

봉화는 누운 채 눈을 감았다 뜨며 대답을 했다. 삼일 만에 자리에서 일어나 여느 때처럼 팔랑개비처럼 이리저리 돌며 일을 하는데 피난민이 하나둘 찾아 들었다. 된장 달라, 소금 달라, 그리고 곡식도 달랬다. 시어머니의 허락하에 무엇이든 주어 보냈다.

그러던 어느 날인가 아주머니가 다 큰 딸 둘과 사내아이를 데리고 찾아와선 헛간이라도 좋으니 며칠만 쉬었다 가게 해달라며 사정을 했다. 북한 황해도에서 피난 오다가 남편은 인민군에 끌려갔고, 한 달을 걸어서 오느라 지쳐 더 갈 수 없어 며칠만 추슬렀다가 가게 해달라고 사정을 하여 빈방을 내주었다.

"주인 어르신 고맙소. 그래 무슨 일이든 해줄 끼니 하루 두 끼만 먹여 주시라요."

철이 바뀌고 지붕 위에 박이 익어도 꽃은 피기를 멈추지 않고 하얗게 피어 서리처럼 지기를 계속하고 호박은 누런 복덩이로 익어 탐스럽게 앉아서는 바쁜 가을임을 느긋이 알렸다.

　황해도집 식구는 한 달이 되어도 떠날 생각이 없는 듯이 가을걷이를 도우면서 혹은 부엌일을 도우며 눈치껏 살고 있었다. 큰 딸인 열일곱 살 정애는 귀여운 얼굴이 유독 눈에 띄는 것은 우유빛 피부가 돋보이는 처자였다.
　봉화를 언니라며 아이를 잘 보아주어 봉화로서는 편해서 고마웠다. 그해 겨울을 한집에서 보냈으니 어느새 정이 들기도 했다.
　전쟁의 상처는 어느 곳 어느 사람에게도 있었다. 미처 고향으로 돌아오지 못한 시동생의 생사가 묘연했다. 시어머니의 간절한 축원도 소용이 없었다. 세월은 저 혼자 흘러가는지 전쟁이란 아픔을 인간에게 떠넘기고 봄으로의 길로 와 있었다.
　웬일인지 황해도 아주머니가 보따리를 싸는 것이었다. 봄은 이삿짐을 싣고 옮기기도 좋은 날인가 싶어 봉화는 서운함을 정으로 싸서 보내기로 마음먹고 말을 건네었다.
　"아주머니, 어디로 가세요? 서운하네유."
　"아니여요. 아래 집을 구했소. 내 자주 올끼요."
　나중에 알았지만 남편 태수가 정애를 욕보이고 집을 사서 보낸 것이었다. 말하면 두 집 살림을 차린 셈이었다. 봉화는 부들부들 떨렸다. 혼자만 모른 채 속은 것이었다. 시부모님들도 쉬쉬하면서 한 살림 차려 주느라 북석을 떨었다.
　봉화는 모든 걸 알고 나서 입을 다물었다 쓰다 달다 말없이 아이를 업고 나섰다. 언니 하며 따르던 정애를 만나 보기로 한 것이다. 그리고 그 애 어머니의 말도 들어볼 참이었다. 봉화도 잘 아는 초가집은 탱자나무 울타리로 아담한 집은 글공부를 많이 한 선비가 살던 집이었다. 그 집은 같은 종문의 일가 것이어서 시어른들이 산 것이었다.
　집에는 정애 혼자 있었다. 봉화를 본 정애는 고개를 숙이고 울기 시작했다.

"언니, 난 억울해요. 언니 아저씨가…."

봉화는 정애의 말이 끝나지 않았는데도 모든 걸 알 수 있었다. 봉화는 정애의 손을 맞잡으며 같이 울고 돌아왔다.

"아이구, 독한 년! 말도 안 해. 대답도 없고 잘난 사내가 열 계집마다 할까. 오죽 못났으면 평생 한 계집 치마꼬리 붙들고 살까."

입이 열이어도 할 말 없을 것 같은 태수의 호통이 드세었다. 인생도 길다고 하지만 하룻밤 꿈에서 깨어난 듯 허무한 것이었듯, 부귀영화도 꿈이 아닌가. 부잣집 김부자네의 가운도 기울어 반달이 된 건 소작인에게 빼앗긴 땅보다도 똑똑한 아들의 행방이었다. 난리통에 이장 통장도 죽였는데 면서기 지낸 그를 살려둘 리 없었다.

부자가 망해도 삼 년은 산다고 먹고 사는 건 무슨 짓이든 해도 살 수 있으나, 솔나무가 죽으면서 떨군 솔방울이 어찌 싹을 틔울 수 있겠는가.

망한 집 흙담 무너지는 소리는 밤 쥐가 듣고 굴로 숨는다지만, 사람의 정이 식은 집은 온기마저 빠지듯 머슴들도 다 나가고 그동안 나이를 먹은 아이였던 깔삼머슴 떠꺼머리 늙은 머슴만 남아, 자신의 신세를 한탄하면서 연초를 돌돌 말아 담배를 피우고 있었다.

김 부잣집 막내 태원이 아니꼬운 눈으로 힐끗 쏘아보고는 지게를 지고 나갔다. 무엇으로라도 도와야 했기 때문이었다.

시누이 하나는 남의 가문의 사람이 되었다. 봉화는 말없이 할 일을 했다. 새벽에 물 길어오고 조왕신에 물 떠 놓고 밥하고 빨래하고 바느질하고 다람쥐 쳇바퀴 돌듯 늘상 그 일을 반복하였으며 게으르지 않았다. 허나 서방을 보길 남 보듯 했고 새며느리가 좋아서 어쩔 수 없다는 시어른께서도 벙어리가 되었다. 정애가 아들을 낳았고 연년생으로 또 아들을 낳았다는 것을 알았을 때 봉화는 스스로 벙어리가 되고 말았다.

"독한 년. 네가 서방을 내쳤으니 날 원망은 말아. 넌 생과부로 평생 그렇게 살다 죽어야 해."

태수의 말은 악담이었고 몸서리치게 했다. 시어머니의 말은 봉화의 가슴을 갈기갈기 찢어 소금을 뿌렸다.

"독하기도 참말로 독하다. 우찌 말을 않고 살겠어. 벙어리도 그리는 안 한다."

봉화는 참말로 벙어리가 된 것 같았다. 서방의 잔인한 악담을 들으면서, 시어머니의 억울한 말을 들으면서도 가슴에서 올라오는 말이 목구멍에서 걸려 나오지 않았다.

"아니 흉물스럽긴 참. 어찌 말을 안 하는 거여. 누구 속 터지는 꼴 보는 거여 뭐여. 한집에서 살문서 말 안 섞고 살자 이거여 시방. 내도 여자라서, 그래서, 안 되었다 생각하였구만. 즈그 시어미를 싹 무시하는 거여."

참다못한 시어머니가 한바탕 난리를 피운 날에도 봉화는 벙어리가 되어 있었다. 귀로 듣고 말대꾸를 할 수 없는 봉화로서는 가슴이 찢어지는 아픔으로 눈물을 쏟아내었다.

김씨 가문의 맏며느리로서 일 년 열두 달 제상 차리는 수고는 당연하다는 생각이었으며, 돌부처도 돌아앉는다는 씨앗을 보는 봉화로서는 혼자 삭이기엔 인간적인 의미를 떠나서라도 너무 벅찬 시련이었다. 힘든 살림살이에도 따뜻한 남편의 정으로 견뎌온 터였는데, 이젠 모든 것이 사라졌다는 절망이 더 힘든 사실로 받아들여야 했다.

사람이 먹고 잠자고 일하는 것이야 누구나 똑같은 생활이겠으나, 한마디 말도 없이 똑같은 일을 반복하는 생활이 봉화를 지치게 하였다.

봉화는 머릿속에서 그 어떤 신의 계시로 눈을 뜨듯 시집와서 딸애를 낳기 전 시어머니 따라 떡시루를 머리에 이고 말태산 중턱 성황당을 찾아가 치성을 드렸던 생각을 하며 한번 찾아가서 소원을 빌겠다는 다짐을 하였다.

봉화는 박꽃을 바라보면서 오늘 밤 찾아가리라 마음먹고 아이를 재워놓고 집을 나섰다. 보름이 가까우니 달빛이 있어야 했으나 구름이 잔뜩 끼어 산은 어둠을 삼키고 앉아 있었다. 그뿐이 아니었다. 울창한 나뭇잎으로 가려 더욱 어둡고 칙칙한 어둠이 악마의 환영처럼 보였다.

몇백 년은 묵은 팽나무는 알차고 탱탱하게 늙어 있었던 모습을 떠올리며 봉화는 팽나무 앞에 섰다. 두 팔을 하늘로 올리고 세 번 절을 하였다. 새끼줄로 둘러쳐진 팽나무는 구속당한 거인이 아닌가 싶다가도 울긋불긋한 천 조각이 남루한 세상 삶의 단면을 보여주고 있는 듯하여 봉화는 슬펐다.

"성황당 신령님, 지는 어찌하면 되겠습니까. 도저히 이리는 못 살 것 같습니다. 꽉 혀를 깨물고 죽던가, 물에 빠져 죽던가, 어찌하면 좋겠는가, 말 좀 들어볼까 찾아왔습니다."

봉화는 절을 수없이 하고 손바닥을 비비면서 소리 없이 울었다. 호랑이가 살고 있다는 말태산이지만 봉화는 조금도 무섭지 않았다. 죽기로 작정하였기에 이 밤에 산을 기어 올라온 것이기에 이를 옹 물었다.

그 밤에 산에서 내려온 봉화는 더 열심히 일을 했다. 봉화의 딸아이가 다섯 달이 되도록 아이가 없는 건 하늘을 봐야 별을 딴다는 속담과 일치했다. 봉화는 아이 옷 몇 벌을 철에 맞게 지어 채곡채곡 농짝에 넣어두었다. 그리고 커서도 입으라고 색동두루마기도 만들어 놓았다.

여름내 박꽃은 피고 지면서 뽀얗고 포슬포슬한 솜털을 쓰고 수줍게 피었다가 하얗게 지고 있었다. 오늘 새벽참에도 봉화는 물을 길어다 조왕신에 떠 놓는 걸 잊지 않았다.

'조왕신이시어, 부뚜막 조왕신님, 내 오늘 마지막으로 바치는 겁니다. 내 이 집 귀신으로 끝까지 남으려고 했지만 사는 게 치사하고 더러워 오늘로 떠나럽니다.'

두 손을 모으고 고개를 넌지시 드는 봉화의 흰 이마와 반듯한 가르마가 새벽어둠 속에서 가물거리는 등잔불에 비추었다.

밥은 안쳐 불을 때고, 국을 끓여놓고 신던 신발을 가지런히 두고, 새 신발을 신고 고개를 들 때 시어머니가 안방 문을 잡은 채 봉화 하는 양을 보고 서 있었다. 봉화는 똑바로 선 자세로 고개를 숙이고 인사를 하였다. 한 번도 이런 인사는 없었다.

"아이고 독한 년. 쇠귀신이 붙었나? 어찌 말을 안 해. 독한 년…."

봉화는 역정을 부리는 시어머니를 눈물 어린 눈으로 웃어 보이고 돌아섰다.

"아이고 독한 년, 천하에 독한 년…."

봉화는 흰 치마를 끌며 흰 고무신을 신고 다박다박 말태산을 넘어가면서 꺼억꺼억 울었다. 가슴에서 쏟아지는 피 울음을 쏟으며 울면서 넘었다.

'그래 내가 독한 년이다.'

■ 김 사장 반세기

그래도 사장이다.

'김 사장'

사장이라는 꼬리표가 달라붙어 있어서 한결 그네의 인생이 덜 허전하기는 한데, 빈털터리 깡통 소리가 요란하다고 그가 가는 곳은 늘 시끄러웠다.

그러나 집에서만은 있는 듯 없는 듯 늘 조용했다. 그건 그가 밤에 일하고 새벽에 들어와 잠이 들면 오전까지는 자야 하기 때문인데, 대리운전이란 직업이 박쥐의 생활 습성과 비슷한 때문이었다.

그가 눈을 뜨면 집안은 아무도 없고 혼자라는 사실이 그가 느낀 그대로 조용하다는 이유다.

그의 아내는 일찌감치 아침밥을 해 놓고 대충 집안일을 정리하고 큰아들, 딸아이, 셋째까지 내보내고 일터로 나가면 밤 열 시가 되어서야 집으로 돌아오는 식당 종업원이었다.

그렇게 엇갈린 하루의 시간에 얽매인 그들 부부의 상면도 가뭄에 콩잎 보기 같이 어렵다면 맞을는지 모를 일이지만, 큰놈이 대학에 들어갔고, 둘째 녀석이 고3이고, 막내딸이 중학교 이 학년이니 돈주머니를 풀어놓아도 모자랄 판이어서 아내가 돈 벌기에 극성을 부리지 않을 수 없었다.

그가 다 늙어 가지고 겨우 몇만 원 벌이라도 한다고 나선 것은 가장으로서 면목도 면목이지만, 자신의 용돈이라도 벌면서 둘째 놈 학비를 벌거나 두 끼 급식비라도 대어 보겠다고 박쥐 생활을 하며 고생하는 것이었다. 고생은 고생대로 하면서도 때맞춰 신명 나게 대준 적 없이 자식들의 마음고생 시키지 않았던가. 그럴 때마다 그의 아내가 혀를 차면서 해결사로 나섰다.

"그래 말 좀 해보소. 얼매나 버는지 내 손바닥에 집어줘야 알게 아닙니까. 가장이 돼갖고, 그리 책임감도 없으니 줄줄이 자식들은 공부할 때구만, 뒷짐만 짚고 구경만 할까요."

경남 창원이 고향인 그의 아내는 말소리부터 화가 나면 남성 같아 그는 귀를 막든가 아니면 밖으로 나가야 편했다.

그도 몇 년 전에는 사장이었다. 그의 고향이 대전이어서, 대전에서 자리를 잡고 싶어 부산서 일하던 철공소를 그만두고 식구들 데리고 올라와 알루미늄 샷시 공장을 차렸다. 기술자도 여남은 명 두고 잘되던 공장이 시대의 발전에 따라 대기업화에 밀리어 차츰 어려워졌다. 모든 건축에 필요한 것이 규격화되면서 기계로 찍어내듯 꼭 맞고 가격 면에서도 밀리는 건 당연한 것이었다.

그렇게 산업 발전에 밀리어 깨끗이 문을 닫았으며, 마누라를 내세워 책임을 떠맡기는 졸부가 되었다. 그래도 하루도 쉬지 않고 밖으로 일하러 나간다는 것을 다행이라고 생각하는 그의 아내였다.

밥 한 공기도 입안이 껄끄러워 국이면 국, 찌개면 찌개에다 개밥처럼 만들어 먹은 뒤에, 커피 한 잔 마시고 나가서 또 몇 잔의 커피를 마시기까지, 술에 취한 손님이 호출할 때까지 그 지루한 기다림을 달래주는 커피가 있어 그는 참고 기다릴 수 있었다. 세상 살기가 점점 힘들다는 것을 자꾸 줄어드는 손님으로 안다. 밤을 꼬박 새우다시피 하고 몇 푼의 돈을 쥐고 돌아오면서 그는 편의점을 들른다. 담배와 로또복권을 산다. 일주일이 즐거운 기다림의 천사 복권을 만 원어치도 사고 오천 원어치도 산다. 요즘은 기계로 번호를 맡기지만, 옛날부터 했던 방법대로 정성을 다하여 썼다.

그의 주민번호에서, 또는 아내의 생일에서, 혹은 결혼 날짜도 아니면 아이들 나이도 셋을 합해 쓰면 여섯 글자가 되어 그렇게도 썼으나 매번 허사였다.

어쩌다 오천 원짜리는 되어 복권으로 바꿔온 적도 있었다. 십 년 세월 동안 단 한 번의 행운이 이렇게도 그에겐 없단 말인가. 한탄이 절로 나오기를 수도 없이 했지만, 이젠 다시는 사지 말자고 맹세를 해놓고 돼지꿈이 좋은 꿈이라 해서 아무한테 말도 않고 슬그머니 샀으나 또 꽝이었다.

그는 틈틈이 고스톱을 치기도 했으나 백 원짜리도 피박, 광박에 흔들면 시간 내에 돈 십만 원 잃는 것은 순식간이었다. 복권도 명당이 있다는 소문에 삼백 리 길을 달려가 샀으나 모두 꽝이었다.

큰아들은 아르바이트로 중학교 아이들에게 영어를 가르친다. 그렇게 해서 용돈과 학비를 충당하면서도 과 장학생이라 그럭저럭 잘해 나가고 있었다. 그런데 둘째 녀석이 문제였다.

"아버지, 복권 살 돈 있으면 저금하세요. 맨날 사봐야 꽝이잖아요."
"이놈아, 꼭 될 게다. 어젯밤 꿈이 좋았어."
그가 멋쩍게 웃어 보였다.
"아이고, 오뉴월 더위에 소불알 떨어질 거 기다린다고 참말로 어리석기도, 이번 주일까지 급식비 내라고 하는디 우짤끼오. 내달이면 수업료도 또 나올 끼고, 지난번도 달이 다 차고 간당간당 모가지 부러질 때까지 내느라고 얼매나 자식새끼 고생시켰소. 그놈에 복권인가 그만 사소."

"알았소. 내 요번 마지막이요. 아마도 이번만은 될 거 같은 예감이요. 꿈이 좋았다니까, 허허허."

"또 그 꿈 타령 그만하이소. 벼락 맞는 것보다 더 어렵다 하는 말도 못 들었는갑다."

모처럼 쉬는 날에 마주한 대화는 이런 무시로 끝나는가 싶도록 그에겐 비참하리만큼 쓸쓸한 심정이 되었다.

둘째가 나가고 나니 아내와 단둘이 남았다. 이런 날이 한 달이면 한 번 있을까 말까 한 천금 같은 날이다. 그는 온몸에 불을 지피며 아내 눈치를 살폈다. 지금 아내는 많은 생각에 낮잠도 들지 못하는지 베개를 고쳐 베며 돌아누웠다.

"저 정식이 엄마, 이거 받아. 미안한데 요즘 경기가 안 좋아서 그리고 기름값이 여간 비싸야지."

아내가 벌떡 일어난다. 돈 냄새를 맡은 것이다.

그가 내민 돈 십만 원이 너무 초라하여 돈보다 손이 더 부끄러운 순간이었다.

"아이고, 참 기차네. 이것이 한 달 내내 번 돈인가요. 밤잠 못 자고 내사 돈이 부끄럽소. 두 주일 안에 십만 원 더 채워주소. 집세도 주고 살아야 떳떳할끼 아닌가베."

아내는 돈을 챙기며 집세까지 들먹이며 기까지 죽이고는 누워 버렸다.

그는 찬물 한 동이를 뒤집어쓴 기분으로 후줄근히 서서 아내를 내려다보았다. 이런 기분으로는 본성도 야성도 다 틀렸다. 절호의 기회를 놓치고 만 그는 슬그머니 돌아섰다.

"정식이 아베요. 냉장고 둘째 칸에 당신 좋아하는 쇠고기 회 있소 꺼내 잡수소."

그 말이 그의 언 마음과 몸을 녹이고 있었다. 그는 소고기 육회가 중요치 않았다. 처가 자신을 생각하여 가져왔든지, 아니면 식당에서 슬쩍 해 왔든지, 또 생각해 보면 얻어왔든지, 어쨌거나 생각해 주었다는 그 하나만으로 충분했다.

그는 아내를 와락 끌어안고 말았다.

"이가 왜이래 싼노. 벌건 대낮에…."

아내는 못 이기는 척 한마디 하면서도 기다렸다는 듯 그를 받아주었다.

2층을 보증금 걸고 월 이십만 원을 내고 있었지만 방 두 칸뿐이어서 아들 둘에게 한 칸을 내주고, 안방은 중학생 딸아이와 같이 쓰고 있으니, 서로를 바라보기는 항시 엇갈린 길에서 만났다. 헤어지는 차의 흐름처럼 그렇게 한 번이라도 볼 수 있어 부부랑 함께 산다고 말할 수 있었다.

"당신도 같이 먹지 그래. 술 한잔하면서."

"혼자 자시소. 내는 잠 좀 잘라네요. 항시 잠이 부족해서 죽겠심더."

"많이도 싸 왔네. 애들도 남겨줘야지."

"냅두소. 식당에서 먹으라고 했는데 내 가져왔으니 당신이나 실컷 잡수소. 아들 줄 꺼는 불고기감 있습니더. 미국산이라 비싸도 않테예."

한우 좋은 줄 누가 모를까, 비싸니 못 먹는 거지. 그는 육회를 소주와 곁들여 먹으며 한우고기 먹어본 때가 언젠가 생각하며 마음속으로 없는 것을 탓해보았다.

오늘은 일하러 나갈 때까지 집에서 쉬어야겠다는 마음을 먹었다. 습관처럼 오후만 되면 마실 가듯 나가서는 친구가 하는 복덕방에서 고스톱을 쳐야 기운이 나는 것 같았지만 2주일 만에 십만 원은 아내의 손에 쥐어 줘야 한다면, 몇 푼이라도 아껴 모아야 한다. 기름 넣고 담배 사 태우고 커피 뽑아먹고 또 복권은 꼭 사야지. 그 재미로 일주일이 행복한데야 어찌 거를 수 있는가.

그는 담배를 피우기 위해 밖으로 나왔다. 밖이라야 자신의 살림집 십칠

평을 뺀 나머지인데, 실 평수는 아마도 팔 평 정도로 그나마 옥상이다. 어쨌거나 개인 주택 2층 옥상은 하늘이 바로 보인다고 할까, 바람이 시원하다고 할까, 햇살이 가까워 좋다고 할까, 짐작건대 이십 년은 족히 되었음 직하여 집은 허름해도, 이층에서 내려다보는 아래층 정원은 운치가 있었다.

배롱나무가 또아리를 틀고 푸른 측백나무가 울타리처럼 에워싸고, 향나무 세 그루가 세월을 안고 푸른빛만 변치 않는 자연의 빛이라 듯 하늘 위 구름 바라보며 놀다 가라는 듯 푹신한 자리를 손으로 받쳐 내준다고 그는 생각하였다.

그는 일하러 나갈 때나 놀러 나갈 때나 이층에 사는 이상, 층계를 밟고 내려가든가 올라오든가 하면서 늘 손님처럼 조심하며 오가다 보니, 정원의 나무며 꽃들이 새록새록 피건만 만져 본다거나 마음 놓고 들여다본 적도 없었다. 설이 지나고 정월이 다 가는 이때서야 지난봄과 여름으로 가는 그 순간의 계절을 떠 올리며 배롱나무꽃이 뚝뚝 져서는 뜰에 붉은 노을빛을 깔아놓았던 그 기억을 꺼내어 살렸다.

그가 살려낸 기억을 깨부수는 대문 소리와 함께 큰아들 정식이가 들어오는 모습이 향나무 그늘에 가렸다가 영화의 한 장면처럼 살아나며 얼핏얼핏 숨더니 짧은 햇살로 다시 클로즈업되어 층계로 올라왔다.

"아버지 집에 계셨네요."

"응. 이제 들어오냐?"

"바람이 차요. 왜 나와 계셨어요."

"음. 그냥."

그는 아들에게 담배 피우는 모습을 보여주지 않았다. 아들은 아직까지 담배를 배우지 않았다는 걸 알기 때문이었다. 군대에 가서 배운다면 별수 없겠지만 아버지로서 아들에게 보여줄 자랑은 아니기 때문이었다.

아들을 따라서 들어갔다.

"정식아! 너 복권 샀냐?"

"네. 샀어요. 군대 가기 전까지만 사겠어요."

"그건 또 왜냐?"

"글쎄. 여지껏 돈 버린 게 억울해서 그때까지만 사려구요. 아버지도 사셨어요?"

"그래. 난 올까지만 살 꺼다. 오늘이 토요일인데 네게 주고 갈 테니 보아라."

"인터넷으로 보면 되는데 뭐 하러 텔레비전을 봅니까."

"그래도 궁금하잖니."

"알았어요. 제가 꼭 알려드릴게요. 그게 공개방송이 아녀요. 공개방송 하라고 떠들어도 한 시간 먼저 추첨해서 내보낸대요. 그렇기 때문에 말이 많아요. 짜고 하는 고스톱이라고 하고 정부에서도 입 싹 닦고 모른 척하잖아요."

"그런 줄 알면서 뭣 땜에 사는 거여?"

그는 말소리에 심술이 붙었다.

"아버지, 그 혹시나, 혹시나, 그 바람에 속는 거지요."

"아들아, 그래도 복권이 주머니에 있으면 흐뭇하잖니. 흐흐흐."

"맞아유. 행복해요."

그는 아들과 마주보고 웃으며 서랍을 뒤진다. 십 년째 사두었던 복권이 채곡채곡 쌓였다.

"아이구, 이 돈이 얼마여. 당첨되었다 하면 돈벼락 맞을랑가. 흐응 흐흐흐."

그는 휴지보다 쓸모없이 되어버린 복권을 두 손에 들고 허기진 웃음을 웃었다.

짧은 햇살이 사라질 때 식구들이 모두 모여 저녁을 먹었다. 그는 오랜만에 좋은 기분으로 집을 나서려고 잠바를 걸치고 날마다 잊은 적 없어 충전된 핸드폰을 집어 든다. 벌써 시간은 여덟 시 반이었다.

"아버지, 잠깐만요. 아버지 복권이 4자리 숫자가 다 맞었어요."
"그러냐. 그럼, 얼마나 받는 거냐?"
"와! 아빠 축하해요. 아마 십만 원은 받을 거예요."
"무슨, 십만 원에서 세금 떼면 육칠만 원 받을는지 몰라요. 월요일에 저랑 같이 가세요. 국민은행에서 취급해요."
"복권이 느그 아버지가 불쌍했던가, 미안했던가 둘 중의 하나다. 몇십 년 투자했으니 고기나 사서 먹으라고 쪼매 주는 갑다."
아내가 반쪽 얼굴로는 웃고, 반쪽은 비웃음을 띠면서 그럴듯한 설명에 아이들은 재미있다고 웃고, 그는 겸연쩍어 웃고 집을 나섰다.
"흐흐흐, 인생은 도박이라 하잖은가. 내 인생 반세기는 사장은 허울이고 진짜는 복권이여."

■ 사내의 장날

비가 내렸다. 며칠째 계속된 비는 장맛비였다. 여름이면 으레 그러려니 했지만, 빠끔한 하늘에서 햇살이 드는가 싶더니 다시 내렸다 그치기를 반복하며 온통 세상을 젖게 하였다.

5일 장날이었다. 소도시에 벌어진 장날은 동네 마을 사람들이 기다렸다. 즐거운 장터는 없는 것 빼고는 다 있었다. 그러나 장맛비로 길거리 노점이 쓸쓸하였다. 팔고 사는 사람이 줄었으니 씨앗(종묘) 파는 추녀 밑으로 열무 몇 단을 놓고 파는 할머니가 후줄근하게 젖어 있었지만 찾아오는 사람은 없었다. 힐끔 바라보던 사내가 열무 씨 두 홉을 사서 챙겼다. 그칠 줄 모르고 내리는 빗방울에 눈꼬리를 내리고 못다땅한 표정을 짓더니, 씨앗 파는 사내에게 우산을 빌려 달랬다.

"우산이 어디 있어야지유. 비닐우산이 뒤집혀 못쓰게 되었네유."

말로 거절하는 사내의 표정이 여유로웠다. 거절당한 사내가 하늘을 올려다보는가 싶더니 열무 파는 할머니에게 말을 걸었다.

"농사진 거 같네유. 열무가 연하네유."

"아, 비료 안 줘 고소하니 맛있어유. 근데 요놈의 비 땀시 사람이 없네유."

"그리유. 아침엔 하늘이 빤하다먼 억세게 내리네유."

사내는 낫을 싸고 묶은 새끼줄을 엉덩이에 깔고 앉아서 도랑물이 된 길에 눈을 던진다. 반짝 햇살이 들 듯 비가 그칠 것을 기다려 본다. 그때 사내의 시선을 잡는 미세한 움직임이 보였다. 비를 맞으며 정신없이 나아가는 지렁이였다. 나아가기보다 숨이 턱에 차도록 뒤트는 지렁이 꼬리에 또 다른 생명체, 그것은 거머리였다. 지렁이 몸은 3분의 1이 없어진 채 거머리의 먹이가 되어 동행하고 있었다. 체액을 빨기 위해 몸을 동그랗게 땅을 향해 말은 채 지렁이가 매달고 가는 대로 몸을 맡긴 거머리는 순간의 시간에 집중하는 것처럼 보였다.

"여보시유. 씨앗 사장님! 희한한 구경 좀 보시유."

사내는 엉덩이를 들고 저만치 기어가는 지렁이를 뒤쫓는다. 씨앗 파는 사내가 궁금한지 근사한 황금빛 종이우산을 펴 들고 나왔다. 그 우산이 사내의 몸도 덮는다. 장날이면 손님으로 북적대던 종묘상도 오늘만은 한산해 그도 심심하던 참에 생전에 처음 본 사소한 일인데도 흥미롭게 바라볼 수 있었는지 말을 늘어놓았다.

"허어참. 꼭 교미하는 모양새여. 아주 다정해 보이네."

"무슨 교미라나. 지랭이 엉덩이에 시방 불이 붙었구만. 반 동강이가 났는디."

길 가던 사내의 말이 전라도 사투리다.

"이상도 허시. 그래 요곳이 말하자믄 읍내 장바닥인디 겁도 없이 활개 치며 살생을 하는 거여. 관세음보살."

"그러네유. 지렁이는 그렇다 치고 웬 거머리가 큰 길가를 나왔대유."

사내가 이쑤시개를 쥐어 거머리를 건드리며 말했다.

"저 열무 단에 묻어서 안 왔을까?"

씨앗 장사가 힐끗 열무 파는 할머니를 턱으로 가리킨다. 그때 국밥집 아낙이 열무를 몽땅 들고 들어간다. 아마도 헐값에 팔고 빨리 가려는 모양이었다.

"할머니. 생물은 이런 비에 녹으면 그만이지 싸게 팔았다고 짠해할 것 없이 추분데 국밥이나 들고 가시유."

걸쭉한 국밥집 여인의 목소리가 사내의 허기를 북돋웠지만 입맛만 다셔야 했다.

"무슨 구경났어요?"

사내의 등 뒤를 때리듯 묻는 소리에 사내들 셋이 고개를 든다. 장미다방 미스 서였다. 씨앗종묘 사내와 그런 사이란 것을 주변 상가 사람들은 알고도 모른 체했다. 종묘 사내가 큰 입을 옆으로 찢으며 눈을 찡긋한다.

그때였다. 장미다방 서양의 비명과 동시다발로 사십 대 여인의 손아귀가 그녀의 머리채를 잡아서 흔들었다.

"이 여시 같은 년! 네 모를 줄 알았지. 어디 죽어봐라."

순식간에 길바닥을 쓸며 두 여인의 난타에 우산이 모여들었고, 사람들은 우산 속에 있었다.

"아니, 순자 엄마 미쳤어. 이 손 놔아. 응."

씨앗 사내가 우산을 버리면서 달려들어 제 아내 손목을 잡고 하는 말이 애원에 가까웠으나, 어찌나 세게 잡았는지 머리카락을 한 움큼 쥐고 일어나며 제 사내를 쏘아보았다.

"아이 재수 더럽네. 날이 굽더니 미친년이 지랄을 하네. 이년아! 네 서방 단속이나 잘해. 나 좋다는 사내가 어디 하나둘이냐? 너를 고소하겠어. 폭력죄로."

"어그마, 지렁이 구경보다 박력 있어 좋구마. 어데 레슬링 더 하그라."

전라도 사내의 흥에 들뜬 목소리가 빗소리에 잘리지 않았다면, 씨앗 장사 여편네가 듣고, 장미다방 서양이 듣고, 가만히 있지는 않았을 것이다. 찻잔이 든 보자기를 흔들며 장미다방 서양이 독을 품고 돌아가는 모양새가 비 맞은 닭처럼 초라하다.

전라도 사내가 안면이 있는지 장미다방 서양의 뒤를 따라가며 무슨 말인가 씨부렁댄다. 사내가 거머리와 지렁이를 찾았을 때 한 발짝은 달아나 있었다. 사내는 검정고무신을 들어 밟고는 뭉개었다. 지렁이와 거머리가 한번에 묵사발이 되었다. 사내는 경중경중 발도 가볍게 가고 있었다. 사내의 손에는 황금빛이 배어나는 우산을 들고 있었다.

"어허! 참 좋구먼. 비가 내린들 걱정 없네. 흥. 빌려 달랬더니 없다고 그래. 이 우산 통째로 주웠네."

혼잣말로 중얼거리는 사내는 우산대를 높이 쳐들고 올려다본다.

"히힝. 바람피운 것이 들통나서, 혼줄이 났구만. 이 귀한 우산도 팽개치고 내 손에 넘겨줘서 받은 거여. 난 잘못 없어. 없지, 없고말고."

잘 지은 한옥 서까래 같은 우산대는 대나무였다. 지붕을 떠받든 우산살이 기와를 얹어 놓은 듯 일정한 간격을 두고 제구실을 하는 서까래로 보였다.

"잘도 만들었구만."

기름을 많이도 매겼는지, 콩기름을 발랐는지, 탱탱하니 빗방울이 떨어지기 무섭게 튕겨 나가고 옷 잘 입은 것보다 광빛이 나게 만들어 주는가 싶었다. 갑자기 길바닥이 환하게 보이기도 했다.

이십 리 길이 오늘처럼 가까워 보이기는 처음이기도 했다. 사내의 오두막 초가집이 보였다. 빗줄기가 가늘어졌지만, 우산은 여전히 장단에 놀고 있었다.

　사내는 우산보다 못한 지붕을 바라보면서 또 우산을 높이 들어 보았다. 울타리 없는 작은 마당에서 흘러드는 빗물이 황톳빛이었다. 흙담으로 지탱하고 서 있는 집이 사내의 간을 쪼그라들게 했지만, 돌로 틈틈이 막아서 쉽게 허물지는 않을 것 같았다. 사내는 방안의 기척을 알리려고 헛기침을 한다.

　"아부지 오셨나 보다."

　사내의 여자가 방문을 벌컥 열고 겨울나무처럼 서 있고 그 등 뒤로 자식 삼 남매가 물닭 새끼들처럼 좁은 외짝 문을 내다보면서 아비를 반긴다.

　"아부지, 그 우산 사 오신 게 맞아유?"

　"아이고, 철수 아부지. 그 비싼 우산을 참말로 샀어유?"

　"산 게 아니구 빌렸다. 찢어질라 잘 간수해여."

　"아들이 무척이나 쓰고 싶을꺼구만유."

　"안되어. 비싸고 값나가는 물건인데."

　"철수 아버지! 우산을 쓰고 왔는데 옷은 다 젖었어유."

　그러고 보니 무명 바지 적삼이 젖어 생쥐 꼴이다.

　"소낙비에 장을 휘젓고 한참을 다녔는데, 그때는 우산도 안 썼으니 그러지 않겠나."

　젖은 옷을 벗어 던지고, 옷을 갈아입으며 투덜댄다.

　"씨앗은 사 왔어유."

　"응. 사 왔다. 웃옷 주머니에 있다. 싹 나올라 부뚜막에다 말리든가."

　"부뚜막은 쥐새끼 때문에도 안 돼유. 아랫목에 종이에 싸서 묻어야 해유."

　"그렇게 하라문. 아차, 낫을 두고 왔네. 사내는 한발로 방구들을 구르면서 깜짝 놀라는 시늉이다.

"철수 아부지! 낫 사고, 씨앗 두 가지 사러 간 사람이 그 짐이 많아 두고 왔어유? 아마도 저 우산 들고 오느라 버리고 왔는갑네유."

젖은 옷을 주섬주섬 집어 들며 얼굴을 사내께로 돌리며 그렇지 않으냐고 따지는 말투다.

"아니여. 씨앗상회 앞에다 잘 놓았다. 싸움이 나는 통에 싸움 말리다 잊었구면."

"그 사람은 내일이고 장날이고 가면 찾을 수 있어유? 낫 말이어유."

"그러문, 찾을 수 있지. 씨앗 사장도 내 얼굴을 잘 알으니 걱정 없지."

"아이고, 옛말이 그른 게 한마디도 없어유. 장가가면서 머 떼놓고 간다네유. 전쟁터에 가면서 총을 빼놓고 간다는 참, 철수 아버지가 그 짝이네유. 흐흐흐."

사내는 그녀의 농을 받아넘기지 못했다. 그 낫이 벌써 누구의 손에 넘겨져 갔을 테고 잃어버린 까닭을 짚어봐도 이유는 사내에게 많음을 알고 있었다. 그놈의 우산이 손에 들어오지 않았다면 손이 허전하여 길바닥에 놓인 낫을 꼭 집어 들고 왔을 것이다. 아니 그보다 지렁이와 거머리를 발견하지 않았다면 지체할 이유 없이 집으로 돌아왔을 것인데, 아니 그 시간을 간섭한 여인들의 싸움이 없었다면, 아니 흥미로운 결투만 아니었다면, 아니지 왜 하필 씨앗 사내의 여편네가 왜 하필 나타났고 장미다방인가 서양이 지렁이 거머리 구경을 하며 지체하였단 말인가.

사내는 하루 일을 일기장에 쓰듯 밖을 내다보며 골똘히 생각을 곱씹는다. 빗줄기는 좀 전보다 세차다. 사내는 툇마루에 나가 앉으며 연초를 종이에 말고 성냥을 긋는다. 한 번 두 번 성냥은 좀체 불꽃을 피우려 들지 않았다.

"장마에 성냥인들 가만있겠네유."

여자가 한마디 하면서 부엌으로 들었다가 황이 벗겨나간 성냥 통을 가져와 직직 그어댄다. 두 번 긋자, 불꽃이 일었다. 부뚜막에서 습기를 말려 보송하니 성냥 긋는 소리가 마른 소리로 들렸으니 척해도 알 수 있었다.

"철수 아버지, 낫은 찾을 수 있겠지유?"

아내가 담배 불씨를 서비스하고는 은근히 묻는다.

'걱정은 말어. 꼭 찾아 올 테니. 못 찾는다 하여 손해는 없지. 우산이 있잖어.'

그 말이 목구멍까지 나오는 것을 가까스로 밀어 넣고 얼른 담배를 빤다.

"저기, 우산은 얼매 줬어유?"

"아따! 알고 싶기도 하겠네. 내가 무신 돈이 있어 사. 국밥 한 그릇 먹고 싶은 걸 참았구먼. 빌렸다 안 했어. 맹추 같은 사람."

사내는 버럭 화를 낸다.

"알았어유. 내 얼른 상 차려 오겠네유."

그의 여자가 쪼르르 부엌으로 들어간 뒤 사내는 손끝이 데이지 않을 때까지 담배를 빨고는 마당으로 던진다. 피식 소리까지도 죽이는 빗방울이 불씨를 조롱하고 있었다. 사내는 가슴을 물로 씻는 소리를 아무도 모르게 듣는다. 대장간의 망치 소리도 듣는다. 장마가 끝나면 흙을 다시 고르고, 뿌린 열무 씨가 파릇파릇 돋아나는 것이 파랗게 보이더니, 짚에 묶인 열무 단이 쌓이고, 그걸 팔러 가는 모습이 보인다.

사내는 우산을 들고 집을 나섰다. 광 설강에 삐죽이 내민 비틀린 마른 소나무에 걸쳐있던 도롱이를 등에 지면서 새끼줄을 목에다 맨 뒤 빗대어 세워 놓았던 우산을 다시 들어 가슴께로 안는다.

읍내 장터까지 갔다 돌아오려면 해가 질 것이다. 점심 한 끼를 굶었는데 저녁밥도 늦을 것이다. 한 끼 굶는 것도 서글픈 일이나, 오늘 하루가 일생을 살다 보면 잊혀질 일이었다. 아니면 목에 가시처럼 걸리며 잊혀지지 않는다면, 하찮은 것이 마음에서 가름대는 것들이 삶의 진실이란 결론에 이르렀다.

'등 따스운 도롱이가 제일이여!'

사내는 콧방귀를 뀌듯이 입안소리로 말하면서 쓸려가듯 빗속으로 멀어지고 있었다.

■ 바퀴벌레

넓은 세상 안에 색은 많은데 당신은 무슨 색인가?

우리는 검은색을 쓰고 있는 바퀴벌레다. 검은 색깔을 아름답다고 찬사를 보낼 사람은 없을 것이다. 어둡고 암울한 밤을 떠올리게 하여 죄 없는 우리를 탓하고, 세상까지 외면하고 마음을 닫아 버린다면, 이 험한 세상을 살아가는 우리는 신의 저주를 받고 태어난 목숨이 아닌가.

색깔의 의미와 중요성에 민감한 건 인간일 뿐이라고 한다. 동물과 식물은 그저 살기 위한 수단으로 보호색을 띠고 있어야 할 뿐, 아름다운 색깔을 꽃들만이 가질 수 있는 자유로 신이 내린 축복이 아닐까? 검은색 하나로 겉과 속이 같은 우리는 합일점에 도달한 완전함이 아닌가.

겉과 속이 다르다는 인간들. 그 이중성에 치를 떨고 있다. 징그럽다느니 더럽다느니 그리고 때려죽이면서 바라보는 눈빛은 혐오감이 가득하다. 이렇게 무자비한 인간들 앞에 활개 치며 다닐 수 있겠는가. 제발 한번 부탁인데 예쁘게 보아주는 셈 치고 관찰해 보신다면 검은 색깔도 좋아하는 사파이어 빛깔을 발견할 수 있다는 것이다.

색깔을 보여 주지 않는 당신들의 마음은 시커멓게 변해 있을 것이다. 검거나 희거나 산다는 건 힘든 일이라고 하지만, 미움을 사도 이 세상 속에서 살자니 고충은 이루 말로 표현할 수 있겠는가. 눈과 마음이 청명한 인간들의 눈을 피해 모두 잠든 밤에 은밀하게 행동한다. 소리 없이 움직이고 어둠 속에서 행동하는 데도 흔적을 남기는데, 까만 똥을 싸놓는 건 먹고 바로 싸는 배설 습관 때문이고, 가끔 있는 일로 날개와 다리 한 짝을 떨구는 것은 자동차 사고나 안전사고와 비슷한 실수다. 그리고 전등을 켰을 때 미처 몸을 숨기지 못하고 인간들에게 들키는 즉시 죽임을 당하는 것이다. 인간이 싫어한다고 인간과 어울리지 못하는 건 아니다. 간접적인 접촉은 늘 함께 하는 인간보다 쫓기며 가까이 곁에서 함께 한다는 것이다. 누군가 역사는 밤에 이루어진다고…. 우리의 삶과 생을 두고 한 말은 아닌지.

우리의 역사는 고생대(古生代), 석탄기(石炭紀)에 나타나 그 종류만 하여도 사천여 종에 달한다. 그래서 우리를 인정해 주어도 된다고 강조하는 바이다. 그 이유 중에 아주 오랜 곤충의 화석이라는 칭호까지 얻었으니 삶의 투쟁에서 얻은 승리요, 영광이라고 외치면 누가 고개라도 끄덕여 줄는지….

항간에 우리를 돈벌레라고 부르기도 했다는데, 그건 돈 많은 부잣집을 좋아해 그렇게 불렀지만, 그건 옛말이고 지금 우리 신세는 미움의 상징 벌레로 기며 사는 신세다. 집에서 사는 것도 있지만 돌 밑이나 나무 썩은 둥치 속에서 살기도 하고, 더럽고 습한 곳을 좋아해 다방 여관 음식점에서 살며 병균을 옮긴다고 인간에게 적이 되었지만 아직도 우리는 건재하다.

우리가 먹어야 얼마나 먹는가! 인간이 먹는 것에 비하면 만 분에 일도 되지 않을 테고, 크나큰 집도 필요 없이 작은 틈새나 빌려 산다는데 그것도 허락할 수 없다니 할 수 없이 숨어서 산다. 인간의 역사는 얼마나 오래되었는지 알 수 없지만, 원시시대니 석기시대니 하지만, 그것도 인간이 만든 시대로 우리의 역사는 세상이 열리는 날 시작되었다고 외친다면, 우리의 존재도 인정하여 주어야 하지 않을까? 하긴 인정하거나 말거나 존재하므로 위대한 것이 아닐까?

우리는 존재 이유만으로 꿈틀거리며 살아있는 목숨이다. 인간은 인간을 위하여 법을 만들었다. 그 법을 잘 지켜야 편히 살아갈 수 있는 인간이다. 그런데 법을 잘 지키는 인간은 힘없고 돈 없는 인간들만이 지키는 법이다. 배가 고파 부잣집 쓰레기를 뒤지다 도둑으로 몰려 감옥으로 직행하는 억울한 인간들의 삶도 우리는 보고 알았다.

행세깨나 하신다는 어른들은 법은 있으나 마나 한 주머니 속에 흘린 담뱃재로 세탁해 입으면 그만이다.

창조의 신이 정말 계신다면 눈물로 호소하여 외쳐 본다. 보잘것없는 우리를 이 세상 속에 살게 하신 이유가 궁금하다. 우리의 존재성, 필요에 의한 신의 뜻인가? 아니면 못난 미물에 대한 사랑이었노라고 하시면 더듬이라도 높이 들어 소리라도 지르고 싶다.

목숨 있는 자는 언제고 죽는다. 왕도 죽고 왕비도 죽는다. 불쌍한 거지도 죽고 우리도 죽는다. 모두 죽는데 왕과 왕비가 죽었다고 이 세상이 달라지는가? 아니 이 지구가 흔들리는가? 그저 죽을 때는 다 같은 목숨이고 죽음의 길은 같은 길이 아닌가.

지옥과 천국은 누가 가는 곳인가? 인간을 놓고 지옥과 천국이 있다고 하면 우리는 천국과 지옥을 오르내리는 그런 곳을 부정한다. 인간이 만든 죄로 지옥이 만원이다. 지옥의 나라가 넘치고 있다면 죽을 때 더 몸을 낮추고 반듯이 누워 버둥거리던 다리를 안으로 고정시키며 '천국이든 지옥이든 이끄시는 대로 임하오며, 다시는 인간 세상에 태어나지 않게 하옵시며, 어디고 어느 곳이든 흔적 없이 머물 수 없게 하시옵시면 감사하겠나이다.' 이렇게 소원하고 싶을 따름이다. 우리는 살기 위해 움직일 뿐 죄와 벌을 모른다. 그러므로 전쟁도 없고 파괴도 없다.

살기 위한 행동, 야행성으로 어둠을 틈타 움직이고 살기 위한 자유의 시간이다. 오직 종족 보존을 위해 쉼 없이 투쟁한 삶이 오늘의 영광인데, 우리를 죽이려고 극약을 만들어 개도 안 먹는 돈벌이를 하는 것도 인간이다. 그러나 우리는 전멸도 없고 멸망도 없다. 2차 대전 때 원자폭탄 속에서도 우리는 살아남았다.

때려서 죽고 밟혀 죽었고 독가스 맡고 죽었어도 전멸 없는 종족은 죽을 때까지 낳을 수 있는 암컷의 능력이다. 수십 개 알을 배 끝에 붙이고 얼마간 키우는데 불완전변태로 유충은 성충과 같은 모양을 하고 생활도 똑같다. 유충은 여러 번 탈피로 성충이 된다. 우리는 싸움도 없고 시기도 없이 사이 좋게 살고 있다. 할아버지 할머니 아버지 어머니 그리고 친척들 모두가 한 가족이고 무리를 지어 살고 있다. 우리 가족은 어느 어르신 집에서 천여 마리 대가족으로 살고 있다. 이 어르신으로 말하면 이 나라 두 번째로 높으셨던 어르신이다. 높은 지위로 정치로 살고 정치로 늙으신 어르신 집은 말 백 마리가 살아도 될 만큼 하도 커서 우리같이 작은 것들이 끼어 산다고 표시가 날 리도 없지만 들켰다 하면 재판도 없이 죽임을 당할 판이니 조심 또 조심이다. 밤이면 어둠과 함께 우리의 세상이다. 이 어르신의 침대를 맡은 엄마 아빠가 가족들의 응원을 받으며 조심스레 움직이며 다가간다. 그 어르신 코를 골기 시작하면 온몸 주무르기가 능란한 솜씨로 시작된다. 아빠 엄마가 구해 온 맛있는 것을 기다리시다 지친 할아버지 할머니 신음 소리가 신경을 건드리게 하지만 어르신 코 고는 소리로 이내 묻혀 버린다.

"여보, 어르신이 퍽 고단하신 모양이에요. 부지런히 시작해요."

"그럽시다. 오늘은 양쪽 귀로 들어갑시다. 귓밥이 많이 들어 있을 거요. 국민의 소리를 통 들으려 하지 않았으니 꽉 막혀 있을 거요."

"맞아요. 원망과 욕만 얻어들었으니 꽉 막혀 있을 거요."

"막혔으면 송곳으로라도 뚫어야 쓰겠는데 송곳을 어디서 찾나?"

"우리가 힘을 합하면 되겠지요."

"그래. 힘내거라."

할아버지 할머니가 속삭인다.

"여보, 이 어른 귓속은 캄캄하군요. 우리보고 검다고 흉보더니……."

"국민의 좋은 목소리를 외면하고 속여 왔으니 귓속이 막혀 있지요."

선량한 국민을 속이느라 눈빛은 늘 초조해 붉어지고 눈곱 낀 눈을 거울로 바라보았다.

"응. 나는 나라 위해 노심초사를 하느라 이렇게 된 거야."

그 어르신의 담당 의사인 내과 외과 안과 의사들이 하는 말도 들렸다.

"각하, 너무 일을 많이 하시어 피곤이 쌓여 그러시니 푹 쉬십시오."

그 말 듣고 좋아하는 말도 들렸다.

"국민의 안녕과 행복을 지켜야지."

잘 먹고 잘 자고 똥 잘 누었으면서 가끔 국정을 논한다며 싸움질만 하고, 입술에 침도 바르지 않고 거짓말만 하고, 이리저리 붙고 떨어지고 나자빠지는 무책임한 행동을 다 알고 있었지만, 직업의식인지 정치의식인지 거짓말만 늘어간다. 귓밥을 뜯느라 지쳤는지 엄마는 어르신 눈두덩을 오르며 불만이다.

"아유! 눈덩이 산같이 높아요. 숨이 차 죽겠네."

"그게 다 정치로 늙어 눈치로 굳은살이오."

우리 아버지의 정확한 말이다. 눈언저리 눈곱을 떼어 주머니에 넣고 다시 콧구멍 안을 기웃거린다. 이 어른 코를 골 때마다 콧구멍으로 빨려 들어갈까 두려워서다.

"자, 나를 따라 해요. 여섯 개 다리로 코 벽을 힘껏 지탱하여 밟고 배에 힘을 주고 밀 듯한 자세로 더듬이를 더듬으며 코딱지를 떼어먹고 담아요."

"나도 그걸 모르나요. 오늘따라 코 힘이 세군요."

"왜 안 그렇겠소? 산삼주에, 해삼에, 전복 안주에 실컷 먹었을 텐데 절로 힘이 나서 코골이가 세어지는 게요."

"어쩐지 맛도 좋아요. 굴 맛과 해물 맛을 보게 되었어요."

"히히. 이제야 당신도 맛을 알게 되었구려. 이만한 맛을 보려니 그만한 어려움을 감수해야지요. 히히히."

"맞는 말씀이에요. 호호호."

이젠 아귀 입을 요리할 순간이다.

"여보, 이 어르신 입은 아귀 같지요?"

"무시기 쓰레기통 같은데, 이 넓은 쓰레기통을 뒤지려면 날이 새겠어. 그리고 제일로 조심할 순간이다. 알겠어요?"

아귀 입인지 쓰레기통인지 이곳은 항시 위험이 도사리는 곳이다. 딱 벌리고 있지만 행여 깨기라도 해 입을 꽉 다문다면 끝장이다. 입안으로 들어가기 전 입술을 핥는다. 강둑 같은 입술을 핥으면 짭짜름한 소금 맛과 비릿한 생선살 맛을 맛볼 수 있어 좋았다. 그리고 이 어르신이 깊은 잠에서 깰까 두려워 나오는 건 똥이다. 그 어르신 입안에다 냅다 싸놓고 우리는 만족의 웃음을 웃고는 살살 입안으로 들어간다. 날이면 날마다 맛있는 음식만 먹었으니 입안에서 나오는 냄새도 지독했다. 보리밥과 된장찌개 김치 맛은 순수한 자연의 향기로 옛날 가난한 집에서 살았던 경험으로 너무나 잘 알고 있었다.

"아이구! 지독해요."

오늘 낮에 모 기업 사장과 거나하게 자셨으니 산삼이 분해되어 나온 가스가 독한 게요. 그리고 해삼 전복도 김치와는 상판 다르지 않겠소. 쓰레기 악취가 나는 입안에 뽀뽀를 하고 조심스레 목젖까지 당도해 굴속을 들여다보다 저 종유석을 넘어가면 어느 세상일까. 궁금한 나머지 들어가다 사라진 조상님이 있다는 걸 들어서 알고 있기에 기겁을 하며 나왔을 때 온몸이 젖어 있어 식구들이 있는 곳에 당도하면 이것도 맛있는 양식이 된다.

"우리 이제 갑시다."

우리 아빠가 엄마를 찾았을 때는 이미 엄마는 어르신 넓적한 엉덩이에 깔려 죽었습니다.

"아이구, 내 그렇게 주의를 주었구만. 여자란 조신해야지. 바람기가 화근이야."

할아버지의 탄식이다.

"여자는 남자를 좋아하게 돼 있어요. 그 어르신 사타구니 냄새가 죄라니까요."

할머니는 우리 엄마를 두둔해 주었다.

"괘씸한 여자 같으니라구. 나를 두고 딴생각을 하였다는 것만으로도 용서할 수 없어."

"애야, 그만두거라. 어둠 속에서는 인간이나 우리나 시커먼 건 같다. 잠시 한 쌍의 바퀴벌레로 착각한 실수였을 게다. 죽었으니 용서하고 넌 다시 장가들거라."

우리 엄마는 그 어르신 사타구니를 더듬다 미끄러져 깔려 죽고 말았다. 그 밤이 새기 전 아버지는 새 장가를 가야 했다. 종족을 쉼 없이 퍼뜨리기 위한 노력이다. 새엄마는 가난한 달동네 신부였다.

아버지는 일곱째와 여덟째 배마디에 있는 유혹의 선에서 분비물을 꺼내 신부를 유혹해 짝짓기를 하면 새 장가는 끝난다. 새 장가를 든 기쁨은 우리 엄마 죽음도 잊어버리게 한다고 생각하며 슬퍼하고 있을 때였다.

어르신의 노기가 큰 집안을 쩌렁쩌렁 흔들고 있었다.

"아니 집안을 바퀴벌레 소굴로 만들 작정이야?"

엄마의 시체를 보고 하는 말이었다.

하긴 화도 날 만한 사건이었다. 침대에 바퀴벌레 시체라니…. 집안이 발칵 뒤집어지고 식모, 침모, 청소부, 그리고 어르신 비서, 운전사, 경호원 서넛이 달려와 우리 엄마의 시체를 놓고 떠들고 있었는데 그건 탐정에 가까운 논란이었다.

"각하! 이놈은 암컷인데 죽은 지 두 시간밖에 지나지 않았습니다. 사인은 압사구요."

"아직 수분도 마르지 않았는데요."

경호원이 뒤질세라 한마디 거든다.

"그래. 그렇다면 피도 마르지 않았겠군. 경찰을 부르라고."

어르신이 노기에 찬 음성으로 경호원의 말에 발끈한다.

모두 송구한 표정으로 말뚝처럼 서 있다.

"바퀴벌레 한 마리면 백대 일로 보아야 합니다. 지금, 이 집안에는 백 마리가 있다는 증거입니다."

"뭐야, 백 마리?"

비서란 아는 게 많아야 한다지만 너무 아는 게 많아 우리에겐 불리한 발언을 하고 있었다.

"원자 폭탄이라도 투하해 싹쓸이하라고."

"네. 각하 명령대로 하겠습니다."

놀음판에서 하던 말버릇이 그 어른 입에서 거침없이 나온다. 정치에 눈이 멀면 권력 남용으로 인간 목숨까지 파리 목숨으로 여길 수 있다는 증거가 입증되는 순간이 오고 있었다.

"흥. 어디 해보시지. 누가 이기나. 우린 남아야 해. 살아남는다구."

팔십 년 대 5·18 광주 민주 항쟁이 왜 일어났고, 억울한 목숨이 사라졌는가? 독재 권력이 빚은 만행이 아닌가. 오공 시대가 물러난 건 민주화를 부르짖은 전국 대학생들의 궐기로 찾았지만, 그 사건은 아직도 깨끗하게 풀지 못한 채 죽은 영혼들의 넋도 제대로 위로하지 못하고 있다.

군사 정권에서 국민 정권의 이양으로 가는 길은 엄청난 대가를 치루고 물대통령 군사정권은 물러났다. 정치적이고 권력적인 명령으로 우리는 살아남기 위한 몸부림을 하고 있었다. 작은 틈새로 기어들고, 금은보화가 가득한 보석함이 안전하다 싶어 그 안으로 숨고, 이웃집으로 피신하고, 그 노력으로 백 분지 일은 살아남았는데 고령인 할아버지 할머니는 돌아가셨다.

그러나 우린 울지 않았다. 종족을 보존하려는 의욕에 차 있어 검정색을 반짝이고 있었다. 흥부가 기가 막히고 놀부가 기가 막히는 세상이라 눈 한 번 감는 순간에도 세상은 변하고 있었다. 웬 세상에 대통령이 탄핵받고 뒤로 물러나 뒷짐 지고 있을 때 나라 망신이라 개탄하는 목소리가 촛불시위로 이어진 건 국민의 분노보다 어느 당의 눈물에 약한 선량한 국민의 힘이 남녀노소의 힘이 되고 세계가 주목한 사건에도 우리는 눈 하나 깜박이지 않은 건 헌법 재판소 판결을 이미 예견하고 있었기 때문이다.

세상은 요지경이다. 인간에 의한 인간의 법이지만 우주까지 움직이려는 악법이 자연까지 망가지게 한다면, 그 죄는 어떻게 씻을 것인가. 국민의 동정의 표로 의원석을 확보하고 눈물까지 흘리는 어르신들의 승리고, 큰 어르신 어깨에 힘 돋으려고 우세 당에 입당하셨다. 이제 나라와 국민의 생활에 안정이 찾아올까 두고 볼 일이다.

그러나 기대에 찬 국민의 희망은 우리 바퀴벌레 색깔만큼 어두웠다. 하루가 멀다고 일어나는 사회악의 조성은 권력을 쥐고 있는 어른들이 일조를 하고, 도둑놈이 도둑놈끼리 멱살 잡고 싸우는 꼬락서니를 보면서 정치인을 송충이로 바라보게 하는 국민들에게, 여러분 우리는 민주주의와 자유를 위하여 싸웠으며, 이 싸움은 국민을 위하고 나라를 위하는 마음뿐이라고 목에 핏줄을 세우고 떠들고 있는 어르신을 국민은 외면했다.

"예. 이 사람은 여러분을 위해 쇄신 분투하겠으며 거짓 없는 정치를 하고 물러날 겁니다."

이런 약속은 귀가 아프도록 들어왔다. 죽은 뒤 영웅이라고 쿠데타로 권력을 잡았다가 암살당한 어르신이 죽은 뒤에 모두들 영웅이란다. 영웅이 되기보다 애국자를 원한다면 꼭두각시 어르신도 누구도 높은 자리에 앉으면 내려오기가 죽기보다 싫은 모양이었다. 어르신이 바뀔 적마다 선거가 있었다. 고무신 선거니, 막걸리 선거니, 돈 선거니, 조상 묘 잘 쓰고 음덕 받기 등 모든 노력이 가상하다.

우리야 살기 위해 발버둥치지만 최고 자리 잡아 앉기란 필사의 노력과 암투의 전쟁이다. 사람은 사람을 속일 수 있어도 우리는 못 속인다는 걸 명심했으면 좋겠다. 높은 자리에 앉으려고 민주화 운동이라고 데모가 날마다 일어나고 하더니, 햇볕정책과 세계평화를 부르짖어 세계가 인정한 노벨 평화상을 타셨다. 나라의 영광, 가문의 영광, 개인의 영광도 얻었으니 나라의 위상을 높이신 어른께 고마움을 갖는 게 억울했던지 이제 노벨상이 땅에 떨어졌다고 개탄을 하셨는데, 이것이 정치인의 뒷모습인가 알 수 없다. 우리는 비방도 없고 파벌도 없다. 그리고 오락가락 정치 바람을 타고 이 당 저 당을 기웃거리지도 않는다.

설 땅이 없다고 물에 떨어진 나뭇잎 배를 타고 있다고 온전한가. 두 발로 힘껏 걸어갈 수 있는 정치인은 바른길을 갈 것이다. 민심이 떠났다고, 그리고 힘이 분산되었다 싶으면 탈당하고, 새로운 당이니 국민을 위한 당이니 하면서 새로운 이름을 달고 무슨 당을 만든다. 깨끗하고 국민과 나라를 위하여 신명을 다 바치겠다고 하는 어르신들의 얼굴이 그 얼굴이요, 그 양심이 그 양심인데, 당 이름만 바꾸면 새로워지는가?

우리 같은 미물도 거짓말을 하지 않는데, 정치에 발 담그면 빠져나올 수 없는지 몇몇 정치인, 존경했던 어르신, 왜 불쌍한 생각이 드는지….

어쩌다 검은 색깔로 이 세상 살아가는 것도 억울한데 우리가 색깔론에 휘말려야 한다니 너무하지 않은가? 낡은 정치 인신공격에 우리까지 휘말려서야 되겠는가?

누구는 빨간 여우 눈이고, 누구는 바퀴벌레처럼 새까맣고, 누구 눈은 하늘색 색깔이고, 그럼 당신은 무슨 색깔인가. 이러쿵저러쿵 마라. 원대한 지구상에 무려 사천여 종에 달하는 종족을 무시하지 마라. 우리 모두 더듬이 높이 들고 궐기하자.

"잠자코 있자구. 그러다 원자폭탄 핵무기, 최신 무기까지 동원하여 우리 모두 죽임을 당한다구."

"죽임을 당하는 게 무서운 게 아니구 우주가 사라질까 염려된다구."

"맞아 잘난 나라일수록 전쟁을 장난삼아 벌인다니까 조심하라구."

"그렇고 말구. 인간들은 늘 시끄럽고 싸움질 잘하고 먹기도 많이 먹어."

"똥도 많이 싸고!"

한 마디씩 입을 모아 내뱉고는 어둠 속으로 사라진다.

■ 나방이 된 女子

　한여름 곤충은 행복하다. 봄부터 시작된 부활, 겨우내 꿈꾸었던 기다림의 시기는 생의 찰나 같은 순간으로 이미 황홀한 행복의 약속이다.
　번데기로 땅속에서 깨어나 제 삶을 살아내야 하는 고된 하루하루가 놓여 있어도, 자유의 부활을 얻은 셈이니, 신으로부터 혹은 자연으로부터 받은 선물이라면 이 얼마나 아름답고 고귀한 생명이랴. 수만 가지 나방의 종류가 지구 곳곳에서 터를 잡아 살고 있으니, 그 무리의 숫자로만 따지자면, 우리 인간을 능가한 셈이다. 그들의 역사를 잠시 생각하여 보아도 좋을 성싶다. 지구의 동등한 생명체로 공존한다는 사실만으로도 그러하다.
　그녀는 요즘 쓸데없는 생각 속에서, 이 여름에 어떻게 들어왔는지 나방을 보면서 자신이 나방과 닮았다는 생각을 했다. 기왕에 곤충이라면 매미가 되고 싶었다. 여름을 찬미하듯 아름다운 노래를 부르는 매미, 노래로 듣는 행복한 사람을 위하여 목청 높여 노래를 부르고 싶었다.
　매미의 노래를 울음으로 들으며, 긴 울음소리가 세상을 향한 울부짖음 같아서 귀라도 막고 싶었다. 매미나 나방이나 곤충이라는 사실은 그녀가 끊어져 버린 시계 줄을 오랜만에 기억하듯 사소한 일이지만, 지금 거울 앞에 앉아서 창문을 열고 내다 버린 나방을 생각하며 자신이 나방이를 닮았다는 생각을 하게 되었다. 통통 부은 눈두덩이, 그리고 얼굴에 붙어있는 살점이 영락없는 나방이었다.
　'왜 하필 나방이냐. 나비면 어때서.'
　자신을 향하여 소리 없는 불만을 토해냈다.
　어젯밤 늦게 마신 소주 두 병이 원인이었으나 요즘 들어 의례적인 행사의 하나로 그렇게 하지 않고는 잠들 수 없었다. 아직 치우지 않은 소주병이 침대 모서리를 지키고 있었다. 저 술병이 날 바라보면서 '넌 나방이야.' 하는 것 같아 그녀는 일어나자마자 시커먼 비닐봉지에 쑤셔 넣었다.

10년의 기다림이 그녀의 결혼생활이었다. 그 지긋지긋한 기다림에 지쳐갈 때, 멀미로 가슴까지 답답해 올 때, 홀짝홀짝 마셨던 와인 한 잔의 시작이 소주 두 병을 마시고서야 잠이 들지만, 잠이 깨기 전까지는 죽었다는 말이 옳을 것이다. 잠이 들고 깨어나는 시간이 그녀에겐 허물벗기 아니면, 퇴화에서 부화라는 과도적 단계라고 까르르 웃어 젖혔다.

하루살이가 두엄더미에서 혹은 썩은 물가나 혹은 풀숲에서 수만 마리가 깨어나, 오직 하루를 살면서 번식을 위한 삶을 살고자, 춤추며 서로 얽히고 설켜 한 덩이의 공처럼 만들어 하늘로 날아다니는 것을 보면서 생의 아름다움이 처절한 경쟁이라는 생각을 하였다.

'그래 하루를 살더라도 뜨겁게 사랑을 하고 죽을 수 있다면.'

거울에 비친 자신에게 말하면서 눈물을 글썽였다. 하루살이가 되어도 좋았다.

술집 웨이터가 직업이었던 그녀의 남자는 남편의 자리를 내놓은 지 오래되었지만, 그의 뜻인지 아니면 의도적인 행동에서 온 오랜 습관인지 몰라도, 직업에 따른 복합적 원인의 끝인지도 모르지만, 늦은 귀가에다 끼가 많아서인지 곧장 집으로 오지 않고 밤을 새우는 것이었다. PC방에서 오락게임에 빠졌었는지, 혹은 고장 난 피아노 건반을 두들기다 기가 빠졌는지 소금에 절인 배추 모양으로 새벽에야 들어왔다. 들어오면 씻지도 않고 누웠다.

"씻고 자! 씻으란 말이야."

그녀의 맨 처음 하는 말이 바가지 긁기였다. 그가 그녀의 뺨을 때리는 날은 그가 더 화가 난 것처럼, 그는 또다시 집을 나서고, 포장마차로 들어가 융숭한 접대를 받았는지, 새로운 기분으로 술을 마시고, 환한 새벽이 돼서야 나왔던 집으로 들어오지만 그가 누울 자리는 없었다. 그녀도 소주 한 병을 까서 더 마시고 침대 한가운데 대자로 누워 잠이 든 뒤였다.

'원룸'이란 게 농 하나 들여놓고 침대 있으면 꽉 차서 공간은 별로 없지만, 그가 누울 자리는 있었다. 이런 날이면 그는 누에고치의 번데기가 되어 갔다. 그는 잠들기 전에 세상모르고 잠든 그녀를 내려다보고 있노라면 잊을 수 없는 기억이 떠오르곤 하였다.

어느 정도 넉넉한 집의 딸로 대학교 1학년이었던 그녀의 미모와 순수함에 그는 꼴깍 숨이 넘어갔다. 그 순간을 기회로 삼아 그녀에게 접근한 건 거짓 아닌 진실이었다.

대학에 다니다 형편상 군에 입대하고, 제대한 뒤에는 취직도 못 하고, 학교에 등록도 못 한 채, 서비스 학원을 거쳐 웨이터가 된 그가 그녀를 사로잡아 동거에서 시작하여 살림까지 차리며 '몰래 사랑'을 나누는 사랑의 도피처가 바로 이 방이었다.

"행복하게 해주겠어."

그 결심은 진실이었으나, 그건 약속 없는 맹세로 자유분방하고 친구가 좋은 그에겐 늘 허사였다.

그녀는 후회하고 있었다. 사랑이면 다 된다고 생각하였는데, 그 생각과 현실은 너무 멀었다. 그녀는 자유가 그리웠다. 꺼릴 것 없는 자유를 외치고 있을 때, 그녀는 나방이 되어 있었다는 사실을 실감했다. 어머니도 그리웠고 오빠 언니 동생도 보고 싶었다. 그러나 아버지의 무서운 얼굴이 모든 걸 지우게 했다.

그녀는 그가 일어나든가 깨어나든가 상관없이 샤워를 하고, 머리를 말리고 얼굴을 매만지며 화장을 하였다. 참 오랜만에 하는 화장이었다. 자신을 추슬러 보기로 했다. 이대로 나방이 될 수는 없었다.

나방이라면 불나방이라도 되고 싶었다. 학창 시절 죽자고 따라다녔던 H

도 생각났고, 잠시 J 백화점에서 일할 때 그녀에게 호감을 보냈던 사내, 기린처럼 얼굴은 작고, 키만 멀쑥한 K가 문득 보고 싶기도 했다. K는 백화점에서 물류 관리실장이었다.

'차라리 그 K와 잘해 볼걸 그랬지. 그랬다면 난 지금 나방은 되어 있지 않았을 텐데.'

그녀는 머리 손질까지 하고 그녀의 옷 가운데 제일 마음에 드는 코스모스 꽃무늬 원피스를 입고 처박아 두었던 힐을 꺼내 신고 J 백화점으로 갔다. K의 얼굴만이라도 보려는 심산이다. 알고 지내던 아줌마에게 물었다. K는 일 때문에 아침에 보이고는 나갔는지 보이지 않는다고 했다. 그녀는 맥이 빠지는 듯했지만 이대로 가기는 싫어 투피스를 한 벌 사 들고 10층 영화관에 들러 외국영화를 보았다. 혼자 보는 영화라 재미도 없었지만 그냥 돌아가기는 더욱 싫었다.

영화 제목은 '진주목걸이를 한 소녀'였다. 어느 나라에서 만들었는지 그 사실은 그녀에게 의미가 없었다. 다만 그 주인공 소녀가 자신의 입장과 많이 비슷하다고 느꼈을 뿐이다. 신분이 낮은 소녀는 하인으로 돈을 벌기 위해 열심히 일하지만, 그녀의 삶에 이해관계 없이 끼어든 사람들로 상처를 입는데, 지쳐있는 명문 가문의 화가를 만나 그의 모델이 된다. 그것이 기쁨이면서 동시에 그녀에게 상처가 되지만, 그 화가의 마음과 그녀의 마음이 O이 되는 순간, 영혼의 대화는 무언의 대화가 되어, 시작과 끝이 아름다운 작품으로 승화된다.

'나도 그를 만나 사랑이라고 믿었을 때, 그 영화 주인공 여자처럼 순수하였으며 아름다웠을 터인데.'

그녀는 혼자 중얼거리며 엘리베이터를 탔다. 내려오면서 눈물이 핑 도는 것을 참았다. 급한 대로 주머니에 꼬깃꼬깃한 휴지로 찍어내었다.

'난 이대로 시들기는 싫어. 아니 나방으로 살기는 싫어!'

그런 결심을 한 뒤부터 마음이 바빠졌다. 아직 해는 많이 남았다.

'그가 나가기 전에 만나야 한다.'

집에서 백화점 거리는 그리 멀지는 않아도 그녀는 택시를 잡았다. 그녀가 현관문을 열자 그는 샤워를 하고 났는지 말쑥한 얼굴로 눈을 크게 뜨고 바라보았다.

"뭐야. 어디 갔었니?"

그가 물어왔다.

"나, 너랑 이혼하려고 나갔다 왔어."

"뭐라구?"

"우리 인제 헤어질 시점에 와 있잖니!"

난 그때 나방이 되었어도 좋았을 것이라는 생각을 하였다. 나방도 멋지게 비행할 수 있다는 생각을 하며 자신만만하게 말했다.

"너 지금 미쳤지. 술 먹었니?"

그가 대꾸한 말은 술에 취한 미친년이었다.

"나 술 취하지 않았어. 오래되었어. 이런 내 결심이."

해가 지고, 밤 12가 넘도록, 그는 일도 못 하고, 그 밤을 밝히면서 벌어졌던 전쟁은 '합의 이혼'이라는 결론과 함께 끝이 났다.

'아이가 있다면 이렇게 빨리 끝날 순 없었겠지.'

몇 개월 전 자연유산의 아픔에 새삼 눈물이 나면서도 다행이라는 생각이 들기도 하였다.

"이혼 서류에 도장을 찍기 전, 3개월의 자숙 기일이 있습니다."

젊은 여판사의 말이 여운으로 남았지만, 모기소리만큼의 자극도 느끼지 못했다. 그만큼 지쳐 있었다. 결혼식 없이 유부녀가 되었고, 주눅 든 건 아닌데도, 그녀는 마음 놓고 웃을 일도 없어서 웃음을 잃어버렸다.

나방은 날개가 작고 몸은 커서 똑바로 날 수 없는 태생적 한계를 지니고 태어난다. 어둠을 틈타서 밝은 빛을 향해 힘껏 날아보려 하지만, 태어날 때부터 퇴화된 날개를 가지고 훨훨 날아간다는 건 무리여서 창문에 부딪쳐 땅으로 떨어진다. 날갯짓을 치다가 허우적대다가 천적인 박쥐라도 만나면 먹히는 게 나방의 운명이다.

'아니야. 난 날아서 내 짝을 찾아야 해.'

나방은 날려다 수없이 비틀거리며 나선형의 빗살을 긋고 떨어졌다. 그 모습을 지켜본 화가가 그림을 그렸는데, 그 그림은 '영혼의 자유'라는 제목으로 추상화가 되어 사람들의 눈으로 읽혀지고 있었다. 이 얼마나 위대한 예술이라는 명성을 얻었겠냐마는 그건 바늘구멍으로 넘나든 달빛만큼 힘든 일이다. 성공하면 우아함과 고귀한 명성을 얻을 수도 있지만 나방의 소원과는 거리가 멀다.

나방은 눈이 작아서 밝은 빛, 즉 햇살이 싫어 밤에 활동한다. 가로등이나 창문에서 배어 나온 불빛을 찾아 파닥이는 짝을 만나, 사랑의 몸 떨기로 알을 낳아 풀잎에 붙이는 게 삶의 목표이다. 비행기가 날기 전 활주로를 달리는 그 힘만큼 쓰고서야 생을 마감할 수 있다고 하면 말이 되는지 모르지만, 그것은 나방이 생각할 일이 아닌, 오로지 신의 영역이다.

그녀가 스스로 나방이 되었다고 생각하고 나서 사전을 찾아보았다. 나방은 나비목(目) 나방아목(亞目)에 속하는 총칭으로 나비와 흡사하나 날개가 수직으로 등 위로 합치며 촉각의 끝은 곤봉(棍棒) 모양이고 쉴 때는 날개를 수평으로 혹은 지붕 모양으로 접고 촉각은 끝으로 갈수록 줄치상(櫛齒狀)으로 되어 있다고 나와 있었다.

곤충에 불과한 나방 따위도 족보가 있어 사전에 나와 있는데, 인간의 탈을 쓴 그녀는 나비도 못 되고 이름 없는 나방이 된 사실이 너무 슬프고 외로웠다. 인간이면서 인간이 살고 있는 창문을 두들기는 나방이 되었다니 정말이지 슬펐다.

그녀는 한동안 원룸을 떠나지 못하고 있었다. 떠나야지 하면서도 땅에 떨어져 뒹구는 나방은 그곳에서 맴돌다 죽었다. 그러나 그녀는 아직 죽지 못하고 이 밤도 소주를 마신 후 잠들고 말았다.
　새벽이었을까, 목이 타서 일어나려는데 그가 허리를 붙잡고 놓아주지 않았다. 이젠 그가 남이었고 그녀와 아무런 사이도 아닌데 한밤을 함께 보내었다.
　"나도 나방이 되어야겠다. 너 없이는 이 세상 어느 곳이든 살 수가 없다."
　그는 어린애처럼 울었다.
　"난 나무가 아니야. 항상 제 자리에서 기다리는 나무가 아니야. 넌 내가 나무가 되길 바랐다면 바람이 되고, 햇빛도 되고, 빗방울도 되어서 날 외롭게 만들지 말았어야지. 아니면 내가 나방이 되기 전에 나비가 되어 날 찾아와 주면 난 꽃이라도 될 수 있었잖아."
　"맞아. 난 그걸 몰랐어. 우린 둘 다 못생긴 나방이야. 그러나 사랑할 줄 아는 나방이 되어야 해."
　나방이 된 그녀와 그는 서로를 어루만지듯 부드러운 더듬이로 쓸어주었다. 그들의 밤은 행복했다.

■ 인생 무제(無題)

　할머니로 인해 얻어진 이름으로 그는 살고 있다. 호적상은 정상문이었으나 끈질기게 불린 봉이는 할머니의 노랫말처럼 그가 눈에 보이지 않던가, 혹은 밥때에 늦게 들어가든가 하면 봉아, 봉아, 봉이야, 온 동네가 들썩거리도록 할머니는 불렀다.
　초등학교에 입학을 하고서야 담임선생님의 출석부 호명에 봉이가 아닌

정상문이라고 불렀을 때, 그는 얼른 알아듣지 못하고 멍하게 있다가 대답을 못 해 결석으로 찍히기 전에 어물거렸다.
"선생님 지가 봉이, 아니 정상문입니다."
우리 동네 아이가 얼른 받았다.
"선생님, 야가 봉이 김선달입니다. 정상문이 아닙니다."
그때였다. 입학식에 오셨던 할머니가 사태 파악을 하시곤 펄쩍 뛰셨다.
"선생님 이 아는 봉이도 되고 정상문이도 되고 그렇습니다. 선생님 마음대로 불러대도 괜찮습니다유."
"선생님, 우리도 봉이로 알고 있어유. 정상문이라니 왠지 어색하고 이상하네유."
"하하하 봉이 김선달이 맞아유."
교실 안에 웃음꽃이 피었던 그때 그 시절이 어금니로 깨문 웃음으로 남았다.
출석부엔 정상문 옆에 봉이가 덧붙여지기도 한 해프닝은 조혜령 그녀가 짝꿍이 되면서 행복한 이름이 되었고, 지금은 그가 가슴에 간직한 그리움이 된 지 30년의 세월 속에 가장 아름다운 기억으로 추억을 먹으며 산다고 해도 좋았다.

'그래 난 봉이고, 그 봉이로 살고자 내 고향으로 돌아왔다.'
그의 나이 38세, 사십을 바라보는 나이는 사랑하는 할머니, 그리고 애증으로 더 가슴 아픈 아버지를 모두 고향 산에 묻고서야 더욱 목이 메게 하는 고향이었다. 그렇다고 그 이유만으로 몇 년 전 대위로 제대하고 고향을 찾아온 건 아니었다.
소똥 냄새 닭똥 냄새를 기억하고 있는 그것만으로 고향에 돌아올 수 있었다면 그건 그의 몫이니까 육사 동기들이 비웃었다. 그럴 테면 초등학교 졸업하고 농사꾼이 되든지 머슴이 되든가 하지, 그 어려운 공부며 군인이 되기 위한 흉내를 내었던 거냐고, 그 정신은 인격 장애가 아닌가, 이렇게 묻는 상사도 있었다.

그가 육사 졸업을 앞두고 혜령을 찾아갔다. 그도 옥천이 고향이었으나, 4학년 1학기에 서울로 전학 간 건 그의 아버지가 직업군인이었기 때문이었다. 아버지를 따라 이곳저곳 몇 번의 이사가 있었으나 그는 서울에서 학교에 다녔다는 걸 나중에 알게 된 것은 그가 혜령을 찾고서였다.

그는 중학교 교사가 되어 있었다.
"봉이 김선달이 군인이 되었구나. 내 상상 밖이었어. 너처럼 조용하고 착한 아이가, 아니 사람이, 호호호 난 널 초등학교 그 시절만 생각하고 실례했어. 미안해요."
그는 소녀처럼 얼굴을 붉히며 진정 미안한 표정이었다.
카페에서 와인 한잔에 눈처럼 흰 얼굴이 달아오를 수 있는지도 모를 일이나 혜령은 여전히 아름답듯 마음도 곱다는 그 생각을 하고 난 뒤 그는 떨리는 가슴을 호흡으로 억누르고 수없이 하고픈 말을 천천히 무겁게 입을 열었다.
"혜령아, 너 사랑하는 남자 있니?"
"응. 그런데 왜 그게 궁금한데? 우리 20년 만에 만났다구. 할 말이 그거야. 난 어릴 적 그 시절이 무슨 동화 같구, 또 꿈같기도 했어. 너네 집에 가면 닭이 있고 병아리도 있었고 돼지도 있었지. 그리고 오리도 나중에 한 마리 있었는데 참 귀여웠어. 아 두 마리였지…."
그는 손뼉을 치며 손을 비비며 그 시절을 이야기했는데 꼭 노래를 부르는 모습처럼 보였다.
"그래 넌 그것만 생각나니?"
"아냐. 봉이 네 할머니가 구워주셨던 고구마는 특별한 맛이었어. 말하자면 정이 물씬 묻어나는 할머니의 정이라고나 할까."

"그랬었니?"

그는 자기의 추억을 흠집 내기 싫었다. 그때 그 마음 그대로 기억한 그의 순수는 너무 맑고 투명하여 이슬 같은데, 풀빛 초록 물을 떨구어 본들 심술궂은 먼지가 되리라는 생각이 나고 있었다.

"사랑하는 사람이면 좋은 사람이겠지."

"응, 육군 대령이야. 아마도 난 아버지를 존경하였기에 군인을 좋아하게 되었나 봐. 너도 군인이 되어 있을 줄 꿈에도 몰랐지만…."

"혜령아 넌 내가 무엇이 되었을 거라고 생각했던 거야."

"그래 생각했었어. 목장을 하면서 농사를 짓든가, 양계업을 하든가. 그도 저도 아니면 작가, 아니 소설가 이런 상상을 하면서 혼자 웃고 한번 만나 보아야 못다 한 숙제를 마칠 수 있을 것 같았어. 너도 그랬던 거니? 그랬었구나. 날 지금 찾아와 준 사실만 보아도 알 수 있겠지. 호호호…."

그는 소녀처럼 지껄이고 웃고 떠들었다.

"혜령아, 날 생각하였다니 행복하구나."

그가 잔을 들어 입으로 가져가기 전 신음처럼 말하는데 그의 가방에서 전화벨이 울렸다.

"잠깐 실례. 전화가 왔어."

"태영씨, 저 지금 옛 친구랑 있어요. 옛 남자 친구예요. 아주 반가운 어릴 적 친구예요. 지금 일곱 시니까 여덟 시까지는 갈 수 있어요. 아이 나도 사랑해요."

'곧 결혼 하겠지.'

그의 뇌리에서 몰랐던 사실을 일깨우는 소식이란 곧 결혼할 사이였다.

"혜령아, 나 가봐야겠다. 나도 약속이 있었어."

"아직 괜찮은데. 삼십 분은 여유가 있는데 벌써 가려구."

"그래 결혼 알리면 축하해 줄게."

"응 고마워. 잘 가. 근데 진작 찾아와 주었음, 좋았을 텐데. 이제 언제 만나니?"

나는 그의 작은 손을 꼭 쥐었다가 놓았다.

군 생활 10년을 끝으로 군복을 벗은 건 그에게 있어 많은 고민이 있고 난 뒤의 결정이었다. 고향으로 돌아가리라. 그에게 있어 망설일 아무런 이유가 없다는 생각에서 결정한 것이다. 그 옛날로 나 돌아가리라. 한 마리 소처럼, 아니 돼지가 되더라도 고향에서 살리라.

할머니 손에서 자란 그는 늘 어머니가 그리워 가슴이 허전했다. 온 정성과 사랑으로 키워준 할머니는 손자 이름까지 당신이 지어 봉이라고 부를 만큼 지극정성이었으나 놀음에다 술로 젊음을 죽이고 사시는 아버지 때문에 그는 그늘에서 자란 나무가 되었는지 조용한 성격에 감수성이 예민한 소년이었다.

아버지는 낮이 밤인지, 밤이 낮인지, 뒤바뀐 생활에서 말이 없고 편협한 인격에 난폭함마저 있었다. 언제나 아버지는 무서운 사람이라는 기억으로 한 집에 살면서 피해 다니듯 마주하기를 꺼렸다. 그러던 어느 날 해 질 녘에 아버지는 돌아와 라면박스를 풀어 병아리 열 마리를 쏟아놓았다.

"봉아. 이 닭 새끼는 네 꺼니 잘 키우거라."

옹기종기 모여 있다가 쏟아진 병아리는 삐악거리며 짚자리 깔린 방을 어리어리한 눈으로 살피며 돌아다녔다.

"하이고 이게 무슨 일이고!"

할머니는 아버지 행동에 놀라고 또 놀라운지 들뜬 목소리로 물으셨다.

"오늘이 옥천 장이고, 또 춘분이 지났으니, 병아리 키우기 안성맞춤 아니유?"

"그랬었구먼. 아범아, 잘했어 잘했다. 봉이도 심심치 않을 꺼고. 봉이야, 너도 좋지? 암 좋겠지."

병아리 열 마리는 봉이에겐 친구요 꽃이요, 꽃보다 더 예뻤다.

봄이지만 꽃샘추위로 방안에서 길렀다. 정성으로 돌보니 열 마리 모두 무럭무럭 자라 여름이 되니 제법 날갯죽지가 나고 보송한 털 사이로 깃털이 생겨났다. 그보다 노란 색깔이 없이 갈색에 검은 점이 있는 걸로 봐서 토종닭인 모양이라고 할머니의 자랑은 이웃 아주머니 입소문으로 작은 동네에 바람처럼 불어 모르는 사람이 없었다.

"노름꾼이 이자 정신이 드는 갑네. 술 안 먹고 놀음 안 하고 병아리 열 마리, 그도 토종닭 새끼라니 흐흐 봉이네 경사 났네."

할머니가 없는 자리에서 사람들은 이런 말로 비웃기도 한다는 걸 봉이가 아는데 할머니가 모를 리 없었다.

"아이구, 진작에 정신 차리지 않고, 기집 도망가게 해대고 노름 짓거리에 술만 묵더니 남에 입방아에 얼매나 짓찧었겠는가. 내 가슴이 타서 재만 남았다."

할머니의 마지막 탄식은 병아리들 삐악 소리에 묻히고 봉이가 학교에 입학한 뒤 짝궁인 혜령이를 데리고 병아리 구경시켜 주는 것으로 그는 정말 행복했다.

"혜령아, 우리 병아리는 순 우리나라 토종이다."

"그게 뭔데?"

"그것이 뭐냐 하면 우리나라 닭이란 거여."

"그럼 또 뭐가 있는데?"

"응 하얀 닭인데 병아리는 노란색 개나리꽃 색깔이고 다 크면 어른 닭인데 하얀색 그 닭 있잖여. 머라더라 양계 아니 모르것네."

"개나리색 병아리가 귀여운데 난…."

"아니여, 토종닭 눈이 더 반짝인다고 했네. 우리 아버지가 직접 시골에서 깐 순종이라 했네."

"아무튼 꼬꼬 병아리는 귀엽다. 털이 다람쥐 닮았네."

"응, 그러네. 혜령이가 잘 보았어."

봉이는 혜령이와 함께 10리 길 산길을 돌아오는 것이 즐거웠고 귀여운 병아리를 보여주는 것도 즐거웠다. 병아리는 잘 자라 뛰기도 하였으며, 날개를 벌리고는 비행기가 땅을 박차고 날아오르는 자세로 고개를 빼고 저들끼리 싸움질도 하였다.

어느 날 일요일이었다. 일찍 일어나 싸릿대로 엮어 만든 병아리 집을 들여다보는데 할머니의 말씀이 들려왔다

"아범아, 봉이가 얼매나 좋아하는지 모른다. 심심도 안 허고 친구도 데리고 온단다."

"사내놈이 심심하기는 공부도 하고, 마당도 쓸고, 방도 치우고 해야지. 내 오리도 한 마리 사주마."

아버지는 약속한 대로 오리 두 마리도 사주셨고, 싸릿대 집이 작아서 마당 구석에다 나무를 사방에 세우고 철망으로 가리고 비닐로 지붕을 덮고 솔가지를 씌워 덥지도 춥지도 않은 닭집을 만들고는 돼지 새끼 한 마리도 사 오셨다.

아버지는 달라지고 계신 것이다. 목수이셨던 아버지가 일을 시작하였고, 놀음에 손을 씻었다는 걸 보여주고 돈을 벌어 할머니에게 준다는 것으로 알 수 있었다.

'에그 진작 그랬으면 얼매나 좋았을꼬. 기집도 안 나갔을 것이고….'

할머니의 말 속에는 엄마가 집을 나간 것이 아버지 잘못이었다.

'조금만 참고 기다릴 것이지. 등잔 같은 남편과 토끼 같은지 새끼 버리고 발이 떨어졌던가. 내 만나면 물어 볼 것이니 한 번만이라도 내 앞에 오느라. 새처럼 날아서 어서 내 앞에 나타나 보그라.'

어린 봉이도 할머니의 넋두리를 알아들었다. 그러나 귀를 막고 싶었다. 언제 엄마라고 불러 보았는지, 엄마 모습도 기억도 가물가물한데, 마음 안

에 담은 그리움이 원망과 미움으로 바뀌어 갈 때면, 할머니의 말씀에 귀를 막고 싶은 충동에 화가 났다. 엄마 없는 아이로 이웃 친척에게도 업신여김과 동정의 눈빛에서 느낀 거렁뱅이 취급이었다.

"할머니, 엄마 욕하지 마세유. 남들이 더 깔보잖아유. 엄마 없어도 난 괜찮아유. 할머니만 있으면 난 괜찮아유."

"그려. 봉이도 다 컸네. 새 중에 봉황새가 으뜸이라고 이 할미가 봉이라 하였으니, 훌륭한 사람이 되야지. 남들이 말하듯 니 에미는 나쁘지 않다. 내는 그 속을 다 안다."

아버지의 방황으로 몇 마지기 논과 밭떼기를 잃고 난 후 살림살이는 진창에 빠진 황소가 허우적대듯 끼니를 거르게 되자 어머니가 나서야 했다. 아랫마을 김 부잣집 일을 새벽부터 밤늦도록 하여 주고받은 곡식으로 연명하는 목숨이 되었다. 그러나 아버지의 광기는 누그러질 기미가 없이, 고생에 찌든 엄마를 의심하며 때리기도 하였다.

"너 이년 부잣집에 드나들더니 반들허니 윤기가 도는구나. 그 영감하고 노닥거리다 왔지? 바른말 못 하니?"

"이놈아, 염치도 좋다. 고생하는 여편네 와 때리노."

할머니의 성화에도 아버지는 점점 더해가더니 급기야 김 부잣집을 찾아가 어머니 머리채를 끌고 집으로 와선 개 패듯 했고, 밤늦도록 소리 없이 흐느끼더니 편지 한 장 써놓고 가버린 후 그만이었다.

'고생은 참을 수 있었습니다. 봉이 때문이었습니다. 하지만 누명은 억울해서 못 참고 살겠습니다. 어머니 봉이를 잘 부탁합니다. 건강하십시오.'

할머니 말로 편지 내용은 간단한 몇 마디였음을 알 수 있었다. 한번은 찾아올 수도 있었으련만 엄마는 그 이후 그림자도 비추지 않았다. 여자는 가버리면 그만이라더니 독하기도 하다. 봉이가 어렸을 때 친척분이 혀를 차며 할머니에게 하던 말을 지금도 기억한다. 엄마는 억울하게도 누명도 쓰고 독한 여자가 되어 있었다.

그럭저럭 세월은 흘러갔고 그리움이 미움으로 변해갈 때는 눈이 내려 쌓인 어느 들처럼 고요해졌다가도 눈이 녹으면 땅속에 숨었던 무수히 많은 뿌리들이 움찔거리며 살아 숨 쉬듯 그리움이 사무쳐왔다.

아버지가 사 온 병아리가 다 자라기 전에 세 마리는 죽었다. 한 마리는 솔개가 채갔고, 한 마리는 들고양이가 물어갔고, 어지간히 컸을 때 쥐가 모이주머니를 갉아 먹어 죽어 있었다. 아마도 어미가 있었으면 그렇게 죽지는 않았을 텐데 하는 생각을 하면서 울컥 눈물이 쏟아졌다.

다 자라니 수놈인지 암놈인지 알 수 있었다. 수놈은 다리가 껑충하니 길고 목도 길지만 빨간 벼슬이 가을볕에 타는 맨드라미꽃처럼 생겼고, 암놈은 그 반대로 엉덩이에 살이 많이 붙고 벼슬은 짧아 가을에 핀 채송화 꽃이다.

수탉 두 마리 암탉 다섯 마리니, 마음먹은 대로 골라서 키운 것처럼 흐뭇했다. 수탉 두 마리가 힘을 자랑하며 싸우더니 이긴 놈이 왕이 되어 암탉을 거느리며 큰소리를 친다. 암탉은 왕을 모시고 왕 곁에서 모이도 먹고 알게는 소리를 내더니 알을 낳기 시작으로 날마다 따뜻한 알을 만지면서 꺼내는 즐거움을 안았다.

창고 옆에는 새끼 돼지가 살고 있고, 돼지우리에는 오리 두 마리가 함께 있게 했다. 닭장에 오리를 두고 보니 닭들의 텃새에 밀려 오리는 쪼여 죽을 것 같았기 때문이다.

유년기를 자연 속에서 짐승을 애완용으로 키웠던 즐겁고 행복한 순간순간을 간직하고 살았던 그가 어찌 고향을 잊을 수 있을까. 군 생활 십 년을 접고 고향으로 돌아왔을 때 텅 빈 집은 아무도 반겨주지도 나와 주지도 않았지만, 집을 수리하고 밭 오백 평을 사서 시작한 양계업이 그의 유일한 재산이요 희망이었다.

그가 고향으로 돌아오게 한 건 혜령이었다. 군 생활 중에 그에게서 청첩장이 날아왔다. 축하 글 몇 자와 화환으로 대신했지만 그에게 남아있는 허탈감은 그 어떤 배신감이었다.

'혼자만의 짝사랑, 그것도 사랑이라니 괜찮아. 하지만 한 번쯤은 그에게도 빈틈을 비집고 들 자리는 남겨놓았어야 인간미가 나지 않겠니? 아니 사랑의 도리가 있다면 말이야.'

그는 며칠 밤낮을 두고 화가 났다.

'그럴 수 있니? 난 널 얼마나 사랑하고 그리워했는데. 넌 어릴 적 날 얼마나 좋아했니? 넌 시골을 사랑하는 착한 계집애였잖니….'

그는 또 생각하고 생각하면서 슬퍼했다.

지금 그는 자연의 냄새에 취하고 현실에 충실한 가장으로 살고 있다. 혼자 일하는 그가 딱해 보였던지 친척 되는 집안 어른의 간곡한 중매로 아내 순이를 만나 일꾼으로 삼았으며 아들 둘 딸 하나를 낳았다. 아내는 예쁘지는 않아도 착한 여자다.

화장기 없는 얼굴에 챙이 넓은 모자에 헐렁한 몸뻬 바지를 입고 닭장에서 살다시피 했다. 지독한 닭똥 냄새도 아랑곳하지 않고 모이 주고 물주고 똥 치워 말려서 거름으로 팔며 살림도 잘했고 아이도 잘 낳았으니 아들 둘, 딸 하나를 낳았다.

그는 아내를 생각하고 혼자 소처럼 웃었다. 옛날이야기처럼 나는 욕심 많은 숫다람쥐고 아내는 착하고 눈이 나쁜 다람쥐가 아닐까. 일만 시켜 먹고 호강 한번 시켜줄 생각도 없는 욕심 많은 다람쥐는 일 시켜 먹으려고 여러 마리의 다람쥐를 아내로 맞이했다고 하였다. 결국에 가서는 산돼지에게 모두 빼앗기고 맨 나중까지 남은 다람쥐는 눈이 나쁜 다람쥐뿐이어서 좋은 음식도 못 먹으면서 맛있다고 먹으면서 새끼 다섯 마리를 낳아준 동화가 있었다. 그 이야기가 이런 때 왜 생각이 났는지, 닭똥 냄새로 머리통은 썩지 않겠지만 온몸이 후끈하게 만드는 지독한 냄새, 어렸을 때 아버지가 사다 주신 열 마리의 토종닭 그 냄새가 났다.

그는 빙긋이 보름달이 웃듯이 아무도 모르게 웃고는 돌아섰을 때, 동네 어귀 솔티길로 접어드는 흰색 자가용을 보았다. 처음 보는 차니 동네 사람의 차는 아니다.

"창호 아버지. 암탉이 알을 품고 있어유. 좀 보세유."

"그러다 말겠지. 무정란인 줄 아직은 모르는 모양이여 닭대가리니께."

"그래도 아깝잖어유. 정이 많으니께, 어미 노릇은 제대로 할꺼그먼유."

"그런가? 그러면 그놈을 꺼내서 다른 곳에서 품도록 해주어야 쓰것네."

아내 순이가 덜레덜레 닭 날개를 쳐들고 나온다. 그때였다. 혜령이가 올라오며 웃는다.

"아니, 이게 누군가? 웬일이신가?"

그는 그녀를 반기면서 냉정해지려고 애쓰는 만큼 다리가 힘이 빠져 경중경중 그를 맞으러 걸어간다.

"거기 있어요. 내가 갈 테니 거기 있어요."

경중거리다 넘어지려는 듯 비틀대는 그를 혜령은 애써 말린다. 그가 그녀의 손을 잡고 반가워했을 때 아내는 닭을 놓아버린 채 장승처럼 서 있었다.

"안녕하세요. 김선달 사모님. 전 김선달 동창인 조혜령이라고 합니다."

흰 원피스가 우아하게 더욱 돋보이게 하는 피부가 눈이 부신지 순이는 억지로 입을 비틀며 웃는 것처럼 보인다.

"우리 애들 엄마야."

"응 금세 알아보았어. 농촌 미인, 건강 미인이시네."

혜령은 함박꽃처럼 웃으며 그의 아내 손을 다정하게 잡았다가 놓는다.

"난 꼭 봉이씨 고향을 찾아갈 날을 손 뽑고 기다렸다구. 방학이라 짬을 냈어. 야! 닭도 닭장도 무척 크네. 그 옛날 몇 마리였을 때와는 분위기나 상황이나 모두가 다르지만 난 그때가 좋았으니까, 여지껏 그리워하면서 산 거라구."

"그랬니? 정말 그 시절을 그리워하긴 했던 거야."

"그럼, 그러기에 오늘 이곳에 내가 있는 거 아니니."

"그래? 난 그런 줄도 모르고 있었구나."

아내가 한방 닭탕을 만들어 내오기까지 둘은 초등학생이 되어 떠들었다. 그가 돌아갈 때 차 트렁크에서 선물 한 뭉치를 꺼내놓고 갔다. 아이들 옷이며 생활에 필요한 것들이었다. 그가 간 뒤 아내는 시무룩해져 있었고, 말 한 마디 건네지 않았다. 그는 그런가보다, 모른 척하면서 컴퓨터를 만지려는데, 그의 손을 때리는 아내의 눈빛이 성난 짐승의 눈이었다.

"너, 왜 그러니? 왜 화가 났는데?"

"아무리 내가 하찮아도 그 여자 앞에서 아내라는 말이 그렇게 하기 싫어유. 내가 무슨 유모예유, 식모예유, 정말 서운했어유."

"오 그랬었구나. 미안해 다시 안 그럴 거야. 다시 만나지도 않을 테고."

그는 아내에게 말해 놓고 절망감을 느꼈다. 혜령을 다시 만날 수 없다는 것이 가능할 것이던가. 아버지가 힘이 약한 수탉을 잡아먹었을 때 가졌던 분노의 마음도 지난 세월의 허무와 함께, 그럴 수 있다는 수평의 감정으로 대하듯, 무마해 버리면 사실로 드러난 의미 부여보다는 어느 날 대책 없이 길을 걷다가 소나기를 맞은 것처럼 결론 없는 생각에 울고 싶었다. 그는 진심으로 사과했다. 내심으로 늘 그를 생각하였던 마음이 그렇게 비추어졌을 것이니 진심으로 미안한 마음이 되었다.

"아까 그 암탉을 잡다 닭둥우리에 스무 개 알 넣고 앉혀 주었구먼유."

"응 잘했네. 내 마누라 복덩이……."

"아까 같으면 그놈의 닭 모가지를 비틀어 삶아서 내놓으려다 참았네유. 닭이 죄는 아니니께유."

"잘했네. 우리 애들 엄마고, 내 마누라, 다 잘했어."

"그 여자 친구는 결혼했다문서 애들은 없나유? 혼자 온 거 보니께."
"글쎄 그걸 묻지 않었네. 있겠지! 나보다 먼저 결혼했는데 뭐……."
"참말로 미인이데유. 당신이 반할 만한 미인이던데. 어찌 다른 남자에게 빼앗겼는지 궁금하구먼유."
"다 인연으로 만나는 게 부부야. 천생연분은 따로 있댔어."
"그람, 창호 아버지는 나하고 인연이라고 믿어유? 참말이지유?"
"그럼, 천생연분이지."

그는 오늘만은 아내를 기쁜 말로라도 즐겁게 하여 주리라 작심한 듯 허허 창자에 바람 드는 웃음도 웃어 보였다. 제 몫의 삶을 누구나 살고 있으면서 어긋난 삶이라고 억울해하는 게 인간이었다. 그는 오늘만 미치고 내일부터는 제정신으로 살겠노라고, 혼자 결심하며 좀 전에 닭장으로 간 아내를 찾아 나섰다.

문득 할머니 아버지가 그리워진다. 그 그리움 속에 시든 할미꽃이 보였다.

'아, 그리운 내 어머니. 새처럼 날아서 빨리 오시길 소원합니다.'

그때 전화벨이 큰 소리로 불러댄다. 그가 뛰어가 방문을 열고 수화기를 들었다.

"예. 누구시라구요? 이매실이라구 하셨어요. 이자 매자 실자? 예, 어머니? 어머니?"

그가 수화기를 들고 엎드리며 어머니를 불렀다. 그의 눈에서 눈물이 쏟아진다.

"빨리 오셔유. 기다리겠습니다. 예. 예."

좀 전에 떠나간 그의 향기가 어머니에게 전해졌을까. 그는 자기 향기를 쫓아가는 나비인 양 동네 어귀 길을 하염없이 바라본다. 소가 음매 운다. 그 우는 소리가 먼 데서 들려오는 메아리로 듣는다. 아내가 한마디 하였다.

"어찌, 그리 서 있대유?"

• 작품 후기

1.
소설을 쓰면서 남편의 입장이 되어 보았다.

2.
한밤에 부스럭거리다 사각사각 갉아먹는 소리가 신경질 나게 했다.
"잠이나 잘 것이지 밤마다 뭣 하는 짓인가. 낮에 나 없을 때 하면 되잖어."
"낮에 시간이 있어요? 살림하랴, 또 볼일도 있고. 밤은 고요해서 글쓰기에 제일 좋아요."
"나도 괴로워, 괴롭다구."
생각 같아서는 신경질 나는 대로 하고 싶지만, 내가 무슨 이유로 그걸 막을 수 있는가. 그는 조금 전까지 부글거렸던 마음을 진정한다.
젊은 과부가 잠 못 이루는 소리와 귀여운 아이가 사과 깨물어 먹는 소리는 사뭇 다르다. 책 넘기는 소리, 원고지 만지다 찢는 소리가 그에게는 머리 신경을 찌르는 두통처럼 듣기 싫었다. 그리고 불빛이 눈을 감아도 눈 막을 뚫고 뿌옇게 비쳐진다. 그에겐 젊은 과부도 아니고, 귀여운 아이도 아닌 아내가 살아갈수록 무서운 고양이가 되어 있는 것이 두려웠다. 그가 진작 호랑이가 되지 못한 게 한스럽기까지 하다.
젊어서는 자신이 왕이라고 생각했는데 지금에 와서야 자칭 왕으로, 머슴에 불과하였음을 깨닫는다. 허무하다.
"당신을 떠받들고 식모살이한 내 청춘이 억울해서 죽겠어. 장미다방 마담과 눈이 맞아 내 속을 얼마나 썩였는지 알아? 그때 도망가려다 만 건 자식새끼 때문이었다구."

그 한 번의 외도가 한평생의 허물이 되어 툭하면 돌팔매로 맞고 살아야 하다니, 그는 종이호랑이가 된 이 시점에 와 갈기갈기 찢어 버리려 달려드는 마누라 등쌀에 쪼글쪼글 구겨진 채 쓰레기통에 넣어지지 않는 것만으로 천만다행이라는 생각이다. 아내가 부스럭거리거나, 한밤중에 전등을 켜놓고 사각사각 사과를 깨물거나, 참고 견뎌야 한다. 아니 그래야 살 수 있다.
  자식새끼 대여섯이 돼지 새끼 크듯 무럭무럭 자라는 기쁨도 한참 젊어서 가졌던 순간이다. 아슴아슴 마음속에서 살아났다가는 한참 꿈에서 얻은 즐거움인 듯 잊혀졌다가 다시 생각하는 아쉬움은 다들 컸다. 뿔뿔이 흩어져 가끔 손님으로 만나는 그런 서운함도 늙은 호랑이보다 늙은 살쾡이가 더 사나운 것이라는 사실을 실감한다.
  늘그막에 며느리 시집살이라는 현실을 아는지 모르는지 아내는 아랑곳하지 않는데, 그는 아내에게서 수없이 깨닫듯 은근히 눈치 보게 된 건 늦게 고생시킨다는 죄책감이었다.
  누구처럼 유럽 8개국 구경은 못 할망정 하다못해 동남아 어느 나라 여행도 못 시켜 준 처지고 보니, 기가 저절로 죽고 고개가 숙여지는 걸 느낀다. 늘그막에 고생바가지라고 그 많은 재산 못 지킨 죄를 두고두고 갚으려니 아내에게 잘해 주어야겠으나 고작 글루코사민 비타민 챙겨서 함께 먹는 것과 내 잘못으로 재산 지키지 못해 당신 고생시켜 미안하였다. 내 죽어서 다시 태어난다면 당신 다시 만나고 싶다는 말 딱 한 번으로, 아내의 마음을 사려는 얄팍한 의도는 아니고 진실한 것이었으나, 그 말을 하면서 멋쩍고 간지러워 온몸에 송충이가 기어가는 느낌이었던 것은 아내의 시큰둥한 표정이었다.
  "웬일이슈? 아첨을 다 하시게."
  아내의 한마디로 나는 NO였음을 알 수 있는 순간이기도 했다. 하긴 어떤 쓸개 빠진 인간이 한평생 살기도 지겨운데 또다시 만나 구렁텅 속으로 걸어 가겠는가. 그러나 아내는 미안한 맘이었던지 예의였는지 이렇게 덧붙였다.

"당신 예전엔 그런 말 한 번도 안 했잖아요. 첫사랑 여인의 환영은 늘 젊고 갓 딴 오이처럼 싱그러운 향기가 났던 아름다운 모습만 기억하고 그리워했잖아요. 난 다 알고도 모른 척 여지껏 살았어요."

아내는 늙었어도 예지의 능력과 그의 마음을 꿰뚫어 보며 '당신의 속임수에 여지껏 속은 것이 억울한데 이젠 안 속아요.' 하는 것처럼 보였다.

그게 아니면 그의 아내는 시를 쓰고 소설을 쓰는 사람이어서 감성이 예민하여 그의 속임수를 어느 소설의 주인공으로 생각하고 반응해 보이는지도 모를 일이나, 늘그막에 매달리는 취미생활치고는 병적인 양 열성적이어서 때론 짜증스럽기까지 한 건 그의 사생활 침해였다. 할 일 없는 나이에 갈 곳은 친구 만날 수 있는 장소, 경로당 출근으로 젊어서 배운 마작을 뜨고 어둑할 때 돌아와 저녁 먹고 텔레비전 아홉 시 뉴스 끝날 때는 졸음이 쏟아져 자야 하는데 아내는 책을 보던가, 글을 쓴다고 버스럭대는데 짜증이 절로 나지만 내색 않고 눈을 감는다.

'그나마 자기 좋아서 한다는데 도와주지는 못해도 참아야지.' 그러다가도 어떤 때는 뭐 할라고 저 고생인고. 잘나게 쓰는 글 부스러기로 출세를 할 건가, 아니면 돈이 생기는가, 아니꼽고 눈이 시리나 내 꾹 참아주지. 시인이라고, 아니 소설가라고, 작가라고 내세울 잽이나 되는가. 마음으로 비웃다가 몰래 소설집을 읽어 본 뒤 그래도 꽤나 잘 썼구먼. 하긴 잘 쓰고 못 쓰고 보다는 취미가 있다는 게 얼마나 좋은가. 그거면 되었지. 자식 하나가 교통사고로 정신장애가 되었고, 재산마저 모두 잃고 무슨 낙으로 살겠는가. 피를 말리는 창작으로 고통을 이겨내야지. 암 그래야 혀. 그리고 나이 환갑에 시작하였으니 장하지. 그의 마음으로 박수를 보내다가도 아내의 송곳 같은 불만의 소리를 뚫린 귓구멍으로 듣다 보면, 할 말이 딱 막혀버렸을 때는 외로움을 느낀다.

"아이 그 넓디넓은 집을 버리고 새장 같은 집에서 넷이 살자니, 글방이 있나, 내 공간이 있나, 정말이지 짜증나 죽겠어. 제발 어느 산골 오두막이라도 좋으니 나의 방, 글방을 만들어 줘요. 당신과 난 잘못 만났다구. 취미도 다르고, 또 살면서 마누라 말은 귓등으로 듣고, 내 말도 잘 들어주지 않은 걸로 보면 호랑이와 닭은 맞지 않는데요."

"몇십 년 해로하면 되었지. 천생연분이여. 누가 그러나 궁합이 안 맞는다고? 다 할 일 없는 사람들이 지어낸 것으로 미신이야."

그는 열띤 말로 아내의 입을 봉하여 버렸지만, 아내가 입을 삐죽이며 눈을 하얗게 흘기는 모습을 보지 못하고 있었다.

'해로만 하면 그만인가. 내 가슴의 불덩이는 어찌하라구?'

아내는 그 자신의 팔자와 운명에 대하여 곰곰이 생각해 보았다. 소녀 시절에 꿈꾸었던 소설가, 그 꿈을 잃어버린 적 없이 살아온 것도, 그리고 시인이란 이름을 얻은 지금에도, 그는 명함도 없듯 무명으로 좋아서 하는 짓거리가 팔자라는 운명이라 하겠다. 자신의 길을 갈 때 지팡이가 필요하여 한 손으로 지탱하면서 온몸을 실어 영혼을 불사르는 그런 삶이 되길 바랄 뿐이라면 남편도 이해하여 주고 타인들도 공감해 줄 수 있지 않을까.

누군가 말했다. 예술가는 미치광이다. 세상 밖 우주를 범하는 정신병자는 늘 방황하면서 별 하나를 가슴에 품는다. 그리고 시인은 고독한 달이다. 고독을 즐기고 살기에 외로운 창작에 몰두하고 성격은 개성이 뚜렷하나 자존심은 대쪽 같아서 부러져도 휘어지질 않고 남을 사랑하나 가까이하지 않고 늘 그림자로 걸어 다니는 유령이다.

아내는 그렇게 편협된 이기와 사랑으로 늘 그를 두렵게 만드나, 남편에겐 늘 관대했고, 화가 나면 대창으로라도 찌르려고 대들곤 했지만, 무관심이 아니어서 그는 좋았다. 하긴 몇십 년 자식 낳고 산 부부라니 오랜 정이 가버린 세월보다는 더 무겁고 깊은 샘이 아닐까.

딸아이가 심장병으로 죽었을 때도 그들 부부는 둘이어서 슬픔을 견디어 냈다. 사랑하는 딸은 가슴에 묻었다. 손녀가 있어 딸인 양 바라보며 위로로 삼는다.

인생은 수평인데 외줄이라서 어려운 삶이라 했던가. 아니 비중으로 보더라도 똑같다고, 수평으로 잘 살고 못 살고를 배재해 놓고서라도 죽을 때 보면 같더라는 얘기다. 그러니 사는 동안 자신을 소중히 해야 한다.

소는 윗니가 없고 호랑이는 뿔이 없어 공평하다는 말이 생각나기도 한다.

아내가 그의 곁에서 잠이 들었을 때 행복하다. 오늘도 아내는 새벽까지 앉아서 뭔가 끄적대고 있다. 아마도 죽어서 새가 될 것을 바라던가, 아니면 독신으로 살면서 자유를 갈망하고 있던지, 아니면 어느 산 바위가 되고 싶을 만큼 고독에 치를 떨며 그를 미워하고 있는지, 단 한 송이 꽃이 되길 어느 신에게 빌고 있는지도 모를 일이다. 오늘 밤은 술기운에 코까지 골다 콧소리에 깨어 환한 불빛에도 금세 코를 골며 잠을 잘 수 있다는 게 다행이었다.

예술이 혼의 융합이라면, 부부란 주고받을 게 너무 많은 원수 사이로, 죽어라 미워한들 남은 건 없다.

언어의 예술은 예리한 사고의 찰나로 달구어 만든 연금(鍊金)의 불꽃이다. 그 불꽃은 태양의 빛으로 수많은 별을 만들어 은하수로 흐르게 하여 많은 이들의 감탄과 감격의 칭송을 안은 불멸의 예술의 탄생을 얻는다.

그녀는 밋밋한 나무둥치 같은 감성으로 가지를 뻗어 나뭇잎을 달고 꽃을 피우고 싶은 정신의 통증을 경험한 적도 있었으나, 한 번도 그럴싸한 시 한 편, 그리고 세상의 이야기, 인생 이야기를 쓸 수가 없어 슬펐다.

나방으로 하루를 살아도 좋다는 생각이었으나, 추하도록 늙어지는 몸에 그 뜨거운 사랑은 어디에서 솟아나는지, 그를 곁에서 지켜보는 그도 측은한 마음이었으니 아내의 열정에 박수를 보내고 싶다. 아내는 무척 행복한 표정으로 가을 벌판에 홀로된 해바라기 꽃이었다.

저런 표정에 왜 늦은 가을에 피어 씨를 여물 수 있겠느냐고 핀잔을 줄 수 있겠어. 겨울 햇살처럼 많은 인내로 뜨겁지 않으나, 낮잠 같은 빛을 보내주는 마음으로 응원이라도 하여 기쁘게 해주어야지 울지 않도록 남편의 마음을 아내가 촘촘한 거울 같은 천 한 올 한 올 씨줄과 날실, 그 사이로 비집고 보지는 못해도 숙련된 수십 년 장인의 솜씨로 알 수 있는 귀재(鬼才)의 재능이라 할 수 있다면 믿을 수 있는가.

큰 자식은 든든하니, 소 같이 믿음직스럽다느니, 막내는 끝 자식이라 응석이 많고 이기주의로 저한테만 잘해달라는 경향이 많다고들 한다.

자식이야 모두 같지 않겠냐마는 못난 놈이 늘 짠하고 가슴이 아프다고 했던가. 열 손가락 깨물면 안 아픈 손가락 없듯이 써놓은 글이 모자라고 못해서 늘 짠하다. 아내가 열 달을 뱃속에 키워 낳은 자식도 진짜로 아픈 자식이듯 아내가 끝낸 글도 아내가 온몸과 정신을 쏟아서 내놓은 자식이라면 그도 아내를 격려하고 응원한다.

"당신은 좋은 취미가 있어 다행이야. 고통과 슬픔을 견디게 하여 준 문학이 있어 당신에게는 좋은 일이야. 몸 상하지 않을 만큼 쉬엄쉬엄하라구."

"그럴께요. 요번 단편 소설집 『떠 있는 섬』 원고 끝내느라 고생했는지 피곤하여 당신 저녁도 못 차려 주었어요."

그 말은 원고지에 밝히고 말면 되지 하고 생각한다. 그 잘난 시인을 아내로 둔 죄로 어떤 때는 화가 나고 아니꼬웠지만 아내의 열정에 응원을 보냈다.

사연 없고, 별 탈 없는 인생이 있다면 얼마나 재미가 없을까. 그러나 아내의 그런 인생이 부럽기만 하다. 본시 시인이나 소설가는 고독을 타고나며, 태어날 때 외로울 고자를 지니고 나온다 했던가. 그래서 작가나 시인의 팔자가 사납고 사나워 별난 삶을 사는 게 아닐까. 그래서 특별한 불행도 창작에 결부시켜 만인의 심금을 울리고 때론 지탄 같은 입방아에 씹히면서 혼자 미치는 경험을 체험하는 게 아닌가 싶다.

그래서 예술가는 무당이 되던가, 신이 오른 신의 하인으로 달밤에 체조하고 미치게 사랑하며 자신을 학대하다 한창인 나이와 젊음을 불행한 죽음의 끝에서 끝내는 숨을 거두었던 유명한 예술인을 더러 간접적으로 만나보며 침통해진 적도 있었다. 아마도 외로움에 치를 떨다 죽었다고 생각해 볼 수 있었다.

그렇다는 생각에서 잠시 돌아다본 그의 아내는 그가 있어 위로가 되었다고 믿으면서 아내의 주름진 얼굴에서 예전에 없던 수많은 잡티를 골라내고 싶은 충동을 억제하지 못하고 아내의 손을 꼬옥 잡고 만다.

"왜 이래요. 안 하던 짓을 하면 좋지 않다고 했어요."

"당신도 많이 늙었어. 그동안 고생 많았어."

어색한 웃음을 건네며 내일 있을 시어머니 제사를 떠올리며 준비할 것을 생각한다.

사는 게 별것 아닌데. 더도 말고 더도 모자라지 않은 한가위만 같아라. 우리 내외의 바람이 너무 큰 것은 아닌가.

3.
고마워요.
이 책이 나오기까지 도와준 당신에게.

2008~2024년 『한밭소설』 수록작품

■ _03집, 그녀의 휴가

그녀는 휴가를 얻었다. 특별한 휴가일 수도 있으나, 휴가라고 하기엔 너무 짧았다. 그러기에 빈곤한 휴가라는 생각이 들었다. 헛헛한 웃음을 삼키면서 방금 자리에 앉은 무궁화 열차를 떠올리고 긴 호흡 같은 한숨을 삼켜버렸다. 아니, 이게 어딘데, 얼마만의 외출인데, 그녀는 휴가라고 생각하고 있던 것을 취소하고 외출로 치부한다. 사람에 따라 삶이 다르다 하여 뭐 그리 대단한 인생을 살다 가겠어. 평생이라는 세월이 길어봤자 백 년인데, 나만의 휴가를 마음 놓고 공유한 시간은 얼마나 될까?

쫓기듯 앞만 바라보면서 달려서 잠시 쉬고 싶을 때, 쉬어 간 그 편안함의 평화를 가져보고 누려 보았는지, 말하자면 꽃밭에 든 나비같이 날아와 앉은 꽃에서 사랑에 몰입한 여유에서 기쁨과 행복만 느낄 수 있을 것 같은, 그 순간을 휴가 휴(休)라고 생각하는 그녀는 너무 이기적이라고 생각하기 전 짜증 같은 분노가 뼛속으로부터 분출되었다.

집에서 나오는 그 순간부터 집 걱정은 말아야지. 난 지금 휴가를 얻었으니까. 그녀는 손에 쥐고 있던 철도 가족 승차권을 지갑에 넣으며 남편의 존재를 확인하였다. 아직 남편은 유효한 존재였나? 이 작은 가치는 남편의 인생일 수 있었다. 그는 가난하여 일찍부터 직장이 보장되는 철도 고등학교에 들어갔다. 졸업과 동시에 역무원으로 일했다. 철마鐵馬에 척추를 다쳐 하반신 마비가 되어 삼 년이 지난 지금까지 그녀의 보살핌에 의지한 채 살고 있다. 남편의 인생이라는 것도 슬펐다. 그녀의 삶은 온통 남편으로 시작하고, 그 끝은 어딘지 보이지 않는다. 이제 한숨으로 숨을 쉬고 있는 그녀에게 남편의 자학은 폭력이 되고 있었다.

J 시로 가고 있는 그녀는 어릴 적 고향 친구인 동창들을 만날 수 있는 꿈같은 하루 휴가를 가고 있다. 시어머니는 홀로 고향을 지키시며 얼마 남지 않은 농토에 농사를 짓고 사시면서 자식 삼 남매 일 년 양식을 꼬박꼬박 대주신다. 기둥 같던 맏자식이 불구가 되었으니, 그 마음을 말로 다 어찌 표현할까. J 시 변두리 봉양면에서 새 나락을 찧어 한 가마를 붙이고 채소며 묵은지, 그리고 말린 나무새를 양손에 들고 오셨길래 넌지시 말을 꺼냈더니, 두말없이 허락하셨다.

"에미야 걱정 놓고 다녀와. 에미 고향이고, 부모님께서 묻혀 계신데도 찾아가 보고. 한 이틀 쉬었다 오너라. 아범은 걱정하지 말고."

시어머니 배려와는 달리 남편은 아무런 말이 없이 침대에 누워 버린다.

"재민이 아빠, 정말 나 갔다 와도 돼?"

"내 안부 물으면 뭐라고 말할 꺼야?"

남편의 말에 그녀는 벙어리가 된다. 초등학교 중학교까지는 남편도 동창이고 어릴 적 친구였다.

"가고 싶으면 가는데 내 말은 하지 마라. 알겠어?"

"당신한테 미안하네. 그 생각은 하지 않았어. 나, 가지 않을래."

이 말을 하면서 그녀는 눈물을 뚝뚝 떨구었다. 말소리가 떨려서 남편의 가슴을 울리게 했는지 남편은 한 손을 들어 불렀다.

"날 일으켜. 그리고 내 진심으로 말할게. 당신 다녀와. 장인 장모님 산소에도 꼭 들르고, 친구들 만나 수다도 떨다 오라구. 당신, 나 때문에 고생만 했잖아."

남편의 손에 잡힌 채 뜨거운 눈물을 흘렸다. 어렵사리 얻은 휴가는 여행이라는 생각 속에서 떠났다. 차창 밖 풍경은 고요하면서 그림인가 싶도록 아름다웠다.

시어머니의 만류에도 간병인을 구해서 오기로 되어 있었다. 대학생인 아들은 괜찮은데, 고등학생인 딸이 마음에 걸렸으나 웃으면서 그녀의 휴가를 환영한 딸이었다. 그녀 나이 47세, 늙지도 젊지도 않은 그녀, 큰 고생 없이 살았다고 말하기는 서러운 그녀, 인간의 본능을 잠재우고 살기엔 아직은 슬픈데, 그 고독한 본능의 원죄를 그 누구에게 하소연하고 통곡하랴.

그녀는 남편의 체취를 꿈속에서 더듬다가 깨어났을 때, 그 허전한 아쉬움을 수없이 체험했다. 그럴 때는 남편이 미웠고 죽이고 싶도록 싫었다. 그래도 아이들 아버지다. 그래서 남편이란 존재는 돈과 그 어떤 물건의 가치가 아닌 무한한 존재다. 그녀는 몇 번이고 가슴보다 영적인 정신의 사랑으로 안아야 했다. 운명 앞에서 도망갈 수 없는 인연의 굴레를 어찌 물리친단 말인가. 그런 한탄도 이젠 신물이 났다.

표경석이 먼저 생각났다. 어떻게 변해 있을까. 아직 변할 만큼 많은 나이도 아니지만, 그가 정말 오기는 올까 그것이 궁금했다. 그를 본 지도 칠 년이다. 금융감독원에 있다고 했다. 그간 딱 한 번 전화는 있었지만, 남편의 사고 때문에 사람들과 단절되어 있었고, 이는 다시 세상과의 단절도 되었다. 세월은 밀쳐놓은 채 떠들고 웃고 마시면서 즐거웠던 때가 있었다. 중고등학교 총동문회였다. 그가 하던 말이 지금에 와서 실감이 난다. 그는 세상을 한참 살고 왔다는 듯이 "야 인생은 달리는 것이야! 마라토너가 되는 거라구! 어하다 보니 중년의 언덕을 기고 있더라구" 소리쳤다. 그는 강약의 톤으로 뮤지컬 배우처럼 찡그리고 웃다가 또 노래를 부르는 것처럼 말했었다.

 무궁화 열차는 크고 작은 역을 쉬었다 가는 것이 좋았다. 그 옛날 완행열차를 타고 강원도 해안을 돌았으면 좋겠다는 생각을 했었다. 오랜만에 만날 친구들에게서 작은 기억이라도 잊지 않고 있다면 아름다운 시절이 남아있다는 것일 터이니 이 또한 그리움이 아닌가. 인생은 휴가 없는 삶이다. 멈춤이란 죽음의 끝 무덤일 것이다. 길을 떠났지만, 마음은 크고 작은 짐 보따리와 사소한 살림살이, 집게 밥솥까지 그녀의 마음 안에서 덜그럭댄다. 그녀는 얼른 생각을 바꿔 본다. 이 지긋지긋한 집착의 애증 모든 것이 그녀의 짐인데도 그녀는 어느새 종착역에 와있었다.

 눈에 익은 역사와 달리 낯선 사람들뿐이다. 그래 우린 모두 타인이다. 독한 사람이다. 정이 깊어도 헤어지면 잊은 듯이 멀쩡하게 사는 것이 사람이다. 눈에서 멀어지면 마음도 멀어진다 했던가. 모산동 의림지 부근 S 호텔로 달려가는 택시 안에 앉아 이런저런 생각을 폈다가 모았다 하면서, 또 서울 신림동 장미 아파트 208동 902호 자기 집안을 샅샅이 살피고 있었다.

 '쪼다 내가 지금 뭣 하는 거니? 난 지금 휴가 왔잖아. 그러면서 자유 같은 자유를 꿈꾼다고 하는 거니?'

 그녀는 자신에게 화가 났으나 곧 잊고 말았다. 저만치서 건물이 보였기 때문이다. 우람하면서 고고함을 뽐내고 있는 소나무도 보인다.

 "나무는 그대로인데. 의림지 부근 언저리가 너무 난해해 보이네요."

 그녀는 혼잣말처럼 말한다.

 "그렇구 말구유. 발전이 자연을 망쳐유."

 "그래두 J 시에 세종대가 생겨서 좋아요. 제가 살 때는 없었거든요. 학교 정원수도 잘 가꾸어 있던데요."

"맞아유 아마 걸으면서 구경한다 해도 아깝지 않을 꺼유."

좀 전까지 담담했던 그녀의 가슴이 호텔로 들어서면서 조금씩 더워지고 있었다. 동창들은 동서남북으로 흩어져 살면서 그리워하던 마음으로 모였을 것이다. 이제 모든 것을 이해할 수 있는 나이였다. 이름을 맘 놓고 부르고, 악수하고, 얼싸안고 떠들고, 음악에 맞춰 흔들고 노래도 부른다.

그녀 곁에 앉은 표경석이 그녀의 관심 속에서 그림으로 그려진다. 중후한 모습, 나이를 먹으면서 더 남자다운 남성미, 그건 그의 직업상 풍기는 생활의 패턴인지도 모르지만, 남자는 젊은 삼십 대 핸섬한 모습보다, 나이를 먹으면서 중후해지는 것 같다. 탄탄한 근육, 그의 옷을 모두 벗기고 쓰다듬는 상상으로 행복감에 젖는다.

"임어진! 넌 참 눈이 매력적이야. 옛날도 그랬었고, 지금도 그래. 왜 눈을 감아? 날 보라구."

"야, 내 주름 봐라. 늙었다. 날 그대로 놔두지 않는 세월 탓이다. 슬프게 하는 사람이 있어, 난 늙을 수밖에 없어. 그게 누군지 아니? 몰라도 되지만."

그녀는 따라 놓은 맥주잔을 번쩍 들어 마시면서 취한 척하려고 했다.

"안 늙었어. 눈은 아직도 까만 구슬 같고, 또 소녀 같다. 야! 임어진 내가 널 좋아했는데 너도 알고 있었지?"

"야, 니가 언제 날 좋아한다고 말했니? 안 했잖아. 넌 비겁한 바보였어."

그녀는 일부러 더 큰소리로 몰랐다는 것을 강조했다.

사춘기를 보내던 고1 여름이었다. 학교에서 집으로 돌아가는데 그날따라 혼자였다. 보리가 익어 황금빛으로 변한 들녘은 노을빛만큼이나 아름다웠다. 그러나 군데군데 채소밭에 뿌린 인분 냄새가 기분 나쁘게 코를 괴롭혔다. 그녀 뒤에서 발소리가 들려왔다. 키득거리는 웃음소리도 그녀 기분을 상하게 하였다. 참다못해 휙 돌아보는 순간, 아는 얼굴이 보였다. 표경석과 김명수였다. 그때 표경석의 난처한 표정과 짓궂은 명수의 웃음을 그녀는 지금껏 잊지 않고 있다. 그때 그녀는 눈을 하얗게 흘기고 걸었다.

"여보세유. 똥파리가 옷에 앉아 놀고 있어유."

김명수가 키득거리며 하는 말이었다.

"야 임마. 그만둬. 너 까불래? 너 맞는다!"

"임마. 맞잖아. 저두 보고 있으면서."

"야, 이 자식 또 까불래? 교복에 풀을 매겨서 그런 거야 임마. 다 알면서. 본래 흰옷에 파리가 잘 앉는다. 너를 닮아서."

그들의 말을 똑똑하게 들으면서 발을 허둥댈 만큼 부끄럽고 자존심 상했다. 그 시절만 해도 모두 어려워 단벌로 삼 년을 보냈다. 더러우면 빨아서 찬밥을 짓이겨 교복에 매겨 채 마르기 전에 다림질을 하여 입었으니 밥물이 묻은 교복에 파리가 달라붙는 건 당연했다. 표경석과는 개울을 사이에 한 이웃 마을에 살았다. 오가며 만나는 것 말고도 동창이라는 것으로 자주 만났다. 같이 놀기도 했고 호감도 있었다. 그런데 파리 사건으로 울었던 그녀의 수치심은 아직도 남아 있다.

세월이 흘러 졸업식 날이었다. 형편상 진학도 못 하는 처지였다. 부모님과 사진을 찍는 것으로 학창 시절을 마감하는 그녀 앞에 표경석이 꽃다발을 안겨주었다. J고는 그녀보다 삼일 먼저 졸업식을 치른 것을 알고 있는 터였다.

"축하한다!"

그 한마디였다 그러나 그 한마디가 마음에서 태산의 울림으로 남을 줄이야. 언제부터인가 잃어버린 인연 같아서 아쉬운 적도 있었다. 유행가 가사처럼 가끔 생각하면서 살아온 세월이었다.

표경석은 공부도 잘했다. 서울 모 대학에서 경영학을 마친 그가 금융계서 일한다는 것도 알고 있었다. 그녀가 양재 기술을 배운 건 운명의 도피였다. 배우고 싶은 열망이었다. 생활에 근거한 삶의 끈도 되어줄 것이라는 어머니의 말씀이기도 하였지만, 기술 연마로 멋진 양장점을 차리는 것이 꿈이었다.

그러다가 양장점 시다로 있을 때 맞선을 보았다. 서울에서 살고 계신 고모님의 중매였다. 알고 보니 짓궂은 김명수였다. 그도 동창이다. 나중에 알았지만 그도 날 짝사랑했단다. 그래서 그의 어머니와 그녀의 고모를 내세워 둘을 만나도록 주선하였다는 것이었다. 결혼을 확정할 때까지도 그녀가 김명수를 몰라봤다는 것이 인연이라면 인연이었다. 어쩌면 이는 운명과 같은 일이었다.

학생복에 까까머리였던 그가 머리를 길러 하이칼라에 신사 양복 차림이었다. 사회인으로나 신랑감으로 손색이 없었다. 약혼을 하고 그의 집까지 따라가, 마음과 몸을 다 주었을 때서야 모든 사실을 알았다. 그의 가슴을 때리면서 대들었다.

"야, 이건 사기야. 넌 이름을 속였잖아. 영수라고 했잖아! 사기꾼아."

"아니지 코미디지. 그리고 난 명수라고 분명히 말했는데, 어진이 니가 영수씨 영수씨 자꾸 불렀잖아."

그녀는 명수와 결혼했고 사랑했다. 아이도 남매를 낳았다. 부부는 정으로 사는 평생 원수라는데 그 말을 실감하면서 살았다. 그러나 행복과 불행은 함께 하는 웃음 속에 든 울음과도 같았다. 그녀는 그 웃음과 울음소리를 들으면서 없는 듯 있는 듯이 살았다.

"임어진, 네 남편인가 머슴인가 잘 있지? 그놈 여기 왔으면, 내 첫사랑 훔친 놈 뒤지게 때려 줄 텐데. 왜 안 왔어?"

"근무라 못 왔겠지. 자식, 질투는 언제까지 할 건데. 그놈의 첫사랑 오래도 간다."

마주 바라보고 앉은 백정옥이 그녀 대신 말해주듯 나선다.

"임어진, 너 신림동 산다고 했지? 나도 신림등 H 은행에 있은 지 석 달째다. 지점장이라는 것이 골치가 아파. 너 목돈 있으면 우리 은행에 박아. 내

타 은행보다 이자 더 많이 줄 테니."

"야 월급쟁이가 돈이 어딨어? 먹고 사는 것 하고 아이들 공부시키기도 힘들어. 또 모르지. 복권이라도 당첨된다면 찾아가지 뭐 호호."

"그래 농담이다. 나도 농담이고 너도 농이겠지. 그건 그렇고 한 번이라도 만나자. 이제 그럴 만한 나이도 되었잖아. 친구로 만나자. 명수 그놈과 같이 만나서 술 한잔하고 싶다."

표경석의 말은 진심이었을 터였다. 그녀는 그 진심 앞에서 자신을 비웃고 있었다.

'니가 내 불행을 속속들이 알았어도 그럴 수 있겠어? 그 옛날 아름다웠던 그 시절을 아끼듯 사랑하면서, 나와 내 남편에게 진실한 마음으로 대할 수 있겠니? 불행을 동정하며 측은한 눈빛으로 바라보겠지. 인생 승리자의 미소 띤 얼굴로 들개의 야성 본능으로, 복종하는 무리의 암컷을 차지하고, 한번은 괴성 같은 포효를 지르고 싶은 지배자의 욕구 같은 비열함이 없겠니?'

그러면서 또 다른 생각이 머리를 흔들게 하였다.

'아니야. 넌 그렇지 않을 거야. 적어도 인간의 심성보다 동물에 가까운 본능이 차라리 더 진실한 것일 수도 있어. 세상은 모두 가식투성이잖아. 그래도 난 널 믿는다. 사랑했듯이.'

그녀의 머릿속에서 생각나고 판단한 온갖 이상 속에서 자신을 괴롭히면서까지 표경석의 사랑을 받고 싶었다.

"표경석, 그대는 그대의 아내를 무척 사랑하지?"

"글쎄."

"내가 다 알아. 척 보면 알아. 그러면서 내가 첫사랑이라고? 내가 좋았다고? 거짓말하지 마."

그녀는 술 몇 잔에 취했다. 아니 취한 척하였다. 호텔 방에서 여자는 여자끼리 자고, 밤새워 마시고 떠들고 고스톱을 치고, 아침을 맞이한 남은 일행은 아침밥을 해장국으로 때웠다. 이제 갈 길을 걱정하는 지친 나그네 모습들이었다. 지난밤 아무렇지 않게 온전히 보낸 것이 못내 아쉬운 자는 없었을까? 그녀는 왠지 잃어버린 진주를 생각하듯 서운했다.

일상으로 돌아가는 새떼처럼 일터가 있는 집으로 가는 것만이 최선인 듯 보이는 바쁜 걸음이었다.

"잘 가!"
"내년에 또 만나자."
"전화해라."
"놀러 와라."
"건강해라."

늘 하던 말들이 사람과 사람과의 소통을 원활히 연결하였다. 오늘은 정이 흐르고 인정이 철철 넘쳐났다. 그녀도 그렇게 인사를 하였다. 이제 작은 아버지가 계신 구학으로 가서 부모님 산소에 갈 참이었다. 어젯밤 작은 아버지께 전화도 드렸으니 기다리고 계실 터였다.

"어진아, 내가 데려다줄 게 타라."

표경석이 그녀를 두고 가기가 민망했던지 몇 번 말했으나 거절했다. 그도 직장이 있고, 가장이었다. 물이 아래로 흐르는 것이듯 흐르는 대로 두는 것이 순리라고 생각하였다. 그녀는 손을 흔들어 주고 콜택시를 불렀다.

그녀가 준비한 삼 과일(사과 배 곶감) 그리고 백화수복 정종 술 한 병을 들고 택시에 올랐다. 미리 준비한 봉투엔 작은아버지 용돈도 넣었다. 백화수복의 이름이 왠지 낯익은 얼굴처럼 생각되었다.

그녀가 집으로 돌아왔을 때 방금 돌아갔다는 간병인, 그리고 아이들 둘도 없었다. 반갑게 맞아 주신 시어머니 말씀이 고마웠다.

"생각보다 일찍 왔구나. 산소엔 찾아가 뵈었어? 하루 더 쉬었다 오지 그랬니. 애비가 그러더라. 건강했을 때 자주 찾아가지 못한 게 죄송하다구."

"애비가 그랬어요. 나도 그럴 줄 알았어요."

그녀는 남편이 누워있는 방문을 열면서 크게 말했다. 눈에서는 눈물이 그렁그렁 돌았다. 가끔 혼자서 울듯이 소매 끝으로 눈가를 스쳤다.
"잘 갔다 왔어? 모두들 다 건강하지?"
남편이 고개를 돌리며 말했다. 하루 전보다 야위어 보이는 남편의 모습이 가여워 보인다. 웬일일까, 밉고 미워 죽이고 싶었는데, 날마다 죽이고 또 죽인 남편, 그녀가 오다가 사 들고 온 제주도 한라봉을 벗겨 남편의 입안에 넣어준다.
'그래 나는 악처가 아니야. 가끔 내겐 휴가가 필요해.'
동창회도, 휴가도 끝나고 현실로 돌아왔을 때 뜻밖에 표경석의 전화가 왔다.
"나, 표, 차표야. 내 지금 갈 테니 그리 알아."
대뜸 찾아온다니, 그녀는 자지러질 듯 놀라며 말로 막는다.
"무슨 일로 찾아온다는 거야. 우리 시어머님 오셨어."
"그럼 인사하러 가야지. 모르는 사이니? 명수 어머니는 내 어머니와 같은 분이야. 명수 바꿔줘."
"아냐 내가 갈게. 집안도 어수선하고 차라도 한잔하자. 어디니? 거기."
그녀의 완강한 거절로 커피숍에서 만났다. 동창회에서 만나고 일주일만이다.
"웬일이야? 억지를 다 부리고. 찾아온다는 게."
"임어진, 널 보니 명수가 무척 보고 싶더라. 그래서 서울역 근처에 갔다가 일부러 들렸다. 마침, 아는 사람을 만나, 명수 만나러 왔다고 했더니, 다 말해 주더라. 그런 아픔을 감추려 한 너는 나빠. 그리고 얼마나 고통스럽겠니."
그는 손을 잡아 주면서 안 되었다는 표정으로 그녀의 눈을 들여다보았다.
"난 너한테 내 불행을 보이고 싶지 않았을 뿐이야. 아마도 남편도 같은 생각일 거라고 믿어. 이건 나의 삶이고 운명일 것이기에, 누가 날 위로해 줄 수 있겠니?"

그렇게 말하는 그녀의 눈이 젖는다

"많이 나쁜 거야? 식사는 잘하고?"

그는 많이 궁금한 모양이었다.

"응 위장이 나쁜 건 아니니까. 운동 부족으로 변비가 있어. 그래도 잘 참아 주고 있어. 그래도 없는 것보다 위로로 삼고 있어. 아이들 아빠니까. 또 내 남편이고."

그녀는 애쓰고 있는 자신의 해명이 슬펐다. 그들은 그렇게 헤어졌다 짧은 만남이었다. 이런 만남이 없기를 그녀는 간절히 바라면서 그를 그리워하였었다. 얼마간의 세월이 흘렀을까. 그에게 또 전화가 왔다. 세월이라기보다 나날이 지루하던 때였다. 꼭 할 말이 있다는 것이었다. 시어머니도 시골로 가시고 하여, 대기 중인 간병인을 불러다 놓고 나갔다.

"어진아, 너 웬만하면 창업을 했으면 좋겠다. 집에만 있으면 답답도 할 꺼고."

"미쳤니? 내 손이 필요한 남편을 집에 두고 일이라니. 먹고 살 형편이 안 되는 것도 아닌데. 그건 인간적으로 도저히 안 되는 일이야."

"간병인을 두고, 넌 일을 하면 스트레스도 안 받으니 좋지 않니?"

"안돼. 생각도 안 했어. 물론 자유를 꿈꾸기도 했지만 난 새장에 갇힌 새 새의 운명이야."

"천천히 잘 생각해 봐. 그리고 용감하게 나서봐."

그 말을 끝으로 그와 헤어져 오면서, 그 시간 이후 그녀는 탈출을 꿈꾸는 새가 되었다. 그리고 얼마 있다가 그에게서 전화가 또 왔다. 돈 없으면 돈 걱정은 하지 말라는 거였다.

시골서 돌아오신 시어머니는 남편과 그녀를 바라보면서 저금통장을 가슴속에서 꺼내 놓으시고 말씀하셨다. 길이 넓혀지면서 마을과 논밭이 들어

가고 아파트가 생긴다고 하여 나라에서 모두 돈으로 보상하였다는 말씀이 시다.

"이 돈은 너희들 것이다. 네 동생 둘은 건강하니 잘 살고 있어서 조금씩 나누어 주었다."

통장을 받은 남편이 그녀에게 건넸다.

"당신이 알아서 잘 써. 나 밥 굶기지 않으면 되고. 첫째 울 엄니 잘 모시고 아이들 잘 키워 주리라 믿어. 당신 마음대로 해. 답답하면 당신이 하고 싶은 소일거리도 찾아서 하라구. 그러나 날 버리고 가지 마. 애인은 내 눈 감고 죽었다고 생각하고 참아 낼 테니…."

남편이 끝내 눈물을 보였을 때, 그녀도 울고, 시어머니께서도 소리 없이 우셨다. 슬프고 죽을 만치 아프지만 사람 셋이 같이 울었다는 건 그래도 사랑이 있다는 것이었다.

그녀는 소설가를 꿈꾸기도 하였다. 운명의 도피처를 찾고 싶은 현실에 눈뜬 파랑새의 소망은 원죄를 안고 태어난 것 같았다. 본능에 충실할 수밖에 없는 탐욕과 이기로 뭉친 인간성에 충실하고 싶었다. 그녀는 오 년 전 영세를 받던 날 신부님의 모습을 훔쳐보듯 바라보면서, 저 신부님은 정말 남자인가, 어찌하여 본능을 저버린 초인超人으로 사시는지, 저만한 인격이면 만인의 애인으로도 부족함이 없을 것 같았다. 정말 안타까웠다. 얼마나 신앙의 믿음이 깊으시면 구원의 길로 가시며 하느님의 종이 되셨을까. 그녀는 세례식과 미사가 끝나는 틈틈이 그런 생각으로 기도와 맑은 신앙을 다졌다.

그녀는 수없이 고해 성사를 하며 성당을 다녔다. 신부님을 멀리서 바라보며 참회의 기도로 통회하며 돌아왔다. 그녀가 평화로운 마음으로 돌아오던 날, 이미 그녀는 잠벌暫罰을 대사大赦 받은 느낌이 들어 온전한 행복을 느꼈다.

그녀는 잠시나마 커피숍이나 전통 차와 함께 가게를 낼까도 생각해 봤다. 그러나 온전한 평화를 얻은 이상 그 이상의 행복은 욕심에 의한 죄라는 것도 깨달았다. 소설가를 꿈꾸던 그녀는 생각이 지워지지 않은 날 써왔던 일기장을 펴보았다. 어느 날의 하루가 얼룩진 흰옷이 되어 있었고, 어느 날은 남루하게 찢어진 깃발이었고, 온통 썩은 하수구 냄새로 가득했다. 그러나 풀잎에 매달린 이슬처럼 맑고 영롱한 그런 평온의 하루도 있었다. 그녀는 남은 천에 색실로 수를 놓듯 이런 시어를 쓰고 있었다.

원수라고 돌아앉아
눈을 감았더니
온전한 평화의 마음엔
성부와 성자와 성령이 충만하고
바로 앉아 눈을 뜨니
불쌍한 내 남편이 나를, 나를
바라보고 있었어요.

그녀에게 있어 휴가는 별 의미가 없었다. 늘 주 하느님과 함께하였다. 그러니 날마다 주일이요 휴가였다.

■ _05집, 길은 멀어도

측백나무가 있는 곳엔 향기가 난다. 그래서인지 개미가 살고 있다. 아마도 개미도 향기를 좋아한다는 생각을 한 지도 꽤나 오래전 일로 기억된다.

무심히 지나친 사소한 것인데도 아직까지 뇌리에 박힌 아련함이 그리움이 되었으니….

그가 세상을 모른 채 자신의 신체적 결함을 알게 되었을 때 그 슬픔마저 자신의 것으로 받아들여야 했던 슬픔까지 혼자 참으며 무언가 찾아서 혼자 놀고 외로움이 너무 그녀를 쓸쓸하도록 만든 어릴 적 기억을 측백나무를 바라보면서 떠올린다.

울타리로 심어진 건 해방과 더불어 일본으로 들어간 일본인의 식수라고 알고 있다. 이웃 땅을 경계로 삼은 것이었다. 보부상을 하신 아버지가 적산 땅을 사들여 집을 지은 건 넓은 텃밭이 좋아서였다고 한다.

사람으로 태어났다면 돌이 지나선 걸음마를 떼고 말을 배우고 힘껏 땅을 딛고 세상 속으로 들어서야겠지만 첫걸음을 주저앉힌 사건은 나중에 알게 된다.

새집을 짓고 그해 여름에 태어나 세 살이 되었을 때 그리 넓지 않은 마루는 툇마루 수준으로 뼈대 집에 지붕은 기와나, 삼칸 겹집이었다.

내 위로 오빠는 다섯 살이었다.

두 아이를 두고 엄마는 부엌일을 하였을 때 자지러지게 우는 소리에 뛰어나온 엄마의 눈엔 그녀가 마루에서 떨어져 봉당에 널브러져 입술이 파랗게 되어 울더란다. 그런 그녀가 열이 나고 며칠은 앓아눕더니 일어날 기미가 없어 놀랬다고 청심환만 먹이고 시일이 지나선 열도 내리고 예전 모습으로 잘 놀았으나 몸의 균형이 삐딱하더니 등뼈가 휘어져 있었다. 가슴이 허리에 붙어 기형이 되었으니, 그때서야 병원을 찾았으나, 이미 늦었단다. 운명이라 하기엔 너무도 억울했다. 추측이나 고만고만했던 어린것이 놀다 힘에 밀려서 떨어지면서 뒷 돌 모서리에 찧어 다친 게 아닌가 싶다고 엄마가 말해서 그렇게 믿게 되었다.

그런 이유로 오빠를 미워하기엔 너무 어렸지만 오빠가 가끔 때리기라도 하면 난 울지 않고 오빠를 사정없이 꼬집었다. 몸의 불균형은 팔을 길게 만들고 허리와 엉덩이를 밀착시켜 사람 원숭이가 되어갔다. 두 다리는 다행히 걸을 수 있어, 가고 싶은 충족은 해결할 수 있어 그나마 다행이었다.

몸의 에너지를 멀쩡한 두 손으로 썼으니 긴 손으로 움켜잡고 꼬집으면 기운 센 오빠도 진저리를 치곤했다. 키 큰 아버지의 신장을 닮았는지 손가락도 길었다. 멀쩡히 자랐으면 팔등신 미인이었을 것을 저리도 얼굴이 예쁜데 쯧쯧 아까워 아버지는 술을 마시곤 탄식처럼 말을 뱉곤 하셨다.

멀쩡한 아이들이 친구가 되어주진 않았다. 그렇다고 두 살 위 오빠가 데리고 놀지도 않았다. 난 늘 혼자서 놀아야 했으니 늘 심심해야 했다. 내 생각대로 찾아서 한 놀음은 집안에서 제한적이었다. 오빠가 갖고 있는 보물, 딱지 그리고 종이인형 아니면 옥수수 인형 흙장난, 가지로 인형 만들기 꽃따기 그러던 어느 날 측백나무 잎들이 흔들리면서 쏟아내는 향기를 느낀다. 새파란 향기는 어느 꽃향기 보다 진한 향기였다. 그 향기 때문일까, 개미들이 모여와선 나무아래 집을 짓고 나무를 오르락내리락하면서 해마다 측백나무와 잘 지내며 살고 있었다.

개미는 잘룩한 허리와 긴 다리와 균형을 이뤄 좌우로 다니며 먹이를 찾아서 물고 집으로 돌아간다.

심술 같은 장난으로 개미집을 허물어도 보았고 죽여도 보았으나, 풍뎅이를 잡아서 목을 비틀어 춤을 추게도 하였고 나중엔 개미들의 먹이로 개미굴 가까이 놓으면 개미들의 조용한 수선스런 움직임도 재미가 있었다.

순아 엄마가 그네 타게 해주지 엄마는 마음을 꿰뚫듯이 알고나 있었는지 새끼줄로 얽어선 측백나무 두 그루에 매어 새둥지 같이 동그랗게 만들어 늘어놓고 타라고 하여 난 기분 좋게 올라앉아선 두 팔로는 새끼줄을 움켜잡고 공같이 동그랗게 만든 몸을 발 힘으로 흔들어 대는 것이었다.

나이를 먹으면서 정신적 성장은 비관과 우울증을 안겨주었다. 내 몸의 성장은 이목구비가 모여 있는 얼굴이었다. 쭉쟁이 밤송이가 오래간다고 목숨은 제 것이 아니라던가. 해방과 더불어 찾아온 역병에도 무사했고 육이오사변 때도 무사하였다.

동생이 어느덧 초등학교 입학을 앞두고 봄을 맞이했다. 내 나이 열살 그리고 동생은 여덟 살, 위 오빠는 열두 살이 되니 육학년이 된다.

오빠의 입학하는 날 집안은 경사와 조용한 분위기 속으로 날 가두는 것이었다.

학교서 아이들의 놀림감이 되는 게 싫었던 나는 입학을 거부하였다. 그런 내가 아이들이 가방을 메고 학교에 다니는 걸 부러워 눈물을 흘리는 장소는 뒷간(화장실)이었다.

내 모습을 들킬세라, 내 또래 아이들이 학교 가는 모습을 때 맞춰 뒷간에서 문틈으로 바라보다. 아버지에게 들켰을 때 내 눈에 고인 눈물을 보셨던 아버지는 바로 아랫동생인 순미 입학 때 날 업고 입학을 같이 하도록 하였다.

순아 잘 했다. 엄마는 까막눈이다만 넌 눈이라도 밝아야지. 엄마는 눈시울을 적시며 기뻐해 주었다.

"엄마 내 눈은 별 보다 밝고 예쁜데 뭐, 키만 더 컷음 좋겠어."

"그래 더 클 것이니 걱정마라. 순이는 총명해서 공부도 잘 할꺼야."

엄마의 칭찬이 고마웠지만 생각이 많아 그날 밤은 잠이 오지 않았다.

"니가 언니라구, 난쟁인데, 순미는 너보다 크잖아."

다 알면서 하는 아이들 놀림을 당하려니 너무 슬펐다.

어느 날 난 책상에 묻힌 채 공부에 열중하고 있는데 평소 날 외면했던 반장 근호가 날 에워싸듯 앞에서 웃고 있었다. 난 글씨를 감추며 완강하게 버티고 빤히 근호를 보았다.

순아 닌 얼굴은 꽃이고 몸은 두더지다. 그래도 공부는 나보다 잘 하지마라. 알겠나.

비웃음으로 받아들이며 고개를 주억거렸다. 그때 동생 순미는 표정을 바꾸곤 날 외면하고 있었다.

"우리 언니 건드리면 울 오빠한테 혼난다."

툭 불거진 등뼈를 연필로 콕콕 찌르는 남자애를 순미가 날 대신해 말해 주었다.

"돌멩인데 아프겠나."

김병식이는 또 콕콕 찌르는 것이었다.

"아얏."

난 비명을 지르며 병식이 목을 할퀴었다.

으악 비명과 함께 병식이 목줄에 벌겋게 핏줄이 섰고 피가 맺혔다.

이튿날 병식이 엄마가 찾아왔다.

"몸이 그러면 마음이라도 예쁘든가 실쾡이 같이 계집애가 감히 상처를 내."

"선생님 순아가 먼저 그러지 않았어요. 병식이가 연필로 순아 등을 자꾸 콕콕 찔렀어요"

반장인 근호가 큰소리로 말해서 난 그때 놀래서 고개를 숙였다.

"정말 그랬니. 누구 본 사람?"

"네 정말 그랬어요. 언니가 아파서 소리를 질렀어요."

동생 순미가 나서고 있었다.

난 어릴 적 기억이 지워지지 않아 늘 기억 속에 갇힌 작은 참새가 되어 있었다.

친구보다 날 이해해 준 건 자연이었다. 그래서 혼자 들을 헤맸으며 철따라 돋는 나물을 뜯기도 좋아했다. 냉이서부터 쑥 꽃다지 달래 등등 나물 이름도 모르는 게 없었다.

찔레순도 꺾어서 먹고 유채대궁도 꺾어서 먹고 한나절이 돼서야 집으로 돌아와선 감자 아니면 밥을 떠먹고 나서 난 측백나무 그네를 타고 논다.

엄마가 밭에서 김을 매면 나는 엄마를 돕기도 했다.

"우리 순아 손끝도 야물다. 못하는 게 없구나."

엄마의 칭찬은 똑같았으나 그 말을 듣는 게 너무 좋았다.

난 커갈수록 말이 적었고 순한 병아리처럼 엄마 치맛자락을 잡고 따라다니길 좋아했다.

육년의 학교생활에서 공부는 늘 상위권이었으나, 진학은 스스로 포기했다. 서너 살 먹은 아이 같은 몸에 교복을 입고 다닌다는 자체가 싫었다.

집에서 엄마를 따라다니며 채소 가꾸기와, 돼지 돌보기 그리고 부엌 일 하기도 재미있었다. 그 가운데 특별히 좋아하는 것은 책읽기였다. 책 속엔 넓은 세상이 있고 지식이 있어 많은 도움을 얻을 수 있었다. 책은 차별도 하지 않았으며 늘 조용하게 날 기다려 주는 친구였다. 동생 순미는 중학교에 진학해 멋진 교복을 입고 멋진 가방도 들고 다녔다. 오빠는 벌써 고등학생이었다.

난 엄마의 허락을 받고 꽃밭을 만든 건 졸업한 봄 어느 날이었다. 꽃밭은 돼지우리 뒤켠이었다. 봉선화씨도 뿌리고 백일홍 채송화 나팔꽃 금송화 그 밖에 국화도 따알리아도 자꾸 식구가 늘어나서 꽃밭은 꽃들로 가득해 꽃마을이 되었다.

보부상을 떠났던 아버지가 보름 만에 오셨는데, 인동초라며 돼지우리께로 대나무 기둥을 세우곤 줄기가 잘 오르도록 철사로 원을 만들어 주셨다.

잘 가꾸었다. 정성껏 꽃들을 살피고 아꼈다.

■ _06집, 민들레 집

월동 한 곰이 할 일이란 먹을 것을 찾아서 배고픔을 해결하는 것이듯 내도 곰같이 겨울을 났으니 슬슬 움직이고 싶어진다.
며느리가 해주는 밥을 먹고 등 따시게 겨울을 났다.

아내가 있었다면 내 집에서 소금국에 밥을 적셔 먹더라도 이 겨울을 아들집에서 나지는 않았을 것이었다. 그런데 마음은 편치 않고 손님으로 온 것 인양 데면데면 하니 몸 따로 마음 따로라니 모를 일이다.

날아 갈듯 한 기와집보다 굴 속 같은 내 집이 좋다고 백년 세월을 견디낸 고향집이 좋다. 사방팔방으로 열려있는 정원의 집 풀숲에 싸여 바람을 맞이하는 대숲이 있고 감나무가 지키고 서있어 햇살도 겹겹으로 막고 있는 상 싶은데 빠끔하니 맑은 빛만 들여놓는 가지들은 버겁지 않을 만큼 이파리를 리본처럼 매달고 춤을 춘다.

탱자나무 울타리를 벗어나면 밭이고 논이다.

부지런하면 농사는 거둘게 있고 속이지 않는 땅심(地心)이 천심(天心)인데 거기다 농심(農心)이 함께하니 모두가 화평할 지어다.

이런 평화를 질투한 마귀가 존재함인지 하룻밤 악몽을 꾸고 깨어난 것처럼 현실로 허망하고 슬픈 일이 일어났다.

아내는 추석명절을 보내고 자식들 삼남매도 만나 보았고 추수까지 끝내고는 시월 상달 고사떡을 해 나누어 먹고는 절에 다녀온다는 말을 하면서 내 눈치를 살피는 것이었다. 가고 잡거든 가시오. 내 눈치 살필 거 없으니께.

한마디로 허락했다. 하루 이틀 살은 풋정도 아니고 반대할 건덕지도 없었다. 근디요 장원 아버지 쪼께 먼데로 갈라는디요 이장댁 송미 엄니도 같이 갈꺼요.

슬쩍 송미 아줌씨를 내세우고 있었다.

어데 절인디 멀다 하는가.

대륜산 대홍사라 하데요.

두세 마을 아낙들이 나들이 삼아서 갈 데가 더러 있었다.

힘든 농삿일도 마치고 하여 콧바람이라도 맡을 양으로 가는 여행이었다. 이만원을 내면 점심저녁 두 끼에 선물도 준다는 거였다. 가는 데야 말릴 생각은 없는게 속아서 물건 사들고 오진 마소. 알것네요. 밥도 국도 해놨은게 잡숫고 강이도 챙기시오.

첫 새벽부터 일어나서 앓던 분단장도 했을 테고 딸들이 사다준 옷을 입고 갔다. 그리고 늦은 저녁에 돌아온 아내는 기분 좋은 얼굴로 낼 정나게 불렀다.

잘 갔다 왔네요. 선물로 수건을 주데요. 근디 지가 당신 말씀을 어겼구만이요. 관절에 좋은 약인디, 듣고 보니께 퍽으나 좋읍디다. 당신 아픈 허리병에 좋고 무릎 관절에도 좋다고 허데요. 부탁이니께 잡수시오, 예.

내 그리 말했는디 어리석은 사람 저리 바보 같은 사람 여기 있었네. 물건 사들고 오지 말라 안했는가.

그 때 사정없이 화를 냈을 때 아내는 두 손을 비벼가며 사정을 했었다.

당신 몸에 딱히 필요한 약인디, 어찌 모른다고 빈손으로 온다요. 다신 안 그럴 것인게, 내 선물이니 잡숫고 낳으세요. 장원 아버지 비싸도 안트만요. 송미네도 샀구만이라.

좋은거라믄 나랑 같이 먹음세. 그리안허믄 개밥에 섞을랑게.

알았네요. 지도 먹을랑게 꼭 챙겨 드시기요.

저질러진 일인데 싸워봤자 마음만 상할 것이니 좋게 하여 끝내고 이불속에 들었는데 아내는 자랑삼아 말하는 것이었다.

대흥사 절은 참말로 좋습디다. 두륜산 골짝서 흘러내린 물이 금당천을 만들어 맑고 차건 물이 마음속을 씻어 줍디요.

그리 좋던가. 구경은 잘하고 왔는갑네.

절로 찾아가는 길이 온통 숲길인데 아름답지 않을 수 없다. 찾아가서 소원을 빌면 이루어진다고 하니 가는 자들의 몫일게다.

아내도 분명 소원을 빌었을 것이다. 아내의 마음은 말하지 않아도 알고 있었다. 오직 가정의 안녕이라는 것을 그런 아내가 가을에 떨군 나뭇잎같이 가버렸다.

그날 콩 털은 밭에서 헤실된 낱알을 줍다 쓰러져 병원으로 가던 중 말 한 마디 못하고 영영 갔다. 평소 혈압약을 먹었던 아내는 피로가 겹쳤던가 뇌혈관 팽창으로 혈관이 터져서 그리 되었다.

약 한 첩 써보지 못한 게 한이 되었다. 아내는 나와 동갑으로 중매로 만나 반평생을 살며 아들과 딸 둘을 두었다. 아내는 모친을 일찍이 여위곤 계모 밑에서 일만 배우고 시집을 와 평생을 일만 하다 간 것이다.

맏며느리 역할에 시동생 시누이도 거느리고 조상님 제사도 모신 아내였다. 호강은 커녕 고생만 시켰지만 날 만나 아들 딸 낳아 기른 게 행복이었다고 말하던 아내였다.

공부 끝마치고 결혼까지 시키고도 양식이며 양념에 된장 고추장까지 대주고 가을이면 김장도 담가 보내 주었다.

아내는 학교 문 앞도 가본 적이 없었다.

시대를 잘못 만난 탓도 있겠으나 계모가 낳은 동생들을 업어 키우면서 일만 배우고 스무살 되던 봄 사월 나한테 시집을 왔다.

해뜨면 일에 묻혀 살았지만 고생을 많이 한 아내는 불평의 말 한마디 없이 얼음판에 팽이 돌 듯 쉴 새 없이 돌아쳤다. 아내는 해가 갈수록 늘어나는 농토에 뿌린 씨앗을 가꾸는 기쁨에 행복을 느끼고 살았는가도 모른다.

복덩이여, 우리 장원 에민 참말로 복덩이제.

시부모님 칭찬에도 겸손해 하던 아내였다.

시부모님 제사 기일도 정성껏 장만해서 올리고 추모하는 것을 잊지 않은 효심 지극했던 아내가 갔으니 돌아오는 제일은 어찌하랴. 동생이 곁에 있으니 상의해 보겠으나 아니라면 아들 며느리가 맡아야제 별 수 없제 그랴. 통장에 모은 돈 이천만원 건네주고 부탁해 보는거여.

지들이 장손인 게 당연한 것이여.

안 쓰고 안 먹고 평생 모은 돈이다. 벼농사 지어 수매하여 조금 떼고 밭곡식은 팔아도 푼돈이나 알 곡찬 수입이 되고 먹을꺼리 일체는 자농자급

하였고 거기에 짠돌이 살림한 아내의 덕이다.

장원이 아부지 통장에 얼매나 있소요. 아내는 가끔 묻곤 했다. 재미로 묻는 아내의 궁금증이었는데 난 농삼아 재미로 거짓말로 대답했다.

장원이 아부지 내 까막눈이라고 거짓쁘롱 하시는 갑소만 내도 알고 있소요. 옛 년 오줌대중 한다고 알고 있습니다요. 한데 날 속일 생각일랑 마시기요.

아내는 기름종이에 자신만이 알고 있는 표시를 하고 있는지 정확한 액수에 근접하게 말 한적 있었다.

임자 걱정 마시오. 내 무신 염체로 딴 생각을 하것소. 우리 둘이 동갑이니 칠순 때 먼 나라 여행이라도 갑시다.

환갑 때 자식 삼남매가 제주도 여행을 주선해 준 덕에 비행기도 타 보았다. 아내는 알곡 한 알이 아까워 줍다 쓰러져 영영 떠났으니 불쌍한 사람. 몇 년 만 더 살았어도. 금강산 구경도 할 것인디. 그 새간을 못 참고 갔다니…

아내는 뒷산에다 묻었다. 내 죽으면 아내 곁에 묻힐 생각이다.

혼자 있는 내가 근심이 되는지 자식 삼남매가 순번을 정했는가. 뻔질나게 드나들더니 제풀에 지쳤는가. 점점 늦추더니 어느 일요일에 삼남매가 찾아와 혼자 계시면 굶어서 돌아가실 것이라며 싫다는 날 과부 보쌈 해 가듯 데리고 갔다.

동생 내외가 조석을 챙겨도 주었지만 그도 못할 일이었다. 진작에 밥하고 국 끓이는 걸 배워두지 못한 것이 후회스러웠다. 그 보다 겨울로 접어드니 집 뒤 대숲에 바람이 들고나는 소리가 울울히 자란 가지를 쓰러트려 마디마디를 꺾는 듯 부러지는 소리가 산짐승 울음소리로 들렸다. 외로움에 절여진 가슴을 훑는 데야 어디 깊은 잠을 잘 수 있으리. 이리도 막막하고 적막한 밤이 산보다 깊은 데야.

한사코 마다하지 않고 못이기는 채 맡기고 따라간 건, 밤이 무서워서였다.

힘든 농삿일은 끝이 없이 이어진다. 한 여름에 고추밭을 매면서 듣는 매미 울음이 땀에 절인 눅눅함을 말리는 시원한 바람 소리 같고 가끔은 애타게 부르는 울음소리처럼 들으면서 암놈을 유혹하는 노랫소리라는 걸 이해하기보다 처절한 사랑의 구애를 시끄럽다고 여겼다. 그런데 지금의 나라면 절박한 아우성이 있어 세상에 남아있는 아름다운 사랑을 귀로 듣고 가슴으로 먹는지도 모른다고 생각 했으리. 아무려나 자연은 끝없이 순환하고 돌아올 때 무엇인가 주고 가면서 남겨놓은 그 무엇을 먹고 살고 있는 생명들이 있어 흐드득 떨어지는 빗방울이 생명의 젖이라고 생각이 들면. 아 나의 어머니라고 부를 것이다. 그러나 의식 속 간절함은 그때그때 흩어져 추위를 느낄 때 두터운 옷을 생각하고 우산을 쓰고 맞는 빗방울도 짜증이 나고 한겨울에 여름에 입었던 배잠뱅이를 생각할 때가 있다면 끝없는 욕심장이가 멋쟁이 인간이라는 사실을 모르고 살기 때문이 아닌지….

생각의 갈래가 시작도 끝도 없이 엉키고 있어도. 현실을 잊고 살고 있다는 것으로 또 다른 생각에 타협하며 난 지금 38평 아파트에서 살고 있다. 지금 화장실 거울 앞에서 멍하니 서 있으면서 거울 속 낯선 얼굴과 마주 바라본다.

당신도 늙었군. 한겨울 따뜻하니 잘 먹었는데. 더 늙었어. 계절은 봄인데 당신은 가을이여 늦으막이 가을 그려 난 가을이네 늦가을 지난 날 농삿일에 지쳐선 뒷간에서 볼일 볼 적에 잠시간 쉴 수 있어 새 생각도 떠오르니 그도 인생에 보탬이 되었는가 모를 일이네 흠흠

난 지난 일을 떠올리며 싱긋이 웃는다. 주름투성이의 사내가 같이 웃어준다. 차디찬 타성의 거울 속에 따스한 웃음이 스친다. 돌아서려다 고개를 돌렸다. 웃음을 걷어간 자리엔 굳은 표정의 사내가 또 다른 사내를 보고 있었다.

할아버지 진지 잡수시라고 해라. 며느리 목소리는 손자에게 한 말인지 손녀에게 한말인가 궁금해 할 것 없이 귀로 들었으니 슬그머니 돌아서 나

가면 된다. 손은 깨끗이 씻었다. 늙으니 추잡으면 밥도 못 얻어 묵을라니 눈치껏 하는기다. 거울 속 사내도 데리고 나온다. 가야혀 집으로 가야혀 그 말을 하면서 둥근 상에 차려진 음식을 싸고 둘러앉은 식구는 모두 다섯인데 개 한 마리가 쇼파에 앉아 보고 있다. 다섯 식구여 낸 객식구고. 저 강이가 식구랑게 저 강이 밥 굶기나. 에미야 낼 보는 거이가 부담스럽다.

어머님 말씀이 사람이 먹은 뒤에 주라 하시어 지키고 있습니다.

그랬나. 사람이 상전인 게 그랬을 것이여 흠흠.

독일산 강아지가 이집 식구가 된지도 삼년이 되었으니 순위로 보나 순번을 치자면 사오번의 자리에서 자신의 권리를 주장할 수 있다고 생각 할 수도 있겠다. 불시에 들어온 나와 상면하는 날 탐색하는 눈초리로 쏘아 보면서 눈이 마주치자 으르렁 입술을 까올리며 못마땅해 하던 강이었다.

쫑쫑 우리 할아버지 오셨어 귀엽게 굴어야지. 안녕하세요. 절도 해야지 중 2가 된 손녀가 쫑을 안아 올려선 내 코앞에 대었다.

니가 쫑이라고 강아 잘 부탁한다. 검은 눈동자를 감추며 흰자위를 허옇게 드러내곤 손녀에게 고개를 돌리던 건방진 강이였다.

독일산 종 슈나이져는 수컷이었다. 그래 이강이 값은 얼마고

들여온 지 얼마 되지 않아 귀해서 암컷은 시가 백만원이고 수컷은 반값에서 좀 더 주었다는 손자의 대답이다.

한여름 나무 그늘아래 늘어져 누운 개팔자라 안허든가 사람은 늙어지면 개만도 못한거여

숟가락을 놓기가 바쁘게 학교로 직장으로 가고 며느리는 설거지를 하고 낸 밥을 먹고있는 강이를 보고있다.

아버님 여성회관에 갈일이 있습니다. 상 차려놓을 것이니 잡숫고 냉장고에 과일도 잡수셔요 커피도 타 잡수셔요 쫑 집 잘 봐 갔다 올게.

눈치 있게 벌써 꼬리를 흔드는 강이에게 시선을 건네며 신을 신는 며느리다.

현관문 나서는 며느리 뒤 꼭지를 보니 지난 일이 스쳐간다. 아들이 전북대 다닐 때 기숙사 생활을 했다. 대학생활 일 년을 보낸 이듬해 새 학기 전 집으로 오는 날 여학생을 데려왔다. 귀여운 얼굴인데 두터운 안경을 끼고 있었다. 아들은 어설프게 웃으며 같은 학교 후배라고 했다. 그 후배라는 말이 자꾸 마음이 가는데 알고 보면 도수 높은 안경이 원인이었다. 혹시나 며느리가 된다면 큰일이다. 눈은 구백냥이라 허지 않던가. 눈은 유전이라고 했는디 그람 손자 손녀 까지 안경을 끼고 살아야 한다 그거여 안되지라 마음으로 다짐하고 아들이 알아듣게 일러두었다

아버지 요즘 공부에 컴퓨터에 시력 나쁜 사람이 한둘이 아니요.

아들의 생각이 더 걱정이 되어 두 번을 생각하고 직접 대놓고 말을 하였다. 학생 눈이 퍽이나 나쁜가 보이네 부모님도 안경을 쓰고 계시는가.

아닙니다. 형제들 가운데 지만 그러요. 얼굴까지 붉히며 말했던 지금의 며느리였다. 그런 일이 있고나서 다시 오지 않았던 여학생이 그 해를 넘기고 봄에 찾아왔는데 혼자서였다.

그간 편히 계셨어요. 뵙고 잡으나. 참았어요. 눈 수술하고 공부 하느라 그랬어요. 아버님 저 안경 벗었어요. 안경 쓰지 않았는데도 잘 보여요.

처음부터 알고 눈 여겨 보았다. 새까만 눈알이 반짝이는 별같고 귀여운 얼굴이 잘 익은 복숭아 같이 탐스럽게 웃는다.

그랴 어쩐지 몰라보겠네 그랴 수술 하느라 고생 했네.

그리 고생하고 안경 벗었은게 잘 되었구먼 무신 수술인가 몰라보게 예뻐졌네.

아내도 내심 걱정을 한 탓이라 한마디로 칭찬이다.

라식 수술인데 눈 건강하면 덮인 안면을 벗겨내 다시 덮는 수술이어요.

그 이후 며느리는 계절이 바뀔 때 한 번씩 아들과 함께 왔었다.

며느리 감이라고 생각을 하고 있었지만 아들은 졸업과 동시에 군 입대를 하게 되었다. 군 입대 한 달을 앞두고 아들과 며느린 결혼식을 올려줄 것을

간청했다. 며느리의 임신 때문이었다. 군 제대 하면 책임지고 꾸려나갈 것이니 믿어 주십시오.

번갯불에 콩 볶듯이 결혼식을 치른 뒤 아들 내외가 무릎을 꿇고는 말하는 데는 그냥 수긍해 주는 것이 부모의 사랑이라 싶었다.

마음이 둥근 탓인지 며느린 아들 없는 시집살이도 잘 하였고 첫 손주를 안겨주어 기뻤다.

아들은 제대하고 입사시험 준비를 했던가. 대전 ㅇ연구소 연구원이 되었다. 처음에 전세로 시작한 살림은 오년 만에 아파트 사서 들어간 건 땅 마지기 팔아 보탰지만 외아들이고 그만한 보탬은 부모로서 해야 할 일이라는 생각에서였다. 그리고 십년 세월이 흘러가고 아이들이 커가니 평수 넓은 아파트로 즈그가 알아서 간 것인데 지금의 38평집이다.

집안에 덜렁 혼자라는 생각은 무언의 자유라는 것이다. 그런데 쫑인가 강인가는 쇼파에 자리를 잡고 비스듬이 고개를 틀고 엎드린 자세로 눈동자를 굴리며 커피를 마시려고 움직이고 있는 낼 주시하고 있었다. 전기 주전자인가 커피 주전자인가 물이 끓고 봉지커피를 뜯고 찻잔에 쏟아선 물을 붓고 스푼을 찾아들고 저으며 쇼파에 앉았다. 내가 앉으니 쫑이 자리를 뜨고 혼자 앉는 모서리 쇼파로 가는 거였다.

커피를 한 모금 마시며 텔레비전을 켜고 여유롭게 마시면서 커피 향을 즐긴다. 쓰다고 하면서 맛 드린 커피 맛은 마약 같은 향기에 취하기 때문인가 고향집에서도 하루에 한두 잔은 꼭 마셨다. 아침밥을 먹은 뒤 아내가 타주던 커피는 사랑이 담겼는지 마시면서 행복했었다.

벌써 아홉시에 시작하는 연속극이 끝났다. 커피를 다 마시고 낼 아까부터 주시하고 있는 강이와 눈을 맞춘다. 이놈 강이야 낼 니가 무시하고 살기를 바라는가 건방진 것이 감히 이 집안의 최고 어른을 몰라라 하는거여 효자손을 들고 번쩍 들었다 내리면서 호통을 치며 장난질을 쳤다.

강이가 벌떡 몸을 일으키더니 컹컹커엉 짖으며 입술을 허옇게 까면서 눈은 치뜨고 등짝 털을 까실하니 세우고는 악살맞게 짖는다. 그뿐인가 뒤집은 입 언저리는 수염이 칼날처럼 날이 서 있는 모양이 비수같이 보인다.

야그 이놈의 강이야. 턱주가리 수염일랑 깍아야 쓰것다. 쪼만한 것이 엉덩이에 뿔나서야 쓰건냐. 눈깔은 호랑이새끼고 어른한테 대거리나 하고 버릇없는 강이야. 맞어 볼랑가.

강이는 독살을 떨며 말대꾸를 하듯 짖었다. 마음으론 때리고 싶은 게 아니었는데 서로간의 대치 상태 같은 분위기가 되고 있어 내 감정도 슬슬 올라가는 것이었다.

이놈아 널 때리고 잡혀 그런 것이 아니여 이 효자손은 내가 만든 것이여 내 고향 댓가지로 만든 것이랑게 그러네 내 며느리도 내 고향 대나무를 좋아 했당게 그러네.

담양은 내 고향이다. 담양의 대나무는 자랑인데. 사철 푸른 잎은 마른 소리를 내지만 늘 푸른빛 바람을 몰아선 소낙비를 뿌리다 후드득 콩을 뿌리는 소리로 한 무리 참새 떼가 날아든 듯이 재잘재잘 거리는가 하면 느닷없이 쏟아지는 빗방울 소리가 있다. 죽순이 자라는 속도가 얼마나 빠르면 엉덩이 까고 똥 쌀 시간이면 엉덩이를 찌른다는 말이 있다.

하늘을 찌를 듯이 죽죽 자란 대숲 담양의 죽녹원에 철을 잊고 흐르는 푸른 바람이 높지도 얕지도 않은 산새의 기를 몰아선 땅을 어으르며 영산강 물길로 따라 흘러가 잇고 연한 바다를 에워싸니 길이길이 번성할 것이네 암 그럴 것이네. 혼자 생각이나 바로 저 강이가 내말을 알아듣고 장구치면 음률에 맞춰 춤이라도 출 수 있기를 바라진 못해도 낼 이해해주는 말동무라도 되어 준다면 얼마나 좋을런가.

강이 내 이놈 어른의 마음도 모르면서 덤벼 보겠다는 거여 괘씸한 놈 내 손이라도 들어 항복이라도 해야 한다는 거여… 뭐여.

슬며시 텔레비전 앞으로 고개를 돌리니 강이도 짖는 걸 멈추었다. 그런데 전화벨이 울린다. 관리소 경비실과 연결된 연락망 벨이었다.

뉘시오.

경비실입니다 개 짖는 소리가 시끄럽다는 주민들의 항의 전화요. 저희도 곤란에 처해 있으니 조심 좀 해 주세요. 사모님은 안 계십니까.

잘 알아들었네요. 조심 시키것소요. 미안스럽소 수고하시오.

수화기를 놓고 돌아서니 강이도 알아 들었는가 슬금슬금 제집으로 들어간다.

그랴 강이는 자든가 말든가 낸 세상 구경이나 할라네 그 생각에 현관문을 열고 나왔다. 아파트는 시멘트로 에워싸고 철갑을 한 삶의 요새였다.

문 하나로 들고나는 통로가 되지만 들어가서 문을 닫으면 세상과의 단절 같은데 나서는 순간 세상과의 타협의 필요에 따른 인연을 만나야 되겠지만 홀로 헤엄치는 고기가 되어 물이 필요해 앞으로 전진을 위한 후퇴의 연속 그 사잇길에서 동행을 꿈꾸고 그 와중에 낙오자로 남는 고독한 인생이 누구의 것이다라고 지목할 수 없는 나의 인생길이 꼭 불행 하였노라고 포기할 수 있을까. 더불어 살았다는 인생이 외로워야 진정 인생이다.

현관문을 소리나게 잠그는 그 순간의 생각이 짧은데 낸 지금 길고도 긴 인생의 산을 접어 등에 지고 강물을 드리켜 바닥이 보이는 것을 원하고 있는지도 모른다.

그런데 손에는 효자손이 쥐어져 있었다. 분명 효자손을 놓아 부렸는데 언제 또 잡았는가. 모를 일이여 엘레베타 안에서 효자손을 쥐고 한손으로 쓰다듬고 혼자 생각에 잠긴다. 아내가 몹시 보고 싶다.

겨울을 보내는 동안 몇 차례인가 돌았던 단지니 눈에도 익고 길도 익어 나무까지 알아볼 수 있을만치 익숙한데. 경비실에 먼저 들러 사과의 말이라도 하고잡허 경비실에 갔더니 문잡이에 걸린 팻말이 있었다.

수목(樹木) 가지치기 작업 중

손전화 010 0000 0000

돌아서며 뒷짐을 쥐고 걸었다. 언제부터 인가 뒷짐이라도 잡아야 허리에 힘이 붙었다.

　벼가 땡볕을 받고 물씬물씬 자라는 것을 볼 때가 그중 한가한데. 오늘 따라 그 생각이 나면서 지금에 내가 그 시절을 만난 듯싶다.

　농삿일도 예사 일은 아니지만 경비원의 일도 그럴 것이네. 무신 나뭇가지 치긴고 나무 맥아지 팔 다리 몽당그려 잘라내고 병신을 만들어 놓은걸 본적 있으니 그 짓거리 하는 것인가.

　히적히적 나무가 걸어가는 모양새로 양팔을 휘둘러야 빠른 걸음이 되겠으나 바쁠 것 없는 시간을 죽이는 발길이 기계톱 소리를 찾아 간다.

　키가 커서 말라보이게 하는 경비원이 한참 떨어진 거리에서 보니 특수요원이 따발총을 들고 있는 것처럼 보인다.

　궁금중에 얼른 다가가 참견하고 싶은 충동이 생기면서 뒷짐을 풀고 두 팔을 휘두르며 걷는다.

　보시오. 무신 일인가 내 궁금하여 묻소. 그것이 가지치기요.

　말하자면 수목 다듬기지요.

　이봄에 새싹 돋기는 나무가 할 일인디 뭣 땜시 새잎을 자르시오.

　나뭇잎은 측백잎인데. 가즈런하게 잘라 냈다. 벽돌로 군데군데 세운 것에 키를 맞추느라 하는 짓이란 걸 알 수 있었다.

　참말로 요상도 허구만요. 가을까지 키웠다가 푸른 잎을 그간에 본다하면 오고가는 큰 길가 사람들이 얼매나 좋것소.

　영감님 우린들 하고 싶어 합니까. 관리 사무소의 명령이고 입주민들의 바람이라. 시키는 대로 하는 겁니다. 주민들이 왕입니다요.

　얼굴이 공처럼 둥글고 얼굴형에 맞게 땅땅구리 한 경비원이 푸른 빗방울 같은 잎들을 빗자루로 쓸어 모으며 투덜대듯 말한다.

　아홉 명의 경비원이 세조로 나누어 그 짓거리를 하고 있었다.

　영감님 이 일은 해마다 하는 일입니다. 이건 아무 일도 아닙니다. ○○아파트는 그늘이 진다는 민원 때문에 이십 년생 은행나무도 잘라버렸습죠.

그리요. 나무도 목숨 있는 생명인디 그런 생각까지 한다는 사람이면 그러겠습니까.

포대자루에 떨군 잎을 담는 경비원은 더 말라 비쩍 마른 체격인데 안경을 썼다. 얼굴도 말라서 안경이 벗겨질 것 같은데, 중심의 콧대가 받쳐주고 있어 다행이라 싶었다.

실례가 많았소요. 그럼 수고들 하시기요.

아파트를 낀 길을 신발에 꾀매어 끌고 걷듯 훤히 알겠다. 연이은 아파트촌이 이름은 달라도 벽과 벽 사이로 바람이 들고 나고 그 사이사이엔 나무가 심어져 오고가는 사람들에게 자연이 주는 온기 같은 연연한 자연미 때문에 마음의 여유도 갖게 된 지금의 시점에서 고향의 향수에 젖어봄도 오늘이 마지막일 수 있겠으나 상점에 빵집을 보는 순간 강이를 떠올리고 빵이나 사다가 식구들이 한 개씩 먹게 해야겠다는 생각을 한다.

그 강이와도 헤어질 것인게 빵이라도 주고 정이라도 쌓고 보면 내 갈 때 꼬리라도 흔들어 줄런가도…

식구 수대로 여섯 개에 만원이었다.

시악시 쌀 한됫박 얼매인가 아는가.

예 무슨 말씀인지,

점원에게 돈을 주면서 묻지 않아도 될 말을 건넨다. 귀엽게 생긴 점원이다. 밥 많이 먹으라는 말이네. 밥을 많이 묵어야 건강에 좋다고 안 허든가.

살찔까봐 그래요 할아버지.

농삿일이 힘든다는거이 알고 있는가 밥이 보약이라 안 허든가.

네에 알겠어요.

주책없는 늙은이 말도 많다고 안헐른가 모르지만 빵집 아가씨 살찔까봐 걱정이 되어 밥을 많이 못 먹는다니 기분이 쓸쓸해지는데야 어찌 하겠는가. 세상이 변했고 시대가 시대인지라. 변해가는 빠름의 물살을 어이 막을까. 그 옛날 내 어릴 적엔 없어 못 먹었는디 젊은 아들이 그 일을 어찌

알꺼여 말해 보았자 주책없는 늙은이 청승이라 안헐른가 몰라라.
　눈 감고 걸어도 솔 아파트 O동만 찾으면 들어갈 통로는 엘레베타다 13층 단추를 꾹 눌렀다. 처음엔 그도 어색한 짓거리를 주눅 들어 했는데 인자는 자신감 있게 눌렀다. 금세 도착을 알리는 목소리와 함께 경쾌한 금속성 소리가 종소리로 들린다. 준비된 몸동작이 문밖으로 튕겨져 나간다. 바로 집이다. 몇 발도 떼지 않고 현관문 앞에 서서 번호키를 누르고 열쇠로 잠금을 따야 하는데 킹킹킹 커킹 강이가 짖는다. 강이 내 발소리도 알고 있는데도 일부러 낼 골탕 먹이고 잡혀 그러는 것이여 괘씸한 놈 어른을 몰라 보는 기여 그보다 시끄럽게 짖는다고 한소리 들었는디… 쫑이야 쫑 내란말이다.
　강이 짖는 소리에 머리 신경이 오그라들어 신경질적으로 열쇠까지 따고 현관문을 힘껏 열었다 그 때였다 바람이 빠져 나가는 느낌처럼 쫑이 나가는데는 멍하니 지켜볼 뿐이었다. 순간의 일이었다.
　어그매 강이야 강이야 강아 두 번 세 번 강아지라도 부르다 쫑쫑 이 쫑아. 를 되풀이 하며 두세층을 내려갔으나. 번개같이 뛰어가는 쫑은 그림자도 없었다. 숨이 차오르고 하여 엘레배터를 타고 내려갔다.
　똥이 차서 뛰어 갔을꺼여 오줌이라도 급하여… 화단에서 볼일 보고 낼 기다리는지도 모르제. 암 그럴 것이여 그러나 강이는 없었다. 낭패도 그런 낭패는 없다. 아내가 죽었을 때 말고 바로 지금이었다.
　지나가는 사람을 붙들고 묻는다.
　못 보았어요.
　그런 개는 본 적도 없어요.
　독일산 강이요. 수염이 많고요.
　낸 아는대로 설명을 하느라 강이 고향 나라도 알려주려 했지만. 눈을 보고 대답도 하지 않으면서 표정은 누구라. 아파트에서 개를 키우라고 허락했습니까. 그렇게 말하는 것으로 보였다.
　이리저리 낸 개처럼 쏘다니고 쫑인가 강인가 애타게 찾아 헤맸으나. 그

새간에 땅으로 꺼졌든가 아니면 작정하고 가출을 하였던가 낼 골탕을 먹이고 잡혀 어데로 도망이라도 간 것인가 그리 생각이 들어 다리에 힘이 빠지고 더는 걸어갈 힘도 없었다.

낯익은 의자에 털썩 주저앉았다 임자 없는 의자가 고마웠다. 그 고마움도 잠시고 손자 손녀 얼굴이 떠오르고 그 얼굴을 겹쳐선 며느리가 나타난다. 머시라고 말을 할 것인가. 근심을 샀으니 오늘 일진은 죽을 일진이었어라. 운세가 비통하믄 삼년 운수가 개판이고 운수가 활짝 열리믄 십년이 대통이라 허드만 지난 해 아내와 이별하고 올 봄 꽃등에 웬 눈이라냐. 눈이 오면야 꽃샘추위라고 머지않아 꽃을 볼 것인데 비까지 내려서야. 얼어죽지 않을 꽃들이 있당가.

아니여 혹여 강이가 집으로 돌아온가도 몰라라. 그런 생각이 나면서 마음이 바빠진다. 그러나 마음과 달리 발걸음은 더디기만 했다. 그래도 희망이고 바람이었다. 걸음걸이가 보다 앞서는 고개가 무거워 허리를 절로 숙이고 두 손을 냅다 젓고자 하였는데 왼손이 무겁게 느껴져 그 재사 내 손인가 찾았더니 노름한 빛 비닐봉지가 들려있었다. 효자손도 빵이든 봉지란걸 알고 낸 한숨 속에 아쉬움을 담아 뱉었다.

강이 꼭 와야 혀 니줄라고 꽈베기 샀은게 먹어야 된단 말이여.

강이 가출로 이때꺼중 빵을 들고 다녔으니 정신도 혼도 빠진거여.

꾸중들은 아이가 쫓겨났다 집으로 돌아가는 심정이 그랬을까. 마음이 천근인양 무거웠다.

그런 내 마음을 알았을까. 참새떼 무리가 콩 뿌리는 소리를 내더니 벚꽃나무위로 날아든다. 꽃망울이 사춘기 소년 얼굴에 돋은 여드름같이 다닥다닥 붙어선 꿀같은 햇살을 먹었는가 뾰족이 내어민 주둥이가 젖어 있었다.

오고가다 앉을 수 있게 간이역 같은 정자를 보고 있는 길다란 나무 의자에 앉아있는 낼 보았을 참새들이 쪼르르 날아선 내 가까이 내려와 뭔가를 주어먹고 짹짹쩍 쏘는 소리를 던지듯 하고는 쪼르르 날아간다.

아구매 귀여운거 쪼만 것이 빠르다고 던진 돌맹이 마냥 날아서 벌써 달아났다.

지금쯤 고향집 대숲으로 날아든 참새가 재잘재잘 얼매나 시끄러울꼬. 객지에서 보는 참새가 이리 귀여운 짐승인지 새삼 알게 되는 순간인데. 집 나간 강이로 하여 그것도 잠시고 마음이 헛헛하니 울고 싶은 심정이다.

열린 채 엾는가 거기까지 생각을 안했던 것으로 현관문을 잡고 틀으니 그냥 열렸다.

아버님 쫑 데리고 나가셨지요. 근데 쫑은 어찌하고 혼자 오셨어요.

며느리 물음에 가슴 한쪽이 구멍이 난 듯 싶은 지금이 슬펐다. 슬픈만큼 절박한 심정인데. 화사한 연노랑 바바리 코트를 벗지 못하고 물어오는 며느리 말에 눈을 깔고 검은 운동화 끈을 내려다보는 신세가 처량하다.

에미야 큰일 나브렀다. 강이가 그놈 쫑이가 도망을 가브렀어 혹시나 집으로 왔는가 싶었는디 우짤거나.

데리고 나가서 잃었습니까.

심심허고 운동 시키고 잡허 나갔다 그리되었다. 뒤도 안보고 가는 놈을 낸 닭쫓는 개 팔자고 강이 그놈은 날개 돋은 말이여.

아버님 걱정 놓으시오. 집 싫다 나갔으니 생각도 마시오.

말은 그리 했지만 며느리 얼굴엔 웃음기가 사라져 있었다. 속마음으로 낼 원망하고 있는지도 모른다. 통살맞은 늙은이 때문에 사랑스런 쫑을 잃어버린 것이라고….

저녁에 모두 모인 식구들이 쫑의 가출로 초상집 분위기가 되었다.

손자손녀가 밥숟가락을 들지도 않고 시무룩해 있는 손자 곁에서 눈물을 짜는 손녀를 보고 있으려니 죄인처럼 생각되어 점심도 굶었는데도 밥 생각이 없다.

만나면 헤어지는 것이여 그래서 인연이 있고 이별이 있는 것이여 그런데 어찌 이리 서운한 맘이니 고거이 정이라.

아들의 긍정적인 말이 위로가 되었으나. 알 수 없는 여운이 스쳐지나가는데야 그래저래 코 빠진 체면에 초저녁인데도 낸 방구석으로 들어가 누워 버렸다.

나간 구멍은 횅하다고 강이가 없으니 웃음소리도 없고 할 말들이 없는 양 조용했다.

아침밥상머리에서 밥숟가락을 집으며 낸 불쑥 입을 열었다.

낸 갈란다. 내 벌써 말을 내놓았고. 농사철이 되었은게 가봐야 쓰것다.

돌아오는 주말에 지 모시고 갈려든 참이니 그리 알고 계시오.

아들이 마주한 낼 보면서 하는 말이다.

아버님 서울 고모도 온다고 했으니 보고 가서요.

아들내외 말에 입을 다물고 말았으나. 가고 싶다는 것 외에 다른 생각은 없었다.

아들이 손자손녀 나간 뒤를 따라 나가고 며느리와 단둘이 남은 집은 서먹한 기운이 감돌아 슬며시 내 방으로 들어가려는데. 며느리가 커피를 타서 들고 불렀다.

아버님 지 이 전단지 아파트 벽에라도 붙이고 올 것이니 속 끓이시지 말고 계셔요.

며느리는 손에 든 전단지를 뽑아 내게 주면서 찻잔을 내려놓는다.

잃어버린 개 슈나우져 쫑을 찾습니다. 나이는 세 살된 수컷
독일산 색깔과 생김은 여기에 있는 사진과 같습니다.
찾아주신 분께는 감사의 사례를 하겠습니다. 저희 식구인 개니
보호하고 계시면 연락주세요 010 0000 0000

에미야 찾을 수 있겠는가 꼭 찾아서 돌아와야 할긴데.

기다려 봐야지요.

만일에라도 못 찾을시는 쫑이 닮은 강이 내 두 마리 사줄꺼니 에미야 애타게 찾지 말고 오니라 알것제.

예, 정이 들었으니 이리라도 해 볼라는 것이니 속 끓이지 마셔요.

그래 알았느니라. 싸게 다니 오니라.

며느리가 나가고 혼자서 마시는 커피 맛은 그대로 커피 맛이었으나. 이럴 때 낼 쳐다보는 강이가 없으니 왠지 허전했다.

참말로 내 닐 미워한 것은 아니었다. 심심도 하고 쓸쓸한 심정을 강이에게 풀고자 장난친 것으로 그 뿐이고 또 한 가지 날 무시하는 닐 골려주고 낼 어른으로 보아주지 않고 건방을 떠는거이 싫었을 뿐이고 손자손녀 며느리도 강이에게 정성스레 정을 주고 낼 무관하게 여기는 상 싶어 서운한 감정이 있었지라 그래도 쫑이야 미운거이 아니니 빨리 오니라. 내 갈라는디 니가 돌아오는 거이 보고가면 좋을낀데. 낸 내일은 갈란다. 고향에 가고 잡혀 죽을 만치 애가 타는데야 어쩔끼어…

마른 눈에 저절로 물기가 젖는데. 핸드폰 전화기가 울린다.

여보시오.

아버지 막내딸이예요. 서울 알겠어요.

서울서 오래 살아서인가 딸은 서울 사람이 다 되었다. 서울 말씨가 상냥하다고 느낀다.

아버지 건강은 어떠세요. 저 주말에 갈꺼니까 참고 기다리고 계세요. 지가 모셔다 드릴라네요.

번거롭다. 내 내일 갈 것인게 그리 알고 있어.

아버지가 쫑을 잃어버리셨다지요. 그 일로 가시는 거예요. 괜찮아요. 머개가 대수 간디 속상해 하시지 마세요.

막내는 역시 귀여운 막내라 그런가 숨길 것 없이 들은 대로 말했고 맏이는 조상님의 점지로 태어난다더니 듬직하여 들어도 듣기 좋은 말을 하고 있었다.

아버지 가실 때 전주서 며칠 쉬어 가셔야 합니다. 기다리고 있을라니 꼭 들러 가셔요.

당부 또 당부였으나 말하기보다 마음으로 작심하였으니 그럴 일은 없을 것이다.

니 올케가 그리 말 하든가 내 잃어 버렸다고. 그 놈 강이가 도망을 갔데두 그 누구라 믿겠는가 그려 내가 잃었당게 이렇게 말하고 싶었으나 참았다.

하기사 내 살갑게 귀애했다믄 그리 도망치고 달아나진 않았을 일이다.

쫑 니이가 낼 원망할 것이여 손자도 손녀도 그런 눈치였당게.

하루가 또 가버렸다. 아침 밥상에서 다시 고향에 내려갈 것이라고 선포했다.

혼자 가실 수 있겠습니까. 저 사람도 아이들 때문에 갈 수 없는디요.

차가 데려다 주는 편한 시상에 못갈거이 있을라구 걱정은 말거라.

아버님 서울 고모가 오면 같이 가시지 그러세요. 예.

낸 커피까지 마시고 일어났다. 짐이라야 등에다 지는 가방이 전부였다. 겨울을 나는 동안 딸들이 사준 체육복과 며느리가 준비해 준 내의 속옷이 있어 왔을 때보다 가방이 탱탱해졌다. 며느리가 앞장을 서고 낼 데리고 큰길까지 나와선 택시를 잡고 같이 탔다. 서대전역에서 10시 20분에 출발하는 호남선 열차였다.

아버님 전화 주셔야 해요 지도 할 요량이나. 아버님께서 하셔야. 걱정이 덜 되겠습니다. 그리고 쫑은 잊어버리셔요. 지가 싫다하고 나갔는데 어디서든 잘 지낼테니 그리 알고 편케 지내셔야 합니다.

그랴도 찾았다 하믄 알리야 한다 알것제.

예 염려 놓으셔요.

그런저런 당부의 말을 주고받고 떠나선 담양에 내린 것은 오후3시가 턱걸이로 올라가는 중이었다. 하기사 시계가 돌고 돌면서 오르내리막이 있던가. 빙빙돌면 되는데 사람들은 시간을 보면서 제 각기 바라는 시간을 쫓는 빠름에 대하여 불만의 소리를 하면서 억지에 부합되는 느림의 미학을 애써 애찬하며 자신도 모르게 달리고 있다.

넉넉하니 가지고 갔던 돈을 쓰고도 남은데다. 며느리가 넣어준 돈이 있었다. 동생보다 기수씨에게 미안함에서 고기 근을 끊어 사서 들었다. 며느리가 준돈 절반도 기수씨에게 주었다. 역시 고향은 포근하니 좋았다. 집으로 가는 길이 민들레 샛노랑 꽃으로 덮혀있어 불을 밝힌 것인양 훤하다.

그랴 내 고향 내 집은 민들레 집이랑게 집 모퉁이를 돌아서 가느라니 돌담을 넘는 제비 한 쌍을 보았다.

그랴 제비가 또 온게여 아마도 집을 고치고 알을 낳고 품을라니 저리 분주 하니 바쁘기도 하겠지 암. 어느새 앞섰는지 키우던 강이가 삽작문 앞에 서 널 기다린다.

누렁아. 널 반기니 고맙다. 그래 널 주인이라고 따라와 주니 고맙다.

아들네 가면서 주고 갔는데도 주인으로 알고 따라와 주니 동생의 양해를 얻고 데려다 키울거나. 그런 생각을 하면서 집나간 쫑이 궁금해지는 것이었다.

감나무도 꽃망울이 살이 올라 시악시 젖꼭지마냥 부풀어 올랐다.

그랴. 고향의 봄은 내 집에서 찾는 풋풋이 살찐 새 봄이여 고것이 날 몸 살나게 했당게. 등에 진 가방을 마룻장에 내어 던지고 털썩 주저앉았다.

어매 이리 좋은거.

형님 진지 잡수러 가십시다.

그랴 감새나.

그때 전화가 울렸다.

그래 에미야 잘 왔다. 그간 애썼다. 쫑은 간데없고 내 강이 값 보낼 것인게 똑같은 놈으로 사 것도 두 마리 한 쌍을 사서 외롭지 않도록 만들어 잘 살도록 해 주면 좋을거 아닌가.

혼자 되고보니 알겠다. 외로운 것이 무엇인지 어느 못쓸 사람이 낼 보고 뒷간에서 웃었는가 물었을 적 귓사데기라도 갈기고 싶은 걸 참고 옛기 내 집사람과 농삿일에 쉴 새 없을 적 뒷간에 앉아 볼일 보면서 그 시간이 쉴 시간으로 뚱끼고 뚱싸고 편했던가. 그 야기를 하믄서 웃었네 내 늙어 새 장가 들어 얼매나 살 것이며 좋으면 얼매나 좋을 꺼나 하였을때 미안하다 하면서 손이 발이 되게 빌었다.

세상에 나올 때 각기 태어났고 죽을 때 각기 떠나는 것이 다르다고 내 죽지 않아서 산다고 해도 어쩔 꺼나. 사는 데까지 살고 간다면 그리운 것은 그리워하고 살다 간다고 하면 원도 한도 없이 그리 하것다.

밥보다 급한 마음이 집 뒤로 낸 문으로 가서 덜컥 문을 밀었다. 봄 햇살이 길지만 어느새 꺼물꺼물 어둠이 밀려든다.

대숲을 돌아서 올라가면 산 중턱에 아내의 묘가 보인다.

동생도 눈치가 있으니 그대로 돌아서갔고 낸 아내의 묘 앞에서 마냥 서 있었다.

당신은 높은 하늘에서 살으니 다보고 알고 있을거이요. 그라고 내 맘도 알 것인게 말 안것소. 당신이 있는 이곳이 참 민들레 집이요. 인자는 어데고 가지도 않고 살것인게 날이면 피어나는 민들레 꽃마냥 꿈에라도 보게 하시오.

낸 그간 흔했던 눈물 대신 행복한 웃음을 아내에게 보이고 싶었다.

해가 진 그늘 바람이 시원하게 불었으나. 느낌은 따슨 봄 바람이었다. 꽃 진 자리에 홀씨를 매단 솜털인양 바람을 따라 가는 봄날의 여행이 있었다.

■ _07집, 흔들리는 청보리

나룻배가 지나간 자리만 뿌옇게 뚫렸다. 바쁜 사람들이 이따금씩 위험을 무릅쓰고 안장걸음으로 공중의 줄을 타듯 걸어갔다. 그러나 바람은 봄을 실어 한강변 모래밭을 바슬하니 말리면서 멈칫멈칫 꺾인 다리를 쉬었다가 달아났다.

초란은 한강을 따라 걸었다. 새남터를 떠올리면서 잠시 생각에 잠겼다. 친정아버지 그리고 시아버지의 고통과 슬픔이 소용돌이치며 몸과 마음을 마구 흔들었다.

*

좁은 골짜기 작은 골에서 산만 바라보고 자란 탓에 서울의 한강은 끝 간데 없는 하늘길처럼 보였다. 넓은 서울거리에서 동저고리 바람으로 다니는 사람들은 머리도 잘랐다. 갓 쓴 조선인과 신식 양복을 걸친 사람이 절반 이상이었다. 나라를 빼앗기고도 흐느적거리는 이 나라 양반들의 바쁘지 않은 게으름도 보였다. 짜증이 나게 하였다. 말쑥한 양복에 반들반들 구두를 신은 소위 신사는 시대를 앞선 인테리 아니면 한량임에 틀림없을 터였지만, 그들의 나라도 이미 빼앗긴 나라였다.

때 아닌 진눈깨비가 후득후득 쏟아졌다. 얼마나 걸어왔을까. 물어물어 서울역 광장에 이르렀을 때 머리는 젖어 작은 머리가 제비 꼬리만 같고, 옷은 후줄근하니 비 맞은 참새 꼴이다. 서울역 광장에서 오들오들 떨면서 낯선 사람과 주위 풍경에 짓눌려 한참을 서 있으면서 목적이 있었음을 상기하였다. 다시금 갈 길을 다잡았다.

'가야지. 가야 해. 천릿길이라도 찾아가야 해.'

혼자 다잡으며 서울역을 눈으로 익히고 가슴에 담았다. 서울역은 중국대륙까지 넘보던 일제가 침략의 발판으로 경의선 경원선을 이용하기 위해 1922년 6월 착공하여 1925년 9월에 완공하였다. 서울역은 지하 1층 지상 2층인데 돌과 벽돌로 지은 18~9세기에 서양에서 유행한 건축양식이었다.

초란은 열차에 몸을 실었다. 처음 타보는 검은 철마는 그네의 가슴을 뛰게 했다. 그들 일본의 기술은 조선보다 1세기를 앞질렀다. 그래도 조선의 백성은 꿀 먹은 벙어리가 되고 말았다. 일본의 침탈로 인해 식민으로 살고 있는 백성은 그들의 목적달성에 망치도 되어야 했고, 괭이, 삽, 호미, 불도저 혹은 짐수레가 되어야 했다. 입에 풀칠할 만큼의 노임을 받고 피땀 흘린 댓가는 사고로 죽고, 병들어 죽지 않으면, 병신이 되어 돌아오는 것이었다.

*

한밭(대전)역에 도착하였다. 너무 배가 고파, 떡이나 빵이라도 먹을 양으로 기웃거리는데 마침 정오였던가, 길거리를 차지한 청년들의 궁성요배(宮城遙拜)가 진행 중이었다.

2차 세계대전 발발로 조선의 젊은이들이 열차에 가득 실려 가면서 고향의 부모님, 형제, 자매와 일가친척의 전송을 받으며 서로 껴안고 이별을 슬퍼하기도 했다. 한땀 한땀 바늘로 떠서 만든 '천황폐하 만세' '충성을 맹세한 글'이 가슴으로 연결한 십자 완장이 먼데서 보면 위험표지판 철조망 시멘트 기둥같이 보였다. 징병에 동원된 조선의 젊은이들이었다.

'천황폐하 만세!'

승전 축원을 비는 문구가 선명하게 보일 때 열차는 떠났다. 며칠을 걸어서 춘향의 고장 남원 땅을 밟았고, 그 하루 만에 임실면에 들어섰다. 떠날 때와는 사뭇 다른 날씨였다. 봄보리가 두 뼘은 자랐다. 파란 잎 속에서 쏘옥 올라온 보릿대가 파름하니 바위틈을 비집고 떨어지는 물줄기같이 말갛다. 손끝에 닿으면 시릴 것만 같았다. 그러고 보니 소만(小滿)도 머지않았다. 봄이 가면 여름(立夏)이 들고 벼, 보리 같은 까끄라기가 익는 망종(芒種)이 들 것이다.

*

고생에 따른 여독으로 고향이 그리워지면서 아들 영묵이가 몹시 보고 싶었다. 오직 한 가지 집념만 가지고 미친 듯이 시댁을 빠져 나온 뒤 처음으로 갖는 그리움이었으나, 마음을 독하게 가질 수 있었다. 바곰이가 있고 장득이가 있어 영묵이를 잘 돌봐줄 것을 믿었으니 그나마 마음이 놓였다.
　옥정호를 지나 원통산 아래 몇 호 안 되는 오정리로 가는 길초라는 것을 적은 쪽지도 잊어버리고, 머릿속에 기억된 곳으로 갔다. 찾아오느라 아마도 백번은 족히 물었다.

*

"임무만 아니면 저년을 그냥 끌어안고 하룻밤 보내고 갔을 나지만, 고 임무수행이 막중하여 이 고생 생고생을 하다니 빌어먹을 팔자다."
　그네 초란을 미행하는 일본 경찰 후지모도와 사와다였다. 그들도 지칠 대로 지쳐서 궁시렁거렸다.
"일만 잘되면 못할 일도 아니지. 저리 미인이고 물 찬 제비 같은 몸매에 알맞은 엉덩이, 우이 죽인다."
　그들의 행색은 노동자 복이었다. 멀찍이 따라붙으니 전혀 눈치 채지 못하는 게 당연했다.

*

　수원마님으로 통하는 시이모댁은 쉽게 찾았다. 반갑게 맞아 주시는 이모님은 오래전에 남편을 잃으셨다. 남매를 출가시켜 제금을 내놓고 혼자 살고 계셨다. 그러기에 언니의 아들(조카)을 남모르게 거두어 온 것이다.
"영묵이 아버지는요?"
"이 무슨 일이더냐. 너의 시어머니도 이틀 전에 와 계신다."
"어머님께서요?"
"그래 네가 집을 나갔다며 이리로 왔는가 싶어 오신 게지."
"그래요? 그럼 어디 가셨나요? 영묵이 아버지와 쌍둥이 낳았다는 그 여인의 집에 가셨나요? 네?"

"그렇단다. 어쩌겠어. 자식을 둘씩이나 낳았으니 한번은 만나야하지 않겠어. 질부한테는 안 될 말이지만."
"그럴 테지요. 그런데 제가 공교롭게도 찾아왔네요."
"질부도 궁금할 테니 가 볼 텐가. 내키지 않으면 그만두고."
"아닙니다. 어머님이 와 계신데 지가 가봐야지요."
"배고플 텐데 밥이나 먹고 가던가 하지, 그래."
"오다 늦은 밥을 사 먹었더니 괜찮습니다."
"그래, 그럼, 가자."
이모님은 한참을 말없이 앞장을 서 휘적휘적 걷더니 우뚝 섰다.
"저, 그 아 어미가 무당의 딸이다."
"무당의 딸이라고요?"
"그렇다. 그 어미도 무당이고, 그 아 어미도 무당이란다. 자네 시어머니, 지금 굿판을 열고 지켜보고 계실 것이네. 놀라지 말라고 내 미리 귀띔하는 거야."
"아, 어머님은 참."
그네는 탄식 같은 말을 하려다 그만 두었다. 산모롱이를 돌고 작은 냇물이 사르르 흐르는 산그늘에서 징검다리를 건너서 보리밭을 지나갈 때 코끝으로 매달리는 보리향기가 반가웠다.
"이모님 벌써 보리가 피어 익어가는 냄새가 납니다."
"그래 보리피리 소리는 들리지 않고, 이때가 좋은 때지. 춥지도 덥지도 않고."
"저희 고향은 보리는 적어 종달새도 볼 수가 없는 데요. 이곳에 오면 보이는 곳은 보리밭으로 온통 푸른 빛이더군요."
"그렇지, 하여튼 기 먼데서 오느라 고생도 많았다. 어떻게 여길 올 생각을 하였을꼬. 보통은 넘다싶다. 젊은 것이 겁도 없이."
이모님의 말씀에 입을 꾹 다문 초란은 마음에 타고 있는 뜨거운 숯덩이를 한 삽 퍼 담는 그런 느낌을 혼자 삭이고 있어야 했다.

"에그 한참인가 보네. 저 징소리가 들리지 않나?"

"네 아까부터 들렸지만, 저 산 너머에서 들려오는가 싶었는데, 지금은 가까이에서 들려오네요."

"자네 시어머니가 지금 재수굿을 벌여. 어제 새벽부터 지금까지 하고 있다. 나도 어젯밤 자시(子時)까지 구경하고 피곤도 하고 할 일도 있고 하여 그만 왔다. 큰일이여, 자네 시어머니는 너무 굿을 좋아해. 무당한테 갖다 준 돈이면 웬만한 집 두어 채는 사고도 남았지. 쯧쯧. 그리 말려도 안 듣는다."

이모님은 그네의 얼굴을 슬쩍 곁눈으로 살핀다. 무슨 말을 듣고 싶은 표정이었다.

"그런데다, 새 사돈이 무당이니 얼매나 좋을 것이여. 짝짝꿍이 되어 찰떡 궁합이랑게. 어찌 내가 말릴까나."

이모님은 진한 전라도 말을 하면서 쪽진 머리를 절레절레 흔드셨다. 가뜩이나 머리숱이 적은데 은비녀가 뚝 소리를 낼 때, 머리가 소리도 없이 풀어졌다.

"에그 나도 일본놈들이 하라는 대로 싹뚝 잘라야겠어. 자꾸 풀어지니 귀찮아."

그네는 소리 없는 웃음을 삼키며 이모님과 눈을 맞춘다.

"이모님 전라도 말이 구수해요. 뭐랄까 황토색깔이 묻어나는 그런 말이 아닌가 싶고요."

그네는 환하게 웃으며 느낀 그대로를 말했다.

"그래 맞다. 내 시집 와 여기서 늙었다. 나도 여기 사람이 된 게다. 경기도 말보다 여기 말을 쓰면 정감이 가니 평상시에 이리 말하고 살제. 흐흐흐."

가까운 것 같은데 고덕산 뒤쪽에 기댄 집이었다. 빠진 이처럼 간격을 둔

세 채였다. 멀리서부터 세며 어느 집이 그 집일까 생각하다가, 그때부터 징소리를 따라 끌려가듯 갔다.
"저놈의 집이 셋 다 굿당이라네."
"이모님, 굿당이라면?"
"그래 신굿도 하고 진혼굿, 재수굿(안택), 왕신굿(억울하게 죽은 조상), 성주굿(집터를 관장하는 신)을 하는 곳이다."
쇳소리는 자연을 빌려 한음색 발악 같은 아우성에 천지가 뒤엉켜 어우러지듯 고요로운 밤을 아무도 모르게 정사로운 인연의 사랑을 두고 누구라 이러저러하다 떠들 수 있는가. 벌써 세상이 시끄러워 고덕산을 저절로 움직이게 하였거늘 산이라 한들 어이 잠들 수 있겠는가.
징소리에 꽹과리가 집적대면 북소리가 하하하 호호 웃고 어우러져 들썩들썩 하는데, 사람이 어찌 가만하고 있겠으며 천지간에도 외로운 귀신과 잡신들이 가뭄에 단비같이 후즐근히 맞으면서 얼마나 좋아할까.
초란이 그 짝인 듯 먹이 냄새를 맡은 뱀 모양으로 마당에 들어섰을 때는 이미 무당이 춤을 덩실덩실 추다가 떡시루에 놓은 작두를 올랐다 내렸다 반복하였다. 팔과 다리를 경쾌한 소리에 맞춰 남사당패들이 악기에서 울려 나오는 음악 템포에 맞춘 것 같았다. 팔과 다리를 비틀듯이 하더니, 껑충 숫말이 발정난 암말을 보고 뛰어 오르듯 징과 꽹과리가 북소리에 안기는 찰라 무당이 작두를 타고 춤을 추었다.
무당은 새파랗게 젊은 아녀자였다. 납신하니 고깔을 쓰고 알록알록 청홍백의 조화로운 무복을 입은 그녀의 모습은 한 떨기 양귀비꽃이었다. 사람인가, 잠시 그런 생각에 빠져 맨발에 작두날의 어울림은 뱀과 꽃의 몸부림 같다는 생각에 이르렀다.
"저리도 몸서리치게 아름다울까!"
그네도 그녀와 어울려 한바탕 놀아보고 싶은 충동에 사로잡혔다. 그때 누군가 말을 걸어왔다.

"에미야, 에미야 네가 왔구나! 진작에 왔으면 좀 좋아. 다 끝나는 판에 왔으니. 쯧쯧…."

시어머니의 그 간절하고도 기막힌 눈빛에 따른 목소리가 그네의 가슴을 철렁 내려놓게 하였다.

징잽이와 법사, 장구잽이 뒤에 앉아서 꽹과리의 벼락소리에도 참고 견뎠던 시어머니의 정성이랄까, 바람이랄까, 한 여인으로서 그 정경을 잠시 목격한 그네로서의 쥐어뜯는 가슴의 통증은 무엇이었는지, 그네는 아찔한 현기증과 분노의 허기에 그만 쓰러지고 말았다.

"에미야, 에미야!"

시어머니의 목소리는 속내의 울부짖음이었다. 극에 다다른 징, 꽹과리, 북소리에 먹혀 아무도 듣지 못했으나 한범수, 그네의 남편은 방안에 앉아서도 들었다.

얼마나 지났을까. 초란이 깨어났을 때는 방안에 호롱불이 켜져 있었다. 매캐한 그을림 냄새보다 메슥거리게 하는 석유 냄새가 방안에 가득 차 있었다. 그네는 일어나 앉으며 의례적인 행동을 한다. 옷매무새를 다독이듯 옷고름을 다시 매고 머리를 위로 올리면서 쓰다듬었다.

호롱불은 익히 보아왔고 바람을 막는 유리는 개미같이 허리가 잘록하고 불 밝기로 말하면 등잔에 비할 수 없었다.

"에미야 정신이 들었느냐? 어찌 그리도 경망스러워. 단단치 못하고."

초란은 새색시처럼 다소곳이 앉았다.

"하루만 빨리 오지 않고 무얼 하느라 늦었어. 뭣이건 손발이 맞아야 마음도 맞는다고. 넌 이 한씨 가문을 위해서 정성으로 받들었느냐. 지금 기우는 가문을 일으켜야 하거늘 도대체 무슨 생각으로 온데 간데 없이 집을 나가, 나가긴. 네 남편을 만나고 싶어 반은 미친 게야."

"어머님, 이곳까지 오셔서 굿이라니요. 굿 세 번이면 집을 팔게 된다는 말을 들은 적 있습니다."

"뭐야? 시에미를 훈계하는 게냐. 기운 가문을 일으키고자 정성을 드렸는데, 그 입방정 그만 못 하겠느냐!"

"어머님 좋으시겠습니다. 며느리가 무당이니, 굿이야 하시고 싶으시면 벌이면 되겠습니다만, 다 소용없는 미신임을 말씀 드리고자, 어머님 마음까지 언짢으시게 하였습니다. 용서하여 주십시오. 하느님은 모든 만물을 창조하셨으니, 그 분을 믿으시면 복되도다 하셨으니….'

"하이고 이제 망했어. 천주학쟁이가 내 집에 있으니 어찌 시끄럽지 아니 할까. 그리도 천지신명 우주만물과 부처님과 조상님께 그리 빌고 또 빌었는데, 함께 똑같은 마음이 아니고, 딴 마음이었으니 집안이 잘 될 수 있겠는가?"

"어머니, 그만하세요."

방문을 열고 들어서는 사람은 남편인 한범수였다. 시어머니를 만류하는 것이나, 초란은 눈도 돌리지 않고 꺼진 등잔처럼 앉아있기만 하였다.

"미안하오. 내 할 말이 없게 되었소."

시어머니는 자리를 피해 주려는 듯 나가 버렸다. 방을 나서는 시어머니 등 뒤에 한 마디 쏘아붙였다.

"어머님은 며느리를 얻어 기쁘신 모양입니다. 그리고 손주 손녀도 한꺼번에 생겨났으니 좋으시겠습니다."

"여보, 미안하구려. 객지에 있다 보니 어쩌다 이리 되었소."

"그렇다고, 절더러 이해하고 참고 견디라고는 하지 마세요."

그때 방문이 확 열리면서 시어머니께서 아이 둘을 싸잡아 안고 들어왔다.

"야야, 이 아들이 무슨 죄이더냐. 다 네 자식이다. 네 호적에 올릴 것이고, 다 네 자식이다. 배 안 아프고 낳은 니가 큰댁이니 네 자식이다."

"어머니 죄송하오나, 전 저 아이들 어미가 아닙니다. 절 호적에서 빼주세요. 소원입니다. 무당의 자식을 낳은 적도 없으니 둔 적도 없습니다."

참고 참았던 울음이 북받쳐 올랐다.

"독하기가 뱀 독사보다 독하다. 그래도 정실이 저리 속이 좁아서야, 밴딩이 속창자라도 그럴 순 없다."

역정까지 내던 시어머니가 방문을 큰소리가 나게 닫으며 나가는 것을 보는 그네의 눈물만이 낙수같이 떨어졌다.

"여보 영묵이를 봐서라도 참아주면 안 되겠소. 내 객지에서 외롭다 보니 저 여인을 만났소. 그러나 내 마음은 당신뿐이요. 영혼까지 사랑할 수 있다고 맹세하리다."

"영혼은 멀고 향락은 가깝지요. 그걸 알지요. 저도 외로웠고 당신을 그리워하다 원망도 했지요. 허나 이젠 모두가 사라지는 허망만 안고 살아가기는 힘들 것 같으니, 모두 버리려 노력할 것입니다."

초란은 정말 불꽃 없는 하얀 등잔처럼 싸늘하니 말하였다.

"여보 영묵이 엄마, 내 잘못하였소. 한번만 봐주어 용서하여 주시요."

"전 제 자신에게 용서를 빌고 받을랍니다. 그것도 쉽지는 않겠지요."

그네는 혼잣말을 하고 일어났다.

그때 어린아이 하나가 꼬집듯이 우니 한 아이도 따라 울었다. 그때였다. 아이들 엄마가 들어왔다. 그리고는 그네의 앞에 무릎을 꿇고 앉아선 고개를 숙인 채 흐느끼고는 탁 가라앉은 목소리로 참새 냇물 건너는 말로 쫑알대었다.

"지체 높으신 어른께서 제 잘못을 너그러이 보아 주시고 이 불쌍한 아이들을 받아 주신다면 세살 먹을 때까지 데리고 키워 보내 드릴 것입니다."

"그럴 이유도 없이 자네가 들어가 살게나. 난 소견이 좁아 자네 아이들을 키우며 데리고 살 수는 없을 것 같으이."

그 말을 남기고 방문을 나섰다.

이모님이 방문 앞에 서 있었다. 그네가 나오니 손을 잡으며 귓속말로 속삭였다.

"이 사람아 어지간히 고집부리지 그래. 자넨 조강지처가 아닌가?"
"이모님, 오늘밤 신세 좀 져야겠습니다. 가시지요."
그네는 먼저 앞장을 섰다.
"당신 피곤할 것이니 여기서 쉬지."
남편은 그네를 붙잡아 주저앉히고 싶었던지 쫓아오면서 말하고 있었다.
"소원성취하실 겁니다. 밤낮없이 축원하는 가운데 계시니."
밖에 서 있던 큰 무당이 끼어 들었다.
"저 말하는 것 보아라. 하느님 아래 만신도 존재하고 잡신도 존재하는 것이 이 세상 이치인데, 그 누구라 함부로 여기리!"
초란도 지지않고 한 마디 쏘아 붙였다.
"사돈 마님 어르신, 제 속이 확 뚫립니다. 어찌 그리도 명쾌한 말씀을 주시는지 몸둘 바를 모르겠습니다요."
그러자 아이들 엄마가 손을 저으며 큰 무당을 말렸다.
"어머니, 제발 나서지 마시요. 우린 죄인이 아니겠어라. 가만하고 계시요."
큰 무당이 안채를 휘돌아가며 기어이 한 마디 덧붙였다.
"누군 만신이 되고 싶어 되었는가. 이 불쌍한 것이 마음은 비단이란 게."
그러거나 말거나 초란은 뒤도 돌아보지 않고 그 집을 나갔다. 이모가 뒤따르고 그 뒤엔 남편이 오는지 발소리가 무겁게 들렸다.

*

임실의 하룻밤은 길고도 길었다. 밤을 새우기도 서러운데 갈 길을 정하기는 긴 밤도 짧았다. 남편의 오랜 정을 거절하기도 힘들었다. 시이모님 방에서 한발도 내놓지 않았으나, 이모님이 자리를 비켜 주었다. 남편의 끈질긴 회유를 물리치는 건 그 밤에 나가는 것이었다.
"당신과의 인연은 이것으로 끝나야 해요. 당신의 행복한 인생을 위해서…."

초란은 이를 악물고 그 밤에 나오고 말았다. 그 무섭던 밤길도 편안해졌다. 날씨가 찌뿌둥한 것만이 걱정이었다.

'제발 비만 내리지 마세요.'

보리밭이 사그락 사그락 바람을 안고 움직이는 것을 볼 때 꼭 비를 몰아올 것 같아서였다. 그러고 보니 보름이 지나고 한 사흘 지났다. 보름달은 기울어 검정개가 쓱 훑어서 아직은 삼키지 못한 것 같이 보였다. 그래서일까 달빛마저 희끄므레하였다.

초란의 발소리만 어둠을 밀고 당겼다. 그네의 일거수 일투족을 독수리 눈으로 지켜보던 그들 가운데 한 명은 임실 주재소에 달려갔다. 또 하나 후지모토는 멀찍이서 초란의 뒤를 따랐다.

*

얼마 안 있어 한범수는 주재소에 끌려갈 것이다. 필경 옥살이를 하고서야 풀려날 것이다. 그리웠던 남편의 손도 제대로 잡지 못하고, 오기로 나온 초란의 발걸음은 지쳐갔다. 머리는 생각으로 가득하여 빈 것보다 못하고, 꼭 불쏘시기를 이것저것 모아 넣어놓은 듯싶어 불씨라도 댕겨 붙으면 호록호로록 타버릴 것 같았다. 지근지근 아프면서 걱정만 쌓여갔다.

내 죽는다면 보리같이 죽으리라.
죽어, 죽어,
썩어, 죽어
파아란 보리 싹 되려는데
그 누구!
날 흙에다 묻어주오.

내 죽는다면 새뚝 풀같이 죽으리라.

죽어, 죽어 죽는다면
기쁜 듯이
파아랗게 자라 바람 앞에서
흔들리다
사라질 때 바로 눕고 싶소.

 초란의 마음에서 죽음은 이미 삶의 이상(理想)이었다. 그저 오늘밤에 일어난 것들이 오래 전에 지난 일인 듯 생각이 집히고, 발길이 안내하는 그대로 가는 것이다. 낮과 밤, 삶은 바로 낮과 밤이다.
 어둠은 밤안개가 피어오르게 하여 젖은 땅에서 올라오는 냄새마저 생선의 비릿한 맛을 나게 하면서 풋풋한 풀 향기가 썩히는 찰나의 순간, 틈새의 반란 같은 힘을 허락한 뿌리의 역할이 놀랍지 않은가.
 초란은 끝이 보이는 보리밭을 분명 보았다고 생각하면서 잠시 멈칫 섰다. 분명 발자국 소리를 들었기 때문이다. 엇박자로 맞추는 다른 발자국 소리에 식은땀이 배어났다. 분명 발자국 소리가 가까이에서 들렸다.
 "보세요, 아주머니. 같이 동행합시다."
 "누구신데요?"
 "어째 무서운 생각이 자꾸만 나는 데, 함께 가면 한결 낫지 않습니까."
 사내의 음성은 차분했다. 말 끝머리가 떨려 나왔다. 벌의 날갯짓 같았다.
 "이 밤에 동행자는 더 무섭다는 생각이 나게 합니다. 지가 비켜 있을 것이니 앞을 서시지요."
 "하이, 아주머니는 역시 예의가 바릅니다. 하하핫."
 "당신은 일본인이시요?"
 "하이, 그렇소. 나는 후지모토라 하오. 아주머니는 뉘신데 이 밤길을 혼자 가오?"
 "집에 아들이 아파서 약을 구하러 왔다가 늦어서, 아이가 궁금하여."

"아하, 안 되었소. 내 동행해 드리리다. 어디까지 가시요."
"옥정호까지."
그네는 얼른 생각해 낸 말이 옥정호 호숫가였다. 그곳에 가면 물에라도 뛰어들면 모든 위험에서 벗어날 수 있을 것 같았다.
"나도 그 곳을 지나서 가야 합니다. 하하핫, 잘 되었소."
몇 발짝 앞선 그의 웃음소리에 소름이 오싹 돋았다. 흠칫 뒤로 물러나서 가슴에 품었던 은장도를 꽉 잡았다.
"아주머니 지금 무슨 생각을 하는지 내 다 보고 있소. 내 눈은 뒤꼭지 아래에도 있어요. 조선의 여인은 은장도를 품고 있다는 것도 알고 있어요. 그렇다고 이 하지모토가 겁내지 않아요. 당신이 죽어서 귀신이 될까 무서워요."
그네는 놀랐다.
"사실은 당신을 처음부터 미행하였소. 당신의 남편 한범수를 체포하고자 하였소. 당신의 시아버지를 요시찰 인물로 지목하였으나, 며칠 전 온데 간데 없이 사라졌소. 그래서 한범수를 인질로 잡고자 했소. 하긴 벌써 지독하게 옥살이를 시켜야 했지만, 당신의 시아버지가 돈을 싸들고 어디로 갔는지 행방이 묘연하오. 당신은 짐작 가는 그 무엇을 알고 있소? 그 사실만 실토하면 무사히 보내주겠소."
"전 모르는 일입니다. 제가 시댁을 나왔을 때는 한 달포가 지났어요."
"그것도 알고 있소. 허나 짐작으로라도 김좌진 장군의 수하가 되고자 갔다든지, 그 예측이 맞는다든가."
"모릅니다."

*

시아버지로부터 들은 김좌진 장군이 그림자처럼 떠올랐다. 한번도 보지 못한 분이었지만, 늘 보아왔던 사람처럼 헌출한 모습이 스쳐 지났다. 장군은 1919년 임시정부의 승인을 받아 독립군 사령관에 올랐다. 1,100여 명의 막강한 군대는 경비대 200명 정예군을 주력 부대로 편성하여 중국을 휩쓸고 있던 일본군에게도 위협적이었다. 장군은 일반군 600명과 300명 사관훈련소 생도를 이끌고 나라를 찾기 위한 전쟁에 나섰고, 전투마다 승리하였다고 전하였다. 대한민국 임시정부는 서간도에서 한족회, 신흥부관학교 중심이 되어 편성된 독립군 단체를 '서로군정서'라는 별칭을 지어 애용하였고, 임시정부는 '북로군정서'라 불렀다고 들었다.

김좌진 장군은 강인함과 인간미가 넘쳐났다고 들었다. 장군은 노비들에게 땅을 분배해 주고, 나라의 독립을 쟁취하기 위해 중국으로 건너가신 분이다. 초란은 시아버지께서 대대로 기부하셨던 자금에 대해 알고 있은 지 오래였다. 가세가 기운 것은 그 까닭이 컸다. 시어머니가 굿을 좋아한 것도 한몫을 하였을 뿐이고, 남편의 무능과 바람기가 재촉하였을 뿐이다. 난 어쩌란 말인가.

■ _08집, 계절풍

〈작가노트〉

삼천 냇가에 위치한 덕에 자주 찾아가는 냇가. 그 곳에 가면 나의 심상(心想)을 흔드는 아름다운 자연으로 하여 난 감동한다. 내가 흘려보낸 세월이 그리웠을런가. 무심한 물길을 따라가면서 감성(感性)소설을 써보기로 했다. 내겐 없을 것 같은 사랑을 이 소설(계절풍)에 바친다. 나이와 상관없이 그런 사랑을 꿈꾸는 난 꽃보다 싱그런 나뭇잎을 예찬하는 인생이고 싶다.

가을비가 내렸다. 어제부터 시작한 비는 오늘도 내리고 있다. 제주도에서부터 남해로 올라온 비는 전국구로 내린다는 것이다. 강수량이 부족한 지방은 반갑지만, 이틀간 줄기차게 내리고도 내일도 온다는 예보에 실망한다. 가을비는 할아버지 수염 밑에서 피해 간다는데… 하면서도 후줄근하게 젖을 생각에 이틀을 참았다.

오늘은 삼천냇가로 나선다. 비 내린 냇가 풍경도 좋을 것이란 생각에서 회색빛 체육복 상하에 바람막이를 걸쳐 입그 마알간 비닐우산을 들었다. 빨간 꽃 노랑꽃 채송화 꽃문양이 뺑 둘러서 오늘같이 쏟아지는 비라면 주르르 미끄러질 듯싶게 아슬하니 젖어선 매달려 있다. 하늘이 낮게 구름에 덮였으니 냇가 풍경도 우중충한 느낌이나, 빗소리가 튕기는 우산 속에서 냇물에 시선을 두고 걷는다. 멀지도 않으나 손에 닿기는 너무 거리가 있는 냇물은, 소리 없이 흐르며 차가운 가을비에 움찔움찔 놀라는 듯이 흘러가고 있다. 비 내리는 냇가를 그녀처럼 걷는 이들은 그녀의 생각과 조금은 상통된 그 무엇이 있겠으나, 한참을 걷는데도 아무도 없었다. 그런데 저 만치 그녀에게로 오는 검정우산을 든 사람이 있었다. 천천히 그도 느림을 즐기는 듯싶었다.

그 모습을 보노라니 그녀의 기억 속 남자가 떠올랐다. 그 남자와 한강변을 거닐었던, 그 느림의 발걸음이 바로 저랬어! 그 남자, 민지형을 닮았다. 그녀는 떨리는 자신을 질책하듯 걸음을 재촉하고 걷는다. 검은 우산 속 남자는 검은 테 안경을 쓰고 있어서 온통 검었다. 비슷한 외모는 많아도 똑같은 사람은 없다. 일란성 쌍둥이도 다르다는데. 느낌에서 얻은 상상이 그 사람이길 바라고 있었는지 방금 지나쳐 간 남자는 환영 같은 갈대의 그림자가 아니었나. 비를 맞은 갈대의 초췌함처럼 그 모습도 걸음도 쓸쓸해 보인다. 시커먼 구름에 갇힌 새 같다.

시민을 위한 볼거리로 가꾼 억새밭도 쓸쓸한 느낌으로 축 처져있어 엊그제 마알간 햇살을 받아 새하얀 깃털을 펴 백로의 날개로 날았던 그 모습은 어디고 없었다. 그녀 가슴에서 사라진 그 남자를 냇가에서 떠올렸다니 '이건 계절풍이 불고 있는 게야. 아름다운 계절풍이 빨강 단풍잎만 데려 오는가. 유행성 감기를 데려오고 열병 같은 사랑도 안겨 준다면 잘 익은 능금을 깨무는 사랑의 단맛도 알고, 새싹 보다 먼저 꽃을 선물한 계절풍에 마음 흔들린 첫 사랑, 그리고 땡볕을 열광한 화초의 꿈이 물기둥같이 자랄 때 한번쯤 뜬금없이 불어오는 태풍도 바람의 분노일터, 볼을 때리는 추위도 바람의 질투가 아닐까?'

그녀가 맞이한 가을바람은 저물어가는 오후의 계절풍인가. 사정없이 흔들린다. 그녀가 곁에 두고 걸어가는 길. 이쪽저쪽 냇가의 폭 넓기가 넓다고 해도 못 건너랴만 배 띄울 깊이도 아닌데, 건너갈 수 없는 이유는 비가 내려 돌다리가 물에 잠겼다는 것이다.

그녀의 좋은 시절엔 계절풍이 불어도 모르고 지나가 버렸다. 영원할 것 같은 좋은 시절은 꿈을 꾸고 깬 하룻밤으로 끝났고, 한 송이 꽃이 피어나 햇살 아래서 바람을 마실 때 행복이지, 세상 앞에 서 있는 것으로 마지막 인사이듯, 인간만이 가진 감정의 기벽(嗜癖)은 마음이 취한 것이고 억제치 못하니 즐길 따름인데, 죄라 하겠는가.

모 신문사 신춘문예 당선과 각색되어 영화로 흥행을 한 유명작가는 사회적으로, 인간 민지형을 끌어 올렸고, 그에 따른 보상은 인간관계도 업그레이드되어 주위엔 많은 사람들이 모여 들었다. 모 여배우도 선생님이라 불렀고 부유 계층의 아가씨와도 사적인 만남에서 둘만의 데이트는 쉽게 이루어졌다.

그녀의 초조함은 패배를 인정한 것이었고 그와의 사랑은 이 가을에 불어 닥친 계절풍에 떨어진 낙엽이었다. 낡은 옷은 벗어라. 자연은 도태함으로 싱싱한 생명을 잉태할 수 있다. 그리하여 새로운 생명이요, 사랑이라. 이유 같지 않은 이유로 군 입대란 도피처를 택한 그였다. 나쁜 놈 그는 나쁜 놈이 되어 날 울렸다. 그 나쁜 놈을 기억하게 만든 검은 안경의 사내가 멀어져 갔다.

가을 빗속에서 꺼지지 않은 작은 불씨 같은 풀꽃들이 초췌한 모습이었다. 비에 흠뻑 젖었으나, 물기도 먹을 수 없는 마른 풀대는 얼기설기 엉킨 그대로 시들어 간다. 풀기 없는 잎 사이로 달맞이 노오란 꽃이 눈물 나게 하는데, 희디흰 개망초 꽃은 살아서 웃는다. 산국화를 보기란 어려운데, 냇가에서 보게 되다니 그 향기에 취한다. 사람들 손에 꺾이어 풀숲에 가리운 가난한 웃음이 예쁘다. 사랑! 주면 기쁘고 받으니 즐거운데 꽃을 보면서 꽃은 꽃이어서 예쁘니 아름다운 꽃이리라. 냉랭한 가을바람이 아직은 뜨거워야 해. 계절풍에 쓰러질 이유를 알게 될 때 철이 드는 거야. 억새가 운다. 빗물로 운다. 짙은 눈썹을 적시며 갈대의 침묵이 더 아픈 오늘, 그녀도 울고 싶다. 그래 같이 울자.

대전천 유등천이 만나서 갑천으로 흘러서 가노라면 마알갛도록 씻겨 질 듯싶게 돌다리를 건드리며 소리소리 질러대는 물소리! 이틀째 내린 빗물에 잠긴 돌다리 앞은 노오란 끈으로 위험을 알리고 있었다. 그녀는 잠시 물소리에 귀를 모았다가 오던 길로 걸음을 놓았다. 난 돌아간다. 갈 곳이 있어 다행인가. 그녀는 절대적인 자리가 있었다. 지금 남편 허준식은 자신의 일에 열중할 것이고, 대학원에 다니는 큰 아들은 늦은 잠자리에 들어 아직 침대에 있을 테고, 우체국에 다니는 딸도 한참 바쁘겠다. 막내 딸애는 한해 재수로 모 대학 삼년 차. 이만한 세월이면 그녀가 겪은 계절풍은 헤아릴 수 없겠지만 알게 모르게 겪었던 아픔이 있기에, 인생의 흔적 같은 상처는 있을 터. 그러나 누구나 겪는 것이 삶의 부분으로 인생의 흔적이고 훈장이 아닐까.

얼굴에 주름이 생기고 피부에 탄력이 없는 걸 느끼면서 이제 혼자 서 있는 나무라는 생각이 자주 들고 있었다. 그녀의 삶에서 유년은 어머니로 가득한 사랑이었고, 그녀가 마음으로 맞이한 계절은 찬란한 청춘의 극치였다. 젊음이란 황홀한 봄의 유혹도 꽃 한 송이를 보고 감탄할 감수성을 지녀 행복이라 여겼고 여름 땡볕을 사랑하고 그것이 애무하는 파도의 꿈처럼 좋았다. 그 좋았던 계절을 보내고 그녀는 홀로 서 있는 나무 같아서 외롭다. 남편이 있고 자식이 있는 여자, 그녀는 여자이고 싶다. 다 컸다는 자식들도 소용없다. 하지만 대학원 졸업논문을 쓴다고 밤늦도록 끙끙대는 큰 아들 비위를 맞추고, 차려진 상이지만 따뜻한 국이라도 챙겨주고, 벗어 놓은 빨래도 세탁기에 넣어 돌리고 손빨래도 해야지. 주부의 일은 자잘한 것들로 하루 시간을 써도 소소한 것들만 보이지 흔적도 없다. 그러나 그녀의 일상은 바삐 움직인다.

 비 오는 날의 우울함은 하늘이 내려앉은 듯싶은 회색 구름 때문이나, 실은 저기압으로 가라앉은 눅눅한 공기 때문일 것이다. 구름 속에 든 무거운 빗방울이 햇살을 대신한 까닭인지도 모르지만 오늘따라 38평 아파트가 좁아 보였다. 그녀는 방금 돌아와선 냇가를 생각한다. 물길을 잇고 흘러가는 물의 여행은 끝이 보이지 않아야 한다. 엊그제 가을 햇살은 눈이 부셨고 무리진 억새들 손짓은 희디흰 가을 노래였다. 제 삶을 살고 미친 듯 엉킨 풀들은 초췌한 모습이나 지난날의 풍요했던 푸른 시절이 있었다. 그녀는 식지 않은 커피를 또 마실까 하다 남편이 남긴 포도와인을 들고 마신다. 남편을 생각하는 시간을 줍는다.

 허준석. 그녀에게 운명적 인연이다. 초등학교 5학년 때 일이다. 짝꿍으로 같은 책상에서 공부하면서 늘 양보와 배려만 했던 준석이는 아이들 놀림에도 늘 웃었다.
 "얼러리 껄러리 준석이 주미는 신랑 각시래요."
 반 아이들이 놀릴 만큼 준석은 잘했다. 사탕을 그녀에게 주다 떨어트렸고 다른 아이들이 그녀를 괴롭히면 열성으로 그녀편을 들었다. 그런 준석이가 부담스러워 떽떽거렸다. 그런데도 바보처럼 웃고 있었다. 그랬던 그녀와 준석은 중학교 진학을 하면서 떨어졌다. 그녀는 여학교에서 준석은 남학교에서 제몫의 사춘기를 보내고 있었다. 다시 만나게 된 건 고등학교 졸업식 날이었다. 엄마 그리고 오빠 셋이서 사진을 찍는데 사진사 옆에서 웃는 얼굴이 있었다. 순간 준석을 알아보았지만 못 본 척 했는데. 프리지아 노랑꽃에 안개꽃 그 사이로 장미 다섯 송이가 새빨간 입술같이 웃고 있었다. 그녀는 돌아서서 혼자 웃고 말았다. 준석이 성큼성큼 그녀 앞으로 걸어 오기 때문이었다.

"안녕 하십니까. 허준석입니다. 어머니."

인사를 하기 전 꽃을 그녀에게 안기느라 분주한 손을 모으고 인사말은 씩씩했다.

"야! 넌 미쳤어. 불쑥 사람을 당황케 만드는 거야."

얼굴을 붉힐 수밖에 없었다. 오빠도 있으니….

"엄마, 초등학교 짝꿍 기억하지?"

"응 그래 기억하지. 아이들 놀림에 자리도 바꿨잖아."

"어느 대 갔어? 무슨 과?"

"ㅎ대 경영학. 주미 넌?"

"ㅎ대 미대 회화과"

"역시 그랬구나. 잘했네. 너와 잘 맞는 과지. 잘 선택했네."

준석은 어느새 그녀 손을 붙들고 있었다. 오빠는 인사와 악수를 끝내고 갔다.

"준석군, 우리와 점심 먹을 수 있겠어?"

엄마는 준석을 그냥 보내기가 안 되었는지 불쑥 말을 꺼냈다.

"고맙습니다. 어머님."

안면에 웃음처럼 단번에 오케이다. 그렇게 만난 것이 그날로 끝인가 싶을 때 전화를 했다. ㅎ대 정문 앞 H 카페에서 기다릴 테니 늦게라도 꼭 와 달란다. 그 때 한 남자를 알게 된 지금 그에게서 벗어날 수 없을 만큼 그를 좋아했고 사랑하고 있었다. 국문과 '민지형' 그는 문학도로서 갖출 수 있는 모든 역량이 풍부해 모 신문사 신춘문예에 장편소설이 당선된 작가였다.

과는 달라도 예술의 맥은 상통할 수 있듯, 그와 갈구한 사랑은 뜨거웠다.

오후에 만나기로 한 그와의 약속 때문에 그녀는 서둘러 나왔다. 때로는 길을 가다 볼 수 있는 음식점 간판을 보는 순간 먹고 싶었던 음식이 생각난 듯 허준식 그의 안부가 궁금하기도 했다.

먼저 만나자는 것도 허준식이었지만 만나서 특별할 것 없는 이야기로 깔깔 웃는 건 그녀였다.

"초등학교 그 어린 나이에 짝사랑을 몸살 나게 했지."

그 말이 우스워 까르르 웃었다.

"주미야 넌 재밌지? 난 그때나 지금이나 널 사랑해. 넌 웃음으로 넘길지 모르지만 일편단심 내 민들레 사랑을 먹고 쓰러지게 할 꺼다."

"쓰러지면 어떻게 해. 그건 비극의 전조야 난 날아서 도망칠 거야."

"주말에 영화 볼까?"

헤어질 때 허준석이 물었지만 안 된다고 했다. 그녀 삶에 일부처럼 함께 할 민지형으로 하여 시간을 돌려야 하기 때문이다. 졸업하는 선배들과 전시회를 열 참이라, 학교에서 내린 방침에 따른 것이지만, 두 편 작품을 끝내야 했다. 그런 이유를 설명하고 서운함을 갖지 않도록 해야 했지만, 안된다는 것으로 거절했다. 그녀는 자칭 공주가 되었는지 모른다. 준석이 앞에서는 공주가 되어도 괜찮았다. 그만큼 허물없는 친구 아닌가. 아님 사랑을 받는 공주의 높아진 콧대가 하늘 높은 줄 모르는지도 모를 일이나 그렇게 까불었다. 한치 앞도 모르는 인간은 태어날 때 약속된 오류(誤謬)의 삶을 살고 갈 운명인지도 모른다. 그래서 후회하고 한숨을 뱉어내는 잘못을 하고, 죽어서 한이 남는 영혼일 수밖에 없다.

내 사랑이라고 믿은 준석이 앞에서 우쭐할 수 있었다. 사랑은 살며시 미풍으로 와서 꽃비로 내린 그 사랑이라는 물기로 꽃을 피운다. 사랑의 틈을 비집고 들어온 바람은 태풍 같은 것이었을까? 소낙비로 퍼붓던 그날의 기억은 전혀 예상치 못한 악몽이었다. 가을의 끝은 낙엽의 환영처럼 쓸쓸했을 때 첫눈이 내리는 날이었다. 첫눈이 내리면 남산타워에서 만나자는 약속대로 빨간 방한복 점퍼를 입고, 손뜨개로 짠 방울 모자를 쓰고 나갔다. 그가 먼저 와 있었다. 그도 검정색 점퍼에 그녀가 짠 방울 모자를 썼다. 서로 손을 잡는 순간 그가 끄는 힘에 이끌려 그의 품에 안기고 서로의 등을 토닥이는 걸로 행복도 안았다. 눈발은 바람을 타며 춤을 추었다. 눈송이가 봄 사월 벚꽃같이 탐스러워 두 사람은 손으로 받다가 입을 벌리며 장난을 쳤다. 갈래 길로 내려오다 카페에 들어갔다. 그는 아메리카노 그녀는 라떼를 시켜놓고 마주 앉았다. 등받이 넓은 의자에 그는 몸을 묻은 채 커피엔 손을 대지 않고는 두 눈을 감고 있더니 노래를 흥얼거리듯 시를 읊었다.

'사랑은 나비처럼 와 훌쩍 떠나네요.
내 그대 사랑하였으나 깊이 보다 무게를 재면서 저울이 됨이 슬프네요.
나 이제 갈거예요. 그대를 두고….'

그는 감았던 눈으로 그녀를 찾듯 손을 내 밀었다. 그의 장난에 말없이 웃고 있었다.

그의 손을 가볍게 쳤다.

"안주미 미안하다. 난 가야 해, 날 보내주라 응?"

그는 눈을 뜨는 순간 젖어 있었다.

"뭐야. 말 장난이야, 코메디야."

웃음으로 때우려다 화가 났다.

"나 군대 간다. 내일 모레. 잘 있어."

가슴에 이는 파동을 혼자 들으면서

"뭐야 그런 법이 어디 있어 제멋대로."

그녀는 얼굴 표정을 정리하느라 자리에서 일어났다 다시 앉았다.

"난 관속에 든 송장이야. 글도 쓸 마음의 여유도 없고 내 마음은 어느 곳에 정착할 수 없이 허공에 떠다니는 바람이야. 그래서 도피처로 갈 거야."

"누구든 군대는 가는 건데 그렇게 비관할 것은 아니잖아. 난 그댈 기다릴 거야 그렇게 기다리며 그리워하다 만나면 되는데, 어렵게 그리고 비관적인 표정으로 날 아프게 하다니… 무슨 일 또 있는거 아니지?"

"어쨌든 이별은 아프지만 한 이년 다른 삶을 살고 싶다. 서로에게 충실한 결론도 내릴 수 있는 기회니 자신에게 책임지자. 사랑하므로 사랑하고 이별도 할 수 있고 안녕이라는 말을 할 수 있어. 그래서 인간이란 말이지."

그는 그렇게 갔다. 비겁한 이별 통지문을 읽었다는 기분으로 그와 헤어졌다. 어느 훈련소냐고 묻지도 못했다.

"주미야 첫눈이 내리는 날 오늘처럼 나와 줄래, 기다릴게."

그가 마지막으로 그녀에게 한 말이었다. 그 약속을 지키지 않을 그를 짐작하곤 대답을 하지 않았다. 그녀와 함께 있는 시간을 쪼개는 전화가 그에게 두 번이나 걸려왔을 때 그의 당황한 시선이 그녀의 눈에 꽂혀선 날 아프게 했기에, 비굴한 항복은 싫어 먼저 일어나 돌아섰다. 그 밤 잠을 못 이루게 한 문자는 이랬다.

'민지형씨가 군 입대를 자원한 이유가 궁금하지 않으세요. 사랑은 흘러가는 구름 같은 것 현실보다 정확한 게 있나요. 훈련소에 따라 갈 테니 걱정하지 마세요. 미안해요. 그리고 실례 했어요.'

어떤 여자의 문자는 두 사람의 사랑을 밟고 짓이겨 버렸다. 더러운 기분을 안고 문자를 한동안 지우지 못한 채 분해했다. 지독한 바람이었다.

졸업과 동시에 그림도 포기했다. 알게 모르게 불어온 바람에 꽃잎도 떨어졌고 잎도 찢어졌다. 슬프게 보낸 것들 속엔 뿌리로 내린 생명이 있어 버틸 수 있었다. 그건 민들레 홀씨 같은 허준석이가 있었다. 일편단심 민들레가 그 준석이었다. '넌 내 첫사랑이지. 난 그 사랑을 지킬 거다.' 한동안 방황했던 그녀를 감싸준 건 준석이었다. 유기견처럼 될 뻔한 그녀에게 여전히 손을 내밀어 주었다. 감성에 치우쳤던 지난 날을 돌아보게 된 계기가 그녀를 철들게 하고 미래를 생각할 시간이었다. 준석은 성실과 근면이 있었고 패기도 있었다. 사랑이라는 보이지 않는 확신을 배제한 인간적으로 좋은 사람이라는 전제하에 그녀에게 없어선 안 될 소중한 좋은 사람을 좋아해야지. 그런 생각이 들면서 천천히 그를 받아 들였을 때 결혼해서 십년을 함께 한 부부의 정이 이랬을까. 그런 애틋한 마음일 때 우린 결혼을 했고, 신혼여행에서 선물로 받은 아들을 낳았는데 사람들이 말하는 허니문 베이비였다.

남편은 금융계에서 일을 했고 딸 둘을 더 낳은 주부로 남들처럼 살았다. 남편의 봉급은 통장으로 들어와 내 손에 거치면서 쓰였고 저축도 했다. 남편은 늘 바빴고 바쁘다는 이유로 혼자 놀게 만들었으나, 그녀대로 그동안 아이들 키우고 뒷바라지와 매일 하는 살림살이도 벅찼다. 남편은 한 번도 외박은 없었으나, 귀가가 늦는 날이 많았다. 돈을 주물러서 돈 장사를 한다면 머리 쓸 일도 많을 것이고 회의니 결산 보고 상황에 머리 터질 일이 많겠다고 이해했지만, 봉급 외 돈은 그녀 몫에서 제외였다. 상여금, 성과금 그 밖의 것들이 그녀의 불만이었으나, 자존심으로 참고 살았다.

"걱정할 것 없다구. 재테크 한다고 믿어. 몸담고 있는 직장에 투자 하니까 노후대책이지. 그 대신 당신은 생활비로 다 써도 괜찮아. 저축 한다고 고생 하지마. 알았지?"

"요즘 주식에 돈 끌어 박는 사람이 많대요. 당신도 조심해요."

풀더미 속에서 밤낮이고 숨어있는 귀뚜라미처럼 남편의 말을 믿고 따르는 암컷이었다.

첫날밤 남편이 호텔 로비에서 검은 빛깔의 포도와인을 따르면서 하던 말을 그녀는 잊지 않았다.

"내 사랑의 진실은 시작과 결실과, 종말이 똑같다는 거야. 말로 한 사랑은 거짓이고 글쟁이의 넋두리지. 시작과 결실에서 종말까지 주미와, 준석이의 사랑을 위해 건배한다!"

그 때 민지형을 떠올렸다. 글쟁이의 넋두리라는 말이 가슴에 아프게 박히는 순간이었다. '나쁜 놈!' 그녀는 마음속으로 부르짖었다. 넌 나쁜 놈이다. 거짓 사랑은 안개야. 결정체 없는 떠도는 미완의 사랑은 소리도 없는 물방울로 길을 찾아서 흐를 수 없다. 그 동안 그와 재미있는 놀이에 빠져있다 불현 듯 엄마가 보고 싶으면서 허기를 느꼈을 아이처럼 싫증을 느꼈다면 차라리 괜찮았을 텐데. 그런 생각을 하며 남편에게 미안한감을 가졌다.

전공한 그림 속에 날 집어넣고 그릴 수 없는 이유는 생각이 가는대로 혼을 불어넣고 그리고 싶은 것을 그린 뒤 색칠하면 회화 가운데 한 편이 되었을 것이나, 생활의 현실은 수채화도 그림도 아니었다. 두뇌를 써서 온 몸을 움직여야 될 생활 과학이고 오묘한 인생의 철학이 아닐까. 이런 생각도 사치가 아닐까 하면서 살다보니 인생의 모퉁이에 서 있었다. 나이 오십을 넘긴 여자는 여자가 아닌 아내로, 어머니로 살았다. 아직 한창이라고 할 나이나, 갱년기를 경험한 슬픈 계절에 서 있었다. 주름보다 푸석한 피부가 신경이 쓰였다. 여지껏 뭘 했어. 그런 생각이 들었을 때 그림 도구가 창고에 있다는 것을 기억한다. 창고를 뒤진다. 쇠로 된 이젤이 녹이 슬고 다리 하나는 부러진 채였고 플라스틱 물감 통은 땟국이 흘렀다.

'아, 난 날 잊고 산 거야. 아니 날 버렸어.' 그녀의 탄식 같은 후회가 그녀의 영혼의 자유를 불러 세웠다. 도구를 베란다에 끄집어 놓고 들여다 보다, 목이 마른 것을 깨닫고 커피를 마시러 주방으로 갔다. 내림 커피가 식지 않았다. 잊었던 것을 찾아낸 것에 미안함과 허전함을 마시듯 커피를 다 마시고 그녀는 바람막이를 걸치고 현관을 나선다.

냇가 산책은 그녀의 일과였다. 아침을 먹고 커피를 마시면 삼천냇가 산책에서 소소한 풍경과의 만남에서 느낀 자연의 모습에서 얻는 행복감에, 생활의 재충전 같은 힘이 생긴다. 생각의 씨앗을 줍고 물의 흐름에서 여유와, 느림의 미학에서 먼 바다를 떠올리고 생각은 유희적 상상에서 동화적 상상으로 방금 날아오른 백로의 날개에 실어 보내고, 오면 날아갈 듯싶은 마음으로 하루가 행복하다. 그녀는 아파트가 보이는 순간 오늘따라 답답증이 나면서 남편과의 결혼 차가 얼마나 되었지 생각할 때 119 차가 들어오는 게 보였다. '누가 아프지?' 그 궁금증이 가시지 않았는데 경찰차가 들어왔다.

'웬 일이래. 무슨 일이 난거다.' 그녀를 비껴간 차는 우리 집 앞 동을 지나서 사라졌다. 난 그 쪽으로 두어 번 눈을 던지고 돌아서 오는데, 연이어 경찰차도 쌩하니 들어오고 있었다.

'무슨 일이지. 아무래도 보통일은 아닌 것 같다.'는 생각이 들어 아파트 입구에서 서성이고 있었다. 그 때 핸드폰이 울렸다. 친구였다. 같은 아파트에 사는 친구는 아이들로 하여 알게 된 학부형이었다. 큰 아들과 한 반의 학부형으로 만났지만 동갑으로 친구가 되었고 햇수로 십 수 년의 친구니 마음을 나누는 사이가 되었다.

"응. 나 운동하고 방금 오는 중이야. 놀러와. 근데 아파트 내에 무슨 일 났어? 웬 소방차 119. 그리고 경찰차도 들어오데, 그랬구나. 어떡해…."

친구 태진 엄마의 말을 들으면서 기분 좋게 운동하고 돌아오는데 오늘따라 짜증 비슷한 기분이 들더라니, 수상한 차들과 그리고 친구의 전화와, 그리고 남편과의 결혼 차는 왜 뜬금없이… 오늘 냇가는 늦가을답게 억새의 손짓도 깃털 빠진 기러기 같았으나, 물가 버드나무 사이로 보인 냇물은 햇살을 받아 반짝이는 윤슬을 떠내려 보내지 않았다. 돌다리를 세면서 건너다 개수를 잃어버린 게 오늘만은 아니지만 유등천 냇물로는 좁은 축 때문인지 돌 개수가 육십이 되지 않다고 기억 하나, 유등천과 대전천이 모여 갑천으로 내달아 가는 곳 돌다리 개수는 배가 되었으니 세다가 잃어버린 게 한 두 번인가.

현관문에 들어서는 순간 그녀는 답답증을 느꼈다. 38평 아파트가 좁다는 생각은 처음이었다. 새장에 갇힌 느낌이었다. 그녀는 음악을 듣기로 마음먹고 오래된 인켈 전축을 틀었다.

'베토벤의 운명 5번' 베를린 교향악단, 세상의 소리를 집합한 웅장한 소리와 숨결로 흐르는 듯싶은 부드러운 화음은 그녀를 숨이 막히게 한다.

재작년 해로 탄생 백 년을 맞이한 세기의 지휘자 캬라얀의 혼이 살아나는 느낌에 눈을 감았다. 그 때 친구가 벨을 눌렀다. 그녀는 문을 열기 전 전축을 껐다. 세상의 소리가 뚝 잘려짐을 느낀다.

"친구야 우리집 뒷동 3단지에 사람이 죽었어. 그것도 자살이래."

"웬일이니."

친구의 설레발에 난 가슴이 뛰었지만 곧 냉정함을 찾았다.

"너 커피 줄까? 아직 따뜻한데."

그녀는 커피를 건네는 것으로 친구의 설레발을 멈추게 했다.

"남자래 여자래?"

그렇게 묻는 것으로 친구의 흥분을 다시 돕고 있었다.

"남자래. 혼자 살던 남잔데, 작년에 전세로 들었다가 무슨 사정인가, 월세로 돌렸대. 그 동 경비원의 말이니 틀린 말은 아니지. 직업 없이 혼자 살다 외로워 고독사 했는가도 모르지."

"글쎄. 그건 그 사람의 사정일 테니 억측은 자유나 실례가 되겠지."

한 사람의 불행을 생각하면서 죽기로 마음먹을 때까지 얼마나 아팠을까. 그런 생각이 들면서 민지형이 떠올랐다. 결혼생활 십년 만에 이혼 해 모 잡지에 특필로 세상에 알려지고 잠적했다는 기사를 읽은 적 있었다. 그 기사를 읽는 동안에도 '나쁜 놈. 왜 잘 살지 그랬니. 넌 날 버리고 갔잖아. 나쁜 놈.' 며칠 아니 해가 바뀌고도 그녀는 분해서 한참씩 부르르 떨고 그 이후 우울증으로 고생하면서 자신을 다잡아 보았다. 남편이 있고 아이들이 곁에 있어 열병은 치유 되었지만 그의 불행에 마귀의 미소를 짓는 자신을 발견하고 슬퍼하기도 한 그녀.

만약에 그가 자살한 것이면 어쩌지. 아니야. 무슨 생각을 하는 거야. 그는 지금 한적한 곳에서 대하소설을 집필하고 있던가, 불나비의 속성은 또 다른 사랑에 남은 열정을 태우며 행복한 비명을 지르고 있을지도 모른다.

무슨 생각을 하는 거야. 생각을 지우며 애틋한 동정은 죽은 그 사람에 대한 조의(弔意)나, 죽을힘으로 살면 못할 것이 없다는데, 왠지 서운함이 쉽게 사라지지 않았다.

죽음은 가깝지도 멀지도 않게 산 자들 곁을 맴돌고 있지만 죽음에 대한 두려움 보다 삶에 애착을 가지고 살 수밖에 없는 이유는 욕망의 성취에 따른 꿈이 있기에, 세상을 향해 치열한 투쟁을 하는 게 아닌지… 그녀의 생각 속에서 살아있는 그녀였지만 그녀의 삶에서 멀어지며 남은 것이 있다면 불지짐으로 남은 상처의 흔적은 참을 수 있었다. 인생은 아픔과, 눈물이 함께 한다는데, 잘못 만난 인연에 얽힌 쓰라린 아픔이, 어디 한 사람의 몫이겠어. 어제가 지나갔고 아침이 왔지만 어제 일이 자꾸 생각이 났다. 사람이 죽고 경찰차 그리고 119, 자살이라는 죽음이 요란하고 소란스런 참견 속에서 죽어서도 드러낼 무엇이 있는 것이다. 병원으로 후송되어 사인을 규명하고 가족에게 인계한다. 그러나 고독사라면 가족이 있어도 연락도 없이 지냈을 것이다. 걱정 아닌 그녀의 관심은 좀처럼 사라지질 않았다. 하긴 마음이 있는 사람이니 이웃의 불행을 슬퍼함은 자연스런 것이다.

그녀는 집을 나섰다. 오늘은 냇가로 가는 게 아니었다. 도심의 보도에 깔린 블록을 밟으며 타박타박 걷는다. 세상 속으로 들어가는 길가엔 마지막 낙엽이 흩어져 쉬고 있었다. 눈이 내리기 전 어디론가 떠나야 한다. 젖으면 무거워 가는데 힘들 테니. 그녀의 생각 속에서 나온 작은 생각이나, 그녀는 찾아올 계절풍에 속절없이 휘둘린 많은 것을 생각하고 스쳐가는 많은 사람들을 보면서 인사도 없이 헤어진다. 눈빛은 살아있어 탐색하는 눈이다. 인생의 길 그건 긴 여행이 아닐까? 혼자 떠나는 외로운 여행. 그녀는 어제일이 자신과 무관치 않다는 우연의 일치를 생각한다. 오랜만에 은행을 찾아가면서 통장정리는 돈을 찾으면 절로 될 것을 안다. 카드를 넣고 돈을 찾고 정리도 했다. 세상에서 금전에 따른 소통은 삶에 절대적이다. 인간관계도 돈이 있어야 되고 적당한 거리에서 밀고 당기는 줄다리기도 필요하듯 놀이

터서 시이소 타기로, 오르고 내리게 하는 중에도 배려의 마음이 있다. 금전은 생활의 유지와 우아하게 만들어 주는 절대적 힘이다. 은행에서 나왔으나 딱히 갈 데가 없었다. 갈 곳이 없다는 것이 그녀를 우울하게 만들었지만 시끄러운 도심에서 잘 굴러가는 차들에 밀려 좀 전의 생각은 사라졌다. 백화점에 들러 볼까. 아니야. 문구점에서 그림 도구를 구입해 배달을 시키자 마음을 정한다. 백화점 8층에서 좋아하는 스파게티를 시켰다. 혼자서 먹는 음식은 맛도 없다. 그러나 이곳에서 먹었던 생각이 나서였다. 먹고는 핸드백에서 꺼낸 거울을 보고 실망했다. 탄력 없이 주름만 늘고 늙어가는 모습에서 돌아가신 친정어머니를 떠올린다. 꽃은 시들면서 향기를 품어 내는데, 인간은 초췌한 모습에서 인생의 비애를 본다. 그녀는 화장품 코너에서 피부를 살려준다는 기능성 화장품을 샀다. 그리고 먹을거리를 두 손에 들었으니, 문방구는 다음으로 미루고 돌아왔다. 그녀의 생활에서 꼭 필요한 것들이 항상 먼저였다. 그녀는 며칠 안에 그녀 자신을 찾아갈 계획을 생각했다.

겨울의 시작은 냉랭한 바람이 몰아온 상쾌함도 있었다. 그래서일까, 하늘은 구름 없이 푸르렀고 끝 간 데 없이 뻥 뚫렸다. 오늘따라 냇가의 산책은 상쾌한 느낌 그대로 걸으면서, 멀리 보이는 계족산 봉우리에 눈을 두는 순간 발을 멈출 수밖에 없었다. 조금 전에도 보이지 않았던 구름 산이 얼마나 크던지 '북극의 얼음산이 저렇게 컸지!' 그런 생각을 하면서 잠시 서 있었다. 웅장하고 우아한 하얀 구름을 언제 보았는지 전혀 기억에 없었다. 놀랄 만큼의 아름다운 절정이란 자연이 만든 예술이었다. 자연을 먹고 자연을 배설한 지극히 자연스런 짓을 아무렇지 않게 하였으니 떠나면 된다는 아주 타당성 있는 생각이 순수한 것이라는 것 그것이 자연으로 돌아갈 수 있는 준비된 마음이 아닐까. 그녀는 허파에 바람을 채워가며 혼자 웃었다.
밤부터 내린 눈은 발목을 덮었다. 얼마 전 내렸던 가을비에 비하면 느낌부터 달랐다. 시각적인 투영(透映)된 빛깔 속에 든 부드러움과 육감적으로 닿는 차가운 느낌은 바늘로 찌르는 듯싶은 감촉이 있다. 그녀가 겨울이면 생각나는 약속을 잊은 적 없이 단 한 번의 약속도 지키지 못한 것에 후회는 혼자 한 것 같은 억울함에 치를 떨었다. 그러나 그것도 억울해서 눈이 내리면 밖엘 나가지 않았고 창밖을 내다보지도 않았다. 의도적인 행동에 싫증을 느낄 만큼 많은 세월이 흘렀고, 인간을 못 믿으니 사랑도 믿을 수 없다는 결론에 이르러, 저리 깨끗한 빛깔을 내세워 약속을 한 것이 부끄러울 만치 잊고도 싶었다. 차라리 냇가 갈대와 약속을 하고 돌아 왔다면 이렇게 눈이 내리면 달려가 만나면 되는데, 사람과 사람의 약속은 지키려 하는 자, 지키지 못하는 자, 마음에 따른 믿음의 실천이 아닌가. 그녀는 눈 내리는 냇가가 궁금했다. 마음으로 그리면서 나가려는데, 핸드폰이 울렸다.

"안주미! 나야. 내 목소리 알겠니? 그렇겠지. 모를 줄 알았다. 나 성혜영"

"오 그래 성혜영 오랜만이다. 너 지금도 서울 사니? 난 대전서 말뚝 박았어."

"안주미 대전 살면서 그럴 수 있어? 네 첫사랑 민지형이도 대전에 살았어. 이젠 볼 수 없는 곳으로 갔지만 너도 알고 있겠지. 모른다고 몰랐다고는 못하겠지만, 너 너무하다. 잔인할 만큼."

그 순간 가슴을 송곳으로 찌르는 통증을 느낀다. 며칠이라기엔 짧은 시간의 흐름인데 낮과 밤은 슬픔을 묻고 아무렇지 않게 굴러갔다. 혼자 살던 남자의 죽음을 보내는데 할애한 것에 고마움을 가질 수 있는지 그녀는 그 죽음을 더 알려고 하지 않았다. 나이도 이름도 물론이다. 죽을 수도 죽지 않아도 되는 것을 스스로 택한 죽음을 이해하자. 죽고 살고는 하늘의 뜻이라면 죽어야 되는 목숨도 존중하자. 이 세상엔 삶과 죽음 그 가운데 있어, 삶과 죽음을 놓고 흥정하지 않아도 탄생과 죽음은 반비례가 아닌가. 아니면 타인의 것이라는 생각으로 살고 있기 때문이 아닐까.

"정말 몰랐어? 모 신문에도 났던데 궁금하건 알아봐. 그리고 내년 봄에 동창회 때 꼭 올라와 만나자. 보고 싶다."

성혜영의 말에 대꾸를 못했다. 더 무슨 말을 하다간 속내의 감정을 드러내 보일 것 같아서다. 눈물방울이 볼을 타고 내린다. 오랜 가뭄을 견딘 물웅덩이에 고여들 빗물 같은 눈물이었을까? 아니라면 지난 세월에 조금씩 저장했을 눈물이 가슴이 찢어지는 순간 솟구친 것인가! 그녀의 소리 없는 눈물엔 온기가 있었다. 베토벤의 운명 5번에 깃든 살아있는 소리를 기억하는 심장이 뛰고 있음을 잊고, 가슴을 움켜쥐는 그녀. 그래서 귀를 막으려 했고 더 알려 하지도 않았는데, 왠지 전율 같은 암시가 무서워 타인의 운명에 객관적 주관으로 세상에는 가끔 일어나는 일인데 그렇게 생각한 대로 남의 일이라고 흘려보내려 했었다.

멍하니 음악소리에 취해있던 그녀가 핸드폰을 들고 서재로 들어갔다. 성 혜영이 말한 신문사 전화번호를 입력하고 전화를 걸었다. 신문사 지국이었다.

"저 이번 달 20일 자 신문이 혹시 남아 있나요. 그 지면 부고 란에 사망자 성명을 알고 싶어서요. 꼭 알아야 해서요."

"네 몇 부는 보관해 두니까 기다리세요."

아파트 경비실로 찾아가서 알아볼 수 있지만 밖으로 나가고 싶지 않았다. 지금 밖에 눈이 내리고 있었기 때문이나, 그와 약속을 아프게 기억하고 있었기에 눈이 내리는 날 그를 확인하러 나선다는 건 용납되지 않는 비극이었다. 그 비극을 증명하는 말을 귀로 듣고 있었다. 참 기막힌 비극의 날이었다.

'작가 민지형 11월 20일 자택서 사망 향년 56세.'

그녀는 지금 꿈을 꾸는 것 같은 몽롱한 정신을 들고 거실로 나왔다.

'민지형, 넌 나쁜 놈이지만 운명의 교향곡을 타고 먼 길 아주 머언 곳으로 가서 잘 지내라. 너 내 말 안 들으면 영원히 나쁜 놈이라고 부를 테니. 알아서 해. 이 나쁜 놈아.'

그녀의 입 밖으로 나갔을 말이 베토벤의 운명 곡에 천천히 그리고 격렬하게 휩싸인다.

냇가를 찾은 지도 꽤 되었다. 그의 죽음이 무력하게 만들었다. 부정도 않겠지만 일상의 변화는 새로운 것과 접촉에서 얻을 수 있겠으나, 그녀의 길지 않은 인생에 동정과 비애로 많은 생각을 하게 했다. 그녀가 키웠을 암덩이가 하나 둘이 아닌 것이다. 그녀의 모든 것을 이해하고 편히 살 수 있게 지켜 준 남편은 그녀의 심장에 붙어있는 암덩이고 그는 뇌 속에서 자란 암이었다. 그리고 자식들 셋은 그녀의 동맥을 통해 온 몸에 돌고 도는 붉은 피였다.

아프다. 모두 그녀를 아프게 한다. 크고 작은 암 덩이 같은 사랑을 쓰다듬는다. 애틋한 정, 심장의 암 덩이를 움켜잡고 소리 없는 곡을 한다. 날마다 고통스럽게 겪는 아픔이 그녀를 깨웠고 그것으로 삶을 깨달았다. 그녀는 지금 불쌍한 탕녀의 심장을 난도질 한다. 여느 때처럼 저녁식사 준비를 한다. 오늘 저녁 찬은 남편에게 맞춘다. 굴비를 찌고 쇠고기 버섯찌개. 그러나 남편의 귀가는 늦을 것이다. 전화라도 하면 아니 그녀가 해도 되련만 그만둔다. 방해하기 싫었다. 역시 아이들 셋이 하나 둘 셋 제 각기 들어온다. 음식들은 식었다. 그녀의 기다림은 시계추처럼 계속되고 그녀의 소리 없는 곡소리도 잦아든다. 온 몸에서 자라고 있는 암덩이를 어루만진다. 진화하지 못한 일상에 얽매였어도 눈을 감지 않았으니 아직 살아있어 보이지 않는 길을 갈 것이다. 가야한다. '길에서 남편을 보았을 때 어떤 말을 하고 어떤 표정을 짓지?'

그녀의 생각 속에서 두어 달 전 남편의 세탁물에서 꺼낸 종이는 이 억의 대출증에 보증인 직인은 남편으로 되어 있었다. 대출인도 역시 남편이었다.

"이게 어떻게 된 일이죠?"

날카롭게 묻는데도 표정 없는 시선으로 "걱정하지 않아도 되오. 꼭 필요한데 썼으니까." 그리고는 입을 꾹 다물었다. 그녀는 남편에 대한 서운함과 의심을 품었지만 금융계에 있으니 그럴만한 일도 있겠지 했다.

 남편도 알고 있는 그와의 관계이나, 그가 죽었다는 사실을 안다면… 알 수 없겠지. 아주 오래된 낡은 이야기로 여길 수도 있겠다. 내색도 하지 않기로 마음먹는다.

 역시 남편은 늦었다. 열한 시에서 턱걸이 하는 시곗바늘이 숨을 길게 쉬는 것 같이 그녀도 안도의 숨을 내 쉰다.

 "여보 미안 전화도 못했네. 애들은 들어 왔나?"

 오늘만은 '그럼요. 벌써 왔어요. 당신은 식사 했어요?' 그런 말이 나오지 않았다.

 "당신 어디 아파. 아님 화났어?"

 "아뇨. 화를 왜 내요. 당신은 늘 바쁜 사람이고 난 집에 있는 그릇인데."

 "원 사람 웃기지마. 노라의 인형이면 몰라도 그릇이라니 차라리 귀여운 공주에서 지금부터 귀여운 고양이로 불러줄까. 어때 괜찮지?"

 "됐네요. 언제까지 날 공주로 생각하나 두고 보겠어요. 그러면서 비밀이라고 말도 안해요. 하긴 당신에게 늘 고마웠고 미안도 했어요. 인제 날 버리세요."

 "공주님 차나 한잔 주시지."

 그녀는 주방으로 간다. 착한 주인의 명령을 따르는 충견이 될 수밖에 없는 그 이유를, 그녀는 심장에 매달린 암 덩어리라고 생각한다. 숨을 쉴 때 느끼는 통증에서 존재를 확인하고 고마움까지 알게 하지 않았나.

 따끈한 카페라떼에 설탕을 넣지 않았다.

 "당신 오빠한테 전화 안 왔어?"

 한 모금 커피로 입술을 축인 남편의 시선이 그녀의 얼굴을 감싸는데 부드럽다. 그녀는 그 눈빛을 거절하지 못한 오랑캐꽃이었다. 눈으로 웬 전화? 그렇게 말했다.

"처남이 살고 있는 집 말이야. 그 집 주인이 팔자고 내 놨다는군. 그래서 내가 투자했지. 그 이 억이 바로 그 돈이야. 내 돈인 걸 알면 부담스러워 할 것 같아 형식상 그렇게 했어. 당신에게 맡기지 않은 돈, 재투자 한 것이니까 안심해도 돼."

대구에 살고 있는 오빠는 점포가 달린 집을 전세로 가구점을 하고 있었다. 모든 상황을 알고 있는 그녀로서 더 이상의 말은 필요 없었다. 그냥 감격인지 모를 이 순간 코끝이 시큰할 뿐이었다.

'당신에게 늘 고맙고 미안도 해요.' 그녀는 그렇게 말하고 싶었다.

"여보 나 피곤해서 손발 씻고 이빨만 닦고 자야겠다."

일어나면서 그녀에게 어리광을 부리는 아들처럼 동의를 구한다. 바지를 벗는 남편의 뒤에서 그녀의 두 손이 남편의 배를 깍지로 안는다.

"고마워요. 늘 고맙고 당신은 나의 심장을 뛰게 하는 새빨간 피 가끔은 날 아프게 한 암덩이나, 역시 새빨간 빛깔이었으니 내가 당신을 껴안고 살아갈 분명한 나의 이유 같은 것 그것으로 살 수 있어요."

"나 참 사랑한다고 말하면 되는데 무슨 말을 그리도 어렵게 한담."

남편은 내 손을 풀며 돌아서 힘껏 껴안고 말했다. '그 사람이 죽었대요.' 그 말은 할 수가 없었다.

겨울이 깊어진 어느 날 냇가를 찾아 나섰다. 오랜 기억을 밟으며 찾아 나선 개의 습성처럼 녹지 않고 굳은 눈을 뽀득 소리가 나도록 밟는다. 냇가의 모든 것들에게서 쓸쓸함만 전해지면서 아름다웠던 풍경을 살려서 그리는 것도 쉽지는 않다. 냇물은 멈춘 듯 잔잔했고 그 많던 작은 물고기도 볼 수가 없다. 그래 내 생활도 이랬어. 건조한 피부에 기초적인 화장품으로 먹여주고 늘어나는 주름살을 세다 젊은 날을 그리워도 했었다.

그녀의 뇌에 기생충 같았던 암덩이가 더 이상 자라지 않게 병원엘 찾아갈 필요는 느끼지 않지만, 의학적인 제거 수술로 떼어 냈을 때 그 자리는 무엇으로 채울까. 피부이식으로 겉은 덮을 수 있겠지만 구멍처럼 빈 곳은 어떻게 메꾸지… 죽을 만큼 위대한 사랑이면 죽지도 않으리라. 그녀의 머릿속에 박혔던 사랑의 흔적도 아름다웠는가. 모두 지난 것은 낡은 기억일뿐 소중한 것이라고 할 수 없어서 슬퍼하는 것이다.

영롱한 이슬 같은 결정체 진주를 품었던 전복은 아픔을 참고 키웠지만 자신이 키운 걸 잊은 채 죽고서야 발견된 진주가 세상에 알려진 비극을 사랑이라 하는가. 다만 진주를 좋아하는 사람들에게 보석으로 값이 정해지고 돈을 주고 내 것으로 만든, 그 사람의 소유물일터 진주의 아픔이 무언가. 눈물이 있는가. 그걸 아는 이가 있을까.

그녀가 한 시간을 걷는 동안 마음은 가벼워졌고 그녀의 자신을 돌아보는 여유로움에 집으로 돌아가서 그려질 그림이 떠올랐다. 지난 초가을 스친 바람의 느낌같이 비껴간 그의 환영이 바로 저 갈대가 아닐까. 꺾여질 듯이 나약한 허상이 품었을 사랑은 바람에도 쉽게 꺾이지 않는다는 것과, 겨울을 지키고 섰다가 봄을 맞이하고 제 뿌리에서 돋는 새싹을 보고서야 스스로 주저앉는다. 난 갈대의 사랑을 배워야 한다. 내가 사랑할 사람들과 사랑보다 무서운 정, 그 정을 사랑할 것이다. 그녀가 징검다리를 막 건넜을 때 핸드폰이 울렸다. 그녀는 남편의 전화임을 알고 콧소리로 대답한다. 살아있는 목소리다.

냇가에서 보는 아파트가 높았다. 냇가를 벗어나 둔덕에 올라서면 도로다. 도로에서 보이는 405동은 그녀가 신호등을 받고 가노라면 돌아앉아 보이지 않았다. 그가 살다간 아파트라, 영 싫지만 보이는 데야. 발길을 먼데로 에둘러 갈 수밖에… 막 돌아와 엘리베이터를 오르려는데, 전화가 왔다. 모르는 번호였다. "여긴 출판사입니다. 사모님께서 존함이 안주미씨인가요. 책을 전해 드려야 하는데, ㅇ동 한밭 길 ㅇㅇ출판사로 나오실 수 있습니까?"

"주소를 알려드릴 테니 보내 주서요."

"필자의 부탁이 있어 꼭 뵙고 드려야합니다."

'그 필자가 누군데요?' 그렇게 묻고 싶었으나 그만 두었다. 일단 집으로 들어갔다. 왠지 가슴이 더워지는 궁금증이 있었지만 운동하던 모양새로 갈 수 없었다.

거울을 본다. 찬바람에 볼이 가을 자두 같이 익었다. 옅은 화장을 하고 남청색 모자를 골랐다. 짙은 재색코트에 잘 어울린다. 지하 주차장에 며칠째 처박힌 산타페 차를 타고 가려다, 그만 둔다. 출판사를 찾을 수 있을까. 싶어서다. 택시를 탔다. 눈이 녹은 거리는 차들이 길을 내었다.

삼층이 출판사였다. 전화를 받고 왔노라니, 반갑게 맞아준 사람은 사장이었다. 여직원이 따끈한 녹차를 내놓고 미소를 띤다.

"사모님! 민지형 작가를 아시지요?"

차를 권하며 조심스럽게 묻는 사장은 머리가 희끗한 노년기로 접어든 호남형인데 자신감에 넘치는 어깨가 단단해 보였다.

"고등학교 후배였습니다. 가끔 만나면 쓴 소주 같이 마셨지요. 석 달 전 찾아와선 원고뭉치를 주면서 자신의 삶이고 생의 진실을 이 글로서 고백하니 딱 한권이면 족하다. 그러니 그 누구도 아닌 딱 한 사람에게 전해줄 것이니 세상에 알려지지 않도록 선배님이 지켜주세요. 이 책이 나오면 안주미 씨께 직접 전해주라는 부탁이었습니다. 그리곤 넘치게 출판비를 내놓아 안 받겠다니까 몹시 화를 냈습니다. 그리고 얼마 전 그러니까 죽기 얼마 전 찾아왔어요. 책이 언제쯤 나오냐 묻더군요. 그리고 자신이 그렸다는 삽화 열장을 주면서 넣어 달라고 그러더군요. 어디 사느냐 묻는 날 허허 웃으며 혼자 사는 집에 찾아올까 무서워 못 알려 준다는 그 말끝이 퍽이나 쓸쓸해 보였지요. 그렇게 갈려고 작정한 뒤라 그렇게 보였는가. 그리고 책 제목을 놓고 고민하던데요. 이 책입니다. 이 책 저작권은 바로 안주미씨지요. 그 사람의 뜻입니다."

누런 종이가 아닌 백지에 싼 책이 그녀에게 안기운 순간 부르르 떨리는 심장소릴 혼자 듣는다. 무어라고 더 한마디 말도 생각나지 않고 할 말이 없어 고개만 두어 번 숙이고 나왔다. 백이 커서 넣어도 되련만 그녀는 오른손으로 잡고 왼손에 든 가방을 팔에다 걸고 두 손으로 책을 잡고 한참 정신 줄을 놓은 것 같이 서 있었다. 택시를 잡았고 집까지 와서야, 그녀는 온전히 제 정신을 차렸을 땐 백지에 싸인 책은 거실바닥에 떨어져 있었다. 그녀는 그대로 서서 책을 내려다본다. 핏기 없는 그 얼굴이 올려다보는 느낌이 들었을 때 그녀는 부르르 손을 떨며 허리를 굽혔다. 책이라는 생각보다 소리 없는 심장을 안는 느낌으로 두 손으로 잡았다. 심장을 해체하는 심정으로 종이를 조심스레 뜯었다. 책이 미끄러지면서 떨어졌다. 겉표지는 눈처럼 희었고 제목은 핏빛의 붉은 글씨였다.

계절풍은 불었으나,
첫 눈의 약속은 흐르지 못한
강물이 되어

책장을 넘기는 그녀의 손이 그녀의 가슴과 함께 떨린다.
J. 난 지금 이 순간 널 그리워한다. 사랑하므로 사랑하면서도 이런 나 자신을 용서할 수 없지만, 비겁한 동물적 야욕에 치우친 선택을 할 수밖에 없다니 두고두고 후회할 것을 안다. 내 인생을 건 도박을 증오해 다오.

첫눈이 내린다. 12월 11일 너와의 약속을 기억하면서 J. 널 그리워한다. 바람도 불지 않는지 꽃잎 같은 눈송이가 조용조용히 내리고 있다. 너도 보고 있겠지.

'나쁜 놈 나쁜 놈. 넌 나쁜 놈이야!'
그녀는 책을 던져버리고 미친 듯이 웃는다.
'나쁜 놈. 넌 나쁜 놈이야.'

■ _09집, 나방의 밀어(중편)

　나방은 한여름 날을 위해 살고 있다. 그것도 4일에서 20일을 살자니 불꽃처럼 살아야 한다. 사랑을 위해 짝을 찾아 원시적인 날개를 퍼득이며 가끔은 기어가고 짧은 날개로 열심히 바람을 일으키면서 사랑을 위한 노력만을 목적으로 삼는 일생이 가엽기도하다. 인간은 사랑만 먹고 살수가 없으니 나방이 부럽기도 할 것이다.
　밤이면 불빛을 쫓아 모여든 벌레는 헤아릴 수 없이 많지만 가끔은 땅강아지도 앞마당에 날아드는걸 보았다. 그래 모두 번식을 목적으로 한다한들 암컷과 수컷의 만남으로 역사는 이루어지겠지….
　그런 자연속에 자란 어릴적 추억은 좋은 기억으로 영원히 남겠지만 농촌 언저리에서 작은 밭떼기 논에서 나온 곡식으로 먹고살기도 힘들었다. 초등학교를 마치고 중1때 친척이 불러올려 우리 집은 서울로 갔다. 아버지 엄마 나 그리고 남동생 훈이 이렇게 말로만 듣던 서울 그리고 책에서 대충 상상과 짐작만으로 서울 구경 한사람보다 생각만으론 훤히 알았지만 서울로 와서 본 서울은 생각한 것 보다 넓었다. 우리 집은 중심부가 아닌 변두리 성북구 청량리 부근이라 그랬다. 이모부는 청량리역 하역부로 식구를 책임진다고 했고 아버지를 불러다 엄마까지 봉재공장에 들어앉힌건 이모부 내외였다. 80년도 까지 밥먹고 살기도 근근했던 터라 일자리가 있다는 것만으로 안심하는 시대니 서툰 봉재기술도 손에 익어갈 무렵 청바지 붐이 일어났다. 동대문 시장 남대문 시장 할 것 없이 새벽시장이면 각 지방에서 올라온 옷장사로 북적였다. 그 물건을 만들면 돈이 되는데 밤을 세워서라도 만들다 보니 서울 살림도 안정이 되었을 때 난 중3으로 여상을 지원하기로 굳혔고 동생 훈이는 열 살이 넘어 내 후년이면 중학생이 되야 했지만 저능아로 태어나 입학만 해놓고 공부는 뒷전이었다. 우리집은 늘 그늘속에 화초처럼 활기에 찬 나날은 별로 없었다. 동생 훈이 때문이었다. 또래 아이들에게 바보라는 이름으로 불리는 것이 얼마나 속상하고 스트레스가 되는지 겪어보지 않고는 이해가 안 될 것이다. 아들인 훈이는 우리집 희망일 수 있었다. 더구나 아버지 실망의 한숨은 땅이 꺼질듯 했다. 포기한 세월이 얼마나 흘렀는데 술 한 잔 걸친 날은 훈이를 껴안고 운적도 있었다.

"당신 자꾸 그러면 나 훈이 데리고 나갈래요. 자식복이 고만인데 팔자려니 해야지 평생 날 볶을래요. 고래등 같은 집에도 근심 걱정은 있다는데 우리 복인데 넋두리 하면 뭣해요. 정말 자꾸 그러면 흔적 없이 사라질꺼에요." 이런 날이면 지붕이 뚫려 하늘이 무너져 쌓이는 듯이 우울했다. 바보끼리 살면 싸울 일이 없을런가 정신말짱한 아버지 엄마 그리고 난 포기하고 살지 않으면 미칠 것인데 아버진 종족보존에 일생을 건 맹수의 본성 그대로 후대에 남겨질 자신의 핏줄에 대한 집착을 버리지 못한 맹수가 새끼를 버리든가 물어죽이는 것을 서슴치 않는거와 마찬가지로 아들에 대한 집착은 병적이었다. 어느 날은 술기운인지 불혹을 바라보는 엄마를 조르는 아버진 심술을 부리는 아이처럼 보였다. "당신 일 같은 거 그만하고 내일부터 아들하나 더 낳을 생각이나 하라구 돈은 내가 벌테니까 내말 안 들으면 후회한다. 돈 있으면 머 어디다 쓸려구 써도 보람이 있겠어. 재미가 있나 인간구실 못하는 새끼 똥싸라구 먹이는 일이나 하겠지." "당신이 사람이야 불쌍한 자식 앞에서 인제 술 먹고 갈비 뜯으며 안주삼아 먹으니까 욕심이 나거든 아들이고 금송아지고 낳아 말리지 않겠어. 먹고 살려다 나이보다 늙어 난 갱년기가 왔어. 당신은 청춘인가 본데 불쌍한 자식 어떻게 앞날을 열어줄까 걱정이나 해봤어." 엄마는 반 미친 사람처럼 아버질 공격했다. 난 훈이 방으로 들어가 훈이를 다독이며 라디오를 크게 틀어서 들리지 않게 했지만 바보는 분위기 파악도 할 수 없는 건 아니다. 평소 사랑의 눈빛이 없는 아버질 훈이는 알고 있었다. 무관심이 더 가혹하다는 걸 난 그래서 익히 알고 있었다. 정미야, 니가 아들이었음 얼마나 좋겠니. 하긴 딸이 더 좋은 세상이라 하더라만 아버지의 집착은 병적이었다. 그런 와중에 고모네 사업장에서 나와 따로 시작한 사업장은 날로 커져 인력이 많이 필요했고 전국 백화점으로 킹브랜드로 진열 되었을 때는 디자이너도 두고 주니어복까지 만들게 되었다.

"정미야 너 인문계로 가거라. 그래서 대학 가라구. 의상학과나 디자인과 던. 난 배운 게 없이 솜씨로 남의 도움을 받아야 하는게 싫다. 너라도 이 길로 나가 날 도와준다면 떳떳할 게 아니냐."

"엄마 난 공부가 싫어 취직이나 빨리해서 자립할 거야. 그래서 취미로 미술이나 할까 생각했다구요. 대학은 가도 미대 갈래요." 난 엄마의 일상이 왠지 싫었다. 어둠이 가시지 않는 밤중같은 작업장에서 재봉틀과 하루를 보내면서 먼지가 되는 기지를 가위질 하며 굳은 자세로 십여년을 갇힌 새처럼 일만하는 걸 보아 왔기에 난 햇빛 찬란한 서울 거리를 활보하는 직업을 갖고 싶었다. 그것은 아마도 가정의 단란이 없는 우리집 분위기가 싫어 탈출을 꾀하는 개 아닌 고양이의 말 못하는 심정이었는가도 모르지만 난 그런 날을 꿈꾸고 있었다. 사춘기때 누구나 한번쯤 꾸어보는 반란 같은 것일 수 있지만 난 확실한 그 무엇을 찾아 떠나는 콜롬버스는 아니지만 배우도 가수도 꿈꾸던 한 때 어린왕자가 겪는 아름다운 경험은 꿈에서나 경험할 행운일 것이라는 생각을 지워 버리게, 한 사건을 먼저 경험했다.

그날은 한여름날의 소나기가 날잡아 작정하고 쏟아진다는듯 앞을 막는 빗줄기는 두터운 비닐막처럼 세상을 막아 버렸으꺼라는 생각을 하면서 창밖을 보고 있었다. 마지막 여름방학 그것도 열흘간의 휴가를 끝내는 날의 오전이었다. 모처럼 늦잠은 엄마는 봐주기로 했는지 일터로 나가면서 훈이는 시설에 맡겨졌을테고 아버지는 며칠째 얼굴은 물론 목소리도 듣지 못했다. 출장임내 핑계도 염치가 없는가 술 핑계도 없이 오너를 만나서 거래를 성사 시키고 가겠다는 전화는 그래도 설득력이 있어 엄마는 알면서 속아 넘어가 주었다. 아마도 멀찌감치 부산쯤 어딘가에 애인이나 현지처라도 만들어 신접살림을 차렸을 것이라는 추측을 엄마도 나도 하고 있었다.

난 방관자로 있어야 했다. 불만은 한계가 있었다. 엄마를 자극하는 말은 하지 않았다. 엄마의 넋두리도 듣기 싫었고 무자비한 아버지 태도가 날강도 같았기 때문이었다. 낡은 창고 같은 작업장에 붙은 방 두 칸을 작업장으로 확장한건 번듯한 양옥 2층집을 사서 이사한 때문이었다. 엄마는 자신의 이름으로 등기까지 하고는 내심 안도감과 기쁨을 드러내는 표정을 보았다. 손톱이 닳도록 노력했고 그 노력의 성취감은 집들이에서 일가친척이 모인 자리였다. 이모부 내외와 고모부 내외가 물론 축하객 손님 중 일호였다. 고모 고모부 사이에 자식 육남매를 두었는데 큰딸은 출가한 지 오래였고 형은 결혼도 하지 않고 막노동을 하다 부모님 사업번창으로 일을 도우면서 멀쑥한 신사가 되었고 육이오 사변 때 피난생활에서 낳은 쌍둥이 아들 그리고 딸딸 이렇게 여섯을 두었다. 쌍둥이 낳고 배를 곯아 지금도 쌍둥이 생일달이면 허기가 져 고기를 한달간 먹는다고 했던 이야기를 나도 몇 차례나 들었다. 이모 내외는 아들 딸 둘뿐인 단촐한 식구였다. 외사촌 오빠 진구는 대학생으로 연극영화과에 다녔다. 잘생겼다기 보다 말쑥한 분위기는 하얀 피부와 맞게 키가 컸고 눈코는 아담한 것이 여자라면 참예쁘다는 말을 많이 들었을 것이다. 난 그런 생각을 하면서 오빠라고 불렀고 오빠가 참 좋았다. 아직 이성교제가 없었던 난 오빠를 보면서 미래 남자친구를 사귄다면 오빠같은 사람이면 좋겠다는 생각을 했다. 만일 유명한 배우가 된다면 오빠는 그럴만한 능력이 있었다. 끼가 다분한 외모 그리고도 가을 바람 같은 서늘한 눈빛엔 냉정함과 비정함이 합쳐져 웃을땐 고독이 폭발하는 분위기에 난 압사당하는 느낌에 나도 모르게 진저리가 나면서 소변이 마려웠다. "정미야 넌 참 예뻐 코스모스 같아." 오빠는 그런 날 어루만지는 말로 날 들뜨게 만들었다. "오빠는 유명한 스타가 되면 나는 잊어버릴꺼죠?" "자식 내가 널 어떻게 잊겠니. 코스모스는 언제까지 코스모스야. 네 그 우수깃든 눈빛이 좋아." 우린 친척임을 잊고 연애하는 연인처럼 대화하며 무작정 좋았다. 그 좋아하는 것은 순수했으나 좋아하는 것도 한계선이 있음을 생각하진 않았다. 오빠여서 좋고 연인같은 감정의 기복은 설레임과 아픔까지 사랑하는 지독한 연민이었으나 나중은 후회로 남는다. 한들 거기까지 생각할 틈새는 없었다.

새찬 빗줄기가 유리창을 때리면서 작은 물혹이 되어 쪼르르 미끄러지면서 터지는 양을 보며 난 눈물같다는 생각을 하고 있을 때 문소리가 났다. 획 돌아다 보는 순간 젖은 나무로 서있는 진구오빠가 우뚝 있었다. 분명 오빠 진구가 입을 옆으로 찢으며 웃고 있었다. 난 왠일인지 가슴이 뛰었다. 오빠 이 비를 맞고 어떻게 왔어요 이렇게 물으려다 그만 두었다 무척 반가운데 그냥 말을 더해 무얼하랴 싶었다.

"나 졸업기념 공연에 주인공으로 추천받고 오케이 싸인하고 곧장 널보러 왔지. 교수님 추천인데 잘되면 주욱 나가고 안되도 반타작은 되는 셈이니 기분좋아 널 보러 왔어."

거칠것 없이 빗방울을 떨구는 측백나무처럼 내 앞에서 말하는 오빠는 정말로 향기를 품고있는 측백나무처럼 신선했다.

"오빠 어떻게 내가 있는지 알았어." 난 생각대로 옷을 주어들고 내밀면서 뛰는 가슴을 진정 시켰다 "다 젖었는데 수건이나 가져와." "감기들면 어떻게 할려구 이 옷이라도 입지." 오빠는 수건으로 거실을 닦으면서 "야 임마 고삼이니 한 열흘 광복절 넘기기 전 쉬게 해놓고 선생들은 휴가 떠나는 걸 모르겠어. 광복절은 절대 포함시키지 않는걸 원칙으로 삼는건 전국학교가 똑같지. 그래서 왔어 나 간단히 씻고 입을테니 세탁기에 넣고 한 번 돌려 물 빼고 탈수해서 입겠어. 그래도 되지? 응 이 옷은 새 옷인데 탈수만 하면 되거든." "그럼 이 속옷만 입으면 덜 춥겠지 아버지 옷인데 새것이야." 난 재빨리 준비한 아버지 런닝과 건강팬티라는 삼각팬티를 건네며 얼굴을 붉혔다 "싫다구 난 내꺼 입을래."

진구 오빠가 샤워하는 동안 난 과일을 깎고 커피물을 끓였다. 따끈한 커피로 몸을 녹이게 하려는 생각이었다. 난 과일을 깎으며 진구오빠의 벗은 몸을 상상하면서 웃었다. 신혼여행에서 맞이한 첫날밤이면 이런 감정으로 남편을 아니 신랑을 기다릴 것이다. 상상만으로 온몸이 후끈 달아 오르면서 깊고도 깊은 골짜기에 마르지 않는 웅달샘을 가졌을까 더워지면서 아픔 같은 전율이 찌르르 전해질 때 몽중에서 몇 번 느꼈던 오르가즘에 쓰러질 것 같은 마음의 포도알을 입에다 넣고 터트린다.

"정미야 나 나왔어 뭘하니." 진구오빠는 언제 나왔는지 소리없이 주방앞에 서 있었다.

"오빠 추울까 싶어 커피줄려구." 난 돌아서면서 이렇게 말하는 걸로 조금 전 나의 부끄러움을 감춰버리려했다 성관계 전 이미 사정해버린 남자의 몰골이 이랬을까. 커피물이 벌써부터 끓고 있는 주전자는 달칵거렸다.

"오빠 아메리카노 아님 카페라떼 블랙." 난 돌아선 채 명랑한 목소리로 조잘거렸다. "나중에 난 널 안아야겠어 안고싶단 말이야." 덥썩 날 안아올리듯 뒤에서 안으며 탱탱한 내 가슴을 사정없이 유린하는 손. 난 그 손을 뿌리칠 수가 없었다. 거칠고도 부드러운 손은 마술을 부리는듯 따뜻하고도 감미로웠다. 그의 손에서 난 벗어날 수 없는 참새처럼 숨을 할딱이며 목숨을 애걸하고 있었다. 모든 세상의 먼지가 소나기에 씻기고 낮은 곳을 찾아가는 물처럼 오빠와 난 한없이 강을 찾아 떠나고 있었다. 좋아하는 것으로 모든 도덕과 윤리는 있거나 말거나 통증과 희열을 갖는 것으로 죽어도 좋을 그런 순간을 갖는데 후회는 절대로 하지 않겠다. 입술을 깨물었다. 그러나 순간이 지나고 정신을 차렸을때 이성보다 부끄러워 오빠를 볼 수 없었다.

"내가 책임질 거야." "오빠가 어떻게 책임지는데." "결혼을 할 수 없지만 평생 너와 애인으로 살테야. 너도 다른 놈하고 결혼은 하지말고." 오빠는 무서운 결심을 하였을까. 범죄 모의자까지 부추켜 뭘 얻겠다는건지 난 멍하니 있었다. 집안은 무덤처럼 조용했고 오빠는 커피를 차갑게 마시고는 또 날 껴안고 뒹굴었다. 난 죽음에서 벗어난 참새가 먹이를 먹는 것으로 행복을 느끼고 있는것 같은 눈으로 오빠를 바라보았다.

"정미는 내 이상의 여자였어. 어렸을때 만난 거 기억나지? 성북동 큰 누나 결혼식때 넌 초등학생 난 중학생 그때부터 널 좋아했고 사랑했어. 그러나 친척이래서 참았던거야. 난 결심하고 오늘부로 내 사랑을 내 것으로 만들었다. 우리나라 윤리와 도덕은 사촌이라는 관계에서 팔촌까지 금혼이니 결혼은 못할 수 있지만 사랑을 못하겠니. 가까운 일본인들은 얼마던지 결혼한다. 그리고 서양인들도 그런데 지탄받을 것이 무서워 고민까지 할 까닭은 없어. 우린 우리들 삶과 인생을 소중히 여기면서 사랑하자."

진구오빠는 들뜬 목소리로 용기를 주었지만 솔직히 난 두려웠다. 큰 죄를 지은거 같은… 그러나 후회하긴 싫었다. 빨리 자립하고 싶었다. 엄마의 권유도 아버지 바람도 모두 팽개치고 혼자 나가 살고 싶었다. 대학을 가볼까 생각하고 있었으나 본의 생각대로 실업계로 빠져 은행원이 되는게 최선의 선택인 결심으로 굳혔다. 가정의 소중함을 깨트린 부모가 아버지 어머니의 따로의 바람으로 미움이 쌓여간 세월이 금전적인 성공도 더 따로의 생활에 곱셈이 된 셈이었다.

엄마는 경제적 쟁탈에서 밀려나지 않으려 대학을 나온 직원을 채용해 승용차를 끌고 다니면서 거래처를 직접 뚫고 제품을 공급하고 수금까지 했다. 말하자면 시장판매라도 많은 시장의 활로는 커서 백화점보다 나았다. 아버진 그것도 불만이었으나 제품 완성까지 엄마의 손에서 시작되어 백명의 직원들에서 맡겨지니 아버지의 입지는 좁았다. 이미 시작된 싸움이었다. 아버진 여자가 있었다. 똑똑하지 못한 아들에 실망한 아버진 어떤 여자에게서라도 아들을 두고 싶었을 것이다. 자식욕심이 많은 아버진 늘 불만을 가졌고 더는 자식을 낳을 수 없는 엄마를 여자로 취급하지 않았다. 오십이면 여자는 여자이고 싶고 늙어가는 갱년기때 날카로워 지기 쉽다. 엄마는 늙지 않았다. 젊지도 않았지만 괜찮은 미모는 여전히 빛이 났다. 깨끗한 피부 흰칠한 몸매가 보여주는 굴곡도 적당한 것을 내가 닮아 있었다. 그래서 진구 오빠도 날 코스모스라고 하는건지… 엄마는 화장을 하지 않는 얼굴로 작업장에서의 모습으로 익숙했다. 그런데 외부 활동을 하면서부터 화장은 물론 옷에도 신경을 썼다. 늘 혼자의 생활에 익숙한 나 홀로 삶을 즐겼다. 그건 나도 그랬다. 그러고 보면 우리 식구는 따로따로의 생활에 익숙해져 서로의 생활을 간섭하지 않아 남남이 모여 사는 것 처럼 말도 아끼고 살았다.

"너 공부는 하고 있는 거니 대학은 가는 거다. 요즘 대학 안가면 무시하는 사회야." 엄마는 용돈 줄때는 공부 안하는 날 훈계를 하는 것이었지만 난 회초리를 맞는 심정이었다. 진구오빠는 오지 않았다. 비오는 날 이후 난 우울한 척 밖에 나가지 않고 열흘 방학을 끝냈다. 그 때 일은 꿈속에서 경험한 상처로 생각하고 언제든 겪는 그런 것으로 고민할 필요는 있을까. 어차피 되돌릴 수 없다면 사랑의 상처쯤 있는게 인생이 아닐까. 난 아직 애인이 없잖아. 남자친구라도 사귈 수 있었지만 또래는 싫었다. 난 이미 세상을 경험한 거리의 풀꽃으로 시들기전 반란을 꿈꾸어 온 지도 한참 지났다. 난 꿈만 먹고 크는 사춘기 소녀가 아니었다. 내 행동을 책임질 결심은 한 뒤에서 고민할 필요까지 없었다. 취직만이 목표였다. 우울로 가려진 집에서의 탈출이면 난 자유다. 모두 따로의 생활에 길들여진 식구들 가장 불쌍한 건 동생이었다. 시설 생활에 길들여진 동생은 버려진 애완견이 되어간 지 오래다. 그림을 지도 받는다고 했다. 공부보다 그리기를 좋아한다니 다행이다. 바보가 생각하는 상상은 정상적인 두뇌와 표현력의 차이는 어떻게 그림 그려지는지 난 생각만으로 짜증스러워 왈칵 눈물이 쏟아졌다. 비정한 아버지 그리고 혼자만 사랑한다고 믿는 엄마의 모정 도와준 적 없이 동생을 보면 짜증을 내는 걸로 사랑했다고 생각하는 나 하나같이 멋대로 였지만 화합이 안 된 가정의 애정결핍을 서로에게 씌우는 범죄를 모르고 있었다.

지루한 장마가 끝나고 가을로 접어드는 시월엔 졸업생 전원이 취직을 위해 희망한 기업채로 면접을 하고 점수와 실력에 따라 운명이 결정되는 희비가 엇갈린다. 난 원하던 대로 모 은행에 입사가 결정되었다. 엄마는 나중에라도 대학 갈 것을 염두에 두고 못마땅한 표정을 애써 감추면서 따뜻한 말을 건넸다. "졸업을 축하하면서 취직한 것도 축하해야겠지만 그렇게는 못하겠다. 지금 시대는 배고픈 시대가 아니야 경쟁시대야. 다들 가는 대학 가서 네가 하고 싶은 공부해. 내 욕심은 의상과 아니면 디자인과를 갔으면 좋겠다만 니 좋은대로 해도 좋아. 직장생활 하면서 생각해 봐." 오랜만에 갖는 엄마와의 대화는 처음으로 갖는 것으로 따뜻한 것이었다. 그러나 난 전혀 그럴 수 없다는 생각으로 끝냈다.

진구오빠는 졸업식 날에도 오지 않았다. 그렇다고 서운하지도 않았다. 나도 그랬을 거야. 난 마음속으로 말했다. 어릴적부터 보아왔던 오빠 그 오빠가 멋지게 성장해 내 곁에 맴도는 큰 나방처럼 원시적인 날개를 퍼득이는 소리에 신경 곤두 세우는 숫컷이 배나 되는 암컷의 몸둥이를 얼싸안고 교미하는 절정의 순간을 그 누가 추잡타고 욕지를 퍼붓겠는가. 경이로운 사랑이라고 응원은 못하랴. 그날 소나기가 퍼붓던 그날의 일은 누구의 잘못이라 죄지을 수 없는 한 여름밤 큰나방의 사랑행위처럼 자연스런 것이었다. 오빠는 소나기로 젖은 몸을 씻으면서 자연스럽게 팽창하는 성기를 붙들고 날 떠올렸을때 걷잡을 수 없는 충동에 아무런 생각도 없는 상태로 둘 뿐인 분위기가 부치긴 성적충동은 동물적일 수밖에 없었을 것이다.

나는 동조자일뿐 이성(理性)으로 대처하려는 마음도 전혀 없었다. 이성에 눈을 뜨고 처음 경험은 설레임보다 깊숙한 늪에 빠져 허우적 거리는 얄궂은 흥분에 떨었었다. 짧고도 긴 시간이 멈추게 만든 그날의 일은 영원히 둘만의 비밀로 남을 일로 만들자는 약속은 안했지만 사랑은 영원히 지키자는 말을 남기고 오빠는 절대로 다른 여자와 결혼은 안한다 너도 하지마라 터무니없고 진실성 없는 말이 어떻게 약속이 되는지 난 묻지도 않았지만 가능할 수 있다는 생각을 했다. 아마 오빠는 후회하고 있는지도 모른다. 난 그 반대로 후회는 안한다. 그렇게 생각한건 오기같은 것인지도 모른다. 그랬었다. 오빤 지금 눈코 뜰새 없이 바쁘겠다. 졸업공연 연습도 있겠고 열띤 머리도 식히고 나에 대한 미안함도 있을 수 있겠다. 그래도 내 졸업식엔 왔어야지 아님 공연 티켓이라도 들고 오던가 난 왠지 서운했다. 그러나 원망은 좋은 쪽으로 생각하고 새해 첫달부터 출근에 마음을 썼다.
　첫눈을 기다리는 겨울이 깊어갈 즈음 크리스마스 이브날 눈이 내렸다. 겨울꽃은 역시 백설(白雪)의 난무(亂舞)였다. 그 난무 속으로 끼어들고 싶어 난 무작정 뛰쳐 나갔다. 얼굴로 날아드는 젖은 꽃잎이 눈썹에 앉았다. 눈물을 흘리게 할 때까지 난 서울 거리를 쏘다니다 까페로 들어갔다. 난 고등학생이 아니었다. 고삼부터 길러진 머리는 목을 덮었고 화장끼 없는 맨 얼굴은 내가 보기에도 하얀 코스모스 꽃이었다. 카페 장미는 손님으로 넘쳤으나 이층엔 자리가 있다는 바리스타 친절에도 난 밖이 훤히 보이는 창가로 가서 긴의자를 비집고 앉아서 눈발을 하나하나 세고 있었다. 뜨거운 블랙커피 한 잔이 식은 몸을 뎁혀 주었다. 학생복을 벗었으니 난 자유인이었다. 다 그 학생이란 딱지가 구속이었다. 커피를 홀짝이며 다 마시는 시간이야 얼마나 걸리리랴만 눈발은 회색안개를 만들면서부터 굵은 눈발이 조용히 어느 시인의 한숨처럼 내리고 있었다 혼자마시는 커피는 뜨거웠지만 식은 것처럼 맛이 없었다. 문득 친구가 없다는 생각이 났다. 나 좋다고 따라다니던 남학생이 없지 않았지만 하나같이 동생같다는 생각이 들어 쌀쌀한 바람같이 대했었다. 이제 사회인이니 사회친구도 가져야해. 동창들도 만나면 반갑겠지.…
　이런 날엔 진구 오빠가 필요해 문득 보고싶은 날이다. 그러나 난 먼저 연락하고 애원하진 않겠어 않겠어 말이 끝나기 전 눈 안으로 밀려든 물기는 뜨거운 눈물이었다. 혼자 생각하면서 감정에 치우친 말은 혼자 먹는 밥이 아닐까 눈이 외투를 적시도록 몇 정거장을 걸어서 집으로 돌아왔을 때 엄마가 집에 와 있었다. 엄마는 혼자가 아니었다. 탁자를 앞에 놓고 과일을 안주로 포도 와인을 마시고 있었다. 엄마는 화장한 그대로 외투는 벗었는지 분홍에 가까운 본견 원피스를 입고 있었고 그 남자는 인조가죽 잠바를 벗어놓고 얇다한 줄무늬 티를 입고 있었다. "임과장 제 딸이에요." 난 어떨결에 목례를 하고 이층 내방으로 올라가는데 그 남자의 말이 내 목을 감았다 "여사님을 닮았네요 미스코리아 감이네요." "쳇 배운데 없는 저 말투 욕지기 난다." 난 혼잣말을 하며 고개 대신 입과 눈을 동시에 찢고 흘겼다.

"정미야, 진구가 사무실로 왔더라. 이 티켓 너 주라더라."

난 오르다 다시 내려가는 수고를 나도 모르게 서두르는 발걸음으로 엄마 뒤에섰다.

"한 장만 주었어요?" "나도 오라면서 서너장 주는걸 사양했다." "즈그 아버지는 쓰러졌는데 정신있겠어." "이모부가 쓰러지셨어요?" 난 잘 안쓰던 존댓말로 묻고는 엄마 말을 기다리다 따가운 시선에 댄것처럼 번개같은 눈으로 그 남자를 보았다. 엷으면서 끈적한 미소가 날 삼킬 듯 뱀의 모습으로 칭칭감아 조르는 느낌을 난 불쾌한 눈으로 거절했다. "그렇게 술을 먹고 괜찮을걸 바라겠어. 하긴 힘든 직업이라 술기운에 견뎌내기도 했겠지만 큰일이다 가장이 쓰러졌으니. 하긴 진구가 기둥이 되겠지. 그러나 인기가 있어야 성공을 하는데…" 엄마는 혼자 떠들면서 걱정하는 척 하는 건지 남 얘기에 열올리는 것 같은 모습으로 비쳤다.

난 티켓을 받아들고 쌩하니 돌아섰다. 저런 남자라면 엄마쯤은 날름 삼켰을지도 모르지. 난 상상만으로 그 남자의 품에서 어쩔 줄 모르는 엄마의 모습을 그리고 있었다.

하긴 그런 재미라도 있어야지 신이 만든 아담과 이브에게서 무얼 기대했겠어. 부끄러움을 알기 전 죄를 짓게 한 한마디 언질이 있었지 않아 탐스러운 과일을 보여주며 이건 선악과(善惡果)이니 어떤 경우라도 먹어선 안 된다. 이렇게 일렀으니 뱀의 꾀임이 없었다. 한들 탐스럽고 아름다운 선악과를 보면서 욕심이 나는 건 당연한 욕심이 아닐까. 사람은 착한 종으로 하느님의 아들 딸이었으니까. 복종하고 따르라는 명령을 계시한 계시록은 하느님 말씀의 예언인 바 그 말씀에 따른 종교가 생겨났다. 선악과의 시험에 든 결론이 이토록 무서운 형벌이 될 수 있고 되어가다니 인류의 불행과 동시에 지구에 살고 있는 모든 생명들에게도 비극으로 인간의 일생이 근심과 함께하다 끝나는게 인생의 길이나 나대로 인생과 세계관의 근본을 찾고 연구하는 실존주의자라면 깊이 있는 철학자의 자아가 곧 신앙이 되는게 아닌지… 인간은 유능하고 모든 면에 가능한 자질을 바탕으로 뇌의 판단 능력이 사나운 짐승들도 길들여 생활에 이용했고 자연을 역행한 죄인이기도 그러나 철학을 바탕으로 한 과학은 인류의 놀라운 업적이기도 하다. 발전을 거듭한 과학은 삶의 편리함에 따른 자연의 파괴가 있지만 인간은 그 편리함을 거부할 수 없는 지경에서 살고 있다. 이렇게 좋은 세상을 공유하고 살고있는 지금 마음의 고갈을 채우려는 현대인의 고독을 알고 있는가. 먹을게 많아 배는 그득한데 마음의 허기는 나의 것이니 그 누구도 모른다. 고상한 척 특별난 척 살고 있어도 뚜껑 열고 들여다 보면 사는 건 똑같다는 말을 공감했을 때 아직 경험하지 않았을 것을 난 경험하였다는 자책도 시들해졌을 때 난 세상을 삐딱하게 생각하고 보았는지 모르지만 엄마도 지금 본능대로 살고 있는거다. 인생은 다 그렇게 살고 본능에 충실한 삶이 자연에 근접한 아름다운 삶이 아닐까? 아담과 이브가 발가 벗은채 마주하고 있어도 부끄러움을 모른 건 순수한 자연 그대로의 모습이 본성이나 하느님 말씀을 어기고부터 죄악은 시작되었다 한다. 부끄러움을 안 시간 때 인간의 추구는 악이 무한대로 가고 있으면 선은 태초에 있어서 더더욱 빛나고 그 빛은 어둠속에서 더욱 빛나는 빛으로 세상의 어둠을 비추는 촛불로는 부족한 믿음의 신앙이 되었도. 내가 자유로우려면 가까이 있는 주의 사람에게 관대해야지… 아빠의 삶도 모른채 했듯 엄마의 삶도 그렇게 방관자로 남을 것을 안다. 난 단념 하였으니까 엄마도 외로웠을꺼다. 먹고살기 급급할 때 목구멍에 넘길것에 목을 매었으나 등따시고 배부르면 허기진 영혼이 살아

나는 것 엄마는 지금 그 시기를 맞아 잃었던 본능을 찾았을까.?

진구 오빠 아버진 이모부가 아닌가. 젊은 시절 얻었을 철도화물 하역과 운반을 맡고 조 편성을 짜놓고 같이 일을 마치면 의례 막걸리로 피로를 풀었던 날들이 평생이 되는 오랜 세월 동안 몸은 만신창이되어 쓰러지고서야 인생의 종말로 가는 길임을 누가 말해 주었는가. 당하고 나니 바보가 되었는데 뇌졸중이었다. 나중에 자세히 알은건 귀로 들은 것으로 이해가 되었지만 난 진구 오빠 공연에 꼭 참석하고 싶은 생각으로 차 있었다. 멀찌감치라도 얼굴만이라도 보고 싶었다. 사랑은 해도 나방의 사랑같은 날갯짓은 처음부터 하지 않았어야 했다. 문둥이 나방이라고 내가 붙여준 이름에 걸맞는 나방은 정말 몸뚱이만 컸고 날개는 작아서 제대로 날지 못하면서도 짝을 만나기 위해 필사적인 날갯짓도 모자라 몸뚱이로 흙을 쓸면서 까지 퍼득이며 불빛으로 모여드는 걸 난 여름이면 볼 수 있었다. 그러다 짝을 만나 온몸으로 껴안고 기다가 굴러선 풀숲에서 사라지는 원시적 사랑이 얼마나 뜨거운지 난 모른다. 그 모르는 사랑이 몹시도 그리운 날 난 내 사랑에 목이 마른 외로움은 어디에서 찾을까 먼 곳에서 오는 게 아니었다. 가까이 내 곁에 있어 볼 수 있는 사람 나의 외로움에 생기를 불어 넣는 이성이 바로 진구 오빠였다. 외사촌이란 관계는 관계 이상 이하도 아닌 생각 속에 좋아해서 내가 외롭지 않고 오빠도 좋으면 되는 것이다. 책임 지을 죄는 도덕과 윤리고 난 후회하지 않을 것이니 숨겨둘 비밀 간직하고 살면 된다. 그건 진구 오빠의 생각에서 나온 것이지만 내 생각도 그랬다.

그런데 오빠는 얼굴을 보여주지 않았다. 오빠의 아버지는 뇌졸중으로 쓰러져 입원중이고 오빠는 오빠대로 생각이 많아 머리가 터질 지경이라는 이해를 하면서 한번은 들여다 보아야 된다는 것으로 꽃을 들고 병원을 찾아갔을 때 이모가 있었다. 엄마보다 여섯 살 위인 이모는 늙어 보였다. "정미가 왔구나. 너 은행에 취직했다며 잘했다. 대학졸업해도 취직하기 어렵다는데 넌 잘한 거야. 우리는 시대를 잘못 만나 공부도 더 못했지만 지금은 경쟁시대지만 실질적인 수입이 최고지 머." 이모는 공순이가 싫어 일찍 결혼해 아이만 줄줄이 낳고 끝에 가서 이 꼴이니 인생이 허무하달 수 밖에 없다는 듯 한숨을 쉰다.
"진구오빠는 언제 왔다 갔나요." 난 망설이다 묻고는 나 혼자 얼굴을 붉혔다 "응 입원하시던 날 딱 한 번 왔다갔어. 뭐가 바쁜지 짜증을 내더라. 지가 가장인데 배우가 되고 인기 얻고 언제나 그리 되려는가…."
난 더 이상의 말은 삼갔다. 더 이상의 말은 주제 넘은 짓 이란걸 가슴 밑바닥에서 흐르고 있을 마음이 양심이라고 소리치는 것 이었다. 불륜이 아니잖아 도덕적으로 용납을 허용하지 못하는 오랜 윤리적 테두리를 허물지 않기 위한 억지일 뿐 모르긴 해도 근친간의 간음은 쉽게 이루어지는 것으로 아무도 모르는 소리 소문 없이 묻힌다는 것이다. 이성간 남보다 접촉할 기회가 많다는 것도 요인이다. 난 그 어떤 이유가 해당된다고 말도 하기 싫다. 진구오빠와 난 젊었고 난 외로웠다. 멋진 날의 사랑이었노라고 말하고 싶을 만큼 후회하지 않을 것이다. 우연히 찾아온 호랑나비고 난 활짝 핀 꽃이 씨방에 앉을 자리를 내어준 것 뿐이다. 그런데 난 그날의 일을 날마다 생각하는지… 상처는 아물고 흉터는 남는다고 하지만 죽을만치 괴롭지도 눈물이 날만큼 슬프지도 않는데 몸살같은 미열에 며칠이고 잠에 빠지고 싶었다.
난 진구 오빠 졸업축제 공연도 가지 않았다. 취직을 핑계로 난 집에서 나올 것을 결심한 날부터 엄마의 비위를 맞추고 내 의사를 밝혔다. 원룸을 얻어 직장과 가까운데서 살고 싶다 엄마는 반대였다. "이 큰집 다 나가면 혼자 어떻게 사니." 그런 이유는 오래가지 못했고 난 고시원이라도 얻어 나갈 결심이었으니 엄마는 원룸을 얻는데 동조했고 삼천만원 보증금을 지원받았다.
자그마치 월세가 오십 만원은 내가 벌어서 내야했지만 난 자유가 좋았다. 아버지는 미웠으나 엄마는 동정이 갔다. 남편의 사랑도 못 받는 가엾은 여자가 바로 엄마였다. 한동안 은행업무에 익숙하도록 정신없이 보냈고 진구 오빠를 생각하는 시간이 줄어갔지만 결코 지울 수 없는 그 무엇은 사랑도 아니고 슬픈 연민이었으나 결코 사랑이 아니라고 부정하지도 부정 할 수 도 없는 그리움이었다. 누구나 사랑하고 이별하고 그렇게 사는 거라지만 난 사춘기는 외로웠으나 나와의 싸움에 지쳐갈 때 나도 모르게 우울증을 견디는 힘겨운 싸움은 친구들까지 멀리하면서 오직 취직은 해야겠다는 생각에서였다.

취직과 함께 신입사원 축하연에서 내 앞에 앉았던 김 과장 첫 인상을 머릿속에 입력한 날부터 지금껏 궁금한 것이 있었다. 딱히 끄집어 낼 수 없는 그 무엇은 폐쇄된 문안의 비밀 같은 것으로 싸인 분위기를 풍기는 남자가 한 점포 사무실에서 매일 보면서 갖는 어색함은 나만 갖는 것인지 혼자 느낀 감정인지 모두 선배여서 묻지도 못하고 그저 모른 척 지나려니 답답한 가운데 짜증도 한몫 했다. 나중에 알게 된 김 과장은 모 대학 경영학과를 나온 재원으로 중앙지점장으로 곧 나갈 것이라 했다. 그동안 부실한 점포를 돌며 살리는 일로 인정받은 그가 갖고 있는 비밀한 표정이 풍기는 것은 무엇 때문일까. 그 궁금증과 떠올린 추측의 주인공이 있어야 된다면 그건 여자가 아닌가. 사십대라면 사랑한 여인과 결혼도 그리고 아이들도 한둘은 있을 것이다. 그러나 그에게서 아무것도 알지 못했고 그렇게 하루가 갔고 한 달이 되었을 때 월급봉투를 받고 빈 봉투에 내용서만 읽었고 돈은 통장에 하루 먼저 들어와 있었다. 그리고 그날 회식이 있었는데 난 일부러 김과장과 떨어져 앉았다. 어색한 자리를 피해서였다. 그러면서 난 의식적으로 그의 행동을 주시하며 무관심을 가장하고 명랑한 대화를 하는 척 웃으며 맥주도 따라 마셨다. 회식이 끝날 무렵 모두 한잔씩 마신 술기운에선지 분위기가 핑크빛 이였다. 누군가 큰소리로 말했다. "노래방 가자." 그러는 남자는 대출 담당자 최태진 대리였다. "어린애처럼 노래 연습인가 이왕이면 클럽에 가지." 언젠가 처럼 똑같은 자세와 표정으로 소주를 마시던 김 과장의 말에 난 웃음을 채 거두지 못한 채 그를 보았다. 클럽이란 술을 마시는 분위기가 있고 음악이 흘러넘치고 가수가 노래를 부르는 곳 그리고 손님도 나가 생음악에 맞춰 노래도 부를 수 있으나 팁을 줄 수 있는 능력이 곧 분위기고 기분이 최고로 업그레이드니 그보다 기분 좋은 날은 별로 없을 것이다. 난 아직 가 본 적 없어 솔깃이 귀가 열렸지만 이내 맞춘 눈을 딴대로 돌렸다. 난 클럽(club)이 무엇이고 어떤 곳인지 모르는 상태에서 대충 생각한 것을 꿰어 맞추는 것으로 가서 보고 경험도 하고 싶었다. 클럽이란 단어만으로 대충 그런 곳일 테지 했는데 막상 가보니 취미가 같은 사람들이 모여서 함께 즐기는 단체와 같았다. 음악을 하는 사람들이 악기를 다루면서 정기적인 모임을 가져 지친 삶을 위로받는 머 그런 곳 이었다. 섹소폰 드럼 아코디언 제각기 갈고닦은 솜씨를 맞추면서 즐기는 곳이 언젠가 술과 안주를 파는 업소가 되었다는 것이다. 김 과장님은 이 업소 아니 클럽의 주 멤버 였는데 지금은 빠져 나온 건 직장일 때문이나 후원자로 남아있어 인기는 대단했다. 섹소폰 연주 신청을 받은 김 과장은 홍난파의 가고파를 멋지게 그리고 애절하게 흐느끼듯 연주하는 모습이 너무 슬퍼서 난 가슴의 통증 같은 감동에 눈물을 글썽이며 바라보았다. 가고파라 가고파 끊어질듯 애절한 음률이 흐느끼듯 이어질 때 눈을 지긋이 감았다 뜨면서 내게로 다가와 쓰러질듯 몸을 앞으로 숙였다 다시 서면서 쏘는 듯한 눈빛이 뜨거워 난 고개를 숙이는 걸로 그의 눈빛을 피했다. 난 더 이상 있을 수 없었다. 가야한다 난 더 있다간 오늘 밤 내로는 집으로 돌아가지 못할것 같은 생각이 나고 있었다. 또 다른 생각은 날 부추기는 누군가의 말이었다. 저사람 김 과장 밤새워서라도 마주앉아 술이라도 마시면 무언가 털어놓지 않을까 터프가이 같으면서 차가운 미소 그리고 알 수 없는 우수가 난 좋으면서 두렵게 만드는 그 마력 같은 전류에 감전이라도 되면 어쩌나… 그 생각 끝에 진구오빠가 내 앞에 서 있었다. 난 소리 없는 바람처럼 일어나 빠져나왔다. 집에.오니 열한시였다. 내일은 토 일요일이니 마음 놓고 자도 되었다. 특별한 계획도 없으니 쇼핑을 해볼까 그런 생각도 했지만 씻고 침대에 누워 한참을 잠 못 들었다. 그 김과장과의 느낌이 왠지 불안한 암시를 전제로 한 인연인 것 같은 관심은 버려야 할 일 인게야. 난 야무지게 자립을 원했고 실천하고 있잖아. 외로우면 외로운 데로 참는 거다. 여지껏 그렇게 살았잖아. 난 내게 일르고 타일렀다.

진구오빠는 더 기다릴 그런 사람은 아니었잖아. 보고 싶으면 그런대로 참으면 좋고 참지 못해도 하소연은 나한테 해야지. 그런데 오빠보다 더 지독한 남자를 만났다. 밤을 세우면서 이야기를 듣고 싶은 아니 사정을 들어 주고 싶은 남자… 그 지독한 고독을 안고 있는 남자가 나를 울게 한다. 한겨울의 얼음이 웅덩이를 메꾸었을 때 큰 호수가 얼었을 때 보다 더 단단해서 목마른 새 한 마리도 앉았다 미끄러지면서 돌아서듯 햇살을 받아도 증발해버린 물기로는 참새의 목마름도 도움이 못되는 웅덩이 물은 녹는 봄이 오면 썩어질 운명이니 빗물이라도 웅덩이 물은 슬픔을 지녔을 것이다. 늦은 잠자리에서 꿈결로 듣는 물소리에 잠이 깨었을 때 난 빗소리를 들었다. 그 빗소리에 웅덩이에 고인 물이 얼었을 겨울 이야기를 꿈으로 꾸었을까…시계는 한시를 넘기고 두시로 차고 올라 간다. 이제 잠은 달아났다. 한 시간은 잤을 테니 잠과의 사투는 하지 않기로 한다. 어릴 적 보고 느낀 것은 평생 동안 잊지 않는다고 난 그 시절이 문득문득 떠올려 질 때 그때 그 시절이 그립다 계절마다 볼 수 있는 자연의 변화는 늘 새롭고도 아름다워 늘 반가운 친구 같고 꽃과 새를 키우는 재미 같은 놀이에 푹 빠져도 보았다 봄이면 피어나는 꽃이 좋았지만 한여름의 예찬이야 꽃보다 푸르고 푸르른 초목들의 거대한 생육(生育)의 짙푸른 잎새들 아우성이겠으나 막 열리기 시작한 오이줄기 싱그럽고도 물기둥 같은 줄기에 물손 같은 잎새가 오이순을 덮으면서 오이손이 감아서 잡은 순에 감기는 힘 태풍에도 놓을 수 없는 손이 된다.

노랑오이꽃이 피기 시작하면 여름은 절정에 다다른 큰 소리가 있다. 첫 번째 큰 소리는 소낙비다. 그리고 소나기를 몰고 다니는 바람이 사납고 때론 젖은 바람과 동시에 장맛비가 내리는데 더위와 열대야와 함께여서 잠들기 어려운데 이 때 모기가 극성맞게 달겨 든다. 하지만 앵두가 빨갛게 익어 아이들 욕심을 내게 할 때는 산딸기도 익어 앵두보다 딸기 먹으려고 산허리를 돌고 돈 다. 산딸기가 있는 곳엔 독사가 살고 있는데 뱀도 딸기 맛을 알기 때문인가 난 아직까지 모른다. 그 산딸기 먹으려다 이웃 순자 동생 정식이가 독사에 물려 사흘 만에 죽었다.

그런 슬픈 일이 일어나고부터 딸기 따러 간 적은 없었다. 학교에서 돌아오면 오이 따서 베어 물었을 때 생긋한 오이 향은 싱그럽기 그지없다. 소나기가 내리는 날이면 젖지 않는 사람이 있을라나… 더위를 식혀주는 소나기에 흠씬 젖은 오니순은 온몸을 던져 물에 뛰어든 개구리 뒷다리 같은 힘이 느껴지는 윤기가 있었고 번들거리는 등에서 보인 물기는 강폭을 건느고 돌아온 듯 매끄러운 물빛이었다. 한여름의 개구리야 살판난 팔자의 모습을 닮은 애오이는 송글송글 땀방울에 가려진 여드름이 청춘의 꽃이라는 생각을 처음 하였지만 달고도 상긋한 오이맛과 동시에 마알간 이슬 같은 액체는 살아있는 생명의 피같은 어머니만 가진 젖이 아닌가… 나도 엄마의 젖을 먹고 자랐다. 이건 부정 할 수 없는 사실이다. 난 그래서 어머니 아버지가 있다 내가 어떻게 태어났는가는 더 생각할 여지없는 것이듯 사랑의 결실이란 동물적 본능의 생명이든 사람의 새끼든 태어난 것으로 축복받아야 된다는 것만을 부르짖는 독립적 이타적인 인간이기도 하다. 문득 엄마가 보고 싶다는 생각을 한다. 그런데 아버지는 내 머릿속에 입력된 이름 같은 소리 없는 메아리로 들리지 않기를 바라는 간절함 속에 징지징 한소리 여운은 무엇인지 가끔 잊었다 싶을 때 내가 부르는 소리를 환청으로 듣는 나의 노래는 슬프다. 미운 아버지 그러나 미워할 수 있는지 미워서 가슴 아픈 날 어쩌라고 빈 물레질만 돌리고 계시는지 시간은 멈추지 않는 그곳 어디쯤 멈추었을 때 후회라는 말도 삼켜야 되는 불쌍한 인생이여 이런 내 생각이 아버지에 대한 극한적인 것만은 아니란 것을 알면서 난 아버지를 미워할 수 있는 이유로 치부해 버린다. 이미 마음속에서 떠난 아버지 그러나 이렇게 미워하는 것으로 난 아버지 존재를 확인 한다. 진구 오빠 아버지 내겐 이모부지만 병원에서 퇴원해 집으로가 짐승같이 살고 있다는 소식을 들었을 때 건강이 제일이다. 그러고 보면 건강한 아버지가 행복도 가질 수 있구나 싶었다. 언어 능력도 없이 그리고 걷지도 못한다는 이모부는 뒷방에 가둔 짐승 이었다. 내가 병문안 차 과일과 제빵을 사 갔지만 이모는 얼른 감추는 것 이었다. 이모부의 먹고 싶다는 간절한 눈빛이 어찌나 가슴이 아프던지 난 오렌지를 가져다 쪼개어 입에 넣어드렸다. 그때 이모가 날 건드렸다. "정미야 한쪽만 드려 자꾸 설사를 해서 그래." 난 들은 척도 않고 오렌지 반쪽을 입안에 넣어 드렸을 때 이모가 내손에서 뺏어갔다.

순한 사슴의 눈으로 받아먹던 이모부가 이모를 노려보았다. 그러나 힘없는 늙고 병든 슬픈 눈 이었다. 시대를 잘못만나 배우지 못했고 먹여 살릴 가족들을 위해 짐꾼으로 철도 화물 하역으로 젊음을 소진하고 이제 병든 몸으로 짐승 취급을 받는가 싶어 얼마나 노엽고 슬플까 가슴을 치는 것으로 자신의 분노를 드러내고는 두 눈을 감았다. 대소변을 이모가 치우는 입장을 이해가 되지만 살아있는 목숨의 입장에선 서운하고 야속하여 상대를 이해 한다기는 차라리 돌이길 바랄 것이다. 주면 먹고 안주면 굶지만 말은 못해도 꽥꽥 오리나 거위처럼 소리를 지른다는 것이다. 먹는 것 그리고 소대변 볼 때 건장한 체격이었던 이모부는 날마다 말라가면서 산속의 고사목이 될 것이다 외로움에 떨다 처절하게 죽을 것이다 나 역시 죽을 것을 안다.

모든 일이 익숙해지고 가을로 가는 길목의 나무처럼 오고가는 많은 사람에 무관심을 하늘로 눈을 두고 외로움에 떨고 있는 나무가 바로 나였다. 난 그런 마음속에 지난 일을 간직하고 살기는 너무 억울했을까 잊을 수 없어 간직한대로 두고 난 바쁘게 지내려했다. 몸이 좀 약해 보이는 것을 보충하려고 영양제도 샀지만 건너뛰기 일쑤였고 우유에 토스트 한쪽이 아침식사였다. 어느 날 엄마의 전화를 받고 커피숍에서 만나 보약 한 재를 받았다. 혼자 나간 자식 건강을 걱정한 엄마의 사랑에 눈을 뜬 난 역시 엄마는 엄마였어. 그렇게 치부해놓고 불쑥 말을 꺼냈다. "나 대학 가려구. 그래 이제 정신 차렸어." 엄마는 더 젊어져 보였다. "정미야 잘 생각했다. 그리고 나 니 애비랑 이혼 할테다. 괜찮지 다 컸으니까." 엄마와 차 한 잔 마시고 할 말만 하고 헤어졌다. 난 돌아오면서 엄마와 아버지의 관계는 이제 끝이 보인다는 사실로 인연의 끝이라는 것이 어렵지 않게 현실이 된다.

난 상관없다 맘대로 하슈 난 콧노래를 부르듯 말하면서 난 고아가 되었다는 생각 속에 성도 이름까지 바꾸고 싶어졌다. 점심시간이라 두서명이 손님을 받고 있어 은행점은 조용했다. 그때 지점장이 들어오면서 내 이름을 불렀다. 이름대신 한 대리로 통했지만 새삼스럽게 들려서 난 의자에 앉으려다 오똑선 채 지점장을 보았다. "놀라지 마요 기쁜 일이니까 다음 달 부로 중앙지점으로 출근해야 되겠어. 발령이 났어요." 대머리가 벗겨져 나이 들어 보이는 안 지점장은 늘 허허 웃는 얼굴 이었다.

"어머 축하해 한 대리." 하나같은 말로 동료들의 인사를 받으면서 중앙지점으로 갔을 김 과장을 떠올렸다. 가을 나무같이 우수어린 눈빛과 추위로 얼어버린 나뭇가지처럼 쓸쓸함이 벤 얼굴이 그려 진다. 난 어떨떨한 채 인사는 받으며 내가 그럴만한 자격인가 이제 겨우 햇병아리로 날갯죽지도 덜 자랐는데 누가 날 불렀는지에만 마음이 쓰였다. 아직 인사이동에도 끼일만큼의 근무 경력도 없기 때문 이었다. 다음 달은 아직 이십일은 남았지만 이날이후 난 뒤숭숭한 마음으로 보낼 것이다.

난 특별한 인맥도 없이 실력으로 들어온 직장인데 누가 날 불러 올리는 것일까. 동료 선배들의 말로는 김 과장의 선택이 작용한 특채라고 수근 거렸다. 하긴 김 과장이 아니면 아는 사람은 없었다. 말도 썩지 않은 사람 같이 서먹한 사이로 강렬한 느낌의 개성이 날 꼼짝 못하게 하고선 이 세상 외로움은 자기 것 인양 쓸쓸한 눈빛이 슬퍼서 같이 붙들고 울고 싶었다. 축하

회식 때 그날의 기억은 꿈이라도 좋았을 여운으로 남았다. 섹소폰 연주만 은 아니였다. 김 광남 과장의 이름 이었다. 과장님이 아닌 김광남의 신상에 대한 정보는 꼭 알고 싶을 만치 궁금했다. 결혼한 기혼자임은 분명했다. 나이로 보나 사회적 인격으로 보나 그리고 직장 지위로도 그럴만한 위치에 있었다. 난 궁금한 상상에서 비밀한 부부의 사이를 비극으로 몰아다 파헤치는 잔인함까지 갖는 지나친 관심에 열을 올리고 그때를 기다렸다. 다 날 끌어 올렸으면 이쯤은 각오하여야 했다고 말해주면서 솔직한 말을 듣고 싶다. 봄 하루해는 길지만 봄은 짧다고 한다. 많은 꽃들이 앞 다투어 피어 소리 없이 지는 데는 많아야 열흘이고 한여름이 더워도 소나기 열 번에 장맛비로 젖고 젖으면 극성스레 울던 매미도 날개가 젖어 더는 울지 못하고 습기에 찬 땅기운은 낮은 바람을 일으켜 더위는 꺾기고 서늘한 가을이 온다. 난 가을의 나뭇잎이 물들기 시작한 어느 날 시월의 마지막 날에 짐을 들고 집으로 왔다. 그 전날 간단한 저녁식사로 대신한 축하가 있었으니 인사만 하고 나왔다. 부러운 시선과 따가운 시선은 묵살한 내 용기도 가상했지만 갓수물의 풋내기가 가진 냉정한 대처도 가상하다. 난 내게 칭찬을 하고 어깨를 폈다. 이세상은 온실이 없다. 추위와 바람을 막아주는 온실은 열대식물이나 살 수 있는 거다. 난 사람이다 경쟁 속에서 살고 있는 현실의 인간의 존재는 누군가 밟고 올라서야한다. 난 그래서 대학을 간다. 내 힘으로 간다. 이런 마음을 굳히고 직장과 학원을 병행하는 하루생활은 그야말로 싸움같은 전투였다.

중앙점은 빌딩의 1,2,3층을 쓰고 있었다. 말하자면 돈 슈퍼마켓 이었다. 한 층의 평수만으로 모든 업무가 가능할 것 같은데 3층은 보험만 취급하고 2층은 공과금과 대출에 관한 사무실 그리고 은행장실이 따로 있었다. 김광남 과장은 행장님을 대신한 대출건에 대한 심사까지 맡아 보고와 결제까지 전반에 걸친 업무에 전문직 고용인과 비서가 있던 비서를 은행장실로 보내고 대신 날 불러 올렸던 것이다. 출근 며칠 전 토요일의 약속은 그 김 과장님과였다. 인사동 모 커피숍에서였는데 차를 가져 갈 테니 열한시에 청계천 사거리 택시 정류장게로 나오라는 거였다. 난 가슴이 뛰고 심장 소리를 처음으로 느꼈을 정도로 놀랐다. 클럽에서의 마지막 만남의 여운은 짠하고 가슴시린 겨울밤으로 기억에 남았지만 살면서 어쩌다 겪는 그런 느낌도 사람이기에 그럴 수 있는 것이다. 그렇게 생각하고 그의 아픔에 더 간섭할 이유를 몰라 쉽게 잊을 수 있었지만 가슴에 남았을 여운만은 슬프게 남았나 보다. 그 때 처럼 가슴이 뛰는 데야 병이 아닌가. 난 그의 차를 기억 한다. 아이보리H 구형소나타 첫 번의 만남치고는 무리수다. 그러나 별스런 일이야 있겠어 내가 과민한 반응을 갖는 게다. 중매 자리로 끌려서 가는 것 같은 어색함도 있었으나 기대도 없지 않았다. 첫사랑 고백 같은 그런 기대 난 얼굴을 붉히기도 하면서 진구 오빠를 생각했다. 그때 일 이후 둘 만의 만남은 없었다는 것도 기억에 없을 정도의 궁금증이 도져 병이 될 만큼 보고 싶었지만 만나고 싶진 않았다. 시간을 지키려고 평일처럼 일어나 손을 닦고 냉장고에서 토마토 한 개를 씻고 샐러드 채소 몇 잎을 접시에 담고 토마토는 먹기 좋게 썰었다. 들깨소스와 마요네즈를 뿌려먹었다. 우유라도 뎁혀 마시면 좋겠지만 채소만으로 빈속을 달랬다. 이를 닦고 세수 그리고 옅은 화장을 하고 눈썹을 올리는 것으로 끝났다. 입술의 루주는 여성의 꽃밭이라는데 난 입술은 그대로 두었다. 엄마의 흰 피부를 닮아 하얀 코스모스라는 별명을 얻은 난 분홍에 가까운 봉선화 빛을 가진 입술은 먹고 마셔도 괜찮았다. 도심의 거리는 사람들의 옷차림에서 가을을 실감 한다. 가로수 잎이 뒹굴어도 바쁜 걸음이 느끼기엔 시간이 없는가 보다. 난 가을색이 짙은 원피스에 옅은 감빛의 스카프를 목에 드리우고 나갔다. 시간은 넉넉했다. 버스에서 내려 약속장소까지 아직 20분의 여유가 있었으나 택시 승강장에는 갈수 없어 10여 미터 떨어져 서 있었다.

지루한 기다림이라고 생각을 하는데 빠앙 하는 소리와 함께 그의 차가 섰다. 김 과장 그가 한손을 팔꿈치를 접어 귀까지 닿는 자세로 손가락을 펴

아는 채를 하는데 차는 미끄러지듯 내 앞에서 섰다. 운전석에 앉아있는 또 한 사람이 있다는 걸 난 그때서야 알았고 난 고개만 숙여 인사했다. 의외였다. 운전을 직접하고 나온다는 내 생각이 빗나갔기 때문이다. 사적인 만남이 아닌 공적인 여기까지 생각이 번개처럼 스치웠고 난 뒷 자석에 혼자 앉아 진구오빠를 생각했다. 결혼식까지는 못해도 부부처럼 같이 살수는 있다. 내가 지금 무슨 생각을 하고 있는 거야. 난 금새 마음이 변한 아이처럼 날 나무라면서 지금 내 앞좌석에 앉아있는 그의 뒷통수에 의문을 담은 시선을 고정시키고 생각의 갈래를 한 개씩 모아다 머릿속에 넣었다가 지우길 몇 번 그리고 냉정을 찾았을 때 멀지않은 인사동 한식집으로 들어갔다. 이층이었고 1층은 카페였다. 참으로 어색한 자리고 만남 이었다. 둘만의 식사면 어땠을까. 은행의 업무 담당은 점포 안에서의 일도 있지만 밖에 일을 보는 외무관도 많다. 보통 점포마다 한사람 아님 두 사람씩 차를 움직여 돈 운송까지 맡고 있지만 지금 시대는 기계가 거의 한다 해도 사람이 있어야 한다. 신기사로 불리는 젊은 그 사람은 운전을 하여 그 김 과장의 발이 되어 주는 기사였다. 약초밥상이었으니 약이 되는 자연밥상이었다. 셋이서 각기 모르는 사람끼리의 한상에서 먹는 것 같은 어색함이 꼭 관광지에서 어쩔 수 없이 먹어야 다음 일정을 맞추는 것처럼 그렇게 떠밀려 먹을 수밖에 없는 것처럼 그렇게 먹었다 난 문득 담배가 피우고 싶다는 충동을 갖는다. 혼자 생활하면서 가졌던 무료함에 담배라도 배워 피운다면 괜찮을 상 싶다는 생각이 미치자 내일 꼭 사야지 하고 마음을 먹고도 잊고 잊어서 며칠은 그냥 돌아왔다. 그런 날엔 커피를 진하게 마셨다. 그러면 잠을 설쳤으나 잡념은 없었다. 담배 맛이 어떤가 사춘기 때 그런 궁금증은 있었다. 난 일부러 퇴근해 올 때도 참았는데 돌아와선 집에서 입는 옷차림에 빨간 슬리퍼를 신고 간적 없는 24시 슈퍼에서 담배를 샀다.

"어떤 걸로 드릴까요." 아르바이트 생인 듯 싶은 젊은 청년의 물음에 난 어색한 웃음을 흘리며 독하지 않은 걸로 줘요. "글쎄요 저도 몰라요 이걸

드려볼까요 디럭스." 담배 값을 받아든 순간 매끄러운 감촉이 좋았고 예쁘게 포장된 것이 가벼워서 좋았다. 딱 한번만 태워 볼테다. 난 원룸으로 돌아와 담배가치를 꺼내서 엄지와 검지만으로 집어 들고는 똑바로 세워 눈높이 보다 조금 높이서 백옥같이 희 디흰 쭉 빠진 손에서 풍기는 향기는 독특했다. 아직 모르는 이성의 냄새 난 진구오빠의 체취를 기억 한다. 물 냄새가 났다. 그리고 비누향이 났는데 내가 쓰던 오이비누향이 아니었다. 짖이긴 배추냄새 같다는 생각을 하면서 오빠를 밀치다 엉기고 말았다. 그 때 일 이후 난 남학생들이 몽중에서 체험하고 그 오르가즘을 위한 수음을 계속 반복하듯 난 이성에 대한 동경을 멈출 수 없었다. 인간의 성행위는 동물적이지만 쾌락을 위한 서로간의 배려다 새끼를 잉태할 때 짝을 찾는 짐승과는 다르다. 그래서 인간 세상엔 성매매로 성의 노예가 존재하는지 모르지만 그 검은 거래는 은밀하게 이루어진다. 젊잖은 성행위는 없다고 한다. 바람에 의한 만족을 갈구한 동물적 충동은 가끔은 사회적 비판을 받는 세기적인 불륜도 있지만 자신의 사랑은 어디까지나 사랑이다. 난 창문을 열고 담배에 불을 붙이고는 전등을 껐다. 빨강 홍조를 머금은 담배가치는 어둠속에서 위로의 불씨는 되겠지만 너무도 미미했다. 그러나 모락모락 피어난 연기는 창문에서 들어온 바람으로 좌우로 흐느적거리다 사라지면서 남겨논 향이 온몸을 마취시키듯 진한 냄새는 어서 한 모금 빨고 삼켜보란다. 난 천천히 힘있게 빨아 드렸다. 찡한 느낌의 몸서리가 입술을 밀면서 목으로 넘어갈 때 한바탕 기침을 토해 내고 다시 들이키는 반복은 시험에 든 신자의 방문 같은 거부감이 있었다. 첫날은 그것으로 끝내고 또 얼마간 잊은 듯이 멀리했다. 어느 날 불쑥 찾아온 엄마는 쟈스민 꽃 향수를 풍겼다. 그런데 엄마의 날카로운 시선이 내눈을 아프게 한다고 느낄 때 대뜸 쏟아놓는 엄마의 말은 "왠 담뱃내" 라고 하면서 사내를 끌어 들였느냐는 것 이었다. "무슨 담뱃내야. 엄마 한테서 나는 향수냄새구만." "그래 분명 담뱃 내 였어." 엄마는 내 잠옷에 얼굴까지 묻고는 "나는 것 같기도 하고 아닌거 같기도 하네." "엄마 담배 태우면 속이 시원하다고 하던데 나도 배워볼까 생각 중이야." "아이구 미쳤니 좋은거라구 배우냐. 한번 배우면 끊기도 어렵지만 여자가 담배를 물면 외로워진다고 하더라. 하긴 담배가 친구라더라만 피부가 빨리 늙는다는데 그걸 왜 배워." "사는 게 힘드니까." "왜 힘들게 살어 니가 좋아서 나왔지 내가 나가랬어." "엄마 오지마 보고 싶으면 내가 갈테니까 난 혼자가 좋아 이것저것 다 싫어."

엄마는 건강원에서 만들었다는 헛개차 그리고 양념한 불고기를 가져왔다. "나 니 아버지와 이혼했다. 그걸 알려주려고 왔어." "축하해요 박수는 치고 싶지 않네요." 난 엄마 행복이 자유라고 생각하면서 엄마의 기사고 임 과장이라 불렸던 그 남자가 엄마 얼굴에 겹쳐져 보였다. 진실성이 결여된 인간이하의 속된 인간으로 난 벌써 치부한 뒤였으나 엄마가 불행해 지면 안된다. "엄마 그 임 기사 어때 첫인상이 별로던데." "나도 알아 걱정되니 걱정은 말어." "걱정 안해 인생은 어차피 게임이라 그거지." "비웃니 넌 잘 살아야해." "올 필요 없어 내 걱정 하지마 난 잘 살테니." 이렇게 말하려다 난 입을 다물었다. "갈란다. 머니머니 해도 건강이 최고다. 너의 이모부 봐라 얼마안가 죽겠어. 그러고 보면 니 아버진 팔자 늘어졌지." "엄마도 늘어졌으니까." 기여코 엄마를 긁는 것으로 난 만족했다.

다시 공부한다는 것도 쉽진 않았다. 직장 생활과 병행하는 것도 피곤했고 머릿속에 입력하는 공부라는 것에 대한 부담감도 스트레스였다. 거기에 거의 비서직 같은 하루일이 눈치 있게 센스가 넘치는 것으로 상대방의 기분도 내 기분까지 연결고리로 엮는 그런 고리는 끊어지면 와르르 흩어지면서 소리가 나도록 땅바닥에 뒹글을 것을 알기에 난 최선을 다한다. 그는 과장에서 부(部) 은행장이 되면서 비서가 필요했고 기사도 필요했다. 날마다 그의 호흡소리까지 들으며 차 심부름도 그 외 업무까지 맡아서 하면서 눈빛까지 느끼면서 난 그의 일부가 되어가는 것 같았다. 그는 둘 만일 때 농담도 했다.

"한양은 좋겠다. 젊고 예뻐서 애인은 물론 있겠지. 있어 없어 그것만 대답해줘."

평소 말이 적고 눈빛엔 나무 그늘 같은 우수가 어렸던 눈엔 사랑 빛을 담뿍 담은 가을노을처럼 감빛을 풀어놓은 그의 눈은 따스하면서 "부장님 사모님은 얼마나 아름다울까 몹시 궁금해요." "그런가 관심이 있다는 건가 그렇게 들었는데 대답할 수가 없다네 비밀이니까." 그는 웃음기를 거두는 실수로 얼마나 외로운가를 보여주었다. "저도 비밀 이예요." 난 조심스럽게 웃으며 농담처럼 말했다.

"큰일이구먼 언제쯤 서로의 벽을 허물고 말할 수 있을지." 그 말을 끝으로 빙긋이 웃었지만 날 바라보진 않았다. 더 이상의 말은 실수 라는걸 깨닳으면서 난 골난 사람처럼 일을 했다. 창밖엔 눈발이 날렸다. 가슴이 뛰게하는 첫눈 이였다. 다북 눈송이면 좋을 텐데 바람 탓 인가 구절초 꽃잎을 한 잎씩 떼어 뿌리는 것처럼 갈래갈래 흩어지는 눈송이로 쓸쓸하게 내렸다. "눈이 내려요 첫눈이 내려요." 이렇게 말하고 싶었지만 그 말을 삼켜버리고 못본 척 일에 열중했다.

"밖에 눈이 오는 군 첫눈이 저리 빈약해서야 한 대리는 여행계획 있나."

"여름휴가 때 강릉이나 갔으면 생각은 했어요."

"그래 왜 그렇게 멀리잡지 겨울 바닷가도 괜찮은데" "할 일이 있어서요." "그래 여름은 너무 멀지 않아 이제 겨울인데" 난 눈으로 웃는 것으로 더 이상 설명은 안했다. 난 수능 시험을 아무도 모르게 치뤘다. 자신 없는 오답은 내버려두고 자신 있는 것은 먼저 한건 오래전 수험생이면 누구나 하던 것으로 습관인양 정식인듯 그렇게 하던 그대로 였고 어느 대 지망도 자신은 없이 답을 맞추고 절망상태에서 기다렸다.

모 여대 의상과에 원서 내게 된 것만도 기뻤다. 아마도 합격은 실습시험과 면접에서 난 우리집 에서 의류봉재로 시작한 전문성을 배우고자 포기했던 대학진학에 대한 결심을 진실성 있게 설명한 것이 합격의 영광을 얻지 않았나 싶다. 직장을 포기하기도 싫어 난 야간을 택했다. 빼곡하니 짜여진 생활의 연속이었으나 희망에 찬 하루하루 생활이 뿌듯하기도 했다. 아무도 모르는 나의 생활을 간섭하는 사람도 없어 즐거운 하루였다. 직장에서 상사인 그와 매일 함께 하면서 가끔 난 그의 아내 역할을 하고 있는게 아닌가. 차를 준비하고 그의 옷에 먼지까지 살피며 털고 그의 침묵까지 걱정하는 자신을 놀래면서 한편 즐겁고 행복하게 생각하는 자신을 되돌아보기도 했다. 그러나 난 그의 모든 것에 모르는 게 많았다. 사십대 중반의 가장이면 가정의 소중함은 물론 자녀에 대한 책임도 충분히 알고 가족의 사랑에 행복도 알 것이다. 와이셔츠는 늘 깨끗했고 흰색 아니면 파란색에 가까운 줄무늬 아니면 회색에 가까운 원색도 입었다. 어느 날 와이셔츠 대 여섯 개를 한꺼번에 들고 온 세탁소 주인이 찾아와 난 내심 놀랐다. 그의 외근으로 난 세탁비를 주고 어디쯤 있는 세탁소냐고 물었다.

　ㅇㅇ빌딩 지하였다. 우리점포 사무실 옆 건물 이었다. 바쁜 도심의 직장인이면 더러 그런 일은 흔히 있는 일이라서 그냥 넘기려 했으나 난 그렇게 넘길 수 없었다. 자꾸 마음이 가는데 알고 싶었다. 난 와이셔츠를 외짝 다용도실 양복걸이에 걸어서 두었다. 그리고 잊은것 처럼 그에겐 말을 안했다. 춘하추동 양복과 외투가 있고 점퍼도 있었으니 그럴 수 있겠지 좋은 쪽으로 생각했다. 그러나 결혼한 기혼자 라는 걸 알았기에 더 의문을 가졌다. 아내가 있다면 세탁소도 빨래도 아내가 신경 쓸 것이고 그 밖에 내조의 모든 건 아내인 그 여자의 노력으로 모두 해결해 줄 것이다. 남에게 맡긴다는 것은 자존심 문제이기도 하다. 그렇다면 그 무슨 이유가 있는 게다. 난 그것 그 이유란 까닭을 꼭 알고 싶었다.

　멋지고 섹시한 저 완전한 인간의 고독이 궁금해서 견딜 수 없는 지경에 이르러 난 내가 사랑하고 있구나 확신하고 있었다. "부 은행장님 겨울바다는 언제 가시 나요." "한대리가 간다면 오늘이라도 가지 머."

　"농담이시군요 주말이나 공휴일이라면 몰라도 즉흥적으로 말씀하시네요." 난 일부러 그의 속내에 불을 질렀다. 아무런 표정 없는 얼굴엔 냉냉함을 포함시켜 더 춥게 하는 효과가 있었다. "아냐 임마 나 오후에 부산 가거든 같이 가면되지." 난 그래서 더는 말 못하고 기다리기로 했다. "KTX로 가지 표 두 장 예약하지 머 어때." "너무 늦잖아요 아무리 일일 생활권에 있어도 여유가 있어야 여행은 즐겁지 않나요." "해운대서 모래 밟고 걷다가 호텔 라운지서 커피와 식사하고 OO은행서 업무완성하고 돌아올때는 밤이겠지 차안에서 졸다보면 서울역 도착 어때 갈 수 있다면 가자구." 난 망설임 없이 "엄무라면 가야죠 좋아요." 오랜만에 갖는 농담처럼 말했지만 난 가슴에 이는 파도의 숨소리를 느끼면서 해운대 바닷가 파도를 그렸다. "피곤 할텐데 괜찮을까." 그는 날 힐긋이 눈동자만 돌리면서 보더니 이내 얼굴 속으로 감추고 눈 내리는 창 밖으로 시선을 고정시켰다. "제발 데려가줘요." 밤을 새면 주말이니 바다 앞에 서선 망부석이 되어도 좋을 것 같았고 갈매기가 되어 바다 위를 날아 보고도 싶었다. "이제 역으로 나가 타면 된다. 그런데 한 대리 부모님께 말씀드려 전화로 말이야." "문자로 보냈어요." 난 거짓말을 했다. 이런 보고도 필요 없는 자유가 있는데 난 내 옷장에서 작은 여행가방에 꼭 필요한 것만 넣고 핸드백만 들었다. 우린 연인처럼 아닌 신혼여행을 떠나는 양 배웅 없이 사무실을 나갈 때는 경비원뿐인 모두 퇴근한 뒤였다. 나이 지긋한 용 씨는 입도 무거워 잡다한 소문을 일으킬 리 없어 걱정은 없었지만 그는 말을 남겼다. "부산 출장인데 내일 옵니다." "네 잘 다녀오십시오. 은행장님도 아시니 더 이상 설명은 불필요 합니다. 아시겠습니까." "네 알죠 척하면 호박 떨어지고 꽥하면 닭 목아지가 비틀리기지요 흐흐흐."

농담까지 넣어서 눈치코치 밥으로 늙어가며 퇴직을 바라보는 용 씨는 그래서 별명도 불곰 이었다. 그는 서류가방만 들고 잠바차림이었고 그가 택시를 잡는 동안 난 딴전을 부리고 기다렸다. 빨강택시를 그가 잡고는 손짓을 했을 때 문자가 오는 소리가 났다. 택시에 앉아서 핸드폰을 열었다. 진구오빠에게서 였다. 오랜만이다. 아버지가 방금 돌아가셨어 늦었으니 내일보자 했지만 상황이 아니여서 "오빠 나 부산인데 내일이나 가게 되 발인이 언제지 지금 돌아가셨으니 내일 ㅇㅇㅇ병원 장례식장으로와 난 눈물이 돌면서 한숨이 나왔다. "무슨 안 좋은 일인가." "아닙니다 사적인 일인데요." 난 거짓말을 하는 나 자신에게 놀란다. 마음속으로 고생하시더니 잘 가셨다. 애도는 이런 인사로 끝내고 난 문자를 보냈다. 왠만하면 전화를 걸어 위로라도 해주었으면 좋을텐데 내일 만나" 난 황급히 전화를 받는 것처럼 할 말만하고 끊었지만 가슴에서 내는 소리로 슬프게 받았다. 이모부는 갔다. 영원의 세계로 가련한 인생이 고렇게 한스럽게 살다가 죽었다 죽으면 가는 것이다. 산 자의 곁에 서 있을 수 없어 멀리 간다. 난 짐승 같았던 오빠 아버지를 기억 한다. 금방 생각한 모양새가 너무나 잔인한 몰골로 떠올리게 되어 난 진저리를 쳤다. 혹시 그와 기사가 내 꼴을 보았을까 재빨리 살피면서 난 목을 푸는 시늉으로 두어번 소리를 냈다.

"무슨 일 있나." 그가 묻고 있었다. 내 꼴을 보았던 것이다. "이모부께서 병중이셨는데 방금 돌아가셨데요." "그럼 가봐야 하는거 아닌가." "모래가 발인이니 내일 찾아 뵈야지요." "하긴 밤차로 돌아올 것이니 괜찮을거야." KTX 열차의 종점이 서울역이니 시간만 지키면 대기하고 있는 자가용이나 다름 없었다. 작은 나라가 반으로 갈렸으니 좁디좁은 땅 삼천리 금수강산도 옛날의 옛말이다.

기사 용 씨는 데려다 주고 인사만 하고 돌아갔다. 단둘이 기차를 탔다는 것은 묘한 뉘앙스 여운이 있고 그걸 메꾸기는 여백의 백지에 기록할 업무 외 따로 감정을 섞은 일기도 있다. 난 외투를 그에게 받아서 옷걸이 못에 걸었다. "한 대리도 더울 텐데 벗지 그래." 바깥 날씨도 춥지 않았는데 차내는 일치감치 난방을 틀어 손님을 맞이하고자 후끈 열을 품어냈다. "전 코트를 입지 않았으니 벗어 걸 옷이 없네요." 난 활짝 입을 열고 웃어 보인 것을 금방 후회했다. "그런가 그 스카프라도 걸던가 내 외투에 걸으면 밤색에 꽃이 피어 생기가 나겠어." 그는 싱긋이 웃으면서 날 보진 않았다. 관심 없는 것 같은 저 표정에 웃음을 머금고는 날 바라보는 눈만은 다른 데로 돌리는 알 수 없는 저 냉정함을 꼭 알아야 겠다. 난 마음속에 단단히 결심을 했다. 날 던져서라도 월척을 낚는다. 머릿속에서 지시는 내가 내린 명령이지만 난 나에게 실망을 하면서 내가 왜 이래야만 되는지 한동안 생각에 잠겨 있을 때 커피통을 밀고 오는 홍익 아가씨 제복과 잘 어울리는 늘씬한 몸매를 쫓다가 지나치는 밀게통을 살짝 건드려 잡았다. 원두와 카페라떼를 청했다 원두커피는 그의 손에 난 카페라떼를 들었다. 따끈했다. 난 커피를 한 모금 물면서 잊고 있었던 진구 오빠를 생각하고는 이모부를 떠올렸다. 죽었다 그 죽었다는 말은 비정한 말중에 가장 절망스럽고도 끝이 없다. 끝이란 더 나아갈 것도 기대도 가질 수 없는 끝 세상의 끝이고 자구의 끝이기도 했다. 난 서울을 아직도 벗어나지 못한 한강을 건너면서 삶은 기차를 타고 가는 것인지도 모른다는 생각이 들고 있었다. 매일 똑같은 일상에서 가끔 기차를 타야 되는 것이야 말로 특별한 일이라 여길 수 있지만 마음에 따라 우린 기차도 비행기도 탈수 있는 것이다. 서울을 벗어나려니 시멘트로 지은 벽이 펫국으로 얼룩진 집과 하늘을 오를 듯 싶은 아파트 그리고 제멋대로인 지붕들의 어지러운 높낮음은 빈민을 대변한 돌산이 아닌가 하는 생각도 나고 있었다. 그래서 바다와 땅은 서로 다른 자리에서 서로를 붙들고 놓을 수 없는가 보다. 그러나 오랜 세월이 흐르듯이 달려가면서 어느새 돌맹이 같은 소금을 만드는 자연층이 쌓이면서 만든 땅이 섬이 되기는 어렵지만 그 섬에 뿌리박은 나무들의 힘겨운 싸움이 있었다. 삶은 그래서 억지가 아닌 자연의 흐름이 만들어낸 위대한 생명이다. 죽음도 바로 그 순환의 일부고 소리 없는 자연의 생태적 가치 부여로 또 다른 생명의 탄생을 돕는 이바지 내림 사랑이 아닌가. 그는 커피를 다 마시지 않았는데 두 손으로 잡은 채 졸고 있었다. 몹시 피곤했는지 아니면 긴장을 푸는 건지 알 수 없었지만 옷을 버릴까 싶어 난 커피 잔을 빼려는데 맡기듯이 풀며 "한 대리 왜 날 따라

왔나." "전부행장님 부하직원이잖아요 명령에 충실할 의무에요." "그런가 이모부 핑계라도 댈수 있었잖아." "내일 찾아뵌들 돌아가신 분이 말씀 하시겠어요 산 사람이 주도하는 세상 인데요. 그리고 오빠한테 말했으니까요. 전 은행장님을 아직 모르는 상태로 모시고 있으니까 시간이 필요해요." "뭘 모르는데 직장의 동료로써 도와가며 지내면 되는 거지." "전 은행장님의 사적인 것에 대한 두어 가지가 무척 궁금 했어요."

"그런가 무엇인가 내 말해주지" 나란히 앉아 체온을 느낄 만큼의 신경쓰임은 이미 잊을 만큼의 관심은 물오른 봄버들이 칭칭 바람을 감아 돌리면서 바늘 없는 낚시고 눈먼 고기를 잡겠다는 심심풀이는 이미 게임이 되어갔다. "한 대리 내가 먼저 물어봐도 되 애인은 있겠지 허허 내가 묻고도 멋쩍어 웃음이나" "애인은 없는데 자꾸 신경이 쓰이는 사람은 있어요 왜 있잖아요 자꾸 생각나는 호호호" "알겠네 사랑 병이 났구먼" 그는 혼잣말처럼 하고는 이내 눈을 감았다 난 외곽의 풍경에 눈을 돌렸다. 쓸쓸한 빈 들판은 바람으로 채워지긴 너무 넓었을까 눈발로 휘저으며 뿌연 안개 밭을 만들고 있었다. 조치원을 지나니 금강이 꿈틀거리는데 굵은 눈발이 수직으로 빠지는 모습이 물총새가 먹이사냥을 하는 모양새나 빠지는 즉시 물고기가 되는가. 꼬리만 휘 젓는 강물만 유연했다. "참 알고 싶은 게 있다고 했지." 잠이 들었다고 생각했는데 귓속말로 내 볼을 간질이며 묻는 그 사람을 돌아다보다 그의 얼굴에 내 코가 스치웠다. 절 왜 불러 올렸는지 그건 묻지 못하고 불쑥 "결혼은 하셨다는걸 알고 있으니까 사모님과 한 집에서 사시 겠지요. 그리구 자녀도 하나 둘 그런데 부 행장님은 무척 외로워 보이거든요. 제가 잘못 보고 생각하는지도 모르지만 말씀하세요 틀렸다면 틀렸다고 말씀해 주세요 처음 뵈었을 때 그 느낌은 내 평생 잊을수 없을 꺼에요"난 감정에 빠져 눈물이 핑 돌았다 애써 감추려니 고개를 돌려 창밖에 시선을 던졌다. "난 말이야 그때 한 소녀를 생각하느라 그렇게 보였을 거야." "사모님을 생각하시진 않고요?" 난 짓궂은 물음을 하면서 소리 없이 웃었다 그도 날 따라 웃었으나 이내 눈을 감고 의자 등받이에 기댄다. 난 슬쩍 그의 얼굴을 보면서 쓰다듬어 주고 싶었다. 모성본능인가 난 잠시 생각에 잠겼다가 열차가 진양을 지나쳐 가고 있는걸 알았다. 사실 대전서 그리고 대구 큰 도시만 섰다 계속 달렸다 진양 단감이 유명 하다는 걸 난 알고 있었다.

 제천서 살 때 엄마와 아빠는 가난 때문에 영주선 사과를 열차에 싣고 와서 팔기도 했고 진양감이라며 단감도 사다 팔아 살림에 보탰지만 실컷 먹는 걸로 만족하기도 했다. 고지대고 강원도와 경계한 제천은 얼마나 추운지 감나무가 없었다. 추위에 약해서 얼어 죽기 때문에 감이 귀했고 생선도 귀했다. 난 잠시 어릴 적 기억을 떠올리면서 오래전 향수에 젖기보다 가난을 생각하면서 고개를 저었다 다시는 가난해선 안돼 난 사람같이 살 테니까 낙동강 하류로 떠가는 배가 지금 부산 바다로 흘러가는 게 아닐까 난 엉뚱한 상상력으로 아픈 과거를 씻고 있었다. 가난은 인간을 비참하게 비굴하게 만든다 종착지 역 항구도시 부산입니다. 잊으신 물건 없이 안녕히 가십시오. 부산역에서부터 실감하는 항구도시 제일 부두와 연계된 항구와 철로는 부산역을 빠져 오기 전 바다와 바다에 떠있는 기중기 그리고 포개어진 긴 컨테이너가 보이는 순간 가슴이 뛴다. 바다가 내려다보이는 역 제일의 항구도시 부산은 국제도시다 역 광장에 대기하고 있는 검은차가 있었다. 겨울 바람을 느끼기엔 부산기온은 온화했다. "오시느라 피곤 하셨지예." 검정 신사복에 하늘색 와이셔츠를 넥타이 없이 입고 있는 삼십대 후반의 남자는 부산말이 정이 들어 있었다. "바쁜 일정은 그대가 도와주어야 겠어 그래야 겨울 바다도 볼수 있는 여유가 있지" 옛 영도다리는 그대로 놔두고 새로 만든 뜬 다리가 영도를 잇고 우린 해운대 S 호텔 로비에서 식사와 와인 한잔씩 마시면서 확트인 가을 하늘 같은 바다를 내려다보는 즐거움을 맛 본다. "커피는 조금 있다 S 백화점에서 마실까" 그가 차를 인계받아 손수 운전을 하고 영도 해변을 따라 드라이브 하고 백화점 개점은 부산의 명물이 되었지만 아직 익숙치 못한 백화점 출입은 구경에 한하고 있는 듯 싶었다. 서점에서 책 한권을 골랐다. 몇 년 전 2012년 노벨 문학상을 받은 묘옌 작가 붉은수수밭을 샀다. 오래전 개구리를 읽었던 인연 이었다.

"자 이 책은 내가 사준거야 옷도 골라 웅" 그는 나보다 앞서 책값을 지불하고는 즐거운 표정으로 말했다. 난 그냥 웃음으로 고마워했다. "부행장님 커피는 제가 사겠어요" "좋지 맛있는 커피 맛을 보겠어" 그는 아이처럼 웃으면서 내 눈을 맞추고 있었다. 커피입점도 많았고 식당가도 많았다. 난 유독 내 마음의 찻집으로 백일홍 되다 커피숍에 끌리듯 들어갔다. "내생각도 백일홍이었는데" 그는 또 아이처럼 웃으며 날 따라 들어왔다. "백일홍을 아세요" 그가 즐거운 표정을 짓자 나도 즐거웠다. "한국인이 백일홍 꽃을 모르겠나 소박하면서 탐스러운 내 애인 같은 꽃이라면 이해가 가나" 그는 싱긋 웃으며 의자에 앉는다. "난 아줌마 커피가 좋아 설탕 프림이 들어간 그런데 요즘은 진한 블랙으로 바꿨어 생각이 많을 때 잠 덜 잘려구" "전 카페라떼가 좋아요 적당히 쓰면서 구수한 그리고 부드러워요" 커피 한잔 마시며 30분의 여유를 즐기고 쇼핑하자는 그의 재촉에 난 옷을 하나 골랐다. 초록에 가까운 코트였다. "한대리 흰 피부에 썩 잘 어울려 곧 봄이 오는데 봄을 기다리는 아가씨라고 온 몸으로 말하는것 같아 거칠고 난폭해 보이는 킥복싱도 오락으로 보면 힘이 있고 유쾌하고 경쾌한 순발력도 있지 23년전 인간이 사나운 동물들 싸움을 보면서 인간과 동물을 링에 가두어 싸움을 시켜 짜릿한 흥분을 느끼는 것이 지금의 UFC 킥복싱이 된것이듯 그 옛날 정적이나 죄인을 며칠굶긴 맹수와 철창에 가둬놓고 싸우게 해 먹이가 되던가 살아남으면 살고 이런 무자비한 행동을 인간이 하였으니 얼마나 잔인한가. 지금은 하나의 스포츠로 사람들이 열광하는건 역시 무자비한 폭력에 열광하는 비정이 흥분과 함께 쌓인 스트레스 해소 대리만족에 있음이다. 한 대리 난 정서적이지만 한편 킥복싱을 즐겨본다네." 난 그저 소리없이 웃기만 했다. 해운대 해수욕장은 모래뿐인줄 알았는데 바닷가 산책 인구로 모래밭은 파이고 묻히길 반복하고 있었다. 난 밤 열시에 기차에 앉아서 이모부 죽음을 깊이 깨달았다 까맣게 잊었던 기억을 가슴에서 꺼내듯 죽음을 생각한다.

그리고 진구오빠 슬픈얼굴을 생각한다. 난 어서 가서 오빠곁에 서 있기라도 해야된다. 그건 도리보다 의무가 아닐까. 그는 봉투에 근조로 봉하고 내게 주었다. 난 만날 사람이 있어 내일 가겠어. 조심히 가 그런말을 하고 돌아서 갈 때 난 무척 서운함과 아쉬움이 있었다. 눈물이 날 만큼의 그러나 더는 무얼 어떻게… 그의 입에서 부인에 대한 말을 듣지 못한 건 그만큼 부인을 사랑한다는… 아님 그 무슨 이유에 대한 예의인가 배려일까 그를 외로움에 떨게하는 사랑은 얼마나 아픈지 꼭 알고 싶었다. 밤차는 묘한 감정을 실어서 보내는 쓸쓸함과 고요가 있었다. 어둠을 가르는 불빛도 식어 있었지만 밤하늘과 어둠의 세상은 별빛만으로 하나로 연계한 세상을 잇는 단순한 생명의 숨결이 흐르는듯 친밀하고 은밀한 비밀이 있었다. 끝이 있으면 처음과 끝이 같은게 아닐까. 거리와 간격이 똑같이 시작도 틀림없는 제자리 인것이면 말이다

밤에서 밤으로 가는 열차가 종착역에 섰다 난 택시로 원룸 내 집으로 와서 샤워를 하고 검정바지에 흰 색 목티에 진회색 마이를 걸치고 또 택시를 타고 청량리 oo장례식장으로 가면서 나도 면허를 따고 차가 있어야 된다는 생각을 한다.

장례식장은 꽁꽁 언 겨울 나무 같은 사람들로 웅성거리다 마실 것 씹을 것을 먹으며 슬픈 얼굴은 보여줄 수 없다는 듯 떠들다 흩어져 가버릴 때는 위로의 눈빛으로 상주를 본다 난 그런 분위기 속에서도 진구오빠를 찾았다. 난 얌전을 가장한 진심을 잡고 영정 앞에서 고개를 숙이고 무릎을 꺽고 엎드렸다. "이모부 이모부께서는 아시지요 산사람은 속여도 죽은 영혼은 속일수도 없고 속아 넘어가지도 않는다지요. 진구오빠를 좋아 했어요. 그런데 사고를 친 지금 생각해보면 그때 이후가 달라요. 전 지금 딴사람을 사랑하고 있어요. 그러나 진구오빠도 좋아요. 그렇지만 우린 결혼 같은 건 할

수 없잖아요. 친척오빠라서 왜 세상은 그대로인데 사람들만 복잡하게 사는지 왜 그렇게 살아야 되는지 속상해요. 오빠가 약속 했어요. 결혼은 못해도 같이 살자구요. 그것도 아무도 모르게 그렇게 못하면 오빠도 나도 다른 사람과 결혼하지 않겠다고 오빠 말대로 그렇게 하면 안돼나요." 이모부는 성난 얼굴로 날 보았다. 사실은 웃는 표정이 무척 인자해 보였는데 내 생각으론 몹시 화난 얼굴로 보였다. 살아있으면서 짐승같이 뒷방 어둡고 냉냉한 곳에 누워선 짐승의 울부짖음으로 억울함을 호소했지만 누구도 귀담아 들어주지도 않았고 먹을 것도 똥 싼다고 주지 않아 배고픔에 영양실조로 죽었은 이모부는 일 년 반 동안 딱 두 번 찾아가고 지금은 영정 앞에 서 있었다. 진구 오빠는 유일한 아들로 상제 노릇에 손님까지 일일이 인사하느라 내가 온 것을 알텐데 친구와 이야기만 나누고 있었다. 난 영정을 지키는 외조카 딸 노릇을 하려고 얌전히 서 있었다. 언제 왔는지 진구 오빠가 내손을 슬며시 잡았다 난 비로소 눈물이 왈칵 쏟아졌다.

"잘 갔다 왔니 피곤하겠다." 진구오빠와 난 한여름 밤 가로등 불빛에서 만난 나방처럼 반가움에 둔탁한 몸뚱이에 날개와 날개끼리 부비어 바람을 일으켜 공중에 떠있어야 교미에 성공할 것을 알기에 콘크리트 바닥을 쓸면서 빙글빙글 도는 원시적인 움직임을 계속하다 지쳐가고 있는 큰 나방임을 자처하며 슬프고도 피곤한 사랑에 지쳐 날이 밝기 전 죽어 널부러 지던가 아님 어느 발길에 밟혀 원시적 날개는 떨어져 있겠고 살진 몸둥이는 찢겨져 배고픈 참새도 먹인가도 모르게 사라질 은명인가도 모른다. 그러나 나와 진구오빠는 망인의 상주로 조문객들의 위로와 동정어린 눈빛을 받으며 잠시 앉아서 소근 거릴수 있는 여유가 있었다. "정미야 날 많이 원망했지 미안하다. 그러나 내 마음은 변한게 아니다 아버지 앞에서 맹세 한다." 난 다른 사람이 진구오빠의 말을 들었으면 어떻게하지 하는 마음으로 두리번 눈동자를 굴리면서 헛바람은 아무것도 성사시킬 짬도 틈도 주지 않고 나방을 죽게 만들었다. 난 그런 사랑을 하는 슬픈 나방을 슬퍼하면서 후회는 하지 않는다. 그러나 그 후회란 말이 오빠와 난 슬프다 나와 진구 오빠는 더 말이 필요치 않는 죽은 나방의 고백처럼 조용히 있으면서 시간은 죽은 생명에겐 죽은 시간 일 뿐 이었다. 장례의 끝은 무덤으로 남았다. 평소 술을 좋아한 고인에게 술 석잔을 붓고 마사토에 뿌리는 걸로 그리고 국화꽃 한 송이는 촛불처럼 들고 예를 갖춘 정성으로 관위에 던지고 흙 몇삽의 무게는 마지막 이별의 눈물인양 그러나 파인만큼 채우고 꼭꼭밟고 밟으면서 관보다 회가루와 마사토로 버무린 것으로 벌레의 접근을 막고 나방이 되어서라도 하늘로 오르는 바람을 소원하는지도 모른다. 장례는 끝났다 멀쩡한 육신으로 태어나 산다는 것이 삼시세끼 먹고 일하고 잠자는 것이 인생의 길이라 여기면서 바람이 욕심인 것 그 욕심으로 괴로웠음을 아는 이 몇이나 되는지 병들어 죽음에 이를 때 까지 얼마나 외롭고 슬펐을까 난 잊었던 이름을 기억해 낸 듯이 훈이가 보고 싶었다. 그리고 보니 몇 년째 동생을 못 보았지 난 그런 생각을 더듬으며 생각 속에서 꺼낸 지난 세월은 몇 년이 아닌 일 년이 십년 세월처럼 멀게 느꼈을 뿐이다.

　동생 훈이 생일이 목련꽃이 피는 3월이라서 올봄에도 케잌과 옷 한 벌을 사서 찾아 갔는데도 난 그 기억조차 잊고 살았나보다. 얼마나 매정한 인간인지 난 새삼 실감하면서 사람으로 취급받지 못하는 인간은 슬픔도 기쁨도 모르고 살고 있어야 된다. 이모부 장례는 물론 이모부의 죽음도 모르는 훈이가 사람이란 말인가. 난 인간의 존재는 무엇으로 가늠하는가. 장례를 마쳤으니 산 사람은 먹어야한다. 미리 예약된 한 끼의 늦은 점심식사도 죽은 사람보다 중요한지도 모른다. 돌아올 봄은 가깝지만 묘지를 덮었던 잔디는 한겨울 햇살처럼 따스해 보이지 않았던가. 난 진구 오빠와 마지막 인사를 해야 했다. "오빠 바쁘지 졸업식에 참석 못하도록 나도 바빳어. 그러나 미안하단 말은 못하겠네." "알아 나도 그래 돌아오는 8월초에 강릉서 만날까." "글세 오빠 말을 그때까지 기억하면 그렇게." 우린 악수를 하고 헤어졌다. 아는 사람이 헤어질 때 아쉽다는 말보다 또 만날 수 있겠지요. 이런 기대를 나누어 갖는 인간애가 주는 여운이면 얼마나 따뜻할까 난 코끝이 찡한 느낌은 추위 때문만은 아니었다. 난 직장일에 기쁨도 갖고 직장의 상사인 그의 은근한 사랑에 행복도 느꼈지만 더 이상의 진전은 없어 짜증이 나기도 했다. 어느날 한 여름의 소나기를 잊지 못하여 여름날의 공포를 나방이면 겁낼 것인가 난 죽음을 예감한 나방의 사랑을 빗소리로 곡을 하는 슬픈 기억을 더듬고 있는데 그가 인터폰을 눌러 날 놀라게 만들었다. "네 찾으셨어요" "하하 왜 놀랐나 무슨 생각을 하였어." 그의 웃음소리가 빗소리보다 커서 난 당황한 눈빛이었나 보다. "아뇨 빗소리를 들었어요." "그런가 어떻게 들었나 말하자면 노랫소리 아님 곡소리" 난 커피를 그의 앞에 놓고 돌아다 보는 눈빛이 되어 "파도소리로 들었어요 격랑의 파도소리요" "오오라 격랑의 파도소리라 한 대리는 바다가 가고 싶었던 게지 아닌가." 그는 커피엔 관심도 없다는 듯 내 얼굴을 구멍이 나게 쳐다 보면서 묻고 또 답을 기다리는 아이처럼 굴었다. "그래서 요번 휴가때 강능갈려고요." 난 눈을 내려뜨고 새침떼기처럼 말했다. "그래 그럼 내가 제의하지 들어주는 건 한 대리 자유고 휴가때 따로 가서 그날 만나면 함께 보내는 걸로 그리고 내 모든 걸 말해주겠어. 어때 재미있겠지." 그는 평소와 다르게 들뜬 목소리가 밖에 내리는 소나기처럼 들렸다.

"부행장님도 가시고 싶으세요. 괜히 그러시는거지요. 절 웃기시려고. 요" 그때 문이 열리면서 기사 용씨가 들어왔다. "아이구 여름 소나기에 사시나무처럼 떨립니다." 그의 말에 웃었으나 묘한 분위기는 가라앉은 안개였다.

다음 달 팔 월 초엔 휴가일이 들어있어 기대를 부풀리기에 좋았다. 더 이상의 약속도 없었고 더 이상의 말도 언급도 없었지만 약속은 약속 이었다. 난 잊은 듯이 아무런 눈치도 주지 않았고 다만 진구오빠 사촌 되는 친척 집을 떠올리면서 진구오빠와의 만남도 생각해 보며 혼자 웃었다. 진구오빠 사촌이면 내겐 사돈의 팔촌처럼 멀었지만 언젠가 만난 적 있는 남자와 여자가 어쩌다 생각나기도 했다. 진구 오빠 사촌이면 내겐 외 팔촌이니 일가랄 것도 없었다. 다 진구오빠와 내 사이가 그랬으면 혼인을 해도 그리 욕될 것은 없다는 생각에서 아쉬움도 없지 않았다. 난 휴가 일주일을 한 이틀 집에서 여행준비를 하는 걸로 실 컨 잠자고 쉬었다. 그리고 강릉으로 달렸다. 파도소리가 들려오는 듯 마음은 설레임으로 차올랐다. 그와의 장난 같은 약속을 꿈에서 찾듯 난 자꾸만 꾸어도 좋은 꿈을 꾸고 있었다. 먹을거리는 소세지 종류별 그리고 베이컨 그리고 수입 통조림으로 말고기로 샀다. 사실 나 혼자 먹으려는 건 아니었다. 약속을 믿는 마음의 선물인가도 모르지만 부푼 마음으로 S백화점에서 산 것들이었다. 술도 샀다. 술에 약한 난 캔맥주로만 샀다. 텐트도 준비했지만 쓸 것인가 말 것인가. 그건 상황에 따라서 쓸수도 있고 그렇게 될 것이다. 난 물건을 살적마다 어릴 적 가난이 떠올랐지만 절약을 위한 쇼핑은 안했다 쓸 수 있는 한 그리고 꼭 사고 싶은 건 샀다.

오늘 산 물건들이 어떻게 쓰여 질 것인가는 생각지 않았지만 두 남자 가운데 누가 날 위해 맛있게 먹으면서 사랑의 만찬의 초라한 상차림을 환영해 줄 것인가 그것 만을 생각하기로 했다. 그가 왔으면 진구오빠 보다 그가 와서 하고 싶은 이야기를 털어 놓으면 좋겠다는 기대가 컸다. 이튿 날 아침 샤워를 하고 난 입고 갈 옷을 침대 끝에 꽃잎을 접어 꽃 눌림을 해놓고 하룻밤 사이 어떻게 생겼을까 궁금한 얼굴로 속옷을 집어 들었다. 양귀비 꽃 같은 연감 색 팬츠 그리고 흰 목련꽃이 방금 피어난 듯한 브레지어 그리고 어깨끈으로 만 허리와 힙을 감싸는 속치마까지 모두 입었다. 여유분의 속옷은 수영복과 가방에 챙겼으니 겉옷만 입으면 되었다. 치마바지가 유행이었지만 난 청바지에 흰 셔츠에 썬글라스는 초록빛을 신발은 편한 운동화를 신었다. 강릉길은 산이 겹겹이 세상 밖으로 초대하는 괴암괴석도 좋지만 지대가 높아 우기에 찬 여름엔 안개비가 잦아 앞을 가리면 부웅 떠서 달리는 구름 속에서 새처럼 되어 아득한 하늘로 향하는 것 같은 느낌이 들어 서늘한 심장을 얼어붙게 만드는데 대관령을 넘어갈 때 특히 그랬다. 한 여름의 축복 인듯 가는 곳마다 산으로 에워 쌓인 길 그 길은 밀림 속에 든 하늘 길임에 틀림이 없다면 난 그 길을 뚫고 가리라! 솔나무의 그 웅성한 푸른 향기 따라 죽어도 행복할 솔나무가 살고 있는 설산에 닿고 싶.다 난 혼자 가는 길이 외로워서 낭만적 사색에 젖어선 아직 젖은 그대로 강릉에 들어가는 중에 반짝반짝 은비늘을 뒤집으며 헤엄치고 있는 바다를 보았다. 강릉은 해안의 도시지만 도시 속으로 들어 갈수록 어느 시골 큰 마을 같은 정이 담겼다. 가까운 거리에서 서로 마주친 낯 익은 얼굴 같은 솔나무들이 줄을 서서 바다로 향하다 차례차례로 뛰어 들어갈 것 같은 송정리가 손에 잡힐 것 같았다. 방풍림으로 심어져 송정리로 불리기까지 솔나무는 세월의 흐름도 잊은 채 커가기만 했을까? 난 차문을 활짝 열었다. 솔향기가 나는 바닷물 냄새를 맡기 위해서 였지만 그렇게 하지 않고는 못 견딜 만남의 흥분이 벌써 일어나는데야 바다로 뛰어들어도 좋을 것 같았다. 난 우선 모래밭에 집을 짓듯 텐트를 칠 생각에 골몰할 때 늙지도 젊지도 않은 호박같은 얼굴을 한 사내가 어정어정 내 앞에와 섰다. 가까이서 보니 덜익은 호박 빛깔 같아 난 속으로 웃으면서 그 사내가 무어라 해도 대답할 충분한 마음가짐을 가지려 두 손에 힘을 주었다

"아가씨 텐트도 아무데나 치는 게 아니요. 솔나무에도 꽉 찼으니 내 식당 옆에 치시오 몇 일 있을꺼요. 10만원만 내시오 파라솔이 가려 시원 할꺼구먼요." "그래요 식당 곁엔 씨끄러울텐데 그리고 음식 냄새도 날꺼구요 아저씨 좋은 곳을 주세요 돈은 더 드릴테니 소나무가 있으면 좋겠어요." "아주 좋지유 솔향기 풍기는 그늘인데 한 장만 더 내면 1박2일은 지내게 할게유 그라문 아주 싼거유." 정말 최적의 장소였다. 솔나무로 에워싼 최적의 장소로 인도받고 난 이십만원을 지불하였다. 들마루처럼 만든 마루 위론 천막이 얕게 쳐 있었다. 난 주인의 도움을 받고 내 텐트를 쳤다. 마루가 있어 습기가 올라올 염려는 없었지만 생각하니까 여기서 고기도 굽고 음식을 해먹던 그런 곳이었는데 자연 파괴로 금지된 뒤 잠을 자는 곳이 된 것을 짐작하

게 한다. "누가 날 먼저 찾아올까" 날짜도 여행할 것도 알려주지 않았으니 만날 수 있다는 확률은 십분의 일 정도였다. 난 그와의 부산출장 여행에서 언질은 주었는지 안주었는지 전혀 분간 할 수 없을 만큼 긴가민가 같은 기억인 만큼 그저 고백 같은 자신의 이야기를 털어 놓겠다는 약속만은 진실인 것으로 그의 결심만으로 꼭 내가 있는 장소로 꼭 와줄 것이라는 감이 자꾸 들었다 사라져 버렸다를 계속 반복하게 되었으니 기다림은 괴로움이라는 생각이었다.

해는 길어서 여름밤은 그만큼 짧았다 바다에서 떠오르고 바다로 빠지면서 지는 해가 오늘만큼 아쉬웠던 기억은 없었다. 어릴 때 일하러 나간 엄마를 기다렸던 기억 말고는 아버질 기다린 적은 정말 없었구나. 문득 아버질 떠오르는 순간에 엄마보다 먼저 돌아온 아버지가 막걸리를 사오라던 그때 기억이 내겐 몹시도 싫었다. 찌그러지고 때가 낀 흰 주전자는 아버지의 술주정이었지만 주전자가 비면 마룻바닥을 때리면서 또 사오라던 아버지를 엄마는 사정없이 거절했다. "아이들한테 무얼 해준 게 있다고 그 먼데까지 술 심부름이유 그만 저녁이나 드시고 자 좋겠구먼 그러시유." 이런 말로 수그러들 아버진가 술 주전자가 마당 한쪽에 쳐 박히고 밥상까지 나 뒹굴던가 아니면 술 주전자를 주워들고 다시 술을 사러 가던가 해야지… 난 눈치가 빨라서 주전자를 들고 밖으로 휭하니 나가면서 입술을 나팔로 만들면서 "미워미워 아버진 나빠나빠" 이런 말을 쏟아내며 오백 미터는 족히 되는 구멍가게를 천천히 느린 걸음으로 될 수 있는 한 10리길처럼 그렇게 시간을 잡으면서 갔었다. 돈 없이 술을 사오라는 것도 한 두 번인가 외상술도 있는데 달라긴 챙피도 하려니와 염치도 없었다. 난 그럴 때면 마을 가운데를 벗어난 언저리에 혼자인 듯 서 있던 느티나무 아래로 슬며시 갔다. 그곳엔 늘 아이들이 있었다. 날마다 보는 아이는 학교에서 그리고 마을에서 였으니 모두 아는 아이지만 난 사실 썩 마음이 내키지 않은 만남 이었다. 술 주전자를 들고 있었고 그 주전자를 놓고 놀기도 그랬다. 난 시간을 멈추어 놓은 듯이 늦게 집에 가야했다. 아버진 내가 안온다고 화를 내던가 그런 아버지 비위를 맞추면서 엄마는 밥상을 차려 아버지 앞에 놓고는 내키지 않는 겸상을 할 것이다. 동생 훈이는 제방에서 엄마 덕에 먼저 먹었을 것이다. 늘 미운 오리새끼처럼 눈치만 먹는 아버지 앞에서 밥 먹다가 또 한데 얻어맞던가 넋두리와 한탄을 듣는게 하루 이틀이 아닌데 엄마가 그렇게 만들진 않을 것이다. 아이들과 어울려 놀다보니 찌그러진 주전자가 없어진 것을 뒤늦게 안 난 걱정이 태산 이었다. "야 아까 장식이가 엿장사 한테 엿하고 바꾸어 먹드라 그 주전자가 니꺼였니?" 나보다 두 살 위인 정식인 오학년 이었다. 난 창피한 마음이었지만 눈물을 흘리는 건 더 창피한 일이어서 그대로 돌아서 집으로 향했다 벌써 어두워지고 있었다. 아버진 잠이 들었을 것이다. 쭈그러진 주전자가 없으니 술사오라는 말은 하지 않을 것이다. 난 왠지 마음이 후련하기도 했다. 거지도 안들고 다닐 주전자다. 아버진 술이 깨면 언제 술주정 했니 하는 듯 말이 없었으니 귀여워하는 날 때리진 않겠지 한 대 때리면 맞으면 되 난 독하게 마음먹고 돌아갔을 때 아버진 마루에 누워 코를 골았다.

주전자는 엄마는 눈으로 내게 묻고 있었다. 버렸어 챙피 해서 난 이렇게 말하고 툇마루에 걸터 앉았다. "이것아 왜버려 비누라도 바꾸어 쓸 것을 아깝게" "배고파서 엿 바꿔 먹었어." 난 일부러 엄마의 속을 긁었다 "그래 그게 났지 우리 정미가 버리기야 하겠니 잘했다 엿바꿔 먹었으니 되었다."

"누나가 엿먹었어 훈이는 안주고."

"아냐 내일 누나가 엿 사줄 거야." 그런 약속을 그 이튿날 지키지 못했었다.

아버진 주전자가 없어진 것을 알면서 묻지도 않았고 그 다음 부터는 소주를 들고 들어오는 걸로 술 심부름 끝이었다. 그러나 술주정은 여전했다. 아들타령을 끝으로 집안을 늘 불안하게 만들었다. 난 그 옛날도 아닌 어릴 적 일을 잊어도 될 만큼 잘 살고 있으면서 난 왜 잊지 않고 살고 있는지 난 오늘 저녁식사는 나가서 사먹기로 하고 카드와 현금을 어깨에 멜수 있는 가방만 목에까지 걸고 노을이 물들어지다 꼬리만 바닷물에 빠진 걸 모르고 사라져 가는 먼 바다를 보면서 비치파라솔 사이로 빠져선 포장마차로 들어갔다. 그곳엔 젊은 쌍쌍이 앉아 술안주로 소금구이 고등어와 오징어를 먹고 있었다. 난 슬며시 빠져 나왔다. 젊은 내가 혼자서 그들을 방해 할 수는 없다는 생각에서였다. 혼자라는 게 이렇게 비참 한가 그가 꼭 올 것을 믿었기에 난 용기 있게 짐을 쌌고 이렇게 혼자 온 것이다. 이제야 혼자 온 이유가 생각나는 순간이기도 했다. 그가 아니면 진구오빠도 괜찮을 것 같았다. 그런저런 생각이 몹시 외롭다는 것 인줄 모르는 것이 더 외롭다는 것인데도 난 무조건 그가 오기를 아니면 진구오빠를 그도 아니라면 사돈의 팔촌인 그 남매에게라도 전화라도 걸어서 내가 외롭다는 걸 말해야한다. 난 거기까지 생각하다 어둠에 깊이가 얼마나 깊은가 한치 앞도 보여주지 않는 바다를 뚫어져 라고 보는 내 눈이 파도소리를 보고 쫓아가는 듯 싶었다. 노랫말처럼 파도여 파도여를 외치는 가수던가 아님 시인이고 싶은 심정이다. 난 한참을 서 있다가 모래밭을 빠지면서 샌달을 벗어든 채 계약한 그 주인집 식당으로 가서 해물라면을 시켜 먹었다. 라면에 오징어와 왕새우 그리고 큰 조개가 들어있어 라면이기보다 짬뽕이 아닌가 싶었다. 허기를 채우고 나니 그것도 행복 같았다. 이 하룻밤 혼자서 잔다는 건 모험 이었다. 많은 텐트족들이 낭만을 즐기는 한밤중에 난 귀마개를 하고 비상벨을 담요로 덮고 잠을 청했다. "어서 내일이여 오라." 난 노랫말을 되뇌이듯 이렇게 내일을 목 놓아 기다리며 잠이 들었다. 깊은 잠은 모든 두려움을 없애 주는가. 난 피곤함을 단잠으로 풀고 눈을 떳을 때 해가 솔나무를 헤치고 텐트 속까지 들어와 있었다. 난 놀란 듯이 일어났다. 역시 파도는 잠도 안 잤나보다. 철썩철썩 쏴아쏴아 규칙을 지키는 음표처럼 똑같은 템포로 맞추는 파도소리는 가슴을 서늘케 했다가 김빠진 맥주를 억지로 먹게 하는 절친한 친구의 웃음 같기도 하다는 느낌을 난 왜 갖는지 짜증스러워 먹을 것을 뒤져선 바게트에 커피를 적셔먹다 곡이매서 치즈와 햄까지 먹었다. 먹을 때는 맛이 있었는데 왠지 슬픈 생각이 목구멍까지 차오른다. "오늘 하루만 기다리다 그가 안 오면 사돈이라도 불러야지…" 난 맨발로 나섰다 나팔원피스 꽃무늬가 날듯이 난 경쾌하게 바닷가를 걸었다. 역시 준비된 초록빛 선글라스 안경을 쓰고 챙이 넓은 보자는 진감색에 목련꽃 서너 송이가 갓 피어난 듯이 가버린 봄날의 사랑을 애타게 노을빛으로 기다리는 느낌이었지만 혼자는 아니라고 이런 곳에 서 있는 것 조차 아니라고 말하고 있는 것처럼 생각이 들었다. 난 해변을 벗어나 솔밭을 찾아들어야겠다는 생각으로 송정리 솔밭으로 숨어든 까투리 꿩이 되어야 했다. 해변은 모래밭이 좋고 바다의 푸르름이 있는 비밀한 해저의 탐험을 공상으로라도 하면서 파도소리 듣는 낭만이 있었다. 인터넷으로 찾아보면 누구라도 알 것이고 요즘은 휴대폰 카톡에 소개로 더 빠른 정보 시대로 가지만 모르는 것은 사람들의 삶에서 보이는 것과 보이지 않는 것으로 진실을 가늠하기는 에매모호한 상황에 놓인 그런 입장이다.

난 솔밭에서 비로서 그늘에 갇힌 새가 쉬어가는 것을 고맙게 여기는 착한 마음이 된다. 그때였다 문자가 오는 신호가 왔다. "나 강릉에 도착 그대 만나러 달려왔고 또 달려 갑니다." 그의 문자였다. 또박또박 받아쓴 초등학생 같은 말인데 다른 때와 달리 존댓말이 이상했다. 날 가슴이 뛰는 걸 억누르면서 솔밭에 그냥 있을까 많은 사람들이 붐비는 해변의 모래밭으로 나가서 그를 만날까 만나면 어떻게 몸가짐을 취한담. 난 걱정 아닌 걱정을 상상으로 하면서 솔밭을 빠져 나오는데 진구오빠가 내 앞을 막아섰다.

아앗 난 소리 없는 비명을 질렀다 "왜 그렇게 놀라니 내가 귀신같이 널 찾아 왔잖아. 그래서 놀랬니 놀랄 만도 하지." 오빠는 얼떨떨한 내 몸이 목각처럼 보였는지 나도 모르는 사이 날 껴안고 있었다. "보고 싶었다. 아버지 장례 때 쓸쓸하게 헤어지고 많이 후회 했어 우린 꼭 만나야 되 난 아버지 영정 앞에서 말씀드리고 맹세 했어." 난 다시 솔밭 그늘 속으로 숨고싶은 충동이 일고 있었다. 오빠 나 잠깐만 옷을 갈아입고 올테니 기다려줘 난 원피스위에 춥지도 않은데 거미줄 같은 숄을 어깨에 걸쳐 입고 천천히 나오면서 갈팡질팡 하는 마음을 꽉 잡고자 입술을 물었다.

"어서와 왜 그렇게 슬픈 표정을 짓는거야. 우린 이제 절대 헤어질 수 없다구." "오빠 왜 그래 우린 친척이고 오빠고 동생인데." 난 애원하듯 진구오빠를 바라보았다. 그때 오빠뒤에 그가 우뚝 서 있었다. 바람도 무시하고 서있는 미루나무 같았다. 미정이 애인이 있었나. 둘이 오구선 내 문자엔 답도 주지 않고 알았으니 난 돌아가면 되는 거지 난 얼어붙은 겨울나무처럼 몸을 떨었다. "행복해야 되요 한 대리 자 이만 실례…" "아니에요 말씀해 주신다고 했잖아요." "이젠 다 끝났소. 할 말이 없다구." 그는 차문을 소리가 나게 닫고는 시동을 걸고 있었다. 난 뛰어서 갔지만 차는 떠나고 있었다.

난 흐느껴 울었다. "누구니 정미야, 오해가 있었나본데 왜 말하지 그랬어. 오빠라고 지금이라도 달려가서 만나 얘기하지 그래" "아 난 친척오빠라고 밝히지 못했을까 아난 평생을 후회하며 살 꺼에요. 난 오빠라고 왜 말하지 못했을까요." 난 주저 앉으면서 모래가 따뜻하구나 생각하면서 두발을 바둥거리며 모래를 파헤치며 눈물을 떨구었다. 난 모로 누웠다 동그랗게 말고있는 내몸을 오빠가 껴안았다. 난 오빠를 밀치듯 허리를 비틀었다. 돌아누워 소리없이 울었다. 진구오빠가 내 어깨를 감싸면서 쓰다듬었다. 나방 한쌍이 마지막 절정을 표현하듯 우린 동그랗게 말았던 허리부터 발까지 천천히 풀면서 하늘을 향해 반듯이 누웠다. "오빠 사랑은 똑같은게 아니야. 짝을 찾아 몸부림을 치면서 바람을 위한 사랑도 가끔 빗나간 화살촉이 과녁을 벗어 났을 때 처럼 이미 목적을 상실한 부러진 화살도 어쩌다 사슴의 눈을 찌를수 있다면 원시에 가까운 날개로 무거운 몸을 끌고 사랑을 만나고자 나섰다가 죽음을 맞이할 찰나에 짝을찾은 순간 온 힘으로 격렬한 표현에 감동한 암컷나방이 받아드린 사랑이 얼마나 감격할 사랑인가 오빠 난 그분에게 고백해야 해. 그리고 그분의 말도 들어야 한다고 난 갈 거야."

"안돼 벌써 멀리 갔을 거야. 호랑나비는 날개가 커서 잘 날을 수 있으니까."

"그럼, 오빠와 난 퇴화된 나방이란 말이지."

■ _10집, 돌아서 가는 길

무너진 담을 기웃이 내다보는 늙은 감나무는 똥 싼 늙은이처럼 바짓가랑이를 붙잡고 낯선 나그네를 바라보는 것처럼 생각되었다. 낯선 마을에서 잠시 갖는 엉뚱한 생각으로 웃음을 짓는 만남이 자연과 소통으로 얻은 기쁨이 아닌가. 만약 별들의 전쟁이 일어난다 하면 무엇을 바라는 충돌일까? 별이 만든 강 은하수다.

긴긴 봄 햇살 덕택에 동네를 둘러보는데 한 뼘의 햇살이 남았을 때 다행으로 하룻밤 잠잘 곳을 정할 수 있었다. 대청 기둥에 류약국(柳藥局)이라는 간판이 걸렸다. 간판은 작고 초라해서 어느 한량의 이름 같아 별로 믿을 만도 아니해서 묻고 싶은 생각도 없었다. 아마도 지난 세월 속에 잠시 화창한 어느 봄날에 피었던 꽃송이가 시들은 것처럼 그렇게 사라진 것인가 모를 일이다.

인생이 초로(草露) 같아서 덧없음을 알지만 한때 무성한 잎같이 푸르게 성했으나 그도 따사로운 햇살의 도움을 받고 좋은 시절을 헛되이 보내지 않은 결과라고 생각하기 이전 젊은 시절에 얻을 수 있는 행운이라고 여기는 자의 게으름이 요행과 바람이 맞물려 이루어졌다 한들 황소 뒷발질에 개구리 잡은 것과 다를 게 없다. 그들도 그런 요행을 바라고 있었다.

그 둘을 맞은 사람은 머리를 빡빡 밀은 것 같이 깎은 스무 살 안팎으로 뵈는 청년이었다. 윤곽보다 먼저 눈에 띄는 것은 긴 얼굴이었다. 장승을 깎으려고 껍질을 베껴서 세운 것처럼 눈은 작아 쥐눈인데 눈동자는 까만 쥐똥나무 열매같이 반들거렸으며 코는 작으면서 코끝이 호미처럼 휘어져 고집이 있어 보이는 데는 두툼한 윗 입술이 아랫 입술을 무겁게 내려 덮어 한몫을 하고 있었다. 그러나 입이 무겁게 보이는 장점도 있었다.

"약 지러 오셨남유? 이리로 들어오시유, 할아버님 손님 오셨시유."

문간방 방문을 비긋이 열며 알린다.

"그러냐, 들어오시라 해라."

문이 열리고 햇살이 든 방안은 약초향을 밖으로 밀어서 문밖에 엉거주춤 서있는 두 사람을 밀쳐내는 약재 향에 콧구멍을 벌름대며 문 앞에 바짝 다가섰다.

"어르신 약지러 온 것은 아니올시다. 하룻밤 신세를 지고 갈 나그네올시다."

"그려 그람 저 아를 따라 가서…. 야야. 관걸아, 손님 니 방에 모시라. 알겄냐?"

약 손님도 아닌데 단잠이 깬 것이 아쉬운 모양으로 목침을 무릎에 놓으며 손자에게 말했다. 손자와 닮은 어른은 머리의 두상이 같았고 눈이 똑같았다. 상투를 머리꼭지에 올렸고 두건으로 가렸으나 닮은 꼴에 놀라고 절구옹이를 찧어 올린 모양에 웃음이 번져 나왔다. 그 웃음 속에 하룻밤 유할 수 있어서고 류약국의 인심에 고마워서 나타난 기쁨도 있었다.

누구나 인상을 쳐들고 살게 되는데 크게 관상을 보고 길흉을 따지고 그 사람의 인생까지 알 수 있다는 것으로 생각해보면 좋은 모습을 남에게 보인다는 게 얼마나 중요한가 알 수 있다.

인간이 인간과의 관계에서 사랑을 나누고 정을 쌓고 믿음을 심는 삶을 살고 갈 수 있다면 인간으로서 가장 인격적인 인생의 길을 걸었다 할 수 있다.

이 류약국과 이웃해 살면서 알게 되었지만 류약국 류옹공은 환갑을 지난 나이로 고령에 속했으나 성격이 대쪽 같아 인심은 얻지 못했으나 한학을 공부하고 혼자 배워 터득한 한약재로 약국을 차린 것은 우연한 계기였다.

일제들에게 식민지로 살기에 급급한 때 쌀 공출로 빼앗기고도 집집이 찾아 들어 사정없이 쇠꼬챙이로 집 주위를 쑤시던 일본 순사가 넘어지면서 머리를 장독에 부딪치고 정신을 잃었다. 그 때 방에다 눕히고 장침을 입술 위 인중에 꽂아 살려주었다. 그게 고마웠는지 얼마 있다 찾아와선 약국중 허가증을 내어선 갖다 주더란다. 그 때 가져와 걸어준 것이 바로 이 간판이라는 것이다. 그러나 일본놈이 내어 준 간판이라 망설였는데 아는 사람들이 찾아와 주었고 소문을 듣고 찾아온 사람들로 하여 어느 날 약국의 한의사가 되어있었다.

한의학을 한의서로 독학으로 배워 집에서 가족들의 건강을 지키려 했는데, 그런 인연이 밉살맞은 일본인과 친분이 되고 그 이치로 일본인이 데려온 환자에게 침을 꽂고 약을 지어주다 보니 어느새 류옹은 친일파란 말을 듣게 되었다. 그 덕택에 기울던 가세가 살아나 아랫집 초가는 과부로 친정 고향으로 돌아와 살고 있는 큰 딸을 주고 새로 집을 짓고 옮겨 앉았다. 사촌 구열 형님이 집터로 잡고 닦아 논 터를 쌀 세 가마 값을 쳐서 샀다.

오래 전 심은 탱자나무 울타리가 사시절 푸르러 싱그러웠다. 4칸 겹집에 기와를 올렸으니 집안 간의 부러움은 시샘이 되기도 했다. 이 때 일본의 속셈은 농촌의 지주를 매수하여 일본의 편에서 여론을 구할 상대를 찾아 심어놓을 참이었다. 이치로 일본 순사는 잊지 않을 만큼의 날짜를 맞춰서 찾아와선 일본에서 가져온 모찌(찹살떡)라면서 주기도 했고 옥양목 비단도 주고 갔다. 그때마다 한사코 거절했지만 별수 없이 받게 되어 보약첩으로 보내 갚느라니 좋은 약재를 구해야 했다.

성미 칼칼하여 불의는 참지 못하던 류옹이었다. 길을 가거나 장에서나 싸우는 것을 보면 그냥 지나치지 못하여 옳고 그릇됨을 판단하여 싸움을 말렸던 젊은 시절이 있었는데 나라 잃고 세태에 쓸려가다 겨우 일어서고 보니 오갈 데 없는 개 신세가 되어 먹이 주는 놈 신짝을 핥게 되었다.

경찰서장의 초대를 거절치 못하고 금강산 구경을 하고 돌아왔으니 누구에게 자랑할 일인가. 그 좋은 구경을 혼자서 간직하기엔 너무 벅차서 한지에 여행기를 쓰고 시로 써서 간직했다. 죽어지지 못하여 세상 속에 살면서 비바람 눈도 맞고 살고 있으나 가슴은 먹먹한 울분만 가득하여 하늘 아래 우뚝 솟은 금강산을 바라보느라니 절로 눈물이 흘렀다.

류옹은 불도에도 남다른 심연이 깊어 농우도 팔아 계룡산 갑사에 시주하고 매년 쌀가마니를 바치는데 아끼지 않았다. 중이 안 된 것을 빼놓고 반은 중으로 살았다 해도 과언이 아니다.

심신이 피로할 때 절에 가서 몇 날을 지내다 돌아왔다. 쉽게 말하면 중의 팔자인데 속세에서 겪을 게 많은지라 그걸 감수하느라 그리 안 된 것인지도 모른다. 첫 부인을 사별하고 둘째 부인에게서 아들 둘, 그리고 딸 하나를 두었다.

위로 딸 그리고 아들 둘 남이 알기로 다복한 가정이라고 하지만 큰 아들 장가 들어 자식 오남매 낳고 며느리가 병들어 죽으니 아들 신세는 쪽박신세가 되어 자식들을 데리고 돌아왔다. 재혼을 하여 사업을 시작하고 땅을 팔아 가지고 객지로 가더니 그도저도 다 털어먹고 큰 손자를 떼어놓고 인천으로 간 지 이태가 지났다. 소문에 듣기는 둘째 손자 관재는 배를 타는데 아주 큰 배로 짐을 싣고 인천에서 부산으로, 그리고 북쪽 흥남부두까지 간다는 것이었다.

류옹의 아드님 재열은 직업병이 들어 노동은 안하고 자전거 수리점을 냈는데 또 땅을 팔아갔다. 농촌에서 땅이 없으면 먹을 게 있겠는가. 류옹의 작은 아들 지열은 장가들어 아이가 여섯이었다. 위로 딸이 셋 그리고 아들을 낳고 또 딸 둘을 낳았다. 맏이인 형님이 땅을 자꾸 팔아가니 불만의 소리가 먼저 그의 아내 소씨 입에서 터져 나왔다. 그런데다 소씨는 연년생으로 딸을 다섯을 더 낳았으니 그 식구가 자그마치 열셋이었다.
 딸 부자로 인근 마을까지 소문이 자자했다. 모두 재금을 냈으나 눈으로 뜨고 보는 류옹은 아내 홍씨와 그리고 큰아들 손자와 살고 있어도 물심양면으로 돕게 되었다. 그러나 땅은 적어 양쪽 집 양식도 모자라 그 옛적 영화는 꿈이고 점점 쇠락해진 약국에서 푼돈으로 손에 묻은 밥알이었다. 재산이란 게 손에 묻은 밥풀같이 없어지면 허무한 것이다. 뻔질나게 드나들던 일본놈들도 발길을 끊었다.
 집짓고 삼 년 나기 어렵다는 말이 있지만 이럴 줄 알았으면 짓지도 않았을 텐데 요즘은 후회뿐이다. 농사가 하늘 아래 근본이란 것을 모를 리 없지만 사람은 자식농사를 잘해야 노후가 편하고 근심걱정을 덜어 기쁨이 무엇인가 알게 된다. 큰자식은 농사짓기 싫어 사업임네 하다 땅만 축내고 둘째는 게으르면서 일하기 싫어하고 자식만 한 탯줄에 굴비 엮듯이 낳았으나 쓸 만한 아들은 하나고 똑같은 굴비라 하면 열 명이 딸이다. 대 식구를 먹이고 입혀야 되는데 남은 농토론 아득한 일이다.
 때 아닌 젊은이 방문에 잠이 깬 뒤 그들 젊은이가 궁금해졌다. 아내 홍씨가 큰딸 덕순이와 덕순의 외아들 택진이를 데리고 들어왔다.
 "영감의 손님이시유? 건넛방을 내어 주었으니 택진 애미는 예서 자야 하겠네유."
 넉넉한 얼굴엔 순종 같은 미소가 흐른다.
 "아니여, 그럴 것 없이…. 관걸아 그 손님 이리로 모셔라. 묻고 싶은 말도 있으니…."
 약국 손자의 전갈로 올라오는데 해거름 빛은 뜨겁지 않으나 차갑지도 않았다. 막 성채산을 넘고 있었다. 저녁밥은 정성이 들어간 잡곡밥인데 구수한 된장찌개 맛이 좋았다. 상을 물리고 의례적 물음이 오가고 나서 고향을 떠나서 살 곳을 살펴보며 세상 구경차 나왔노라고 언질을 놓았다.
 "그런가, 그렇다면 내 집은 어떤가. 아랫집도 좋고 이집도 괜찮으면 내 팔겠네."

"어르신 아랫집이 좋겠습니다. 마당이 넓어 나중에 사랑채라도 지으려면 좋겠습니다."

하룻밤 인연은 언약과 함께 계약금 없는 약속만 주고받고 떠났다.

류약국 류옹과의 약속이 이루어져 다시 찾아와서 그 이듬해 늦은 여름에 이사까지 끝났다. 돌석이 내외 그리고 아들 원근과 딸 미근이네 식구가 왔다. 그의 매제가 되는 재승 내외도 자식들 셋 소윤, 지성, 기성을 데리고 두어 달 먼저 서울로 떠나고, 고향 운학리 장재미엔 늙은 부모님만 남았다.

집안들은 그들이 서울로 갔다고 알고 있었다. 김씨 마님 그리고 사돈 내외가 서로 의지하며 쓸쓸한 집을 지키고 있었다. 죽을 날을 기다리는 노후가 어찌 서글프지 않으랴. 병속에 누운 강원도 김씨가 걱정이다. 그가 죽으면 안사돈은 석이 내외 곁으로 올 것이라고 막연한 바람에 용기를 갖기도 했지만, 그도저도 신통치 않고 마음속에 가득한 회심은 무엇인가. 자꾸 눈물이 솟는다.

이런 부모를 두고 떠나온 자식들은 마음이 편한가. 이사 온 그 해 가을이 돼서야 마을 뒷산 성채산을 올라갔다. 멀게 가까이서 보면 산은 밥주걱처럼 안으로 싸여진 듯이 산의 양 날개를 나붓이 접고 앉아있는 모양새였다. 산 높이는 약 700~800미터쯤 되는데 산 중턱엔 물기가 번들거리고 샘터를 메꾼 것처럼 계속 물이 나오면서 산을 적시었으며, 산꼭대기엔 바위가 있었는데 말바위라고 했다.

그 말바위를 지키고 섰는 팽나무는 옹이가 많고 제대로 크지 못하고 늙어버린 머슴 같았는데 알고 보니 아이들의 놀이터로 바위를 타고 팽나무를 잡고 놀았던 아이들 때문에 모질게 자랐던 그 모습 그대로다. 나무는 주로 떡갈나무 종류가 많았고 소나무도 꽤나 있었는데 백 년에서 이백 년쯤 된 게 아닌가 싶었다.

망개나무 열매가 새빨갛게 익어선 떨어질 것을 알고 기다리는 것처럼 보였다. 상수리와 도토리를 줍는 사람들도 만날 수 있었으며 나뭇짐이 죽은 아이 들쳐 업은 것 같이 작은 나뭇잎과 솔잎을 칡넝쿨로 얽어맨 것을 지고 내려가는 사람도 만났다. 그 나마 남의 산에서 얻었으니 들키기 전 어서 내려가야 할 것이다. 먹는 양식도 귀하지만 땔 나무도 귀했다. 그래서 산을 샀는데 류옹의 둘째 아들 딸 부잣집의 산이었다.

일본놈에게 공출로 뺏기면 열세 식구가 춘궁기를 건더낼 수 없어 몰래 밭을 파고 쌀독을 묻고 두 가마니를 쏟아붓고 마늘밭인 양 짚을 덮었는데 봄에 보니 쌀은 감쪽같이 사라졌고 빈 독이라 먹고 살 수 없어 필요 없는 산은 논밭보다 못하니 팔았다는 것이었다. 하긴 나무도 별로 없는 민둥산은 땔나무도 없었다.

그러나 산이 있어야 나무를 심어 땔 나무도 할 수 있고 작은 나무 같은 싸리나무, 개암나무, 구지뽕, 망개나무도 바람에 실려서 혹은 새가 물어온 온갖 씨, 그리고 새똥 짐승의 똥에서 배설된 씨앗이 나무로 또는 풀씨가 울창한 산의 주인이 되어 푸른 숲을 만들어 놓을 게 아닌가.

처음에 신이 만들었을 때 나무의 종류는 하나씩 세우고 나무들아 너에게 준 푸르름과 향기와 고요함의 점잖은 멋과 맛나고 탐스러운 열매와 씨앗은 배고픈 이들이 먹고 선한 이들이 먹도록 하리니 욕심으로 행복한 세상이 슬픔으로 가득 하거든 나무들과 풀들이 피워낸 꽃들이 능력껏 산이고 들이고 흩어져 뿌리를 내리고 씨앗을 퍼뜨려 살도록 하리라. 만약 이런 뜻으로 많은 나무가 종류별로 살도록 한 것이라면 신은 앞을 볼 수 있어 인간의 탐욕으로 시작된 지구의 폐망을 구하고자 열매와 씨를 맺게 하였으며 그 열매의 동정화(童貞花)를 색색이 고운 빛깔로 피게 하여 벌 나비로 하여금 수정케 한 까닭은 무엇이겠는가?

사악함이 없는 천사의 깨끗한 사랑 속에서 나오는 미소와 파랑새의 노래 같이 달콤한 맛을 간직한 열매가 달리도록 베푸신 신의 뜻을 아는가 모르는가. 이 세상 하나로 연결된 이 지구는 풍요로 먹고 살기에 게으르지 않고 싸우지만 않고 욕심을 부리지 않으면 행복을 누리고 살 수 있는데 넘치게 탐욕을 부리기 때문에 고통을 겪고 전쟁을 일으켜서 온순한 나무와 풀의 나라까지 폐허의 땅으로 만들었다면 그 누구의 탓이라 하겠는가.

약초향이 가득한 방에 누운 그들의 생각 속에는 생각지 못한 상상을 민둥이 산을 사고부터 잠시 갖는 애착에서 나온 작은 마음인지 모르지만, 그들 마음은 같을 수 없는 그 중간에서 만난 애틋함이다. 운학리 작은 개울도 물이 넘치게 흘렀고 가뭄엔 물소리도 숨죽이 듯 남실남실 꼬리만 남기고 미끄러졌다. 겨울엔 숨구멍만 내놓고 얼음 속에서 긴 끈을 흔들며 따라 오라고 하듯 그런 걸음걸이로 끊임없이 흘렀다.

골텡골 가난한 사람들이 오고가던 다리, 섶다리가 언제까지 남아있을런가. 사람이 살고 골텡골이 있는 한 그 다리는 있을 것이다. 어느 해 그 둘은 어릴 적 친구로서 곧잘 어울리고 주인과 머슴의 관계를 지나 동기간처럼 함께 자랐다. 어느 겨울, 둘은 섶다리를 건너 냇가로 내려왔다. 얼음이 언 개울은 물소리도 들리지 않았는데 그건 그들이 떠드는 소리에 묻혀 듣지 못했는지 모르나 너무 조용했다. 물고기 한 마리도 보이지 않아 적막감마저 흐르고 있었다. 그 때 돌석이가 말했다.

"재승아, 여기 고기가 엄청 많았는데 얼어 죽었나 한 마리도 없어!"

"아마 추워서 돌 밑에 숨었나? 우리 찾아 볼까?"

석이와 난 돌을 밀어내고 고기를 찾아서 꼭 보고 싶었다. 그러나 손만 시리고 고기는 보지 못한 채 아쉽게 돌아와야 했다. 그때 그 기억을 삼십 년 세월을 흘러 보내고 아직까지 생각하고 기억하는 데는 인간의 능력과 잠재된 초능력의 충돌이 마음을 아프지 않게 떨리게 한 가슴에 이른 전파가 아닌지….

겨울 물속에서 헤엄치는 물고기를 찾으며 난 그 때 동화적 사고로 즐거움을 만끽한 아이의 마음으로 순수함만 있었을까? 아니면 물고기 특유의 꼼지락 거리는 지느러미와 미끌거리다 풍기는 비릿한 고기맛에 침을 삼킨 동물적 행위로 꼭 찾고 싶은 충동뿐이었는지도 모른다.

오늘밤은 쉽사리 잠이 들지 못할 것 같다. 고향을 버리고, 아니 버렸으니 그것만으로도 가슴이 뻐근한데 그런 아픔에 어릴 적 기억이 새록새록 나면서 가슴이 뜨거워지다니…. 그 많은 일들이, 그리움이 솔솔 소리도 없이 누에고치에서 나오는 명주실처럼 끝없이 반짝이는 이슬을 머금고 밤하늘 별빛같이 가슴에서 살아난다.

아슴한 별빛을 가만히 안고 바라뵈는 먼 산 봄빛 같은 바람결 여운을 뺨에서 느끼는 그 이름 미야꼬! 어느 해 졸업식에서 안았던 프리지아꽃! 그녀의 검은 큰 눈에서 떨어진 눈물같이 맑은 꽃망울로 기억하고 마지막 이별의 항구 나고야를 어찌 잊으랴. 그렇게 아픈 이별도 냉정과 뜨거움 사이에서 살기엔 무리가 없다는 말로 변명도 할 수 없게 만든 세월은 흘러갔고 무심한 세월에 동참한 무정한 한 인간에게 날아온 편지는 미야꼬의 것이었다.

재승씨 이 편지는 당신에게 보낸다기보다 당신의 아들 지성에게 보냈다고 여기시면 좋겠네요. 지성인 아프지 않고 잘 있는지요?
사람이란 지혜로운 동물이라 헤어지고서야 지난 시간을 정리할 여유를 찾고 생각의 끝을 난도질할 칼을 찾나봅니다. 죽음을 각오할 만큼의 사랑은 없다는 생각을 했습니다. 이 미야꼬 인생에는요. 인간에 의한 아픔은 인간으로 치료할 수 있음도 알게 되었어요. 새로운 만남이었어요. 그건 또 다른 사랑의 시작이라는….
아마도 이 겨울이 가고 사쿠라 꽃이 만발할 때면 여자가 꿈꾸는 드레스를 입고 결혼을 할 것입니다.
이 편지가 처음이자 마지막입니다. 서로의 삶이 충실한 의무가 아름답게 꽃피어지길 노력해요. 이것으로 풀어진 매듭을 짓고자 합니다.

1921년 겨울에.

　그녀는 냉정하게 차디찬 돌처럼 끝을 잘랐다. 인사의 말도 없이 자신의 이름도 쓰지 않고 끝맺었다. 그녀만 나무라는 자신을 원망할 그녀의 그리움이 영원하길 바랐던 것이 아닐까. 삶의 중심을 벗어난 생각 속에 살면서 비틀거릴 때 나무뿌리에 걸려 넘어져 그 나무를 보면서 비로소 깨달은 것이 부끄러움은 감추고도 가슴은 후련했다. 양 어깨에 무거운 짐을 내려놓은 것 같이…. 그러나 세월에 묻혀지길 소원하며 바람의 끝엔 하늘로 오르는 연 꼬리를 뒤쫓는 자신을 보며 한숨을 삼켰다.
　석이는 아내 초국이를 데리고 성채산을 올랐다. 산성 돌이 무너져선 굴러 떨어진 산 아래쪽이 절벽은 서북인데 반해 마을을 에워싼 앞쪽은 성이 있다는 걸 전혀 보여주지 않는 것이 신기할 뿐이다. 오랜 세월의 흔적 같은 성돌이 썩었다고 느낀다. '돌이 썩었어요.' 아내의 예리한 눈썰미가 판단한 것에 수긍하며 이끼로 덮힌 돌들은 시커먼 딱지로 덮혀 곰팡이 투성인 메주같이 보였다.
　세월이 흐르면서 온갖 바람과 눈, 비와 햇살이 부딪혀 올 때 받게 된 풍화작용은 바위도 깨부수는데 백제의 성돌을 썩게 만들고 무너지는 것이 놀랄 일인가. 바위굴에 남은 옛사람의 흔적도 볼 수 있는데, 그릇이 있고 뼈가 있다니 고려장 묘 굴인가 싶고, 아니면 옛사람의 집이었는가 싶기도 하다. 하긴 이 마을이 생기면서 밭을 일구기 위해 어느 류씨가 묘를 파서 몇 구 시신을 한구덩이에 묻었는데, 그의 아내가 자식을 낳고 보니 머리가 붙은 쌍둥이라 놀란 나머지 젖을 물리지 않고 거적에 싸 두었더니 죽었다는 것을 쉬쉬하며 집안 간에 전해져 지금까지 내려오고 있었다.
　백제인, 말하자면 선조의 유골을 예의없이 한구덩이에 묻어 유골들이 한데 붙은 벌이라고 여겼다. 살길을 찾아 충북 어촌마을 방아실에서 강을 건너서 터 잡고 한 뼘의 땅이라도 넓히고 싶어 임자 없는 묘를 파 한구덩이에 묻었다는 것이다.

　이런저런 이야기까지 알게 되면서 이웃과 깊은 정이 쌓이고 아이들 공부 문제가 걱정이었다. 다행이 십 리 길을 걸으면 탄동국민학교가 있었다. 그러나 아직까지 호적을 옮기지 않았으니…. 심중은 갈 바를 모른 채 몸만 와 있었다고나 할 것인가…. 나무가 뿌리를 박고 자라면서 머문 자리가 고향이어서 흙의 향을 맡는가 모르지만 그 이상의 애착을 갖지 않을까. 하물며 사람인데 나고 자란 고향을 잊을 수 있는가. 그곳엔 마음을 두고 왔다.

■ _11집, 원두막

　여름밤 하늘은 낭만이 있다. 푸른빛이 그렇고 별들이 있었다. 한낮의 땡볕이 식어지고 매미들의 아우성도 딱 끊겼다. 하기사 여름이 더워야 여름이다. 아직 짓푸른 나뭇잎을 춤추게 하는 더위와 바람을 싸고 있는 나뭇잎 새로 하여 더위쯤은 그늘로 숨어 들면서 게으른 걸음걸이가 제법 여유로워 보인다.

　을수의 여름은 을수의 여름이다. 계절중에 여름을 좋아하기에 모기가 뜯고 땀에 젖어도 좋다. 사춘기를 보냈는지 지나쳤는지 잊고 살았는지 알 수 없이 자고깨면 할 일을 찾아 일을 했다. 암소의 먹이 주기부터 겨울엔 소 여물을 끓이기도 했다. 이제 성년이 되었으니 어렸을 때 외로움 같은 슬픔은 없다. 어찌하면 사람처럼 살런가. 문득 그런 생각이 날 때 어머니가 몹시 그립고 보고싶고 만나고 싶다. 난 아버지에 대한 기억이 없어 가끔 떠올리는 때는 어머니와 함께 찍은 흑백사진을 들여다보는 것이다. 어머니 원

삼 족두리에 아버진 대례복을 입어 키가 큰 아버지 곁에 어머닌 아버지 어깨에서 눈을 내려뜨고 있었다. 잘 나온 사진은 아닌데도 그 한 장의 사진이 증명이고 내가 태어났을 부모님이 있다는 것으로 위로가 되었다. 난 어머니와 단둘이 살았으나 외로움도 모르고 아버지 생각도 잊고 자랐다. 그건 내가 철없고 너무 어렸기 때문이었다. 점점 커가고 나이를 먹으면서 왜 아버지가 없는지 궁금했을 때 다른 집은 다 어버지가 있고 아버지 있는 집은 모두 부잣집이라는 것을 알았다. 엄마는 늘 부잣집 일을 해주고 이집저집 궂은일을 맡아서 했다.

"엄마, 난 왜 아버지가 없어요?"
다섯 살 먹고 내 생일날 미역국을 먹으면서 난 뚱하니 입술을 부풀려 볼멘 소리로 말했다.
"에그머니나 우리 을수가 많이 컸네. 언제커서 아버지를 찾을까 기다렸는데 아버진 을수란 이름을 지어주고 붙잡혀가셨다. 네가 태어날때를 얼마나 기다리셨다구. 그러나 일본 순사가 강제로 끌고 갔단다. 우리나라를 강탈하고 전쟁을 일으켜선 우리나라 백성들을 끌어다 전쟁터에 보내고 일을 시키느라 징용으로 끌고 가서 다리도 놓았고 집도 지게하고 길도 만들게 하고 온갖 일을 시켜 병들어 죽으면 땅에 묻어선 돌아온 사람은 극히 드물었다. 을수가 아버지께서 살아계신다면 을수가 보고 싶어서 벌써 오셨을 것이다."

난 그 때 다섯 살이지만 어머니 말을 알아듣고 무척 슬펐던 기억이 있는데 어머니가 계시니 괜찮았다. 집은 초가집에 안방 건너방이 붙은 문턱이 높은 문 한짝으로 흙벽으로 막았고 부엌은 작으나 큰솥 작은솥 두 개가 걸린 부뚜막은 뽀얀 흙으로 반들반들하니 못생기고 둔탁한 사발에 항시 청수가 담겨져 있는데 땔감이 부실해서 잿티가 동동 떠 있는 날이 많았다. 엄마는 물을 날마다 빼놓지 않고 그릇에 떠 놓는걸로 아버지에 대한 정성이고 사랑이며 기다림이란걸 알았다.

네가 태어나고도 일본은 우리나라를 점령하고 연합국에 항복하기까지 야욕을 버리지 못했다. 미국의 원자폭탄을 맞고서야 일본천황의 항복이 있었는데 해방이 되었다고 길거리엔 태극기를 든 많은 사람들이 만세를 외쳤지만 난 어려서 몰랐고 엄마는 아버지가 돌아오지 않아 기쁜지도 몰랐을 것이다. 난 어렸지만 엄마는 부엌에서 청수를 갈면서 내는 푸념소리가 울음소리 같았다.

'쯧쯧쯧, 가엾기도 하지. 유복자로 태어나서 아버지 얼굴도 모르니…'
마을 어른들이 이런말을 해도 난 듣는둥 마는둥 아무렇지 않았으나 외할머니는 날더러 복도 지지리도 없다 하셨다. 그 때 엄마는 낯색이 달라지면서 어머니, 제가 그렇게 했어요. 제가 그랬어요. 시대가 그랬고 나라가 그리 만들었지요. 아무런 죄없는 아이에게 그러지 마세요. 이 세상에 나혼자 당한 일이에요.?

"아이구 내 팔자야. 안되서 그런다. 앞으론 말 안허마"
돌아서 나오며 엄마는 슬프게 눈물을 흘렸었다.
내가 일곱 살이니 학교에 들어갔다. 봉양에서 학교는 초등학교가 있었는데 난 부잣집 창선이와 같이 들어갔다. 책보에 둘둘싼 것을 허리에 차고 공부하러 가는 학교가 좋았고 신이 났다. 입학한지 석달만에 그만둔 것은 전쟁이 터졌기 때문이었다. 해방이 되었으니 잘 살일만 있다고 모두들 기뻐했는데 초여름 6월 25일 일요일 새벽녘에 온 마을이 들썩이고 수군수군 거리더니 얼굴가득 근심이 어린다. 전쟁이 왜 났는지 누가 일으킨 것인지 북에서 남에서 바람은 불어와서 서쪽으로 동쪽으로 빠져 나가도 소리소문

없는데 이놈의 전쟁은 어디서 부턴가. 아직은 조용한데 믿어야 할런가. 죽치고 게으른 여름개처럼 그늘에서 잠이나자는 팔자좋은 오뉴월 개가 될 것인가… 사람들은 소식을 물어다 쏟아놓고 의논이 분분했다.

"새벽녘에 라디오 듣고 알았으니 지금쯤 서울로 개떼처럼 몰려올 것이네. 그러니까 피난을 떠나라 하잖아."

"아니, 올 농사 처음으로 잘 되었지 했는데 전쟁터가 되고 보면 또 글렀어."

시골마을까지 전쟁소식은 하늘에 해가 숨고 별이 사라지는 소식처럼 기가 막히고 죽을 일이었다. 논엔 물이 그득하고 벼포기는 시퍼렇게 커가면서 얼마 안있어 벼이삭이 꽃을 피울 것을 기다리는 농부의 마음은 보릿고개 같은 기근(饑饉)도 참고 견딜 준비가 있었다. 삼일만에 서울을 빼앗겼다는 소식은 시골이라도 절망에 가까웠다. 우리 엄마가 매일 일하는 창선이네는 마을서 제일가는 부자였다.

일제 강점기 때 봉양면장을 지낸 창선이 아버지 박남천씨는 친일파란 소리는 들었지만 성품이 좋고 인정이 많아 인심을 얻으니 돌팔매는 맞지 않았고 땅부자였다. 그러나 전쟁이 일어났다는 소식은 불길한 징조였다. 일제제국시대를 겨우 벗어나 반토막이 된 해방은 사회주의 공산당 체제와 자본주의 민주공화국 노선의 양분의 전쟁이니 있는 자들과 나라의 녹을 먹는 자들은 큰일이었다. 전쟁의 끝은 참혹하다. 이겨도 이겨도 전쟁은 죽음과 파괴가 있을뿐이다. 지금 서울까지 단 삼일만에 점령하였다는 것은 불길한 징조다.

면장을 지낸 친일파 박남천은 지주라는 것도 공산당들에겐 큰 죄인이었다. 지금 사태로 보아 어데로던가 피난을 떠나는 것이 상책이라는 결론을 내고서야 돈과 금 붙이만 몸에 지니고 식구들을 데리고 떠난다. 빈집으로 두면 도둑이 들 것이다. 그런 생각이 일수 어머니와 늙은 머슴 양씨에게 맡기고 목숨을 부지키로 하고 창고 열쇠까지 맡기고 떠났다.

전쟁이 끝나야 올 것이니 우리집에서 먹고 살도록 하시게나.
박남천의 부인 한씨가 을수가 동갑인 아들 창선이 그의 딸 미선 남매를 앉혀놓고 비장한 말을 남겼다.

살아서 만나면 더 할나위 없고 먹을 양식은 쌀독에 있으나 모자라면 광에 있으니 소도 잘 먹이게.
나이는 우리 엄마와 비슷하지만 창선이 엄마는 복이 많은지 호강하고 사는데 엄마는 남편도 없이 날 낳아 기르면서 손에 구정물을 묻히고 살면서 온갖 잡일에 하루해가 짧다. 알고보면 창선이 아버지 박남천씨와 우리 어머니와는 먼 친척으로 어머니 항렬보다 높은 할아버지 벌이었다. 조선 사람을 얼기설기 긋고 보면 안걸리는데 없다고 일가친척 아니면 사돈에 팔촌은 다 된다는 말이다. 창선 아버지 박남천씨는 내외는 어머니를 믿으니 집을 맡기고 피난을 간다는 것으로 결론을 내린 모양이었다. 하긴 엄마는 걸릴만한 잘못도 없다. 젊은 여인이 남편없이 아들을 데리고 남의집 일을하고 먹고 산다는게 죄라면 몰라도 엄마는 시키는대로 할 수 밖에 없었다. 박남천 부부가 창선이와 미선을 데리고 어느날 한 밤중에 떠났다. 피난을 간 것을 나중에 안 이웃의 말로는 지주(地主)로 땅이 많고 또 면장을 지낸게 공산당들의 미움을 받고도 죽음을 당할 일이니까 피하는게 좋다는 것이다.
전쟁이 터졌다. 공산군이 쳐들어왔다. 인민군이 밀물처럼 밀고 온다는 소문은 뺑 돌았으나 봉양면 일대 시골마을은 조용하니 꿀먹은 벙어리처럼 틀어박혔다가도 못 견디면 슬며시 마실을 가서 입 벙긋 눈치코치로 때려잡고 무슨 말이고 나오게 만들고 입을 맞추고 걱정을 나누는 것으로 한시름을 달랜다.

"정말로 전쟁이 난거여?"

그렇다니까 그러네. 면장댁이 모두 떠난걸 보면 모르나. 세상에 밝은 어른인디 하기사 우리집 남편 보다도 나이는 적은데도 워낙 점잖아야지.

일본 유학도 갔으니까 면장도 시켰지. 사람은 큰물에서 놀아야지 잉어가 되는게여. 봉양 개울이 맑아도 강이 아니잖은가. 모시조개 나온다고 얼마나 갈꺼여. 제천 윗 사람들이 썩은 물을 버리는데…

개울물이 강물이 되고 강물이 바닷물이 되는거지. 지금 시대가 그리 흘러가느라 시끄러운거여 알겠나.

"그러게, 내가 무얼 알겠어유? 난리통에 우리 을수 아버지나 오면 좋겠네유!"

그럴 일은 있을 것도 같은데 내일 모레 글피면 십년이 되는 세월인데 기대를 가진만큼 실망도 컸다. 새파랗게 젊은 내가 전쟁이 났다고 놀랄것인가. 악에 받혀 일본놈이 내가 그랬다고 나서기라도 한다면 잡아뜯다 안되면 살점이라도 물어 뜯고 싶은 심정인데 ㄷ자형 안팎 아홉칸 집을 맡아서 하는 것이야. 낮잠을 매일 자도 잘할 수 있었다. 칠십을 바라본 늙은 머슴이 소 먹을거리와 나무는 댈 것이고 웬만한 농삿일도 잘해 나갈 것이다. 난 철이 없어 모르지만 엄마는 비장한 얼굴로 듣고 있다가

"잘 피하시고 오세요. 저도 무서워요. 빨리 돌아오세요."

엄마는 대문 밖까지 배웅하며 이런 말을 한 것을 난 기억한다. 심각한 일이란 것이 새벽녘 첫닭이 울 때여서 사방 사위가 회색빛으로 드러나서 마을길이 보이다가 꺾여진 고샅에 늙은 소나무가 딱 하니 가로막고 장승처럼 서 있었다. 동갑내기 창선이가 간다기에 밤잠까지 설치면서 일어난 것이다. 을수네는 아무런 일도 없을 거니까 걱정 말고 행여 을수 아버지가 올런가 모르잖어. 창선이 엄마의 말을 다 고마웠다.

그렇게만 된다면야 무슨 걱정인가. 엄마는 부뚜막에 청수사발을 준비해 놓았다. 새벽이면 두손을 모으고 간절한 축원을 하시는데 그건 아버지의

부재였다. 가끔 우시는 것도 본적이 있었다. 엄마는 창선네서 지낸 후로 집에 가지 않고 창선이네 집만 쓸고 닦고 했지만 어느날 부뚜막에 집에 있어야 할 청수사발이 창선네 부엌에 있었다.

마을에서 동떨어진 산모랭이 초가는 가난해 보이기도 했지만 외딴집이 쓸쓸함이 내려앉은 듯 싶게 발자국커녕 까치발도 찍히지 않은 겨울밤 몰래 내린 산처럼 보이기도 했지만 여름으로 접어든 7월의 논밭은 초록빛으로 물들어 싱그럽기가 젊은날의 환희같은 아우성이 들려오는 듯 싶었다. 초가집을 독수리가 날카로운 발톱으로 들고 간다고 해도 믿을 일이나 엄마는 창선이네가 떠난 뒤 집에 가지 않았다.

섬지기 쌀독엔 쌀이 그득했고 장독엔 된장 간장 고추장이 있으니 먹을 양식 걱정도 없었다. 전쟁을 실감한 것은 비행기 폭격소리가 들렸기 때문이나 먼 곳에서 들리는 천둥소리가 번갯불이었다. 봉양서 들은 소리는 이십리 밖에서 나는 비행기 폭격이었다. 중앙선 철로가 연결하고 있는 제천 철도 창은 규모도 컸고 철로의 중심 이었다. 벌써 남으로 진격해 오는 인민군들을 저지하고자 미군의 폭격기가 전략상 철길을 파괴하는 작전수행에 제천의 철로는 끊어지고 페이면서 후퇴하는 국군을 호위하는 유엔(UN)군의 비행기가 쏟아붓는 폭탄에 산이 묻힐 큰 구덩이가 생겨났다. 그러려니 천지가 진동하고 사람이 죽고 집이 폭삭 내려 앉았다. 들리는 소식은 절망인데 천둥소리보다 더 큰 소리에 간이 떨어진다.

"아이구! 인제 죽었네."

산에다 구덩이 파고 낮에는 숨고 어둠이 내려 앉으면 집으로 기어들어 밥이라도 먹으면서 떨어진 간덩이를 주어 들 듯이 조심조심 또 조심하면서 등잔불도 못 켜 놓고 캄캄한 방을 지키다 잠이 들었다. 처음 며칠은 산을파서 짚을 깔고 가마니를 몇 겹 깔았어도 땅 기운인가, 산 냄새인가 콧구멍 보다 엉덩이가 먼저 알고 맡는지 습한 기운이 영 개운치 못한데도 며칠을 그렇게 지내면서 잠들기전 모여서 입을 마주하고 이러쿵 저러쿵 하며 입씨름도 했지만 자리보고 눕고 떡 본 김에 제사 지낸다고 엄마는 날껴안고 잠이 들고 나도 잠이 들었다.

피난을 간 사람은 서너집이고 설마하는 사람들은 집 나가서 개고생 하지 죽어도 집에서 죽지 하고 정든집을 나간다는 것은 생각할 수도 없었다. 어찌 되었건 불안한 마음은 속으로 다지면서 조심하고 살았으나 웬일로 여름 더위가 초복을 지나고 말복이 끝날때까지 인민군이라는 새빨간 사람은 보이지 않았으니 산에서 자고 하던 사람들도 아예 마을에서 살고 농사일도 재미나게 하였다. 설마 장정도 아니고 아이 딸린 날 죽이진 않겠지. 이런 너그러운 생각이 들어 대문만 잠그고 넓은 집을 쓸고 닦고 검둥이와 암소까지 돌보고 늙은 머슴 목숨도 거두니 농사일은 날이면 끈덕지게 소처럼 잘했다. 말하자면 할 일을 하고 살았다.

악을 쓰고 매미도 목이 쉰 날. 아침저녁으로 찬바람이 모기장구멍에 처박고 죽은 모기로 하여 들어왔다 나갈 때 새벽 방구석을 휘휘 돌았다 하면 잠결에 모기장을 둘둘 말고 춥다는 걸 아는 애둥이 머슴이 언제 물렸는지 꼬치 끝이 가려워 긁어대면 하늘인지 천정인지 치켜올린 꼬치를 움켜잡고 잠을 청할 때 살찐 개구리도 더는 울지 않는다.

참 이상도 하지! 폭탄소리와 총소리는 들리는데 따꿍따꿍 따따꿍 따쿵 따쿵 이상한 총소리가 해질녘부터 콩을 볶더니 뚝 끊어졌다고 생각할때는 한밤중이었다. 총소리인가 콩볶는 소리는 들리지 않는데 마을개 열댓마리 큰개와 새끼개 두어집 암캐배에서 쏟아진 것을 합해서 굴비로 엮으면 한타래 하고도 열 마리인데 웬일로 이밤은 한꺼번에 일어나 짖는다는 생각이 들어 마을 사람들은 잔뜩 긴장하고 있었다. 미친놈의 개새끼들이 마침 두둥실 떠 있는 보름달을 보고 짖는가. 보름달은 처음 본 것도 아닌데 이 무신 귀신 날아 다니는걸 보았는지 참 이상도 하고 요절할 일이네. 마을 사람들은 하나같이 이런 말을 하면서 불안했다.

잠시 개들이 졸고 있는지 조용해졌다고 느꼈을 때 검둥이가 숨이 넘어 가듯이 짖으면서 마루 밑으로 엉덩이 들이대면서 꽁지는 사타구니로 돌돌 밀어 넣고 주인을 애타게 불러대는 듯이 커엉커엉 애원에 가까운 소리였으나 엄마와 난 부둥켜안고 죽은 듯이 있었다.

검둥이 와그려 이놈아. 치악산 호랑이가 널 잡으러왔냐
늙은 왕머슴 목심영감이 사랑채 문을 열어 제키며 검둥이를 불렀다. 썩은 왕버들이 아직 잎을 믿고 꽃을 피우는 것처럼 사람이 괜히 나이를 먹고 늙는게 아니다. 어험험험 헛기침을 내면서 검둥이를 불러 대는데는 이유가 있었다. 호랑이가 그 먼 치악산에서 개나 잡아 먹으려고 올 것인가. 박달재의 늑대무리가 떼지어 올 일인가. 필시 인간들의 난입이면 필시 그놈들이… 인생을 오래 살아서 생각이 앞질렀지만 그 때 닫힌 대문이 삐걱 거렸다.
뉘여, 이 밤중에 어떤 놈이 말도 없이 남 문을 때려.
'문을 열기요.'

검둥이는 사람들의 대화로 맡기고 제 집으로 들어갔다. 대문이 열리자 아프리카 소떼가 몰려들 듯 우르르 들이닥쳤다. 정말 거짓말 보태지 않고 시커먼 소떼였다.
"예가 박남천 집임네까."
"맞아유. 근디 이 밤중에…"
"반동놈의 새끼 날래 나오라"
"반동도 아니고 집에는 나 뿐인데 어떡한데유. 집떠난지 한참이유"
시커먼건 어둠탓도 있지만 국방색 군복과 짙은 회색 홑바지에 끈으로 맨 윗옷은 중공군들이 입는 옷이고 보면 중공군도 있다는 것이다.

"영감혼자요." 그들은 말과 함께 집을 비로 쓸 듯이 샅샅이 뒤졌다. 안방은 살림뿐이니 아래채 다락방에 숨었던 엄마와 내가 그들 소떼 앞에 서 있게 된 사자새끼 꼴이었다.
"에미나이가 반동의 아낙이간"
"대장동무 이 여인은 이 집 먼 일가로 일을 도와주는 생과수댁이요."
그들에게 빌붙어 미주알고주알 씨부렁 거리는 상판데기는 이웃마을 김진사댁 머슴 얼금이었다.
"흐흐흥. 생과수댁이라 좋아 좋구만. 그래."

엄마는 겁에 질린 사자새끼처럼 머리를 방바닥에 처박고 얼굴을 들지 않았다.
"아새끼는 다락방에 올라서 자빠져 자라. 에미나이는 밥을 하라. 배고프니까 날래날래 하라." 난 겁에 질려 다락방으로 올라갔다. 엄마는 부들부들 떨면서 방을 나섰다.
"아새끼 날래가지 않고 멀보네?"
난 엄마 곁에 있고 싶었다. 밥을 하라는 말을 들었지만 엄마가 어떻게 될까…불안을 떨쳐 버릴 수 없었다.

엄마아!
난 소리없는 눈물을 흘리면서 엄마를 불렀다.
을수야, 다락방에서 자! 엄마는 밥해야 하니까. 응?
난 엄마와 눈을 맞추고서야 올라갔다. 생각 같아선 엄마곁에 있고 싶었지만 무서운 명령에 따라한 것이 엄마와의 마지막이었다. 컴컴한 다락방에서 한동안 밖의 소리에 귀를 모으다가 나도 모르는 사이 눈이 감기고 잠을 잘 수 밖에 없었다. 얼마를 잤을까? 오줌이 마려워 깼을때는 조용했고 엄마는 내 곁에 없었다. 깜짝놀란 가슴이 뛰었다. 다락방문을 소리 안나게 열고 방에 내려섰을 때 요강이 있다는 걸 알고 오줌도 소리 안나게 싸느라니 요강을 들고썄다.

　난 밖이 궁금도 했지만 엄마가 보이지 않아서 불안했다. 몇시나 되었는지 알 순 없지만 날이 밝아 있었다. 난 문종이에 침을 묻혀서 뚫고 내다 보았다. 환한 마당이 눈안으로 들어왔지만 검은 소떼들은 없었다. 난 방문을 조심스레 열고 툇마루에 섰다. 난 맨발로 너른 앞마당으로 살금살금 나아갔을 때 시커먼 검둥개가 꼬리를 치면서 올려다 보면서 앞을 서고 뛰어간다.

　"검둥아 울 엄마 보았지? 알면 데려다 줘 응?"
　검둥인 활짝 열린 대문 가까이로 뛰어갔다. 대문밖에 쓰러진 목심 할아버지가 멀건한 눈동자를 뜨고 하늘을 보고 있었고 이웃집 할머니가 일으키려고 애를 쓴다.

　"어그 사람 죽겠네. 땅김도 차고 이슬도 찬데 밤새 이리 누워 있었어유. 그 놈들이 노인을 패댄거여. 날도적놈 같은니라구. 무서워서 꼼짝달싹도 못했으니 을수야 느그 엄마는 어딨냐?"

　"엄마 없어유. 엄마아, 앙앙"
　난 울음을 터트리며 목심 할아버지를 일으켰다.
　"아녀, 난 못 일어나 허리를 총대로 후려쳐서 못 일어나 느그 엄마를 끌고 가서 말렸더니 그 놈들이 날 때렸어." 할아버진 허리뼈 말하자면 척추뼈가 내려 앉고 골반뼈에 금이가 마을 사람들이 방에 눕힌지 사흘만에 저 세상으로 갔다.

　난 슬펐다. 엄마를 지키지 못하고 쿨쿨 잠만 잤으니 난 내가 미웠다. 목심 할아버지라도 계신다면 얼마나 좋을까.
　난 이웃한 뒷집 할머니 댁에서 살았다. 철없는 난 방어리처럼 지내고 있었다. 웃을 일도 없고 말할 마음도 없었으니 그 할머니네 손자가 열 살인 형이어서 시키는 것이면 다 하면서 난 복도 지지리 없는 재수 없는 아이라는 말을 듣고 살아야 했다.

가을은 이별의 계절이라고 했다. 봄과 여름을 보낸 나뭇잎이 떨어질때 튼실한 열매가 달려도 왠지 쓸쓸하다고 느낀다. 지난 여름의 끝은 어제 같은데 얼마나 가슴아픈 이별을 겪었는지 난 벙어리처럼 말도하기 싫었다. 세상이 싫었다. 전쟁소식만 들려오는 세상이 싫었다. 왜 싸우고 전쟁을 하는지 어른들의 세상이 무섭고 그날의 소떼같은 어른들을 잊을 수도 없고 미워한다.

난 창선이네를 하루도 생각하지 않은 적은 없었다. 우리 엄마에게 집을 맡기고 떠난것도 싫었지만 창선이가 돌아왔으면 좋겠다는 생각이 간절할 때 늦은 가을 찬서리가 하얗게 내려 담을 타던 호박 줄기가 매단 잎사귀와 노랑입을 벌린 호박꽃이 하룻밤 사이 폭삭 죽어있던 날 그 밤에 창선네가 돌아왔다. 창선네는 부산서 피난살이를 하면서 고향소식과 마을의 집을 눈으로는 못봐도 소식은 간간히 듣고 있었다고 했다. 창선이 아버지 박남천 씨는 발이 닳듯 천리에서도 전화로 알았던 것이다. 인민군이 밀리고 유엔군의 협공작전으로 서울을 다시 찾았다는 소식을 듣고 목심 할아버지 죽음과 우리 엄마 소식가지 듣고 집으로 돌아온 것이었다.

"을수야 얼마나 고생했니. 네 엄마가 그리 되었으니 어린 네가 가엾구나. 인제 우릴 의지하여 살자. 넌 남도 아니고 친척간이니 날 아버지라 여기고 창선이는 형제처럼 의지하고 아주머니는 어머니로 여겨 살거라."

그런 말이 오가고 했지만 어린 내가 그렇게 간단하니 산다는 게 쉽지는 않았다. 난 아버지 없는 아이가 엄마까지 없다는 게 얼마나 슬픈지 아무도 모를 것이었다. 겨울이 오고 눈이 내렸고 바람이 불어 추웠으나 난 엄마만 기다리며 겨울을 보내고 봄을 맞이했다. 그 동안 빨갱이라는 몇 사람이 사람을 죽여 경찰들이 붙들어 갔다. 빨갱이가 뭔지 그것도 궁금하였으나 알 바는 아니었다. 새봄이 돌아왔다는 게 더 중요했다.

학교가 문을 열었으니 학생들은 학교로 돌아오라는 소식이었다. 난 창선이와 학교에 갔다. 입학식을 했던 기억이 있지만 또 다시 합동으로 개학식을 열었다. 방학이었던 것처럼 일 년을 보내고 개학식 같은 오늘을 보낸 뒤 내일은 일요일이라 쉬고 월요일부터 학교를 간다는 것만으로 전쟁은 끝난다. 그건 바람이지 삼년여간의 세월을 끌었으나 엄마는 돌아오지 않았다.

난 엄마만 기다렸다. 아버진 잊혀져 생각한 날도 건너뛰길 수 없이 되풀이 했다. 어느 날 전쟁이 끝났다는 소식에도 난 기뻐할 수 없었다. 엄마가 돌아오지 않는 전쟁은 아직도 전쟁이었다. 6년의 소학교 졸업 그리고 중학교 입학과 졸업. 모든 과정을 순탄하게 마친 건 박남천 양아버지의 덕이었다. 사춘기는 우울과 고민으로 보냈지만 난 앞날을 고민할 나이였다. 대학은 안 간다. 이렇게 작정하고 난 농고에 지원하겠다고 양아버지께 동의를 구했다.

"넌 내 아들이다. 대학을 가서 네가 하고자 한 일을 하거라. 난 널 가르칠 힘도 있다. 그리고 내가 못할 일을 저질러 평생 네게 죄를 지고 살게 될 줄 몰랐다."

"아닙니다. 시대를 잘못 만났고 인간을 잘못 만나서 그런 비극을 당한 것이지요. 하지만 저 한사람의 불행이겠어요. 농사를 짓고 싶어요. 앞으로 대세는 산업 발달이겠으나 농사일이 어디 쌀농사뿐이겠어요. 농촌의 계몽은 여러 가지 방면에서부터 말하자면 원예, 가축, 모든 것을 아우르면 좀 더 나아질 발전이 있을 것입니다. 그동안 농사일을 틈틈이 하면서 과실수의 소득도 생각해 보았어요. 농고를 나와 수원의 농과대학을 들어갈 까도 생각했어요."

"그래, 그것도 좋은 생각이다. 창선인 농사일은 싫어해. 법관이 되겠다고 서울 S대 원서를 내고 왔다더라. 넌 내 뜻에 부응하여 농사꾼이 된다니 고마운 중에 좀 미안도 하구나."

난 농토가 많은데 잘 이용하고도 싶었지만 재작년부터 시작한 참외농사에 재미가 붙었다. 오백 평 남짓의 기름진 땅에 참외 모종을 심고 원두막은 작년 여름에 머슴 달성이의 도움을 받고 지었다. 하룻밤에 완성한 원두막이 난 좋았다. 봉양의 마실리 앞개울 건너 양지바른 밭은 개울이 있어서인지 기름지고 돌멩이 없는 밭이었다. 개울이 보이는 원두막은 서울의 빌딩보다 난 좋았다.
한여름 밤을 바라보다 잠이 들고 깨어나면 개울물에 눈꼽 떼는 것도 좋았다. 참외농사는 여벌이고 밤하늘의 별과 구름을 보면서 난 엄마를 그리워하는 것도 좋았다. 엄마 별 하나 내 별 하나, 아빠 별 하나는 어디서 찾지 그런 고민도 좋고 불쌍한 목심 할아버지별도 정해놓았다 잃어버린 별은 아주 오래 전이었다.
여름이면 마당엔 멍석이 깔리고 마당가 담 가까이는 기름통으로 만든 화덕엔 모깃불이 있었다. 장작불에 소꼴베다 비실 비틀린 마른풀엔 쑥이 있었다. 벌건 숯덩이와 연기를 내며 타는 불더미에 풀 더미를 올려놓으면 모기를 쫓는 모깃불이다. 연기는 매워도 쑥향과 풀 향기는 자연의 향기도. 여름살은 남의 살이라 했으니 물것들이 물고 피를 빨아대도 그러려니 한다. 살점을 뜯기로 저울로 잴 것이며 피를 뺏긴다 하여 한숟가락이 되겠는가. 여름밤은 별이 많아서 좋고 게으른 더위가 사람을 녹여 대도 좋은데 원두막에 올라서 하늘을 보면 더 가까운 곳에 하늘이 있어 좋다.
밤마다 친구들이 찾아와서 놀다 자고 설익은 참외도 씹어 뱉으면서 참외서리도적들을 잡고 보면 아는 얼굴이라 웃고 가끔 바람든 계집애들이 참외 사러 온답시고 눈동자를 샛별같이 뜨고 수작을 부리는 것도 싫지 않다. 나도 사내 인데 첫사랑이 없겠는가. 잘 생긴 얼굴에 키도 늘씬한데 여학생들에게 인기가 많았다.

봄가을 체육 대회 때 학교 대항전 배구 선수였던 내가 토끼 같은 눈을 한 여 학생들의 라이트를 받은 난 가슴이 설렘과 동시에 민지연만 생각하면 가슴이 뛰었다. 민지연은 창선이 동생 미선이와 친구면서 여고 동창이고 같은 반이었기에 제천 읍에서 봉양까지 찾아와 마실리 창선이네 집이고 미선이네 집으로 오는 데는 나를 만나기 위한 것이었다.

"을수 오빠! 나도 원두막에 가고 싶어."

민지연의 말에 난 기쁜 마음으로 초대한 날에 미선의 힐난조의 말을 들어야 했다.

"을수 오빠, 민지연 좋아하지? 안 어울려요. 민지연은 서울병원장 따님이라 오빠와 어울리지 않아."

나와 민지연을 앞에 세워놓고 한 말에 민지연이 팔작 뛰는 시늉으로 대들고 있었다.

"네가 뭘 알아. 남에 일에 웬 참견이고 사설이야. 사람은 똑같아."

미선이와 민지연은 날 사이에 두고 말다툼까지 했지만 난 욕심 없는 감정으로 민지연을 사랑했다. 그런데 미선이가 날 지나치게 대하는 것에 생각을 해 보았다. 그것뿐인 가족의 관계니까. 동생의 충고로 받아들인다. 농고 졸업을 앞둔 내 나이가 전쟁통에 이년을 쉬고 보니 스무 살이 되었다. 세월은 달리는 기차처럼 빠르게 도망갔지만 내 마음에 남은 상처는 아물지 않았고 난 외로움에 갈증은 내 앞날을 어떻게 살면 이유가 될까 고민도 했을 때 양아버지 박남천의 권유에 실망도 한다. 윗마을 김순녀네서 매파를 보냈다는 것이었다. 말하자면 중매가 들어왔다는…. 김순녀는 중학교를 마치고 신부수업을 한 착한 처녀로 나보다 세 살이나 위인 큰 체격에 마음 착한 누님의 얼굴엔 항시 웃음이 떠나지 않았다. 난 누님이면 좋겠다는 생각은 들었지만 평생의 아내로는 싫다는 생각이 들었다. 그러나 싫은 건 싫은 게다.

"전 아직은 혼인 같은 것엔 관심이 없습니다. 제 나이 이제 스물인데 할 일도 많고요."

나이가 어때서? 일찍 혼인하면 자식농사는 저절로 되는 것이고 그 집은 농토도 많고 아마도 이 마을에서 다섯 손가락에 들 것인데 딸만 둘이니 큰 사위가 우선권에 들 것이니 좋은 혼처라는 생각에서 아까운 생각도 들고….

난 한마디로 거절했다.

"전 공짜로 얻는 재물은 싫어요. 전 생각이 있어요. 제가 꾸어볼 꿈이 현실에 맞게 노력도 할 것이구요."

"알았다. 네 꿈을 말할 때까지 기다리마."

잠시나마 언짢았던 마음속에 순녀의 모습이 스치었다. 청년운동으로 시작된 만남에서 누님으로 대했던 것이 나에 대한 연정이었다니 기분이 묘하게 뒤틀린다. 내 처지가 길의 돌맹이 신세지만 결혼이 급하고 재물 공짜에 혹할 내가 아니다. 농사를 평생의 직업으로 삼는다면 새롭고 혁신적인 방법으로 부농인으로 살도록 노력할 것이고 세상 사람들이 부러워하는 의사 판사 검사 변호사가 되던가 아님 시골구석 돌팔이 한의사로 살던가 할 일인데 내가 노력해야지 떡 얻어 먹는 것과는 사뭇 다르다. 내가 한의원의 침쟁이라도 꿈꾸어 본 것은 민지연 때문이었다. 사랑하기 때문인데 그 사랑의 힘은 가당치도 않은 일을 가능케 할 힘을 실어주었다. 난 엄마가 사라진 그날을 한으로 삼고 나 자신을 원망하며 살았고 그 희망 없는 지난날을 강물 같은 세월 속에 흘러가게 못한 채 가슴속에 끌어안고 살았다.

잠이 원수였고 어린 내가 미웠다. 그 여름날의 비극에 가슴을 치면서 혼자 운적도 많았다. 두 눈 부릅뜨고 엄마를 지켰어야 했는데 총이 무서웠고 눈빛이 무서워 명령에 따른 게 후회가 되었다. 창선인 서울로 대학을 갔고 난 양아버지 박남천의 은혜에 부응하는 뜻으로도 농고를 나와 농사일을 하길 잘한 일이다.

참외씨 파종을 한 달 먼저 따듯한 방에 서 싹틔워 떡잎 떨구고 첫잎 두 번째 잎, 다음 세 번째 잎이면 모종을 하고 짚으로 살짝 덮듯이 한다. 보리가 필 때면 날씨는 초여름이 내일 모레일이면 돌아올 것이었다. 별 신통할 것도 없지만 열 포기에서 반은 살아서 큰다. 살은 놈으로 하여 원두막도 지었고 마당보다 높아 하늘에 가까이 닿는 느낌도 날아서 가는 새처럼 기분도 좋았다.

나만의 공간, 원두막은 이층집 옥탑 방이었다. 참외서리 도둑을 지킨다는 목적이야 정한 나라법이지만 개울가 풀밭에는 별빛같이 까막까막 졸고 있는 반딧불이도 있었다. 별이 내려와 개울물에 몸을 씻고 오르는 상상도 좋았지만 난 내 삶의 외로움에 철저하게 살고 있었다. 그러나 여름날은 내게 있어 즐거운 나날로 초대하고 있었다.

친구들이 찾아와서 그리고 장난기 넘치는 참외서리 도적들의 습격도 추억이 되었다. 창선이 어머니는 내게 양어머니이지만 서로의 자리에서 입장을 생각하고 날 미더워했다. 어느 날 저녁에 원두막으로 찾아와선 어렵게 꺼낸 말에 난 우울해 졌다가 이내 감정이 상했다.

"을수야 괘념치 말고 들어라. 글쎄 순녀가 많이 아프다. 병이 든 게 아니라 상사병이라더라."

"그게 바보 병이지요…."

이렇게 말하고 싶은걸 참고 입을 다물었다. 나 자신도 지금 상사병(相思病)에 걸려있다고 생각한다. 이튿날 아침 양아버지께 다그치듯 말했다. "저 단양사시는 친구 분께 연락을 하시는지 궁금하기도 해서 묻고 있습니다. 그 한의원 하시는 친구분요."
"왜 궁금한데 배우고 싶으냐. 그 친구 널 탐냈지만 지금 사람을 두었을 게다."
"배우고 싶어요. 말 좀 해 주세요!"
"농사일을 어떡허구?"
"주말마다 오겠어요. 배씨가 있으니까!"
"그래 내 전화해 보마."

양아버진 날 믿어주었다. 그건 중요한 믿음이었다. 난 변덕을 부리는 것도 아니고 모든 게 싫었다. 내 사랑도 짜증스러웠다. 거기다 순녀의 상사병이 내 탓이라니. 그것도 싫었다. 모든 걸 버리고 싶었다. 그게 도피라도 좋다. 비겁한 도피였어도 내겐 최선이었다. 그날이 가기전 주소가 적힌 종이를 주시면서 돈이든 봉투까지 내어 주셨다.

"고맙습니다. 농사도 착실하게 할 것이고 배우면서 머리도 식힐랍니다."
"을수야 언제 아버지라 부르거라. 한집 식구로 삼은지 얼마나 되었는데 서운타. 단양서 아주 오면 달라져야지?"
"죄송해요. 아버지, 어머니가 오실까 싶어 기다리다 지금에 이르렀네요. 한번만 이라도 날 낳으신 아버지를 만나 불러본 다음 어르신을 아버지로 모시고 싶었네요."

"그 마음 심정도 이해하지 열심히 배울 것을 알지만 참외밭 걱정에 짐싸서 오진 않겠지." 난 침쟁이라도 되어서 오겠다고 약속을 하고 갔다. 여름날은 아직 남아있다. 첫여름의 개구리 사랑 구걸도 끝났고 소나기라도 내리는 날을 청개구리는 알고 목울대를 부풀리며 개굴개굴 할 때 매미는 못다한 사랑을 애타게 하소연 한다.

내일 떠날 차비를 해놓고 원두막의 마지막 밤을 뜬눈으로 지새웠다. 생각이 끝없이 명주실 빼는 번데기 집 꼬치처럼 끝없이 이어져 나오는데 잠이 올 순 없다. 민지연을 포기하고 순녀까지 잊겠다고 가는 것이다. 이런 생각이 얼마나 비겁한지 거기까지 생각은 안했다. 아직은 내가 너무 젊다는 것만으로 자존심이 앞섰다.

민지연은 내게 벅찬 보물로 감당할 가치에서 바라볼 산같이 동 떨어져 마음으로 좋아하고 찾아가는 것도 생각해야 될 만큼 너무 멀리 있는 산이었다. 난 내 입장에서 고루한 생각을 할 수 밖에 없도록 너무 많은 걸 잃었다. 그렇다고 마음까지 포기한 인생을 살 수는 없다. 사랑하진 않아도 좋아할 사람도 아닌 순녀에게서 달아나고 싶었다.

산 하나를 무너뜨려 집을 짓는 일은 싫다. 약초를 심어라. 그것도 싫다. 내일 난 떠난다. 도피라도 좋다. 약초의 이름을 알기 전 난 작두로 약초 썰기를 배울 것이다. 약방에 감초라는 달큰한 성질의 약제는 두께를 알맞게 엇비슷이 썰듯 보기도 좋고 모양도 좋지만 약쑥 같은 것이야 손마디만큼의 길이도 있고 손마디 아님 생긴 대로 말렸다가 뚝뚝 꺾어서 써도 될 일이다. 보약에 넣을 약제에 용은 필수겠지. 십전대보탕(十全大補湯)이야 원기를 돕는 약이니 팔물탕(八物湯)에 황기(黃耆) 약초에 육계(肉桂)를 넣는다. 난 어젯밤 등잔 밑에서 허준 선생님의 동의보감을 뒤졌지만 눈뜬 봉사다. 봉사라도 진맥이야 볼 수 있다한들 맥은 심장의 운동이 피돌이로 전해지니 환자의 입을 빌려 아픈 증세로 처방하는 것이 아닐까? 난 벌써 돌팔이 의원이 되고 있었다. 여름의 끝은 나뭇잎 빛이 쓸쓸하고 풀숲도 슬픈 빛 눈망울이 식는다.

해질녘 친구 같은 새마을 회원들이 날 찾아왔다. 어떻게 알았는지 내일 떠난다는 걸 알았다고 송별이라도 해주려고 왔단다. 민지연은 교복을 벗어 놓고 연둣빛에 연노랑꽃 무늬의 원피스를 입었다. 서울서 대학에 다니는 창선이까지 미선이 한 마을의 친구 장원이 제천읍내 의림동의 청년작가 전

민섭도 왔다. 전민섭은 다음 달 입대 한다고 자랑하러 왔다고 농담까지 해서 저녁밥을 먹다가 모두 웃었다. 다행인건 김순녀의 안부는 꺼내지 않았다. 원두막으로 갈 것을 모두 알고 있었다.

참외서리로 다된 마른 넝쿨을 엊그제 거두어 거름더미에 넣고 흙으로 덮었다. 참외를 몇 개를 거두어 원두막에 여름이불에 싸 놓았으니 막걸리 안주로 삼을 것이다. 잘 감추어 두지 않으면 개구쟁이들이 원두막으로 기어올라 남아나지 않는다.

벌써 가을의 느낌은 해가 빠르게 서쪽으로 떨어진다는 것이다. 마을을 벗어나 밭둑을 지나 논둑을 줄을 타듯 건너서 개울가 숲에 서니 어둠속에서 대여섯 젊은이가 긴 그림자를 일렁이며 밤고기 잡이로 나선 모양새로 보이기도 그러나 섶다리를 건너면서 보름달빛인가 하면서 난 하늘로 눈을 던지다 불꽃을 먼저 본 것은 원두막에서였다. 바람의 느낌도 없는 마른 밤길에서 흑흑 더운 내음이 몰려온다. "불이다." 누군가의 입에서 나왔다.

"불이 났어!
아, 원두막이 탄다."
난 신음소리의 말을 되뇌며 내달렸다. 대여섯 명이 날 따라 뛰었다. 말발굽 소리가 났다. 난 지금 흑마를 타고 달려가니까 불을 끌 수 있어 불을 끈다. 아 불길은 악마의 혀처럼 날름날름 모든 걸 삼키고 있었다. "하하하 불이다. 잘 탄다. 하하하" 미친 소리까지 들린다.

"을수야 나랑 결혼하자. 자 성령이 우리 둘을 주례하고 계시잖니."
검은 그림자가 쓰러졌다. 가까우면서 왜 이렇게 닿지 않는지 이백 미터 삼백 미터 그 중간인데 말을 탔는데 그 느낌으로 달려왔는데 이미 타서 무너졌다.
"아, 사람이 타서 죽었다."

까맣게 까마귀가 된 사람만 남았고 나무로 지은 원두막은 재가 되려고 빨갛게 누워있었다.

성령께서 주례를 서 주시잖나?.

아 환청으로 들려오는 소리치고는 가슴이 무너졌다.

넌 한 번도 원두막에 초대하지 않았어.

난 민지연을 끌어안고 쓰러지는 몸을 가누며 흐느꼈다.

막걸리라도 부어주자. 황금개구리가 뛴다.

누군가의 말이 들렸다.

참외가 타서 벌겋게 구르자.

또 다른 누가 말하는 소리다.

그래, 참외는 가져갔으니 잘가라!

난 내 말이 순녀에게 들리지 않았으면 바랐다.

그리고 털썩 주저 앉아 꺼억꺼억 울었다. 여지껏 살면서 소리죽여 울은 적은 있었으나 우는 것도 내겐 호강이었다. 오빠 울지마 내가 있잖아 민지연이 목소리였다

■ _12집, 첫사랑

술에 골아떨어진 걸 모르기엔 어젯밤 일이 또렷하다. 그렇지만 난 깊이 잠들었다. 깨었을 때 목이 타 코로 숨 쉬고 내쉬면서 목구멍을 벌려 허파와 심장까지 원활한 운동을 하기엔 메말라서 물을 요구한 건 절대적 생명이 청한 간절함이었는가. 생리적인 갈구였는가. 난 너무 목마름에 깨어선 머

리맡을 더듬어 유리 주전자를 들면서 일어났다. 손잡이를 들었을 때 그 가벼움. 그건 손이 느낀 실망이었다. 채워져 있어야 할 물인데 비었다. 그 비었다는 것이 내 힘에 저항하는 무게의 반항이 날 무시한다. 힘에 힘 그건 수학적인 계산보다. 과학으로 서로의 힘으로 이르지 못하면. 충돌로라도 무언가 이루어질 그런 찰나의 순간을 기대한다.

난 지금 이 순간을 절망한다.

물이 먹고 싶은데 마시지 못하고 이런 나를 가여워한다니, 그대로 누워선 잠시 멍한 머릿속에서 꺼낸 사실은 곁에 아무도 없이 혼자라는 게 이렇게 아픈 건지 눈물도 함께할 수 없는데 울지 말자….

난 일어나야 했다. 목이 타서 물을 마시려면 거실로 나가서 손을 뻗지 않아도 되는 그 자리엔 식탁이 있고 물병도 있고 냉장고엔 과일들도 있다는 걸 새삼 생각한다.

그러나 지금 목이 마르다. 난 일어났다. 마셔야 물이고 지금은 정말 물이 필요했다. 양모로 만든 이불에서 나와 거실로 나가니 한기가 내 전신을 식힌다.

난 물을 벌컥벌컥 소리가 나게 들이켜면서 겨울이 아닌데 왜 추운 거야. 그런 생각 속에 봄이야 이월 중순 또렷이 기억하는데 그건 그 남자와의 마지막 밤을 크리스마스이브 날에 보낸 새벽에 그는 갔고 이젠 해가 바뀌었지만 석 달이 채 안 된다. 참 오랜 듯싶은데, 겨울은 지독하게 날 춥게 만들었다. 난 뭐지. 종당엔 버림받게 되는 거리의 여자였나. 아냐, 난 그 남자 첫사랑이야. 그 남자는 갔다. 본처에게 돌아간다는 건 버렸던 고향으로 돌아가는 것이라고 한다. 그만큼 중요한 의미와 뜻이 있듯 잘한 일이다. 사실 난 슬픈 일인데도 이를 악물었다. 로미오 줄리엣이 남겨 놓은 이상적인 동경이나 현실에선 너무한 끝의 종말을 동경하기엔 부족한 사랑이었다. 언젠가는 그렇게 될 일인데 늘 마음속에 담고 살았다.

나와 그는 첫사랑이었다. 죽어도 사랑 난 그의 내연의 여자로 10여 년을 살면서 친구처럼 연인처럼 아내처럼 그런 관계는 오랜 사랑이기에 가능했다. 미래를 약속하고 그는 군 입대를 하고 난 기다리면서 한 해 재수로 다음 해에 대학 갈 꿈을 꾸고 있는데 뜻하지 않은 아버지 사망은 교통사고였고 천안에서 떠나게 된 건 아버지가 남기고 간 빚 때문이었다. 어머니 고향이면서 외가는 평택인데 나와 동생을 데리고 미군의 주둔지에서 장사라도 할 요량으로 간 것이다. 난 대학을 포기하고 엄마가 하는 식당에서 카운터 일을 보면서 바쁘게 보냈다. 그와는 소식도 뚝 끊었다. 그렇다고 사랑마저 버린 건 아니었다. 엄마의 노력과 내 힘이 보태져 장사가 잘 되어 바쁘게 돌아갈 때 화재로 주방이 지붕까지 없어지도록 타버려 그대로 쫓겨났고 보상은 화재보험으로 마무리하고 엄마는 남의 식당에서 일하고 난 카페를 내기까지 2년여의 세월을 보냈는데 낮에도 밤에도 일하면서 바리스타 자격증을 따고 그동안 실습과 경험을 바탕으로 아담한 카페를 열고 주인이 되던 날 엄마와 남동생과 뜨거운 눈물을 흘리면서 사랑하는 그를 떠올릴 때 세월은 사 년이나 흘러간 뒤였다. 난 이를 악물었다. 사랑은 뜬구름이라는 생각이 나고 현실이란 삶과 연관된 지독한 운명이라는 생각….

 난 그때 내 나이가 스물 하고도 육 년의 세월을 넘기면서 참는 것에 익숙해져 지난 것은 과거일 뿐 지금의 상황을 직시하고 실행에 옮기는 게 현실이라고 굳게 믿고 있었다.

 젊은 한때 첫사랑을 모르고 가는 청춘은 없다. 그러나 첫사랑은 죽어도 못 잊는다. 그런 말도 난 호강에 겨운 사람이나 하는 말이라고 체념했을 때 그가 찾아왔다. 날 찾느라 백방으로 알아본 건 5년 전이라 했다. 그의 깊은 눈의 수심과 애정의 굴곡에서 고민의 빛이 어리는 것을 보며 난 그 무언가 말 못할 고민이 있음을 알았지만 난 묻지 않았다. 난 그때 카페를 집어치울까 말까를 고민하고 있었다. 건물주의 횡포는 처자식 있으면서 탐욕을 부리는 데는 두 손을 들든가 아님 떠나는 거였다. 사실 알면서 수용한 내 탓이었다. 미군 부대 앞이니, 보증금이 몇억에 월세가 삼사백은 내야 하지만 보중금 없이 월세만 내는 조건에 월세도 시세보다 적다면 이건 문제가 있어야 한다. 그 남자는 날 내연의 여자로 삼고자 작정한 모양이었다.

젊음과 미모를 겸비한 난 고객들에게도 인기가 많았다. 고객들에게도 선망의 대상인데 외국인들에게도 귀찮을 만치 대시를 받았지만 아직 난 처녀의 몸으로 사내들의 음흉한 성노예가 되긴 싫었다. 그런 날 구제해 준 사람은 첫사랑 현준 그 사람이었다. 어느 날 점포 문을 내리는데 찾아왔다 두 번째 만남이었다.

"웬일이세요. 이렇게 늦은 시간에."

"미안하오. 나 차 한 잔 마시게 해줘."

난 어쩔 수 없이 그 사람을 들였다. 종업원들도 다 가고 나 혼자였지만 그를 조심하고 의심할 생각도 마음도 없었다. 애틋하고 죽을 만치 사랑할 그런 세월도 갔고, 이젠 아버지 같으면서 오빠 같은 믿음이 더 좋은 그런 사람이다. 현준씨 그렇게 부르고 싶지도 않을 만큼 식어진 첫사랑이지만 이 세상에서 가장 믿을 만한 사람이라고 생각했다. 난 그래서 현준오빠라고 불렀다.

"무슨 일 있어요. 이렇게 늦은 시간에 열한 시 삼십 분이나 된 시각에 부인께서 걱정하시잖아요."

난 처음부터 결혼한 것을 알고나 있었다는 듯한 거리를 두고 대했기에 더 이상 묻지 않았고 행동도 간격과 거리를 두고 만나는 것도 그가 찾아오면 보는 것으로 했다. 그런데 오늘 처음 꺼내고 말았다. 부인이 있나요. 묻는 것보다 슬쩍 떠본다. 난 내림 커피 그대로 머그잔에 채워 입술을 데일 정도로 뜨겁게 해서 놓고 마주앉았다.

"의주, 민 의주 이제야 묻는군. 내가 결혼했다고 생각하고 걱정까지 해주고…."

그 사람 현준은 웃으며 말하였지만 깊은 눈은 외로움을 호소하고 있었다.

난 그 사람의 눈을 보면서 지금껏 지켜온 내 몸은 누굴 위한 것이었나. 그 많은 사내들의 유혹을 떨쳐내면서 난 오늘 밤 자유로운 몸으로 살아가기 위하여 깊이 숨겨 놓은 곳으로 이 사람을 초대한다. 그런 생각을 하면서 가슴이 떨렸다. 오늘 이 사람이 날 원한다면 나 역시 원하리라. 커피를 두어 번 마시고 그는 브라운색 윗옷 안주머니에서 봉투를 꺼내 내 손에 쥐어 준다.

"현준 오빠. 이것이 뭐예요. 혹시 돈이면 받겠어요. 호호호 돈이라면 좋으니까요."

난 농담으로 말하면서 우리 사이에 무언가 놓였을 문제를 떨쳐버리고 싶었다.

"으응 돈이야. 그냥 받아줘. 주고 싶어."

난 농담처럼 말했는데 돈이라니 내가 왜 이 수표를… 아 알겠다. 날 놀리고 싶어서… 그러면서 봉투를 열고 종이쪽지 같은 수표를 보는 순간 거짓말 같은 현실에 놀라면서 뛰는 심장 소리를 들으며 잠시 가만히 있었다. 자그마치 2억이었다.

"현준 오빠. 어떻게 된 게 아닌가요. 아님 날 놀리고 싶어 장난을 치는 건가요. 그도 저도 아님 내게 뭘 바라는지…."

그런 말로 몰아가기엔 난 이미 무너진 자존심이었다.

난 흥분하지 않고서는 앉아 있을 수가 없었다. 자리에서 발딱 일어나며 현준을 쏘아봤다.

"왜 이래. 내가 말할게, 앉아. 어서 앉아. 난 널 사랑했어. 지금도 앞으로도 널 사랑할 거야. 지금 내게 여자가 있고, 딸과 아들도 있어. 하지만 널 사랑해…."

그는 고개를 숙인 채 죄인처럼 말하며 한숨을 삼키는 게 내 눈에 보였다.

"나한테 무얼 말하고 싶은데요."

사랑은 감미로운 음악 같지만 바이올린 줄이 끊어질 때 그 '탁'하고도 바람 빠지는 소리로 들릴 때는 뇌를 갉는 톱 소리처럼 정말로 소름이 돋듯 첫사랑은 눈물겨운 그리움을 겪고 지나고 보니 잊었노라. 그러나 그리움은 남아도 삶이 끌고 가는 대로 잊은 듯 살게 되데요. 오빠는 왜 한 번도 날 찾지 않고 결혼부터 했는데요. 그리고 이제 와서 이 돈은 왜 주는데요, 자랑하고 싶어서가 아냐. 제대를 몇 달 앞두고 듣게 된 소식은 아버지 사망 그리고 어머니 뇌졸중 절망 같은 소식과 동시에 휴가를 받아 집으로 갔을 때 친척들이 기다렸다고 들이댄 말은 장례를 치르고 나서 결혼을 하고 부대로 가라는 억지였다. 사실 어머니 때문에 누군가 집에 있어야 되었다. 이럴 때 누님이나 동생이라도 있어야 되는데 아버지가 돌아가시지만 않았어도 이렇게 막막하진 않을 텐데 아무도 없다. 모든 게 작전을 짜놓고 기다린 운명인지 친척들이 서둘러 보쌈 싸듯이 내 앞에 갖다 놓은 처녀는 아는 얼굴이었다. 이웃 마을 엄씨네 첫째 딸로 혼처가 없어 동생은 보냈는데 집에서 살림하며 줄다리기 새끼줄로 땋은 머리를 또아리 삼아 물동이를 이고 다닌다는 소문도 그전에 들어 알고 있었다. 나보다 두 살이 많아 그때 나이 스물일곱이었다. 얼굴은 남상이고. 광대뼈가 도드라져 고집이 있고 눈꼬리가 아래로 처졌으나 눈동자는 맑아 진실해 보이니 선할 것이다. 그런 생각이 났었어.

그건 어디까지나 내 느낌과 내 생각이다. 난 그 사람을 절대로 사랑하진 않을 것이다. 아니다 절대 그럴 일은 없을 것이니 그냥 가정부처럼 두고 어머니 병간호나 맡기자. 그런 내 이기심이 죄악인 줄 모르고 내가 걸어놓은 올가미에 내 모가지가 걸릴 줄 누가 알았겠으며 나도 몰랐는데…….

난 도망치듯 부대로 돌아올 때 말도 못하는 어머니와 눈을 맞추고 인사를 대신하고 군화를 신는데 그림자 없이 서 있던 그 여자가 불쑥 말을 해왔다.

"안심하시오. 어르신은 내가 잘 모실 테니, 그리고 지 이름은 엄춘심이요."

그녀의 태도는 당당하고도 진심이 있다고 생각하면서 난 고개를 숙여 고마움을 표하고 뒤도 돌아보지 않았고 냉정함을 보여주기 위해서였지만 내가 제대하고 돌아오면 넉넉한 보수를 주리라 그런 생각이었지만 내겐 돈이 없었다. 땅이라도 떼서 팔아서 준다. 그런 꿍꿍이 속내로 자존심을 내세운 것이다. 하지만 어쩔 수 없는 선택이었다. 제대하면 내가 있을 테고 어머넌 내가 맡아서 돌볼 것이다. 그런 생각 속엔 너 민의주가 있었어. 하지만 그건 내 바람이지. 전보다 넌 내게서 멀어졌다는 절망을 갖게 되었어. 넌 사라졌고. 전화도 없었고. 내가 먼저 했을 때 너 역시 절망 같은 말로 실망시켰어.

나는 현준 오빠의 말을 들으면서 평택으로 떠났을 때 그 망막함은 아버지 죽음보다도 더한 망막함이었다. 외갓집에서 그나마 도와준 덕에 밥은 굶지 않았지만 소득이 없는 생활에서 무언가 일거리를 찾아야 했다. 서너 가지 아르바이트도 해보았으나, 치열한 생존경쟁에서 직업다운 직업을 얻기란 바늘구멍에 내 머리를 넣는 격이었다. 최종 학업란에 고졸이라고 적을 때처럼 비굴함과 굴욕적일 순 없었다. 고깃집에서 서빙은 살점 익는 소리와 함께 양념과 타는 냄새 속에서 고기를 뒤집어 잘라주고 웃는 얼굴에 상냥한 말 한마디는 "맛있게 잡수셔도 됩니다." 그 말의 대가는 팁이다. 그것도 재수 좋은 날에나 가능하고 약정한 시간 초과 시 차비나 하라는 주인의 선심도 푼돈이나마 기분은 괜찮았다. 주인은 팁의 소득도, 불로 소득으로 처서는 10분의 1을 까고 그만둘 시 1개월 치는 채워주되 1년간 근무 조건을 명시한다.

모 편의점에서도 일을 할 때 손님으로 드나들던 남자의 구애도 받고 과분한 선물에 데이트 신청을 거절할 수 없어 한두 번 만났다가 그 사람의 부인에게 머리채까지 잡혔던 기억은 내 일생을 마칠 때까지 치욕으로 남을 것이다.

남자는 폭포수같이 멈출 수 없는 힘 그건 동물의 생리 본능은 자유로운 선택을 부여해 준 신에 허락인가 모르지만 난 기운찬 물벼락에서 간신히 나를 지켜낸 건 현준 오빠와의 약속 같은 사랑의 힘이었다.

사실 이 시대에 정조 관념이 필요한가. 구시대적 여성의 억압일 뿐 여자를 폄하하는 올가미다. 나도 사람인 여자로서 흐르는 물은 출렁이면서 비바람을 원하고 바랄 수도 있다. 짜릿한 느낌의 경험을 갈구하지만 유연한 흐름의 물의 성질은 포옹 같은 부드러움으로 물고기를 키워선 살도록 하지 않은가. 그러기에 물은 생명을 보듬는 어머니 강 바다로 불려진다.

"난 억울하다고 생각해요. 하지만 한 번은 오빠를 만나고 싶었어요. 결혼을 한 줄 알았어도 그런 마음이었을 거예요. 사랑이 뭐 별건가. 아마 수없이 충동을 느꼈으나 아직 실행에 이르지 못한 건 너무 바쁘게 사느라 그랬어요. 이젠 후련해요. 이 돈을 내가 왜 받아야 하는지 설명해 줘요."

맥주라도 들이키며 투정을 해야 하는데 사실 난 반갑고 서운하고 억울했다. 난 지금 아무것도 없다. 이제 자리가 잡히는 카페도 비우면 맨손이다. 그렇지만 주인집 꼰대의 청만 오케이 싸인 하면 점포는 물론 월세까지 탕감받을 수 있다. 늙은 말이 콩을 싫어하는가. 하루에 두세 번 찾아와 커피값을 내고 마시면서 욕정의 탐욕스런 눈빛을 나는 알면서 모르는 척하였지만 욕심나는 흥정에 군침을 삼킨 건 사실이었다. 다급했으니까. 현준 오빠도 염탐을 하였단다. 어머니가 돌아가시고 결혼식 없이 내연의 처가 된 그 여자와의 사이에 남매가 태어났고 물려받은 땅값이 오르고 아파트 부지로 무려 수십억을 손에 쥐고 나서 그 여자와 결단을 내리기로 결심했지. 이건 인간 이하의 행동이고 도리에 어긋난 짐승이 할 짓인 줄 알지만 난 너무 억울해서 억울하다는 평계를 부렸어. 난 하루도 의주 내 첫사랑을 잊은 적 없다고 난 생리적 분출을 억제하지 못해서 당신을 범하여 자식을 낳았지만 난 더는 이렇게 살 수 없다구…. "난 당신과 섹스를 하면서 난 의주와 한다는 생각과 느낌으로 오르가즘까지 그런 비참한 삶을 더이상은 못하니 날 놓아줘…." 하고 애원했어. 그랬더니 그 여자도 울면서 자신도 알고 있었다며 처분만 바랄 테니 어떻게 하길 바라는지 묻길래 집과 5억을 줄 테니 아이들을 키우며 살든가 좋은 사람을 만나 살건 그때 아이들은 내가 데려간다는 조건에 합의는 했지만 아이들과 살겠으니 제발 아이들은 데려가지 마라 그러더군. "현준 오빠 너무하다는 생각 안해요."

"알아. 그렇다고 참고 살기엔 이건 삶도 인생도 아니었어. 의주가 날 기다리고 있다는 생각을 하면 미칠 것 같았어…."

"그렇다고 마스터베이션이 가능해요. 그건 그녀에게도 내게도 모욕이었어요."

난 먹지 못하는 술을 벌컥 마시며 앙칼지게 쏘아붙였다.

"미안해. 의주 그러니까 살면서 다 갚을게. 나와 5년을 살아보고 싫으면 싫다고 하면 두말없이 갈게. 단, 조건 없이 오늘 계약금 2억 그리고 동거하면 8억은 준다. 난 노후대책으로 신탁 예금과 정기예금으로, 이자로 용돈은 쓸 것이고, 우리 생활비는 내가 댄다. 그리고 아이들은 한 달에 두 번 만나는 건 이해해 준다. 이 카페는 비워주던가 아님 내가 부동산을 끼고 사든가 할 테니 그런 줄 알아. 사실 농사짓다 할 일이 없어. 그렇다고 백수로 지내다 보면 게으른 소 신세가 될 테니 만약 헤어지는 일이 생길 때 난 크리스마스이브 날 행복한 여행을 떠나듯 갈 꺼다. 우리가 만나서 사랑한 게 크리스마스이브였잖아. 어데로 가는데? 난 생글거리면서 농담처럼 묻고 있었다. 현준 오빠는 생각대로 건물을 샀고 이층에 전당포를 내어 물건을 잡고 사채놀이 장사를 했다. 악덕 고리대금업자는 아니고 세금 내고 은행 이자만 나오면 빌려주어 평택의 자선가라는 말을 듣기도 했다. 아직 젊지만 사랑 같은 건 모래사막에서 만난 인연인 양 메마름은 입술을 포개서 서로를 적시고 모래바람을 등에 맞고 서로를 부추기며 살아남는 그런 사랑이면 그 어떤 난관도 뚫고 이겨낼 것이지만 시골 같은 천안의 한 마을에서 사랑이라고 연애질은 봄보리가 피어날 때 종다리가 새끼 키워 떠나고 그 자리엔 배고픈 능구렁이가 때 놓침을 아쉬워할 때쯤 나와 현준은 그 자리에서 키스한 기억만 또렷이 남아있는 가난한 사랑을 난 동경하지도 원하지 않는다. 크리스마스만 오면 생각나는 사랑을 헤어지는 날로 삼는다, 아니 정한다. 커가는 과정에서 경험한 게 가장 소중한 그리움이 되듯 우리의 사랑은 좋아하는 감정으로 시작한 철없는 놀음이었으나 더 더러는 근접에서 놓치고만 아쉬움이었을까. 만나고 보니 참았던 모든 게 한꺼번에 보상받는 느낌이 행복해서 그냥 안아드리고 싶었다.

10여 년의 세월이 아득하게 가버렸지만 누구의 것도 기다림도 아니었다. 혹독한 추위와 맞서는 짐승이 어디 고독한 산양뿐이겠냐만 내 앞에 있는 현준도 외로운 산짐승처럼 살았구나. 얼마나 싫으면 자식 둘을 낳고 살면서 혼인신고 안한 채 혼자 낳은 것처럼 자신의 이름 밑에 올렸을까. 그 여자도 참 가엾다. 자식을 낳아 키우면서 죽은 어미 같은 대우를 받다니 저 남자에게 더 무얼 바랄까. 그렇게 포기하고 보내준 것이리라.

난 눈물 같은 그들의 이별을 동정하는 제삼자의 역할이 싫었지만 이 밤 그 사람 현준을 받아들였다. 35세 나이에 걸맞게 무르익은 몸을 짐승의 배고픈 아구리에 내놓고 난 전신을 떨면서 페니스를 꼭 쥐어 보았다. 난 밤마다 의주를 껴안고 잤어. 이런 꿈 같은 현실이 올 것을 믿고 있었기에…. 사람이 이끄는 대로 끌려가기엔 굳게 닫혔던 문이 소리 없이 열릴 리는 없었다.

난 억울했다. 강도가 열고 들어와 강탈해 갈 때 귀중품을 빼앗기고 허탈해하는 그런 모습이면 이럴까.

"의주 미안하다. 그리고 고마워."

귓속말로 달래듯이 남자는 맘껏 다르며 몸을 떨었다.

난 수줍음을 분홍빛 이불 귀퉁이에 감추며 한마디 말로 양심을 던지고 말았다.

"내 몸을 함부로 하기 싫었고 내게 주어진 삶의 무게에 짓눌려 누구와도 연애를 못했다. 이런 날이 오리라고 기다린 적도 없었다. 그러니까 이 나이에 순정이란 가당치 않다는 말이고. 난 당신이 준 돈냥이 더 좋아요. 솔직히 말하니까 가끔 날 찾아와도 좋아요."
　난 일부러 속물 같은 말로 내 양심에 호소하면서 비참한 사랑을 감추고 포장해서 던져버리고 싶었다.
　사랑이 사랑을 위한 사랑이면 모든 걸 걸어야지 돈이 많으면 뭐 해 인생은 돈으로 사는가. 마음 가는 곳에 사랑의 진리가 있듯 사랑하는 사람과 함께라면 이건 유행가 가사라도 공감할 수 있어 첫날밤의 밀애 같은 이런 말이 끝을 향해서 10년째 그리고 겨울로 가는 11월에 갔고 속 빈 2월의 봄이 꽃피고 지는 봄 3월이 내일 모래인데 난 현준을 애타게 그리워한다. 그때 이틀 전 그의 딸에게서 받은 전화 통화로 난 말없이 그를 보냈다.
　"의주 난 가야 해. 미안하다. 애들의 엄마가 죽게 되었대. 췌장암 말기로 시한부란 선고를 받았대. 그래서…."
　난 그 사람 입을 막으며 도리질을 했다. 그만해 다 알아들었으니 더 말하면 변명이야. 우린 약속했잖아 떠날 때는 말없이 가는 거야 그렇게 하기로 했으니까. 우린 술 파티로 이별을 했다.
　"의주야, 그 사람에게 내가 갚을 게 많아서 그래 우리 어머니를 지극정성으로 보살펴 주었고 또 내가 못할 짓을 했어. 왜 아이들을 낳게 했는지… 난 짐승이었어…."
　"알아 다 알고 있으니까 그만 떠들어 이제 와 후회하는 거야. 난 어쩌라구. 내가 더 불쌍한 거 모르진 않겠지. 그것도 모르면 넌 나쁜 놈이야…."
　검은 머리가 희끗희끗하다는 걸 알면서 늙지 않았다고 열심히 염색으로 감추고 살고도 몇 해 전부터 난 외로움을 느꼈다. 아이가 생길까 봐 피임을 하면서까지 그의 아이를 갖지 않은 건 오늘의 불행을 미리 예견해서 깊이 생각하고 내린 결단이었다. 그에겐 자식이 둘이나 있다. 그 때문만은 아니었다. 이 세상이 넓은 만큼 온갖 인생들이 살고 있으면서 행복하다 하던가, 쓰라린 기억을 남기지 않고 말 못할 인연에 가슴 아파하지 않기를 바라는 마음으로 살고자 하였으나 그도 아니었다.

그는 크리스마스 날 아니 이브 날 떠났다. 눈이 내려와 세상을 하얗게 만들기를 사람들이 바란 것처럼 나도 바라고 있었지만 바람만 불었다, 왠지 눈물 나게 서글픈 날 그는 떠났다.

"마지막 인사는 그 여자와 함께."

"나와의 마지막 이별은 술과 함께."

난 물을 맘껏 마시는 걸로 살아있음을 느꼈다.

난 깨었으니 움직였다. 벌써 열 시 반 오전의 참새들, 아침 시간이 갔다. 이젠 사람이 움직일 시간이다.

늘 그랬듯 씻고 얼굴을 매만지고 간단한 식사로 대신할 먹거리는 냉장고에 있다.

샌드위치에 커피라도 마시면 알코올이 씻겨 소장과 대장으로 세상 속으로 떨어지면 바로 소통이다.

오늘은 혼자다. 아냐 내일도 혼자다.

식탁에 앉아서 바라보이는 베란다 창문엔 성에가 녹아서 물방울로 맺혀선 햇살로 사라지는 시간을 기다린다.

늘 앞에 앉아 있던 그 사람 현준이가 없다는 것이 창문으로 비춰든 햇살의 인식이라니….

난 창밖으로 다가간다. 그때 응급차가 종알종알 비켜주세요 하는 소리를 듣는다.

아 죽음의 순간에 다급하게 외치는 구원의 하소연 그의 여자를 떠올린다. 지금 운명의 끝을 지켜보고 후회와 회한에 사무칠 것을 안다. 그럼 난 뭐야. 혼자잖아. 종당엔 내가 버림받은 여자. 무서워 누군가 총을 겨누고 방아쇠를 당기면 어떡하지.

12층을 조준(照準)한 명사수가 건너편 아파트에 있다 한들 내가 베란다에서 총구멍을 본다는 건 어려운 일이다.

난 쓸데없는 상상을 하며 몸을 부르르 떨었다. 혼자라는 게 불안증을 지나쳐 잠들 수 없어 뒤척이다 따스한 그의 체온이 그리웠을 때 난 분하고 억울했다. 난 누군가의 도움이 필요하다. 그렇게 생각을 한 건 병원이라도 가볼까 그런 생각 끝에 갈팡질팡하는데 사회에서 알게 된 십년지기 친구가 찾아왔다. 자유분방한 최 리나. 그녀는 결혼은 사치다. 자유롭게 산다. 그녀는 디스코텍을 운영하면서 미(美)군 부대 코 크고 키 큰 사내를 상대로 내가 생각하는 세상을 알록달록 물들여 세상 외벽에다 커텐을 만들어 걸어 놓는 여자였다.

"여 봐 동생, 첫사랑을 만났어. 그런데 병원에서야. 누나인지 싶은데 아니라면 먼 친척이겠지. 나 갱년기라서 영 죽을 맛이야. 그래서 갔다가 봤어. 수염을 길러서 못 알아봤는데 목소리 듣고 알았어. 동생 첫사랑이 서준 엄마. 용기를 내 많이 호전되었대. 의술이 좋아서 그까짓 병 아무것도 아니래.

그래서 눈치챘지. 슬쩍 비켜줬지. 그 여자지. 얼굴색이 핏기는 없는데 검은 재가 되었는가 싶더라구. 그 첫사랑은 피곤한 얼굴을 수염으로 가리고 있었어. 그러기에 첫사랑도 믿을 게 못 되. 나처럼 자유롭게 살아. 왜 가게는 닫고 있어."

"맨날 일만 하고 살았으니까. 푹 쉬려고 그래."

"의주 동생. 내 멋진 남자 소개시켜 줄까. 코 크고 눈 크고 키 큰 사내와 연애해 봐. 아마 녹을걸. 그들은 달라 애무에 먼저 녹초가 될 터이니 온몸 중심이 젖는 건 당연하지 않겠어… 나가자 씻었네. 화장도 했고…."

"아냐 나도 병원에 가 볼려구 잠을 못자 혼자가 무서워 누가 날 죽일 것도 같고."

이렇게 말하려다 그만두었다.

반갑지 않은 이 여자의 속내는 뻔했다. 아무리 사랑받는 첫사랑이라도. 자식을 둘씩이나 낳아준 여자가 우선이고 애틋하지 않겠어. 넌 애첩이고 그 여자는 본처야. 첩에게 빼앗기고 마음고생하면서 자식들 키우고 농사일 하느라 병들어 꺼내놓은 묵은 짠지 쪽같이 되었대도 누가 비웃겠어! 흥 호강을 타고 앉아 오줌이나 누어라.

그런 표정을 담은 웃음을 보는 난 가라 꺼져 이렇게 쏘아주고 싶은 걸 참고 있는데 이 여잔 거기다.

"돈 좀 빌리러 왔는데 삼일만 융통해 줘 점포 하나 더 내려구."

"돈 가진 거 없어 카드뿐이야."

난 단번에 거절했다. 현준과 거래한 돈 때문에 더 깊은 속내를 알게 된 건 현준 오빠를 유혹하더라는 말을 현준 오빠에게 듣고서였다.

"경계할 여자야. 돈 받고 나면 딱 끊을 테지만 사실 담보 잡고 빌려준 것이기에 이자까지 받아냈지만…." 그리고 함께 식사 두 번 그리고 우리 카페에서 차와 와인을 마시고 그게 다였지만 이 여잔 발이 밟은 껌처럼 질질 따라붙었다.

"네 첫사랑은 그래도 양심가야. 넌 넘치게 사랑도 받고 많은 돈도 받았잖아. 인제 재미있게 인생을 살면 되는 거야."

부러움을 질투로 표현하는 소리를 듣겠으니 핑계로라도 그녀를 빨리 보내고 싶었다.

"어머니가 많이 편찮으셔. 자, 맛없는 커피라도 마시고 내일 가게로 와 점심 살게."

난 표정 없는 얼굴에 웃음을 흘리며 억지 친절을 보탰다.

"알았어, 손님을 떠밀어 쫓다니 기분 나빠도 한 번은 이해해야지."

이 말을 던져놓고 눈빛엔 비웃는 얼굴 중심엔 성형으로 붕어눈이 된 눈을 더 크게 떠 보이고는 얼른 감추지 못해 휙 바람을 일으키고 돌아서 나갔다.

사실 난 집에서 그동안 정돈하지 않은 그 남자 현준의 서재를 살펴보고 싶은 생각이 났다. 이럴 수 없어. 서로가 원해서 참고 기다린 세월이 억울해서 부둥켜안았던 그날의 황홀함을 매일 떠올려도 좋은데 농담처럼 약속한 걸 실행에 옮기던 날 설마설마 날 버려두고 그 설마가 마지막이라니 믿을 수 없다.

그 사람 현준의 방은 먼지 없이 마른 채 폭삭폭삭 내려앉는 느낌은 조용한 내 걸음을 거부하고 있었지만 북으로 난 창문에 비쳐 든 빛은 오전의 햇살로 환하게 드러나길 바라는 건 욕심이고 억지에 불과한 이치에 두 눈을 크게 뜨고 무언가 찾아내는 게다.

난 크게 떴던 눈을 조금 내려서 각도를 맞추면서부터 가늘어지는 눈꺼풀에 힘을 나도 모르게 주었다. 여지껏 본 적 없는 열쇠 한 쌍이 쇠줄에 꿰여선 책상 위서 잠에서 깨어 아는 체하는 것처럼 보였을 때 난 반가워서 덥석 안 듯 집어 들었다.

세 번째 서랍만 잠금이 되어선 항시 날 궁금하게 만들었지만 난 개의치 않았는데 열쇠를 두고 갔다는 건 분명 열어도 좋아 그렇게 허락한 것이다.

난 열쇠를 맞춰선 넣고 틀었다. 열렸다. 봉투뿐인데. 봉투가 먼저 눈에 띄어선 집어 들었으나 화선지 봉투는 관심 없었다. 편지봉투 겉 글씨가 날 긴장하게 만들었기 때문이다.

- 내 영원한 첫사랑아. -

난 봉투 속에서 꺼내 든 편지를 읽다가 쏟아지는 눈물에 글씨가 번지는 걸 보면서 눈을 크게 떴다.

"내가 무슨 말로 변명을 하겠는가 내 죄가 많아 그 죄를 변명이라도 하고자 이렇게 썼다는 게 용기가 필요했다. 짐승이나 할 짓인데. 애정 없이 범함 죄악이 죄 없는 천사 같은 아이를 태어나게 하고 난 아버지 노릇을 하였다고 생각했지. 입히고 밥 먹이고, 가끔 아이들 찾아가 만나고 외식하고 그게 다였으면서. 나이를 먹고 인생을 반은 살다 보니 내가 무엇을 한 거지 부모님 덕에 많은 돈을 가졌으나 인간의 삶은 아니었어. 내 아이를 낳아준 그 사람에게도 그랬고, 그대 내 첫사랑 의주에게도 잘못했어. 난 진실로 그대민의주를 사랑했고 영원히 사랑해. 그대가 피임을 하는 걸 알면서도 난 모른 채 하고 방관했어. 언젠가 말한 걸 기억해. 현준 오빠 난 아이는 낳지 않을래. 오빠 아이가 있으니까 날 생각하면서 그 여인과 몸을 섞었다고 말했으니까.

내 아이라고 생각할 테야. 그 말을 들었을 때 가슴이 아팠어. 속으로 바보 참 순진하다. 그렇게 욕심도 없다니. 이제 우린 흰머리가 나고 삶을 돌아다볼 때가 왔어. 그 사람은 지금 시한부로 호스피스 병동에서 마지막 삶을 사느라 이를 악물고 남은 숨을 삼키고 내쉬지만 내가 도와줄 일은 없어. 그 사람의 부탁을 들어줄 꺼야. 아이들 서희와 서준을 위해 살 거라고 말했더니, 그대 말을 하면서 함께 가족으로 살면 좋겠는데, 그대의 의사를 타진해 보라던데, 난 그 말을 할 수가 없다. 부모님 모신 산만 남겨놓았으니, 나무 심고 가꾸며 고향에서 살겠다고 했어. 그 사람이 농사짓던 논밭을 내가 소일 삼아 해보겠노라고 했더니, 그러라고 했으니, 그럴 참이야. 그리고 그대 카페 건물은 그대 것으로 했으니까 그리고 건강에 유의하고 행복했으면 좋겠어…. 그리고 미안하다. 이 말은 진심이다. 사랑은 하였지만 내가 그대를 정말 사랑한 건지 내 자신이 싫다. 잘 살아야 해. 아이들이 사춘기 때라 내가 곁에 있어야 해… 핑계는 아닌데 왠지 미안하다."

현준 오빠가 떠난 건 현실의 도피고 책임에 대한 약속의 이행일 수 있다. 그렇지만 나는 안돼요. 난 무서워요. 외로운 게 무섭다구요. 날 데려가요. 난 주저앉았다. 너무 많은 돈이 무겁게 한다. 넘치는 건 모자람만 못하다.

혼자 살기엔 너무 넓은 집. 그리고 많은 돈은 수명을 단축시킨다. 나 혼자는 싫다. 이럴 줄 알았으면 진작에 아이를 낳을 걸 그런 생각이 나는 걸 보니 이제 나도 늙었다. 세상의 눈이 총알이 되어 날아와 박히는 상상…. 아 무서워 난 그대를 떠나서 살 수 없어요. 이런 사랑은 없다구. 너무해. 허무하다는 게 뭔지 알겠다.

싸울래야 상대 없이 지쳐갈 때 핸드폰이 울렸다. 현준 오빠였다. 목소리도 없는 문자는 방금 아이들 엄마가 죽었다.

난 어이가 없다고 할까. 기가 막힌다고 할까. 한 대 맞은 것 같이 머리가 띵했다. 이래서 미안하다. 용서해라. 이 말이 생겨난 것인가… 그런 생각이 들었을 때 비참하리만큼 고독한 나를 발견한다.

그리고 3일 후 그에게 온 메일을 본다.

"그 사람 우리 선산에 묻혔어. 화장하려고 했는데, 눈감은 얼굴이 자꾸 떠올라 괴로웠어. 부처님을 닮았다. 그런 생각이 들었어. 난 그 얼굴을 기억할 것이고 난 내 첫사랑을 그리워할 테니, 그대의 원망도 사랑이라고 생각할 것이니까, 이해해 주었으면 좋겠지만 너무 염치없는 청이겠지. 아이들이 날 이해하긴 아직 어려…. 난 그때까지 용서를 비는 마음으로 살 테야…."

"넌 나쁜 놈이야."

내가 질러댄 큰 소리가 내 가슴에 돌아와 울릴 때, 배신이란 말을 떠올렸다.

그댄 좋겠다. 부정(父情)이 이유가 되고 기억할 사람이 있으니까. 난 뭐야 내겐 아무도 없잖아….

■ _13집, 닭싸움

따스하게 내린 햇살이 사람 마음까지 간질인다. 봄비가 내린 뒤라 햇살은 노랗게 익어서 내린 게 아닌지. 구수한 햇살이라 그냥 있기는 무언가 아깝다는 생각에 하늘 한번 처다보고 텃밭이라도 파서 채마 씨라도 뿌릴까 했는데 싸릿대 울타리 밑으로 이웃한 박태동이네 닭 새끼가 냉큼 들어와서 닭장에 갇힌 내 집닭을 염탐하지 않는가. 눈알을 데룩대며 큰소리로 "꼬끼오. 오 쿠르룩."

그 소리는 '내가 왔다. 이 못난 놈아, 싸우자'인 게 분명하다.

"아니, 이 버르장머리 없는 달구 새끼!"

내 집 장닭을 피가 나도록 쪼고 발차기 태권도에 권투까지 동원해 주먹으로 먹이고도 또 찾아와 큰소리친다. '월담에다가 개구멍까지 파놓고 심심하면 제집 암탉이나 데리고 놀지 어째서 행패여 괘씸한 놈.' 밭을 파려다 삽을 내동댕이치니 달구 새끼는 "고꼬고 켁"하며 싸릿대를 넘어 달아난다.

"그랴, 짐승이나 사람이나 힘이 있고 봐야 대처할 수 있는 거여. 옛말에 법은 멀고 주먹이 가깝다 안했남?"

겨울이 가고 봄이 되면서부터 어쩐 일인지 저놈의 달구 새끼가 날이면 날마다 내 집 장닭을 깔아뭉개고 붉은 벼슬을 물어뜯어 피가 철철 나게 한다. 상처로 희끄무레한 버짐으로 보이는 것이 더덕더덕 붙으니 영 보기 싫다. 아직 쨍쨍 쨍그랑 소리가 나는 젊은 수탉인데 곰탱이네 수탉에게 매를 맞는다니 이건 말도 안되고 이 배만석의 자존심도 말이 안된다.

이 봄 가만히 있어도 맘이 요상스러운데 저 곰탱이 달구가 이 배만석을 건드린다.

'암, 가만히 있을 내가 아니여. 곰탱이가 지어준 배 꼭지가 어디 갔나? 능금 꼭지도 아닌 배 꼭지 고집인데 말이여.'

혼잣말은 암탉 알 괴는 소리나 누가 옆에서 듣기엔 씨부렁거리는 소리다. 며칠 전부터 생각 속에 두고 모았던 사금파리를 사랑방 툇마루 밑에서 꺼내놓았던 망치를 가져다 내리친다. 깨진 사금파리가 깨지면서 내는 소리가 살아있는 듯 이빨을 절로 앙 물게 한다. 짝아악 비명소리가 귀청까지 찢는다. 쨍그랑 짱그랑 그러다 찰짱 소리와 함께 튀어 나가도 얼굴을 때리기까지 그래도 곱게 빻는다.

"여보시라요. 장군 아버지요. 지금 뭣하십네까?"

옆구리를 찔러가며 아내가 묻는다.

"보면 모르오, 사금파리 깨부수오. 보리쌀이건 밥이건 가져오구려. 고추장도 보시기쨰."

"알겠구만이요. 고놈이 달구 새끼 싸움에 귀한 고추장도 남아나지 않겠구면."

아내는 부모님이 함경남도가 고향이라 6.25전쟁 때 남하해서 낳았으나 부모님 억양을 닮고 있었다. 아내는 삶은 보리와 고추장을 가져와선 한마디 거든다.

이웃 간에 그깟 닭새끼들 싸움질에 왜 마음을 쓰냐. 그리고 여름이 오기 전 개구리 올챙이 그리고 메뚜기 같은 것을 잡아서 먹고 왼종일 나가서 헤집고 먹을 것인데 저절로 힘도 세질 테니 맛난 고추장 먹일 일인지…. 뭐 그런 말이었다.

하지만 난 그 꼴을 못 보겠으니 어서 먹여 고추장 매운맛을 보여줘야지. 보리에 사금파리를 묻히고 보니 쌀 튀밥 같기도 한데 고추장을 넣고 비비니 벌건 닭벼슬이 떨어진 것처럼 거무튀튀하면서 썩기 전 닭새끼 간처럼 보이기도 했다.

등이 땀에 젖은 걸 느끼면서 수탉을 꺼내고 있을 때 알을 품고 있는 검은 독수리 깃털을 한 암탉에 눈이 갔다. 놀란 눈에 동정과 사랑이 깃든 노랑 눈자위에 검은콩 같은 눈알을 수탉에서 보내놓고 얂는 소리는 그렇게 운동하고 잘 먹고 기운을 내라 하지 않았어요. 가장이 그렇게 나약해서야 원 쯧쯧.

이렇게 말하듯 골고고 한다. 날 달구 대가리를 붙들고 아구리를 벌려 먹이기 시작했다.

한두 번 먹더니 끼룩끼룩하며 시뻘게진 눈알을 까뒤집는다. 물이라도 먹이려다 그만두었다. 조금 있으니 제자리로 돌아온 모가지가 곧추서는가 싶더니 대가리째 쑤셔 박고 물을 쪼아서 먹는다. 억지로 퍼먹이는 먹이가 힘이 들고 고역이었는지 스스로 먹으니 흐뭇했다.

"그래, 그거여 잘 먹고 곰탱이네 달구지 업어 치고 매치고 발로 차는 거네. 그려 주둥이는 쪼는 거여. 무서워 빌빌거리면 깐본다니까. 그리면 네 여자 여편네도 뺏기잖여. 어디 뺏긴 게 하나둘인가."

나는 그동안 못다 한 말을 내 자식들에게 하듯이 쏟아내고 있었다. 닭은 본시 돌멩이도 삭힐 만큼 위가 따듯하고 소화도 잘 시킨다. 사금파리나 동전을 먹어 뼈가 튼튼해진다는 건 누구나 알고 있는 일이다. 내 맘을 아는지 통통이 수탉은 많이 먹고 나서 물을 먹느라 모가지를 세워 대가리를 쳐들었다. 그때 언제 왔는지 곰탱이네 수탉이 냅다 달려들어 통통이를 발로 차서 내동댕이친다. 눈 깜박할 사이었다. 내가 집어던지려고 돌멩이를 주워 들었을 때 놈은 이미 개구멍에 대가리를 박고 넘으려는 참이었다. 내 팔은 이미 뻗었고 손에 있던 돌멩이는 날아서 닭을 명중했다. '케켁케국 케국' 닭은 죽는 소리를 내고 주저앉은 채 꼼짝도 안했다. 닭새끼는 놀라거나 하면 꼬그댁 꼬그댁 꼬꼬꼬 하며 무언가 다른 소리를 낸다. 이대로 죽은 게 아닌가 큰일이다. 죽지도 말고 크게 다치지도 말아라. 난 긴장하며 달구 새끼 가까이 갔을 때 헛기침 소리와 함께 박 곰탱이가 싸릿대 너머로 날 흘겨본다.

"이놈! 배 꼭지야 아까부터 뭣하고 놀았니. 어디 이실직고해 보거라. 내 들어보고 판단해 용서도 할 것이니…."

"곰탱이와 달구 새끼는 풀어 날마다 내 집을 넘어와 내 집 달구를 쪼고 때리게 두는데 무신 재미로 그러는 거여?"

"야! 기가 차다. 이웃 간에 닭새끼 싸우고 놀고 하는데 참견하고 남의 씨닭을 돌로 쳐 저리 만드냐?"

"허구헌 날 내 집 씨닭은 매 맞고 피를 철철 흘리는데 곰탱아 넌 재미로 보았냐? 난 눈알이 나오고 속이 불이 났는데 그냥 보고 있었단 말이지. 내 씨닭값은 넉넉히 주마. 내 혼낼라고 했지 죽으라고 때린 건 아니다."

난 닭을 들어 올렸다.

"꼬끄댁 꼬끄댁 갈갈 가르르"

닭새끼는 죽은 척 대가리를 개구멍에 처박고 있었다. 다행이었다. 죽기라도 했다면 꼼짝없이 곰탱이에게 빌어야 할 일이다. 그것도 싹싹 두 손을 비비고 빌어서 한 수 코 빠진 듯이 두 손을 들어야 했다. 그 잘난 자존심을 스스로 무너뜨리고 살아갈 일인 게다. 부모가 살았던 마을은 그들도 나고 자란 고향으로 충북 제천 봉양면 소재지 구성마을이다. 어수선했던 시절 동갑인 그들 둘은 단짝이고 초등학교 입학과 동시 6년간을 이십 리 길을 걸어서 동명학교에 다녔다. 졸업과 동시에 공부는 끝났다. 가난 때문이었다. 6.25 전쟁둥이는 배고픔과 가난을 먼저 알게 되어 농사짓고 풀 베고 나무하는 것을 배우며 시대를 한탄했다. 누굴 원망하기보다 먹고 살기 위해 발버둥 치면서 틈만 나면 함께했다. 짐승만 아니면 울타리도 없어도 무관한 만큼 형제처럼 지냈다. 개를 키우고 소도 길러 농사짓고 닭새끼 키워 살림에 보탬이 될까 해서 기르고 보니 서로가 거북할 만큼 짐승들은 날뛰었다. 그래서 생각한 게 싸릿대 울타리로 경계를 한 것이다. 그 울타리도 오래되어 바람에 꺾이고 햇볕에 삭고 짐승들이 타고 넘어 별 쓸모는 없게 됐다. 그래도 경계만은 눈물 나는 삼팔선이다. 부모님 적부터 곰탱이네 터에서 살았던 기억뿐인데 부모님 말씀인즉 할아버지가 곰탱이 할아버지 허락하에 집을 지었단다. 터값은 콩 두 말을 첫해 가을에 주었고, 콩 댓 말을 세월 따라 시대 따라 오른 값으로 주고 있다.

"팔아. 이제 나한테 팔아."

아무리 말해도 곰탱이 말은 어제도 오늘도 매한가지다.

"그냥 살아. 조상이 한 일이니 난 팔 수 없네."

"예끼, 곰탱아 세월이 얼만데 여태 그 말인가?"

"배 꼭지야 그대로 내 땅입네 하고 살아. 꼭 내 터라야 하나?"

그 둘은 서로 별명을 지어 부르면서 별 탈 없이 살아왔다. 벌거숭이 친구고 이웃해 살아온 정이 얼만데. 그러나 난 서운했다. 백여 평 집터에 튼실하게 지은 집은 내가 나고 자란 집이다. 안채와 사랑채가 ㄷ자로 소 외양간이 뒷간과 연이어 있다. 그 옛날 초가에 기왓장을 올린 건 나였다. 아내를 친척의 중매로 만나서 살게 됐는데. 얼마나 고생하고 열심히 일해서 농토를 넓혔나. 아들딸 삼 남매 잘 키웠는데 모두 내 곁을 떠나 산다. 박곰탱이네도 나처럼 삼 남매를 낳아 잘 키웠다.

이제 늙었으나 먹고사는 데 걱정은 없다. 다만 이 집터만 돈 주고 내 것이 되면 마음이 한가할 것 같은데, 아니 가벼워질 것인데. 곰탱이가 말을 들어줄 낌새도 없으니 그게 서운하다. 그런 데다 그 미운 달구 새끼가 내 통통이를 깔아뭉개니. 눈 뜨고 못 보겠다.

"그래, 죽지 않아 서운하냐? 이 배 꼭지야."
"요 쪼만 둘이 억센 놈을 죽일 수 있겠나. 봐라! 곰탱아."
"아이고, 다 큰 어른이 닭새끼 싸움에 있던 정까지 버릴 참이요?"

박 곰탱이 안 사람이 싸릿대 너머에서 우습다는 듯 한마디 하고 돌아선다.

"그러게나 말입네다. 암탉은 혼자 알 낳고 하니 저놈 장닭은 잡아서레 몸보신 합세다."

아내도 뒷짐 지고 강 건너 불구경하듯 남의 말에 참견하며 재판까지 하고 있었다.

달구 새끼는 엄살을 떠는지 내려놓으니 날개 한쪽을 축 늘였다.

"이 꼭지야. 날갯죽지를 맞았다. 보면 모르나?"
"내 미안하게 되었다."

이렇게 사과의 말이라도 할 것인데 마누라가 지켜보니 그 말도 못하고 말았다.

"아저씨 미안케 되었네요. 저리 다쳤으니 여러 날 걸려야 낫겠습니다."
"짐승이라도 혼나봐야지 임자 있는 암탉을 넘보고 능욕까지…."
난 아내의 사과에 속마음은 '잘한 것이여' 하고 생각했다.
박 곰탱인 아내의 사과를 받으며 웃더니 이내 한마디 한다.
"우리 씨닭은 세상에도 없는 우량종이니 변상하려면 재판까지 열어야 할 것이요."
"하! 고놈 벌어진 입이라도 말은 잘하는구건"
이렇게 한마디 못 하고 돌아선 것이 못내 억울했다. 차라리 덥석 안고 동물병원이라도 갈 걸 하는 마음도 없지 않았다.
아내가 소독약을 가져다 멍든 곳에 발라줄 때 난 파스를 꺼내서 아내에게 건넸다. 까르르까르르 꾀꼬리가 웃는 것처럼 아내는 웃고 있었다. 민망하기 그지없는 순간 난 얼굴이 화끈거렸다. 이놈의 달구들 싸움에 체면이 말이 아니다. 세상은 살고 봐야 재미도 있지. 닭이 소독약에 파스까지 붙이는 꼴을 어느 세상에서 보겠나.
난 그만 도망치듯 방에 들어와 꼼짝도 못 하면서 논둑 밭둑에 심을 콩 생각을 한다.
'그려, 내가 진 거여. 그놈의 닭새끼 역성들다 나까지 참패당한 거여. 곰탱이네 논밭과 이 꼭지의 농토의 비교는 저울로 달아도 평행선이라고 생각해도 서운할 것인가.' 자식 농사도 내가 나으면 낫지, 큰아들은 철도고등학교 졸업과 동시에 일본까지 건너가 교육을 받고 돌아와 제천철도 관련된 공장에 책임주임 자리에 있고, 둘째 아들은 청주고등학교 국어 교사로 있다. 그리고 막내딸은 청주대학교 졸업반인데 의상학과 디자인 수련생이다. 큰아들을 낳고 좋아서 장군이라도 부르기 시작해 지금도 장군이라 부른다. 호적엔 반석. 넓고 반듯한 돌은 쓸모도 있고 명(命)도 길어라. 그런 마음에서다. 둘째는 형보다 깎은 밤톨같이 잘 생겼고 타고난 인성이 섬세함에 일치한 예술 감각이 있어 송석(松石)이라 이름 지었다. 딸은 너무 귀여워 보기도 아까워 송설(松雪)이라 지었다. 든든한 삼 남매 생각할수록 어깨에 힘이 들어간다. 이 삼 남매를 낳고 기를 때 곰탱이도 낳고 길렀다. 내게 아들이 태어난 걸 보고 두 달 후 곰탱인 첫딸을 낳았고 둘째는 두 살 터울로 아들을 낳았는데 셋째가 또 아들이었다. 가난을 등지고 농사로 밥을 먹고 사노라니 큰딸은 고등학교 졸업하고 집에서 신부 수업하다가 부합한 결혼을 했고, 큰아들은 농고를 나온 농사꾼으로 산다. 특용작물 재배로 성공한 일꾼으로 결혼해 같이 살고 있다. 며느리는 방송통신대 문예창작과를 나와 시를 짓는다고 시아버지인 곰탱이는 자랑한다.

"그러면 시인이냐, 시인의 시아버지는 유식해야 쓰는데 시를 알런가 몰라? 니나 나나 시대를 잘못 만나 하고 싶어도 더 공부할 수 있었남. 생각이 시(詩)고 보는 게 시(詩)다. 그리 생각도 하고 사는 거여."

"그려, 곰탱아 자네 말인즉 시고 글이네. 흐흥. 참말이지 억울한 세월을 산 거여"

우리 둘은 공감할 것들이 많았고 웬만한 일은 이해하며 살았다. 소중한 시간이 삶이 되었다. 그런데 듣고 보는 세상은 텔레비전에서 알려 주었다. 사람을 잡는 건 사람들 입에서 나와 듣고 판단한 것이다. 그건 사람이 사람을 내려다본다는 것이었다. 우월감. 그 옛날 조선시대까지 있던 신분사회가 지금은 편애적 사회풍토로 돈의 위력과 학벌에 출신학교 비교, 인맥으로 상응한 인간의 하대로 경쟁의 시대가 도래되었다.

"방통대가 뭐여?"

며느리가 방통대를 나온 시인이란 말에 무식한 내가 물었을 때 곰탱이의 대답은 훌륭했다.

"우리 며느릿감은 직장에서 일하며 틈틈이 방송을 듣고 공부하였으니 장하지."

나도 고개를 주억거렸다.

"일하며 공부를 하였으니 도랑치고 가재 잡은 거다."

그렇게 생각하고 아랫마을 이장 뚱이한테 말했을 때 콧방귀를 꾸는 뚱이의 말인즉 놀라웠다고 하면 맞지 않지만 난 다시 듣고 생각했다.

"돈이 없으면 공부 잘해서 실력으로 가는 대학이면 자랑도 듣기 좋겠지만, 돈도 없고 실력도 모자라 이름이나 따고 보자고 방통대에 갔다면 누가 대학 출신이라 하겠는가. 일 년에 서너 번 대학교 문을 들어가고 나와선 졸업논문이나 제대로 써 제출한 기억이나 있는지 차라리 좋은 책을 읽고 교양이나 쌓는 게 안 나을까 몰라. 세상이 학벌을 우선에 두니 너도나도 대학은 가고 보는 게지. 부모들 꼽추 등에 쌀 섬지기를 올려놓고 아버지 어머니 무거워도 참고 견디셔요. 이밥에 고깃국은 먹여 드릴게요…. 그런 식이다. 내일 먹자고 쌀섬에 깔려 죽으란 말인가? 내 며느린 고등학교 나왔어도 나무랄 데 없다. 손자손녀 남매를 낳고 제천에 살고 있다."

곰탱이의 자랑은 막내아들이었다. 내가 이웃에서 보았지만 자랑할 이유가 있고 많다. 잘 생겼고 해군 사관생으로 바다 갈매기 깃털 같은 복장을 하고 돌아왔을 때는 봉양의 촌구석이 환하고 빛났다. 졸업과 동시에 별을 딴 장군이 될 것이었다. 이름은 박민석으로 해군 대위다.

"곰탱아, 축하한다. 어찌하여 저리 잘난 아들을 만들었는가. 아무리 생각해도 답이 없다. 그러고 보니 제수씨 밭이 좋은 게다."

"이런 꼭지 봤나. 형수님이라 불러라 내 안 허대. 그놈 참."

이런 농담도 어제 일이다. 그랬다. 친구요 이웃이고 형제 같은 사이고 자식 농사도 시소 놀이처럼 올라가고 내려오는 서로 간의 재미로 하듯 즐거움을 나누어도 좋았다. 그러나 그 다정함과 친밀한 우정도 가끔 비교하는 데 따른 요상한 갈등이 있었다.

그래 우리가 함께한 세월이 얼마여. 그런 우리 사이에 야박한 것이 인심인지 생각도 해 보는 것은 1세기를 앞에 놓고 생각할 때 이건 인심도 인정도 아니었다. 위세고 자랑삼은 놀이에 내 할아버지 아버진 빚진 하수인으로 살다 가셨고 나도 그 뒤를 따라서 가며 내가 살고 있는 게 다…. 하긴 물가 시세에 따라 땅값이 뛰는 것은 당연하다. 사슴이 뛰면 토끼도 뛰고 들쥐도 놀라서 뛰게 마련이다. 땅은 그 자리에 있으면 하늘이 알아서 움직이게 만든다. 솟값이 삼복더위에 개값보다 못하다고 아우성친 게 엊그제인데 황소가 오르니 송아지 값도 많이 올랐다. 올랐거나 말거나 난 키울 힘도 없다. 그간 한 뼘으로 시작한 논밭 넓히기에 인생의 전부를 걸었으니 그것만으로 흐뭇하다. 하지만 내 생전에 이 집터는 내 것이 돼야 한다. 집 지을 땅이야 있지만, 이 집을 두고 나가진 않는다. 내 조상님들이 지어 살고 내가 사는 집을 헌신짝처럼 버리고 새 신을 신 듯 그리할 수 없지. 아무리 잘 지었고 튼실해도 세월이 가면 늙은이 취급을 받고 돈으로 따져도 손해는 뻔하다. 그 옛날에 약속으로 집터 주소와 할아버지 아버지 도장과 이름이 곰탱이 조부님 밑에 나란히 적힌 증서를 물려받은 게 있으니 나라 법도 이래라저래라 할 일은 없다. 그런데 똥 싼 항문을 휴지가 모자라 덜 씻고 나온 것처럼 친친한 느낌 같은 꺼림칙한 것이 있었다. 내 죽어서 가더라도 이런 빚은 남겨 놓을 수 없다. 그것뿐이다. 별스러운 사심으로 내 것을 만들고자 함은 아니다. 이런저런 변명도 사실 부끄러움에 남모르게 얼굴도 붉혔지만 사실 사람이 집 한 채는 갖고 살아야 된다. 그건 욕심보다 인간이 가질 권리다. 난 반쪽을 가졌기에 늘 불만은 불안감에 싸여 거리의 나무처럼 살아왔다. 그걸 하소연할 상대는 바로 친구 박태동 곰탱이였다. 한두 번 부탁과 거절에서 서운함도 없지 않았으나 그걸 탓할 순 없었다. 날마다 오르는 땅값은 천정부지로 뛰었다. 얼마나 올라야 팔 것인가. 그런 생각 속에 원망도 있었다.

　내일이 제천 장이다. 장날이면 일손을 놓고 쌈짓돈을 들고 간다. 곰탱이와 짝이 되어 가는 길이 좋다. 젊은 날이 생각나는 건 20리 길도 심심치 않은 길동무가 있었기 때문이다. 지금에 와서야 버스가 오가고 교통이 편리해져 내 데리고 가고자 마음먹은 대로 간다. 출발과 도착 시간까지 어기지 않는다. 장에서 사람 구경, 그리고 없는 것 빼고 다 있는 물건을 눈으로 만지는 흐뭇함이 있었고 아내가 부탁한 물건을 사서 어깨 위로 걸친 짚 망태에 먼저 사 챙겨 넣고, 송판 의자에 앉아 가마솥에 끓는 돼지 순댓국을 먹으며 막걸리 한 사발을 들이켜는 즐거움을 느낄 때도 친구인 곰탱이가 곁에 있었다. 나이를 먹고 장보기는 아내에게 맡기고 울타리를 타 넘고 만나서 소주잔을 건네기를 자주 한다. 할 이야기는 없어도 시간은 잘 갔다. 가끔 자식들 이야기가 걱정과 자랑이었을 그런 사소한 말도 서로에겐 이심전심 위로가 되었다. 생각 같아서는 내일 장에 같이 갔으면 하는 간절함이 있지만, 그도 저도 틀렸다. 장날 뒷날은 토요일 그 뒷날은 공휴일이고 내 귀빠진 날이다. 아이들 삼 남매 큰 며느리 손자손녀 그리고 둘째가 제 동생 미래와 함께 올 것이다. 청주서 투룸을 얻어 같이 살고 있으니 함께 올 것을 안다. 어디 그뿐인가. 곰탱이 내외도 해마다 참석하고 우리 부부도 곰탱이 생일은 잊지 않고 참석한다. 약속과 책임은 별개인 우정의 관계는 신의(信義)에 가까운 믿음이었다. 이제 후회는 강 건너서 바라본 강물이었다. 사소한 일이 만든 사소한 것이 감정으로 이완된 께름칙한 아픔의 고통에 하소연하는 쓸쓸함이다.

그래. 감정이 앞선 실수다. 허나 그 꼴을 지켜보는 것도 참을 수 없는 고통이었다. 이미 저질러진 일이고 쏟은 물이다. 저녁상을 마주하고 아내는 아무 일도 없었다는 얼굴로 내게 말을 건넸다.

"장군 아버지 내일 제천 장에 가실랍니까? 넌 갈 것이니 그리 알고 계시오."

"혼자서 가나?"

"아니지요. 형석이 모친과 약속해 두었으니 같이 갑니다."

가타부타 말할 체면도 아니어서 밥만 먹는 걸로 끝나길 바랐다.

"살다 보면 사나운 일진도 있게 마련이니 내일 넌지시 찾아가서 술이라도 한 잔 하시지 그래요."

아내는 늙어가면서 어머니가 되어간다고 생각한 게 오늘, 어제는 아니다. 화끈한 성격은 옹졸한 사내보다 화통해서 늘 미덥고 고마웠다. 내 생일이니 조촐한 상차림을 위한 장보기가 있겠고, 오늘 내일이면 찾아올 자식들이 벌써부터 기다려졌다.

간밤에 쉬 잠들지 못한 건 생각이 많아서다. 생일 전날이니 제천 큰아들 내외가 먼저 올 것이다. 작은아들과 막내딸은 저녁나절에 올 것이니 기다리면 된다. 그런 생각도 할 필요는 없는데, 오랜 이야기가 생생하게 다가온다. 어릴 적 벌거숭이 기억은 곰탱이와 내가 주인공이다. 결혼한 것은 인생의 2막을 나와 아내가 꾸려간 소중한 삶이다. 삼 남매가 태어난 것은 축복이고 기쁨이 되었다.

"꼭지야, 넌 좋겠다. 장군이 될 아들을 낳았으니…."

"내가 낳았는데 곰탱아. 니가 못 낳을까 보냐? 염려 마라. 얼마 안 남았어."

그런 나눔의 말도 정이고 고마움이었다. 몸은 피곤한데 창이 밝아지면 일어나게 되니 새벽바람도 몸으로 느끼는 게 좋다. 웅크리면 몸도 무겁고 머리도 쑤실 것이다. 아내도 깨어나 '할 말이 있어도 묻지 않겠소!' 하는 눈빛이다. 아침 밥상은 수저가 내는 소리가 있을 뿐 나는 칼칼해진 밥맛에도 내색 없이 꿀꺽꿀꺽 넘겼다. 아내에게 보여줄 게 없는 몰골을 감추자면 맛있게 먹어주어야 한다. 표정 없는 속을 드러내면 내 체면을 스스로 구기는 것이다. 난 작년 이맘쯤 손자 손녀와 약속대로 사십 년의 흡연에서 벗어났다. 곰탱이도 날 지독한 배신자라고 놀리더니 어느 날 딱 끊었다. 그런데 오늘은 딱 한 대로 마음을 다스리고 싶어 뽀얀 연기에 대한 아쉬움이 뭉클 가슴에 올라왔다. 아련함에 그리움까지 밀려왔다. 물러난다. 그건 파도였다. 인생의 파도는 내가 만들었다. 파도는 슬퍼도 혼자 울지 않고 바다를 불러서 원망하지 않는다. 아내가 장에 가고 빈방에 누워본들 모자란 잠투정에 그냥 잠들었다. 아내가 말한 대로 냉장고에 비상처럼 넣어둔 소주병을 들고 곰탱이를 찾아가리란 생각도 잊었을 때는 한나절이 기울었다.

'그랴. 세월이 날 늙게 한 거여. 하룻밤 날 샜다고 비실거리니 아내가 오기 전 싸릿대를 분질러 앉히고서라도 어서 가야 헌단 말이지.'

소주병을 따고 몇 모금 꿀꺽꿀꺽 넘기면서 가랑이 찢어지게 오른쪽 다리를 들었는데 곰탱이네 똥개가 반갑다고 꼬리를 흔들면서 끄응끄응 앓는 소리 내는데 곰탱이가 나타났다.

"아이고! 또 무슨 일이래? 남의 개 눈이라도 빼려고 왔는가? 왜 자네가 앓는 소리여?"

"아! 그놈 개가 날 보고 좋아라고 어리광을 하는구먼."

"야! 누렁아! 말해봐. 꼭지 말이 맞는지. 그놈이 누군가. 개 하고는 잘 통하네. 아주 친절하고 잘 맞는 단짝으로 인정해 주지."

"아따, 붙이고 떼도 무슨 말인가 몰라. 자 술이나 마시자."

그때 곰탱이 아내가 들어왔다. 아내도 등짐에 양손 가득 물건을 들고 들어왔다.

"벌써 가시려고 나오셨어요? 친구도 왔어요. 어서 가보세요. 오늘 장은 참 푸짐하던데요. 그리고 친구가 맛난 점심도 사고 막걸리도 한잔했지요. 장사꾼의 사설도 좋았고 약장사 거짓말도 구수하게 들었어요."

"예, 잘하셨어요. 장이 좋은 건 사람 구경이지요. 자네, 내일 한 잔 하세."

난 꽁지가 길어 민망한 원숭이가 빨간 궁둥일 부끄러워할런가. 그런 생각을 하며 싸릿대를 넘어 아내를 보고자 왔다. 손에 든 소주병에 안심하는 아내의 눈이 기분 좋게 웃는다.

"이제껏 마셨드랬어요? 그런데 술은 반이나 남았고…."

"안주 없다고 투정만 해서 그냥 가지고 온 것도 아주머니 덕택이지. 내일 실컷 마시자 했소."

거짓말도 악의 없으니 마음이 가볍다고 느낀다.

"장군이 아버지! 오늘 친구한테 좋은 말을 들었습네다. 그 아저씨레 우리 집터를 팔겠다고 합니다."

"그랬어. 기다린 게 몇몇 해인가?"

내 입에서 나온 말이 유행가의 노랫말이 되어 나왔다.

"사실인즉 막내아들 결혼하면 아파트 사서 줄 것이라고 말하면서 돈이란 것은 있으면 쓰게 마련이라, 묻어놓고 막내아들 집 사는 데 보태려고 했다고 그동안 좀 미안했다 하데요. 이제 졸업도 하고 장교로 임관도 하였으니 결혼도 시켜야 하겠지요. 그렇게 알고 조금만 더 기다리면 무슨 말을 할 것이니 그리 알고 계십시다."

난 막혔던 속 창자가 뚫리는 기분이었다. 이젠 논과 논의 경계를 무너뜨리고 서로의 논에 물꼬를 터 가득가득 채우는 그런 기분이 되니 행복감이 벅차게 밀려왔다. 땅값은 시세에 따른 것으로 공정해야 마음도 가볍다. 달라는 대로 준다고 그 마음이 기분도 배가 되는 기쁨이 되어 돌아온다. 아마도 내 생일 밥상에서 오고 가는 흥정에 기대가 되었다. 초여름 해가 한 뼘은 짧아졌다고 느낀다. 그간 농사일은 틈틈이 빈 곳 없이 심어 자라고 있지만 긴 겨울의 밤이 봄내 긴 하룻낮 해를 두고 한 뼘은 짧아도 뜨거운 햇살은 오래 남아 그늘까지 침범한 불이 되었다. 큰아들 식구 넷이 쏘나타에서 내렸다. 아직은 분꽃이 피어나지 않은 시간대. 내일 아침 반찬거리를 살피고 나서 쌀을 씻어도 될 것이었다. 그 옛날 보리쌀 버거지에 박박 거친 보리쌀을 깎아서 부드럽게 하여 삶고 햇감자에 쌀은 까만 염소 똥에 박힌 덜 여문 풀씨가 타 개 눈도 볼 수 없을 만큼 꽁보리밥을 먹고 살았을 우리 부모님과 조상님이 얼마나 배고프고 허기진 삶을 살았는지 난 알고 있지만 내 자식들은 모른다. 해가 서산을 넘고 산그늘에 가린 시골 마을은 고요하다 못해 숨이 찬가 죽은 듯한 적막감이 싸인다. 이때 둘째와 막내가 왔다. 그 어둠을 헤쳐 들어온 차의 운전석에서 아들이 보였고, 뒷좌석에도 둘이 나란히 앉았다.

입을 열고도 말이 나오지 않을 만큼 놀란 건 나와 아내였고, 큰아들 내외는 눈치를 살피며 상황 파악에 눈이 크게 보았을 때 둘째 아들보다 먼저 나서는 사람은 바로 이웃집 박태동의 셋째 아들 박민석이었다.
"어르신 그간 평안하셨습니까. 인사가 너무 늦었습니다. 용서하여 주십시오."
딸 미래보다 먼저 내린 민석이의 인사는 깍듯했고 정성이 담겨있었다.
"아니, 넌 부산에 있다고 하던데 우째 우리 애들과 같이 왔냐?"
"아버지 어머니 지금이 어느 시대입니까. 미국에 있어도 하루면 만나는데 부산이야 시간 반이면 오는데요!"
아들의 설레발 해명이 영 달갑지 않았고 왜인지 아들이 밉기까지 했다.
"아버님 어머님 드릴 말씀이 있어 왔습니다."
"이놈 좀 보게, 뉘 부모님은 어쩌고 날 보겠다고 왔어. 난 모를 말이니, 자네 부모님께 가게나."
"예, 그리하지요. 다만 말씀드린 뒤 미래와 함께 가겠습니다."
"아니, 자네 무슨 말이야. 송석아, 넌 알 듯한데 말하거라."
큰아들이 나섰다. 당황할 수밖에 없는 상황에서 제 동생한테 동의를 구하는 것이다. 그런 상황 속에서 모두 집 안으로 들어가서 있는 사람은 민석과 미래다. 아들 송식인 아예 안방으로 들어가 문을 닫았고 나와 아내는 그만 주저앉았다. 며느린 주방의 나무 의자에 기댄 채 이미 짐작을 그럴듯한 각본을 쓰듯 눈을 감았다 뜨면서 모든 사람들 얼굴을 차례로 훑는 눈빛이 반짝인다.
"아버님, 어머님, 나와 미래는 오래전부터 좋아하고 사랑했습니다."
"아니, 언제부터였어? 넌 멀리 해안가에 있었고 미래는 학생이라. 언제 널 만나 연애질을 했다는 거여?"
"만남은 늘 그리움으로 참았지요. 가끔 만남도 가졌고 약속도 하였고 잊고 산 적이 없었어요. 그리고 화상으로 보고, 하고 싶은 말을 전화로 문자로 주고받고 사랑을 키웠습니다. 졸업과 임관식도 치렀으니 내년에 결혼할까 결심하고 허락받고자 찾아온 것입니다."

"믿은 도끼에 발등 찍혔어. 그래 자네 부모님은 뭐라 하실런가. 난 기가 막혀 말이 안 나와. 그래, 미래야 뭣이 급해서 졸업하고 결혼을 해 배운 게 아깝지도 않느냐? 맘껏 하고 싶은 일을 하고 결혼해도 되잖니. 지금이 어느 시대냐, 열린 시대 맘껏 제 뜻을 펼치고 할 일을 하면서 결혼은 나중에 해도 자신감으로 살면서 생각해도 늦지 않는데 네 오라비는 뭐 하느라 제 동생 보호도 못 했단 말이냐. 거기다 쌍나팔을 불고 밀고 들어와."

난 부아가 치밀어 고래고래 나무랐지만 너무 늦었음을 짐작하고 한숨을 쉬는 걸로 끝을 맺을 때 눈물이 났다.

"아버지 어머니 죄송해요. 나는 초등학교 때부터 민석 오빠를 좋아했어요. 그 좋은 마음이 사랑인 것을 알았을 때는 철없던 중학교 때였어요. 고등학교 때 대학을 목표로 삼고 인연의 사랑이면 언젠가 다시 만나리란 생각은 믿음이었어요."

"미래의 말이 맞아요. 미래와 저는 어릴 적 친구로 서로는 첫사랑이었어요."

이 뻔뻔한 놈들과 무슨 말을 혀. 말장난에 내가 장구 치고 북 치고 꽹과리까지 치면서 춤이라도 출 일인가. 곰탱이와 징 치고 춤이라도 추어야 하나. 곰탱이를 생각하니 더 울화가 치민다.

"아빠 엄마! 결혼해서 전공을 살려 일할 것이고 절대 걱정 끼쳐 드릴 일은 안 할 테니 믿고 허락해 주세요. 작은오빠도 많이 걱정하고 염려도 했어요."

등잔 밑이 어둡다 했지만, 미래와 민석이 사이를 눈치도 못 챘고 그럴 가능성도 생각한 적이 없었다.

큰아들의 한마디는 허락이었다. 아니다. 그런 게 아니면 어정쩡한 자리에서 의문의 질문과 반대는 본인들의 선택의 자유니 본인들의 의사에 맡긴다. 그런 재판은 사랑을 전제로 한 것이어서 참관인들도 행복을 느낀다. 열 내고 나무라기는 쉬운 게 아니다. 피가 몰리고 눈알이 아프고 빠지게 신경을 곤두세우고 분노에 가슴이 터지는 팽창감도 스스로 견디며 자식이 좋으면 나도 좋아 절로 웃게 된다. 잠자코 앉아 바보처럼 멀뚱거리며 딸을 보고 민석이를 어르듯이 보았다. 미래가 환하게 웃었다. 나와 제 엄마가 바보로 보여 웃었는지 모르나 그 웃음이 닿은 곳, 그쪽엔 민석이가 있었다.
"아버님, 어머님, 미래와 함께 집에 가겠습니다. 염려 놓으셔도 됩니다. 부모님이 무척 기뻐하실 거예요."
아아 이 일을 어찌하면 좋을까….
내 입에서 탄식이 나올 때 난 입술을 악물었다. 제발 없는 일을 만들어가는 삶이 무탈과 행운과 사랑을 함께 주옵소서. 난 나가는 뒷모습을 따라가면서 내게 없을 어느 신께 빌었다. 간절히….
그때 마침 닭이 우는 소리가 들렸다. 아주 힘차게 운다. 그 소리는 곰탱이 수탉의 소리였다. 아 살았어. 네 놈이 살았으니 나도 걱정이 없다. 난 마음속으로 부르짖고 혼자 무릎을 쳤다. 저리 큰 소리로 우니 날갯죽지도 퍼덕였을 테니 다 나았어. 비실거린다고 잡아서 먹자던 곰탱이 말에 주눅이 들었는데 암 그리되어야지 슬슬 잘 풀리지.
또 한 번 닭이 운다. 그때 우리 통통이도 목청껏 외친다.
오, 그래야지 싸우면서 정든다고 맘대로 싸워봐라. 난 추후 달구 새끼 싸움엔 끼어들지 않는다.
"암, 그렇게 살 꺼여."
마지막 말이 입 밖으로 나올 때 입을 옹 다물었다. 해가 떴으니 오늘은 내 생일이라 곰탱이가 올 것을 알고 있다. 쌍으로 안아줄 것이다.

■ _14집, 수련아씨 별똥아씨

> 〈작가 노트〉
> 이 동화는 나의 어머니께서 들려주신 이야기로 어렸을 때 누워 잠들기 전 들었던 것을 어머니를 그리며 재조명했다. 그냥 잊히기엔 아까운 생각에서다. 어머니 사랑합니다.

- 1부 -

계절은 봄이었다. 산수유 꽃이 피면 샛노란 빛이 햇살로 번지듯 맑고 도 따사로워 이른 봄, 찬 느낌의 바람도 잊고 돌아온 봄을 기뻐했다. 산 수유는 꽃보다 열매로 사랑받는다. 톡톡톡 소리가 날 듯싶게 부풀린 꽃 잎은 꽃 수술을 에워싸고 모여선 가족에서 마을을 만들고 있었다. 샛노 란 빛이 엷은 미색 빛으로 사위어 가면서 잎새가 돌고, 여름을 보내고, 가을이면 빨갛게 익어 겨울까지 대롱대롱 매달리다 잎이 다 떨어질 때 시나브로 떨어진다. 이렇게 봄의 시작은 수많은 꽃이 피면서 제 차례를 지키고 앞서거니 뒤서거니 봄을 보낼 때 온 산과 들은 푸르름으로 가득했다.

민들레 마을엔 온통 애드벌룬을 띄운 지 오래였다. 솜사탕 같은 홀씨 주머니를 묶어 애드벌룬을 만들어 멀리멀리 보내는 건 경사로운 일이었 다. 그런 경사에 해마다 참석하는 세 자매가 있다. 맏언니 금잔화, 둘째 달리아, 셋째 수련의 세 자매는 얼굴이 예뻤다. 얼마나 예뻤던가 근처 마을마다 소문이 자자했고 며느리로 삼고 싶어 매파를 보내고, 총각들 사 모의 정은 병까지 들게 했지만, 맏언니 금잔화부터 출가해야 차례대로 보낸다는 부모님의 말씀에 금잔화는 "전 아무에게 가지 않아요. 내 맘에 쏘옥 들어야 갈 거예요."

"저도 그래요. 부잣집 아들로 잘나고 멋진 낭군이면 시집가겠어요."

"막내야 넌 언니들 생각과 같으니?"

부모님은 걱정스러운 얼굴로 막내 수련에게 넌지시 묻고 있었다.

금잔화 달리아의 욕심은 쉽게 꺾이지 않았고, 나이가 차서 걱정이었다.

나이가 스물, 열여덟, 열여섯이니 세 딸은 혼처가 나왔을 때 바로 보내도 줄줄이 삼 년은 걸린다.

세 딸은 낮이나 밤이나 함께 지내며 재잘거렸고 신부수업도 같이했다. 수도 놓고, 그림도 그리고, 책도 읽고, 얼굴도 매만지고, 우애가 돈독했다. 그 가운데 맏언니 금잔화는 욕심이 많았고, 달리아는 샘이 많고, 일하기 싫어해 집안일은 수련이 도맡아 했다. 그런 막내가 안쓰러운 부모님의 사랑은 걱정이 되었다.

"수련아 말해 보아라. 네 생각도 들어야 알겠다."

"아버지 어머니! 인연은 하늘이 정해서 맺는다는 말처럼 천생연분이면 만날 수 있겠으니 인연으로 알고 잘 섬겨 잘 살겠습니다. 제 걱정은 내려놓으세요."

나이는 어려도 속이 깊어 언니들 보다 의젓하게 말하고 있었다.

그 말을 옆에서 듣던 금잔화 달리아는 코웃음을 치면서 놀렸다.

"수련아! 넌 곰보래도 갈 거야? 째보도 좋아? 바보같이."

"착한 척하는 거야? 평생을 같이할 낭군인데 골라서 또 뽑아서 결혼해야지. 우린 누구보다 예쁘잖아…"

언니들은 철없는 동생의 말이라고 생각하는지 비꼬듯 나무라면서 설득에 열 올리며 눈을 흘겼다.

봄이 무르익는 때면 수많은 꽃이 앞다투어 피어선 봄을 재촉한다. 온 세상을 꽃으로 만든 현수막을 내건 듯 아름다움을 알린다. 그 현수막엔 노란 개나리, 민들레, 목련화, 군자란, 제비꽃, 수선화, 영춘화, 그 밖에 나무들이 꽃망울을 터뜨렸다. 산 중턱 언저리는 울긋불긋한 색깔로 화 사하여 사람들은 산으로 발걸음을 내디디고 싶어진다. 마음에 수줍은 진달래를 안고 가는데 산벚꽃의 무르진 화려(華麗)함에 취하면, 웃음소 리가 자글자글 끓는 물방울 소리로 들렸다. 한꺼번에 하늘로 날아오르 는 꽃잎에 그만 마음을 다 주고 온다. 꽃을 찾아 헤매다 보면 발에 밟힐 꽃들이 있어 조심스레 고개를 숙이고 앉는다. 그곳엔 난장이붓꽃, 별꽃 무리가 있다. 산 둔덕 어느 묘지 앞에 할미꽃이 있는데 뽀얀 털로 싸인 줄기와 잎은 무엇 때문에 생긴 것인지 몰라도 짙은 자줏빛 꽃이 안고 있 다. 꽃술은 노란 황금빛 수술이 무거운지 고개를 숙이고 있어, 할미꽃인가 싶다. 연분홍 살구꽃도 피고 진홍빛 복숭아꽃 새하얀 배꽃이 필 무렵 이면 꽃 잔치 현수막은 내린다.

민들레 꽃마을 모습은 샛노란 빛이 안개에 가려진 것처럼 옅어져 갈 때 그 자리를 메우는 초록빛은 풀 무리였다. 마을을 에워싸고 흐르는 시 냇물 소리가 아름다운 음악으로 지절대고, 그 시냇가 둔덕엔 버드나무가 칭칭 가지를 느리고 물새를 불러 앉힌다. 배고픈 새에게 애써 피운 연둣 빛 꽃망울을 먹게 한다. 냇물을 건너서 어느 방향으로 가든 산이 있었다. 그 산은 남쪽에 있어 누구나 남산이라고 했고, 가끔 천태산(天泰山)이 라고 부르기도 했다. 산이 높고 생김새가 웅대하여 검은 곰이 서서 하늘 을 받드는 형상이라 곰산이라고도 했다. 산엔 활엽수와 소나무로 차 있 었는데 자잘한 넝쿨나무가 빈자리를 빼곡히 메우고 있었다. 그 언저리 에 큰 물웅덩이가 생겨난 건 산에서 내려온 물이 산 중턱 평퍼짐한 곳을 파 오랜 세월을 거치면서 생긴 것이다. 온갖 새들이 모여들어 먹고 목욕 하고 갔을 테지만, 네 발 가진 산짐승들도 이 웅덩이에서 목을 축이며 살 것이다.

산이 크면 그 산이 품은 게 많을 것이다. 산나물이며 약재가 되는 열매 약초 그리고 버섯도 있다. 산은 어머니로 불린다. 모든 생물을 품어 기르니 어머니 산이라 불린다. 이 산이 만든 웅덩이 물도 살아있는 모든 생명의 은혜로운 어머니가 된다. 이렇게 좋은 산을 오르지 않은 사람은 없겠으나 민들레 마을의 세 자매 금잔화, 달리아, 수련은 어렸을 때부터 올랐다. 이맘때면 온갖 꽃이 피고 산나물이 파랗게 돋으니 나물도 뜯고 한나절 산 중턱에서 놀다 내려오는 일을 잊지 않았다. 숲은 우거져 봄바람이 숨어들어 서늘했으나 낯익은 나무들이 세 자매를 반기고 있었는지 가지를 흔들어 어깨춤을 추어 보였다.

낙엽이 깔린 산길은 그대로여서 활엽수림을 지나면서 보이는 곳엔 소나무 군락(群落)을 이루고 있는데 산 옆구리를 기대고 있는 큰 바윗돌이 힘을 보태며 산을 지키는 것처럼 아득한 땅을 내려다본다. 그 바위를 밟고 선 소나무가 있어 눈길이 절로 간다. 어떻게 솔 씨가 움터 뿌리를 박고 살았는가? 크기로 보아 백 년의 세월은 족히 보냈을 듯싶게 컸다. 휘어지고 비틀린 가지에서 온갖 삶의 흔적을 볼 수 있었고, 하늘로 웅비(雄飛)한 모습이 참으로 아름다웠다. 그곳을 지나쳐 오르면 마당같이 평퍼짐한 자리가 바로 물받이 웅덩인데 울창한 숲이 품었던 빗방울이 모여 연못이 된 지금의 모습이다. 이 산이 만들었을 오랜 세월과 함께 키웠을 잔 수풀로 에워싸고 있어 그늘을 만들어 온갖 생물들이 살도록 했다. 가재, 물벼룩, 작은 물고기, 그리고 소금쟁이. 소금쟁이는 긴 다리로 떨림 같은 물결도 만들지 않으면서 가볍게 물 위를 걷고 있었고 어디서 왔는지 물잠자리 한 쌍이 원을 그리며 놀고 있다.

맨 먼저 달려온 수련이 손뼉을 친다.

"와 무지개가 떴네. 큰언니 작은언니, 빨리 와요. 무지개가 솟았어요."

수련의 큰 소리가 산을 울리자 무지개 일곱 가지 색이 더욱 곱게 빛났다.

"멀쩡한 날씨에 무슨 무지개야. 거짓말이면 가만 안 두겠어."

숨이 차서 헉헉거리며 올라오던 금잔화의 목소리엔 심술이 가득했다.

"언니 신경 쓰지 마. 먼저 올랐다고 자랑하는 거니까 얄미워 죽겠어."
"우린 나물도 뜯고 꽃도 꺾었는데."

"꽃은 꺾지 마. 언니! 아파할 테니 나물이나 뜯어요. 그러는 애야 산에 오면 예쁘니까 꺾는데 착한 척하고 빈손으로 가자고."
"지가 언니야? 누굴 가르치고 있어? 건방을 떠는 게 얄밉다구."
그때 수련이 목소리가 또 들렸다.
"큰언니 작은언니! 어서 와요. 무지개다리 위로 별들이 가고 있어. 와 ~ 예쁘다."
두 언니 모습이 보이자 수련은 손짓을 섞어 큰 소리로 불렀지만 두 언니는 시큰둥한 표정으로 말없이 와서는 "거짓말도 어지간히 하거라. 어디 무지개가 떴어? 바보야! 너 정신 나갔어?" 하며 머리를 쥐어박으며 나무란다.
"언니 바로 저기 있잖아. 참버들 꽃이 토실하니 피어있는 곳에 칠색 무지개가 다리를 놓았잖아. 이렇게 둥글게."
"내 눈엔 더러운 물과 징그러운 벌레만 보인다."
"맞아 언니 말이 맞아. 나뭇잎과 나뭇가지가 물에 빠져 썩었잖아. 그리고 짐승들이 똥을 싸고 목욕하니 더러워. 목이 타서 죽겠는데 난 안 먹어."
"나도 못 먹어. 오줌이나 싸고 돌아가야지."
두 언니의 말은 심술이 차서 더 말해도 소용없었다. 수련은 공연히 매 맞을까 봐 멍하니 무지개만 보고 있었다.
"착한 사람만 볼 수 있어요. 맑고 맑은 물, 그 이슬 같은 물. 더럽다는 말 그 말 한마디에 눈에는 썩은 물로 보이는 물. 마음의 눈은 이미 멀어 버렸으니, 저 고운 무지개도 볼 수 없네."

어디선가 이런 노래가 들려왔다.

"언니! 언니! 노랫소리 들리나요?"
발을 씻는 언니들에게 물었다.
"무슨 노랫소리? 바람 소리잖아."
"수련이 너 미친 거야? 자꾸 헛소리할래?"
"언니, 깨끗한 물에 발을 씻으면 더러워질 텐데. 저 별 좀 봐요. 반짝반짝 빛이 나면서 무지개다리를 오가면서 노래를 부르잖아요. 저기를 봐요."
"정말 귀찮게 굴래? 난 이 물에 오줌을 보태고 갈 거다."
"나도 그럴 거야."
"안돼요. 어머니께서 일렀잖아요. 아무 데서 여자가 속옷을 내리고 볼 일을 보면 안 된다고. 이렇게 깨끗한 물을 더럽혀선 안 돼요. 어머니께서 아시면 걱정하실 텐데…"
"이것이 사사건건 참견이네, 건방진 게. 자! 맛 좀 봐라."
 금잔화와 달리아는 수련을 웅덩이에 밀어 넣은 뒤 돌아갈 생각이었다.
 다행히 물이 깊지 않아 허우적거리기만 했다. 아주 짧은 순간의 일이었는데 무언가 모르지만, 목에 걸리면서 쑤욱 내려가는 느낌이었다. 그 느낌을 알게 한 강렬한 향기가 전신을 감쌌다.
"참 이상해. 맛을 모르고 그냥 삼켰는데 향기가 나다니. 꼭 꽃향기 같은데 이 봄 그 많은 꽃향기를 맡았지만 처음이야. 이런 향기는 정말 황홀해. 그리고 기뻐, 그리고 즐거워…"
 수련은 엉금엉금 웅덩이에서 나오며 조금 전 벌어졌던 일을 생각하고 생각해도 꿈을 꾼 것 같았다. 무지개, 그리고 반짝이던 별, 그리고 처음 맡은 향기, 그 향기를 삼키고 전신으로 퍼지는 느낌. 이건 꿈이야. 그러기에 무지개도, 별도 사라졌지.
"그래 맞아. 언니들이 내 거짓말에 화가 나서 날 밀친 거야. 아냐. 내 눈으로 보았어. 일곱 색깔 무지개. 빨강 노랑 파랑 연두색 주황 분홍 보랏빛 무지개 그리고 눈이 부시게 반짝거리던 별이 무지개다리 위로 오가며 보석

같이 반짝이며 내게 손짓을 했어."

수련은 무지개와 별을 찾으면서 중얼거렸다. 그러나 감쪽같이 사라졌다.

물에 빠졌으니 옷이 젖었다고 생각했는데, 보송하니, 그대로였다. 색 동저고리 그리고 진붉은 치마도, 봄바람에 날리면서 향기를 온 산으로 보내고 있었다. 오후의 봄 햇살은 아직도 산허리를 감아쥐고 있었다. 봄 낮은 길고 길어서 곰산을 넘기도 힘이 드는지, 한참을 그대로 있다가 수련이 내려가는 산길을 비춰주고 가볍게 굴러서 풍선처럼 오르고 있었 다.

"참으로 신비로워, 그리고 자연은 아름다워."

수련의 마음속에 담고 돌아가는 길이 너무 즐거워 둥둥 구름을 타고 가는 듯 벅차오른 가슴을 두 손으로 안았다. 점심도 걸렀는데, 배도 전혀 고프지 않았다.

산을 다 내려오니, 금잔화 달리아, 두 언니가 풀밭에 앉아 싸간 주먹밥을 먹고 있었다.

"언니 언니! 미안해요, 거짓말한 게 아닌데, 무지개 그리고 별이 있었어요. 근데 사라졌으니까 거짓말한 게 맞아요."

"어서 와, 밥 먹어. 산을 내려 오르니 배고파서 먹는다."

큰언니가 반겨 주었다고 생각하니 좋았다.

"거짓말하면 벌줄 테니 그리 알아. 그런데 옷도 멀쩡하네. 비단이라 꼬깃꼬깃할 것인데, 너 어머니께 고자질하면 알지? 배고프면 밥이나 먹 고 건방떨지 마라. 알겠니?"

"언니 난 배가 불러요. 향기로운 것을 삼켰어요. 자 보세요. 향기가 나 지요."

"또 거짓말. 누가 속을 줄 알고."

작은언니 달리아가 발끈 화를 낸다.

"아냐, 정말 수련이한테서 향기가 난다."

"언니, 정말이네. 꽃향기처럼 은은한 향기가…무슨 일이야 그 더러운 물에서."

달리아도 그만 인정하고 말았다.

그래도 인정하고 싶진 않아서 오늘 일은 부모님께 말 안 하기로 하고 수련에게 다짐을 얻느라 오금을 주었다.

"수련아 난 아직도 의구심이 생겨. 그러니까 집에선 입도 뻥긋하지마. 거짓말이잖아. 향기가 언제까지 나겠어."

큰언니는 수련이 이마를 손가락으로 찌르면서 말했다.

"그래, 괜한 말로 언니와 나만 바보가 될 거야."

- 2부 -

"너희들 꽃 장난질을 쳤느냐? 향기가 나는구나. 그런데 처음이다. 이 꽃향기는 아니 수련이한테서 나는구나. 어느 꽃인지 알겠니?"

막내 수련의 손을 잡으며 다정한 눈빛을 건네면서, 어머니 심 씨는 묻는다.

"그냥 꽃밭에서 넘어졌어요."

언니들의 따가운 눈총에 거짓말을 했다.

"너희들 꽃구경 참 잘했구나. 내가 일러준 말은 잊지 않았지? 산은 신령스러운 곳이란다. 하늘 아래 산이라 했다. 하늘은 영혼이 갈 수 있고, 산은 많은 생물과 갈 데 없는 짐승을 살도록 하고, 죽은 자의 몸을 감싸고 편히 쉬게도 하지. 그래서 어머니 산이라고 한다."

"어머니, 아버지 산은 없나요?"

금잔화가 묻자 달리아도 거들었다.

"아버지 없는 어머니가 어디 있겠어요. 불공평해요."

"왜 아니 그러겠니. 아버지 바다가 있잖니. 강물이 그냥 강이겠니?"

하늘이 보낸 빗방울이 땅속으로 스며들고, 고이면서 넘쳐난 물은 지하수로 물길을 만들며, 아래로 흐를 수 있는 성질의 부드러움으로, 낮은 곳으로 향하는 유동성(流動性)으로 그 부드러운 성질의 힘은 모이고 모 여선 작은 물길을 거쳐 강에 이르면 그 힘은 어마한 힘으로 바다에 이른다.

물이 불보다 무섭다고 한다. 불탄 자리엔 흔적으로 무언가 남아있어 도 물이 휩쓸어 간 자리엔 아무것도 남는 게 없다.

자연재해는 끝없이 일어난다. 태풍을 동반한 물난리, 가뭄에 병충해로 농작물 피해로, 식량난 그 밖에 전염병으로 바이러스로 많은 인명 손실과 가축들의 전멸 그리고 산업화 발전의 급격한 성장으로, 과학의 병은 인류뿐 아니라 자연에 많은 영향을 끼친다. 생물이 살아갈 터전은 물론 환경까지 망라한 오염으로 더는 살아남기 힘들다.

화학물질은 인간에게 편리를 제공하는 원소로서 잘 쓰면 괜찮은 선물이겠으나 조금만 방심하면 큰 재앙을 안겨 준다.

인류가 지금까지 남아있는 사실은 기적일 수 있다. 원시시대부터 인간은 싸우고 이기기에 열중한 열혈 동물이었다. 지배욕이 강하고 욕망으로 가득한 힘 야욕은 전쟁의 시작이고, 그 전쟁은 지금까지 발생한다. 힘겨루기 전쟁은 화학무기로 많은 인명을 앗아간다. 너보다 난 강하다. 그 우위의 힘겨루기는 지구를 멸망으로 이끌고 있다.

민들레 마을의 세 자매 금잔화 달리아 수련은 전쟁을 모르고 태어났으며 평화로운 세상에서 컸고 온 마을이 얼마나 고요하고 살기 좋은지 산속에 핀 꽃처럼 아름다웠다. 그런 세 자매가 전쟁을 알겠는가? 과학의 발전과 핵전쟁을 생각할 일인가? 세상을 모르고 자연 속에서 꿈이 있다면 좋은 사람을 배필로 만나 연지곤지 찍고 모란꽃 수놓은 활옷을 입고 시집가는 게 소원이고 꿈이었다.

그 많은 꽃이 지고 나니, 봄은 여름으로 가는 초입에 와 있었고, 그때 맞추어 피어난 오월의 목단화가 아름다움을 뽐내고 있었다.

목단꽃을 좋아하는 수련은 이맘때면 목단화를 바라보며 기뻐할 일인 데, 근심에 찬 한숨 소리가 아무도 모르게 나왔다. 그건 자꾸만 불러오는 배 때문이었다. 아무리 배를 헝겊으로 싸매도 겉으로 드러난 배를 폭넓은 치마로 가려도 안 되었다.

함께 두 언니와 지내면서 근심에 싸인 얼굴엔 웃음도 사라졌다. 혼자 걱정하고 애만 태우다 큰언니 금잔화에 들켰다. 근심과 걱정에 잠을 못 자던 수련이 언니들이 목단꽃 보러 나간 사이 잠이 들었는데, 그때 들어 온 큰언니 금잔화가 수련의 배를 보았다.

"이게 무슨 일이야. 수련이 배가 만삭이네, 그렇다면 임신 한 거야?"

그런 생각이 미치자 어머니께 달려가서 일렀다. 수련은 깊은 잠에서 생시처럼 꿈을 꾸었다. 목련꽃이 만발한 언덕에서 꽃들을 바라보는데, 황금빛 날개를 펄럭이며 수련에게 다가온 구렁이가 수련의 몸을 감는 것이었다. 수련은 그때 산 웅덩이에서 나왔을 때 맡았던 향기라고 생각 하고 구렁이가 하는 대로 가만히 있었다.

"수련아 일어나. 이게 무슨 일이냐?"

꿈결인 듯 어머니 목소리에 눈을 떴다. 그리고 올 것이 왔다고 어머니 앞에 무릎을 꿇었다. 그리고 눈물을 흘렸다. 열여섯 나이가 되도록 부모 님께 걱정을 끼쳐드린 적 없었는데, 이게 무슨 일인가.

"수련아! 어이해 이 꼴이 되었느냐? 이제 내 집안은 망했다. 널 이렇게 만든 게 누구냐?"

어머니 심 씨는 땅이 꺼질 듯싶게 한숨을 내 쉬며 다그쳤다.

"아닙니다. 절대로 그런 일은 없었어요. 항시 언니들과 함께였어요. 언니들 말해줘요."

"어머니 그건 맞아요. 봄에 곰산에 올랐을 때 수련이 혼자 더러운 물에서 헤엄쳤어요. 그리고 '무지개가 떴다.' '별이 보인다.' 하면서 혼자 떨어 져 놀다 내려왔어요."

"그래 그거야. 그때 수련은 실성한 것처럼 떠들었어요."

큰언니 금잔화, 작은언니 달리아는 거짓말을 보태면서 무엇이 좋은지 열나게 떠들었다.

"사실인 게야? 언니들 없는 사이 무슨 일이 있었니, 소상히 말해 보거라."

"어머니 무지개가 떴어요. 일곱 빛깔 무지개 그리고 반짝이는 별들이 무지개다리 위로 오고 갔어요. 물에 빠졌을 때 물을 꿀컥 넘겼는데 향기로운 것 그리고 부드러운 것이었어요."

"알겠다. 바로 그거다. 내가 알았으니, 너희는 입단속하고 문 닫고 나오지 마라. 금잔화와 달리아는 네 동생을 보살펴 주어라. 내가 아버지께 말씀드리고 의논할 것이니 호들갑 떨지 말고 조심해야지. 마을에 소문이 퍼지면 민들레 마을서는 살 수 없다."

그날 밤 달이 밝았다. 부모님께서 의논하고 특단의 조치로 수련을 외양간에서 지내도록 하여 무언지 모를 것을 낳으면 바로 없애고 남들이 알기 전 딸 수련은 절간에 보내어 살게 할 작정이었다.

외양간엔 어미 소가 있었다. 송아지를 낳아서 기른 소는 가족이나 마찬가지였으니, 안심해도 되었다. 짚을 새로 깔고 수련인 그곳에서 잠을 청하고 있었다.

그날 밤 보름 달빛이 얼마나 밝은지 밤하늘은 구름 없이 수많은 별을 드러냈다. 수련은 그날을 떠올리며 무지개 그리고 별을 생각했다.

잠결이었다. 그렇게 생각하며 어미 소 곁에서 달을 보노라니 별안간 목구멍에서 향기가 울컥 나오는가 싶더니, 큰 덩어리가 나왔을 때 정신이 혼미해져 그만 쓰러졌다.

얼마나 걸렸는지 깨어보니 어미 소가 혀로 날 핥아 주면서 황금알을 품고 있었다.

'참으로 귀한 알이로구나. 어찌하여 내 몸을 빌려 나왔는지 모르지만, 난 알의 어미가 아닌가.' 그런 생각을 하며 내일이면 부모님이 알 것이 고, 난 절로 가야 할 몸이다. 이렇게 탄식하며 눈물을 흘리는데, 황금알 이 갈라지면서 꿈에 보았던 황금빛 날개를 가진 구렁이었다.

"감사하오, 고생하시었소, 오늘 밤 안으로 난 떠나야 하니, 동이에 물 을 담아 오시오. 난 아가씨 아니면 죽었을 몸이었소, 물을 가져오시오."

구렁이가 이렇게 말하는 것이었다. 어미 소도 큰 눈으로 수련에게 어 서 하라는 듯이 눈을 껌벅이며 머리를 아래위로 주억거리고 있었다.

수련은 소리 없이 일어나 동이를 이고 샘에서 물을 퍼 이고 돌아왔다. 그때 구렁이가 동이로 들어갔고 밤하늘에 무지개가 솟아났다. 구렁이 가 몇 번 몸을 틀어 씻더니, 뽀얀 안개가 앞을 가리고 얼마 있더니, 잘생 긴 도령이 수련 앞에 버티고 서 있지 않은가. 수련이 놀라서 벌떡 일어나 도령을 바라보았다.

"수련 아가씨 놀라셨지요? 난 하늘에서 벌을 받아 천태산으로 떨어져 아가씨를 만난 일은 행운이었어요. 세상에 가서 착한 사람을 만나서 내 죄를 면죄 받으면 하늘로 와도 될 것이나, 만약 그런 기회가 없으면 죽을 때까지 그 물웅덩이서 살게 될 운명인데, 수련 아가씨를 만나 난 은혜를 입고 갑니다. 자 선물로 이 허물을 주고 가리다. 이 허물을 잘 간직하고 계시면 부모님께 허락받아 오리다. 그때 우린 부부가 되는 것이오. 만약 그 약속이 깨지면 우린 다시 만날 수 없을 테니 그리 알고 기다리시오."

대문 밖에선 말의 울음소리가 재촉하고 있었고 외양간 어미 소도 모 든 걸 알고 있는지 일어서선 목에 건 워낭을 흔들어 대었다.

"만약에 날 찾으러 올 테면 하늘로 오시오. 하지만 어려울 것이니, 포 기하는 게 더 현명할 것이요."

그 말을 마지막 남기며 훌쩍 대문을 뛰어넘더니 백마(白馬)에 오른 도 령은 눈 깜빡이는 순간 사라졌다. 수련이 손엔 금빛이 나는 허물이 들려 져 있을 뿐 너무나 아쉽고 슬픈 일이었다.
 그 허물을 비단에 싸서 가슴에 품으면서 마음을 다잡았다.
 "꼭 기다리리라. 소중히 간직하고 기다립니다."

 뜬 눈으로 그 밤을 보내고 달빛 속으로 떠난 도령님을 생각하며 하늘 을 하염없이 바라보았다. 그리고 늦잠이 들어 깨었을 때. 아버지 어머니 께서 근심어린 얼굴이 보였다.
 "수련아. 네 배가 들어갔구나. 그리고 이 물동이는 왜 여기 있는 거 야."
 자초지종 어젯밤에 있었던 일을 소상히 말씀드렸다.
 "그런 일이 있었다니, 예삿일은 아니구나. 배도 꺼졌고 그런 언약을 주고 갔다니 절에 보낼 일은 아니다."
 수련인 부모님께 용서와 신뢰까지 받고 집을 떠나지 않아도 되었으니 기뻤다. 그러나 언니들의 시샘은 날이 갈수록 더 심했다.
 "솔직히 말해. 너 거짓말이지? 그 무슨 도령이야. 그것도 하늘의 도령 이라고. 그럼 숨긴 그 도령의 허물을 보여줘."
 "안돼요. 이 건 제 목숨과도 같아요. 누구도 보여선 안 됩니다. 이해하 세요. 언니."
 성가시게 보채는 언니들이었다. 그런 언니들이 수련에게 잠드는 약을 먹이고 가슴에 품었던 도령님 허물을 꺼내 태워서 버렸다. 그 냄새가 하 늘로 올라 도령이 알았을 테니 그리고 약속이 깨지고 이미 사라진 허물 인데, 아무리 울고 울어도 소용없었다.
 그래서 수련은 결심하고 집을 나서기로 했다. 하늘은 아득히 먼 곳이 어서 짚신 스무 켤레 그리고 옷을 챙기고 먹을거리로 미숫가루를 챙겼 다. 그리고 온갖 시련을 견디고 겪으면서 꼭 도령님을 만나리란 각오를 했다.
 "인연이 아니고서야 어떻게 이런 일이 있을 수 있겠어, 멋지고 잘생긴 그 모습 그리고 얼굴을 볼 수 있다면 난 무슨 고통이 있어도 견딜 거야."

수련은 부모님의 만류도 뿌리치고 그 이듬해 봄 어느 날 집을 나섰다. 수련이 가는 길은 끝없이 이어졌으나 사방으로 나 있어 누구에게 묻고 물어야 했다. 길에서 만나 사람에게 또 밭 가는 소에게도 쉬고 있는 주인 에게도 물어보았다.

"팔월의 보름달이 비출 때, 산을 넘는 백마 탄 도령님을 못 보셨나요?"
이렇게 묻기도 했다.
"난 그때 잠을 잤다오. 그러니 어찌 보았겠소."
빨래터에 모여있는 여인네들에게 물었을 때 그 대답은 신빙성이 있었다.
"어느 해였는지. 작년 끝 여름인가 빨래를 하는데 바람이 일더니 글쎄 휙~ 소리와 함께 이 넓은 내를 단숨에 뛰어넘더니 저 큰 산을 넘고 있었어. 그래서 한참을 넋 놓고 보았지."
"아이구. 넉살은 여전해."
나이 든 여인이 방금 말한 여인을 곁눈질로 보면서 말하고 있었다.
수련은 거짓말이라도 믿고 싶었다. 며칠을 걷고 또 걸었더니 기진해 진 몸을 잠시 쉬기도 할 요량으로 돌밭에 앉았다. 그때였다. 머리가 하얀 할아버지가 다가와선 수련에게 말을 건넸다.
"이 냇물을 건너온 게야? 물이 깊던가."
"아닙니다. 지금 건너갈 참이었어요. 물은 그리 깊지 않을 상 싶은데 요. 그러나 노인께서는 조심하셔야 합니다. 제가 부축해 드릴까요. 저도 가야 합니다."
꿈이었다.
그동안 얼마나 걷고 헤맸는지 다리도 아팠고 피곤해서 돌밭에서 잠시 눈을 감았다. 하늘을 지붕 삼고 잠이 들어도 좋을 것이란 생각이 들었다. 설핏 잠이 들었다. 냇가엔 빨래하는 아주머니들이 있었고 수련이 있는 곳엔 능수버들이 그늘을 드리워 주었다. 할아버지를 보면서 부축하고 싶었다. 나도 어서 가야지 수련은 다시 몸을 다 잡고 일어섰다. 그리고 할아버지

팔을 잡았다.

"아가야 어디로 가느냐?"

"전 어디든 가야 해요. 사람을 찾아야 해요. 참 할아버지 오시다 백마 를 탄 도련님을 보셨나요. 그 도련님을 만나러 가는 길입니다."

"음 그랬구나. 보았다."

"할아버지 정말입니까?"

수련의 목소리를 떨렸고 반가움에 눈물이 나왔다.

"아가야 백마 탄 걸음을 어찌 쫓을 수 있겠느냐? 난 천태산에서 보았 다. 맨 꼭대기 말바위에 오르면 황금 소나무가 하늘을 받들고 있단다. 이 지구가 생겼을 때부터 싹 튼 솔 씨가 자랐으니 나이는 물론 그 긴 세월을 어찌 짐작이나 하겠어? 아마도 하느님께서 그리하셨고 그 소나무는 하늘을 받들고 말 바위는 그 소나무를 지켰으리라. 아마도 그 누구도 천태 산은 갔으나 그 황금소나무는 못 보았으리. 그 소나무는 아무나 볼 수 있는 여느 소나무와는 다르거든. 그 소나무 꼭짓점(點)이 바로 하늘로 들 어가는 문이다. 그 문으로 들어갈 수 있는 사람은 하느님께서 허락한 착 한 사람인데, 죽은 사람을 심사하여 지옥과 극락 천당으로 보내는 게 염 라대왕인데, 큰 거울 앞에 세우면 세상에서 어떻게 살았는가 볼 수 있다. 그 어려운 과정을 거쳐야 하는데, 구름다리를 꼭 건너고 다시 무지개다 리를 건너야 안심한다. 그 어려운 순간 악마가 부모 형제의 목소리로 불 러도 절대 뒤돌아보면 허사가 된다. 천길만길 아래로 떨어질 테니…"

그 말씀이 끝으로 할아버지는 냇물에 두 발을 놓는다. 그때 갑자기 냇 물이 요동치고 많은 물이 넘치게 흘러갔다. 수련이 놀라서 한 발을 넣고 할아버지를 불렀으나 사나운 물살에 휩쓸려 할아버지는 사라졌을 때였 으니, 허우적대던 수련은 잉어의 꼬리에 뺨을 맞고 정신을 차리니 꿈이 었다. 너무나 생생한 꿈이어서 깨고 나니 서운도 했다.

수련은 사방을 둘러봤다. 혹시 할아버지가 계시는지 할아버지는 없었다. 그러나. 그 할아버지 말씀은 또렷이 기억한다.

'천태산으로 가야지.' 마음속으로 말하며 남은 짚신 한 켤레를 신었다. 그 많은 짚신이 해질 때까지 얼마나 헤매고 다녔던가. 발이 부르텄고 다시 아물고 굳은살이 되었다. 그동안 묻고 또 묻고 그 말만 되풀이했다.

"여보세요 백마 탄 도련님을 못 보셨나요?"

사람을 만나면 사람에게 물었고, 소를 만나면 소에게, 그리고 닭 쫓는 개에게도 물었다. 개는 으르렁거리며 이빨을 드러내면서 "내가 이 개가 그걸 어디서 보겠어. 방해 말고 꺼져."

그런 막말도 들었으며 배가 고파 산딸기도 따 먹고 열매도 익지 않은 것도 먹었으며 밥도 구걸해서 먹었다. 그러다 보니 계절은 바뀌고 세월은 흘러갔다. 이 냇물이 흘러가듯 봄이 가고 여름이 가고 가을로 접어든 계절의 냇물을 꿈속에서 건너려 했던 것처럼 짚신을 벗어들고 참방참방 건너간다. 가을로 접어든 냇물이 싸한 차가움이 온몸에 전해진다.

마음은 급했으며 어서 고향마을 민들레 마을로 가고 싶지만, 그곳까지는 너무도 멀었다. 질러가는 길을 알지도 못했으며 오간 길도 풀이 자라서 묻혔으며 또 해는 서산을 넘어갔고 어둠이 세상을 까맣게 만들어 무서운 밤이 되었다. 사나운 짐승의 소리가 들렸다. 켁켁 소리는 붉은 여우의 배고픈 소리였고, 그 소리에 맞춰 갈까마귀는 귀신이 비 오는 밤에 기분 좋게 웃는 소리를 냈다. 수련은 나무 위 우듬지로 올라가 그 무서움을 견뎠다. 가끔 잠에서 깬 새가 바스락거리는 소리에 놀라기도 했으나, 새가 쉬는 나무면 안심이 되었다. 새는 좋은 나무에 집을 짓고 새끼를 기르기 때문이다. 이런저런 고생에 죽을 수도 있었지만, 추운 날씨가 제일로 고생스러웠다. 동냥 잠도 어려워 낙엽 더미 속에서 자기도 했다. 이제 고생이 끝인가 싶었다. 고향에 가면 천태산이 있고 그 산을 오르면 도련 님을 만날 수 있다는 희망이 있었다.

수련의 발걸음은 가볍다. 그 가벼움은 희망이었다. 그리고 힘과 용기 가 생겨났다.

고향을 생각하고 민들레 마을을 떠나 지금까지 부모님을 얼마나 그리 워 했는가. 고향 땅을 밟았을 그 순간 눈물이 나왔다. 그리고 좋아하고 사 랑한 두 언니 금잔화 달리아도 보고 싶었다. 도련님이 주고 증표로 남긴 황금 빛 허물을 태우지 않았다면 고생도 하지 않았고, 약속대로 도령님 은 날 데리러 언젠가는 오셨으리라…

불태운 냄새가 하늘로 올랐으니 부모님 허락을 받고도 마음을 다잡은 도령은 저리 가벼운 사람을 아내로 얻으니 혼자 살리라 결심한다.

수련은 마음이 바빠 민들레 마을을 비켜 가며 또 눈물을 흘렸다.

"어머니 아버지! 제 마음을 아시죠? 도련님 뵙고 가겠습니다."

수련은 눈물을 닦으면서 울고 또 울었다.

천태산을 올려다보았다. 얼마나 높은지 봉우리는 구름 속으로 들어가 있었다.

수련은 두 손을 모아 기도했다. 천태산 신령님께, 그리고 하느님께 고 하고 첫발을 들고 내디뎠다. 발이 가볍다고 느껴지는 사이 몸이 부웅 풍 선처럼 떠 그대로 산봉우리로 올랐다. 꿈은 아닌데 현실이라니 놀라운 일이었다.

정신을 차리니 호랑이 등이었다. 내가 무서운 호랑이를 타고 올랐다 니 놀라면서 신기하여 두 손을 모아 기도를 하고 있는데 호랑이가 말을 남기고 사라졌다.

"앞으로만 가시오. 뒤는 갈 수 없는 길이니 돌아다 본들 무엇이 있으리 오."

수련은 잠시 감았던 눈을 뜨고 생각을 했다. 바로 이 말씀이었어. 꿈에서 들었던 그 할아버지 말씀을 다시금 기억해야 할 순간을 암시하고 떠난 호랑이가 바로 산신령 할아버지라는 믿음이 있었으니 수련은 눈물 이 나오도록 고마웠고, 감사했다.

어느새 구름이 걷히고 비단 같은 실안개가 서리서리 산봉우리를 에워 싸며 투명한 유리문에 꽃등으로 변하고 있었다. 그 꽃의 모양은 백목련 이고 막 피어난 꽃과 곧 피려는 봉우리였다. 목련꽃은 은은한 향기로 스쳐 가면 모를 만큼 신선한 새벽공기 맛이었다. 수련은 그런 생각을 하면서 황금 소나무를 찾았다. 바로 그때 바위가 떡 버티고 서선 황금소나무를 향해 경배를 올리듯 선한 눈으로 바라본다. 수련은 모든 게 놀라워 정신을 가다듬고 문이 열리길 기대하고 기다린다. 유리문이 아니고 수정 이었다. 빛을 모으고 물방울을 만들어 품은 듯이 투명한 수정문이 목련 꽃을 안고 소리 없이 열렸다.

"어서 오시오. 반가워요. 수련 아가씨!"

목소리로 수련을 환영했다.

"감사합니다."

수련은 고마움에 머리를 숙이며 마음으로 절을 했다. 그리고 고개를 들었을 때 구름다리가 놓여 있었고 멀리 보이는 곳엔 무지개가 보였다. 놀라움보다 황홀해서 가만히 바라보며 서 있었다.

"왜 서 있는데? 빨리 와야지. 촌티나게. 흥! 저 꼴을 하고 오다니. 여기가 어딘 줄 알고. 개천마을 다리 밑인 줄 아나? 저것 봐. 거지야. 날 상대 한다고? 챙피해. 이 별똥 아씨를 뭘로 보고 날 고생시키는데."

고요한 수련의 귓속을 찌르듯이 들려오는 말소리는 별똥아가씨 불만의 목소리였다.

- 3부 -

수련은 그때 마음을 가다듬고 정신을 차렸다. 구름다리는 허공에 있었고 허공 아래는 끝없이 아득한 곳, 까마득히 먼 그렇게 멀고 멀어서 짐작도 가름도 할 엄두도 못 할 곳이었다. 가슴이 턱 막히고 말았다.

"그리 겁나면 오지나 말지. 왜 찾아와 나까지 고생시켜? 넌 천길만길 세상으로 떨어질 테니 각오해."

별똥아가씨 저주의 말은 계속되었다.

구름다리는 흔들렸다. 발걸음을 떼어 놓을 때 더 흔들렸다. 그건 별똥아가씨의 심술이었다.

수련은 정신을 가다듬고 열심히 걸었다. 그때 수련을 부르는 소리가 났는데, 큰 언니 금잔화 그리고 작은언니 달리아 목소리였다.

"수련아! 언니야. 혼자 가지 말고 우리도 데려가라 수련아! 수련아!."

아무리 불러도 수련은 들은 척 안 하고 앞으로 갔다.

얼마나 갔는지 무지개가 저만치 보이는데 이젠 어머니가 애타는 목소리가 들렸다.

"수련아! 사랑하는 내 딸아! 엄마다. 한 번만 안아 보자. 어서 이리 오려무나. 하늘로 가면 다시는 만나지 못한다. 마지막으로 널 만나고 싶다."

수련의 마음은 어머니 곁으로 가고 싶었다. 언니들 목소리에 흔들렸으나, 곧 마음을 다잡았다. 하지만 어머니 부름엔 참기가 어려웠다. 그러나 할아버지 당부의 말씀과 호랑이의 말을 잊지 않았기에 뒤돌아보지 않았다.

그때 다시 수련을 부르고 있는 목소리는 도련님이었다.

"수련 아가씨! 나요. 그 먼 데서 날 찾아왔다니 참으로 놀랍소. 여기요. 뒤를 봐요 나 여기 있소."

얼마나 그립고 그리운 도련님인가. 그 도련님이 부르니 얼마나 기쁜지 그러나 뒤에서 불렀으니 거짓이다. 악마가 흉내 낸 목소리다. 그렇게 단정하고 귀를 막으며 앞으로 나아갔다.

구름다리가 끝나는 지점에서 막 무지개다리를 건너려는데 아버지의 성난 목소리가 발목을 잡았다.

"넌 내 딸도 아닌가 보다. 괘씸한 것 부모도 모르는 불효의 자식을 밤이나 낮이나 걱정하였다니. 내 더 살아서 무엇 하겠니 잘 있거라 난 간다."

저승으로 떠나련다. 흑흑흑!"

아버지의 말씀에 가슴이 찢어지게 아팠다. 그러나 악마의 거짓 목소리에 속으면 안 된다. 부모님이 이 먼 곳까지 오셨다고 믿기엔 의심이 아니들 수 없었다.

별들이 오가는 무지개를 이렇게 걷다니 너무 황홀하여 온몸이 부웅 보름달같이 떠 있었다.

"아니 저 거지 같은 것이 여기까지 왔어. 그래 어디 나랑 겨루어 보자 넌 내 상대가 아냐. 난 널 저 아래로 떨어질 꼴을 반드시 볼 테니…흐흐 흐흥."

별똥아가씨가 수련을 기다리며 비웃고 멸시하며, 마음엔 독을 품고 얼굴엔 미소를 보이면서 첫인사를 한다.

"반가워요. 난 별 유성별이요."

"고맙습니다. 절 기다리시며 반겨 주시니 감사하고 송구합니다."

별똥아가씨는 참으로 아름다웠다. 얼굴도 예뻤고 온몸은 보석이 박힌 드레스를 입었으며 키도 컸고 몸매도 날씬하여 세상에 없을 미인이었다.

"아무리 못나고 배우지 못했어도 그렇지, 내 약혼자를 찾아서 그 먼 하늘길을 걸어오다니, 가만히 있을 내가 아니지. 그 대가를 치러야지. 안 그래?"

"난 도련님께서 약혼녀가 있다는 말 들은 일 없어요. 내 잘못이 있어 모든 고통을 이겨내고 오직 그리운 마음에 용서를 빌고자 함이요. 꼭 나의 낭군이 되어 주십사고 찾아온 게 아니니 염려는 마시오. 내 어찌 괜한 욕심으로 별똥아가씨께 근심을 드리게 되었으니 미안합니다."

수련은 진심으로 사과했다.

"그렇다면 알겠다. 두고 보면 알겠지. 감히 여기가 어디라고 나와 결혼할 낭군님을 거지 같은 네가 언감생심 꿈이라면 모를까. 홍! 기가 턱 막힐 노릇이야."

별똥아가씨는 겸손을 모르고 잘난 체했다.

"부부의 인연은 하늘의 뜻이라 합니다. 그만큼 소중하고 막중하여 평생을 함께하는 인생의 동반자로 전생과 이세를 아우르는 인연은 영원할 것이니 누구도 막을 수 없습니다."

수련의 말이 끝나기 무섭게 별똥아씨의 코웃음이 나왔다. 그때 점잖은 몸가짐을 한 선비가 말했다.

"먼 땅나라 손님이니, 별똥아씨는 정중히 대하시고 모시고 가야 할 일인데 너무 경솔하시오, 스승님이 아시면 어찌시려는지 매우 유감입니다."

그 선비를 따라가니 글 읽는 소리가 들렸다. 대궐 같은 기와집이 많았으며 조용한 분위기로 볼 때 학교로 지금은 공부시간인 듯 싶었다.

운동장 한가운데 황금소나무가 빛을 내며 서 있었다. 선비는 그곳에 서 멈추게 하고 큰 문으로 들어갔다. 잠시 기다리니 잘 생기고 품위 있는 분께서 존경을 온몸으로 보이면서 뒤 따라 나온다. 수련은 단박에 알아보았다. 꿈에서도 그리웠던 백마 타고 떠난 도련님이었다. 수련은 가슴이 뛰었다. 마음속엔 미안하고 죄스러웠으나. 그건 약속을 지키지 못 하였고, 소중한 도련님의 신체 일부를 태워버린 잘못을 저지르고 염치가 없었다.

"그 멀고 먼 땅나라에서 오느라 피곤할 것이니, 오늘은 쉬고 내일 만나지요. 할 말이 있을 테니."

도령의 얼굴엔 근엄이 있을 뿐 반가운 인사말은 없었다. 그때 별똥이 생글거리며 도령에게 말을 건넸다.

"도령님 바쁘신 와중에 이리 행차해 주시니 민망합니다. 촌티 나고, 땀 냄새 나는 땅나라 처자를 만나실 필요가 있습니까? 내일 중으로 보내시면 될 일인데. 아니 그렇습니까? 도련님!"

얼굴이 예쁜 별똥아가씨의 애교 섞인 말에 웬일인지 불쾌한 표정으로 돌아선 도령은 한마디 없이 가는 것이었다. 수련은 시녀의 시중을 받으며 땀에 젖은 옷을 벗고 목욕을 한 후 비단옷으로 갈아입었다. 그리고 맛 있는 식사를 한 뒤, 피로가 풀리는 차를 마시고 잠자리에 들었다.

이튿날 아침에 일어난 수련은 몸이 가벼워 기분도 좋았다. 햇살도 맑은 데다 오늘 일이 잘 풀릴 것 같은 생각이 들었다. 잘 풀리지 않아도 도련님을 만나면 용서라도 빌고 갈 수 있다는 생각에서 마음은 가벼웠다.

아침밥을 먹은 뒤. 시녀가 가져온 옷을 입고 거울을 보는데 수련은 천사인 양 아름다웠다. 머릿결은 봄보리 바람결에 흩날리는 비단결이고 하얀색 저고리와 옥색 치마는 봄바람에 버들가지 춤추는 한낮의 여유로 움이었다. 화장기 없는 얼굴은 보름달 빛인 듯 은은하고 눈, 코, 입은 빈틈 없이 놓여 고상한 인품이 돋보이는데, 걸음마저 얌전하다.

그 반대로 화려한 옷차림에 걸맞게 치장한 별똥아가씨는 자신만만한 태도로 걸어오고 있었다.

학교 운동장에서 보았던 황금소나무 아래에서 만나게 된 수련과 별똥 아가씨 그곳엔 높은 사다리가 있었으며, 그 밑엔 물이 담긴 물동이가 놓였다. 그리고 고대하던 도련님이 나타났으며, 또 많은 학생이 참석하였다.

모두 조용히 앞으로 있을 그 무엇을 기다리는 듯이 눈빛이 반짝인다.

잠시 시간이 멈춘듯싶었는데, 웃어른의 행차가 이곳을 향하고 흥겨운 풍악이 울렸다.

하느님의 분부로 옥황상제 그리고 염라대왕의 행차였다.

미리 마련한 옥좌에 앉은 하늘의 어르신들이었다.

그때 나팔소리가 울리고 경사를 알리는 사회자의 말이 시작을 알렸다.

"오늘은 경사스러운 날이요. 하늘나라 가족인 염라대왕님 아드님 배필을 정하고자 모인 자리이니 경사스러운 날이 될 것입니다. 첫날의 시험은 물동이고 사다리 오르기요. 누가 물방울 쏟지 않고 오르고 내리는지 그건 조심성과 인내로 보는 것이고, 또 한 가지는 용기와 섬김과 정성을 보는 것으로 누군가 잘하는 아가씨가 배필이 될 것입니다. 그리고 바느질로 겨루는 것인데, 그건 내일입니다."

그렇게 시작한 겨루기는 별똥아가씨가 먼저 나섰다. 눈부신 차림에 물동이를 이고 한발 사다리에 올랐을 때 출렁이던 물이 질금질금 쏟아 지니 옷은 젖어 후줄근하게 되었다. 아직 반도 오르지 못하였는데 물동 이의 물은 반은 쏟아져 별똥아가씨는 참을 수 없었는지 신경질을 부렸 다.

"내가 왜 이런 걸 해야 해? 난 약혼녀나 다름없어. 저 여자만 없으면 이런 고생은 없다구."

짜증이 난 별똥아가씨는 폭발하고 말았다. 고생이라고는 모르던 별똥이니 그럴 만도 했다. 그러나 지금 이 자리는 엄하고 중요한 일이다. 하늘나라 어른들이 모인 자리다. 그것도 며느리를 정하는 경사스러운 날 이다. 모든 일을 물리치고 어른들이 참석했다. 화성서도 왔으며 달나라 에서도 왔다. 또 태양의 어른도 별들의 어른도 참석하였다. 달님 곁에서 늘 함께 보내며 어둠 속에서 서로에게 위로와 격려를 보내며 함께한 세월이 얼마인가. 그러나 오늘은 서로가 괴로운 날이었다. 별똥아가씨의 경솔한 행동에 체면은 물론 모든 게 끝났다는 생각에 한숨을 쉬었다.

물에 젖은 별똥아가씨가 끝내 일을 저질렀다. 물동이를 내려놓지 못하고 떨어트려 산산조각이 났다. 이 모든 걸 지켜보던 어르신과 은빛 도령은 물론이고 도령 제자들의 놀람은 이만저만이 아니었다.

이때 수련아가씨는 물 한 방울도 흘리지 않고 사다리를 내려왔다.

겨루기는 아직 남아있다. 오늘 밤 호랑이 수염이나 눈썹을 가져오는 것이 두 번째 큰일이다.

그 산으로 떠나는데, 오늘 밤이다. 세상에서 가장 높고 세계의 중심에 솟아있는 수미산(須彌山)에 사는 호랑이를 찾아가야 한다. 아무리 멀어도 가는 게 목적을 달성하는 첫걸음이다. 그러나 어려울 일은 아니다. 은빛 도령을 땅으로 내려보낼 때 깨지거나 다치지 않도록 물렁물렁한 알 로 만들어 웅덩이 물에 떨구었듯 그런 방식이 있었다. 하늘나라가 아니 면 될 수 없는 일이다.

수련아가씨와 별똥아가씨는 그날 밤 빗방울이 되어 수미산에 떨어졌다.

그날은 달님이 먼 길을 왔다 돌아갈 시간이 늦어 수미산은 캄캄했다. 그 어둠 속에서 울부짖는 짐승은 호랑이였다. 호랑이가 호통치는 소리를 내야 모든 것들은 숨을 죽이고 조용히 잠을 잔다. 수미산을 비추는 별 빛마저 졸음에 겨워 깜빡이고 있을 때 수련아가씨는 떨어진 자리에서 정신을 차렸다. 그곳은 오동나무 잎새였다. 별똥아가씨는 정신이 들고 보니 고양이 등이었다.

"이게 누구야. 니가 호랑이구나…"
"난 호랑이 팔촌 야옹인데, 당신은 내 형님 호랑일 모르세요."
고양이는 호랑이도 모르는구나 싶어 놀려 먹을 마음으로 말을 걸었다.
"당신은 어느 곳에서 오신 게요? 이 높은 수미산까지 그리고 이름을 말해요. 내 등을 밟았으니 먼저 사과도 받고 싶소."
얼룩무늬와 붉고 희고 검은 반점이 아름다운 고양이가 사나운 눈빛으로 노려보면서 날카로운 이빨을 드러내어 별똥아씨는 겁에 났지만, 호랑이 수염이거나 눈썹을 쉽게 얻으려면 잘 보여야 한다는 걸 알기에 콧노래를 흥얼대며 반들거리는 고양이 털을 손끝으로 빗질해 주면서 자신을 소개했다.
"나로 말하면 저 높고도 높은 하늘나라서 태어나 살고 있는데, 호랑님을 만나러 왔는데, 바로 만났으니, 기쁘고 반가워서, 눈물이 날 것 같은데. 제게 소원 하나쯤 들어주시면 안 될까요?"
"그게 무엇이오?"
고양이는 거만하게 묻고 있었다.
"사실 어느 거지 같은 땅나라 여자와 겨루기를 하러 수미산을 왔는데, 호랑이님 수염 세 개가 필요하니, 그 수염을 내게 줘야겠어."
"그렇다면, 난 아니지, 난 호랑이가 아니다. 그렇게 말하는데도, 별똥아가씨는 믿으려고 하지 않았으며, 강제로 고양이 목을 비틀어 콧수염을 뽑아 가졌다. 그때 숨이 막히고 화가 난 고양이가 발톱을 세워 별똥아가씨 이

마를 할퀴었다. 붉은 피가 솟고 세 발톱 자국은 이마에 내 천(川)자 를 만들어 보기 흉한 싸움닭의 인상으로 변했다.

"아이구! 아파 죽겠네, 이놈의 호랑이 새끼 가만 안 둘 테다."

별똥아씨가 도망가는 고양이를 쫓는데

"어흥어흥 어흐흥 어흥"

수미산을 쩡쩡 울리는 호랑이 소리에 깜짝 놀라서 멈추고는 생각한 다.

"난 호랑이 새끼 콧수염을 얻었으니 빨리 돌아갈 거야. 먼저 가면 칭찬도 받고 어르신은 물론 내 편으로 삼고, 도령님께서도 날 선택하실 테니 어서 가야지. 괜히 저 어미 호랑이를 만나서 곤욕을 치르기 전에 난 가야지. 그 촌티 거지 같은 건 호랑이 밥이 되던가. 난 상관할 일은 아니잖 아."

별똥아가씨는 나쁜 생각으로 꽉 찬 마음으로, 수미산 꼭대기로 기를 쓰면서 올랐을 때 하늘로부터 약속받은 금실로 짠 소쿠리가 보이지 않 았다.

"웬일이야. 왜 없어 약속을 어긴 거야? 아니면 게을러서 아직 보내지 못했어?"

별똥아가씨 조바심이 커졌고, 기다림은 지루할 뿐이었다.

수련아가씨는 호랑이 굴을 찾아서 들어가서 만난 호랑이는 만난 적이 있고 도움도 받은 일이 있어서 자초지종 부탁을 하였더니 눈썹도 수염 도 뽑으라 하여 일찌감치 호랑이 등을 타고 오르니 준비된 금실로 짠 바 구니에 앉아서 하늘에 올랐다.

문밖부터 환영의 꽃수레를 타고 무지개다리 위로 달려가니 도련님이 백마에 올라앉아 기다리고 있다가 앞장을 서는 게 아닌가.

꿈만 같았다. 꿈이라도 기쁘고 행복한데 이건 꿈이 아니었다.

큰 기와집 안채로 안내받은 수련아가씨는 소중히 가져온 호랑이 눈썹 과 수염을 어른들 앞에 놓고 얌전히 기다리고 있었다. 아직 돌아오지 못 한 별똥아가씨가 있었다.

약속대로 세 번째 겨루기가 준비되어 있었다. 비단과 반짇고리가 놓 여 있었다. 한나절이 지나서야 별똥아가씨가 도착했을 때 어른들은 피 로감에 하품까지 했다.

"보나 마나 호랑이와 고양이는 품격이 다르지, 누굴 속이려 한 것은 아닌 줄 안다만, 경솔한 행동은 용서가 안 된다. 그러나 겨루기는 마치고 본다. 여기 똑같은 비단이 있다. 색이야 선택해 쓰면 되고 하느님께서 입 으실 도포(道袍)와 시부모님 평상복(平常服)을 짓거라."

옷걸이엔 평상복 그리고 도포가 있었고 치수도 적혀 있었다. 수련아 가씨는 눈으로 보아 익히며 보아 알도록 한 배려에 감사하였다. 흰 바탕 에 연홍색으로 둘레를 감싸고 목둘레는 연하늘색 동정으로 감싼 수련아 가씨 도포는 새의 날개같이 시원한 느낌을 주었다.

별똥아가씨는 가위질(재단)부터 어긋나 비단이 모자라 쩔쩔매었다.

그 밤이 깊은데 이미 결과는 정해졌다.

저녁이 되고 달이 근심 어린 얼굴에 식은 빛으로 만든 피로한 몸을 속 이지 못하고 창문을 비추고 있을 때, 하녀와 일꾼들이 마련한 저녁상에 모여 식사가 끝났고 차를 마시는 하늘 집안 어른들의 표정은 근심이 가 득했다. 오래전부터 염라대왕의 며느리로 알고 있었는데, 경솔한 언행 과 행동을 보았으니, 은빛 도령이 별똥을 왜 마다했는지, 알듯도 하고 시 름에 젖어 날마다 세상 속 땅나라만 내려다보고 부친인 염라대왕께 청 하며 원했는지 이해할 만했다. 지금 겨루는 게 끝나면 닥칠 슬픈 운명에 초조함을 감추지 못한다.

그러니 당사자 도령은 어떠하고 염라대왕의 심기는 또 어떠하랴.

평소에 아들인 은빛도령은 부모님께 청했을 때 한 말은 이러했다.

"부모님 절 세상에 나가게 허락해 주세요. 아름다운 세상의 땅엔 자연 이 살고 인간들이 살아요. 제 배필은 그곳에서 구하고 싶습니다. 마음씨 고운 아가씨가 있었어요. 매일같이 보았는데 한결같이 마음씨가 곱고 행동거지 가 반듯한 아가씨가 있어요."

"넌 이미 정한 배필이 있다. 너도 알고 있으면서 어찌 땅나라 처녀를 마음에 두느냐? 그건 안될 일이다. 별나라와 약속을 저버리는 것이니, 체면상으로도 그렇고 하늘나라 법도에 어긋나는 것이다."

아버지 염라대왕의 말은 단호하고 엄중했다. 그걸 어긴 아들을 벌주고 마음을 돌리고자 물렁물렁한 몸으로 만들어 세상으로 떨어지게 하여 다치지 않도록 한 아버지 마음속 사랑이었다.

거기다 징그러운 뱀 아니 구렁이로 변하게 하여 땅나라 처녀가 겁에 질려서 아들을 내치게 만들고자 하였으나 모두 허사가 되었으며 땅나라 수련아가씨를 만나고 보니 마음에 들었다. 그러나 내색은 없이 선택해야 할 처지고 보니 겨루기로 정할 수밖에 없었다.

그날 밤 자정이 넘어서야 겨루기는 끝이 났다. 이제 발표만 남았다.

수련아가씨는 바느질을 끝내고 인두질로 잔주름도 눌러 정결하게 개 놓고 얌전히 서 있었다.

별똥아가씨는 얼마나 힘들고 애를 태웠는지 곱게 빗어 올린 머리는 산발이고 반짝이던 머리핀은 간데없고, 얼굴엔 땀과 눈물로 얼룩져 있었다. 눈빛은 원망과 슬픔이 가득했다.

하늘나라 어른들을 대신하여 사회자의 발표가 곧 있을 것이었다.

그 발표를 기다리는 많은 어르신이 말없이, 침묵하고 있는데, 그때 별똥아가씨가 미친 듯이 뛰어나가고 있었다. 그리고 한마디 말은 너무 슬펐다.

"난 졌어요. 하지만 이 겨루기는 엉터리라구요, 그래서 분하고 원통해서 난 살 수 없어요."

그 말을 끝내고 얼마나 빠르게 달리는지 그 누구도 잡지 못했다. 모두 별똥이 사라질 때까지 바라볼 뿐이다. 이미 달도 알아서 슬픔에 찬 달이 숨어들어 밤의 하늘은 칠흑같이 어두웠다.

그 어둠을 뚫는 빛 그 빛 한줄기가 쏜살같이 내달을 때 무지개 곡선을 만들어 그리면서 마지막 끝 선을 불꽃으로 떨구며 죽음을 알렸다. 그순간 아무것도 없는 빈 곳의 허무에 모두 눈물을 흘렸다.

그렇게 별똥아가씨는 갔다. 유성(流星)이 되어 어느 섬 바닷가 모래밭에 떨어졌다. 운석(隕石)이 되어 죽었다면 얼마나 외로울런가. 파도 소리 듣고 바닷바람에 얼마나 추울런가. 물결에 몸을 맡기며 조금씩 야위어 지면서 하늘을 얼마나 그리워할 건가. 모두 슬퍼하고 마음 아파했다. 미움도 내려놓고 욕심도 버리면서 수련아가씨와 은빛도령의 혼사를 축하했다.

수련아가씨는 도령님의 사랑을 받으며 별똥아가씨께 미안해하며 명복을 빌었다.

그날 밤 꿈에 나타난 별똥아가씨가 수련에게 말을 건넸다.

"난 욕심쟁이에요. 인연이 아닌데, 욕심으로 되겠어요, 잘 살아요, 미안합니다."

그 말을 남기고 떠날 때 반짝반짝 빛이 났다.

맞아 별똥은 별이 되었다. 별똥이 아닌 별이 되었다.

수련이 너무 기분이 좋아서 깨어 손뼉을 쳤다. 그때 도령님이 살며시 끌어안는다. 마침내 하늘나라에 경사가 났다. 도령님과 수련아가씨 결혼식이었다. 결혼식이 끝나고 도령님은 수련아가씨에게 약속했다.

"부모님이 계신 땅나라로 한번 갑시다. 많이 걱정하실 테니 찾아뵙고 인사드립시다."

"도련님 감사합니다."

수련아가씨는 도령 품에 안겨 기쁨에 눈물을 흘렸다.

■ _15집, 아름다운 아담과 이브

"혜란아! 오늘 목사님 설교에서 느낀 게 있었니?"

예배가 끝나고 교회 지하실 식당에서 같이 국수를 먹고 나오면서 성가대의 어른들 눈을 피해 둘만의 시간을 위해서 빠져나오다 묻고 말았다.

교회 문을 지키듯 서 있으면서 교인들을 챙기는 목사 사모님의 상냥한 미소에 난 고개를 까닥했다.

"참 보기가 좋네, 항상 볼 때마다, 예뻐 죽겠다니까. 말하면 아담과 이브라니까요, 창조신이신 하나님께서 보내신 우리 교회 천사라니까요."

장로님께서 목사님 부부에게 아첨하면서 혜란과 날 치켜세우는데 이건 너무한다. 혜란이와 내가 성가대로 나이가 제일 어려도 그렇지, 아담과 이브 천사라니, 낯이 간지럽다.

혜란이와 내가 처음 만난 건 고등학교 입학 날이었다. 같은 반은 아니었지만, 혜란은 내 눈 안에 빛처럼 들어와 별이 되었다. 하얀 얼굴에 눈망울이 까만 탓에 눈이 마주치는 순간 가슴이 뛰었다. 그렇게 말도 섞지 못한 채 얼마간 보내다가 궁리 끝에 책을 선물했다.

- 아주 오래된 이야기 -

그 책은 할머니에게 들은 동화를 내 나름대로 써서 워드를 쳐 만든 것이다. 책이라기보다 공책이라 할 수 있다. 분량도 대략 노트 두께였다.

불교의 향기가 짙게 난다고나 할까? 간단하게 내용을 말하면 옛날 어느 어부의 삶인데, 강가 마을에서 태어나 농사보다 고기잡이로 살다 보니 살생을 너무 많이 했다. 그 어부가 어느 날 풍랑으로 배가 뒤집혀 죽어 용왕님 앞에 섰다.

"네 죄를 알겠느냐?" 이렇게 묻자, 그 어부의 말인 즉

"풍랑 때문이옵니다. 전 죽고 싶지 않아요. 절 보내주세요. 고기를 잡아야 합니다. 늙으신 어머님이 굶고 계십니다."

그 말에 용왕님께서 살려서 보냈다는 이야기가 주된 내용이다. 그 밖에 혜란에게 띄우는 편지도 있었다.

그런 일이 있고부터 카페서 커피를 마시며 말을 하던 중, 혜란이 쿡쿡 두 번이나 시선을 나에게 던지면서 하는 말.

"이주성! 천당 갈래? 지옥 갈래? 응 말해봐."

"천당이고 지옥이고 마음에 달렸지, 누가 가본 적 있데? 우리 할머니는 옛날 사람이니까 그렇지만. 결국 선하게 살아라. 그거지."

"이주성! 안 되겠어. 주일날 10시에 만나자. 천당으로 안내할 테니까."

"일요일엔 늦잠 자는 게 내 행복인데, 유성서 변동까지 가려면… 에이 싫어."

"그럼 절교야. 아는 척도 하지 마."

날마다 학교에서 만나도 단둘이 만나는 호젓한 느낌은 남다른 행복이었다. 혜란이 교회에 나가서 성가대원으로 봉사한다는 건 알았지만, 주성은 교회에 가본 적이 없었다.

혜란이 나를 자극하려는 듯 말했다.

"우리 엄마가 교회 나오지 않는 친구와는 멀리하던지 널 따라서 교회로 나오게 하던지 하래. 그런 사람이면 친구로 사귀어도 좋다고 했어. 그러니 난 이제부터 널 멀리할 테야."

그렇게 말하던 혜란이 우리 반 김용민이와 친해진 듯싶었다. 둘은 보란 듯이 헤실대고 있었다.

주일날 꼭 한번 혜란이 다닌다는 감리교회[1]를 찾아가리라 생각했다. 게

---

[1] 감리교(監理教)는 기독교 신교의 한파로 18세기 초엽에 영국에서 창시함.

으른 내가 일찌감치 일어난 것을 보신 할아버지에게
"약속이 있어서 나가봅니다." 라고 말하고 집을 나섰다.
"그래 약속은 지켜야지, 그게 사회에서 필요한 인간관계의 제일이지…."
난 머리까지 감고 스킨도 바르고 우유만 마신 뒤 집을 나섰다. 변동까지는 유성서 가면 그리 멀지도 않았다. 서다 가다 하는 버스를 탔다. 늦으면 택시를 탈 요량이었지만, 시간도 넉넉하여 버스를 탔다. 흔들리는 재미도 느꼈다. 번화가 거리도 아니지만 그렇다고 골목도 아니어서 금방 찾았다.
작은 가방을 든 신도들이 하나둘씩 교회 안으로 들어가고 있었다. 혹시 혜란이를 만날 수도 있겠다는 생각도 했지만, 그런 일은 일어나지 않았다. 피아노 반주와 찬송가가 들려오는 곳으로 손님처럼 어색하게 두리번거리며 들어섰다. 주일 예배지를 나누어 주는 것을 받아들었다.
혜란이가 반겨 주었을 때 하나님은 잊었고 행복했다. 그렇게 처음 다니게 된 교회를 고등학교 졸업할 때까지 다니게 되었다.
예배가 끝나면 곧장 둘만의 시간을 갖는 일이 많았다. 맥도날드 햄버거로 함께 점심을 먹는 일도 잦았다. 극장에서 영화를 보기엔 시간의 낭비라고 생각해서 카페에서 차를 마시고 헤어질 때도 많았다. 똑같이 입시를 앞두고 있었지만, 이곳저곳 어지간히 많이 다녀서 더 갈 데가 없는 지경이었다. 그동안 많이도 돌아다녔다. 대전 근교는 눈만 감아도 훤할 정도다. 다니다 보니 손도 잡고 키스까지 했다. 끌어안고 짜릿한 느낌도 가졌다. 그러나 서로는 끝까지 지키려 했다. 혜란이 더 적극적이었다.
"주성아! 난 왜 이러는지 몰라. 너랑 하룻밤 자고 싶어."
"그래도 후회하지 않을 거니? 난 책임질 수 없어. 난 널 끝까지 사랑할지 아직은 몰라."
"주성이 너 말 다 했어? 사랑하지 않았다고? 뭐야 이 사기꾼! 지금 세상에 정말 낡았다."
"넌 부목사가 좋다며? 그 사람이 매력이 있다고 하는 널 내가 믿고 널 사랑할 수 있을 거라는 생각은 말아라. 난 이기적이고 현실적이야. 마음은 늘 가까운 데 있고 먼 곳을 지향하지만, 실속은 없잖니."

"너 정말 이기적인 인간이었구나. 난 그래도 믿었어. 사랑이라고 믿었어."

냉담한 내 말에 파랗게 질리며 입술이 떨리는 혜란이를 보면서 솔직히 괴로웠다. 3년 여간 품은 믿음이 깨지는 순간은 조금씩 금이 간 사이로 때가 낀 모양새다. 던져진 백자 꽃병처럼 자신이 외롭다고 느낀다.

18세기 영국에서 창시된 교회의 목적은 하나님의 성스러운 성령의 이름으로 인류에게 평화와 안식을 주는 것이다. 사탄은 아담과 하와를 선악과(善惡果)로 유혹했고, 넘어간 것은 요물 하와였다. 이후 인간의 고뇌가 시작됐다. 병들어 죽을 때까지 죄를 짓더라도 사후의 영원한 영생에서 행복을 얻으리라는 것은 하나님 말씀이다.

'너희는 먼저 그의 나라와 그의 의(意)를 구하라. 그리하면 모든 것을 너희에게 더 하시리라.' (마태복음 6장 33절)

성경 속에 하나님 말씀이 이렇듯 명명(明明)한 빛인데, 교회에 진리는 없고, 사적 이익만 취하니, 이건 신도 사업으로 간판을 내건 사업장이라는 생각이 든다. 다단계 형식으로 사람들을 끌어 모으는 데만 열중이다. 신도가 줄어들어 교회가 텅텅 비어서 고민인데 코로나 팬데믹을 맞아 정부는 사회적 거리두기를 이유로 집단예배를 자제하라 명령을 내렸다. '하나님의 뜻이니 무엇을 겁내리오.'라며 믿음이 깊은 신도들은 아랑곳하지 않았지만, 다수의 신도는 눈치를 보았다. 벌금 내는 교회의 사정도 그렇고, 국민의 협조를 바라는 정부의 간곡한 말에 귀를 막을 수도 없었다. 신자 대부분은 혼자서 기도하고 게으른 신앙생활이 계속되었다. 잠시 회의감이 드는데 잠시 칩거에 든 곰이 되는 것이다. 배고픔을 알고 먹이를 찾아서 헤매던 곰이 배가 부르니 쉬고 쉬노라니 잠이 오고 잠을 자니 얼마나 편한가. 난 지금 곰이 되었다.

혜란이가 무조건 다 좋았듯 교회에서 함께 성가대원으로 활동하면서 사랑을 꽃피웠었는데, 무엇이 날 변하게 만들었는지 모르겠다. 그냥 다 놓아 버리고 싶다.

많은 성직자가 있듯, 많은 철학자가 있다. 성직자도 사람이고 철학자도 사람이다. 성직자는 신을 믿고 의지하고 신의 뜻 진리를 따르고 무조건적 믿음으로 영원한 생을 추구한다. 살아서는 닿을 수 없는 곳이 하늘이다. 우주에 계신 창조의 신으로 오직 한 분이신 하나님 곁으로의 삶인 영생을 구한다.

철학자는 왜 그토록 외로운 학문을 하는가? 자연과 과학 그 가운데 인간을 놓고 떨어질 수 없는 관계란 무엇이고, 어느 것이 먼저고 으뜸인가? 이걸 생각하고 고민하는 건 인간이다.

세상 속에 사람이 살고 사람이 시끄러운 세상을 만들어 싸움질 전쟁을 벌였다. 인류가 발전하고 과학이 인간의 삶에 편리를 제공하는 반면 무서운 파괴의 무기를 안기기도 한다. 인류의 멸망을 자초한 핵무기로 죄 없는 자연마저 사라진다는 사실을 알지만 누가 책임질 건가?

혜란이도 대학생이 되었고, 나도 원하는 대학에 들어갔다. 성숙한 만큼 생각도 달라지고 있었다. 교회가 싫어진 건 오래전에 느낀 실망 때문이었다. 십일조 헌금도 내게는 이해할 수 없는 부분이 많았고, 부담이 되기도 했다. 학생인 내가 무슨 돈이 있어 십일조 헌금을 내겠는가? 부모님이 주시는 용돈과 아르바이트로 기껏 받는 돈 얼마뿐인데 여기에 십분의 일을 십일조로 내려면 삼사만 원이다. 성가대 봉사로 십일조를 때우기도 했다.

엄마는

"주성아! 믿음이란 하나같은 마음이어야 한다. 친구 따라 강남 가면 안 된다."라고 평소 자주 말하셨다.

엄마는 외할머니께서 불교를 믿으시고 어렸을 때 할머니 따라 절에 간

일을 지금도 잊지 않고 있다. 하지만 결혼하고 나니 가톨릭 집안이어서 성당에 나가시게 되었다. 그래서 나도 나갔다. 꽤나 오래 되었다.

"난 네가 날 따라서 가주길 기다렸다. 그런데 네가 교회에 나간다는 걸 알았다. 엄마는 교리는 달라도 하느님 아드님이신 예수님을 믿는 건 같으니까 그리 생각하였다. 언젠가는 돌아오리라. 그렇게 믿고 있었다."

할머니께서 돌아가시고 할아버지께서 새벽예배를 다니시기 시작했다. 할아버지는 예배에 다녀오시면 즐거운 표정으로 엄마에게 오천 원을 주셨다.

"무슨 돈을 주세요? 아버님 쓰세요." 하니까

"다음 주면 또 생긴다." 하시면서 동네 교회에서 주일마다 오는 손님에게 준다는 축하금이라고 하셨다.

'돈으로 마음을 사서 전도한다? 십일조와 축복일 성금으로 그동안 많이 거둬들이더니 신도들 매수금으로 그걸 쓰다니. 이건 완전한 사업이 아닌가. 신도의 수대로 교회를 사고팔았다는 말이 사실이었으니, 사업도 이만한 사업이 흔하지 않다. 세금도 없는 사업이라니, 이 세상에서 하나님의 사업이라고 하면 비난받을 것이다.'

난 처음으로 엄마가 들려준 말을 곰곰이 생각하면서 할아버지의 돈 오천 원에 낮 예배를 빼놓고 달려가서 얻은 돈의 가치에 화가 났다. 그래서 아꼈던 오만 원을 할아버지께 드리고는

"교회 가서 돈 받아오시지 마세요. 지옥 갑니다." 하면서 할아버지 손을 꼭 잡았을 때 눈물이 나왔다. 굳은 할아버지 손이 따스했다.

"주성아! 에미가 말했구나. 아 글쎄다. 살다 보니 신도를 끌기 위해 그런 짓을 하다니… 안 그러마. 말세다."

말세(末世)라면 정치, 도덕, 풍속 등이 끝판에 이른 걸 말한다. 예수님께서 탄생과 재림할 때까지의 세상이니 더 무엇을 바랄런가.

난 혜란이와 결별하고 교회도 나가지 않았다. 목사님 사모님께서 교회

에 다시 나오라고 전화도 주셨으나 난

"무종교인으로 남겠다."고 확실하게 말했다. 그리고 곧 후회했다. 혜란에게 문자폭탄을 받았다.

"넌 비겁한 이단자야. 한때 널 좋아하고 사랑하였지만, 내게는 기억조차 지우고 싶은 최악의 기억이야. 난 널 미워할 거야. 아니 가치도 없어. 세상엔 남자도 많아. 가식뿐인 믿음으로 하나님을 속이다니, 넌 지옥에 갈 거야…."

"난 지옥도 자리가 없어 안갈 테다. 그냥 살 거다. 넌 남자가 많아서 좋겠다. 내가 알기로 벌써 셋인데, 아직 청춘인데 얼마나 많겠니? 지조 없는 년 천당 갈 거니까 잘 살다 가라. 난 지옥도 싫고 천당도 싫으니까…."

얼굴을 맞대고 말싸움을 한 건 아니지만 문자폭탄을 주고받고 보니 얼마 동안 기분이 영 아니었다. 3년여의 사랑이 이제 사랑이 아니라니, 말싸움은 솔직하지 못했다. '괴로운데 왜 괴롭겠어? 괴로운 만큼 사랑했잖아. 교회는 교회지 왜 혜란이와도 끝내려는 걸까. 하지만 믿음이 없는 사랑에 집착하는 것은 불행이 따를 뿐이야.' 난 그렇게 결론을 스스로 내리고 등교 일주일을 앞두고 여행하기로 했다.

그동안 바다 하면 섬이 생각났고 섬 하면 제일 큰 섬 제주도가 생각났다. 거리는 멀지만 비행기를 타면 한 시간도 안 걸린다. 소록도는 해남의 끝으로 멀고, 아픔이 내재한 섬이다. 가거도가 괜찮은데 배로 가기엔 멀다. 보길도가 좋은데 혼자 가면 외로울까? 청산도가 좋겠으나 기차로 광주까지 가서 다시 버스로 완도까지 가고 거기서 가야 한다. 몇 군데 생각하다 낚시할 준비를 했다.

언젠가 방학 때 아버지와 외삼촌과 가거도에서 3박 5일간 있으면서 바위에 앉아 이틀간 낚시를 했었다. 고기라야 갯지렁이 낚시로 볼락 몇 마리를 건진 것이 전부다. 농어를 사서 회로 실컷 먹었다. 섬의 형상이 배고픈 곰이 배를 내놓고 벌렁 누워있는 모양새였다. 걸어서 가노라니 동백나무가 얼마나 큰지 바다를 내려다보고 서 있다. 봄인데도 지지 않은 꽃봉오리가 입을 열어 제 사랑을 토해내고 있는 듯싶다. 보는 내 마음도 아팠다. 그걸 기억하는 내가 이 가거도를 선택한 게 그 때문이었음을 고백한다. 높지 않은 산은 돌이 많고 후박나무가 많아서 섬사람들의 부수입원이 되고 있었다. 후박나무는 줄기와 껍질은 한약재로, 나무는 관상용으로 쓰인다. 숙소로 정한 집 주인은

"독사가 많아 돌 틈에서 살기 때문에 조심하라."고 일러주었다. 난 기억을 더듬어 밟으며 오래전에 갔던 곳으로 갔다. 그때도 봄이었다. 길가에서 만났던 엉겅퀴 꽃을 찾으며 갔다. 물소리가 들린다. 물을 마시고 발까지 씻었던 그 물소리가 들렸다. 빗방울을 품기엔 그리 넓지 않은 숲인데 후박나무와 돌들이 품었을 빗방울이 소리를 내면서 떨어진다. 난 잠시 만났던 사람을 오랜만에 다시 만나서 서로를 알아보고 악수를 하듯 물을 만지고, 손을 씻고, 물을 두 손에 모아 마셨다. 엉겅퀴 꽃이 보일까 싶어 물소리를 뒤로하고 걸었다. 꾀꼬리가 운다. 작은 몸에 노란 깃털의 옷을 입고 꽁지와 날개 끝에 흑진주로 장식하고 봄을 노래하는 새 얼마나 아름다운 목소리인가. 잠시 혼자라는 생각을 잊게 한다.

'혜란이가 곁에 있다면 더 좋았을 텐데.' 문득 아쉬움은 무엇인가 알 듯도 하다. 재잘대는 넌 황조黃鳥였다. 하지만 아름다운 노래만 듣고 살기엔 나의 이상이 아닐 거로 생각하였다. '인생은 짧은 만큼 할 게 많지. 넌 교회 일을 하면서 목적은 영생이지만, 난 아니야. 신을 믿던 사람을 믿고 의지하는 것, 그건 신뢰를 바탕으로 한 신의(信義) 결속이겠지. 믿음이란 인간에게 필요한 서로의 약속으로 잇는 다리(橋)다. 바른길로 가고자 하는 목적이 있다. 그러하여 난 결심을 했다. 넌 꽃인 줄 알았는데 나비였어. 호랑나비로 언제 날아갈지 모르는 나비였어. 난 꽃이 아니다. 그거야 넌 사람을 좋아하는데도 정도라는 게 있어. 남자라면 다 좋다는 그 웃음이 너무 천하다. 늙은 목사님도 좋다. 부목사도 매력 있다. 그래 좋아해라.'

바다의 물결도 가늠이 안 될 만큼의 높이에서 난 끝없이 펼쳐진 무한(無限)의 바다를 바라보면서 혜란에 대한 미련이 사랑임을 알았다. 더 미워해야 풀리는 반심(叛心)을 내가 날 책임질 수 없다.

낚시가방을 어깨 위에 걸친 걸 잊고 있었나? 너무 가벼워서 느끼지 못했나? 이걸 귀찮게 왜 가져왔나? 사실 주인집에서 빌려온 것이었다. 갯지렁이도 몇 마리가 꿈틀거렸다. 얼마 안 가면 나타날 큰 바위 아래 고인 물 같이 조용한 바다에 낚시를 던져놓고 기다리면 되었다. 아버지가 하시던 그대로 하면 된다. 그러나 막상 그곳에 가는 그 순간 몸이 움츠러들었다. 까마득한 낭떠러지에서 들려오는 소리, 그건 울음소리였다. 끊어지지 않는 울음소리였다. 바다의 울음소리. 아니다. 바다 영혼의 소리였다. 우우웅 우우우웅 우우우웅.

'내가 어떻게 이곳에 서 있는지?' 기가 탁 막히는 두려움 한 발짝 내어 디디면 꺼꾸러질 것이다.

'아 아아! 하나님 아아아 하나님! 아아아 바다여 바다의 신이시여! 하나님 하늘에 계신 하느님 무섭습니다. 바다의 신이시여! 미처 몰랐습니다. 창조의 신만이 위대하다 믿었으나 바다의 신이 얼마나 위대한지 모르고 살았습니다.'

난 무릎을 꿇지 않아도 온몸이 바다에 던져진 듯 몸이 떨렸다.

'알겠습니다. 믿음을 굳건하게 지키면서 바다의 신이 있다는 사실로 생명의 신으로 자연의 어머니라 믿고 살겠습니다.'

난 생각나는 대로 마음으로 고하면서 한참을 서 있었다. 주술을 외우는 점쟁이처럼.

우우우웅 우우우우웅. 바다는 여전히 울었다. 아닐 수도 있다. 우는 게 아니고 말하고 듣고 말하는 것일 수도 있다. 하늘과 마주하고 하늘에 하나님 아니 하나님과 세상 걱정을 하는지도 모른다. 난 더 있다가는 몸을 날려 바다로 갈 수 있다는 생각에 그곳을 벗어났다.

'아! 이건 현실에서 경험한 신의 소리였어. 난 똑똑히 들었다. 살아있는 소리를…'

"하느님은 보이지 않는 신으로 늘 곁에 계신다. 누구든 간절히 원하면 불꽃으로 꽃송이로 나타나시니 그건 영적으로 진실한 믿음 속에서 보는 눈이 맑아야 볼 수 있는 믿음의 진실이다."

이 말은 어머니께서 내게 한 말씀이었다. 날 데리고 어렸을 때 성당에 가셨으나 중학교 입학과 사춘기가 찾아온 때 난 반항했다. 그 후 성당에는 안 갔다. 어머니는 안타까워하시다 내게 들려준 말을 난 기억하고 있었다.

"엄마, 다 뻥이에요. 하느님이 어디 있어요? 보셨어요?" 그렇게 묻는 내게 들려주신 말씀을 이제야 깨달았다.

가거도에서 하룻밤 보내고 엄마한테 문자를 찍어 보냈다.
"엄마 걱정하지 마세요. 오늘 오후에 갑니다. 내일 성당에 같이 가요. 할아버지께도 말씀하세요."
"주성아 고마워. 기다릴게."

성당에 갔다 왔을 때 엄마의 고백 같은 말을 들었다.
"왜 네 여자 친구랑 헤어졌니? 너 없을 때 찾아왔더라. 너랑 교회에 다녔었다고. 나도 알고 있었다. 난 성당에 나가는데 주성이는 성당이 싫다고 해서 참고 기다리기로 했다. 기독교나 가톨릭이나 예수님의 은혜를 기리는 마음은 같은데 따져보면 진리는 같다. 혜란이가 우리 주성이를 잘 인도하여 예수 그리스도를 믿으니 그것으로 기뻤다. 하지만 혜란이는 주성이가 자신을 떠났다면서 슬퍼하더라. 너 정말 혜란이가 싫으니?"
"싫은 것보다는 실망했어요. 전 결심했어요. 아닌 건 아니니까요. 믿음의 삶은 정신에 바탕을 둔 진실이어야 해요. 믿음을 가장한 사업은 아니라고 봐요. 혜란인 그게 좋은지 교회에서 살다시피 해요. 영생과 천당을 파는 믿음은 옳지 않아요. 오래전부터 고민한 결론인데…."

'인간은 말을 하고 글이 있어 배우니 온 세상에 궁금한 것이 많은데, 크거나 작거나 날 감동케 하면 소중한 것이니 위대한 신이 아니어도 마음이 가는 대로 사랑이라. 작은 풀꽃에도 있을 영(靈). 그 영으로 살아서 시들어 죽을 때 소진되는 영. 살아있는 것들은 모두 영이 있느니 움직이고 꿈틀거린다.'

아 바다가 울었다. 난 살아있는 소리를 잊지 않는다.

"하느님 제 생각이 틀렸나요. 하느님은 영원한 불멸의 신이시고 바다는 무슨 신이라 합니까? 용왕님 그렇다면 바위에 새겨진 보살상으로 미소 짓는 바위가 살아있다는 사람들의 생각이 마음속에 있다면 바위도 영으로 살아나서 부처님을 받드니 그도 신이라 합니까? 누군가 돌일 뿐이지 신이 아니랍니다."

'무겁고 죽은 돌에 생명을 불어넣은 석공의 혼신 정성이 무딘 돌을 일깨워 부처님의 가르침을 인자한 얼굴 속에다 집어넣어 천년이 지나도 그대로 만인에게 비추니 천심이라 한들 그릇됨은 없을 것이다. 창조의 위대한 신도, 자연과 인간과 동물과 곤충과 온갖 나무와 식물을 만들어 함께 살도록 땅을 주셨으니 어울려 살 거라 하셨다. 옳음을 쫓아 살아라. 인간이 죄를 많이 지으니 수없이 날 부르고 반성하고 속죄하라. 날 믿는 것으로 지은 죄가 사하여 질 것이라 믿기보다 진실로 선하게 살다 오너라.'

난 오랜만에 편하게 잠들어 자면서 꿈을 꾸었다. 하느님을 만났고 부처님을 보았으며 온갖 자연의 일원과도 만났다. 사람이 자연의 모습을 보고 느끼고 감동을 한다. 오감을 가졌기에 뛰어난 감정을 표현할 수 있는 것이다. 사슴은 좋아하는 초목의 먹이 색깔을 구분할 수 없지만, 그들에게는 냄새를 맡고 맛을 아는 특별함이 있다.

오늘이 3월의 둘째 주 일요일이다. 할아버지 모시고 성당에 갈 생각에 늦잠의 달달함을 뒤로 하고 알람 소리가 나는 순간 벌떡 일어났다. 아버지는 늘 바쁘시니 얼굴을 마주하기도 힘들었다. 가끔 아침밥상에 둘러앉아도 할 말이 없어 밥 먹는 소리만 듣기가 일쑤였다. 그나마 학교와 공부 탓에 마주하기 힘든 시간이 자그마치 6년이었다.

"주성아! 대학 가니 좋으냐? 힘들었겠지만 학창시절이 좋은 거다."

"여보! 주성이가 성당에 나간대요, 오늘부터. 그래서 감사기도 잠깐 합시다."

"그럼 나도 나갈까? 난 약속은 못 해. 매 주일을 지킬 자신이 없어. 사업하다 다 미뤘더니 습관처럼 되었어. 일의 노예가 되고 보니까 모든 게 낯설다 할까? 마음에서 떠났으니까."

"그래도 난 당신을 믿어요. 마음은 그대로라고 언젠가는 돌아오겠지요. 하느님 아버지 아버지의 아드님 예수님 감사합니다. 우리 식구 모여 성령께서 늘 곁에 함께 하심을 알기에 오늘도 대화 중에 두 분의 말씀을 합니다. 우리 아들이 돌아왔습니다. 하느님과 예수님 품으로 축복을 주시어 감사합니다. 아멘."

할아버지가 먼저 "아멘"으로 끝나길 재촉하는 듯해서 나도 따라 "아멘" 했을 때 어버진 밥상을 내려다보시며 "밥 먹게 어서 끝내어 주소서." 하고는 날 쳐다보시며 웃는다.

버스 회사를 운영하는 몇 명의 주주 중 한 명이신 아버지가 언젠가 성당에 나갈 것이라는 기대만 했던 엄마의 바람이 내게로 쏠렸다. 입시생이란 배려도 엄마의 사랑이었으니 신이신 하느님께서 모를 리는 없다.

창세기(創世記) 구약 성서의 제 1권 천지창조의 시초에 관한 이야기와 창세기원(創世記元) 유태력에 기원 전 3761년 10월 7일을 이르는 말이다. 과학적 근거보다 천지간 가운데 자연의 생성을 근거로 한 성령의 말씀이 아닐까?

난 아직까지 모르고 있다. 감리교회에 근 3년을 다녔으며 성경책을 읽었어도 믿음이 얕아서도 그렇고 사실 혜란이와 연애하느라 왔다 갔다 했었다. 그런 내가 믿음이 있고 성경 말씀을 올곧게 들었겠는가?

마음이 있어야 생각하고 하루를 보내면서 감사하고 내일을 위해 기도할 수 있는데 난 건성이었다. 반성한다. 그런 자만으로 교회를 다녔고 혜란이에게 바라기만 했던 사랑을 했으니 참 이기적이었다. 밥상을 물리고 칫솔질을 하는데 핸드폰이 울렸다. 난 대충 물을 물어서 뱉고 핸드폰을 열었다. 그런데 끊어졌다. 혜란이었다. 빨리도 끊는다. 난 기분이 나빠지려고 해서 핸드폰을 침대 위로 던졌다. 엄마는 설거지로 바쁘고 아버진 벌써 나가셨다.

"주성아! 10시 반이면 나가야 해. 가까워도 미리 가서 여유로운 마음으로 미사를 봐야 한다. 네 누나는 여행 중이니 혼자 한다."

할아버지는 내가 좋아서 말 붙이려고 일부러 내 방문까지 오시어 말하고 계실 때 엄마 목소리가 들렸다.

"오! 혜란이가 웬일이냐? 이렇게 일찍. 교회는 안 가고?"

"네. 가야지요. 어머니 안녕하셨어요?"

"으응. 잘 있었어? 주성아! 혜란이가 왔다."

난 가슴이 뛰고 있음을 느끼면서 할아버지 뒤를 따라 현관문 밖을 보았다. 마당가 목련나무엔 하얀 새가 떼를 지어 날아와 앉은 듯 목련꽃이 피었다.

"들어오래두, 저기 서 있구나."

어머니는 행주치마를 벗으며 종종걸음으로 방으로 들어가 외출복으로 입으시고 가방만 들고 나오시며

"바빠서 그러니 주성아 니가 혜란이 맡아." 하신다.

내가 현관을 나서는데, 목련나무 아래서 목련꽃을 바라보는 혜란이가 목련꽃빛의 정갈한 모습으로 서있다. 어찌나 희고도 하얗게 목련나무처럼 보이는지 뛰어가서 껴안고 싶었다.

"어쩐 일이야? 일찍이도 왔네."

"생각할수록 분해서 따귀라도 한대 주려고 왔지."

우윳빛 피부가 매력적인 혜란이 가지런한 이를 드러내면서 웃으며 농담을 건넬 때 견딜 수 없어 살며시 어깨를 쥐었다.

"말해 봐. 쳐들어 온 거니? 때리러 온 거니? 자! 때려라. 맞아준다."

"사실은 나 성당에 나가고 싶어서야. 고요함 속에서 하느님을 만나려고. 그러려면 네가 필요해. 난 하느님보다 주성이가 더 좋아. 니가 떠난 뒤 알았어. 정말 외롭더라. 넌 얄미워. 어쩜 그렇게 냉정할 수 있어? 나도 교회에 안 갔어. 냉담(冷淡)의 시기가 찾아온 까닭인지 한동안 생각했어."

"목사님이 어떤 할머니가 치아가 없이 사노라니 고생을 하던 중 하나님께서 가엾게 여기시어 새 이를 주셨다는 간증(干證)을 듣고 거짓말이라고 생각이 들었을 때 실망했어. 늙으면 아기가 된다고, 이가 빠지고 잇몸으로 살던 할머니가 하얀 이를 보여주면서 웃으니까 사람들은 박수 치고 "할렐루야" 하는데 난 실망했어. 그 할머닌 임플란트로 심었으니까. 그리고 금가루를 어떻게 교회 곳곳에다 하나님께서 뿌렸다는지. 그도 뻥이야. 그때 너도 말했어. 난 그냥 그렇게 속아주면서 교회의 떠들썩한 분위기가 좋아서 다닌 거야. 거기다 니가 함께여서 좋았어."

"솔직하게 말해줘서 고맙다. 하나님을 빌미삼아 순진한 사람들을 모아놓고 사업을 하고 있는 거야."

그때 엄마는 할아버지를 모시고 나오신다.

"혜란이가 성당에 간다네요. 아마 개종을 하려나 봐요."

"그러니? 혜란아, 맞니? 그렇다면 6개월 교육을 받고 세례를 받아야지. 잘 생각해서 하거라. 교리가 같은 것 같아도 기독교와 가톨릭은 다르다. 하느님과 예수님은 같은 선상에서 따로 앉아서 가여운 어린 양을 보살피지만, 하나님의 영을 받들어 세상으로 보내져 죄를 짓고 고통을 받는 인간이 가여워 그 죄를 짊어지고 십자가에 못 박혀 죽으니 인간으로 나신 예수님의 은총에 인간이 무릎 꿇어 감사한다. 예수님의 어머니 성모 마리아님을 받들어 모시는 건 당연하다. 믿음의 진리는 같지만, 성모마리아 추앙은 가톨릭교회가 유일하다. 그러므로 기도서도 다르고 축원문도 다르고 성모송(聖母誦)이 성모마리아께 바치는 기도문이다."

"어머니 저 교육받고 세례도 받겠습니다."

오늘처럼 따스한 봄날이 언제였는지 봄 햇살이 하얗게 쏟아지고 하늘은 그늘 없이 열려서 몇 점의 구름마저 솜사탕처럼 떠선 바라보다니 입맛을 다시게 만든다.

■ _16집, 엄마를 닮았다

1950년.
한국전쟁이 일어나고 피난길을 선택할 것 없이 "왜 전쟁이 났지?" 그건 유식한 물음이 된다.
엄마와 난 "난리가 났데." 그걸 서로 알려주기도 시시한 것처럼 무덤덤하니 방구석을 지켰다. 엄마는 먹고살기에 급급해서 남의 집 밭일로 받은 삯으로 곡식을 받아 죽으로 하루를 연명해도 조금씩 모은 곡식이 없어 굶을 때를 대비했다.

살림살이가 늘어난다는 건 생각지도 않지만 시집올 때도 치마끈으로 졸라맨 허리춤에 참빗과 얼개 빗이 귀하게 여긴 듯 이불, 요, 베개 등이 전부였었으니 시집온 그날부터 시댁의 살림도 장독 서너 개와 사발 그릇 몇 개, 그리고 쌀 씻는 바가지가 크고 작은 데로 쓰임에 맞게 있어 그나마 다행이었다. 그 시절은 모든 게 귀해 바가지도 꿰매 쓴다는 걸 보고 알았으니 그나마 시어머니 성격이 깔끔해서 부뚜막에 말리고 햇볕에 말리어 늘 뽀송한 바가지가 마음에 들었다.

　게으르고 깔끔치 못하면 바가지는 곰팡이에 꺼멓게 썩는다. 이고 온 물동이째 물독에 붓고 항상 퍼 쓰는 바가지가 동동 떠 있게 마련인데 퉁퉁 불어 무거워지면 썩게 마련이다.

　엄마는 시집와서 배운 시어머니 솜씨를 시집살이로 여길 만큼 살림을 배웠다. 첫딸인 날 낳고 시어머니인 할머니가 돌아가셨다. 아버진 직업이 없이도 술에 취해 돌아왔고 어느 때는 나가면 며칠씩 집을 비우고 소식도 없었다.

　엄마의 삶이 새끼를 품고 사는 외로운 표범처럼 홀로 남겨져 먹고 죽지 않으려고 발버둥 친 게 무리였던 게 병들은 표범이 무슨 힘으로 먹이 사냥을 하겠는가. 엄마는 자주 드러눕고 식은땀으로 후줄근해서 일어날 때는 오줌이 마렵거나 내가 배고플까 봐 마지못해서였다. 이때 내 나이 7~8세 학교에 들어가 공부를 한 건 엄마가 해준 큰 선물이었다.

"몸살이 났나 봐요."

　일도 못 하도록 앓아누운 엄마를 찾아온 석봉이 할머니께 말한 어머니의 낯빛은 굳은 납빛이었다. 거기다 잔기침을 시시때때로 해대는 엄마를 보고 병원에 가 진찰이라도 받아보라는 이웃들이 있었으나 몸살감기라는 말로 사양하였다. 뻔히 알고 있는 돈 걱정인데 병원은 형편상 갈 생각이 없었다. 명 길면 살고 운명대로 맡기는 삶인데 없는 사람에게 인생이란 없다.

짐승들이 먹이 사냥으로 잡아먹으며 살아가며 언제 내일을 걱정하는지… 몇 번의 시도 끝에 사냥에 성공한 초식동물 사슴이건 누우 목줄을 물어 숨을 못 쉴 때 나무 위로 올리는 힘 표범의 능력이 곧 타고난 것이지만 경쟁을 피해서 자신을 보호하려는 생존본능이다.

남편의 무관심으로 의지할 데 없이 사노라니 기죽은 난 암표범 같은 억센 생활력도 있었으나, 병들어 내 몸 추스르기도 힘들다. 병원에 가자면 살 의지로 용기가 필요한데 쌀 항아리에 말라웃 남은 곡식이 떨어지면 새끼 하나도 굶길까 두렵다. 겨울을 났으니 온 들에 푸른 잎이 바람에 너울댈 것이다. 그건 들에 나가 일하라는 재촉이다. '그까짓 몸 성하면 산 사람 입에 거미줄 치랴.' 산골도 골 따라 논밭이 있는데 마을로 불리는 동네서 농사로 먹고사는데 논배미가 손바닥만 하다. 밭뙈기가 머슴 발바닥처럼 생겼다고 일 안 하고 놔두면 풀밭일 테고 농사철에 허리 아프고 손 아프게 일해야 추수철에 거둘 게 있는 게다. 그렇게 악착스럽게 일해서 남은 양식을 팔고 한 가마니 만들어 장례로 놓고 모래성을 쌓듯 허물어 다시 쌓고 그렇게 해서 모은 거로 금 답 마지기 장만한 금자네는 부자가 되어 사람을 쓰고 머슴을 둘씩이나 두고도 일손이 모자라서 우리 엄마를 날마다 부르더니 몇 해 전부터 하룻낮은 그네 금자네서 살았다.

"사람은 복을 타고나야 해."

엄마의 한 마디는 자신을 두고 한 말이란 걸 난 나중에 알았다. 특별한 음식을 훔쳐 몰래 싸 들고 온 것처럼 들고 와선 날 먹이면서 하는 말에 목이 멘 건 초등학교 졸업과 함께 집을 지키고 있을 때다. 부침개 한쪽에 부스러기 그리고 떡도 쑥떡이었고, 비계가 붙은 돼지고기도 있었다. 난 정신없이 먹으면서 얼마 만에 먹어보는 기름진 음식인데 생각은 따로 내 친구고 같은 반이었던 금자는 중학교에 들어가서 까치 에리가 있는 교복과 빨간색 가방을 들고 기계 주름의 치마를 입고 운동화를 신고 읍내로 향하는 걸 목격할 때는 쥐구멍에라도 들어갈 수 있다면….

그런 모멸감에 아예 만나지 않게 피하고 있었다. 거기다 엄마가 그 집에서 일을 한다는 게 싫었다.

"그래서 복을 타고났어야지."

난 엄마의 탄식을 가슴 아프게 느끼면서 커 가고 있었으나 일탈을 꿈꾸기엔 아직 어렸다. 아버지의 협조 없이 가난을 면하기는 쉽지 않았다. 똥파리도 제가 살 환경이 필요한데 말하자면 똥 밭보다 거름더미에는 똥 덩이가 마르지 않아 구더기가 되는 애벌레도 잘 살고 성공한 똥파리가 되는 것 아니면 부잣집 뒷간을 찾아서 맘 놓고 까놓는 파리 엉덩이면 암컷은 성공한 것이 된다.

엄마는 열심히 노력해도 뒷받침 없는 남편의 협조 없이 입에 풀칠도 내가 있어 힘들 것이었다. 흙집인데 방 두 칸이 아래위로 일자집에 부엌이 있고 소나무 기둥 없는 토담집 형상은 네 기둥 없는 돌이 축대여서 세월이 30년이 지났다. 비바람에 무너지지 않고 견뎌낸 건 집에 비해 돌 축대가 너무 컸다. 그건 멀지 않은 곳 산성이 무너져 돌이 여기저기 처박힌 것을 할아버지가 집을 짓겠다는 생각으로 달밤이면 집으로 날라다 놓은 것이었다. 축대뿐이 아니었다. 일자집을 돌로 깔고 흙 돌로 지었으니, 겨울은 따뜻하고 여름은 습기 없이 시원했다.

장가라도 갈려면 내 집이라도 있어야지 막내로 태어난 할아버지 근면함은 집 한 채가 마련되었고, 장가들어 외동아들을 낳고 땅마지기 장만하느라 강원도 태백 탄광에서 일하다 진폐 병에 돌아와 일 년 만에 죽고 보상이란 게 있었는데 그 옛날 보상금이 쌀가마니로 해결되어 1년 양식은 되었다. 남편의 게으름은 건달도 못되고 반건달로 놀음판에서 살면서 집에 양식까지 퍼내는 밤 쥐 행각은 말릴 수도 없어 엄마는 쌀을 감추기도 했다.

"늙든가 병들면 돌아오겠지…."
그런 악담 같은 바람도 언젠가는 뉘우치고 '새사람이 된다면…' 그런 기대도 마음이 갖는 행복인가 몰라도 난 아무래도 병들은 암탉처럼 모래 속에 주둥이를 박고 꾸벅꾸벅 졸 듯 온몸이 땅으로 꺼져가는 것이었다. 예삿일은 아닌 듯싶어 귀신의 놀음인가 그런 생각에서인가 엄마가 날 불렀다.

"옥자야! 니 장바우 북쟁이네 가서 '엄마가 오시라 합니다.' 전하라. 인사 먼저 하고 그리해서 모시고 오니라."
병원에는 못 가도 점쟁이는 데려다 점을 칠 요량인가 보다. 그런 생각은 잠깐 스치고 용하다는 북쟁이 점쟁이가 알아서 고쳐 준다면 얼마나 좋을까. 난 그런 생각에 달음질치듯 가서 우리 집보다 더 나을 것 없는 흙집에 초가지붕을 바라보면서 썩지 않고 반듯한 싸리문을 냅다 밀었다. 역시나 북소리가 들렸고 반기듯 지근지근 얼르듯 '등드등 등드등 등등' 소리가 부드러웠고 왼손에 잡은 대나무 채로는 매 장단에 흥을 돋우며 부르르 부르르 몸을 떨었다. 마복이 나이는 몰라도 예부터 상것이라 했는데 상투를 지붕 삼는 갓이 웬 말인가. 테두리가 빈약해 제비집 같고 주걱처럼 긴 얼굴에 얌체처럼 올라탄 갓이 얼굴 상판을 더욱 길게 만들어 곤충으로 보면 내가 제일 무서워하고 싫어하는 사마귀였다. 그건 뾰족한 아래턱 때문이었다.

봄이 무르익은 양력 4월에 음력 2월이 윤달이 들어 이른 꽃이 피어 지고 지금 영산홍이 붉고 붉은 때라 양 문을 열어젖히고 주술을 외우면서 신명이 올라서 춤이라도 추고 뛰어나올까 싶었다. 옥자는 그림자를 감추면서 방문을 비켜서 서 있었다. 날 보았을 것이다. 싱글싱글 웃던 눈을 옥자도 보았다. 그런데 끝날 줄 모르는 북 단장에 신명이 나게끔 하는 소리뿐 아니라 들어도 모를 주술과 맞추는 북소리는 아마도 떠도는 귀신들까지 불러 모으는 것인가 싶었다. 5분을 기다렸다. 그 5분이 얼마나 지루하던지 그냥 돌아서 나오고 싶었으나, 엄마 생각에 참았다.

"다 미신이야. 학교서 배웠어. 선생님이 말해주셨어. 미신이 성한 나라는 국민이 미개하여 순수한 반면 어리석다. 난 나중에 크면 점바치 찾아가지 않을 거야."

그런 생각이 옥자의 붉은 입술을 쏘옥 내밀게 하면서 땅을 내려다보고 검정 고무신을 뒤꿈치로 박고 한 바퀴 돌았을 때 "갓난아 이리 오느라." 그 말이 들릴 때 지근거리던 장구 소리가 멈추었음을 알았다.

"너의 나이 몇 살인고?"
"열셋이라요."
"생일은 아나?"

난 입이 나오게 심통이 났는데 더 말해 줄 마음이 없어 우리 엄마가 모시고 오라 한다는 목적을 말해서 물음을 피했다. 난 인사로 허리를 굽히고 돌아섰다.

"고놈아 성깔 있구만. 버르장머리가 없는가."

댓돌 위로 보이지 않았던 흰 고무신을 신고 점바치는 어험어험 하면서 "갓난아! 네 집이 어디냐? 네 아버지 성씨가 누구냐?" 묻는다.

"김 가고 긴 장에 날 생(金長生)입니다."
"오호라 알것다. 딸 여식은 잘 두었구만."

난 집도 알고 내 아버지 이름 석 자도 알려 주었으니 뛰다시피 앞장서 왔다.

"많이 아파시오"

엄마는 날이 더운데도 춥다고 이불을 덮고 있으면서 점바치가 오니 일어나 앉는다.

생시를 묻고 눈을 감고 주술을 외던 점바치가 눈을 뜨면서 탄식하듯 한 말은 "이 집 안에 검은 귀신이 방문을 지키고, 하나는 방에 앉아 있군."

"검은 귀신이면 저승사자 말입니까?"

"잘 알고 있네. 그려 여간해서 나갈 귀신이 아니야 작정하고 기다리는데."

마복(馬卜)의 말은 염라대왕의 말보다 더 믿는 눈치로 보이는 어머니 얼굴은 물기 빠진 밀대같이 파리가 앉아도 꺾일 듯싶었다.

"마복님 어찌하면 좋을런가 말해 주십시오."

"어험 내 이 집을 잘 아는 처지라 어흠 어흠"

헛기침을 참는 시늉의 소리 두어 번으로 눈치를 살피는 마복의 입이 맛난 메뚜기를 먹듯 뾰족한 턱을 양옆으로 움찔대면서 맛있게 먹는데 더는 말은 시키지 말고 알아서 하라는 듯 두 눈을 다시 감는다.

"굿을 벌일 형편이 못되니 주술로 달래고 북으로 얼러서 보내면 어찌 안 되남요?"

"내가 가진 게 쌀 1말가웃이니…."

"알겠어요. 오늘 밤 내로 합시다. 하루빨리 보내야지 검은 귀신을 쫓아내야지… 헌데 이 집 딸 여식이 몇 살인가? 생일은? 아 나이는 13세라 무인년생 생년월일 섣달 초하루 면 팔자타령에 밤 술시라 고독하여 달 보고 짓고 어둠 속을 보고 짓는구만. 지금 시상에 혼자 살기는 어렵고 쯧쯧 나 마복이 딸로 살면 좋겠구먼."

안방과 윗방을 넘나드는 바라보는 눈빛이 무섭고도 싫어 옥자는 안방으로 넘어가 버린다. 그래도 궁금해서 몸을 숨겨서 듣는다.

"그런 말 마시오. 내 하나밖에 없는 자식이오. 옥자 사주팔자가 어떻길래 그런 말씀 하신대요?"

엄마도 언짢았는지 잔기침을 몇 번인가 하면서 내 팔자를 묻고 있었다.

"에헴 헛헛하네 그려. 그 귀한 여식이 엄마를 닮지 않았겠소. 생김새뿐 아니라 팔자도 그러하니 남의 자식으로 살면 땜질이 될런가⋯."
"그런 방법도 있습네까?"
"박복하여 부모덕이 없으니 서방 복은 있을런가?"
마복이 말이 전혀 근거 없다고는 못한다. 내 팔자가 그러한 건 살아보고 겪었으니 내 딸이라도 달리 살아야지. 밖이 더 좋은 남편 집을 비운 지도 한참이다.
"내 생각해서 그리하지요."
"어험! 그건 그렇고 일은 어떻게 할까?"
"오늘 밤부터 해 주어야지. 무서워서 어찌 살아요."
"옥자야 인사드려라."
엄마는 날 불러 세우고 있었다.
"옥자야, 옥자야⋯."
힘도 기도 빠진 목소리로 몇 번인가 불러대는 엄마의 기진한 목소리가 옥자를 몸살 나게 하여 숨겼던 몸을 참새처럼 팔랑 내어놓고 고개를 숙인다.
마복은 아들이 절름발이로 평생 늙을 것을 생각해서 눈독을 들인 것이다.
"내 집에 살면 배불리 먹을 것이다."

그때 가는 날이 장날인가 소낙비 쏟아지고 몰고 간 송아지 고삐 풀리고 한다는 말이 있듯 집 나간 남편인가 서방인가 문을 열고 들어온다. 뒷다리 잡고 들어오는 계집이 있었으니 골골하던 옥자 어미, 옥자 거기다 마복이까지 잠시 입을 닫고 있다. 마복이 먼저 넉살을 놓고 일어난다.
"얼굴도 잊었소. 같은 이웃에 살문서 참으로 오랜만이오. 나 마복이오."
"점바치 양반이 우리 집은 웬일로? 참으로 기괴한 일이구만."

"아! 척하면 알 일이제. 이 집은 작은데 저승사자가 둘씩이나 기다리니 떡이라도 대접하여 보내드려야지 않겠소. 거기다 손님까지 모시고 왔으니. 어허험."

둘레 테두리 좁은 갓이 덜렁덜렁 떨어질 것처럼 흔들리게 헛기침을 하면서 일어나는 마복이를 흘겨보는 남편 김장생의 말이 있었다.
"내가 있는 한 어림없어. 배지가 불러 똥 비지가 그득한가? 무신 굿이여…."
"어느 계집까지 데려온 양심에 개털이 났길래 가장이라고 큰 소린가?"
옥자는 엄마를 붙들고 불안한 눈으로 시선을 둘 곳이 없어 엄마 등 뒤에 앉아 버린다.
"옥자 니 뭐하냐? 아비가 왔는데 인사도 없고. 어서 밥해라."
"쌀 지고 왔어요? 밥하라고 손님 모시고 왔습니까?"
"왜 이래? 미쳤어? 챙피하게."
"돈 벌어서 사 먹으면 되는데. 겨우 밥 먹으러 왔습니까?"

엄마는 말하기도 힘든 듯 벽에 기댄 채 눈빛은 싸늘하니 식어 있었다.
사실 가끔 하는 행동인데 여느 때처럼 입 닫고 있다. 밥이나 해주고 보냈으면 했지만, 몸은 아프고 또 계집질을 집으로 데려와서까지… 몇 번인가 죽지 않으면 까무러치기다 딸도 다 큰데 이래야 사낸가 싶어 배신도 참고 고생도 참고 다 참았으나 더 참을 일인가. 오죽하면 아래 윗방 드나드는 문을 못질까진 못하고 여닫이 농짝을 놓고 이불을 얹었다가 불편한 데다 아예 밖에서 살다시피 하는 서방이라 밀쳐놓고 있었는데 또 여자를 끌고 오다니 악에 받친다.

그동안 참고, 참고 산 세월이 얼만데 무시를 당해도 어느 정도지. 토방만

한 방구석에 새끼줄로 긋고 선을 만든 것 같은 윗방에다 몰아넣고는 등잔불만 껐는데 암흑천지가 되어버린 건 북쪽으로 낸 손바닥만 한 동상뿐이고 그나마 못 한 개 박아 무명 수건을 걸면 빛이라곤 새어 들어올 수 없으니 은근한 달빛을 쫓아 버린 날은 귀를 막고도 잠들 수 없었다. 그래서 앞 다지농을 놓고 이불을 올려선 덮지 않고 날밤을 새웠다.

"이젠 나 죽고 너 죽자. 내가 뭣 때문에 입 각고 귀 막고 날밤을 새우는가 말이다. 병들어 죽을 기운도 없는데 귀신 놀음이라니. 아니 저승사자가 둘이나 시커멓게 지킨다니 그런데 저들이 적선은 못 하면서 훼방을 놓느라 하필 날 잡아 왔어. 나가, 어서 썩 나가라고. 늑대도 그럴 순 없을 거고 표범 호랑이라도 염치는 있는 법이여. 어서 나가라고 아가 보고 뭘 배울라나."
"뭣이여, 니가 아들 하나 못 낳고 쓰잘떼기 없는 거 누가 낳으라 했냐? 날더러 늑대니 호랑이니 사자라고 내가 늑대 같은 짐승이면 널 잡아먹지 그냥 두고 보갔니? 옥자야 밥 지어라."
토담집 벽이 구멍이 나도록 옥자를 불렀다.
"쌀 한 톨이 아까워 못 한다."

엄마는 딴 사람 같았다. 헐떡거리는 숨소리와 기침을 심하게 하고는 입 안에서 나오는 시커먼 핏덩이를 두 손으로 받아선 안방의 두 사람에게 던지고는 쓰러졌다. 엄마는 죽은 듯이 누워 있었다. 그걸 보는 옥자는 엄마를 붙들고 울었고 아버지와 여자는 도망치듯 나갔다. 엄마는 쓰러진 뒤 일어나지 못하고 그 밤에 숨을 거두었다. 점바치 마복이 말따따나 저승사자가 데려갔는지….
졸지에 고아 아닌 고아가 되어 혼자서 밥해 먹고 죽을 수도 없는 용기로 며칠을 지냈을 때, 마을 사람들이 수군대는 소리를 들었다.
"옥자네가 폐병이었다네. 그 병은 못 고친다고 하드만. 에그 무서버라.

저 철없는 옥자가 알아서 이불도 빨고 집도 깨끗하니 해야 하는데 말로라도 해줘야 쓰겄네."

난 이불 빨래도 하고 햇볕에 말리기를 며칠간 했다. 누가 있어 먹고 산데 밥은 할 줄 알고 하니 먹을거리만 있으면 먹고 살 것인데 원체 없는 집이 많아서 지금 때가 해방되고 고작 1년이 지났다. 옥자는 밤이 무서웠지. 빈 땅에서 푸릇한 싹이나 잎새가 보이면 뜯어다 먹고 남는 건 말렸다. 못 먹는 것은 독버섯이지 푸른 잎은 먹어도 탈이 없었다.
점바치 마복이 욕심으로 옥자를 데려갈 마음으로 찾아 왔지만, 나이에 비해 야무지고 철든 옥자는 마복이가 싫어 단호하게 싫다고 했다.
틈틈이 남의 집 아이를 봐주고 제철 채소나 알든 감자 캐는 날이면 한 삼태기를 얻어다 윗방에다 가마니를 깔고 두었다. 안 그러면 쥐들이 가만 놔두지 않고 쪼아 먹든 갉아서 남아나지 않는다. 그럭저럭 크는 나이로 옥자는 1년 새 제법 처녀티가 났다.

곱상한 게 엄마를 닮았다는 말을 듣고 있지만 아는 사람들은 며느리 삼겠다던가. 며느릿감으로는 점찍지 않았다. 옥자 엄마가 폐병으로 핏덩이를 쏟고 죽었대서였다. 그놈의 병은 전염성이 높아 말을 섞어도 옮는다는데 지 엄마 젖을 먹고 죽을 때까지 함께 지내고 한방에서 살았는데 의심의 여지를 두고 아예 아이를 보게 할 일인가. 며칠 맡길 걸 후회하기도….
그런데 옥자는 얼굴이 복숭아꽃처럼 고왔고 무르익은 복숭아처럼 탐스러워지면서 중매쟁이가 들락거렸다.
그간 전쟁이 났고 뒤숭숭한 시국이 구름처럼 흘러서 갔으며 피난살이 떠나지 않고도 무사한 산골이었으니 인민군을 본 사람도 없었다. 이곳이 바로 섬마을인가 달동네인가.
옥자 나이 17세니 꽃이면 백일홍이면 좋을 것이나 한여름 붉고도 붉어서 가을볕에도 붉을 텐데. 손톱에 물들여 잘려 나갈 봉선화꽃이니 붉고 고운데 한여름 소나기에 후줄근하니 떨어지고 깨알 같은 씨만 흩뿌리고 젖은 땅에서 싹 틔운들 눈물 나게 여리다.

옥자의 모습에서 보게 된 순정 어린 외모에 탐내는 건 당연하여 돈 없는 집 아들에 돈 안 들고 장가보내기 이보다 적당한 혼처가 어디 있겠는가.

집 나갔던 옥자 아버지가 여자를 데리고 와서 안방을 차지하고 임신을 하고 새엄마라는 것이 옥자로서는 의지할 지푸라기 같은 존재가 되었다.

세상살이에 찌들어서 억세고 수완이 있어 반건달인 아버지를 휘어잡고 텃밭을 일궈 채소라도 가꾸게 만들었다. "가장이면 한 푼이라도 벌어서 들어올 때는 내어놓고 큰소리치는 게 가장이다."라며 어르고 닦달로 버릇을 고치고 있었다.

남편의 덕이 없어 고생만 하고 세상을 떠난 어머니는 복이 없었다는 생각이 들었다. 새어머니는 내게 야멸차게 일을 시켰으나 사내아이를 낳고도 새우젓 장사로 나서고 돈을 벌었다. 집안을 꾸려나가면서 아이를 내 등에 업혀선 이 마을 저 마을로 데리고 다니면서 아이에게 젖을 먹이면서까지 새우젓 장사로 돈을 벌었다.

"내 딸이라오." 누가 묻지 않고 긴가민가 살피는 눈빛에도 반응하며 "내 딸이요. 맏딸은 살림 밑천이라고 저 아가 지 동생을 어찌나 귀히 여기는가 모릅니다."

사실 등짝에 오줌으로 퉁퉁 붇고 힘들었으나, 이 마을 저 마을로 다니면서 생일 집도 잔칫집도 만나니 맛난 음식도 먹고 배고픔도 없으니 그걸로 다행인가 싶었다. 그럭저럭 세상 구경도 하고 세월은 가는 줄도 모르게 흘러서 옥자 나이 18세가 되었다. 그러고 보니 꽃 시절을 맞이하고 난 봄의 계절에 피어난 꽃이었다. 업고 다니던 동생도 3살이니 업어줄 나이도 아니고 젖을 먹을 까닭도 아니어서 집에서 같이 보낸다. 아버지는 늦은 아들을 두고 보니 딴사람이 되었다. 돈독이 올랐을까 서너 고장의 장날을 돌면서 소금과 새우젓을 팔고 집에 있을 때는 나무를 해서 지게에 지고 와 부엌 한쪽에 차곡차곡 쌓았다.

"옥자야! 땔 나무 아끼라이. 가까운 산은 벌겋게 드러나 나무도 없다."

옥자는 부엌 살림살이도 맡았다. 그런대로 재미도 있었다. 빨래하고 동생 재동이도 잘 따라주고 갖은 재롱도 보아왔기에 정이 들었다.

"시집가서 살림 잘하고 신랑 귀염 받고 잘 살아야지."

이웃 할머니도 덕담을 하면서 우리 엄마 고생한 걸 꺼낼 때 눈물이 났다. 나이 18세가 시집갈 나이라고 보는 어른들 말이 똑같았다.

"고생 많이 하고 자랐으니 시집가서 잘 살아라."

이때 중매쟁이가 쭈구리 밤 바구니에 생쥐 드나들 듯 할 때 새엄마는 신이 나서 날 보내려 하고 챙길 것을 챙긴 지도 몇 번인가 모른다. 새우젓 팔러 동네마다 비린 맛을 풍기고 다니면서 내 얼굴은 새우젓 냄새와 같이 팔려서 한 마디씩 듣게 된 말은 "시집보내도 되겠어. 참하게 컸네. 내 중매 설까?"

"아직은 이아 없으면 안 되어. 스무 살은 되어야 시집보낼 거요. 이자 이 태면 갓 스물이니 그때 보낼 거요."

새엄마는 으쓱 어깨까지 올렸다 내리면서 송아지 흥정하듯 하면서 날 위하는 척 값을 올렸다. 그건 밥 한 끼 얻어먹는데도 효과가 있었다. 어느 집이고 다 큰 자식은 있었고 곱상한 내 얼굴이 밉상은 아닌지 그냥저냥 침을 삼키고 있었다.

중매쟁이는 참빗 얼개 빗 한 쌍을 선물로 가져와선 제천읍내 찐빵 장삿집 아들이 19공탄 공장 기술자로 일해서 돈을 잘 번다며 20살도 되기 전 졸라대고 있었다.

그 시절에 참빗, 얼게빗 한 쌍이면 괜찮은 선물인 데다 씨암탉을 산 채로 그물망에 넣어 왔으니, 새엄마보다 아버지의 낯빛이 고목나무에 푸른 잎이 돋아나는 형상이다. 어느 날 약속대로 신랑감과 시어머니 될 어르신 그리고 나이 들어 보이는 신랑감 형수가 찾아들었다.

수줍게 만난 신랑감 첫인상은 말 구루마꾼 같은 체격에 얼굴은 구릿빛에 눈동자는 깊이 박힌 검은 눈이 인상적이었다. 그렇다고 큰 키도 아니어서 작달막한데 강인한 느낌은 툭 불거진 가슴팍 때문이었으며 목과 허리와 다리가 삼등분으로 고만고만하니 앙증맞았다. 중학교도 다녔다니 나보다 낫고 읍내서 살고 가게도 차렸다니 먹고 사는 데는 걱정 없을 거라는 중매쟁이의 말에는 일리가 있어 보였다.

단둘이 방에 있을 때 처음 보는 여자 손을 잡으면서 쏘옥 박힌 눈을 생쥐의 까만 눈알로 웃으며 "사랑합니다."

눈과 달리 찢어진 입은 해 질 녘 입 다물고 시간에 맞추는 진보랏빛 나팔꽃을 닮아서 윗입술이 두껍고 아랫입술을 눌러서 덮는 입이 그래도 듬직한 인상이어서 믿고 의지할 만한 배필로 보았다. 신랑감이 새어머니에게 잘 보인 건 귀한 사탕 과자를 듬뿍 사서 동생에게 주고 고깃근은 넉넉하게 끊어왔기 때문이다.

곱살한 얼굴에 막 피어난 꽃인데 먼 이웃 마을서도 혼처가 나섰으나 소문이 돌아 쉬쉬한 적도 있었는데 그건 생모인 엄마의 죽음이었다. 폐병으로 죽었다. 알기 쉽게 병명은 극단적인 광고로 결핵이란 의학적인 병명보다 사람들 입에서 입으로 옮겨졌다.

"옥자 할아버지도 그 병이나 마찬가지였지. 머신가 진폐 병이 다 그거여."

나중에는 싸잡아서 몰아갔지만, 옥자 나이 18세에 방금 핀 꽃이면 장미같이 예뻤다. 1950년 중반에 먹고살기도 힘든데 병원 가서 진찰받고 미리 치료할 형편인가.

명 길면 살고 전쟁통에도 피난 가지 않아도 총알 구경 못 한 채 거뜬히 살았는데 명이란 타고난 운명이라고 하늘이 점지한다잖는가. 운명이란 말은 인간에 가장 믿고 의지가 되는 말이고 문자였다. 살면서 겪는 불행 앞에서 바로 포기하고 무릎 꿇는 단념이란 푸념이었다. 나라를 빼앗기고 살기 위한 것 그건 생명을 유지하려는 식욕을 충족시켜 주는 먹는 것이었다. 초근목피로 근근이 유지한 목숨이 해방되었다 하여 나아질 일인가. 거기다 전쟁의 발발로 총부리에 쫓기는 토끼고 개, 돼지일 뿐 사람의 권리와 자유는 쫓기듯 달아나는 것이 다였다.

배부른 자 만족은 없듯 사자란 가젤을 놓치고 아쉬움뿐이고 죽음을 피한 가젤은 펼쳐진 풀밭의 푸르름은 몰라도 먹이로 보아 금방 겪었던 죽음을 잊고 오물오물 먹는 게 행복이다.

"아! 숨이 차다. 그 이유까지 생각한다면 초식동물 가젤인가?"

하늘도 한가로운 구름 몇 점이 떠 있고 바람은 더운 바람이 불어와 풀밭을 휘젓고 같은 또래 가젤들이 100미터 앞에서 옹기옹기 모여 있는 걸 보는 순간 기뻤다.

"우린 같은 가젤이야. 뿔이 없는 건 암컷 우릴 유심히 보는 저 잘난 뿔을 자랑하는 수컷이야."

"아! 난 기쁘고 즐거워."

옥자는 아프리카는 책에서 읽은 그대로 사나운 사자가 가젤을 잡아먹는다는 것은 알고 있었지만, 옥자가 보아온 건 징그러운 뱀, 개구리, 산토끼, 그리고 고라니가 있었다. 익숙한 소, 돼지, 그리고 닭, 오리가 전부지만 읍내 장터가 옥자의 먼 거리의 생활 반경 속에서 유일하다. 그 읍내서 살고 직장도 탄가루로 찍어내는 구공탄 공장에서 일하고 돈 벌어들인다는 신랑감에 마음이 갔다. 거기다 시어머니는 맛난 찐빵 장사라니 옥자의 관점에서는 그것도 좋았다.

신랑감이 거친 말 같고 작은 키는 야물어 보여 소문에 듣자 하니, 말 구루마꾼 노릇도 했다 한다. 트럭 같은 차들이 속속 생겨나고 짐 자전거가 웬만한 짐은 실을 수 있어 말 구루마로 먹고살기는 쉽지 않겠다는 판단을 했다. 땔감이 가장 중요한 생활방식이 되고 보니 손으로 떡메로 찍던 걸 기계로 10배는 빠르고 수량도 많이 나오는 현대식 공장에서 일한다니 직업도 마음에 쏙 들었다. 큰일은 단박에 해치워야 한다는 게 혼사다. 오래 미뤄야 아가씨 임신에 배불뚝이 모양새로 결혼식을 치른다는 말이 있다. 서양식 결혼식이 점차 많아지고 있었으나 가난한 살림에는 오래전부터 해 오던 구식 결혼이다. 무엇이든 새로운 것도 알아야 하듯 초례청을 차려놓고 대추, 밤이 있고 원앙 한 쌍이 사랑의 증표다. 한 쌍의 부부를 상징하고 눈알이 벌겋게 충혈된 수탉, 암탉을 바구니에 담아 주저앉힌 건 비단 보자기다.

설달 초승께 선보고 다음 해 봄 3월에 결혼식을 치르고 생전에 엄마와 지내던 방에서 신혼 첫 밤을 보냈다. 초라하기 그지없는 첫날밤이었다. 엄마가 살아있다면 이런 대접은 받지 않았을 것이다. 그 흔한 신혼여행도 못 가고 새어머니가 차려 들여놓은 개다리소반엔 삶은 닭과 술 그리고 밤 대추 떡이 있었다.

친정에서의 마지막 밤은 등잔불 아래 조촐한 다과상이었지만, 엄마를 대신한 새어머니의 마지막 성의였다. 신랑은 옥자의 마음을 모르고 벙실벙실 두꺼운 입을 비틀어 대며 술을 벌떡벌떡 마셔댔다.

봄 3월 밤 초승달이 칼날처럼 떠선 별빛으로 비추어 밝은 밤을 만들기엔 빛이 멀고 흐릿했다. 초승달 빛으로 어둠을 베일 뜻은 조금도 없다는 듯 동쪽으로 솟은 산 그림자 속에 날카로움을 감추고 있었다. 흙담 벽에 기대어 엿듣는 개구쟁이들을 쫓아내고 능글맞은 총각들이 신방을 지켜보는데 초저녁 등잔불이 꺼진다.

신랑의 손길은 억세고 힘이 있었다. 신랑은 옥자를 흰 요 위에 눕혔다. 옥자는 참새처럼 가슴이 뛰었다. 처음 당하는 남자의 욕망에 꺾기는 작약의 꽃 몽우리가 소리 한 번 지를 수 없이 무참히 떨어질 때 맑은 핏물이 맺혀선 마를 때 그 아픔을 누구라 알까. 봄밤이 짧다지만 길고 긴 밤이었다. 그 밤을 술 냄새를 풍기며 놓아주지 않는 신랑. 얼마나 힘이 좋은지 지치지 않고 밤새 다섯 번이라는 성교는 얇은 옥자의 가슴을 짓뭉개어 지치게 만들었다. 첫날밤의 예의도 없는 수사자 같은 섹스는 두고두고 못 잊을 성 착취였다. 찢기는 아픔도 아랑곳없는 짐승 같은 행위를 사랑이라 했다.

시댁에서의 결혼생활이 억압 같은 성생활로 지쳐갔다. 구척장신의 시아버지, 그리고 신랑이 닮았을 작달막한 시어머니, 막내 시동생, 신랑 밑으로 시누는 시집가서 없었다. 부모 같은 시숙 내외와 그 바로 밑 시숙도 결혼하여 타지방에서 살았으니 셋째인 우리 내외가 시부모님과 같이 살게 된 것이다. 다섯 식구 살림살이에 지친 데다 밤마다 신랑의 성 착취가 더해져 옥자 몸은 쇠약해져 갔다.
거기다 임신이 되고 보니 몸져눕게 된다.
"아니 남 안 낳는 애를 가졌나? 비실거리게. 난 다섯을 낳아 길러도 열 식구 살림살이 다 하고 살았다."

옥자는 알고 있었다. 병이라는 걸 엄마가 앓았던 병이었음을 결핵균의 발병이란 전염되었다가 환자의 건강 악화를 틈타 무섭게 발발하여 죽음에 이르게 한다.
옥자는 엄마에게서 균을 호흡기로 혹은 음식으로 받아서 치료에 힘쓰고 영양식에 요양을 필요로 하는데 결혼과 함께 낯선 환경에서 시집살이를 하니 힘에 겨운 것은 당연하다. 거기다 신랑의 욕구에 임신까지 했으니 죽음 속으로의 초대를 받은 것이나 같았다. 아이는 낳자마자 죽었다. 시부모님의 눈살을 견딜 수 없는데 신랑마저 불평이었다.

"애도 제대로 낳아 기르지 못하면 일이라도 잘하던지. 남편 비위라도 맞추든가."

노골적인 학대는 자존심도 꺾고 마음을 불안 속으로 처넣고 병든 몸을 짓밟는 형국이었다. 쇠약해지면 밥맛 입맛도 모르고 모래알을 씹는 격이라 산송장이나 다름없었다. 산송장이 인권이 있을 리 없고 사람으로 치지도 않았다. 골칫덩어리로 똥 덩이면 치우면 되겠지만, 골골대면서 목숨은 붙어 있으니, 친정에 사람을 보내 딸을 데려가라고 했다. 친정 다녀온 심부름꾼은 옥자 부친과 새어머니 되는 그들의 똑같은 말을 듣고 와서 전해준다.

"출가외인이 제집을 두고 오다니 무슨 법이오? 죽어도 그 집 귀신이 되는 게 당연한 이치로 예부터 그것이 법이오."

그 말을 듣고 가만히 있을 시댁인가. 그 길로 동네 밖에 방을 얻어 옥자를 짐 보따리처럼 리어카에 태워 이불 하나 옷가지까지 단박에 처넣고 갔다. 그건 친정집인 사돈을 무시한 처사지만 억센 새어머니의 입을 막는 말에 기가 꺾인다.

"병이 있는 걸 내 집에 보내놓고 내 자식까지 신세를 망쳐놓고 무슨 개뼈다귀 같은 소리야. 지어미를 닮아서 복도 지지리 없고 남의 집까지 망치려 드는데 못 데려가겠다면 할 수 없지. 내쳐야지. 나중에 딴소리를 말기요."

사람을 보내도 안 되겠는지 시어머니가 직접 찾아와 작은 몸에 당차게 쐐기를 박은 뒤 일사천리로 방을 얻어 쫓아낸 건 진작부터 음모가 있던 것이다. 청상과부로 있는 건강하고 억센 여자를 점찍은 시어머니는 옥자를 보내야 데려올 테니 서두른 것이다.

이미 아들과 과부는 눈이 맞아 몸을 섞은 뒤여서 하루가 급하고 죽음을 앞둔 산송장을 치워야 홀가분할 것이라 생각했다. 급한 대로 방을 얻어 보냈으나 날이 새면 들여다보는 건 과수댁과 신랑이었다. 병간호하는 이 없이 식은 밥덩이나 멀건 죽을 가져다 놓고는 먹었나, 안 먹었나, 살피면서 살았다. 이불에다 쏟은 핏덩이가 말라붙고 기침과 동시에 각혈로 죽음을 앞에 놓고 숨을 헐떡이는 옥자는 오늘도 밥 한 그릇을 들고 문을 열어보는 여자 뒤로 신랑이 있었다.

"여보! 방이 차서 추워 잠도 못 자요. 나 집으로 데려다줘요."
숨을 헐떡이며 애원하는 옥자다.
"나까지 병들어. 너의 운명은 너나 가져. 너의 엄마도 똑같아서 죽었잖여. 니가 우리 집에 와서 한 게 뭐 있는데? 어서 죽는 게 널 위해 날 위해 좋아."
본시 딸은 엄마 팔자를 타고 난다는데 그래서 닮는다고 말하던데 일어나려고 발버둥 치던 옥자가 있는 힘을 아니 죽을힘으로 일어나 앉은 채로 두 연놈을 쏘아보더니.
"그래 닮았다. 우리 엄마도 나도 남편을 잘못 만났고 시대까지 못 만나서 병들어 약 한 첩 못 먹고 병원도 못 가보고 죽었다. 너네는 백 년 천 년 살다 오너라. 내가 기다리고 있겠다. 짐승 같은 인간들."

시어머니가 불평을 털어놓고 건강치 못한 걸 친정어머니 탓이라며 어찌 그리도 닮았냐고 몰아붙인다. 옥자는 엄마가 보고만 싶고 그리웠다. 눈물은 어디서 나오는가 눈물은 마르지 않고 목구멍에서 올라오는 시커먼 핏덩이는 식지 않은 채 생 돼지 피 맛처럼 비릿하다. 마지막 쏟은 피는 옥자의 야윈 손을 적시었다.

"넌 짐승이야. 난 사람의 눈으로 널 보았으나 생각을 하고 그렇게 느낀 것이 슬프지만, 난 지금 이 순간은 내가 사람이라는 게 싫어."
옥자의 마지막도 각혈로 물들었다.

■ _17집, 저수지

　물을 가두어 놓은 시설이다. 편리한 시설물이다. 논밭 가뭄에 대비한 인공저수지는 마을이 생겨난 뒤 마을의 역사가 된다. 역사에 근거해 추측건대, 축조한 지 이백 년 많게는 삼백 년은 됐다. 물이 있으면 살기에 좋아 사람이 모여들고 짐승도 찾아오듯, 물이 넉넉한 곳은 땅이 비옥하니 옥토라 한다. 마이산을 타고 내려오다 너른 섬진강을 사이에 두고 경상도와 호남의 첫 문이 되는 전주와 이웃한 산을 경계로 한다. 하늘의 눈인 듯 저수지가 송구산 아래 맑은 눈으로 개천마을을 내려다본다. 물이 넉넉하여 하늘의 은혜로움을 받았다는 사람들의 말대로 살기 좋은 마을임이 틀림없다.
　그래서인가 1950년 6월 25일 전쟁 때도 전쟁의 피해 없이 지냈다. 전쟁이 끝나고 나서 천지의 은혜라고 마을 사람들은 두 손을 모았다. 송구산 500년 소나무가 아홉 그루가 솟아 바위산은 가뭄에도 그늘을 드리워 마르지 않고 산 아래 저수지엔 물이 고여 넘치는 일 없이 잘름잘름 일렁인다. 높고 낮은 논밭을 고르게 적시도록 넉넉히 도와주니 개천마을은 배곯은 적 없이 평화로웠다. 개천저수지로 불리면서 넘쳐나는 물이 마을을 에워싸고 흐르니 잘박잘박 발등을 적시고 흐르는 물은 마른 적 없이 나지막한 산과 산 사이로 빠져선 산을 넘으면서 또 다른 마을을 지나서 섬진강으로 들어간다.
　어디 그뿐인가 저수지 물을 가두고 연못을 만든 집이 하나둘인가. 이 마을의 터줏대감으로 남은 박태성 영감은 예순을 살고도 구순이 내일모레다. 살아있는 마을의 산증인이 이 마을서 태어나 자랐으니, 개천마을의 역사라고 저수지 내력까지 훤히 꿰뚫고 있었다. 박 영감도 일제 강점기에 태어나 그 시절을 겪었고 고생도 많이 했다. 6.25 사변 때 17세로 2살이 모자라 학도병에 끌려가지 않았지만, 난리도 피해 송구산에 숨어 있었다. 한밤중에 달빛 마중으로 마을로 와서 또래들과 함께 오늘은 누구네 집, 내일은 우리 집 또 육촌 간인 집, 그렇게 떠돌며 여름을 보냈다. 가을과 겨울도 방 따숩게 불 때고 살고 나니 총소리도 듣지 못하고 어느 겨울에 전쟁이 끝났다.

이 모든 게 송구 저수지 덕이라고 했고 나 박태성도 그렇게 믿었다. 물이 있으니 저수지 가에 왕버들이 살고, 하나둘 늘어서 빙빙 돌고 그늘이 차니 물고기가 구물구물한다. 햇살이 만든 윤슬처럼 고기가 뱉어낸 물방울이 반짝거린다. 박 영감이 늙어가면서 집 대문 왼쪽으로 연못을 만들고, 심은 연뿌리가 꽃을 피우니 몇 뿌리를 저수지 한 귀퉁이에 심고 창포도 저수지 변에 심었더니 푸른 창포꽃 노랑꽃이 피어 저수지 물 위에 흔들리는 실루엣으로 비친다. 마음은 젊으니, 감성에 젖어 봄날의 낭만을 즐긴다. "심은 대로 나고 크는 너. 난 즐거워 하니 좋구나." 박 영감은 느끼면서 나오는 대로 지껄인다. "뿌린 대로 거두소서." 이건 소리가 있는 신의 앞에서 하는 말로 기도문인가. 내가 하고도 바른 손으로 심장을 눌러 감사의 기도를 하면서 말이다.

내일이다. 하늘이 날 부르면 가야지 아니 오늘 밤 안으로 갈 수도 있겠다. 사는 날까지 고마운 게 많아서 기억하고 잊고 살았다. 농사가 천직인데 농사도 못 하고 매일 마을을 돌아서 저수지 한 바퀴 걷는 게 낙이다. 나보다 세 살 아래 육촌인 박태우 역시 지팡이 짚고 같이 매일 한 바퀴 돌고 왕버들 아래 앉던가, 소나무 아래 앉아서 별말이란 건강에 대한 정보다. 그 끝엔 저승으로 소풍 가듯 즐겁게 갔으면 싶다는데, 고생 덜하고 식구들 앞에 잠자듯 갔으면 하는 것으로 죽음을 두려워하는 것이다.

해가 바뀌고 봄이 오고 꽃이 피었다. 4월에 그 많은 꽃이 지면 봄보리 푸른 잎 사이를 헤집고 어느새 보릿대가 올라와선 보리 싹이 통통 여물어 제 살을 위해 잎을 말려 누렇게 만든다.

"동상. 우린 저 보리 잎이지. 성냥을 그어서 불똥으로 사라질 재란 말이지…"

"보리 알곡이 여물게 거름인 것이지요. 형님 똑바로 하는 말인데요. 살아 있어 알곡도 먹고 꽃도 보는 긴데, 죽다니 그건 눈물 나는 거요. 사실인즉 죽는 건 싫지만 한번은 죽어야지유. 진시황이 불로초를 먹어도 죽었듯이 구하다 못 구해서 불로초라는 버섯을 먹고 백두산서 살다 호랑이한테 잡혀서 먹혔다고 하더만. 그게 다 소용없는 짓거리란 말입니다. 그러니 지가 이 참에 쓸 말로 말씀드립니다. 보십시오. 이 저수지는 일제가 우리 조선 사람을 머슴으로 부려 만든 저수지라. 하지만 사실은 우리 마을 밀양박씨 종중 어른들을 데려다 만든 것으로 역사로나 법적으로 증명된 사실인데, 낯모르는 외지 사람들이 와서 낚시로 물도 더럽히고 쓰레기와 담배꽁초로 볼 수가 없어. 우리가 치우지 않으면 어찌 됩니까. 그래서 생각한 일인 게 들어 보시고 결정합시다. 낚시꾼에게 자릿세 텃세라고 돈을 받고 이 저수지 보존을 위해 청소도 하고 지킴이로 정해서 수고비도 주고, 역사와 전통이 있는 개천마을 낚시터로 만드는 것이지요."

"나도 동생도 나이가 있는데, 그 일을 어찌 벌리겠는가?"

"마을 사람 전체가 나서서 하면 못 할 게 없지요. 이장 김시호도 있고 경로당 회원이 있으니, 오늘이라도 방송으로 모여서 의논하면 무슨 일이든 못하겠습니까?"

그 말이 있고부터 박태오 영감은 서두르고 박태성 영감은 뜸을 들인다. 사실 낚시란 일이 없어 놀기로 고상한 취미고 정서적으로 인내를 요하니 시적(詩的)이고 언어 없는 오케스트라로 자연의 고요함의 소리를 감상하듯 찰나의 희열에 온몸을 떠는 놀라운 감격이 바로 동동 떠 있는 찌의 움찔거림을 가슴을 조이면서 바라보는 간절함이다. 찌가 흔들리고 물속으로 꼴딱꼴딱 가라앉았다 떠오르다 사정없이 움직이면 큰놈이 걸려든 게다. 흥분과 함께 만날 물고기를 상상하면서 조금씩 다가오는 찌가 줄에 끌려올 때

언뜻언뜻 보이는 물고기 형태가 얼마나 예쁜지 이미 입술은 벌린 채 물속 깊이 그늘진 빛만으로 큰지 작은지 어림잡지만, 놓치지 않는 게 제일이다.

놓치고 보면 보고 싶은 얼굴도 못 본 채 실루엣으로 짐작하는 아쉬움이 남아서 언제까지 기억에 남는다. 그 지루한 기다림을 왜 한데 얼굴 까맣게 타고 짜증 나는 기다림, 무슨 취미래? 아내의 잔소리가 있어 듣기 싫어서 나왔던가, 아니면 인생살이 고달파 손맛 보고 잠시 머리를 식히고자… 별별 이유가 있겠으나 취미치고는 고상하다. 도를 닦는 데도 순서가 있고 이유가 되는 까닭 있는 인생철학이 있는 법이다. 메기나 퉁가리 잡아 매운탕에 소주잔이나 마시면 얼마나 좋은가. 기분이 날아갈 나이스다. 그게 아니라면 싱싱한 물고기를 잡아 펄떡거리는 몸놀림에 짜릿한 흥분을 느끼는 순간은 하늘에 있을 연못을 꿀꺽꿀꺽 들이마시는 기분이 아닐런가… 취미도 가지가지 많지만, 돈이 덜 들고 잡았다면 공짜라고 10㎝ 고기면 30㎝ 월척을 낚았다고 자랑할 것이었다.

"겨우 30㎝야. 난 잉어 50㎝ 이상을 낚았지…"

낚시꾼이 거짓말은 당연한 철학으로 심리학적으로도 인정한다. 거기다 낚시를 좋아하면 혼자서라도 훌쩍 떠나는 이들이 많다. 바람이 솔솔 불어서 물살을 간지럽히고 물가 수초가 바르르 떨다 쉬다 떨다가 잠시 잠을 잘 때가 낚싯줄을 던져 드리우고 가장 편히 기다린다. 기다림의 도 수행 첫 번째 가르침이다. 옆에 낚시꾼이 없어야 기다림도 배운다. 물을 휘젓는 낚싯줄도 물살이 되고 실보다 가늘고 투명한 거미줄이 되는 것을 바란다. 담배도 태워 빨고 냉커피도 마신다. 그러나 말을 안 하고 웃을 일도 없다. 혼자인 것이 그래서 낚시와 잘 맞는 침묵이고 기다림의 인내의 도와 소통이다.

삶을 늘 바쁘게 살아가는 이들은 하는 일을 벗어나, 직업의 지루함에서 잠시 벗어나 잠시라도 멈추고 싶어진다. 마음의 숨을 천천히 쉬면서 취미에 맞는 자기 일을 하고 싶어진다. 머리를 식히고 재충전하기 위한 몰두. 누구나 그런 욕구는 있다. 몸을 움직여 땀을 빼는 운동 등산도 있겠고, 축구도 있고, 고급에 속한 골프도 있지만, 세상을 앞서가는 AI 콘텐츠 책을 읽는 방법도 있다. 책을 손에 들고 언제 다 읽을 일인가 손가락으로 까닥 건드리면 다 알게 되는데 머리가 무겁다면 낚시를 하자. 바다낚시로 거물 고기만 생각하면 먼바다까지 가야 한다. 바쁜 현대인은 시간상으로 무리라서 가까운 낚시터를 선호한다. 인터넷으로 몇 군데 알아서 찾아간다. 물고기가 입질을 자주 해서 기분이 좋고, 기다린 만큼 낚는 짜릿한 손맛도 있어야 한다. 술이 좋으면 기다림을 위한 인내 해소로 옆의 사람과 마실 수도 있지만, 낚시꾼의 정서는 본시 조용한 가운데 시간과 싸움, 물고기와의 신경전이다. 물 흐름까지 곁눈질로 흘겨보는 것도 낚시꾼의 습관이다.

낚시는 신선놀음이다. 그런 말이 있었던 게 사람들 말인가 보다. 신선놀음에 도낏자루 썩는다. 결론의 말이 극단적이나 뭔가 웃어도 좋은 교육적이다. 개천마을이 깊숙한 산골이라도 물이 좋아 찾아오는 사람으로 소문이 나서 등산객도 자꾸 는다. 낚시꾼이 평일에도 여남은 명이나 있어 마을 사람 인심에 기름을 친다. 잘난 돈과 계산을 한 박태오 영감의 말에 마을은 한여름 모깃불에 살을 찌우는 듯 연기를 피워댔다. 모깃불 앞에 앉아서나 마을회관 쉼터로 만든 에어컨 바람을 쐬면서나 낚시사업 이야기로 꼬박 3일째 온 마을이 시끄러웠다. 그 시끄러운 끝에 내린 결론은 착착 진행형으로 이장과 총무가 주관한 마을 살림에 집집이 낸 한 달의 회비 1만 원과 나랏돈이 매달 식비로 남은 것이 기백만 원으로 낚시터 조성에 모두 찬성이었다. 나무 그늘에 의자 놓고, 그늘 없는 곳엔 비치타올이나 파라솔인가, 햇빛 차단 우산인가, 양산인가를 쓰고 앉아서 모였다. 이장이 메모한 걸 읽으니 아주머니 아저씨가 알아듣고 고갯짓하고 손뼉으로 응대한다.

"그라고요, 큰 천막도 하나 세울까, 합니다. 비가 세차면 나무 의자에서 쉬면서 라면이라도 끓여 먹을 수 있고 추위도 녹일 게 아닌가 싶기도 하고요. 그래야 회비도 받고 우리로서는 떳떳도 하고요."

"그란디. 연못 아니 저수지가 그리 크지 않은디. 물고기가 꽤나 있을랑가 몰러."

박태성 영감의 느닷없는 지적에 조용해진다.

"맞아유. 일 년에 가을 한철 고기 잡아 매운탕 끓여 마을 잔치를 하는데 타지 사람의 입맛에 맞도록 낚시가 잘 될라나 그도 걱정이네."

박태성 영감의 조카뻘인 박영길의 말에 다시 술렁인다.

"그건 걱정 없지. 잉어도 많이 있고 붕어도 씨가 꽤나 굵고 메기도 퉁가리도 있는 데다 미꾸라지도 많잖어. 마을 잔치에 미꾸라지면 충분했어."

적극적인 박태오 영감이 나서고 긍정적인 말에 짠물을 들이켠 염소 새끼처럼 몇몇 사람이 웃고 있다.

"그건 양식하는 델 알고 있으니, 처음엔 사다가 풀어놔 주면 새끼도 나고 치어가 되면, 다음 해는 성어(成魚)가 될 텐데 걱정할 일은 아니요. 그러고 저수지 마주한 자리에 현수막을 크게 걸을 일입니다. 낚시는 취미나 저수지가 오염될 일에 개천마을 모든 사람의 의견에 따라서 한 사람당 5만 원을 1개월 회비로 받고 사용을 허락할 것이니 이유 없이 동의해 주십시오."

"개천마을 전화번호 대표 박태성, 박태오, 이장 김시호."

현수막에 쓸 말도 준비한 이장이 큰소리로 읽는다.

마을이 생기고 처음으로 그럴듯한 일에 의견이 분분해야 하는데, 고령의 나이로 반대라도 하려면 뭔가 알아야 한다. 마을을 위한 것인데 눈깔사탕부터 입에 넣고 달콤한 맛을 생각하면서 반대라니 경우가 아니다. 처음부터 초치고 무슨 맛인가 묻는 심술궂은 시어머니를 좋아할 리 있겠는가. 그냥 해주는 밥 편하게 먹을 일이다. 모두 그런 눈으로 앉아서 착한 아이처럼 듣고 있었다. 객지로 나가서 살고 있는 자식들이 있는 집은 농토를 늘릴 수 없는 형편이다. 품앗이로 지어도 텃밭에 힘이 부친다. 먹을 건 심고 모종도 하고 씨 뿌리는 날에 자식들을 불렀다. 평생의 일이고 직업인 농사에 손을 놓고는 불안하다 산 입에 거미줄이야. 그건 아닌데도 빈 땅에 풀을 키우며 바라볼 일인가. 잘 자란 곡식에 흐뭇한 즐거움은 말로도 수다 떨 일은 없다.

그 즐거움을 행복이라 여기고 살면서 온몸이 성할 리 없지만, 몸을 사리고 걱정까지 한 사람을 이 자리에 한 사람도 없다. 박 영감은 마누라가 하늘로 간 지 십여 년이고. 큰아들까지 트랙터를 몰다가 나뭇단과 뗄 나무목을 싣고 언덕진 산비탈서 굴러 쑤셔 박힌 사고로 장애인으로 살아가고, 며느린 안팎의 일로 박 영감과 같이 늙어간다. 그래서 땅도 줄이고 먹을 만큼의 양식만 하고 밭뙈기는 농부를 꿈꾸는 젊은 사람에게 빌려주고, 주인으로 행세하지 않는 것에 다행이라 여긴다.

박태성 영감님 마음속으로 차차 이 저수지 사업에 동참시킬 생각이었다. 손자는 처음부터 농사엔 관심이 없었고, 결혼도 안 했다. 모 정당의 골수 당원으로 권력자의 발가락으로 살면서 기회를 노리고 있었다. 보수에 가깝고 원칙과 정의에 앞장인 박 영감이 진보에 눈살을 짓고 "도둑놈, 나쁜 놈"하면서 색깔론에 열 올리던 때, 그건 젊은 한때다.

"하느님 감사합니다. 용왕님 고맙습니다. 하느님 계시고 빗물을 내리시어 농사로 살았으니 부처님 자애를 가슴에 품고 아직 죽지 않고 살게 하시니, 제발 우리 아들 내 앞에서 죽지 않게만 하여 주시고, 우리 손자 장가들어 자식 낳고 키우다 보면 옳고 정의와 공존과 나라 사랑이 무언지도 알 일이니 착한 정당에 몸담고 나라 위한 일만 하도록 인도해 주십시오. 그리고, 제일로 불쌍한 며느리 건강을 위해서 제 기력도 며느리한테 다 주고 싶은데 제 바람을 들어주시오."

며느리도 늙었으니, 경로당에서 가끔 쉼을 할 나이다. 오늘도 음식 장만에 동참하고 간 건 나 때문이다. 중늙은이로 아직 젊은이로 보는데도 다 내가 있어서다. 삼 년 전 대권 선거 때 손자가 대권후보 선거운동 차 잠시 내려와 마을에 이앙기 한 대를 마련하여 공동으로 쓰도록 한 것도 싫은 자신의 집을 위한 것도 되었고 쉬쉬하고 보수당 후보를 능가할 세와 돈이 많은 후보를 그놈의 양 발가락으로 뛰는데도 확신이 있어서다. 막강의 힘 그건 조직력에 근거한 당원이고, 막강한 돈의 위력이고, 머리가 좋아 비상한 언론 플레이로 누군가 속고도 모르는 거짓이었다. 늙었다.

　박 영감이 배곯으며 먹은 나이도 그렇고 인생살이가 겪은 고난의 세월도 구름같이 떠돌다 사라져 갈 때 정치사도 격랑의 강물처럼 흘러갔다. 그러나 역사로 남을 만큼의 아픈 수난이었다. 인생사 같은 세월인 짧은 세월이 영광된 나라란 자랑보다 슬프고도 발전된 민주주의 탄생이란 말로 아이러니로 생각이 들 때까지 사람들은 저마다 무슨 생각을 하였을까? 정권이 바뀌고 누구 어느 정권이 나라를 위해 국민을 위한 정치를 했는가. 물을 수 없는 백성은 알고도 참는다. 일 못하고 말로 때우고 보여주기식 정치만 한다. 권좌만 노리고 국민을 속이는 부정의 정치. 일 잘하고 애국 정치에 칭찬 없는 반대로 시끄러운 국회 다수당의 폭거를 박 영감은 보았으니 알고 있다.

　손자의 길을 막을 수도 막을 힘도 없다. 한번 진보면 끝까지 진보냐? 그건 본인의 일로 이데올로기 사상에 근접한 자유의 선택이다. 마을의 공동물로 사용한 저수지가 개천마을의 소유라는 명시가 없다. 세월에 따른 이권의 변화로 저수지를 마을의 공동사업에 끌어들인다는 데 기분이 왠지 석연치 않았다. 그건 계름 한 낚싯바늘을 빼지 않고 끓인 매운탕 맛에 빠져 낚싯바늘까지 삼킨 기분이다.

　사업이란 계획 있는 짜깁기식 움직임이다. 먼저 현수막을 걸었다. 저수지 둘레가 1㎞가 될런가, 세월이 있어서 나무가 하나씩 뿌리를 박고 있어 그늘과 물빛이 깊어져 저수지 둘레가 더 늘어난 게 아닌지. 한 바퀴 돌 때마다 숨이 차서 그게 저수지가 늘어난 게 아닌가 한다. 가끔 나이를 잊을 때도 있어 구태여 나이까지 세면서 증명해야 하는 건 싫다.

　마지막 의논으로 젊은 귀농인도 왔고 그럴듯한 아이디어로 라면과 매운탕도 끓여 먹을 수 있게 천막 안에 가스통도 두 개 놓았다. 거기에 냄비, 그릇, 수저, 일회용 컵과 서비스 차원에 커피도 있었다. 하루에 낚시비로 1만 원이라는데 1개월에 5만 원이면 공짜다. 이런 말도 젊은 귀농인들의 말인데 박 영감은 값이란 정하기 마련이다. 누가 낚시만 하러 오겠나, 한 달에 아마도 열 번도 못 오리라. 그런 생각은 낚시로 밥 먹고 살 수 없다는 것. 재미로 자연과 더불어 세월을 낚는 이들이나 일주일에 한 번 그렇게 따지니 낚시꾼이 손해다. 하지만 할 일 없어 날마다 낚시로 시간을 때우는 사람은 고기 잡는데도 특별난 재주나 솜씨로 월척을 서너 마리 잡아서 매운탕 식당에서 팔면 하루 용돈벌이는 될는지… 늙으면 몸과 머리가 같이 늙어야지. 셈은 느리나 생각은 조곤조곤 섧듯 한다. 어망의 구멍이 촘촘해야 잡은 고기 놓치고 빈 어망을 탓하겠는지… 치밀한 계획은 안 해도 어림이 눈대중이고 눈썰미가 저울이다. 많이 낚는 사람도 있으면 한 마리도 못 낚고 약이 올라 밤낚시까지 하면서 라면 국물에 소주까지 마시고 잠을 자는 이도 있을 거다. 그렇게 되면 밤새 모기에 뜯기고 고생만 했으니, 낚시꾼의 반반은 별별 소득 없는 일에 개고생이다. 그렇게 생각할 수도 있지만, 즐거운 외박의 고상한 취미라 여길 수도 있다.

며칠 새에 준비가 다 된 저수지 낚시터로 종종 찾아온 낚시꾼이 보인다. 그 둘은 아는 얼굴에 외면할 수 없는지 자기들이 늘 준비한 접이식 의자를 그늘이 작은 버들 아래서 잘 차려진 밥상을 멀리하고 앉은 빈객으로 눈살을 만들어 마을 사람들을 경계하고 있는 게 눈에 보였다. 그걸 지적할 사람은 박태성, 박태오 영감이었다.

"보시오. 미안스럽네만, 저 현수막대로 할라니, 오늘만 쉬었다가 다음엔 이대로 따라서 하시오. 마을의 환경과 저수지 오염을 막을 라니 규칙이오."

"영감님 너무 야박스럽다. 그런 생각이 드는디, 5만 원은 목돈이요. 솔직히 저수지에서 시간 때우지, 고기 잡은 건 어쩌다 한 마리고, 이웃한 사람의 정이라면 낚시회비라는 건 야박스럽습니다."

"할 수 없지요. 냇물이 잘잘 흐르는 데서 첨벙첨벙 뛰며 건지던가, 저수지로 스며든 물이 마을 농토를 적시고 넘치지 않게 개천물과 모여 흐르니 흐르는 물에서 사는 고기까지 못 잡게 해서야 쓰는가. 저수지는 개천마을의 어머니로 300년을 모시고 받들은 은혜로운 물인데, 하늘이 주신 물인데, 잘 건사하고자 함인데 와서 쉬고 낚시하는 사람의 선택인데, 안 와도 와도 상관없지만 이건 마을 사람들 의견이니 그리 아시게나… 절간이 싫으면 중이 나가지 절간이 나갈까…"

"그렇다면 매달 나누어 5000원이면 12달이니 6만 원, 1만 원이 더 하나 푼돈이라는 가벼움이 있어 낚시꾼은 그런대로 괜찮은 기분으로 놀다 갈 수도 있겠습니다."

"처음부터 말없이 하는 일이 추진되어 움직일 수 있는 일인가. 없던 일인데 말이 많으면 시끄러울 수 있다. 그건 본인의 생각이면 1만 원이 더 한 계산을 내고 받고, 쌍방의 거래로 이유가 없는 성사니, 시비가 없다면 그것도 괜찮지… 싫다면 조건 없이 해지다. 그런 말이지."

"암, 그렇지요. 형님."

박태오가 콧소리로 흠흠 한다. 낚시터로 전락한 저수지에 물고기를 한 드럼통이나 사다 풀어놓았다. 본격적인 낚시터로 되었고 비 잦은 초여름이라 논에는 물이 그득 차 있어 물 걱정도 없다. 마을의 농사꾼은 저수지로 출근 도장을 찍듯 들여다보고 낚시꾼이 몇 명이나 되는지 살펴보는 게 일이었다. 경로당 냉장고에 얼린 물병을 한 병은 들고 오는 건 사업상 배려고 흔히 말하는 서비스다. 잘하던 춤도 멍석 깔아놓으면 안 춘다더니, 평소에 있던 그 숫자를 넘기고 있었다. 돈이 흥정으로 물고기와 눈치작전이고 보니 오늘도 월척을 낚으면 땡벌이 수지나 5만 원을 하루 미끼로 삼는 일이다. 내일도 모래도 이건 낚시로 외화벌이다. 그런 계산 없이 회비로 아까운 돈을 지불하니 그것도 개인의 저수지도 아니고 연못도 아닌데, 없던 법을 만들어 소유권을 주장하고 사업장으로 돈벌이하려 하는데 맥 없이 줄 일인가. 밑천들인 행사에 먹고 마시고, 갈 때는 외화벌이로 곱은 가지고 가야지…

소박한 개천마을 사람들은 그냥 내어주자니 쓰레기로 낚싯밥에 저수지가 썩어지니 안타깝고 마을의 자랑인데 이래서야 안 된다. 오래전부터 마음에 두고 있었는데 오래 묵은 장독에 담을 게 많다고 했듯 마을의 두 어른이 낸 생각으로 마을에 보탬이 된다니 기대가 크다. 일에 사람이 있어야 하고 사업에 밑천이 들 듯 낚시터 만들기에 100만 원이 조금 더 들었다. 그 돈은 기다리면 나올 일이다. 한 달여가 지나니 낚시꾼이 모여들었다. 놀고먹는 두 노인 박태성, 박태오 영감이 날마다 새 손님을 받고 지키고, 일이 많은 이장 김시호가 총무로 바쁜 중에도 한 바퀴 자전거로 돌고 가고, 박 씨네 사위로 개천마을 사위로 정신없이 살고 있는 이장이다. 정식 낚시꾼이 총 스무 명에 다섯 명이 어디서 알고 왔는지 계산상으로 일 125만 원이었고, 저수지 낚시사업 장부에 적힌 돈 액수도 똑같다.

 애초에 긴가민가 낚시로 돈을 벌면 얼마나 되랴. 고마운 저수지가 낚시꾼에 시달려 오염되는 걸 어찌 보겠어. 아름다운 저수지가 물려받은 보물인 어버이같이 소중한 유산인데, 그냥 내어주긴 아까워서였는데 밑천을 뽑았고 물이 가득 찬 논엔 자리 잡고 크는 벼가 푸르게 자란다. 가끔 비 오는 데 도랑치고 논둑 돌아주고 미꾸라지 잡고 저수지 한 바퀴 돌면 건강에도 좋고 이래저래 누이 좋고 매부 좋고 일석이조(一石二鳥) 횡재다. 생각 끝에 내린 결론에 흐뭇도 하다. 그동안 찾아왔던 낚시꾼의 볼멘소리는 고기가 없어 낚은 물고기 세숫대야도 안 차도 심심해서 왔는데 손해 볼 일에 동참하는 건 그간 정이 들어서다. 그래서 말하는데 물고기 사다 풀어놓고 낚시꾼은 잡아야지 흡족해할 테니 낚시꾼이나 데려오시게. 오늘 저녁나절 막걸리와 매운탕으로 말허자문 한턱 쏜다 이거지… 박태오 영감이 입이 근지러워 탁 뱉어낸다.

 낚시꾼이 모여드는 시간대는 오후가 많고 오전에 와서 점심때 갈 사람은 서둘러 와서 물속을 누비는 월척이라도 건지면 도망가듯 간다. 자유직업에 마누라 속이고 한 두어 시간 있다가 간다. 눈치로 그동안 알고 본 낚시꾼의 행색이다. 가끔 젊은 남녀가 와서 먹을 걸 잔뜩 준비해 먹으면서 연애하는 재미도 보게 된다. 될 수 있으면 밤낚시는 금하지만, 그건 이쪽 마음이다. 모기 뜯겨가며 낚시할 일은 애당초 없을 테고 텐트를 가지고 와서 그늘진 나무 아래 폈다면 이건 야영할 것이다. 젊은것들이니 이건 대놓고 말릴 수도 없다. 돈을 받고 내어준 건 이미 허락이다. 그 전엔 아예 할 꿈도 못 꾸었다. 며칠이고 묵어갈 야영을 받아준다면 끝나지 못할 야영에 저수지는 몸살을 앓을 것이다. 그래서 또 걱정 속에 야영할 때는 1만 원을 더 내라고 현수막에다 써서 붙였다. 그러다 보니 사업은 사업이었다. 그런데 며칠도 안 되었는데, 송구산 넘어 송구마을 이장과 마을 몇 사람이 마을회관으로 찾아왔다. 목적은 괘씸죄를 따지고자 하였다. 개천마을 꼰대인 나와 아우인 태오 그리고 이장인 김시호를 만나서 의논할 게 있어 왔노라고 한다. 웃는 얼굴에 눈빛은 식었으나 목소리는 깔았으니 궁금하기 짝이 없었다.

"낚시사업은 잘되십니까? 이런 공동사업은 알려서 좋은 의견도 듣고 나누고 해야 잘 되는 법입니다. 군소리가 나고 시끄러우면 재수에 옴 붙어 망치게 마련이니 우리도 끼게 해주시오."

송구마을 이장인 장석구의 말이었다.

"그건 뭘로 보고 생각해도 경우가 없는 말씀이오."

이장 김시호가 눈을 곤추뜨면서 단칼에 옥수수가 달린 대를 잘라서 버린다는 식의 대답이다.

"아니. 이 저수지 이름도 개천저수지고 내 나이가 이만큼 되도록 살면서 이 저수지와 함께 살고 저 세상서 100살을 살고도 지금 세월을 살아가는 조상님이 20세기 현시대를 보면서 알고 계실 어르신들도 저수지와 같이 살고 가시면서 개천마을 저수지라고 물려주신 건데 산 넘고 물 건너 마을서 찾아와선 밤 내라 떡 내라 하시기요. 경우가 아니요."

박태성 영감이 숨이 차게 말하다 기침까지 쏟아선 보탠다.

"이웃이고 송구산에서 나온 물 뿌리가 이 마을로 흘러들어 농사짓는 데 필요한 저수지는 일본 놈이 만들었다는 걸 나도 들어 알고 있어요."

"일본 놈이 입으로 했지. 저수지는 개천마을 박 씨 집안사람이 파서 만들었다는 말은 못 들었소?"

"그러게나, 말이오. 형님 그 말은 선대의 유언으로 듣고 소중하니 여긴 건 밀양 박가올시다. 헌데, 어찌해서 나누어 먹자는 거여."

박태성이 조곤조곤 말하는데, 힘을 들여 한마디 보태는 박태오다.

"나이는 공짜로 먹었다고 해도 난 개천마을 두 번째 어른이다. 그걸 보여 주는 것이다."

"지는 박 씨는 아니지만 사위가 되면서 이 마을 전설이 된 저수지가 어찌해서 사랑받고 소중한지 알게 되었습니다. 다른 뜻은 없고 어르신의 마음은 저수지가 오염될까 염려하여 생각한 게 바로 이 작은 일입니다. 낚시가 좋아서 찾아오는 사람을 박정하게 쫓아 보낼 수 없어 보전을 목적으로 청소도 하고 낚시를 즐기는 낚시꾼에게 1년 회비로 5만 원을 정해서 마을의 공동으로 운영한다는 취진데 이웃도 송구산을 경계한 타 마을과 같이한단 말입니까? 그래도 우리 마을 뒷산에서 나오는 물인데 콩 하나를 나누면 반쪽이라도 마음이고 정이 아니요."

송구마을 이장 장석구도 물러날 수 없다는 듯 잡은 줄을 당긴다는 힘을 보여주는 식이었다.

"경우 없기로 그런 어거지는 내 여지껏 본 일이 없습니다."

김시호의 말이 시비조다.

"옛말에 남의 땅에 마구간을 세워도 1년에 콩 한 말은 준다는데, 송구산이 뉘 산이오? 전 씨네 종중산인데 그 물로 먹고 살고 그 물을 가두어 농사짓는데 뉘 덕인가 생각해 본 일 있습니까?"

"물이란 자연의 일부이고 생명의 어머니라 하지요. 그러나 물은 아래로 흐르는 길을 찾고 흐르면서 모든 생명을 살리는 생명수로 수소와 산소의 화학적 결합물인 액체로 순수한 상태로 빛깔도 냄새도 맛도 없고 투명하다. 물 없이 살 수 없는 생명들을 위해서 나온 물이니 넘쳐난 물을 목마른데 바라볼 일인가. 아무리 산이 전 씨네 소유라 해도 물은 떠나면서 흐르니 그 물은 소유가 없는 공동의 물로써 고향으로 가는 기러기도 쉬면서 목을 적시고 마셔야 날개를 저어 고향엘 갈 것이다. 산은 본시 주인이 없이 태초의 그 첫날에 모습으로 생겨나 자연의 상태로 우뚝 서 있는 거다. 앉은 모습은 움직일 일이 없음이고 하늘을 머리에 두고 있으니, 눈 부릅뜨고 하늘을 볼 일인가. 부처님이 고개는 들었으나 아래로 뜬 눈이 지긋이 낮은 땅을 보는지 땅보다 낮은 길 물길을 보면서 중생의 생명을 생각하는 자비는 모두 마시고 잘 살아라. 그 하나가 바람일 것이다."

"보시오. 물은 모든 생명이 마시고 잘 살기를 바라고 하늘이 만들고 비로 보낸 생명수를 내 것이라 어찌 말합니까?"

"그러나 사람 사는 세상에 법이 있듯. 지분권(持分權)은 우리 전 씨 네가 있는 거요. 지분권에 대한 소유는 일부 받아야 한단 말이오."

"그런 법은 들어 본 적도 없고, 흐르는 물은 강으로 가서 바다에 닿는 게 목적이오. 순리대로 움직이는 자연의 법을 따르는데 자연의 법칙까지 깨뜨리는 그런 경우는 없고, 그걸 법이라고 우기면 자연의 법칙을 깨뜨리는 최초의 사람이리다."

"물의 자유는 낮은 곳으로 흐르는 게 정의로운 타당성이고, 흐르고 흘러서 팬 곳이 물길이 되었다. 그 물의 길을 막을 권리도 없지만, 물의 필요로 길을 막으면 막은 곳을 허물거나 물길을 다시 만들어 힘으로 밀고 나가면 성낸 노도(怒濤)를 그 누가 막을런가?"

양쪽 마을의 입씨름은 한참 만에 끝났다. 지고 이기고가 없이 세상이 달라지고 있음을 서로 실감했다. 이익의 분배는 자본주의가 팽배로 생겨난 것이다. 인심도 옛날이 아닌 현대 속에서 끙끙이 속에 가두고 살 일인가. 입이 있으니, 말이라도 해 봐야지. 입으로, 장 끓여 먹을 것도 아닌데 식의 논쟁으로 인심만 사나워졌다.

여름이 깊어 가는데 저수지도 비 잦은 7월이니 시커먼 구름같이 무겁게 누워있고 나무마다 더는 키울 수 없는 잎들로 무성하다. 시작한 낚시터 운영엔 차질로 엉성한 그물망에 놓친 고기만 생각하는 꼴이었다. 그래서 속이 타는 박영감 둘이 집안 사위 김시호를 데리고 상의 끝에 내린 건 화합이었다. 타 동네까지 이권을 나누어 갖겠다고 나선 판에 시끄러운 잡음을 먼저 해결하자. 그런 결론이었다. 그간 낚시꾼에게 받은 돈이 100만 원이 된다. 그 돈을 풀어 동네잔치를 하자. 돼지 한 마리 잡고, 막걸리에 김치, 돼지고기로. 한 끼 식사에 돼지 한 마리 잡으면 큰 잔치다. 마을의 공동합심으로 장만한 농악도 있으니 마을 안택 겸 저수지 용왕님께 고마운 인사로 기쁘게 쾅쾅 울려서 춤을 추도록 하면 낚시사업에 알맞은 굿이 절로 되는 게다.

이런 결론에 이르니 마을회관서 또 한 번 뜻을 전하고 손이 없는 날을 정하고 착착 일을 추진한다. 돼지는 몇 집에서 키우고 있어 구하는 데 무리가 없었다. 잔치에 떡은 있는 것이니까 고사떡으로 두어 말, 쑥이 흔하니 쑥떡 두어 말에 겉절이김치와 막걸리를 준비하기로 했다. 날씨가 좋아야 한다. 잔칫날은 정했으나 날씨가 보태줘야 한다. 비가 오락가락하니까 맹꽁이만 살판나서 낮이고 밤이고 맹맹한다. 그 대신 이맘때면 목청을 세운 매미들은 죽은 듯이 날개를 접고 끽소리도 없다.

송구산이 전 씨네 소유고 종중산이면서 물이 솟아서 뒷마을 개천마을로 지나는 덕에 저수지가 만들어진 건 하늘의 일이 아니면 될 일인가. 사람이 만들었어도 개천마을 사람이고 하늘의 뜻을 받들었으니, 저수지가 되었다. 그건 사실로 역사가 된 기록이었다. 쇠뿔도 단번에 빼라 했듯, 박 영감 둘과 김시호 이장이 어려운 발걸음을 떼서 송구마을로 찾아갔다. 목적은 초대로 저수지 용왕님께 바치고 이웃과 함께 정을 나누자 이런 취지의 말로 초대에 응해 주십사… 하긴 찔러서 아프고 피까지 나오지 않았어도 우는 아이 젖 물리고 달래는 게 순서라고 그에 응하니 바로 화답이었다.

시끄러운 잡음 없는 입 막는데 그냥 슬며시 넘어가는 게다. 잘 되려면 날씨가 보탠다고 고사떡에 김이 모락모락 안개같이 서리고 맨 처음 풍악 소리가 얼마나 경쾌하던지 아침부터 온 마을이 술렁이고 모여든 사람들 얼굴에 웃음꽃이 피었다. 송구 마을 사람들은 체면이 있는지 한낮이 조금 기운데 왔는데, 갈지자걸음은 남자고 깨끗한 옷에 탕건 없는 갓을 쓰고 온 것처럼 삐딱하니 기운 표정으로 오고 아낙들은 종종걸음에 반은 웃고 반은 억지로 기를 세우느라 새침한데 눈빛은 맑았다.

김시호 이장과 젊은 이농 청년이 손님을 정중히 모신다. 소문을 듣고 낚시꾼도 모여들었다. 풍악 놀이로 왁자지껄 흥을 돋우었고 저수지 물도 그 소리에 어깨를 들썩인다. 그때 차려진 돼지고기 수육과 막걸리, 떡이 누가 제일이냐 내가 첫째다. 고사떡에 서렸던 김이 바람에 거두어지고 돼지머리가 웃고 삼 과일인 사과 배 곶감이 놓였다. 저수지 앞에서 박 영감 둘이 김시호의 도움으로 절을 하고, 풍악이 울리고 자지러질 때 끝으로 박태성 영감의 말씀이 있었다. 그 말의 끝에 "제가 태어난 지금까지 살면서 개천저수지는 은혜로웠으며, 전쟁을 겪으면서 한 번도 이 개천저수지에 그 누구도 빠지거나 죽은 일 없었다. 그러니 감사하고 은혜로운 저수지라고 백번 천번 고마워할 일입니다. 차린 음식이 식을세라 이만 인사로 대신합니다. 차린 건 없지만 많이 드십시오. 그리고 잘살아 봅시다. 송구 마을의 덕으로 개천마을의 풍요로움이 지금까지 넘쳐나 잘살고 있으니, 하늘의 덕이고 송구산의 은혜니 고맙게 생각합니다. 고맙습니다."

인사말이 있어 기분 좋게 듣는 송구 마을 사람들이지만 얼마 전 따지고 언성까지 높였으니, 이쪽의 말을 곱씹는 얼굴이었다. 그 눈치를 엿보던 이장 김시호가 꽹과리를 잡더니 '꽝깨갱 꽝꽝' 힘껏 때리기 세 번으로 신호하자 징을 치는 젊은이는 바로 귀농 청년 김호준이었다. '징징…징~' 징이 길게 울리고 마지막에 북이 기분 좋게 배를 때리면서 '쿵 쿵' 제 배를 내밀고 따른다. 소고를 든 아주머니들이 소고를 돌리며 별 모양으로 번쩍 들어 올리면서 저수지 둘레로 나서간 꽹과리 징잡이를 따라간다. 한 바퀴 돌아서 올 모양이다. 이때 매미가 한목소리로 보탠다. 참매미가 얌전하니 맴맴맴. 매매매~ 시작이 좋았다.

  그 소리를 죽이는 쓰르라미 매미가 참나무 가지를 부러뜨릴 만큼 바람 소리로 톱 소리까지 내고 있는데 찌울 매미가 '찌울 찌울' 왜 싸우냐? 왜 싸워? 싸우는 것처럼 들리는데 그 무슨 음악이고 4중 합주냐? 전통 노래 국악에 소프라노 바리톤 엘토에 락이면 얼마나 흥겨운가. 차라리 꽹과리, 징, 장구의 삼 합음이 얼마나 흥겨운가. 많은 악기가 낸다고 소리가 듣기 좋은지… 자 조용히 해 찌울 매미가 왕 버들 맨 위에 앉아서 화를 내다가 제 목소리를 듣도록 하는 것이다. 매미들이 순간 조용하다. '찌울 찌울' 난 내 고향 찾아와서 기뻐서 노래한다. 타향서 사노라니 고생고생하고 목이 짧아져 내 노래가 처음은 '찌울찌울' 목소리가 잘 안 나오지만 몇 번 하면 음과 박자가 딱 맞고 '찌울 찌찌울 찌찌찌 찌찌울 찌르르륵 찌찌울…'. 찌울 매미 노래가 끝나기 무섭게 '싸싸싸' 쇳소리가 나는 바람 소리가 귀청을 긁어댄다.

  "예전엔 없었다구, 저런 소리로 부르는 매미가 몇 해 전부터 들리더군."

  참매미의 말에 쓰르라미 매미와 딸꾹질 매미가 속삭인다.

  "생태계가 무너져서 그런 거래 먼 나라에서 왔데."

  "우리나라 매미는 참매미 찌울매미야. 맴맴맴 매미가 왔어요. 그렇게 노래하고 찌울매미는 찌울찌울 슬프게 노래해도 참매미처럼 음과 박자를 맞추는데, 저 낯선 매미는 길게 바람 소리만 내고 시끄러워 듣는 아이들이 나무가 운다고 하더래…"

  농악 소리가 조금 멀어질 때 매미들이 하는 말이었다.

  잠시 조용한 분위기로 음식 먹기도 끝나가는 데, 큰 부채로 얼굴을 가리고 노랑 저고리 소매 끝에 빨간 끝동에 하얀 손이 예쁜 젊은 여자가 자가용에서 내려 오색 파라솔까지 와선 부채를 접는데 탁 소리가 났다. 보아하니 기분 좋은 표정은 아닌데 짙은 화장에 새빨간 치마가 얼굴에 비쳐선 술 한, 두 잔을 먹은듯한데, 접었던 부채를 또 소리가 나게 펴들고는 한자리 차지

한다. 사람들 눈이 그 여인에게 쏠리고 매미들은 목청을 뽑는데 수컷의 구애다. 이때 한 바퀴 돌아온 농악패가 조용히 들어선다.

"박 영감님, 이런 큰일에 절 빼면 될 일인가요. 절 모른다고는 못 하시겠지요. 충남과 전북과 지리산 안쪽까지 이런 좋은 일에 맹시나를 부리지 않고는 일을 못 합니다."

"아니. 버르장머리 하고는 남의 일에 감 놔라 배 놔라네. 썩 가세, 가! 무당이 왜 와서 큰소리치는데."

작은 박 영감 박태오가 먼저 나선다.

"아니 이런 큰일에 좋은 게 있고 재수가 꿀벌같이 엉기고 그런 복을 이 맹시나가 축원하는데, 잘못될 일인가요. 내 소문 듣고 섭섭하여 왔지요. 내가 받들고 모시는 신들이 알고 서운타 할 것이니 그냥 보내시진 마시오."

큰 영감인 박태성이 시끄러운 매미는 더위 속에 시원한 느낌이 있어 괜찮은데 재수 옴 붙는다고 여우 같은 무당을 그냥 보내기는 무언가 떨떠름하여 얼른 가라고 5만 원권 두 장을 봉투에 넣고는 아우 박태오에게 건넨다.

"내가 준다고는 말게. 내 줄 맘은 없고 재수에 옴 병 붙을까 싶어 형님의 말씀에 따르는 게니…."

"알지요. 척하면 메주 떨어지는 소리고 야옹하면 고양이 생선 훔쳐 달아나기지요. 목이나 적시고 가서 우리 장군 신께 올리고 축원 발원하시리니 잘될 것이네요."

"무신 장군인가. 자네가 받드는 신 말이네."

"계백 장군, 이순신 장군. 장군이 어디 한두 분이시오. 그래도 백제가 그중 가까운 이웃 나라고, 이순신 장군은 충신도 일등 공신이지요."

"알았네. 손님이 시끄러워하겠으니."

"알았네요. 매미가 악을 쓰니 시끄러운 게요."

그때 매미들이 한꺼번에 악을 쓰는 걸 알고 있는 데는 초를 다투는 때라고 느낀다.

박태성 영감이 괜히 마음이 바쁘다. 마을이 다 모여 치른 잔치에 오는 사람은 다 먹이는 게 오랜 베풂이고 인정인데, 사람이 줄어 다 모여도 어른, 아이 해서 100명도 안 된다. 무당 맹시나가 이 더위에 치마를 끌다가 한 손으로 끌어 올리면서 머리까지 숙이며 한마디 또 남긴다.

제발 그냥 사라져 다오. 내 늙으니, 남자라 하던가, 느닷없이 백주 대낮에 여우를 만나고 입을 막으려고 돈만 주었으니 아까워라. 그 말이 나올 리 없지만 좋은 일에 부정 탈까, 싶어 주었다. 이 저수지가 예사로운 저수지인가. 그때 무당이 탄 차가 미끄럽게 떠나고 까만 자가용이 언제 왔는지 차에서 내리는 사람이 있었다. 기아차다. 차 문을 닫으며 돌아서는 사람. 바로 손자였다. 박태성 영감님의 손자. 박대한 깜짝 놀랄 일인데 보니 가슴이 뜨거워진다. 어떤 손잔가. 아들은 병들어 집에서 갇힌 짐승처럼 살고 있다. 그 불쌍한 아들의 자식인 손자는 서울서 대학을 나와 쟁쟁한 권력자의 발바닥 노릇을 하고 있다. 발바닥이란 떳떳이 세상의 밝은 빛을 맘껏 누리지 못하고 그 권력자가 디디는 대로 어디고 가고 그가 하고자 하는 일을 할 따름이라는 생각에서 하는 말이다. 아직 결혼도 못 한 30대 중반에, 정치판에 뛰어든 거다. 걱정되지만 한편 포부가 커서 언젠가 정치인으로 국회에 진출도 할 수 있고, 그 판에서 놀아보면 끝내 정치꾼 좋은 말로 정치가로서 세상에 이름 석 자를 남기지 않을까. 앞엔 송구산이 있어 받쳐주고 생명줄이고 돈 줄기인 맑은 물이 흐르면서 이 개천마을을 적신 뒤 저수지에 가득 채워 넣고 농토에 가뭄 없도록 하니 이보다 명당이 어디 흔하리. 그러니 내 손자가 잘되면 장관도 될 것이다.

"어찌 알고 왔어? 바쁜 네가."

"어머니께서 말씀이 있었어요. 집에 온 지도 오래고 해서 휴가 내고 왔습니다."

박 영감의 속마음이야 반갑고 자랑스럽기도 하다. 인사라도 시켜야지 싶어 손님들 앞에 세웠다.

"제 손자 놈이 여러분께 인사 올린다, 합니다. 아실 테지만 서울서 공부 마치고 지금 모 당원으로 정당에 속해 있습니다."

"저희 할아버님 박태성 님 박 태 자, 성 자 님의 손자 되는 박대한이라고 합니다. 제가 여기서 태어나 컸고, 조상님께서 평생을 사시고 조부님께서 생존해 계시고 제 부모님께서 살고 계시는 고향을 잊고 산 일은 한 번도 없습니다. 그리고 미력하나 제가 정치인이 되고자 모 정당에 입당하고 정책 일을 맡고 일하고 있으니, 여러 어르신께서 좋은 의견이 있다면 제게 말씀하십시오. 그러면 당에 알려 적극적으로 이용해서 쓰도록 하겠습니다. 나라 위한 일인데 유능한 정부가 국민을 위해 좋은 일에 쓸 일인데 내년 국회의원 선거가 실시되고 정권이 바뀌는 때 여러분의 한 표가 세상을 달라지게 만들고 여러분의 삶을 발전시킬 테니 소중한 한 표에 달렸습니다."

짧은 말이지만 미리 하는 선거용 말이 되고 있었다. 그렇다고 자신의 주권을 소견대로 쓸 것인데. 속까지 드러낼 일인가. 그러나 사전 선거법에 위반이다. 그렇다고 정치적 빛깔까지 보여주면서 싸울 일인가. 직책인 정책 일을 본다는데 직업의식이든 사명감이든 들고 말 일이다. 반대로 아니다 싶으면 말 한마디로 거들어 은근슬쩍 옳고 그릇됨을 알게 모르게 한다. 이런 게 뻐꾸기 비밀작전이다. 흔히 정치사상이니 이데올로기니 하는 정치편향은 여간해서 바꿀 수 없는 사상적 결단인데 뇌 속에 박힌 정신의 암 덩이를 병원에 가지 않고 꺼낼 수 있는가. 병원엔 수술로 빼고 도려낼 도구를 들고 고칠 수 있는 의사도 있지만 절대로 가지 않는 게 사상의 골수분자가 아닌가.

5가지 복도 채우고 갖기도 어려운데 사람은 10가지, 100가지 갖고 싶다고 박 영감은 살면서 생각하고 느낀 게 많았다. 첫째 자식이 병들어 방구석 구들같이 갇혀 있어 가장 속이 터지고 마음이 뒤틀리는 고통이었다. 그리고 함께한 마누라가 저세상으로 떠날 때 남모르게 울었다. 며느리가 있어 걱정 없는 하루가 먹는다는 세끼 끼니 해결이었다. 배고픈 시절도 옛날이고 마을마다 동네라는 지역엔 경로당이 있어 공동체 형성에 정부가 권장하여 지방자치서 배당금을 보조하니 마을의 쉼터가 되었다.

"오래 살면 뭣에 써." 그런 마음에 없는 말도 쏙 들어갔다. 장수가 복 가운데 제일이여. 그런 말로 위로받는 노인들.

"살아 있으니께, 꽃을 보는 거여. 죽는 즉시 눈이 먼저 감기는데 우짜겠어? 썩을 일만 남았지."

50년대 전쟁이 일어나고 끝나서도 배곯은 삶이 80년도가 지나서도 죽으로 한 끼는 때웠다. 고려장 감이 되는 게 싫어서 환갑도 못 살고 죽은 40대 늙은이가 늙은이 노릇을 하고 마을의 어른 행세도 이야기로 남았다. 마누라 없이 10년을 살아보니 아쉬움도 그리움도 남모르게 삭이고 너끈히 살아왔다. 고생만 하다 갔으니. 그것이 한이고 오늘 죽어도 괜찮다. 제발 아들 앞에 내가 죽기를 기도하듯 바란다. 딸 둘은 잘 산다. 잘 산다는 게 건강하다 그게 제일이다. 6.25 사변을 겪어서인가? 자유와 평화 민주주의 열망뿐이고 사회주의 공산당을 싫어하면서 애국자가 되었다.

한번 애국자면 철저한 자본주의 사상을 무장한 이데올로기 사고(思考)가 사상적으로 비판과 불만을 타협으로 받아들이지 못하는 데 따른 적대감을 품고 있으면서 배격과 배척의 인생을 살아갈 수밖에 없었다. 삼팔선이 그어진 현실을 두 체제가 강국의 이권에 의한 희생양이 바로 사상적 이데올로기가 아닌가. 정부가 몇 번을 바꿔서 지금에 이르렀는데도. 사상적으로 여전히 합일점에 이르지 못했다는 평가다. 국민을 위한 정치에 각기 다른 이데올로기로 적이 되는 이상 통일로의 길은 멀고 먼 가시밭길보다 위험한 죽음의 길로 가는 것이다. 세상이 변했고 달라지는 건 현실적 사고서 발전된 진취적이라고 생각할 수 있지만 세대 차이로 충돌할 수밖에 없겠지만, 인생의 깊이와 새로운 시대적 과제라는 두 개의 길에서 한길을 택해서 갈 수만 있다면, 간단히 해결될 것이다. 박태성 영감의 가슴 한쪽에 썩은 물이 고이는 아픔은 병든 아들을 뒤에 두고 앞을 막아서는 손자의 시대정신에 벙어리가 되고 싶었다. 그러나 사랑이란 그렇게 모른 척하는 걸로 사랑이 될 수 없다. 왜 하필 그 당원인데. 진보가 나에게 아니면 정치라도 잘하던가. 바뀌면 보수 또 몇 번인가 바뀌고 보면 정치는 누굴 위한 것인지…. 나라 운명을 놓고 점을 치듯 엽전을 굴리고 쌀을 집어 상위로 흩뿌리는 걸로 판단한다면 어차피 숫자로 돈냥으로 세고 값을 따지는 게 된다. 나라 잃고 독립을 위해 목숨을 돌멩이처럼 던진 애국자를 존경하는 마음이 있는 정치인과 자신의 입신을 위해서 온갖 비위와 음모로 정적을 음해하면서 충성된 주위 사람을 이용하는 데는 냉정과 냉담한 이데올로기로 대처하는 두 얼굴이 된다. 난 모르는 일, 나와는 상관없는 일, 비겁한 정치 게임에, 감옥 가는 자는 법망에 걸리자, 입으로 먹고 살았던 인생 배반의 갈림길에서 이렇게 살고자 먹고 마신 입 참 수고했다. 눈을 뜨고 못 알아보는 냉정한 눈빛에 믿음의 신념(信念)이 무너질 때 죽음을 생각한다.

아! 어쩌면 좋으냐. 손자야 제발 넌 그러지 마라. 사람을 볼 줄 아는 눈을 가져라. 겉은 보이나 속을 모른다면 잠시 생각하고 푸른빛 나무의 삶을 보아라. 땅은 근본이라 땅에 뿌리 내려서 하늘에서 내리는 빗방울을 먹고 밝고도 변함없는 햇살을 의지하고 바람으로 건들건들 사방으로 움직이는 걸로 일생을 걸어서 하늘까지 닿는 꿈이야 욕심이겠니. 그래도 천년을 살아서 마지막까지 푸른 빛으로 살고도 쓰임을 위한 재목으로 그늘 같은 너그러움으로 죽지 않던가. 사람 사는 세상이 시끄러운 건 생각대로 살면서 자신을 위해 내세운 이데올로기다. 거기에 잘못된 마음의 판단력에 고마운 과학의 힘 어떻게 살면 잘 살다가 후회 없이 죽을런가 결국 죽음이다. 누구나 죽는다. 그것이 평등이란 철학으로 제시한 마지막이란 끝이다.

박 영감은 더 서 있을 수가 없었다. 배가 고파서가 아닌데 가슴이 헛헛하다 100여 명이 넘는 사람들이 먹고 가고, 또 와서 잘 먹는 모습이 흐뭇한 거 빼고는 손자의 모습에 가슴이 울렁거리는 불안이 시원한 나무 그늘이 아닌 강철판으로 덮은 원두막 같은 열로 오래 쉴 수 없는 불꽃으로 나무숲을 태울 듯싶어 마음을 쪼그라드는 듯해서 손자 앞에 섰다.
"대한아! 집에 가자. 네 아비가 기다린다. 애미가 알았으니, 아비도 알고 눈 까맣게 널 기다릴 게다."
손자는 순순하니 따랐다. 잠시 얼굴을 보이던 며느리도 걱정이 많아 집으로 간 듯싶었다. 크지도 작지도 않은 한옥은 송구산을 바라보고 앉았다. 집을 품은 텃밭은 커서 온갖 채소가 심어져 푸르고 과실수로 심어진 감나무엔 제법 굵은 풋감이 눈에 띄게 달렸다. 무화과가 어찌나 많이 달렸는지 고향에 온 듯싶게 흐뭇한데 매화나무는 모든 걸 비워놓고 굵은 늙은 가지 사이로 시답지 못한 이파리로 햇살을 줍고 있었다. 그 그늘이 된 것처럼 아버지가 타고 있는 수동인 휠체어가 바퀴마저 시커멓게 아버지와 같이 늙어 있었다. 자동차가 필요할 일인데, 박대한이 그 생각이 나면서 가만히 입속으로 아버질 불렀다. 그때 어머니가 참깨밭에 숨었다가 나오는 늙은 아이처럼 반색하며 나오면서 난 네가 올 것인가 반을 잘라 생각하고 있었다. 아버지 큰 눈은 더 깊숙이 들어가 있었는데 아들을 알아보는 눈빛이 흐려지고 있었다.
"바쁘다고 하더니 어찌 온 거여?"
박 영감은 그새 호박잎을 한 움큼 따서 손에 들고 있었다. 보면 보는 대로 가슴이 싸하고 반가운 얼굴들이 만나면 눈물이 먼저 나오는데 그 틈에 낄 일인가. 눈물은 마르고 생각만으로 슬프니 조금 떨어져 돌아서 있는 게다.
그 이튿날 까치가 감나무에서 감을 먹고 싶은지 칵칵 쪼아대는 소리로 운다. 아침까지는 반가운 소식이거나 손님이 온다는데 오랜만에 이른 아침밥을 온 식구가 모여 먹었다. 그것만으로 기쁜데 한나절이 기우는데 하얀 자가용이 대문 옆으로 섰다. 전화로 소통해도 할 말은 하고 할 일인데 말끔한 옷차림의 젊은 사람의 방문인데 손자 박대한의 손님이었다.
"비서님께서 예까지…"
손자의 표정이 놀라는 빛이 스친다.

"실장님의 고향이 워낙에 고적하여 일부로 시간이 있길래 왔습니다."

차와 수박으로 대신하고 비서와 박대한은 밖으로 나와 나무 그늘로 걸으면서 말을 나누고 걷다가 대한이 일부러 저수지로 안내하듯 천천히 와서 빈자리 파라솔 의자에 앉았다.

"나중에 빌미가 될지 싶어 전화도 없이 왔으며 빈대들이 달라붙어 피를 빼서 가져갈 양이면 당수이신 그분의 죄가 한 건이면 개미 떼로 달라붙어 없는 죄까지 물어뜯는다면 민심은 파도보다 무서울 테니 알리바이도 철저하게. 지금 내가 타고 온 차도 빌린 게요."

"아, 그래야지요. 난 고향 낚시터 조성 사업을 응원하러 왔으니까."

"혹여 CCTV 설치가 되어 있습니까."

"없습니다. 워낙 조용한 시골이라서 차차 할 요량은 있겠습니다."

"밤낚시 하기 참 좋은 곳입니다. 그렇게 생각이 드는데요. 언제 오겠습니까."

그 둘은 그렇게 헤어지면서 암호처럼 외운 말은 가슴에 담았다.

모른다. 그런 말 한 적도 없다. 목에 칼이 들어와도 모른다. 대선 선거에 이기는 정책으로 힘껏 운동하는 건 당연하다. 너희도 그렇지 아니한가. 깡패조직과 연계로 한 협박도 있겠다. 그건 옛날 방식이다. 그런 일 없다. 옛날 조선시대 검찰도 경찰도 아닌 중앙조사국도 아닌 인권이 있는 자유민주주의 국가에서 고문으로 받아낼 일도 없다. 곤장 100대로 볼기가 걸레가 될 일도 염려도 없으니까, 때가 되면 다시 돌아갈 당적에서 큰소리칠 일인데 걱정까지 할 게 무언가. 그런데 왜 신경이 쓰이는가. 소금 먹은 놈이 물 들이킨다고, 속속들이 알고 있으니 입은 다물고 있지만, 귀는 듣는 직접적인 도움이 역할로 가만히 있어도 세상이 시끄럽고 모른 체 해도, 속이 타는 죽을병이 된다.

낚시는 밤낚시가 낭만이 있고 시적(詩的)인 운치로 물속에 살고 있는 물풀의 고요함까지 알 수 있도록 달빛이 없어도 흔들리는 물결로도 느낌이 먼저 안다. 달빛이 있는 밤낚시가 좋아도 연인과 함께라면 센티멘탈에 빠지고 물속에 고기가 되고 싶은 마음일 텐데. 밤낮을 가리지 않고 사랑을 구걸하는 벌레의 울음까지 듣게 된 한 쌍의 남녀 정사도 없다고는 못하리…

그런 이유가 임자 있는 어느 사내였기에 늦은 밤 악다구니가 저수지 물이 흔들리고 달빛이 출렁이었으니, 조용한 마을 사람이 모를 리 없어 소문으로 입소문이 먼저 밤낚시 금합니다. 이런 팻말이 섰다. 그걸로 안심이 안돼, 한 바퀴 돌기도 하고 말렸으나, "우린 그런 사람이 아니오. 낚시가 좋아서 취미생활인데 먹고 사느라 초저녁에 와서 자정엔 집으로 갑니다. 잠을 자야 일을 하지요."

그래 저래 규칙도 지지부진하였고, 시끄러운 거 불미스러운 일만 빼놓고 맘대로 하라고 두었다. 박 영감 둘만 애가 타서 한 바퀴 돌다 간다. 그럭저럭 삼복이 가고 여름 한 철이 시퍼렇게 살아서 남은 여름날을 바늘로 찌르는 햇살을 말리는 바람이 설컹거리지만, 늦여름 햇살에 곡식이 영글듯 3번까지 딴 고추밭에 고추가 더 잘 익도록 따끈따끈한 햇살이 고추를 태울 듯이 찔러선 고추는 불꽃이 되었다. 서울로 올라간 손주가 근심돼 걱정까지 고추 빛이 된 박 영감이 이때 손주가 내려왔으니 그래도 기쁨과 근심이 엇갈리는데 눈치로 때려잡고 기다렸다.

"바쁜 데 왔으니, 이 할애비는 기쁘다. 기쁘면서 한편 걱정이 되는데 이게 뭔가 모를 일이다. 이 마음이 천심인 게다. 물가에 내놓은 자식인데 어찌 걱정이 안되겠남."

"할아버님 바람이 불어도 지나가 버리면 그만인데 큰일에 잡음 있고 시대적 사명에 바람이 없을 리 있겠습니까? 상대가 있어야 겨루고 싸움도 하듯 대소(大小) 양당이 힘겨루기는 살아남기로 우위를 겨루는 것이니 그만한 싸움은 있어야지요."

"그래도 나라와 국민을 위한 싸움이어야 한다."

그 말이 있던 날 밤 달도 밝았다.

"자거라. 잠이 보배고 건강이 보물이다."

손자를 자라고 하고는 평상 모기장으로 들어가 달빛을 보노라니 잠이 들어 한잠에 날이 샜다. 긴 여름밤이 짧은 탓도 있겠으나 구름이 달을 가두어도 못 잡아맬 달빛이니 저절로 포기하고 가벼이 떠가는 구름이 아닌가. 살포시 꿈속에서 본 듯이 생생한 달이 새벽이라고 할 것도 없는 훤한 아침에 달을 보았으니 꿈은 아니었다. '시간을 알아야겠어.' 그 생각에 일어나 대청마루로 기어서 가듯이 가서 버리지 못한 오래된 괘종시계를 본다. 달은 아직 있었다. 송구산을 넘으려고 서두르지 않는 걸음이 딱 맞춰 재면 한 뼘이다.

시간을 재도 손으로 재도 틀림없는 한 뼘이다. 아침 5시 21분. 평생에 이렇게 딱 맞추기도 쉽지 않다. 내 평생에 달이 넘어가는 건 한두 번 보았으나, 시간까지 알고 넘는 송구산 산봉을 내 손으로 잰 것은 처음이다. 그때였다. 대문을 걷어차는 소리가 어찌나 경망스럽던지 깜짝 놀랐다.

"당숙님, 큰일이 났구먼요."

사촌의 자식이 박헌수가 새파랗게 얼굴을 들이밀고 하는 말이었다.

"무슨 일이야? 큰일이라니."

박 영감이 먼저 쓰러지고 만다.

"여기 동상 대한이가 저수지에 빠진 걸 낚시꾼이 간신히 건져 119에 신고해 병원으로 갔대요…"

대한 부친도 어머니도 뛰쳐나오고 무조건 저수지로 가야 알고 살리겠다고 가는 것이다. 벌써 해는 떠오르고 저수지로 비춰든 햇살이 보이는 반짝이는 물 위로 기러기 두어 쌍이 노닐고 있었다.

"어때요? 내 아들은."

애타는 대한의 어머니 물음에 왕버들이 흔들린다.

"형님 다행으로 살아서 건졌대요. 걱정 놓으시고 전주병원에 가 보세유…"

"오! 그런가. 고맙네. 하느님, 용왕님, 부처님 고맙습니다."

털썩 주저앉으며 두 손을 모으는 어머니 대한 어머니가 어떤 어머니인가. 날이면 날마다 물을 떠 놓고 빌고 비는 것이다. 죽으려고 작정한 게 틀림없다. 발목에 돌을 달고 뛰어들었으니 낚시꾼 눈에 띈 건 천운이지만 달빛이 도왔다. 생각하고 곱씹고 나서 죽음을 택한 건 죽은 자는 말이 없다. 알고 알면서 말 아니하고 입이 살아서야, 산 입으로 거짓을 말하려니 욕이 되는데, 내 책임질 가족이 없으니 가벼울 것을 생각했다면 부모님과 조부모님까지 내가 무슨 낯으로 보겠습니까…. 배신의 누명을 쓰고 차라리… 이런 마음이면 용서할 수 있겠어… 정치사를 보면 야비하고도 치졸한 죽음보다 냉혹한데 누구의 책임이고 죄란 말인가. 저수지는 깨어나 찾아든 새들을 쫓지 않으며, 밤새 젖은 채 물안개로 덮는 조용한 밤의 적막을 참고 기다린다. 바쁜 매미가 소리소리 질러대는 왕 버들이 조용히 흔들린다. 모두 세상과 함께라는 걸 아는지 모르는지….

저서 외 작품들

■ 단편소설 _ 간병인의 일기

 겨울 햇살이 먼 것처럼 느끼는 것은 하루 낮 시간이 짧아진 때문이기도 하려니와 추위 때문이기도 하겠다.
 그녀는 다른 일자리를 찾아야 했기에 교차로를 샅샅이 뒤져 전화를 했다. 그렇다고 새로운 일자리는 아니었다. H병원에서의 간병인 그 일의 연속이지만 의사 없는 요양원은 낮 근무다 병원에서는 두 사람이 조가 되어 24시간 근무로 교대다 H병원에서 8개월의 시간은 지루한 자신과의 싸움에서 싫증까지 나면서부터 '그만 해야지.'로 바뀐 생각은 딸 때문이기도 했다. 고등학교 2학년인 딸, 야간 자습으로 늦어진 귀가는 그녀를 초조감으로 내몰았다.

일도 일이지, 돈도 좋지만, 딸 하나는 엄마인 내가 지켜야지. 제 오빠는 지금 군 복무중이다. H대 일 학기 마치고 바로 지원 입대 했지만 제대와 맞물린 딸아이 진학은 경제적인 부담이 어깨를 짓눌러 더 이상 놀 수도 없는 사정이다. 나이 오십이 내일 모래인 그녀의 남편 전기 기술로는 먹고 살기도 빠듯하다. H병원에서 나온 그녀는 며칠은 편했다. 실컷 자는 게 소원이었으니 밤에도 자고 낮잠도 자고 장보고 음식 만들어 남편과 딸에게 먹이고, 밤 아홉 시면 딸 마중도 갔다. 그러나 마냥 놀자니 가계부가 적자라고 빨간 불을 깜박거린다.

"그래 똥냄새가 지겹더라도 똥냄새를 맡으러 가는 거야."

문화동에서 탄방동 롯데백화점은 시내 거리로는 꽤나 먼 길이어서 310번 버스를 타고 중앙로에서 내려 다시 지하철을 타면 된다고 어젯밤 이불 속에서 남편의 조언을 따랐던 것이지만 탄방동과 마주한 큰길 사이는 가장동이다.

전주가 고향인 그녀지만 결혼 후 30년 가까이 대전에서 살면서 가본 적 없는 곳만 빼놓고 거의 다 가보았으니 유성으로 가는 길이란 것도 알고 있었다. 그리고 이미 교차로에 구인광고에서 익혀둔 터라 가뿐히 지하철에서 내렸다. 밖으로 나온 그녀의 눈은 백화점을 찾는다.

희망노인복지센터를 입속으로 되새겨 본다.

생각 같아서는 금방 찾을 성싶은데 아직 감감하다. 롯데백화점 서남쪽 방향 200M에서 우측으로 8M, 도로 밍키동물병원 옆 희망빌딩 교차로에서 오린 광고란이 그녀의 손에 쥐어진 채 두어 번 펴보던 그녀의 눈이 크게 떠지는가 싶더니, 빨라진 그녀의 발이 건널목을 건너가고 있었다.

"어 저기였는데."

그녀는 많은 차들의 질주 속에서 낮도깨비 환영으로 비치는 간판들이 기우뚱 그녀에게로 쏠리는 어지럼증에 나이 보다 더 많은 이마의 주름을 머리께로 올리며 고개를 쳐들었다.
"응 저기야."
다잡은 범인을 놓쳤다가 다시 찾았다는 형사의 심리가 바로 그녀의 지금 기분은 아닐까? 그녀의 앞에 희망이라는 황금색 글자가 눈으로 들어왔다.
그래 바로 저 빛깔이다. 황금색, 그건 금을 상징한다. 금은 돈이다. 언제부터 인간은 황금을 좋아했을까? 13세기 아니 그보다 훨씬 오랜 인류가 나타나고서부터 오랜 지구의 탄생과 더불어 석기시대 아니 석탄시대 그 이전에 불을 사용한 인류의 지혜로 터득한 태양 숭배의 시대에 태양의 빛을 닮은 황금을 중히 여긴 게 아닌지, 그녀는 잠시 생각 중에 두서없는 상상을 하면서 피식 웃는다.
똥 색깔도 황금색이 아닌가. 그런 생각을 하면서 유리로 된 도어를 밀었다. 문이 큰 탓도 있겠으나 12mm 두께 유리가 무거운 탓일 게다.
문을 닫기도 전에 좌측으로 원장실이었다. 그 원장이란 사람은 대머리로 육십 대는 넘어 보였다. 코는 덜 자라 가지고 눈은 쌍커풀이 짙게 패여 수퇘지고 키는 짜리몽땅 배만 보였다.
몇 가지 물음은 그런대로 면담으로 넘기고 두어 가지는 약속 강요로 들렸지만 그런 것에 귀 기우릴 그녀의 순진성이 그것에 못 미친다는 걸 그녀는 알고 있었다.
"이런 일은 해 보셨다고 했던가요, 이 일은 박애정신과 봉사정신으로 진실된 마음으로 봉사해야 합니다."
"그래요 이 일을 하면서 내 부모님을 생각했어요. 남의 돈을 그냥 거저먹을 수 있어요? 열심히 하겠어요. 배운 게 도둑질이라고 간병인 자격증이 날 이렇게 만들었어요."
마지막 말은 하지 않아도 되었을 것인데, 그녀는 원장 사모님이 늦게 들어와 신경을 자극한 눈빛 때문에 덧붙여 말해놓고 후회를 했다.
"자 올라가세요. 둘러보고 내일 아침 여덟시까지 오십시오."

원장 사모님을 따라 이층으로 올라갔다.

"아직 방이 안 차서 아래 위 층 두 층만 환자분들이 있어요."

"원장 사모님 그럼 몇 분을 내가 돌보면 되는가요."

위층에 방이 다섯 개가 있었고, 넓어 보이는 까닭은 세 사람이 쓸 방이 두 사람이 쓰기 때문이었다. 그 중에 방 둘은 침대가 놓였는데 끝 방으로 위층 아래층이 통하는 문이 있었다. 복도는 낮인데도 불이 켜져 있었다.

나중에 안 일이지만 초코전구라고 했다. 그녀는 대학에서 문과를 전공했어도 그 말이 우리 한국어인지 일본어인지 미국어인지 아리송하다는 생각으로 지워버리자고 마음먹었다.

위층의 환자는 모두 일곱 명이었다. 열 명이었으나 셋이 퇴원을 했단다. 백 할머니는 의사가 있는 재활병원으로 굳어가는 팔다리를 치료차 서울로 갔는데, 1개월 후에 다시 온다고 했고, 한 할아버지는 죽게 돼서 집으로 가고 이름도 없이 극성스런 할머니는 잠도 안 자고 고래고래 소리만 질러 자식들더러 데려가라고 했다는 사모님의 말이다.

간병인 한 사람이 열 사람을 보았다니 힘들었겠다고 했더니 60대 간병인은 괜찮다 하면서 남편이 아파서 병간호 때문에 그만두게 되었다고 했다. 간병인이 그녀를 방마다 데리고 다니며 노 할머니의 신상과 행동에 대한 특징을 유머러스하게 설명했지만 그녀는 쉽게 웃을 수 없었다.

"태순 할머니가 또 똥을 쌌어. 며칠에 한번 싸는데 뭘 잘못 먹었나. 아침에 싸고 또 쌌어."

간병인의 손에 이끌려 화장실로 가는 태순 할머니의 불안한 눈망울을 보고 있는 그녀는 말없이 그들을 뒤쫓아간다. 이태순 할머니는 몸뚱이는 성해서 돌아다니며 말썽을 피운다. 똥 싸서 화분에 묻고 기저귀 뜯어 온방에 가득 어질러 놓고 똥을 손으로 쥐고 놓지 않는다.

대충 이런 말이었으나 그녀는 태순 할머니가 가엾다는 생각이 나고 있었다.

을순이 할머니는 치매로 방안에 가두어 놓으니 너무 불쌍해 할머니들이 있는 요양원에 모셨다는 며느리의 설명도 설득력 없는 핑계였다.
  문순덕 할머니는 96세로 거동이 불편해 늙은 며느리가 모시기 힘들어 이리 모셨는데 집으로 가시자고 해도 싫다 하신다고 며느리는 간병인을 칭찬까지 하면서 고맙다고 했다.
  유일한 남성 황 할아버지는 거동이 불편한 대로 화장실에 가고 정신이 온전했는데도 이곳으로 온 이유인즉 마누라가 보냈다는 것이다. 젊어서 속을 많이 썩이고 고생을 많이 시켜 병들자 내 내쫓아 버렸다는 소문이 진실이었다고 믿고 싶은 건, 열 달이 지났는데 한 번도 찾아오지 않았다는 것이었다. 아들 셋이 번갈아 한 번씩 찾아오는데 간병인들이 집요하게 묻는 질문에 황 할아버지가 돌멩이를 던지듯 한 말은 "싸가지가 없으니 그렇다."는 한마디였으니 짐작한 대로 얼마나 속을 썩였으면 부부간에 저리도 소원하게 말년을 보낼까. 인간사 사연 없는 인생이 어디 인생이라고 하던가. 마음 가는 대로 몸 가는 게지. 몇 명 안 되는 할아버지 할머니, 그들의 삶이 내 어머니 아버지 삶인 것을, 일찍이 혼자된 태순 할머니는 한복 바느질로 딸 넷을 길렀고, 그 후 이불장사도 했었다는 딸들의 말을 인정이나 하듯, 이불도 반듯하게 개어 놓고 침대를 좋아해 침대보도 손바닥으로 쓸어서 팽팽하니 만드는데 한나절을 보내는 걸 보는 그녀의 생각으로, 주니어 잡지 한 권을 주면서 보라고 했다.
  그녀의 생각이 맞아 떨어졌다. 책장을 넘기고 바라보는 눈이 행복감이 어린다. 젊었을 때 한복을 지으며 알록달록 고운 색깔로 만들어진 한복의 맵시가 천사가 입고 춤을 추는 상상이 치매로 말을 잃어버린 기억 속에서 꽃으로 피어 웃음을 보내던 오색무지개를 타고 하늘로 오르는 꿈을 꾸는지도 모를 일이다.
  남편을 잃고 오직 딸들을 키우며 슬픔과 외로움은 오직 하느님에게 의지한 믿음의 신앙, 절대적인 하느님 앞에 모든 걸 맡기고 살았을 태순 할머니,

젊었을 적 한 미모로 뭇 남성의 가슴을 뛰게 하고도 남았을 것이다.

밥도 먹여 주어야 먹었고 말 한 마디도 하지 못하는 바보가 바로 태순 할머니다.

여기 온 할머니나 할아버지는 모두 성치 않은 분이다. 첫째 소 대변을 볼 수 없어 기저귀를 차고 있으며 불만을 모르고 주면 먹고 안주면 굶는 바보다. 어찌 보면 갓난아기다. 너무 순진해 어린양이라고 부르고 싶다.

똥, 누구나 싸는 똥, 먹으면 싸야지 뱃속에 넣고는 못사는 똥, 잘 먹고 잘 자고 똥 잘 누면 잘 사는 똥, 똥은 똑같은 똥인데 싸면 치우기 힘들고, 더 냄새가 나는 똥, 잘 먹은 똥 빛깔은 황금색이고 냄새도 덜나고, 못 먹은 똥 빛깔은 시커멓고 냄새는 썩은 내가 난다는데, 쌀밥 먹은 똥은 차지고 노랗고, 보리밥 똥은 거칠고도 시커먼 색이면서 구리지도 못하고 시큼털털 썩은 내가 난다 했다. 그래서 육이오 사변 후에 미국 놈 똥은 구린내도 없는 황금색이라는 말이 유행어로 굴러다닌 때가 있었다.

그녀가 간병인으로 이 희망복지센터에서 두 달째 똥과의 전쟁으로 정신없이 보내던 어느 날, 말 못하는 태순 할머니가 말문이 터졌다. 여느 때처럼 밥을 떠먹이는데 그녀를 보며 "같이 잡수세요."라는 말에 그녀는 기뻐 웃으며 "할머니 고마워요. 나는 할머니를 사랑해."라는 말을 해 주었다.

웃지도 않던 할머니는 멍하니 있다가도 내 눈을 맞추며 웃었다.

책 1권이 모두 뜯기고 차곡차곡 비단을 개어 쌓듯이 날마다 흩었다가 다시 반복하던 할머니는 대변도 삼일에 한 번씩 변기에 앉히면 누었다. 물론 오줌도 뉘었으니 기저귀 발진도 없어졌다.

사랑, 진실된 그녀의 사랑이 태순 할머니를 변하게 만들었다. 목욕을 시키니 시원하다고 말했으니, 그녀는 태순 할머니 따님에게 전했다.

"딸도 모르는 엄마가 어디 있겠어요. 딸이라는 건 정말 모르는 건지 만나면 좋아하는 표정이 역력하니 안다고 생각해요. 아주머니는 조용한 파리의 여인이라고 이름을 지어 불렀어요."

그녀의 말에 딸들은 웃으며 "엄마는 빠리 여인이래." 한다.

"아니 파리 여인이야."

딸들의 말끝에 당당한 목소리는 태순 할머니 말이었다.

그래 칭찬은 고래도 춤추게 하고 사랑은 악의 마음까지 울게 한다고 했던가.

그녀는 저녁을 먹이기 전 한 번도 기도문을 낭독한 일은 없고, 기도한 적 없으면서 태순 할머니 앞에서 두 눈을 감고 나오는 대로 했다.

"하느님 불쌍한 태순 할머니를 위하여 기도를 드립니다. 잃어버린 기억과 잊어버린 말문을 열게 하여 주옵소서."

그녀가 장난기로 웃으며 기도를 끝냈을 때 태순 할머니도 그녀를 바라보며 웃었다.

"할머니 교회에 가고 싶어요?"

그녀가 물었더니 고개를 끄덕였다.

날마다 똥냄새에 취해 채독에 걸릴 것 같은 하루가 기쁨으로 웃게 하여 주신 태순 할머니의 하느님께 감사드립니다. 아멘.

그때였다. 황 할아버지의 큰 부름소리가 그녀를 놀라게 한다. 그녀가 뛰어가다시피 갔을 때, "아줌마 여기 쓰레기통에 누가 똥을 싸고 갔어."

그 쓰레기통은 황 노인 침대 발끝에 놓은 것인데 황 노인이 혼자 사용한다. 참 이상도 하지 정신이 멀쩡한 황 노인이 싸놓고 말한 일인지, 생각이 거기까지 미치자 범인이 누군가 머릿속에 넣고 굴렀다. 작고 왜소한 황 노인은 뇌졸중으로 왼쪽 팔다리를 못 쓰고 운동부족 때문인가 늘 변비로 며칠에 한번은 관장을 한다. 휠체어를 타고 넓은 옥상에서 일광욕을 할 수밖에 없는 환경 속에서 옥외 나무 그늘이 있어 그나마 밖의 세상을 보는데도 내 손이 필요했다. 어느 날 며느리 둘이서 먹을 음식을 싸들고 왔다. '웬일로 둘이나 왔대.' 난 속으로 반가웠다. 마누라 대신 꿩이라도 얼마나 좋으냐. 황 노인은 입을 다물고 있다가 아이들은 잘 있지. 딱 그 말만 했다.

내가 눈치껏 며느리 한 사람에게 말했다.
　"옥상에 바람이라도 쏘이게 해 주세요. 점심 드시면 한번은 꼭 그리 합니다."
　"시간이 없어요. 오늘 모처럼 시간을 냈는데 예술의 전당 공연에 맞추어야지. 아주머니께서 수고하셔야 되겠어요."
　봉투까지 장만해 온 건 아주 특별난 케이스다 야채와 과일로 요구르트와 소스로 버무린 그리고 샌드위치였다.
　"봉투는 준비 안 하셔도 됩니다."
　"운동 부족이시니까 변비로 고생하시거든요. 그래서 이렇게 부탁드립니다."
　그녀들은 아직 젊었고 멋쟁이었다. 억지로 받은 봉투는 오만원권 두 장이었다.
　늘 침대에서 떠날 수 없는 황 노인이 누가 들어와서 똥을 싸 놓고 갔는지 모르는 데는 잠이 들었을 때일 것이다. 난 그 일로 범인을 잡아야 했다. 그냥 두고 있다가 또 일어날 일이었다. 난 환자들 기저귀를 일일이 살피고 냄새까지 맡았다. 냄새야 특이한 냄새로 비슷하지만 개가 하듯 슬그머니 맡았다. 그런데 태순 할머니한테서 냄새가 났다. 난 환자복을 벗기고 팬티를 내렸다. 변이 묻어 있었다. 화장실도 안 갔는데 그러고 보니 황 노인의 쓰레기통, 난 아무런 말도 안 하고 태순 할머니를 데리고 목욕탕으로 갔다. 옷을 벗기고 샤워기로 전신을 적시고 물받이 다라이에 물을 받게 하고는 샤워타올에 비누칠을 하고 몸을 닦으며 "파리의 연인이 할아버지 쓰레기통에 똥을 싸다니 아이 창피해." 딱 그 말로 표정을 살폈다. 듣는지 마는지 아무런 반응 없이 내가 해주는 대로 서 있으면서 비쩍 마른 다리에 힘을 준다. 창피한 걸 알면 그러겠나. 화장실이라고 생각을 했던가. 그런 판단까지 내가 태순 할머니도 아니면서 단정할 수도 없으니 냄새나는 몸을 씻겨야 하는 내 일이니까.

그 때 목욕탕문이 열리면서 원장 사모님이 들어온다.

"똥 쌌어요? 그냥 밑이나 닦아줘요. 어제 목욕했으니까. 기름 값이 비싸서 일주일에 한번으로 하세요."

환자는 자주 씻겨서 자극을 주는 게 좋다. 운동 부족인데 씻는 게 여러 모로 좋은 일인데도 난방비에 수도세도 무시 못 할 경제낭비로 생각할 일이었다.

"황 할아버지는 돈도 많다는 소문인데 외출도 안 시키고 아들 며느리까지 삐끔 보러 와선 언제 죽는가, 엿보러 오나. 부인도 있다고 하는데 황 노인이 첫사랑 여자한테 수억의 돈을 준 게 들통이 나서 부인이 아주 돌아섰대요. 병원장으로 있었대요. 황 노인이."

"첫사랑 여인은 들여다보나요?"

"한 번도 안 왔어요. 이렇게 아픈 줄 모르나봐. 아님 남편이 있어 못 오던지."

"사모님, 태순 할머니가 변비로 고생하는 거 아세요."

"노인들이 다 그렇지. 먹는 거 시원찮고 운동 부족인데 할 수 없지. 먹는 대로 설사하는 것 보다야 낫지. 그 대신 관장 시키잖어."

"변비가 나쁜 건 아시지요. 알면서 그리 말씀하시면 안 됩니다."

난 그렇게 말하고 싶었지만 그만 두었다. 간병인이면서 주제넘게 굴다니… 태순 할머니의 수명도 기름 없는 등잔불이란 걸 짐작하고 있었다. 식욕이 점점 떨어져 갔고 억지로 먹이면 입을 꾹 다물었다.

날이면 날마다 전쟁이었다. 도마동 할머니로 불리는 소순만 할머니가 오늘 들어왔다. 며느리와 딸이 같이 왔는데 아들도 대학병원에 입원중이라는 며느리의 넋두리였다. 전체의 몸은 작은 편이고 얼굴에 박힌 눈동자며 착한 모습뿐이라고 쓰여 있었다. 전립선 수술로 보름은 입원해야 하기 때문에 시어머니를 모시고 왔다는 것이었다. 대소변 문제도 그런데다 손이 모자란다는 사정 이야기는 딸까지 거들고 있었다. 식당을 해서 딸도 꼼짝도 못한다는 거였다. 그 말이 끝나기 전 며느리가 눈물을 글썽이며

"우리 어머님은 젊어서 고생도 많이 하시고 아들 딸 남매 키우시느라 소금을 이고 도마동서 대전역까지 와선 점심도 굶으면서 장사하고, 그 무거운 소금을 이고 차비가 아까워 걸어가고 오고 하셨대요. 웬만하면 제가 모시고 있어야 하는데." 며느리는 눈물까지 보인다.

환자분들의 사정이 인생사의 일부지만 마지막 끝이란 종점에서 저 세상으로 가고자 하는 슬픈 단면의 일부지만 그 끝은 얼마나 걸릴까. 목숨만 붙어있지 갓난아이가 되어있는 노인들 모습에서 인생의 회한悔恨의 끝을 본다.

황 노인이 점점 쇠로衰老한 모습이더니 저녁식사도 못하고 누워선 마른 똥이 막았으나. 항문이 열렸나 진득한 변과 설사로 감당키 어려울 만큼 싸고 싸기를 기저귀로 몇 번을 받았는데 늦은 밤 열한 시에 숨을 거두었다. 연락을 받은 자식들이 달려왔지만 굳은 표정이고 이렇다 할 반응 없이 장례식장으로 옮겨졌다.

간병인의 잘못은 아닌데도 난 내 잘못도 있다는 자책의 선입감이 들었다. 간병인 자격증을 따고 아직 일 년도 못 채운 나는 성심껏 보살폈지만 회의감도 없지 않았다. 아직 젊은 나이다. 어느 날 풍채가 큰 할아버지가 황 노인의 자리로 들어왔다. 살이 너무 찐 탓이었다. 바른 쪽으로 온, 풍으로 제대로 걷지 못하는 데다. 살이 찐 탓에 먹기는 남보다 두 배나 되어 싸기도 많이 싼다. 그 걸 치우고 보면 몸을 씻겨야 한다. 냄새로 안 씻길 수 없다.

어느 날 씻기느라 샤워기로 머리서부터 물을 뿌리고 샤워타올에 비누를 묻혀서 닦으면 고맙게 가만 있어야 하는데 개소리를 하고 있었다.

난 그만 손을 들어 따귀를 갈겼다. 그리고 물도 닦지 않고 환자복을 입히고 휠체어에 앉혀선 침대까지 데려다 놓고 그 길로 원장님 사무실로 가선 내일부터 나올 수 없다고 말했다.

왜 그러냐고 원장이 묻고 있었다. 난 말했다.

"난 간병인 자격이 없어요. 그 할아버지 내가 때렸어요. 참을 수 있어야 하는데 난 그러질 못했어요. 삼일만 나올 테니, 그 안에 간병인 구하세요. 황 노인 돌아가셨을 때 한계다 했거든요. 바보 같은 노인들을 때린 내가 이젠 한계가 왔어요."

그 날도 역시 쓰레기까지 밖에다 내 놓고 집으로 왔을 때 고 3 딸이 와 있었다.

"고생했다. 엄마. 며칠 안에 그만둔다. 돈 몇 푼 번다고 내 딸 고생시키고 남편까지."

"엄마 잘 했어요. 내가 시험보고 아르바이트 할 거야."

"그래 나도 그 땐 다른 일자리 찾을 거야."

"엄마 오늘 무슨 일 있었어."

"아냐 싫증도 나고 좀 쉬면서 너 뒷바라지 하겠어."

젖은 손으로 물기 있는 볼 따귀를 때렸으니 벌겋게 손자국이 난 걸 보니 아니다 싶었다.

"아줌마 나랑 O할래, 나, 하고 싶어."

그 말에 참을 수 없는 분노는 무엇이었나. 이건 내 자존의 상처다. 아니야 바보도 아닌 인간이하로 보았을 내 의식 속에 경멸을 표출한 졸렬한 행동이었다. 너그럽지도 아량도 없는 내가 그래도 사람인 남자라고 날 이성으로 보았을 가여운 사람을 업신여긴 거야. 그런 이해도 못하면서 간병인이라고? 난 더는 못한다. 못한다. 못하겠다는 생각으로 삼일 째 나갔을 때, 난 준비한 과일 몇 가지를 들고 갔다. 서먹한 그 할아버지께 바나나를 벗겨주면서

"할아버지 죄송해요 딸 같은 내게 그런 말하면 안 되잖아요. 다른 사람에게 절대로 그러시면 안 됩니다."

바나나를 한입 물고 우물거리는 할아버지 눈이 얼마나 순진한지 아기

토끼 같다고 생각했다.

환자가 많지 않아서 간병인이 바로 들어왔다.

난 그만 둔 지 한 달 만에 병원을 찾았다. 태순 할머니가 보고 싶고 궁금해서다. 뺨을 때린 할아버지도 잘 있는지 궁금했다. 소금장수 할머니도, 말 안하는 송 할머니는 96세나 되었는데 그 할머니도 궁금하긴 마찬가지였다. 파리의 여인이라 불렸던 태순 할머니가 남다르게 생각되어 보고 싶어 가노라니 하나같이 궁금하다.

병원건물 4,5,6층이고 옥상이 있어 그나마 숨통이 트인다. 아는 얼굴을 비껴서 태순 할머니 병실로 갔다. 이름이 적혀있어야 하는데 자리를 본다. 낯 설은 얼굴이 누워 있었다. 감쪽같이 사라졌다는 생각이 들면서 불안이 겹쳐온다. 난 아는 얼굴에게 묻는다. 청소 아주머니다.

"댁이 나가시고 바로 돌아가셨어요. 미국에 있는 딸이 와서 화장장으로 미국으로 모셔갔대요."

"아 그랬구나."

내 탓인가 싶었다. 잡지책으로 패션과 모델이 있는 사진을 그리도 좋아하신 할머니, 나중엔 한 장씩 떼어 차곡차곡 쌓아놓고 재단하듯 접더니 돌아가셨다. 허무했다. 진작에 찾아올 걸 너무 늦었어. 난 과일을 놓고 도망치듯 나왔다. 내가 누굴 만나러 온 거지? 정신이 아득해진다. 문득 잊었던 기억을 떠올리듯 친정어머니가 생각났다. 아직 정정하신 어머니, 고향인 제천 봉양서 오빠와 올케의 보호 속에서 잘 계시는 어머니, 막내인 내가 한 번도 씻겨드린 적 없어, 간병인이 되어 노인들에게 깨끗하게 씻겨드린 일에 자부심까지 가졌던 것이 이젠 끝났다.

아 내일이라도 친정어머니를 뵈러 갈 것이다. 시부모님은 뵈 온 적 없어 명절을 기해 공주 송정리 산으로 가서 온 식구가 간단하게 두 번의 절로 인사로 대신한다.

산소도 없애야 한다는 사회적 여론에 따라 납골당이나 수목장 아님 물에 떠우는 것이 보편적인데, 제상에 음식을 차린다고 망인이 찾아와 음복인들 할 것인지 마음에 있는 생각의 효심이면 날이면 날마다 효고 효심이다.

난 뒤돌아 오는 중에 또 마음이 바뀐다. 군에 간 아들은 제대가 일 년이나 남았고, 딸 뒷바라지는 두어 달이다. 그런데 집을 또 비우다니 가을바람이 불고 있으니 추석이 곧 오면 깊어질 가을인데, 딸에 시험 치를 때까지 꼼짝도 말자.

난 허탈한 마음만 안고 오면서 태순 할머니의 명복을 빌었다. 그 미소뿐인 입과 주름살에 감추어진 눈동자, 그 위로 겹치는 얼굴이 있었다.

아 엄마, 엄마 볼을 타고 흐르는 눈물, 아. 엄마!

■ 콩트 _ 꽃이 필 때까지

난 혼자다. 혼자라고 느낀 게 오늘만은 아닌데도 아침에 눈을 뜨고 천장을 보면서 너무 낮은 천장이 밤새 내려앉았는가 생각을 하는 순간 다섯 평, 방이 너무 크다고 느꼈다. 침대 없이 살았던 친정집에서의 습관대로 두터운 요 위에, 겨울엔 담요, 여름엔 마麻나 인견, 까실까실하고 시원한 느낌이 좋아서 면보다 더 많이 사용한다. 살집이 좋은 남편은 맥반석에 자면 타올만 깔고 물오리 배를 내 놓은 채 자는 걸 좋아했다. 난 친정에서 가져온 솜요에 묻고, 한방에서 두 개의 침방이 놓여 있다가 이젠 하나만 놓였다.

이혼한 지 꼭 석 달이다. 그 이혼이란 게 쉽고도 어려웠다. 합의이혼. 법원에 가기 전 동사무소에서 서류 작성해 법원의 판결까지 시간 소요는 물론, 심리적 압박과 갈등으로 지칠 대로 지쳐가면서 배신이란 누명까지 서로에게 덮어씌우며, 미움은 원수라는 적의敵意를 가슴에 심고 헤어진다. 그러나 그게 끝이 아니었다. 억울했다. 죽이고 싶을 만치 미웠는데 그만큼 상처는 깊었다. 홀가분하다고 느낀 건 체념이지 가슴에 구멍은 숭숭 결핵균이 갉아서 먹은 것처럼 나 있어 찬바람이 드나들었다.

윗몫에 깔렸던 이불과 요가 없어진 사실, 개운한 만큼의 허전함은 무엇인지, 짜증이 나면서 왠지 허허한 느낌, 그리고 너무 적요寂窈하다 못해 오싹 소름이 돋을 만큼 춥다. 겨울과 봄의 갈등, 그건 환절기에 겪는 감기 같은 것일 수 있다. 아니라면 초봄이 겨울의 한기를 안아서 보내듯, 봄이 겪게 되는 아픔이다. 어서 가야 해요. 난 새싹과 꽃을 피워야 해요. 애원하며 겨울을 보내는 봄의 아픔이다. 그런 아픔이면 사랑이다. 이런 자연의 순리와 이치에 따른 줄다리기 싸움은 그래도 아름답다. 계절에도 환절기라는 아픔을 겪으면서 새로운 변색은 경이로움과 신비스런 생동감에 찬사를 보내야 함은 인간의 몫이다. 그러나 인간인 나는 지금 봄이 와 있는데도 그걸 느끼기보다 혼자라는 외로움에 몸을 떨 듯 추위를 느낀다. 천정을 누워서 보긴 참 편하다. 그런데 천정이 올라갔다. 자꾸 밑으로 내려앉는 것처럼 보이다 다시 올라간다. 난 벌떡 일어나 섰다. 그리고 보니 책을 뒤적거리다 그냥 잠이 들었다는 걸 알겠다.

- 풀꽃들의 조용한 맹세 -

미야모테 테루 -

일본작가 장편소설, 그가 추구하는 자연과 인간의 불신을 아름답게 파헤친 소설을 마지막을 죽음으로 끝낸다.

난 소설가라고 자부하면서 오직 그리스도의 믿음의 신앙의 종은 예수를 통한 하나님의 령에 따른 생활실천이 혼자만의 선善이라는 착각으로 남편을 한심한 인간으로 치부하고 무시했는지 생각한 건 이혼하고 나서부터였다.

당신은 천박해. 그렇게 말해도 너무한데 넌 속물이야. 예수님이 너 같은 인간 때문에 십자가에 못 박혀 죽었어. 먹지 마라 술은 독이다. 담배도 피우지 말고 도박도 하지 마라. 하였지만 너라는 인간은 다 하잖아.

난 남편을 이렇게 무시했다. 사실 마음에 드는 짓은 안 하면서 속물들이 하는 짓은 다하고 있었어. 그런 인간을 무시한 내가 잘못이야? 난 주일마다 교회에 나가서 가정과 가족의 안녕을 빌고 기도했다고.

난 소설가야. 너 하고는 차원이 달라. 난 널 기다리는 것으로 내 인생을 보냈어. 결혼하고 아들 낳고 10년은 그럭저럭 바쁘게 보내면서 늦은 귀가와 일로 고생하는 남편을 이해하려고 하면서 살았지만 어찌하다 또 10년을 참고 지난 20년을 모두 속았다고 생각한 난 남편의 방황이 한 여자 때문이란 사실이었다.

서로가 믿음이 깨지고 나니 깨진 그릇 맞추는 격이었다. 내 콧대는 높아져선 꺾이지 않았고 남편의 불만의 반격은 네가 날 인간 대접했느냐, 남편 대접을 해줬느냐, 난 날 사람으로 대하는 여자에게 안기고 싶어. 난 너 때문에 외로웠어.

마지막을 위한 말은 서로에게 변명이 되었지만 나 역시 너 때문에 외로웠어. 그렇게 말해도 될 텐데 난 이미 널 포기하고 살았어. 그러기에 아직 살아있어. 내 청춘이 아무 쓸모없는 너로 하여 썩었다는 게 억울할 뿐이야. 이것도 싸울 때 주고받은 돌맹이였듯 서로에게 상처가 되었다.

자숙의 기일로 정한 날짜가 가까워지는데도 전혀 타협도 반성의 여지도 없이 살았다. 급기야 숨이 막힌다며 남편은 여행 가방에 옷가지를 쑤셔 넣고 그의 어머니 집으로 갔다고, 아들 핸드폰에 문자로 보냈다. 난 콧방귀를 뀌면서 저주를 퍼부었다.

잘 갔네. 가출은 이혼의 사유잖아. 위자료나 달라고. 얼마나 좋은지 곧 알게 될 거야. 꼴에 여자가 있어 얼마나 잘 사는지 보자. 이런 악의적인 생각과 말로도 용서할 수 없었다. 하긴 맹 집사와 나는 그렇고 그런 관계를 넘어 밀회를 즐겼잖아. 처음은 교회에서 눈으로 한 약속이 어느 날 점심을 먹고 부활절날 감사와 축복을 하나님께, 그리고 밤 예배 때 손을 잡고 기도를 하면서 얼마나 행복했는지. 불륜이란 단어가 없다면 가슴을 뛰게 하는 느낌의 사랑도 있었지만, 그것으로 끝낸 건, 문단의 삼류시인을 스스로 자칭하는 임시인의 추파에, 자존심에, 상처를 입었다는 생각에서 벗어나기는, 그래도 하나님을 섬기는 신자들에게서 찾으려고 했다. 살랑거리는 봄바람 같은 나 자신을 현명하고 인간적인 지극히 인간적인 인간이라고 콧대를 높였으나 나보다 별 수 없는 인간은 상대도 안한 편협된 사고방식으로 사람을 골라서 상대하고도, 전혀 잘못을 모르는 두 얼굴의 인간이 남편을 무시하듯 대하고도 사랑과 믿음이 영원하리란 자만에 곁을 지킬 것인가. 난 봄바람이었으나 꽃을 시샘한 비바람이었다. 소설가라는 허물을 쓰고 사진기자도 낚아선 한 오년 미쳐선 염문을 뿌리다, 하나님이 무서워 떨쳐버린 건 나의 능력인가도 모른다.

간음을 하지 마라.

난 남편을 사랑하지 않았지만, 남편이 있었기에 자제하고 참으며 기다렸다. 이젠 기다릴 필요도 없다. 마지막으로 만날 이유는 합의이혼에 따른 위자료 문제다. 난 문자로 만날 것을 알렸다. 이혼서류는 이미 가정법원에 제출한 상태고 남은 것은 꼴 난 위자료 문제로 얼굴을 봐야 한다. 살고 있는 아파트 지은 지 오래된 24평집도 시어머니가 보태준 돈으로 샀다. 아들 하나 키우고 살기엔 좁지도 넓지도 않고, 생활하는데 지장은 없었다.

"이집 당신 줄게. 그리고 정년까지 생활비 120만원 주지. 보너스는 제외야."

"그렇게 못해. 봉급도 50% 보너스는 30%"

우린 그렇게 합의 보았으나 난 인증까지 신청하길 원했다.

"날 못 믿어. 지금 이 마당에 다 주고 싶지만 나도 살아야 하니까. 그리고 재선이가 대학을 마쳐야 하고, 난 애비니까 끝까지 책임진다."

남편은 이혼까지 생각 안 했다고 말했으나 난 헤어지는 게 최선이라는 생각을 굳혔다.

난 이미 다른 남자를 알았고 싫증을 느낀 게 원인이라 해도 난 잘못을 인정하고 싶지 않았고 남편도 그런 날 진저리 칠 때였다.

"야 네가 잘났어. 꼴라 게 쓰는 글로 네가 소설가? 남자는 따뜻하고 날 좋아하는 여자가 좋아. 애인 같으면서 엄마처럼 날 받아주는 그런 여자가 좋아. 텍텍거리고 날 무시하는 너, 난 이제 진저리가 나. 그래도 조강지처라고 대우하고 이 말만은 안 하려고 노력했어."

우린 이렇게 미워하고 헤어질 때까지 아들은 상관도 방관도 할 수 없는지 군대에 지원해 갔다. 법적으로 이혼하던 날 법원을 나서기 전 법원 뜰 소나무 아래서 난 한마디 건네고 돌아설 말을 찾다가 끝내 찾지 못하고 솔 나무 가지 사이사이로, 푸른 솔잎 사이로 보이는 하늘을 보고 잠자코 있었다. 그 때 남편이 벤치에 소리가 나도록 털썩 앉으며 날 더러 앉으라고 명령하듯 말했다. 난 오기가 생겼다. 잘 살아요. 그 말도 아주 의무적으로 그리고 냉소적인 말로 그리고 차갑게 돌아섰다. 그리고 타박타박 발소리를 내면서 떠났다. 남편은 더 이상 날 불러 세우지도 않았으니 담배를 끊었어도 가방에 챙겼을 담배 한 가치를 태우고 일어설 것이란 걸 난 알고도, 난 될수록 냉냉하기로 작정했다. 인연이 있어야 만나고 부부가 되는 것은 하늘의 뜻이라 했다. 하지만 헤어지는 건 쉬웠다.

난 여전히 이 집에서 살고 밥 먹고 잠자고 일어난다. 그런데 이상했다. 화분의 꽃들이 겨울도 아닌데 빛을 잃어갔다. 마른 플라워 스타치스만이, 난 야위어 가면서 그대를 짝사랑하고 있다오. 그 사랑으로 애가 타지만 슬프진 않아요. 베란다를 통한 유리문을 가리고 있는 삼배나무 거실 장위에 거꾸로 매달은 스타치스는 긴 대궁과 걸맞은 작은 꽃들로 이룬 우아함이 깃든 꽃으로 이국 만 리에서 와선 "날 사랑해 주세요." 그런 말을 하는 것처럼 보이도록 빛깔도 연보라 진보라, 그리고 홍보라 빛깔의 꽃이 마음을 끌었다. 이 꽃을 선물한 사진작가 김세형 그는 냄새를 풍기는 바람둥이로 혼자라는 자유를 가졌으니 내가 손을 내밀면 금방 달려올 인간이다. 난 그래서 싫었다. 하다못해 커피도 내가 사야할 만큼 그는 가난한 노총각이다. 말이 총각이지 능구렁이다. 저 마른 꽃도 크리스마스 선물이라고 날 찾아 교회까지 왔기에 받았지만, 그때 그날은 나도 행복했었다. 왠지 버리기엔 서운했다. 꽃이 무슨 잘못인가. 꽃은 행복의 선물이다. 가끔 문자로 안부를 묻는 그가 문득 떠오르는 아침이다. 물론 스타치스를 보면 생각나지만, 그런 내가 간음죄가 된다. 아냐. 키스 한번 가볍게 한 것이 뭐 그리 큰 죄라구. 난 너무 외로워 그랬어. 난 새삼스럽게 이런 휴지 같은 생각을 하는지. 난 창문을 열어놓고 또 거실문도 열고 베란다로 나갔다. 봄 햇살이 아롱아롱 유리창을 간질이듯 매달린다. 금전수 싱그럽던 잎과 물기둥처럼 뻗었던 줄기가 주저앉기 직전이다. 겨울에 그 추위에 유리문으로 견디기엔 너무 추웠나. 사실 나도 남편도 미쳤으니 화분에 마음 쓰고 가꾸면서 들여다보았는지 생각을 했을 때는 이미 목마름에 죽어 있었다. 나도 모르는 한숨이 나오면서 난 눈물이 나오는 슬픔을 알았다.

난 그 후 베란다 창문에 비추는 햇빛도 두려웠다. 누군가 내 몸에 총을 겨누고 조준照準하면 어쩌지, 그러면 난 가슴에서 시뻘건 피를 쏟고 쓰러져 죽을 거야. 커텐으로 가리자. 난 겨울에 쳤던 진 녹두색 커텐을 다시 꺼내 치면서 안심한다. 전에 없던 불안감에 나 자신을 아연해 하며 혼자가 되어보니 철저한 보호본능은 스스로가 책임져야 한다. 배가 고프다고 느낄 때 밥하기는 죽을 만치 싫어 누군가 전화로 불러주길 기다리다 커피포트에 스위치를 눌러 물이 끓는 소리에 기분이 좋아져 일회용 믹스커피를 마실 때 누군가 찾아와 주길 기대한다.

발 고린내, 그리고 쉰내 풍기는 노총각 잡지사 사진기자도 지금은 필요한데 노골적인 내 변덕에 그도 나가 떨어졌다. 사실 젊다는 게 자랑이었다. 많은 유혹에 우쭐한 것도 사실이었으나 혼자가 되었다는 게 자신감의 상실이었다. 무조건 내 편이 사라졌다는 사실만으로 난 사형을 받은 죄수가 되어 세상을 두려워할 영혼처럼 떠돌다 거리에서 폭탄을 맞고 부서지던가. 총을 맞고 쓰러져 죽는 상상만으로 외로웠다. 그리고 차 사고로. 어쩌지 멍하니 있다 텔레비전을 켰을 때 사건의 보도를 보면서 이 세상의 부조리와 잔악성에 내 한 몸 살아서 움직이고 보호받을 사랑이 없다는 생각 속에, 미워하고 원수 같았던 남편이 그래도 낫다고, 그런 생각이 들었으나 이미 베어진 나무는 뿌리라도 있지만 가버린 사랑은 그리움마저 슬픔인 것을 어쩌랴.

난 소주를 마신다. 술맛이 궁금했던 만큼 쓰디쓴 물, 그 쓴 물을 왜 마실까. 그런 생각이 더욱 부추기는데 어쩌란 말인가. 나를 잊고자 한 짓인데. 난 그 쓴 물을 더 먹지 못했다. 이걸 왜 마시는 거야. 하나님께서 먹지 마라 하신 이유가 분명하다. 인간이 짐승으로 살아갈까 염려 하신 거다. 난 두 잔을 마시고 보니 몸은 후끈 달아올랐지만 한기로 오싹 소름이 돋았다. 난 이불을 얼굴까지 덮고 자리에 누웠다. 주일날부터 수요 예배도 빠지고 끙끙 앓았다. 그간 몸과 마음이 지쳤다. 먹는 것도 잊고 잠만 잤다. 전화가 걸려왔고 급기야 교회서 보낸 장로님이 부목사와 함께 찾아왔다.

이혼이 부끄러운 것도 없지만 자랑할 만한 것도 아니다. 다만 이해 부족에서 오는 배려와 용서와 화해를 져 버리고 자존심만 앞세워서 스스로의 잘못을 남의 탓으로 전가하는 데서 좋은 인연을 보낸 뒤에 후회하는 것이라고, 인생을 나보다 많이 산 장로님과 부목사님의 조언에 난 부끄러웠으나 이미 엎지른 물이었다. 난 시치미를 떼면서 장로님과의 쓴맛 나는 밀회를 없었던 일로 치부하는 앙큼한 속내를 감추고 눈을 감았다. 많이 아픈 척하면서. 커텐을 비집고 든 빛은 여전히 맑은데, 난 종교를 앞세운 거짓된 삶을 아직도 지속하고 있었다.

아들이 제대를 하고 돌아왔다. 아들은 내색 없이 오락가락 들고 나더니 어느 날 집을 나가서 살겠다고 하면서 짐을 들고 나가려다 말고 한 마디 하였다.

"난 아버질 버릴 수 없어. 그렇다고 엄마 곁에서 살기도 싫어. 자립할 테니 엄마 인생이니까 잘 사세요. 가끔 전화 할게요 아버진 혼자 살아요. 그 여잔 아이들 데리고 살다가 아버지가 이혼하자 돌아섰어요. 난 괘씸해서 찾아가서 따졌어요."

"뭐라고 따졌는데. 이미 끝난 일이야."

"좋았으면 잘 살지 우리 집만 박살냈냐고 그랬더니 난 남자보다 내 아이들이 소중해. 내 집에 남자가 들어와 산다는 걸 아이들에게 보여줄 수 없어. 애들 아빠도 돌아올 것이고, 그래서 내가 아버지랑 살겠어요. 엄마는 아빠를 무시했어요. 잘 지내세요."

아들은 옷 보따리와 컴퓨터만 가지고 갔다.

난 아무런 말도 안 했다. 남편의 일이니까 그런 배신도 있구나. 좋았다 싫으면 가차 없이 차버리는 나 몰래 만났을 때와 이젠 터놓은 울타리 속 배추밭에 똥 싸고 오줌 싸기도 싫증난 고양이 한 쌍이었는데 눈치코치 살피는 짓에 흥미가 없어졌다는 식의 관계는 무엇이었나. 난 허탈 속에서 자신이 했었던 바람기를 되돌아본다.

뛰어난 미모도 아니면서 백자기 술잔에 담은 찰랑대는 백포도 와인 빛의 술을 앞에다 놓고 마시고 싶은 사내를 유혹하는 감꽃빛의 와인을 들어 마시게 한 내 가녀린 손이 더 탐이 나게 바라보던 사내가 그 동안 몇은 있었다. 난 그게 나의 미모가 재산이 되는 듯싶어 적당히 만나고 고상한 척 자리를 털고 피할 줄도 알았다. 그러다 내 스스로 뛰어든 우물에서 빠져 나올 수 없는 지경에서 싱싱한 젊음에 그냥 항복하고 말았다.

사진작가라는 예술과 소설가라는 예술혼의 부합, 로맨틱한 상상의 꿈으로 꿈을 꾸는 어리석은 사랑이 그때는 왜 그리도 좋았는지.

만약 남편과 이혼하면 내가 책임질 테야 그렇게 말했던 그가 내가 이혼했어, 했더니

"이혼까지 할 게 뭐야, 내가 가슴이 떨린다. 부담스러워."

입으로 말하고 눈으로도 말하고 있었다.

"난 양심이 허락하지 않아."

"몰래하는 사랑, 난 하나님을 속였잖아 남편은 다른 여자가 있으니까 괜찮은데. 이미 죄는 있다면 지은 죄고 죄가 아니면 왜 인간을 만들 때 남녀를 만들었겠어. 맘에 들어 좋아하면 사랑이라는 감정으로 맘껏 사랑이란 죄로 좋아하고 즐기다 헤어질 때 그 미련까지 가져가야지 안 그래 난 외롭고 당신도 외롭잖아."

"외롭지 않을 때까지야."

난 허탈감에 떨었다. 저렇게 나오다니. 이건 사랑이 아니야. 유희遊戲, 6월의 녹음이 짙은 그늘 아래 벤치가 있었으면 얼마나 좋을까? 벤치가 있는 거리는 20M나 더 가야 있다는 걸 안다. 난 거리의 불빛을 보면서 무작정 걸었다.

"누나 같이 가자. 저녁은 먹었으니 호텔로 가자. 이렇게 헤어지긴 아쉽잖아."

난 아무 말도 하지 않고 걸었다. 어둠 속에서 부끄러움을 느끼는 건 처음이었다. 저 넓은 가슴에 안겨서도 부끄러움을 모르던 내가. 내가. 이렇게 비참하게 부끄럽다니.

■ 단편소설 _ 남자가 늙는다는 것

 덜 잠근 수도꼭지에서 나오는 물줄기가 소리가 있을 리 없다. 소변을 보며 거울을 본다는 게 여유 같은 것인가. 질금거리는데 따른 조심, 속옷을 적시고 가끔 겉옷까지 버리고, 변기까지도 눈물자국으로, 소리 없는 말은 '또 실수였나요?' 어쩔 수 없었다. 나이를 먹으면 그런 거야. 휴지로 뒤처리, 변기 뚜껑까지 닫는 마무리는 근래 들어 서비스다.
 "당신은 변기뚜껑을 왜 닫지 않고 나온대요. 내가 닫는 수고는 변기에 손을 댄다는 비위생적인데, 본인인 내가 싫다는데 있다 머 그런 생각에서 난 당신에게 부탁합니다."
 아내의 말이 부탁인가. 어느 날 잔소리처럼 들었을 때 내 집에서 내 맘대로다. 그 말을 깔아놓고도 한편 주눅이 들을 만큼의 걱정이 된다.
 변기통에 망신주기가 아니라 내 망신이다. 오줌줄기에 변기통이 깨질 만큼 힘찬 방뇨란 사내들만의 자랑의 농담에도 진실이 있었다.
 어릴 때 어머니가 내게 하셨던 말을 절대적인 교육으로 배운 간접적이 아닌 실무적인 경험으로 잊지 않았다.
 "오줌마려." 내 말에 "오 그래. 착한 우리새끼." 바지를 내려 검지로 받들어 싸기에 수고는 고사하고 아이고 잘 싸네. 칭찬까지 거기다 즐거운 감탄사를 들으며 나도 좋았다. 실수로 옷을 적시고 이부자리에 지도를 만들었어도 그 기억조차 아름다운 어머니 사랑이다.
 아내의 잔소리에 내가 늙은 거다. 자신 없는 걱정이다. 생리적 현실 가끔 실수라는 변명이 슬퍼한다. 하지만 나이 70이 코앞인데 아직까지 아내가 콧노래를 부르게 할 능력은 있으니. 미심적인 물음표가 초조하기도 하지만, 인생이라는 숙제가 서글프기까지 오래 걸리지 않았다.

나이는 숫자다. 이런 말로 위로가 될 때 그냥 웃는다. 하지만 누군가의 센스 있는 말에 초로草路에 든 노인들에겐 기분 좋은 말이다.

"나이야 가라. 오늘은 좋은 날." 노랫말에 힘이 나고 미인 가수가 불러서 또 기분이 좋았다.

왜 나이를 먹어! 배부르지 않는 나이 먹은 적 없는데 처먹었지. 혼자서 하는 말에 누가 시비할 일도 없는데 어느새 어이없는 억울함이다. 억울해서 싸울 일이면 머리가 터져도 이긴다.

나른한 봄 햇살이 베란다로 가득 차게 들어와선 화분의 꽃에 생기를 북돋아 주는 게 눈에도 보인다. 제라늄이 겨울에도 꽃을 피울 만치 따사로운 햇살이나 아내의 정성이 있었으니 겨울 내내 꽃을 본다. 아파트 높이만큼 시야가 넓고 탁 트인 창밖은 하늘이다. 생각을 씹듯이 서 있다. 세상을 구경하듯 눈을 아래로 뜨면 보이는 좁다란 마을 골이 관심을 끌게 만든다. 마른 풀들이 만든 아늑한 골, 그건 실개천이다. 지난 가을과 겨울을 어찌 살았는지 모를 억새 무리 진 언저리는 둔덕이지. 언덕이라기엔 낮은 자린데, 가을에 하얗게 흔들던 억새꽃이 겨울의 추위로 초췌한 어느 인생을 보는 듯하여, 나를 생각하는 날이기도 했으나 봄이 오늘 걸 알았는지 꺾인 꽃대를 안은 마른 잎들이 뒤엉킨 채 주저앉은 모습이 겨울보다 더 쓸쓸해 보여, 생각 속에서 꺼낸 성냥개비로 소리 나게 긋는 불꽃을 들이대고 싶은 충동이 일어난다.

얼마나 잘 탈까. 흐드득 불어오는 바람소리엔 굵은 빗방울 소리도 있었다. 내 마음의 환희의 불꽃을 신나게 바라본다. 난 사실 이런 생각을 수없이 했었다. 불꽃놀이다. 뒤엉킨 갈대 잎들의 마지막은 새로 돋아날 싹들의 삶을 위한 사라짐의 바람이지 허사로운 죽음은 아니다.

그 바람에 성냥을 스윽 그어대고 활활 타버리는 내 갈망에 보답은 새잎의 삶을 위한 불꽃축제가 될 일이다. 그러나 위험한 놀이라서 제초기로 사

사삭 밀어 준다면, 그건 인력이 요구사항에 시간의 소요라서도 자연의 삶에다 맡긴다. 죽은 잎들에 가려 새싹들의 발버둥 같은 노력으로 또 억새는 나서 자랄 것이다. 억척같은 삶을 자연의 순응이라고 말한다.

나도 별 수 없이 자연의 일원이다. 그러나 마른 잎 갈대같이 되어 사라지면 그만인 인생이다. 한 많은 인생으로 살아가는 것 그리고 생각 많은 근심 걱정, 그래서 미련 많고 눈물이 많아 탄식의 미련 때문에 눈물을 흘리는 건 인간만이 할 수 있는 감정 표현의 샘물이 아닌가.

그런 감상적 생각이 들 때가 가끔 있었다. 퇴직 후 시간이 많아서 그런가. 눈뜨면 먼저 베란다 창으로 가서 세상을 보고, 낮고 높은 집들의 고르지 못한 걸음의 지붕들을 눈으로 수평을 만들다가 눈을 깜박이고 길이라는 숨통에서 내 생각을 반쯤 접고 유동하는 물체들의 흐름을 쫓는다.

"여보 어서 씻어요. 아침 다 됐어요."

아내의 재촉에 세상을 두고 난 화장실로 직행한다. 샤워는 그만둔다는 생각이었으니 참았던 볼 일, 그리고 물 양치와 세수다. 식사하고 이 닦기는 오래전 습관이다.

식탁에 앉는다. 식탁이 넓다는 생각을 하면서 차려진 반찬에 눈이 간다. 늘 상대한 몇 가지를 두고 난 새 맛이 나는 반찬을 보면서 입맛을 다신다. 밥상에서 난 늘 즐거움을 느낀다. 아내의 밥상은 내 어머니 밥상처럼 맛있는 행복한 밥상이다. 오늘 따라 자리가 비워진 걸 아쉬워한다.

10여 년 전만 해도 식구가 많았다. 부모님, 그리고 삼남매와 우리 두 내외, 일곱 식구가 아침밥상에 모여 먹는 소리가 숟가락 그릇에 부딪히는 소리와 말이 오간다.

"엄마 나 좀 늦을 거야."

"왜 늦어 시험도 끝났다면서."

끝났으니까 놀아야지 딸들의 말이지만 그 말은 한결같았기에 큰 딸이 했는지 작은 딸이 했는지 곧 잊는다.

"차 조심해라."
"네. 할머니."
"난 축구해요."
아들이 먼저 숟가락을 놓으며 하는 말이다.
"우리 손자. 몸조심 혀."
역시 어머니 말씀이다. 그런 그때 밥상은 아닌데도 생각 속에 있는 아쉬운 밥상이다. 원목을 그대로 통나무를 길게 만들어 열 명쯤 앉아도 될 만큼의 크기라 한쪽만 사용한다. 돌나물 겉절이로 초고추장으로 새로 짠 참기름을 넣었으니 많이 먹어야지 오래 있으면 색이 변하고 맛도 덜해요.
아내의 설명 같은 친절에 기분 좋게 크게 집어 먹었다. 상큼하다. 칭찬의 말이라도 난 그런 생각에 봄 냄새가 나는 군 했다.
"제 때에 나는 걸 먹어야 건강에 좋대요. 냉이는 겨울에 먹고, 봄 돌나물은 제 때 먹은 봄이구 그래서 풋내도 맡고."
오늘은 대화가 있는 밥상이었다. 새싹들을 와작와작 씹으면서 풋살에서 나는 풋내까지 아내의 솜씨로 향기로웠다.
"운동 좀 해요. 실개천이라도 돌아와요."
"같이 갈까."
"오늘 친구들과 약속이 있다고 했잖아요. 같은 과 전공이었는데. 어느 날 화가가 되었어요."
갑자기 소식이 끊겼고, 이혼을 했고, 은둔생활에서 찾은 그림 그리기는 취미도 있었고, 남매는 성인으로서 부모의 결정을 존중한다고 저들만의 자립으로 오피스텔 한 채로 만족하고 친구 송화연은 계룡산이 보이는 공주로 흐르는 공주 천 들판에 지어진 유럽풍의 이층집을 사서 살면서 이층에 작업실을 두고 서양화풍의 그림을 그린다고 했다.
인생의 전환점은 무언가 자극으로 치명상을 입었던가. 심리적 충동으로 회의를 느껴 염세적인 자괴감에 빠져 헤매다 문득 떠 오른 생각 속에서 꺼낸 자의自意적 반동으로 죽었다 살아난 자기반성으로 결심까지 한다. 그런 소식은 소문이 와전된 신상털이가 되었어도 정중히 초대받은 건 반가운 전화였다.

"시청 전시실서 첫 전시회 겸 개인전이니 꼭 가봐야 해요."

"그 사람들은 왜 이혼했대."

난 벌떡 일어나는 무의식 반동에 대한 역 관심으로 퉁명스레 묻는다.

"글쎄요 속속들이 알 일인가요. 오래 살면 정반 미움반이라잖아요. 서로의 자유를 위한 선택이지 늘그막에 헤어질 결심이란 피차에 마이너스지. 그런 관념적 생각은 말아야 해요."

"그런 이기적인 부부생활은 아닐 거야. 뭔가 있겠지. 말하자면 성격이 안 맞는다. 그 또 있어 늘그막에 왜 이혼을 해."

"친구는 50대 이혼 했으니까 딱히 말하자면 서로가 괜찮은 때 진저리 치지 않고 미워하지 않고 헤어졌을 거예요. 그래서 하고 싶었던 일을 하고 제2의 인생을 살고 있잖아요."

난 등짝이 서늘해지는 걸 느낀다. 아내의 말에서 자신이 넘치는 기운은 한límites도 아니면서 주눅 들게 하는 뭔가가 있었다.

아내도 바람을 피울 수 있을까. 설마 날 두고 배신이라니. 만약 그런데도 용서할 수밖에 없다는 생각하며 만약 내가 그런다면 가차 없이 버려질 것이다. 설마 그럴 순 없겠지? 내가 누구야 채 정수지. 난 픽 웃었다. 바람 빠지는 웃음이다.

아내는 꽃단장을 하느라 지금 바쁘다. 주름을 메꾸고 분단장을 하면 한결 낫다. 그게 젊어진다는 게 아닌데 우아한 나잇값이란 거다.

난 지루하다 아내가 나간다니 괜시리 초조하니 기다리게 된다. 꼭 내가 어릴 때 엄마의 외출에 잔뜩 심술을 부리는 것처럼 그 때 그 마음이다.

힐끗 아내를 보면서 난 주방으로 들어가 커피포트를 눌렀다. 식사 후 아내가 로스팅한 커피를 갈아 진하게 내린 커피를 먹었는데 인스턴트커피를 마시고 싶었다. 프림이 우유라서 부드럽다. 압력과 9기압을 유지하여 천천히 프레소라 맛과 향이 깊다. 카페를 자주 찾는 걸 잊고 사는 건 아내와 단 둘이 집에서 마시는 게 습관화된 탓이다.

난 소파에 앉아 처음 마시는 것처럼 맛을 음미한다.

문 열린 방에서 지금 아내는 내가 커피를 마시는 걸 알고 있을 것이다. 술보다 커피를 즐기는 날 위해 바리스타 자격증까지 땄는지 모르나 아내는 아담한 카페가 갖고 싶다고도 했다. 그래선지 에스프레소 머신 커피콩 분쇄기 전동 그라인더가 놓였고 그 외 템퍼 노크박스 그리고 잔도 몇 가지를 준비한 모양이다.

화장을 끝냈는지 아내가 방에서 나온다.

"에스프레소가 남았는데 아직 따뜻할 거에요."

아내가 친절하게 관심 있는 척한다.

난 고개 한번 끄덕이는 걸로 됐어 괜찮아 이 커피 맛에 길들여졌어 이렇게 말한다.

난 지금 불안해 당신은 나갈 테고 난 또 커피라도 마셔야지.

난 알고 있다. 아내도 날 떼어놓고 나간다는 게 왠지 불안한가 미안해서인가 붙잡고 싶은 아이의 눈빛을 외면하고 나가고 싶은 엄마의 심정이면 남편이라도 성가신 존재다.

전시가 10시부터 오픈이니까 서둘러야 한다. 빽만 들었으나 꽃집에 부탁한 꽃바구니를 찾고 지하철로 빠르게 가도 40분이 소요된다. 아마도 친구고 동창이라는 관계 이상의 인정이면 봉투라도 챙겼을 것이다.

"내가 태워줄까."

난 마지막 한 모금을 털어 넣고 생각난 듯 정색하듯 말한다.

"됐네요. 지하철이 더 편해요."

사실이었다. 굴러가면 기름 값이 들고 세상길을 나설 때부터 긴장해야지. 신경이 쓰인다는 것이다. 서비스 차원이라면 아내와 함께 움직이고 알든 모르든 얼굴을 보며 숙쓰러운 인사에 서 의영 남편이라는 딱지도 이마빡에 붙이고 있어야한다. 생각만 해도 싫다. 오늘도 난 집을 지키는 얌전한 아들처럼 있으면서 돌아올 엄마를 기다리는 우울한 심정으로 한없이 기다릴 것이었다. 그럴 땐 포기가 제일이다 나름대로 낮잠이나 자두자. 책을 읽자. TV를 본다. 아 나도 무언가 취미가 있어야지 사실 책을 보는 게 유일한 취미라면 취민데, 시력이 나빠져 도수 안경을 맞췄다. 흔히 돋보기는 두어 개 사 놓았고 그러나 맞춘 거 보상받기 심리전이다. 벌써 노안이라니 돋보기안경을 비치해 놓은 공공장소 같이 내 서재에 두고 있지만 사전을 들여다 볼 때 아니면 거들떠도 안 본다. 인터넷을 뒤지면 되는데 난 가끔 사전을 뒤진다. 그도 오랜 습관이다. 눈 깜짝할 사이에 뻔한 정보를 따라잡고 일하다 익숙해질 때 그만둔 직장 아직은 일할 나이다. 건축과는 사실 일 하려고 하면 할 수 있다. 고문이라는 이름표를 달고 바지저고리로 몇 마디 조언으로도 괜찮은 보수를 받을 순 있다. 퇴직하던 날 행사 끝나고 집으로 돌아와서

"그 동안 당신 수고 많았어요. 감사해요 푹 쉬세요."

미리 준비한 듯 케이크와 꽃다발이 놓인 식탁에 둘러앉은 식구 아들 딸 그리고 두 딸의 아이들 진심어린 위로의 축하자리가 있었다. 얼마 안 된 그 날이 생생하다. 그러나 2년이 흘렀다. 무위도식의 세월이었다.

아이들의 준비로 마련한 여행길. 제주도가 다였다. 그건 신혼여행이었다. 이웃한 일본여행은 출장 겸 시에서 주선한 초대장 없는 도시탐방의 기획으로 간 것이었다. 반듯한 거리와 건축물의 조화 빌딩이라기엔 낮은 집, 그건 잦은 지진 피해로부터 견디자, 난 그렇게 판단했다.

불의 나라 온천이 많고 화산이 터지는 그야말로 불의 고리로 연결된 나라답게 열대식물이 많았고 일본의 국화인 벚꽃나무가 줄지어 심어져 있었다. 벚나무가 우리나라 제주서 건너갔다. 라는 말이 무색할 만큼 많았다.

사실 국외 여행이면 유럽을 생각했다. 특히 영국이다. 유럽의 서부 대서

양 상에 있는 입헌왕국 그리이트브리튼 섬이 가고 싶었다. 해가 지지 않는 신사의 나라는 알고 있었으니 아내와 가기로 한 게 일 년 전이다. 아내는 친구들과 하와이는 갔다 와서 미안해요 기회가 좋아서 포기할 수가 없었다고 했다. 잘 다녀왔소. 난 직장 때문에 나중에 같이 갑시다.

아내는 바쁘다. 내가 무료하도록 놀고 있지, 아내는 동대표도 했고 수영 동호회도 나가고 동창회 총무도 맡고 있었다. 살았다는 이유를 몸으로 움직이고 만남으로 소통과 좋은 인연으로 기쁨을 나누니 그 보다 좋은 삶의 의미가 어디 있겠는가. 시부모님 모시고 삼남매 낳아 키우느라 정신없이 살았을 아내에게 무조건 배려한다. 그런 마음으로 다짐했는데. 가끔 심술이 난다.

"여보 식사는 꼭 챙겨 드세요. 불고기 잰 거 불판에 있어요. 저녁 안에 올 거에요."

아내가 나간 현관문이 자동으로 잠기고 난 손을 들어 알았다는 걸로 배웅하고 지금 반성하는 것이다.

친구 허 태영이 말했다.

"늙으면 아내가 하는 대로 두고 따스한 밥이라도 차려주면 고마워해야지 잘못하다간 이사 갈 때 떼놓고 간다잖아."

쓰레기로 버려진다고도 하여 같이 퇴임하고 서너 달 만에 만나서 웃자고 한 말이지만 앞으로의 일상이 걱정에서 나온 것이다.

난 거실 안쪽에 자리한 콩고 관엽식물의 넓은 잎에서 한여름을 생각하다 일어나 베란다로 갔다. 아침에 보았을 풍경에서 못 보았을 그 무언가를 다시 볼 것이었다. 실개천의 작은 내천에는 온갖 이야기가 있는 듯싶고 많은 돌멩이 조금 큰 돌작들이 몸을 맞대고 얼굴은 표정 없이 할 말은 있는 것처럼 모양새로 드러낸 못난이들 인정사정없이 싸우지 않으면서 무표정이 진실이라고 우기지는 않는데도 떼쓰는 거 밉상은 아니라는, 그리고 좁다란 물의 흐름이 마르지 않고 끊긴 적 없이 졸졸졸 바쁘지 않은 물살로 기듯이 흐르는 비단 폭이 물길을 만들어 금실로 잇는 흐름의 아름다움이 여유로움은 물가를 지키는 잡풀들의 울타리가 물길을 배웅하는 조화로운 미적인 자연미, 그 길로 오가는 사람들이 보인다. 건강을 위한 걸음에 여유가 있다. 난 돌아선다.

흰T 긴팔에 점퍼를 걸친다. 그냥 나가고 싶다. 나도 걸으리라. 세상의 낮은 길을 걷고 오리라. 마음속은 이미 정한 것처럼 이행하는데 주저함 없는 행동으로 옮긴다.

현관문을 나서면서 난 자유다. 이런 생각이 나는 데는 몇 초의 순간이었으나. 좀 전 여행에의 꿈을 잇는 상상으로 나 같은 좀생원이 여행다운 여행에서 묘령의 여자를 만나 영화 같은 사랑을 할 수 있다면 내 생에 스캔들로 나의 역사가 될 것이다. 아 난 사내도 아니다. 순정시대 주인공이 울고 갔을 내 이력은 미지근한 피를 온몸에 돌게 하고 첫사랑은 자연 속에서 만나고 보게 된 삼라만상은 농사꾼의 아들로 태어나 자라면서 만나고 보면서 만지고 흙을 가까이 한 송아지처럼 들판을 쏘다니며 놀았고 외동이었던 난 엄마가 좋았다.

한밭대전서 뚝 떨어진 산내는 그 때 작은 농촌의 변두리로 겨우 벽촌을 면한 조용한 시골이었다. 내가 태어나기 전 두 누이가 홍역으로 죽어 시름에 젖었을 때 어머닌 식장산 고산사를 찾아가 백일기도라도 한다는 각오로 머리에 쌀을 이고 아버지 등에 쌀 서 말을 지게에 지고 처음으로 부처님께 공양을 올리고 불자가 되었다고 하셨다. 그런 정성으로 태어난 난 그야말로 귀동이었다. 산내초등학교 입학하고 얼마 안 되어서 부모님께서 날 데리고 천년고찰 고산사에 갔을 때 봄이 무르익어 영산홍 철쭉까지 진 뒤였으니, 그 흔한 진달래는 꽃 진자리에 잎이 파랗게 나고 식장산이 새잎으로 덮여 산뜻했고, 새물이 올라선 싱그럽기도 했다. 부처님오신 날이라고 했는데 산길로 오르는 많은 사람들이 줄지어 소풍가는 느낌도 났는데 경사로의 길이라 숨이 차도록 걸어도 아직 절은 보이지 않았다. 같이 걷게 된 노인이 말을 걸어왔다. 할머니였다. 고 놈 잘 났네. 이마도 꽉 차고 콧대도 사내답고 날 수줍게 만드는 할머니를 힐끗 쳐다보며 난 굳게 입술을 다물었다.

"고산사 부처님은 영험도 하시지. 옛날이지 내가 젊을 때였으니까. 자식을 두지 못한 아낙이 고산사 부처님께 백일기도를 드리고 내일이면 끝나서 집으로 돌아갈 날인데 꿈에 부처님께서 하루 더 있다 가라 했는데 얼마나 집에 가고 싶던지 그 꿈을 무시하고 그 날로 집으로 가노라니 집에서 기다릴 서방 생각에 너무 좋아서 발걸음을 경중경중 놓았다네. 때는 초가을이고 바람이 서늘했어도 춥지는 않았겠지. 그래도 물든 나뭇잎이 보이고 가끔 떨어지기도 했겠지. 내림 길을 살짝이 꺾이는 바로 이 산 모퉁이쯤인가 보네 그 때 지나는 사람도 없어 혼자 가는데 으스스 바람 한 자락이 휘휘 그 새댁을 에워싸더란다. 그러니 치마폭이 날리고 정신이 아득한데 아 감았던 눈을 뜨는데 큰 구렁이가 길을 막고 누워서 혀를 날름거리니 얼마나 놀랐겠어."

아버지 어머니 나는 온 마음으로 듣고 있었다.

"아이고. 큰일 났네. 부정을 탔겠네요."

엄마의 탄식 같은 말에 난 나도 모르게 움츠렸다.

"그람 부처님께서 아시고 일렀는데 그런데 멀쩡하던 하늘이 시커면 구름이 덮이면서 소나기가 쏟아지고 천둥이 치고 불이 번쩍 하면서 벼락이 떨어지는데 그 벼락이 젊은 새댁을 때려 그 자리에서 까맣게 탔으니."

"할머니 그 아주머니 죽었어요?"

난 옛날이야기에 푹 빠져 있다가 물어보았다.

"그렇지. 그 구렁이도 몸을 비틀다 죽었단다. 그 구렁이가 추위를 피해 하늘로 올라가려고 느닷없이 내리는 가을비를 타고 아무도 못 보는 날을 택한 그 날을 방해한 벌을 받고 같이 죽은 게지. 본시 기도나 부처님 뵈러 가기 전 뱀 따위 죽은 동물도 보면 가던 발길을 돌린다고 한다는데 꿈에 선

몽까지 한 부처님 말씀을 어겼으니, 피할 일을 겪은 게지."
 그때 들은 이야기가 평생을 간다니 이건 우연치고는 내 인생의 풀지 못한 아이러니컬한 의문 적 풍자의 역설에 신앙적 믿음이 아닌지. 어릴 적 일이 내가 겪은 것처럼 잊혀지지 않는다.

 부모님이 날 낳으려고 얼마나 공을 들였는가 싶기도 하고, 그날이 부처님오신 날이어서 많은 신도와 구경꾼 틈에 낀 배고픈 사람들도 이날은 절밥으로 배를 채우고 부처님 탄신 축하식도 구경한다. 천수경 천수관음 축원이 끝나고 부처님 목욕이 끝나면 스님들이 바라춤을 춘다. 절도가 있고 천지신명을 기쁘도록 양손에 자바타를 들고 천수다라니를 외며 활달한 발을 들어 빙글 돌 때 자바라를 맞춰 소리를 낸다.
나로 인해 불교에 귀의한 부모님은 40여 년을 다니셨는데 어느 날 어머니께서 고통스런 고민의 말씀을 듣게 된다. 고산사도 못가겠다. 신도들이 만든 신도회가 어찌나 치맛바람이 극성인지 마음이 상하고 아니꼬운지 눈이 시려 다른 데로 옮겨야겠다. 정성과 성심으로 믿는 신앙에 차별이라니 공양미나 시줏돈으로 차별하고 주지스님께 이런저런 말로 고하고 몇 사람이 좌지우지하는데 돈 없는 신도들이 어떻게 하겠어. 어머닌 그 후로 얼마간 다니시다 이사와 함께 고산사는 그만두고 이사와 동시 신탄강 건너 현암사로 옮겼다. 대청댐이 있고 대청호수가 있는 산수 비경의 풍경이 아름답게 어우른 곳에서 서쪽으로 구룡산이 깎아지른 바위산에 제비집을 닮은 현암사가 가까운 듯하면서, 아득하다.
 금강 5백리 길이 서해로 흘러서 가는 강, 신탄강으로 불리나 강 사이를 두고 충남 충북으로 갈린다. 인류가 강을 의탁해 발전하고 강이 있는 곳엔 큰 돌이 있고 산이 있어 금수강산이라 하여 아름답고 살기 좋은 나라라 한다. 사람이 살기 좋은 곳이면 금수어충禽獸魚蟲이 살고 초목이 푸르게 살 것이다.

고단한 삶의 연장으로 나라 잃은 백성이 해방을 맞이하고 6~25사변을 겪고 맨땅에 헤딩하고 코 박으면서 오직 살려고 바둥댄 삶이 온갖 시련 속에서 목숨 길어 살아남은 부모님께서 날 낳은 60년 이전과 70년 초반까지 먹고 사는 게 큰일이었다. 집 없어 다리 밑에서 살고 깡통 들고 밥 얻으러 다니는 거렁뱅이 거지라고 불리는 사람들이 남루한 옷을 걸치고 무리로 활보했다.

"잘 살아보세."

이른 아침 들려오는 경쾌한 리듬이 신선한 바람을 느끼는 마음이었다.

"잘 살아보세. 우리도 한번 잘 살아보세."

이 때 난 초등학교 6학년이었다. 부모님은 농사로 생계를 잇느라 하루 낮 동안 이백 평 밭떼기에 온갖 채소를 심고 기른 채소를 묶어 15리 길 대전역을 낀 상가 거리서 팔고 오셨다. 차도 귀한 데다 차비가 아까워 리어카에 싣고 새벽길을 나서서 돌아올 때는 반나절이나 걸렸다고 하셨다. 그 시절엔 인분과 풀을 흙에 섞어 겨울을 나면 사용하는데 고구마 감자 마늘 같은 데 쓰고, 날로 먹는 신선한 채소는 퇴비로 키웠다. 그걸 믿고 사는 이들이 있어 깎아서 사려는 사람이 없어 제값에 팔았다고.

고등학생이 되었을 때 폐허의 도시는 중앙시장과 인동시장 그리고 선화시장으로 그리 높지 않은 건물들이 들어서고 중앙시장과 연계된 중앙데파트가 대전천을 덮어 복개한 터에 우뚝 섰을 때 백화점 역할과 큰 마트형식으로 아마 5~6층 높이인데 상가와 유흥업소까지 들어선 유통의 상가로 호황을 누린다. 목척교를 사이한 홍명상가도 바로 생겨나 개인들에게 분양된 상가로 돈 있는 일부의 재산 형성의 역할로 많은 부러움의 대상으로 대전의 명소로 할일 없는 한량들의 놀이터가 되었으며 복개위로 공원을 만들어 나무도 꽃도 심어 대전천과 연계한 명소로 사람이 들끓었다.

2008年 10월 8일 수요일 폭파로 사라질 때 매스컴이나 뉴스에서 알려서

알게 된 대전 시민들의 관심은 아쉬움으로 그 장면을 보기 위해 많은 시민이 모여들었다. 멀찍이서 보게 된 나도 아쉬움에 가슴이 찡 울렸다. 그렇게 사라진 데파트와 홍명상가는 내가 대학을 졸업하고 직장에 들어가 15여 년간 일한 시청에서 도시계획과에 근무하던 중 일어난 일이다. 생태계에도 안 좋고, 그리고 도시의 중심이 되는 길 양쪽에 그늘이 지게 만든 미관상에도 흉한 데다, 큰 도로를 막는 건물로, 살아서 흘러가는 물을 햇살 없이 죽어서 흐르면 생태계도 치명타가 된다는 것이었다. 그리고 교통의 중심지로 대전역과 연계한 교통장애로 본 것이다. 은행동과 대홍동 사거리께, 사거리는 선화동을 서쪽으로 하고, 동쪽으로 대홍동과 보문산으로 하고, 선화동으로 잇는 사거리 용두동쪽으로 방송사, MBC방송국 가기 전 선화1동 방면을 차지한 도청이 L자로서 있었는데, 일제 강점기 때 지어진 건물과 길을 사이로 시청 역시 L자로 있었다. 두 건물 울타리엔 똑같이 측백나무를 심었다. 알기로는 일제가 일본서 가져다 심었다는 것이다. 건물은 벽돌로 쌓아 짓고, 내부는 나무로 바닥과 문과 내벽을 만든 백년의 건물이어서 일제의 잔해라도 역사로 보아 그대로 쓴다.

  도시 가운데 냇물이 흐르니 대전천의 뿌리가 되는 물의 시작은 산내의 식장산이 품은 물과 그 외 울타리를 만든 산들에게서 비롯한 물이 뿌리일 것이다.

  내가 취직을 하고 대전 시내로 옮기기까지 많은 세월이 흘러갔고, 발전이란 경계란 없는 것, 대전역 자랑은 넓은 광장이고 경부선과 호남선 그리고 충북선까지, 1984년 통일호가 빠르나 역마다 쉬는 건 화물칸을 달고 내리고 싣는 짐 때문에 시간이 소요되기 때문이다. 그때 비둘기라고 불리는 기차도 함께 있었다. 디젤기관차가 석탄이 아닌 기름으로 통일호, 무궁화보다 먼저 비둘기호가 통학차로 움직인 걸로 안다.

  1975년, 대전천은 아이들의 놀이터가 되고, 빨래 삶아주고 물들여 주는 직업도 있었다. 검은 쇳덩이 괴물인 기관차뿐이었던 그 시절의 추억 같은 아련함의 기억 속에 굴뚝으로 올라오는 희뿌연 연기와 께액객 소리 두어 번으로, 말하는 짐승소리는 오리나 거위가 내는 것처럼 생각도 들었으나, 어느 맹수도 그런 소리를 낼 수는 없었다. 석탄을 때어 끓어오른 수증기를 뽑아서 낸 소리는 기관사가 손으로서 하는 짓인데 하늘로 쏘아 올리는 큰 소리는 힘이 넘쳤다. 께엑 께엑 칙칙칙 바퀴를 움직여 굴러가게 하는 양옆으로 쇠바퀴가 연결된 쇳덩이 굴렁고리가 움직이면서 돌게 하는 힘은 앞으로 가고자 두 팔을 움직여 걷는 이치와 같다. 그때 그 시절의 괴물화통차 비가3129기차도 있었다.

옛것이 사라지면 새로운 것이 돌아온다.
발전이란 계속되는 변화에서 오는 새로움이나 교통의 발전은 시간의 한계를 초월한 것으로 인간의 영역을 넓혀준다. 도시개발로 도로가 된 밭을 없애고 나서, 더 이상 고향에 살 이유가 없어지고, 또 나의 결혼으로 넓은 집이 필요해 개인주택을 샀다. 79년도까지 50평 대지에 한옥이면 백오십만, 원이면 충분했다. 그러나 부모님 말씀에 따라서 은행동 시장 부근 가게가 있고 안채가 있는 집을 사서 아내와 함께 큰 아이와 다섯 식구가 살았다. 가게는 식료품과 담배를 팔았는데 은행동이 시장을 끼고 있지만, 10여 미터만 나가면 길 건너편 동양백화점이 있고 대전역과 상가가 있어 일제가 지은 산업은행이 옛 모습 그대로, 희면서 회색빛에 가까운 화강석花岡石으로 지은 집이어서 단단하다. 백년이 넘었어도 돌로 외벽을 싸서 변함없는 돌집으로 역사를 쓰고 있다.
내가 부모님과 같이 산 지 10여 년 동안 삼남매가 태어났고, 도시계획으로 또 집을 옮기면서 아파트로 이사한다. 지형상 서북간 맨 끝에서 찾은 아파트는 유성구 끝이었다. 새로운 도시, 세종시로 가는 바른쪽 편에 송림아파트 2단지의 위치를 보다 결정하기까지, 건축업계와 위치를 살피면서 마음이 있어 현 아파트와 주위까지 살펴서 결정했다. 소나무가 있다는 걸 간접적으로 말한 게 궁금증을 유발 시켜 어느 날 문득 찾아갔다. 서쪽으로 달리는 차들의 큰 도로가 보이고 차들의 소음을 차단하기로 약속한 듯 아파트 후문께서 만나게 되는 실개천이 있었다. 아파트 단지로 주욱 뻗어진 둑길은 개나리와 이웃한 벚나무와 일부러 심은 듯한 꽃사과 나무가 일정한 간격을 유지하고 서 있었고, 아파트 후문으로 통하는 물 흐름의 경사로엔 시루떡을 연상케 하는 화산 돌로 만든 화산석과 화반석을 깔은 돌길에 친밀감이 생길 때 밖으로 나온 자유가 즐거움이 된다.

화창한 날에 봄빛은 꽃빛보다 푸르른 잎보다도 더 투명한 빛으로, 꽃과 잎을 감싸서 실개천 폭을 경중 걸음으로 두 번만 하면 건널 수 있는데, 자연석 너럭바위를 그대로 옮긴 듯 처음은 발판다 그리고 가운데 맨끝의 돌짝이 이쪽저쪽 같은 그대로의 모양새로 건너면서 이미 돌 사이 열린 물길 따라 쉴 수 없다는 소리쯤은 듣고 건넜다. 난 쫓긴 것도 없는데 생각 속에 흐르는 기억 저편과 지금의 생각을 섞어 쥐어짜다 풀어 놓았을 때 고산사로 가는 산길에서 만났던 할머니의 이야기가 내가 겪은 것 같이 살아나서, 내가 그 이야기 속에 주인공으로 죽어서 살아난 것이 아닐까? 아니야. 그 이야기는 더 오랫적 이야기고 어느 날 우연히 만나 듣게 된 것인데 왜 난 늙어서까지 그 이야기를 기억하는가. 아마도 불심의 성심으로, 어머님의 정성으로 낳은 날 만나서 꼭 들려주고 싶은 부처님의 뜻을 전하려 그렇게 인연이란 우연의 일치가 있었던 게 아닌지. 아내인 서의영을 만난 게 인연이듯 난 그때까지 동정을 지켰다. 어릴 적 7.8세서 열 살까지 오줌을 쌌다. 한 달이면 열 번은 실수치고는 난감하고 부끄러운 것이다. 어머닌 단 한 번도 면박을 준다거나 싫은 내색 없이 용서로 받아 주셨다. "어그 우리, 새끼. 오줌도 잘 싸지." 다섯 살이나 먹은 내가 어머니 칭찬에 늘 오줌 마려 하면 바지를 내려 내 고추를 검지로 들어 올리고 싸라는 시늉에 난 힘껏 갈긴다.

"에그 우리 정수 잘도 싸네."

그런 기억이 있어서 더 부끄러운 오줌 싸기에 속옷을 꺼내 입는 일까지 미리 챙겨둔 어머니 솜요는 소금자루가 되기 전 몇 번이고 바뀌었고, 솜 없이도 따스한 담요와 방 구들이 따스하도록 불 때기, 그렇게 자란 내가 짝사랑 없이 좋아하는 계집아이는 한 마을 사는 나보다 나이가 많은 향심이었는데, 난 삼학년 향심이 육학년이었다. 향심이 동생이 나와 같은 나이로 같은 반이었다. 창운이었다. 향심이는 동생 창운이보다 날 귀엽다고 했고, 창운이 보고 오줌싸개라고 했다. 그 말에 난 부끄러웠다 그러나 시치미 떼면서 씨익 웃었다.

향심이는 눈이 예쁘고 보조개가 예뻤다. 그러나 오줌 싸개인 내가 놀려대는 창운이 입장을 생각하니 그것도 시들하게 꺾인 꽃처럼 되어버리고 말았다.

꿈을 꾸는 방뇨의 시작은 그 때부터 끝냈지만 하늘로가 아닌 천장으로 뻗치는 생리적 현상 때문에 꿈을 꾸듯 진저리치는 짜릿함의 느낌을 찾아 밤마다 잠을 설쳤다. 그렇게 사춘기를 보내면서 얌전한 학생 모범생으로 난 나를 감추었다. 그래서 대학도 순조롭게 들어갔고 별 문제 없이 부모님께 효도하는 아들이었다.

"우리 정수는 연애도 안 되는 거여. 공부도 좋지만 이 어미는 빨리 결혼해서 손주 보는 거이 더 좋아."

외동인 탓에 부모님은 그럴 수 있겠다는 이해로 웃었다. 즐기는 연애보다 진지한 만남을 은근히 원했다. 그러고 보면 난 보수적이다. 요즘 세상에 책임을 묻는 연애는 없다.

대학가에 퍼진 인기강의는 철학과 교수의 특별강의다. 일주일에 한 번인데 강의실이 꽉 찼다. 전공과목에 집중하다 철학이란 세상의 모든 생명을 아우르는 삶과 인생이란 커다란 의문과 선택된 운명이라는 과제를 받고 어떻게 살아야 하는가. 이런 주제의 강의가 딱딱할 수도 있는데 "여러분 꽃이 그대라면 누굴 위해서 피었다고 생각할 것인가? 꽃은 꽃을 위한 적 없으니 상대적인 짝을 기다립니다. 누굴까요? 꽃은 나비가 필요합니다."

전혀 다른 개체가 서로를 필요로 할 때 이 둘은 각자의 생존 기술을 이용한다. 꽃은 색깔과 향기로 기다림을 위한 인내를 한다. 나비는 날개가 있어 찾아가는 서비스로 살고자 먹이를 구한다. 철학은 사람이 하는 게 아니라 우주 안에 모든 별과 지구의 모든 삼라만상이 제시한 문제를 알아가려는 것이지 다 풀고 더 알 일은 없다는 식의 태도가 아니다. 이건 어디까지나 짧은 앎에서 하는 말이지만 인류가 본시부터 유식하고 현명했는지 말을 한다는 것이 소통이 되니 하느님께서 아드님 예수님의 제자로 삼은 인간에게 하느님 말씀을 전하고자 한 것처럼 오성五性의 감성이 있고 깨달음이 남다르니 지혜와 용기를 주셨고 그 유능함의 지혜로 글을 만들어 배우고 예술의 문화 르네상스 시대가 도래한다.

14~16세기에 유럽에서 일어난 학문은 예술상의 혁신 운동, 즉 문화의 창출과 인간성의 존중, 그리고 개성의 해방을 목표로 하여 문예부흥의 시대가 열렸던 것이다. 인간은 밥만 먹고는 못산다. 그 말에 섹스 없이는 못산다는 식의 절대적 말에 아니다 라고는 못한다. 하지만 인간이 추구하는 이상의 세계는 끝없이 지향하고 있는 도전적 성향의 목표달성이다.

군대서 제대까지. 단 한 번의 외도 없이 젊은 혈기에 참고 잘난 동정을 지킨 이유가 있었다. 같은 내무반 친구가 다방의 레지와 눈이 맞아 젊음을 불태웠는데 성병이 옮아서 군병원에서 상당기간 치료 받았다. 난 특별난 데가 있었다. 소심한 성격이어서 그런지 깔끔한 성향의 이질異質적인지 그때부터 작심했다. 제대하고 대학원서 밀린 공부와 취직하기 위한 공부라는 각오로 새로운 마음으로 다닐 때, 아내가 된 서의영을 만나 단번에 끌렸다. 평소에 생각한 이상의 여자가 바로 서의영이었다. 어디서 본 듯한 얼굴이 아니고 꼭 만났던 것처럼 생각이 되었다. 그날도 군 입대하기 전 그러니까 졸업을 앞두고 무료감에서 헤어나기 위해 철학교수님 강의를 들으러 갔다.

"이 세상의 모든 존재는 하룻밤에 생겨난 게 아닙니다. 그렇다고 저절로 생겨서 지금 우리가 보는 것처럼 오랜 상고上古 상세上世 시대 때와 똑같았는지, 여러분의 상상대로 말해 봅시다. 진리는 변하지 않는 것 가운데 하나다. 그런 믿음의 생각에서 신의 창조다. 자연은 스스로 변한다. 변하지 않는 건 없다. 도태淘汰로 필요한 것 외는 없애고 환경이나 조건에 적응 못하는 생물의 종種이 사라진다. 알 수 없어요. 인간도 이 세상에 필요 없으면 사라질 수 있습니다. 인간이 만든 재앙으로라도 흔히 이런 말을 하잖아요. 공기 질이 나쁘고 물이 더러워진다."

이렇게 시작한 철학 강의에 웃는 것으로 한번쯤 생각도 하고 철학은 멀지도 않고 우리 생활 속에 있다. 알 듯도 하고 멋대로 생각도 하면서 1시간을 웃고 즐거웠다. 그렇게 끝나서 자리서 일어나는데 말을 걸어오는 사람은 여자였다.

"아저씨 어디 다녀 오셨길래 늙었어요."

"내가 늙은 아저씨라구?"

"그래요. 여기서 뵈었을 때는 애송이였고 지금은 아저씨도 늙은 아저씨요."

마주 선 채 입씨름은 낯이 익어 서로를 알아보기 위한 것이었다.

"말을 붙여볼까 했는데 사라졌어요."

목소리가 쏠음인 톤인 목소리가 봄내 물소리 같다.

"같이 갑시다. 차라도 마시며 기억을 뒤지든가."

난 어색함을 농담조로 말하고 그녀의 얼굴을 본다. 눈동자는 설탕을 넣은 백설기에 꼭 박힌 검정콩처럼 야물차다. 쌍커풀이 없어 만약에 있으면 풀어져 종지그릇에 담긴 콩이어서 들여다보기에 답답도 하겠다.

"내가 왜 사라졌나 관심까지 가졌다면 카페서 차라도 마시면서 말해야겠습니다."

"아저씨 말 놓으세요. 난 졸업반이니까 청춘이잖아요."

"나도 청춘이요. 군에서 삼년 썩었으니 늙었나?"

"아 그랬구나. 군대 밥이 눈물이잖아요. 그러기에 철이 든대요."

급한 김에 학교 안 카페로 내가 먼저 방향을 잡았다. 따라오는 그녀가 쿡쿡 웃는다. 난 못들은 척하고 층계에 갈색마루로 올라서서 유리문을 열고 들어간다. 이 끝말은 그녀가 날 보는 관점에서 하는 말이기도 하다. 카페라기보다 깨끗한 빵집 같다는 생각, 각종 빵이 먹고 싶다고 느낀다.

"구석진 자리가 비어있어 다행이다."

그녀는 생글대며 한마디 더한다.

"아저씨는 늙었어요. 대학가엔 카페가 얼마나 많은데 분위기 없는 시장판 카페라니. 이름도 나무숲 나무가 있으면 숲이 되는데 너무 촌스럽고 평범해요."

"아하 그렇습니까? 화장실에 급히 간다면 왜일까요."

"쳇 역시 늙은 아저씨라구요."

"그대가 도망갈까 싶어 시간을 단축시킨 것이오."

"커피로 제가 시켜요."

"그래요 난 인스턴트커피가 좋은데."

"그게 군대식 커피에요."

쪼르르 가서 시키고 와서 쫑알쫑알 설명까지 한다. 들고 온 초잉벨을 탁자에 놓고 앉는다.

형제 없이 살아온 난 상냥한 여동생 같은 그녀에게 호감이 간다. 초잉벨이 울린다 싶었는데 쟁반에 받쳐 든 아르바이트생인 남자가 왔다.

"선배님 제대하셨군요. 고생하셨습니다."

"오 누군가 했는데 자네 상원이었어? 졸업은 했지? 근데 카페 사장이야?"

"아직 취직 전이어서 시험만 보고 친구네서 일합니다."

"그래 그런 정신이면 좋아."

"선배님 친구 잘 찾았습니다. 부러워요."

지상원이 씨익 입을 찢으며 기분 좋은 인사다.

"감사합니다. 아직 제 이름도 모르는 아저씨에요."

"전 압니다. 서의영씨, 졸업기념 전시관서 보았거든요. 화가의 그림 속에 시어가 더 가슴에 와 닿아서 시인을 애써 찾았어요. 역시나는 역시더군요. 난 그 때 사랑하는 사람이 있었거든요."

"아하. 큰일 날 일이지 내가 있잖아."

난 마음에 있는 말을 웃자고 했다. 소심한 성격을 고치는 데는 군 생활로 많이 고쳤다. 침묵이 금이다. 그건 신의를 지켜주는 묵비권이 아닌 대의를 논할 때 편향 없는 말을 하기 위한 준비다.

"아이구 우습다 왜들 그러실까. 차 식어요."

"진작에 알았음 차는 내가 쏘는 건데. 자 좋은 시간 보내세요."

"난 채정수. 정중히 이름을 밝힙니다."

"전 들은 대로 서의영 난 문학을. 그리고 얼굴은 알고 있었는데 어느 날 사라졌어요. 꼭 만나서 커피를 마시고 싶었는데, 그리고 만나길 기다렸어요. 그렇다고 간절하다든가 그런 마음은 아니었어요. 우연히 그런 만남이 인연이 될 수 있다는 그게 젊은 피가 아닐까. 구태한 시대적 생각이 많은 여성들에 억압이 되고, 그늘 속에서 피어난 꽃이 세상 밖에서 제 빛으로 보여질 리 없듯, 가을의 꽃빛이 연보라 빛으로 푸르게 피어 세상의 눈들에게 슬프도록 차다고 보일 때 이미 죽은 꽃이라는 거지요."

서의영은 문학도답게 표현까지 시의 감각이었다. 난 가슴이 뜨거워졌다. 그리고 안고 싶었다. 이건 욕심이나 진실한 욕망이다. 말단 공무원이 되고자 원서도 내고 건설회사는 기웃대지 않았으니 기다리고 있었다. 확신에 차 있었으나 서의영과의 만남은 진지하게 생각하고 천천히 진행하고자 했다 그런데 신뢰가 쌓이고 만남에서 서로가 좋은데 좋은 만큼 필요한 건 애정표현을 원하는 행위다. 서의영은 나보다 적극적이었다. 내가 지금까지 지킨 내 몸은 사랑하는 사람에 대한 예의로서 지켰지 성적인 충동은 생리적이어서 지킨다는 건 필사의 노력이라는 칭찬입니다. 애무와 입맞춤은 보통의 애정행각이었다. 어느 날 참을 수 없는 유혹에 모텔로 가자고 했을 때 펄쩍 뛰었다.

"내 처음의 첫날을 그런 불결한 곳에서 그럴 순 없어. 호텔도 싫어. 난 그대 침대서 잘 거야. 날 데리고 가 줄래?"

그녀 의영의 속마음이 예뻐서 난 뜨거운 손으로 그녀를 잡고 우리 집으로 갔다. 그때 그집이 은행동 이층집이고 부모님은 아래층 가게서 장사하실 때여서 몰래 들어가도 들키지 않았다.

결혼까지 생각한 우리 만남을 숨기는 건 아니라고 서의영과 상의 끝에 인사를 하였다. 부모님의 기쁨은 찬성이었고 서의영 부모까지 뵙고 쌍방의 집은 열어 논 대문이었다.

늦게 배운 도둑이 날 새는 줄 모른다고 우린 사랑놀이에 푹 젖었다. 서의영은 동생이 둘이나 있어 도피처가 되어 준 우리 집의 내 방이 비밀한 아지트가 되었다. 그 덕에 생각도 없던 임신으로 결혼을 서둘고 빈손으로 시작한 살림은 부모님이 차려놓은 밥상에서부터 시작되었다. 그러나 바로 직장을 얻었고, 집은 있으니 부모님과 함께 살면 된다. 효도하는 외아들에 미풍양속까지 지킨다.

그 이듬해 봄 사월에 딸을 얻고, 두 번째로 딸을 낳았는데, 부모님은 마냥 좋아하시며 다산만 바라셨다 셋째 손주를 보시고 기뻐하시던 모습이 그대로인데, 내 기억은 짠한 그리움만 가득하다.

난 옛일을 떠올리고 생각에 잠기며 걷고 걷는다. 냇둑 아래 물길을 따라가며 오솔길보다 조금 넓어 오고가는 사람들이 비껴서 가도 될 만큼 걷기운동에 적당한 길로 물소리 듣고 물가에 돌 틈을 덮고 있는 잡풀의 모습과 둑이 막고 있는 길 위의 길은 세상을 조금은 차단하고 있어 조용하다고 생각한다. 둑은 역시나 초록의 풀이 빈틈없이 채웠고 둑 위는 나무가 심어진 인도다. 운동은 땀나게 해야 운동이다. 그 말의 의미에 따른 빠른 걸음으로 바뀌고 유성천으로 가는 꺾인 물길에서 비로소 먼 걸음을 걸어왔다는 생각이 나면서 유성시장을 나누는 다리를 따라 동으로 얼마쯤 가면 번화가를 통과하면 궁동의 어성천 그 옛날 물보다 많은 고기 떼가 꼬리치던 갑천의 물꼬를 빠져 흐르는, 갑천이 만년교를 건너서 금강으로 흘러서 큰 강 금강이 되어 서해로 도달하는 긴 여정의 끝을 보는 듯하다. 그러나 난 생각 따로 지금 유성천 냇둑을 올라섰다. 200M만 동쪽으로 가서 길을 건너면 유성구청이다. 직장 마지막에 일 년을 다니고 30여 년의 세월을 끝낸 인생의 무대가 바로 여기였다. 그때 토요일이라는 생각이 나면서 구청이 왜 조용하다고 느낀다. 가끔 뒤죽박죽이 되더라도 알고 생각하고 느끼니 다행이었다.

  텔레비전 광고는 몇 번이고 되풀이하는 치매가 대수로 사회적으로나 개인적으로나 이슈가 되고 있었다. 암보다 무서운 게 치매다. 설마 내가? 꿈이라도 무섭다. 난 지금 이런 생각을 하는지, 그 생각을 지우며 난 다시 길을 건너가서 소나무가 울울하니 서 있는 곳에 마음이 가서 걸어간다. 유림공원, 유성구청장을 맡고 있을 때 시작한 공사가 끝나기 전 퇴임식은 시청에서 했고, 그 때 같은 한 동료이자 친구인 허태영이 있다. 잊지도 않았으면서 잊은 척한 친구가 보고 싶다. 오늘은 유림儒林 공원서 보내자. 내가 또 다른 내게 말하는 외로운 타협을 하며 오솔길로 들어설 때, 신발 코끝에 걸리는 느낌과 동시에 바른쪽으로 기울고 둔덕진 잔디밭으로 어깨가 그대로 닿으며 온몸이 실렸다. 이런 실수가 있나. 너무 많이 걸은 게야. 두 다리가 풀어질 만큼 무리했어. 중심을 잡으려다 땅을 짚은 바른 손바닥이 얼얼한데 왼손은 허공을 잡았나. 멀쩡했다. 맥이 풀린다. 가운데가 볼록하니 배를 올린 무지개다리도 건너지 못하고 난 포기한다. 그 때 난 절망이란 말을 생각한다. 폰을 두고 왔다는 게 그랬고 지갑이 없다는 게 실망까지 한다. 엄마. 일곱 살 먹은 내가 된 듯 엄마를 불러본다. 부르면서 떠오른 아내가 있었다. 아 이런 낭패라니, 돌아갈 길은 아득하니 멀다고 생각하면서 점퍼와 체육복 바지를 더듬다 손을 넣고 찾는다. 전철을 타야지. 내가 살기의 희망이다. 갑천역이 더 가깝다는 생각까지 하면서 바지주머니서 나온 천 원짜리 한 장이 얼마나 반가운지, 고맙다는 생각과 동전이 필요한 걸 절실히 느끼는 동시에 어쩌지 택시를 공짜로 타고 집에서 내어주자. 어깨가 뻐근해도 다리는 멀쩡하고 쓰린 손바닥은 모래가 박히려다 쓸린 것이니 엄살같이 내 보일 어리광도 틀렸고. 지금 집으로 가는 길이다. 갑천내만 건너가면 지하철역이 가까운 지름길이란 것쯤은 알지만 여지껏 유림공원을 간적 없이 초입에서 거절당한 것처럼 씁쓸한 기분으로 내를 바라본다. 거뭇거뭇한 돌들의 돌출이 부자연할 듯싶은데 물의 흐름을 재촉하면서 유연한 자세가 안정감을 준다. 그 틈새를 비집고 모래와 흙이 모여 풀포기가 자란다. 난 징검다리를 경중경중 건너간다.

    차비 없이도 갈 수 있다는 생각이 미치니 어깨 한 쪽이 돌을 매단 것처럼 무겁다. 그리고 손목이 시큰댄다. 한가한 오후의 햇살에 새가 날듯 난 마지막 손님처럼 에스컬레이터를 타고 지하로 내려갔다. 역무원은 보이지 않아도 기계가 맞아주는 앞을 지나쳐 입구를 막고 그 위로 벨이라는 글자가 보여 살짝 눌렀다. 이미 작정한 일에 망설임은 없다. 무임승차권이 있는 노인이라는 걸 늦게 깨닫는 데는 어이없는 당황함이었다. 주머니에 돈이 없다는 게 낭패였고 넘어진 사실에 실망한 나약함에서 찾는 외로움이랄까, 돌아가신 어머니가 생각나고 아내가 보고 싶은 것처럼, 핸드폰이 있다면 망설임 없이 쿡쿡 눌렀을 것이다. 소리는 들리지 않은 벨소리를 듣고 건장한 직원이 나타난다.

    "무엇을 도와드릴까요."

    얼굴이 크고 눈도 커 그에 맞게 제 자리에 중심을 잡고 눈은 날 보고 입은 벌린 적 없는데 알겠다는 듯 신분증을 보여달란다. 난 왼손에 쥔 천원을 보여주며 지금 아무것도 없습니다. 더 들을 필요 없다는 생각에선가 어느새 노랑 토큰을 집게손으로 들고 좁다란 아구리로 주면서 한 마디 하였다.

    "신분증은 꼭 필요합니다."

"네 감사합니다."

어디를 보나 늙은이라고 써 있는데 달라고 할 때 줘야지 하는 식의 친절에 감사한다. 지족역에서 출입구에 토큰을 넣고 나오는데 마음이 찡하다. 객지서 고향 까마귀를 만나도 반갑다는 말이 생각난다. 역을 빠져나와 방향을 잡고 바라뵈는 우리 아파트를 잠시 눈여겨 본다. 넘어지면 코가 닿는 거리다. 어느새 땅 그늘이 덮여오는 해질녘임을 알게 하는 시원한 바람을 느끼면서 4월의 마지막 꽃 영산홍이 청사를 벗어나는 정원을 묵직한 돌 사이사이서 붉게 피어 있었다. 신호등을 기다리면서 바른쪽으로 롯데마트 건물이 오늘따라 반갑다. 난 반대쪽으로 신호등 따라 공원으로 향했다. 망향비가 서 있고, 가까이 연못은 고개만 돌리고 보면서, 오늘도 오리가 있을까? 지난겨울에 왜가리도 왔었는데, 어깨 늘어진 외로운 신사처럼 얼어붙지 않은 물이 고마운지 오랫동안 있었다. 마음 같아서는 한 바퀴 돌아 냇물을 건너서 가고도 싶은데 넘어진 탓에 늘어진 몸 상태가 그랬고 집에 빨리 가고 싶었다. 다리를 건너면서 눈에 띄는 화분의 꽃이 예쁘다. 팬지꽃만 알고 꽃 사이로 파란 쇠뜨기 풀이 꽃다발 장식에 가미한 듯 초록빛이 신선하다.

아파트 입구서부터 몸이 더 무겁다고 느낀다. 어릴 때 지금의 나라면 눈물이 말라붙은 걸 다시 젖게 한 어리광을 부리는 눈물을 글썽이며 뛰어들면서 엄마, 하고 큰소리로 불렀을 것이다. 아내가 날 기다리는 집으로의 기대도 있고 어쨌거나 집에 다 왔으니 되었다. 아픈 건 견디면서 내일은 병원에 간다. 날 기다린 엘리베이터가 일층서 맞아준다. 그래서 내 집이 좋은 거야. 11층서 열리는 문, 반가운 서비스다. 스므스하게 돌아서 몇 발짝 걸으면 1103 내집 문 앞에서 난 손잡이를 잡고 문을 연다. 쉽게 열리는 걸 보니 아내가 날 기다린다고 안다. 맥이 풀리는 긴장감은 사라졌지만 팔목의 시큰거림을 느끼면서 엄살로 한껏 표정을 정리하고 쇼파가 드러날 때까지 시선을 거실 바닥에 떨군다.

"당신 어디 있었길래 어제와요 전화도 빼놓고 내가 4시에 왔으니까 당신은 나간 지 서너 시간은 되었겠어요."

아내가 쪼르르 와서 내 얼굴에서 눈을 찾아 맞추면서 굳게 닫은 입술로 옮기는 데는 일초도 안 걸린다.

"그렇게 됐어. 운동한다고 잠깐 나간 것이 유성까지 갔어."

궁금증을 풀어줘야지 아님 내가 성가시다. 난 쇼파에 털썩 주저앉는다.

"목욕탕으로 가요. 밖에 있었으니 씻어요."

먼지와 흙으로 분칠했을 거라는 걸 알고 있었으나 오늘만은 그냥 내버려두었으면 좋겠다.

"어서요 저녁 먹어야지요."

"나 아프다고. 씻을 기분도 아니고 좀 쉬었다 손으로 발이나 씻을래…"

"많이 걸었으면 더운물로 씻어야 풀려요."

"그게 아니라 나 아프다고."

짜증이 난다. 이런 억울한 일도 일어날 수 있듯 가장 가깝다는 아내까지 성가시게 하다니.

"내가 엄마니까 말 들어요. 자 일어나요."

"아야 아파."

아내가 다친 팔을 바른손으로 잡았을 때 엄살 아닌 소리가 나왔다.

"왜 그래요?"

난 손바닥을 펴 보인 채 왼손으로 바른손을 받쳐 들었다. 흙도 사라진 시간이 이미 흘러갔고 손바닥에 모래가 박힌 상처도 별거 아닌 벗겨진 채 퍼렇게 멍이 든 채 아파도 엄살로 보인다. 그리 생각하는 건, 남의 살이기에 어쩔 수 없다. 나 외에 남은 타인이다. 그런 생각이 들면서 엄마는 남이 아닌 제 몸의 살과 피로 연결한 영혼의 마음이 잇는 한 몸이다.

"왜 그래요. 다쳤어요?"

아내의 물음에 난 일어섰다. 비실비실 일어나서 비적비적 걸어서 목욕탕 문을 열고 아내의 눈을 의식하며 그대로 서서 옷을 벗고 팬티만 입은 채 샤워기를 틀어 머리서부터 적시어 떨어지는 폭포수에 몸을 맡긴다. 두 손의 필요성을 느끼면서 왼손의 도움이 있어서 난 아내가 지금 난처한 생각 속에 뛰어들어 날 씻어줘야 하나 그냥 둬 보는 거야. 물소리가 나니까 먼지라도 털겠지 그렇다고 내 생각이 미치는 건, 문이 잠겨있지 않은 그대로의 틈새로 물소리를 듣고 있는 아내의 모습이 생각 속에 오두마니 날 지켜본다는 것이다. 이럴 때 여보 내가 샤워 솔에 비누 거품 내어 닦아 줄까요. 그렇게 말해주길 바라는 것이다.

"괜찮아요?"

문소리 없이 열리면서 아내는 속옷을 챙겨서 문 앞에 놓고 간다. 뭐가 괜찮냐는 건지 난 팬티까지 벗은 알몸으로 본체도 안 했다. 어깨가 돌을 얹힌 듯 뻐근하니 무겁다. 샤워기를 잡은 왼손이 바른쪽 어깨를 살뜰히 살펴준다는 마음으로 한참동안 따뜻하게 한다. 손목은 더 아프다고 느낀다. 씻으니 개운하다. 물로 헹구는 식이었으나 상쾌하다. 물의 고마움과 신비스런 빛깔 없는 맛에 냄새도 없는 투명한 수소와 산소의 화학적 결합물인 액체.라고 그렇게 알고 마시면서 구태여 순수를 찌르고 베이는 식의 지식으로 설명하여 죽는 날까지 필요로 함에 맘대로 쓰는 고마움까지 알고 갈 일이다. 큰 타올로 어깨를 감싸고 눌러주는 식의 터치도 없이 속옷을 입고 수고도 한손으론 불편하다. 아내가 시중을 들어서 쉬웠다. 난 기분이 좋아졌다. 아픈 건 어쩔 수 없고 물맛을 본 물고기처럼 날아갈 듯한 상쾌함으로 목소리까지 높인다.

"여보 나 일진이 사나웠나 봐 글쎄 내가 넘어지다니 맨땅에 헤딩했다니까."

"어디서 그랬어요. 맨땅을 때려줬어요."

아내는 내 말에 장난을 한다.

"우리 엄마는 그랬을 겁니다. 때치때치 때리고도 남았지. 허허."

"시장하잖아요. 밥 먹읍시다."

"그래 배고파 물부터 먹어야지."

밥상에 놓인 생수를 왼손에 들어 소리가 나게 마셨다. 아 맛있다. 그러고 보니 종일 물 한 모금 못 마셨다. 대단하다. 산 짐승이 한 끼를 굶고 물도 마시지 않고 집으로 돌아왔으니 내 기력이 새삼 놀랍다. 집 나가면 고생도 개고생이라더니. 살면서 이런 일도 있구나. 평소에 먹었던 음식이 새삼 맛있다는 걸 입이 알고 내가 안다. 밥숟가락을 놓을 때 까지 오늘의 일을 세세하게 아내에게 말하고 보태고 빼기 없이 고생한 건 일진이 사납고 재수에 옴 붙었다는 걸로 끝냈지만 어깨통증은 파스로 붙이고 욱신 시큰거리는 손목도 파스로, 그렇지만 그렇게 임시변통의 해결로는 안 될 것이었다. 내일은 일요일이라서 또 하루 견디고 병원 한의원까지 간다는 게 결론이었다. 진통제도 필요했다. 먹어서 아프지 않으니 약이였다. 진통제와 소염까지 만병통치가 되어 주었다.

월요일 아내가 더 서두른다.

"가까운 외과 병원은 없어요. 유성이나 아님 오래전 은행동 살며 ○호외과가 용문동 사거리께 둔산 방향 쪽에 있데요. 돈 벌어 병원을 옮겼으니 좋은 일이지요."

"뭐하면 병원까지 안가도 되겠어. 팔목이 시큰거려서 한의원이나 가볼까."

"그래도 엑스레이라도 찍어서 확실한 게 좋아요 같이 가요."

"같이 갈 게 뭐 있어. 할 일 없는데."

"난 바빠요. 병원은 지루한 기다림과 무료함의 감옥이에요. 하얀 감옥. 웬만하면 가지 말아야지요. 따라가는 서비스는 운전도 그런데 기다리고 기다림의 시간을 보내는 것이 쓰고 버리는데 아무것도 없는 봉사라는 차원이었으니 그도 있어야 할 일이다. 살면서 할 일이란 게 있어 살고 있다는 것이다. 집을 나와서 병원으로 먼저 가라는 아내의 말을 따라서 외과 ○호외과로 갔다 아픈 데가 어디냐 그 말에 넘어진 사실과 어깨와 팔목을 엑스레이로 찍고 사진에 나타난 특별한 이상 없이 타박상의 진통에 손목은 삐면서 어긋난 골절骨節 뼈마디 충격이니 주사 맞고 약 처방을 받고 손목엔 붕대가 감겼다. 전철을 타고 오다 시청서 내릴까하다 그만 두면서 진작에 생각했으면 롯데백화점 영화관에서 영화 한편을 보려니, 간단히 점심도 먹고 그럴 걸 시청서 그런 생각을 했다니 그대로 간다. 끝까지 가면 반석이다. 끝까지 간다. 반석동 안쪽으로 아파트촌이 우산봉을 뒤로하고 동쪽으로 서 있어도 서북쪽은 길을 사이한 데로 길가 건물은 초라한 상가뿐 언덕 베기고 산이니 사람이 모이는 건 세종으로 가는 버스의 길이기도 했고 매출로 1위라는 다이소 빨간 건물이 있기 때문이었다. 난 여유를 가지고 한의원을 찾는다. 있었다. 그냥 들어가 보기로 한다. 처음이라 등록을 하고 안내에 따라 조금 어둡다고 느끼는 곳으로 들어가며 커텐이 칸막이가 되는 칸마다 커텐으로 어둡다는 생각을 했을 때 어느 칸막이 마다 환자가 누워 있었다.

"어깨가 아프시면 벽을 뒤로하고 모로 누우세요. 선생님이 오십니다."

붕대까지 한 손목이 하얗게 드러난 지금 병원에 갔다 왔다고 밝힐 이유 없이 가만히 기다린다. 흐린 듯 졸음이 올 듯한 좁다한 침대에서 눈을 감았다.

"어깨가 아프시다고요. 다치셨나요."

하얀 가운의 목소리는 여의사였다.

"네 넘어지면서. 그래도 뼈는 괜찮답니다."

"주사를 맞았다면 아프지도 않겠네요."

병원에 갔으면서 뭐 하러 왔느냐 하는 힐난조가 섞인 말투에 난 침술이 최고가 아니냐. 그래서 왔노라

"그럼 침을 맞아요. 해로울 거 없으니. 나으면 침으로 나았다고 하세요."

여의사는 젊었다. 목소리서 이미 느꼈고 외모도 미인이었다. 그건 젊다는데 있었다.

"붕대를 좀 풀어야 되겠어요."

붕대를 풀고는 내 손바닥을 펴면서 한 손으로 손바닥을 부드럽게 쓸어준다. 부드러운 손길이 머리에서 발끝으로 전해지는 순간의 전율이 소름처럼 살아나는 내 몸의 중심이 되는 그것이 스멀스멀 살아나 우뚝 선다. 참담한 일이다. 난 다리를 움츠리는 걸로 감추고 눈을 감았다.

"똑바로 누우세요."

바른쪽을 두고 왼쪽을 들이대는 손을 보면서 난 침이 무서웠다. 뾰족한 바늘로 내 살을 파고든다는 건 용서도 배려도 인내까지 참아주기는 어렵다. 그러나 할 일이다. 부모님께서 자주 가던 한의원이 있었다. 뼈마디가 아프고 저리고 쑤신다 그 말을 듣기도 짠한데 피까지 뽑고 왔다. 그 때

"뺄 피가 어디 있다고 몸을 맡기세요. 그러다 쓰러지세요."

"아냐. 빼고 나면 시원해."

"그건 시원한 게 아니고 서늘하도록 기가 빠진 거에요. 잘 드셔야 채워집니다. 여보 소통을 위한 침술일 거에요. 가끔 그렇게 해서 막힌 혈을 뚫어주는 것도 좋아요."

"아니 한의학을 어디서 배운 게요."

난 침이 왠지 싫어 거부감이 들어 그랬던 내가 지금 이러고 있다.

"다친 쪽은 바른쪽으로요. 말은 않고 몸을 기웃이 비틀어 바른쪽을 높인다."

"침은 반대로 놓습니다. 상대성원리죠 양말도 벗으세요."

빼곡이 박힌 침을 대령하듯 곁에서 간호원이 서 있다. 따끔거릴 때마다 꽂히는 바늘이 거부감과는 무관한 듯 발 전체 어딘가에 박힌다. 그리고 종아리 살에 깊숙이, 그리고 무릎 살에 딱딱히 박힐 때 진저리가 난다. 무릎에서 어깨로 올라오던 손끝이 내 머리까지 쳐들어올 때 여의사의 하얀 손이 마귀손인 듯 소름이 돋는데 검은 거미 손 같아서 난 눈을 감았다. 침을 맞고 등짝에 몇 군데인가 침으로 쪼는 식으로 그 자리에 부항을 붙이는 게 살점

을 들어 가두는 식의 억지는 아픔보다 억지였다. 침 맞고 부항 뜨기를 마치는 시간이 대략 20여 분 그리고 피고인 부항 떼기 침 빼고 전기침 전기 마사지 참으로 지루한 억압이었다.

"손목은 삼일 후에나 침놓습니다. 부기가 빠져야 합니다."

여 의사의 말엔 힘이 들어가 있었다. 병원에 먼저 찾아갔다는데 따른 시비 같았다. 난 말 대신 눈인사로 하고 한의원을 나왔다. 아픈 데도 잊고 난 기분이 좋아 봄 햇살이 부신 세상에서 꽃구경을 하는 기분으로 거리로 나왔다. 복잡한 세상의 거리엔 차들로 차서 무서운 거리의 무기로 사람들은 신호등을 주시하며 기다리고 신호에 따라 움직인다.

아 오늘은 나의 날이다. 난 아직 살아있어 난 남자라고 잠깐의 터치로 나의 위대한 산이 우뚝 서다니 아내가 보고 싶다고 느낀다. 보고 싶기도 했다. 길과 길을 마주하고 건물이 서고 그 곳엔 사람이 살고 도심의 원거리를 비껴서 도시가 형성되고 난 공기가 맑고 시골 같은 분위기가 좋아 내 고향 같은 이곳으로 둥지 튼 지 십수 년간 두 딸을 시집보내고 부모님을 저세상으로 보냈으니 만감이 교차해도 늘그막에 아내와 단 둘이 살면서 행복이라는 말을 생각도 했으니 고마운 마음이다. 아내는 내가 첫 남자라 했을 때 믿거나 아님 그냥 기분이 좋았다. 저 예쁜 이브가 순정을 아담에게 주었다고 하느님께서 사람을 만들 때 흙으로서 아담과 이브로 남녀 한 쌍을 세상에 살게 하시어 부끄러움을 모르던 아담과 이브가 부끄러움을 알도록 하시니 그 때 비로소 알몸인 걸 알고 나서 몸을 가리니 죄와 벌로 고통까지, 그리하여 하라의 유혹에 죄의 열매를 따서 먹으니 슬픔과 죽음을 겪는 고통을 알게 될 것이다. 기독교 신자가 아니라도 대충 들어서 알고 있지만 아내가 첫 사랑도 없이 날 만나 사랑했다고는 안 믿어도 기분 좋은 만큼 나 역시 비슷하다. 여자는 아름답고 귀여운 여우. 남자는 엉큼한 욕심 많은 곰, 곰보다 여우가 낫다. 서로가 채워주는 모자람에 보탬이란 상대개념相對概念이나 확실한 낮과 밤이다.

아내가 있었다. 날 기다리고 있었다는 생각에 아내가 이쁘다는 눈으로 보았다.

"늦었어요. 당신이 먼저 올까 싶어 서둘러 왔어요. 오다가 롯데서 연어 살을 샀어요. 회로 먹을까요. 구울까요. 반반으로 양념도 했어요."

연어 스테이크다.

"와인 한잔 합시다. 그 말은 회로 먹자는 거다. 술을 좋아하지 않아도 가끔 포도 와인을 하니 늘 집에 있었다."

"당신 침 맞았으면 와인은 안 마셔야지. 그게 좋겠어요."

"딱 두 잔만 할 게 병원도 갔고 침도 맞았어."

난 와인잔을 엄지와 검지로 집어 들었다. 그리고 아내를 음탕한 마음으로 능멸하고 미소까지 짓는다.

"밥도 했고 아구탕도 끓였어요. 밥솥도 못 여는 당신을 모시고 아들로 데리고 산 지 어언 40여년 늙은 우리의 세월이 눈물로 젖기는 너무 싫어요. 조심조심 하면서 삽시다. 넘어지고 다치진 말아요."

아내가 잔을 살짝 부딪치며 살가운 말에 난 눈빛을 번득인다.

"당신 고생 많았어, 나까지 챙기고 부모님 모시고 자식 삼남매 낳아서 잘 기르고 어린애처럼 넘어지는 날 걱정시키니 미안하기도 하고 고맙기도 하네."

잔을 내려놓고 난 아내의 손을 끌었다.

"여보 왜 그래요 감동했어요. 오늘 무슨 좋은 일 있었나봐."

아내는 못 이기는 척 다가오며 허리를 꼰다고 느낀다. 역시 아내는 나이가 들어도 내 귀여운 여우다. 난 아내의 허리를 질근 휘어안고 이마에 뜨거운 입술로 유혹하고 아내를 끌어다 4인용 소파로 데려왔다. 무슨 말이 필요한가. 이런 약속 없는 밀어는 수 없이 되풀이로 익숙한 춤판인데 콧노래에 맞추는 춤이니 마음껏 추는 게다.

왜 침대를 두고 소파야 그걸 묻고 시비할 이유 없이 얼마 전 영화 본 그대로의 놀음이다. 그 장면을 보면서 흥분 안 하고 그 짓이 추하다 할 사람은 천치다. 그 날 돌아와서 씻은 다음 신나게 춤추었다. 아내의 콧노래는 나를 즐겁게 했음은 물론이다. 늙었어. 늙었다는 말을 자주 한다면 인생의 마지막을 스스로 죽이는 자살행위다. 서로를 위로하고 보듬는 행위예술 퍼포먼스를 잊고 살지 말자. 그런 마음도 잠시 아내의 주름진 얼굴에 윤기 없는 흙에서 새싹이 돋고 꽃이 필 일은 없다. 남편의 기가 빠지고 행동의 순발력이 바닥을 기고 반듯한 길에서 비틀대는 모습은 폐차가 도심을 달리려고 앞차에게 빵빵 헛방귀를 뀌어대는 꼴을 보는 것 같은 아내의 심정으로 어떻게 그 썩은 차를 탈 수 있고 힘차게 달리라고 졸라댈 것인가.

난 모처럼 자신감에 아내를 춤추게 하고 기절까지 시켜놓고 난 넉다운이 되었다. 그 기분에 오늘 있었던 일을 기분 싸하게 털어놓았다.

"아니 이 사람이 오늘 기분이 좋아서 꿩 대신 나라고 그럼 내가 닭이네요."

아내가 내 가슴에 얼굴을 묻었다가 발딱 일어나서 쏘아댄다.

"뭘 그걸 갖고 그래."

"참 사내는 못 믿을 늑대라니까."

그 말은 개다. 내가 먹이고 예뻐한 개가 하는 짓이다. 그런 말이었다. 모처럼 벗은 아내가 가슴을 가리고 일어난 아내의 엉덩이가 탄력이 있었다. 걸음에 맞추어 흔들리는 엉덩이는 젊음이 꿈틀거린다. 난 무참하고 어이가 없었다. 칭찬받고 싶은 아이의 마음으로 엄마에게 자랑한 게 매질을 당할 일이라니.

목욕탕에 들어간 아내가 몸을 씻으며 무슨 생각을 하는지 그도 궁금했다. 물소리도 들리지 않는 그런 조용함이 싫었다. 나 역시 씻고 싶었다. 의례적 일인데 기분까지 찜찜한 이런 느낌은 처음이었다. 여자란 모를 것이야. 내가 바람을 피운 것도 아닌데 그런 것도 감추고 살아야 하는지 다시 생각도 한다. 난 서재로 들어간다. 이 웃기는 일을 가지고 더 말할 필요 없이 잠시 피하고 싶었다. 서재는 일인용 침대도 있고 탁상도 있어 차 종류도 세 가지는 준비가 되어 있었고 커피포트도 있었다. 난 아내의 엉덩이를 또 보는 게 거북스러워 그런 뚱딴지같은 생각을 하면서 왠지 모를 어색함이 싫었다. 참으로 못난이가 된 이 기분. 부아가 난다.

얼마를 잤는지 아픔도 잊었다. 어둠이 가득하다고 느끼는 순간 밤이구나, 그때 거실에서 들리는 텔레비전 소리가 조금 시끄러웠다. 본시 작게 음향을 맞추고 듣는데, 시끄럽다는 생각에 벌떡 일어났다. 날 일어나라는 아내의 작전인 듯싶었다. 난 문을 소리가 나게 열고 닫고는 목욕탕으로 직행 아내의 뒷모습만 힐긋 보았고 온몸을 적시고 있었다. 아내는 지금 연속극을 보는 중 내게 무반응이었다. 씻고 나니 식욕이 생겼다. 난 그대로 주방으로 들어갔다. 차려진 반찬에 밥만 푸면 먹는다. 숟가락까지 놓인 걸 보니 굶지 말고 먹어라 그만한 관심이면 오늘만 지나면 된다. 난 밥솥을 열고 그릇을 들었으니 맘대로 먹는 자유가 있다. 한 숟가락을 먹는데 아내가 들어온다. 국을 퍼서 주려고 온 모양인데 한마디 한다.

"맨밥에 국이라도 있어야지. 국도 못 퍼서 먹어요. 아직도 아들을 키운다니까."

늦봄에 아욱국이라니 된장 맛에 부드러운 아욱이 매끄럽게 넘어간다.

"당신은 먹었소."

"시간이 이런데 좀 있으면 9시 뉴스에요."

아내의 말이 쏘는 벌이었다. 아직까지 뾰루퉁할 까닭이 뭐야 날 무참하게 해 놓고 알 수가 없다. 그냥 내버려 두는 거다 따지고 들을 건더기도 없다.

밥을 먹고 숟가락과 먹은 빈 그릇을 그냥 둔 걸로 내 심사가 꼬였음을 말하고 난 서재로 들어갔다. 침을 맞아선지 병원에 간 게 피곤했는지 난 그대로 누워 잠을 청한다. 가끔씩 하는 것이라 익숙한 일인데 아내와는 어제 대낮에 낮걸이로 별 볼일 없고 서로가 편하게 잘 자던가 아내는 지금부터 컴퓨터 앞에 앉아 글을 쓰리라.

일찍이 깨서 움직인다는 건 잘 잤다는 것이다. 아내도 벌써 세수한 얼굴에 머리엔 목욕모자가 빨간 머리 앤처럼 보여서 난 실소한다. 나이는 먹어도 마음은 소녀야.

"여보 나 오늘 바빠요."

그 바쁘다는 말을 알아듣는 데는 꽤 오래되었다. 알아서 먹으라는 것이다. 아내는 화장대 앞에서 주름살을 덮느라 열심이다. 토라진 게 풀렸는지 내 알바 아니다. 나 역시 뒤틀린 심사로 아내가 나간다는 소리에 부아가 난다. 툭하면 나가면서 혼자 남은 내게 미안함도 없는지 오늘 따라 얄밉다. 외출이 있을 때 먼저 보여주는 출판기념 미술전 초대장 개인전 초대장을 쇼파에 던져놓고 보라는 듯이 그런데 슬쩍 보고 아님 거들떠보나마나 그럴 때가 일 년이면 몇 번인가 알 수도 없었다. 오늘만은 더 불만이다. 어젯일을 풀지 않고 해석 없이 무참한 꼴로 당한 게 억울도 했다. 그게 그렇게 잘못인가 싶었다. 아내가 나간다.

"늦지 않을 거예요."

얼굴 없이 뒤 꼭지로 말하고 문소리가 난다. 난 기다렸다는 참을 수 없는 유혹에 말려들 듯 와인을 꺼냈다. 달달한 맛과 은근한 과일 맛을 음미하듯 잘록한 컵에 무식하게 가득 부어서 막걸리 마시듯 꿀꺽꿀꺽 소리까지 내면서 마셨다. 뭔가 억울했다. 뭔가 억울한 것이 있었다. 바람도 피우고 연애질도 하고 실컷 놀아보고 결혼했다면 바보는 바보다. 그까짓 성병이 무서워서 동정까지 지켜 아내에게 이런 말까지 들어야 한다. 하긴 아내도 내가 첫 남자라 했다. 그걸로 우린 서로를 존중할 수 있다. 그런데 늙어가면서 내 솔직함에 기쁨까지 무참하게 나무라다니 이건 인격 모독이다. 나도 사내다. 아직 늙지 않은 생리적 힘을 과시하고 싶어 말했다. 사실 자랑하고 싶었다. 와인 한잔으로는 외롭다. 이럴 때 친구다. 동창도 많지만 바쁘다는 평계로 동창회 때 만나면 그만이고 그래도 한 직장에서 30년 지기 동료가 생각나는 친구다 허 태영 전화번호가 입력 된 지 오래다, 6번으로 꼴찌나 잊을 리 없었다. 난 건다. 꾹 눌렀다.

"오 친구 반갑다."

전화번호만 보고도 아는 허태영이다.

"보고 싶었다. 오늘 만날 수 있어?"

"그래. 와. 난 못가지만 기다린다. 와서 만나자. 용문동 롯데백화점 옆으로 카페 첼로가 있어. 마스코트로 입구 바른쪽에 첼로가 세워져 있어. 지금 출발할 거야."

"그래 족히 40분은 걸릴 거야."

롯데백화점 뒷골목에 친구네 음식점이 있다. 친구는 아내와 같이 운영하고 주방에 요리사로 한 사람만 채용한 건 인건비 문제였다. 나처럼 연금처럼 받는 퇴직금이면 걱정 없이 노후를 보낼 수 있었겠지만 반을 꺾어 잘못 투자한 증권으로 또 반을 버렸으니 생각 끝에 내린 결정이 아내 되는 음식솜씨에 기댄 것이다. 올레맛코다리가 상호다. 내가 알기로는 손님이 꾸준하다고 한다. 큰 건물 백화점과 연계한 카페는 용문동에 유일한 문화거리로 젊은이들이 찾는 공간적인 장소로 입구서부터 분위기가 있었다. 갈색 마루가 깔린 인테리어가 층계 식으로 산뜻한 걸음을 재촉하고 아치형의 유리문 옆으로 금빛을 입힌 첼로가 튕기면 소리가 날 듯싶어 서 있는데 얼굴만 웃는 사내의 손이 첼로 줄을 퉁기고 놓는 시늉이 우스꽝스럽다. 얼핏 보면 상호가 첼로 같지만 심포니가 카페다. 술집보다 많은 카페 떠들썩해야 기분이 업그레이드 되었던 시대는 지나갔다. 울분을 토했던 어둠이 별빛으로 달래는 조용한 만남으로 못 다한 이야기와 지난 세월 울분을 삭히는 토론의 장으로 센티멘탈적 사고의 장으로 선호한다. 이때 어울려 무리 진 사교에서 개인적 사고로 개인적 사고私考가 팽배한 시점이다. 말하자면 개인주의로 무리 진 힘에 쏠리는 폭풍보다 조용히 결단한 자기주장을 펴서 무엇을 따름에 있어 손해 볼 까닭은 없다는 개인주의가 필요한 세상의 흐름이 그러한데 그렇게 할 수밖에 없었다.

한때 민주주의 쟁취란 미명 아래 데모가 성했던 그 시대가 점차 사라진 것도 개인주의 팽배로, 무리보다 조용한 실존주의를 선호한 개인주의다. 민주주의를 부르짖던 지난 세월을 나도 살고 거쳐서 이 자리에 있지만 난 부모님의 간곡한 말씀에 비겁한 청춘으로 외면했다. 난 외동이라는 걸 잊은 적 없는 강박관념에 맞추어 숨어서 공부만 하는 벌레가 되었다. 그 때 최루탄에 눈이 멀고 죽어간 젊은이가 속출했고 자유민주주의로 사수한 민정이 들어서고 군정이 물러난 뒤 운동권들이 국회로 들어와서 이 나라를 좌지우지한 게 반세기가 지났다. 나라사랑은 여야가 다를 수 없듯 한결같은 나라사랑이어야 한다. 난 아무것도 한 것 없다는 생각이나 나라사랑은 변함없다. 나의 부모가 태어나 살고 내가 태어난 조국이다. 나라 없는 사람이 사람으로 살 수 있는가.

난 카페에 들어와 그림이 걸린 벽을 훑으면서 생각은 생각대로 눈은 눈으로 보는 미적美的 흐름을 공유한 예술을 음미하고 있느라 어색한 문화적 분위기에서 벗어나고도 싶었다. 연한 아이보리색 벽면에 연갈색으로 선을 연결한 중간중간 걸려있는 그림 몇 점이 좋았다. 그림을 잘 모르는 나도 알 수 있는 모네의 인상 해돋이 작품 해가 솟는 아침의 강이 고요로우면서 희망의 상징에 잠자던 강이 움직이는 물결의 느낌이 깨어선 아름다움을 드러내는 자연스런 아침의 강의 모습이다.

7,80년도까지 텁텁한 막걸리와 30도 소주를 마시면서 젓가락 장단에 상처투성이 막상을 두들겨 때리는 식의 놀이는 슬픈 이 나라 백성들의 한스런 소리로 분풀이었다. 20세기 전쟁과 나라 잃은 설움을 겪은 우리들 조상은 죽고 명줄 긴 몇 명은 남고 그 자식이 가난과 싸우면서 찾은 자유가 뭔지 아직도 실감나지 않는데 따른 억울한 삶을 노동으로 힘겹게 버티는데 막걸리 소주에 취하면 그 기분도 취해서 오동동 술타령에 젓가락 장단이면 피로가 풀리는가. 그런 시절이 어느새 가는 데는 오래 걸리지 않았다.

서양문화가 들어오고 따라 하기는 하룻밤 새에 흉내가 보편적 문화로 머리모양이 달라지고 옷이 달라졌고 걸음걸이가 술에 취했는지 건들건들 춤추는 듯 꺼들꺼들 댄다. 청바지가 나팔바지로 긴 머리에 새집을 만들고 여자들은 입술에 피맛을 보았는지 빨갛게 루즈를 발랐고 껌을 소리가 나도록 씹는 입이 부러운 눈도 있었고 흉보는 눈들은 쥐 잡아먹었다고 수근거린다. 아 그 때 배워야 한다. 교양이 없는 국민은 노예로 산다. 흉내 내는 원숭이는 사람이 아닌 짐승으로, 따라 하기로 유명한 원숭이지 사람은 아니다.

극장이 생겨서 몰려드는 관객들이 상식 있는 예술혼이 있는 사람이 아니고 즐기고 재미로 보는데도 각기 다른 시각으로 보고 저마다 갖는 생각의 판단에 따라 문화적 이해와 해석이 다르나 발전은 흉보며 배운다고 서구식 문화에 매료된 사람들로 가득 차고 넘쳐나는 문화는 쓴 커피를 어떻게 마시는가에 따라 다방이 먼저 생겨났고, 그 다방 방구석에서 놀음 꾼들이 화투장을 펴 놓고 시간을 죽이고 차와 술을 파는 마담의 얼굴에 웃음과 애교가 콧노래가 되었을 때, 다방은 늙은이들의 사랑방이고 카페는 청춘들의 사교장으로 사랑과 낭만이 있었다.

나도 그런 시대를 거치고 지금까지 살면서 다방도 갔었고 카페서 드나들었지만 장소불문하고 마실 수 있는 차 우리의 차보다 커피에 길들여진 맛에 카페서 집에서 먹는 커피가 훨씬 많다. 어쩌다 기분에 따라 분위기 있는 카페서 한잔하는 커피는 밖에서 만나는 친구나 손님이라는 관계에서 집보다 편리하다는 것이다. 분위기 메이커라는 말이 생겨난 게 바로 이런 의미의 생각이다. 밥은 집에서 김치 쪽으로 먹고 비싼 커피는 분위기가 있는 카페서 마신다. 그게 현실의 문화고 분위기 메이커다. 난 구석진 자리에 앉아 오 분 동안 걸렸을런가 많은 생각을 하고 지난날을 떠올리고 지우면서, 내가 나이가 먹고 늙었다는 게 무언가 알고 있다는 씁쓸함이 쓸쓸하고도 슬프다. 성큼성큼 다가오는 친구가 있어 난 웃음을 찾았다.

"기다렸지? 많이 정리정돈이 필수거든. 그래야 맘 놓고 비울 수 있어."

우린 손을 잡았다.

"바쁜 친구의 일상에 방해꾼이어도 이렇게 만남은 있어야지 얼마만의 만남이야. 전화만 주고 받은 게 일 년이다."

"자네 손이 왜 그래. 다친 거야."

"음 넘어지고 삐었어."

"조심하지 우리 나이에 넘어지면 크게 다친대. 어떻게 넘어졌길래 붕대까지 감았네."

"재수에 옴 붙었지 뭐 거의 나았어. 침 맞고 병원도 갔었어."

"뭘로 마실까? 방금 로스팅한 커피니까 향이 좋아. 내가 알아서 시켰어."

"커피는 다 좋아."

"그래 나나 친구나 술 잘 못하니 커피가 딱이야."

허태영이 딱이란 말에 그냥 그분이 좋았다.

알림벨도 없이 기다리는데 번듯한 이마가 먼저 눈에 띄는 씩씩한 젊은이가 쟁반을 받쳐 들고 와선 인사를 꾸벅한다. 얼굴이 서로 아는 것처럼 웃으며 내려놓는다. 진한 원두커피와 카페라떼다.

"모자라시면 더 청하세요."

긴 원형의 흰 찻잔에 가득담긴 커피가 모자랄 일인가. 난 카페라떼를 집어 들었다. 시럽액과 설탕이 비스켓과 있었다. 그걸 넣으면 달디 단 맛이고 아무것도 넣지 않아야 커피 맛이고 향이 난다. 난 손을 다친 이야기와 아내에게 털어 논 사건의 전말과 아내의 쌀쌀한 말에 무참하게 밟히는 모욕까지 실토하고는 내 편이 되어주길 기다렸다.

"자네 그걸 모르겠어. 자네 와이프가 질투하는 거라고."

"뭐야 질투라고 모욕이었어. 늑대라구 짐승 취급했다니까."

난 심각한 척 하면서 웃음이 나왔다. 질투라는데 이건 코미디다.

"오늘 술이라도 먹어야겠어. 난 부러워 죽겠네. 우린 장사하느라 육체나 영혼의 소진으로 그런 재미도 없다구. 늙어서겠지 하면서도 가끔 허무해 그거 거시기 빼면 무슨 낙이야 정말 끝인가도 싶고 돈 버는 기계도 아닌데

저서 외 작품들 785

밥 세끼 먹는 게 다인데 날마다 전투가 말이 돼?"

친구는 많이 지친 듯 자신의 처지를 무척 허탈해 하고 있었다.

"놀기도 힘들어 진작에 용돈이라도 줄 테니 나와 달라는데 싫다고 했으니 후회막심이야."

"맞아 지금 건축 사업이 주춤하고 있잖아. 자재 값에 인건비에 인력도 모자라고 또 넘치나 막상 일하러 오세요. 하면 안 온다잖아. 조화調和롭지 못하는 게 사회악이잖아."

"벌써 시간이 12시야 우리 집으로 가세. 같이 식사하지. 와이프가 기다릴 거야."

"아냐 지금 밥을 먹기엔 일러 난 1시에 먹어 다음에 와이프랑 올게. 우리 둘은 술을 좋아하진 않지만 다음에 와서 술 한 잔 하세."

난 오늘 친구를 만나 확실한 답을 들었으니 자신감에 우쭐해 어깨를 들고 쾌재를 불러도 되었다. 바쁜 친구를 더 붙들어 앉힐 일은 없었다. 헤어져 오면서 침을 맞을까 싶었다. 그래 어디 맞아보자. 오늘도 그런가. 이건 날 시험하는 거야. 맞는다. 마지막으로. 전철을 타기 위해 백화점 앞에서 서대전 방향으로 열 발짝 걸음을 뗐을까 전화가 걸려온다. 아내였다.

"여보 어디에요. 나 지금 점심 먹고 집으로 가려고요."

"으응 와 기다린다."

난 거짓말이 하고 싶은 게 아닌데 즉흥적으로 받고는 흥 틀렸어. 침은 안 맞지 뭐. 왠일로 빨리 오는 거야. 흥 난 두 번의 흥 소리로 콧방귀인지 즐거운 비명인지 알 수가 없어 허하고 웃었다. 문자로 덧붙인 말 애들이 다 온데요. 당신 다쳤다고 내가 말했어요.

마음 안에서 꽃이라도 사서 들고 갈까 싶었는데 그만두자. 아들딸이 온다는데. 이래저래 아내한테 잘 보일 일은 없네. 꽃다발도 한 번쯤 사들고 가기도 그리도 어려운데 동네 꽃집에서 제라늄 화분이라도 사들고 갈까? 집 베란다에 있을 색이 다른 걸로 말이야. 내 눈썰미로 없는 색깔을 찾기란 쉽지 않을 거야. 그래도 특별나게 눈에 띄는 게 있겠지. 그 때 찍톡 문자가 찍힌다.

"조심히 와요. 서두르지 말고."

원 참. 아주 애 취급하는 거야. 중얼거리는 입이 다물어졌을 리 없다.

그래 난 당신의 큰 아이야.

■ 단편소설 _ 바구미

쌀벌레. 바구미과의 갑충으로 갈색의 몸은 길둥굴며 부리는 가늘고 길며 두 개의 부리 그리고 아래로 굽었으며 몸 길이는 약 3mm고 쌀 보리를 갉아먹는 해충이다. 이건 사전에 있는 바구미의 정보다. 그러나 이것으로 나의 궁금증이 해소되기엔 미흡했다. 갑충甲蟲이란 온몸이 단단한 껍질로 싸여있는 곤충을 말하는데, 그 종류는 딱정벌레목의 곤충의 총칭이고 풍뎅이 하늘소 따위다.

바구미는 너무 작아서 눈이 있는지 찾아도 없었다. 더듬이로 보이는 게 굽은 머리에 두 개, 발은 양옆에 세 개로 여섯이며, 날개가 있다는 사실은 내가 건드렸을 때 볼 수 있었다. 벼룩이가 간이 있다면, 속담에 간을 빼 먹는다고 했겠지, 난 새삼 벼룩이를 떠올리면서, 자신의 몸 백배를 뛰어오르는 뒷다리의 힘, 그리고 사람의 피를 빨아먹는 해충이지만 염치없는 사람에게 비유한 벼룩의 낯짝이 있다고 하듯, 바구미를 곱다고 할까.

벼룩이가 뛰어오르면, 바구미는 걸어서 도망가는 지구력이다. 쉬지 않고 앞으로 전진하다 건드리면 양쪽 발을 집어넣고 멈춘다. 죽은척 하는 것인지, 그냥 두면 다시 전진이다. 마라톤 선수처럼, 그대로 되풀이하는 전진, 그건 목적있고 이유있는 경주가 아닌 탈출이 아닐까. 쌀독을 벗어나 어디로 가는지 정처 없는 유랑의 행보가 궁금하다. 쌀독을 벗어나 정처 없이 나서는 이유는 분명 죽음의 길로 가는 게 눈으로 확인되었다. 하루 먼저 나선 놈은 집안 틈새 어느 곳에 몸을 둔 채 죽어 있었다. 온 집안으로 흩어져 곳곳에서 발견되기까지, 눈에 거슬리는 건 둘론이고, 집안을 기분 나쁘게 하고, 비 위생적으로 가족들에게 혐오감은 물론 식사 거부로, 경제적 손해까지 끼치는데, 내 자식 남매에게, 밥 대신 피자, 빵, 치킨, 샌드위치로, 그도 하루 이틀이지, 그도 못할 일이다. 난 쌀을 거실 바닥에 쏟았다. 며칠을 잡다가 내린 것이었다. 오늘로 한 달째 싸웠다. 잡고 잡아도 나오니, 물에다 넣고 변기에 넣고 베란다 창문으로 던져도 보고 손끝으로 비벼선 죽여도 보았다. 물기가 없어 비비면 그냥 부서져 탄가루처럼 보였고 사실 쌀벌레라 더럽다는 생각은 애써 버렸다. 끊임없이 나타나는 야밤의 적병들 침투엔 두 손을 들었다.

여고생인 딸, 그리고 늦둥이 초등학교 4학년 아들이 등교하면 여유의 시간을 즐기고 책도 읽고 TV도 보았는데, 바구미 출현으로 모든 게 정지였다. 눈에 띄는 족족 잡아야 했다. 쌀. 밀가루 남은 게 벌레가 나오록 남은 것은 아껴서가 아니었다. 남편은 버스기사로, 한달이면 보름은 밖에서 해결하는 식사, 그리고 아이들은 밥보다, 간식 위주고 점심은 학교서 먹고 나 역시 대충 때우는 습관 그러다 보니, 쌀가마니가 작년 가을 농사 끝나고, 시월에 보내주신 친정 어머니 정성을 새삼 느껴야 할, 한여름의 장마철이 바로 지금이었다.

용인 승죽골에 계신 어머니가 몹시 보고 싶은 날이다. 엄마는 생전 용인을 떠나신 적 없다. 운학리서 태어나, 승죽골로 시집와, 삼남매를 낳아 기르고, 아버지가 돌아가신 뒤 삼남매를 주기 위해서 무농약으로 우렁이를 넣어 키운 벼농사는 유기농 쌀이었다. 그런 쌀을 바구미가 다 갉아먹게 하다니. 내 잘못인가 반성도 해 본다. 사실 쌀을 먹기로 하면 10개월이면 모자랐을 것이다. 지금 세상은 먹거리가 다양해서 입 맛 따라, 먹는다. 친정어머니께서, 얘야. 쌀 보낼 것이니 말 해라. 아직도 남았어 그때가 초 봄이었다. 한 가마. 80kg가 추석을 앞두고 아직 남았으니, 묵은 나락 방앗간에 찧어 두어말 보낼 것이라 하였으니, 곧 택배로 보내 올 것이었다. 쌀에서 벗어난 바구미가, 흩어져 도망치기 전 잡기 위해 지켰으나, 도둑은 열 사람이 지켜도 못 막는다는 말처럼 벽을 타고, 혹은 싱크대로 문갑으로 아이들 방까지 온통 돌아다니는 바구미의 끈질긴 방황의 질주엔 두 손을 들어야 했다.

지금 세상에 벌레가 먹은 쌀을 먹다니, 말이 되요, 그래 버릴까.
버려요, 난 밥 안 먹을래 더러워 징그럽고, 엄마 저녁엔 피자 부탁해요.
딸이 아침에 샌드위치로 해결하고 학교 가면서 한 말이다.
미나야. 쌀벌레는 깨끗해 그렇게 말해 주고 싶었지만 통할 리 없었기에 그만두었다. 까칠한 사춘기 여고생의 생각이니 그도 이해할 수밖에 그러나, 마음속엔 짠한 이야기가 가슴을 뭉클하게 한다. 사실 쌀을 버리면 간단하다. 그러나 절대로 용납이 안 된다. 이 귀한 쌀은 어머니의 정성이었다. 산골의 천수답에서 우렁이로 키운 벼, 알곡의 소출은 적어도 빗물을 의지한 물덤벙의 물로 키운 쌀이니, 찰지고 기름져 밥맛이 좋다, 어머니 주름진 얼굴, 그리고 거친 손이 보여 눈물이 핑 돈다. 그 어머니가 들려준 옛이야기가 가슴을 적신다.
내가 겪지 않고 이야기로 듣고 학교에서 배워 알고 있는 일제 강점기 그 참담한 과거가 역사로 남아 이야기로 듣기엔 실감이 나지 않을지도 모르나, 친정어머니께서 들려주신 이야기는 가슴속에서 흐르는 뜨거운 피의 온기처럼 뜨겁게 남아 있었다.

일제시대를 겪으며 성장한 외할머니는 일제의 간섭을 벗어나기는 출가해서 가정을 갖는 게 최선의 선택이라는 부모님의 뜻에 따라 17세 먹던 그해 겨울에 중매로 안동 김씨 문중의 며느리가 되었다. 신랑은 1살 아래 나이였으나, 체격도 성숙했고 행동거지도 의젓했다. 사랑을 따질 그런 연륜도 없이 부부가 되었지만, 외할머닌 마음이 흡족했다. 저런 사람이 남편이 되었으니, 내 생을 맡겨도 되겠다는 안도감이었고 정이 갔다.

그런데 신랑은 농삿일엔 관심없고 도시의 물에서 놀고 싶은 바람난 물고기였다. 고기는 큰물에서 살아야지, 강을 타고 바다로 나아 갈 수 있다. 그런 포부야 남자라면 품어야 되겠지만 외 아들인 남편의 소망을 들어주기엔 불안하고 슬펐다.

가지 마세요. 딱 한마디 사정을 하였지만, 내가 일 자리만 마련하면 당신을 데리고 가리다.

난 그 말을 믿지 않았다. 시누 둘이 혼인해 남의 식구가 되었고 홀 시어머니를 남겨두고 날 데리고 간다는 건 억지에 불과했다. 그렇다고 젊은 가슴에 품은 욕망을 가라앉히기엔 늘 후회할 일이었다. 외 아들인데다 혼인까지 했으니, 가장이란 이유가 큰 힘이었다. 그들 일제의 부름의 손아귀에서 벗어난 것이었다. 징용은 물론 노역도 제외였다. 그러나 농삿일을 끝나고 나면 경성 서울의 한강, 그리고 종로거리를 한 바퀴 돌아서 와야 속이 풀린다는 남편이었다. 그렇게 1년 2년을 보낸 그해 초 겨울에 남편은 취직을 하겠다며 훌쩍 떠났다.

처음엔 들락날락 그렇게 들고나더니, 그 이듬해 봄까지 소식도 없었다. 남편없는 시집살이였다. 외할머니의 청춘은 눈물 반 한숨 반으로 곰팡이가 슬었다.

기집년이 칠칠치 못하게 서방도 내쫓고 객지잠을 자게 해? 그러고도 꼬박 밥 세끼는 처먹어. 쌀 바구미 마냥 파먹고 야금야금 쌀눈에 코 박고 속살을 갉아 먹으며 왜 새끼는 못 낳는담.

하늘을 봐야 별을 딴다는 속담이 있듯, 난 외로워서 혼자 울고 울었다. 시어머니의 근심은 아들의 부재였다. 그 불만을 며느리에게 쏟아선 화를 삭이는데도 극에 달해 있었다.

바구미 같은 게 멀쩡한 내 아들을 밖으로 내쳐 암 그게 공방살(空房殺)을 끼고 내 집에 온 탓이여. 남은 오손하니 살문서 떡뚜꺼비 아들도 낳드만 쯧쯧. 먹는 거 똥으로 싸고 삐쩍 마른 몸뚱이 꼭 바구미마냥 생겨서 어디 맘에 안겨야지 쯧쯧.

외할머니의 당치도 않은 구박을 받으면서 남편을 기다렸는데, 삼년만에 돌아온 남편의 건강이 말이 아니었다. 병이 들어 늙은이처럼 골골거렸다. 알고보니 취직을 목적으로 서울을 헤매고 다녔는데 종로거리 전차가 오가는 길가서 싸움판을 목격하고 일본인 서너 명이 조선인을 때리는 걸 말리려다 휩쓸려 분노를 참지 못하고 일본인을 패대기치고, 일본경찰에 끌려가선 억울한 간첩죄를 씌워 옥살이 삼년에 결핵에 걸려 건강악화로 풀려나 돌아온 것이었다.

바구미로 살던 외할머니는 돌아온 남편이 고마워 그 동안 설움을 잊었다. 폐병엔 영양보충이 우선이라고, 시어머닌 뱀을 잡아선 약탕에다 다려선 아들에게 먹였다. 그도 못할 일이나, 남편을 살리겠다고, 외할머니는 그 일을 마다하지 않았다. 그 시대는 뱀도 많았고 뱀의 먹이는 개구리 쥐 그 밖에 곤충도 흔해서 뱀 구하기는 쉬웠다. 집으로 돌아온 남편은 건강을 찾았고 그 이듬해 난 첫 임신을 하였다.

바구미 같은 것이 여수같이 굴지 마라. 내 아들 병 도질까 싶다

그러나 청춘의 본능까지 억제시켰으나 난 딸을 낳았고, 연년생으로 또 둘째 딸을 낳고는 시어머니의 분노로 또 바구미란 벌레가 되었다. 이건 누명보다 더 가혹한 처우였다.

남들은 아들도 잘 낳드만, 몹쓸 계집애만 쏟아놓고, 밥은 처먹나

그런데 외할머니의 설움은 남편의 건강이 심근경색으로 쓰러져 말도 못

한 채 운명을 달리한 그때부터였다.

　내 집에 바구미 같은 것이 들어와 망하고 말았구나, 대도 끊기고, 내 죽어 조상님을 어찌 보겠으며, 염라대왕께 내 무슨 말로 죄를 사해 주십사 하리.

　죽은 남편을 끌어안은 시어머니의 넋두리는 소름이 돋게 하였다. 딸 둘 가운데 나의 어머니가 첫째로 80세가 되신다. 지금 화성에서 삼남매를 먹이고 싶어 아직도 농삿일을 하신다. 한분 뿐인 이모님은 재작년에 돌아가셨다. 한 사람의 생애가 인생사를 엮으면 기막힌 인생길을 정처없이 떠돌다 가는 나그네의 길이 되겠지만, 외할머니의 삶이야말로 여자의 슬픈 인생길이 아닌가. 같은 여자이면서 그렇게까지 미워하고 저주하고 살면서 그 끝에서 얻은 게 무언가. 미워하다 세상을 등진 내 증조 할머니, 그리고 끝내 바구미란 오명을 쓰고 돌아가신 내 외할머니의 한을 두 딸에게 쏟아놓고 가셨다.

　그 바구미가 날 괴롭힌다. 온 집안을 휘젓고 다니면서 내 신경을 건드리고, 그 아까운 쌀을 먹기만 하는 게 아니고 밥 지어 먹기도 게름직하게 만들면서 내 아들딸이 먹는 걸 거부하게 한다. 며칠째 밥 대신 가용식비로 배가 들어갔다. 피자 치킨 빵 샌드위치 그리고 죽도 두어 번 쌀을 씻고 바구미는 골라서 버리면 되는데, 아이들은 이미 혐오감으로, 쌀을 아니 밥을 외면하고 있었다.

　애들아. 나미야. 서준아. 이 벌레는 깨끗하다고 봐야지, 귀한 쌀을 먹으니까.

　엄마. 벌레가 어떻게 깨끗해. 난 저 쌀로 지은 밥은 안 먹어 절대로 먹을 수 없다구요.

　엄마 나도 싫어 오늘 저녁엔 라면 먹을래요.

　난 라면 싫어 피자 부탁해요.

이젠 외식으로 입맛을 들였는지 날마다 메뉴가 다르다. 남편과 난 쌀로 밥 지어 먹지만 버스 기사인 남편의 하루 식사는 아침 한 끼가 전부고 아이들도 점심은 학교서 해결하니 쌀이 줄지 않는다. 바구미의 행렬은 조용하나, 신경을 건드린다. 그림자 없는 유령처럼 조용하나 그림자가 없다고 생각은 하지 않는다. 며칠째 관찰한 내 눈에 그림자를 안고 간다는 것이다. 작고작은 몸이 자신의 몸으로 안고 가는 모습이 앙징스럽고, 또 귀엽기도 하다. 물기란 전혀 없고 마른 쌀을 먹으니 그럴 테지, 그리 믿으면서 그릇에 물을 담고 바구미를 잡는 쟈로 넣으니 안성맞춤같이 그대로 가라앉고 죽는다. 그런데 어느 놈이 기운이 넘치는지 빙글빙글 물매암처럼 돌더니 잠식한다. 이 쌀을 어떻해. 옛날 배고픈 시절도 아닌데, 벌레 난 쌀을 누굴 줘. 버리자니 죄 받을까 두렵고, 그보다 어머니 정성을 생각하면 눈물이 난다. 벌레가 왜 하필 바구미야 외할머니 생각에 목이 메인다. 책도 못 보고 한나절이 갔다. 얼마 안 있어 늦둥이 서준이가 올 것이다. 계란이 떨어졌고, 대채식으로 무언가 사와야지 그런 생각에 마트에 다녀오기로 하고 집을 나섰다. 생각 속엔 삼겹살도 있었다. 피자야 아이들이 오면 시켜도 될 일이고, 서너 가지를 사서 현관문을 여는 순간 살충제 냄새가 코를 찌르고 늦둥이가 벌써 와선 신나게 살충제를 뿌리면서 씨익 웃는다.

야. 서준아 큰일났다. 어떻게 이런 생각을 했어.

거실에 쏟아놓은 쌀은 이미 살충제에 젖어 있었고, 바구미도 그대로 잠이 들었다.

난 털썩 주저앉았다. 이젠 끝났다. 그런데 눈물이 나오는 거였다. 눈물 속엔 친정어머니가 보였다. 그리고 바구미가 있었다. 그 바구미는 외할머니로 변하고 있었다. 한참을 그렇게 하고 있었다.

엄마. 제가 잘못했나요.

난 그때 정신이 돌아온 것처럼 늦둥이를 보았다. 울상이 되어 있는 서준이를 보면서, 괜찮아 이젠 바구미는 사라질 것이다. 이 쌀은 산에다 묻어야 된다. 새가 먹으면 죽을 테니까.
 난 쌀을 검은 비닐봉지에 담았다. 족히 우리 네 식구 한달 양식이었다. 난 늦둥이 서준이를 데리고 관리사무소에서 삽을 빌려 우리 아파트 주변 산으로 올랐다. 낙엽이 쌓인 산 언저리를 파는 데는 그렇게 힘들지 않았다. 쌀은 잘 썩어 나무의 거름이 되고 바구미는 나비가 되어라. 난 서준이가 듣도록 말로 마음을 보태고 돌아와선 대전에 살고 있는 여동생에게 전화를 걸었다.
 언니 떡볶이 뽑았어. 언니도 보내줄게, 추석 전에 엄마가 벼 찧어 두어 말 보낸다고 그러셨어. 햅쌀나기 전 맛있게 먹으라고.
 그래 알고 있어. 나도 남은 쌀 떡이나 할 걸 그랬구나.
 난 벌레가 생겼고, 이미 산에다 묻었다는 사실을 감추었다.
 엄마, 사실은 아침에 샌드위치 속 계란에 벌레가 붙어있었어. 누나가 알면 먹지 않고 학교에 갈까봐 말 안 했어 그래서 저금통에서 오천원을 꺼내 살충제를 샀어요.
 우리 늦둥이 참 잘 했다.
 난 칭찬할 수밖에 없었다. 그리고 집안을 치우고 청소기로 다 빨아들이고 걸레질까지 하고 쇼파에 앉아 있었다. 그런데 내 눈 안에 띄는 검은 벌레가 벽을 타고 오르고 있었다. 이건 내 눈 안에서 멀어진 게 아니고 갇힌 것이라는 생각이 들면서 난 벌떡 일어났다. 그리고 벌레를 잡으러 다가갔다. 손가락을 대는 순간 온 몸을 던지는 바구미가 문갑 뒤로 사라졌다. 핵폭탄을 맞아도 바구미는 살 것이다. 문득 그런 생각이 스치웠다. 난 바구미 한 마리 잡자고 문갑을 옮기는 수고를 아끼지 않았다. 물론 늦둥이 아들의 도움을 받으면서 끝냈지만 바구미는 쉽사리 사라질 리 없다.
 엄마 바구미는 귀여운 데가 있어요. 사람을 물지도 않고 그런데 왜 쌀을 버리고 가는지 그게 궁금해요.
 우리 서준이가 많이 관찰했네. 성충이 되면 알 낳고 죽으려니 정처 없이 가는 건지도 모르지. 살아있는 것 모두 죽으니까, 죽으러 가느라고 나오는 게야.

바구미는 누가 만든 벌레인지 작은 게 딱딱한 쌀을 어떻게 먹는지 현미경으로 봐도 입이 없는지 볼 수가 없어요.

그렇구나 이 세상엔 필요한 생명이기에 생겨났으니 하느님 뜻이겠지. 가는 길이 막히면 암벽을 기어오르고 삶의 마지막을 정처 없이 유랑의 길로 떠나는 슬픔을 알고 있는지. 사람은 재미와 스릴을 만끽하고자, 암벽타기(넥티피티)를 즐기고자 하는 욕망도 바구미는 없을 것이다. 그저 마지막 길을 찾기 위한 안간힘일 수도 있다.

난 지금 바구미에게 자비를 베풀고 싶은 마음도 없고 그렇다고 세상살이란 공생(共生)을 전제로 한 아량도 아니니, 지금 공생의 적이 있어야 세상 속에서 함께 살았다고 말할 수 있는지, 그도 모르나, 난 지금 쌀 한 됫박도 없이 주부의 책임을 질 것인가. 그러고 보니 쌀값이 얼만지 모르고 살고 있었다. 결혼해 지금까지 친정 어머니가 보내준 쌀로 밥을 먹고 살았으니 쌀값에 관심도 없었고, 비싼지 싼지도 모른 채 20여년을 살았다. 어쨌거나 집에 쌀이 없다면 불안하다. 쌀을 사야겠다. 그리고 식단을 짜서 쌀을 위주로 하고 식구들에게 먹도록 해야지.

서준아 엄마 마트에 간다.

제방에서 숙제하는지 조용한 방문에다 알리면서 막 신발을 신으려는데 택배요 한다. 난 현관문을 열었다. 쌀자루가 든 박스라는 걸 단박에 알아보았다. 벌써 가을로 접어든 9월이니까, 추석도 얼마 남지 않았다. 어머니는 알고 있듯 딱 맞춰 쌀을 보내 주셨다. 난 눈물이 핑 돌았다. 난 또 쌀값을 모르고 살겠다. 마트에 가면 꼭 물어서 알리라. 무심히 넘겼던 쌀의 소중함을 꼭 쌀값에 비유하긴 그렇지만, 주부는 쌀값을 알고 있어야 하지 않을까, 난 쌀값을 또 잊을 것이다.

엄마. 난 또 눈물이 나는데 참을 수가 없다. 그저 감정을 다스리기엔 어머니를 안고 계신 외할머니가 아른거린다. 뵌 적 있는 할머니지만 난 몇 번이나 생각하면서 지금껏 살았는지 사실 난 외할머니 성함도 모른다. 어머니 뵈면 꼭 물어서 알리라. 참 잘못 살았구나. 바구미로 살고 생을 마친 불쌍한 할머니 성함도 모르다니, 부끄럽다. 이런 내가. 자식으로 고마움을 알고 자식이라 하는가? 난 깊숙이 넣어둔 외할머니 사진을 꺼내서 걸어야지 하면서 흐르는 눈물을 닦으며 일어났다.

 2020년 9월에

■ 단편소설 _ 죽은 자의 꽃

 꽃의 주인은 누군가.
 꽃은 생명이 있다. 수동적인 생명이 어디로 갈 일인가. 심어진 대로 자라서 한 송이 꽃을 피우려니 보이지 않는 노력과 견딘 시간을 세월로 말하면 인생의 길과 별반 다를 바 없다. 괴롭다 아프다 죽겠다는 말이 없이도 꺾이고 시드는 모습에서 느끼는 사람이 있어 가꾸고 기르니 꽃은 즐거움과 기쁨에 고마움을 사람이 할 일이다. 순한 사슴이 꽃을 알아서 먹는지 먹이로 알고 먹는다.
 사람과 동물과 꽃이 세상에 함께 공유하는 살아있는 공동체로 만들었을 창조의 신神 그밖에 살아있는 모든 생물 가운데 초목이 먼저 나서 자라지 않았을런가. 그런 생각은 지구라는 거대한 땅덩이를 만들고 삭막하기 그지없는 땅을 벌거숭이로 두었을 때 누가 어느 생명이 살 수 있겠는가. 첫째 물이 있어야 하고 초목이 살 수 있으니 푸름의 그늘로 모여드는 생명들이 양지와 음지를 활용하는 능력이 있어 많은 생명이 모여들고 그 숲에 물방울이 스며 길을 내니 물길이 된 내와 강 바다로 가는 그 길이 바로 삶의 터전이니 나무가 자라 꽃을 피우고 열매가 달리는 순서가 바로 자연 생태계生態系의 살아남기다. 꽃은 아름다움의 상징이다. 왜 꽃은 예쁘고 색깔마저 아름다운가. 그것도 살아남기의 수단인가.

번식을 위한 벌 나비를 불러다 목적 달성은 번식인데 색깔과 향기까지 동원한 필사의 노력은 보이지 않는 전쟁이고 암투라도 얼마나 아름다운 사랑인가. 꽃의 모양보다 색깔에 맞게 인간이 추구한 빛에 따라 쓰임도 다르다. 경사는 빼놓고 애사에 쓰이는 하얀 국화는 보기에도 슬프게 싸늘한 온기 없는 빛의 꽃이 청초하여 눈물을 머금고 우는 어느 여인의 흰 옷처럼 가련도 하다. 그러한데 망자의 영혼을 위로하는 꽃으로 대국화大菊花가 쓰인다.

병원의 하얀 벽이 깨끗해도 그 벽이 아름답다고 말하겠는지, 그 벽에 이미 자즈러드는 아픔에 흰 가운의 의사도 거부감이 드는 환자. 순수함의 상징, 그리고 깨끗한 이미지를 갖게 되는 건 뒷모습의 고마움에 앞서 밀어내고 싶은 거부감이 먼저다. 병원과 연계된 장례식장葬禮式場을 보면서 죽음은 가까운데 있다는 생각을 한다. 아파서 병원을 찾아가고 못 고치고 죽을 병이면 죽어서 가는 첫코스로 장례식장이다. 죽으면 살아있는 개만도 못해 끌어다 넣는 냉동실, 죽어서 알게 되는 추위, 싸늘하니 식은 육신을 얼음으로 만들어 땅속에 묻히기까지 진저리치는 외로움, 그건 산 자는 모르리라. 번호와 이름 앞에 한 송이 놓인 꽃은 알런가. 많은 냉동실 돌아가는 소리까지 음울한데 시퍼런 형광등 불빛으로 덮인 서늘한 기운에 국화꽃빛마저 시리다. 죽은 자의 지하실이라 한없이 깊어 땅속으로 침참되는 느낌으로 바라보느라니 살아생전 정마저 남았는지 생각할 마음도 여유도 없다.

영원한 이별을 꽃으로 대신하는 마음이면 햇살의 빛이 살아서나 죽어서

나 소중한지 알리라. 노오랑 국화 하얀 국화로 대신할 마음의 표현을 아니라 하랴. 탄생과 죽음이 교차하는 세상에서 기쁨과 슬픔을 알기까지 겪어야 실감하는 만남과 이별을 장례식이라는 절차도 시대의 변천에 따라 곡소리가 없다. 곡소리가 저승길까지 들려야 한다는 옛날이 아니다.

이날 함께 갈 저승길 동행인은 지하층에 세 사람이라는 건 조문객을 맞을 홀에 상주로 보이는 검은 옷을 입은 사람과 부주를 넣을 나무 괘 앞에 평상복을 입은 남자가 있고. 영정사진은 여자로 환히 웃고 있었다. 살았을 적 기뻐서 웃는 모습이 꽃처럼 예쁘다. 홀을 에워싸도 남을 조화가 주욱 늘어선 그 앞을 지나려면 10kg 20kg 쌀 포대가 있고 보낸 조문객의 성함과 함께 직업과 지위를 알 수 있는 문구가 있다.

이 많은 꽃을 얼마나 많이 키워서 꺾이어 여기로 끌려와 가여운 영혼을 위로하는가. 꺾이고 잘리는 순간 죽었을 꽃이 아직 시들지 않은 모습까지 죽음이 싫어 울지도 못하도록 얼어버린 그 슬픔까지 대신하는 국화꽃이고 보면, 볼수록 파리하게 식은 입술을 닮아 있었다.

참고 견디는 데도 한계다. 마지막 향기마저 뽑아서 주려니 죽어진 꽃의 시신은 썩어야지, 더 진저리나게 매달려 붙는 냄새 지독한 인연에 근접한 걸 모르고 있다.

식당서 배달한 음식으로 조문객에게로 차려서 갔다. 주는 사람들의 흘리는 말은 상주가 의사고 아내가 차 사고로 죽었다. 상주가 누구 이름이 전자 판에 뜨고 자식들이 아직 어려서 남편이 누군지 알려서 조문객을 위한 것이나 젊은 여인이 아이들을 두고 갔다는 게 안 되 보였다. 죽은 사람이 불쌍하다. 그 말은 누구든 공감한다. 하느님 곁으로 갔으니 영생할 일인데 슬퍼서 눈물을 보이지 말자. 그 인정 없는 말도 의로가 되는 사람은 누군가. 있으나 마나 이별은 슬프다.

마주한 또 다른 집은 영정사진을 에워싼 꽃들과 과일과 술잔에 노랑국화와 백합 꽃다발 바구니만 놓인 상에 촛불과 향뿐인 조촐한 게 진심으로 애도와 흠모의 마음이 가득한 거 같은 생각을 하게 해서 나 역시 슬픔 속에서 존경의 마음이 되었다.

영정 사진으로는 아직 젊은 60대가 아닐까. 남자분이 인상이 좋아 보였을 때는 분위기도 좋아서다.

하얀 소복차림의 여인이 영정 앞에서 무릎을 꿇고 얼굴을 손으로 감싸고 있었다. 소리 없이 우는 거라고 난 생각했다. 얼굴을 들었을 때 눈물을 훔치는데 늙었다. 내 나이와 비슷하다고 생각한다. 자식도 없는지 늙스그레한 사람들만 곁에 있었다. 어제 낮에 이 병원에서 죽어 바로 오늘로 화장해 물에 띄울 것이란다. 장례식장을 총괄하는 사람의 말이다.

"아주머니 요즘은 간소한 장례문화가 제일로 유행이요. 코로나19로 그리되었지요. 말하자면 있는 집이건 조문객 없이 그날로 화장해 묻던가, 납골당에 놓고 차근차근 준비하여 다시 석재 집에 맞춘 납골식으로 장례를 하는 식이요."

선산에 묻힐 가묘는 10년이나 가꾸고 개나리도 심었다. 그녀는 생각을 한다. 남편의 시신을 약속대로 매장식 장례를 하면 나도 죽으면 또 파묘하여 매장으로 묻힐 테니 번거로운 수고를 두 번이나 할 일인가. 화장으로 한다. 죽은 자는 말이 없듯 내가 할 일인데 내가 결정한다.

"작은 어머니 너무 하시는 게 아닙니까. 화장이라니 불쌍한 작은 아버지 시신을 묻어 드리세요."

"왜 불쌍한데 내가 있고 자식들이 있는데 내 돈이 아까워서도 아니야. 상조도 들어놨고 돈도 준비해 놨어. 내가 평생 받들었고 하라는 대로 조상님 제사까지 50년을 모시고 두 번의 장례로 자식을 고생시킬 일인가. 내 마음이야. 죽은 사람 마음도 나와 같을 거야."

내가 젊은 시절 70년도까지 밥 먹기도 어려울 때 장례도 3일장에서 5일장까지 있었다. 부모님을 그리 빨리 묻어서 보낼 것이면 불효다. 삼년상으로 오두막에서 살고 부모님께 불효를 빌고 곡으로 애도하던 시절도 있었고, 없는 살림에 부지런하게 일해야 할 가장이 죽은 부모를 위한 게 바로 시모살이였다니. 그 옛날 고려장을 누가 무슨 생각으로 하였는지. 예禮와 효孝를 중시하고 도리로서 행하여 바탕으로 한 인간의 본분이라 여겼는데 늙으면 생매장으로 굶어 죽도록 한 까닭 모를 것에 의문이 간다.

누구든 죽는다. 죽음은 그래서 공평하다. 잘 살고 못 살았다는 건 게으름이 아니면 복이 없어서, 그 복은 팔자에 타고나는 것이라. 원망도 할 수 없는 복불복福不福이니 마음대로 할 수 없는 타고난 복이다.

아등바등 살았대서 원통도 하고 고생고생하다 살만하니 죽었대서 불쌍도 하나 생사를 어찌 맘대로 할 것인가. 죽어 꽃에 싸여 간다고 꽃이 될 수 없고 한 송이라도 가져갈 덕이 있었나, 이 세상에 살면서 많은 꽃을 보았으니 저 세상서도 꽃을 보며 살 것인가. 죽은 눈이 꺼졌으니 볼 수 있는지. 죽은 자여 걱정 없는 세상에서 잘 살으시오. 이 걱정 저 걱정은 살아있는 내가 할 테니 자 국화다발을 앞에 놓았으니 보시던가 하시오.

어느 욕심 없이 살고 가신 분께서 남기신 말씀 조문객이 오시면 잘 대접해 보내시고 부조금은 절대 받으시지 마시오. 부조금을 내민 손이 부끄럽기도 했지만 욕심으로 가득 찬 마음들에게 좋은 본보기가 되었다.

그래. 꽃 한 송이의 위로가 돈보다 좋다.
아름다운 꽃. 누굴 위해 핀 꽃인가.
묻지도 말고 아름다움만 보고
마음으로 말해야 알아듣고
웃지요. 웃어요.
그래서 웃는 꽃이랍니다.

향기도 맡고 싶다면
향기를 주고 향기로운 꽃.
그 향기가 없다고 꽃은 아닐 수 없고
조용한 그대로 고요로움
그 순간이 아름다워
그리움을 찾아서 오는
나비가 있어 더 예쁜 짝

꽃과 나비
한철을 살고도 사랑은 뜨겁게
이별은 맑은 물로 씻은 듯 안녕

그렇게 헤어지는 이별
참 가엾기도 한 인생
죽어서까지 인연이라는 말
그 말은 하지 말기를.

그렇게 미련 없이 보내는 여인은 살 만치 살고도 후회 없는 삶을 위하여 딱 한 번 눈물로 울었다. 인생에 불쌍하지 않은 삶이 있던가.

■■■ 오소림(吳昭林) 소설가 연보 ■■■

· 1940년 01월 04일(음력 1939년 11월 25일)
  경기도 용인시 원삼면에서 출생
· 부(父) 오길영(吳吉泳), 모(母) 박연재(朴蓮在)의 장녀
  아호 : 소천(小川), 필명 : 오소림(吳昭林)
· 충청북도 제천시 영천동 성장
  동명 초등학교, 대제 중, 대제 고등학교 졸업
· 결혼으로 대전광역시에 정착하였음

■ 수상
· 1993년 문예사조 신인상(소설) 수상
· 1993년 문학세계 신인상(시) 수상
· 1996년 한밭전국백일장 입상
· 2009년 대전문학상 수상
· 2015년 올해의 소설가상 수상
· 2016년 대덕문학상 수상
· 2019년 문학발전공로상 수상

■ 저서
· 1997년 시집 『태양의 눈을 찌른 장미』
· 1997년 동화집 『욕심 많은 다람쥐』
· 1998년 동요집 『봄이랑 꽃이랑 나랑 친구랑』
· 1999년 소설집 『걸인여자』

· 2004년 시집 『석류』
· 2007년 시집 『섬 하나 만들기』
· 2009년 소설집 『떠 있는 섬』
· 2012년 장편소설 『움직이는 산』
· 2014년 시집 『나무 앞에서 옷을 벗는다』
· 2017년 장편소설 『돌아서 가는 길』
· 2019년 『오소림 시 전집』(산수(傘壽), 회혼(回婚) 기념)
· 2021년 장편소설 『길 위의 사람들』
· 2022년 장편소설 『돌아온 산』
· 2024년 『오소림 단편소설 전집』(한국예술인복지재단)

■ 문학활동
· 한국문인협회 대전지회 회원
· (사)문학사랑협의회 운영이사
· 대덕문학회 회원
· 한밭소설가협회 회원
· 백수문학회 회원(전)
· 대전시인협회 회원(전)

2012 문학사랑 선정 소설

영혼의 갈증을 풀어주는 서사시

움직이는 산

오 소 림 장편소설

오늘의
문학사

돌아서 가는 길

오 소 림 장편소설

길 위의 사람들

오소림 장편소설

오늘의
문학사

영혼의 갈증을 풀어주는 대하 서사시

돌아온 산

오 소 림 장편소설

오늘의
문학사

오소림 단편소설전집

오소림

발 행 일	|	2024년 11월 22일
지 은 이	|	오소림
발 행 인	|	李憲錫
발 행 처	|	오늘의문학사
출판등록	|	제55호(1993년 6월 23일)
주 소	|	대전광역시 동구 대전로 867번길 52(한밭오피스텔 401호)
전화번호	|	(042)624-2980
팩시밀리	|	(042)628-2983
계좌번호	|	농협 405-02-100848(이헌석-오늘의 문학사)
전자우편	|	hs2980@hanmail.net
카 페	|	cafe.daum.net/gljang(문학사랑 글짱들)
인터넷신문	|	www.k-artnews.kr(한국예술뉴스)

공 급 처	|	한국출판협동조합
주문전화	|	(02)716-5616
팩시밀리	|	(02)716-2999

ISBN 979-11-6493-355-6
값 50,000원

ⓒ오소림 2024

* 이 책의 판권은 저작권자와 오늘의문학사에 있습니다.
* 오늘의 문학사는 E-Book(전자책)으로 제작하여 ㈜교보문그에서 판매합니다.
* 잘못 제작된 책은 구입하신 서점에서 바꾸어 드립니다.

* 본 도서는 한국예술인복지재단 지원 사업으로 제작되었습니다.